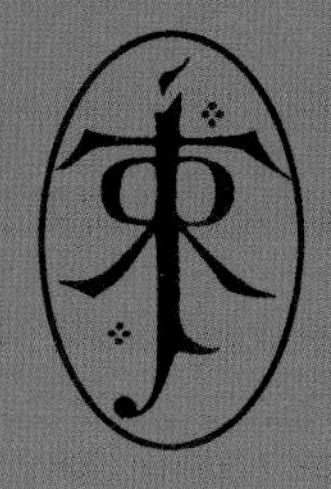

Unfinished Tales

of Númenor and Middle-earth

*

이 책의 전반부에 수록된 18점의 일러스트는 본래 『누메노르와 가운데땅의 끝나지 않은 이야기_ *illustrated hardback edition*』(2020, HarperColiins Publishers) 의 본문 중에 포함되었던 것으로, 한국어 번역판에서는 저작권사의 동의를 얻어 재편집하였음을 밝힌다. 일러스트 하단에는 그림의 원제목과 저작권자를 표기하였고, 일러스트가 수록되었던 원문의 관련 번역문과 본문 해당 쪽수를 함께 넣었다.

ABOUT THE ARTISTS

John Howe | 존 하우

1957년 캐나다 밴쿠버에서 태어났다. 1976년 프랑스로 건너가 1981년 프랑스 국립 장식미술학교에서 일러스트레이션 학위를 받았다. 프랑스에서 어린이책 일러스트레이터로 활발히 활동했지만, 특히 톨킨의 달력, 책, 지도, 포스터 작업으로 세계적인 명성을 얻었다. 1998년부터 피터 잭슨의 영화 『반지의 제왕』『호빗』에서 컨셉 아티스트로 참여하였고, 아마존 프라임 TV 시리즈 『반지의 제왕 : 힘의 반지』에도 주요 아티스트로 참여하고 있다.

Alan Lee | 앨런 리

케이트 그린어웨이 상을 수상한 세계적인 일러스트레이터이다. 또한 『반지의 제왕』『호빗』 그리고 『베렌과 루시엔』『곤돌린의 몰락』『후린의 아이들』의 일러스트를 담당했고, 피터 잭슨의 영화 『반지의 제왕』『호빗』에도 존 하우와 함께 컨셉 아티스트로 참여했다.

Ted Nasmith | 테드 네이스미스

캐나다 토론토에 거주하고 있으며, 40여 년간 톨킨의 주요 저작물에 일러스트를 그려왔다. 『실마릴리온』『반지의제왕』 일러스트 에디션 및 로버트 포스터의 저작 『가운데땅의 완전한 안내서』의 일러스트로 세계적 명성을 얻고 있다.

투오르가 바다의 분노로부터 몸을 피하다

아래를 내려다본 투오르의 눈에 경이로운 광경이 들어왔다.
거친 물살이 좁은 수로로 밀어닥치면서 밀려오는 강물과 부딪치더니,
절벽 꼭대기까지 닿을 법한 거대한 파도가 장벽같이 솟아나는
것이었다. 바람에 흩날리는 물거품이 왕관처럼 물마루에
씌워져 있었다. 곧 강물은 거칠게 뒤로 밀려났고,
안으로 들어오는 물살이 노호하며 협곡 내부를
한바탕 휩쓸고 지나갔다. 협곡은 물속에 깊게 잠겼고,
물살이 지나가자 바위들은 천둥 같은 소리를 내며 흔들거렸다.

_ 본문 53쪽

Tuor Flees from the Fury of the Sea © Lee

투오르가 눈에 덮인 곤돌린의 풍경을 목격하다

투오르가 관문을 통과하자 이윽고 건너편의 계곡이 한눈에 들어오는 고지대의 풀밭에 다다랐다. 그는 하얀 눈밭에 둘러싸인 곤돌린의

He Beheld a Vision of Gondolin Amid the Snow ©Nasmith

풍경을 목도했다. 투오르는 넋을 잃은 나머지 오랫동안 그 외의 다른 것은 볼 수 없었다. 마침내 그가 꿈속에서 열렬히 갈망하며 바라온 광경을 두 눈으로 보게 된 것이었다.

_ 본문 97쪽

글라우룽과 아자그할

투구는 인간을 위해 제작된 것이 아니라
벨레고스트의 군주인 아자그할을 위해 만들어진 것이었다.
그는 '비탄의 해'에 글라우룽에게 목숨을 잃은 이였다.
아자그할은 마에드로스에게 이 투구를 주었는데,
그가 동벨레리안드에서 난쟁이길을 걷던 중
오르크들에게 습격을 받았을 때 마에드로스가 자신의 목숨과
보물들을 구해 준 것에 대한 보답이었다.
이후 마에드로스는 종종 우정의 증표를 교환하던 사이인
핑곤에게 이를 선물했다.
핑곤이 글라우룽을 앙반드로 몰아냈던 것을 기리는 의미에서였다.

_ 본문 141쪽

Glaurung and Azaghâl © Howe

아몬 루드

투린은 선두에서 밈과 나란히 걸었다.
숲을 빠져나올 때 그들은 경계를 게을리 하지 않았지만,
대지는 온통 텅 비어 있고 고요하기만 했다.
그들은 널려 있는 바위들을 넘어 오르막길로 접어들었다.
아몬 루드는 시리온강과 나로그강 사이에 솟아 있는
높은 황무지의 동쪽 끝자락에 서 있었고,
기슭의 바위투성이 황야에서 꼭대기까지는 300미터가 넘었다.
동쪽에서 보면 울퉁불퉁한 대지가 서서히 높아지면서,
무리를 이룬 자작나무와 마가목, 그리고 바위 사이에 뿌리 내린
오래된 가시나무들로 덮인 여러 개의 높은 등성이가 이어졌다.
아몬 루드 아래쪽 기슭에는 아에글로스 덤불이 자라고 있었다.
하지만 경사가 심한 잿빛산꼭대기는
바위를 뒤덮은 붉은 세레곤을 제외하고는 온통 민둥산이었다.

_ 본문 181~182쪽

Amon Rudh © Nasmith

글라우룽이 나르고스론드를 떠나다

마블룽이 부서져 내린 다리의 판석들 위로 어떻게 하면
거친 강물을 건너갈 수 있을지를 궁리하며
바위 사이로 기어가고 있을 때, 갑자기 글라우룽이 엄청난
화염돌풍을 뿜으며 앞으로 뛰쳐나와 강물 속으로 기어 들어왔다.
그러자 즉시 엄청나게 큰 쉿쉿 하는 소리와 함께
거대한 증기가 솟아올라, 근처에 숨어 있던 마블룽과 부하들은
눈앞을 가리는 증기와 고약한 악취 속에 갇히고 말았다.
그들 대부분은 '첩자들의 언덕'으로 추정되는 방향으로
있는 힘을 다해 달아났다.
하지만 글라우룽이 나로그강을 건너고 있었기 때문에
마블룽은 옆으로 비켜나서 바위 밑에 누워 기다렸다.
자신에게는 처리해야 할 다른 볼일이 있다는 생각이 들었던 것이다.

_ 본문 213쪽

Glaurung Departs Nargothrond © Lee

벨레그가 아몬 루드에 접근하다

아몬 루드에 접근하던 벨레그가 그들의 흔적을 따라잡고는,
그들의 자취를 추적하다 그들이 갑작스런 눈보라에 어쩔 수 없이

Beleg Approaches Amon Rudh © Howe

만들어둔 야영지에 이르거나,
혹은 바르엔단웨드까지 그들을 뒤따라가서 그들을 따라
요새에 몰래 침투한다.
_ 본문 273쪽

초록항 엘달론데

안두스타르와 햐르누스타르 두 곶 지대 사이에 엘단나라는 이름의
큰 만이 위치했는데, 에렛세아 방면을 바라보고 있었기에
지어진 이름이었다. 엘단나 주변의 땅은 북쪽으로는 가로막히고
서쪽 바다로는 열려 있었는데, 기후가 온화할 뿐만 아니라
인근 지역에 내리는 대부분의 비가 집중되는 곳이었다.
엘단나만 중심에는 누메노르의 모든 항구 가운데 가장 아름다운
초록항 엘달론데가 자리했다. 옛날에 에렛세아에서 온
엘다르의 날쌘 흰 배들이 가장 자주 들른 장소가 바로 이곳이었다.
바다를 향한 비탈진 땅을 비롯해 내륙 깊숙한 곳까지,
그곳 주변 전역에 서쪽에서 들여온
사시사철 푸르고 향긋한 나무들이 자랐다.

_ 본문 298~299쪽

Eldalondë the Green © Lee

알다리온이 그의 첫 항해로부터 돌아오다

먼 바다에서 거선 누메라마르('서녘의 날개'라는 뜻)가 황금빛 돛을 저녁노을에 붉게 물들이며 돌아오는 것이 목격되자 로멘나와 아르메넬로스 일대에 기쁨의 환호가 일었다. 여름이 다 지나가고 에루한탈레가 코앞까지 다가오고 있을 때였다. _ 본문 310쪽

Aldarion Returns from His First Voyage © Nasmith

누메노르인들이 가운데땅으로 항해하다

(타르칼마킬은) 2516년에 출생하여 2825년에 운명할 때까지 88년간 통치했다. 젊은 시절에 훌륭한 선장으로서 가운데땅 해안가의 많은 땅을 정복했기에 이와 같은 이름이 주어졌다. _ 본문 392쪽

The Númenóreans sail to Middle-earth ©Howe

저녁어스름호수의 갈라드리엘과 켈레보른

그들이 에리아도르로 향했을 때 수많은 놀도르 요정들이

Galadriel and Celeborn at Lake Evendim © Nasmith

회색요정, 초록요정들과 함께 뒤따랐으며,

이후 그들은 한동안 네누이알호수(샤이어 북쪽에 있는 저녁어스름호수)

인근의 땅에 거주했다 _ 본문 414쪽

암로스와 님로델

님로델은 로리엔에서 도망쳐 나왔을 때 바다를 찾던 중
백색산맥에서 길을 잃었다가, 마침내 (어떤 도로나 고개인지는 언급이 없다)
로리엔에 있던 자신의 강을 연상케 하는 물가에 다다랐다고 한다.
그녀의 마음은 한결 가벼워졌고, 이후 연못가에 앉아
흐릿한 물웅덩이에 비치는 별들을 바라보며 강물이 바다로 다시
쏟아져 내리며 만들어낸 폭포 소리에 귀를 기울였다.
이곳에서 그녀는 피곤한 나머지 깊은 잠에 빠져들었는데,
너무나 오래 잠들어 버린 까닭에 그녀가 벨팔라스로 내려왔을
때에는 이미 암로스의 배가 바다로 밀려 나가고
암로스는 벨팔라스로 헤엄쳐 돌아가려다 실종된 후였다.

_ 본문 427~428쪽

Amroth and Nimrodel © Lee

다고를라드 전투

숲요정들은 대담하고 용맹했지만, 서녘의 엘다르와 비교하면 갑주나 무기는 조악했다. 뿐만 아니라 그들은 독립적으로 움직였으며, 길갈라드의 최고사령부의 명령을 따를 생각도 없었다.

The Battle of Dagorlad © Howe

그리하여 비록 끔찍한 전쟁이기는 했으나
그들은 필요 이상으로 막심한 피해를 입고 말았다. 말갈라드와 그의
부하들 절반 이상이 다고를라드에서 벌어진 대전투에서 목숨을
잃었는데, 그들은 본진에서 분리되어 죽음늪까지 밀려나고 만 것이다.
_ 본문 455쪽

키리온과 에오를의 맹세

이윽고 키리온이 에오를에게 말을 건네며 침묵을 깼다.

"준비가 되었거든 당신들의 관습에 따라 예를 갖추어 맹세하시오."

The Oathtaking of Cirion and Eorl © Nasmith

에오를은 이내 앞으로 나와 종자에게서 창을 건네받은 후
땅바닥에 수직으로 세웠다. 그리고 검을 뽑아 햇빛을 받도록 높이
치켜들었고, 곧이어 검을 고쳐 잡은 후 앞으로 걸어가더니,
손잡이를 쥔 채 무덤 위에 검을 얹었다. _ 본문 530~531쪽

우연한 만남

길을 재촉하며 난 그런 어둡고 우울한 생각들을 하고 있었다네.
지친 마음에 잠깐의 휴식을 취하고자
20년 넘도록 찾지 않았던 샤이어를 찾아가고 있을 때였어.
고민거리들을 잠시 접어두고 있다 보면
우연히 해답을 찾을 수 있을지도 모르겠다는 생각이 들더군.
결국 고민을 접어 두지는 못했지만,
어쨌든 내가 바라던 대로 되기는 했다네.
브리에 다 도착할 즈음에 참나무방패 소린이 날 따라잡은 게야.
그는 샤이어 서북부 국경선 너머에 망명해 살고 있었다네.
놀랍게도 그가 나에게 말을 걸었지.
그때부터 형세가 뒤바뀌기 시작했다네.
그 역시도 심란한 상태였어.
어찌나 심란했는지 내게 정말로 조언을 구하더군.
그래서 난 청색산맥에 있는 그의 궁전으로 따라가서 그의
긴 이야기를 들어 주었네.
그가 여태껏 마주한 시련들, 조상들의 보물을 잃은 것,
부친의 뒤를 이어 스마우그에게 복수해야 할 의무를 물려받은
것에 대한 근심으로 가슴속이 불타고 있음을 금방 알아차렸지.
난쟁이들이란 그런 일들을 심각하게 받아들이는 법이니 말일세.

_ 본문 561쪽

A Chance Meeting © Lee

절대반지 수색

마침내 그는 반지악령을 보내기로 결심했다.
그는 그동안 반지의 정확한 위치를 알아내기 전까지는
반지악령들을 내보내길 꺼렸는데, 여기에는 몇 가지 이유가 있었다.
이들은 사우론의 가장 강력한 수하이자, 사우론이 현재 쥐고 있는
아홉 반지에 완전히 종속된 만큼 이런 임무를 맡기기에
가장 적합한 이들이었다. 그들이 사우론의 의지를 거스르는 것은
거의 불가능한 일이었거니와, 그들의 대장인 마술사왕을 비롯해
그 누구라도 반지를 손에 넣거든 이를 주군에게 되돌려주러
왔을 것이었다.

_ 본문 597~598쪽

The Hunt for the Ring © Howe

제1차 아이센여울목의 전투

어둠이 내려앉는 동쪽 하늘을 등지고 앞장서 돌진해오는 엘프헬름을 필두로 그 옆에 내걸린 백색의 군기를 뒤따르는 (그들의 눈으로 보기에) 거대한 군세는 그들에게 마치 암흑의 그림자가 들이닥치는 것처럼 보였다. 제자리를 지킨 자들은 손에 꼽을 정도였다. 대부분의 적은 엘프헬름의 2개 부대에 쫓기며 북쪽으로 달아났다. 그의 나머지 병력들은 말에서 내려 동쪽 강변을 방어하다가, 그의 직속 부대와 함께 한꺼번에 작은 섬으로 진격해 들어갔다. 로히림이 여전히 양쪽 강변을 사수하고 있는 상황에서, 도끼병들은 이제 살아남은 수비 병력과 엘프헬름의 맹공격 사이에 갇혀버린 형국에 놓이게 되었다. 도끼병들은 끝까지 싸움을 이어나갔지만, 전투가 채 끝나기도 전에 한 명도 남김없이 죽임을 당했다.

_ 본문 625쪽

The First Battle of the Fords of Isen © Lee

할레스의 숲에 있는 드루에다인

그들이 어둠 속에 몸을 숨기고 서 있거나 앉아 있으면,
비록 눈을 감고 있거나 초점이 없는 것처럼 보일지언정
그들의 눈에 띄어 인식되지 않고서는 무엇도 그들 근처를 지나거나
가까이 오지 못했다. 보이지 않는 경계가 너무나 삼엄한 나머지,
침입자들로서는 이것이 적개심 가득한 위협으로 느껴져
일말의 경고가 있기도 전에 두려움에 달아났던 것이다.
악한 무언가가 돌아다닐 때면 그들은 근처든 먼 곳이든
어디에서 들어도 고통스러운 새된 휘파람을 불어 신호했다.
흉흉한 시절에 할레스 일족은 드루에다인을 경비대로서 높이 샀고,
만약 드루에다인과 같은 경비대를 둘 수 없다면
그들을 본떠 조각된 형상들을 집 근처에 놓아두곤 했다.

_ 본문 660쪽

Drúedain in the Forest of Haleth © Howe

동쪽으로 향하는 청색의 마법사들

청색의 전령들은 서부에 알려진 바가 많지 않거니와, '이스륀 루인', 즉 '청색의 마법사들' 외에는 그들에게 주어진 이름도 없었다. 그들은 쿠루니르와 함께 동부로 넘어갔다가

The Blue Wizards Journey East © Nasmith

영영 돌아오지 않았고, 그들이 본래
그들에게 주어진 임무를 다하며 동부에 머물렀는지,
목숨을 잃었는지, 혹은 혹자들이 믿는 바와 같이
사우론의 덫에 빠져 그의 종복이 되었는지는
알려지지 않았다. _본문 677쪽

Unfinished Tales

끝나지 않은 이야기

Originally published in the English language by HarperCollins Publishers Ltd.
under the title :

Unfinished Tales

끝나지 않은 이야기

UNFINISHED TALES

OF NÚMENOR AND MIDDLE-EARTH

J.R.R. 톨킨 지음

크리스토퍼 톨킨 엮음

김보원, 박현묵 옮김

arte

CONTENTS

일러두기

이 책에는 해설이 다수 등장하기 때문에 책 전반의 여러 단락에 걸쳐 원저자(J.R.R. 톨킨—역자 주)가 쓴 부분과 편집자(크리스토퍼 톨킨—역자 주)가 쓴 부분을 구분하는 것이 필수적이었다. 본문 텍스트의 대부분은 원저자의 것이며, 편집자가 개입한 대목은 글씨가 작고 문단 여백을 적용한 것으로 구분하였다(513쪽에 예시가 있다). 다만 「갈라드리엘과 켈레보른의 이야기」 장의 경우 편집자의 글이 과반수를 차지하므로 문단 여백이 반대로 적용되었다. 본문 해설들(「알다리온과 에렌디스」 장의 '향후 줄거리의 전개' 362쪽 이후)의 경우 작가와 편집자 모두 작은 글씨체로 표현하였으며 작가의 글에 문단 여백을 적용했다(277쪽에 예시가 있다).
본문 해설에 포함된 주석은 순번을 매겨 말미에 첨부하지 않고 대신 각주로서 붙여두었다. 또한 본문의 특정한 지점에 작가가 직접 단 주석은 '[원저자 주]'라는 말로 표시하였다.

역자 서문

J.R.R. 톨킨은 콜린스 출판사의 편집자인 친구 밀턴 월드먼에게 『실마릴리온』의 의의와 출간 필요성을 강조하는 긴 길이의 편지를 보낸 바 있다. 그는 이 편지에서 『실마릴리온』이 자신의 신화 세계의 전체적인 '구도'이자 '윤곽'에 해당한다는 것을 밝히고, 이를 바탕으로 "다른 사람이 각자의 손으로 그림과 음악과 드라마를 만들어낼 수 있는 공간을 남겨 두겠다"라고 공언한다. 피터 잭슨의 영화 <반지의 제왕>이나 아마존 프라임에서 곧 출시될 드라마는 모두 톨킨이 구축한 이 공간에서 다음 세대가 의욕적으로 전개한 창조 활동의 결과물이며, 그의 공언대로 이러한 작업은 앞으로도 끊임없이 이어질 것이다.

하지만 『끝나지 않은 이야기』를 번역하며 든 솔직한 감상은 톨킨의 이 공언이 겸양의 수사가 아니었을까, 하는 '찬탄'이었다. 작가는 진작부터 그 공간의 구석구석을 자신의 "그림과 음악과 드라마"로 채우겠다는 야심(?)을 품고 있었고, 『끝나지 않은 이야기』는 그 드라마의 몇 막이 살짝 모습을 드러낸 것에 불과했기 때문이다. 요컨대 그는 '구제 불능의' 야심가였다. 하지만 이 야심 덕분에 독자들은 『반지의 제왕』에서 슬쩍 지나가듯 등장하는 한 인물의 이름과 내력과 세세한 사연을 이 책에서 확인하게 되고, 『실마릴리온』에서 뼈대만 있던 이야기가 풍성하게 살이 붙어 큼직한 형상으로 커가는 것을 목격할 수 있게 된다.

『실마릴리온』과 달리 『끝나지 않은 이야기』는 톨킨의 미완성 유고 중에서 핵심적인 일부를 주석과 해설을 곁들여 미완성 상태 그대로 내놓은 책이다. 이에 따라 이 책의 독자들은 깔끔하게 제본된 한 권의 책을 만나는 게 아니라, 인물과 사건과 풍경으로 복잡하게 어질러진 노작가의 머릿속을 여행하는 '특권'을 얻게 된다. 그런 점에서 여행지의 다채로운 풍광은 번역자들에게도 색다른 즐거움을 제공하였다. 곤돌린을 향한 투오르의 여정에서는 『반지의 제왕』을 떠올리는 풍성한 묘사를 다시 만날 수 있었고, 「알다리온과 에렌디스」에서는 톨킨 작품에서는 보기 드문 강력한 캐릭터의 여성을 만나 그녀의 목소리에 좀 더 감정을 실어볼 수도 있었다. 전설 속의 섬 누메노르의 이야기에는 지리와 식생, 인물이 구체적으로 설정되어 사람 사는 곳의 풍취가 물씬 느껴졌다. 또한 간달프의 구술로 진행되는 「에레보르 원정」은 프로도와 소린 등 독자들에게 친숙한 인물들이 등장하고 있어서 구어의 맛을 살린 편안한 대화체를 시도해 보았으며, 곤도르와 로한의 우정이 시작된 키리온과 에오를의 맹세를 번역할 때는 가슴이 벅차오르는 감동을 경험할 수 있었다.

그럼에도 불구하고 번역을 마무리하며 죽음을 앞둔 노작가의 초조한 모습이 영화 속 한 장면처럼 뚜렷하게 떠올랐다. 청년기의 열정과 야심에 따라 창조해 놓은 무수한 인물과 사건, 지도와 연대기, 원고와 메모들이 '창조자'의 최종 정리와 판단을 기다리며 그를 괴롭히고 있었기 때문이다. 하지만 평생의 반려자였던 아내 이디스 브랫과 사별하고 나날이 쇠약해지는 몸으로 시간에 쫓기는 81세의 노작가에게 이는 허용되지 않는 호사였다. 요컨대 '끝나지 않은 이야기'는 '끝내지 못한 이야기'였다.

이 책은 가운데땅의 시대 구분을 따라 모두 4부로 구성되어 있다. 1부를 김보원이, 2~4부를 박현묵이 번역하였고, 서로 원고를 교차하여 검토·교정 작업을 거쳤다. 아르테판 『반지의 제왕』(2021)을 펴내면서 고유명사 등의 표기와 관련한 기준을 새로 마련한 바 있으나, 여전히 다시 검토해야 할 사항들이 적지 않아서 이를 확정하는 작업이 만만치 않았다. 이를 비롯하여 번역 수준을 높이기 위한 검수 과정에 적극적으로 참여해 주신 톨킨 팬카페 '중간계로의 여행'의 MW 님, Erchamion 님을 비롯한 여러분께 진심으로 감사를 드린다. 이번 번역은 이들을 비롯한 한국 톨키니스트들의 숙원 사업이었다는 점에서 톨킨 번역사에서 의미 있는 이정표이지만, 다른 한편으로 그들의 지지와 지원이 없었다면 이만한 성취를 이루기 어려웠으리라는 점 또한 부인할 수 없는 사실이다. 아울러 나날이 척박해지는 이 나라 번역문학 환경 속에서 선뜻 출판을 결정해 준 북21 출판사에도 감사를 드리며, 번역자와 검토자들의 까탈스러운 의견과 주장과 고집의 미로를 헤쳐 나가며 완성본을 향한 도정을 이끈 편집부의 장현주, 정민철 님께도 마음속 깊이 우러나는 감사를 전한다.

2022년 3월

김보원, 박현묵

서문

세상을 떠난 저자의 저작을 책임지는 입장에 서게 되면 해결이 쉽지 않은 문제들이 있게 마련이다. 어떤 이들은 이 경우 작가 생전에 실질적으로 원고가 완성된 작품이 아니면 아예 출판을 하지 않기로 결정하기도 한다. 얼핏 보면 J.R.R. 톨킨의 미출간 저작들의 경우에도 그렇게 처리하는 것이 적절해 보일지도 모른다. 특히 톨킨은 원체 스스로의 작품에 유달리 비판적이고 까다로운 태도를 고수했던 만큼, 이 책에 수록된 것들보다 훨씬 완성된 이야기라도 한참은 더 고치고 나서야 공개할 엄두를 내었을 것이다.

하지만 톨킨의 창작물은 본질적으로도 또 취지에 있어서도 중도 폐기된 이야기들마저 특별한 위상을 띠게 하는 힘이 있다. 『실마릴리온』을 미공개 상태로 두어야 하는가는 나로서는 고민할 것도 없는 문제였다. 원고가 정리가 되어 있지 않았다는 점, 또 원고 수정 계획이 밝혀져 있었으나 상당 부분 완성되지 못했다는 점에도 불구하고 이는 불가피했다. 그래서 나는 심사숙고 끝에 이 작품을, 무질서한 원고들이 해설을 통해 연결성을 갖추게 되는 일종의 역사적 연구 형식이 아니라, 일관성을 갖춘 완성된 작품으로 엮어내기로 마음먹었던 것이다. 이 책 『끝나지 않은 이야기』에 수록된 이야기들은 전적으로 다른 구상에 기반을 두고 있다. 여기에 나오는 글들은 통일된 주제로 구성되지 않았으며, 누메노르와 가운데땅에 관한 서술이 담겼을 뿐 형식도, 의도도, 완성도도, 집필 일자도 (그리고 원고에 대한 나의 처리도) 제각각인 여러 글을 한데 모아 둔 모음집에 지나지 않는다. 그러나 이 원고들의 출간을 위한 명분은 (비록 그 중요성은 한결 덜할지언정) 『실마릴리온』 출간의 필요성을 주장하던 때와 본질적으로 다르지 않다. 멜코르와 웅골리안트가 햐르멘티르 정상에서 "신들의 키 큰 밀밭 아래로 야반나의 들판과 목초지가 어렴풋이 황금빛으로 빛나고" 있던 광경을 지켜보던 장면이나, 서녘에서 최초로 떠오른 달이 핑골핀의 무리에 그림자를 드리운 장면, 혹은 베렌이 늑대의 형상을 하고 모르고스의 옥좌 밑에서 기어 다닌 장면이나 넬도레스숲의 어둠 속에서 모습을 드러낸 실마릴이 갑자기 빛을 발하던 장면 등이 뇌리에 선명하게 남은 독자들이 있을 것이다. 그렇다면 그 독자들은 그 이야기들의 불완전한 대목들이 다음 이야기에서 상쇄되는 것을 발견하게 될 것이다. 이를테면 2581년 백색회의 자리에서 콧대 높은 사루만을 놀려주거나 혹은 반지전쟁이 종결된 후 미나스 티리스에서 난쟁이들을 골목쟁이집의 그 유명한 잔치에 보낸 경위를 설명하는 (이제는 마지막으로 듣게 될) 간달프의 목소리라거나, 혹은 비냐마르 인근의 바닷가에서 '물의 군주' 울모가 솟아오르는 장면이나, 도리아스의 마블룽이 나르고스론드의 다리 잔해 밑에 '들쥐처럼' 숨는 장면, 또는 안두인대하의 진창을 발버둥 쳐 나온 이실두르가 그 직후 절명하는 장면 등이 거기에 해당한다.

이 모음집에 실린 글들 대부분은 다른 곳에서 간략하게 소개되었거나, 최소한 언급된 적 있는 주제들에 상세하게 살을 붙인 것이다. 그래서 반드시 언급해 두어야 할 사항이 하나 있다. 만약 『반지의 제왕』을 읽으면서 가운데땅의 역사 구조를 작품의 지향점이 아닌 표현 수단으로, 작품의 목적이 아닌 단순한 서사 양식으로 치부하여 그 자체를 추가로 탐구해 볼 용의가 없는 독자라면, 또 로한의 마크의 기사들이 어떻게 편성되었는가에 전혀 관심이 없는 독자라면, 그리고 드루아단숲의 야인들에 대해서 기사들이 그들을 숲에서 발견했을 때 이상으로 더 들춰볼 생각이 없는 독자라면, 이 책을 읽는 보람을 느끼기 어려울 것이다. 부친은 분명 이런 태도가 잘못되었다고 생각하지는 않으셨다. 『반지의 제왕』의 PART 3가 출판되기 전인 1955년 3월에 쓰신 편지에서 이렇게 밝히셨으니 말이다.

> 저는 이제 해설을 추가하겠다고 약속하지 않았더라면, 하고 바랄 정도입니다! 이렇게 생략되고 축약된 형태의 해설에 만족할 분들은 없을 것 같습니다. 적어도 저는 만족하기 어렵고, 또 제가 받은 (오싹할 정도로 많이 쌓인) 편지들로 보건대 이런 요소들을 좋아하는 놀랄 만큼 많은 독자들 역시 마찬가지입니다. 하지만 이 책을 '영웅 모험담'으로만 즐기고 '설명되지 않은 배경'은 문학적 효과의 일환으로 여기는 독자들은 아주 당연하게도 해설을 도외시하겠지요.
>
> 이젠 이 모든 것들을 방대한 즐길거리쯤으로 다룬다는 생각이 과연 괜찮은 것인가 의구심이 든답니다. 저로선 분명히 아닙니다. 제게는 이런 요소들이 치명적일 정도로 매력적이거든요. 이렇게나 많은 사람이 '정보'나 '지식'을 간절히 얻고 싶어 한다는 것 자체가, 한 편의 이야기가 이렇게 극도로 정교하고 세세한 지리학적, 연대기적, 언어적 작업에 기반을 둘 때 얻게 될 흥미로운 효과에 대한 찬사라고 할 수 있겠습니다.

이듬해에 쓰신 편지에는 이렇게 밝히셨다.

> 귀하와 같은 수많은 분들은 지도를 바라시지만, 또 다른 분들은 지질학적 기술을 바라고, 또 다른 분들은 요정

> 어 문법, 음운론, 예문 등을 바라고, 또 몇몇 분들은 길이 단위나 운율법을 바랍니다. 음악가들은 곡조나 음악 부호를 알려 달라고 하시고, 고고학자들은 도기와 야금학 관련된 것을, 식물학자들은 말로른, 엘라노르, 니프레딜, 알피린, 말로스, 심벨뮈네 등에 관해 더 상세한 기술을, 역사학자들은 곤도르의 사회정치적 구조의 더 자세한 면모를, 일반 질문자들은 전차몰이족, 하라드, 난쟁이들의 기원, 사자死者들, 베오른족, 감감무소식인 (다섯 명 중) 두 마법사에 대한 정보를 달라고들 하신답니다.

하지만 이 문제에 관해 어떤 입장을 취하든 간에, 나와 같은 일부 사람들이 보기에는, 다음과 같은 사실들을 알게 되면 단순히 흥미로운 세부 사항들을 발견하는 것 이상의 가치가 있다. 이를테면 누메노르인 베안투르가 제2시대 600년의 춘풍을 타고 기함 엔툴렛세, 즉 '귀환' 호를 회색항구에 도착시킨 이야기나, 장신의 엘렌딜의 묘가 그의 아들 이실두르에 의해 할리피리엔의 봉화대 꼭대기에 세워진 이야기, 혹은 호빗들이 노루말 나루터 건너편의 안개가 자욱한 어둠 속에서 보았던 암흑의 기사가 돌 굴두르에 머물던 반지악령들의 우두머리인 카물이었다는 점이나, 심지어 곤도르의 제12대 왕 타란논이 후사가 없었던 것(『반지의 제왕』 해설에 엄연히 명시된 사실이다)이 예나 지금이나 불가사의하기 그지없는 베루시엘 왕비의 고양이들과 연관이 있었다는 것 등이 여기에 해당한다.

이 책의 구조를 만드는 일은 어려운 작업이었고, 그 결과물도 다소 복잡하다. 이 책에 실린 이야기들은 전부 '끝나지 않은' 상태이며, 그 정도도 각각 다를뿐더러, '끝나지 않은'이란 의미도 차이가 있어서 서로 다르게 처리를 해야 했다. 아래에 각각의 이야기에 대해 차례로 몇 가지 설명을 하기로 하고, 여기서는 전반적인 특성 몇 가지에 대해 주의만 환기하고자 한다.

가장 중요한 것은 '일관성'에 관한 문제로, 이 점이 가장 잘 드러나는 것이 「갈라드리엘과 켈레보른의 이야기」라는 제목이 붙은 글이다. 이 부분은 비교적 넓은 의미로 '끝나지 않은 이야기'에 해당한다. 「투오르의 곤돌린 도달에 대하여」처럼 중간에 불쑥 끊어지는 이야기도 아니고 「키리온과 에오를」처럼 여러 토막이 나열된 글도 아니다. 가운데땅 역사의 주된 이야기임에도 불구하고 최종 판본은 고사하고 단 한 번도 확정된 제목조차 붙이지 못했기 때문이다. 따라서 이 주제를 다루는 미출간 이야기들이나 그 개요들을 포함하려면, 그들의 이야기를 저자가 (번역자이자 편집자의 '자아'를 빌려) '전하는' 고정된, 독립적으로 존재하는 실체가 아니라, 저자의 머릿속에서 성장하고 변화하는 구상으로서 받아들여야 한다. 저자 본인이 스스로의 작품을 당신만의 상세한 비평 및 대조 기준에 맞춰 보고 출간을 단념하고는 했던 만큼, 미출간 저작에 담긴 가운데땅에 관한 추가적인 정보들은 이미 '알려진' 것과는 상충하는 부분이 종종 존재한다. 그러므로 기존에 존재하는 신화 구조에 새로운 요소가 추가될 경우에 이는 창작된 세계 자체의 역사보다는, 그 세계의 창작 역사에 더 큰 의미를 갖게 마련인 것이다. 이 책의 작업을 시작한 순간부터 나는 이 점을 감안하였고, 그래서 (원고에 적힌 형식 그대로 두었다가는 불필요한 혼란이 발생하거니와 이를 해명하는 데에도 불필요한 공간을 할애해야 하는) 고유명사의 변경 같은 사소한 사항들을 제외하면, 차이가 나는 부분들을 이미 출판된 작품들과의 일관성을 위해 바꾸기보다 차라리 상호모순점과 차이점 그 자체에 초점을 맞추었다. 이런 점에서 『끝나지 않은 이야기』는 원고 내적으로든 외적으로든 상호 연결성을 만들어 내는 것이 편집 과정에서 (전부는 아니더라도) 주된 목표였던 『실마릴리온』과는 근본적인 차이를 갖는다. 또한, 나는 몇몇 특수한 경우를 제외하면 출간된 『실마릴리온』의 내용을 부친이 직접 출판하신 저술들과 격이 같은 고정된 참고자료로 삼았다. 당연히 『실마릴리온』을 만드는 데 사용된 상이하고 충돌하는 여러 판본들 사이에 '허가 받지 않은' 선택을 수없이 많이 감행했지만 이는 논외로 하였다.

이 책의 내용물은 전부 서사적(혹은 서술적) 형식을 취하고 있는데, 다만 가운데땅과 아만에 관한 저술들 가운데 대체로 철학적이거나 사변적인 내용은 전부 제외했다. 이런 성격의 글이 이따금 나오는 경우가 있긴 하겠지만 이에 대한 추가적인 논의는 삼갔다. 편의를 위해 텍스트들을 각각 세상의 첫 세 시대에 대응되는 부部로 나누는 간단한 형식을 도입했지만 그중에는 「갈라드리엘과 켈레보른의 이야기」에 수록된 암로스 전설과 그에 관한 논의들처럼 불가피하게 다른 시대와 겹치는 텍스트가 존재한다. 4부는 부수적으로 들어간 것인데, 개괄적이면서도 두서없는 에세이들을 담고 있는 데다 '이야기'라고 할 만한 요소는 아예 없거나 극히 미미하기 때문에, '끝나지 않은 이야기'라는 제목으로 된 책에 이를 추가한 것에 대해서는 약간의 양해를 구해야 할 듯하다. 사실 본래 드루에다인을 다루는 부분은 순전히 해당 글의 일부에 속하는 '충직한 돌' 이야기 때문에 포함하게 되었다. 그리고 이 부분을 포함하면서 이스타리와 팔란티르에 관한 내용도 포함하는 것으로 결정된 것이다. 이 둘은 (특히 전자는) 많은 사람들이 궁금증을 보여온 주제였고, 이 책이야말로 이에 관한 내용들을 풀어놓기에 알맞은 자리가 될 것 같았기 때문이다.

본문의 주석은 몇몇 군데에서는 지나칠 정도로 많게 느껴질 법도 하지만, 주석이 가장 빼곡하게 들어찬 장들(가령 「창포벌판의 재앙」 장)을 보면 그 원인은 편집자보다는 저자에게 더 크게 있다는 것을 알 수 있을 것이다. 저자가 후기에 집필한 자료들은 이처럼 몇 가지 주제를 상호 연결된 주석들을 통해 평행하게 늘어놓는 경향이 있다. 나는 책 전반에 걸쳐 편집자가 삽입한 것과 그렇지 않은 것을 명료하게 구분하고자 했다. 더욱이 이렇게 각종 주석 및 해설을 통해 등장하는 원본 자료들이 다양하므로, 찾아보기에 등장하는 쪽수 표시의 범위에 제한을 두지 않고 서문을 제외한 책의 전체를 포함하도록 했다. (본문의 문장 중에 수록된 번호는 아라비아숫자로 표기된 각 장 말미의 주석을 참고하기 바란다—아르테 편집자 주)

책 전반에 걸쳐 독자들이 이미 출간된 부친의 작품들(특히 『반지의 제왕』)에 대해 일정 수준의 지식을 갖고 있음을 가정했다. 그렇지 않다면 이미 지금도 충분히 많은 편집자의 분량이 그 이상으로 대폭 늘어날 수 있었기 때문이다. 다만 자꾸만 등장하는 외부 참조 표시로부터 독자들의 부담을 덜고 싶은 마음에, 찾아보기에서는 거의 모든 주요 표제어에 짤막한 설명구를 추가했다. 혹시나 내가 충분한 설명을 제공하지 못했거나 본의 아니게 모호한 설명이 되었다면, 내가 자주 참조한 로버트 포스터Robert Foster의 『가운데땅으로의 완전한 안내서Complete Guide to Middle-earth』가 사료를 경이로운 수준으로 보충해줄 것이다.

『실마릴리온』의 쪽 번호는 양장본 기준으로 표기했다. 『반지의 제왕』의 경우 권(BOOK) 수, 장(chapter) 순서로 표기했다. (『실마릴리온』과 『반지의 제왕』의 쪽 번호 및 권/장 순서는 기출간 아르테판을 기준으로 삼았다—아르테 편집자 주)

아래에는 각각의 내용에 관해 주로 서지학적인 설명이 이어진다.

* * *

PART ONE

I
투오르의 곤돌린 도달에 대하여

부친은 '곤돌린의 몰락'이 제1시대의 이야기들 가운데 가장 먼저 작성된 것이라고 여러 차례 밝히셨고, 그 기억이 틀렸다고 볼 만한 근거도 없다. 1964년에 보낸 편지에서 부친은 이것을 "1917년에 군에서 병가를 내고 있을 무렵 '머릿속에서 떠올라' 쓴 것"이라고 밝히셨으며, 어떤 때에는 그 시기를 1916년이나 1916~1917년이라고 하셨다. 1944년에 내게 보낸 편지에서는 또 이렇게 말씀하셨다. '난 축음기 소음이 가득하고 사람들이 북적이는 군 막사에서 처음 [『실마릴리온』의] 집필을 시작했다.' 실제로 '대대의 연대책임'을 명시하는 한 문서의 뒷면에 곤돌린의 일곱 가지 이름이 등장하는 운문이 낙서로 적혀 있다. 가장 먼저 작성된 원고는 지금도 존재하는데, 작은 학교 연습장 두 권을 꼬박 채워 쓴 것이다. 연필로 급하게 쓴 원고이며, 전체적으로 잉크로 쓴 글이 위에 덧씌워졌고 큰 폭으로 수정이 가해져 있다. 분명 어머니께서 이 텍스트를 기반으로 하여 1917년에 정서본 하나를 작성하신 듯한데, 결과적으로 이 판본은 추후에 상당한 교정이 가해진다. 교정 작업의 정확한 시기는 특정하지 못하겠지만, 아마도 1919년~1920년, 부친이 옥스퍼드대학교에서 당시 미완성이었던 사전을 편찬하는 직원으로 계셨을 무렵일 것이다. 1920년 봄에 부친은 대학(엑서터대)의 '에세이 클럽'에 초청받아 한 문서를 낭독하셨는데 그때 읽으신 것이 '곤돌린의 몰락'이었다. 부친께서 당신의 '에세이'를 어떤 방법으로 소개하려 했는지 적어 두신 메모는 지금도 남아 있다. 문제의 글에서 당신은 비평문을 만들어 오지 못한 것을 사과하고는 이렇게 말을 이어가신다.

> "그러므로 이미 작성되어 있는 것을 낭독해야 하겠는데, 마음이 다급해지니 이 이야기로 생각이 되돌아갔답니다. 이 글은 물론 이전에는 빛을 보지 못했던 것입니다. 제 상상 속 엘피넷세에서 벌어진 사건들 모두가 그간 제 머릿

속에서 살이 붙었습니다. (아니, 구축되었다고 하는 편이 옳겠군요) 몇 가지 에피소드들은 급하게 써 놓은 것이고 …… 이 이야기가 최고의 이야기는 아닙니다만, 유일하게 이만큼이나 수성을 거친 작품이고, 수성 작업이 완전하지는 못합니다만, 감히 낭독해 드리고자 합니다."

'투오르와 곤돌린 망명자들'(초창기 문서들에서 '곤돌린의 몰락'의 제목은 이렇게 되어 있었다.) 이야기는 긴 시간 동안 그대로 방치되어 있었다. 하지만 일정 시점, 아마 1926년과 1930년 사이에 들어서 부친은 『실마릴리온』(1938년 2월 20일에 『옵저버』지에 보내신 편지에서 부수적으로 처음 등장한 제목이다)의 일부로 넣기 위해 이 이야기의 압축 요약판을 작성하셨던 것으로 보인다. 추후 이 판본은 『실마릴리온』의 나머지 부분들의 변경된 구상과 어울리도록 수정되었다. 그로부터 한참 후 부친은 완전히 형식을 고친 새로운 이야기에 착수하셨는데, 그 제목이 '투오르와 곤돌린의 몰락'이었다. 이 이야기는 1951년 즈음, 『반지의 제왕』이 완성되긴 했지만 아직 출간이 불투명했을 무렵에 쓰였을 가능성이 커 보인다. '투오르와 곤돌린의 몰락'은 비록 문체와 외양에 있어서는 많은 변화를 겪었지만, 부친이 청년기에 집필한 이야기의 핵심적인 부분들을 다수 간직하고 있었던 만큼 이미 출판된 『실마릴리온』 23장에 간략하게 실린 설화 전반에 세부 요소들을 제법 보강해 줄 수도 있었다. 하지만 안타깝게도 부친은 투오르와 보론웨가 마지막 관문에 이르고 투오르가 툼라덴 평원 너머 곤돌린을 바라보는 지점 이후로 집필을 멈추셨다. 이 이야기를 중단한 까닭을 추측할 만한 단서도 존재하지 않는다.

이 텍스트가 바로 이 책에 실린 내용이다. 실제로 곤돌린의 몰락에 관한 내용은 나오지 않는 만큼 혼란을 피하기 위해 나는 제목을 '투오르의 곤돌린 도달에 대하여'로 바꾸었다. 부친의 저술이 항상 그러했듯이, 여기에도 다른 형태로 된 판본들이 존재하는데, 어느 짧은 단락(투오르와 보론웨가 시리온강에 이르러 강을 건너는 대목)의 경우 여러 형태의 상충하는 이야기가 공존한다. 따라서 편집자의 개입이 조금 들어가는 것을 피할 수 없었다.

그런 점에서 투오르의 곤돌린 체류, 그와 이드릴 켈레브린달의 결합, 그리고 에아렌딜의 탄생과 마에글린의 배반, 혹은 도시의 약탈 및 피난민들의 탈출에 대해 부친이 생전에 남긴 유일하게 완전한 이야기(그것도 부친께서 제1시대를 상상했을 당시 그 중심에 자리한 이야기)가 당신의 청년 시절에 구상한 서사라는 사실은 무척이나 주목할 만하다. 다만, 이 (주목할 만한 가치가 가장 큰) 이야기는 이 책에 담기에 적합하지 않다는 것 역시도 이견의 여지가 없다. 원고가 당시 부친께서 사용하시던 지극히 고풍스러운 문체로 되어 있을뿐더러, 현재 출간된 『반지의 제왕』 및 『실마릴리온』과는 어울리지 않는 구상을 내포하고 있을 수밖에 없기 때문이다. 이 원고는 신화의 발전 단계 중 초창기에 해당하는 '잃어버린 이야기들the Book of Lost Tales'에 속한다. 이는 그 자체로도 방대한 가치가 있는 저작이며 가운데땅의 기원에 관심 있는 이들에게는 상당한 관심을 자아낼 만하지만, 독자들에게 이를 제공하려면 길고 복잡한 연구가 필수적으로 뒷받침되어야 할 것이다.

II
후린의 아이들 이야기

투린 투람바르 전설의 발달 과정은 어떤 측면에서는 제1시대의 이야기를 구성하는 모든 서사 요소들 가운데 가장 복잡하고 어수선한 사정이 있다. '투오르와 곤돌린의 몰락' 이야기처럼 이 역시도 초창기부터 시작되었으며, 이른 시기에 작성된 산문 이야기('잃어버린 이야기들'에 속해 있다)로도, 길고 완성되지 않은 두운체 운문으로도 존재한다. 다만 투오르 이야기의 '긴 판본'은 많이 진척되지 못한 반면, 투린 이야기의 '긴 판본'은 부친께서 완성에 가깝게 집필하셨다. 이 판본은 '나른 이 힌 후린'(이하 '나른')으로 불리며, 이 책에 실린 텍스트가 바로 이것이다.

다만 '나른'의 긴 이야기에는 걸쳐서 줄거리가 완전한 형태 또는 최종적인 형태에 근접한 정도에 있어서 상당한 차이가 있다. 이 이야기의 후반부('투린의 도르로민 귀환'부터 '투린의 죽음'까지)는 편집 과정에서 극히 미미한 수정만 가하면 되었지만, 초반부('도리아스의 투린' 말미까지)의 경우에는 원본 텍스트가 단편적이고 일관성도 부족한 관계로 상당한 양의 개정과 취사선택을 거쳐야 했거니와 몇몇 부분에서는 이야기를 축약해야 하기도 했다. 그런데 서사의 중반부(무법자들 사이의 투린, 작은난쟁이 밈, 도르쿠아르솔의 대지, 투린에 의한 벨레그의 죽음, 투린의 나르고스론드 생활)는 편집에 있어서 훨씬 더 까다로운 문제를 야기했다. '나른'에서 가장 완성도가 낮은 대목이 이 부분으로, 곳곳에서 앞으로 전개될 방향에 대한 윤곽 정도로만 축소되어 있다. '나른'의 작업이 중단될 당시에도 부친께서는 여전히 이 구간의 이야기를 발전시키는 중이었으며, 이에 따라 『실마릴리온』에 실릴 짧은 형태의 이야기도 '나른'이 최종적으로 진척되기 전까지는 유보되었다. 『실마릴리온』의 출간을 위해 원고를 준비할 때, 나는 어쩔 수 없이 투린의 이야기에서 문제의 구간에 해당하는 내용의 상당 부분을 이 (다양성과 상호 관련성 측면에 있어 상상 이상으로 복잡한) 자료들로부터 추출해야 했다.

투린이 밈의 거처인 아몬 루드에 체류하기 시작하는 지점까지 이어지는 중반부 첫 번째 대목은 '나른'의 다른 부분들과 맞먹는 분량의 줄거리를 구축해 놓았지만(다만 공백이 하나 있다. 176쪽과 12번 주석 참조), 그 지점 이후로(190쪽 참조) 투린이 나르고스론드의 몰락 이후 이브린에 당도하기까지의 대목에는 이런 시도가 크게 의미 있는 것 같지 않았다. '나른'에 존재하는 이 부분의 공백은 너무나 큰 관계로 이미 출간된 『실마릴리온』의 텍스트를 통해서만 이를 보충할 수 있다. 다만 해설에(271쪽과 그 이후) 본래 계획된 방대한 줄거리 중 이 대목에 속하는 별도의 짧은 글들을 발췌해 두었다.

('투린의 도르로민 귀환'부터 시작되는) '나른'의 3막은 『실마릴리온』의 내용(348~366쪽)과 대조해 보면 여러 부분에서 긴밀한 유사성을 찾아볼 수 있으며, 심지어는 단어까지 동일한 부분도 있을 것이다. 반면 1막에서는 긴 대목 두 부분을, 다른 자료에 이미 등장할뿐더러 출간된 『실마릴리온』의 내용과 형태만 조금 다를 뿐이라는 이유로 본문에서 생략했다(111쪽과 1번 주석, 125쪽과 2번 주석 참조). 이렇듯 서로 다른 저작들 사이에 중복되고 연관되는 부분들이 존재하는 것은 각기 다른 관점과 방식으로 해명할 수 있을 듯하다. 부친께서는 동일한 이야기를 규모를 달리해서 재작성하는 것을 즐기셨다. 그런데 몇몇 부분들의 경우 규모가 커진 판본에서도 이 이상의 추가적인 조치가 필요하지 않았거니와 표현을 바꿀 필요도 없었던 것이다. 더욱이, 진행 상황이 아직 유동적인 단계에 머물러 있어 완전한 체계를 갖추기까지는 멀었을 시기에는 동일한 대목이 양쪽 판본 모두에 시험 삼아 삽입되기도 했다. 한편 또 다른 층위에서도 해명을 제공할 수 있다. 요컨대 투린 투람바르 같은 몇몇 전설들은 먼 옛날에 특정한 운문 형식(이 경우에는 시인 디르하벨이 지은 「나른 이 힌 후린」을 가리킨다)으로 만들어진 바 있고, 훗날 상고대 역사의 요약본을 지은 이들이 이 운문의 몇 가지 구절이나, 혹은 대목 전체(특히 투린이 자결하기 전 자신의 검에 대고 한 말처럼 미사여구가 짙은 부분들)를 온전하게 보전했다고 하는 것이다(마치 『실마릴리온』의 구상과 같은 맥락이다).

PART TWO

I
누메노르섬에 대한 기술記述

부친께서 남긴 누메노르에 대한 설명문 일부를 발췌하여 수록하였다. 이 글은 서사라기보다 기술에 가까운데, 특히 누메노르섬의 물리적 특성을 다루고 있어서 알다리온과 에렌디스의 이야기에 대한 보충 설명이 되는 동시에 서사 자체와 자연스럽게 이어진다. 이 글은 1965년경에는 이미 있었던 것이 확실하고, 따라서 집필 일자가 그 당시로부터 그렇게 멀지는 않은 것으로 생각된다.

부친이 누메노르 지도를 그린 것은 딱 한 번이고 그것도 약간 급하게 그린 지도 한 장인데, 이를 바탕으로 이번에 새로 지도를 그렸다. 새로 그린 지도에는 원래 지도에 들어 있던 지명이나 요소들만 포함했다. 덧붙이자면 원래의 지도에는 안두니에만에 안두니에 항구로부터 멀지 않은 서쪽 지점에 또 다른 항구 하나가 더 등장하는데, 이름을 판독하긴 힘들지만 '알마이다'임이 거의 확실하다. 이 지명은 적어도 내가 아는 한 다른 출처에서 등장한 바가 없다.

II
알다리온과 에렌디스

이 이야기는 이 책에 포함된 글을 통틀어 가장 진척이 덜 된 이야기인데, 군데군데마다 편집자가 어느 정도 수고를 들여야 했던 터라 과연 이 이야기를 포함시키는 것이 적절한지 고민이 들 정도였다. 하지만 누메노르의 최후에 대한 이야기 (「아칼라베스」) 이전에 누메노르에서 전개되는 긴 세월 동안 살아남은 (기록이나 연대기와는 다른)

유일한 이야기로서 대단한 흥미를 자아낸다는 점, 또한 부친의 저술 가운데서도 내용상 독특한 면모를 지니고 있다는 점 때문에 나는 이 '끝나지 않은 이야기'들의 모음집에 이를 빠뜨려서는 안 된다는 생각을 하게 되었다.

이런 편집상의 조치가 필요했던 까닭을 이해하려면 다음의 설명이 불가피하다. 부친은 이야기를 구성할 때 '줄거리 개요'라는 것을 즐겨 사용하셨는데, 이 개요에는 사건 발생 시점에 대한 꼼꼼한 기록이 있어서 일견 연표의 개별 항목 같은 인상을 준다. 이번 이야기의 경우 이런 방식이 다섯 개까지 존재하는데, 각각 서로 다른 지점에서 상대적인 완결성 정도가 지속적으로 차이가 발생하는 것은 물론 상호간에 크고 작은 불일치가 적지 않게 발견된다. 다만 이 요약본들은 결국에는 항상 순수한 서사 형태로 발전하는 경향이 있었으며, 이 서사는 특히 직접화법으로 쓰인 짧은 대목들로 시작하는 경우가 많았다. 가령 알다리온과 에렌디스 이야기의 개요 중 다섯 번째이자 가장 후기의 기록에는 이 서사적 요소가 뚜렷해지면서 텍스트의 원고 분량이 거의 60매에 이른다.

다만 현재형으로 된 단편적 연표 방식의 텍스트가 개요 집필이 진행되는 과정에서 완전한 서사체로 변화하는 데는 꽤 시간이 걸렸다. 그래서 나는 이 이야기 초반부의 경우 줄거리 전반에 걸쳐 문체의 균일함을 유지하기 위해 상당 부분을 고쳐 썼다. 고쳐 썼다고는 하나 이 작업은 전적으로 자구 수정에 불과했고, 문장의 의미를 변경하거나 확실하지 않은 요소를 도입하는 일은 없었다.

이 텍스트의 기본 바탕이 되는 가장 마지막의 '방식'은 「그림자의 그림자: 뱃사람의 아내 이야기와 양치기 여왕 이야기」라는 제목이 붙어있다. 원고는 중간에 중단되는데, 부친이 집필을 왜 포기했는지에 관해서는 명확한 해답을 찾지 못했다. 1965년 1월에 이 지점까지 진행되는 한 타자 원고가 완성되었다. 더불어 이 모든 자료들 가운데 가장 후기에 작성된 것으로 판단되는 두 장 분량의 타자 원고가 존재한다. 이 모든 이야기의 완성본이 만들어질 경우 도입부에 쓰기 위해 작성되었음이 확실한 원고로, 이 책의 307~309쪽의 텍스트(줄거리 개요가 가장 빈약하게 제시된 부분이다)의 출처가 되었다. 이 원고에는 「인디스 이키랴모(뱃사람의 아내): 어둠의 첫 풍문이 전해지는 옛 누메노레 이야기」라는 제목이 붙어있다.

이야기의 끝부분(362쪽)에 미약하나마 이야기의 향후 전개 방향을 보여줄 수 있는 언급을 소개해 두었다.

Ⅲ
엘로스의 가계: 누메노르의 왕들

단순히 왕조 기록에 불과한 이 자료를 포함시킨 이유는 이것이 제2시대의 역사가 기록된 귀중한 문서이거니와, 해당 시대를 다루는 현존하는 자료들 대다수가 이 책에 실린 텍스트 및 해설들과 관련이 있기 때문이다. 이 글은 한 편의 정갈한 원고로, 누메노르의 왕과 여왕들의 생몰년도와 치세가 방대하면서도 간혹 애매하게 수정되어 있다. 나는 되도록 최근에 구축된 내용대로 표시하고자 했다. 이 텍스트는 몇 가지 사소한 연대기적 수수께끼를 안고 있지만, 동시에 『반지의 제왕』의 해설에 나오는 몇 가지 분명한 오류에 대한 명확한 해답을 제공해 준다.

여기서 엘로스 가계의 초기 세대의 가계도는 누메노르의 상속법과 관련된 논의(367쪽)에 쓰인 것과 같은 시기에 유래한 상호 연관성이 높은 몇 가지의 가계도로부터 따온 것이다. 비중이 낮은 이름들의 경우 약간씩 다른 형태가 일부 존재한다. 가령 '바르딜메'는 '바르딜레'라는 이름으로도 쓰고, '야비엔'은 '야비에'라는 이름으로도 쓴다. 내가 만든 가계도에 들어간 명칭은 나중에 만들어진 것을 선택했던 것으로 기억한다.

Ⅳ
갈라드리엘과 켈레보른의 이야기

이 부분은 단일 텍스트가 존재하지 않고 여러 발췌문들을 한데 모아둔 장이라는 점에서 (제4부를 제외한) 이 책의 다른 부분과는 차이가 있다. 이 장에서 다루는 자료들의 특성상 이렇게 취급하는 것이 불가피했다. 글 속에도 밝혀져 있지만, 갈라드리엘의 이야기란 결국 부친이 그녀에 대해 가진 구상을 이리저리 바꾼 내력이 될 수밖에 없거니와, 이 이야기의 '끝나지 않은' 특성은 이 경우에는 특정한 글 한 편의 미완료와는 다른 문제이기 때문이다. 나는 이 문제에 관한 부친의 미출간 원고를 발표하는 데만 역할을 한정하고, 전개 과정에 내재된 보다 큰 질문들에 대한 일체의 논의에는 관여하지 않았다. 그렇게 되면 발라들과 요정들의 관계 전체에 대해, 처음에 엘다르를 발리노르로 불러들인 (『실마릴리온』에서 서술되는) 결정부터 시작해 그 외의 수많은 주제들을 아우르는 검토가 뒤따라야 하기 때문이었다. 이 문제와 관련하여 부친이 남긴 내용들은 상당수가 이 책이 다루고자 하는 취지를 벗어난다.

갈라드리엘과 켈레보른의 이야기는 다른 전설과 역사들, 예컨대 로슬로리엔과 숲요정들, 암로스와 님로델, 켈레브림보르와 힘의 반지의 제작, 사우론에 맞선 전쟁과 누메노르인들의 개입 등의 이야기와 무척 복잡하게 얽혀 있으므로 그 자체로만 따로 놓고 보는 것은 불가능하다. 따라서 이 책에서는 이 부분을 다섯 개의 해설과 함께 가운데땅 제2시대의 역사와 관련된 미출간 자료들(이 논의는 곳곳에서 불가피하게 제3시대까지 넘어간다.) 거의 전부를 한데 모아둔 형식으로 정리했다. 『반지의 제왕』 해설 B의 '연대기'에는 "이 시대는 가운데땅의 인간들에게는 암흑의 세월이었으나 누메노르에게는 영광의 시대였다. 이 시대에 가운데땅에서 일어난 사건들에 대해서는 기록이 미미하고 간략한 데다 일시도 불분명하다"라고 언급되어 있다. 하지만 그 '암흑의 세월'에서 살아남은 소수의 기록들도 부친의 생각이 확장되고 변화함에 따라 변형을 겪었다. 그래서 나는 이 모순점들을 어떻게든 맞추려고 애쓰기보다는, 차라리 이를 있는 그대로 드러내고 여기에 관심을 기울여 주기를 원했다.

다종다양한 판본들을 처리하는 과정에서 이를 반드시 어느 쪽이 더 나은가 따지는 방식으로 다룰 필요는 없다. 더욱이 이러한 문제에서 '저자'이자 '창작자'로서의 부친을, 길고 긴 세월을 거쳐(프로도가 로리엔에서 갈라드리엘을 만났을 때는 그녀가 벨레리안드의 파멸을 피해 청색산맥을 넘어 동쪽으로 이주한 후로 60세기가 넘게 흐른 시점이었다) 여러 민족들에 의해 다양한 형태로 전수된 옛 전래담들을 이어받은 '기록자'로서의 부친과 항상 구분하여 볼 수도 없는 노릇이다. '여기에 대해서는 두 가지 이야기가 전해지며, 둘 중 어느 쪽이 진실인지는 이제는 사라져버린 현자들만이 답할 수 있을 것이다.'

부친은 말년에 들어서 가운데땅의 이름들(고유명사—역자 주)의 기원에 관한 글을 많이 남겼다. 꽤나 산만한 이 글들 속에 많은 양의 역사와 전설들이 끼어들어가 있다. 다만 문제의 글들이 일차적인 문헌학적 목적에 비하면 부수적인 내용들이고 또 지나가듯이 언급되는 편이었기 때문에 따로 추출하는 작업이 필요했다. 이 장이 대체로 짤막한 인용문들로 구성되고 같은 형식의 추가 자료가 해설에 배치된 형태로 만들어진 것도 바로 그 때문이다.

PART THREE

I
창포벌판의 재앙

이 이야기는 '후기에' 쓰인 작품이다. 이 말은 정확한 작성 일시를 알아낼 단서는 없지만 『반지의 제왕』이 출간된 시기와 그 이후의 몇 해가 아니라, 「키리온과 에오를」, 「아이센여울목의 전투」, 「드루에다인」, 그리고 「갈라드리엘과 켈레보른의 이야기」에 발췌된 문헌학적 글들과 마찬가지로 가운데땅에 관한 부친의 저술에 있어서 마지막 시기에 속하는 작품이라는 뜻이다. 이 이야기에는 두 판본이 존재한다. 하나는 내용 전체를 개략적으로 서술하는 (집필 과정의 첫 단계임이 분명한) 타자 원고이고, 또 하나는 많은 변경 사항이 종합된 질 좋은 타자 원고인데, 이 원고는 엘렌두르가 이실두르에게 피신을 종용하는 지점(479쪽)에서 중단된다. 여기는 편집자가 손대야 할 부분이 거의 없었다.

II
키리온과 에오를, 그리고 곤도르와 로한의 우정

이 토막글들은 「창포벌판의 재앙」과 같은 시기, 즉 부친이 곤도르와 로한의 초기 역사에 열중하고 계실 무렵에 집필하신 것으로 판단된다. 본디 『반지의 제왕』 해설 A에 개괄적으로 실린 내용을 세부사항을 채워 발전시킴으로써 하나의 탄탄한 역사를 구성하는 부분들로 작성할 의도가 있었던 것이 틀림없다. 이 자료들은 집필 초기 단계에 머물고 있기 때문에 상당히 무질서한데다, 다른 형태의 이야기들이 난립하고, 이야기가 불쑥 멈추었다가 급히 쓰는 바람에 부분적으로 알아보기 힘든 단상으로 이어지기도 한다.

III
에레보르 원정

1964년에 부친이 쓰신 편지를 보면 이런 내용이 있다.

> 물론 『호빗』과 『반지의 제왕』 사이에는 분명하게 정리되지 않은 연결고리들이 무척 많이 있습니다. 대개는 집필 완료되었거나 밑그림이 그려졌지만 부담을 덜기 위해 잘려나간 것들입니다. 예컨대 간달프가 조사차 떠난 여정이나, 그와 아라고른 및 곤도르의 관계나, 골룸이 모리아에 피신하기 전까지 취한 모든 움직임 등등이 있지요. 사실 간달프가 빌보를 찾아오고 뒤이어 '뜻밖의 파티'가 벌어지는데, 그 전에 실제로 어떤 일들이 있었는가를 간달프의 시선에서 회고하는 이야기를 완전한 형태로 써 두었답니다. 원래 미나스 티리스에서 지난 일들을 돌이켜보며 나누는 대화에 들어갈 예정이었습니다만, 결국 쳐내야 했지요. 지금은 해설 A의 582~583쪽에 간략하게만 등장할 뿐입니다. 다만 간달프가 소린과 씨름하느라 겪었던 고충에 대한 이야기는 여기서는 빠져 있습니다.

바로 이 간달프의 이야기가 이 책에 실려 있다. 텍스트 저변에 깔린 복잡한 사정은 본편의 해설에 기록되어 있는데, 여기에 초기 판본에서 발췌한 중요 대목을 포함시켰다.

IV
절대반지 수색

제3시대 3018년에 벌어진 사건들에 관한 글이 많이 있는데, 이 사건들은 이들 말고는 '연대기'에 실려 있거나 엘론드의 회의에서 간달프와 다른 참석자들이 보고한 내용 속에 들어있다. 앞에서 인용한 편지에서 "밑그림이 그려졌지만"이라고 한 것에는 바로 이 글도 포함되는데, 여기서는 이들을 두고 한 말임이 분명하다. 이들을 '절대반지 수색'이라는 제목으로 제시했다. 이 원고들에는 그냥 무시하고 넘어가기가 힘든 혼란스러운 부분들이 폭넓게 존재하는데, 이 원고들 자체에 대해서는 595~596쪽에서 충분히 서술했다. 다만 이들이 작성된 시기는 (나는 이 장의 세 번째 토막으로 등장하는 '간달프, 사루만, 샤이어에 대하여'까지 포함하여 이 자료들 전부가 동일한 시기에 비롯되었다고 보는데) 이곳에서 언급하는 것이 좋겠다. 이들은 『반지의 제왕』의 출간 이후에 작성된 것으로, 출간된 『반지의 제왕』의 쪽 번호가 참조용으로 제시되어 있는 것을 통해 알 수 있다. 다만 특정한 사건들의 경우 발생 일자가 해설 B의 '연대기'에 제시된 일자와 차이가 있다. 이에 대해서는 『반지의 제왕』 PART 1이 출간된 이후지만 해설이 담긴 PART 3는 아직 출간되기 전에 쓰였기 때문이라고 하는 것이 정확한 대답이 될 것이다.

V
아이센여울목의 전투

본문 해설에 딸린 로히림의 군대 편성과 아이센가드의 역사에 대한 이야기까지 포함하여, 이 글은 엄밀한 역사적 분석을 다룬 후기의 다른 자료들에 속한다. 이 글의 경우 텍스트 자체에 관한 문제가 상대적으로 적었으며, 가장 확실한 의미에서 '끝나지 않은' 글이다.

PART FOUR

I
드루에다인

생애 말년에 들어서면서 부친은 아노리엔의 드루아단숲에 사는 야인들과, 검산오름까지 이어지는 도로에 세워진 푸켈맨들의 석상에 대해 상당히 많은 이야기를 쓰셨다. 여기 수록한 이야기는 제1시대의 '벨레리안드의 드루에다인'에 대한 설명과 '충직한 돌' 이야기를 담고 있는데, 주로 가운데땅의 언어들 간의 상관관계를 다루는 길고 산만한 미완성의 한 에세이에서 따온 것이다. 추후 기술하겠지만, 드루에다인은 이른 시대의 역사에 편입될 예정이었다. 그러나 이미 출간된 『실마릴리온』에는 이와 관련된 흔적이 당연히 빠져 있다.

II
이스타리

부친은 『반지의 제왕』의 출간이 승인된 직후 PART 3 말미에 찾아보기를 추가해야 한다는 제안을 하셨는데, 이 찾아보기 작업에 착수한 시기는 PART 1과 PART 2의 인쇄가 개시된 이후인 1954년 여름 중이었던 것 같다. 1956년에 보낸 편지에서 부친은 이에 관해 이렇게 말씀하셨다.

> "이름들의 찾아보기가 만들어질 예정이었습니다. 또한 이름들의 어원을 해설하는 과정에서 상당한 양의 요정어 어휘들도 제공하려고 했지요. …… 수개월 동안 여기에

> 매진하면서 PART 1과 PART 2의 찾아보기를 완성했지만 (PART 3의 출간이 늦어진 주된 요인이 이것입니다), 분량과 비용이 감당할 수 없을 정도가 되리라는 게 분명해져서 결국 그만두었습니다."

실제로 『반지의 제왕』에는 1966년에 제2판이 나오기 전까지 찾아보기가 존재하지 않았다. 다만 부친이 개략적으로 만들어 둔 초고는 보존되어 있었다. 나는 이 초고에서 착안하여 『실마릴리온』 찾아보기를 구상했고 이름의 뜻풀이와 간략한 설명문이 포함된 형식으로 만들었다. 또한 『실마릴리온』과 이 책의 찾아보기 양쪽에 실린 일부 뜻풀이와 몇 가지 '뜻매김'도 해당 초고에서 직접적으로 따왔다. 이 장의 서두에 사용된 '이스타리에 관한 글' 역시 앞의 초고에서 가져온 것으로, 이 항목은 형식에 있어서는 부친께서 흔히 사용하시던 방식이지만, 분량에 있어서는 찾아보기 초고 중에서도 완전히 이질적이다.

이 장에 실린 다른 발췌문들의 경우 작성 일자들을 본문 안에 알려줄 수 있는 만큼 제시했다.

Ⅲ
팔란티르

부친은 『반지의 제왕』 제2판(1966년 출간)을 만들 때 『두 개의 탑』 BOOK3, chapter 11 「팔란티르」의 한 단락(아르테판 339쪽)에 대대적인 수정을 가했고, 『왕의 귀환』 BOOK5 chapter 7 「데네소르의 화장」에도 (상기한 판본 기준 202쪽) 이와 연결되는 변경 사항을 추가했다. 하지만 이 수정사항들은 개정판의 제2쇄(1967년 출간)가 나오기 전까지는 텍스트에 반영되지 못했다. 이 책의 이 장은 앞서 말한 개정사항과 관련하여 팔란티르를 논하는 글에서 가져온 것이다. 내가 한 일은 이들을 합쳐 연결된 하나의 에세이로 만든 것뿐이다.

* * *

가운데땅 지도

나의 원래 계획은 『반지의 제왕』에 수록된 지도에 몇 가지 지명을 추가한 후 이 책에 싣는 것이었다. 하지만 고심 끝에 이번 기회에 내가 그렸던 원본 지도를 베낀 다음 몇 가지 사소한 오류들을 정정하기로 했다(이를 통해 내 권한을 벗어나는 큰 폭의 오류들을 정정하고자 했다). 따라서 해당 지도를 거의 똑같이 그리되, 크기는 지난번 것보다 절반가량 더 크게 만들었다(즉 새로 그린 지도는 기존에 출간된 지도의 지면상에 표시된 크기보다 절반가량 더 크다는 뜻이다). 비록 지도상에 표시된 영역은 더 작지만, 누락된 요소는 움바르 항구와 포로켈곶이 전부이다.[1] 덕분에 여러 종류의 더 큰 글씨체를 적용할 수 있었고, 또한 알아보기도 훨씬 좋아졌다.

여기에 더해 론드 다에르, 드루와이스 야우르, 에델론드, 두 여울(북여울과 남여울), 그레일린과 같이 이 책에는 등장하나 『반지의 제왕』에는 등장하지 않는 중요한 지명들을 추가했다. 그 외에 하르넨강과 카르넨강, 안누미나스, 이스트폴드, 웨스트폴드, 앙마르 산맥

1 이제는 기존의 내 지도에 '포로켈 빙만'으로 표시되어 있던 수역이 사실은 동북쪽으로 훨씬 멀리 펼쳐진 포로켈만(『반지의 제왕』 해설 A(Ⅰ)에서 "넓은 포로켈만"으로 지칭된다)의 작은 일부분일 뿐이었다고 확신한다. 거대한 포로켈곶이 이 만의 북쪽과 서쪽 해안선을 이루며, 포로켈곶의 끝부분은 비록 이름이 표시되진 않았으되 기존의 내 지도에도 그려져 있다. 부친의 지도 스케치들 중 한 군데에서는 가운데땅의 북쪽 해안가가 포로켈곶으로부터 동북동쪽으로 거대한 곡선을 그리며 늘어나 있으며, 그 중 최북단은 카른 둠에서 약 1120km 가량 북쪽에 있다.

처럼 기존의 지도에 있었을 법한 혹은 마땅히 있어야 했을 지명들 또한 추가했다. 실수로 인해 루다우르 하나만이 지도상에 표시된 것도 카르돌란과 아르세다인을 추가해 정정했으며, 부친의 지도 스케치 중 하나와 내 지도 초고에 등장하며 서북쪽 해안으로부터 멀리 떨어진 곳에 위치한 작은 섬인 힘링Himling도 표시했다. '힘링'이라는 명칭은 힘링Himring(『실마릴리온』에서 페아노르의 아들 마에드로스의 요새가 세워진 거대한 산)의 초기 형태인데, 비록 어디에도 기록된 바는 없으나 힘링산의 꼭대기가 침몰한 벨레리안드를 뒤덮은 바닷물 위로 솟아 오른 것임이 분명하다. 이 섬의 서쪽으로 조금 가면 톨 푸인이라는 비교적 큰 섬이 나오는데, 이는 틀림없이 타우르누푸인에서 가장 높은 지역이었을 것이다. 항상 그렇지는 않지만 대체로 신다린 이름을 (알려진 경우에는) 선호했는데, 다만 번역된 이름이 많이 쓰인 경우에는 번역명을 주로 사용하였다. 기존의 내 지도 상단에 표시되었던 '북녘의 황야'의 경우, 사실 포로드와이스[2]에 대응되는 이름으로 의도했음이 확실해 보인다는 점을 여기서 짚고 넘어가는 것이 좋겠다.

아르노르와 곤도르를 잇는 '대로'의 경우 길 전체를 표시하는 것이 바람직하다고 판단했다. 다만 에도라스와 아이센여울 사이 구간의 경로는 추측으로 구성하였다(론드 다에르와 에델론드의 정확한 위치도 마찬가지다).

마지막으로, 내가 비록 25년 전에 급하게 제작한 지도의 (명명법과 글씨를 제외한) 형식과 세부 양식을 그대로 유지하기는 했으나 이

---

2 포로드와이스는 『반지의 제왕』에서 단 한 번만 등장하는(해설 A(Ⅰ)) 이름으로, 포로켈의 설인족의 조상 되는 북쪽 지방의 옛 거주민들을 가리키는 데 쓰였다. 다만 신다린 단어 '(ㄱ)와이스(g)waith'는 원래 특정한 지방과 그 지방에 사는 민족 양쪽에 모두 쓰이는 어휘였다(에네드와이스의 예를 참조). 부친의 지도 스케치 중 하나에서는 포로드와이스가 명백히 '북녘의 황야The Northern Waste'와 동일시되며, 또 다른 곳에서는 '북부지대Northerland'로 번역되어 있다.

는 지도를 만든 구상과 솜씨가 탁월하다고 믿기 때문이 아니라는 점을 강조하고자 한다. 나는 부친이 내 지도를 직접 그리신 지도로 대체하지 않았다는 점을 오랫동안 애석하게 여겨 왔다. 그렇지만 결과적으로는 모든 흠결과 오류에도 불구하고 내가 그린 지도가 소설을 대표하는 지도가 되었고, 부친도 이후 언제나 이 지도를 (비록 그 안에서 결함을 자주 발견하셨으나) 바탕으로 삼아 오셨다. 부친이 만든 다양한 밑그림 지도들, 그리고 내 지도의 근간이 된 다양한 밑그림 지도들 모두가 이제는 『반지의 제왕』 집필 역사의 한 축을 차지하고 있다. 그러므로 이 문제와 관련해 내가 기여한 부분이 엄연히 존재하는 한 내 도안을 그대로 살려두기로 했다. 적어도 부친이 품으신 구상의 뼈대를 상당히 충실하게 구현해 내고 있기 때문이다.

PART ONE

제1시대

I

투오르의 곤돌린 도달에 대하여

후오르의 아내 리안은 하도르 가문의 백성들과 함께 살고 있었다. 그러나 도르로민에 니르나에스 아르노에디아드에 관한 소문이 퍼졌을 때 남편의 소식이 들리지 않자 그녀는 미칠 지경이 되어 황무지로 나가 홀로 방황하였다. 리안은 그렇게 죽을 뻔했지만, 미스림 호수 서편의 산맥에 거주하던 회색요정들 덕에 목숨을 구했다. 회색요정들은 리안을 그들이 살던 곳으로 데려갔고, 그곳에서 그녀는 '비탄의 해'가 가기 전에 사내아이를 낳았다.

리안은 요정들에게 말했다. "이 아이를 투오르라고 불러주세요. 전쟁이 닥치기 전에 아이 아버지가 지어준 이름입니다. 이 아이가 장차 요정과 인간 모두에게 큰 복이 될 것이니, 부디 이 아이를 잘 보살피고 숨겨주세요. 저는 제 남편 후오르를 찾으러 길을 나서야 한답니다."

요정들이 그녀를 가엾게 여기는 가운데, 이들 중 전쟁에 나갔다가 유일하게 살아 돌아온 안나엘이 리안에게 말했다. "아아, 부인이여. 후오르는 형인 후린 옆에서 전사한 것을 이제 알게 되었습니다. 오르크들이 전장에 쌓아 올린 전사자들의 언덕에 묻혀 있으리라 생각됩니다."

그 말을 들은 리안은 일어나 요정들이 살던 곳을 떠났다. 그녀는 미스림 일대를 가로질러 안파우글리스 황야의 하우드엔은뎅긴에 도착했고, 그곳에 몸을 누이고 숨을 거두었다. 그러나 후오르의 어린 아들은 요정들의 보살핌을 받으며 그들의 일원으로 성장했다. 반듯한 용모에 아버지를 닮은 황금색 머리칼을 가진 투오르는 강인하고 훤칠하며 용맹한 사내가 되었고, 그가 요정들에게 전수받은 지식과 무예는 북부가 몰락하기 전의 어느 에다인 왕자와 견주어도 손색이 없었다.

그러나 세월이 지나면서 히슬룸에 남아 있는 선주민들의 삶은 요정과 인간 가릴 것 없이 고되고 위험해졌다. 다른 곳에서도 언급했듯이, 모르고스가 자신을 섬기던 동부인들과 맺은 약속을 저버리고 그들이 탐내던 풍족한 벨레리안드 땅을 주기는커녕 그들을 히슬룸으로 강제 이주시킨 탓이었다. 이에 동부인들은 더 이상 모르고스를 경애하지 않게 되었으나, 공포심에 여전히 그를 섬기며 요정 모두를 증오했다. 동부인들은 하도르 가문의 생존자들(대부분은 노인과 아녀자였다)을 경멸하고 억압했고, 부녀자들과 강제로 혼인을 하여 땅과 재산을 빼앗고 그들의 자식은 노예로 삼았다. 오르크들은 히슬룸을 마음대로 드나들며 산속 은신처에 숨어 있던 요정들을 추격했고, 많은 요정이 앙반드의 지하 광산으로 끌려가 모르고스의 노예로 노역을 하는 신세가 되었다.

이에 안나엘은 소수의 인원을 이끌고 안드로스의 동굴로 피신했는데, 이후 그들은 매일 촉각을 곤두세우며 험난한 생활을 했다. 그것이 투오르가 열여섯 살이 될 때까지의 일이었다. 투오르는 이제 강인해졌으며 회색요정의 도끼와 활 등의 무구를 다룰 수 있게 되었다. 동족의 한 맺힌 이야기에 그의 가슴은 뜨겁게 끓어올랐고, 나아가 오르크들과 동부인들에게 복수를 다짐했다.

그러나 안나엘이 그를 막았다. "후오르의 아들 투오르여, 내 생각에 자네의 운명은 한참 먼 곳에 있네. 그리고 상고로드림 자체가 전복되지 않는 한 이 땅은 모르고스의 어둠에서 벗어날 수 없을 것이야. 그래서 우린 이제 이 터를 버리고 남쪽으로 떠나기로 뜻을 모았네. 자네도 우리와 함께 가세."

투오르가 말했다. "하지만 적의 감시망을 무슨 수로 피한답니까? 이렇게 많은 수가 한꺼번에 움직인다면 틀림없이 발각될 것입니다."

다시 안나엘이 말했다. "공공연히 이동하진 않을 걸세. 혹시 우리가 운이 좋다면 안논인겔뤼드, 즉 '놀도르의 문'으로 부르는 비밀 통로로 갈 수 있을 걸세. 먼 옛날 투르곤의 시대에 놀도르의 손길로 만들어진 관문이지."

이유는 알 수 없었으나, 투르곤이라는 이름을 듣자 투오르는 전율했다. 그는 안나엘에게 투르곤에 관해 물었다.

안나엘이 대답했다. "그분은 핑골핀의 아드님으로, 핑곤께서 전사하신 지금, 놀도르의 대왕이 되신 분이네. 그분은 지금까지 살아남아 모르고스의 가장 두려운 적수가 되었네. 도르로민의 후린과 자네의 부친인 후오르가 시리온의 통로를 사수한 덕분에 그분이 니르나에스의 참극에서 빠져나올 수 있었던 게지."

투오르가 말했다. "그렇다면 제가 투르곤을 찾아나서겠습니다. 제 아버지와의 인연을 봐서라도 그분께서 분명 도움을 주시지 않겠습니까?"

안나엘이 말했다. "그건 안될 말일세. 그분의 요새는 요정과 인간의 눈이 닿지 않는 곳에 있어 우리도 그 소재를 모르네. 놀도르 중에서 일부가 그곳으로 통하는 길을 알지도 모르지만 절대로 발설하지 않을 것이야. 그럼에도 자네가 그들과 얘기를 나눠보고 싶다면 앞서 말한 대로 날 따라오도록 하게. 멀리 남쪽에 있는 항구에서 '숨은왕국' 출신의 방랑자를 만나게 될지도 모르니 말일세."

그렇게 시간이 흘러 요정들이 안드로스의 동굴을 버리고 떠날 날이 되었고, 투오르도 그들과 함께했다. 그러나 적들이 이미 그들의 거주지를 예의주시하고 있었기에 요정들의 행군은 금방 발각되고 말았다. 그들은 산을 내려와 평지에 제대로 들어서기도 전에 오르크와 동부인 대부대의 공격을 받아 짙어지는 어둠 속으로 뿔뿔이 흩어졌다. 그러나 투오르의 가슴속은 전투의 불길로 달아올랐다. 투오르는 도망치기는커녕 소년의 몸으로 마치 제 아버지처럼 도끼를 휘둘러댔고, 그렇게 오랜 시간 자기 자리를 사수하며 수많은 습격자들을 처치했다. 그러나 그도 끝내는 제압당했고, 포로의 몸으로 동부인 로르간 앞에 끌려가게 되었다. 로르간은 동부인들의 족장이었는데, 도르로민 전역이 모르고스의 봉토이자 자신의 통치 영역이라고 주장하는 자였다. 투오르는 로르간의 노예가 되었고, 이후 그는 고되고 혹독한 삶을 살게 되었다. 로르간이 이전 통치자들의 핏줄인 투오르를 학대하는 것을 낙으로 삼았고, 가능한 한 하도르 가문의 긍지를 꺾으려 들었기 때문이었다. 그러나 지혜로운 투오르는 침착하게 인내하며 모든 고통과 비웃음을 견뎌냈다. 이에 따라 시간이 지날수록 그의 노역은 한결 가벼워졌고, 적어도 대다수의 불운한 로르간의 노예들처럼 배를 곯는 일은 없게 되었다. 로르간은 젊고 일할 능력이 있는 노예들은 잘 먹여주는 편이었고, 투오르는 힘이 세고 재주도 좋았기 때문이다.

3년간의 노예 생활 끝에 마침내 투오르에게 탈출의 기회가 찾아왔다. 이제 어엿한 어른으로 성장한 투오르는 그 어느 동부인보다도 크고 날렵했다. 다른 노예들과 함께 나무를 하러 가게 된 어느 날, 투오르는 불시에 보초들에게 덤벼들어 도끼로 그들을 처치하고는 산속으로 도주했다. 동부인들이 개를 풀어 투오르를 쫓았으나 소용이 없었다. 로르간의 개들은 대부분 이미 투오르와 친해져 있었기 때문에 혹시 그를 발견하더라도 앞에서 재롱을 떨었고, 그러면 투오르는 개들을 다시 집으로 돌려보내기 때문이었다. 그렇게 투오르는 마침내 안드로스의 동굴로 돌아가 홀로 지내게 되었다. 이후 4년 동안 투오르는 선조들의 땅에서 고독하고 은밀한 무법자로 살아갔는데, 종종 거처를 나와서 마주치는 동부인들을 살해하곤 했으므로 그의 이름은 곧 두려움의 대상이 되었다. 이렇게 되자 동부인들은 투오르의 목에 거액의 현상금을 걸었다. 원체 요정을 두려워하여 요정들이 머물던 동굴을 기피한 동부인들은 설령 여럿이 모이더라도 감히 투오르의 은신처에 갈 엄두를 내지 못했다. 그러나 전하는 바로는, 투오르가 이렇게 배회한 것은 동부인들에게 복수하기 위해서가 아니라 안나엘이 가르쳐준 '놀도르의 문'을 찾기 위해서였다고 한다. 그러나 어디를 찾아야 하는지 알 수 없을 뿐만 아니라 아직 산맥에 남아 숨어 있던 소수의 요정들은 놀도르의 문에 대해 들어본 적도 없었기에, 투오르는 원하는 바를 이루지 못했다.

이윽고 투오르는 아직은 행운이 그를 따른다 할지라도 무법자로서의 삶이 그렇게 오래가지 못하거니와 더는 희망도 없다는 사실을 깨달았다. 스스로도 언제까지나 집도 없는 산속에서 야생인으로 살아갈 뜻은 없었으며, 그의 마음은 여전히 큰일을 해내기를 소망하고 있었다. 전하는 바로는, 이때 울모의 권능이 드러났다고 한다. 울모는 벨레리안드에 오가는 모든 소식을 모으고 있었고, 가운데땅에서 대해로 흐르는 모든 물결이 곧 그의 소식통이자 전령이었다. 또한 그는 키르단을 비롯한 시리온하구의 조선공들과도 오랜 우정을 유지하고 있었다.[1] 이 시기에 울모는 특히 하도르 가문의 운명을 예의주시했는데, 망명한 놀도르를 구원하기 위해 하도르 가문에 큰 역할을 맡길 계획이었기 때문이었다. 또한 안나엘과 그를 따르는 무리 다수가 도르로민을 무사히 빠져나와 먼 남쪽의 키르단에게 당도한 덕에, 울모는 투오르가 처한 곤경에 대해서도 잘 알고 있었다.

그렇게 시간이 흘러 (니르나에스 이래로 어언 23년째가 되는) 새해초의 어느 날, 투오르는 자신이 머물던 동굴 입구의 근처로 흘러들어오는 샘물 가까이에 앉아 구름 너머로 태양이 저무는 서편을 바라보았다. 이내 투오르는 불현듯 더는 기다리지 말고 자리를 박차고 떠나리라고 마음속으로 생각했다.

그가 외쳤다. "나는 이제 멸망한 내 일족의 잿빛 땅을 떠나 내 운명을 찾아나설 것이다! 허나 어느 쪽으로 가야 한단 말인가? 오랜 세월 관문을 찾아보았지만 소용이 없었거늘."

투오르는 곧 마음의 위안을 얻고자 줄곧 몸에 지녀왔던 하프를 꺼내들었다. 폐허 한가운데서 홀로 청아한 소리를 내는 자신의 처지가 얼마나 위태로운지도 아랑곳하지 않고, 그는 능숙하게 줄을 퉁기며 북부의 요정노래를 읊었다. 투오르가 노래하자 그의 발치에 있던 샘물이 급격히 불어나며 요동치기 시작하다가 끝내는 넘쳐흐르더니, 곧이어 가느다란 물줄기가 바위가 무성한 산비탈을 따라 요란하게 흘러내렸다. 투오르는 이를 일종의 계시로 받아들이고는 곧장 일어서서 물줄기를 뒤쫓았다. 이렇게 그는 미스림의 고산지대를 벗어나 도르로민 북쪽의 평원에 진입했다. 투오르가 물길을 쫓아 서쪽으로 향할수록 물줄기는 점점 불어났고, 그렇게 사흘이 지나자 투오르는 멀리 서쪽에서 남과 북으로 길게 뻗은 회색의 산등성이를 볼 수 있었다. 이것이 바로 서부해안의 먼 연안지대를 울타리처럼 에워싸는 산맥인 에레드 로민이었으며, 이는 투오르가 여태껏 배회하면서도 한 번도 발견한 적이 없는 장소였다.

산맥에 접근할수록 지형은 더욱 험준해졌고 거친 돌이 가득했다. 얼마 지나지 않아 발치의 지형이 오르막으로 바뀌더니 물줄기는 갈라진 지층의 틈 속으로 흘러들었다. 투오르가 여정을 떠난 지 셋째 날, 땅거미가 어둑해질 무렵 투오르의 눈앞에 석벽이 하나 나타났는데, 그 가운데에 아치 모양으로 벌어진 구멍이 있었다. 물줄기는 그 안으로 흘러들었고 더 이상 자취를 따라갈 수 없었다.

투오르는 크게 상심하여 외쳤다. "내 희망이 나를 기만했구나! 산의 징조를 따라온 대가가 결국 적들의 영역 한복판에서 어두컴컴한 끝을 맞이하는 것이라니!"

침울해진 투오르는 높은 강변의 바위들 한가운데 자리를 잡고는 주변을 경계하며 불도 없이 혹독하게 밤을 지새웠다. 그날은 아직 술리메 월이었기에 태동하는 봄의 기운이 먼 북부까지 도달하지 않았거니와, 동쪽에서 매서운 바람까지 불어왔던 것이다.

그러나 미스림의 깊은 안개 속으로 비상하는 태양의 빛이 희미하게 스며들 때쯤, 누군가의 목소리가 들려왔다. 투오르가 아래를 내려다보니 놀랍게도 두 요정이 얕은 강물을 헤치며 다가오고 있었다. 그들이 강기슭이 깎여 만들어진 층계를 밟고 올라오는 것을 보고 투오르는 자리에서 일어나 그들에게 말을 걸었다. 일순간 그들은 번쩍이는 검을 뽑아들고 투오르를 향해 달려왔다. 투오르가 자세히 보니 두 요정은 회색 망토를 둘렀고 망토 밑에 미늘갑옷을 걸치고 있었다. 그들은 눈에서 나오는 광채 탓에 투오르가 여태껏 보아온 어느 요정보다 아름다우면서도 무시무시했고, 이에 투오르는 경탄했다. 투오르는 허리를 꼿꼿이 치켜세운 채 요정들을 맞이했고, 요정들도 투오르가 무기를 꺼내기는커녕 홀로 서서 요정의 언어로 그들을 반기는 것을 보고 칼을 거두고 정중히 화답했다.

두 요정 중 하나가 말했다. "우리는 피나르핀의 백성인 겔미르와 아르미나스라고 하오. 그대는 혹시 니르나에스가 발발하기 이전에 이 땅에 살던 에다인 백성이 아니오? 또 그대의 황금빛 머리를 보건대, 하도르와 후린의 핏줄로 짐작되오."

그러자 투오르가 대답했다. "맞소. 나는 후오르의 아들 투오르요. 나의 아버지 후오르는 하도르의 아들인 갈도르의 아들이오. 하지만 이제 나를 무법자 신세로 내몰고 친지들도 더는 없는 이 땅을 떠나려 하오."

겔미르가 말했다. "혹시 이 땅을 탈출해 남쪽의 항구들로 갈 생각이었소? 그렇다면 그대는 이미 올바른 길로 왔다오."

투오르가 말했다. "나도 한때는 그렇다고 여겼소. 산속에서 불현듯 솟아난 물을 따라왔소만, 그 물줄기는 결국 이 얄궂은 강물에 합류하고 말았소. 이제는 캄캄한 어둠 속으로 이어지고 있으니, 어느 쪽으로 가면 좋을지 갈피를 잡지 못하겠소."

겔미르가 말했다. "어둠 속을 가다 보면 빛을 찾을 수도 있지 않겠소?"

투오르가 말했다. "하지만 누구나 할 수만 있다면 햇빛 속을 걷고 싶어 하지요. 그건 그렇고 그대들은 놀도르이니, 혹시 알고 계시거든 '놀도르의 문'이 어디에 있는지 알려주시오. 내 회색요정 양부이신 안나엘께 전해 들은 이후 줄곧 그 관문을 찾아다녔소."

그러자 요정들은 웃음을 터뜨리더니 이렇게 말했다. "그대의 수색은 끝났소. 당신은 이미 그 관문을 지나온 것이오. 관문은 바로 그대의 눈앞에 있는 저것이오!"

그리고 그들은 물줄기가 흘러들어 오던 아치를 가리켰다.

"따라오시오! 어둠 속을 지나고 나면 빛을 보게 될 것이오. 길이 나오는 데까지 그대를 데려다주겠소. 계속 안내하지는 못할 거요. 우린 급한 심부름으로 한때 도망쳐 나왔던 땅으로 되돌아가야 하는 몸이니 말이오." 겔미르가 이어 말했다. "허나 두려워 마시오. 그대의 이마에 엄청난 운명이 새겨져 있으니. 그 운명이 그대를 이 땅으로부터 멀리, 짐작컨대 가운데땅마저도 초월한 곳으로 인도할 것이오."

그리하여 투오르는 두 놀도르 요정을 따라 층계를 내려갔고, 차가운 물을 헤치며 나아갔다. 그들 일행이 돌로 만든 아치 너머 빛이 닿지 않는 곳에 이르자, 겔미르는 놀도르의 등불 하나를 치켜들었다. 놀도르의 명성을 드높인 이 등불은 먼 옛날 발리노르에서 만들어진 것으로, 어떠한 바람이나 물살도 불을 꺼뜨리지 못했으며, 덮개를 벗기면 백색의 수정에 가두어진 불꽃으로부터 청명한 푸른 빛이 뿜어져 나왔다.[2] 겔미르가 머리 위로 들어올린 불빛 속으로, 투오르의 눈앞에 강줄기가 갑자기 완만한 비탈길을 따라 하강하며 큰 굴속으로 진입하는 광경이 드러났다. 또한 바위가 깎여 내려간 물길 옆으로는 아래쪽으로 뻗은 긴 층계가 등불의 빛이 채 닿지 않는 깊숙한 어둠 속으로 이어지고 있었다.

급류의 가장 아랫부분에 다다른 그들은 반구형의 거대한 석조 지붕 아래에 서 있었다. 이곳에서 강물은 급경사의 폭포를 향해 세차게 달려들었고, 그 요란한 소리가 둥근 천장에 메아리쳤다. 물은 계속 흘러 또다른 아치를 통과하고는 새로운 동굴 속으로 흘러갔다. 두 놀도르 요정은 폭포 가장자리에 멈춰선 후 투오르에게 작별을 고했다.

겔미르가 말했다. "이제 우리는 온 힘을 다해 본래 가던 길로 되돌아가야 하오. 지금 벨레리안드에 엄청나게 위험한 일이 벌어지고 있소."

투오르가 말했다. "그렇다면 투르곤이 나설 때가 온 것이오?"

그러자 요정들은 놀란 표정으로 그를 바라보았다. 아르미나스가 말했다. "그건 인간의 후예보다는 놀도르와 관련된 일이오. 투르곤에 대해 무얼 알고 있소?"

투오르가 말했다. "많지는 않소. 니르나에스 당시 아버지께서 그분의 퇴각을 도왔다는 것과, 그분의 숨겨진 성채에 놀도르의 희망이 달려 있다는 것이 전부요. 이유는 몰라도 그분의 이름은 내 가슴을 벅차게 하며 항상 내 입가에 맴돈다오. 마음 같아서는 이 살벌한 어둠 속을 거니느니 차라리 그분을 찾으러 떠나고 싶소. 행여나 이 길이 바로 그분의 왕국으로 통하는 길이라면 이야기가 다르겠지만 말이오."

아르미나스가 답했다. "과연 누가 알겠소? 그분의 왕국은 물론, 그곳으로 통하는 길조차도 숨겨져 있다오. 나도 오랜 세월 수소문해보았지만 아는 게 없소. 그리고 설령 내가 안다 한들, 그대에게 알려줄 리가 없소. 그 어떤 인간이라도 마찬가지요."

그러나 겔미르는 이렇게 말했다. "다만 내가 들은 바로는 그대의 가문은 '물의 군주'의 총애를 받고 있다고 하오. 만약 그분의 조언이 그대를 투르곤에게 인도하고 있다면, 그대가 어디로 가든 결국 목적지에 다다르게 될 거요. 이제 물이 산에서부터 인도해온 길로 가시오. 그리고 두려워 마시오! 얼마 지나지 않아 밝은 길이 나올 것이오. 난 우리의 만남이 단지 우연이었다고는 여기지 않소. '깊은 곳에 거하는 이'께서는 여전히 이 땅의 많은 것들을 조정하시니 말이오. 아나르 칼루바 티엘랸나!"[3]

그러고 나서 두 놀도르 요정은 발길을 돌려 긴 계단을 따라 되돌아갔다. 그러나 투오르는 등불의 빛이 사라질 때까지 제 자리에 멈춰 있었다. 그는 한밤중보다도 짙은 어둠 속에서 폭포의 굉음에 둘러싸인 채 홀로 남아 있었다. 이내 용기를 낸 그는 왼손을 바위벽에 짚고 손의 감각에 의존하며 전진했다. 처음에는 천천히 움직였지만, 어둠에 점점 익숙해지고 자신을 방해할 것이 없다는 사실을 알아차리면서 차츰 속도를 높였다. 마치 영겁 같은 시간이 흘렀고, 그는 지쳤음에도 칠흑의 동굴 속에서는 휴식을 취하려 들지 않았다. 그때, 그의 눈앞 저 멀리에서 빛이 보였다. 서둘러 발걸음을 옮긴 그는 높고 좁은 바위틈에 이르렀고, 이내 기울어진 암벽 사이를 요란하게 흘러가는 강물을 따라 동굴을 빠져나와 황금빛으로 저무는 저녁 속으로 접어들었다. 그는 양쪽 벽이 가파르게 높이 솟아 있는 깊은 산골짜기에 들어와 있었고, 길은 서쪽으로 곧게 뻗어 있었다. 전방에서 태양이 맑은 하늘 사이로 저물며 골짜기를 비추자 양쪽 벽은 노란 불꽃으로 물들었고, 강물은 빛나는 돌 더미들 위에서 부서지고 물거품을 만들어내며 마치 황금처럼 반짝였다.

깊은 협곡에서 투오르는 부풀어 오른 희망과 기쁨을 안고 앞으로 나아갔다. 그는 남쪽의 절벽 아래에서 도로를 발견했는데, 거기에는 길고 좁은 도랑이 있었다. 밤이 되어 강물의 흐름이 높이 뜬 별들이 어둑어둑한 웅덩이를 비출 때를 빼면 보이지 않게 되자, 투오르는 휴식을 취하고는 잠에 빠져들었다. 울모의 권능이 흐르던 강물의 곁에서 투오르는 두려움을 느끼지 않았던 것이다.

날이 밝자 투오르는 천천히 다시 움직였다. 태양이 그의 등 뒤에서 솟아올라 앞쪽에서 졌고, 바위들 틈에서 물거품이 일거나 불쑥 나타난 폭포 위로 강물이 넘쳐 흐를 때면 낮이건 저녁이건 물길 위로 무지개가 피어났다. 이에 투오르는 그 골짜기를 키리스 닌니아크라고 이름지었다.

그는 사흘간 천천히 여정을 지속했다. 그곳에는 금색과 은색, 더러는 물보라에서 피어난 무지개와 같은 갖가지 색으로 번득이는 물고기들이 가득했지만, 투오르는 차가운 물만 마실 뿐 어떤 음식도 바라지 않았다. 나흘째가 되자 협곡이 점차 넓어졌고, 양쪽 절벽 또한 낮고 완만해졌다. 하지만 강물은 더욱 깊고 세차게 흘러갔는데, 높다란 산맥이 양쪽에 솟아 있었고, 그 산맥들로부터 새로운 물이 계속 떨어지며 반짝이는 폭포를 통해 키리스 닌니아크로 흘러들어온 까닭이었다. 투오르는 그곳에서 한동안 제자리에 앉아, 다시 밤이 찾아오고 머리 위의 하늘길에서 별들이 시릴 만큼 새하얗게 빛날 때까지 흐르는 강물이 소용돌이치는 광경을 지켜보며 그 끝없이 이어지는 소리에 귀를 기울였다. 곧 그는 목소리를 드높이며 하프의 현을 퉁겼다. 흐르는 물소리 위로 그의 노랫소리와 하프에서 울리는 달콤한 전율이 어울려 바위틈에서 메아리치며 점점 커지더니 밤하늘에 뒤덮인 산맥 속에서 울려 퍼졌고, 공허했던 일대가 온통 별빛 속의 음악으로 가득찼다. 투오르 본인은 몰랐지만, 그는 드렝기스트하구 근방의 람모스에 자리 잡은 '메아리산맥'에 와 있었던 것이다. 먼 옛날 페아노르가 바다에서 상륙했던 곳이며, 그가 이끌고 온 무리의 함성이 증폭되어 달이 뜨기 전 북부의 해안가에서 우렁차게 울려 퍼졌던 바로 그곳이었다.[4]

투오르는 경이로움에 사로잡혀 노래를 거두었다. 노랫소리는 차츰 산속에서 사그라지더니 이내 조용해졌다. 사위에 내려앉은 적막 가운데서 그는 머리 위에서 나는 이상한 울음소리를 들었다. 그는 이것이 어떤 생물의 울음소리인지를 몰랐다. 그가 말했다. "정령의 목소리로군."

곧이어 다시 말했다. "아니야. 작은 짐승이 황무지 한복판에서 울부짖는 소린가."

그리고 또 다시 들어보고는 말했다. "틀림없어, 내가 모르는 어떤 새가 밤하늘을 날아다니며 내는 울음소리야."

구슬프게 들리는 소리였지만, 그럼에도 불구하고 그는 그 소리를 듣고 싶고 따라가고 싶었다. 어디서인지는 알 수 없으나 그 소리는 그를 부르고 있었기 때문이다.

다음 날 아침이 되자 투오르의 머리 위에서 똑같은 소리가 들려왔다. 위를 올려다보니 큼직하고 새하얀 세 마리의 새가 서풍을 가르며 협곡을 내려오고 있었다. 새들의 튼튼한 날개는 막 떠오른 태양의 빛을 받아 반짝거렸고, 그의 머리 위를 지나가면서 큰 소리로 울부짖었다. 이로써 투오르는 텔레리에게 널리 사랑받던 거대한 갈매기들을 처음으로 보게 된 것이다. 투오르는 곧장 일어서서 새들을 따라갔고, 새들이 어디로 날아가는지 더 잘 보기 위해 왼편의 절벽을 타고 올라갔다. 꼭대기에 올라서자 서쪽에서 불어온 세찬 바람과 마주했고 그의 머릿결이 바람에 휘날렸다. 투오르는 신선한 공기를 가슴 깊이 들이마시고는 말했다. "마치 시원한 포도주를 마신 것처럼 마음이 들뜨는구나!" 하지만 그는 그 바람이 대해에서 불어왔다는 것은 몰랐다.

투오르는 갈매기들을 찾으러 다시 강 위의 고지대로 향했다. 그가 산골짜기의 측면을 따라 걸어가자 양쪽 암벽은 다시 가까워졌고, 마침내 좁은 협곡에 다다르자 요란한 물소리가 그곳을 가득 채웠다. 아래를 내려다본 투오르의 눈에 경이로운 광경이 들어왔다. 거친 물살이 좁은 수로로 밀어닥치면서 밀려오는 강물과 부딪치더니, 절벽 꼭대기까지 닿을 법한 거대한 파도가 장벽같이 솟아나는 것이었다. 바람에 흩날리는 물거품이 왕관처럼 물마루에 씌워져 있었다. 곧 강물은 거칠게 뒤로 밀려났고, 안으로 들어오는 물살이 노호하며 협곡 내부를 한바탕 휩쓸고 지나갔다. 협곡은 물속에 깊게 잠겼고, 물살이 지나가자 바위들은 천둥 같은 소리를 내며 흔들거렸다. 투오르가 솟구치는 파도에 휩쓸려 죽지 않은 것은 갈매기들 소리를 따라온 덕이었다. 계절과 불어온 강풍 탓에 파도의 세기가 엄청났던 것이다.

투오르는 분노한 듯한 낯선 파도의 모습에 깜짝 놀라 발걸음을 돌렸다. 그는 드렝기스트하구의 긴 해안가로 가는 대신 남쪽으로 방향을 바꾸어 나무 한 그루 자라지 않는 척박한 땅에서 며칠간을 헤매었다. 그 땅은 해풍이 휩쓸고 간 곳이었는데, 툭하면 서쪽에서 바람이 불어온 탓에 풀이건 덤불이건 서식하는 모든 것들이 동트는 방향으로 기울어져 있었다. 이렇게 하여 투오르는 네브라스트 경계 안으로 들어왔고, 이곳은 바로 투르곤이 한때 머물던 곳이었다. 그리고 마침내 그는 자기도 모르는 사이에 (육지 가장자리의 절벽 꼭대기가 뒤에 이어지는 비탈보다 높았던 까닭이다) 문득 가운데땅의 검은 가장자리에 도달하게 되었고, 그곳에서 대해 곧 '가없는 바다' 벨레가에르를 보았다. 태양이 거대한 불꽃 같은 모양으로 세상의 가장자리에서 저물어가고 있던 때였다. 투오르가 절벽 위에서 오롯이 두 팔을 벌리고 서자, 그의 가슴속에 커다란 갈망이 가득 차올랐다. 전해지기를, 그는 대해를 목격한 최초의 인간이었고, 엘다르를 제외하고는 대해가 불러오는 갈망을 그보다 더 깊이 가슴에 새긴 이가 없었다고 한다.

이후 투오르는 여러 날 동안 네브라스트에 머물렀다. 그에게는 이 또한 괜찮게 느껴졌다. 북쪽과 동쪽으로 산맥에 둘러싸여 있으며 바다와 인접한 그 땅이 히슬룸의 평야보다 쾌적하고 살기 좋았던 것이다. 그는 이곳에서 오랜 시간을 홀로 야생의 사냥꾼으로 보냈다. 식량 또한 전혀 부족하지 않았다. 네브라스트에는 봄기운이 완연했고 대기에는 새들의 지저귐이 가득했다. 해안가 언저리에서 떼 지어 사는 새들도 있었고, 분지 한가운데에 자리 잡은 리나에웬 습지에서 북적이는 새들도 있었다. 다만 그는 그곳에서 완전히 홀로 지낼 동안 요정이나 인간의 목소리는 조금도 듣지 못했다.

투오르는 거대한 호수의 가장자리로 찾아왔지만 넓디넓은 진창과 발 디딜 곳 없이 즐비한 갈대밭이 널려 있었던 까닭에 호수의 물에는 손도 댈 수 없었다. 결국 그는 방향을 돌려 해안으로 돌아가기로 했다. 대해가 그를 불러들였음은 물론이요, 그도 대해의 파도 소리를 들을 수 없는 곳에서는 오래 머물고 싶지 않았기 때문이었다. 해안가에 당도한 투오르는 처음으로 옛 놀도르의 자취를 발견했다. 드렝기스트 남쪽의 바다에 깎여나간 높은 절벽들 사이로 수많은 만과 비바람으로부터 안전한 좁은 해협들이 형성되어 있었다. 그곳에는 검고 빛나는 바위들 사이로 흰 모래가 깔린 해변이 있었고, 투오르는 이곳으로 내려가면서 자연석을 깎아 만든 구불구불한 계단을 여러 곳에서 볼 수 있었다. 물가에는 절벽에서 잘라낸 벽돌로 만든 부두의 잔해가 있었다. 한때 그 옛날 배가 정박했던 곳이었다. 투오르는 여기서 변화무쌍한 바다의 모습을 감상하며 오래 머물렀다. 봄과 여름이 지나 한 해가 서서히 저물어갔고, 벨레리안드에는 어둠이 깊어져 갔으며, 그해 가을 나르고스론드의 멸망이 눈앞으로 다가왔다.

새들은 어쩌면 멀리서부터 혹한의 겨울이 도래할 것을 감지한 듯했다.[5] 남쪽으로 향하려는 새들은 떠나기 위해 일찍 무리를 지었고, 북부에서 살던 새들은 거주지를 떠나 네브라스트로 모여들었다. 그러던 어느 날, 해변에 있던 투오르는 거대한 날갯짓 소리와 끼익끼익 우는 새소리를 들었다. 위를 올려다보니 일곱 마리 백조가 날렵한 쐐기 모양의 대형으로 남쪽을 향해 날아가고 있었다. 백조들은 투오르의 머리 위에 이르자 선회를 하더니 갑자기 아래로 내려와 요란하게 바닷물을 철썩거리고 휘저으며 내려앉았다.

백조는 투오르가 좋아하는 새였다. 그는 미스림의 회색빛 웅덩이에서부터 백조를 알고 있었는데, 백조는 자신을 키워준 안나엘과 그의 무리를 상징하는 새였다. 투오르는 그리하여 백조들을 맞이하기 위해 일어났고, 여태껏 봐왔던 어떤 조류보다도 거대하고 당당한 자태에 놀라워하며 백조들을 불렀다. 하지만 백조들은 마치 투오르에게 화가 나서 그를 해안가에서 몰아내려는 듯이 날개를 퍼덕이더니 소름끼치는 비명을 내질렀다. 그러고는 곧이어 무척 시끄러운 소리를 내며 물에서 날아올라 투오르의 머리 위를 날아다녔다. 새들의 요란한 날갯짓이 휘파람 같은 바람을 불러일으켰고, 그들은 이내 큰 원을 그리며 선회한 후 하늘 높이 날아오르더니 남쪽으로 날아갔다.

이에 투오르가 소리쳤다. "내가 너무 지체했다는 경고가 또다시 전해왔구나!"

그는 곧장 절벽을 기어올라 절벽 꼭대기에서 여전히 선회하며 나는 새들을 지켜보았다. 하지만 그가 남쪽으로 발길을 돌려 좇아가려 하자 백조들은 재빨리 날아가 버렸다.

투오르는 남쪽을 향해 해안을 따라 꼬박 7일간 이동했다. 매일 아침 투오르는 새벽마다 그의 머리 위에서 퍼덕거리는 날갯짓 소리에 일어났고, 낮이면 날아가는 백조들이 이끄는 대로 계속 따라갔다. 여정을 계속할수록 거대한 절벽들은 점차 낮아졌고, 꼭대기가 꽃피는 잔디밭으로 뒤덮여갔다. 동쪽 멀리로는 나무들이 해가 저물어감에 따라 점차 노랗게 변해갔다. 하지만 투오르는 앞으로 나아갈수록 한 줄로 늘어선 높은 언덕들이 그의 앞길을 가로막고 있는 것을 발견했다. 언덕들은 서쪽으로 계속 이어지다가 어느 높은 산에 이르렀고, 구름으로 투구를 쓴 어둑한 봉우리가 바다로 뻗은 광활한 녹색의 곶 위 장대한 산의 어깨 부분에서 솟아나 있었다.

이 회색빛 산맥은 벨레리안드의 북쪽 울타리를 이루는 에레드 웨스린의 서쪽 말단부였다. 그 끝에 있는 산은 타라스산으로, 그 땅의 모든 봉우리를 통틀어 가장 서쪽에 있는 것이었다. 멀고 먼 바다를 건너 유한한 생명의 땅으로 다가오는 뱃사람들이 가장 먼저 포착할 수 있는 것이 바로 이 타라스산의 봉우리였다. 길고 완만하게 뻗은 산비탈 아래에는 지나간 시절에 투르곤이 머물렀던 비냐마르 궁정이 있었는데, 이는 놀도르가 망명을 떠나온 대지에 세운 석조 건축물 가운데 가장 오래된 것이었다. 바다를 바라보는 거대한 테라스 위에 높게 지어진 궁정은 황량해졌음에도 여전히 제 모습을 유지하며 서 있었다. 세월의 풍파도 이곳을 뒤흔들지는 못했고, 모르고스의 하수인들도 이곳을 지나쳐버리기 일쑤였던 것이다. 다만 그곳에 바람과 비, 그리고 서리가 자국을 냈고, 소금기가 있는 대기에서 살며 간혹 갈라진 바위 틈새에서 나기도 하는 청회색 풀들이 담벼락의 갓돌과 거대한 지붕널들 곳곳에 깊숙이 뿌리를 내리고 있었다.

투오르는 유실된 도로의 잔해가 보이는 지점에 이르렀고, 녹색의 둔덕과 기울어진 바위들 사이를 지나 날이 저물 무렵 옛 연회장과 바람이 부는 높은 궁정 건물에 들어섰다. 그곳에는 어떠한 공포나 악의 그림자가 도사리고 있지 않았지만, 한때 여기 머물다가 아무도 모르는 곳으로 떠나버린 이들에 대해 상상하는 것만으로도 투오르는 경외감을 느꼈다. 그들은 머나먼 대해를 건너온 긍지 높은 민족으로 죽지 않지만 심판을 받은 자들이었다. 투오르는, 한때 그들이 흔히 그러했듯이, 뒤돌아서서 바람 잘 날 없는 바다의 찬란한 풍광을 시야가 닿는 곳까지 바라보았다. 이윽고 그가 다시 돌아서자 백조들이 가장 높은 층계에 앉아 있는 모습이 보였고, 그는 곧 궁정의 서쪽 문 앞에 다가섰다. 백조들은 마치 안으로 들어오라고 손짓하듯 날개를 퍼덕였다. 곧 투오르는 야생화와 석죽에 반쯤 가려진 넓은 계단을 따라 올라가, 웅장한 상인방 밑을 지나고, 어둠이 깔린 투르곤의 거처로 들어갔다. 마침내 높은 기둥들이 떠받들고 있는 왕궁에 당도한 것이다. 바깥에서는 그저 대단해 보이는 정도였으나 내부로 들어와 보니 더더욱 장대하면서도 경이로웠다. 투오르는 너무나 큰 경외감을 느낀 나머지 공허 속의 메아리마저도 섣불리 깨우고 싶지 않을 지경이었다. 그 안에서 투오르가 볼 수 있었던 것은 오로지 동쪽 끝부분에 놓인 연단 위의 높은 왕좌뿐이었는데, 그는 될 수 있는 한 조심스럽게 이를 향해 접근했다. 하지만 포장된 바닥 위에서 그의 발소리는 운명의 발걸음처럼 들렸고, 기둥이 늘어선 복도를 따라 메아리치는 소리가 그의 앞으로 울려 퍼졌다.

어둠 속에서 왕좌 앞에 다가선 투오르는 옥좌가 바위 하나를 통째로 깎아 만들어졌으며 기이한 기호들이 새겨져 있음을 알아보았다. 그때 마침 가라앉던 태양이 팔八자형 지붕 아래에 난 서쪽의 높은 창문과 같은 높이에 접어들면서 한 줄기 빛이 투오르의 눈앞의 벽을 강타했고, 벽면은 마치 윤을 낸 금속인 양 광채를 내뿜었다. 투오르는 이내 왕좌 뒤편의 벽에 방패와 사슬갑옷과 투구, 그리고 칼집에 꽂힌 장검이 걸려있는 것을 알아채고 놀라워했다. 갑옷은 마치 어떤 때도 타지 않은 은으로 만들어진 듯 번득였고, 태양이 황금색 불꽃으로 이를 물들이고 있었다. 방패는 투오르에게는 낯설게 보이는 길고 끝이 뾰족한 형상이었는데, 전면은 푸른색이었고 가운데에는 흰 백조의 날개 모양을 한 휘장이 있었다. 투오르가 입을 열자 그의 목소리가 천정에 도전이라도 하듯 울려 퍼졌다.

"이 징표로 말미암아 나는 이 무구들을 내 몫으로 취하리라. 어떤 운명이 담겨 있든, 내게도 그 운명이 드리울 것이다."[6]

방패를 집어든 투오르는 의외로 그것이 가볍고 자신에게 딱 맞는 느낌을 받았다. 방패는 목재처럼 보였지만 요정 세공장들의 솜씨로 은박지처럼 얇고 단단한 철판을 덧씌운 구조로 되어 있어서 벌레나 궂은 날씨로 인한 손상을 면한 터였다.

투오르는 이내 사슬갑옷을 몸에 두르고 투구를 머리에 쓴 후, 은으로 된 걸쇠가 달린 검은색 허리띠와 검은색 칼집에 담긴 검을 찼다. 그렇게 무장을 마친 그는 투르곤의 왕궁에서 나와 태양의 붉은 빛이 비추던 타라스산의 높은 테라스 위에 우뚝 섰다. 은빛과 금빛으로 일렁이는 서쪽 풍경을 지긋이 응시하는 투오르는 마치 '서녘의 장엄한 존재' 중 하나처럼 보였고, 장차 대해 너머에 살게 될 인간들의 왕들의 조상이 될 운명[7]에 걸맞은 위용을 갖추었지만, 이 순간을 목격한 이가 아무도 없었기 때문에 그 자신의 모습이 어떠한지 그도 알지 못했다. 그러나 그 무구들을 얻게 되면서부터 후오르의 아들 투오르에게 모종의 변화가 찾아왔고, 그는 이내 가슴속에 더욱 큰 뜻을 품게 되었다. 그가 문간에서 내려가자 백조들이 그에게 경의를 표하고, 이내 각자 큰 깃털 하나씩을 날개에서 뽑아 바치면서 그의 발치에 있는 돌에 긴 목을 내려놓았다. 그가 그 깃털 일곱 개를 받아 투구 꼭대기를 장식하자 백조들은 곧장 날아올라 석양

속에 북쪽으로 사라졌고, 투오르는 그들을 다시는 볼 수 없었다.

이제 투오르는 자신의 발길이 바닷가로 이끌리고 있다는 것을 느꼈다. 그는 긴 계단을 따라 내려가 타라스곶의 북쪽 방면에 펼쳐진 넓은 해안가로 향했다. 그러는 동안 투오르는 태양이 어두워지는 바다의 수평선 위로 올라온 거대한 검은 구름 속으로 가라앉는 것을 목격했다. 날씨가 추워졌고, 마치 폭풍이 몰려올 것 같은 요동과 굉음이 일었다. 투오르는 해변에 서 있었다. 태양은 험상궂은 하늘에 가려진 연기 투성이의 불꽃처럼 보였다. 투오르의 눈에 저 멀리에서부터 거대한 파도가 일어 육지를 향해 다가오는 모습이 들어왔다. 그는 경이로움에 사로잡혀 꼼짝 않고 제자리를 지켰다. 파도가 그를 향해 달려왔고, 물머리에는 거무스름한 안개가 올라 앉아 있었다. 파도는 그에게 가까워진 순간 갑자기 한 바퀴 구르고 갈라지더니, 이내 출렁거리는 물거품을 갈래갈래 앞으로 뻗었다. 파도가 갈라지고 솟구치는 물보라 속에 엄청나게 큰 키와 장엄한 풍채의 살아 있는 형체가 거뭇한 모습으로 서 있었다.

투오르는 순간 자신이 위대한 왕과 조우한 것을 알아차리고 경의를 표하며 조아렸다. 왕은 높이 뻗은 은빛 왕관을 쓰고 있었으며, 왕관에서 이어지는 긴 머리칼이 황혼 속에서 찬란히 빛나는 물거품처럼 흩날렸다. 그가 안개처럼 몸에 두르고 있던 회색의 망토를 뒤로 젖히자, 아! 그의 갑옷이 어슴푸레하게 빛을 발하는데, 몸에 꽉 들러붙어 흡사 거대한 물고기의 비늘 같았다. 그의 짙은 녹색 겉옷은 그가 천천히 육지를 향해 발을 성큼 내딛을 때마다 바다 생물이 빛을 발하듯 번쩍이면서 반짝거렸다. '깊은 곳에 거하는 이', 놀도르에게는 '물의 군주' 울모라 불리었던 이가, 이렇게 비냐마르 아래서 하도르 가문 후오르의 아들 투오르의 앞에 모습을 드러낸 것이다.

울모는 뭍에 발을 올리지 않고 무릎 높이의 어두컴컴한 바닷속에

선 채 투오르에게 말했다. 그의 눈에서 새어나오는 광채와, 저 멀리 창세의 끝에서 울려오는 듯한 목소리에 투오르는 공포에 사로잡혀 모래사장 위에 무릎을 꿇었다.

울모가 말했다. "일어나거라, 후오르의 아들 투오르여! 나의 진노를 두려워 말라. 하지만 그대는 내 오랜 부름에 답하지 않았고, 마침내 여정을 시작했으나 이후로도 이리로 오는 길을 지체하였도다. 그대는 봄이 되었을 적에 이미 이곳에 있어야 했거늘, 이제는 곧 대적의 땅으로부터 매서운 겨울이 닥칠 때가 되었노라. 그대는 실로 서두르는 법을 익혀야 하며, 내가 그대를 위해 마련했던 평탄한 여정 역시 이제는 달라질 것이니라. 내 조언이 멸시를 받았음은 물론,[8] 거대한 악이 시리온골짜기에 꿈틀대고 있으며 벌써부터 적의 무리가 그대와 사명 사이를 가로막고 있기 때문이라."

투오르가 말했다. "위대한 분이시여, 그렇다면 제 사명은 무엇이옵니까?"

"그대의 마음이 줄곧 좇아왔던 것, 즉 투르곤을 찾고, 숨겨진 도시를 바라보는 것이로다. 그대가 이러한 외관을 한 것은 내 전령이 되기 위해서이며, 그대가 두른 무구들도 내가 오래전 그대를 위해 명하여 준비해 둔 것이었노라. 허나 이제부터 그대는 어둠 속에서 위험을 헤쳐나가야 하리라. 그러니 이 망토로 그대의 몸을 감싸도록 하라. 그리고 여정이 막을 내리기 전까지 절대로 이를 떼어놓지 말라."

투오르가 보니, 울모가 자신의 회색 망토를 쪼개어 한 꺼풀을 그에게 건네주려는 듯했다. 투오르가 건네받은 천 조각은 머리부터 발끝까지 전신을 감쌀 수 있을 정도로 커다란 회색의 망토였다.

"이로써 그대는 내 그림자 속에서 거닐게 되리라. 그러나 그 망토는 아나르의 땅과 멜코르의 화염 한가운데서는 오래 견디지 못할 것이니 그 이상은 지체함이 없도록 하라. 나의 심부름을 수락하겠는가?"

"그리하겠나이다."

"그렇다면 그대의 입에 투르곤에게 전할 말을 담아두겠노라. 우선 그대에게 가르침을 주노니, 그대에게 다른 인간은 들어본 바가 없거니와 엘다르 중 위대한 자들조차도 알지 못하는 이야기를 전해주리라."

그리고 울모는 투오르에게 발리노르와 그 '어두워짐', 놀도르의 망명, 만도스의 심판, 그리고 축복의 땅의 숨김에 대해 들려주었다.

"그러나 듣거라! (땅의 자손들이 칭하는 바) 운명의 갑주에도 항상 틈이 있으며, 그대들이 종말이라 부르는 심판의 장벽이 완성되기 전까지는 뚫고 나갈 길이 있도다. 내가 존재하는 동안은 그렇게 될 것이니, 심판에 맞서는 은밀한 목소리가 있을 것이며, 어둠이 지배하는 곳에도 빛이 있으리라. 그렇기에 비록 이 어둠의 나날 동안 내가 형제들인 서녘의 군주들의 말을 거스르는 것처럼 보일지라도, 이는 세상이 지어지기 이전부터 내게 부여된 역할일 따름이니라. 그러나 심판은 강력하며 대적의 그림자는 불어나고 있으니, 나의 힘은 쇠락하여 이제 가운데땅에서 나는 비밀스런 속삭임에 불과하다. 서쪽으로 흐르는 물들은 메말라가고, 그 샘에는 독이 서렸으며, 지상에서 나의 힘은 점차 후퇴하고 있으니, 이는 요정과 인간들이 멜코르의 힘에 눈과 귀가 먼 탓이다. 더구나 만도스의 저주가 종착점을 향해 치닫고 있어 놀도르가 이룩한 모든 것이 사라지게 될 것이며, 저들이 쌓아올린 모든 희망 또한 허물어지리라. 놀도르가 일찍이 바라지도, 준비하지도 않았던 마지막 희망 하나만이 남아 있으니, 그 희망이 바로 그대 안에 있노라. 이는 내가 그대를 선택하였기 때문이니라."

"그렇다면 모든 엘다르의 희망대로 투르곤이 모르고스에 맞서 일어서지 않겠습니까? 또 제가 이제 투르곤께 도달하고 나면 저를 어떻게 하실 것입니까? 저 역시 아버지와 같이 왕께서 어려울 때 그 곁에 있고 싶사오나, 서녘의 고귀한 민족이 그렇게나 수가 많고 용맹하기까지 한데 저와 같은 유한한 생명의 인간 하나가 합류한다 한들 큰 힘이 되지 못할 것입니다."

"후오르의 아들 투오르여, 내가 그대를 보내기로 선택했다면, 그대의 검 한 자루 보태는 것이 무용한 일이 되지는 않으리라. 에다인의 용기는 세월이 가도 요정들에게 영원토록 기억될 것이며, 그들은 인간이 대지에서의 지극히 짧은 삶을 그토록 거리낌없이 내놓을 수 있음에 경탄하게 될 것이니라. 다만 내가 그대를 보내는 것은 단지 그대의 용기 때문만은 아니니, 이 세상에 그대의 시야를 넘어서는 희망과, 어둠을 꿰뚫을 한 줄기 빛을 선사하기 위함이니라."

울모가 이렇게 말함과 동시에 폭풍이 내는 소음은 곧 커다란 울부짖음이 되었고, 바람이 거세지면서 하늘이 시커멓게 변하고 물의 군주가 두른 망토는 날아다니는 구름과 같이 휘날렸다. 울모가 말했다. "이제 떠날지어다. 아니면 바다가 그대를 삼키리라! 옷세는 만도스의 의지에 충성하고 있고, 심판의 시종이 되어 노호하고 있노라."

투오르가 말했다. "분부를 따르겠나이다. 하지만 제가 심판을 벗어나고 나면 투르곤께 어떤 말씀을 드려야 합니까?"

"그대가 그를 만나거든 그대의 마음속에서 말이 저절로 떠오를 것이며 그대의 입이 내가 하고자 하는 말을 읊을 것이다. 두려워 말고 말하라! 그 후로는 그대의 가슴과 용기가 이끄는 대로 하라. 내 망토 자락을 붙들고 있는 한 그대는 보호를 받으리라. 또한 옷세의 분노로부터 구출한 이를 그대에게 보내어 길을 안내하도록 하겠노라. 그는 '별'이 뜨기 전 마지막으로 서녘을 찾아 떠나게 될 배의 마지막 선원이니라. 이제 땅으로 돌아가라!"

곧 천둥소리가 일더니 바다 위로 번갯불이 번쩍거렸다. 투오르는 파도 한가운데서 질주하는 불길로 번쩍이는 은빛의 탑처럼 우뚝 선 울모를 응시하다가, 곧 불어오는 바람에 대고 외쳤다.

"가겠나이다, 위대하신 분이시여! 다만 여전히 제 가슴은 대해를 갈망하나이다."

그러자 울모는 거대한 뿔나팔을 들어올려 한 줄기의 장엄한 음을 불었는데, 그 소리에 비하면 폭풍의 포효는 그저 호숫가의 돌풍에 불과했다. 투오르가 그 음조를 듣자 소리가 그를 에워쌌고, 이내 그를 가득 채웠다. 그러자 그의 눈앞에서 가운데땅의 해안선이 사라진 듯하더니, 그는 곧 광대한 시야로 대지의 핏줄들로부터 강의 어귀들까지, 물가와 하구들로부터 깊은 물속까지를 망라한 온 세상의 물을 훑어보게 되었다. 투오르는 기이한 형체들이 바글거리는 소란스러운 곳곳을 거쳐 대해를 응시하였고, 더 들어가 심지어 빛 한 줄기 들지 않는 심해의 그 영원한 어둠 속에서 인간을 몸서리치게 하며 울려퍼지는 음성들도 들었다. 발라의 날렵한 시야를 통해 그는 가늠하지 못할 정도로 넓은 광야를 보았는데, 그곳은 아나르의 눈 아래서 바람 한 점 없이 펼쳐져 있기도 했고, 뾰족해진 달 아래 빛나기도 했으며, 때로는 그늘의 열도[9]에 돋아난 분노의 산맥과 만나 치솟기도 했다. 이윽고 시야의 한구석에는 거리를 헤아릴 수 없이 먼 곳에 산 하나가 빛나는 구름을 뚫고 그의 정신이 이르지 못할 곳으로 솟아나 있었으며, 그 기슭에는 긴 파도가 은은한 빛을 뿜어내고 있었다. 투오르가 그 어렴풋한 파도소리를 듣고 먼 곳의 빛을 더욱 선명하게 보려 안간힘을 쓰던 순간, 나팔 소리가 멈추었다. 그는 천둥처럼 쏟아붓는 폭풍 아래에 서 있었고, 수많은 가시 돋친 벼락이 그의 머리 위 하늘을 산산이 찢어 놓고 있었다. 울모는 온데간데없었고, 옷세가 일으킨 거친 파도가 네브라스트의 장벽에 부딪치며 바다가 소란스레 일렁였다.

곧 투오르는 노호하는 바다로부터 달아나 왔던 길을 힘겹게 되짚어 일전의 높은 테라스로 되돌아갔다. 강풍이 그를 절벽까지 몰아갔고, 다시 그 절벽 꼭대기에 올라선 그는 바람에 무릎을 꿇었다. 이에 그는 바람을 피할 심산으로 어둡고 텅 빈 궁정 속으로 다시 들어갔고, 투르곤의 석좌 위에서 밤을 지새웠다. 몰아치는 폭풍에 기둥들마저 흔들거렸고, 투오르가 듣기에 그 바람소리가 꼭 통곡과 비명으로 가득한 듯했다. 그는 피로에 지쳐 때때로 잠이 들었지만 수많은 꿈으로 잠자리가 뒤숭숭했다. 투오르가 잠에서 깰 때 그의 기억속에 남은 꿈은 단 하나뿐이었다. 그 꿈은 어느 섬에 대한 계시였는데, 그 섬의 중앙에 가파른 산 하나가 있었으며 그 뒤로 태양이 저물더니 이내 어둠이 하늘을 뒤덮었다. 그러나 그 위에 별 하나가 눈부시게 빛나고 있었다.

그 꿈을 꾼 직후 투오르는 깊은 잠에 빠져들었다. 밤이 다 가기 전 태풍이 일어 먹구름을 동녘으로 몰아냈던 것이다. 한참의 시간이 흘러 회색의 여명이 밝아오자 투오르는 잠에서 깨어 일어나 높은 왕좌를 떠났는데, 어두침침한 궁정을 내려가면서 보니 폭풍에 떠밀려 온 바닷새들이 궁정을 가득 채우고 있었다. 그가 바깥으로 나섰을 때는 동이 트면서 서녘에서 마지막 별들마저 흐릿해지고 있었다. 투오르가 보니 지난밤의 거대한 파도는 육지 높은 곳까지 휩쓸었고, 파도의 물마루는 절벽 꼭대기보다도 높이 튀어 올랐거니와, 심지어 파도에 휩쓸려온 잡초와 조약돌 더미들이 테라스 위의 문 앞까지 도달해 있었다. 투오르는 가장 낮은 테라스에서 아래를 내려다보고 있었고, 자갈과 해초들 사이에서 담벼락에 기대어 있다가 바닷물에 잔뜩 젖은 회색 망토를 두른 어떤 요정을 발견했다. 요정은 말없이 앉아 폐허가 된 바닷가 저쪽 긴 등성이의 파도 너머 건너편을 응시하고 있었다. 모든 것이 멈춰 있었고, 밑에서는 노호하는 파도소리만 들려왔다.

투오르는 그 자리에 서서 회색옷을 입은 말이 없는 인물을 바라보다가 울모가 한 말이 기억났고, 여태껏 들어본 적 없는 이름이 그의 입술에서 튀어나와 큰 소리로 말했다.

"어서 오시오, 보론웨! 기다리고 있었소."[10]

요정이 돌아서서 고개를 든 순간, 투오르는 자신을 꿰뚫어보는 바닷빛 회색 눈동자와 직면했고, 이내 그가 놀도르의 고귀한 일족임을 알아보았다. 하지만 자신이 있는 곳보다 높은 암벽에서 가슴팍에는 빛나는 요정의 사슬갑옷을 두르고 그 위에 흡사 그림자 같은 커다란 망토를 두른 채 서 있는 투오르의 모습을 본 요정의 눈빛 속에는 두려움과 의구심이 담겨 있었다.

그렇게 둘은 서로 얼굴을 살피며 잠시 굳어 있었다. 그러다 그 요정이 일어서더니 투오르의 발밑에서 머리를 조아렸다. 그가 말했다.

"당신은 누구십니까? 저는 오랜 세월 냉혹한 바다에서 악전고투한 몸입니다. 제가 육지를 떠난 뒤로 좋은 소식이 있었습니까? 어둠은 쓰러졌나요? 숨은 백성들은 바깥으로 나왔습니까?"

투오르가 대답했다. "아니오. 어둠은 길어지고 있고, 숨은 이들 또한 여전히 숨어 있소."

그러자 보론웨는 오랫동안 말없이 그를 바라보았다. 그가 재차 물었다. "헌데 당신은 누구십니까? 제 일족은 오래전 이 땅을 떠났고 그 후로 누구도 이곳에 거한 바가 없습니다. 그리고 이제 보니, 당신은 우리 일족의 의복을 입었을지언정 우리 일족이 아니라 인간이군요."

"맞소. 당신은 키르단의 항구에서 서녘을 찾아 떠난 마지막 배의 최후의 선원이 아니오?"

"맞습니다. 저는 아란웨의 아들 보론웨입니다. 그런데 어찌하여 제 이름과 제 운명을 알고 있는지 이해가 되지 않는군요."

투오르가 대답했다. "물의 군주께서 지난밤에 내게 알려주신 덕에 알고 있소. 그분께서는 당신을 옷세의 분노로부터 구출해 이리로 보내어 나의 길잡이로 삼겠다고 하셨소."

그러자 보론웨는 공포와 의구심에 외쳤다. "위대한 울모와 말씀을 나누셨단 말입니까? 당신의 신분과 운명은 실로 위대한가 보군요! 하지만 제가 당신을 어디로 안내해야 한단 말입니까? 당신은 분명 인간의 왕 되시는 몸인 듯한데, 많은 이들이 당신의 말만을 기다리고 있을 게 아닙니까."

"아니오. 나는 탈출한 노예이자, 빈 땅에 외로이 사는 무법자에 불과하오. 하지만 내게는 은둔의 왕 투르곤께 보낼 전갈이 있소. 어느 길로 가야 그를 찾을 수 있는지 아시오?"

"시절이 하 수상하여 자신의 운명과는 다르게 무법자나 노예로 살고 있는 이들이 많지요. 장담컨대 당신은 본디 인간들의 군주가 되어 마땅합니다. 하지만 당신이 일족에서 아무리 지체 높은 자라 해도 투르곤을 찾아나설 명분은 없으며, 당신의 임무는 허사가 될 것입니다. 제가 당신을 그분의 성문 앞으로 이끌지라도, 당신은 들어갈 수 없기 때문입니다."

"관문 너머까지 안내해 달라고 하지는 않겠소. 그곳에서 '심판'과 울모의 조언이 겨루게 될 것이오. 만약 투르곤이 나를 받아주지 않는다면 그 자리에서 내 심부름은 끝나고 심판의 승리가 되는 것이오. 하지만 투르곤을 찾아나설 명분에 대해 논하자면, 나는 후오르의 아들이자 동시에 후린의 조카 되는 투오르이고, 투르곤은 이 두 이름을 잊지 않으셨을 것이오. 더욱이 나는 울모의 명에 따라 그분을 찾아나서는 것이오. 먼 옛날 울모께서 그분에게 하셨던 말씀을 그분이 잊었겠소? '놀도르의 마지막 희망은 바다에서 온다는 것을 기억하라.' 혹은 '위험이 눈앞에 닥쳤을 때 한 인물이 네브라스트에서 찾아와 자네에게 경고하리라.'라고 하신 말씀 말이오.[11] 그 인물이 바로 나이고, 그런 이유로 나를 위해 준비된 이 무장을 취했소."

투오르는 스스로가 하는 말을 들으며 놀라워했다. 투르곤이 네브라스트를 떠날 당시 울모가 그에게 했던 말은 여태껏 투오르를 포함해 그 누구에게도 알려지지 않았으며, 오직 숨은 백성들만이 알고 있었기 때문이다. 보론웨가 더욱 놀라워했던 까닭이 바로 이것이었다. 하지만 그는 뒤돌아서더니 대양을 바라보았고, 이내 탄식했다.

"아아! 저는 결코 돌아오고 싶지 않았습니다. 그리고 만약 제가 다시 육지에 발을 들인다면 북부의 어둠으로부터 멀리 떨어진 곳이나 키르단의 항구들, 아니면 아마 가슴속에 바라던 것보다 더욱 달콤한 봄날이 기다리는 아름다운 난타스렌 평야에 머물며 휴식하겠노라고 바다 깊은 곳에 대고 맹세하곤 했습니다. 하지만 제가 유랑하는 사이 악의 세력이 커져 제 일족에게도 최후의 위험이 닥친 터라면, 동족들에게 가는 수밖에는 없겠군요."

그는 다시 투오르에게 돌아섰다. "당신을 숨은 관문으로 인도하겠습니다. 현명한 자라면 울모의 조언을 거역하지 않겠지요."

투오르가 말했다. "그렇다면 우리가 받은 조언에 따라 함께 떠납시다. 그러나 슬퍼하지 마시오, 보론웨여! 내 마음속에서 들려오는 목소리를 전해 드리지요. 당신의 기나긴 앞길은 어둠에서 멀리 떨어진 곳으로 이어질 것이며, 당신의 희망도 대양으로 되돌아갈 것이오."[12]

"당신도 마찬가지일 겁니다. 하지만 서둘러 여길 떠나야 합니다."

"그렇소. 하지만 어느 쪽으로, 얼마나 멀리 인도할 것이오? 우선은 야생에서 어떻게 견딜지, 만약 길이 멀다면 보금자리 없이 어찌 겨울을 날지 고민해 봐야 하지 않겠소?"

하지만 보론웨는 갈 길에 대해서는 아무것도 명확히 답하지 않았다.

"인간의 체력은 당신께서 알지요. 저로 말씀드리자면 놀도르의 일원이온데, '살을에는얼음'을 통과한 이들의 핏줄을 거두어 갈 정도라면 굶주림도 실로 길어야 하며, 겨울 날씨도 말할 수 없이 추워야 할 것입니다. 과연 무엇 덕분에 우리 일족이 소금기 가득한 바다의 황무지에서 수많은 날들을 버틸 수 있었다고 여기십니까? 혹시 요정들의 여행식에 대해 들어본 적은 없으십니까? 모든 뱃사람이 끝까지 놓지 않는 그것을 저 역시 간직하고 있습니다."

그러더니 그는 망토를 들추고 허리띠에 맨 봉인된 가방 하나를 보여주었다.

"봉인된 동안은 수해나 비바람으로부터 훼손을 면할 수 있습니다. 하지만 대단히 어려워지기 전까지는 절약해야 합니다. 무법자이자 사냥꾼이라면 틀림없이 최악의 상황이 오기 전에 다른 식량을 구할 수 있으리라고 믿습니다."

"그럴지도 모르오. 하지만 모든 땅이 사냥하기에 안전하지는 않거니와 사냥감도 그리 많은 것이 아니오. 더군다나 사냥을 하면 길을 지체하게 되는 법이오."

투오르와 보론웨는 곧 떠날 채비를 갖추었다. 투오르는 궁정에서 얻은 무구들 외에도 자신이 가지고 온 활과 화살들을 챙겼다. 다만 북부 요정의 룬 문자로 자신의 이름을 새긴 창만은 그가 다녀갔다는 징표로 벽에 걸어두었다. 보론웨는 무장을 하지 않고 단검 한 자루만을 지녔다.

한낮이 되기 전에 둘은 투르곤의 옛 거처를 떠났고, 보론웨는 타라스의 가파른 산등성이를 따라 거대한 곶을 통과하며 투오르를 서쪽으로 인도했다. 이곳은 한때 네브라스트에서 브리솜바르로 향하는 도로가 있었으나, 이제는 잔디에 뒤덮인 도랑들 틈을 지나는 녹색 오솔길이 되어 있었다. 그렇게 둘은 벨레리안드에 들어섰고, 이곳은 팔라스 북부 지방이었다. 동쪽으로 방향을 돌린 투오르와 보론웨는 에레드 웨스린의 캄캄한 그늘막을 찾아 그곳에서 날이 저물고 땅거미가 질 때까지 몸을 숨기며 휴식을 취했다. 팔라스림의 옛 거처였던 브리솜바르와 에글라레스트는 여전히 멀리 있었지만, 그곳에는 이제 오르크들이 거주했으며 주변 일대에는 모르고스의 첩자들이 들끓고 있었다. 때때로 해안가를 급습하거나 나르고스론드에서 시작한 습격에 합세하던 키르단의 배들을 모르고스가 두려워한 까닭이었다.

산 밑의 그림자처럼 망토로 몸을 감싼 투오르와 보론웨는 서로 많은 대화를 했다. 투오르는 보론웨에게 투르곤에 대한 것을 물어보았지만 보론웨는 그에 대한 대답은 많이 하지 않고, 대신 발라르섬이나 시리온하구에 자리 잡은 갈대의 땅 리스가르드에 세워진 거주지에 관한 이야기를 했다.

보론웨가 말했다. "지금 그곳에선 엘다르의 수가 늘어나고 있지요. 갈수록 많은 이들이 모르고스에 대한 두려움과 전쟁에 대한 피로로 인해 종족을 막론하고 그리로 도피하기 때문입니다. 다만 저는 제 선택으로 동족을 저버린 게 아니었습니다. 브라골라크와 앙반드의 포위망 붕괴 이후, 투르곤께서는 모르고스의 힘이 실제로 너무나 강력한 것이 아닌가 하는 의혹을 처음으로 품으셨답니다. 같은 해에 그분은 백성들 몇몇을 처음으로 관문 바깥으로 내보내셨습니다. 그 수는 극히 적었고, 비밀스러운 임무를 맡고 있었지요. 그들은 처음으로 곤돌린의 관문을 지나간 이들이 된 셈이지요. 그들은 시리온강을 따라 하구에 있는 해안가까지 내려갔고, 거기서 배를 건조했습니다. 하지만 그들의 성과라곤 널찍한 발라르섬으로 가서 모르고스의 손길로부터 멀리 떨어진 외딴 주거지를 구축한 것이 전부였습니다. 놀도르에게는 벨레가에르 대해의 파도를 오래 견딜 만한 배를 지을 기술이 없었던 탓이랍니다.[13]

하지만 이후 투르곤께선 팔라스가 유린당했으며 우리의 전방에 자리 잡은 옛 조선공들의 항구가 약탈당했음을 알게 되셨지요. 또 키르단이 살아남은 백성들을 불러모아 배를 타고 남쪽의 발라르만으로 향했다는 소식이 전해졌을 때에, 그분은 새로이 전령들을 보내셨습니다. 그것이 불과 얼마 전이었는데, 지금의 기억으로는 제 삶에서 가장 오래된 일인 것처럼 느껴지는군요. 저 역시 그분이 보낸 전령의 일원이었고, 당시 엘다르 중에는 나이가 젊은 축이었습니다. 저는 이곳 가운데땅 네브라스트 일대에서 태어났습니다. 제 어머니는 팔라스의 회색요정이며 키르단과 한 핏줄이셨는데, 투르곤께서 다스리던 초창기에는 네브라스트에 여러 민족이 이리저리 섞여 살았었지요. 그래서 저도 외가를 닮아 바다를 향한 마음을 가졌습니다. 제가 선택된 것도 그 때문이었지요. 키르단을 찾아가 배를 짓는 일에 관해 도움을 구하고, 그렇게 해서 모든 것이 파괴되기 전에 지원을 요청하는 전언과 기도가 서녘의 군주들에게 닿을 수 있도록 하는 것이 우리의 임무였으니까요. 하지만 저는 길을 지체하고 말았습니다. 저는 가운데땅의 풍경을 본 경험이 많지 않았는데, 하필 그해 봄에 난타스렌에 도착했던 것입니다. 투오르여, 당신도 언젠가 시리온강을 따라 남쪽으로 내려가 보면 알게 되겠지만, 그 땅은 우리 마음을 매혹시키는 사랑스러운 곳이랍니다. 심판으로부터 벗어날 수 없는 이들을 제외한 모두가 가슴속에 간직한 바다를 향한 갈망이 치유되는 곳입니다. 그곳에서는 울모도 야반나의 하인에 불과하거니와, 그곳의 흙은 거친 북부의 산맥에 사는 이들로서는 상상조차 할 수 없는 풍부한 아름다움을 탄생시켰지요. 난타스렌에서 나로그강이 시리온에 합류하는데, 물살이 약해지면서 폭이 넓고 잔잔하게 풀밭 한복판으로 흘러갑니다. 창포백합들은 빛나는 강가를 꽃이 만개한 숲처럼 수놓고, 수풀들은 꽃으로 가득한데, 마치 보석 같고, 종鐘 같고, 붉은빛과 황금빛의 불꽃 같고, 녹색의 창공에 깔아 놓은 형형색색의 별 같은 꽃들입니다. 그러나 그중에서도 가장 아름다운 것은 희미한 초록의, 아니 바람이 불면 은빛을 띠는 난타스렌의 버드나무들이지요. 수없이 많은 나뭇잎이 바스락거리는 소리는 흡사 음악의 선율 같아서, 다리를 수풀 속에 묻은 채로 셀 수 없이 많은 낮과 밤을 흘려보내게 될 정도랍니다. 그곳에서 저는 마법에 빠진 나머지 마음속에서 대해를 잊고 말았습니다. 저는 그곳을 방랑하며 새로 난 꽃들의 이름을 지어주고 새들의 노랫소리, 벌과 날벌레들의 콧노래에 둘러싸인 채 누워 꿈을 꾸었지요. 지금도 그곳에서라면 제 모든 친족들이나, 텔레리의 배든 놀도르의 검이든 죄다 저버린 채로 기쁘게 머물 수 있을 것입니다. 다만 제 운명이 그리 놔두지 않겠지요. 어쩌면 물의 군주께서 몸소 저를 제지하실지도 모르는 일입니다. 그분은 그 땅에서 큰 힘을 갖고 계시니까요.

그렇게 해서 저는 버드나무 가지로 뗏목을 만들어 시리온의 환한 품속을 떠다니겠노라 가슴속으로 결심했습니다. 그래서 결심대로 하였고, 그로 말미암아 붙잡히게 되었지요. 어느 날 강 한가운데에 있는데 갑작스레 바람이 절 붙잡고는 버드나무땅으로부터 대해까지 끌고 간 것입니다. 그리하여 저는 키르단께 파견된 전령들 중 마지막으로 목적지에 이르게 되었는데, 그 당시에는 그분이 투르곤의 요청으로 건조하던 일곱 척의 배가 한 척을 제외하고는 모두 완성되어 있었습니다. 이윽고 한 척씩 차례대로 서녘을 향해 닻을 올렸는데, 단 한 척도 귀환하지 못했고 누구도 그들의 소식을 들은 이가 없답니다.

그렇지만 소금기 가득한 바다의 공기가 어머니께 물려받은 심성을 다시금 동요시켰습니다. 저는 마치 원래부터 원하기라도 한 듯 뱃사공들의 지식을 배웠고, 파도 속에서 기쁨을 누렸습니다. 그래서 마지막으로 가장 거대한 배가 완공되었을 때, 저는 출항하고 싶어 안달이 나 있었습니다. 마음속으로 이렇게 생각했지요. '만약 놀도르의 옛말이 사실이라면 서녘에는 버드나무땅과는 비교도 되지 않는 풀밭이 있을 것이다. 그곳엔 시듦도 없을 것이며, 봄이 저무는 일도 없으리라. 그리고 어쩌면, 나 보론웨도 그곳에 당도할 수 있으리

라. 최악의 경우 바다 위에서 방랑하게 될지라도, 북부의 어둠보다는 그것이 나을 것이다.' 그 어떤 물도 텔레리의 배를 가라앉힐 수는 없기에 저는 추호도 두렵지 않았답니다.

그러나 대해는 끔찍합니다, 후오르의 아들 투오르여. 그 바다는 발라들의 심판을 이루는 수단이고, 고로 놀도르를 증오하지요. 심연으로 가라앉으며 죽음을 맞이하는 것보다 더 끔찍한 것들이 바다에 있습니다. 희망이 사라지고 살아 있는 모든 것들이 떠나가면 모습을 드러내는 증오심과 고독함, 광기, 바람과 풍랑, 침묵, 그리고 어둠에 대한 공포가 바로 그것입니다. 바다는 악하고 괴이쩍은 뭍을 수없이 씻어내고, 위험과 공포가 도사린 섬들이 그곳에 우글댑니다. 7년 동안 북쪽은 물론 남쪽까지 대해를 떠돌며 고역을 치른 사연을 구태여 늘어놓아 가운데땅의 자식인 당신의 심경을 어둡게 하지는 않겠습니다. 하지만 서쪽으로는 끝끝내 가지 못했지요. 그곳은 저희에게는 굳세게 닫혀 있으니까요.

급기야 암담한 절망에 빠지고 온 세상에 지쳐 선수를 돌려 심판으로부터 도망쳤지만, 운명이 그때껏 저희를 살려 두었던 것은 단지 저희를 더욱 혹독하게 덮치기 위해서일 뿐이었습니다. 멀리서 산 하나를 발견하여 제가 '보십시오! 저기에 타라스와 제가 태어난 땅이 있습니다!'하고 외친 순간 바람이 깨어나더니 천둥을 가득 머금은 거대한 구름들이 서녘에서 나타난 것입니다. 곧 파도가 살아 있는 짐승을 쫓듯 적의에 가득차 저희를 사냥했고, 벼락이 내리꽂혔습니다. 그렇게 배가 산산조각 나 쓸모없는 파편으로 전락하자 바다가 저희를 매섭게 삼켜버렸지요. 그렇지만 당신이 보시는 바와 같이 저는 구출되었습니다. 다른 파도보다 거대하지만 잔잔한 파도가 저를 향해 오는 듯하더니 저를 붙잡아 배에서 끌어내고는, 어깨 위에 짊어지고 육지까지 굴러가 풀밭 위에 내려 놓았습니다. 그리고 파도는 이내 수그러들더니 절벽에서 큰 폭포수를 이루듯 흘러내려 갔습니다. 그렇게 바다에 넋을 잃은 채 1시간 정도 앉아 있었을 때쯤 당신이 제게 찾아온 것입니다. 저는 지금도 그때의 두려움이 느껴지고, 저와 함께 유한한 생명의 땅에서 보이는 곳을 넘어 오랫동안 머나먼 곳까지 항해한 동지들을 모두 잃은 슬픔이 사무칩니다."

보론웨는 한숨을 쉬고는 스스로에게 독백하듯 부드럽게 말했다. "하지만 서녘을 둘러싼 구름이 저 멀리 물러날 때면, 세상의 가장자리에 걸린 별들이 참으로 찬란하더이다. 그렇지만 우리가 단지 까마득히 먼 구름을 본 것인지, 아니면 정녕 어떤 이들의 생각대로 우리의 오래전 고향의 잃어버린 해안가에 자리한 펠로리산맥을 얼핏 본 것인지는 알 도리가 없습니다. 그 산맥은 멀고도 먼 곳에 있고, 유한한 생명의 땅에서 온 자는 다시는 그곳에 가지 못할 테니까요."

그러고 나서 보론웨는 침묵했다. 밤이 찾아왔고, 별들은 시리도록 하얗게 빛나고 있었다.

투오르와 보론웨는 곧 다시 일어나 바다를 등진 채 어둠 속에서 기나긴 여정을 재개했다. 울모의 그림자가 투오르를 감싸고 있었기에 그들이 일몰부터 일출까지 나무나 바위, 혹은 개활지나 습지를 지나도 누구 하나 그들을 볼 수 없었고, 그렇기에 둘의 여정에 대해서는 이야기할 바가 많지 않다. 다만 그들은 항상 경계 태세를 유지하며 밤눈이 밝은 모르고스의 추적자들을 피했고, 요정과 인간들이 자주 다니는 길 또한 멀리했다. 보론웨가 방향을 정하면 투오르는 이를 따랐다. 투오르는 쓸데없는 질문은 하지 않았지만, 자신들이 솟아오르는 산맥의 변경을 따라 오직 동쪽을 향하고 남쪽으로는 절대로 가지 않고 있다는 점을 눈여겨보았다. 그는 대부분의 요정이나 인간들과 마찬가지로 투르곤이 북부의 전장으로부터 멀리 떨어진 곳에 살고 있을 것이라 믿었기에, 이를 의아하게 여겼다.

황혼께나 한밤중에 변변한 길도 없는 야생지대를 가야 하는 그들의 여정은 지체될 수밖에 없었고, 결국 모르고스의 왕국으로부터 혹독한 겨울이 순식간에 들이닥쳤다. 산이 바람막이가 되어주었음에도 불구하고 바람은 강하고 매서웠으며, 이내 눈이 산 정상에 깊게 쌓이거나 고갯길에서 휘날렸고, 누아스숲에는 시든 나뭇잎이 다 떨어지기도 전에 눈이 내렸다.[14] 이런 연유로 나르퀠리에 중순이 되기 전에 출발하였음에도 불구하고, 그들이 나로그강의 발원지 근처에 이르렀을 때에는 히시메 월이 살을 에는 추위와 함께 찾아왔다.

피로에 지친 밤이 끝나가고 회색 여명이 찾아올 무렵 그들은 걸음을 멈추었다. 곧이어 보론웨는 비통함과 두려움에 잠긴 채 경악스러워했다. 한때 이곳은 물이 흘러내리면서 바위를 깎아 만들어진 분지 속에 아름다운 이브린호수가 펼쳐져 있었으며 그 주변 일대는 언덕 아래로 나무가 무성하게 들어선 우묵한 땅이었다. 그러나 지금 그의 눈앞에는 더럽혀지고 황량한 땅만이 남아 있었던 것이다. 나무들은 불타거나 뿌리를 드러내고 있었고, 호수 경계를 둘러싼 돌 더미가 허물어져 이브린호수의 물이 새어나와 폐허 한복판에 거대한 불모의 늪을 형성하고 있었다. 남아 있는 것이라곤 한 무더기의 얼어붙은 진창과, 매캐한 안개처럼 땅 위에 드리운 썩어 문드러지는 악취뿐이었다.

보론웨가 소리쳤다. "이럴 수가! 악이 이곳마저 다녀갔단 말인가? 한때 이곳은 앙반드의 위협과 동떨어진 곳이었거늘, 모르고스의 손가락이 갈수록 더 먼 곳을 더듬는구나."

투오르가 말했다. "이 또한 울모께서 말하셨던 바요. '샘에는 독이 서렸으며, 지상에서 나의 힘은 점차 후퇴하고 있으니.'"

보론웨가 말했다. "그렇지만 오르크보다도 강력한 악의가 이곳에 있었던 듯합니다. 공포가 감돌고 있지 않습니까." 그는 곧 진창의 가장자리를 찬찬히 살펴보더니, 갑자기 꼼짝도 않고 서서 다시 소리쳤다. "맞아요, 강대한 악입니다!"

그는 투오르에게 손짓을 했다. 투오르가 다가가니 남쪽으로 뻗은 거대한 고랑 같은 모양새의 자취가 있고, 그 양쪽에는 지금은 희미해졌지만 커다란 갈퀴가 달린 발자국들이 추위에 뚜렷하게 얼어붙은 광경이 보였다.

"보십시오!" 보론웨가 말했다. 그의 얼굴은 공포와 혐오감으로 창백하게 질려 있었다. "대적의 가장 무시무시한 창조물인 앙반드의 거대한 파충류가 이곳을 거쳐 간 지가 얼마 되지 않았습니다! 투르곤께 보낼 우리의 전갈이 이미 늦었습니다. 서둘러야 합니다."

보론웨가 말을 하는 그 순간 숲속에서 고함소리가 들려왔고, 그들은 회색 바위처럼 꼼짝도 하지 않고 서서 귀를 기울였다. 목소리는 슬픔에 잠겼음에도 고운 목소리였는데, 꼭 잃어버린 사람을 찾는 것처럼 누군가의 이름을 끝없이 부르는 듯했다. 그러더니 기다리고 있던 둘의 앞으로 한 사내가 나무를 헤치며 걸어나왔다. 그는 무장을 하고 검은 복장을 한 키가 훤칠한 인간이었는데, 칼집에서 꺼낸 장검을 들고 있었다. 그 칼 역시 검은색이었지만 날은 차갑게 빛을 발하며 번쩍였고, 투오르와 보론웨는 의구심이 일었다. 사내의 얼굴에는 비통함이 사무쳐 있었고, 그는 이브린의 참상을 목도하자 슬픔에 비명을 내지르며 이렇게 말했다.

"이브린, 파엘리브린이여! 귄도르와 벨레그여! 한때 내가 이곳에서 치유받았도다. 허나 나는 이제 다시는 평화의 물을 마시지 못하리라!"

이내 그는 무언가를 추적하고 있거나 한시가 급한 임무라도 있는 듯이 황급히 북쪽으로 떠나갔다. 둘은 숲속에서 목소리가 사라질 때까지 그가 "파엘리브린, 핀두일라스!"라고 외치는 소리를 들었다.[15] 하지만 그들은 나르고스론드가 함락되었다는 것도, 또한 그 사내가 바로 후린의 아들 투린, 곧 '검은검'이었다는 사실도 알지 못했다. 그렇게 처음이자 마지막으로 투린과 투오르 두 친족의 행로가 찰나의 순간에 겹치게 되었던 것이다.

검은검이 지나간 후, 투오르와 보론웨는 날이 밝았음에도 불구하고 잠시 동안 여정을 계속했다. 비통해하던 그 사내에 대한 기억이 그들의 의식을 무겁게 내리눌렀고, 오염된 이브린호수의 주변에 머무르는 것을 견딜 수 없었기 때문이었다. 하지만 곧 사악한 예감이 일대를 가득 메웠기에, 오래 지나지 않아 그들은 은신처를 물색하게 되었다. 그들은 불안 속에 조금밖에 잠을 자지 못했고, 해가 지고 날이 어두워지며 폭설이 내리더니 밤이 되자 살을 에는 듯한 서리가 닥쳐왔다. 그 후로도 눈과 얼음은 수그러들지 않고 몰려왔고, 그렇게 훗날 길이 기억되는 '혹한의 겨울'이 다섯 달에 걸쳐 북부를 꽁꽁 묶어 매었다. 투오르와 보론웨는 추위에 고통받았으며, 눈으로 인해 일대를 뒤지는 적들에게 들키거나 감쪽같이 위장해 놓은 위험에 빠져들까 노심초사했다. 점점 느려지고 고통이 더 심해졌으나 그들은 아흐레 동안 여정을 계속 했고, 보론웨는 진로를 다소 북쪽으로 틀어 테이글린강의 세 지류를 건넜다. 이내 그는 다시 동쪽으로 방향을 바꾸어 산을 등진 채로 조심스럽게 나아가다 마침내 글리수이강을 지나 말두인시내에 다다랐는데, 그곳은 시커멓게 얼어붙어 있었다.[16]

그러자 투오르가 보론웨에게 말했다. "추위가 실로 혹독하니 당신은 어떨지 몰라도 내게는 죽음이 임박해 있소."

그들은 오랫동안 야생에서 아무런 식량을 얻지 못한 것은 물론, 여행식마저 줄어든 지독한 상황에 직면했으며, 춥고 지쳐 있었다.

보론웨가 말했다. "발라들의 심판과 대적의 악의 사이에서 꼼짝달싹 못하게 되고 말다니 불운하기 그지없군요. 바다의 입 속에서 탈출한 결과가 결국 눈 속에 파묻히는 것이란 말인가?"

투오르가 말했다. "이제 길이 얼마나 남았소? 보론웨여, 드디어 당신이 함구하던 것을 털어놓아야 할 때가 왔소이다. 나를 제대로 안내하고 있소? 어디로 가는 것이오? 혹여나 내가 최후의 기력을 소진해야 한다면, 그것으로 무슨 일을 해야 할지 알아야겠소."

보론웨가 대답했다. "저는 당신을 최대한 안전하고 빠른 길로 이끌어왔습니다. 비록 이를 믿는 이들은 적지만, 투르곤은 여전히 북부의 엘다르의 땅에 거하고 계신다는 것을 알아두십시오. 우리는 이미 그분께 가까워지고 있습니다. 다만 아직도 갈 길은 새처럼 날아 간다고 하여도 한참이나 멉니다. 그리고 아직 시리온을 건너는 일이 남았거니와 거기까지 가는 도중에 거대한 악이 머물고 있을 수도 있습니다. 우리는 곧 핀로드 왕의 미나스와 나르고스론드를 잇는 옛날 큰길로 가야 하기 때문입니다.[17] 적의 하수인들이 그곳을 거닐며 감시를 하고 있겠지요."

"나는 나 자신을 인간들 중 제일 강인하다 여겨왔고, 여태껏 산속에서 여러 차례 겨울의 고난을 견뎌왔소. 하지만 돌이켜보면 그때는 등 뒤에 동굴과 불이 있었으니, 지금의 내게는 과연 이렇게 궂은 날씨 속에서 허기까지 진 채로 더 전진할 기력이 있을런지 확신을 못하겠소. 그렇지만 희망이 사라지기 전에 가능한 한 많이 가 보도록 합시다."

"달리 선택의 여지가 없습니다. 아니면 이곳에 몸을 누이고 눈 속에서 잠을 청해야겠지요."

그리하여 그 고통 속에서 하루 내내 그들은 적들의 위협보다 혹한을 더욱 경계하며 고행을 이어갔다. 그러나 여정을 지속할수록 점차 눈이 잦아들었는데, 이는 곧 그들이 시리온골짜기를 향해 다시 남하하면서 도르로민의 산맥과 제법 멀어진 까닭이었다. 땅거미가 자욱해질 때쯤에 그들은 거목들이 우거진 강둑의 발치에 있는 큰길에 이르게 되었다. 그들은 갑작스레 인기척이 들리는 것을 알아챘고, 나무들 틈에 숨어 경계 태세로 주위를 둘러보다가 아래쪽에서 붉은빛을 발견했다. 오르크 부대 하나가 길 한가운데 야영지를 꾸려놓고는 커다란 장작불 주위에 옹기종기 모여 있었던 것이다.

투오르가 중얼거렸다. "구르스 안 글람호스![18] 이제 망토 속에 감춰둔 검을 뽑을 차례로구나. 저 불을 차지하기 위해서라면 죽음도 불사할 것이며, 오르크의 고기마저도 포상이 되리라."

보론웨가 말했다. "안 됩니다! 우리 임무를 도와줄 것은 오직 그 망토뿐입니다. 저 불을 포기하지 못하겠다면 투르곤을 포기해야 합니다. 저 무리는 노상에 홀로 있는 것이 아닙니다. 유한한 생명을 지닌 이의 눈으로는 북쪽과 남쪽에 있는 다른 먼 초소의 불꽃이 보이지 않는 것입니까? 소란을 일으켰다간 한 부대가 몰려올 것입니다. 제 말을 들으십시오, 투오르여! 등 뒤에 적을 달아놓은 채 관문에 접근하는 것은 숨은왕국의 법도에 어긋나며, 울모의 분부를 위해서든 죽음이 두려워서든 저는 이를 깰 생각은 추호도 없습니다. 오르크들을 자극하는 순간 저는 떠나겠습니다."

"그렇다면 저들을 놓아두리다. 하지만 내가 당장 목숨을 부지하는 것은 훗날 겁먹은 개처럼 한 줌의 오르크들을 피해 기어가지 않아도 될 날을 보기 위함이오."

"그렇다면 이리 오시지요! 언쟁은 이쯤 해둡시다. 아니면 놈들이 냄새를 맡을 겁니다. 따라오십시오!"

그는 나무 사이로 슬그머니 움직여 자리를 피했고, 오르크들의 불과 그 다음 불 사이 중간지점에 다다를 때까지 바람을 등지며 남쪽으로 내려갔다. 그곳에서 그는 한참 동안 멈추어 서서 귀를 기울였다.

그가 말했다. "길 위에 움직이는 소리는 들리지 않습니다만, 어둠 속에 무엇이 도사리고 있을지는 알 도리가 없군요."

그는 어둠 속을 응시하더니 이내 몸서리치며 중얼거렸다. "악의 기운이 흐릅니다. 아! 저쪽에 우리 목적지도 있고 살 길도 있는데, 그 중간에 죽음이 도사리고 있군요."

투오르가 말했다. "죽음은 늘 우리 곁에 있소. 하지만 내게 남은 힘이라고는 최단거리를 갈 힘밖에 없소. 여길 건너든지 죽든지 다른 길이 없소. 나는 울모의 망토를 믿어볼 것이고, 이것으로 당신 또한 감쌀 수 있을 거요. 이제 내가 이끌겠소!"

그는 그렇게 말하고는 은밀하게 도로 가장자리로 움직였다. 그러고는 보론웨를 꽉 껴안은 다음 물의 군주의 회색 망토 자락으로 둘 모두를 덮었고, 이내 앞으로 발을 내딛었다.

모든 것이 잠잠했다. 차가운 바람이 옛길을 휩쓸며 스산한 소리를 냈다. 그러더니 갑작스레 바람마저도 고요해졌다. 바람이 잦아들자 투오르는 대기의 변화를 느꼈는데, 모르고스의 땅에서 불어온 숨결이 주춤하며 서녘으로부터 대양의 기억처럼 희미한 산들바람이 부는 듯했다. 그들은 바람에 실려 온 회색 안개처럼 돌투성이 도로를 건너 길 동쪽에 인접한 덤불숲 속으로 들어갔다.

갑자기 가까운 곳에서 거친 고함 소리가 들리더니 길가를 따라 이에 응답하는 수많은 목소리들이 이어졌다. 귀에 거슬리는 나팔 소리가 요란히 울렸고, 질주하는 발소리들이 뒤를 따랐다. 하지만 투오르는 가만히 기다렸다. 그는 억류되어 있던 시절 오르크들의 말을 충분히 배운 덕에 그 고함 소리의 뜻을 알 수 있었는데, 감시병들은 그들의 냄새와 소리는 감지했지만 그들을 보지는 못했다는 뜻이었다. 추적이 시작되었다. 그는 필사적으로 몸을 움직여 곁에 있던 보론웨와 함께 땅바닥을 기었고, 마가목과 키 작은 자작나무들이 무성한 사이로 가시금작화와 산앵두가 우거진 긴 비탈길을 올랐다. 등성이 꼭대기에 다다른 그들은 그 자리에 멈춰 뒤편에서 들려오는 고함과 아래쪽의 덤불에서 오르크들이 소란을 피우는 소리에 귀를 기울였다.

그들 옆에는 서로 뒤엉킨 히스나무와 검은딸기나무들 위로 머리를 내밀고 있는 바위가 있었다. 바위 아래에는 몸을 숨길 자리가 있어서 쫓기는 짐승이 숨어 추적자를 따돌리거나, 최소한 바위를 등지고 유리한 위치에서 한판 싸움을 벌여볼 수 있을 듯했다. 투오르는 캄캄한 그림자 밑으로 보론웨를 끌어들였고, 둘은 회색 망토를 뒤집어쓰고 나란히 앉아 지친 여우처럼 숨을 헐떡였다. 그들은 귀에 온 신경을 집중한 채 단 한마디도 하지 않았다.

추적자들의 외침이 잦아들었다. 오르크들은 길을 앞뒤로 수색할 뿐, 길 양 옆의 황무지에는 발을 들이지 않은 까닭이었다. 이들은 길 잃은 도망자들 따위에는 크게 개의치 않았고, 오히려 첩자들이나 무장한 적군의 정찰병을 두려워했던 것이다. 모르고스가 큰길에 보초를 배치했던 것은 (그가 아직 전혀 모르는) 투오르와 보론웨, 혹은 그 누구건 서녘에서 오는 자들을 붙잡을 요량이었던 것이 아니라, 검은검을 감시해서 그가 나르고스론드의 포로들을 뒤쫓거나 만약의 경우 도리아스에서 원군을 불러오는 일이 없도록 하기 위함이었다.

밤이 지나갔고, 음울한 고요가 다시금 공허한 땅 위에 드리웠다. 지치고 기력이 다한 투오르는 울모의 망토를 덮은 채 잠들었지만, 보론웨는 앞으로 기어 나와서는 마치 돌덩이처럼 말도, 미동도 않은 채 요정의 눈으로 어둠 속을 꿰뚫어보았다. 동이 틀 무렵 그는 투오르를 깨웠는데, 투오르가 기어 나오며 보니 날씨는 일시적으로 누그러졌고 검은 구름들도 저 멀리 옆으로 물러나 있었다. 새벽의 붉은 여명이 펼쳐져 있었고, 투오르의 눈앞 먼 곳에서는 낯선 산맥의 봉우리들이 동쪽의 불꽃 앞에 반짝거리는 듯 보였다.

그때 보론웨가 나지막이 말했다. "알라에! 에레드 엔 에코리아스, 에레드 엠바르 닌!"[19]

그는 눈앞에 보이는 것이 에워두른산맥과 투르곤 왕국의 장벽임을 알아보았던 것이다. 그 아래 동쪽 편에 있는 깊고 그늘진 계곡 안쪽에는, 노래 속에 널리 알려진 어여쁜 시리온강이 펼쳐져 있었고, 그 너머에는 강으로부터 산맥 발치의 갈라진 언덕까지 이어진 회색의 땅이 안개에 감싸여 있었다. 보론웨가 말했다. "저쪽에 딤바르가 있습니다. 우리도 저기 있었더라면! 저곳이라면 적들도 감히 들어올 엄두를 내기 힘들지요. 적어도, 시리온강에서 울모의 힘이 강력했을 적에는 그러했답니다. 하지만 이제는 모든 것이 변했겠지요.[20] 물살이 깊고 거센 까닭에 엘다르로서도 건너기가 위험한 강이니 위험천만하다는 것은 여전하겠지만 말입니다. 그렇지만 제가 당신을 잘 이끌어 왔군요. 조금만 더 남쪽으로 가면 브리시아크여울이 어슴푸레 빛나는 모습을 볼 수 있습니다. 그곳은 서부의 타라스산으로부터 여기까지 이어져오는 옛 동부대로가 강을 건널 길을 열어주는 곳이지요. 요정도 인간도, 심지어 오르크도 저곳은 절박한 상황이 아니고서야 지나려 들지 않습니다. 저 길을 따라가면 둥고르세브는 물론, 고르고로스와 멜리안의 장막 사이에 펼쳐진 공포의 땅으로 이어지니까요. 이미 오래 전에 야생에 뒤덮여 희미해지거나, 아니면 잡초와 가시덩굴 한복판을 지나는 한낱 오솔길로 전락했기 때문이기도 합니다."[21]

이에 투오르는 보론웨가 가리킨 곳을 보다가, 머나먼 곳에서 찰나의 새벽 여명 아래 반짝이는 강물 같은 희미한 빛을 포착했다. 다만 그 너머로는 브레실의 드넓은 삼림이 남쪽으로 상승하며 먼 산악지대로 이어지는 곳의 어둠 또한 어렴풋이 보였다. 그들은 이내 조심스럽게 계곡 가장자리를 따라 내려가다가 브레실숲 경계에 있는 사거리에서 내려오는 옛길을 만났다. 이 사거리는 나르고스론드에서 올라오는 큰길과 교차하는 지점이었다. 투오르는 자신들이 시리온강 근처까지 왔음을 알 수 있었다. 깊숙한 협곡의 강둑이 낮아지면서, 엄청난 돌무더기에 가로막혀 있던[22] 강물은 땅을 파고드는 물줄기의 속삭임을 가득 품은 채 넓고 야트막한 지대로 널리 갈라지기 시작했다. 그리고 얼마 지나지 않아 강줄기들이 다시금 하나로 합쳐지더니, 새로운 강바닥을 파내어 숲속을 향해 흘러갔고, 한참을 흘러간 후에 투오르의 눈으로는 꿰뚫어 볼 수 없는 자욱한 안개 속으로 자취를 감췄다. 비록 투오르 자신은 몰랐지만, 그곳에 멜리안의 장막의 그림자에 감싸인 도리아스의 북쪽 경계가 있었던 것이다.

투오르는 즉시 여울로 발걸음을 재촉하려 했으나, 보론웨가 그를 제지하며 말했다. "브리시아크여울은 날이 환할 때나 조금이라도 추격이 의심될 때는 넘어선 안 됩니다."

투오르가 말했다. "그렇다면 이곳에 앉아 썩자는 말이오? 그런 의심이라면 모르고스의 왕국이 건재하는 한 끊이지 않을 것이오. 갑시다! 울모의 망토의 그림자를 덮었으니 우린 이대로 전진해야 하오."

여전히 보론웨는 망설이면서 서쪽을 돌아보았다. 하지만 그들이 지나온 쪽에는 인적이라고는 없었고, 사방은 흐르는 물소리 말고는 온통 잠잠했다. 그는 고개를 들고 잿빛의 텅 빈 하늘을 쳐다보았다. 새 한 마리 보이지 않았다. 그러다 갑작스레 그의 얼굴이 기쁜 표정으로 밝아지더니 큰 소리로 외쳤다. "잘 됐습니다! 대적의 적들이 여전히 브리시아크를 지키고 있군요. 오르크들도 여기서부터는 쫓아오지 않겠고, 망토까지 덮었다면 더 이상 걱정하지 않고 건너갈 수 있겠습니다."

투오르가 물었다. "무엇을 새로이 본 것이오?"

보론웨가 말했다. "유한한 생명의 인간들은 시야가 실로 짧군요! 저는 크릿사에그림의 독수리들을 보았습니다. 그들이 이리로 오고 있습니다. 잠시 보시지요!"

그래서 투오르가 선 채로 눈길을 돌리자, 곧 상공에서 세 개의 형체가 구름에 다시 잠긴 멀찍한 산봉우리에서 내려와 장대한 날개를 퍼덕이는 광경이 보였다. 이들은 큰 원을 그리며 천천히 밑으로 오더니 갑작스레 두 여행자에게로 강하했다. 그러나 보론웨가 그들을 부르려 하기가 무섭게 그들은 일대를 넓게 휩쓸며 세차게 선회하고는, 강줄기를 따라 북쪽으로 날아가 버렸다.

보론웨가 말했다. "이제 출발합시다. 혹여나 이 근처에 오르크가 있다 해도, 겁을 먹고 땅바닥에 코를 박은 채 독수리들이 멀리 떠나가기만 기다리고 있을 테지요."

그들은 긴 산비탈을 쏜살같이 내려가 브리시아크 여울을 건넜다. 대체로 조약돌로 된 암상巖床 위로 발을 적시지 않고 여울을 건널 수 있었고, 모래톱을 지나야 하는 곳도 무릎 높이에 불과했다. 물은 맑고 매우 차가웠으며, 구불구불한 물줄기들이 바위 사이를 돌아가는 얕은 물웅덩이 위에는 얼음이 서려 있었다. 다만 시리온강의 본류는 단 한 차례도, 심지어 나르고스론드가 몰락한 '혹한의 겨울'이 닥쳐왔을 때도 북부의 독한 기운으로 얼어붙은 적이 없었다.[23]

여울 건너편에서 그들은 지금은 물이 흐르지 않지만 옛날에는 강의 바닥이었을 듯한 도랑에 이르렀다. 짐작건대 한때는 북부의 에코리아스산맥에서 흘러내려 온 급류가 땅을 깎아내어 이 깊은 도랑을 만들었고, 이후 브리시아크여울의 모든 돌을 시리온강으로 떠내려 보낸 것 같았다.

보론웨가 외쳤다. "절망적이었지만 결국 찾아냈군! 보십시오! 이곳에 마른강의 어귀가 있고, 저것이 바로 우리가 가야 할 길입니다."[24]

이윽고 그들은 도랑 속으로 들어섰는데, 도랑이 북쪽으로 틀어지자 지면의 경사도 가파르게 치솟으면서 양쪽 측면들 역시 높아졌고, 투오르는 빛이 어두워진 탓에 바닥에 널려 있는 돌 사이로 발을 헛디뎠다. 그가 말했다. "만약 이것이 길이라면, 지친 자들이 다니기엔 악독한 길이오."

보론웨가 말했다. "그래도 이 길이 투르곤께로 향하는 길입니다."

"그렇다면 더더욱 경이롭구려. 그 왕국의 입구가 이토록 무방비하게 열려 있다니 말이오. 나는 여태껏 거대한 관문과 엄중한 경비가 있으리라 생각했다오."

"그러한 것들도 곧 보게 될 것입니다. 이곳은 단지 진입로에 불과합니다. 제가 길이라 칭하긴 했지만, 삼백 년 넘는 세월 동안 이곳을 오간 이들은 소수의 은밀한 전령들이 전부일 뿐, '숨은백성'들이 이곳에 들어온 뒤로 놀도르의 기술은 모두 이곳을 감추는 데만 썼습니다. 열려 있다고 하셨는지요? 만일 당신이 숨은왕국의 백성을 길잡이 삼지 않았더라면 이곳을 알았겠습니까? 단지 비바람과 야생의 물길이 빚어낸 결과물로 치부해버리지 않을런지요? 그리고 보신 바와 같이, 독수리들이 지키고 있지 않습니까? 저들은 소론도르의 일족이요, 모르고스가 이토록 강력해지기 이전에는 상고로드림에도 거하였으며 핑골핀께서 쓰러진 지금은 투르곤의 산맥에 거하고 있습니다.[25] 놀도르 외에는 오직 저들만이 숨은왕국을 알며 이곳의 하늘을 수비하고 있습니다. 비록 그 어떤 대적의 하수인도 아직까지는 상공을 날아 들어올 엄두는 낸 적이 없지만 말입니다. 더욱이 저들은 이 땅 바깥에서 움직이는 모든 것에 관한 많은 소식을 대왕님께 전하고 있습니다. 만일 우리가 오르크였더라면, 의심할 나위 없이 저들에게 붙잡혀 까마득한 하늘에서 가차없이 바위 위로 내던져졌을 것입니다."

"당신 말을 의심하지는 않소. 다만 혹시 우리가 도착하기 전에 우리가 접근한다는 소식이 먼저 투르곤께 도달하지는 않을지 의문이오. 그것이 우리에게 이로울지 해로울지는 당신만이 알 것이오."

"이롭지도 해롭지도 아니합니다. 우리가 불청객이든 불청객이 아니든 '파수관문'을 검문 없이 통과할 수는 없으며, 만일 우리가 도착하면 경비대로서는 우리가 오르크가 아니라고 보고할 필요도 없을 터입니다. 다만 오르크가 아니란 것만으로는 우리를 들여보낼 사유가 충분하지 못합니다. 투오르여, 당신은 우리가 관문을 넘은 직후 맞이하게 될 위기를 짐작 못할 테니 말입니다. 그때가 되면 어떤 결과가 닥칠지라도, 미리 알려주지 않았다고 저를 원망하지는 마십시오. 부디 물의 군주의 권능이 진실로 드러나기를! 저는 오로지 그 희망 하나만을 보고 당신을 인도하기로 마음먹은 것이고, 만일 그 희망이 무너진다면 우리가 목숨을 잃으리라는 것은 야생이나 겨울에 목숨을 잃을 것보다 더욱 분명하니 말입니다."

그러나 투오르가 말했다. "불길한 말일랑 이쯤 하시오. 야생에서의 죽음은 자명한 일이지만, 관문 앞에서의 죽음은 당신 말에도 불구하고 내게 있어서는 알 수 없는 일이오. 계속 앞장서시오!"

그들은 마른강의 돌더미에서 더 이상 전진할 수 없게 될 때까지, 저녁이 되어 깊은 바위틈 속이 칠흑같이 어두워질 때까지 수 킬로미터에 걸친 고행을 이어나갔다. 그 이후로는 동쪽의 강둑으로 올라가서 산맥의 발치에 펼쳐진 낮은 언덕에 진입했다. 투오르가 고개를 들어 보니, 그 산맥은 그가 여태껏 보아온 그 어떤 산맥과도 다른 형상으로 솟아 있었다. 산맥 측면이 흡사 가파른 벽면과 같았는데, 그 하나하나가 밑에 있는 것보다 뒤편으로 물러난 채로 차곡차곡 쌓인 모습이 마치 다층의 벼랑들로 이뤄진 거대한 첨탑 같았던 것이다. 날이 저물었고, 일대는 온통 회색빛으로 희뿌옇게 되었으며, 시리온골짜기는 어둠 속에 잠겨 있었다. 이내 보론웨는 딤바르의 외딴 경사면을 바라보는 방향으로 야트막하게 패인 비탈의 굴로 투오르를 인도했으며, 그들은 그 안으로 기어들어가 몸을 숨겼다. 이후 그들은 마지막으로 남은 한 줌의 식량을 먹었고, 곧 추위와 피로가 닥쳐왔지만 잠은 자지 않았다. 이렇게 해서 투오르와 보론웨는 여정을 떠난 지 37일째가 되는 히시메 18일의 땅거미가 질 무렵에 에코리아스의 연봉과 투르곤의 문 앞에 이르렀으며, 울모의 권능 덕분에 '심판'과 '적의' 모두를 피하게 되었다.

아침의 첫 미광이 딤바르의 안개 속에 잿빛으로 스밀 무렵, 그들은 다시 굴을 기어나와 마른강으로 돌아갔다. 얼마 지나지 않아 그들의 경로는 동쪽으로 선회하여 산맥의 장벽 밑에서 멈추었고, 정면에는 뒤엉킨 가시나무 덤불이 자라는 산비탈 위로 가파르게 솟아난 거대한 벼랑이 어렴풋이 드러났다. 돌투성이의 물길이 가시나무들 밑으로 지나갔고, 이에 물길의 안쪽은 여전히 한밤처럼 어두웠다. 그들은 매우 느리게 전진했다. 가시나무들이 도랑 옆면까지 내리 자라난 까닭에 그들은 걸음을 멈추었다. 줄줄이 엉킨 나뭇가지들이 도랑 위 빽빽한 지붕을 만들었는데, 높이가 너무 낮아서 투오르와 보론웨는 자주 제 둥지로 슬며시 되돌아가는 짐승마냥 기어가야만 했던 것이다.

그들은 마침내 천신만고 끝에 절벽의 발치에 도달하였고, 그곳에서 산맥의 중심부에서 흘러나온 물로 단단한 암석이 닳아 만들어진 동굴의 입구로 보이는 구멍을 발견했다. 그들이 동굴 안으로 들어가니 내부에는 빛이 들지 않았다. 보론웨는 그럼에도 꿋꿋이 걸어갔지만, 투오르는 그의 어깨에 손을 올린 채 뒤따라간 데다, 천장이 낮아서 몸을 조금 숙여야 했다. 그렇게 그들은 얼마간 한 치 앞도 보지 못하는 상태에서 한 걸음씩 발을 내딛었는데, 얼마 지나지 않아 발밑의 땅이 평평해지고 여기저기 굴러다니던 돌들도 더는 없는 것이 느껴졌다. 그래서 그들은 걸음을 멈추고 숨을 깊이 들이쉬며 주변의 소리에 집중했다. 공기는 신선하고 기운을 북돋는 느낌이 들었고, 그들 위쪽으로 주변에 널찍한 공간이 펼쳐져 있다는 것을 알아차렸다. 다만 사방이 고요했고, 물방울이 떨어지는 소리조차도 들리지 않았다. 투오르는 보론웨가 걱정스런 표정으로 미심쩍어한다는 생각이 들어 그에게 나직하게 물었다. "파수관문은 어디에 있소? 혹시 우리가 이미 지나쳐온 것이오?"

보론웨가 말했다. "그렇지 않습니다. 그런데 이상합니다. 외부인이 이렇게 깊은 곳까지 기어들어왔는데도 제지를 받지 않다니요. 어둠 속에서 기습을 받을까 두렵습니다."

그런데 그들의 속삭임이 잠들었던 메아리를 일깨웠고, 메아리는 더 커지고 수가 늘어나더니 여러 종류의 은밀한 목소리가 쉬쉬대고 중얼거리듯 천장과 보이지 않는 벽들 사이를 쏘다녔다. 그리고 메아리가 바위틈에서 잠잠해진 순간, 투오르는 어둠의 한복판에서 요정의 언어로 말하는 목소리를 듣게 되었다. 처음에는 투오르가 모르는 놀도르의 '높은요정들의 언어'로 말하다가, 그 다음은 벨레리안드의 언어로 말을 했는데, 오랜 세월 동족과 격리되어 지내왔던 이들의 말을 듣는 것처럼 투오르에게는 그 어투가 다소 이상하게 들렸다.[26]

목소리가 말했다. "꼼짝마라! 움직이면 그대가 적이건 벗이건 죽음을 맞을 것이다."

보론웨가 말했다. "우리는 벗이오."

다시 목소리가 말했다. "그렇다면 지시를 따르라."

그들이 말을 하며 생긴 메아리는 점차 사그라졌다. 보론웨와 투오르는 가만히 서 있었는데, 투오르에게는 시간이 느리게 흘러가는 것만 같았다. 그의 마음속에 여태껏 길에서 겪어온 어떤 시련에서도 느끼지 못했던 두려움이 엄습했다. 이윽고 발을 내딛는 소리가 들려왔는데, 텅 빈 공간에서의 발소리는 이내 트롤들의 행군과 맞먹을 정도로 소란스럽게 다가왔다. 갑작스레 한 요정 등불에서 덮개가 벗겨지더니 그 환한 빛이 투오르의 앞에 선 보론웨를 향했다. 투오르로서는 어둠 속에 휘황찬란하게 빛나는 한 개의 별만이 보일 뿐이었다. 그리고 그는 그 빛줄기가 자신을 향하는 한 미동도 할 수 없으며, 도망치지도 앞으로 달려가지도 못하리라는 것을 알 수 있었다.

잠시 그들은 그렇게 불빛의 시야에 사로잡혀 있었고, 목소리는 다시 말했다. "얼굴을 보여라!" 이내 보론웨가 두건을 뒤로 넘겼는데, 불빛 속에서 그의 얼굴이 흡사 돌에 새긴 듯이 굳세고 선명하게 빛났다. 투오르는 그 아름다움에 경이로워했다. 곧이어 보론웨가 당당한 목소리로 말했다. "그대 앞에 누가 있는지도 모르는가? 나는 핑골핀 가문의 아란웨의 아들 보론웨일세. 혹시 여러 해가 흘러 내가 내 고향 땅에서 잊히고 만 것인가? 내 가운데땅의 생각이 닿는 곳을 아득히 넘어서 방랑해왔으나, 여전히 자네의 목소리는 기억하고 있네, 엘렘마킬."

그 목소리가 말했다. "그렇다면 보론웨는 고향 땅의 원칙 또한 기억할 것이다. 분부를 받고 길을 나선 바, 돌아올 권리는 있을 터. 허나 이방인을 데려와도 좋다는 것은 아니다. 그대가 저지른 일로 그대의 권리는 무용지물이 되고, 죄수로서 호송되어 왕의 심판을 받아 마땅하다. 이방인으로 말하자면, 그는 처형을 당하거나 포로로 구금되어 경비대에게 심판받을 것이다. 내가 판단할 수 있도록 그 자를 이리 넘겨라."

그 말에 보론웨는 투오르를 불빛 쪽으로 인도했는데, 그들이 접근하자 사슬갑옷을 입고 무기를 든 다수의 놀도르 요정이 어둠을 헤치고 걸어 나오더니 검을 뽑은 채 둘을 포위했다. 그리고 환한 등불을 손에 들고 있었던 경비대장 엘렘마킬은 그들을 오랫동안 유심히 응시했다.

그가 말했다. "자네답지 않은 행동이로군, 보론웨. 우린 오랜 벗이잖나. 그런데도 왜 이토록 잔혹하게 나를 원칙과 우정 사이에 몰아세우는 것인가? 만일 자네가 불러온 불청객이 다른 놀도르 가문의 일원이라면 그것으로 충분했을 걸세. 허나 그자의 두 눈을 보고 핏줄을 판별해보니, 유한한 생명의 인간에게 '통로'에 대해 알려준 것이 아닌가. 비밀을 알고 있는 한 그자는 다신 자유로이 떠날 수 없네. 외부자의 신분으로 이곳을 들어오려 하였으니 그를 처형할 수밖에 없고, 설령 그가 자네의 친구이며 소중한 이라고 할지라도 말일세."

보론웨가 대답했다. "엘렘마킬, 넓디넓은 바깥세상에서는 여러 기이한 일이 일어날 수 있거니와, 뜻하지 않은 임무를 안게 될 수도 있다네. 모름지기 방랑자라면 떠날 때와는 다른 모습으로 돌아오는 법. 내가 한 일은 경비대의 원칙보다도 막중한 분부를 받고서 한 일일세. 오직 대왕만이 나와 나를 따라온 이 사람을 심판해 마땅하단 말일세."

그러자 투오르가 입을 열었다. 그는 더 이상 두려워하지 않았다. "내가 아란웨의 아들 보론웨와 함께 온 것은 물의 군주께서 그를 나의 길잡이로 임명했기 때문이오. 그는 이 소명을 위해 대해의 분노와 발라들의 심판으로부터 구출된 것이오. 내게는 울모께서 핑골핀의 아드님께 보내는 전갈이 있고, 나는 그분께 이를 고할 것이오."

이에 엘렘마킬은 투오르를 의문 가득한 눈으로 바라보았다. 그가 말했다. "그렇다면 당신은 누구시오? 그리고 어디에서 왔소?"

"나는 하도르 가문 후오르의 아들이자 후린의 일족 되는 투오르이고, 이 이름들은 숨은왕국에서도 마땅히 알 것이라 들었소. 나는 네브라스트에서부터 수많은 역경을 뚫고 이곳을 찾아왔소."

엘렘마킬이 말했다. "네브라스트라고? 우리 백성들이 떠나온 뒤로 그곳엔 사람이 살지 않는다고 했는데."

투오르가 답했다. "그것은 사실이오. 비냐마르의 궁정은 차갑게 비어 있소이다. 그럼에도 나는 그곳에서 왔소. 이제 나를 그 오래된 궁정을 지으신 분께로 데려다 주시오."

"이렇게 중요한 문제는 내가 판단할 일이 아니오. 그러니 더 많은 것을 확인할 수 있도록 당신을 밝은 곳으로 데리고 가서 '대문의 수문장'께 인계하도록 하겠소."

곧이어 그가 명령을 내리자 투오르와 보론웨는 키 큰 경비병들에게 둘러싸였는데, 앞에는 둘이 뒤에는 셋이 있었다. 그리고 경비대장은 외곽경비대의 동굴에서 그들을 데리고 나왔고, 그들은 곧게 뻗은 듯한 복도에 접어들고는 눈앞에 희미한 빛이 나타날 때까지 평탄한 바닥을 걸어갔다. 그렇게 한참을 지나 그들이 도착한 곳에는 드넓은 아치가 있었는데, 그 양쪽에는 바위를 깎아 만든 높은 기둥이 있었고, 두 기둥 사이에는 기묘하게 다듬고 쇠못을 박은 나무 막대들을 교차시켜 만든 거대한 창살문이 매달려 있었다.

엘렘마킬이 문에 손을 대자 창살문이 조용히 올라갔고, 그들은 관문을 통과했다. 그러자 투오르는 자신들이 어떤 협곡의 끝단에 와 있었음을 비로소 알아차렸는데, 협곡은 오랜 세월 동안 북부 야생지대의 산맥을 거닐었던 투오르로서도 단 한 번도 목도하지도, 마음속으로 상상해보지도 못한 형상을 하고 있었다. 오르팔크 에코르에 견주자면 키리스 닌니아크라도 한낱 바위에 파인 홈에 불과했던 것이다. 세상의 처음에 벌어진 태초의 전쟁 당시에 발라들이 손수 거대한 산들을 비틀어 뿔뿔이 나누었던 장소가 바로 이곳이었으며, 찢어진 산의 벽면은 꼭 도끼로 쪼갠 듯 수직으로 가팔랐고, 그 솟아오른 높이는 짐작할 수조차 없었다. 그곳에서 까마득한 위를 보노라면 하늘은 마치 하나의 매듭처럼 보였고, 검은색 산정山頂들과 뾰족한 첨봉들이 짙푸른 하늘을 배경으로 마치 창끝처럼 까마득히 강인하고 무시무시하게 솟아 있었다. 장대한 장벽은 너무나 높은 나머지 겨울의 태양이 그 너머를 들여다볼 수가 없었고, 또한 태양이 중천에 있었음에도 불구하고 산 정상 언저리에 희미한 별들이 어슴푸레 빛나고 있었다. 밑부분은 완전히 어두침침하여 산을 오르는 길 옆에 놓인 등불의 창백한 불빛만이 일대를 밝힐 뿐이었는데, 이는 협곡의 밑바닥이 동쪽으로 가파르게 경사졌기 때문이었다. 또한 투오르는 좌측의 물길 바닥 옆에 자리 잡은 돌로 포장된 넓은 도로가 위로 구불구불하게 올라가다가 어둠 속으로 자취를 감추는 것을 보았다.

엘렘마킬이 말했다. "여러분은 이제 첫째 관문인 '나무의 문'을 지났소. 길은 저쪽에 있소이다. 서둘러 갑시다."

투오르로서는 그 깊은 길이 얼마나 길게 이어졌는지 가늠할 수 없었고, 남아 있는 길을 바라볼 때마다 엄청난 피로가 구름처럼 밀려왔다. 차디찬 바람이 바위 위로 쉬익 소리를 내며 스쳐가자 그는 망토를 가까이 둘러매었다. 그가 말했다. "숨은왕국에서 불어오는 바람은 차군요!"

보론웨가 말했다. "실로 그렇습니다. 이방인이 보기엔 투르곤의 수하들이 오만하고 야박하게 느껴질 법도 하지요. 굶주리고 여행으로 지친 자에겐 일곱관문을 지나는 긴 거리가 멀고 고되게 느껴진답니다."

엘렘마킬이 말했다. "혹여나 우리의 법도가 덜 엄중했다면 오래전에 간계와 증오가 침투하여 우리를 파멸시켰을 것이오. 당신도 잘 알 거요. 허나 우린 무정하지 않소. 여기에는 식량도 없고 이방인으로서는 한번 통과한 관문은 되돌아갈 수 없소만, 조금만 더 인내하시오. 둘째 관문에 다다르고 나면 안정을 취할 수 있을 것이오."

"잘 알겠소." 투오르가 말했다. 그러고 나서 그는 시키는 대로 앞으로 걸음을 옮겼다. 잠시 후 그가 뒤돌아보니, 엘렘마킬 혼자만 보론웨와 함께 따라오고 있었다. 엘렘마킬이 그의 생각을 읽고는 말했다. "경비병은 더는 필요 없소. 오르팔크에 발을 들인 후부터는 그 어떤 요정이나 인간도 탈출은커녕 되돌아가는 것도 불가능하니 말이오."

그렇게 그들은 이따금 긴 계단을, 이따금 굽이쳐 돌아가는 비탈

길을 거치며 절벽의 위압적인 그림자에 뒤덮인 가파른 길을 올라갔다. 이윽고 나무의 문으로부터 2킬로미터쯤 가자, 투오르의 눈앞에 암벽 사이로 협곡을 가로지르며 지어진 장벽이 나타났다. 암벽은 길을 가로막았으며, 그 양쪽에는 굳건한 돌탑이 있었다. 장벽 한복판에는 길을 감싸는 커다란 아치형 입구가 있었지만, 석공들이 이곳을 거대한 바윗덩이 하나로 막아놓은 듯했다. 그들이 가까이 접근하자 어둡고 윤기 나는 벽면이 아치 중앙에 매달린 흰색 등불의 빛을 받으며 반짝거렸다.

엘렘마킬이 말했다. "이것이 바로 둘째 관문인 '돌의 문'이오."

그는 관문에 다가서더니 이를 살며시 밀었다. 그러자 문이 보이지 않는 축으로 회전하면서 모서리가 그들 방향으로 향하도록 펼쳐졌고, 이윽고 통로가 양쪽 모두에게 열리자 그들은 관문을 지나 회색 제복을 입은 무장 경비대가 잔뜩 늘어선 복도로 들어섰다. 누구도 무슨 말을 하지 않았지만, 엘렘마킬은 일행을 북쪽 탑 아래에 있는 방으로 이끌었다. 곧이어 둘에게 음식과 포도주가 제공되었고, 그렇게 그들은 잠깐 동안의 휴식을 허락받았다.

엘렘마킬이 투오르에게 말했다. "대접이 조금 부족해 보일 수 있소. 하지만 당신들의 말이 사실이라면 이후로는 후한 대접으로 바뀔 것이오."

투오르가 말했다. "이미 충분하오. 더 나은 휴식을 바라는 마음은 그다지 없소이다."

실로 투오르는 놀도르의 음료와 음식 덕분에 원기를 회복하여, 금세 다시 출발할 의욕이 넘치게 되었던 것이다.

잠시 후 그들은 더욱 높고 튼튼해 보이는 장벽에 이르렀고, 그 장벽의 한가운데에는 셋째 관문인 '청동의 문'이 있었다. 이 관문은 거대한 이중문으로, 여러 가지 형상이나 이상한 기호들이 새겨진 방패와 청동 판들이 내걸려 있었다. 관문의 상인방 위의 장벽 꼭대기에는 구리로 지붕을 씌우고 옆면을 입힌 세 개의 각진 탑이 있었는데, 요정장인들의 세공술 덕분에 일렬로 놓인 등불처럼 붉은빛이 마치 횃불같이 벽을 따라 빛나고 있었다. 그들은 다시금 조용히 관문을 통과했고, 이내 장벽 너머의 복도에서 이전보다 수가 더 많은 경비 부대가 둔탁한 불처럼 빛나는 갑옷을 입고 늘어선 모습을 보게 되었다. 그들은 도끼날도 붉은색이었다. 네브라스트 출신 신다르의 친족들이 이 관문의 파수병 대부분을 차지했다.

오르팔크의 중앙부는 산세가 가파르기로 으뜸이었기에, 이제 그들은 가장 고생스러운 길에 오른 참이었다. 길을 오르면서 투오르는 일곱 장벽 중 가장 거대한 장벽이 그의 머리 꼭대기에 어둠을 드리우는 광경을 바라보았다. 이렇게 그들은 마침내 넷째 관문인 '굽은 쇠의 문'에 접근한 것이었다. 그 장벽은 높고 검었거니와 이를 밝히는 등불도 없었다. 네 개의 철탑이 장벽 꼭대기에 세워져 있었고, 안쪽에 있는 두 탑 사이에는 철로 주조된 거대한 독수리 형상이 버티고 있었다. 형상은 독수리의 왕 소론도르를 닮아 마치 소론도르가 고공에서 내려와 산봉우리에 안착한 것 같았다. 그런데 관문 앞에 선 투오르는 불멸의 나무의 가지와 줄기 사이로 희미한 달빛이 비치는 빈터를 보는 것 같아 놀라웠다. 관문에는 굽은 뿌리와 잎과 꽃이 잔뜩 피어 사방팔방으로 자란 가지를 지닌 나무 무늬가 새겨져 있었는데, 그 사이로 빛이 새어 들어왔던 것이다. 그는 관문을 지나면서 이런 모양이 만들어진 원리를 알 수 있었다. 장벽 자체의 두께가 상당했고 한 겹도 아닌 세 겹의 철창이 일렬로 늘어서 있었는데, 이들이 절묘하게 배치된 까닭에 길 한가운데에서 관문에 접근하는 이의 눈에는 전부 조형의 일부분인 듯 보인 것이었다. 다만 그 너머에서 새어나오던 빛은 한낮의 것이었다.

그들은 이제 처음 출발한 저지대로부터 대단히 높은 고도까지 올라와 있었고, '쇠의 문'을 지나면서부터 길도 거의 평탄해졌다. 나아가 그들은 에코리아스의 정점과 중심부를 지나온 참이었으며, 이제 탑처럼 솟은 봉우리들도 안쪽 언덕들로 이어지면서 급격하게 낮아지고 있었음은 물론이요, 협곡도 넓어졌거니와 협곡 양쪽의 사면도 덜 가팔라졌다. 협곡 양쪽의 긴 어깨 부분은 흰 눈에 뒤덮여 있었고, 눈에 반사된 하늘빛은 흡사 대기를 가득 메운 흐릿한 안개 너머로 비쳐오는 달빛처럼 새하얗게 보였다.

이제 그들은 관문 뒤편에 일렬로 늘어선 무쇠경비대를 지나갔다. 경비대의 망토와 갑옷, 긴 방패는 검은색이었고, 저마다 독수리 부리가 달린 면갑面甲으로 얼굴을 가리고 있었다. 곧 엘렘마킬이 앞서 나갔고 나머지는 그를 따라 희미한 빛 속으로 들어섰다. 투오르가 보니 길 옆으로 잔디밭이 펼쳐져 있었는데, 계절에 구애받지 않으며 결코 시들지 않는 새하얀 '영념화' 우일로스 꽃들이 별밭처럼 만개해 있었다.[27] 투오르는 이 모습에 탄복하며 한결 밝아진 마음으로 '은의 문'으로 인도받았다.

다섯째 관문이 놓인 장벽은 백색 대리석으로 만들어졌는데, 높이는 낮고 폭이 넓었으며, 커다란 대리석 구체 다섯 개 사이에 지어진 은으로 된 격자 구조물이 장벽의 난간을 이루고 있었다. 흰 제복을 입은 수많은 궁수들이 그곳을 지켰다. 관문 자체는 원의 4분의 3을 따온 것 같은 형상이었는데, 은과 네브라스트에서 난 진주로 축조된 그 모습이 마치 달과 같았다. 관문 위 구체의 중심에는 은과 공작석으로 된 백색성수 텔페리온의 형상이 있었다. 발라르에서 난 훌륭한 진주들로 만들어진 꽃도 함께였다.[28] 또 관문 너머 녹색과 백색으로 포장된 복도에는 은색 갑옷을 입고 흰 볏이 달린 투구를 쓴 궁수들이 좌우 각각 백 명씩 배치되어 있었다. 엘렘마킬이 이 엄숙한 대열 사이로 투오르와 보론웨를 이끌자, 곧 그들은 여섯째 관문까지 곧장 이어지는 흰색의 긴 도로에 진입했다. 그들이 걸음을 옮길

수록 잔디밭은 점차 넓어졌으며, 우일로스 꽃의 새하얀 별들 사이에 수많은 작은 꽃들이 금빛 눈동자처럼 틔워져 있었다.

그렇게 그들은 '황금의 문'에 다다랐다. 이 관문은 투르곤이 니르나에스 이전에 지은 옛 관문들 중에는 마지막 문으로, 은의 문과 꽤나 닮은 모습이었으나, 그 장벽이 황색 대리석으로 지어졌고 장벽의 구체와 난간은 적색의 금으로 되어 있었다. 또 구체가 여섯 개 있었으며, 중앙에는 황금색 피라미드 가운데에 '태양의 나무' 라우렐린의 형상이 금줄에 엮인 황옥 다발로 된 꽃과 함께 지어져 있었다. 또한 관문 자체에는 석류석과 황옥, 황색 금강석으로 된 조형 한복판에 태양과 흡사하게 생긴 다채로운 광채를 뿜는 황금 원반들이 장식되어 있었다. 건너편의 복도에는 장궁으로 무장한 궁수 300여 명이 줄지어 서 있었다. 그들의 갑옷은 금박이 입혀져 있었고 황금색의 깃털이 투구 위로 길게 나 있었으며, 그들의 커다란 원형 방패는 마치 불꽃처럼 붉었다.

이제 멀리 있는 도로에 햇살이 깔렸다. 양 옆의 산맥 장벽이 낮아진 까닭이었는데, 이 언덕은 푸르지만 꼭대기는 눈으로 덮여 있었다. 일곱째 관문까지 길이 얼마 남지 않았기에 엘렘마킬은 걸음을 재촉했다. '대문'이라고 불리는 그 관문은, 마에글린이 니르나에스로부터 생환한 이후 오르팔크 에코르의 넓은 입구를 가로질러 축조한 '금속의 문'이었다.

그곳에는 장벽이 없는 대신 높이가 상당하고 창문이 많이 나 있는 둥근 탑 두 채가 양쪽에 있었다. 위로 갈수록 폭이 좁아지는 일곱 층의 구조로, 꼭대기에 이르면 빛나는 강철로 지어진 작은 탑이 있었고, 두 탑 사이에는 녹슬지 않은 채 차갑고 흰 광택을 내는 강철로 만들어진 울타리가 우람하게 버티고 서 있었다. 일곱 개의 거대한 강철 기둥이 거기 있었는데, 높이와 굵기는 건강한 젊은 나무 정도지만 꼭대기는 바늘처럼 뾰족하게 솟아 있었고, 또 기둥들 사이사이에 강철로 된 일곱 개의 창살이 가로로 쳐져 있었으며, 일곱 개의 빈 공간 각각에는 또 넓은 창날 모양의 머리가 달린 철봉들이 일곱 개씩 수직으로 세워져 있었다. 관문 중앙의 가장 거대한 기둥 꼭대기에는 투르곤 왕의 투구, 곧 숨은왕국의 '왕관'이 둘레를 금강석으로 장식한 채 높이 자리하고 있었다.

투오르는 이 웅장한 강철 울타리에서 아무런 관문이나 출입구도 찾아볼 수 없었다. 그러나 그가 쇠창살 사이 빈 공간에 접근하자 꼭 눈부신 광채가 들이닥치는 것 같아 눈을 가렸고 이내 두려움과 경이감으로 몸이 굳어버렸다. 엘렘마킬이 앞으로 다가서 손을 대니 아무것도 열리지 않았는데, 그러다 그가 가로 창살 하나를 튕기자 곧이어 철창 전체가 수많은 현을 가진 하프처럼 울리면서 청명한 음조를 뿜어냈고, 그 소리는 탑에서 탑으로 전달되었다.

곧 양쪽 탑에서 기수들이 몰려나왔다. 북쪽 탑에서 나온 행렬의 선두에 백마를 탄 누군가가 있었다. 그는 말에서 내려 그들 앞으로 성큼성큼 다가왔다. '샘물의 주인'이자 당시 '대문의 수문장'이었던 엑셀리온[29]으로, 그는 엘렘마킬과 같이 고귀하고 기품이 있었으되, 그보다 더욱 위대하고 위풍당당했다. 그는 전신을 은색으로 치장했고, 빛나는 투구의 정수리 부분에는 뾰족한 금강석이 달린 강철의 뿔이 달려 있었다. 또한 그의 종자가 그의 방패를 받아들자 방패가 흡사 빗방울이 맺힌 듯 일렁이는 빛을 내었는데, 이는 수정으로 된 천 개의 징이었다.

엘렘마킬이 그에게 경례를 하고는 이렇게 보고했다. "저는 지금 발라르에서 귀환해온 보론웨 아란위온을 데려왔습니다. 그리고 이 자는 그가 데려온 이방인인데, 왕을 뵙기를 청하고 있습니다."

그러자 엑셀리온은 투오르에게 고개를 돌렸다. 투오르는 망토를 여미고는 말없이 그를 마주했다. 보론웨가 보니 마치 안개가 투오르의 주위를 둘러싼 듯 그의 신장이 더욱 커진 것 같았고, 투오르의 드높은 두건 꼭대기는 꼭 뭍으로 질주해오는 회색빛 파도의 물마루인 듯 요정군주의 투구보다도 높아 보였다. 그러나 엑셀리온은 눈을 반짝이며 투오르를 굽어보았고, 잠시 침묵한 후 근엄한 어조로 입을 열었다.[30] "그대는 이제 '마지막 관문'에 당도했도다. 이 관문을 통과한 이방인은 죽음의 문을 거치지 않고선 다시는 나가지 못하리라는 것을 알아두어라."

"불길한 예고는 하지 마시오! 물의 군주께서 보낸 전령이 저 관문을 넘기를 원한다면 이곳에 거하는 모든 자들이 그의 뒤를 따를 것이니. '샘물의 주인'이여, '물의 군주'가 보낸 전령의 앞을 가로막지 말라!"

그러자 보론웨를 비롯해 가까이에 있던 이들 모두가 투오르의 말과 목소리에 놀라워하며 그를 경이에 찬 시선으로 다시 보았다. 보론웨는 어떤 웅장한 목소리를 듣긴 하였으나, 마치 아득히 먼 곳에서 누군가가 부르는 소리 같았다. 투오르도 자신의 목소리를 들었는데, 마치 자기 입으로 다른 사람이 말을 하는 듯한 느낌이 들었다.

한동안 엑셀리온은 말없이 투오르를 바라보았다. 이내 투오르의 망토에 비친 회색 그림자에서 머나먼 곳의 계시를 본 것마냥 그의 표정은 천천히 경외감으로 가득해졌다. 이에 그는 머리를 조아리고는 다가와 철창 위에 손을 얹었고, 그러자 '왕관'이 씌워진 기둥 양편에서 관문이 각각 안쪽을 향해 열렸다. 투오르가 관문을 통과하자 이윽고 건너편의 계곡이 한눈에 들어오는 고지대의 풀밭에 다다랐다. 그는 하얀 눈밭에 둘러싸인 곤돌린의 풍경을 목도했다. 투오르는 넋을 잃은 나머지 오랫동안 그 외의 다른 것은 볼 수 없었다. 마침내 그가 꿈속에서 열렬히 갈망하며 바라온 광경을 두 눈으로 보게 된 것이었다.

이런 까닭에 그는 한동안 가만히 멈춰 서서 아무 말도 하지 않았다. 그의 양쪽에 모여든 곤돌린 군대의 병사들은 모두 침묵을 지키고 있었다. 그들 모두가 저마다 일곱 관문의 일곱 가지 양식을 띠고 있었고, 그들의 지휘관이나 대장들은 백색 또는 회색의 말에 올라 앉아 있었다. 그들이 경이의 눈길로 투오르를 응시하는 순간 그의 망토가 떨어졌고, 그들의 눈앞에 투오르가 입은 네브라스트의 웅대한 제복이 드러났다. 더욱이 그 자리에는 투르곤이 비냐마르의 높은 왕좌 뒤편의 벽에 이를 손수 걸어두는 모습을 목격한 이들이 여럿 있었다.

마침내 엑셀리온이 입을 열었다. "이제 더는 물증이 필요없겠구려. 더군다나 그가 후오르의 아들이라며 댄 이름쯤이야, 그가 울모께서 몸소 보내신 자라는 분명한 사실이 있거늘 뭐가 대수겠소."[31]

| 주석 |

1 『실마릴리온』 318쪽 기록에 의하면 니르나에스 아르노에디아드로부터 1년 후 브리솜바르와 에글라레스트의 항구들이 파괴되었을 때, 팔라스의 요정들 중 무사히 탈출한 이들은 키르단을 따라 발라르섬으로 피신했고, "그곳으로 찾아오는 모든 이들을 위해 피난처를 만들었다. 그들은 또한 시리온강 하구에 피난처를 마련해 두었는데, 그곳에는 가볍고 빠른 선박들이 갈대가 숲처럼 우거진 작은 만과 강물 사이에 여러 척 숨어 있었다"라고 한다.

2 놀도르 요정들의 푸르게 빛나는 등불에 대한 언급은 다른 곳에서도 등장하지만, 출간된 『실마릴리온』의 본문에는 등장하지 않는다. 투린의 이야기의 초기 판본에서는 앙반드를 빠져나온 후 벨레그에 의해 타우르누푸인 숲에서 발견된 나르고스론드의 요정 귄도르가 이 등불을 가지고 있었다(부친께서 해당 장면을 묘사한 그림에서 찾아볼 수 있다. 『톨킨의 그림들Pictures by J.R.R. Tolkien』(1979, 국내 미출간)의 서른 일곱 번째 항목을 볼 것). 여기서는 귄도르의 등불이 뒤집혀 덮개가 벗겨지면서 비로소 투린이 자신이 살해한 벨레그의 얼굴을 보게 된다. 귄도르의 이야기에 달린 주석에 따르면 이들은 "페아노르의 등불"로 불렸고, 놀도르 요정 본인들도 그 비밀을 몰랐다고 하며, 외양은 "수정을 가는 쇠 그물 안에 달아 놓은 형상을 하고 있었는데, 이 수정 속에서 나는 푸른빛으로 등불이 언제나 빛을 발하였다"라고 묘사되어 있다.

3 "태양이 그대의 앞길을 비추리라"라는 뜻이다. 『실마릴리온』에 실린 훨씬 간단한 이야기에서는 투오르가 '놀도르의 문'을 발견한 경위가 등장하지 않으며, 겔미르와 아르미나스도 언급되지 않는다. 다만 투

린의 이야기에서는 이 두 요정이 등장한다(『실마릴리온』 343쪽). 이들은 나르고스론드에 울모의 경고를 전달하는 역할로 등장하는데, 본래는 피나르핀의 아들 앙그로드의 백성이었으며, 다고르 브라골라크 이후 남쪽에서 조선공 키르단과 함께 살았다고 한다. 이들이 나르고스론드를 방문했을 때를 그리는 비교적 긴 이야기에서는 아르미나스가 "도르로민의 폐허에서" 투오르를 만났다고 언급하며 투린을 그와 비교해 폄하하는 장면이 등장한다. 291쪽 참조.

4 『실마릴리온』 141쪽 기록에는 모르고스와 웅골리안트가 이곳에서 실마릴을 두고 다툴 때 "모르고스는 무시무시한 비명을 질렀고, 그 비명은 산속에 울려 퍼졌다. 그리하여 이곳은 람모스라는 이름으로 불리게 되었다. 그의 목소리는 메아리가 되어 이후로도 영원히 그곳에 남아 있었고, 누구든지 이 땅에서 큰소리로 고함을 지르면 그 목소리가 되살아나 언덕과 바다 사이의 황무지를 고통스러운 비명으로 가득 채웠다"라고 되어있다. 반면에 여기서는 지형의 특성 탓에 울려 퍼진 모든 소리가 저절로 확대된다는 구상 쪽에 가깝다. 『실마릴리온』 13장의 도입부(본문과 매우 유사한 내용의 단락)에도 비슷한 발상이 등장한다 "놀도르가 해변에 상륙하자마자 그들의 고함 소리는 산속으로 크게 울려 퍼졌고, 수많은 우렁찬 목소리들이 왁자지껄 떠드는 소리는 북부의 모든 해안을 가득 채웠다." 아무래도 한 '전래담'에서는 람모스와 에레드 로민(메아리산맥)이 모르고스가 웅골리안트의 올가미 속에서 질렀던 무시무시한 비명소리의 메아리를 여전히 간직하고 있기 때문에 이런 이름을 얻었다고 하는 반면, 또 다른 전래담에서는 단순히 이 지역에서 소리가 울리는 방식 때문에 이 이름이 만들어졌다고 보는 것 같다.

5 『실마릴리온』 348쪽을 참조. "한편 투린은 북쪽을 향해 계속 길을

달렸다. 그는 이제 황량해진 나로그강과 테이글린강 사이 지역을 지났고, '혹한의 겨울'이 그를 맞이하러 내려왔다. 그해는 가을이 끝나기도 전에 눈이 내렸고, 봄은 늦게야 찾아왔고 또 추웠던 것이다."

6 『실마릴리온』 210쪽 기록에 따르면, 울모는 비냐마르에서 투르곤의 앞에 나타나 그에게 곤돌린으로 가라 명할 때 다음과 같이 말했다고 한다. "놀도르의 저주는 세상이 끝나기 전에 자네도 찾아낼 것이며, 자네의 성벽 안에서 반역이 일어나게 되어 있네. 그때는 도시도 불의 위험에 빠질 것일세. 하지만 이 위험이 정말로 임박한 순간에는, 바로 네브라스트에서 온 한 인물이 자네에게 경고를 할 것이며, 그에게서 불과 멸망을 넘어 요정과 인간들을 위한 희망이 생겨날 것일세. 그러니 장차 그가 발견할 수 있도록 이 집에 병기와 칼을 남겨 두고 가도록 하게. 그래야 자네가 의심하지 않고 그를 알아볼 수 있을 테니까." 그리고 울모는 투르곤에게 그가 남겨 둬야 할 투구와 갑옷, 칼의 종류와 크기를 분명하게 일러주었다.

7 투오르는 에아렌딜의 아버지이며, 에아렌딜의 아들이 바로 누메노르의 초대 왕인 엘로스 타르미냐투르이다.

8 울모가 겔미르와 아르미나스를 통해 나르고스론드에 보낸 경고에 대한 언급임이 확실하다. 287쪽과 그 이후 참조.

9 그늘의 열도는 아마 『실마릴리온』 11장 말미에 기술된 "마법의 열도"일 가능성이 높다. 이들은 발리노르의 은폐 당시 "그늘의 바다에 남북으로 그물처럼 엮이어" 있다고 언급되어 있다.

10 『실마릴리온』 319쪽을 참조. "[니르나에스 아르노에디아드 이후] 투르

곤의 요청에 따라 키르단은 빠른 배 일곱 척을 건조하였고 그들은 서녘을 향해 항해를 떠났다. 하지만 마지막으로 떠난 한 척을 제외하고는 어느 배도 발라르섬에 다시 소식을 전해 오지 못했다. 그 배의 선원들은 오랜 세월 동안 바다를 헤맸으나 결국 절망 속에 돌아오게 되는데, 가운데땅 해안선이 보이는 곳에서 거대한 폭풍우를 만나 침몰하고 말았다. 선원 가운데 한 사람만 울모의 도움으로 옷세의 진노를 피할 수 있었고, 그는 파도에 실려 네브라스트 해안까지 밀려왔다. 그의 이름은 보론웨였고 투르곤이 곤돌린에서 사자로 파견한 자들 중의 하나였다." 『실마릴리온』 385쪽도 함께 참조.

11 울모가 투르곤에게 했던 말은 『실마릴리온』 15장에는 다음과 같은 형식으로 등장한다. "놀도르의 참희망은 서녘에 있으며 바다에서 온다는 것을 기억하게."와 "하지만 이 위험이 정말로 임박한 순간에는, 바로 네브라스트에서 온 한 인물이 자네에게 경고를 할 것이며……"

12 『실마릴리온』에는 보론웨가 투오르와 함께 곤돌린으로 귀환한 이후의 운명이 명시되지 않았다. 다만 본래의 이야기('투오르와 곤돌린의 망명자들에 대하여')에서는 보론웨가 본 이야기에서 투오르의 말을 통해 암시된 바와 일맥상통하게 도시의 약탈을 피해 탈출한 이들 중 하나로 등장한다.

13 『실마릴리온』 261~262쪽의 서술 참조. "[투르곤은] 외부의 지원이 없다면 공성의 끝이 곧 놀도르 몰락의 시작이라는 것 또한 예감하고 있었다. 그래서 그는 곤돌린드림 무리를 은밀하게 시리온 하구와 발라르섬으로 보냈다. 거기서 그들은 투르곤의 지시에 따라 배를 만들어 아득한 서녘으로 항해를 시작하였다. 이는 발리노르를 찾아가서

발라들의 용서를 구하고 지원을 요청하기 위해서였고, 그들은 항해를 인도할 바닷새들을 찾았다. 하지만 바다는 거칠고 광대하고 어둠과 마법에 뒤덮여 있었고, 발리노르는 보이지 않았다. 그리하여 투르곤의 사자들은 아무도 서녘으로 가지 못했고, 실종되어 돌아오지 못한 이가 많았다."

『실마릴리온』을 구성하는 어떤 텍스트에서는 놀도르가 "배를 짓는 데에 솜씨가 없었으며, 그들이 만들어낸 선박은 죄다 좌초되거나 바람에 떠밀려 되돌아왔다"라고 서술하지만, 다고르 브라골라크 이후에는 "투르곤은 언제나 발라르섬에 지어진 비밀 망명처를 유지 및 보수했다"라고 하며, 니르나에스 아르노에디아드 이후 키르단과 잔존한 그의 백성들이 브리솜바르와 에글라레스트에서 발라르로 도피했을 때에는 "발라르섬에 있던 투르곤의 전초 기지에서 한데 어우러져 살았다"라고 전해진다. 다만 이 이야기 구성요소는 폐기되었고, 따라서 출간된 『실마릴리온』의 텍스트에는 곤돌린 출신 요정들이 발라르에 지은 거주지에 대한 언급이 없다.

14 누아스숲은 『실마릴리온』에는 언급되지 않으며 지도에도 마찬가지로 표시되어 있지 않다. 이 숲은 나로그강의 상류로부터 넨닝강의 발원지까지 서쪽으로 뻗는다.

15 『실마릴리온』 340쪽을 참조. "오로드레스 왕의 딸 핀두일라스는 그[귄도르]를 알아보고 반가이 맞이하였다. 그녀는 니르나에스 이전부터 그를 사랑했었고 귄도르 역시 자신의 연인이 너무 사랑스러워 그녀에게 파엘리브린, 곧 '이브린호수에 반짝이는 햇빛'이란 이름을 지어 주었던 것이다."

16 글리수이강은 『실마릴리온』에는 언급되지 않으며, 지도상으로는 등

장하나 이름은 표시되지 않았다. 이 강은 테이글린강으로 흘러드는 지류로, 말두인강이 테이글린으로 유입되는 지점으로부터 약간 북쪽에서 합류한다.

17 이 길은 『실마릴리온』 333쪽에서 언급된다. "그들은 '옛길'로도 내려왔다. 이 길은 시리온강의 좁고 긴 골짜기를 통과하여 핀로드의 미나스 티리스가 있는 작은 섬을 지난 다음, 말두인강과 시리온강 사이의 땅을 지나 브레실숲의 외곽을 따라 계속하여 테이글린 건널목에까지 이르는 도로였다."

18 "'글람호스Glamhoth'에게 죽음을!"이라는 뜻이다. 글람호스라는 명칭은 『실마릴리온』이나 『반지의 제왕』에는 등장하지 않지만, 신다르의 언어에서 오르크들을 일컬을 때 보편적으로 쓰는 표현이었다. '시끄러운 무리', '소란스러운 떼'라는 의미이다. 간달프의 검의 이름인 '글람드링Glamdring'과, '늑대인간(의 무리)의 섬'을 뜻하는 '톨인가우르호스Tol-in-Gaurhoth' 참조.

19 '에코리아스'는 곤돌린 평원 둘레에 있는 에워두른산맥을 가리킨다. '에레드 엠바르 닌'은 '내 고향의 산맥'이라는 뜻이다.

20 『실마릴리온』 325쪽에서 도리아스의 벨레그가 투린에게 (본문 줄거리의 시점으로부터 몇 년 이전에) 오르크들이 아나크 고개를 넘는 도로를 만들었으며 "전에는 평화로운 땅이던 딤바르가 '검은 손'의 수중에 들어갔다"라고 말한다.

21 이 길을 통해 에올에게 쫓기던 마에글린과 아레델이 곤돌린으로 도망쳤으며(『실마릴리온』 16장), 이후 나르고스론드에서 퇴출당한 켈레

고름과 쿠루핀도 이 길을 이용한다(『실마릴리온』 287~288쪽). 이 길이 서쪽으로 확장되어 타라스산 아래 투르곤의 옛 거처인 비냐마르로 이어진다는 언급은 오직 이 텍스트에서만 등장하며, 그 경로 또한 브레실의 서북쪽 끄트머리에서 나르고스론드로 뻗는 오래된 남쪽 도로와 교차한 이후부터는 지도상에 표시되지 않는다.

22 브리시아크Brithiach라는 이름은 '브리스brith'(자갈)라는 구성 요소를 포함하는데, 이 요소는 '브리손Brithon'강과 '브리솜바르Brithombar'항구에서도 찾아볼 수 있다.

23 이 대목과 관련하여 본문과 유사하면서도 현재 인쇄된 판본을 채택하기 위해 폐기되었음이 확실한 다른 판본에서는, 둘이 시리온강을 브리시아크여울을 통해 건너지 않고 그 대신 여울로부터 20여 킬로미터 북쪽으로 떨어진 지점에서 시리온강에 다다른다. "그들은 고생스럽게 길을 걸어 강가에 도착했고, 그곳에서 보론웨가 외쳤다. '놀라운 광경이로다! 길조인 동시에 흉조로군요. 시리온강이 얼어붙었습니다. 엘다르가 동부에서 도래한 이래로 이런 일이 벌어졌다는 이야기는 들어본 적이 없습니다. 덕분에 이곳을 건너 우리의 체력으로는 버거운 고단한 길을 많이 단축할 수 있겠군요. 그러나 다른 이들 또한 이미 건너갔거나 뒤를 쫓아올 수 있겠지요.'" 그들은 별다른 방해를 받지 않고 얼어붙은 강을 건너는데, "이로써 길이 단축되고, 투오르와 보론웨는 희망과 기력이 다해가던 참에 마침내 산맥 끝자락에서 마른강이 시작되는 지점에 다다르게 되었으니, 울모의 조언이 적의 악의를 득으로 바꾼 셈이었다."

24 『실마릴리온』 209쪽 참조. "그러나 세상이 어둡던 시절에 산 밑으로 강물이 파고들어 생긴 깊은 통로가 있었고, 이 물길은 바깥으로

나와 시리온강과 합류하였다. 투르곤은 이 통로를 발견하여 산맥 가운데에 있는 푸른 들판으로 들어갔고, 그곳에서 단단하면서도 매끄러운 돌로 이루어진 섬 모양의 언덕이 서 있는 것을 보았다. 골짜기는 옛날에 큰 호수였던 것이다."

25 『실마릴리온』에는 위대한 독수리들이 상고로드림에 살았던 적이 있다는 말이 없다. 13장에서(187쪽) 만웨는 "독수리 일족을 보내어 북부의 바위산에 살면서 모르고스를 감시하라는 명령을 내려 두고 있었다"라고 하며, 18장에서는(253쪽) 소론도르가 앙반드의 정문 앞에 쓰러진 핑골핀의 시신을 구하기 위해 "크릿사에그림 첨봉들 가운데 있는 자신의 둥지에서 쏜살같이 내려"왔다고 한다. 아울러 『반지의 제왕』 BOOK6, chapter 4의 내용도 참조. "가운데땅의 생성 초기에 에워두른산맥의 범접하기 어려운 높은 봉우리에 둥지를 틀었던 늙은 소론도르 ……" 모든 가능성을 고려해 보건대, 소론도르의 거처가 처음에 상고로드림 꼭대기에 지어져 있었다는, 『실마릴리온』의 초기 텍스트에서 찾아볼 수 있는 이 구상은 후일 폐기된 것으로 보인다.

26 『실마릴리온』에는 곤돌린 요정들의 언어에 대해 구체적으로 언급된 바가 전무하다. 반면 이 단락에서는 그들 중 일부가 '높은요정들의 언어(퀘냐)'를 일상적으로 사용했다는 것이 암시된다. 후기에 작성된 한 언어학 에세이에서 퀘냐는 투르곤의 집안에서 일상 언어였으며, 또한 에아렌딜이 유년기에 쓴 언어이기도 했다고 기술된다. 다만 "대부분의 곤돌린 백성들에게 있어서 퀘냐는 책에서나 쓰이는 언어가 되었고, 여타 놀도르 요정들과 마찬가지로 그들 역시 신다린을 일상 언어로 사용했다"라고 한다. 『실마릴리온』 216~217쪽을 참조할 것. 해당 단락에서는 싱골이 칙령을 선포한 이후로 "망명자들은 신

다린을 그들의 모든 일상생활에서 사용하였고, 서녘의 '높은요정들의 언어'는 놀도르 군주들끼리 있을 때만 사용하게 되었다. 하지만 그 언어는 그들이 사는 곳 어디서나 학문을 위한 언어로는 계속 살아남았다"라고 한다.

27 에도라스 밑에 지어진 로한 왕들의 능에 빼곡히 피어났으며, 간달프가 로한의 언어로(고대 영어로 번역되었다) '영념화'라는 뜻의 '심벨뮈네'라는 이름을 댄 꽃이 바로 이것이다. 간달프는 이에 대해 "사철 내내 피고 죽은 자들이 안식하는 곳에서 자라기 때문"이라고 했다(『반지의 제왕』 BOOK3 chapter 6). 요정어 명칭인 '우일로스'는 이 단락에서만 제시되지만, 문제의 어휘 자체는 퀘냐 명칭 '오이올롯세'('만년설산', 만웨의 산)가 신다린으로 옮겨진 형태인 '아몬 우일로스'에서도 찾아볼 수 있다. 「키리온과 에오를」 장에서 이 꽃의 또 다른 요정어 명칭으로 '알피린'이 주어진다(529쪽).

28 『실마릴리온』 160쪽에 따르면 싱골이 벨레고스트의 난쟁이들에게 보수로 많은 진주를 주었다고 한다. "이 진주는 키르단이 준 것인데, 발라르만 주변의 얕은 바다에 진주가 엄청나게 많았기 때문이다."

29 '샘물의 엑셀리온'은 『실마릴리온』에서 니르나에스 아르노에디아드 당시 곤돌린의 군대가 시리온강을 타고 퇴각할 때 측면을 방어한 투르곤의 지휘관 중 하나이자, 도시가 공격받았을 때 발로그들의 왕인 고스모그를 처치하는 동시에 그의 손에 최후를 맞이한 인물로 언급된다.

30 여러 차례 교정을 거치며 조심스럽게 작성된 원고는 이 지점에서 끊기며, 나머지 줄거리는 메모지 조각에 급하게 휘갈긴 채 쓰여 있다.

31 여기서 줄거리는 마침내 끝을 맺고, 이 외에는 급하게 휘갈겨 쓴 몇몇 메모들만이 남아 향후 이야기의 전개를 보여주고 있다. 이하는 그 내용이다.

투오르는 도시의 이름을 물어보고, 곧 이곳의 일곱 가지 이름을 듣게 된다. (주목할 만한 부분은 곤돌린이라는 이름은 줄거리 말미에 오기 전까지는 단 한 차례도 쓰이지 않으며 줄곧 '숨은왕국'이나 '숨은도시'로만 지칭된다는 점인데, 이는 다분히 의도적인 것으로 비춰진다.) 엑셀리온은 신호음을 울리라는 명령을 내리고, 곧이어 '대문'의 양쪽 탑에서 산속에 메아리치는 나팔 소리가 울린다. 약간 숨을 죽인 뒤 그들은 멀찍이 떨어진 도시 방벽에서 이에 응답하는 나팔 소리를 듣게 된다. 말들이 준비되자 (투오르에겐 회색 말이 주어진다) 그들은 곤돌린으로 달려간다.

뒤이어 곤돌린에 대한 기술, 이를테면 곤돌린의 높은 지대와 대문으로 올라가는 계단, 말로른과 자작나무와 늘푸른나무들이 자란 언덕(단어가 불분명하다), '샘물의 터', 기둥이 떠받드는 회랑 위에 자리 잡은 왕의 탑, 왕의 처소, 그리고 핑골핀의 기치에 관한 묘사 등이 이어진다. 이제 투르곤 본인이 등장하게 되는데, 그는 "싱골을 제외하면 세상의 모든 자손들 가운데 가장 키가 큰 이"이자 엄니(상아)로 된 칼집에 담긴 금백색 검을 찬 모습으로 투오르를 반겨준다. 마에글린은 왕좌 오른편에 선 모습으로 등장하며 왕의 딸 이드릴은 왼편에 있는데, 투오르는 울모의 전언을 "모두가 듣는 가운데" 혹은 "회의장에서" 말하게 된다.

이 외에도 서로 맥락이 다른 메모들을 통해 투오르가 곤돌린을 멀리서 바라보았을 때 곤돌린에 대한 기술이 들어갈 예정이었다는 점, 투오르가 투르곤에게 전언을 전하자 울모의 망토가 사라질 예정이었다는 점, 곤돌린에 왕비가 없는 이유가 설명될 예정이었다는 점, 투오르가 이드릴을 처음으로 마주치는 부분이나 그보다 앞서, 여태껏 그가 살면서 알았거나, 하다못해 보기라도 했던 여성은 소수밖에 되지 않았다는 것이 강조될 예정이었다는 점 등이 시사된다. 미스림에 살던 안나엘의 무리는 대부분의 아녀자들을 남쪽으로 보냈거니와, 투오르가 노예로 살던 시절에는 그를 짐승 취급하던 오만하고 야만적인 동부인 여인들이나, 그에게 동정심만 불러일으킬 뿐이었던, 유년기부터 노역을 해온 불행한 여종들이 전부였다는 것이다.

후기에 누메노르와 린돈과 로슬로리엔의 말로른에 대해 언급한 내용들은 말로른 나무들이 상고대 당시 곤돌린에서 번창한 바 있다는 내용을 부정하진 않지만 그렇다고 암시하지도 않는다는 점(299~300쪽 참조), 그리고 투르곤의 부인인 엘렌웨가 오래전 핑골핀의 무리가 헬카락세를 횡단할 당시 사망했다는 점(『실마릴리온』 157쪽)을 짚고 넘어가는 것이 좋겠다.

II

나르 이 힌 후린
후린의 아이들 이야기

투린의 어린 시절

황금머리 하도르는 에다인의 군주로, 엘다르의 많은 사랑을 받았다. 그는 평생 동안 핑골핀 대왕을 섬겼고, 왕은 그에게 히슬룸에 있는 넓은 땅 도르로민을 하사했다. 그의 딸 글로레델은, 브레실 사람들의 군주 할미르의 아들 할디르와 혼인하였고, 같은 날 잔치에서 아들인 장신의 갈도르 역시 할미르의 딸 하레스와 혼인했다.

갈도르와 하레스는 후린과 후오르 두 아들을 두었다. 후린이 세 살 앞선 맏이였지만, 집안의 다른 남자들에 비해서 그는 키가 작았다. 키가 작은 것만 외탁했을 뿐 후린은 다른 점에서는 조부인 하도르를 닮아 잘생긴 외모와 황금색 머리를 가졌으며, 강인한 체격에 불같은 성격을 타고났다. 하지만 그의 내면에 잠재된 불꽃은 찬찬히 타올랐고, 의지를 조절할 수 있는 대단한 인내심 또한 갖추고 있었다. 북부의 인간들 중에서는 그가 놀도르의 뜻을 가장 잘 이해했다. 동생 후오르는 자기 아들 투오르를 제외하고는 에다인 모든 사람들 가운데서 가장 키가 크고, 걸음도 무척 빨랐다. 하지만 길고 힘든 경주에서는 후린이 먼저 집에 도착하곤 했는데, 마지막까지도 처음처럼 힘차게 달렸기 때문이었다. 형제 사이에는 끈끈한 우애가 있었고 어린 시절에는 거의 떨어져 지낸 적이 없었다.

후린은 모르웬과 결혼했다. 그녀는 베오르가 브레골라스의 아들 바라군드의 딸로서, '외손잡이' 베렌과는 가까운 친척 간이었다. 모르웬은 검은 머리에 큰 키의 여인으로, 반짝이는 눈빛과 아름다운 얼굴 때문에 사람들은 그녀를 엘레드웬, 곧 '요정의 광채'라고 불렀다. 하지만 그녀는 엄격한 데가 있었고 자존심이 강했다. 그녀는 브라골라크로 폐허가 된 도르소니온을 떠나 도르로민으로 망명한 이들 중 한 명이었고, 베오르가에 닥친 불행을 가슴 아파했다.

투린은 후린과 모르웬의 맏아들로서, 베렌이 도리아스로 와서 싱골의 딸 루시엔 티누비엘을 만나던 해에 태어났다. 모르웬은 또 후린에게 딸을 하나 낳아 주었는데, 그녀의 이름은 우르웬이었다. 우르웬은 짧은 일생을 사는 동안, 그녀를 알고 지내던 모든 이들로부터 랄라이스, 곧 '웃음'이란 이름으로 불렸다.

후오르는 모르웬의 사촌 리안과 결혼했는데, 그녀는 브레골라스의 아들 벨레군드의 딸이었다. 가혹한 운명 탓에 그런 시절에 태어나긴 했지만, 그녀는 온순한 마음씨의 소유자로 사냥이나 전쟁을 모두 싫어했다. 그녀는 나무와 야생의 꽃들을 사랑했고, 노래를 잘 했으며, 작곡을 하기도 했다. 리안과 결혼한 지 겨우 두 달 만에 후오르는 형과 함께 니르나에스 아르노에디아드로 떠났고, 그녀는 남편의 얼굴을 다시는 보지 못했다.[1]

다고르 브라골라크가 벌어지고 핑골핀이 쓰러진 이후의 세월 동안, 모르고스가 드리우는 공포의 그림자는 길어졌다. 그러나 놀도르가 가운데땅에 돌아온 지 469년이 되던 해, 요정과 인간들 사이에는 희망의 기운이 싹터 올랐다. 그들 사이에 베렌과 루시엔의 행적에 관한 소문이 떠돌았기 때문이었다. 특히 모르고스가 앙반드의 옥좌에 앉아 있다가 수모를 당했으며, 어떤 이들은 베렌과 루시엔이 아직 살아 있거나 사자死者의 세계에서 돌아왔다고 말하기까지 했다. 그해에는 또한 마에드로스의 웅대한 구상이 거의 완성되었고, 엘다르와 에다인의 힘이 되살아나면서 모르고스의 전진이 제지당하고 오르크들은 벨레리안드에서 물러나 있었다. 그리하여 다가올 승리에 대해서 얘기하며 브라골라크 전투의 앙갚음을 해야 한다고 말하는 이들이 나타났고, 그러자면 마에드로스가 연합군을 이끌고 나가서 모르고스를 지하로 몰아넣고 앙반드의 출입구를 폐쇄해야 한다고 말하기 시작했다.

하지만 더 지혜로운 이들은 여전히 불안해하면서, 마에드로스가 자신의 힘이 커지고 있다는 것을 너무 일찍 노출시켰기 때문에, 모르고스가 그와 맞설 계책을 세울 시간을 충분히 얻게 될 거라고 걱정했다. 그들은 "앙반드에서는 요정과 인간이 상상도 하지 못할 새로운 악이 계속해서 부화될 것"이라고 말했다. 그해 가을에는 그들의 말을 입증이라도 하듯 북쪽에서부터 납빛 하늘 밑으로 병든 바람이 불어왔다. 그 유독성 때문에 바람은 독풍毒風이라고 불렸고, 안파우글리스 경계에 있는 북부지방에서는 그해 가을 많은 이들이 병을 앓다가 목숨을 잃었다. 그들은 대부분 인간들 중에서 어린아이거나 한창 자라나는 청년들이었다.

후린의 아들 투린은 그해 겨우 다섯 살이었고, 여동생 우르웬은 봄이 시작될 무렵에 세 살이 되었다. 우르웬이 들판을 달리면 아이의 머리는 풀밭에 피어나는 노란 백합 같았고, 그 웃음은 산속에서 흘러나와 아버지의 집 담장 밖으로 노래하듯 흘러가는 유쾌한 시냇물 소리와 같았다. 그 시냇물은 넨 랄라이스라 하였고, 그 이름을 따서 집안사람들은 모두 아이를 랄라이스라고 불렀다. 아이가 함께 있으면 그들의 마음은 환해졌다.

하지만 투린은 동생만큼 사랑을 받지는 못했다. 그는 어머니와 같이 검은 머리에다 성격 또한 어머니를 닮아갈 조짐이 보였다. 쾌활한 성격이 아닌 데다, 말을 일찍 배우기는 했지만 말수가 적고, 늘 나이보다 올되어 보이는 얼굴이었다. 투린은 불의한 일이나 타인의 조롱을 쉽게 잊지 못했으며, 아버지의 불같은 성격을 물려받아 급작스럽고 격정적인 행동을 보였다. 하지만 연민의 정 또한 많아서 살아 있는 것이 다치거나 슬퍼하는 모습을 보면 눈물을 흘렸는데, 이것 역시 아버지를 닮은 부분이었다. 어머니 모르웬은 자신에 대해서와 마찬가지로 타인에 대해서도 엄격했다. 투린은 어머니를 사랑했다. 그녀의 말이 솔직하고 꾸밈이 없기 때문이었다. 하지만 아버지는 자주 만나지 못했다. 후린이 히슬룸 동쪽 경계를 지키는 핑곤의 군대와 함께하기 위해 오랫동안 집을 비우는 일이 잦았기 때문이었다. 집에 돌아왔을 때도 낯선 말과 농담, 애매한 뜻으로 가득 찬 그의 빠른 말투에 투린은 당황하고 불편함을 느꼈다. 이 당시 그의 가슴에 담긴 온기는 온통 누이인 랄라이스를 향해 있었다. 하지만 그는 누이와 같이 노는 법은 거의 없었고, 보이지 않는 곳에서 그녀를 지켜주고 풀밭 위나 나무 아래로 그녀가 다니는 것을 지켜보는 것을 더 좋아했다. 그러면 랄라이스는 요정들의 언어가 아직 그들의 입술에 익지 않았던 먼 옛날 에다인 어린이들이 만든 노래들을 부르며 놀았다.

"랄라이스는 요정아이처럼 아름답소." 후린이 모르웬에게 말했다. "하지만 애석하게도 그들보다 단명하오! 그래서 그만큼 더 아름답고, 어쩌면 더 고귀한 것이오."

이 말을 들은 투린은 곰곰이 생각에 잠겼지만 무슨 뜻인지 알 수가 없었다. 그는 아직 요정아이들을 본 적이 없었던 것이다. 그 당시 그의 아버지의 땅에는 엘다르가 살지 않았고, 딱 한 번 그들을 본 적이 있었는데 그것은 핑곤 왕과 그의 많은 영주들이 말을 타고 은색과 흰색을 반짝이며 도르로민 땅을 달려 넨 랄라이스 다리를 건너갈 때였다.

하지만 그해가 가기 전에 아버지가 한 말의 뜻이 무엇인지 밝혀졌다. 도르로민에 독풍이 불어오자, 투린은 병에 걸려 오랫동안 열병을 앓으면서 어두운 꿈속을 헤매며 누워 있게 되었다. 그는 아직 죽을 운명이 아니었고 내면에 강한 생명력을 가지고 있었기에 병이 나았는데, 낫자마자 그는 랄라이스에 대해 물어보았다. 그러자 유모는 이렇게 대답했다. "후린의 아들이여, '랄라이스'에 대해서는 더 묻지 마세요. 하지만 동생 우르웬의 소식이라면 어머니께 듣도록 하세요."

모르웬이 그에게 다가왔을 때 투린은 물었다. "이제 저는 병이 나았습니다. 우르웬이 보고 싶어요. 왜 랄라이스 얘기는 더 하지 말라는 거지요?"

"우르웬이 죽었기 때문이란다. 이제 이 집에선 '웃음'이 그쳤다." 어머니가 대답했다. "하지만 모르웬의 아들아, 넌 살아 있고 또 우리에게 이런 못된 짓을 한 대적도 살아 있단다."

그녀는 스스로를 위로하지 않으려고 한 것과 마찬가지로 아들 또한 위로하려 들지 않았다. 침묵 속에서 냉정한 마음으로 그녀는 자신의 비탄을 감내했다. 하지만 후린은 슬픔을 밖으로 드러내어, 자신의 하프를 집어들고 애도의 노래를 지으려 했다. 하지만 할 수가 없었다. 그는 하프를 부수고 밖으로 나가 북부를 향해 삿대질하며 고함을 질렀다.

"가운데땅의 훼손자, 나의 주군 핑골핀 왕처럼 이 몸이 네놈을 정면으로 상대하여 네놈을 훼손시키겠다!"

투린은 모르웬 앞에서 다시 누이의 이름을 꺼내지는 않았지만, 밤이면 홀로 비통하게 울었다. 당시 그가 의지했던 유일한 친구에게 투린은 자신의 슬픔과 집안의 공허감을 이야기했다. 사도르란 이름의 이 친구는 후린의 집에서 일하는 하인으로, 절름발이에다 그다지 눈에 띄지 않는 사람이었다. 옛날에 나무꾼이었던 그는 운 나쁘게 도끼를 잘못 휘둘러 자기 오른발을 찍은 결과, 발이 없는 다리가 쪼그라들고 말았다. 그래서 투린은 그를 라바달, 곧 '깨금발이'라고 불렀다. 조롱이 아니라 연민에서 비롯된 별명이었기 때문에 사도르는 그 이름을 불쾌하게 여기지 않았다. 사도르는 나무를 다루는 데 상당한 솜씨가 있었기에 집안에 필요한 소소한 것들을 만들거나 고치면서 바깥채에 기거했다. 투린은 그의 다리품을 덜어주기 위해 그에게 부족한 것들을 날라다 주었고, 때로는 아무도 모르게 쓸 만해 보이는 연장이나 목재 조각도 슬쩍 가져다 놓곤 했다. 그러면 사도르는 미소를 지으며 그 선물을 제자리에 갖다 놓도록 했다. "자유로운 판단에 따라 주되, 오직 자기가 가진 것만 주도록 하세요." 그는 힘닿는 대로 소년의 호의에 감사를 표하여 사람이나 짐승 형상을 조각해 그에게 주었지만, 투린은 사도르의 이야기를 듣는 것을 제일 좋아했다. 사도르는 브라골라크 시절에 젊은 청년이었기 때문에, 발을 다치기 전 자신의 한창때였던 짧은 날들에 대해 얘기하기를 즐겼다.

"후린의 아드님, 그건 엄청난 전투였다고 합니다. 나는 그해 숲속에서 일 하다가 위급한 때에 소집되어 갔습니다. 하지만 브라골라크에 참가하지는 못했어요. 그랬더라면 내 상처도 더 영광스러운 것이었을 텐데 말입니다. 우린 너무 늦게 도착해서, 핑골핀 왕을 지키다 쓰러지신 하도르 선왕의 시신을 수습해 나오는 일만 겨우 할 수 있었지요. 그 뒤에 나는 병사가 되어 요정 왕들의 막강한 성채인 에이셀 시리온에서 여러 해 동안 근무했습니다. 지금 보면 대단했던 시절인데, 그 후로 흘러간 따분한 세월에 대해서는 할 말이 별로 없네요. 제가 에이셀 시리온에 있었을 때 암흑의 왕이 쳐들어왔는데, 도련님 부친의 아버지이신 갈도르 님께서 요정 왕을 대신해서 지휘를 맡고 계셨죠. 그 공격에서 그분은 목숨을 잃으셨고, 부친께선 갓 성년이 되신 나이였지만 군주의 직과 지휘권을 물려받으시는 것을 제가 지켜보았습니다. 부친의 몸속에는 '불'이 있어서 손으로 칼을 잡으면 칼이 뜨거워진다고 사람들은 얘기했어요. 부친의 뒤를 따라 우리는 오르크들을 사막으로 몰아붙였지요. 그날 이후로 그자들은 성벽이 보이는 곳에는 감히 모습을 나타내지 못했습니다. 하지만 애석하게도, 저는 흘러내리는 핏물과 상처를 너무 많이 목격했고, 그 바람에 전쟁이 지긋지긋해졌어요. 그래서 허락을 받고는 그리워하던 숲속으로 돌아올 수 있었습니다. 그러고 나서 거기서 발에 상처를 냈지요. 공포를 피해 달아나는 사람은 공포를 만나는 지름길로 들어설 뿐입니다."

사도르는 자라나는 투린에게 이렇게 이야기를 들려주곤 했다. 투린은 집안의 좀 더 가까운 누군가로부터 그런 가르침을 받았어야 하는데 그렇지 못했다는 생각에, 사도르가 답하기 어려운 많은 질문을 던지기 시작했다. 어느 날 투린이 그에게 물었다. "아버님 말씀대로 정말 랄라이스는 요정아이처럼 생겼어요? 아버님은 그 아이가 요정보다 짧다고 했는데, 그게 무슨 뜻이죠?"

사도르가 대답했다. "아주 닮았지요. 아주 어릴 때는 인간이나 요정이나 아이들은 가까운 혈족처럼 비슷해 보입니다. 하지만 인간의 아이들이 더 빨리 성장하고 젊음도 곧 사라지게 되지요. 그게 우리네 운명이랍니다."

"운명이 뭔데요?" 투린이 다시 물었다.

"인간의 운명에 대해서는 라바달보다 더 지혜로운 자에게 물어보셔야 합니다. 하지만 모두 알다시피 우리 인간은 일찍 쇠하여 일찍 죽는답니다. 운이 나쁜 사람은 훨씬 일찍 죽음을 맞이하기도 하지요. 하지만 요정은 쇠하지 않습니다. 그들은 큰 상처를 입은 경우가 아니라면 죽지 않아요. 인간에게는 치명적일 수 있는 부상이나 재난을 당하고도 요정은 살아날 수 있거든요. 심지어 그들은 육신이 못쓰게 된 뒤에도 다시 돌아올 수 있다는 말도 있어요. 우린 그러지 못하지요."

"그럼 랄라이스는 돌아오지 못하겠네요?" 투린이 물었다. "어디로 갔는데요?"

"돌아오지 못할 겁니다. 어디로 갔는지 인간은 아무도 모르지요. 저도 모릅니다." 사도르가 대답했다.

"항상 그랬어요? 아니면 혹시 독풍처럼 우리가 사악한 왕의 저주를 받아 이렇게 고난을 당하고 있는 건가요?"

"저는 모릅니다. 우리 뒤에는 어둠이 있지요. 그리고 그 시절의 이야기에 대해서는 아는 게 별로 없습니다. 우리 아버지의 아버지들은 알고 있는 이야기가 있었겠지만 아무 말씀도 전해 주지 않았어요. 이젠 그분들의 이름조차 잊혔고, 우리가 사는 곳과 그분들이 살던 곳 사이에는 산맥이 가로막고 있지요. 그분들이 무엇으로부터 도망쳤는지는 아무도 모릅니다."

"조상님들은 두려움에 사로잡혔던 건가요?" 투린이 물었다.

"그럴지도요." 사도르가 대답했다. "우리는 어둠에 대한 두려움 때문에 도망쳐 나왔지만, 결국 여기서 다시 맞닥뜨린 것인지도 모르지요. 이젠 바다 말고는 더 이상 달아날 데도 없어요."

"우린 더 이상 두려워하지 않아요." 투린이 말했다. "모두가 다 그런 건 아니에요. 우리 아버지도 아니고 나도 아니에요. 아니 적어도 어머니처럼, 두려워하더라도 겉으로 드러내지는 않을 생각입니다."

그때 사도르가 보기에 투린의 두 눈은 어린아이의 눈이 아니었다. 그러자 그는 이런 생각이 들었다. '강인한 사람에게는 고난이 숫돌이 되는군.' 하지만 그는 큰 소리로 말했다. "후린과 모르웬의 아들이여, 그대의 가슴속에 어떤 일이 벌어질지 라바달은 알 수 없습니다. 하지만 절대로 아무에게나 가슴속에 있는 것을 보여주지는 마십시오."

그러자 투린이 대답했다. "가질 수 없는 것이라면, 갖고 싶다는 얘기를 하지 않는 게 낫겠지요. 하지만 라바달, 난 내가 엘다르면 좋겠어요. 그러면 랄라이스가 아무리 멀리 있어도 혹시 돌아왔을 때 난 아직 여기 있을 테니까요. 난 힘이 세어지면 라바달처럼 요정 왕의 병사가 될 거예요."

"그들에 대해 많은 것을 알게 될 겁니다." 사도르가 한숨을 지으며 말했다. "그들은 아름다운 종족이고 경이로운 자들이며, 인간의 마음을 움직이는 힘을 가지고 있어요. 나는 가끔 우리가 그들을 만나지 말고 '낮은' 길을 그대로 걸었더라면 좋았겠다는 생각도 합니다. 왜냐하면 그들은 지식도 유구한 데다, 자부심이 강하고 영원한 존재자들이거든요. 그들의 빛 속에 서면 우리는 희미해서 보이지 않거나, 아니면 너무 빠른 불꽃으로 불타고 맙니다. 우리의 운명의 무게가 더 무겁게 우리를 짓누르지요."

투린이 대답했다. "하지만 아버지는 그들을 좋아하세요. 그들이 없으면 행복하지 않으실 거예요. 아버지는 우리가 알고 있는 거의 모든 것을 그들에게서 배웠고, 그래서 더 고결한 민족이 되었다고 말씀하셨어요. 최근에 산맥을 넘어온 인간들은 거의 오르크나 다를 바 없다고 하시거든요."

"그건 맞는 말입니다. 적어도 우리들 중의 일부에게는 맞는 말이지요. 하지만 오르막을 오르는 것은 고통스럽고, 높은 곳에 있으면 아래로 떨어지기도 쉽지요."

결코 잊을 수 없는 그해, 에다인의 책력으로는 과에론 월에 투린은 막 여덟 살의 나이가 되어가고 있었다. 가문의 원로들 사이에서는 엄청난 규모의 병력 소집과 병기 수집이 진행된다는 풍문이 떠돌았지만, 투린은 이에 대해 아무것도 모르고 있었다. 그리고 후린은 아내 모르웬이 입이 무겁고 담대하다는 것을 알고 있었기 때문에, 요정 왕들의 계획에 대해, 그리고 만약 그들이 성공하거나 실패했을 경우에 어떤 일이 벌어질지에 대해 아내와 종종 이야기를 나누었다. 그가 보기에 가운데땅의 어떤 세력도 엘다르의 힘과 영광을 쓰러뜨릴 수는 없었기에, 그의 가슴은 희망으로 부풀어 올랐고 전투의 결과에 대한 두려움은 거의 없었다. "그들은 서녘의 빛을 목격한 자들이오. 결국 어둠은 그들의 눈앞에서 달아나고 말 것이오."

모르웬은 그의 말에 이의를 달지 않았다. 후린과 함께 있으면 희망은 더욱더 가능한 현실로 보였기 때문이었다. 하지만 그녀의 일족에게도 요정들로부터 전승된 지식이 있었기에, 그녀는 혼자 이렇게 중얼거렸다. "하지만 그들은 빛을 떠나왔고 빛으로부터 차단되어 있지 않은가? 서녘의 군주들은 그들을 머릿속에서 지워버렸을지도 모르는데, 어떻게 첫째자손들이 '권능들' 중의 하나를 이길 수 있지?"

그러나 그와 같은 의혹의 그림자는 후린 살리온에게는 드리워지지 않았다. 하지만 그해 봄 어느 날 아침 그는 불안한 잠을 잔 끝에 무거운 머리로 일어났고, 하루 종일 구름 한 점이 그의 밝은 얼굴을 가리고 있었다. 저녁이 되자 그가 불쑥 입을 열었다. "모르웬 엘레드웬, 내가 전쟁에 부름을 받을 테니 하도르 가문의 후계자를 당신 손에 맡기오. 인간의 생명은 유한하고, 평화로운 시기에도 그들에게는 많은 불운이 찾아오니 말이오."

"그건 늘 그랬소. 그런데 무슨 뜻으로 그런 말씀을 하시오?"

"신중함이오, 걱정을 하는 게 아니고." 그렇게 대답하긴 했지만, 그의 표정은 어두웠다. "다만 앞을 바라보는 자라면 이 점을 알아야 하오. 세상이 옛날 그대로는 아닐 거라는 사실 말이오. 이번 일은 엄청난 모험이라서 어느 한쪽은 지금보다 더 바닥으로 몰락해야 할 거요. 만약 몰락하는 것이 요정 왕들이라면 그것은 당연히 에다인에게도 좋지 않은 영향을 끼치겠지요. 우리는 대적과 가장 가까운 거리에 살고 있지 않소. 하지만 일이 잘못되더라도 당신에게 '두려워하지 마시오!'라고 말하지는 않겠소. 당신은 두려워해야 할 것이 무엇인지 알고 있기 때문이오. 그리고 두려움이 당신을 낙담시키지도 않을 테니 말이오. 다만 이렇게 얘기하겠소. '기다리지 마시오!' 가능한 한 당신 앞에 살아서 돌아오겠소. 하지만 기다리지는 마시오! 가급적 신속하게 남쪽으로 내려가시오. 그러면 나도 당신을 뒤따라갈 것이고, 벨레리안드 온 천지를 헤매서라도 당신을 찾아낼 것이오."

"벨레리안드는 넓고, 유랑자를 위한 집은 없소." 모르웬이 대답했다. "어디로 달아나야 하오? 일부만 가는 것이오, 모두 가는 것이오?"

그러자 후린은 한참 동안 침묵 끝에 입을 열었다. "브레실에 가면 어머니 쪽 친척이 있소. 직선으로 145킬로미터 가량 되는 거리요."

모르웬이 대답했다. "그런 흉측한 시대가 정말로 온다면 인간에게서 무슨 도움을 얻겠소? 베오르가는 쓰러졌소. 위대한 하도르 가문마저 쓰러진다면 할레스가의 꼬마들은 어느 구멍으로 기어들어 가겠소?"

"저들이 수가 적고 배움이 모자라긴 하지만, 저들의 용기마저 의심하지는 마시오. 그 밖에 어디서 희망을 찾겠소?" 후린이 말했다.

"곤돌린을 말하지는 않으시는구려."

"안 되오, 내 입에서 그 이름을 말한 적이 없소." 후린이 대답했다. "하지만 당신이 들은 이야기는 사실이오. 난 거기에 갔다 왔소. 이제 당신한테 진실을 얘기하겠소. 누구한테도 말한 적이 없고, 또 앞으로도 그럴 것이오만, 난 곤돌린이 어디 있는지 알지 못하오."

"하지만 짐작은 할 수 있지 않겠소. 대강이라도 말이오." 모르웬이 말했다.

"그럴 수도 있겠구려. 하지만 투르곤께서 나의 맹세로부터 나를 풀어주지 않는 한, 난 그곳을 추측조차 할 수 없소. 당신한테까지 말이오. 그러니 당신이 찾아보아도 소용없을 것이오. 내가 수치를 무릅쓰고 말해 준다 하더라도 당신은 기껏해야 잠겨 있는 문 앞에까지만 갈 수 있을 뿐이오. (그럴 것이라는 소문은 아직 없고, 또 바랄 수도 없는 일이지만) 투르곤께서 전쟁을 하러 나오시지 않는 한 아무도 들어갈 수가 없소."

"그러면 당신의 친척들에게도 희망이 없고, 당신의 친구들도 거부를 한다면, 나 스스로 방도를 찾아야겠구려. 내 머릿속에는 도리아스가 떠오르오. 모든 방어선 중에서 가장 마지막까지 견디는 것은 '멜리안의 장막'이 아닐까 하오. 베오르가라면 도리아스에서도 무시당하지는 않을 것이오. 나도 이제는 싱골 왕의 친척이 아니오? 바라히르의 아들 베렌은 우리 아버지와 마찬가지로 브레고르의 손자이니 말이오."

"내 마음은 싱골 쪽으로 기울지는 않소. 그는 핑곤 왕에게 별 도움이 되지 못할 것 같소. 또한 도리아스란 이름만 나오면 알지 못할 어두운 그림자가 내 마음속에 스며들기 때문이오."

"브레실이란 이름을 들으면 나도 가슴이 답답해지오." 모르웬이 답했다.

그러자 갑자기 후린이 웃음을 터뜨리며 말했다. "우린 여기 앉아서 우리 능력 밖의 일을 놓고 따지고 있구려. 꿈속에 나온 그림자 같은 것 말이오. 상황이 그렇게 악화되지는 않을 것이오. 혹시 그렇게 되더라도 당신의 용기와 사려분별에 모든 것을 맡기겠소. 당신이 옳다고 생각하는 대로 행동하시오. 다만 신속하게 행하시오. 우리가 목표를 달성한다면, 요정 왕들은 베오르가의 모든 봉토를 베오르의 후계자들에게 회복시켜 주기로 마음먹고 있소. 그러면 우리 아들은 엄청난 유산을 물려받을 거요."

그날 밤 투린은 반쯤 잠이 깨어 있었는데, 아버지와 어머니가 그의 침상 옆에 서서 촛불을 든 채 그의 얼굴을 내려다보고 있는 듯했다. 하지만 그는 그들의 얼굴을 볼 수는 없었다.

투린의 생일날 아침, 후린은 아들에게 요정이 만든 단도를 선물로 주었다. 칼자루와 칼집이 은색과 검은색으로 된 것이었다. "하도르가의 후계자, 오늘 너의 생일 선물이 여기 있다. 하지만 주의해라! 무섭도록 날카로운 칼이다. 날붙이는 휘두를 줄 아는 자만 섬기는 법. 이건 다른 것을 자를 때처럼 네 손도 얼마든지 벨 거다." 그리고 그는 투린을 탁자 위에 올려놓고 입을 맞춘 다음 말을 했다. "모르웬의 아들, 네가 벌써 내 머리 위에 오는구나. 너는 곧 네 두 발로도 이만큼 높이 서게 되겠지. 그날이 오면 만인이 너의 칼날을 두려워할 것이다."

그러자 투린은 방에서 달려나와 혼자 걸었다. 그의 가슴속에는 차가운 대지에 생장의 기운을 불어넣는 태양의 온기 같은 따스함이 퍼져나갔다. 그는 '하도르가의 후계자'라고 한 아버지의 말을 입속으로 되풀이해 보았다. 하지만 다른 말 또한 그의 머릿속에 떠올랐다. '자유로운 판단에 따라 주되 오직 자기가 가진 것만 주도록 하세요.' 그래서 그는 사도르에게 가서 큰 소리로 말했다. "라바달, 오늘이 내 생일이에요. 하도르가 후계자의 생일이라구요! 오늘을 기념할 선물을 가져왔어요. 이 칼 보세요, 라바달한테 딱 맞는 칼이에요. 마음만 먹으면 뭐든지, 머리카락같이 가는 것도 자를 수 있을 거예요."

사도르는 투린이 그날 직접 칼을 선물로 받았다는 것을 알고 있었기에 마음이 불편했다. 누가 준 것이든 자유로운 판단에 따라 준 선물을 거절한다는 것은 당시의 인간들 사이에서는 가슴 아픈 일로 여겨지고 있었기 때문이었다. 그는 투린에게 진지한 얼굴로 말했다. "후린의 아들 투린, 도련님은 너그러운 마음씨를 타고났군요. 도련님의 선물에 견줄 만한 일을 저는 한 것이 없고, 앞으로 제게 남은 날들 동안 더 잘할 것이란 희망도 없습니다. 다만 제가 할 수 있는 일, 그건 하도록 하지요." 그리고 사도르는 칼집에서 칼을 빼어 보고는 말했다. "이건 정말 대단한 선물이군요. 요정의 강철로 만든 칼입니다. 저는 오랫동안 이 감촉을 그리워했습니다."

후린은 투린이 칼을 차고 있지 않은 것을 곧 알아차리고는, 혹시 자신의 경고 때문에 겁이 난 것이냐고 아들에게 물었다. 그러자 투린이 대답했다. "그건 아닙니다. 목공 사도르한테 칼을 주었어요."

"그렇다면 아버님의 선물을 무시한다는 말이냐?" 모르웬이 물었다. 투린이 다시 답했다. "아닙니다. 전 사도르를 사랑하거든요. 전 그 사람을 동정해요."

그러자 후린이 말했다. "투린, 네가 가진 세 가지 선물을 모두 그에게 주었구나. 사랑과 동정, 마지막으로 칼까지 말이다."

"하지만 사도르가 그럴 자격이 있는지 의심스럽구려." 모르웬이 말했다. "그 사람이 자기 발을 찍었던 것도 솜씨가 부족했기 때문이고, 시키지도 않은 일을 하는 데 시간을 너무 많이 쓰느라 집안일을 제때 못해내고 있잖소."

"그래도 그 사람한테 동정심을 베푸시오." 후린이 말했다. "정직한 손과 진실한 마음씨를 가진 사람도 손이 빗나갈 수가 있소. 그 상처는 적이 남긴 것보다 더 참기 힘든 법이오."

"하지만 너는 이제 다음 칼을 받을 때까지 기다려야 할 것이다." 모르웬이 말했다. "이렇게 해서 이 선물은 네 자신의 것을 나누어 준 진짜 선물이 되는구나."

그럼에도 불구하고 투린은, 이후로 집안사람들이 사도르를 다정하게 대해 주고 있으며, 사도르가 아버지가 연회장에서 앉을 큰 의자를 만드는 일에 착수했다는 사실을 알게 되었다.

로스론 월 어느 맑은 날 아침, 투린은 갑작스런 나팔 소리에 잠에서 깼다. 문간으로 달려간 그는 안뜰을 꽉 채운 수많은 장정들을 목격했는데, 말을 타고 있거나 두 발로 선 그들은 모두 전쟁을 대비하여 완전무장을 하고 있었다. 후린 또한 그 속에 서서, 그들과 이야기를 하며 명령을 내리고 있었다. 투린은 그들이 그날 바라드 에이셀로 떠날 예정이란 사실을 알았다. 이들은 후린의 호위병과 집안의 장정들이었는데, 그의 영지에 거주하는 장정들 모두에게 소집 명령이 떨어진 상태였다. 일부는 이미 후린의 동생인 후오르와 함께 떠났고, 많은 이들이 도중에 도르로민의 군주와 합류하여 그의 깃발을 따라 요정 왕의 대부대로 나아갈 참이었다.

그때 모르웬은 눈물 한 방울 흘리지 않고 후린에게 작별인사를 했다. "당신이 내게 맡긴 것을, 지금 있는 것과 앞으로 있을 것까지 잘 지키겠소."

후린이 그녀에게 답했다. "도르로민의 여주인, 몸조심하시오. 이제 우리는 이전보다 더 큰 희망을 품고 말을 달려 나가오. 다가오는 동짓날에는 우리 생애에 가장 유쾌한 잔치가 벌어질 것이며, 앞으로의 봄에는 두려움이 없을 것이라 생각합시다!"

그리고 그는 투린을 한쪽 어깨 위에 올리고 사람들을 향해 외쳤다. "하도르가의 후계자가 그대들의 검광劍光을 보게 하라!"

날쌔게 치켜올린 오십 개의 칼날이 햇빛에 번쩍거리고, 후린의 안뜰에는 북부 에다인의 함성이 울려 퍼졌다. "라코 칼라드! 드레고 모른! 빛이여 불타오르라! 밤이여 달아나라!"

마침내 후린이 말안장에 올라앉자, 그의 황금 깃발이 휘날리면서 나팔소리가 아침 속으로 다시 울려 퍼졌다. 후린 살리온은 니르나에스 아르노에디아드를 향해 길을 떠났다.

모르웬과 투린은 문간에 조용히 서 있었다. 마지막으로 저 멀리서 희미한 한 가닥 나팔 소리가 바람결에 들렸다. 산등성이를 넘어가자 후린은 더 이상 자기 집을 볼 수 없었다.

후린과 모르고스의 대화

니르나에스 아르노에디아드, 곧 핑곤이 쓰러지고 엘다르의 꽃이 시든 '한없는 눈물의 전투'를 소재로 요정들은 많은 노래를 부르고 많은 이야기를 지었다. 그 모든 이야기를 지금 다시 듣자면 평생을 들어도 시간이 부족할 것이다.[2] 단지 지금은 모르고스의 명에 의해 도르로민의 군주인 갈도르의 아들 후린이 끝내 리빌강 옆에서 생포되어 앙반드로 끌려간 후 어떻게 되었는가만 다루기로 하자.

후린은 모르고스 앞에 끌려나왔다. 모르고스는 후린이 곤돌린의 왕과 친교를 맺고 있다는 것을 자신의 사술邪術과 첩자들을 통해 알고 있었던 것이다. 그는 자신의 두 눈으로 후린을 위협해 보았다. 하지만 후린은 전혀 기세가 꺾이지 않고 모르고스에게 대항했다. 그래서 모르고스는 그를 쇠사슬로 묶고 서서히 고통을 가하기 시작했다. 하지만 잠시 후 그는 다시 후린에게 다가와 한 가지 제안을 했다. 투르곤의 성채가 어디에 있는지, 그리고 그 요정 왕의 계획이 무엇인지에 대해 그가 알고 있는 것을 모두 털어놓는다면, 후린이 원하는 곳으로 마음대로 떠나갈 수도 있고 또 모르고스 군대의 최고 대장이 되어 권력과 지위를 누릴 수도 있다는 것이었다. 하지만 '불굴의 후린'은 그의 말을 무시하고 조롱했다. "모르고스 바우글리르, 너는 장님이나 다름없고 앞으로도 어둠밖에 볼 수 없는 장님 신세를 면할 수 없을 것이다. 인간의 마음을 움직이는 것이 무엇인지 너는 모르고 있고, 알게 되더라도 네가 줄 수 있는 것이 아니다. 바보들이나 모르고스가 내놓는 제안을 받아들이겠지. 원하는 것을 받고 나면 너는 약속을 어길 것이고, 네가 원하는 것을 말해 주고 나면 내게 남는 것은 죽음뿐일 테니."

그러자 모르고스가 웃음을 터뜨리며 말했다. "네놈은 자비를 베풀어 죽음을 달라고 간청하게 될 것이다."

그리고 그는 후린을 하우드엔니르나에스로 데리고 갔다. 그 둔덕은 그때 막 완성되었기 때문에 죽음의 악취가 그 위를 맴돌고 있었다. 모르고스는 후린을 그 꼭대기에 앉힌 다음, 서쪽으로 히슬룸을 바라보게 하고, 아내와 아들 그리고 다른 가족을 생각해 보라며 말했다. "그 사람들이 이제는 내 영토 안에 살고 있다. 그들의 앞날은 내 자비심에 달렸다."

"너에겐 그런 게 없지 않은가." 후린이 대답했다. "그래도 그들에게서 투르곤 왕께 가는 길을 알아내지는 못할 것이다. 그들은 비밀을 알지 못하니까."

그러자 모르고스는 분노에 사로잡혔다. "그래도 네놈하고 빌어먹을 네 식구들은 전부 손에 넣을 수가 있지. 네놈들 몸이 모두 쇳덩어리로 되어 있다고 해도 내 의지의 힘으로 너희들을 박살내리라."

그가 거기 놓여 있던 긴 칼을 집어 들어 후린의 눈앞에서 부러뜨리자, 쪼개진 칼 조각이 후린의 얼굴에 상처를 냈다. 하지만 후린은 꼼짝도 하지 않았다. 그러자 모르고스는 도르로민을 향해 그의 긴 팔을 뻗으며 후린과 모르웬, 그리고 그의 자식들에게 저주를 퍼부었다. "보아라! 내 생각의 그림자가 그들이 어딜 가든 그들의 머리 위를 뒤덮을 것이며, 내 증오가 세상 끝까지 그들을 뒤쫓을 것이다."

하지만 후린이 대꾸했다. "그렇게 얘기해 봤자 소용없다. 너는 멀리서는 그들을 볼 수도 없고 지배할 수도 없으니까. 네가 이 형체 그대로, 눈에 보이는 지상의 왕이 되기를 계속 갈망하는 한 불가능한 일이다."

그러자 모르고스가 후린을 향해 돌아서며 말했다. "멍청한 놈, 인간 중에서도 별것 아닌 놈, 그렇게 말하는 놈들이야말로 가장 쓸모없는 놈들이지! 네가 발라들을 본 적이 있느냐? 만웨와 바르다의 힘을 재어 본 적이 있느냐? 그들의 생각이 어디까지 뻗치는지 안단 말이냐? 혹시 그들이 너를 생각하고 있고, 그래서 멀리서 지켜줄지도 모른다고 생각하는 것이냐?"

"나는 모른다. 그러나 그럴 수도 있지. 그분들께 그럴 뜻만 있으시다면. 아르다가 건재하는 한, 노왕께서는 왕좌에서 물러나지 않으실 것이다."

"말 한번 잘했군. 나야말로 노왕, 최초의 발라이자 최강의 발라인 멜코르로다. 나는 세상 이전부터 있었고 내가 세상을 만들었다. 내가 계획한 어둠의 그림자가 아르다를 뒤덮었고, 아르다의 만물은 서서히 그리고 어김없이 내 뜻에 굴복할 것이다. 내 생각이 운명의 먹구름이 되어 네가 사랑하는 모든 자들을 짓누를 것이며, 그들은 결국 암흑과 절망의 나락으로 떨어질 것이다. 그들이 어느 곳에 가든 악행이 일어날 것이며, 그들이 입을 열면 언제나 그 말은 악을 도모하는 일이 될 것이다. 그들이 행하는 모든 일이 그들에 대적하는 결과를 낳을 것이며, 그들은 삶과 죽음 모두를 저주하면서 절망 속에 죽어갈 것이다."

후린이 이에 답했다. "네가 지금 누구와 이야기를 하고 있는지 잊은 건 아니겠지? 아득한 옛날에도 너는 우리 조상들에게 그렇게 말했지만, 우리는 너의 어둠의 그림자로부터 벗어났다. 이제 너의 정체를 알게 되었으니, 그것은 우리가 '빛'을 목격한 얼굴들을 보았고, 만웨와 이야기를 나눈 목소리를 들었기 때문이다. 너는 아르다 이전에 있었지만, 다른 이들 또한 그때 존재했다. 너는 아르다를 만들지 않았고, 최강의 발라도 아니다. 너는 자신의 힘을 스스로에게 소비하고, 스스로의 공허를 위해 낭비했잖은가. 너는 이제 발라들의 도망친 노예에 불과하며, 그들의 쇠사슬은 여전히 너를 기다리고 있다."

"네놈 주인들이 가르친 걸 달달 외웠군. 하지만 그자들은 모두 달아나고 말았으니 그 유치한 지식도 네겐 아무런 도움이 안 될 것이다." 모르고스가 말했다.

“노예 모르고스, 그렇다면 이걸 마지막으로 전해 주겠다. 이것은 엘다르의 지식에서 얻은 것이 아니라 이 순간 내 가슴속에 들어온 말이다. 너는 인간의 왕이 아니며, 온 아르다와 메넬이 너의 손안에 들어간다 해도 인간의 왕이 될 수 없을 것이다. 너는 너를 거부하는 이들을 세상의 둘레를 넘어서까지 쫓아가지는 못할 것이다.”

“세상의 둘레를 넘어서까지 그자들을 쫓아가지는 않을 것이다.” 모르고스가 대답했다. “세상의 둘레 바깥에는 ‘무無’가 있을 뿐이니까. 하지만 ‘무’로 나가기 전, 세상 안에 있는 동안은 나를 피할 수 없을 것이다.”

“너는 거짓말을 하고 있다.” 후린이 말했다.

“내가 거짓말을 하는 것이 아니라는 걸 너는 알게 될 것이고 또 인정하게 될 것이다.”

모르고스는 이렇게 말한 다음 후린을 다시 앙반드로 데리고 가서 상고로드림 높은 봉우리의 돌의자 위에 앉혔다. 거기서 후린은 멀리 서쪽으로 히슬룸 땅과 남쪽으로 벨레리안드 대지를 볼 수 있었다. 그는 모르고스의 힘에 결박당해 꼼짝도 하지 못했고, 모르고스는 그의 옆에 서서 다시 저주를 퍼부으며 자신의 힘으로 그를 압도했다. 그래서 후린은 모르고스가 풀어줄 때까지는 그곳을 벗어날 수도 없고 죽을 수도 없었다.

모르고스가 말했다. “이제 거기 앉아서 네가 내게 넘겨준 자들에게 절망과 악이 닥쳐오는 대지를 바라보라. 너는 감히 아르다의 운명의 주재자인 멜코르를 조롱하고 또 그 힘을 의심했다. 그러니 너는 이제 나의 눈으로 보고 나의 귀로 들어야 할 것이며, 어느 것도 너의 눈앞에서 숨을 수 없을 것이다.”

투린의 출발

결국 세 명의 남자만이 겨우 타우르누푸인을 거쳐 브레실로 되돌아갔다. 힘든 길이었다. 하도르의 딸 글로레델은 할디르의 죽음을 전해 듣고는 슬퍼하다가 숨을 거두었다.

도르로민에는 아무 소식도 전해지지 않았다. 후오르의 아내 리안은 미칠 지경이 되어 황무지로 뛰쳐나갔다. 하지만 미스림의 회색요정들이 그녀를 돕게 되었고, 아들 투오르가 태어나자 그를 키워 주었다. 하지만 리안은 하우드엔니르나에스로 나아가 그곳에 쓰러져 숨을 거두었다.

모르웬 엘레드웬은 슬픔에 잠긴 채 조용히 히슬룸에 남아 있었다. 아들 투린이 겨우 아홉 살이 되어가고 있었고, 뱃속에는 또 한 아이가 자라고 있었다. 그녀에게는 암울한 시절이었다. 동부인들이 엄청나게 떼를 지어 몰려들어 하도르가의 사람들에게 무자비한 짓을 자행하면서 재산을 모두 강탈하고 그들을 종으로 삼았다. 후린의 고향에 살던 사람들 가운데서 노동을 할 수 있거나 무엇에라도 쓸모 있어 보인다 싶은 사람은 모두 그들에게 붙잡혀 갔다. 심지어 어린아이들도 끌려갔고, 노인들은 죽이거나 집 밖으로 내쫓아 굶어 죽게 했다. 하지만 그들은 도르로민 군주의 부인에게는 감히 손을 대거나 집에서 내쫓지는 못했다. 동부인들 사이에서 그녀가 위험인물이며, 하얀 악마들과 내통하는 마녀라는 소문이 돌았기 때문이었다. 그들은 요정을 하얀 악마라고 부르면서 혐오했고, 또 혐오하는 것 이상으로 두려워했다.[3] 그래서 그들은 많은 엘다르가 달아나 은신하고 있는 산맥 쪽을 두려워하고 기피했다. 요정들이 특히 히슬룸 남쪽 땅으로 달아났기 때문에, 동부인들은 침략과 약탈이 끝난 뒤 북쪽 땅으로 물러났다. 후린의 저택은 도르로민 동남쪽에 있었고 산맥과 가까운 곳이었다. 넨 랄라이스 강은 사실 아몬 다르시르 그늘에 있는 샘에서 발원하였는데, 이 산의 등성이를 넘어가는 가파른 고갯길이 있었다. 이 길을 통해 용감한 자들은 에레드 웨스린을 넘어 글리수이 지류의 발원지를 지나 벨레리안드로 들어설 수 있었다. 하지만 동부인들은 이 길을 모르고 있었고, 모르고스 또한 알지 못했다. 그곳의 온 땅이 핑골핀 가문이 건재하는 동안 모르고스로부터 안전했고, 그의 하수인은 아무도 그곳까지 온 적이 없었다. 모르고스는 에레드 웨스린을 북쪽으로부터의 탈출이나 남쪽으로부터의 공격 모두를 막아줄 수 있는 난공불락難攻不落의 장벽으로 믿었다. 날아다니는 새가 아니고서야, 사실상 세레크 습지에서부터 도르로민과 네브라스트 땅이 나란히 마주하는 서쪽 멀리까지 가려면 이 고갯길 외에 다른 길이 없었다.

그리하여 처음의 침략 이후에도 모르웬은 그대로 머무를 수 있게 되었는데, 다만 주변의 숲속에 인간들이 숨어 있었기 때문에 멀리까지 나돌아다니는 것은 위험했다. 모르웬의 집에는 아직 목공 사도르와 몇 명의 남녀 노인들, 그리고 투린이 남아 있었다. 모르웬은 투린을 절대로 안뜰 밖으로 내보내지 않았다. 하지만 후린의 가옥은 곧 황폐해져갔고, 모르웬이 열심히 일을 했지만 여전히 가난해서 후린의 친척인 아에린이 몰래 보내주는 도움의 손길이 없었더라면 굶주릴 수밖에 없었을 것이다. 아에린은 브롯다라는 동부인에 의해 강제로 그의 아내가 되어 있는 처지였다. 남의 적선을 받는다는 것은 모르웬에게는 견디기 어려운 일이었다. 하지만 그녀가 도움을 받아들인 것은 투린과 아직 태어나지 않은 아이 때문이었고, 모르웬 자신이 말한 대로 원래 자기네 소유였기 때문이기도 했다. 후린의 고향 마을에서 사람들과 재물, 가축까지 모두 빼앗아 자기 집으로 가져간 자가 바로 브롯다였던 것이다. 그는 대담한 성격의 소유자이긴 했지만, 히슬룸에 오기 전까지는 자기 동족들 사이에서 하찮은 인물이었다. 그랬기 때문에 재물을 쌓아가는 과정에서 같은 부류의 다른 인간들이 탐내지 않는 땅을 차지할 준비를 하고 있었다. 그는 노략질을 하러 모르웬의 집으로 말을 타고 오다가 그녀를 보고 그만 엄청난 두려움에 사로잡혔다. 그는 하얀 악마의 무서운 눈을 보았다는 생각이 들어, 악령 같은 것이 그를 엄습할지도 모른다는 끔찍한 공포에 떨었다. 그래서 그는 그녀의 집을 약탈하지 않았고 투린도 발견하지 못했다. 그렇지 않았더라면 도르로민 군주의 후계자의 생애는 더 짧아지고 말았을 것이다.

브롯다는 하도르 사람들을 "밀짚대가리"라고 부르며 노예로 삼고는, 후린의 집 북쪽에 있는 땅에 목재로 된 저택을 짓도록 하고, 집 방책防柵 안에 노예들을 마치 외양간의 소처럼 몰아넣었는데 경비가 삼엄하지는 않았다. 노예들 가운데는 아직 겁먹지 않은 이들도 있어 위험을 무릅쓰고 도르로민 군주의 부인을 도울 준비가 되어 있었다. 그들은 비밀리에 소식들을 모르웬에게 전해 주었지만, 그중에 크게 희망적인 이야기는 없었다. 브롯다는 아에린을 노예가 아니라 아내로 취했는데, 자기가 이끄는 무리 중에 여자가 매우 적은 데다 에다인의 딸들과 비교할 만한 여자가 없었기 때문이었다. 그는 그 지방의 군주가 되어 자기 뒤를 이을 후사를 두고 싶어했다.

모르웬은 무슨 일이 일어났는지, 또 어떤 일이 일어날지 투린에게 거의 아무 말도 하지 않았고, 투린 또한 이런저런 질문으로 어머니의 침묵을 깨는 것이 두려웠다. 동부인이 처음 도르로민에 들어왔을 때 그가 어머니에게 물었다. "아버지는 언제 돌아와서 이 못생긴 도둑놈들을 쫓아내실까요? 왜 안 오시는 거예요?"

모르웬이 대답했다. "나도 알지 못한다. 아버지는 돌아가셨을 수도 있고 포로로 붙잡혀 계실지도 모른다. 아니면 멀리 쫓겨 가 있는 데다 우릴 에워싸고 있는 적들 때문에 돌아오지 못하실 수도 있지."

"그렇다면 아버지는 돌아가셨을 거예요." 투린은 이렇게 말하고는 어머니 앞에서 눈물을 삼켰다. "아버지가 살아 계신다면 아무도 우리를 도우러 아버지가 돌아오시는 길을 가로막을 수 없었을 테니까요."

"아들아, 난 그 어느 쪽도 아닐 거라는 생각이 드는구나." 모르웬이 대답했다.

세월이 흐를수록 모르웬의 가슴은 도르로민과 라드로스의 상속자인 아들 투린을 걱정하면서 더욱 어두워졌다. 아들은 나이가 더 들기도 전에 동부인의 노예가 될 터였고, 그보다 더 나은 어떤 희망도 발견할 수 없었다. 그리하여 그녀는 후린이 남긴 부탁을 기억해내고 다시 도리아스를 생각하게 되었다. 마침내 그녀는 할 수만 있다면 투린을 비밀리에 내보내어 싱골 왕에게 아들을 보호해달라는 간청을 해야겠다고 마음먹었다. 이 일을 어떻게 처리할까 하고 자리에 앉아 곰곰이 생각에 잠겨 있을 때, 후린의 음성이 그녀의 마음속에 생생하게 들려왔다. '신속하게 떠나시오! 기다리지 마시오!' 하지만 아이의 출산은 가까워오고 있었고 길은 험하고 위태로웠다. 날이 갈수록 탈출의 가능성은 더욱 적어 보였다. 더욱이 그녀의 가슴에는 여전히 가망 없는 미련이 남아 있었다. 마음속 깊은 곳에서 후린이 죽지 않았을지 모른다는 예감이 들었기 때문이었다. 그래서 그녀는 뜬눈으로 밤을 새우며 그의 발자국 소리가 나는지 귀를 기울였고, 후린의 말 아로크의 울음소리가 안뜰에서 들리는 것 같아 잠에서 깨어나곤 했다. 게다가 모르웬은 당대의 관례에 따라 아들을 다른 집에서 키울 생각이었음에도 불구하고, 적선을 받듯이 다른 집에 가는 것은 아무리 그곳이 왕실이라 하더라도 그녀의 자존심이 허락하지 않았다. 그리하여 후린의 당부나 그에 대한 기억은 잊히고, 이렇게 투린의 운명은 그 첫 가닥이 엮이게 되었다.

모르웬이 결정을 내리지 못하고 머뭇거리는 사이에 '비탄의 해'의 가을이 다가오고 있었다. 그러자 비로소 그녀는 서두르기 시작했다. 여행을 떠나기엔 시간이 촉박했지만, 겨울을 넘기면 투린이 붙잡혀 갈지도 모른다는 두려움이 앞섰던 것이었다. 동부인들이 안뜰 주변을 배회하면서 집안을 염탐하고 있었다. 그리하여 모르웬은 갑자기 투린을 불렀다. "아버지는 돌아오시지 않는다. 그러니 너는 가야 한다, 당장. 이건 아버지가 원하신 일이기도 하다."

"간다고요?" 투린이 소리를 질렀다. "우리가 어딜 가요? 산맥 너머로요?"

"그래, 산맥 너머 멀리 남쪽으로. 남쪽에 가면, 희망이 있을지도 모른다. 그런데 아들아, 난 '우리'라고 하지 않았다. 너는 가고, 나는 남아 있어야 한다."

"혼자 갈 수는 없어요! 어머니를 놔두고 떠나지는 않겠어요. 왜 같이 갈 수 없어요?"

"난 갈 수가 없다. 하지만 너 혼자는 아니다. 게스론을 딸려 보낼 텐데, 그리스니르도 동행할지 모른다."

"라바달은 안 되나요?" 투린이 물었다.

"안 된다. 사도르는 다리가 불편한데, 길이 험한 여정이 될 테니까 말이다. 너는 나의 아들이고 세월은 혹독하니, 네게 숨기지 않고 얘기하겠다. 너는 도중에 목숨을 잃을 수도 있다. 올해도 저물어가고 있고. 네가 여기 남아 있으면 더 나쁜 결과를 맞이하게 되어 결국엔 노예가 되겠지. 너도 성년이 되어 남자가 되고 싶으면 어머니가 시키는 대로 하거라, 용감하게!"

"그러면 사도르와 눈먼 라그니르, 늙은 여인들 몇 명만 남겨두고 어머니를 떠나게 됩니다. 아버지는 저를 하도르가의 후계자라고 하지 않으셨던가요? 하도르가의 후계자는 남아서 집을 지켜야 합니다. 제 칼을 지금도 가지고 있었으면 좋을 걸 그랬어요!"

"후계자는 남아 있는 법이지만, 지금은 그럴 수가 없는 상황이다.

하지만 언젠가는 돌아오게 될 거야. 자 마음을 굳게 먹거라! 상황이 더 악화되면 나도 너를 따라가마. 할 수만 있다면 말이다."

"그렇지만 야생지대로 나가면 길을 잃고 말 텐데, 어떻게 저를 찾으시겠어요?" 투린은 이렇게 묻고는 갑자기 감정이 격해져 울음을 터뜨렸다.

"네가 소리 내어 울면 다른 것들이 먼저 너를 발견하게 된다." 모르웬이 말했다. "하지만 난 네가 어디로 가야 할지 알고 있다. 그곳에 가서 머물러 있으면, 내가 최선을 다해 거기까지 너를 찾아가마. 내가 널 보내려는 곳은 싱골 왕이 있는 도리아스다. 노예가 되는 것보다 왕의 손님이 되는 것이 낫지 않느냐?"

"잘 모르겠습니다. 전 노예가 뭔지 몰라요."

"그런 걸 알지 못하도록 널 떠나보내려는 거란다."

모르웬은 이렇게 말하고는 투린을 앞에 세우고, 해답을 찾아내기라도 하려는 듯 아들의 눈 속을 들여다보았다.

"내 아들 투린아, 이건 힘든 일이다." 그녀가 마침내 입을 열었다. "너만 힘든 것은 아니란다. 이렇게 어려운 시절에 무엇이 최선인지 결정하는 일이 감당하기 어렵구나. 하지만 난 옳다고 생각하는 대로 행한다. 그렇지 않다면 내가 왜 내게 남은 가장 소중한 것과 이별하려 하겠느냐?"

그들은 이 문제를 더 이상 이야기하지 않았고, 투린은 비통한 마음에 어쩔 줄 몰랐다. 아침이 되어 사도르를 찾으러 나가자, 사도르는 땔감으로 쓸 나뭇가지를 자르고 있었다. 숲속을 헤매고 다닐 엄두를 내지 못했기 때문에 그들에게는 땔감이 부족한 처지였다. 이제 그는 목발에 기대어 서서 미완성인 채 구석에 처박혀 있는 후린의 큰 의자를 바라보고 있었다.

"저것도 쪼개야겠죠. 이런 시절에는 어떻게든 필요한 것들을 충당해야 하니까요."

"아직은 부수지 말아요." 투린이 말했다. "아버지가 돌아오실지도 몰라요. 그렇게 되면 떠나 계신 동안 당신이 아버지를 위해 무슨 일을 했는지 알고 기뻐하실 거예요."

"그릇된 희망은 두려움보다 더 무서운 법입니다. 희망이 이 겨울에 우리를 따뜻하게 해 주지는 않습니다." 사도르는 이렇게 말하고 의자의 조각 무늬를 손가락으로 더듬으며 한숨을 쉬었다. "시간만 낭비했네요. 그렇지만 이걸 만드는 동안은 즐거웠습니다. 하기야 이런 물건은 모두 수명이 짧지요. 만드는 동안의 기쁨이 유일하고도 진정한 목표인 것 같습니다. 그리고 이젠 도련님의 선물을 돌려드리는 것이 낫겠군요."

투린은 손을 내밀어 재빨리 그것을 밀어내면서 말했다. "인간은 한번 준 선물은 다시 돌려받지 않는 법이지요."

"하지만 이제 이것은 내 것이니 내 뜻대로 할 수 있지 않을까요?" 사도르가 말했다.

"맞아요. 하지만 나 말고 다른 누구에게 주어도 좋습니다. 그런데 왜 돌려주려고 하지요?"

"훌륭한 일에 이것을 쓸 가능성이 없어서랍니다. 앞으로 라바달에게는 노예 일 말고는 할 일이 없을 테니까요."

"노예가 뭔데요?" 투린이 물었다.

"과거에는 인간이었지만 현재는 짐승으로 취급받는 사람을 가리킵니다. 먹기는 하나 오로지 살기 위해서고, 살기는 하나 오로지 노역을 하기 위해서고, 노역을 하나 오로지 고통과 죽음이 두려워서 할 뿐이랍니다. 게다가 이 강도 같은 놈들은 저희들 재미를 위해 고통과 죽음을 안겨 주지요. 그자들은 발이 빠른 사람을 골라서 사냥개로 사람 사냥을 한다고 하더군요. 우리가 아름다운 종족에게서 가르침을 받던 것보다도 더 빠르게, 그 놈들은 오르크들이 하는 짓을 배웠답니다."

"이제 좀 알겠군요."

"그런 것들을 너무 일찍 알게 되어서 참으로 안타깝습니다." 사도르는 이렇게 말하면서 투린의 얼굴에서 이상한 기색을 발견하고는 물었다. "이제 뭘 잘 알게 되었다는 거지요?"

"어머니가 왜 나를 떠나보내려 하는지 그 이유를 말입니다." 이렇게 대답하면서, 투린의 두 눈에는 눈물이 그렁거렸다.

사도르는 "아!" 하고 소리를 지르고는 혼잣말로 중얼거렸다. "그런데 왜 이렇게 늦어졌을까?" 그는 투린을 향해 돌아서서 말했다. "내게는 눈물을 흘릴 만한 소식이 못됩니다. 하지만 어머님의 계획을 이 라바달이나 다른 누구에게도 큰 소리로 말해서는 안 됩니다. 요즘에는 벽이나 울타리에도 모두 귀가 달려 있어요. 아름다운 사람의 머리에 달린 귀와는 다른 귀 말입니다."

"하지만 누구하고든 이야기는 해야겠어요! 항상 라바달하고는 뭐든지 얘기를 했잖아요. 라바달, 난 당신을 떠나고 싶지 않아요. 이 집에서도 어머니에게서도 떠나고 싶지 않단 말입니다."

"하지만 떠나지 않으시면, 하도르가는 곧 영원히 최후를 맞이하고 말 겁니다. 이젠 그걸 아셔야지요. 이 라바달도 도련님이 떠나는 걸 원치 않습니다. 하지만 후린의 하인 사도르는 후린의 아들이 동부인들의 손아귀를 벗어난다면 더 행복해 할 겁니다. 자, 자, 어쩔 수 없어요. 우린 작별 인사를 해야 합니다. 이제 내 검을 이별의 선물로 가져가지 않으시겠습니까?"

"아니오! 어머님 말씀대로, 나는 요정들한테 가서 도리아스의 싱골 왕을 찾아가야 해요. 거기 가면 이 같은 것들을 가질 수 있을 거예요. 하지만 라바달, 당신에게는 아무런 선물도 보내지 못하잖아요. 난 멀리 떠나야 하고, 이제부턴 정말 혼자예요." 그러고 나서 울음을 터뜨렸다. 그러자 사도르가 말했다. "어, 이런! 후린의 아들은 어디 갔지요? 난 얼마 전에 도련님이 '힘이 세어지면 요정 왕의 병사가 될 거예요'라고 얘기하던 것도 들었답니다."

그러자 투린은 눈물을 그치고 말을 했다. "좋아요. 후린의 아들이 그런 말을 했다면, 약속을 지켜야지요. 그런데 난 왜 이렇게 혹은 저렇게 하겠다고 말을 할 때마다, 정작 그때가 되면 생각이 달라지는 걸까요? 지금은 그렇게 하고 싶지 않거든요. 다시는 그런 얘기를 하지 말아야겠어요."

"사실 그게 제일 좋겠지요. 그래서 가르치는 사람은 많지만 배우는 사람은 적다는 속담이 있는 모양입니다. 눈에 보이지 않는 날들은 내버려 두세요. 오늘만 걱정해도 충분하답니다."

이내 여행 준비를 마친 투린은 어머니께 작별을 고한 뒤, 두 사람의 동행을 데리고 은밀하게 길을 떠났다. 하지만 두 사람이 시키는 대로 돌아서서 아버지의 집을 바라보는 순간, 이별의 고통이 칼날처럼 엄습해서 투린은 큰 소리로 외쳤다.

"어머니 모르웬이시여! 언제 다시 뵈올 수 있을는지요?"

문지방을 밟고 서 있던 모르웬은 숲이 우거진 언덕 위로 울려 퍼지는 고함의 메아리를 들었고, 문기둥을 얼마나 꽉 부여잡았던지 손가락이 갈라질 지경이었다. 이것이 투린이 겪은 첫 번째 슬픔이었다.

투린이 떠난 다음 해 초에 모르웬은 여자아이를 낳았고, 이름을 니에노르라 지었다. '애도'라는 뜻이었다. 아이가 태어났을 때 투린은 이미 먼 곳에 있었다. 모르고스의 무리가 널리 활개를 치고 다녔기 때문에 여정은 멀고도 험했다. 그러나 그에게는 게스론과 그리스니르 두 안내인이 있었다. 이들은 젊은 시절에 하도르 휘하에 있었고, 나이가 든 지금도 여전히 용맹스러웠다. 또한 이전에 종종 벨레리안드 곳곳을 여행한 적이 있어서 지리를 잘 알고 있었다. 이렇게 그들은 운명과 용기로 어둠산맥을 넘고 시리온골짜기로 내려가 브레실숲 속으로 들어간 다음, 마침내 지치고 초췌해진 모습으로 도리아스 경계에 이르렀다. 거기서 그들은 멜리안 여왕의 미로에 말려들었고, 길도 없는 나무들 사이에서 방황하다가 식량마저 모두 떨어지고 말았다. 한겨울 북부에서 내려오는 찬 공기 때문에 그들은 거의 사경을 헤매고 있었다. 하지만 투린의 운명은 그렇게 가볍게 끝날 것이 아니었다. 절망 속에 누워 있던 그들은 울려 퍼지는 뿔피리 소리를 들었다. 당시 숲속 사정에 가장 밝고, 도리아스 변경에 머무르던 센활 벨레그가 마침 근처에서 사냥을 하고 있었던 것이다. 벨레그는 그들이 외치는 소리를 듣고 찾아와, 먹을 것과 마실 것을 준 뒤 그들의 이름이 무엇이며 어디서 왔는지를 확인하고는 놀라움과 동정심을 금치 못했다. 그는 호의적인 태도로 투린을 바라보았는데, 그것은 그가 어머니의 미모와 아버지의 눈매를 타고난 데다 억세고 건장한 체격을 지녔기 때문이었다.

"싱골 왕께 무슨 은혜를 입고 싶은가?" 벨레그가 소년에게 물었다.

"저는 왕의 기사가 되어 모르고스와 대적해 아버지의 원수를 갚고 싶습니다." 투린이 대답했다.

"장성하면 그럴 수도 있겠지. 아직 나이는 어리나 용사의 자질을 타고났군. 그 말이 사실이라면 '불굴의 후린'의 아들로 손색이 없네."

벨레그가 이렇게 말한 것은 후린의 이름이 요정들이 사는 모든 곳에서 칭송되고 있기 때문이었다. 그리하여 벨레그는 흔쾌히 방랑자들의 안내자가 되어 사냥꾼들과 함께 거하고 있는 자신의 오두막으로 데려왔고, 그들은 사자使者가 메네그로스로 가는 동안 그곳에 머물렀다. 싱골과 멜리안이 후린의 아들과 그의 보호자들을 받아들이겠다는 전갈이 오자, 벨레그는 비밀스러운 길을 지나 그들을 이끌고 '은둔의 왕국'으로 향했다.

그리하여 투린은 에스갈두인강을 건너는 큰 다리를 지나 싱골의 왕궁으로 들어가는 문에 들어섰다. 소년 투린은 베렌 외에 유한한 생명의 인간은 어느 누구도 본 적이 없는 메네그로스의 경이로움을 응시했다. 게스론은 싱골과 멜리안 앞에서 모르웬의 간청을 전했고, 싱골은 그들을 따뜻하게 맞이하며 인간 중에 가장 위대한 자 후린과 자신의 사위인 베렌에 대한 예우로 투린을 자신의 무릎 위에 앉혔다. 이를 지켜본 모든 이들은 놀라워했다. 이는 싱골이 투린을 자신의 양자로 받아들인다는 뜻이었기 때문이었다. 이것은 당시의 왕가에서는 관례에 어긋난 일이었고, 더욱이 요정 왕이 인간을 양자로 받아들이는 일은 다시 없을 일이었다. 싱골이 투린에게 말했다. "후린의 아들아, 이 집을 너의 집으로 삼도록 하라. 비록 인간이지만 너는 평생 동안 나의 아들로 인정받을 것이다. 유한한 인간의 한계를 넘어서는 지혜를 네게 줄 것이며, 너의 손에 요정의 무기 또한 쥐어 주겠다. 아마도 히슬룸에 있는 네 부친의 땅을 되찾는 날이 올 것이다. 하지만 지금은 이곳에서 사랑을 받으며 살도록 하라."

이리하여 투린은 도리아스에 머물게 되었다. 그의 보호자인 게스론과 그리스니르는 도르로민에서 모시던 부인에게 돌아가기를 간절히 원했지만, 한동안 투린과 함께 그곳에 머물렀다. 그러다가 그리스니르는 나이가 들어 병이 들었는데, 죽을 때까지 투린 옆에 함께 했다. 하지만 게스론은 그곳을 떠났다. 싱골은 그를 인도하고 보호해 줄 안내인을 딸려 보냈는데, 그들은 모르웬에게 전하는 싱골의 전갈도 함께 지니고 있었다. 그들은 마침내 후린의 집에 당도했고, 싱골이 예우를 갖추어 투린을 맞이했다는 소식을 듣고 모르웬의 가슴에 쌓인 슬픔은 한결 가벼워졌다. 요정들은 멜리안이 준비한 풍성한 선물도 가져갔는데, 모르웬에게 싱골이 보낸 이들과 함께 도리아스로 들어오라는 초대의 뜻도 전했다. 멜리안은 지혜롭고 선견지명이 있었기에 이렇게 함으로써 모르고스가 머릿속으로 준비해 두고 있던 악행을 피하고자 했던 것이다. 하지만 모르웬은 집을 떠나려고 하지 않았다. 그녀의 마음은 여전히 변함이 없었고 자존심 또한 여전히 강했으며, 더욱이 니에노르는 아직 두 팔로 안고 다녀야 하는 아기였다. 그리하여 그녀는 감사의 인사와 함께 도리아스 요정들을 돌려보냈다. 더불어 자신의 가난을 감추기 위해, 남아 있던 마지막 금붙이 몇 점을 그들에게 선물로 주었다. 그리고 그들에게 '하도르의 투구'를 싱골에게 전해 주도록 부탁했다. 싱골의 사자들이 언제 돌아오는지 늘 지켜보고 있던 투린은, 사자들만 돌아오자 숲속으로 달려가 슬피 울었다. 그는 멜리안의 제안을 알고 있었고 모르웬이 도리아스로 들어오기를 기대하고 있었던 것이다. 이것이 투린의 둘째 슬픔이었다.

사자들이 모르웬의 대답을 전하자 멜리안은 그녀의 마음을 이해하고 연민에 사로잡혔다. 자신이 예감한 운명이 결코 가볍게 물리칠 수 있는 것이 아님을 깨달았던 것이다.

하도르의 투구는 싱골의 손에 전해졌다. 그 투구는 금장식이 달린 잿빛 강철로 만들어져 있었고, 바깥쪽에는 승리를 기원하는 룬 문자가 새겨져 있었다. 투구는 그것을 쓴 사람이 누구든 그가 다치지도 않고 죽지도 않도록 지켜주는 힘을 가지고 있었다. 투구를 내리치는 칼은 두 동강이 났고, 투구에 부딪친 화살은 옆으로 튕겨져 나갔다. 투구를 만든 이는 노그로드의 장인 텔카르로 그의 솜씨는 명성이 자자했다. 투구에는 얼굴을 가리는 면갑面甲이 붙어 있어서 (이것은 난쟁이들이 대장간에서 눈을 보호하기 위해 쓰던 것과 같은 모양이었다), 투구를 쓰는 사람의 얼굴은 그것을 바라보는 모든 사람의 마음속에 공포심을 불러일으키지만 투구는 화살과 불로부터 아무런 해를 입지 않았다. 투구 머리에는 도전의 표시로 금박을 입힌 용 글라우룽의 형상이 있는데, 용이 모르고스의 문에 처음 나타난 직후에 이 투구가 만들어진 것이었다. 하도르와 그의 뒤를 이은 갈도르까지도 자주 전쟁터에 이 투구를 쓰고 나갔고, 히슬룸 군대는 전투 중에 높이 솟은 그 투구를 보고 사기가 충천하여 고함을 질렀다. "도르로민의 용이 앙반드의 황금벌레보다 더 귀하도다!"

그런데 사실 이 투구는 인간을 위해 제작된 것이 아니라 벨레고스트의 군주인 아자그할을 위해 만들어진 것이었다. 그는 '비탄의 해'에 글라우룽에게 목숨을 잃은 이였다.[4] 아자그할은 마에드로스에게 이 투구를 주었는데, 그가 동벨레리안드에서 난쟁이길을 걷던 중 오르크들에게 습격을 받았을 때 마에드로스가 자신의 목숨과 보물들을 구해 준 것에 대한 보답이었다.[5] 이후 마에드로스는 종종 우정의 증표를 교환하던 사이인 핑곤에게 이를 선물했다. 핑곤이 글라우룽을 앙반드로 몰아냈던 것을 기리는 의미에서였다. 그렇지만 히슬룸 전체를 뒤져 보아도 난쟁이의 투구를 쉬이 쓰기에 걸맞을 만큼 강인한 인물은 하도르와 그의 아들 갈도르 외엔 찾을 수 없었다. 이에 핑곤은 하도르가 도르로민의 왕권을 넘겨받을 때 그에게 투구를 주었다. 불운하게도 갈도르가 에이셀 시리온을 방어할 때는 공격이 너무나 돌발적으로 닥쳐온 까닭에 이 투구를 쓰지 못했고, 결국 그는 맨머리로 성벽을 지키는 데 뛰어들었다가 오르크의 화살에 눈을 꿰뚫리고 말았다. 하지만 후린은 용투구를 쉽게 쓰지 않았고, 가급적 그것을 사용하지 않으려고 하면서 이렇게 얘기했다. "나는 맨얼굴로 적을 상대하겠노라!" 그럼에도 불구하고 후린은 투구를 가보 중에서 최고로 여겼다.

싱골 왕은 메네그로스의 깊숙한 병기고 속에 엄청난 양의 무기를 보유하고 있었다. 물고기의 비늘처럼 다듬어진 금속이 달빛 비치는 냇물처럼 반짝였다. 검과 도끼, 방패와 투구, 이 모든 것들은 바로 텔카르와 그의 스승 가밀 지락 노인이 직접 만들었거나 아니면 이들보다 더 뛰어난 요정장인들이 만든 것이었다. 일부는 선물로 받은 것도 있었는데, 그것들은 발리노르에서 온 것으로 세상의 역사에서 전무후무한 최고의 장인인 페아노르의 숙련된 솜씨로 만들어진 것이었다. 하지만 싱골은 창고에 쌓아둔 것이 빈약하기라도 하듯 하도르의 투구를 쓰다듬으며 정중하게 말했다. "이 투구를 머리에 썼던 자, 곧 후린의 조상들은 자랑할 만한 이들이로다."

그때 싱골은 어떤 생각이 떠올라, 투린을 불러 모르웬이 아들에게 조상의 가보로 내려온 대단한 물건을 보내왔다고 말했다. "이제 '북부의 용머리'를 가지고 가서, 때가 되면 잘 쓰도록 하라." 하지만 투린은 아직 너무 어려서 투구를 들 수도 없었고, 가슴이 너무 아팠기 때문에 투구에 대해서는 신경을 쓰지도 않았다.

도리아스의 투린

도리아스 왕국에서 어린 시절을 보내는 동안 투린은 멜리안의 보살핌을 받았는데, 그녀를 직접 보지는 못했다. 대신에 숲속에는 넬라스라는 처녀가 살고 있어, 멜리안의 지시에 따라 투린을 따라다니며 숲속에서 길을 잃지 않도록 보살피면서 우연인 척 가장하고 종종 만나기도 했다. 투린은 도리아스의 풍습과 야생 동식물들에 관해 넬라스로부터 많은 것을 배웠고, 신다르 요정들의 언어를 고대 방식대로 좀 더 예스럽고 정중하고 아름다운 단어들을 많이 넣어 말하는 법도 그녀를 통해 익혔다.[6] 그러면서 투린은 다시 어두운 그림자가 드리우기 전까지 얼마간 마음의 안정을 회복했다. 하지만 그들의 우정은 어느 봄날 아침처럼 덧없이 흘러갔다. 넬라스는 메네그로스 궁으로 가지 않았을뿐더러 돌로 지붕을 만든 건물 밑에서는 걷는 것조차 무척 꺼렸다. 그렇게 투린은 소년 시절을 지내고 생각이 어른들의 세계로 향하면서, 그녀를 만나는 일이 점점 줄어들다가 마침내 더 이상 그녀를 찾지 않게 되었다. 그러나 그녀는 눈에 띄지 않게 여전히 그를 지켜보고 있었다.[7]

투린이 메네그로스 궁에 머물기 시작한 지 9년이 흘렀다. 그의 마음과 생각은 늘 고향의 가족을 향해 있었고, 이따금 그에게 위안이 되는 소식도 들을 수 있었다. 싱골 왕이 되도록 자주 모르웬에게 사자를 파견하여 어머니의 이야기를 아들에게 전해 주었기 때문이었다. 이렇게 하여 투린은 누이 니에노르가 잿빛의 북부 땅에서 한 송이 꽃처럼 예쁘게 자라고 있다는 것과, 어머니의 어려운 처지가 나아졌다는 소식도 알게 되었다. 투린 또한 체격이 자라 인간들 중에서 큰 키를 자랑하게 되었고, 그의 강한 힘과 담대한 성격이 싱골의 왕국에 널리 알려졌다. 이즈음 그는 고대의 역사를 부지런히 들으면서 많은 지식을 쌓았고, 이에 따라 생각이 깊어지고 말수가 적어졌다. 센활 벨레그가 종종 메네그로스로 그를 찾아와, 그를 데리고 멀리 나가 숲에 대한 지식과 궁술, 그리고 (그가 제일 사랑했던) 검술을 가르쳤다. 하지만 그는 무엇을 만드는 데는 소질이 없었다. 자신의 힘이 얼마나 센지 잘 알지 못해서 종종 다 만들어 놓은 것을 갑자기 손을 잘못 놀려 망쳐 놓는 일까지 있었다. 이밖에 다른 쪽에도 도통 운이 없어서, 종종 계획한 일이 실패하거나 원했던 것을 얻지 못하곤 했다. 투린은 친구도 쉽게 사귀지 못했는데, 성격이 쾌활하지 않고 잘 웃지 않을 뿐만 아니라 어두운 그림자가 그의 어린 시절 위에 드리워져 있었기 때문이었다. 그럼에도 불구하고 그는 그를 잘 아는 이들로부터 사랑과 존경을 받았고, 왕의 양자로서 영광을 누리기도 했다.

하지만 도리아스에는 이 같은 모습의 투린을 시기하는 자가 하나 있었는데, 투린이 어른으로 성장해 가자 시기심은 더욱 심해졌다.

바로 이실보르의 아들 사에로스란 자였다. 그는 난도르 요정으로, 그들의 지도자였던 데네소르가 벨레리안드의 첫 번째 전투 당시 아몬 에레브에서 목숨을 잃자 도리아스로 피신한 이들 중 하나였다. 이 요정들은 주로 도리아스 동부에 있는 아로스강과 켈론강 사이의 영역 아르소리엔에 살았고, 때때로 켈론강을 넘어 바깥의 야생지대에서 방황하기도 했다. 이들은 에다인이 옷시리안드를 지나 에스톨라드에 정착한 이래로 그들에게 우호적이었던 적이 없었다. 하지만 사에로스는 주로 메네그로스에 지내며 왕의 신망을 얻어냈다. 또한 그는 오만한 성격의 인물로 자기보다 신분이나 능력이 못하다 싶은 이들에게 거만하게 굴었다. 그는 음유시인 다에론과 친구가 되었는데,[8] 그 또한 노래에 소질이 있기 때문이었다. 인간을 좋아하지 않았던 그는 특히 베렌 에르카미온의 친족이면 누구든 싫어해서 이렇게 말했다. "이 불행을 몰고 오는 종족에게 또 이 땅의 문을 열어준다는 것은 이상하지 않은가? 이미 다른 자가 도리아스에 입힌 해로 충분하지 않단 말인가?" 그렇게 그는 투린과 그가 행한 모든 일을 비뚤어진 시선으로 바라보며 있는 대로 험담했다. 하지만 그의 말은 교활한 데다 악의를 감추고 있었다. 어쩌다 투린을 따로 만나게 되면, 오만한 투로 말을 하며 노골적으로 경멸감을 드러냈다. 투린은 점점 그에게 넌더리가 났지만 오랫동안 그의 험구險口를 침묵으로 받아넘겼다. 사에로스는 도리아스 백성 가운데서 지체가 높은 자로, 왕의 자문관이기 때문이었다. 하지만 투린의 침묵은 그의 말 못지않게 사에로스를 기분 나쁘게 했다.

투린이 열일곱 되던 해에 슬픔이 다시 그를 찾아왔다. 고향에서 전해지던 모든 소식이 중단되었던 것이다. 모르고스의 위세가 해마다 더 커져, 히슬룸 전역이 이제는 그의 세력권에 들어갔다. 후린의 백성과 가족의 행적에 대해 그가 많은 것을 알고 있다는 것은 의

심의 여지가 없었지만, 모르고스는 자신의 구상이 성사될 수 있을 때까지 한참 동안 그들을 괴롭히지 않고 있었다. 하지만 이제 자신의 목표에 따라 어둠산맥 근방의 모든 길목에 강력한 경계망을 설치하였고, 이에 따라 죽을 각오를 하지 않고는 아무도 히슬룸을 드나들 수 없었으며, 오르크들이 나로그강과 테이글린강 발원지 주변과 시리온강 상류로 몰려들었다. 그리하여 한 번은 싱골의 사자들이 돌아오지 않게 되자, 왕은 더 이상 사자를 보내지 않겠다고 했다. 누구든 장막을 친 변경 바깥에서 헤매는 것을 몹시 싫어했음에도 불구하고, 왕이 도르로민의 모르웬을 찾아가는 위험한 길에 자기 백성을 내보낸 것은 후린과 그의 가족에게 엄청난 호의를 베푼 일이었다.

투린의 마음은 점점 무거워졌다. 어떤 새로운 재앙이 활동을 시작했는지 알 수 없게 된 데다, 모르웬과 니에노르에게 닥쳐올 불행이 두려웠다. 그는 하도르 가문과 북부에 거주하고 있던 인간들의 몰락에 대해 곰곰이 생각하면서 며칠 동안 묵묵히 자리에 앉아 있었다. 그리고 그는 일어나 싱골을 찾아갔다. 싱골은 멜리안과 함께 메네그로스의 거대한 너도밤나무 히릴로른 밑에 앉아 있었다.

싱골은 경이로운 표정으로 투린을 바라보았다. 눈앞에 갑자기 나타난 투린의 모습에서 그는 자신의 양자가 아니라, 하나의 인간, 한 낯선 사람을 보았던 것이다. 큰 키에 검은 머리를 한 그 인간은 하얀 얼굴 속의 깊은 눈으로 그를 바라보고 있었다. 곧이어 투린은 싱골에게 갑옷과 검과 방패를 줄 것을 청했고, 이제 도르로민의 투구도 요구했다. 싱골은 그가 원하는 것을 내려주면서 이렇게 말했다. "칼이 너의 평생 무기가 될 테니 나의 검사 부대에 너의 자리를 하나 만들어 주겠다. 네가 원한다면 변경에 가서 그들과 함께 전쟁 연습을 할 수 있을 것이다."

하지만 투린이 말했다. "제 마음은 도리아스 변경 너머 저 쪽에 있습니다. 저는 국경지대를 지키기보다는 적을 치는 것을 갈망합니다."

"그렇다면 너는 혼자 가야 할 것이다." 싱골이 대답했다. "후린의 아들 투린아, 나는 앙반드와의 전쟁에서 내 백성이 맡은 역할을 내 스스로의 지혜에 따라 결정한다. 도리아스 군대의 어느 누구도 이번에는 내보내지 않을 것이며, 내 생각으로는 앞으로도 그런 일은 없을 것이다."

"하지만, 모르웬의 아들아, 네 뜻대로 떠나는 것은 허락하겠다." 멜리안이 말했다. "멜리안의 장막은 우리의 허락을 받고 들어온 자가 나가는 것을 막지 않는 법이니까."

"현명한 충고에도 네가 발길을 돌리지 않는 한은 그렇겠지." 싱골이 말했다.

"폐하께서는 어떤 충고를 해 주시겠습니까?" 투린이 물었다.

"너는 체격으로는 어른처럼 보이는구나." 싱골이 대답했다. "그래도 너는 아직 장차 네가 도달할 완전한 성숙에 이르지는 못했다. 그럴 때가 되고 나면, 아마도, 가족 생각을 할 수 있겠지. 하지만 암흑의 군주와 싸울 때는 인간 한 사람의 힘으로 성공할 가망성은 거의 없다. 요정들의 방어선이 계속되는 한 그 방어선을 지키고 있는 요정 군주들을 돕는 게 더 나을 것이다."

그러자 투린이 말했다. "저희 집안의 베렌은 그보다 많이 해냈습니다."

"베렌과 루시엔이 같이 해냈지." 멜리안이 말했다. "그런데 루시엔의 아버지 앞에서 그런 말을 하다니 너는 참 당돌하구나. 모르웬의 아들 투린아, 비록 좋든 나쁘든 네 운명은 요정들의 운명과 얽혀 있지만, 나는 네 운명이 그리 높은 데까지 이르리라 생각하지는 않는다. 나쁜 쪽이 되지 않도록 스스로를 경계하거라."

그리고 그녀는 잠시 입을 다물었다가 다시 그를 향해 말했다. "이제 가라, 양아들아. 그리고 왕의 권고를 받아들이도록 하라. 하지만 나는 네가 성인이 되고 나서도 오랫동안 우리와 함께 도리아스에 머물 거라고는 생각하지 않는다. 장차 다가올 날에 멜리안이 한 말을 기억한다면 네게 유익할 것이다. 네 가슴속의 열기와 냉기 모두를 두려워하거라."

투린은 그들 앞에서 절을 하고 작별했다. 그러고 나서 곧 용투구를 쓰고 무기를 취한 다음 북부의 변경으로 갔다. 그곳에서 그는 오르크들을 비롯하여 모르고스의 모든 피조물들과 하수인들에 맞서 끝없는 전쟁을 수행 중인 요정전사들에 합류했다. 그리하여 아직 소년기를 막 벗어난 나이였음에도 불구하고 그의 힘과 용기가 입증되었다. 투린은 가족이 당하고 있을 박해를 기억하면서 늘 대담하고 적극적으로 행동했고, 오르크들의 창이나 화살, 굽은 칼날에 많은 상처를 입기도 했다. 하지만 그의 운명이 죽음으로부터 그를 구했고, '도르로민의 용투구'가 다시 나타났다는 소문이 숲속뿐만 아니라 도리아스 훨씬 너머에까지 퍼져나갔다. 그러자 많은 이들이 의아해했다. "하도르나 '장신의 갈도르'의 영이 죽은 뒤에 다시 돌아올 수 있는가? 아니면 히슬룸의 후린이 앙반드의 밑바닥에서 탈출한 것인가?"

그 당시 싱골의 변경 수비대 중에서 무력이 투린보다 뛰어난 자는 하나뿐이었으니 바로 벨레그 쿠살리온이었다. 벨레그와 투린은 갖은 위험을 함께 겪은 동료였고, 둘이 함께 야생의 숲속을 멀리까지 활보했다.

이렇게 3년이 흐르는 동안, 투린은 싱골의 궁정에 거의 나타나지 않았다. 그는 더 이상 외관이나 복장에 신경을 쓰지 않아 머리가 헝클어진 채 그대로였고, 사슬갑옷 위에는 거친 날씨에 얼룩진 회색 외투를 걸치고 있었다. 세 번째 여름, 곧 투린이 스무 살이 되던 해였다. 투린은 휴식도 취하고 무기도 수리할 겸 그날 밤 다른 사람들 눈에 띄지 않게 메네그로스 궁정으로 찾아 들어갔다. 싱골은 궁에 없었다. 멜리안과 함께 푸른 숲속을 돌아다니는 것이 한여름이면 가끔씩 누리는 즐거움 중의 하나였던 것이다. 투린은 여행으로 피곤한 데다 생각할 게 많았기 때문에 주위를 살피지 않고 자리에 앉았다. 불행히도 그가 앉은 식탁은 왕국의 원로들이 있는 자리였고, 그가 앉은 자리는 사에로스가 늘 앉는 자리였다. 늦게 도착한 사에로스는 투린이 오만하게도 그를 의도적으로 욕보이기 위해 그렇게 한 것으로 생각하고 화가 났다. 투린이 그 자리에 앉은 이들로부터 견제받기는커녕, 그들에게 환대받는 것을 보고 그는 더욱 분개했다.

사에로스는 한참 동안 그들과 같은 생각인 듯이 가만히 있다가, 식탁 너머로 투린을 마주 보는 자리에 앉아 말을 걸었다. "변경 수비대장께서는 우리와 자주 자리를 함께하지 않으시니, 그분과 대화를 나누기 위해서라면 내가 늘 앉는 자리를 기꺼이 내어 주겠소."

이 외에도 그는 변경에서 날아온 소식들과 투린이 야생지대에서 이룬 행적에 대해 질문하는 등 여러 가지 말을 늘어놓았다. 하지만 점잖은 말투에도 불구하고 그의 목소리에 담긴 냉소적인 기운은 감출 수가 없었다. 그래서 투린은 피곤한 표정으로 주변을 둘러보면서 유랑자의 씁쓸한 처지를 실감했다. 요정 궁정의 밝은 빛과 웃음소리에도 불구하고 그의 생각은 벨레그에게로, 또 숲속에서 그와 함께했던 생활로 되돌아갔다가 저 멀리 도르로민 땅 아버지의 집에 살고 있는 모르웬에게로 향했다. 우울한 생각에 잠겨 있던 까닭에 그는 얼굴을 찡그리고 사에로스의 물음에 대답하지 못했다. 사에로스는 그 찡그린 얼굴이 자신을 겨냥한 것으로 판단하고 더 이상 분노를 억누를 수 없었다. 그는 황금빛 빗을 집어 들어 투린이 앉은 식탁 위에 던지면서 소리를 질렀다. "히슬룸의 인간이여, 자넨 급하게 식사 자리에 들어온 게 틀림없군. 그러니 누더기 같은 외투는 봐

줄 수 있겠어. 하지만 머리까지 가시덤불처럼 그냥 내버려 둬서야 쓰겠나. 혹시 귀라도 가리지 않고 잘 드러나 있으면 남이 하는 말을 더 잘 알아들을 텐데 말이야."

투린이 말없이 사에로스를 향해 눈길을 돌리자, 그 어두운 눈길 속에는 날카로운 불꽃이 일었다. 그러나 사에로스는 경고를 무시하고 냉소로 그의 응시에 답하면서 모두가 들을 수 있도록 크게 소리 질렀다. "히슬룸 남자들이 그렇게 거칠고 사나우면, 그곳 여자들은 어느 정도인가? 발가벗은 채 털만 날리며 사슴처럼 뛰어다니는가?"

그러자 투린이 술잔을 집어 들어 사에로스의 얼굴에 던졌고, 그는 큰 상처를 입고 뒤로 넘어졌다. 투린은 칼을 빼들고 그에게 덤벼들었으나 마블룽이 붙잡았다. 그러자 사에로스는 일어서서 식탁에 피를 뱉고는 입이 찢어진 채 간신히 말을 했다. "우리가 언제까지 이 야생인을 숨겨 줘야 하는가?[9] 오늘 밤 이곳의 책임자는 누구요? 왕궁에서 신하를 해치는 자에 대한 왕의 법도는 엄중하오. 여기서 칼을 빼는 자는 최소한 추방의 벌을 받도록 되어 있소. 야생인, 만약 궁 밖이라면 내 가만히 있지 않았을 것이다!"

하지만 식탁에 뱉은 피를 보자 투린은 흥분이 가라앉아, 마블룽에게서 몸을 빼내어 아무 말 없이 자리를 떠났다. 그러자 마블룽이 사에로스에게 말했다.

"오늘 저녁에 왜 그러시오? 나는 이 불상사의 책임이 당신한테 있다고 생각하오. 당신의 입이 찢어진 것은 남을 조롱한 데 대한 정당한 대가라고 왕의 법은 판결할 것이오."

"그 애송이가 불만이 있으면 폐하께 재판을 청하라고 하시오." 사에로스가 대답했다. "궁에서 칼을 빼든 것은 어떤 이유로도 용납될 수 없소. 만약 궁 밖에서 그 야생인이 나한테 칼을 빼든다면 죽여 버리고 말 거요."

"당신 말대로 될 가능성은 적다고 보오." 마블룽이 말했다. "하지만 어느 쪽이 죽든 간에 그건 도리아스보다는 앙반드에나 있을 법한 나쁜 짓이고, 그 때문에 더 악한 일이 뒤따를 수도 있소. 솔직히 말해 나는 오늘 밤 북부의 어둠이 여기까지 손을 뻗어 접근한 느낌이오. 이실보르의 아들 사에로스, 당신의 오만으로 인해 결과적으로 모르고스의 뜻을 따르게 되는 일을 하지 않도록 조심하시오. 당신이 엘다르의 일원이란 사실을 잊지 마시오."

"잊지 않고 있소." 사에로스가 대답했다. 하지만 그의 분노는 가라앉지 않았고, 밤새 상처를 치료하면서 앙심은 더욱 깊어졌다.

아침이 되고, 투린이 북부 변경으로 돌아가고자 메네그로스를 떠났을 때, 사에로스가 그를 공격했다. 뒤에서 칼을 빼들고 한 팔에는 방패를 든 채 덤벼든 것이다. 하지만 투린은 숲속 생활을 하며 경계에 익숙해 있었기 때문에 곁눈으로 그를 알아차렸고, 옆으로 튀어 오르며 재빨리 비켜나 상대방을 공격하며 소리를 질렀다. "모르웬! 이제 당신을 조롱한 자에게 그 대가를 치르도록 하겠습니다!"

그가 사에로스의 방패를 박살내자, 그들은 현란한 칼솜씨로 싸움을 시작했다. 투린은 오랫동안 엄격한 훈련 과정을 거치면서 요정만큼 날렵하고 그들보다 더 강인해져 있었다. 투린은 곧 우위를 보이면서 사에로스가 칼을 든 팔에 부상을 입히고 그를 제압하게 되었다. 사에로스가 떨어뜨린 칼을 한쪽 발로 밟은 채 투린이 말했다. "사에로스, 네 앞에 길고 긴 경주가 기다리고 있다. 그러니 옷은 번거로울 테고, 털이면 충분할 것이다."

그러고 나서 그를 땅바닥에 내동댕이쳐 발가벗기자, 사에로스는 투린의 엄청난 완력을 실감하고 공포에 떨었다. 그러자 투린은 그를 일으켜 세우고 소리 질렀다. "달려라! 달려! 만약 사슴처럼 빨리 달리지 못하면 내가 뒤에서 널 찌르고 말 것이다."

사에로스는 미친 듯이 살려달라고 비명을 지르며 숲속으로 달아났다. 하지만 투린은 사냥개처럼 그의 뒤를 쫓아 사에로스가 아무리 달아나고 방향을 바꾸어도 여전히 칼끝을 그의 등 뒤에 세웠다.

사에로스의 비명소리에 많은 이들이 추격전이 벌어지는 곳으로 몰려들어 뒤를 쫓았지만 걸음이 빠른 자들만이 두 명의 경주자를 겨우 따라갈 수 있었다. 마블룽이 이들의 선두에 있었는데 그의 마음속에 근심이 일었다. 전날 사에로스의 조롱이 징조가 좋지 않기는 했지만, '아침에 눈을 뜨는 원한은 밤이 되기 전에 모르고스의 웃음이 되기' 때문이었다. 더욱이 다툼을 왕의 심판에 맡기지 않고 함부로 요정에게 수모를 주는 것은 우려할 만한 일로 간주되었다. 그 시점에는 아무도 사에로스가 먼저 투린을 공격했고, 그를 죽일 생각이었다는 사실을 알지 못했다.

"투린, 잠깐, 잠깐만!" 마블룽이 소리쳤다. "이건 숲속에서 오르크나 하는 일이오!"

하지만 투린이 말을 되받았다. "오르크의 말을 궁정에서 내뱉은 것에 오르크의 일로 숲속에서 화답할 뿐이오!"

투린은 사에로스의 뒤를 다시 쫓았다. 사에로스는 도움받을 가능성을 단념한 채 죽음이 바로 등 뒤에 쫓아오고 있다고 생각하고 미치광이처럼 계속 달리다가, 어느새 에스갈두인강으로 흘러 들어가는 어느 지류의 강가에 이르게 되었다. 높은 암벽 사이에 깊숙하게 갈라진 틈 사이로 흘러가는 강의 폭은 사슴이 건너뛸 만한 거리였다. 공포에 사로잡힌 사에로스는 용기를 내어 강을 건너뛰었지만, 반대쪽에 발을 딛는 데 실패하고는, 비명을 지르며 밑으로 떨어져 물속에 있는 큰 바위에 부딪히고 말았다. 이렇게 하여 도리아스에서의 그의 삶은 끝이 났고, 만도스가 오랫동안 그를 데리고 있게 되었다.

투린은 물속에 누워 있는 그의 시신을 보고 생각에 잠겼다.

'불쌍한 바보 같으니라고! 여기서 메네그로스까지 걸어가도록 놓아 줄 수도 있었는데. 이젠 나한테 턱없이 죄를 뒤집어 씌우는군.'

그는 몸을 돌려 이제 낭떠러지 끝으로 다가와 그의 옆에 서 있는 마블룽과 그의 동료들을 음울하게 바라보았다. 잠시 침묵이 흐른 뒤 마블룽이 침통한 어조로 말했다. "통탄스런 일일세! 하지만 투린, 이제 우리와 함께 돌아가서 이번 일에 대한 폐하의 심판을 기다려야겠소."

그러자 투린이 말했다. "왕께서 정의로우시다면 나를 무죄로 판단하실 것이오. 하지만 이자는 왕의 자문단의 일원이 아니오? 어째서 정의로우신 왕께서 속이 흉측한 자를 친구로 삼으셨소? 나는 왕의 법과 그의 심판을 거부하겠소."

"자넨 현명하지 못한 말을 하는군." 마블룽은 마음속으로 이 젊은이에 대한 연민의 정을 느꼈지만, 이렇게 말했다. "자넨 도피자가 되어서는 안 되네. 나와 함께 돌아가세, 내가 자네 친구 아닌가. 게다가 다른 목격자들도 있네. 폐하께서 진상을 파악하시면 용서하실 걸세."

그러나 투린은 요정의 궁정에 진저리가 났고 체포될지도 모른다는 두려움이 앞섰다. 그가 마블룽에게 말했다. "당신의 권고를 받아들일 수 없소. 아무 죄도 없는데 싱골 왕의 용서를 구하지는 않을 것이며, 이젠 왕이 나를 심판할 수 없는 곳으로 떠날 참이오. 당신에게는 두 가지 길이 있소. 내 마음대로 가도록 허락하든지, 아니면 그게 당신들의 법도라면 나를 죽이든지 하시오. 나를 산 채로 끌고 가기에는 당신네 숫자가 너무 적어 보이기 때문에 하는 말이오."

그들은 그의 눈을 보고 그의 말이 진심인 것을 알고 길을 내주었다. 곧 마블룽이 말했다.

"한 사람의 죽음만으로도 충분하네."

"그건 내가 의도했던 일이 아니오. 그렇다고 애도하지도 않을 것이오." 투린이 말했다. "만도스께서 공평하게 판단하시길. 그가 혹시 다시 산 자의 땅으로 돌아온다면 좀 더 현명해졌음을 증명해야겠지. 잘 지내시오!"

마블룽이 대답했다. "그게 소원이라면, 마음대로 가게! 이런 식으로 떠난다면 '잘' 가라고 빌어주진 않을 걸세. 어둠의 그림자가 자네의 마음속에 드리우고 있네. 다시 만날 때는 더 어둡지 않길 바라네."

투린은 이 말에 아무 대답도 하지 않고 그들을 떠나 빠른 걸음으로 길을 나섰고, 아무도 그가 어디로 가는지 알지 못했다.

전하는 바에 의하면 투린이 도리아스의 북부 변경으로 돌아오지 않고 아무 소식도 없자, 센활 벨레그가 직접 메네그로스로 그를 찾아왔다고 한다. 그는 무거운 마음으로 투린이 일으킨 사건과 그가 달아난 이야기를 들었다. 여름이 끝나가고 있었기 때문에, 얼마 지나지 않아 싱골과 멜리안이 궁으로 돌아왔다. 자초지종을 보고받은 뒤에 왕은 메네그로스의 거대한 궁정의 옥좌에 앉았고, 둘레에는 도리아스의 모든 영주와 자문관들이 도열했다.

그러자 투린이 떠나면서 남긴 말 하나까지 모든 수색과 증언이 이어졌고, 마침내 싱골은 한숨을 쉬었다. 그가 말했다. "오호! 어떻게 이 어두운 그림자가 이 땅에 숨어 들어왔을까? 난 사에로스를 충성스럽고 지혜로운 자로 여겨왔소. 하지만 그의 조롱은 악한 것이고, 그렇기에 살아 있다면 그는 나의 분노를 느낄 수 있을 거요. 왕궁에서 일어난 모든 일은 그의 책임이오. 투린에 대해서는 난 지금까지 관대하게 대해 주었소. 하지만 사에로스에게 수모를 주고 뒤쫓아 가서 죽음까지 몰고 간 것은 자신이 당한 조롱보다 훨씬 큰 잘못이며, 그러기에 이번 일은 묵과할 수가 없소. 이는 그가 얼마나 강퍅한 마음을 가졌고 또 오만한지를 보여 주는 것이오."

싱골은 한참 동안 생각에 잠겨 앉아 있다가, 마침내 슬픈 목소리로 입을 열었다. "이자는 배은망덕한 양아들이며, 분수를 모르는 건방진 인간이로구나. 내가 어떻게 왕과 왕의 법도를 조롱하는 자를 내 집에 받아 주며, 참회할 줄 모르는 인간을 용서할 것인가? 그러므로 나는 후린의 아들 투린을 도리아스 왕국에서 추방할 것이오. 만약 그가 들어오려고 한다면 내 앞에서 재판을 받아야 하오. 내 앞에서 무릎을 꿇고 용서를 구하지 않는 한 그는 더 이상 내 아들이 아니오. 이 판결이 정의롭지 못하다고 여기는 이가 있으면 말할 수 있는 기회를 주겠소."

그러자 회의장 안은 침묵이 감돌고, 싱골은 자신의 판결을 선포하기 위해 손을 들어올렸다. 그러나 바로 그 순간 벨레그가 황급히 들어오면서 소리쳤다. "폐하, 제가 말씀을 드려도 되겠습니까?"

"자넨 늦었군. 다른 이들과 함께 전갈을 받지 않았는가?" 싱골이 말했다.

"맞습니다, 폐하. 그런데 제가 알고 있는 어떤 이를 찾느라 지체하고 말았습니다. 폐하께서 판결을 내리시기 전에 이야기를 들어야 할 증인을 이제야 드디어 데려왔습니다."

"얘기할 것이 있는 자들은 모두 불러들였다. 지금까지 들은 것보다 더 중요한 증언이 있단 말인가?"

"듣고 나서 판단하옵소서. 제가 폐하의 은총을 누릴 자격이 있다면, 이번에 그 기회를 주시기를 청하나이다."

"허락하노라." 싱골이 이렇게 얘기하자 벨레그는 밖으로 나갔다. 그의 손에 이끌려 온 이는 숲속에 살면서 메네그로스에는 한 번도 와 본 적이 없는 처녀 넬라스였다. 그녀는 겁을 먹고 있었다. 열주列柱로 가득한 거대한 궁정과 바위 천장, 그리고 자신을 지켜보는 수많은 눈동자 모두가 두려웠던 것이다. 싱골이 말을 시키자 그녀가 입을 열었다.

"폐하, 저는 나무 위에 앉아 있었습니다."

하지만 그 말을 하고는 왕에 대한 외경심 때문에 말을 더듬다가 더 이상 말을 잇지 못했다.

그러자 왕이 웃으며 말했다. "다른 요정들도 그렇게 앉아 있었지만, 그걸 내게 얘기할 필요를 느낀 자는 없었지."

왕의 미소에 용기를 얻은 넬라스가 말했다.

"맞아요. 다른 요정들도 그렇지요. 심지어 루시엔도요! 그날 아침 저는 루시엔을 생각하고 있었고, 또 인간 베렌에 대해서도 생각하고 있었습니다."

싱골은 이에 아무 말도 하지 않고, 웃음을 멈추고는 넬라스가 이야기를 계속할 때까지 기다렸다. 넬라스가 다시 말했다.

"투린 때문에 베렌이 생각났기 때문입니다. 제가 듣기로는 두 사람이 친척 간이라고 했거든요. 누구든지 보면 친척 간인 걸 알 수 있어요. 가까이서 보면 말이에요."

그러자 싱골이 짜증을 내면서 말했다. "그럴 수도 있겠지. 하지만 후린의 아들 투린은 나를 모욕하고 떠났으니, 다시는 그를 만나서 혈족을 확인할 일이 없을 것이다. 이제 내 판결을 내리겠노라."

"폐하!" 그때 그녀가 소리쳤다. "잠깐만요, 먼저 제 말을 들어주세요. 저는 나무에 앉아 있다가 그가 떠나는 것을 보았습니다. 그런데 사에로스가 칼과 방패를 들고 숲속에서 나와 투린을 불시에 공격했습니다."

이 말에 궁정 안이 웅성거리기 시작했다. 이에 왕이 한 손을 들어 올리고 말했다. "너는 있을 법하지 않은 무척 중대한 이야기를 내 귀에 들려주고 있구나. 네가 말하는 내용 하나하나를 조심하거라. 이곳은 심판의 법정이다."

"벨레그한테서 그 얘기는 들었습니다." 그녀가 대답했다. "그리고 바로 그 때문에 감히 여기까지 왔습니다. 투린이 부당한 재판을 받지 않게 하려고 말입니다. 그는 용감한 인물이지만 또한 자비롭기도 합니다. 폐하, 그들은, 그러니까 그 둘은 싸움을 벌였고, 결국은 투린이 사에로스의 방패와 칼을 빼앗았습니다. 하지만 죽이지는 않았어요. 저는 정말로 투린이 끝까지 그를 죽일 생각이 있었다고 생각하지 않습니다. 사에로스가 수모를 당한 것이라면, 그건 스스로 자초한 것입니다."

"판결은 내가 내리는 것이다." 싱골이 말했다. "하지만 네가 말한 것이 재판에 큰 영향을 주겠구나." 그리고 그는 넬라스에게 꼬치꼬치 질문을 던지고, 마지막에는 마블룽을 향해 이렇게 말했다. "투린이 자네에게 이런 이야기를 전혀 하지 않았다는 것이 이상하군."

"그렇습니다. 얘기하지 않았습니다. 그가 이 이야기를 했더라면 저도 그와 헤어질 때 그런 말을 하지는 않았을 것입니다."

"그렇다면 이제 나의 판결도 달라져야겠군." 싱골이 말했다. "내 말을 들으시오! 이제 나는 투린의 잘못이라고 볼 수 있는 일에 대해서는 용서하겠소. 그가 모욕을 받고 그 때문에 화를 낸 것으로 추측되기 때문이오. 그가 얘기한 대로 그를 그토록 학대한 자가 진정 나의 자문관 중 한 명이었다니, 그는 이 점에 대해서는 용서를 구할 필요가 없소. 그가 어디에 있든 간에 나의 용서를 그에게 전하겠소. 그리고 그를 나의 궁정 안에 영광스럽게 다시 불러들일 것이오."

하지만 왕의 판결이 내려지자 넬라스가 갑자기 울음을 터뜨렸다. "어디서 그를 찾는단 말인가요? 그 사람은 우리 땅을 떠났고, 세상은 넓은데요."

"찾아낼 것이다." 싱골이 이렇게 얘기하고 일어서자, 벨레그는 넬라스를 인도하여 메네그로스를 떠났다. 벨레그가 그녀에게 말했다. "울지 마시오. 투린이 아직 바깥 세상에 살아 있거나 걸어 다니고 있다면, 난 그를 찾아낼 것이오. 세상 모두가 실패하더라도 말이오."

다음날 싱골과 멜리안 앞에 벨레그가 나타나자, 왕이 그에게 물었다. "벨레그, 나는 슬픔에 잠겨 있네. 내게 조언을 해 주게. 나는 후린의 아들을 내 아들로 삼았고, 후린 자신이 어둠 속에서 돌아와 아들을 찾지만 않는다면, 영원히 이곳에 살게 할 참일세. 난 누구의 입에서든 투린이 부당하게 야생의 들판으로 쫓겨났다는 말을 듣고 싶지 않고, 또 그가 돌아오기만 한다면 반가이 맞이하겠네. 내가 그를 참으로 사랑하기 때문일세."

그러자 벨레그가 말했다. "투린을 찾아낼 때까지 수색하겠습니다. 그리고 제 힘 닿는 대로 그를 메네그로스로 데려오겠습니다. 저 역시 그를 사랑하고 있으니까요."

그러고는 그는 길을 떠났다. 벨레그는 메네그로스를 떠나 벨레리안드 구석구석을 다니며 숱한 위험을 무릅쓰고 투린의 소식을 찾아 헤맸지만 소용이 없었다. 그해 겨울이 지나고 이듬해 봄이 찾아왔다.

무법자들 사이의 투린

이야기는 다시 투린에게로 돌아간다. 자신이 왕이 쫓고 있는 범죄자가 되었다고 믿게 된 투린은 벨레그가 있는 도리아스 북부 변경으로 돌아가지 않고 서쪽으로 향해 나아가, '은둔의 왕국'을 몰래 빠져나온 다음 테이글린강 남쪽 삼림지대로 들어갔다. 니르나에스 이전에는 그곳에 많은 인간들이 여기저기 흩어져 살고 있었다. 그들은 거의가 할레스 일족으로, 군주가 없고, 사냥과 경작으로 생계를 유지했다. 도토리가 많이 나는 땅에는 돼지를 키우고, 숲속 개간지에는 울타리를 쳐서 농사를 지었다. 하지만 이제 그들 대다수는 목숨을 잃거나 브레실로 달아나, 지방 전역이 오르크와 무법자들에 대한 공포로 뒤덮였다. 그와 같은 몰락의 시대에 집을 잃고 자포자기한 인간들은 타락의 길로 빠져들었다. 이들은 전투에서 패배한 낙오병으로, 대지가 황폐하게 방치되자 야생의 숲속으로 가서 못된 짓을 하게 되었던 것이다. 그들은 될 수 있으면 사냥과 채집으로 배를 채웠지만, 겨울이 되어 굶주림에 시달리면 그들은 늑대와 같이 무서운 존재가 되었다. 여전히 고향을 지키는 사람들은 그들을 가우르와이스 곧 '늑대사람'이라 불렀다. 이런 인간 오십여 명이 한 무리를 이루어, 도리아스 서부 변경 너머에 있는 삼림지대를 배회하고 있었다. 그들은 오르크 못지않은 증오의 대상이었는데, 그들 가운데 자기 동족에게도 원한을 품고 있는 성질이 포악한 부랑자들이 있었기 때문이었다. 그들 가운데 가장 음침한 자가 안드로그라는 인물인데, 여인을 살해한 죄를 짓고 도르로민에서 쫓겨 온 자였다. 다른 자들 역시 그곳 출신이었다. 무리 중 연장자는 알군드 영감으로 니르나에스에서 도망쳐 왔고, 스스로를 포르웨그라고 부르며 무리의 두목 노릇을 했던 자는 금발에다 불안스럽게 반짝거리는 눈에 체격이 우람하고 성격이 대담했지만, 하도르가 사람들이 지닌 에다인 고유의 관습으로부터 많이 타락한 자였다. 그들은 상당히 조심스러워졌고, 움직일 때나 휴식을 취할 때는 경계를 게을리하지 않고 주변에 정탐꾼을 내보내거나 파수꾼을 세웠다. 그리하여 투린이 길을 잃고 그들의 소굴 근처에 들어섰을 때는 삽시간에 그들에게 발각되고 말았다. 그들은 둥글게 원을 그리며 그의 뒤를 쫓아가, 마침내 투린이 시냇가에 있는 숲속의 빈터에 들어서자 갑자기 활시위를 메기고 칼을 뽑아든 채 그를 사방에서 에워쌌다.

투린은 걸음을 멈추었지만 두려움은 보이지 않았다. 투린이 물었다. "누구신가? 숨어 있다가 사람을 공격하는 건 오르크뿐인 줄 알았는데, 이제 보니 내가 잘못 알고 있었군."

"잘못 안 게 후회스럽겠지." 포르웨그가 말했다. "여긴 우리 본거지이고 우리는 다른 인간이 여길 돌아다니는 걸 허용하지 않아. 몸값을 못 내면 목숨이라도 내놓아야지."

그러자 투린이 웃음을 터뜨리더니 말했다. "무법자이자 부랑자인 나 같은 인간한테서 몸값을 받을 수는 없을 것이다. 내가 죽고 나면 내 몸을 뒤져보지 그래. 하지만 내 말이 맞는지 확인하려면 비싼 대가를 치러야 할 것이다."

그렇지만 이미 여러 사람이 화살을 시위에 메기고 두목의 명령을 기다리고 있었기 때문에 그의 목숨은 경각에 달려 있었다. 더욱이 그의 적들은 아무도 칼을 빼들고 단번에 공격할 수 있는 거리 안에 있지 않았다. 하지만 발밑의 시냇가에서 돌멩이 몇 개를 포착한 투린이 갑자기 몸을 숙였는데, 바로 그 직후에 그의 말에 화가 난 한 사람이 화살을 쏘았다. 그러나 화살은 투린의 몸 위로 날아가고, 투린은 벌떡 일어나면서 정확하게 활을 쏜 자를 향해 엄청난 힘으로 돌멩이를 던졌다. 사나이는 머리가 깨지면서 땅바닥에 쓰러졌다.

"저 운수 나쁜 인간 대신 내가 살아 있으면 당신한테 더 쓸모가 있을지 모르지." 투린이 포르웨그를 향해 돌아서며 말했다. "당신이 이곳의 두령이라면 부하가 명령도 없이 활을 쏘게 해서는 안 되오."

"물론이지. 그 친구는 무척 빠르게 징계를 받은 셈이오. 당신이 내 말을 좀 더 잘 듣는다면 그 친구 대신 당신을 쓰도록 하지."

무법자들 중에서 두 사람이 큰 소리로 반대를 표시했다. 한 사람은 죽은 자의 친구로 울라드란 이름을 가진 자였다. "동지 한 사람을 새로 들이는 방법치곤 희한하군. 우리 중에서 가장 뛰어난 자를 죽여야 하다니."

"시험을 안 치렀으니 안 되겠다는 말씀이군. 그렇다면 덤비시오! 무기를 들고 하든 완력으로 하든 두 사람 다 한꺼번에 상대해 주겠소. 그래야 당신네들 중에서 가장 뛰어난 자를 대신할 만한 자격이 있는지 확인될 테니까."

그러고 나서 두 사람을 향해 성큼성큼 걸어갔다. 하지만 울라드는 뒷걸음질을 치며 싸우지 않으려 했다. 다른 한 사람은 활을 내던지고는 투린을 아래위로 훑어보았는데, 도르로민 출신의 안드로그라는 자였다. 마침내 고개를 저으며 그가 말했다.

"나는 당신 상대는 되지 못하고, 그건 여기 있는 누구도 마찬가지라고 생각하오. 우리하고 같이 갑시다. 나는 동의하오. 그런데 당신의 행색엔 기이한 구석이 있군. 당신은 위험한 인물이오. 이름이 뭐요?"

"나는 스스로를 네이산, 곧 '박해받은 자'라고 부르오." 투린은 이렇게 대답했고, 이후로 무법자들 사이에서 그는 네이산이라고 불렸다. 투린은 그들에게 과거에 부당한 박해를 당했다는 말을 하긴 했지만(그런 주장을 하는 다른 사람에게도 항상 기꺼이 귀를 기울여 주었다), 자신의 인생 역정이나 고향에 대해 더 이상 밝히려고 하지는 않았다. 하지만 그들은 그가 높은 신분에서 몰락했다는 것과, 지닌 것은 무기밖에 없지만, 그 무기가 요정장인들이 만든 것이라는 사실을 알아차렸다. 그는 강인한 체격에 용감하고 숲속 생활에서도 그들보다 뛰어났기 때문에 곧 칭송을 받았고, 욕심이 없어서 자신의 이익을 챙기지 않았기 때문에 모두 그를 신뢰했다. 하지만 도무지 이해할 수 없을 만큼 갑자기 화를 낼 때도 있었기 때문에 무법자들은 그를 두려워했다. 투린은 도리아스로 돌아갈 수가 없었고, 자존심 때문에 그럴 생각도 없었다. 펠라군드가 죽은 뒤로는 아무도 나르고스론드에 들어갈 수 없었다. 또한 격이 좀 처지는 브레실의 할레스가 사람들한테까지 낮추어 가기는 내키지가 않았다. 또한 도르로민은 촘촘히 봉쇄되어 있기 때문에 감히 돌아갈 엄두를 낼 수 없고, 어둠산맥의 고갯길을 사람 혼자 넘는다는 것도 기대난망이었다. 그래서 투린은 다른 사람들과 함께 야생의 생활을 하는 것이 어려움을 견디기에 훨씬 쉽다는 판단을 하고 무법자들과 어울려 지냈다. 또한 그들과 어울려 살려고 하면서 늘 다툴 수도 없는 노릇이었기 때문에 그들의 행악을 제지하지 않았다. 그러나 이따금 동정심과 부끄러움이 마음속에서 일어날 때면 분노를 주체하기가 힘들었다.

이렇게 살아가며 투린은 그해가 끝날 때까지 그곳에 살면서 겨울의 굶주림과 궁핍을 견뎌내야 했는데, 마침내 활동기가 왔고 아름다운 봄이 찾아왔다.

앞서 이야기한 대로 테이글린강 남쪽의 숲속에는 이때까지도 비록 숫자는 적지만 대담하고 용의주도한 인간들이 아직도 몇 군데 농가에서 살고 있었다. 그들은 가우르와이스를 전혀 좋아하지 않았고 별로 동정하지도 않았지만, 혹독한 겨울이 되면 여유분의 음식을 그들이 찾아 먹을 수 있도록 바깥에 내놓았다. 그렇게 하면 굶주린 무리들의 공격을 피할 수 있다고 생각했던 것이다. 하지만 무법자들은 짐승이나 새들만큼도 고마워할 줄을 몰랐고, 사람들은 차라리 울타리나 개들 때문에 보호를 받는 편이었다. 농가들은 개간지 주변에 높은 산울타리를 두르고, 집 둘레에는 도랑을 파고 방책을 세워 두었다. 또한 농가와 농가를 잇는 연결 통로가 나 있어서, 뿔피리 소리로 지원과 구조를 요청할 수도 있었다.

봄이 오면 늑대사람들이 숲속 사람들의 집 근처를 배회하는 것은 위험했다. 주민들이 힘을 모아 그들을 쫓아올 수도 있기 때문이었다. 그래서 투린은 포르웨그가 왜 무리를 이끌고 떠나지 않는지 궁금했다. 먼 남부로 인간이 아무도 살지 않는 곳에 가면 식량과 사냥감이 더 많고 위험도 덜했기 때문이었다. 그러던 어느 날 투린은 포르웨그와 그의 친구 안드로그를 만나야겠다고 생각하고는 그들이 어디 있는지 물었다. 그러자 그의 동료들이 웃음을 터뜨리는 가운데, 울라드가 대답했다.

“그 양반들 자기 일 좀 보러 나간 것 같아. 머지않아 돌아올 텐데, 그러면 우리는 움직여야 될걸. 그것도 서둘러서. 그 양반들이 꿀벌 떼를 뒤에 달고 오지 않으면 운이 좋은 거지.”

해가 환히 빛나자 어린 나뭇잎들은 초록빛을 띠었고, 투린은 무법자들의 지저분한 야영지에 싫증이 나서 혼자 숲속 깊은 곳을 돌아다녔다. 자기도 모르게 '은둔의 왕국'을 떠올리자, 도리아스의 꽃 이름들이 마치 망각 속에 묻힌 옛말의 메아리처럼 그의 귀에 들려오는 것 같았다. 그런데 갑자기 비명소리가 들리면서 개암나무 덤불에서 젊은 여자가 달려 나왔다. 옷이 가시에 걸려 찢어진 채 달려 나온 여인은 몹시 두려움에 사로잡힌 채 비틀거리더니, 결국 땅바닥에 쓰러져 가쁜 숨을 내쉬었다. 투린은 칼을 뽑아 들고 덤불 쪽으로 뛰어 들어가 여자를 쫓아 개암나무 밑에서 뛰쳐나오는 남자에게 칼을 휘둘렀다. 칼을 내려치는 바로 그 순간에서야 투린은 그가 포르웨그란 것을 알았다.

투린이 깜짝 놀라 풀밭 위에 흥건한 피를 내려다보며 서 있을 때, 안드로그가 나타나 역시 아연실색하여 걸음을 멈추었다. "네이산, 흉측한 짓이야!" 안드로그는 소리를 지르며 칼을 빼들었다. 그러나 투린은 냉정을 되찾고 안드로그에게 물었다. "그런데 오르크들은 어디 있어? 여자를 도와주려고 오르크들을 앞질러 온 건가?"

"오르크라니?" 안드로그가 대답했다. "한심하긴! 그러고도 스스로 무법자라고 하는가? 무법자들에겐 자신의 욕심 말고 다른 법은 있을 수가 없네. 네이산, 자네 일이나 잘 챙겨. 우리 일은 우리한테 맡기고."

"그렇게 하도록 하지. 다만 오늘은 우리가 가는 길이 어긋나는군. 여자를 나한테 넘기든지, 아니면 포르웨그를 따라가든지 결정하게."

안드로그가 웃음을 터뜨리며 말했다. "그렇게 해야 한다면 마음대로 하게. 난 혼자서 자네를 상대하고 싶지는 않아. 그렇지만 우리 동료들은 이번 살인을 좋게 생각지는 않을 걸세."

그러자 여자가 벌떡 일어나 투린의 팔에 손을 얹었다. 피를 내려다보고 다시 투린의 얼굴을 바라보던 여자의 눈에 기뻐하는 표정이 나타났다. 여자가 말했다. "저 사람을 죽이세요, 나리! 저 사람도 죽이세요! 그리고 저하고 같이 가요. 저 사람들 머리를 가져가면 우리 아버지 라르나크도 싫어하지 않으실 거예요. 아버지는 '늑대 머리' 두 개에 대가를 후히 쳐주셨거든요."

하지만 투린은 안드로그에게 물었다.

"저 여자 집까지는 먼가?"

"1킬로미터 반이 조금 넘지. 저쪽에 울타리를 쳐 놓은 농가에 살아. 밖에서 돌아다니고 있더군."

안드로그의 대답에 투린이 여자를 돌아보며 말했다. "어서 가거라. 아버지에게 가서 딸을 잘 지키라고 말씀드리도록 하고. 나는 네 아버지 환심을 사려고 동료의 목을 베는 일 같은 건 하지 않는다."

그러고 나서 칼을 칼집에 꽂아 넣고 안드로그에게 말했다. "자! 돌아가세. 혹시 두령의 시신을 묻어주고 싶으면 자네가 직접 하게. 서둘러. 추격자들의 고함이 들려올지도 모르니까 말이야. 두령의 무기는 가져오게!"

투린이 더 이상 아무 말도 하지 않고 길을 떠나자, 안드로그는 그가 떠나는 모습을 지켜보며 수수께끼를 푸는 사람처럼 얼굴을 찡그렸다.

무법자들의 야영지로 돌아온 투린은 그들이 불안하고 초조한 기색을 보이고 있다는 것을 알아차렸다. 방비가 튼튼한 농가 근처 한 곳에 이미 너무 오랫동안 머물고 있었던 것이다. 몇몇이 포르웨그를 비난했다.

"두령이 너무 무모한 모험을 하고 있어. 두령이 재미를 보느라 다른 사람이 피해를 봐야 할지 몰라."

"그럼 새 두령을 뽑도록 하지!" 투린이 그들 앞으로 나서며 말했다. "포르웨그는 이제 더는 두령 노릇을 할 수가 없네, 죽었거든."

"자네가 그걸 어떻게 아는가?" 울라드가 물었다. "자네도 같은 벌통에서 꿀을 땄나? 포르웨그가 벌떼에 쏘였단 말인가?"

"아니오, 독침 한 방에 끝났소. 내가 포르웨그를 죽였소. 하지만 안드로그는 살려 두었으니 곧 돌아올 거요." 그가 그런 짓을 한 자들을 비난하며 자초지종을 설명하고 있는 동안 안드로그가 포르웨그의 무기를 들고 돌아왔다. 그가 소리쳤다. "이것 보게, 네이산! 비상 신호는 전혀 울리지 않았네. 아마도 여자가 자넬 다시 만나고 싶어하는 모양일세."

투린이 대답했다. "나를 갖고 농담하면, 자네 머리를 여자한테 넘겨주지 않은 걸 후회하게 될 것 같네. 이제 자네가 간단하게 말해보게."

그러자 안드로그는 그동안 벌어진 일을 있는 그대로 모두 얘기했다. "지금 생각해 보니 네이산이 거기 무슨 일로 왔는지 궁금하군. 우리 일은 아니었던 것 같은데. 왜냐하면 내가 도착했을 때는 이미 투린이 포르웨그를 죽인 뒤였거든. 여자가 그걸 보고는 좋아서 투린에게 함께 가자고 하면서 우리 머리를 신붓값으로 갖다 바치라고 했거든. 하지만 투린은 그 여자를 원하지 않고, 빨리 돌려보냈지. 도대체 투린이 두령한테 무슨 원한이 있는지 알 수가 없어. 이해할 수 없긴 하지만, 내 머리는 그대로 목에 붙여 두었으니 고맙다고 해야겠지."

"이제 난 자네가 하도르가 사람이란 사실을 믿을 수가 없네." 하고 투린이 말했다. "차라리 '저주받은' 울도르가 출신이라고 하는 게 맞겠어. 앙반드에나 가서 일하지 그래. 하지만 지금은 내 말을 듣게!" 그는 그들 모두를 향해 큰 소리로 말했다. "여러분 앞에 두 가지 길이 있소. 나를 포르웨그 대신 두령으로 뽑든지, 아니면 그냥 가도록 내버려 두시오. 다시 말해서 이제 이 무리를 내가 이끌든지 아니면 떠나든지 둘 중에 하나라는 것이오. 만약 나를 죽이고 싶으면, 시작하시오! 난 당신들 모두를 상대해서 죽을 때까지 싸우겠소. 당신들이 죽을 수도 있겠구려."

그러자 여러 사람이 무기를 집어 들었다. 하지만 안드로그가 소리쳤다. "안 돼! 이자가 살려준 내 머리가 그리 멍청하지는 않아. 우리가 싸우게 되면, 우리 중에서 가장 뛰어난 자를 죽이기 전에 한 사람 이상은 쓸데없이 죽음을 당해야 할 거야." 그리고 그는 웃었다. "이 자가 우리 무리에 들어올 때와 사정이 똑같아. 이 사람은 자기 자리를 만들기 위해 사람을 죽이는 거야. 이전에 충분히 증명되었으니 이번에도 마찬가지겠지. 어쩌면 이자가 다른 사람 쓰레기 더미를 기웃거리는 것보다 더 나은 운명으로 우릴 인도할지도 몰라."

그러자 알군드 영감이 말했다. "우리 중에서 가장 뛰어난 자라! 예전에 우리가 용기를 내면, 같은 일을 할 수 있었던 때가 있었지. 하지만 우린 많은 것을 잊어버렸네. 그가 드디어 우리를 고향으로 인도해 줄지도 모르겠군."

그 말을 듣는 순간 투린은 이 작은 무리를 자신이 마음대로 거느릴 수 있는 세력으로 키워야겠다는 생각이 들었다. 그는 알군드와 안드로그를 바라보며 말했다. "고향이라고 했소? 높고 차가운 어둠 산맥이 우리를 가로막고 서 있소. 그 뒤에는 울도르 사람들이 있고, 그들 주변에는 앙반드 군대가 배치되어 있소. 당신들, 일곱 명의 일곱 배가 되는 당신들이 그런 것에 굴하지 않는다면, 내가 당신들을 고향으로 인도하리다. 하지만 죽기 전에 얼마나 멀리까지 갈 수 있을 것 같소?"

모두 묵묵부답이었다. 그래서 투린이 다시 입을 열었다. "나를 당신들의 두령으로 받아들이겠소? 그렇다면 먼저 인간들이 사는 곳에서 멀리 떨어진 야생지대로 당신들을 인도하겠소. 거기서 우리는 더 나은 운명을 발견할 수 있을지도 모르오. 물론 그렇지 않을 수도 있겠지만, 적어도 우리와 동족인 인간들로부터는 미움을 덜 받게 될 것이오."

그러자 하도르가 출신인 모든 이들이 그의 곁으로 모여들어 그를 두령으로 인정했고, 썩 내키지 않아 하던 다른 이들도 동의했다. 그는 즉시 무리를 이끌고 그 땅을 빠져나갔다.[10]

싱골은 투린을 찾기 위해 많은 사자를 도리아스와 그 변경 근처에 내보냈지만, 그가 떠났던 해에는 아무리 찾아보아도 소용이 없었다. 아무도 그가 무법자들 곧 인간의 적들과 함께 있다는 사실을 알지 못했고, 그러리라고는 생각조차 못했다. 겨울이 오자 벨레그를 제외한 사자들은 모두 왕에게 돌아갔다. 모두가 떠난 뒤에도 벨레그는 홀로 계속 길을 걸었다.

하지만 딤바르와 도리아스 북부 변경의 상황은 악화되어 가고 있었다. 전투에서 '용투구'가 더 이상 보이지 않고 '센활'도 모습을 감추게 되자, 모르고스의 부하들이 더욱 기세를 올리면서 날로 숫자도 늘고 더욱 대담해졌다. 겨울이 지나가고 봄이 오면서 그들의 공격이 재개되었다. 딤바르가 유린되었고, 브레실 사람들은 공포에 떨었다. 이제 남쪽을 제외한 모든 변경에 악의 무리가 횡행했기 때문이었다.

투린이 떠난 지 일 년이 가까워오고, 벨레그는 희망이 점점 줄어드는 가운데서도 여전히 그를 찾고 있었다. 방랑하는 그의 걸음은 북쪽으로 테이글린 건널목에까지 이르렀는데, 거기서 그는 타우르누푸인을 빠져나온 오르크들이 새롭게 침공하기 시작했다는 불길한 소식을 듣고 다시 돌아섰다. 그러다가 투린이 떠나간 지 얼마 되지 않은 숲속 사람들의 마을을 우연히 지나가게 되었는데, 거기서 그들 사이에 떠돌던 이상한 이야기를 듣게 되었다. 키가 크고 군주의 풍모를 지닌, 요정전사라고까지 불리는 이가 숲속에 나타났는데, 그가 가우르와이스 중의 한 사람을 죽이고 그들이 쫓고 있던 라르나크의 딸을 구해 주었다는 것이었다. 라르나크의 딸이 벨레그에게 말했다. "그 사람은 무척 당당했고, 저 따위는 아예 내려다볼 생각조차 안 할 만큼 빛나는 눈을 가지고 있었어요. 그런데 그 늑대사람들을 동료라고 하면서 옆에 있던 다른 늑대사람을 죽이지 않으려고 했어요. 그자는 그의 이름까지 알고 있었죠. 그 사람을 네이산이라고 불렀어요."

"이 수수께끼를 풀 수 있겠습니까?" 라르나크가 요정에게 물었다.

"유감스럽게도, 풀리는 문제군요. 당신이 말하는 이가 바로 내가 찾고 있는 사람입니다." 벨레그는 이렇게만 대답하고 투린에 대해 숲속 사람들에게 더 이상 이야기하지 않았다. 다만 북쪽에 악의 무리가 모여들고 있다고 경고했다. "당신들은 막아낼 수 없는 엄청난 무력으로 오르크들이 곧 이 지방을 강탈하러 내려올 겁니다. 금년 중에 당신은 자유와 생명 둘 중에 하나를 포기해야 합니다. 아직 시간이 있을 때 브레실로 들어가십시오!"

그러고서 벨레그는 서둘러 길을 떠나, 무법자들의 소굴과 그들이 어디로 사라졌는지를 알려 주는 자취를 이내 발견했다. 하지만 투린은 며칠 정도 벨레그를 앞선 상태에서 숲속 사람들의 추격을 두려워하여 신속하게 이동하고 있었고, 자신들을 뒤쫓는 자들을 떨어뜨리거나 속이기 위해 알고 있는 모든 기술을 이용하고 있었다. 그들은 한 야영지에서 이틀 밤을 지새우는 일이 거의 없었고, 떠나든 머물든 거의 흔적을 남기지 않았다. 따라서 벨레그조차도 그들을 찾는 것이 쉽지 않았다. 읽을 수 있는 흔적을 따라, 혹은 그가 이야기를 나눌 수 있는 야생의 존재들 사이에서 인간들이 지나갔다는 소문을 따라, 종종 그들과 근접하기도 했지만 다가가 보면 그들의 소굴은 늘 비어 있었다. 그들은 밤이든 낮이든 늘 파수꾼을 세워 두고 있었고, 접근하는 기미가 조금이라도 보이면 순식간에 일어나서 길을 떠났다. 벨레그는 탄식했다. "아! 내가 이 인간의 아이에게 숲과 들판의 지식을 너무 잘 가르쳤구나! 누구라도 이건 요정 무리라고 생각지 않을 수 없겠어."

하지만 이 인간들은 어떤 끈질긴 추격자가 그들의 뒤를 좇아오고 있다는 것을 감지하고 있었다. 그를 볼 수도 없었지만 떨쳐버릴 수도 없었기 때문에 그들은 점점 불안해졌다.[11]

벨레그가 걱정했던 대로, 얼마 지나지 않아 오르크들은 브리시아크여울을 건너와, 브레실의 군주 한디르가 가능한 한 소집해놓은 모든 병력의 저항에도 불구하고 테이글린 건널목을 지나 약탈하기 위해 남쪽으로 내려갔다. 많은 숲속 사람들이 벨레그의 조언을 받아들여 여자와 아이들을 브레실로 보내 피난을 요청했다. 이들과 이들을 호위하던 이들은 제때 테이글린강을 건너 탈출했지만, 뒤에 오던 무장한 남자들은 오르크들을 만나 싸우다가 패배하고 말았다. 그들 중에 전장을 탈출하여 브레실로 들어간 이들도 일부 있었지만, 대다수는 목숨을 잃거나 생포당하고 말았다. 오르크들은 농가로 들어가 집을 약탈하고 불태웠다. 그러고 나서 남부대로를 향해 즉시 서쪽으로 돌아갔는데, 획득한 전리품과 포로들을 데리고 가능한 한 빨리 북부로 돌아가기 위해서였다.

무법자들이 세운 파수꾼들은 곧 오르크들의 움직임을 파악했다. 그들은 포로들에는 별로 관심이 없었지만 숲속 사람들에게서 약탈한 물건들이 탐욕을 불러일으켰다. 투린의 생각에 오르크들의 숫자를 파악하기 전에 그들에게 모습을 드러내는 것은 위험스러운 일이었다. 하지만 무법자들은 야생으로 살면서 필요한 것이 많았기 때문에 투린의 말을 듣지 않았고, 일부는 이미 그를 두령으로 뽑은 것을 후회하기 시작하고 있었다. 그래서 투린은 오르크들을 정탐하기 위해 오를레그라는 자만 일행으로 데리고 나섰다. 무리의 지휘권을 안드로그에게 넘긴 투린은 그들 두 사람이 돌아올 때까지 한데 모여 잘 숨어 있으라는 지시를 내렸다.

오르크 군대는 무법자들 무리보다 엄청나게 많았다. 그러나 그들은 예전에는 감히 엄두도 내지 못한 땅에 자신들이 들어와 있다는 사실과 대로 너머에 탈라스 디르넨 곧 '파수평원'이 있으며, 그 위에서 나르고스론드의 척후병과 정찰대가 파수하고 있다는 사실을 알고 있었다. 위험한 곳이란 것을 알고 있었기 때문에 그들은 경계를 게을리하지 않았고, 오르크 척후병은 행군하는 부대의 양쪽으로 숲속을 정탐했다. 그랬기에 투린과 오를레그는 은신 중에 세 명의 척후병과 우연히 마주쳐 발각되고 말았다. 그중 둘은 목을 베었지만 한 명은 살아서 달아났고, 달아나면서 "골루그! 골루그!"라고 고함을 질렀다. 그것은 그 당시에 오르크들이 놀도르를 가리키는 말이었다. 숲은 순식간에 오르크들로 가득 찼고, 그들은 소리 없이 흩어져 넓은 지역에서 수색을 개시했다. 투린은 탈출 가능성이 희박하다는 것을 감지하고, 최소한 그들을 기만해서 부하들의 은신처에서 멀어지도록 유인해야겠다고 생각했다. "골루그!"라는 고함으로 미루어보아 오르크들이 그들을 나르고스론드의 정찰대로 오해하고 있다고 판단한 투린은 오를레그와 함께 서쪽으로 달아났다. 그들의 뒤로 순식간에 추격자들이 따라붙었고, 몇 번이나 방향을 바꾸고 몸을 피했음에도 불구하고 그들은 결국 숲 밖으로 내몰리게 되었다. 그들은 곧 척후병에게 목격되었고, 대로를 건너가는 동안 오를레그가 여러 발의 화살을 맞고 쓰러졌다. 하지만 투린은 요정갑옷 덕분에 목숨을 건져 건너편 야생지대로 홀로 도망쳤다. 빠른 걸음과 갖은 재간으로 그는 적을 따돌리고, 낯선 땅까지 멀리 도주했다. 그러자 오르크들은 나르고스론드의 요정들을 자극하는 것을 두려워하여, 잡아온 포로들의 목을 베고 북쪽으로 서둘러 길을 떠났다.

한편 사흘이 지나도 투린과 오를레그가 돌아오지 않자, 몇몇 무법자들은 은신하고 있던 동굴을 떠나고 싶어했다. 그러나 안드로그가 반대하며 나섰다. 그들이 한참 이렇게 설전을 벌이고 있을 때 갑자기 회색 옷을 입은 인물이 그들 앞에 나타났다. 벨레그가 드디어 그들을 찾아낸 것이었다. 그는 손에 아무 무기도 들지 않고 앞으로 걸어 나와 두 손바닥을 그들을 향해 내밀었다. 그들은 공포에 사로잡혀 벌떡 일어났고, 안드로그가 뒤로 가서 그에게 올가미를 던지고는 줄을 당겨 두 팔을 꼼짝하지 못하도록 묶었다. 벨레그가 말했다.

"손님을 환영하지 않는다면 경계를 좀 더 잘했어야지, 왜 이렇게 대접하는 거요? 나는 동지로서 찾아왔고, 그저 친구 하나를 찾고 있을 뿐이오. 여기서는 네이산이라 부른다고 했소."

"그는 여기 없소. 우릴 오랫동안 감시하지 않았다면 모를 텐데, 어떻게 그 이름을 아는 것이오?"

울라드가 물었다. 그러자 안드로그가 말했다.

"이자는 오랫동안 우리를 감시해 왔소. 우리 뒤를 그림자처럼 미행하던 자요. 이제 이자의 진짜 목적이 뭔지 들어 볼 수 있겠구려." 그러고 나서 벨레그를 동굴 옆에 있는 나무에 묶게 하고는, 손발을 완전히 결박한 상태에서 심문하기 시작했다. 하지만 어느 질문에나 벨레그의 대답은 한 가지뿐이었다. "나는 네이산이란 인물과 숲속에서 처음 만난 뒤로 늘 친구로 지내왔소. 그때 그는 겨우 어린아이였소. 내가 그를 찾는 것은 그를 사랑하기 때문이고, 또 좋은 소식을 가져왔기 때문이오."

"그를 죽여서 정탐하지 못하게 하자고." 안드로그가 화가 나서 말했다. 그는 활솜씨가 있었기 때문에 벨레그가 가지고 있는 큰 활을 보고 탐을 냈다. 하지만 좀 더 마음씨가 착한 이들이 그 의견에 반대했다. 알군드가 안드로그에게 말했다. "두령이 언제 돌아올지 알 수 없네. 두령이 친구와 좋은 소식을 동시에 잃어버렸다는 것을 알게 되면 자넨 후회하게 될지도 몰라."

"난 이 요정 이야기를 믿을 수가 없소." 안드로그가 말했다. "이자는 도리아스 왕의 첩자요. 정말로 무슨 소식을 가지고 왔다면 우리한테 말하시오. 살려둘 만한 가치가 있는지 어떤지는 듣고 나서 판단하도록 하겠소."

"당신들 두령이 올 때까지 기다리겠소." 벨레그가 말했다.

"당신이 입을 열 때까지 거기 서 있어야 할 거요." 안드로그가 말했다.

그들은 안드로그가 시키는 대로 먹을 것이나 마실 것을 주지 않고 벨레그를 나무에 묶어 두고는, 자기들은 근처에 앉아 음식을 먹고 술을 마셨다. 하지만 그는 그들에게 더 이상 아무 말도 하지 않았다. 이렇게 이틀 밤낮이 지나자, 그들은 화가 치미는 데다 두려움에 사로잡혀 그곳을 떠나고 싶어했다. 그리고 모두들 요정을 죽여 버려야겠다고 생각했다. 밤이 깊어지고 모두들 벨레그 옆으로 모여들자, 울라드가 동굴 입구에 피워 놓은 작은 모닥불에서 불붙은 나뭇가지 하나를 가져왔다. 바로 그때 투린이 돌아왔다. 늘 그렇듯이 소리 없이 다가온 그는 둘러선 사람들 바깥의 어둠 속에 서 있다가, 불붙은 나뭇가지 불빛에서 벨레그의 초췌한 얼굴을 목격했다.

창에 찔린 듯한 아픔에, 서리가 갑자기 녹듯 오랫동안 메말라 있던 그의 두 눈에서 눈물이 쏟아졌다. 그는 뛰쳐나가 나무 앞으로 달려갔다. "벨레그! 벨레그!" 그가 울부짖었다. "여긴 어떻게 왔소? 왜 이렇게 서 있는 거요?" 그가 즉시 친구를 묶어놓은 줄을 베어내자, 벨레그는 투린의 품 안으로 쓰러졌다.

부하들이 들려준 이야기를 모두 듣고 난 투린은 분노와 함께 슬픔에 휩싸였다. 그렇지만 당장은 오로지 벨레그에게만 주의를 기울였다. 자신이 지닌 기술로 벨레그를 간호하면서, 그는 숲속에서 살아왔던 삶을 돌아보고는 자기 자신에게 분노했다. 종종 무법자들은 이방인들이 근거지 가까이 지나가면 붙잡거나 또는 매복해 있다가 습격해서 목숨을 빼앗곤 했지만, 그는 가로막지 않았었다. 종종 자신도 싱골 왕과 회색요정들을 비난하는 일에 가세했기 때문에, 이처럼 요정을 적으로 다룬 것에 자신도 일정한 책임을 져야 했다. 비통한 마음으로 부하들을 돌아보며 그는 말했다. "당신들은 잔인해. 필요 이상으로 잔인하단 말이오. 우린 지금까지 사로잡은 자를 고문한 적은 없소. 하지만 우리가 살아온 삶이 결국 우릴 이 오르크 같은 짓거리나 하게 만들었군. 우리가 그간 행한 일은 무법하고도 무익한 일이었고, 우리 자신만 위한 일이었고, 우리 마음속에 증오심만 심어 주었을 뿐이야."

그러자 안드로그가 말했다. "우리 자신이 아니면 그럼 누굴 위해 일한단 말이오? 모두가 우릴 미워하는데, 우리가 누굴 사랑한단 말이오?"

"적어도 다시는 요정이나 인간에 맞서 싸우는 일에 내 손을 쓰지는 않을 거요. 앙반드의 하수인은 이미 충분히 있소. 다른 사람들이 나와 함께 맹세하지 않는다면, 나는 혼자 가겠소." 투린이 말했다.

그러자 벨레그가 눈을 뜨고 고개를 들며 말했다. "혼자는 아닐 걸세! 이제 드디어 내가 가져온 소식을 전할 수 있게 되었군. 자넨 무법자도 아니고 네이산이란 이름도 어울리지 않네. 자네한테 씌워진 잘못은 모두 용서받았네. 자네가 왕의 영광을 누리고 왕께 봉사할 수 있도록 우린 일 년 동안이나 자네를 찾아 다녔네. 용투구가 너무 오랫동안 모습을 감추었단 말일세."

하지만 투린은 이 소식을 듣고도 기뻐하지 않고 오랫동안 침묵을 지키며 앉아 있었다. 벨레그의 말을 듣는 동안 다시 어둠의 그림자가 그를 엄습하는 듯한 느낌이 들었던 것이다. 그가 마침내 입을 열었다. "이 밤이 지난 뒤에 결정하겠소. 어떻게 되든 우린 내일 이 은신처를 떠나야겠소. 우리를 찾는 자들이 모두 우리가 잘 되길 비는 건 아닐 테니까."

"맞소, 물론이지." 안드로그가 맞장구를 치며 벨레그에게 험상궂은 눈길을 던졌다.

아침이 되어 옛 요정들이 으레 그러했듯 통증이 신속히 치유되자, 벨레그는 투린을 따로 불러 말했다.

"내가 전하는 소식에 자네가 좀 더 기뻐할 줄 알았네. 이젠 분명히 도리아스로 돌아가겠지?"

그는 가능한 모든 방법을 동원하여 투린을 간곡히 설득했다. 하지만 그가 재촉할수록 투린은 더욱더 뒤로 물러섰다. 그렇지만 투린은 벨레그에게 싱골의 심판에 대해 세세하게 질문했다. 벨레그가 자신이 알고 있는 모든 이야기를 해 주자, 마지막으로 투린이 말했다.

"그러면 마블룽도 예전처럼 나와 친구인 거요?"

"진실의 친구라고 하는 것이 맞겠지. 결국은 그게 최고의 친구일세. 그런데 투린, 어째서 사에로스가 자네를 먼저 공격했다는 것을 말하지 않았는가? 그랬더라면 상황이 완전히 달라졌을 텐데. 그리고……." 동굴 어귀 근처에 아무렇게나 널브러져 있는 인간들을 바라보며 그가 말했다. "자네 투구를 계속 드높일 수도 있었을 테고, 이렇게까지 전락하진 않았을 텐데."

"전락이라, 그렇게 말할 수도 있겠죠." 투린이 대답했다. "전락일 수 있겠지요. 하지만 일이 그렇게 됐소. 말이 나오다가 목에 걸려 버렸거든. 마블룽은 내가 하지도 않은 일을 두고 나를 나무라는 눈으로 바라보았소. 나한테는 물어 보지도 않고 말이오. 요정 왕이 말한 대로 나는 인간으로서의 자부심을 지녔고, 그건 지금도 여전히 그렇소, 벨레그 쿠살리온. 아직은 회개한 고집쟁이 소년처럼 메네그로스로 돌아가 동정과 용서의 시선을 견딜 생각이 없소. 난 용서를 받을 사람이 아니라 용서해야 할 사람이오. 게다가 난 이제 소년도 아니오. 우리 동족의 기준에 따르면 난 어른이고, 운명의 기준에 따르면 독한 사람이오."

벨레그는 고민에 사로잡혔다. "그러면 어떻게 할 텐가?"

"마음대로 가겠소. 마블룽이 나와 헤어질 때 그렇게 빌어 주었소. 싱골의 은총은 내가 전락한 처지에서 사귄 이 친구들까지 받아들일 만큼 넓지는 않을 것이오. 난 이자들이 나와 헤어지기를 원치 않는 한 당분간은 함께 있을 참이오. 난 내 방식으로 이들을 사랑하고 있고, 아주 성정이 못된 자도 조금은 사랑하고 있소. 그들은 나와 같은 종족이고, 그들 각자의 마음 안에는 조금씩 선이 자라나고 있소. 난 그들이 내 편에 설 거라고 생각하오."

"보는 눈이 나하고는 참 다르군. 그들이 악행을 못하게 해 보았자 실패할 걸세. 나는 저자들을 믿을 수가 없어. 특히 한 사람은 더 심하지."

"요정이 어떻게 인간을 판단하오?"

"누가 행한 일이든 간에 다른 일을 판단할 때와 마찬가지지."

벨레그는 이렇게 대답하고 더 이상 얘기하지 않았다. 특히 자신을 겨냥하여 노골적으로 반감을 드러내는 안드로그의 악의에 대해서는 언급하지 않았다. 투린의 기분을 감지한 벨레그는 그 말 때문에 투린이 자기를 믿지 않고 옛 우정이 깨어져 다시 악행의 길로 돌아갈까 봐 걱정이 되었다.

"투린, 나의 친구여, 마음대로 간다고 했는데, 그건 무슨 뜻인가?"

"나는 내 부하들을 이끌고 내 방식으로 전쟁을 할 것이오. 하지만 내 생각 가운데 적어도 한 가지는 바뀌었소. 인간과 요정들의 적, 즉 대적을 상대로 해서 무기를 휘둘렀던 것을 제외하고는 모든 싸움을 후회하고 있다는 것이오. 그리고 무엇보다도 당신이 나와 같이 있었으면 좋겠소. 나하고 같이 지냅시다!"

"내가 자네하고 같이 있게 된다면, 그건 지혜가 아니라 사랑 때문일 걸세. 내 마음은 우리가 도리아스로 돌아가야 한다고 경고하고 있네."

"그래도 난 가지 않겠소." 투린이 말했다.

벨레그는 도리아스의 북부 변경에는 그의 힘과 무용이 절실하다고 하면서 다시 한 번 싱골 왕의 휘하로 돌아가자며 투린을 설득하려 애썼다. 그는 투린에게 오르크들이 타우르누푸인에서부터 아나크 고개를 넘어 딤바르로 새로이 침입해오고 있다는 이야기를 했다. 그럼에도 벨레그의 말이 조금도 소용이 없자 결국 그가 말했다.

"투린, 자네 스스로 독한 사람이라고 하였지. 독한 데다 남의 말을 안 듣기까지 하는군. 이젠 내 차례네. 진심으로 '센활'을 옆에 두고 싶다면 딤바르에서 나를 찾게. 난 그곳으로 돌아갈 심산이니."

그러자 투린은 침묵에 잠긴 채로 앉아서, 자신을 되돌아가지 못하게 막고 있는 자존심과 씨름을 벌였다. 그는 생각에 잠겨 자신의 지난 세월을 돌아보았다. 그러다가 갑자기 생각에서 깨어나더니 벨레그에게 말했다.

"당신이 말한 그 요정처녀 말이오. 시의적절한 증언을 해 주어서 많은 빚을 졌소. 하지만 난 그녀가 기억나지 않소. 왜 그녀가 나를 지켜보고 있었소?"

그러자 벨레그는 이상한 눈길로 그를 바라보았다.

"정말 몰라서 그러는가? 투린, 자네는 지금까지 가슴 전부와 머리 절반을 멀리 딴 곳에 두고 살아왔는가? 소년 시절의 자넨 넬라스와 함께 도리아스의 숲속을 거닐었다네."

"그건 먼 옛날 일이었소. 지금은 내 어린 시절조차 아득한 옛날 같은 느낌이 들고 마치 안개가 뒤덮고 있는 듯하오. 겨우 도르로민의 아버지 집만 기억이 나오. 내가 왜 요정처녀와 같이 걸어다녔소?"

"아마도 그녀가 가르치는 것을 배우기 위해서였겠지. 아아! 인간의 아들, 가운데땅에는 자네의 고통과는 다른 종류의 고통도 있고,

무기를 휘두르지 않고도 만들어지는 상처가 있다네. 정말이지 요정과 인간은 서로 만나거나 참견하지 말아야 한다는 생각이 들기 시작하는군."

투린은 아무 말도 하지 않고 벨레그의 말에 담긴 수수께끼를 풀기라도 하듯 그의 얼굴을 한참 동안 들여다보았다. 도리아스의 넬라스는 다시 투린을 보지 못했고, 그를 뒤덮은 어두운 그림자는 그녀에게서 사라졌다.[12]

난쟁이 밈에 대하여

벨레그가 떠난 뒤 (투린이 도리아스를 떠나 버린 뒤 두 번째 맞은 여름의 일이었는데)[13] 무법자들의 상황은 악화되었다. 철 지난 비가 쏟아지고 이전보다 많은 엄청난 수의 오르크들이 북부에서부터 내려와 테이글린강을 넘어 옛 남부대로에 출몰하면서 도리아스 서쪽 경계에 있는 모든 삼림지대가 소란스러워졌다. 휴식이나 평안은 거의 찾아볼 수 없게 되었고, 무법자들은 사냥은커녕 사냥을 당하는 처지가 되고 말았다.

어느 날 저녁 무리가 불도 피우지 않고 어둠 속에 은신해 있는 동안, 투린은 자신의 일상을 되돌아보았는데, 지금보다 좀 더 잘 살 수 있는 길이 있을 것도 같았다. '어디 안전한 은신처를 찾아 겨울과 기근에 대비해야겠군.' 그리고 다음날 그는 무리를 이끌고 떠나, 그들이 테이글린강과 도리아스 변경을 떠나올 때보다 더 멀리 내려갔다. 사흘 뒤 그들은 시리온계곡 삼림지대의 서쪽 끝에서 발길을 멈추었다. 높은 지대의 황무지 쪽으로 올라가기 시작하는 지점이어서 이곳의 지형은 더욱 건조하고 황량했다.

얼마 후, 빗속에 하루가 잿빛으로 저물어가면서 투린과 그의 무리는 호랑가시나무 덤불 속에 은신하게 되었다. 덤불 너머로는 나무 한 그루 보이지 않는 휑한 지대가 있었고, 그곳에는 기울어지거나 서로 뒤엉킨 커다란 바위들이 여기저기 널려 있었다. 나뭇잎에서 떨어지는 빗방울 소리 외에 사위는 적막에 잠겨 있었다. 갑자기 파수꾼 한 사람이 신호를 해서 그들은 벌떡 일어났는데, 머리에 두건을 쓰고 회색 옷을 입은 세 개의 형체가 바위들 사이로 은밀하게 이동하는 것이 보였다. 그들은 모두 큰 자루를 하나씩 메고 있었지만 그럼에도 불구하고 걸음이 빨랐다.

투린이 그들에게 멈추라고 소리치자, 부하들이 사냥개처럼 그들을 향해 뛰어나갔다. 하지만 그들이 가던 길을 계속 가자, 안드로그가 그들을 향해 화살을 쏘았지만 둘은 어둠 속으로 사라졌다. 한 명은 걸음이 느린지 짐이 무거운지 뒤처지더니, 곧 생포되어 땅바닥에 내동댕이쳐졌다. 마치 맹수처럼 발악을 하고 물어뜯고 했지만 그는 여러 무법자들의 억센 손아귀에서 꼼짝도 하지 못했다. 투린이 다가가서 부하들을 꾸짖었다.

"그게 뭔가? 그렇게 심하게 할 필요가 있는가? 나이도 많고 왜소해 보이는데. 누가 다치기라도 한 건가?"

안드로그가 피가 나는 손을 내보이며 대답했다.

"물어뜯고 있소. 오르크거나 오르크 비슷한 놈이오. 죽이시오!"

"당연히 그래야 하오. 우리 희망을 무산시켰으니까. 자루 속에는 식물 뿌리들하고 작은 돌밖에 없군요."

자루를 빼앗은 다른 자가 말했다. 투린이 대답했다.

"아니오. 수염이 있는 걸 보면, 아마도 난쟁이인 것 같소. 일으켜 세워 물어 봅시다."

이리하여 밈이 '후린의 아이들 이야기' 속에 등장하게 되었다. 밈은 투린의 발 앞에 곱드러진 채 살려달라고 빌었다.

"나는 나이도 많고 가진 것도 없습니다. 대장님 말씀대로 난쟁이지 오르크가 아닙니다. 내 이름은 밈이라고 합니다. 대장 나리, 오르크들마냥 아무 이유 없이 저 사람들이 날 죽이지 못하게 해 주십시오."

투린은 마음속에 그에 대한 동정심이 일었지만, 이렇게 말했다.

"밈, 난쟁이치고 참 이상한 일이지만 너는 가난해 보이는구나. 하지만 내 생각에는 우리가 더 불쌍하다. 집도 없고 친구도 없는 인간들이거든. 우리 처지가 무척 딱한 까닭에 그저 동정심만으로 너를 살려 줄 수는 없다고 한다면, 네 몸값으로 뭘 내놓겠느냐?"

"나는 대장님이 뭘 원하시는지 모르겠습니다." 밈이 경계하는 표정으로 말했다.

"지금 이런 때는 작은 거라도 충분하지." 투린은 두 눈으로 빗물을 받아가며 밈을 보고 씁쓸하게 말했다. "이 축축한 숲을 빠져나가 잠을 잘 수 있는 안전한 곳이면 된다. 너한테는 분명히 그런 집이 있겠지."

"그렇습니다만, 집을 몸값으로 드릴 수는 없습니다. 나는 너무 늙어서 바깥에서 잘 수는 없거든요."

"더 늙을 필요가 없지." 안드로그가 이렇게 말하며 부상을 입지 않은 한쪽 손으로 칼을 빼들고 성큼 다가섰다. "그 짐을 내가 덜어 주겠다."

"대장님!" 밈이 대경실색하여 소리를 지르며 투린의 무릎에 매달렸다. "내 목숨을 빼앗으면 내가 사는 곳도 못 찾습니다. 밈 없이는 거길 찾을 수 없을 테니까요. 집을 내줄 수는 없지만 같이 살 수는 있습니다. 돌아가신 분들이 많아서 옛날보다 빈 방이 많거든요." 그리고 밈은 울기 시작했다.

"밈, 네 목숨을 살려 주마." 투린이 말했다.

"이자가 사는 굴에 갈 때까지만이겠죠." 안드로그가 말했다. 그러자 투린이 그를 향해 돌아서서 말했다.

"만약 밈이 속임수를 쓰지 않고 자기 집으로 우리를 인도한다면, 그리고 그 집이 살 만한 곳이면, 그의 목숨을 살려 주도록 하겠다. 그리고 내 밑에 있는 어떤 사람도 그의 목숨을 빼앗아서는 안 된다. 이건 내가 맹세하지."

그러자 밈은 투린의 무릎에 입을 맞추고 말을 했다. "대장님, 밈은 대장님의 친구가 되겠습니다. 처음에 밈은 대장님의 말투나 목소리를 듣고 요정이라고 생각했습니다. 인간이라니까 다행이군요. 밈은 요정을 싫어하거든요."

"네 집이라는 데가 어디냐?" 안드로그가 물었다. "안드로그가 난쟁이하고 같이 써야 할 집이라면 틀림없이 좋아야 할 게다. 안드로그는 난쟁이들을 좋아하지 않아. 우리 일족이 동부에서 나올 때 가지고 나온 이야기 중 난쟁이들에 관한 것은 별로 좋은 것이 없었다."

밈이 대꾸했다. "내 집을 보고 판단하십시오. 하지만 당신네 인간들은 곧잘 헛발을 딛기 때문에 가는 길에 등불이 필요할 겁니다. 내가 빨리 갔다 돌아와서 인도하도록 하지요."

"안 돼. 안 되지!" 안드로그가 말했다. "대장, 이걸 허락하자는 건 분명히 아니겠죠? 그러면 저 늙은 놈을 다시는 보지 못할 거요."

"날이 점점 어두워지고 있네. 이자가 우리한테 뭔가 담보물을 남겨 두고 가도록 하지. 밈, 우리가 네 자루와 그 속의 물건을 맡아 두고 있겠다."

이 말에 밈이 다시 무릎을 꿇으며 대단히 곤혹스런 표정을 지었다. "밈이 만약 돌아올 생각이 없다면, 뿌리들이 든 낡은 자루 때문에 다시 돌아오지는 않을 겁니다. 나는 돌아옵니다. 보내 주십시오!"

"그렇게 할 수 없다." 투린이 말했다. "자루를 놔두지 않겠다면 자루와 함께 여기 남는 수밖에 없다. 너도 나무 밑에서 하룻밤을 보내고 나면 혹시 우리한테 동정심을 보일 수도 있겠지."

투린과 그의 동료들은 밈이 자루 안에 든 물건을 보이는 것 이상으로 귀중하게 여기고 있다는 것을 알아차렸던 것이다.

그들은 늙은 난쟁이를 그들의 우울한 야영지로 데리고 갔는데, 가는 동안 난쟁이는 묵은 증오심으로 거칠어진 듯 낯선 말로 웅얼거렸다. 하지만 두 다리에 결박을 짓자 그는 갑자기 조용해졌다. 망을 보는 자들은 그들이 어둠 속을 탐색하고 있는 동안, 그가 밤새 바위처럼 꼼짝도 하지 않고 말없이 앉은 채 잠들지 않은 두 눈동자만을 반짝거리고 있는 것을 지켜볼 수 있었다.

아침이 오기 전에 비가 그치더니, 나뭇잎 사이로 바람이 살랑거렸다. 지난 며칠보다 더 밝게 동이 터오고, 남쪽에서 불어온 가벼운 대기가 하늘을 열어 창백하고 맑은 공기 속으로 태양이 떠올랐다. 밈은 꼼짝도 하지 않고 앉아 있어서 마치 죽은 것 같았다. 두 눈의 무거운 눈꺼풀은 닫혀 있고, 아침 햇살은 세월의 풍파에 시달린 왜소한 노인의 모습을 비춰 주었다. 투린이 옆에 서서 그를 내려다보며 말했다.

"이젠 충분히 밝아졌군."

그러자 밈은 눈을 뜨더니 자신의 결박을 가리켰다. 풀어주자 그는 사나운 말을 뱉어냈다. "이걸 알아두라고, 바보들아! 난쟁이를 묶지 말란 말이야. 용서하지 않을 테니까! 난 죽고 싶지 않아. 하지만 너희들이 한 짓 때문에 가슴이 타는군. 그런 약속을 한 게 후회된다."

"난 후회가 안 되는걸." 투린이 말했다. "우릴 너의 집까지 데려다 줘야지. 그때까지는 죽인다는 얘긴 하지 않을 테니까. 그게 바로 내 뜻일세."

그가 난쟁이의 눈 속을 찬찬히 들여다보자, 밈은 그것을 감당해

낼 수 없었다. 단호한 의지건 분노이건 간에 투린의 눈길과 맞설 수 있는 이는 사실 별로 없었다. 그는 곧 고개를 돌리고 일어서서 말했다. "대장, 나를 따라오시오!"

"잘했어! 이 말 한마디 덧붙여 두지. 너의 자존심을 이제 알겠다. 네가 목숨을 잃을 수는 있겠지만, 다시 묶이는 일은 없을 것이다." 투린이 말했다.

그러자 그는 그들을 이끌고 자신이 처음 붙잡힌 곳으로 돌아갔다. 그는 서쪽을 가리키면서 말했다. "저기 내 집이 있소. 높으니까 아마 자주 본 적이 있을 거요. 요정들이 모든 것의 이름을 바꾸기 전에는 우리끼리 샤르브훈드라고 불렀소."

그제야 그들은 밈이 아몬 루드 곧 '대머리산'을 가리키고 있다는 것을 알았다. 그 민둥산 꼭대기에서는 야생지대의 사방 몇십 킬로미터까지 조망이 가능했다. 안드로그가 말했다.

"본 적은 있지만 가까이 가지는 않았지. 저기에 어떻게 안전한 굴이나 물, 그 밖에 우리가 필요로 하는 것이 있을까? 난 무슨 속임수가 있을 거라고 생각하오. 언덕 꼭대기에 사람이 숨을 수 있겠소?"

"멀리 내려다볼 수 있는 것이 웅크리고 숨어 있는 것보단 나을 수도 있지." 투린이 대답했다. "아몬 루드는 전망이 좋소. 흐음, 밈, 가서 네가 무엇을 보여 줄 수 있는지 보도록 하지. 우리처럼 헛발을 잘 딛는 인간들이 저기까지 가는 데 얼마나 걸리는가?"

"해지기 전까지 하루 종일 걸릴 겁니다." 밈이 대답했다.

무리는 곧 서쪽을 향해 길을 떠났는데, 투린은 선두에서 밈과 나란히 걸었다. 숲을 빠져나올 때 그들은 경계를 게을리 하지 않았지만, 대지는 온통 텅 비어 있고 고요하기만 했다. 그들은 널려 있는 바위들을 넘어 오르막길로 접어들었다. 아몬 루드는 시리온강과 나로그강 사이에 솟아 있는 높은 황무지의 동쪽 끝자락에 서 있었고, 기슭의 바위투성이 황야에서 꼭대기까지는 300미터가 넘었다. 동쪽에서 보면 울퉁불퉁한 대지가 서서히 높아지면서, 무리를 이룬 자작나무와 마가목, 그리고 바위 사이에 뿌리 내린 오래된 가시나무들로 덮인 여러 개의 높은 등성이가 이어졌다. 아몬 루드 아래쪽 기슭에는 아에글로스 덤불이 자라고 있었다. 하지만 경사가 심한 잿빛 산꼭대기는 바위를 뒤덮은 붉은 세레곤을 제외하고는 온통 민둥산이었다.[14]

오후가 저물 무렵이 되어서야 무법자들은 산기슭 근처에 당도할 수 있었다. 밈이 인도하는 방향에 따라 그들은 이제 북쪽에서 다가갔다. 석양빛이 아몬 루드 꼭대기를 비추었고, 세레곤 꽃이 만발해 있었다.

“저런! 산꼭대기가 피범벅이군.” 안드로그가 말했다.

“아직은 아니지.” 투린의 대답이었다.

해가 가라앉으면서 땅이 우묵한 곳에서는 빛도 희미해지고 있었다. 대머리산이 곧 그들 눈앞으로 머리 위에 불쑥 모습을 드러내자, 그들은 그렇게 평범하게 보이는 목표물에 무슨 안내자가 필요한지 의아스러웠다. 하지만 밈이 이끄는 대로 따라가면서 마지막 가파른 경사지를 오르기 시작할 때에야, 밈이 은밀한 표시나 오랜 습관에 따라 어떤 길을 따라가고 있다는 것을 알아차렸다. 이제 그가 이끄는 길은 이쪽저쪽으로 꼬부라지고 있었고, 옆을 돌아보면 양쪽으로 크고 작은 골짜기가 입을 벌리고 있거나, 혹은 커다란 돌무더기 위로 지형이 푹 꺼져서 검은딸기와 가시나무로 뒤덮인 구멍이나 폭포가 딸려 있었다. 안내자가 없으면 길을 찾아 올라가는 데 며칠이 걸릴지 알 수 없을 정도였다.

그들은 마침내 좀 더 가파르지만 비교적 평탄한 곳에 이르렀다. 오래된 마가목 나무 그늘을 지나고 다리가 긴 아에글로스 덤불 회랑 속으로 들어가자, 어두운 그늘 속에 달콤한 향내가 가득했다.[15] 그러자 갑자기 그들 눈앞에 암벽이 나타났다. 암벽은 평평한 표면인데다, 땅거미 속에서 수직으로 높이 솟아 있었다.

투린이 물었다. "이것이 네 집의 문인가? 난쟁이들이 돌을 사랑한다는 말은 들은 적 있지."

밈이 마지막 순간에 무슨 술수를 부리지 않도록 투린이 그의 곁에 바짝 다가갔다.

"우리 집 문이 아니라 안뜰 출입구지요."

밈은 이렇게 대답하고 절벽 아래를 따라 오른쪽으로 향해 스무 걸음을 걸은 뒤에 갑자기 멈춰 섰다. 투린은 사람의 손으로 만든 것인지 비바람의 풍화로 만들어진 것인지 알 수 없지만, 벽이 두 겹으로 포개져 그 사이에 틈이 나 있고, 오던 것과는 반대 방향으로 뒤돌아 열린 입구가 있다는 것을 알아차렸다. 위쪽의 절벽 틈에 뿌리를 박은 긴 덩굴식물이 그 입구를 가리고 있었고, 어두컴컴한 안쪽에는 오르막 경사가 심한 길이 있었다. 돌바닥 위로 물이 떨어지는 소리가 나고, 내부가 몹시 축축했다. 그들은 한 사람씩 길을 따라 올라갔다. 꼭대기에서 길은 오른쪽, 즉 남쪽으로 꺾여 있었는데, 가시나무 덤불을 지나 초록 평지에 이르자 길이 다시 어둠 속으로 이어져 있었다. 그들은 이렇게 밈의 집 바르엔니빈노에그[16]에 당도했다. 오직 도리아스와 나르고스론드의 옛이야기에만 기록되어 있고, 인간은 아무도 본 적이 없는 곳이었다. 하지만 밤이 깊어가고 동쪽 하늘에 별빛이 반짝이고 있어서, 그들은 이 희한한 곳이 어떻게 생겼는지 아직 볼 수 없었다.

아몬 루드의 꼭대기에는 아무것도 없이 평평하고, 옆면의 경사가 급한 모자 모양의 거대한 바윗덩어리인 정상부가 있었다. 정상부의 북쪽 면에는 사각형에 가까운 평탄한 바위 턱이 돌출해 있었지만,

아래쪽에서는 그것을 볼 수 없었다. 뒤로는 성벽처럼 정상부가 솟아 있었고, 서쪽과 동쪽으로는 그 가장자리로부터 깎아지른 낭떠러지가 뻗어 있었기 때문이다. 오직 북쪽 방향에서 그들이 지나온 대로 길을 아는 자들만이 어렵지 않게 꼭대기에 올라갈 수 있었다.[17] 안뜰의 갈라진 틈에서부터 시작된 길은 곧 발육이 부진한 자작나무들로 이루어진 작은 숲으로 이어졌는데, 이 숲은 바위를 깎아 만든 맑고 작은 물웅덩이 둘레에서 자라고 있었다. 웅덩이의 물은 뒤쪽의 절벽 발치에 있는 샘에서 나오고 있었고, 작은 수로를 통해 바위턱의 서쪽 가장자리로 하얀 실처럼 넘쳐흘렀다. 나무들로 이루어진 가림막 뒤 샘물 근처에, 두 개의 높은 버팀벽 사이로 동굴이 하나 있었다. 일그러진 나지막한 아치가 달려 있는 얕고 작은 석굴처럼 보이지만 그 안쪽으로 가면 산속 깊숙이까지 들어가 있는데, 작은난쟁이들이 그곳에 사는 오랜 세월 동안 회색요정들의 방해를 받지 않고 굼뜬 손으로 파내어 만든 것이었다.

물웅덩이에는 자작나무 가지 그늘 사이로 빠져나온 희미한 별빛이 비치고 있었고, 밈은 짙은 어둠 속에서 무리를 이끌고 물웅덩이를 지났다. 동굴 입구에서 그는 투린에게 돌아서서 절을 하고 말했다.

"들어가십시오. 바르엔단웨드, 곧 '몸값의 집'입니다. 앞으로 이 집 이름을 그렇게 부르겠습니다."

"그렇겠군. 내가 먼저 들어가겠소." 이렇게 말하면서 투린은 밈과 함께 들어갔다. 다른 이들도 투린이 두려워하지 않는 것을 보고 뒤를 따랐는데, 난쟁이를 가장 신뢰하지 않는 안드로그까지 들어갔다. 그들은 곧 칠흑 같은 어둠 속에 휩싸였지만, 밈이 손뼉을 치자 작은 불빛이 모퉁이를 돌아오는 것이 보였다. 그러더니 바깥 석굴 뒤쪽에 있는 통로에서 난쟁이 하나가 작은 횃불을 들고 걸어왔다.

"아하! 걱정했던 대로 내가 제대로 맞히지 못했군!" 안드로그가 말했다. 하지만 밈은 그 난쟁이와 자기네들의 시끄러운 말로 재빨리 대화를 나누었고, 이야기를 하는 동안 고통스러워하며 때로는 분노한 표정을 짓더니 쏜살같이 통로 안으로 들어가 사라졌다. 그러자 안드로그가 계속 들어가자고 우겼다.

"먼저 공격을 합시다! 안쪽에는 난쟁이들이 벌떼같이 많겠지만 이자들은 키가 작소."

"셋밖에 없는 것 같아." 투린이 이렇게 말하고 무리의 앞장을 서자, 그의 뒤를 따라 무법자들이 우둘투둘한 담벼락을 더듬어가며 통로를 찾아 나갔다. 통로는 이쪽저쪽으로 여러 차례 심하게 꺾였는데, 그들은 마침내 희미한 불빛이 앞쪽에서 어른거리는 천장 높은 작은 거실에 들어서게 되었다. 천장의 어둠 속으로부터 가는 줄에 매달려 내려온 등불이 희미하게 거실을 밝히고 있었다. 밈은 거기 없었지만, 그의 목소리가 들려오자 투린은 소리를 따라 거실 뒤쪽에 열려 있는 방문 앞으로 다가갔다. 방 안을 들여다본 투린은 밈이 바닥에 무릎을 꿇고 있는 것을 발견했다. 그의 옆에는 횃불을 든 난쟁이가 말없이 서 있었고, 안쪽 돌침상 위에는 누워 있는 자가 하나 있었다. "크힘, 크힘, 크힘!" 늙은 난쟁이는 수염을 쥐어뜯으며 통곡하고 있었다.

"당신 화살이 모두 빗나간 것은 아니군!" 투린이 안드로그를 향해 말했다. "하지만 이건 잘못 쏜 화살이 될 거야. 당신은 활을 너무 쉽게 쏴. 죽기 전에 지혜를 터득하기는 어렵겠군."

조심스럽게 안으로 들어간 투린은 밈의 뒤에 서서 말했다. "이보시오 밈, 문제가 뭐요? 내게 치료하는 기술이 좀 있소. 내가 도움을 줄 수 있겠소?"

밈이 고개를 돌리자, 붉은빛이 그의 두 눈에 감돌았다.

"당신이 시간을 거꾸로 돌리고, 부하들의 손목을 잘라 버리지 않는 한 불가능한 일이오. 이 아이는 내 아들인데, 화살에 꿰뚫리고 말았소. 이제 아이는 말을 할 수 없소. 해질녘에 숨을 거두었다고 하오. 당신들이 날 묶어놨기 때문에 내 아이를 치료할 수 없었소."

오랫동안 굳어 있던 연민의 정이 바위틈에서 흘러나오는 물처럼 다시 한번 투린의 가슴에서 샘솟았다. "아아! 할 수만 있다면 그 화살을 되돌리고 싶구나. 이제 이 집을 진실로 바르엔단웨드, 곧 '몸값의 집'으로 부를 것이다. 우리가 이곳에 거하든 거하지 않든 난 네게 빚을 졌다. 혹시 내가 많은 재산을 모으게 되면, 이 슬픔의 징표로 많은 황금을 너의 아들을 위한 몸값으로 내놓을 것이다. 그런 것이 다시 너의 마음을 기쁘게 할 수는 없을지라도 말이다."

그러자 밈이 일어나 투린을 오랫동안 쳐다보더니 입을 열었다. "알겠습니다. 당신은 저 옛날의 난쟁이 왕처럼 말씀하시는군요. 참으로 놀라운 일입니다. 흡족하다고 할 수는 없으나 이제 마음이 진정되는군요. 그러니 저의 몸값을 갚도록 하지요. 원하신다면 이 집에 거하십시오. 하지만 이 한마디는 하겠습니다. 그 화살을 쏜 자는 자기 활과 화살을 부러뜨려 그것을 우리 아들 발 앞에 내려놓도록 하십시오. 그리고 다시는 화살을 들거나 활을 잡지 않아야 합니다. 만약 이를 어긴다면 그는 그것 때문에 목숨을 잃을 것이며, 이것이 그에게 내리는 나의 저주입니다."

이 저주를 듣고 안드로그는 두려움에 사로잡혔다. 무척 못마땅한 표정을 짓긴 했지만, 그는 활과 화살을 부러뜨려 죽은 난쟁이의 발 앞에 갖다 놓았다. 하지만 방을 나오면서, 그는 사나운 눈길로 밈을 바라보며 중얼거렸다. "난쟁이의 저주는 사라지지 않는다고 하지만, 인간도 그에게 저주를 되보낼 수 있지. 저 난쟁이가 목에 화살을 맞아 죽었으면 좋겠군!"[18]

그날 밤 그들은 밈과 그의 또 다른 아들 이분의 곡성을 들으며 불편한 잠을 청했다. 언제 곡성이 멈췄는지 알 수 없었지만, 그들이 마침내 깨어났을 땐 난쟁이들은 사라지고 없었고 그 방은 돌로 닫혀 있었다. 날은 다시 맑게 개어, 아침 태양을 받으며 무법자들은 물웅덩이에서 몸을 씻고 가지고 있던 식량으로 식사를 준비했다. 그들이 식사를 하고 있는 동안 밈이 앞에 나타났다.

그가 투린에게 인사하고 말했다. "아들은 갔고, 모든 것은 끝났습니다. 아들은 조상님들과 함께 누워 있습니다. 이제 우리 앞에 남은 날이 많지는 않지만 우리는 남아 있는 삶으로 돌아갑니다. 밈의 집이 마음에 드시는지요? 몸값은 지불된 것이고 받아들이신 거지요?"

"그렇소." 투린이 대답했다.

"그렇다면 모든 것이 대장님 것입니다. 원하시는 대로 이곳의 모든 것을 마음대로 하셔도 좋습니다. 다만 저 방만은 닫아 두고, 나 외에는 아무도 열지 못하도록 하겠습니다."

"잘 알겠소. 하지만 우리가 여기에서 안전하게 살 수는 있을 것 같지만, 여전히 먹을 것도 그렇고 다른 것도 부족한 게 많소. 어떻게 나갈 것이며, 특히 들어올 때는 어떻게 한단 말이오?"

그들의 불안감을 알아차리고 밈은 목구멍으로 끌끌 웃었다. "거미를 따라 거미줄 복판까지 온 것 같아 겁이 나시는군요? 밈은 사람을 잡아먹지 않습니다! 게다가 거미 한 마리가 말벌 서른 마리를 한꺼번에 처치하는 것은 무리지요. 보세요, 당신들은 무장해 있고 나는 아무것도 없습니다. 그럼요. 우리는, 바로 당신들과 나는, 함께 나누어야 합니다. 집이건, 식량이건, 불이건, 또 혹시 그 밖에 벌어올 것까지 말입니다. 잘 아시겠지만, 이 집은 당신들을 위해서라도 잘 지키고 비밀을 유지해야 합니다. 이곳을 드나드는 방법을 잘 알고 난 뒤에도 마찬가지입니다. 드나드는 건 시간이 되면 아시게 될 겁니다. 당분간은 밈이나 아들 이분이 나갈 때 안내하도록 하지요."

투린은 그 말에 동의하면서 밈에게 감사를 표했고 부하들도 모두 기꺼이 받아들였다. 아직 여름이 한창이었지만 아침 햇살 속에서 그곳이 지내기에 괜찮은 곳으로 보였기 때문이었다. 안드로그만이 불만이었다. "가급적 출입하는 데 빨리 익숙해져야겠군. 생포당해서 원한이 있는 놈을 우리가 일하는 곳에 이리저리 데리고 다닌 적은 없었거든."

그날 그들은 휴식을 취한 다음, 무기를 깨끗이 정비하고 장비를 손질했다. 아직 하루 이틀 견딜 식량이 있었고, 또 밈이 그들이 가진 것에다 좀 더 보태 주었기 때문이었다. 그는 세 개의 커다란 요리용 냄비와 함께 불도 빌려주고, 자루도 하나 꺼내왔다. 밈이 말했다. "시시한 겁니다. 그저 훔칠 만한 가치도 없는 야생 뿌리지요."

하지만 조리를 거치면 뿌리는 약간은 빵 맛을 내어 먹기 좋았다. 무법자들은 훔친 것을 제외하고는 오랫동안 빵을 먹지 못했기 때문에 좋아했다. 밈이 말했다. "야생 요정들은 이걸 알지 못해요. 회색 요정들은 보지도 못했고요. 바다를 건너온 건방진 요정들은 너무 오만해서 땅을 파 볼 생각도 하지 않아요."

"이게 이름이 뭔가?" 투린이 물었다.

밈은 곁눈으로 그를 흘끗 보고 말했다. "난쟁이 말 외에는 이름이 없어요. 우리는 난쟁이 말을 남에게 알려주지 않습니다. 그리고 인간은 욕심이 많고 헤픈 데다 식물이 모두 없어질 때까지 아낄 줄 모르기 때문에, 우린 인간들에게 이걸 찾는 법을 가르쳐 주지 않아요. 그래서 인간은 야생지대를 덜렁거리며 가듯이 지금도 이것들 옆을 그냥 지나치지요. 나한테서 이 이상은 알아낼 수 없을 겁니다. 하지만 옳은 말로 부탁하고 엿보거나 훔치지만 않는다면, 내가 가진 것을 충분히 나눠 줄 수는 있습니다."

그러고 나서 다시 목구멍으로 웃는 소리를 내면서 말을 계속했다. "이건 대단히 귀한 겁니다. 다람쥐들이 먹는 견과처럼 저장할 수 있기 때문에, 먹을 게 없는 겨울에는 황금보다도 귀하지요. 우린 잘 여문 첫 수확물부터 이미 창고에 쌓아두고 있었습니다. 하지만 얼마 되지 않는 뿌리 한 덩어리 때문에 내가 목숨을 구하는 일도 포기했다고 생각한다면 그건 잘못 생각하는 거요."

"잘 알겠어." 밈이 잡혔을 때 자루 안을 들여다보았던 울라드가 말했다. "그래도 넌 자루를 내놓지 않으려고 할 거야. 그 말을 듣고 보니 더 수상해지는걸."

밈은 고개를 돌려 험악한 얼굴로 그를 보며 말했다. "당신은 겨울에 죽어도 봄이 슬퍼하지 않을 바보들 중 하나요. 나는 약속을 했고 따라서 좋든 싫든, 자루가 있든 없든 틀림없이 돌아왔을 거요. 법도 모르고 신의도 없는 인간이라면 마음대로 생각하도록 내버려 둘 수밖에! 하지만 난, 아무리 신발끈에 불과한 미미한 것일지라도 악한 자가 강제로 내 것을 가로채는 것을 좋아하지 않소. 당신 손이 내 발을 결박하여 내 아들과 다시 이야기하지 못하게 나를 가로막았던 것들 중 하나라는 사실을 내가 기억하지 못할 것 같소? 내 창고에서 꺼낸 '흙빵'을 나눠줄 때마다 당신은 제외하겠소. 먹고 싶으면 친구들 몫을 얻어먹으시오. 내 것은 안 되오."

그러고 나서 밈은 밖으로 나갔다. 하지만 밈의 분노에 위축되어 있던 울라드는 그의 등에 대고 말했다. "대단한 말씀이시군! 그렇지만 저 늙은 놈 자루 속에는 다른 뭔가 있었어. 모양은 비슷한데 더 단단하고 더 무거운 게 있었단 말이야. 혹시 들판에 나가면 흙빵 옆에, 요정도 찾지 못했고, 인간이 알아선 안 되는 다른 뭐가 있는 게 틀림없어!"[19]

"그럴지도 모르지." 투린이 말했다. "그래도 난쟁이가 적어도 당신을 바보라고 한 것 하나는 제대로 말했지. 당신 생각을 꼭 말해야 직성이 풀리는가? 좋은 말이 목에 걸려 안 나오면 입을 다무는 게 우리한테 더 유익할 걸세."

그날 하루가 평화롭게 흘러가고 무법자들은 아무도 밖에 나가고 싶어하지 않았다. 투린은 바위 턱 이쪽저쪽으로 푸른 잔디 위를 걸으면서, 동쪽과 서쪽, 북쪽을 바라보며 맑은 날의 시야가 얼마나 멀리까지 닿을지 궁금해했다. 북쪽 방향을 보던 그에게 아몬 오벨 봉우리를 중심으로 둘러싸며 짙푸르게 우거진 브레실숲이 눈에 들어왔는데, 그는 자꾸만 계속해서 눈길이 그쪽으로 끌렸다. 알 수 없는 일이었다. 그의 마음은 오히려 서북쪽을 향하고 있었던 것이다. 까마득히 멀리 그곳의 하늘 끝 언저리에서 고향 마을의 장벽인 어둠산맥이 보이는 것 같았다. 저녁이 되자 투린은 서쪽 하늘의 일몰을 응시했다. 태양이 먼 해안선 위의 대기를 새빨갛게 물들이자, 그 중간에 있는 나로그강 유역이 깊은 어둠 속에 잠겼다.

이리하여 후린의 아들 투린은 밈의 집 바르엔단웨드, 곧 '몸값의 집'에 기거하기 시작했다.

투린이 바르엔단웨드에 당도한 시점부터 나르고스론드가 몰락하기까지의 이야기는 『실마릴리온』 329쪽~348쪽 및 이하의 「나른 이 힌 후린」의 해설 271쪽 이후 참조.

도르로민으로 돌아온 투린

성급하게 먼 길(그는 거의 2백 킬로미터를 쉬지 않고 달렸다)을 달려와 녹초가 된 몸으로 투린은 마침내 겨울의 첫얼음이 얼 때쯤 이브린 호수에 도착하였다. 그곳은 이전에 그가 병을 고친 곳이었다. 하지만 이제 호수는 얼어붙은 수렁에 불과하여 그는 그 물을 마실 수 없었다.

그는 거기서 도르로민 고개[20]로 올라섰는데, 북쪽에서 내려오는 혹독한 눈발 때문에 춥고 길이 험했다. 그 길을 걸어 내려온 지 스무해 하고도 삼 년이 흘렀지만, 그곳은 지금도 가슴속에 또렷이 새겨져 있었고, 어머니 모르웬으로부터 한 걸음씩 멀어지면서 쌓인 슬픔은 아직도 생생했다. 그는 마침내 고향으로 돌아왔다. 고향은 황량하고 쓸쓸했다. 사는 사람들은 거의 없었고 사람들의 성품도 거칠게 변한 터였다. 그들은 귀에 거슬리는 동부인들의 말을 쓰고 있었고, 예전에 쓰던 말은 노예나 적의 언어가 되어 있었다.

투린은 두건을 쓴 채 아무 말 없이 조심스럽게 걸음을 옮긴 끝에 바야흐로 찾고 있던 집을 발견했다. 집은 텅 빈 채 캄캄했고 근처에는 살아 있는 것이라고는 아무것도 없었다. 모르웬은 사라졌고, 이주민 브롯다(후린의 친척인 아에린을 강제로 아내로 취한 자)가 집을 약탈하여 물건이든 하인이든 간에 모르웬의 남은 재산을 모두 빼앗아 갔던 것이다. 긴 여행과 슬픔으로 기진맥진한 투린은 잠자리를 찾아 후린이 살던 집에서 가장 인근에 있는 브롯다의 집으로 찾아갔다. 다행스럽게도 그 집에는 아에린이 있어 옛 시절의 따뜻한 인심으로 나그네들을 맞아들이고 있었다. 그가 얻은 난로 옆자리 주변에는 하인들을 비롯해 자기만큼이나 여행에 지친 험상궂은 유랑자 두세 명이 있었다. 그는 그곳 소식을 물었다.

그의 질문에 그들은 입을 다물었고 어떤 이는 이방인을 곁눈질하며 몸을 뒤로 뺐다. 그런데 목발을 짚은 나이 많은 유랑자 한 사람이 그의 말에 대답했다. “젊은이, 옛말을 꼭 써야 한다면 좀 더 작은 소리로 하시게. 뭘 묻지도 말고. 불량분자로 매를 맞거나 첩자로 몰려 목을 매달리고 싶은가? 자네 행색을 보아하니 그 둘 다에 충분히 해당되는구먼. 그러고 다니면 금방…….”

노인은 가까이 다가와 투린의 귀에 대고 나지막이 속삭였다. “늑대 같은 놈들이 들어오기 전 황금시절에 하도르와 함께 들어왔던 선량한 옛날 사람들 중의 하나라고 밝히는 것이나 마찬가질세. 여기 있는 몇 사람도 비슷한 사람이야. 이젠 거지나 노예가 되고 말았지만 말이야. 아에린 부인이 없었다면 이 난롯불도 국물도 어림없었을 것일세. 어디서 왔는가, 자넨? 무슨 소식이라도 있는가?"

투린이 대답했다. "모르웬이라는 이름의 부인이 있었습니다. 오래전에 제가 그 집에 살았었지요. 오랜 방랑 끝에 그 집을 반가운 마음으로 찾아갔습니다만, 이제 거긴 불빛도 없고 사람도 없군요."

노인이 대답했다. "그렇게 된 지는 길고 길었던 올해하고도 조금 더 됐지. 사실 그 끔찍한 전쟁 이후부터 그 집에서 난롯불도 보기 힘들어지고 사람들도 드물어졌다네. 부인은 핏줄이 옛날 사람 아닌가. 자네도 당연히 알겠지만, 갈도르의 아들이자 우리 군주였던 후린의 미망인이니까 말이야. 그런데도 그자들은 부인을 감히 건드리려고 하지 않았어. 부인을 두려워했거든. 슬픔으로 초췌해지기 전에는 여왕처럼 당당하고 아름다운 분이었지. 그자들은 부인을 마술부인이라고 부르며 피했지. 마술부인, 그건 이자들이 쓰는 새 말로 '요정의 친구'를 부르는 것에 불과해. 그렇지만 그자들이 부인의 재산을 빼앗았기 때문에 아에린 부인이 없었더라면 모르웬과 그녀의 딸은 굶주렸을 걸세. 아에린 부인이 두 사람을 몰래 도왔다고들 하는데, 그 때문에 무지막지한 브롯다한테 여러 번 매를 맞기도 했다는군. 억지로 결혼한 남편 말일세."

투린이 물었다. "올해하고도 좀 더 됐다는 게 무슨 말입니까? 그분들은 죽었습니까, 아니면 노예가 되었습니까? 혹시 오르크들이 부인을 습격했나요?"

"확실히는 모르겠네. 다만 딸하고 함께 사라진 건 분명해. 그 후 브롯다 이자가 그 집을 약탈해 남은 것을 모두 빼앗아갔지. 개 한 마리 남은 게 없고, 남아 있던 몇 사람은 그의 노예가 되었지. 나 같은 구걸꾼은 제외하고 말이야. 나는 여러 해 동안 부인을 모셔왔고, 전에는 대단한 장인이었네, '외발이' 사도르라고 말이야. 먼 옛날에 숲속에서 저주받은 도끼에 다쳤지. 안 그랬다면 지금쯤은 '위대한 무덤'에 누워 있었을 텐데 말이야. 후린의 아들이 길을 떠나던 날이 또렷이 기억나네. 얼마나 울던지 말이야. 아들이 가고 나자 부인도 마찬가지였네. 들리는 말로는 '은둔의 왕국'으로 갔다고 하더군."

이 말을 한 다음 그는 입을 다물고 투린을 미심쩍은 눈으로 바라보았다. "난 늙어서 말이 많아졌으니 내 말에는 신경 쓰지 말게. 옛날 말을 지나간 옛날처럼 아름답게 쓸 줄 아는 사람하고 이야기를 나누는 것은 기분 좋은 일이긴 하지만, 시절이 흉흉하다 보니 조심해야겠지. 입으로 아름다운 말을 한다고 마음까지 다 고운 건 아니니."

투린이 대답했다. "과연 맞는 말씀입니다. 제 마음은 그리 곱지 못합니다. 하지만 제가 북부나 동부의 첩자일지 모른다고 두려워하다니, 먼 옛날보다 지혜가 더 늘어난 것 같지는 않군요, 사도르 라바달."

노인은 입을 벌린 채 그를 바라보다가, 몸을 부르르 떨며 말을 했다. "밖으로 나가세! 좀 춥긴 하겠지만 더 안전할 걸세. 동부인 집에서 자넨 너무 큰 소리로 말하고 있고, 난 말을 너무 많이 하고 있네."

마당으로 나오자 그는 투린의 외투를 움켜잡았다. "분명히 오래전에 그 집에 살았다고 했지요. 투린 공, 왜 돌아오셨습니까? 이제야 내 눈이 뜨이고 귀가 열리는군요. 도련님은 부친과 똑같은 목소리를 가지고 있어요. 어린 투린만이 나를 라바달로 불렀습니다. 나쁜 뜻은 없었습니다. 그 옛날 우린 좋은 친구였지요. 이제 여기 뭘 찾으러 왔습니까? 우리한텐 남은 게 아무것도 없어요. 늙은 데다 무기도 없습니다. '위대한 무덤'에 누워 있는 이들이 더 행복하지요."

"난 싸울 생각으로 여기 온 것이 아니오, 라바달. 그런데 이제 말을 듣고 보니 싸워야겠단 생각이 드는군. 하지만 일단은 참아야겠지. 어머니와 니에노르를 찾으러 왔거든. 얘길 좀 해 보오, 빨리 말이오."

"별로 말씀드릴 게 없습니다. 두 분이 몰래 길을 떠나셨거든요. 이곳에 떠도는 소문으로는 투린 공이 불러서 갔다고 합니다. 우린 그가 그동안 훌륭한 인물로 장성했으리라는 것을 의심하지 않았거든요. 어느 남쪽 나라에서 왕이 되었거나 군주가 되었을 거라고 생각했지요. 그런데 아마도 아닌 것 같군요."

투린이 대답했다. "맞소. 한때는 남쪽 나라에서 높은 자리에 있었지만, 지금은 유랑자에 불과하오. 그런데 난 어머니와 누이를 부르지는 않았소."

"그렇다면 무슨 이야기를 해줘야 할지 모르겠습니다. 아에린 부인은 분명히 알고 있을 겁니다. 어머니의 계획을 모두 알고 있었거든요."

"어떻게 하면 그녀를 만날 수 있소?"

"그건 잘 모르겠습니다. 혹시 부인에게 전갈을 넣어 불러낸다 해도 비천한 유랑자와 문간에서 이야기하다 걸리기라도 하면 엄청나게 혼이 날 테니까요. 게다가 도련님처럼 거지나 다름없는 행색으로는 거실 안쪽에 있는 높은 식탁 앞까지도 다가갈 수 없을 겁니다. 동부인들이 붙잡아 매질을 하거나 더 심하게 혼을 내거든요."

그러자 화가 난 투린은 큰소리로 고함을 질렀다. "내가 브롯다의 집에 못 들어간다고? 그자들이 나를 매질을 해? 가서 한번 보지!"

이 말과 함께 그는 거실 안으로 들어갔다. 두건을 머리 뒤로 젖힌 채 앞길을 가로막는 자들을 모두 밀어제치고 집주인과 그의 아내, 그리고 다른 동부인 족장들이 앉아 있는 식탁 앞으로 성큼성큼 다가갔다. 몇 사람이 그를 붙잡기 위해 일어났지만 그들을 땅바닥에 내동댕이치고 소리쳤다. "이 집에는 주인도 없는가, 혹시 오르크 소굴인가? 주인은 어디 있나?"

그러자 브롯다가 격노하여 일어섰다. "내가 이 집 주인이다."

하지만 그가 더 말을 잇기도 전에 투린이 다시 말했다. "그렇다면 너는 네가 오기 전에 이 땅에 살아 있던 예의범절을 아직 배우지 못했구나. 이제는 하인들이 주인마님 친척을 함부로 대하도록 내버려 두는 것이 남자들의 법도가 되었는가? 나는 아에린 부인께 볼일이 있다. 부인의 친척이거든. 허락 없이 들어갈까, 아니면 내 마음대로 들어갈까?"

"들어오시오." 브롯다는 이렇게 말하며 험악한 얼굴을 지었고, 아에린은 안색이 창백해졌다.

투린은 높은 식탁 앞으로 성큼성큼 걸어가 그 앞에 서서 인사를 했다. "용서하십시오, 아에린 부인. 제가 너무 시끄럽게 들어왔군요. 저는 무척 먼 길을 달려왔고 볼일이 급합니다. 저는 도르로민의 여주인 모르웬과 그분의 딸 니에노르를 찾고 있습니다. 그런데 집은 비어 있고 약탈을 당했더군요. 제게 해 주실 말씀이 없는지요?"

"할 말이 없어요." 아에린이 겁에 질려 말했다. 브롯다가 그녀를 노려보고 있었기 때문이었다. "정말로 없어요. 떠나가셨다는 것 이외엔 말이에요."

"그 말을 믿을 수는 없소." 투린이 말했다.

그러자 브롯다가 앞으로 뛰어나오더니, 술기운에 화가 치밀어 올라 얼굴이 시뻘게진 채 고함을 질렀다. "그만! 종들의 말을 쓰는 거지가 내 앞에서 내 마누라한테 따지는 것이냐? 도르로민의 여주인은 없어. 하지만 모르웬이라면 알지. 노예들 중 하나였는데 다른 노예들처럼 도망갔어. 너도 그렇게 해 봐, 빨리. 안 그러면 네놈을 나무에 매달아 버리겠다!"

그러자 투린이 브롯다를 향해 뛰어나가 검은 칼을 빼들고는 그의 머리를 움켜잡고 고개를 뒤로 젖혔다.

"아무도 움직이지 못하게 해. 아니면 머리통이 어깨 위에서 사라질 것이다! 아에린 부인, 나는 이 무도한 자가 부인께 결코 못된 짓을 하지 않았다는 생각이 들 때 다시 한번 사죄할 것이오. 하지만 이젠 나를 모른 척 하지 말고 대답해 보시오! 내가 도르로민의 군주 투린이 맞소? 내가 당신에게 명을 내려도 되겠소?"

"명하십시오." 그녀가 말했다.

"모르웬의 집을 누가 약탈하였소?"

"브롯다입니다."

"어머니는 언제, 어디로 갔소?"

"일 년 하고도 석 달이 되었습니다. 브롯다 대장과 동부에서 이곳으로 들어온 자들이 부인을 몹시 괴롭혔습니다. 부인은 오래전에 '은둔의 왕국'으로 초청을 받았었는데, 결국엔 그곳으로 떠나신 것입니다. 그곳까지 가는 길이 그때 한동안은 위험이 덜 했지요. 들리는 소문으로는 남쪽 나라에 있는 용맹스런 검은검 때문이었다고 하던데, 이젠 그것도 끝났습니다. 부인은 거기서 자신을 기다리고 있는 아들을 찾는다고 했습니다. 하지만 당신이 그 아들이라면, 유감스럽게도 모든 것이 어긋나 버렸군요."

그러자 투린은 쓴웃음을 짓고는 소리를 질렀다. "어긋나, 어긋났다고? 맞소, 늘 어긋났지. 모르고스만큼이나 뒤틀렸던 거요!"

그러고 나서 갑자기 암울한 분노가 온몸을 엄습했다. 그의 두 눈이 열리고 글라우룽이 건 마법의 마지막 실가닥들이 풀리자, 자신이 글라우룽의 거짓말에 속았다는 것을 깨달았다. "적어도 나르고스론드에 있었더라면 장렬하게 최후를 맞이할 수 있었을 텐데, 이렇게 속아 여기까지 와서 치욕스럽게 죽음을 맞아야 한단 말인가?" 집 주변의 어둠 속으로부터 핀두일라스의 비명이 들려오는 것 같았다.

"그렇다고 여기서 나부터 죽을 수는 없지!" 그는 고함을 치며 브롯다를 움켜잡고는, 엄청난 고뇌와 분노의 힘으로 그를 높이 들어 올린 채 강아지를 다루듯 흔들어댔다. "모르웬이 노예들 중의 하나라고 했던가? 이 비겁한 놈, 도둑놈, 노예의 노예 같은 놈!" 이 말과 함께 브롯다의 머리를 앞으로 향하게 하여 식탁 너머 투린을 공격하기 위해 일어서는 동부인의 면상에 정면으로 던졌다.

떨어지면서 브롯다의 목이 부러졌다. 투린은 브롯다를 던지고는 곧바로 뛰어올라, 무기도 없이 그곳에 웅크리고 있는 세 명을 더 죽였다. 집안에 소동이 일었다. 그곳에 앉아 있던 동부인들이 투린을 상대하러 나서자, 옛날 도르로민의 백성이었던 많은 사람들이 그곳에 모여들었다. 그들은 오랫동안 비굴하게 종노릇을 해왔지만, 이제는 반란의 함성을 지르며 일어선 것이다. 집안에서 곧 큰 싸움이 벌어졌고, 노예들은 단검과 칼에 맞서 겨우 고기 써는 칼이라도 손에 닥치는 대로 집어 들고 맞섰는데, 그 결과 양쪽 모두 많은 이들이 순식간에 목숨을 잃었다. 마침내 투린이 그들 가운데로 뛰어들어 집안에 마지막으로 남아 있는 동부인의 목을 베었다.

그리고 그는 기둥에 기대어 휴식을 취했는데, 불같은 분노가 재처럼 사그라졌다. 치명적인 부상을 입은 사도르 영감이 그에게 기어와 무릎을 꼭 껴안고 말했다. "일곱 해씩 세 번 하고도 더 오래, 너무나 오랫동안 이 시간을 기다려 왔습니다. 하지만 이젠 가세요, 가세요, 주인님! 가서 더 큰 힘을 기를 때까지는 돌아오지 마세요. 이자들이 주인님을 잡으러 온 천지를 뒤질 겁니다. 많은 놈들이 이 집을 빠져나갔어요. 가세요. 안 그러면 여기서 끝장입니다. 잘 가십시오!"

그리고 그는 스르르 미끄러져 숨을 거두었다.

아에린이 말했다. "그는 죽음을 앞둔 사람답게 옳은 말을 남겼어요. 어떻게 해야 할지 아셨지요? 이제 어서 가세요! 하지만 먼저 모르웬에게 가서 그분을 위로하세요. 안 그러면 이곳을 이렇게 파괴해 놓은 것에 대해 용서하기 힘들 거예요. 내 인생이 비록 불행하긴 했지만, 그 불행을 막기 위한 당신의 폭력이 나를 죽음으로 몰고 가는군요. 이민자들은 오늘 밤 여기 있던 모든 사람들에게 복수할 겁니다. 후린의 아들, 당신은 옛날 내가 알고 있던 그 어린아이처럼 여전히 성급하게 행동하시는군요."

투린이 말했다. "인도르의 딸 아에린, 내가 아주머니라고 불렀던 옛날처럼 마음이 약하시군요. 여전히 사나운 개 한 마리에 놀라시다니. 아주머니는 더 좋은 세상에서 살게 될 거요. 자, 갑시다! 내가 어머니께 데려다 드리지요."

"눈이 온 땅에 덮여 있고, 내 머리 위에는 더 수북하게 덮여 있습니다." 그녀가 대답했다. "당신과 함께 나가더라도 산속에서 곧 숨을 거둘 테니, 저 짐승 같은 동부인들 손에 죽는 거나 마찬가지지요. 당신이 이미 저지른 일은 돌이킬 수 없게 되었습니다. 가세요! 남아 있으면 모든 게 더 악화될 뿐이고 모르웬에게도 아무 도움이 안 됩니다. 가세요, 제발!"

그리하여 투린은 그녀에게 허리 숙여 인사를 하고는 돌아서서 브롯다의 집을 떠났고, 힘이 남아 있는 반란자들은 모두 그의 뒤를 따랐다. 반란자들 중에 야생지대의 길을 잘 알고 있는 이들이 있었기 때문에 산맥 쪽으로 달아날 수 있었고, 다행스럽게도 그들이 떠나간 흔적을 눈이 내려 말끔히 감춰 주었다. 곧 많은 사람과 사냥개, 히힝거리는 말을 동원한 수색이 시작됐지만, 그들은 남쪽의 산속으로 피신할 수 있었다. 그들은 등 뒤를 돌아보다가 자신들이 떠나온 땅 멀리에서 빨간 불빛을 발견했다.

투린이 말했다. "그놈들이 집을 불태웠군. 무슨 소용이 있다고 그랬을까?"

"그놈들이라고요? 아닙니다, 주군. 제 짐작에는 부인입니다." 아스곤이란 이름을 가진 자가 말했다. "무용이 뛰어난 많은 분들은 종종 인내와 침묵을 잘못 읽는 경우가 있지요. 부인은 우리와 함께 있으면서 많은 희생을 치르고 좋은 일을 많이 했습니다. 마음이 약한 게 아니었어요. 인내심이 마침내 폭발한 겁니다."

곧 겨울을 견딜 수 있을 만큼 강인한 자들 몇몇이 투린 곁에 남아 은밀한 통로를 따라 산속의 은신처로 그를 안내했다. 그곳은 무법자나 부랑자들만 알고 있는 동굴이었는데, 약간의 식량도 비축되어 있었다. 그들은 그곳에서 눈이 멈출 때까지 기다린 다음, 투린에게 식량을 주어 남쪽 시리온강 골짜기로 이어지는 통행이 드문 고개 위로 인도했다. 그곳에는 눈이 내린 흔적이 없었다. 내리막길 위에서 그들은 작별을 고했다.

아스곤이 말했다. "도르로민의 군주시여, 잘 가십시오. 하지만 우릴 잊지 마세요. 이제부터 우린 쫓기는 몸입니다. 당신이 왔다 갔기 때문에 저 늑대 같은 놈들은 더욱 잔인해질 것입니다. 그러니, 가십시오. 우릴 구할 만한 힘을 갖추지 못하면 돌아오지 마십시오. 잘 가십시오!"

투린, 브레실로 들어가다

시리온강을 향해 내려가는 그의 가슴은 찢어질 듯 아팠다. 이전까지는 고통스러운 선택이 두 가지였으나, 이제는 세 가지로 늘어난 것만 같았다. 학대받는 백성들이 그를 부르고 있었지만, 그들에게 재앙만 더 키워 놓았을 뿐이었다. 다만 한 가지 위안은 있었다. 모르웬과 니에노르는 나르고스론드의 검은검의 무용 덕분에 안전하게 도리아스로 들어갔을 거라는 확신이었다. 그는 마음속으로 생각했다. '내가 좀 더 일찍 찾아왔다고 하면 어머니와 누이를 그보다 더 좋은 데로 모실 수 있었을까? 멜리안의 장막이 무너지면 모든 게 끝장날 터. 그래, 그냥 이대로가 낫다. 쉽게 화를 내고 성급한 내 행동 때문에 가는 곳마다 어둠의 그림자가 찾아오지 않는가. 어머니와 누이는 멜리안의 손에 맡겨 둬야겠어! 한동안 어둠의 흔적 없이 평화롭게 살도록 해드려야겠다.'

투린은 에레드 웨스린 기슭의 숲속을 한 마리 짐승처럼 거칠지만 주의 깊게 잘 살피며 돌아다녔으나, 핀두일라스의 흔적을 찾기에는 너무 늦어 버렸다. 시리온 통로를 향해 북쪽으로 가는 모든 길목을 감시하기도 했지만, 역시 너무 늦은 터였다. 핀두일라스의 모든 흔적이 비와 눈에 씻겨 내려가 버렸기 때문이었다. 투린은 테이글린강을 따라 내려가다가 브레실숲에서 나온 몇 명의 할레스 일족 사람들을 만나게 되었다. 그들은 전쟁으로 인해 부족의 규모가 줄어들어 있었고, 대개는 숲속 중심부에 있는 아몬 오벨의 방책防柵 속에 숨어 살고 있었다. 한디르의 아들 브란디르가 부친의 전사 이후 그들의 군주가 되었기 때문에, 그곳은 그의 이름을 따서 에펠 브란디르라고 불렸다. 브란디르는 어린 시절, 장난을 치다 다리를 다쳐 절름발이가 되었기 때문에 용사라고 할 만한 인물은 아니었다. 게다가 성격도 온순했고, 쇠붙이보다는 나무를 더 사랑했으며, 다른 어떤 가르침보다도 대지에서 자라나는 것들로부터 얻는 교훈을 사랑했다.

하지만 숲속 사람들 중의 일부는 여전히 변경 지역에서 오르크들을 쫓고 있었다. 그래서 그쪽으로 향하던 투린은 싸움이 벌어지고 있는 소리를 듣게 되었다. 서둘러 그곳으로 향한 그는 나무 사이를 조심스럽게 빠져나오다 오르크들이 작은 무리의 인간들을 둘러싸고 있는 것을 보았다. 인간들은 숲속의 빈터에 외따로 서 있는 몇 그루의 나무에 등을 기댄 채 필사적으로 자신을 방어하고 있었다. 하지만 오르크들의 숫자가 엄청나게 많아 외부의 도움 없이 탈출하는 것은 어림없는 일이었다. 그는 눈에 띄지 않게 덤불 속에 몸을 숨긴 채 발을 굴러 대단히 요란한 굉음을 내면서 마치 많은 군대를 이끌고 있는 것처럼 우렁차게 고함을 질렀다. "하하! 드디어 여기서 찾았군! 모두 나를 따르라! 자, 나가서 죽여라!"

그 소리에 많은 오르크들이 당황하여 뒤를 돌아보았다. 그때 투린은 앞으로 뛰쳐나가면서 뒤를 따르는 부하들에게 지시하듯 팔을 휘둘렀고, 그의 손에 있는 구르상의 날 가장자리가 불길처럼 번쩍거렸다. 오르크들은 그 칼날을 너무도 잘 알고 있어서, 투린이 그들 사이로 뛰어들기도 전에 많은 오르크들이 흩어져 달아나기 시작했다. 그러자 숲속 사람들이 그에게 달려와서는 힘을 모아 강변까지 적을 몰아쳤다. 그중 강을 건널 수 있었던 오르크들은 많지 않았다.

결국 강둑에서 추격을 멈추게 되자, 숲속 사람들의 우두머리인 도를라스가 물었다. "공께서는 빠른 걸음으로 적을 사냥하는데, 공의 부하들은 너무 느리군요."

"아니오, 우린 모두 한 사람처럼 함께 달려가오. 떨어지지도 않는다오."

그러자 브레실 사람들은 웃음을 터뜨리며 말했다. "흠, 그런 사람 하나야말로 일당백이죠. 저희가 공께 큰 은혜를 입었습니다. 그런데 공은 뉘시며 여긴 어떻게 오시게 되었는지요?"

"그저 내 일을 하고 있소. 오르크 사냥 말이오. 난 일거리가 있는 곳에 삽니다. '숲속의 야생인'이지요."

그들이 말했다. "그렇다면 우리와 함께합시다. 우리도 숲속에 살고 있고, 이렇게 재주 많은 분이 필요하기 때문이오. 공께서는 환영을 받으실 것이오."

투린은 이상한 눈빛으로 그들을 바라보며 말했다. "내가 그대들의 문간을 어둡게 해도 참고 견딜 수 있단 말이오? 하지만 친구들, 나에게는 비통한 볼일이 하나 남아 있소. 나르고스론드 왕 오로드레스의 딸 핀두일라스를 찾는 것이오. 아니면 적어도 그녀의 소식이라도 알아야 하오. 아! 그녀가 나르고스론드에서 붙잡혀 간 지 벌써 몇 주가 지났는데도 아직 그녀를 못 찾았소."

그러자 그들은 동정의 눈길로 그를 돌아보았고 도를라스가 말했다. "더 이상 찾지 마십시오. 오르크 부대가 나르고스론드에서 테이글린 건널목 쪽으로 올라온 적이 있습니다. 우린 오랫동안 그들을 예의주시하고 있었는데, 끌고 가는 포로들의 수가 너무 많아서 행군 속도가 무척 느리더군요. 그래서 작은 싸움을 한판 벌여야겠다고 생각하고는 가능한 궁수들을 모두 불러 모아 매복 공격을 했습니다. 포로들도 좀 구할 수 있으면 좋겠다고 생각했지요. 그런데 유감스럽게도, 그 간악한 오르크들은 공격을 받자마자 포로들 중에서 여자들을 먼저 살해해 버렸습니다. 오로드레스의 딸은 나무 앞에 세워 창으로 찔러 죽였습니다."

투린은 숨이 멎는 듯한 충격을 받았다. "당신이 어떻게 그것을 아시오?"

도를라스가 대답했다. "죽기 전에 그녀가 말했습니다. 기다리던 어떤 사람을 찾기라도 하듯 우리를 바라보면서 이렇게 말했습니다. '모르메길! 모르메길에게 핀두일라스가 여기 있다고 전해 주세요.' 그러고 나서 아무 말도 하지 못했습니다. 하지만 우리는 그녀의 마지막 말 때문에 죽은 그 자리에서 장사를 지내 주었습니다. 그녀는 테이글린강 가 작은 둔덕에 누워 있습니다. 벌써 한 달 전 일이군요."

"나를 그곳으로 데려다주시오." 투린의 요청에 따라 그들은 테이글린 건널목 옆에 있는 작은 둔덕으로 그를 인도했다. 그는 무덤 위에 몸을 누였고 어둠이 그를 뒤덮었다. 그들은 그가 죽었다고 생각했다. 하지만 누워 있는 모습을 내려다보던 도를라스는 자기 부하들을 향해 돌아서서 말했다. "너무 늦었군! 참 가슴 아픈 순간일세. 하지만 잘 보게. 여기 누워 있는 사람은 나르고스론드의 위대한 대장인 바로 그 모르메길일세. 오르크들처럼 우리도 그의 검을 보는 순간 알아차렸어야 했네."

남부의 검은검의 명성은 원근 각처로 퍼져나가 있었고, 깊은 숲속도 예외가 아니었다.

이제 그들은 경외심으로 그를 들어올려 에펠 브란디르로 운반해 갔다. 그들을 마중 나온 브란디르는 그들이 들것을 메고 오는 것을 보고 의아하게 여겼다. 덮개를 끌어내려 후린의 아들 투린의 얼굴을 보자 어두운 그림자가 그의 마음을 뒤덮었다.

그가 소리쳤다. "아, 몹쓸 할레스 사람들 같으니! 어째서 이 사람에게 죽음을 유보시켰는가? 자네들이 엄청난 공을 들여 여기까지 데려온 것은 바로 우리 일족의 마지막 재앙의 씨앗일세."

하지만 숲속 사람들이 말했다. "아닙니다. 이 사람은 막강한 오르크 사냥꾼인 나르고스론드의 모르메길입니다.[21] 살아나면 우리에게도 큰 도움이 될 것입니다. 설령 그렇지 않다 하더라도, 그토록 비탄에 쓰러진 사람을 썩은 고기 내버리듯 버려둘 수야 없지 않겠습니까?"

"당연히 그래서야 안 되겠지. 운명이 그렇게 되도록 내버려 두지는 않았을 걸세." 그리고 그는 투린을 집안으로 데리고 들어가 정성을 다해 돌보았다.

투린이 마침내 어둠을 떨치고 일어났을 때 봄이 돌아오고 있었다. 그는 의식을 회복하고 푸른 새싹 위에 비치는 햇빛을 바라보았다. 하도르 가문의 용기가 되살아난 그는 일어나서 마음속으로 생각했다. '지난날의 모든 행적은 어둡고 악으로 가득 찬 것이었다. 하지만 이제 새날이 왔구나. 이곳에서 조용히 지내면서, 내 이름도 가족도 버려야겠다. 그러면 내 어둠의 그림자를 등 뒤에 남겨 둘 수 있을 테고, 적어도 그것이 내가 사랑하는 이들을 덮치지는 않겠지.'

그는 스스로, 높은요정들의 말로 '운명의 주인'이란 뜻이 담긴, 투람바르란 새 이름을 짓고는 숲속 사람들과 어울려 살았으며 그들로부터 사랑도 받았다. 한편 자신의 옛 이름을 잊어버리고 브레실에서 새로 태어난 사람처럼 대해 달라고 숲속 사람들에게 부탁도 했다. 하지만 이름을 바꾼다고 해서 그의 기질까지 통째로 바꿀 수는 없었고, 모르고스의 하수인들에 대한 그의 오랜 적개심도 지울 수 없었다. 그래서 그는 같은 생각을 하는 몇몇 사람들과 어울려 오르크 사냥을 나가곤 했는데, 브란디르는 이를 못마땅하게 여겼다. 그는 자기 백성을 조용하고 은밀하게 보호하기를 원했던 것이다.

그가 말했다. "모르메길은 더 이상 없소. 하지만 투람바르의 용기 때문에 브레실에도 똑같은 복수가 찾아오지 않도록 조심하시오!"

그리하여 투람바르는 자신의 검은 검을 보관해 두고 더 이상 전장에 가져가지 않았으며, 대신 활과 창을 휘둘렀다. 하지만 오르크들이 테이글린 건널목을 이용하거나 핀두일라스가 누워 있는 작은 둔덕 근처에 다가오는 것만큼은 참을 수가 없었다. 그 둔덕이 하우드엔엘레스 곧 '요정처녀의 무덤'이라는 이름을 얻게 되자, 오르크들은 그곳을 두려워하며 옆으로 피해 다녔다.

도를라스가 투람바르에게 말했다. "공은 옛 이름을 버리긴 했으나, 여전히 검은검이오. 소문에 따르면, 모르메길은 하도르 가문의 군주인 도르로민의 후린의 아들이라고 하던데, 맞는 말이오?"

투람바르가 대답했다. "나도 그렇게 들었소. 하지만 당신이 내 친구라면, 제발 그 사실을 공공연히 알리지는 마시오."

모르웬과 니에노르의 나르고스론드행

혹한의 겨울이 물러나자 나르고스론드의 소식이 도리아스에 전해졌다. 약탈을 피해 야생으로 달아나 겨울을 보낸 이들이 결국 피난처를 찾아 싱골에게 오자, 변경 수비대는 그들을 왕에게 데리고 갔다. 이들 중 어떤 이는 적이 모두 북쪽으로 물러갔다고 하고, 또 일부는 글라우룽이 아직 펠라군드의 궁정에 살고 있다고 했다. 또 모르메길이 죽었다고 하는 이들이 있는가 하면, 용의 마법에 걸려 돌처럼 굳어 아직 그곳에 붙박여 있다는 이들도 있었다. 하지만 모두가 확실하게 대답하는 것은, 나르고스론드가 멸망하기 전에 모든 주민들은 검은검이 바로 도르로민의 후린의 아들 투린이라는 것을 알고 있었다는 것이다.

이 소식에 모르웬과 니에노르의 공포와 슬픔은 이루 말할 수 없었다. 모르웬이 말했다. "이와 같은 의혹 자체가 바로 모르고스의 짓이다! 진실을 알 수 없을까? 우리가 견뎌야 할 최악의 상황이 무엇인지 알 수는 없을까?"

한편 싱골 또한 나르고스론드의 운명에 대해 자세히 알고 싶어서, 이미 마음속으로는 그쪽으로 은밀하게 들어갈 수 있는 자를 파견할 생각을 하고 있었다. 하지만 그는 투린이 죽었거나 구출이 불가능한 상태라고 생각했기에, 모르웬이 이 사실을 명확하게 확인하는 순간을 보고 싶지 않았다. 그는 모르웬에게 말했다. "도르로민의 여주인이여, 이 일은 위험한 문제이기 때문에 심사숙고해야 하오. 그 같은 의혹은 사실 우리를 성급히 움직이게 하려는 모르고스의 간계가 아닌가 생각되오."

그러나 모르웬은 미칠 듯한 심정으로 소리쳤다.

"폐하, 성급하다니요! 제 아들이 숲속에 숨어서 굶고 있고, 온몸을 결박당해 잡혀 있고, 매장도 못 한 채 시신이 버려져 있다면, 어미는 당연히 성급해야지요. 아들을 찾기 위해서는 한시가 급합니다."

싱골이 말했다. "도르로민의 여주인이여, 그것은 틀림없이 후린의 아들이 원하는 바가 아닐 것이오. 아들은 당신이 이 세상 어느 곳에서 지내는 것보다 이곳에서 풍족하게 살고 있을 거라 생각할 것이오. 멜리안의 보호하에 말이오. 후린을 위해서나 또 투린을 위해서라도, 암흑과도 같이 위험한 요즘 상황에 당신을 바깥으로 나가게 할 수는 없소."

"투린을 위험에 빠지지 않도록 지키지도 못하셨으면서, 폐하께서는 저를 아들과 떼어 놓으려 하시는군요." 모르웬이 울며 말했다. "멜리안의 보호라고요! 맞습니다, 장막 속의 수인이지요! 저는 이곳에 들어오기 오래전부터 이곳을 꺼렸고, 지금은 들어온 것을 후회하고 있습니다."

"그렇지 않소, 도르로민의 여주인, 그렇게 말한다면 이 점을 알아야 할 것이오. 장막은 열려 있소. 이곳에 자유롭게 온 그대로, 자유롭게 머물거나 아니면 떠나도 좋소."

그러자 잠자코 말이 없던 멜리안이 입을 열었다. "모르웬, 그러니 가지 마세요. 당신은 이 말 한마디는 바르게 말했습니다. 이 의혹이 모르고스에게서 비롯되었다는 사실 말입니다. 정 떠나신다면, 그건 모르고스의 뜻으로 가는 거예요."

"모르고스에 대한 두려움 때문에 제가 혈육이 부르는 소리에 귀를 막을 수야 없지요. 폐하, 제가 걱정이 되신다면 폐하의 신하 중에서 몇 사람을 제게 빌려주실 수는 없는지요?"

"내가 당신에게는 명령을 내릴 수 없지만 내 신하들에게는 그렇게 할 수 있소. 다만 내 스스로의 판단으로 보낼 것이오."

그러자 모르웬은 더 이상 아무 말도 하지 않고 슬피 울며 왕의 면전을 떠났다. 싱골은 마음이 무거웠다. 모르웬의 상태가 제정신이 아닌 것처럼 보였기 때문이었다. 그는 멜리안에게 능력을 발휘해 모르웬을 나가지 못하게 붙잡아 둘 수는 없는지 물었다.

그러자 그녀가 대답했다. "밀려오는 악의 물결을 막을 때는 많은 일을 할 수 있지만, 떠나려고 하는 자를 막기 위해서는 아무것도 할 수가 없어요. 이것은 당신의 몫입니다. 그녀를 여기 잡아두려면 완력으로 해야 할 것입니다. 하지만 그렇게 하면 아마도 그녀의 정신이 온전치 못하게 될지도 몰라요."

모르웬은 이제 니에노르를 찾아가서 말했다. "잘 있거라, 후린의 딸아. 나는 아들을 찾아, 아니 아들이 정말로 어떻게 되었는지 알아보러 나가겠다. 여기선 아무도 어떤 일을 하려 하지 않으니 늑장을 부리다가는 너무 늦겠구나. 여기서 나를 기다려라. 어쩌면 돌아올 수도 있겠지."

니에노르는 불안과 공포에 휩싸여 어머니를 제지하려 했지만, 모르웬은 대답도 하지 않고 자기 방으로 돌아갔다. 그리고 아침이 되자 그녀는 말을 타고 길을 떠났다.

한편 싱골은 누구도 그녀를 제지하거나 앞길을 가로막는 시늉이라도 하지 말 것을 명령해 놓고 있었다. 하지만 그녀가 길을 나서자마자, 그는 자신의 변경 수비대 중에서 가장 강인하고 숙련된 무리를 소집하여 마블룽에게 지휘를 맡겼다.

싱골이 말했다. "이제 신속하게 모르웬의 뒤를 좇되, 절대로 그녀가 눈치채지 못하도록 하라. 다만 그녀가 야생지대로 들어가 위험에 부닥치면 앞에 나서거라. 돌아오지 않겠다고 고집을 부리면 따라갈 수 있는 데까지 그녀를 보호하도록. 하지만 적어도 몇몇은 끝까지 따라가서 가능한 한 모든 상황을 파악하도록 하라."

싱골은 처음 생각했던 것보다 많은 병사들을 내보냈는데, 거기에는 열 명의 기병과 함께 여분의 말도 있었다. 그들은 모르웬의 뒤를 따라갔다. 그녀는 레기온숲을 통과하여 남쪽으로 내려가 '황혼의 호수' 위쪽에 있는 시리온강 변에 이르러 걸음을 멈추었다. 시리온강은 폭이 넓고 물살이 빠르기 때문에 그녀로서는 건널 방법을 찾지 못하고 있었다. 그제야 경비병들은 모습을 드러낼 수밖에 없었다. 모르웬이 물었다. "싱골 왕이 길을 막으라고 하던가요? 아니면 못 주겠다던 도움을 이제야 주시는 건가요?"

"두 가지 다입니다." 마블룽이 대답했다. "돌아가지 않으시겠습니까?"

"안 됩니다."

"그렇다면, 제 뜻과는 어긋나지만 도와드리지요. 이 지점의 시리온강은 폭도 넓고 깊어서, 짐승이든 사람이든 헤엄쳐 건너기에는 위험합니다."

"무슨 방법이든 좋으니 요정들이 건너가는 방법을 가르쳐 주세요. 안 그러면 헤엄쳐 건너갈 거예요."

그리하여 마블룽은 그녀를 황혼의 호수로 데리고 갔다. 동쪽 호숫가의 후미와 갈대 사이에 나룻배가 은밀하게 숨겨져 있었고, 바로 이곳에서 싱골과 나르고스론드에 사는 그의 친족은 사자를 주고받았던 것이다.[22] 그들은 별이 빛나는 밤이 깊어질 때까지 기다렸다가, 새벽이 되기 전에 하얀 안개 속으로 호수를 건넜다. 청색산맥 위로 태양이 붉게 떠오르고 세찬 아침 바람에 안개가 사방으로 흩어질 즈음, 경비병들은 서쪽 호반에 올라가 멜리안의 장막을 벗어났다. 그들은 키가 큰 도리아스의 요정들로 회색 옷을 입고 있었고, 갑옷 위로는 외투를 걸치고 있었다. 모르웬은 나룻배에서 그들이 소리 없이 나아가는 것을 지켜보다가, 갑자기 비명을 지르며 요정들 중 마지막으로 지나가는 자를 가리켰다.

"저자는 어디서 왔지요? 나를 쫓아올 때는 모두 서른 명이었는데, 물가에 올라선 인원은 서른 하고도 한 명이 더 있어요."

그러자 모두들 고개를 돌렸고, 황금빛 머리 위로 햇빛이 빛나는 것을 볼 수 있었다. 그녀는 니에노르였고, 그녀의 두건이 바람에 날려 뒤로 젖혀져 있었다. 니에노르는 군사들을 뒤쫓아 오다가 강을 건너기 전 어둠 속에서 그들 사이에 끼어들었던 것이다. 그들은 몹시 당황했고, 모르웬의 놀라움은 이루 말할 수 없었다. "돌아가! 돌아가! 명령이다!" 모르웬이 고함을 질렀다.

"후린의 아내가 모든 충고에도 불구하고 가족을 찾아 나설 수 있다면, 후린의 딸도 그럴 자격이 있어요. 어머니는 제게 '애도'란 이름을 지어 주셨지만, 전 아버지와 오빠, 어머니를 위해 혼자서만 애도하지는 않을 거예요. 하지만 세 분 중에서 전 어머니만 알고 있고, 누구보다도 어머니를 사랑해요. 어머니가 두려워하지 않는 것은 저도 두렵지 않아요."

과연 그녀의 얼굴이나 태도에 두려움의 기미는 전혀 보이지 않았다. 그녀는 큰 키에 강인한 느낌을 주었다. 건장한 체격은 하도르 가문의 유산이었기 때문에 요정의 복장을 하고 있는 그녀는 경비병들과 구별하기가 쉽지 않았고, 그녀보다 키가 큰 경비병은 한 명밖에 없었다.

"어떻게 할 참이냐?" 모르웬이 물었다.

"어디든 어머니를 따라갈 거예요. 사실 저는 이런 생각을 했어요. 다시 멜리안의 보호를 받도록 어머니가 저를 데리고 안전하게 돌아가 주시면 좋겠다고요. 그분의 충고를 거절하는 것은 현명하지 못하거든요. 그래도 어머니가 계속 가신다면 저도 위험을 불사할 거라는 걸 아셔야 해요." 사실 니에노르는 어머니에 대한 걱정과 사랑으로, 어머니가 돌아갔으면 하는 바람이 무엇보다도 컸다. 모르웬은 가슴이 찢어지는 듯했다.

모르웬이 말했다. "충고를 거절하는 것과 어머니의 명령을 거절하는 것은 다른 문제다. 이제 돌아가거라!"

"싫어요. 저도 이젠 어린아이가 아니에요. 지금까지 어머니를 거역한 적은 없지만, 저도 제 나름의 의지와 지혜를 가지고 있어요. 어머니와 함께 가겠어요. 도리아스를 다스리는 분들을 존경한다면 그곳으로 돌아가는 것이 맞아요. 하지만 그게 아니라면 서쪽으로 가야지요. 사실 둘 중의 한 사람이 가야 한다면 차라리 한창 나이인 제가 더 적임이에요."

그때 모르웬은 니에노르의 회색 눈동자 속에서 후린의 완고함을 읽었다. 모르웬은 잠시 망설이긴 했지만 자신의 자존심을 굽힐 수 없었으며, 이렇게 늙고 노망든 사람처럼 딸에게 설득당해 돌아가는 모양새는 (비록 그 말이 온당하다 해도) 있을 수 없는 일이었다.

모르웬이 말했다. "나는 원래 계획대로 계속 가겠다. 너도 동행해도 좋다만, 내 뜻과는 배치되는 일이다."

"그러면 그렇게 하세요."

그러자 마블룽이 부하들을 돌아보며 말했다. "후린의 가족이 다른 사람들에게 재앙을 초래하는 것은 실로 용기가 부족해서가 아니라 생각이 부족한 까닭이군! 투린의 경우도 꼭 그랬지. 하지만 그의 조상들은 그렇지 않았네. 이제 이 사람들은 모두 제정신이 아닌 것 같아서 정말 걱정스럽네. 폐하의 이번 분부는 늑대 사냥보다도 더 두려운 일이 되었어. 어떻게 해야겠는가?"

모르웬은 물가로 내려와 그들 가까이에 다가와 있었기 때문에 마블룽의 마지막 말을 들을 수 있었다. "왕께서 분부하신 대로 하세요." 그녀가 말했다. "나르고스론드의 소식과 투린의 소식을 찾아보세요. 우리 모두가 이 일을 하기 위해 함께 온 겁니다."

마블룽이 대답했다. "아직 멀고도 험한 길이 남아 있소. 더 가야겠다면 두 사람 모두 말을 타고 기병들과 함께 움직이도록 하고, 한 걸음도 멀리 떨어지지 마시오."

그들은 날이 환히 밝아오자 여행을 시작했다. 갈대와 키 작은 버드나무들로 빼곡한 지대를 천천히 조심스럽게 빠져나와, 나르고스론드 앞 남쪽 평원을 덮고 있는 회색 숲에 이르렀다. 그들은 하루 종일 정서 방향으로 걸어가면서 황량한 풍경 외에 아무것도 보지 못했고, 아무 소리도 듣지 못했다. 대지가 온통 적막에 잠겨 있자, 마블룽은 알 수 없는 두려움이 이곳에 흐르고 있다는 예감이 들었다.

그 길은 먼 옛날 베렌이 걸어간 바로 그 길이었는데, 그때에는 숲속에는 사냥꾼들의 보이지 않는 눈이 가득 숨어 있었다. 하지만 이젠 나로그 요정들이 사라졌고, 오르크들도 아직은 그렇게 멀리 남쪽으로까지는 출몰하지 않는 듯 했다. 그날 밤 그들은 불도 피우지 않고 빛도 없이 회색 숲에서 야영을 했다.

그 후 이틀 동안 계속 걸었고, 시리온강을 떠난 지 사흘째 저녁이 되어서야 평원을 지나 나로그강의 동쪽 강변에 다다르고 있었다. 마블룽은 그때 엄청난 불안감을 느끼고는 모르웬에게 더 이상은 가지 말도록 간청했다. 하지만 그녀는 웃으며 말했다. "당신은 우리를 떼어놓게 된 걸 좋아하시게 될 거예요, 틀림없어요. 하지만 조금만 더 함께 가요. 이젠 너무 가까이 왔기 때문에 무섭다고 돌아갈 수도 없어요."

그러자 마블룽이 소리를 질렀다. "두 사람 다 제정신이 아닌 데다 참 무모하군요. 당신들은 내가 소식을 정탐하는 데 도움을 주기는 커녕 방해만 하고 있소. 이제 내 말 좀 들어 보시오! 내가 명령을 받은 것은 두 사람이 가는 길을 억지로 막지 말고 가능한 한 지켜 주라는 것이었소. 이 상황에서 내가 할 수 있는 것은 한 가지밖에 없소. 당신들을 지켜 주는 일이오. 내일 당신들을 아몬 에시르 곧 '첩자들의 언덕'까지 데려다주겠소. 여기서 가까운 곳이오. 당신들은 그곳에서 호위를 받으며 앉아 있되, 내가 명령할 때까지는 앞으로 나아가지 마시오."

아몬 에시르는 펠라군드가 나르고스론드 정문 앞 평원에 엄청난 공을 들여 축조한 언덕으로, 작은 산이라고 할 만큼 규모가 크며 나로그강 동쪽으로 약 5킬로미터 거리에 있었다. 그곳은 정상을 제외하고는 나무가 자라고 있었고, 정상으로 올라서면 나르고스론드 대교로 들어가는 모든 도로와 주변의 대지를 한눈에 볼 수 있을 만큼 시야가 탁 트여 있었다. 그들은 아침 늦게 이 언덕에 당도하여 동쪽 방향에서부터 올라갔다. 마블룽은 강 건너 헐벗은 갈색의 '높은 파로스'[23] 쪽을 바라보았는데, 요정 특유의 예리한 눈으로 가파른 서쪽 강변 위에 세워진 나르고스론드의 층계와, 언덕이면서 성벽처럼 보이는 곳에 작고 새까만 구멍, 마치 쩍 벌어진 입속을 연상케 하는 펠라군드의 문을 발견했다. 하지만 그는 아무 소리도 듣지 못했고, 적의 동태라고 할 만한 것과 용이 있다는 징후 같은 것은 전혀 찾아볼 수 없었다. 다만 약탈이 있던 그날 용이 정문 주변에 일으킨 화재의 흔적만 남아 있을 뿐, 온 천지가 희미한 햇빛을 받으며 적막에 잠겨 있었다.

마블룽은 자신이 말했던 대로 열 명의 기병들에게 언덕 꼭대기에서 모르웬과 니에노르를 지키도록 하였고, 특별한 위험이 없는 한 자신이 돌아올 때까지 그곳에서 꼼짝도 하지 말라는 엄명을 내렸다. 위험한 상황이 발생할 때는 모르웬과 니에노르를 데리고 최대한 빠른 속도로 도리아스를 향해 동쪽으로 달아나도록 하고, 기병 중 한 명은 먼저 가서 소식을 전하고 구원을 요청하도록 지시했다.

그런 다음 마블룽은 남은 스무 명을 이끌고 언덕을 기어 내려갔다. 나무가 듬성듬성하게 난 언덕 서쪽의 들판에 들어선 그들은 각자 흩어져서 대담하고도 은밀하게 나로그 강변을 향해 길을 헤쳐나갔다. 마블룽은 가운데 길을 잡아 다리가 있는 곳으로 나아갔는데, 다리 한쪽 끝에 당도하자 다리가 완전히 파괴되었다는 것을 알아차렸다. 계곡 속으로 깊숙하게 파인 강은 멀리 북쪽에서 내린 폭우로 인해 사납게 흘러, 부서져 떨어진 바위들 사이로 거품을 일으키며 요란한 굉음을 냈다.

하지만 글라우룽은 거기 있었다. 허물어진 정문에서 안으로 들어가는 넓은 통로 바로 안쪽 어둠 속에 웅크리고 있던 용은, 가운데땅 그 누구의 눈에도 좀처럼 쉽게 띄지 않는 요정 첩자들의 접근을 한참 전부터 파악하고 있었다. 그의 사나운 눈초리는 독수리보다 더

날카로웠고, 요정들의 천리안을 능가했다. 심지어 마블룽의 무리 중 일부가 뒤에 남아 아몬 에시르의 휑한 꼭대기에 앉아 있다는 것도 알고 있었다.

마블룽이 부서져 내린 다리의 판석들 위로 어떻게 하면 거친 강물을 건너갈 수 있을지를 궁리하며 바위 사이로 기어가고 있을 때, 갑자기 글라우룽이 엄청난 화염돌풍을 뿜으며 앞으로 뛰쳐나와 강물 속으로 기어 들어왔다. 그러자 즉시 엄청나게 큰 쉿쉿 하는 소리와 함께 거대한 증기가 솟아올라, 근처에 숨어 있던 마블룽과 부하들은 눈앞을 가리는 증기와 고약한 악취 속에 갇히고 말았다. 그들 대부분은 '첩자들의 언덕'으로 추정되는 방향으로 있는 힘을 다해 달아났다. 하지만 글라우룽이 나로그강을 건너고 있었기 때문에 마블룽은 옆으로 비켜나서 바위 밑에 누워 기다렸다. 자신에게는 처리해야 할 다른 볼일이 있다는 생각이 들었던 것이다. 그는 이제야 글라우룽이 나르고스론드에 살고 있다는 사실을 정확히 확인했으나, 아직 남은 임무가 하나 있었다. 가능하면 후린의 아들에 관한 진실을 파악하는 일이었다. 그래서 강심장의 소유자 마블룽은 글라우룽이 지나가고 나면 즉시 강을 건너가서 펠라군드의 궁정을 살펴봐야겠다고 마음을 먹었다. 모르웬과 니에노르를 지키기 위한 만반의 조치를 취해 놓았기 때문에, 글라우룽이 다가오는 것이 확인된 지금쯤은 기병들이 도리아스를 향해 달려가고 있을 것이라고 생각했던 것이다.

글라우룽은 안개 속의 거대한 형상으로 마블룽 옆을 지나갔다. 거대한 파충류였지만 몸이 유연하여 움직임이 빨랐다. 그래서 마블룽은 엄청난 위험을 무릅쓰고 나로그강을 건넜다. 하지만 아몬 에시르에서 지켜보던 자들은 용이 나오는 것을 보고 당황했다. 그들은 명령받은 대로 의논할 것도 없이 곧바로 모르웬과 니에노르를 말에 태우고 동쪽으로 달아날 준비를 했다. 하지만 언덕에서 평지로 막 내려서는 순간, 불행히도 때맞춰 독풍에 실려 온 엄청난 증기가 그들을 덮쳤고, 이와 함께 몰려온 악취를 말들이 견뎌내지 못했다. 안개로 인해 시야가 가려지고 용의 악취로 미칠 듯한 공포에 사로잡힌 말들은, 곧 통제가 불가능해져 이쪽저쪽으로 마구 날뛰기 시작했다. 경비병들은 대오를 이탈하여 나무에 부딪쳐 큰 상처를 입거나 서로 어디에 있는지 알지 못한 채 찾아 나섰다. 히힝거리는 말들의 울음소리와 기병들의 비명소리를 들은 글라우룽은 흡족해했다.

요정 기병 중의 한 명이 자신의 말과 함께 안개 속에서 분투하다 갑자기 모르웬이 옆을 지나가는 것을 목격했다. 그녀는 흡사 미친 말에 올라탄 회색 유령 같았고, 니에노르를 부르며 안개 속으로 사라져 더 이상 찾을 수가 없었다.

그런데 한 치 앞을 볼 수 없는 공포가 말에 탄 자들을 엄습했을 때, 니에노르의 말은 미친 듯이 내달리다 고꾸라졌고, 니에노르는 말에서 떨어졌다. 풀밭에 가볍게 떨어진 그녀는 상처를 입지는 않았지만, 땅 위에서 몸을 일으켰을 때 혼자밖에 없었다. 같이 있던 기병도 없고 말도 사라져 버려 안개 속에서 혼자 길을 잃고 말았다. 하지만 용기를 잃지 않고 생각을 했다. 사방에서 외침이 들려왔지만 그 소리는 점점 희미해져 갔고, 이쪽저쪽 소리를 따라 움직이는 건 소용없을 듯했다. 그녀는 이럴 경우에는 다시 언덕 위로 올라가는 것이 더 나은 방안이라고 판단했다. 마블룽이 자기 일행 중에 남아 있는 자가 있는지 확인하기 위해서라도 틀림없이 떠나기 전에 그곳으로 올 것만 같았다.

그녀는 어림짐작으로 걸어가다가 언덕을 발견했다. 사실 언덕은 바로 근처에 있었고, 발에 느껴지는 땅바닥의 융기로 알 수 있었다. 천천히 동쪽에서 시작되는 길을 따라 언덕을 오를수록 안개는 점점 더 열어졌고, 마침내 니에노르는 풀 한 포기 없는 정상의 햇빛 속으로 올라섰다. 그리고 앞으로 걸어 나가 서쪽을 바라보았을 때, 바로 눈앞에 반대쪽에서 막 기어 올라온 글라우룽의 머리가 보였다. 상황을 파악하기도 전에 그녀의 눈은 용의 눈과 마주치고 말았다. 자신의 주인인 모르고스의 사나운 영으로 가득 찬 용의 두 눈은 끔찍스러웠다.

니에노르는 글라우룽과 맞서 버텼다. 그녀에겐 강인한 의지가 있었던 덕분이었다. 하지만 용은 그녀에게 자신의 힘을 쏟아 부으며 물었다. "여기서 무엇을 찾느냐?"

대답을 할 수밖에 없게 된 니에노르가 말했다. "나는 한때 여기 살았던 투린이라는 사람을 찾고 있을 뿐이다. 하지만 그는 죽었을지도 모른다."

글라우룽이 말했다. "나는 모른다. 그자는 여자와 병약자들을 지키도록 여기 남아 있었으나, 내가 나타나자 그들을 버리고 달아나 사라졌다. 허풍이 심한 자였으나 겁쟁이였던 것 같군. 왜 그런 자를 찾느냐?"

"당신은 거짓말을 하고 있다. 후린의 아이들은 적어도 겁쟁이는 아니다. 우리는 당신을 두려워하지 않는다."

이렇게 하여 후린의 딸은 그의 사악함 앞에 정체를 드러내고 말았고, 글라우룽은 웃음을 터뜨렸다. "그렇다면 너와 네 오라버니는 둘 다 바보로군. 너의 허풍은 소용없을 것이다. 나는 글라우룽이니까!"

용이 그녀의 눈을 자신의 눈 속으로 끌어당기자, 그녀의 의지력은 차츰 마비되어 갔으며 태양이 시름에 잠기고 주변의 만물이 흐릿해지는 듯한 느낌이 들었다. 서서히 거대한 어둠이 그녀 위에 내려앉았고, 그 어둠 속은 텅 비어 있었다. 그녀는 아무것도 알지 못했고, 아무것도 듣지 못했고, 아무것도 기억하지 못했다.

마블룽은 칠흑 같은 어둠과 악취에도 불구하고 있는 힘을 다해 나르고스론드의 궁정을 오랫동안 샅샅이 뒤졌다. 하지만 그곳에서 살아 있는 것이라고는 아무것도 발견할 수 없었다. 쌓인 뼈들 가운데 아무것도 움직이지 않았고, 누구도 그의 외침에 답을 하지 않았다. 결국 그는 그곳의 끔찍함에 압도당하고 글라우룽의 귀환이 두려워져 정문으로 돌아 나오고 말았다. 태양은 서쪽으로 넘어가고 있었고, 궁정 뒤쪽 파로스의 그림자가 층계와 그 아래로 흐르는 거친 강물 위로 어둡게 내려앉았다. 멀리 아몬 에시르 기슭에 사악한 용의 형체가 보이는 것 같았다. 마블룽은 엄청난 공포에 질린 채 서둘러 나로그강을 건너느라 더 힘들고 위태위태했다. 동쪽 강변에 도착하여 강둑 아래로 살그머니 나아가고 있는 바로 그때, 글라우룽이 가까이 다가오고 있었다. 용은 몸 안의 모든 화염을 거의 소진한 상태여서 느릿느릿 조용히 움직였다. 거대한 힘이 그에게서 빠져나간 뒤여서 어둠 속에서 휴식을 취하며 잠을 청할 참이었다. 온몸을 비틀며 강물을 빠져나와 잿빛의 거대한 뱀처럼 자신의 배로 땅에 미끄러지며 정문을 향해 기어 올라갔다.

글라우룽은 문으로 들어가기 전 동쪽을 향해 돌아섰는데, 이내 그에게서 모르고스의 웃음이 터져 나왔다. 아득히 멀리 시커먼 심연에서 울려 나오는 사악한 메아리와도 같은 흐릿하면서도 소름이 끼치는 소리였다. 저음의 차가운 목소리가 뒤를 이었다. "막강한 마블룽께서 들쥐같이 강둑 밑에 숨어 계시다니! 싱골의 분부를 제대로 따르지 못하고 있군. 이제 어서 언덕으로 달려가 네가 책임졌던 것이 어떻게 되었는지 확인하여라!"

글라우룽은 자신의 잠자리로 들어갔고, 서쪽으로 해가 지자 회색의 저녁이 쌀쌀하게 대지를 덮었다. 마블룽이 황급히 아몬 에시르로 달려가 정상을 향해 오르는 동안 동쪽 하늘에서는 별이 반짝거렸다. 그는 별빛 속에서 석상처럼 소리 없이 서 있는 검은 형체를 발견했다. 니에노르는 그렇게 서 있었고, 그가 하는 말을 듣지도 못하고 대답도 하지 못했다. 하지만 그가 그녀의 손을 잡아주자 마침내 움직임을 보이면서 그가 이끄는 대로 맡겨두었다. 그녀는 그가 손을 잡으면 따라왔지만, 손을 놓으면 그 자리에 그대로 서 버렸다.

마블룽은 말로 형용할 수 없을 만큼 비통하고 당혹스러웠다. 하지만 달리 어찌할 도리가 없었다. 도움도 일행도 없이 니에노르를 데리고 동쪽을 향해 먼 길을 가야만 했다. 그들은 마치 꿈꾸는 사람 같은 걸음걸이로 어둠 속의 평원에 들어섰다. 아침이 밝아오자 니에노르는 발을 헛디뎌 쓰러져서는 꼼짝도 하지 않고 누워 버렸다. 마블룽은 절망감에 휩싸인 채 그녀 옆에 앉아 중얼거렸다.

"내가 이 임무를 두려워했던 것도 다 이유가 있었군. 어쩌면 이것이 내 마지막 임무가 될지도 모르겠다. 이 불운한 인간의 아이와 함께 나는 야생의 들판에서 최후를 맞이하게 되고, 혹시라도 우리의 운명이 도리아스에 전해진다면 내 이름은 조롱거리로 남겠지. 다른 군사들은 모두 죽은 것이 확실하고 이 여자 혼자만 살아남았는데, 동정심으로 살려준 것은 아닐 터."

그들은 글라우룽이 나타났을 때 나로그강에서 달아났던 세 명의 군사에게 발견되었다. 그 셋은 한참 동안 방황하다가 안개가 걷히자 언덕으로 돌아갔다가, 거기에 아무도 없는 것을 확인하고는 집을 향해 동쪽으로 가던 길이었다. 마블룽은 희망을 되찾았고, 그들과 함께 동북쪽으로 방향을 잡았다. 남부에는 도리아스로 되돌아가는 길이 없었고, 나르고스론드가 함락된 이후 도리아스에서 나올 때를 제외하면 나룻배의 사용은 금지되어 있었다.

지친 아이를 인도하고 있는 까닭에 그들의 행군은 지지부진했다. 하지만 나르고스론드를 벗어나 점점 도리아스와 가까워지면서 니에노르는 조금씩 기력을 회복해서, 한 손에 이끌린 채로 계속 고분고분 걸어갔다. 하지만 그녀의 큰 눈은 아무것도 보지 못했고, 두 귀는 아무 말도 듣지 못했으며, 입에서는 아무 소리도 흘러나오지 않았다.

여러 날이 흐른 뒤에 마침내 그들은 도리아스 서쪽 경계에 이르렀다. 테이글린강에서 남쪽으로 약간 떨어진 곳이었다. 그들의 계획은 시리온강 서쪽에 있는 싱골의 작은 땅의 방벽을 통과하여 에스갈두인강이 합류하는 지점 근처의 안전한 다리까지 가는 것이었다. 그들은 그곳에서 잠시 걸음을 멈추었다. 그리고 니에노르를 풀밭에 눕히자, 그녀는 여태껏 뜨고 있던 두 눈을 감았다. 그녀는 잠이 든 것처럼 보였고, 요정들 역시 휴식을 취했다. 하지만 그들은 너무도 피곤한 탓에 주변 경계를 게을리하였고, 그 틈을 타서 한 무리의 오르크들로부터 불의의 습격을 받게 되었다. 대담하게도 도리아스 변경까지 내려와 그 근처를 배회하던 무리였다. 이 소란 중에, 니에노르가 한밤중의 경보에 잠을 깬 사람처럼 잠자리에서 벌떡 일어나더니 비명을 지르며 쏜살같이 숲속으로 달아났다. 그러자 오르크들이 돌아서서 추격을 시작했고, 요정들이 그 뒤를 쫓았다. 그런데 니에노르에게 이상한 변화가 일어나 이제 그녀는 그들보다 더 빨리 달리고 있었다. 나무 사이로 뛰노는 사슴처럼 달아났는데, 얼마나 걸음이 빠른지 머리털이 바람결에 휘날리고 있었다. 마블룽과 동료들은 오르크들을 순식간에 따라잡아, 그들의 목을 벤 다음 계속 그녀의 뒤를 쫓았다. 하지만 그때쯤 니에노르는 유령처럼 사라지고 없었다. 그들은 북쪽 멀리까지 찾아보고 여러 날 동안 수색을 계속했지만, 그녀의 모습도 발자국도 찾을 수가 없었다.

마블룽은 비탄과 수치심으로 고개를 떨군 채 도리아스로 되돌아왔다. 그가 왕에게 말했다. "폐하, 수색대의 새로운 대장을 임명하여 주십시오. 소신은 명예를 잃었습니다."

그러자 멜리안이 말했다. "그건 그렇지 않소, 마블룽. 당신은 있는 힘을 다해 임무를 수행했고, 왕의 신하 어느 누구도 그렇게 많은 일을 할 수는 없었을 것이오. 다만 불운하게도 당신이 감당하기 힘든 거대한 힘과 맞서야 했던 것뿐이오. 사실 가운데땅에 살고 있는 어느 누구도 대적할 수 없는 힘이오."

싱골이 입을 열었다. "내가 자네를 내보낸 것은 상황을 파악해 오라는 것이었고, 자네는 그 임무를 완수하였네. 자네 소식을 가장 간절히 기다린 사람들이 이제 자네 이야기를 들을 수 없게 된 것은 자네 잘못이 아닐세. 후린의 가족들에게 닥친 이 결말이 참으로 비통하긴 하지만, 자네 잘못은 아닐세."

니에노르는 이제 아무것도 모르는 채 야생의 들판을 뛰어다니고 있었고, 모르웬 역시 종적을 알 수 없었다. 모르웬의 운명은 그때나 그 후로나 도리아스와 도르로민에 확실하게 전해진 것이 아무것도 없었다. 그럼에도 불구하고 마블룽은 휴식을 취하려 하지 않았다. 그는 작은 무리를 이끌고 야생지대로 나가, 멀리 에레드 웨스린에서부터 심지어 시리온하구까지 실종자의 흔적이나 소식을 찾기 위해 3년 동안이나 산지사방을 헤매고 다녔다.

브레실의 니에노르

한편 니에노르는 등 뒤에서 들려오는 추격자들의 소리를 들으며 숲 속으로 계속 달렸다. 달려가는 동안 그녀는 자신의 긴 옷들을 찢기 시작하여 던져 버리다가, 마침내 발가벗게 되었다. 사냥꾼에게 쫓기는 짐승처럼 그녀는 그렇게 하루 종일 달렸는데, 가슴이 터질 듯이 아팠지만 멈추거나 숨을 고를 생각조차 하지 못했다. 그러나 저녁이 되자 갑자기 광기가 사라져 한순간 무엇에 놀라기라도 한 듯 꼼짝도 않고 서 있다가, 힘이 쭉 빠져 의식을 잃고는 마치 한 대 맞은 사람처럼 수북한 고사리 덤불 속으로 쓰러졌다. 오래된 고사리와 봄에 난 날렵한 양치류 식물들의 잎 속에 누워 세상 모르게 잠에 빠져 들었다.

아침이 되어 잠에서 깨어나자, 마치 처음 생명을 얻은 사람처럼 햇빛 속에서 환희를 느꼈다. 바라보는 모든 것이 새롭고 신기했으나, 그녀는 그 어느 것도 이름을 알 수 없었다. 지나간 삶에는 오직 텅 빈 어둠만이 남아 있었고, 그 어둠 속에서 과거의 어떤 사물에 대한 기억도 어떤 말의 흔적도 끌어낼 수 없었다. 어두운 공포의 그림자만 뇌리에 남아 있어서 계속 경계의 눈초리로 숨을 곳을 찾았다. 그래서 무슨 소리나 그림자에 놀라 다람쥐나 여우처럼 날렵하게 나무 위로 올라가거나 수풀 속으로 기어들어 가곤 했는데, 오랫동안 나뭇잎 사이로 내다보다가 다시 길을 걸어갔다.

처음 달리기 시작하던 때처럼 계속해서 앞으로 달려간 끝에, 그녀는 테이글린강에 이르러 거기서 갈증을 풀었다. 하지만 먹을 것도 없고 또 어떻게 구하는지도 알 수 없었기 때문에 굶주림과 추위에 떨어야만 했다. 강 건너 나무숲이 더 빽빽하고 어두컴컴해 보였기 때문에(브레실숲 기슭이었으므로 실제로 그랬다), 결국 강을 건너 어느 푸른 둔덕에 올라가 몸을 뉘었다. 피곤하기도 한 데다 등 뒤로 어둠이 다시 그녀를 쫓아오는 것 같았고, 해가 지고 있다는 느낌이 들었다.

그런데 사실 그것은 번개와 폭우를 싣고 남쪽에서 올라오는 시커먼 폭풍우였다. 천둥소리에 겁먹은 니에노르가 그 자리에 그대로 웅크리고 있자 시커먼 폭우가 그녀의 벗은 몸에 휘몰아쳤다.

그때 우연하게도 브레실의 숲속 사람들 한 무리가 그 시간에 오르크들을 공격한 뒤 테이글린 건널목을 건너 근처에 있는 은신처로 서둘러 돌아가고 있었다. 엄청난 번개가 번쩍거리자, 하우드엔엘레스가 하얀 불꽃을 맞은 듯 환하게 밝아졌다. 그러자 무리를 이끌고 있던 투람바르는 깜짝 놀라 뒷걸음질을 치며 두 눈을 가리고 몸을 떨었다. 핀두일라스의 무덤 위에서, 살해당한 그녀의 유령을 본 듯했다.

부하 중의 한 사람이 둔덕으로 달려가 그를 불렀다. "이리 오세요, 대장님! 젊은 여자가 누워 있습니다. 살아 있는데요!"

투람바르가 다가가 여자를 일으키자, 여자의 젖은 머리에서 물이 뚝뚝 떨어졌다. 하지만 그녀는 눈을 감고 몸을 떨더니 더 이상 저항을 하지 않았다. 여자가 이렇게 발가벗은 채 누워 있다는 사실에 깜짝 놀란 투람바르는 그녀를 자신의 외투로 감싸고 숲속에 있는 사냥꾼들의 숙소로 데려갔다. 그들이 숙소에 불을 지피고 이불로 그녀를 감싸자, 그녀는 눈을 뜨고 그들을 바라보았다. 눈길이 투람바르에게 멎자, 그녀의 얼굴이 환하게 밝아지면서 그를 향해 손을 내밀었다. 자신이 어둠 속에서 찾고 있던 무언가를 드디어 찾아내고 위로를 받는 듯한 느낌이 들었기 때문이었다. 투람바르가 그녀의 손을 잡고 웃으며 말했다. "자, 아가씨의 이름과 가족에 대해 말해 주지 않겠소? 어떤 재앙이 당신을 찾아온 것이오?"

그러자 그녀는 고개를 저으며 아무 말도 하지 않은 채 울기 시작했다. 그래서 그들은 더 이상 아무것도 묻지 않았고, 그녀는 굶주린 듯 그들이 주는 음식을 무엇이든 먹어 치웠다. 그녀는 음식을 다 먹고 나서 한숨을 내쉬고는, 다시 한 손을 투람바르의 손 위에 올려놓았다. 투린이 말했다. "우리와 함께 있으면 안심해도 되오. 오늘 밤은 여기서 쉬고 아침이 되면 높은 숲속에 있는 우리 집으로 데려가겠소. 그런데 당신 이름이 무엇이고 가족은 누군지 알아야 그 사람들을 찾든지 아니면 소식이라도 알아볼 수 있지 않겠소. 말해주지 않겠소?"

하지만 그녀는 아무 대답도 하지 않고 울기만 했다.

투람바르가 말했다. "걱정하지 마시오! 너무 슬픈 사연이라 말하기 힘든 모양이오. 대신 당신한테 이름을 하나 지어 주어야겠소. 이제부터는 당신을 니니엘이란 이름으로 부르겠소. '눈물의 여인'이란 뜻이오."

그 이름을 듣고 그녀는 그를 쳐다보며 고개를 가로저었지만, 니니엘, 하고 따라 말했다. 그것이 어둠을 경험한 뒤 그녀가 처음으로 한 말이었고, 그 이후로 숲속 사람들 사이에서 그녀의 이름이 되었다.

이튿날 아침 그들은 니니엘을 데리고 에펠 브란디르로 향했는데, 길이 아몬 오벨을 향해 가파른 오르막으로 이어져 요란한 켈레브로스 시내를 건너가는 지점에 이르렀다. 그곳에는 나무다리가 놓여 있었고, 냇물이 다리 밑으로 닳아빠진 길쭉한 바위를 넘어, 거품을 일으키는 여러 층의 층계를 거쳐, 마지막으로 저 아래쪽에 있는 우묵한 바위 암반으로 떨어졌다. 그래서 그곳은 비가 내리듯 공중에 온통 물보라가 가득했다. 폭포 꼭대기에는 넓고 푸른 잔디밭이 있어서 그 주변으로 자작나무가 자라고 있었고, 다리 위에서는 서쪽으로 약 3킬로미터 거리에 있는 테이글린 협곡의 전경을 조망할 수 있었다. 그곳은 공기가 차가워서, 여름에는 나그네들이 휴식을 취하며 차가운 물을 마시곤 했다. 폭포의 이름은 딤로스트 곧 '비 내리는 층계'라고 불려 왔는데, 그날 이후로는 넨 기리스, 곧 '몸서리치는 물'로 바뀌었다. 투람바르와 부하들이 거기서 걸음을 멈추었는데, 니니엘이 그곳에 오자마자 한기를 느끼며 후들후들 떨기 시작했기 때문이었다. 그들은 그녀를 따뜻하게 해 줄 수도 없었고 편안하게 해 주지도 못했다.[24] 그들은 가던 길을 서둘렀지만, 에펠 브란디르에 도착하기 전에 니니엘은 열병에 걸리고 말았다.

그녀는 오랫동안 앓아누웠다. 브란디르는 그녀를 치유하기 위해 자신의 모든 치료술을 동원했고, 숲속 사람들의 부인들이 밤낮으로 그녀를 간호했다. 하지만 투람바르가 곁에 가까이 갈 때만 그녀는 편안하게 누워 있거나 신음 없이 잠이 들었고, 그녀를 간호하던 모든 이들은 이 사실을 알아차렸다. 열병을 앓는 내내 그녀는 종종 심한 고통에 시달렸음에도 불구하고 요정의 말이나 인간의 말을 한 마디도 하지 않았다. 서서히 건강이 돌아오면서 그녀가 걸음을 걷고 다시 음식을 먹기 시작하자, 브레실의 여인들은 마치 어린아이 가르치듯 한마디 한마디 그녀에게 말을 가르쳐야 했다. 그런데 그녀는 크든 작든 잃어버린 보물을 다시 찾는 사람처럼 말을 배우는 일에 무척 빨랐으며 큰 즐거움을 느꼈다. 드디어 친구들과 의사소통을 할 만큼 말을 배우자, 그녀는 이렇게 묻곤 했다. "이건 이름이 무엇이에요? 어둠 속에 있으면서 잊어버렸거든요."

다시 외출할 수 있을 만큼 되자, 그녀는 브란디르의 집을 방문하곤 했다. 그녀는 살아 있는 모든 것들의 이름을 무척 알고 싶어 했고, 브란디르는 그런 분야에 조예가 깊었다. 두 사람은 정원과 숲속을 함께 거닐곤 했다.

그러던 중에 브란디르는 그녀를 사랑하게 되었다. 건강을 되찾은 그녀는 다리를 저는 그를 자신의 팔로 부축해 주곤 했고, 그를 오라버니라고 불렀다. 하지만 그녀의 마음은 투람바르를 향해 있어서 그가 다가오기만 해도 미소를 지었고, 그가 쾌활하게 말하기만 해도 웃음을 터뜨렸다.

황금빛 가을날 어느 저녁에 두 사람은 함께 앉아 있었고, 태양이 언덕 중턱과 에펠 브란디르의 집들을 붉게 물들이고 사위가 깊은 적막에 잠겨 있었다. 니니엘이 그에게 말했다. "세상 만물의 이름을 죄다 물어보았습니다만, 당신 이름은 빠져 있었어요. 당신의 이름은 무엇인가요?"

"투람바르라고 하오." 그가 대답했다.

그러자 그녀는 메아리라도 듣는 사람처럼 가만히 있다가 다시 물었다. "그건 무슨 뜻이 있는 건가요, 아니면 그저 이름일 뿐인가요?"

"그건 '어두운 그림자의 주인'이란 뜻이오. 니니엘, 나에게도 어둠이 있었소. 거기서 사랑하는 것들을 잃어버렸지요. 하지만 이젠 극복한 것 같소."

"당신도 이 아름다운 숲으로 오기까지 어둠에 쫓겨 달려왔나요? 투람바르, 당신은 언제 벗어났나요?"

투린이 대답했다. "그렇소. 나는 여러 해 동안 쫓겨 다녔소. 당신이 어둠을 벗어났을 때 나도 어둠을 벗어났소. 니니엘, 당신이 나타나기 전까진 이곳은 어둠이었소. 그러나 이제 이곳은 내게 빛이 되었소. 난 기약 없이 오랫동안 찾고 있던 것을 드디어 발견한 것 같소."

황혼 속에 자기 집으로 돌아가며 투람바르는 혼자 중얼거렸다. "하우드엔엘레스! 그녀는 푸른 둔덕에서 나타났다. 이것은 무슨 징조인가, 만약 무슨 징조라면 어떻게 해석해야 할까?"

이제 황금빛 가을이 사그라들고 고요한 겨울로 접어들어, 또다시 빛나는 한 해가 시작되었다. 브레실은 평화로웠다. 숲속 사람들은 밖으로 나돌아다니지 않고 조용히 지냈으며, 인근 지역의 소식도 듣지 못했다. 그 당시에는 글라우룽의 사악한 통치를 좇아 남쪽으로 내려왔거나 도리아스 변경에 첩자로 파견된 오르크들이 테이글린 건널목을 피해 강 건너 서쪽으로 멀리 돌아다녔기 때문이었다.

한편 니니엘이 완전히 치유되어 아름답고 건강한 모습을 되찾자, 투람바르는 더 이상 참을 수가 없어서 그녀에게 혼인을 청했다. 니니엘은 기뻐했지만, 브란디르는 그 소식을 듣고 가슴이 몹시 아파 그녀에게 말했다. "서두르지 마시오! 기다리라는 충고를 한다고 해서 나를 매정하게 여기지는 마시오."

"당신이 한 일은 하나도 매정한 일이 없었어요. 그런데, 지혜로운 오라버니, 왜 제게 그런 충고를 하는 건가요?"

그가 대답했다. "지혜로운 오라버니라고? 차라리 절름발이 오라버니겠지. 사랑받지도 사랑스럽지도 못하지. 왜인지는 나도 잘 모르겠소. 그는 어둠에 둘러싸여 있소. 난 그게 두려운 거요."

"자신이 어둠에 싸여 있었다고 그가 말한 적이 있어요. 하지만 저처럼 거기서 빠져나왔다고 하더군요. 그 사람은 사랑받을 만한 자격이 있지 않은가요? 지금은 조용히 쉬고 있지만, 한때 대단히 뛰어난 대장이었다고 하던데요. 그를 보기만 해도 우리의 적들이 모두 달아나지 않았나요?"

"누가 그런 얘기를 했소?" 브란디르가 물었다.

"도를라스였어요. 그가 진실을 말한 것이 아닌가요?"

"진실이오." 브란디르는 이렇게 말했지만 심사는 불편했다. 도를라스는 오르크들과 전쟁을 벌여야 한다고 주장하는 무리의 우두머리였던 것이다. 하지만 그는 여전히 니니엘을 머뭇거리게 만들 이유를 찾아야 했기 때문에 이렇게 말했다. "사실이긴 한데, 몇 가지 덧붙일 게 있소. 투람바르는 나르고스론드의 대장이었고, 그전에는 북부에서 내려왔소. (들리는 소문에 의하면) 도르로민에 있는 호전적인 하도르 가문 후린의 아들이라고 하오."

그 이름을 듣고 그녀의 얼굴에 스쳐 가는 어두운 그림자를 발견한 브란디르는 그녀의 표정을 잘못 읽고는 이렇게 덧붙여 말했다. "니니엘, 사실 그런 사람이라면 머지않아 전쟁터로 나갈 거란 생각이 들지 않소? 아마도 아주 먼 곳까지 말이오. 만약 그렇게 되면 당신이 그걸 어찌 견디겠소? 조심하시오. 내 예감에 투람바르가 다시 싸움터로 나가게 되면, 그가 아니라 어둠이 승리를 거둘 것이오."

그녀가 대답했다. "견디기 힘들겠죠. 하지만 결혼을 하지 않는다고 해서 결혼한 것보다 나을 것도 없습니다. 어쩌면 그 사람을 말리고, 또 어둠을 쫓아내는 데는 아내의 자리가 더 나을지도 모릅니다."

그럼에도 불구하고 그녀는 브란디르의 말이 마음에 걸려, 투람바르에게는 좀 더 기다리라고 했다. 투람바르는 의아스러워하며 낙심했으나, 브란디르가 기다리라는 충고를 했다는 말을 니니엘로부터 듣고 나서는 기분이 몹시 나빴다.

이듬해 봄이 되자 그는 니니엘에게 말했다. "세월이 흐르오. 우리는 그동안 줄곧 기다려왔고, 이제 나는 더 이상은 기다릴 수 없소. 사랑하는 니니엘, 당신의 마음이 시키는 대로 하시오. 하지만 알아두어야 할 것은 내 앞에 이런 선택이 기다리고 있다는 것이오. 지금 야생지대로 전쟁을 하러 나가든지, 아니면 당신과 혼인하여 다시는 전쟁터로 나가지 않는 것이오. 다만 우리 가정에 어떤 재앙이 닥쳐 당신을 보호하기 위해서라면 예외가 될 것이오."

그녀는 진심으로 기뻐하며 부부의 연을 맺을 것을 약속하였고, 그들은 한여름에 결혼식을 올렸다. 숲속 사람들은 성대한 잔치를 열어 주었을 뿐만 아니라, 그들을 위해 아몬 오벨 위에 지은 예쁜 집을 선사했다. 그곳에서 그들은 행복하게 살았지만, 브란디르는 시름에 잠긴 채 마음속 어둠은 더욱 깊어갔다.

글라우룽의 출현

한편 글라우룽은 힘과 악성惡性이 빠르게 커지면서 몸집이 더 비대해져 오르크들을 휘하에 불러 모아 제왕처럼 군림했고, 옛날 나르고스론드에 속해 있던 영토를 모두 장악해 버렸다. 투람바르가 숲속 사람들과 함께 살기 시작한 지 3년째, 그해가 저물기 전에 용은 한동안 평화를 누리고 있던 브레실을 공격하기 시작했다. 사실 글라우룽과 그의 주인은 북부의 권위에 도전하는 인간의 세 가문 중에서 마지막 남은 자들, 곧 살아남은 자유민들이 브레실에 살고 있다는 것을 잘 알고 있었다. 그들은 이 사실을 용납할 수 없었다. 모르고스의 목표는 벨레리안드 전역을 굴복시키고 방방곡곡을 뒤져, 어느 구멍 어느 은신처에라도 자신의 노예가 아닌 자가 있으면 살아남지 못하게 하는 것이었다. 그런 까닭에 투린이 은신한 곳을 글라우룽이 어림짐작으로 맞힌 것인지, 아니면 (누군가의 주장대로) 투린이 그동안 자신의 뒤를 쫓는 악의 눈을 정말로 피해 다닌 것인지 하는 문제는 중요하지 않았다. 결국 브란디르의 충고는 소용없는 것으로 밝혀졌고, 투람바르에게는 마지막으로 두 가지 선택만이 남게 되었다. 발각될 때까지 쥐새끼처럼 쫓겨 다니며 가만히 앉아 있거나, 아니면 곧 전쟁터로 나아가 모습을 드러내는 것이었다.

하지만 오르크들이 나타났다는 소식이 에펠 브란디르에 처음 전해졌을 때, 그는 나가지 말라는 니니엘의 간청에 무릎을 꿇고 말았다. 그녀는 이렇게 말했다. "당신 말씀대로 우리 집은 아직 공격을 당하지 않았어요. 오르크들의 수도 많지는 않다고 하네요. 도를라스의 말에 따르면 당신이 오기 전에도 그런 전투는 드물지 않았고, 숲속 사람들이 적을 모두 물리쳤다고 하더군요."

그러나 이 오르크들은 사납고 교활한 데다 잔인한 종족이어서 숲속 사람들은 패배하고 말았다. 사실 오르크들은 예전에는 다른 임무를 수행하러 가는 길에 브레실숲의 기슭을 지나가거나, 소규모로 사냥을 하는 정도였지만, 이제는 바로 브레실숲을 공격하겠다는 목표를 가지고 나타난 것이었다. 도를라스와 부하들은 피해를 입은 채 물러섰고, 오르크들은 테이글린강을 넘어 숲속 깊숙한 곳까지 드나들었다. 도를라스가 투람바르를 찾아와서 자신이 입은 상처를 내보이며 말했다. "예감했던 대로 위장된 평화가 끝나고 나니 이제 어려운 시절이 우리에게 찾아왔습니다. 대장님께서는 이방인이 아니라 우리 백성 중의 한 사람으로 인정받기를 원하지 않으셨습니까? 이 위기 역시 대장님의 위기가 아닌가요? 오르크들이 우리 땅으로 더 깊이 들어온다면 우리들의 집도 계속 안전할 수는 없습니다."

투람바르는 일어나 다시 자신의 검 구르상을 잡고 전쟁터로 나아갔다. 이 소식을 들은 숲속 사람들은 사기가 충천하여 그에게 모여들었고, 그는 수백 명의 군사들을 거느리게 되었다. 그들은 숲을 샅샅이 뒤지며 그 속에 숨어 있는 오르크들을 모두 잡아 죽이고, 그 시체를 테이글린 건널목 근방의 나무에 매달았다. 새 부대가 공격해왔으나 숲속 사람들은 그들을 함정에 빠뜨렸다. 오르크들은 숲속 사람들의 늘어난 위세와 돌아온 검은검에 대한 두려움으로 전쟁에 패배해 달아나 버렸고, 엄청난 숫자가 목숨을 잃었다. 숲속 사람들은 엄청난 장작단을 마련하여 산더미처럼 쌓인 모르고스 군사의 시체를 불태웠는데, 그들의 복수를 담은 연기는 하늘 높이 시커멓게 솟아올라 바람을 타고 서쪽으로 날아갔다. 그러나 몇몇 오르크들은 이 소식을 가지고 나르고스론드까지 살아서 돌아갔다.

글라우룽의 분노는 엄청났다. 하지만 그는 한참 동안 꼼짝도 하지 않고 누운 채, 자신이 들은 이야기를 곰곰이 생각하고 있었다. 겨울이 평화롭게 지나가자 사람들은 말했다. "적을 모두 물리쳤으니 브레실의 검은검은 위대하도다."

니니엘은 마음을 놓았고 투람바르의 높아진 명성에 기뻐했다. 하지만 투람바르는 앉은 채 생각에 잠겨 마음속으로 여러 가지 궁리를 했다. '주사위는 던져졌다. 이제 내가 큰소리쳐 놓은 것이 증명되든지 아니면 처참하게 실패하든지 시험할 때가 왔군. 더는 달아나지 않겠다. 이름 그대로 나는 투람바르가 될 것이며, 나 자신의 의지와 용기로 운명을 극복해 낼 것이다. 실패할 수도 있겠지. 하지만 실패하든 성공하든 적어도 글라우룽을 죽이고 말 것이다.'

그럼에도 불구하고 그는 불안감을 감추지 못해 담대한 자 몇 명을 뽑아 정찰대를 구성해 들판 멀리까지 내보냈다. 아무도 불평은 안 했지만, 사실상 그는 브레실의 군주가 된 것처럼 마음대로 명령을 내리고 있었다. 반면 모두들 브란디르를 무시했다.

희망의 봄이 오고 사람들은 자신들의 일터에서 노래를 불렀다.

그런데 그해 봄에 니니엘이 임신하여 얼굴이 창백하고 수척해지자, 그녀의 행복은 모두 흐릿한 어둠에 잠겼다. 얼마 되지 않아 테이글린강 건너편에 나가 있던 사람들로부터 이상한 소식이 도착했는데, 나르고스론드 쪽 평원의 숲속 먼 곳에 엄청난 화재가 발생했다는 것이었다. 도대체 어떻게 된 일인지 사람들은 모두 의아해했다.

오래지 않아 또 다른 정보가 들어왔다. 글라우룽이 불을 일으키고 있었는데, 불길이 점점 북쪽으로 다가오고 있다는 것이었다. 용이 나르고스론드를 떠나 다시 임무 수행에 들어간 것을 알 수 있었다. 그러자 좀 더 어리석거나 희망적인 이들은 "용의 군대가 궤멸되었고, 이 사태를 파악한 용이 원래 있던 곳으로 되돌아가고 있다"고 말했으며, 다른 이들은 "용이 우릴 지나치도록 기대해 보자"고 이야기했다. 하지만 투람바르는 그런 기대를 하지 않았고, 글라우룽이 자기를 찾아오고 있다는 것을 알고 있었다. 그는 니니엘 때문에 속마음을 감추긴 했지만, 어떤 계책을 세워야 할지 밤낮으로 고심했다. 봄이 여름으로 넘어가고 있었다.

어느 날 두 사람이 공포에 사로잡혀 에펠 브란디르로 돌아와서는 바로 그 거대한 파충류를 보았다고 했다. "분명한 것은 거대한 파충류가 지금 바로 테이글린 쪽으로 다가오고 있다는 사실입니다. 용은 거대한 불길 한가운데 자리 잡고 있는데, 주변의 나무에서 연기가 날 뿐만 아니라 악취가 너무 심해 참을 수 없을 지경입니다. 용이 지금 있는 곳에서부터 저 멀리 나르고스론드까지 지나온 자취가 선명한데, 우리가 보기에 그 길은 옆으로 굽지도 않고 곧바로 우리를 겨냥하고 있습니다. 어떻게 해야 합니까?"

투람바르가 대답했다. "방도가 없지만, 딱 한 가지 생각해 둔 건 있소. 당신들이 가져온 소식은 공포보다 희망을 주는군. 당신들 말대로 용이 정말로 옆으로 굽지 않은 직선 경로로 달려오고 있다면, 담대한 용사들이 써 볼 수 있는 방책이 있소." 그가 더 이상 아무 말도 하지 않았기 때문에 사람들은 고개를 갸우뚱했다. 하지만 그들은 그의 확고부동한 태도에서 용기를 얻었다.[25]

테이글린강이 흘러가는 형세는 이러했다. 나로그강처럼 에레드 웨스린에서부터 빠르게 흘러내려온 테이글린강은, 처음에는 야트막한 강둑 사이로 흘러가다가, 테이글린 건널목을 지나면 다른 지류들과 합류하면서 얻은 힘으로 브레실숲이 위치한 고산지대의 기슭을 따라 깊은 물길을 만들었다. 그런 다음에 강물은 양쪽이 암벽처럼 높고 깊은 협곡으로 흘러 들어가는데, 바닥의 강물은 엄청난 위세로 굉음을 내며 몰아쳤다. 이 협곡은 글라우룽이 접근하고 있는 바로 그 전방에 있었다. 가장 깊은 곳은 아니었지만 폭이 가장 좁은 지점으로, 켈레브로스 시내가 유입되는 지점의 바로 북쪽이었다. 투람바르는 용감한 장정 셋을 내보내어 벼랑 끝에서 용의 움직임을 감시하도록 하고, 자신은 말을 타고 넨 기리스의 높은 폭포로 달려가 신속하게 정보를 수집한 뒤, 건너편 대지까지 살펴볼 참이었다.

하지만 그는 먼저 에펠 브란디르에 사는 숲속 사람들을 불러 모아 말했다.

"브레실 주민 여러분, 절체절명의 위기가 우리 앞에 닥쳐와 있고, 지극히 강인한 자만이 이를 막아낼 수 있소. 이번 일은 숫자가 많다고 해서 해결될 일이 아니오. 교묘한 술수도 이용해야 하고 또한 행운에도 기대야 합니다. 오르크 군대를 대적하듯 전력을 다해 용과 맞서 싸우러 나가는 것은 우리 자신을 사지에 몰아넣는 일이고, 우리 아내와 가족들을 허허벌판에 내모는 꼴이 되오. 따라서 나는 여러분들이 여기 남아 있다가 피신할 준비를 하도록 부탁하겠소. 만약 글라우룽이 오면 여러분들은 이곳을 버리고 사방으로 흩어져야 하오. 그래야 누구라도 빠져나가 목숨을 건질 수 있을 테니 말이오. 분명히 용은 있는 힘을 다해 우리의 요새와 터전으로 들어올 것이고, 이곳을 파괴할 것이고, 그 밖에 눈에 띄는 것도 모조리 박살낼 거요. 하지만 이곳에 머물러 살지는 않을 것이오. 그의 보물은 모두 나르고스론드에 있고, 그곳에는 그가 안전하게 쉬면서 덩치를 불릴 수 있는 깊은 방이 있기 때문이오."

그에게서 좀 더 희망적인 말을 기대하고 있던 브레실 사람들은 이 말을 듣자 당황해하며 무척 낙담했다. 하지만 투린이 말했다. "아, 이건 최악의 상황을 가정한 것이오. 내 계획과 운수가 괜찮다면 그런 사태는 벌어지지 않을 수도 있소. 나는 그 용이 시간이 흐를수록 힘과 악성이 커지기는 하지만 이길 수 없는 상대라고는 생각하지 않소. 그자를 조금은 아는데, 몸집이 거대하긴 하나 그의 힘은 몸에서 나오는 것이라기보다는 안에 깃든 악한 영혼에서 나오는 것이오. 니르나에스 전쟁에 참전했던 이들이 내게 해준 이야기를 들려주겠소. 나나 여러분이나 모두 어린아이였을 때 일어난 일이오. 니르나에스 전쟁이 났을 때 난쟁이들이 용을 막아 세웠고, 그때 벨레고스트의 아자그할이 용의 몸 깊숙이 칼을 찔러 넣자 용이 금세 앙반드로 달아나고 말았다는 것이오. 아자그할의 검보다 더 예리하고 긴 가시가 바로 여기에 있소."

투람바르가 구르상을 칼집에서 빼내어 머리 위로 높이 찌르는 시늉을 하자, 그것을 지켜본 사람들의 눈에는 그 모습이 마치 투람바르의 손에서 불꽃이 나와 허공 위로 솟아오르는 것처럼 보였다. 그들은 큰소리로 환호성을 질렀다. "브레실의 검은 가시!"

투람바르가 말했다. "브레실의 검은 가시, 용은 당연히 이 가시를 두려워하고 있소. 여러분들이 알고 있어야 할 것은, 갑옷 같은 용의 각질이 강철보다 단단하다고 할 만큼 대단하지만, 그놈은 뱀처럼 뱃바닥으로 기어다녀야 하는 운명을 타고났소(이들 부류가 모두 그렇다고 하오). 브레실 주민 여러분, 나는 이제 무슨 수를 써서라도 글라우룽의 배를 찾아갈 계획이오. 누가 나와 함께 가겠소? 강한 팔과 그보다 더 강한 심장을 가진 한두 사람만 있으면 되오."

그러자 도를라스가 앞으로 나서며 말했다. "내가 함께 가겠습니다. 나는 적을 기다리기보다는 늘 먼저 나가기를 원합니다."

그러나 글라우룽에 대한 두려움과 용을 목격한 정찰대의 이야기가 입소문을 타고 과장되어 있던 탓에, 사람들은 그의 요청에 쉽게 응하지 않았다. 그때 도를라스가 소리쳤다. "브레실 주민 여러분, 들어보십시오. 우리 시대의 악과 맞서 싸우는 데는 브란디르의 계획이 아무 소용이 없다는 것이 확실히 드러났습니다. 숨어서는 피할 수가 없어요. 할레스 가문이 수모를 당하지 않도록, 한디르의 아들 대신에 나설 사람 누구 없습니까?"

브란디르는 회의장의 상석인 군주의 자리에 앉은 채 고스란히 무시와 조롱을 당하게 되어 가슴이 한없이 쓰라렸다. 투람바르가 도를라스를 나무라지 않았기 때문이었다. 그러자 브란디르의 친족인 훈소르가 일어나 말했다. "도를라스, 이렇게 당신의 군주에게 창피를 주다니 바르지 못한 행동이오. 왕은 불의의 사고로 다리를 마음대로 움직일 수 없지 않소. 언젠가 당신한테도 그런 일이 벌어질지 모르니 조심하시오. 또 브란디르의 계획은 받아들여진 적이 없는데, 어떻게 소용없었다고 말할 수 있소? 당신은 왕의 신하이면서도 늘 그를 무시해왔소. 분명히 얘기하지만, 이전에 나르고스론드의 경우와 마찬가지로 글라우룽이 우리 쪽으로 온 것은 왕이 염려했던 대로 우리의 행동이 우리를 드러냈기 때문이오. 하지만 재앙이 이미 우릴 덮쳤으니, 한디르의 아들, 당신의 허락을 얻어 제가 할레스가를 대신해 나가도록 해 주십시오."

그러자 투람바르가 말했다. "셋이면 충분하오! 당신 둘을 데려가겠소. 하지만 브란디르 왕, 저는 당신을 경멸하지 않습니다. 아시겠습니까? 우린 대단히 서둘러야 하고, 또 우리 임무를 완수하자면 대단한 완력이 필요합니다. 왕의 자리는 백성들과 함께 있는 것이라고 생각합니다. 전하께선 지혜로우며 치유의 능력을 지니고 있습니다. 머지않아 지혜와 치유가 대단히 필요한 때가 올 것입니다."

사심 없이 한 말이었으나, 이 말은 브란디르의 가슴을 더욱 쓰리게 만들었다. 왕은 훈소르에게 말했다. "그렇다면 가시오, 하지만 내가 허락한 것은 아니오. 이자에게는 어둠의 그림자가 있어 당신을 악의 존재 앞으로 이끌 것이기 때문이오."

투람바르는 출발을 서둘렀다. 그러나 작별 인사를 하기 위해 니니엘을 찾아왔을 때, 그녀는 슬피 울며 그에게 매달렸다. "가지 말아요, 투람바르, 제발 가지 말아요! 당신이 도망쳐 나온 그 어둠과 맞서지 마세요! 아니, 안 돼요, 계속 달아나요. 나를 데리고 멀리 떠나가요!"

그가 대답했다. "사랑하는 니니엘, 당신과 나는 더 이상 달아날 수가 없소. 우리는 이 땅에 갇혀 있소. 우리의 친구가 되어 준 이 사람들을 버리고 떠난다 하더라도, 당신과 내가 갈 곳은 인간의 흔적이라곤 없는 야생지대밖에 없기 때문에, 당신과 우리 아이는 죽게 될 거요. 어둠의 영역 바깥에 있는 땅은 그곳이 어디든 여기서 500킬로미터는 떨어져 있소. 하지만 용기를 내시오, 니니엘. 분명히 이야기하지만, 당신도 나도 절대로 용이나 북부의 어느 적에 의해 죽음을 맞게 되지는 않을 것이오."

니니엘은 울음을 멈추고 조용해졌지만, 이별의 키스를 하는 그녀의 입술은 차가웠다.

투람바르는 도를라스와 훈소르를 데리고 부리나케 넨 기리스로 향했는데, 그곳에 도착했을 때는 해가 서쪽으로 기울어 그림자가 길어져 있었다. 마지막 두 명의 정찰대원이 그들을 기다리고 있었다.

"투람바르 공, 때마침 잘 오셨습니다. 용이 와 있습니다. 우리가 떠났을 때, 이미 용은 테이글린강 벼랑 끝에 도착해서 강 건너편을 노려보고 있었습니다. 밤에는 조금씩 움직이고 있는데, 내일 새벽 동이 트기 전에 꿈틀거리는 모습을 볼 수 있을 것입니다."

켈레브로스 폭포 위로 건너편을 바라보던 투람바르는 석양이 모습을 감추고 검은 첨탑 같은 연기가 강가에 솟아오르는 것을 발견했다. "시간이 급하긴 하지만 이 소식은 희소식이군. 나는 용이 여기저기 찾아다니고 있을까 봐 걱정했소. 만약 용이 북쪽으로 가서 테이글린 건널목을 건너 저지대에 있는 옛길로 들어섰다면 희망은 사라졌을 것이오. 그런데 어떤 격정적인 오만과 악의가 그가 주위를 돌아보지 않도록 몰아붙이고 있소."

그런데 막 그렇게 이야기하는 순간, 그는 의아한 느낌이 들어 마음속으로 생각에 잠겼다. '그렇게 사악하고 잔인한 자가 오르크들처럼 건널목을 피해 다닐 수도 있나? 하우드엔엘레스! 핀두일라스가 여전히 나와 내 운명 사이에 개입되어 있는가?'

그는 동료들을 향해 돌아서서 말했다. "이제 우리가 수행해야 할 임무는 이렇소. 이번 경우는 너무 일찍 시작해도 너무 늦는 것만큼이나 좋지 않기 때문에 조금 더 기다리도록 합시다. 땅거미가 지면 최대한 은밀하게 테이글린까지 가는 거요. 정신 바짝 차리시오! 글라우룽의 귀는 그의 치명적인 눈만큼이나 예민하기 때문이오. 들키지 않고 강가에 도착한 다음, 협곡을 내려가서 강을 건너, 용이 움직일 것으로 예상되는 길목을 지킬 것이오."

도를라스가 물었다. "그런데 용은 어떻게 강을 건널까요? 몸이 유연하긴 하지만 덩치가 엄청나지 않습니까? 절벽을 내려와서 반대편으로 올라가자면 뒤쪽이 아직 내려오고 있을 때 앞이 올라가야 되는데, 그러면 어떻게 하는 건가요? 만약 그렇게 된다면 우리가 내려가 요란한 강물 옆에서 기다린들 무슨 소용이 있습니까?"

"아마도 그렇게 할 수 있을지도 모르고, 정말로 그렇게 된다면 우리한텐 불리하오. 하지만 이제까지 알아낸 것들과 용이 지금 누워 있는 위치로 판단해 보건대, 용이 다른 생각을 하고 있을 것이라는 게 내 희망이오. 용은 지금 카베드엔아라스 벼랑 끝에 와 있는데, 알다시피 언젠가 할레스 사냥꾼들에게 쫓긴 사슴 한 마리가 그 위를 건너뛴 적이 있소. 용은 지금 몸집이 엄청나게 커졌기 때문에 그 위를 건너뛸 방도를 찾고 있는 것 같소. 그것만이 우리의 희망이고 거기에 기대를 걸 만하오."

이 말을 듣고 도를라스는 가슴이 철렁했다. 그는 브레실 땅 곳곳을 어느 누구보다도 잘 알고 있었는데, 카베드엔아라스는 정말로 소름 끼치는 곳이기 때문이었다. 그곳의 동쪽 기슭은 약 12미터 높이의 가파른 절벽이 살풍경하게 솟아 있고, 꼭대기에는 나무가 자라고 있었다. 건너편은 상대적으로 낮고 덜 가파른 데다 휘어진 나무와 덤불로 덮여 있었지만, 그 사이로는 강물이 바위들 한가운데를 헤집으며 요란하게 흐르고 있었다. 용감하고 다리 힘이 좋은 남자라면 낮에는 강물을 건너갈 수 있겠지만, 밤에 도강을 시도하는 것은 위험한 일이었다. 하지만 그것이 바로 투람바르의 계획이었고 이를 반대하는 것은 소용없는 일이었다.

그들은 어둑어둑할 즈음 길을 출발해서 곧바로 용이 있는 쪽이 아닌 테이글린 건널목으로 가는 길로 향했다. 그리고 얼마 가지 않아 남쪽으로 가는 소로로 방향을 바꾸어 테이글린강이 내려다보이는 숲의 황혼 속으로 빠져들었다.[26] 한 걸음 한 걸음 카베드엔아라스에 가까워지면서 그들은 이따금 걸음을 멈추고 귀를 기울였는데, 화재로 인한 연기와 악취에 구역질이 날 지경이었다. 하지만 사위는 쥐 죽은 듯 고요했고, 대기는 조금의 미동도 없었다. 그들 등 뒤로 저녁 첫 별이 동쪽 하늘에 깜빡거렸고, 희미한 첨탑 같은 연기가 서녘 하늘의 마지막 잔광을 배경으로 꼿꼿이 솟아올랐다.

한편 투람바르가 사라지고 나자, 니니엘은 돌처럼 꼼짝도 하지 않고 서 있었다. 브란디르가 그녀에게 다가와 말했다. "아직 최악의 상황은 아니니 두려워 마시오. 내가 진작에 기다리라고 충고하지 않았소?"

"그렇게 말씀하셨지요. 하지만 지금 그게 무슨 소용이 있습니까? 결혼하지 않고 사랑만 남아 있었다면 고통만 커졌을 테니까요."

"그건 나도 잘 알고 있소. 하지만 결혼도 대가를 치르지 않는 것은 아니오."

니니엘이 대답했다. "난 그의 아기를 가진 지 두 달이 되었거든요. 내겐 상실의 공포가 견딜 수 없을 만큼 힘든 것 같지는 않습니다. 당신을 이해할 수가 없군요."

"나도 그렇소. 하지만 그래도 두렵소." 그가 말했다.

"당신은 대단한 위로를 주시는군요!" 니니엘이 소리쳤다. "하지만 나의 친구 브란디르, 결혼을 했든 안 했든, 어머니가 되었든 처녀이든, 나는 두려움을 견딜 수 없습니다. '운명의 주인'은 자신의 운명과 맞서 싸우기 위해 멀리 나가 있는데, 나는 여기서 좋은 소식이든 나쁜 소식이든 굼벵이 같은 소식이 도착하기만을 기다리고 있어야 합니까? 오늘 밤 아마도 그는 용과 마주할 텐데, 나는 그 끔찍한 시간을 도대체 어떻게 보내야 할까요?"

"나도 알 수 없소. 하지만 당신에게나 또 그와 함께 떠난 두 사람의 아내들에게나 어찌 됐든 시간은 흘러가게 되어 있소."

"그 사람들은 자기 마음대로 하라고 하세요!" 그녀가 고함을 질렀다. "하지만 나는 갈 겁니다. 남편은 위험에 처해 있는데, 나만 멀리서 이렇게 있을 수는 없어요. 소식을 확인하러 가겠습니다!"

브란디르는 그녀의 말을 듣고 더욱 공포에 사로잡혀 소리를 질렀다. "할 수만 있다면 나는 당신이 가는 것을 막겠소! 당신이 가면 계획이 다 틀어지고 말아요. 만약 불행한 사태가 닥쳐도, 여기 멀리 있기 때문에 도망칠 기회라도 있는 거란 말이오."

그녀가 말했다. "불행한 사태가 닥친다 하더라도 난 달아나고 싶은 생각이 없습니다. 이제 당신의 지혜는 소용이 없으니 내가 가는 길을 막지 마십시오."

그녀는 아직도 에펠의 공터에 모여 있는 사람들 앞으로 나서면서 크게 소리쳤다. "브레실 주민 여러분! 나는 여기서 기다리지 않겠습니다. 만약 나의 남편이 실패한다면 희망은 모두 물거품이 되고 맙니다. 여러분들의 땅과 숲은 불타고 집은 모두 잿더미가 될 것이며, 어떤 누구도 달아날 수 없을 것입니다. 그러니 여기서 지체할 필요가 어디 있습니까? 이제 나는 운명이 내게 무엇을 준비해 두었든 소식을 들으러 갑니다. 같은 생각을 가진 사람은 모두 함께 갑시다!"

그러자 많은 사람들이 함께 가겠다고 나섰다. 투람바르와 함께 떠난 도를라스와 훈소르의 아내가 나섰다. 또 니니엘을 동정하여 그녀의 편을 들어주고 싶어 한 이들도 있었고, 그보다 더 많은 사람들이 용의 소문에 홀려, 겁이 없거나 아니면 (악을 잘 모르기 때문에) 어리석은 생각에, 신기하고 놀라운 무공을 구경하겠다고 나섰다. 사실 그들의 마음속에서 검은검은 너무도 위대한 존재였기 때문에 글라우룽조차 그를 쉽게 이기지는 못할 것이라고 생각하고 있었다. 그들은 곧 엄청난 무리를 지어 앞에 펼쳐진 미지의 위험을 향해 서둘러 출발했다. 거의 휴식을 취하지 않고 걸음을 재촉한 그들은 해질녘이 되자 피곤한 몸으로 넨 기리스에 이르렀다. 투람바르가 그곳을 떠나고 나서 얼마 되지 않은 때였다. 하지만 밤은 냉철한 조언자인 법이다. 이제는 많은 이들이 자신들의 경솔함에 놀라고 있었다. 남아 있던 정찰대원들로부터 글라우룽이 얼마나 가까이 있는지, 투람바르의 무모한 계획이 무엇인지 전해 들은 그들은 심장이 얼어붙은 듯 감히 앞으로 더 나아갈 생각을 하지 못했다. 몇몇은 걱정스런 눈으로 카베드엔아라스 쪽을 바라보았지만 거기서 아무것도 발견할 수 없었고, 차가운 폭포 소리 말고는 아무 소리도 들리지 않았다.

니니엘은 한쪽에 따로 앉아 있었는데, 몸이 심하게 떨리기 시작했다.

니니엘과 그녀의 무리가 사라지자, 브란디르는 남아 있는 이들에게 말했다. "내가 얼마나 조롱당하는지, 나의 모든 조언이 얼마나 경멸당하는지 보시오! 이미 투람바르가 나의 모든 권위를 빼앗아 갔으니 그를 공식적으로 여러분의 군주로 선택하시오. 나는 여기서 군주로서의 권한과 백성들까지 모두 포기하겠소. 이제 다시는 누구도 조언을 얻거나 치료를 받기 위해 나를 찾지 마시오."

그는 지팡이를 부러뜨렸다. 그러고는 혼자 마음속으로 생각했다. '이제 내겐 오로지 니니엘에 대한 사랑 말고는 아무것도 남은 게 없다. 지혜로운 일이든 어리석은 일이든 그녀가 가는 곳에 나도 가야 한다. 이 어둠의 시간에서는 아무것도 예측할 수가 없구나. 하지만 혹시 근처에 있다면 나라도 그녀에게 닥칠 어떤 악행을 막아줄 수 있을지도 모른다.'

전에는 거의 해본 적이 없는 일이었지만, 그는 단검을 허리띠에 꽂았다. 그러고 나서 목발을 짚고 걸을 수 있는 가장 빠른 속도로 에펠의 출입구를 나서서 절뚝거리며 다른 이들을 따라 브레실의 서쪽 경계로 향하는 긴 도로를 내려갔다.

글라우룽의 죽음

대지가 막 캄캄한 어둠에 잠겼을 때, 투람바르와 그의 동료들은 드디어 카베드엔아라스에 당도했고, 엄청나게 시끄러운 물소리에 안도감을 느꼈다. 그 물소리는, 그들 밑으로 위험이 있다는 것을 경고하기도 했지만, 다른 모든 소리를 가려 주기도 했기 때문이었다. 도를라스가 약간 옆으로 틀어 남쪽 방향으로 그들을 이끌고는 갈라진 틈을 따라 절벽 바닥까지 내려갔다. 도를라스는 움찔했다. 강물 속에는 많은 바위와 큰 돌들이 놓여 있었고, 강물이 마치 이를 갈듯 요란하게 바위 주변을 휘돌아 내려가고 있었다.

도를라스가 말했다. "이건 확실히 죽는 길입니다."

투람바르가 말을 받았다. "죽든 살든, 길은 이것뿐이오. 지체한다고 해서 희망이 더 생길 것 같지는 않소. 그러니 나를 따라오시오!"

그는 앞장서서 능숙한 솜씨와 강인한 인내심으로 혹은 운명의 힘에 이끌려 강을 건너는 데 성공했고, 칠흑 같은 어둠 속에서 뒤를 따라오는 사람이 있는지 돌아보았다. 검은 형체가 그의 옆에 서 있었다. "도를라스?" 그가 물었다.

"아, 나요." 훈소르가 말했다. "도를라스는 강을 건너는 데 실패한 것 같소. 전쟁을 좋아해도 두려움이 많은 사람이 있지요. 그는 덜덜 떨며 저쪽 강가에 앉아 있는 것 같소. 주민들 앞에서 했던 말 때문에 수치심에 사로잡혀 있는 듯합니다."

투람바르와 훈소르는 약간의 휴식을 취했지만, 온몸이 물에 흠뻑 젖었기 때문에 밤공기에 한기를 느껴, 몸을 움직여 글라우룽이 누워 있는 쪽을 향해 강물을 따라 북쪽으로 길을 찾아 갔다. 협곡은 더 어둡고 좁아졌다. 앞길을 더듬어 가면서, 머리 위로 연기가 피어오르는 불과 같이 깜빡거리는 불빛을 볼 수 있었고, 경계심을 가진 채 잠들어 있는 거대한 파충류의 그르렁거리는 소리도 들을 수 있었다. 벼랑의 바닥 가까이에 이르자, 위로 올라가는 길을 손으로 더듬기 시작했다. 주위에 대한 경계를 늦추지 않고 있는 용에게 접근할 수 있는 길은 오로지 그 길밖에 없었다. 그러나 용의 악취가 너무 고약해서 머리가 어질어질하기까지 했다. 기어오르다가 미끄러져 나무줄기에 매달리고 구역질도 했다. 너무 고통스러워, 머릿속에는 끔찍한 테이글린 강물 속으로 떨어질지 모른다는 공포 외엔 다른 두려움들을 다 잊어버렸다.

그때 투람바르가 훈소르에게 말했다. "기운은 빠져 가는데 쓸데없이 힘을 낭비하고 있소. 용이 지나가는 길목을 확인하기 전에는 올라가 봐야 소용없소."

"하지만 확인하고 나면 이 절벽 틈에서 올라가는 길을 찾을 시간이 없을 것이오."

"맞는 말이오. 하지만 모든 것이 운에 달려 있을 때는 운을 믿을 수밖에 없겠지."

그들은 동작을 멈추고 기다렸다. 캄캄한 협곡 위쪽으로 아득히 높이 뜬 흰 별이, 띠처럼 보이는 부연 하늘을 슬슬 가로질러 가는 것을 지켜보았다. 투람바르는 천천히 꿈속에 빠져들었고, 꿈속에서 검은 파도가 그의 사지를 할퀴고 물어뜯고 있었지만, 그의 의지는 오로지 매달리는 데 집중하고 있었다.

갑자기 커다란 굉음이 울리고, 협곡의 절벽이 요동을 치며 반향을 일으켰다. 투람바르가 꿈에서 깨어나며 훈소르에게 말했다. "그놈이 움직이고 있소. 이제 때가 왔소. 깊숙하게 찌르시오. 이젠 둘이서 세 사람 몫을 해야 하니까!"

글라우룽은 브레실에 대한 공격을 개시했고, 모든 일이 투람바르가 희망했던 대로 진행되었다. 용은 이제 느릿느릿 몸을 끌면서 낭떠러지 끝까지 기어와, 몸을 돌리지 않고 거대한 앞다리로 절벽을 건너뛰어 몸통을 끌어당길 참이었다. 용은 공포심도 함께 몰고 왔다. 용은 그들의 머리 바로 위가 아닌 약간 북쪽에 있었기 때문에, 밑에서 지켜보던 두 사람은 별빛 속에 떠오른 거대한 용의 머리를 볼 수 있었다. 용은 턱을 벌려 불꽃을 일곱 가닥으로 날름거리고 있었다. 그때 용이 화염돌풍을 뿜어내자, 계곡이 온통 붉은빛으로 환해지면서 바위 사이로 검은 그림자들이 휘날렸다. 용의 앞에 있던 나무들은 그대로 사그라져 연기가 되어 날아가고, 강물 위로 돌들이 무너져 내렸다. 용은 앞으로 몸을 던져 자신의 강력한 발톱으로 건너편 절벽을 움켜잡은 다음 몸을 끌어당기기 시작했다.

이제 용기와 신속함이 필요한 때가 왔다. 그들은 화염돌풍을 피하긴 했으나, 바로 글라우룽이 지나가는 길에 서 있지는 않았기 때문에 용이 지나가기 전에 다가가야 했다. 그렇지 않으면 모든 것이 수포로 돌아가게 될 상황이었다. 투람바르는 용의 밑으로 다가가기 위해 위험을 아랑곳하지 않고 강변을 따라 기어갔다. 열기와 악취가 얼마나 지독한지 몸이 기우뚱했고, 용감하게 뒤를 따르던 훈소르가 그의 팔을 붙잡아 지탱해 주지 않았더라면 떨어질 뻔했다.

투람바르는 "대단한 용사로군! 당신을 조력자로 선택한 것은 정말 다행스런 일이오."라고 말했다. 바로 그 순간 커다란 바위가 위에서 떨어져 훈소르의 머리에 부딪치자 그는 강물 위로 떨어져 그만 목숨을 잃고 말았다. 할레스 가문에서는 꽤나 용맹스런 인물이었다. 투람바르가 소리쳤다. "오호! 내 그림자를 밟고 뒤를 따르는 것이 재앙의 길인가? 내가 왜 도움을 청했던가? 아, '운명의 주인'이여, 진작 이렇게 되리라고 생각했어야 했잖은가, 이제 그대는 홀로 남았다. 자, 홀로 공격하라!"

그는 용과 용의 주인에 대한 증오심과 자신의 의지력을 함께 불러 모았고, 문득 예전에는 감지하지 못한 몸과 마음의 힘을 발견한 것 같았다. 이 돌에서 저 돌로, 이 뿌리에서 저 뿌리로 옮겨 잡으며 절벽을 기어올라, 마침내 낭떠러지 턱 끝 약간 바로 밑에 있는 가냘픈 나무를 움켜잡았다. 화염돌풍에 꼭대기가 날아가고 없었지만 뿌리는 여전히 버티고 있는 나무였다. 투람바르가 갈라진 나뭇가지 위에 몸을 올려놓고 균형을 잡으려는 순간, 용의 몸통 한가운데가 그의 머리 위를 지나갔다. 출렁거리며 내려온 용의 몸통은 다시 들어올리기 직전 거의 그의 머리에 닿을 정도로 가까웠다. 용의 배는 희부연 색으로 주름이 져 있고 온통 잿빛의 점액으로 축축했으며, 그 점액에는 뚝뚝 떨어지는 각종 오물이 들러붙어 있어 죽음의 악취가 풍겼다. 투람바르는 이때 벨레그의 검은검을 빼들어 팔의 힘과 증오의 힘을 모두 끌어모아 용의 배를 향해 찔렀고, 죽음의 칼날은 길고 탐욕스럽게, 거의 칼자루까지, 용의 뱃속을 뚫고 들어갔다.

죽음의 격통을 느낀 글라우룽이 비명을 지르자, 그 소리에 온 숲이 떨리고 넨 기리스에서 지켜보던 이들은 혼비백산했다. 투람바르는 한 대 얻어맞은 것처럼 비틀거리며 밑으로 미끄러졌고, 그의 칼은 손에서 빠져나와 용의 배를 찌른 채 박혀 있었다. 글라우룽은 거대한 경련을 일으키며 요동치는 자신의 몸통을 구부렸다가 협곡 저쪽으로 내던졌다. 그러고 나서 반대편 강변에서 고통스럽게 몸부림치고 비명을 지르며, 마구 날뛰고 몸을 배배 꼬았다. 용은 마침내 주변의 넓은 땅을 초토화시키고는, 연기로 뒤덮인 폐허 한가운데 누워 있다가 잠잠해졌다.

한편 투람바르는 나무뿌리에 매달려 있기는 했지만 정신이 혼미해서 거의 의식을 놓을 뻔했다. 하지만 가까스로 의식을 회복한 후, 사력을 다해 반쯤은 미끄러지고 반쯤은 기다시피 해서 강가로 내려와, 다시 용감하게 위태로운 강물에 뛰어들었다. 물보라에 앞을 볼 수 없었지만 손과 발을 다 써서 기어간 끝에 마침내 강을 건너, 일행이 내려왔던 절벽의 갈라진 틈으로 힘들게 다시 기어 올라가, 드디어 글라우룽이 쓰러져 있는 곳에 이르러 일말의 동정도 없이 상처 입은 용을 바라보며 흐뭇해했다.

글라우룽은 턱을 벌린 채 그곳에 누워 있었다. 용의 화염은 모두 소진되었고 사악한 두 눈은 감겨 있었다. 긴 몸통을 쭉 뻗은 채 한쪽으로 기울어 쓰러져 있었으며, 구르상의 칼자루가 그의 배에 그대로 박힌 채였다. 투람바르는 우쭐한 마음이 생겨, 용이 아직 숨을 쉬고 있는데도 불구하고 칼을 되찾고 싶었다. 이전에도 그 칼을 아꼈지만, 이제 그 칼은 나르고스론드의 모든 보물보다도 귀한 것이 된 참이었다. 칼을 주조할 때 천하의 누구라도 이 칼에 한 번 베이면 살아날 수 없을 것이라고 했던 말은 과연 사실이었다.

적에게 다가간 그는, 용의 배에 한쪽 발을 올려놓고 구르상의 손잡이를 잡은 다음, 칼을 빼기 위해 힘을 주었다. 나르고스론드에서 글라우룽이 했던 말을 흉내내며 소리쳤다. "반갑네, 모르고스의 파충류! 또다시 만났군! 이제 숨을 거두고 어둠으로 돌아가라! 후린의 아들 투린은 이렇게 복수를 하였도다!"

그러고는 용의 뱃속에 찔러 넣은 칼을 잡아 빼자, 한 줄기 검은 피가 솟았다가 그의 손 위로 떨어졌다. 그 독으로 인해 그의 살갗이 타들어 가듯 아프자, 그는 고통을 이기지 못해 큰소리로 비명을 질렀다. 그 소리에 글라우룽이 몸을 비틀며 사악한 눈을 뜨자, 그를 노려보는 악의로 가득 찬 눈길은 화살이 되어 투람바르를 강타하는 것 같았다. 그는 악의적인 용의 눈길과 살갗이 타들어 가는 고통으로 인해 그만 의식을 잃고 용의 옆에 죽은 사람처럼 쓰러지게 되었고, 칼은 그의 밑에 깔려 버리고 말았다.

한편 글라우룽의 비명이 넨 기리스에 있던 사람들에게 전해지자 그들은 공포에 사로잡혔다. 글라우룽이 극심한 고통을 이기지 못하고 광포하게 파괴하고 불태우는 것을 멀리서 지켜본 이들은 용이 자기를 공격한 자들을 짓밟아 죽이고 있다고 믿었다. 사실 그들은 용과 그들 사이의 거리가 더 멀었으면 하는 바람까지 가지고 있었다. 그러나 글라우룽이 이기면 먼저 에펠 브란디르로 쳐들어갈 것이라는 투람바르의 말이 기억나서, 함께 모여 있던 그 높은 지대를 감히 떠나지는 못하고 있었다. 그들은 용의 동작 하나하나를 두려움에 떨며 지켜보았지만, 어느 누구도 싸움터로 내려가서 소식을 알아 올 만큼 용감하지는 않았다. 니니엘은 꼼짝도 하지 않고 그 자리에 앉아 있었지만, 몸이 너무 떨려 팔다리를 가만히 놔둘 수 없었다. 그녀는 글라우룽의 소리를 다시 듣게 되자 심장이 멎는 것 같았고, 또다시 어둠이 쫓아오는 듯한 느낌이 들었다.

그때 브란디르가 그녀를 발견했다. 그는 느린 걸음으로 지친 몸을 이끌고 마침내 켈레브로스강을 건너는 다리에 당도했다. 그 먼 길을 목발에 의지하여 혼자서 절뚝거리며 걸어왔는데, 그곳은 그의 집에서 적어도 24킬로미터나 되는 거리였다. 니니엘을 걱정하는 마음이 그를 그곳까지 데려온 힘이 되었는데, 그가 들은 소식은 걱정했던 것과 다를 바 없었다. 사람들은 "용이 다리를 건넜고, 검은검은 물론이고 함께 갔던 사람들도 죽었습니다"라고 말했다. 브란디르는 니니엘의 곁에 서서, 그녀의 고통을 미루어 짐작하며 그녀를 동정했다. 하지만 그럼에도 불구하고 그는 이렇게 생각했다. '검은검은 죽었고, 니니엘은 살아 있다.' 넨 기리스 폭포의 냉기가 갑자기 엄습하기라도 한 듯 몸을 떨고 있던 그는 외투를 벗어 니니엘에게 씌워 주었다. 하지만 그는 아무 말도 할 수 없었고 그녀 또한 아무 말이 없었다.

시간이 흘렀으나 브란디르는 여전히 그녀 곁에 말없이 서서 밤의 어둠 속을 응시하며 귀를 기울이고 있었다. 하지만 그는 아무것도 볼 수 없었고, 넨 기리스의 강물이 떨어지는 소리 외에는 어떤 것도 들을 수 없었다. 그는 생각했다. '이제 글라우룽은 분명히 브레실로 들어갈 것이다.' 하지만 그는 브레실 사람들, 곧 그의 계획을 비웃고 조롱했던 바보들을 더 이상 동정하지 않았다. "용이 아몬 오벨로 들어가도록 내버려 두면 달아날 시간이 있을 것이니, 니니엘을 데리고 떠나야지."

하지만 어디로 가야 할지 알 수 없었다. 한 번도 브레실을 벗어나 본 적이 없었기 때문이었다.

마침내 그는 몸을 숙여 니니엘의 팔을 잡으며 말했다. "니니엘, 시간이 흐르고 있소! 자! 갈 시간이 되었소. 허락한다면 내가 당신을 인도하겠소."

그러자 그녀는 소리 없이 일어나 그의 손을 잡았고, 그들은 다리를 건너 테이글린 건널목으로 향하는 작은 길로 내려갔다. 하지만 그들이 어둠 속의 그림자처럼 움직이는 것을 본 사람들도 그들이 누군지 알지 못했고, 또 관심도 두지 않았다. 고요한 나무들 사이로 얼마간 걸어가자 아몬 오벨 너머에서 달이 떠올라, 숲속의 빈터를 희미한 달빛으로 채웠다. 그러자 니니엘이 걸음을 멈추고 브란디르에게 물었다. "이게 그 길인가요?"

그가 말했다. "그 길이 무슨 길이오? 브레실에서의 우리의 희망은 모두 끝났소. 아직 시간이 있으니, 그동안이라도 용을 피해 멀리 달아나는 것 말고는 다른 길이 없소."

니니엘이 깜짝 놀라 그를 바라보며 말했다. "나를 그에게 데려다주겠다고 하지 않으셨나요? 혹시 나를 속이려는 건가요? 검은검은 내가 사랑하는 사람이자 내 남편이요, 내가 가는 길은 오직 그 사람이 있는 곳입니다. 무슨 다른 생각을 했던 겁니까? 마음대로 하세요. 난 급히 가야 할 데가 있으니까."

브란디르가 아연실색하여 잠시 서 있는 동안 그녀가 빠른 걸음으로 그를 떠나자, 그가 떠나는 그녀를 불렀다. "니니엘, 잠깐만! 혼자 가지 마시오! 당신이 무엇을 보게 될지 당신은 지금 모르고 있소. 내가 함께 가겠소!"

그녀는 그의 말을 들은 척도 하지 않고, 마치 식어 있던 피가 온몸을 뜨겁게 달아오르게 하는 듯 길을 계속 갔다. 그는 사력을 다해 뒤를 좇아갔지만 니니엘은 곧 그의 시야에서 사라졌다. 그러자 그는 자신의 운명과 나약함을 저주하였고, 그럼에도 불구하고 돌아서려고 하지는 않았다.

보름달에 가까운 하얀 달이 하늘 위로 솟아올랐다. 고지대에서 강변으로 내려가던 니니엘은 그 길에 왔던 기억과 또 그 길을 두려워했던 기억이 떠올랐다. 그녀는 테이글린 건널목에 가까이 와 있었고 하우드엔엘레스가 그녀 앞에 있었던 것이다. 달빛 속에 창백하게 보이는 무덤 위로 검은 그림자가 가로지르자 무척 섬뜩한 느낌이 들었다.

그러자 그녀는 비명을 지르며 강을 따라 남쪽으로 달아났는데, 그렇게 달려가면서 자신에게 매달려 있던 어둠을 떨쳐버리듯 입고 있던 외투를 벗어 던졌다. 외투 속에 온통 하얀 옷을 입고 있어서, 나무 사이로 가뿐하게 달아나는 그녀의 모습이 달빛 속에 환하게 드러났다. 그래서 위쪽 언덕 중턱에 있던 브란디르는 그녀의 위치를 확인할 수 있었고, 그녀와 만날 수 있도록 방향을 바꾸어 지름길로 접어들었다. 운 좋게도 투람바르가 이용했던 소로를 발견했는데, 그 길은 사람들이 많이 다니는 길에서 벗어나 남쪽으로 강을 향해 가파르게 내려가는 길이었다. 덕분에 다시 그녀를 바짝 뒤쫓을 수 있었다. 그가 그녀를 불렀으나, 그녀는 개의치 않고, 아니 아예 듣지도 못한 채 계속해서 앞만 보고 걸어갔다. 그들은 카베드엔아라스 옆에 있는 숲 근처에 이르렀는데, 그곳은 바로 글라우룽이 죽음의 고통에 시달리고 있는 곳이었다.

달은 구름에서 벗어나 남쪽 하늘에 떠 있었고 달빛은 차고 선명했다. 글라우룽이 만들어 놓은 폐허의 가장자리에 이른 니니엘은 용이 거기 쓰러져 있는 것을 보았는데, 달빛 속에 보이는 용의 뱃가죽이 회색빛을 띠고 있었다. 그 옆에 한 사람이 누워 있었다. 그녀는 두려움도 잊은 채 연기가 솟아나는 폐허 속을 뛰어가 투람바르에게 다가갔다. 그는 옆으로 쓰러져 있고 칼은 그의 몸 밑에 깔려 있는데, 그의 얼굴이 하얀 달빛 속에 죽은 사람처럼 창백했다. 그녀는 몸을 던지듯 그의 옆에 쓰러져 슬피 울며 그에게 입을 맞추었다. 그녀가 보기에 그가 희미하게 숨을 쉬는 듯했지만, 그녀는 그것을 근거 없는 희망일 뿐이라고 단정했다. 그의 몸은 차갑게 식어 움직이지 않았고, 그녀의 말에 대답도 하지 않았던 것이다. 그녀는 그의 몸을 쓰다듬다가 그의 손이 불에 그슬린 듯 새카맣게 변한 것을 발견하고는 눈물로 손을 씻어내고 자신의 옷자락을 찢어 싸맸다. 그녀의 손길에도 그가 움직이지 않자, 니니엘은 다시 입을 맞추며 큰소리로 울었다. "투람바르, 투람바르, 돌아와요! 내 말 좀 들어봐요! 눈을 떠요! 니니엘이 왔어요! 용은 정말로 죽었고, 나는 여기 홀로 당신 곁에 있어요!"

그러나 그는 아무 대답이 없었다.

폐허의 가장자리까지 와 있던 브란디르는 그녀의 울음소리를 들었다. 니니엘을 향해 막 앞으로 나서려는 순간, 그는 걸음을 멈추고 가만히 있었다. 니니엘의 울부짖음에 글라우룽이 마지막으로 몸을 비틀면서 그의 온몸을 한 번 떨었던 것이다. 용은 사악한 눈을 가늘게 떴고, 달빛이 눈에 들어오자 가쁜 숨을 몰아쉬며 입을 열었다.

"잘 왔군, 후린의 딸 니에노르. 죽기 전에 우리가 다시 만나는구나. 드디어 자네의 오라버니를 만나는 즐거움을 주겠노라. 이제 자네는 오라버니가 누군지 알게 될 것이다. 어둠 속의 자객이요, 적에게는 방심할 수 없는 자이며, 친구의 신의를 저버린 자이며, 일족에게는 저주가 된 자, 그가 바로 후린의 아들 투린이로다! 하지만 그의 행적 중에서 최악의 행위는 자네 스스로도 느낄 수 있겠지!"

그러자 니에노르는 얼빠진 사람처럼 주저앉았고, 글라우룽은 숨을 거두었다. 용의 죽음과 함께 용이 그녀에게 씌워 놓은 악의 가리개도 벗겨지면서 그녀의 모든 기억이 차츰 선명하게 되살아났다. 모든 기억들이 날짜를 세듯 고스란히 떠올랐고, 하우드엔엘레스에 쓰러졌던 날부터 그녀가 겪은 모든 일에 대한 기억들도 사라지지 않았다. 그녀의 온몸은 공포와 고뇌로 전율했다. 브란디르는 이 모든 이야기를 듣고 충격을 받은 채 나무에 기대어 서 있었다.

그때 갑자기 니에노르가 벌떡 일어났다. 달빛 속에 유령처럼 희미한 모습으로 서 있던 그녀는 투린을 내려다보며 통곡했다. "안녕, 두 번이나 사랑했던 사람이여! '아 투린 투람바르 투룬 암바르타넨', 운명의 지배를 받은 운명의 주인이여! 아, 죽음이 행복이군요!"

그녀가 엄습해 오는 고통과 공포로 정신이 혼미해진 채 미친 듯이 그곳을 뛰쳐나가자, 브란디르가 허둥지둥 그녀의 뒤를 좇으며 소리를 질렀다. "기다려, 기다려요! 니니엘!"

그녀는 일순간 멈칫하고는, 노려보는 눈길로 돌아보다가 소리쳤다. "기다려? 기다리라고요? 당신의 충고는 항상 그 말이었지요. 내가 그 말을 새겨들었더라면! 하지만 이제 너무 늦었어요. 가운데땅에서 난 이제 더 이상 기다리지 않겠어요."

그리고 그녀는 그의 앞에서 달려나갔다.[27] 그녀는 순식간에 카베드엔아라스 낭떠러지에 이르러, 그곳에 서서 요란스러운 강물을 내려다보며 소리쳤다. "강물아, 강물아! 이제 후린의 딸 니니엘 니에노르를 데려가라. '애도', 모르웬의 애도하는 딸을! 저 바다로 나를 데려가다오!"

이 말과 함께 그녀는 낭떠러지 위로 몸을 던졌다. 캄캄한 계곡이 흰빛을 순식간에 삼키고, 그녀의 비명은 강물의 노호 속으로 사라졌다.

테이글린강은 여전히 흐르고 있었지만 카베드엔아라스란 이름은 더 이상 없었다. 이후로 사람들이 이 강을 카베드 나에라마르스로 불렀기 때문이었다. 어떤 사슴도 다시는 그곳을 건너뛸 생각을 하지 않았고, 살아 있는 모든 것들은 그곳을 피했으며, 그 절벽 위를 걸으려는 사람은 아무도 없었다. 그 어둠 속을 마지막으로 내려다본 인간은 한디르의 아들 브란디르였다. 기가 꺾인 그는 두려운 마음으로 돌아섰다. 이제 그는 살고 싶은 생각이 없었지만, 그가 원하는 죽음을 거기서 맞이할 수는 없었다.[28] 그의 생각은 투린 투람바르를 향했다. "당신에 대한 내 감정은 미움인가 연민인가? 하지만 이제 당신은 죽었소. 내가 가졌던, 혹은 가질 수도 있었던 모든 것을 앗아간 당신에게 감사할 마음은 조금도 없소. 다만, 내 백성들은 당신께 빚을 졌소. 이 소식을 내가 그들에게 알려 주는 것이 온당하겠지."

그는 몸서리를 치며 용이 쓰러져 있는 곳을 피해 절뚝거리며 넨 기리스로 돌아가기 시작했다. 가파른 오솔길을 다시 올라가다가, 그는 나무 사이로 한 사람이 밖을 내다보다가 자기를 발견하고는 뒤로 물러서는 것을 알아차렸다. 하지만 그는 가라앉는 달의 어스레한 빛 속에서 그의 얼굴을 알아보았다.

그가 소리쳤다. "아하, 도를라스! 전해줄 소식이 있겠지? 왜 자네만 혼자 살아있는가? 내 친척은?"

"난 모르오." 도를라스가 퉁명스럽게 대답했다.

"그렇다면 거 참 이상하군."

"검은검이 우리에게 어둠 속에서 테이글린 급류를 건너가게 강요했다는 것을 아셔야 할 것이오. 내가 못 건너간게 이상합니까? 난 누구보다도 도끼를 잘 다루는 사람이지, 염소 같은 발바닥을 가진 사람이 아니오."

"그래서 그 사람들은 자네를 놔두고 용을 찾아갔군?" 브란디르가 말했다. "투람바르는 언제, 어떻게 건너간 건가? 적어도 가까이 있었다면 무슨 일이 벌어졌는지 알 수 있었을 텐데."

하지만 도를라스는 아무 대답도 하지 않고 두 눈에 증오심을 가득 담고 브란디르를 노려보기만 했다. 브란디르는 그제야 이자가 동료를 버리고 달아났다는 것과 수치심 때문에 의기소침하여 숲속에 숨어 있었다는 것을 알아차렸다.

"창피하지 않은가, 도를라스!" 그가 말했다. "자넨 우리에게 재앙을 초래한 자일세. 검은검을 부추기고, 용을 우리 땅으로 불러들이고, 나를 조롱하고, 훈소르를 사지로 내몰고, 그러고 나서 달아나 숲속에 몰래 숨어 있단 말인가!"

말을 하는 동안 그는 한 가지 생각이 더 떠올라 크게 화를 내며 말했다. "왜 소식을 전해주지 않았나? 그것이야말로 자네가 할 수 있는 최소한의 속죄였는데. 그랬더라면 니니엘 부인이 직접 그들을 찾으러 나서는 일도 없었을 게 아닌가. 절대로 용을 만날 일도 없었을 것이고, 죽지도 않았을 텐데. 도를라스, 난 자네를 증오하네!"

"당신의 증오를 간직해 두시오!" 도를라스가 대답했다. "그건 당신의 모든 계획만큼이나 미약한 것이오. 내가 없었더라면 오르크들이 쳐들어와 당신을 당신의 정원에 허수아비처럼 매달았을 거요. '몰래 숨어 있다'는 건 당신한테나 어울리는 말이오."

이 말과 함께 그는 수치심으로 인한 분노를 이기지 못하고 자신의 큼지막한 주먹으로 브란디르를 한 대 칠 듯한 시늉을 했다. 하지만 그의 눈에서 경악의 표정이 사라지기도 전에 숨을 거두고 말았다. 브란디르가 칼을 빼 그를 베었던 것이다. 브란디르는 몸을 떨며 잠시 서 있다가, 피 냄새에 진저리를 치고는 칼을 땅바닥에 던져 버리고 돌아서서 목발에 기댄 채 다시 가던 길로 향했다.

브란디르가 넨 기리스에 돌아오자, 창백한 달은 지고 밤도 물러나고 있었다. 동쪽 하늘에서 아침이 열리고 있었다. 다리 옆에서 꼼짝도 않고 웅크리고 있던 사람들은 그가 새벽 공기 속의 희미한 그림자처럼 돌아오는 것을 보고, 그중 몇 사람이 놀라워하며 그를 불렀다. "어디 있었습니까? 그녀를 보았습니까? 니니엘 부인이 사라졌어요."

"보았소. 니니엘은 떠났소." 브란디르가 대답했다. "가 버렸지. 결코 돌아오지 않을 길로 떠났소! 하지만 내가 온 것은 여러분에게 소식을 전하기 위해서요. 브레실 주민들이여, 이제 들어 보시오. 내가 가져온 이야기 같은 이야기가 또 어디 있는지 한번 말해 보시오. 용은 죽었소. 그리고 투람바르 역시 그 옆에 죽어 있소. 이것은 좋은 소식이지요, 암, 둘 다 좋은 소식이오."

사람들은 그 말을 듣고 놀라워하며 수군거렸고, 어떤 이는 그가 미쳤다고 했다. 하지만 브란디르가 소리쳤다. "내 말을 끝까지 들으시오! 니니엘 역시 죽었소. 여러분이 사랑했던 아름다운 여인, 그 누구보다도 내가 사랑했던 그 니니엘 말이오. 그녀는 사슴이 뛰어넘던 벼랑[29]에서 뛰어내렸고, 테이글린의 이빨이 그녀를 삼켰소. 그녀는 대낮의 환한 빛을 증오하며 떠나갔소. 떠나기 전에 이런 사실을 알았기 때문이오. 두 사람 모두 후린의 아이들로 남매였다는 사실 말이오. 그는 모르메길이라 불렸고, 스스로는 투람바르라고 하면서, 후린의 아들 투린이라는 자신의 과거를 감추었소. 우리가 과거를 알지 못하고 니니엘이란 이름을 붙여 주었던 그녀는, 바로 후린의 딸 니에노르였소. 그들이 어두운 운명의 그림자를 브레실로 가져왔던 것이오. 그들의 운명은 여기서 막을 내렸고, 이 땅은 결코 다시는 비탄에서 자유로울 수 없을 것이오. 이 땅을 브레실이라 부르지 말고, 할레스림의 땅이라고도 하지 말며, 사르크 니아 힌 후린, 곧 '후린의 아이들의 무덤'이라고 하시오!"

그들은 이 같은 악행이 어떻게 일어나게 되었는지 아직 이해할 수는 없었지만 모두 선 채로 통곡했다. 누군가가 말했다. "테이글린강에는 사랑하는 니니엘의 무덤이 있으니, 너무도 용맹스런 인간 투람바르에게도 무덤을 세워야 하오. 우리를 구원한 이를 들판에 그냥 내버려 둘 수는 없소. 그를 찾으러 갑시다."

투린의 죽음

한편 니니엘이 뛰쳐나가던 바로 그 순간 투린은 의식을 되찾게 되었는데, 아득히 먼, 깊은 어둠 속으로부터 자신을 부르는 그녀의 목소리가 들리는 것만 같았다. 글라우룽의 숨이 끊어지자, 그는 암흑과 도 같은 무의식 상태에서 벗어나 심호흡을 하고 한숨을 쉬고는, 다시 엄청난 피로감을 느껴 잠 속으로 빠져들었다. 새벽이 다가올 적에 날씨가 무척 싸늘해져, 잠을 자다가 몸을 뒤척이던 투린은 구르상의 손잡이가 옆구리에 걸리는 바람에 갑자기 눈을 뜨게 되었다. 밤이 물러가고 아침 기운이 대기 속으로 스며들고 있었다. 그는 자신이 이겼다는 사실과 손 위로 불타는 듯한 독이 떨어졌던 것을 기억하고는 벌떡 일어났다. 손을 들어올려 바라보던 그는 깜짝 놀랐다. 그의 손이 아직 축축한 흰 천으로 동여매 있었고 통증 하나 없이 편안했기 때문이었다. 그는 혼자 중얼거렸다. "누군가가 나를 치료해 준 것 같은데, 왜 용의 악취가 진동하는 폐허 속에 춥게 누워 있도록 내버려 두었을까? 대체 무슨 일이 일어난 걸까?"

그래서 그는 크게 소리쳤지만 아무 대답도 없었다. 주변은 온통 캄캄하고 음산했으며 죽음의 악취만 맴돌았다. 그는 몸을 숙여 칼을 들어올렸다. 칼은 온전했고 칼날의 빛 또한 흐려지지 않고 그대로였다. 그가 말했다. "글라우룽의 독이 사악하나, 구르상, 너는 나보다 더 강하구나! 너는 모든 피를 마시게 될 것이다. 승리는 너의 것이다. 하지만 가자! 나는 가서 도움을 청해야겠다. 내 몸은 피곤하고 뼈에 냉기가 스미는구나."

그는 글라우룽에게 등을 돌려 용이 썩어가도록 내버려 두고는 그 자리를 떠났다. 떠나가는 그의 발걸음은 더욱 무겁게 느껴졌고, 머릿속으로는 이런 생각을 하고 있었다. '넨 기리스에 가면 아마도 정찰대원 중의 하나가 나를 기다리고 있겠지. 하지만 빨리 집으로 가서 니니엘의 다정한 손길과 브란디르의 훌륭한 솜씨를 느끼고 싶구나!'

지친 발걸음으로 구르상에 의지해 가다 마침내 이른 아침의 박명을 뚫고 넨 기리스에 이르러, 사람들이 그의 시신을 찾으러 출발하기 바로 전에 그들 앞에 모습을 드러냈다.

그러자 사람들은 그를 불안하게 떠도는 유령으로 생각하고는 공포에 사로잡혀 뒤로 물러섰고, 여자들은 통곡하며 눈을 가렸다. 투린이 말했다. "아니오, 울지 말고 기뻐하시오! 보시오! 내가 살아 있지 않소? 또 여러분이 두려워하던 용을 죽이지 않았소?"

그러자 그들은 브란디르를 향해 돌아서며 소리쳤다. "바보 같으니라고! 그가 죽었다던 소식이 틀렸군. 우리가 당신이 미쳤다고 그러지 않았소?" 그러자 브란디르는 대경실색하여 잔뜩 겁에 질린 눈으로 투린을 응시하며 아무 말도 하지 못했다.

투린이 그에게 물었다. "거기서 내 손을 치료해준 것이 당신이오? 고맙소. 하지만 죽음과 기절을 구별 못 한다면 당신 솜씨도 많이 무뎌졌다고 해야겠소."

그러고 나서 사람들을 향해 말했다. "여러분들 모두가 어리석었던 것이니, 그에게 그렇게 말하지 마시오. 여러분들 중에 누가 더 잘할 수 있었겠소? 적어도 그는 여러분이 앉아서 울고 있는 동안 싸움터에 내려올 용기가 있었던 사람이오.

하지만, 한디르의 아들, 자! 나는 알고 싶은 것이 더 많소. 당신은 왜 여기 있는 것이며, 또 이 사람들은요? 에펠에 남아 있으라 했지 않소. 내가 여러분들을 위해 사지로 들어갔는데, 내가 떠나고 나면 말을 듣지 않아도 되는 것이오? 그리고 니니엘은 어디 있소? 적어도 니니엘을 여기까지 데려오지는 않았겠지. 내가 있으라고 한 그대로, 집을 지키는 충실한 장정들과 함께 우리 집에 그대로 있겠지?"

아무도 그의 말에 대답을 하지 않았다. "자, 니니엘은 어디 있소?" 투린이 소리를 질렀다. "나는 제일 먼저 그녀를 보고 싶고, 먼저 그녀에게 간밤에 벌어진 무용을 들려주고 싶소."

하지만 사람들은 모두 그에게서 고개를 돌렸고, 브란디르가 마침내 입을 열었다. "니니엘은 여기 없소."

투린이 말했다. "그건 잘 된 일이군요. 그러면 난 집으로 가겠소. 타고 갈 말이 있는가? 아니면 들것이 있으면 더 좋겠소. 너무 기진맥진해서 기절할 것 같소."

"아니, 아니오!" 브란디르가 찢어질 듯한 심정으로 말했다. "당신의 집은 비어 있소. 니니엘은 거기 없소. 그녀는 죽었소."

그러자 여인들 중의 한 사람이(브란디르를 전혀 좋아하지 않는 도를라스의 아내였다) 날카롭게 소리쳤다. "그 사람 말을 듣지 마세요, 투람바르 공! 그는 미쳤어요. 그는 여기 돌아와서 당신이 죽었다고 소리치면서 그것이 좋은 소식이라고 했답니다. 하지만 당신은 살아 있어요. 그러니 그가 전한 니니엘 이야기를 어떻게 사실이라고 믿을 수가 있나요? 니니엘은 죽었다고 했고 그보다 더 심한 이야기도 했거든요."

그러자 투린이 브란디르 쪽으로 성큼 걸어가며 소리쳤다. "내가 죽은 것이 좋은 소식이라고? 그렇지, 그녀가 내게 온 것에 대해 당신이 늘 시기했다는 것을 난 알고 있소. 이젠 그녀가 죽었다고 얘기하고 있군. 그리고 더 심한 이야기도? 안짱다리, 당신의 사악한 마음속에 어떤 거짓말을 꾸며 두고 있었던 건가? 당신은 휘두를 수 있는 무기가 없으니, 대신 부정한 언사로 우릴 죽이려고 하는 것인가?"

브란디르는 분노의 감정이 일어나, 가슴 속에 남아 있던 연민의 정마저 사라져 버려 소리를 질렀다. "미쳤다고? 아니오, 검은 운명의 검은검, 미친 것은 당신이오! 철없는 이 사람들도 모두 마찬가지요. 난 거짓말을 하지 않소! 니니엘은 죽었소, 죽었소, 죽었단 말이오! 테이글린에 가서 그녀를 찾으시오!"

투린은 그 말을 듣자 걸음을 멈추고 차갑게 얼어붙었다. "당신은 그것을 어떻게 아는가?" 그가 나직하게 물었다. "어떻게 그 일을 꾸며냈소?"

브란디르가 대답했다. "그녀가 뛰어내리는 것을 보았기 때문에 아는 것이오. 그렇게 되게 한 것은 당신이지. 후린의 아들 투린, 그녀는 당신을 피해 달아났소. 당신의 얼굴을 다시는 보지 않기 위해 카베드엔아라스에서 몸을 던졌단 말이오. 니니엘, 니니엘이라고? 아니오, 후린의 딸 니에노르요."

그러자 투린은 그를 움켜잡고 흔들어댔다. 그의 말 속에서 운명의 발걸음이 그를 쫓아오는 소리를 들었던 것이다. 하지만 공포와 분노로 인해 그의 가슴은 그의 말을 받아들일 수 없었다. 그는 상처를 입고 죽음을 목전에 둔 짐승처럼, 죽기 전에 주변의 모든 것을 쓸어버리고 싶은 마음이었다.

그가 소리쳤다. "그래, 나는 후린의 아들 투린이 맞소. 이미 오래전에 당신은 그렇게 짐작하고 있었지. 하지만 나의 누이동생 니에노르에 대해서는 당신은 아무것도 몰라. 아무것도 모르지! 그 아이는 은둔의 왕국에 살고 있고, 안전하게 지내고 있어. 당신의 비열한 머리는 거짓말을 꾸며내어 내 아내를 미치게 하고 이젠 나까지 속이려드는군. 이 절름발이 악당 같은 놈, 우리 두 사람을 괴롭혀 죽음으로 몰고 가려는 건가?"

브란디르가 그를 밀쳐 내면서 말했다. "나를 건드리지 마시오! 헛소리나 그만하시지. 당신이 아내라고 부르는 여자가 당신에게 다가가 돌보아 주었지만, 당신은 그녀가 부르는 소리에 대답하지 않았소. 하지만 대신 대답하는 자가 있었지. 바로 용 글라우룽이오. 아마도 당신 두 사람이 파멸의 운명에 따르도록 마법을 걸었던 자였겠지. 그자가 죽기 전에 이렇게 얘기하더군. '후린의 딸 니에노르. 여기 자네 오라버니가 있다. 적에게는 방심할 수 없는 자요, 친구의 신의를 저버린 자이며, 일족에게는 저주가 된 자, 그가 바로 후린의 아들 투린이로다!'"

그리고 브란디르는 죽음을 예감하는 듯한 이상한 웃음을 터뜨렸다. "사람들은 죽음을 목전에 두고 진실을 말한다고 하지." 그는 킥

킥거리며 찢어지는 듯한 웃음소리를 냈다. "아마 용도 마찬가지일 거요! 후린의 아들 투린, 그대의 일족과 그대를 받아준 모든 사람들에게 그대는 저주였소!"

그러자 투린은 구르상을 움켜잡았고 두 눈에는 섬뜩한 빛이 번득였다. 그가 천천히 물었다. "안짱다리, 당신에 대해서는 어떻게 이야기해야겠소? 내 본명을 나 모르게 그녀에게 비밀리에 말해 준 사람이 누구요? 용의 악성 앞에 그녀를 데려간 것이 누구요? 그녀가 죽어가는 것을 옆에 서서 보고만 있었던 자가 누구요? 이 끔찍한 이야기를 떠들어대려고 번개처럼 여기까지 달려온 자가 누구요? 이제 고소하다는 듯이 나를 지켜보며 웃어댈 자가 누구요? 사람들은 죽음을 앞두고 진실을 얘기한다고 했던가? 그렇다면 지금 당장 말해 보시오."

브란디르는 투린의 얼굴에서 자신의 죽음을 예감이라도 한듯 가만히 서 있었고, 목발 외엔 아무런 무기도 없었지만 위축된 표정을 짓지는 않았다. 그가 말했다. "우연이 개입된 이 모든 사건은, 말하자면 긴 이야기가 될 테지만, 어쨌든 나는 당신이 진저리나오. 그런데 후린의 아들, 당신은 나를 비방하고 있소. 글라우룽이 당신을 비방했던가? 당신이 나를 죽인다면, 글라우룽의 짓이 아니라는 것을 온 세상 사람들이 알게 되겠지. 하지만 난 죽음이 두렵지 않소. 내가 만약 죽는다면 사랑하는 니니엘을 찾으러 갈 것이고, 어쩌면 바다 건너에서 다시 그녀를 만나게 될지도 모르는 일이오."

투린이 소리를 질렀다. "니니엘을 찾는다고! 아니지, 당신은 글라우룽을 만나 그와 함께 거짓말이나 만들어 내겠지. 당신 영혼의 친구인 그 파충류와 함께 잠을 자고 어둠 속에서 썩어가야 할 것이오!"

투린은 구르상을 들어올려 브란디르를 베고 그의 목숨을 빼앗았다. 그가 칼을 휘두르는 순간 사람들은 눈을 감았고, 그가 돌아서서

넨 기리스를 떠나자 그들도 공포에 사로잡혀 그에게서 멀어졌다.

투린은 야생의 숲속을 아무것도 모르는 사람처럼 헤매고 다니면서, 때로는 가운데땅과 인간의 모든 생명을 저주하고, 또 때로는 니니엘의 이름을 불렀다. 하지만 드디어 광기와도 같은 슬픔이 그를 떠나자, 잠시 자리에 앉아 자신의 모든 행적을 곰곰이 생각하고는, 자신의 내면에서 스스로 울려 나오는 소리를 들었다. '그 아이는 은둔의 왕국에 살고 있고, 안전하게 지내고 있어!'

그는 자신의 삶이 모두 엉망이 되었지만, 이제 그곳으로 가야 한다는 결론을 내렸다. 글라우룽의 거짓말이 항상 그로 하여금 길을 잘못 들게 유도했던 것이다. 그는 일어나 테이글린 건널목으로 향했고, 하우드엔엘레스를 지나며 소리쳤다. "아, 핀두일라스! 용의 말을 듣느라 이렇게 쓰라린 대가를 치렀군요. 이제 내게 지혜를 주시오!"

소리를 지르는 바로 그 순간, 그는 완전무장한 열두 명의 사냥꾼이 건널목을 건너오고 있는 것을 보았다. 요정들이었다. 그는 가까이 다가온 그들 가운데서 싱골의 사냥꾼 대장인 마블룽을 알아보았다. 마블룽이 큰 소리로 그에게 인사를 했다. "투린! 드디어 만났군. 자네를 찾고 있었네. 그간 힘든 세월을 보내긴 했겠지만 이렇게 살아 있는 모습을 만나게 되어 반갑네."

"힘들었겠다고!" 투린이 대답했다. "그렇소, 모르고스의 발아래 깔린 것 같은 시간이었소. 하지만 살아 있는 모습을 만나게 되어 반갑다니, 당신은 가운데땅에 내가 살아 있는 걸 보고 반가워할 사람이 결코 아니잖소. 왜 그런 거요?"

마블룽이 대답했다. "자네가 우리 사이에서 존경받는 인물이었기 때문일세. 자네는 이전에도 어려운 고비를 많이 넘겨 왔지만, 나는 결국 자네에 대한 걱정을 지울 수 없었네. 글라우룽이 나오는 것을 보고 그가 자신의 사악한 목표를 완수하고 주인에게 돌아가는 줄 알았지. 그런데 브레실로 향하더군. 그와 동시에 대지의 유랑자들로부터 나르고스론드의 검은검이 다시 나타났다는 이야기와 함께 오르크들이 브레실 변경을 필사적으로 피해 다닌다는 소식도 들었지. 그래서 난 걱정이 많아져서 이렇게 생각했네. '아하! 오르크들이 감히 엄두를 못 내는 곳으로 글라우룽이 가는 것을 보니, 투린을 찾으러 나섰군.' 그래서 자네한테 이를 알려주고 도와주기 위해 최대한 빠르게 이곳으로 달려왔네."

"빠르긴 했지만 충분하지는 못했소." 투린이 대답했다. "글라우룽은 죽었소."

그러자 요정들은 놀라운 눈으로 그를 바라보며 말했다. "당신이 그 거대한 파충류를 죽였단 말이오? 당신 이름은 요정과 인간들 가운데서 영원토록 칭송받을 것이오!"

"그건 아무래도 좋소. 왜냐하면 내 가슴 역시 죽어버렸기 때문이오. 당신들은 도리아스에서 왔으니 내 가족들의 소식을 전해 주시오. 도르로민에 갔다가 가족들이 은둔의 왕국으로 떠났다는 소식을 들었소."

다른 요정들이 아무 대답도 하지 않자, 결국 마블룽이 입을 열었다. "그들이 사실 오긴 했었지. 용이 나오기 전 해였네. 하지만 유감스럽게도 지금은 거기 없네!"

그 소리에 투린의 심장은 일순간 멈추었고, 끝까지 그의 뒤를 쫓아오는 운명의 발자국 소리를 들었다. 그가 소리쳤다. "계속하시오! 빨리 말해 보시오!"

마블룽이 말을 이었다. "그들은 자네를 찾으러 야생지대로 나갔네. 모두들 반대했지만 두 사람은 나르고스론드로 가겠다고 고집을 피웠지. 그때는 자네가 검은검이란 사실이 알려졌던 때였네. 그리고 글라우룽이 나타나자 두 사람을 호위하던 자들도 모두 흩어지고 말았지. 그날 이후로 아무도 모르웬을 본 사람이 없네. 다만 니에노르는 묵언默言의 마법에 걸려 북쪽으로 야생의 사슴처럼 숲속으로 달아났고, 결국 찾을 수 없었네."

그러자 요정들이 깜짝 놀랄 만큼 날카롭고 큰 소리로 투린이 웃음을 터뜨렸다. "이게 농담은 아니겠지?" 그가 소리를 질렀다. "아, 아름다운 니에노르! 그렇게 도리아스에서 용이 있는 곳으로, 또 거기서 나에게로 달려왔단 말이구나. 참으로 달콤한 운명의 은총이군! 익은 열매 같은 갈색의 피부에 새까만 머리채를 하고 있었지. 요정 아이처럼 자그마하고 호리호리한 몸매, 아무도 그녀를 잘못 알아볼 수는 없소!"

그러자 마블룽이 깜짝 놀라 말했다. "뭔가 잘못된 것 같네. 자네 누이는 그런 모습이 아닐세. 큰 키에 푸른 눈동자, 고운 금빛 머리카락을 하고 있었지. 부친인 후린의 면모가 여성의 모습으로 나타났다고 하면 딱 맞는 말일세. 자넨 동생을 봤을 리가 없네!"

투린이 소리쳤다. "못 봤다고, 마블룽, 내가 못 봤단 말이오? 왜 못 봤을까! 이것 보시오, 난 장님이오! 당신은 그걸 몰랐던가? 장님, 장님처럼 어린 시절부터 모르고스의 캄캄한 안개 속을 헤매고 다녔단 말이오! 그러니 나를 두고 떠나시오! 가시오, 가란 말이오! 도리아스로 돌아가시오, 그곳에 겨울이 휘몰아쳤으면 좋겠소! 메네그로스에 저주를! 당신의 임무에도 저주를! 내 운명에 그것만이 빠져 있었소. 이제 밤이 오는군!"

투린은 바람처럼 그들로부터 사라졌고, 그들은 놀라움과 공포에 사로잡혔다. 마블룽이 말했다. "우리가 알지 못하는 어떤 놀랍고도 끔찍한 일이 우연하게 벌어진 것 같군. 그를 따라가서 최선을 다해 그를 돕도록 하지. 지금 저 사람은 거의 제정신이 아닌 것 같네."

그러나 투린은 그들보다 훨씬 걸음이 빨랐다. 카베드엔아라스에 당도하여 걸음을 멈춘 그는 노호하는 물소리를 들었고, 주변의 모든 나무들이 말라 죽어 여름의 초입에 겨울이 온 것처럼 시든 나뭇잎들이 구슬프게 떨어지는 것을 바라보았다.

"카베드엔아라스, 카베드 나에라마르스!" 그가 소리쳤다. "니니엘을 씻겨 준 네 물속을 더럽히지 않겠노라. 나의 모든 행적은 흉악하였고, 그 마지막은 가장 사악했기 때문이로다."

그리고 그는 자신의 검을 빼들고 말했다. "오라, 죽음의 쇠, 구르상! 이제 자네만 홀로 남았구나! 자네는 자넬 휘둘렀던 손 외에는 어떤 군주도 어떤 충성스런 신하도 알아보지 못하는구나. 어떤 피 앞에서도 자네는 두려워하지 않는구나. 투린 투람바르도 받아 주겠느냐? 나를 신속하게 죽여주겠느냐?"

그러자 칼날에서부터 싸늘하게 울리는 목소리가 대답을 했다. "그렇습니다. 기꺼이 그대의 피를 마시겠습니다. 그래야 나는 나의 주인 벨레그의 피와 부당하게 죽은 브란디르의 피를 잊을 수 있을 것입니다. 그대의 목숨을 신속하게 빼앗겠습니다."

투린이 칼자루를 땅바닥에 꽂고 구르상의 칼끝 위로 몸을 던지자, 검은 칼날은 그의 목숨을 앗아갔다.

마블룽이 나타나, 죽은 채 누워 있는 글라우룽의 흉측한 모습과 투린의 시신을 목격하고는, 니르나에스 아르노에디아드에서 만났던 후린과 그의 가족이 겪은 끔찍한 운명을 생각하면서 슬픔에 잠겼다. 요정들이 그곳에 서 있는 동안 용을 보기 위해 넨 기리스에서 사람들이 내려왔고, 투린 투람바르의 최후를 목격한 그들은 눈물을 흘렸다. 요정들은 투린이 왜 그들에게 그런 말을 했는지를 마침내 깨닫고 경악을 금치 못했다. 마블룽이 씁쓸하게 말했다. "나 역시 후린의 아이들의 운명에 얽혀들어 있었군. 내가 전한 소식 때문에 내가 사랑하는 사람을 죽인 셈이 되었소."

그들은 투린을 들어올렸고, 그의 칼이 부러진 것을 발견했다. 이로써 그가 소유한 모든 것은 사라져 버렸다.

그들은 힘을 합쳐 나무를 모으고 높이 쌓아, 거대한 불길로 용의 시체를 불태웠다. 용의 시체는 검은 재로 변하고 그의 뼈는 짓이겨져 가루가 되었는데, 이후로 용을 불태운 곳은 나무 한 그루 자라지 않는 황량한 곳이 되었다. 그리고 그들은 투린이 쓰러진 곳에 높은 봉분을 만들어 그 안에 그를 눕히고, 구르상의 조각들을 그의 옆에 놓았다. 모든 일이 끝나자 요정들과 인간들은 투람바르의 무용과 니니엘의 아름다움을 전하는 만가輓歌를 지었고, 봉분 위에는 커다란 잿빛 바위를 가져와 세우고 도리아스의 룬 문자로 다음과 같이 새겼다.

투린 투람바르 다그니르 글라우룽가

그리고 그 밑에는 또 이렇게 썼다.

니에노르 니니엘

하지만 그녀는 거기 있지 않았고, 차가운 테이글린강이 그녀를 어디로 데려갔는지 아무도 알지 못했다.

벨레리안드의 모든 노래 중에서 가장 긴 「후린의 아이들 이야기」는 이렇게 끝이 난다.

| 주석 |

다른 형식으로 된 짧은 소개글에 따르면, 「나른 이 힌 후린」은 비록 요정의 언어로 작성되고 특히 도리아스에서 유래한 요정 전승을 많이 활용하고 있긴 하나, 지은이는 인간 시인인 디르하벨이라고 한다. 그는 에아렌딜이 시리온 항구의 지도자이던 시절에 그곳에 살았으며, 도르로민이나 나르고스론드, 혹은 곤돌린이나 도리아스 그 어디에서라도 살아남아 도망쳐 온 이라면 인간이든 요정이든 가리지 않고 하도르 가문에 관한 소식을 모조리 수집했다고 한다. 이 원고의 어떤 판본에서는 디르하벨 스스로가 하도르 가문의 핏줄이었다고 일컬어진다. 벨레리안드의 모든 노래 중에서 가장 긴 이 노래는, 디르하벨이 생전에 지은 유일한 노래였지만, 디르하벨이 장기로 삼던 회색요정들의 언어로 지어진 덕분에 엘다르가 매우 귀하게 여겼다고 한다. 그는 "민라메드 센트/에스텐트"라고 불리던 요정어 운문 형식을 빌려 썼으며, 이 이야기도 과거에는 '나른'(운문으로 되어있으나 곡조를 붙이지 않고 평범하게 낭송하는 이야기)으로 분류하기에 알맞았다고 한다. 디르하벨은 페아노르의 아들들이 시리온하구를 습격했을 때 목숨을 잃었다.

1 「나른」의 텍스트에는 이 지점에 후린과 후오르가 곤돌린에 머물던 때를 묘사하는 대목이 등장한다. 『실마릴리온』을 구성하는 문서들의 일부에 등장한 이야기를 거의 그대로 가져온 것인데, 『실마릴리온』의 내용과 거의 차이가 없어 여기에 추가로 싣지는 않았다. 이 이야기는 『실마릴리온』 259~261쪽에서 볼 수 있다.

2 「나른」의 텍스트에는 여기서부터 니르나에스 아르노에디아드에 관한 이야기가 등장하는데, 1번 주석에서 기술한 것과 동일한 이유로 이 역시 본문에서 제외했다. 『실마릴리온』 309~317쪽 참조.

3 이 텍스트의 또 다른 판본에서는 모르웬이 그녀의 집으로부터 멀지 않은 산맥에서 비밀리에 살아가던 엘다르와 내통하고 있었다고 확실하게 명시된다. "하지만 그들로서는 모르웬에게 소식을 전해 줄 수 없었다. 후린의 죽음을 본 이가 없었던 것이다. 그들은 말했다. '후린은 핑곤의 곁에 없었습니다. 그는 투르곤과 함께 남쪽으로 밀려났는데, 그의 백성 중에 탈출한 자가 있다 해도 분명 곤돌린 군대가 탈출한 후에야 빠져나왔을 겁니다. 하지만 그 누가 알까요? 오르크들이 모든 전사자들을 한데 쌓아둔 통에, 설령 하우드엔니르나에스에 갈 용기가 있다고 한들 수색은 무용지물인 것을.'"

4 하도르의 투구에 대한 이 서술과, 니르나에스 아르노에디아드 당시 벨레고스트의 난쟁이들이 썼으며 "용들과 맞서는 데 큰 도움이 되었다"라고 일컬어지는 "무시무시하게 생긴 큼직한 탈"(『실마릴리온』 314쪽)을 비교할 만하다. 이후 투린은 나르고스론드에서 전장에 나설 때 난쟁이탈을 쓰는데, "적군은 그의 얼굴을 보기만 해도 달아났다"라고 한다(같은 책 341쪽). 더 자세한 사항은 이하의 「나른」 해설 중 278쪽 참조.

5 동벨레리안드에서 오르크들의 습격이 벌어지고 마에드로스가 아자그할을 구출한 사건은 다른 자료에는 전혀 언급되지 않는다.

6 부친께서 또 다른 저술을 통해 밝히신 바에 따르면, 도리아스의 언어는 왕이 쓰는 것이든 다른 이들이 쓰는 것이든 투린이 살던 시기에도 타 지역보다 고풍스러웠다고 한다. 또한 밈은 투린이 비록 도리아스에 불만을 품었을지라도, 그가 양육을 받으며 습득한 언어습관 하나만큼은 기어코 버리지 못하는 것을 알아보았다고도 (다만 밈과 관련해서 현존하는 저술들에는 이 같은 언급이 없다) 한다.

7 텍스트 여백에 쓰인 문구 하나가 있는데, 내용은 다음과 같다. "그는 항상 모든 여인들의 얼굴에서 랄라이스의 얼굴을 보았다."

8 이 대목의 이야기를 다루는 다른 텍스트에는 사에로스가 다에론의 친척으로 일컬어지며, 또 다른 판본에서는 다에론의 형제로 등장한다. 현재 인쇄된 내용이 아마 가장 나중에 쓰인 것으로 보인다.

9 'Woodwose'는 "숲의 야인들"이라는 뜻이다(현재 문장에서는 "야생인"으로 번역되었다—역자 주). 이하 이 책 4부 「드루에다인」 장의 673쪽 14번 주석 참조.

10 이 대목에 관한 다른 글에서는 투린이 이때 무법자들에게 스스로 본명을 밝힌다. 그는 또한 자신은 하도르 가문 사람들의 영주이자 판관으로 정당한 자격을 지니고 있으므로, 도르로민 사람인 포르웨그를 정당하게 살해한 것이라고 주장한다. 그러자 니르나에스 아르노에디아드에서 시리온강을 따라 도망쳤던 나이 든 무법자인 알군드가, 자신은 오래전부터 투린의 눈에서 이젠 떠오르지 않는 누군가의 모습이 보였으며, 이제야 그가 후린의 아들임을 알아보겠다고 말한다. "'그런데 그는 비록 내면에 불을 품고 있었을지언정 같은 집안사람들에 비하면 덩치가 작은 인물이었소. 게다가 머리칼은 붉은 금색이었고 말이오. 그런데 당신은 검은 머리에 키도 훤칠하군. 이제 자세히 들여다보니 당신의 외모는 당신 어머니를 닮았구려. 베오르의 백성에 속하는 분이셨지. 그분은 어떻게 되셨을까 궁금해지는군.' 투린이 말했다. '나도 모르오. 북부에선 아무 소식도 전해지지 않았소.'" 이 판본에서는 도르로민 출신이었던 무법자들이 네이산이 후린의 아들 투린임을 알자 그를 무리의 지도자로 인정하게 되었다고 서술된다.

11 이 대목의 가장 마지막으로 쓰인 판본의 경우, 투린이 무법자들의 두령이 된 후 이들을 테이글린강 이남의 숲속에 사는 숲속 사람들의 집으로부터 멀리 떨어진 곳으로 이끌며, 그들이 떠난 직후에 벨레그가 그들이 있던 자리에 도착한다는 점은 본문과 일치한다. 하지만 지리 관계가 불투명하며 무법자들의 행적에 대한 이야기 역시 모순된다. 이후에 이어지는 줄거리를 고려해보건대 다음과 같은 가정이 필요할 듯하다. 무법자들은 시리온골짜기에 머물렀고, 이전에 오르크들이 숲속 사람들의 집을 습격하던 시절에 머물던 본거지와도 그렇게 멀지 않은 곳에 있었다는 것이다. 어느 미완성 판본에 따르면 그들은 남쪽으로 이동해 "아엘린우이알과 시리온습지 언저리에 있는" 지대에 이른다. 하지만 그들은 이 "은신처 하나 없는 땅"에 불만을 품게 되며, 투린도 그들에게 설득되어 그와 그들이 처음 만난 장소인 테이글린강 이남의 삼림으로 되돌아가기로 한다. 내용상으로 부족한 부분을 이로써 메울 수 있을 듯하다.

12 『실마릴리온』에서 이 대목에 이어지는 줄거리(326~328쪽)는 다음과 같다. 벨레그는 투린에게 작별을 고하고, 투린은 운명이 자신을 아몬루드로 이끌 것이라는 기이한 예지를 드러내며, 벨레그는 메네그로스로 돌아가 (그곳에서 싱골에게서는 앙글라켈 검을, 멜리안에게서는 렘바스를 하사받는다) 딤바르에서 오르크들과의 전투에 복귀한다. 이 부분을 보충할 다른 텍스트가 존재하지 않으며, 문제의 대목은 여기서 생략되어 있다.

13 투린은 여름에 도리아스를 도망쳐 나왔다. 그는 가을과 겨울을 무법자들과 함께 났고, 이듬해 봄에 포르웨그를 살해하고 그들의 두령이 되었다. 지금 기술되는 사건은 그 직후의 여름에 배경을 둔다.

14 '아에글로스(눈가시덤불)'는 가시금작화와 유사하되 크기가 더 컸으며, 흰색 꽃을 피웠다고 한다. 아에글로스는 또한 길갈라드의 창의 이름이기도 하다. '세레곤(바위의 피)'은 우리가 '꿩의비름'이라고 부르는 종류에 속하는 식물인데, 짙은 붉은색 꽃을 피운다.

15 프로도, 샘, 골룸이 이실리엔에서 마주쳤다는 노란 꽃을 피우는 금작화 덤불도 마찬가지로 "아래쪽은 수척하고 껑충하지만 위쪽은 굵었던" 덕에 "길고 건조한 통로"를 통해 곧추서서 그 아래로 걸어갈 수 있었다고 하며, 그 꽃은 "여리고 달콤한 향기를 발산하는 노란 꽃들을 내밀고 어둠 속에서 가물거리고 있었다"라고 한다(『반지의 제왕』 BOOK4, chapter 7).

16 작은난쟁이를 가리키는 신다린 명칭은 다른 자료에서는 "노에귀스 니빈"(『실마릴리온』 331쪽에서도 이 명칭이 실렸다) 혹은 "니빈노그림"으로 제시된다. 나르고스론드 동북쪽으로 "시리온강과 나로그강 사이에 솟아 있는 높은 황무지"(181쪽 하단)는 몇 차례 "니빈노에그의 황야"(혹은 이 이름의 다른 형태)라는 이름으로 언급된 바 있다.

17 밈이 "안뜰 출입구"라고 부르며 무법자들을 들여보내는 갈라진 틈이 있었던 높은 절벽은 (추정하건대) 바위 턱의 북쪽 가장자리이다. 동쪽과 서쪽 가장자리에 있는 절벽은 훨씬 더 가팔랐다.

18 안드로그의 저주는 "저 난쟁이가 막상 필요할 때 활이 없어서 죽음을 맞았으면 좋겠군!"이라는 형식으로도 기록되어 있다. 종국에 밈은 나르고스론드 정문 앞에서 후린의 검에 목숨을 잃는다(『실마릴리온』 373쪽).

19 밈의 자루에 든 다른 물건의 수수께끼는 설명되지 않았다. 이 외에 이를 다루는 글은 급하게 낙서하듯 쓰인 한 주석에 있는 게 전부인데, 거기서는 이것이 뿌리로 위장한 금괴들이었다고 암시하면서 밈이 "'평평한 바위들' 근처의 난쟁이집에 있는 오래된 보물들"을 찾아다녔다고 언급한다. 이 텍스트에서(177쪽) 밈이 붙잡히는 부분에 "기울어지거나 서로 뒤엉킨 커다란 바위들"로 언급된 것이 바로 이 "평평한 바위들"임이 틀림없다. 하지만 바르엔단웨드의 이야기에서 이 보물들이 어떤 역할을 담당하는지에 대해서는 어디에도 언급이 없다.

20 130쪽을 보면 아몬 다르시르 등성이를 넘어가는 고갯길이 "세레크 습지에서부터 도르로민과 네브라스트 땅이 나란히 마주하는 서쪽 멀리까지" 가는 유일한 통로였다고 한다.

21 『실마릴리온』(350~351쪽)에 서술된 이야기를 따르면 브란디르는 "도를라스가 전해 온 소식"을 듣고 들것에 실린 사내가 나르고스론드의 검은검, 곧 떠도는 소문으로는 도르로민의 후린의 아들임을 알자, 한줄기 불길한 예감이 그에게 찾아왔다고 한다.

22 275쪽을 보면 오로드레스가 싱골과 "은밀한 방법으로" 사자를 교환했다는 언급을 찾아볼 수 있다.

23 『실마릴리온』에서(204쪽) "높은 파로스" 혹은 타우르엔파로스는 "삼림이 울창한 거대한 고지대"로 언급되었다. 여기서 이곳이 "헐벗은 갈색"으로 기술된 것은 아마 봄이 막 시작되어 나무들이 잎이 없었다는 뜻을 나타내는 것일지도 모른다.

24 모든 사건이 끝나고 투린과 니에노르가 죽은 뒤에야 사람들이 니에

노르가 몸서리치며 발작했던 일을 상기하면서 그 반응의 의미를 알아챘고, 비로소 딤로스트가 "넨 기리스"로 불리게 된 것이라고 추측한 이도 있을 듯하다. 하지만 이 전설에서 이 지역은 계속해서 "넨 기리스"라는 이름으로 불렸다.

25 만약 글라우룽의 의도가 정말 앙반드로 귀환하는 것이었다면 그는 옛길을 따라 테이글린 건널목으로 향했으리라고 생각해 봄 직한데, 이 경로는 그가 카베드엔아라스로 이른 경로와 크게 다르지 않다. 어쩌면 그가 남쪽의 나르고스론드로 왔던 길을 그대로 되짚어 나로그강을 따라 이브린까지 가리라고 추측한 것일 수도 있겠다. 마블룽이 한 말(257쪽)도 참조. "글라우룽이 나오는 것을 보고 그가 …… 주인에게 돌아가는 줄 알았지. 그런데 브레실로 향하더군."

투람바르가 글라우룽이 돌아오지 않고 직선 경로로 올 경우의 희망을 운운한 것은 이런 뜻이다. 만일 용이 테이글린강 변을 따라 우회해서 건널목으로 갔다면, 브레실에 입성하는 과정에서 협곡을 넘지 않게 될 테니 곧 그의 약점이 노출되는 일도 없었으리라는 것이다. 234쪽에서 그가 넨 기리스에서 동료들에게 하는 발언 참조.

26 부친께서 이 일대의 지형을 구상하신 바를 상세하게 보여주는 지도는 찾을 수가 없었지만, 적어도 다음의 약도가 줄거리에 묘사된 바와 맞아떨어질 듯하다.

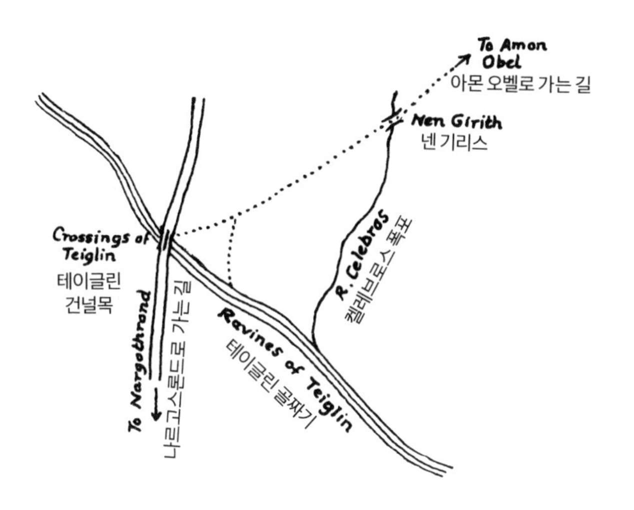

27 "미친 듯이 그곳을 뛰쳐나가자"와 "그의 앞에서 달려 나갔다"라는 문구들은 투린이 글라우룽의 시체 옆에 쓰러진 장소로부터 협곡의 가장자리까지 꽤나 거리가 있었다는 점을 시사한다. 용이 죽어갈 동안 마구잡이로 날뛰면서 벼랑 끝 너머로 멀리 이동했다고 볼 여지도 있겠다.

28 이야기의 후반부에서는(260쪽) 투린 본인도 목숨을 끊기 전에 이 장소를 카베드 나에라마르스로 부르는데, 어쩌면 이 이름의 유래 자체가 투린에 관한 전승에서 비롯된 것일지도 모른다.

브란디르가 (이곳에서나 『실마릴리온』에서나 동일하게) 카베드엔아라스를 마지막으로 내려다본 인간으로 언급되지만, 곧바로 뒤이어 투린이 그 장소를 찾아가거니와, 요정들은 물론 투린의 봉분을 만든 이들도 이곳을 찾아온다. 이렇게 내용이 모순되는 것은 어쩌면 브란디르에 대해 「나르」에서 주어진 묘사를 좁은 의미로 해석함으로써 해결할 수 있을지도 모르겠다. 즉 브란디르가 "그 어둠 속을 내려다본"

것으로는 마지막이었다는 것이다. 사실 부친께서는 투린이 카베드엔아라스가 아니라 테이글린 건널목 근처로 가서 핀두일라스의 봉분 위에서 목숨을 끊는 방향으로 줄거리를 수정할 뜻을 품으셨다. 하지만 이 구상이 실제 집필로 이어지지는 않았다.

29 이 단락을 통해 미루어보건대, 그 장소의 원래 이름이 바로 "사슴이 뛰어넘던 벼랑"이었고, 카베드엔아라스의 의미도 이것이었던 것 같다.

해설

투린과 그의 부하들이 작은난쟁이들의 옛 주거지에 정착하는 지점부터, 나르고스론드가 몰락한 뒤 투린이 북쪽으로 여정을 떠나는 대목에서 「나른」이 재개되기까지의 사이에는 이처럼 세세한 형식으로 완성된 줄거리가 존재하지 않는다. 다만 여러 가지 불완전하고 실험적인 글들을 종합해보면 『실마릴리온』에 간략하게 실린 이야기 이상의 내용들을 단편적으로나마 확인할 수 있다. 더러는 「나른」과 비슷한 분량의 줄거리가 짤막하게 연결된 것들도 몇몇 발견된다.

별도의 짧은 글에는 무법자들이 아몬 루드에 정착한 이후의 생활이 기술되며, 바르엔단웨드에 대한 추가 묘사도 나온다.

> 한참 동안 무법자들의 생활은 그들이 원하는 대로 잘 굴러갔다. 식량은 부족하지 않았고, 따뜻하고 건조한 훌륭한 은신처도 있었으며, 방도 충분히 여유가 있었다. 알고 보니 이 동굴에는 백 명 또는 필요할 경우 그 이상도 숙박할 수 있었다. 좀 더 안쪽에는 또 하나의 작은 거실이 있었다. 거실 한쪽에는 벽난로가 있었고, 그 위로 연기가 나가는 통로가 바위 속에 뚫려 있어서 산 측면의 갈라진 틈 속에 교묘하게 숨겨진 배기구로 통했다. 다른 방도 많이 있었는데, 거실이나 거실을 연결하는 통로에서 문을 열면 들어갈 수 있었고, 일부는 주거용, 다른 일부는 작업용이거나 창고용이었다. 밈은 저장 기술에 있어서 그들을 능가했고, 돌이나 나무로 만든 아주 오래된 것으로 보이는 그릇과 상자들 또한 많았다. 하지만 대부분의 방은 비어 있었고, 병기고에는 녹슬고 먼지 앉은 도끼와 무구 몇 개만 걸려 있었으며, 선반과 장식장은 텅 비어 있었다. 대장간 또한 무용지물이나 마찬가지였는데, 다만 방 하나는 예외였다. 이 방은 안쪽 거실에서 들어가는 방이었는데, 거실의 난로와 환기갱을 같이 사용하는 난로도 있었다. 밈은 이 방에서

가끔씩 작업을 했는데, 다른 사람이 함께 있는 것을 허락하지 않았다.

그해 남은 기간 동안 그들은 더 이상 기습을 나가지 않고, 사냥을 하거나 음식을 구하러 나갈 때면 대부분 소규모로 움직였다. 그렇지만 그들은 나갔던 길을 되찾아 오는 데 오랫동안 어려움을 겪었고, 훗날까지도 투린 외에 길을 확실히 아는 자가 여섯을 넘지 않았다. 그럼에도 불구하고 그들은 길을 찾는 데 능숙한 이라면 밈의 도움 없이 은신처로 돌아올 수 있다는 것을 깨닫고, 북쪽 벽의 갈라진 틈 근처에 밤낮으로 파수꾼을 세웠다. 남쪽에서 적이 쳐들어올 것으로는 예상되지 않기 때문에, 그들은 남쪽에서 아몬 루드를 올라오는 것에 대해서는 걱정하지 않았다. 하지만 낮에는 거의 언제나 산꼭대기에 파수꾼을 세워, 사방을 멀리까지 감시할 수 있게 했다. 꼭대기로 올라가는 벽면이 가파르기는 하지만, 동굴 입구 동쪽으로 울퉁불퉁한 층계가 만들어져 경사지까지 이어져 있고, 거기에서부터는 도움을 받지 않고도 기어 올라가 정상에 다다를 수 있었다.

그렇게 고통을 당하거나 불안에 떠는 일 없이 그해가 흘러갔다. 하지만 날이 갈수록 웅덩이 물이 흐려지고 차가워지면서 자작나무 잎이 떨어지고 큰비가 내리자, 점점 더 많은 시간을 은신처에서 보내야 했다. 그들은 곧 땅속의 어둠이나 거실의 희미한 빛에 싫증이 났다. 또한 대부분이 밈과 같이 살지 않는 게 좀 더 나을 것이라고 생각하기도 했다. 밈이 다른 곳에 있을 것이라 생각하고 있을 때, 그가 어두컴컴한 모퉁이나 문간에 불쑥 나타나는 일이 너무 잦았던 것이다. 밈이 가까이 있으면 대화에 불안감이 스며들었기 때문에, 그들 사이에는 늘 낮은 소리로 소곤거리는 습관이 생겼다.

하지만 그들이 보기에 참 이상하게도, 투린의 경우는 그렇지 않았다. 그는 그 늙은 난쟁이와 점점 더 친근한 사이가 되었고, 점점 더 그의 생각에 귀를 기울였다. 그해 겨울, 그는 몇 시간 동안이나 밈과 함께 앉아 그의 지식과 살아온 이야기를 듣곤 했다. 그가 엘다르에 대해

> 험담을 할 때도 투린은 그를 전혀 나무라지 않았다. 밈은 흡족해했고 그 대가로 투린에게 많은 호의를 보였다. 그래서 유일하게 투린만이 이따금 그의 작업장에 들어갈 수 있게 되어, 거기서 나지막한 소리로 함께 이야기를 나누곤 했다. 인간들은 이를 탐탁잖아 했고, 안드로그는 이 모습을 시샘하기까지 했다.

『실마릴리온』에서 이어지는 텍스트에는 벨레그가 어떻게 바르엔단웨드까지 찾아왔는지 어떤 암시도 주어지지 않으며, 단지 "어느 겨울날 저녁 어스름 속에 그들 눈앞으로 …… 나타났다"라고만 할 뿐이다. 또 다른 간략한 요약에서는 다음과 같이 설명한다. 무법자들이 식량을 너무 낭비하는 통에 겨울 동안 바르엔단웨드에 식량이 부족해지고, 밈은 그들이 자신의 창고에서 먹을 만한 뿌리를 빼가는 것을 못마땅해한다. 이에 따라 이듬해 초에 그들은 요새 바깥으로 한바탕 사냥을 나간다. 아몬 루드에 접근하던 벨레그가 그들의 흔적을 따라잡고는, 그들의 자취를 추적하다 그들이 갑작스런 눈보라에 어쩔 수 없이 만들어둔 야영지에 이르거나, 혹은 바르엔단웨드까지 그들을 뒤따라가서 그들을 따라 요새에 몰래 침투한다.

이때 안드로그는 밈의 비밀 식량 저장고를 찾던 중 동굴에서 길을 잃었다가 아몬 루드의 평평한 꼭대기까지 이어지는 비밀계단을 발견한다(바르엔단웨드가 오르크들의 공격을 받았을 때 몇몇 무법자들이 이 층계를 따라 도망친다. 『실마릴리온』 334쪽). 또 앞서 언급한 사냥이나, 혹은 그 이후의 다른 때에, 안드로그는 밈의 저주를 무시하고 활과 화살을 다시 챙겨 갔다가 독화살에 부상을 당한다. 문제의 사건을 언급하는 여러 자료들 중 하나는 이것이 오르크의 화살이었다고 기술한다.

안드로그는 벨레그의 치료를 받지만, 그가 요정에게 품은 반감이나 불신이 누그러지지는 않는다. 더욱이 밈은 벨레그가 이로써 자신이 안드로그에게 건 저주를 '무산'시킨 까닭에 그를 더욱 맹렬히 증오하게 된다. 그는 "다시 물어뜯을 때가 올 거야"라고 말한다. 한편 밈은 만약 자신도 멜리안이 준

렘바스를 먹는다면 젊음을 되찾고 원기를 회복할 수 있으리라는 생각을 품는다. 하지만 그는 들키지 않고 렘바스를 훔칠 수 없었기에, 병을 가장하며 그의 적에게 렘바스를 줄 것을 애원한다. 벨레그가 렘바스를 줄 것을 거절하자 그를 향한 밈의 증오에는 쐐기가 박히게 되며, 투린이 그 요정을 사랑한 탓에 그의 증오는 더욱 커진다.

벨레그가 자신의 꾸러미에서 렘바스를 꺼내다 주었을 때(『실마릴리온』 332쪽, 335쪽 참조) 투린은 이를 거절했다는 점을 여기서 언급하는 것이 좋겠다.

> 은빛 나뭇잎이 불빛 속에서 붉은빛을 띠었는데, 봉인을 바라보는 순간 투린의 안색이 흐려졌다. 그가 물었다. "그게 뭡니까?"
>
> "자네를 사랑하는 분이 자네에게 줄 수 있는 가장 큰 선물일세. 이것은 렘바스라고 하는데, 인간은 아무도 맛보지 못한 엘다르의 여행식일세."
>
> "조상들의 투구는 보관해 준 데 대한 고마운 마음까지 함께 받겠소만, 도리아스에서 준 선물은 받지 않겠소."
>
> "그렇다면 자네 검과 자네 무기도 돌려주게. 자네 어린 시절의 가르침과 보살핌도 돌려주게. 그리고 자네 부하들이 황야에서 자네 비위 맞추다 죽도록 내버려 두게나. 이 여행식은 자네한테 주는 게 아니라 내가 받은 선물일세. 그러니 내 마음대로 할 수 있지. 자네 목에 걸린다면 먹지 말게. 하지만 좀 더 굶주리고 덜 건방진 사람들도 있겠지."

그러자 투린은 창피한 마음이 들어 이 부분에 한해서는 자존심을 접는다.

벨레그와 투린이 한동안 아몬 루드의 요새를 중심으로 테이글린강 남쪽에서 강력한 세력의 지도자 노릇을 했던(『실마릴리온』 333쪽) 곳인 도르쿠아르솔, 즉 '활과 투구의 땅'에 관해서도 약간의 추가적인 서술이 몇 가지 발견된다.

투린은 그를 찾아오는 모든 이들을 기꺼이 맞아들였지만, 벨레그의 조언에 따라 어떤 신참자에게도 아몬 루드의 은신처를 알려주지는 않았다(아몬 루드는 이때 에카드 이 세드륀 곧 "충성스런 자들의 야영지"란 이름으로 불리고 있었다). 그곳으로 가는 길은 예전부터 무리에 속해 있던 자들만이 알고 있었고, 다른 이들은 들어갈 수 없었다. 하지만 주변에 다른 튼튼한 야영지와 요새가 건설되었다. 동쪽 숲속이나 고원 지대, 남쪽 습지를 비롯한 메세드엔글라드('숲의 끝')에서부터 바르에리브에 이르기까지 요새가 세워졌다. 바르에리브는 아몬 루드에서 남쪽으로 수 킬로미터 떨어진 곳이었다. 또한 이 모든 곳에서 사람들은 아몬 루드 정상을 볼 수 있었고, 신호를 통해 소식과 명령을 전달받았다.

이렇게 하여 여름이 가기도 전에 투린의 무리는 막강한 세력으로 성장했고, 앙반드의 군대를 뒤로 밀어냈다. 이 소문이 나르고스론드까지 전해지자, 그곳의 많은 이들은 무법자 한 사람이 적에게 그같은 타격을 줄 수 있다면, 나로그의 군주는 무잇인들 못 하랴 하며 들떴다. 하지만 나르고스론드 왕 오로드레스는 자신의 계획을 바꿀 생각이 없었다. 모든 일에 있어서 그는 싱골의 사례를 따르면서 은밀한 방법으로 그와 사자를 교환했다. 백성을 먼저 생각하고, 북부의 탐욕에 맞서 얼마나 오랫동안 백성들의 생명과 재산을 지킬 수 있을 것인가를 생각하는 사람들의 입장에서 보면, 그는 지혜로운 군주였다. 그리하여 그는 자기 백성 누구도 투린에게 가지 못하도록 했고, 투린에게 사자를 파견하여 그가 전쟁을 벌일 때 어떤 일을 하고 어떤 계획을 꾸미더라도 나르고스론드 땅에 발을 들여놓아서는 안 되며, 오르크들을 그쪽으로 몰고 와서도 안 된다고 엄명했다. 하지만 병력 이외의 다른 도움은, 두 지도자가 필요로 할 때 제공했다(여기에는 싱골과 멜리안의 영향력이 작용했던 것으로 추정된다).

벨레그가 비록 투린을 돕긴 했으나 그의 원대한 구상에는 처음부터 끝까지 반대의 의견을 견지했다는 점, 벨레그가 보기엔 용투구가 그가 바랐던 것과는 다른 방향으로 투린에게 영향을 끼치는 것 같았다는 점, 그가 앞으로 다가올 날이 어떤 결과를 안겨다 줄지 예감하며 고민에 잠겼다는 점 등이 여러 차례 강조된다. 그가 투린과 이에 관해 나눈 대화의 몇 토막이 지금 남아 있다. 그중 하나에 보면 그들이 에카드 이 세드륀의 요새에 함께 앉아 있었을 때 투린이 벨레그에게 이렇게 이야기를 시작한다.

"왜 그렇게 슬픈 표정을 지으며 골똘히 생각하고 있소? 나한테 돌아온 뒤로 모든 일이 잘되어 가지 않습니까? 내 목표가 마음에 들지 않았소?"

"지금은 모든 것이 좋네. 적은 아직도 놀라서 겁에 질려 있거든. 앞으로도 여전히 좋은 날이 우릴 기다리고 있네, 당분간은."

"그다음에는?"

"겨울일세. 그다음에는 또 한 해가 기다리고 있지. 그때까지 살아남을 자들에게는 말이야."

"그다음에는?"

"앙반드의 분노일세. 우리는 '검은 손'의 손가락 끝에 불을 붙였을 뿐이야, 그게 전부일세. 그자는 손을 빼지 않을 걸세."

"하지만 앙반드의 분노야말로 우리의 목표이자 기쁨이 아니오? 내가 무슨 딴 일을 하길 바라오?"

"잘 알고 있을 텐데. 자넨 내게 그 길에 대해서는 언급하지 말라고 했네. 하지만 이젠 들어 보게. 큰 군대를 거느린 군주는 필요한 것이 많아. 안전한 은신처도 있어야 하고, 재물도 갖추어야 하고, 또 전쟁에 가담하지 않는 많은 이들도 있어야 하네. 숫자가 많아지면 들판에서

> 얻는 것만으로는 식량이 부족하지. 기밀을 유지하는 문제도 간단치가 않고. 아몬 루드는 무리가 작을 때는 괜찮은 곳일세, 눈도 있고 귀도 달려 있거든. 하지만 외진 곳이고 멀리서도 보인다는 문제가 있네. 그 산을 포위하는 데는 큰 병력이 필요하지도 않아."
>
> "그럼에도 불구하고 나는 내 부대의 대장으로 남겠소. 죽을 수밖에 없다면 죽어야겠지. 난 여기서 모르고스가 가는 길을 가로막겠소. 내가 이렇게 서 있는 한 그는 남쪽으로 가는 길을 이용할 수 없을 거요. 이 부분에 대해선 나르고스론드에서도 내게 어느 정도 감사를 표해야 마땅하오. 필요한 물자를 원조해준다면 더 좋겠지."

둘 사이에 오간 대화 중 또 다른 짧은 대목에서는 벨레그가 세력의 취약함에 대해 경고했을 때 투린이 이렇게 답한다.

> "난 땅을 다스리는 영주가 되고 싶소. 하지만 이 땅은 아니오. 여기선 단지 힘을 키울 뜻만을 품고 있소. 내 마음은 도르로민에 있는 내 아버지의 땅으로 기울고 있고, 내가 원할 때 그곳으로 갈 생각이오."

이 외에도 또한 모르고스는 잠시 동안 손을 뺀 채 공격하는 시늉만을 했으며, "그래서 저항군들은 손쉬운 승리를 거두면서 자신감에 넘쳐 우쭐거리게 되었다"라는 단정적인 서술도 나온다.

아몬 루드 공격 과정에 대한 요약에 안드로그가 재차 등장한다. 그는 그때 비로소 투린에게 내부의 계단을 알려 주게 되며, 그 역시도 다른 무리와 함께 정상으로 올라간다. 정상에서 그는 그 누구보다 용맹스럽게 싸웠다고 하지만, 결국에는 화살에 맞아 중상을 입고 쓰러진다. 이렇게 해서 밈의 저주가 결실을 맺는다.

『실마릴리온』에 등장한 벨레그가 투린을 추적하며 떠난 여정, 벨레그가 귄도르와 타우르누푸인에서 만난 것, 투린의 구출, 벨레그가 투린의 손에 살해된 것 등에 대한 이야기에는 그 어디에도 살을 붙일 것이 없다. 귄도르가 푸른색으로 빛나는 '페아노르의 등불'을 소지했다는 것과 이 판본의 이야기에서 문제의 등불이 갖는 역할에 대해서는 PART 1의 1장 2번 주석(99쪽) 참조.

이 시점에서 부친께서는 도르로민의 용투구의 내력을 투린이 나르고스론드에 체류하던 시기나 그 이후까지도 확장할 의향을 품고 계셨다는 것을 짚고 넘어가는 것이 좋겠다. 하지만 이런 구상은 결국 줄거리에 포함되지 못했다. 현존하는 판본들에는 도르쿠아르솔이 종말을 맞고 아몬 루드의 무법자들의 요새가 파괴되는 부분에서 투구가 그대로 종적을 감추는데, 이후 모종의 이유로 나르고스론드에서 투린의 손에 돌아오면서 다시 등장할 예정이었다. 만약 투린을 앙반드로 끌고 가던 오르크들이 투구를 빼앗았다면 이후 투구가 갈 곳은 나르고스론드뿐이었을 것이다. 다만 벨레그와 귄도르가 투린을 구출할 시기에 투구를 탈환한 경위를 설명하기 위해선 그 지점에서 줄거리를 좀 더 발전시킬 필요가 있었을 듯하다.

별도로 존재하는 짧은 글에 따르면 나르고스론드에서 투린은 "자신의 존재가 드러날까 봐" 투구를 다시 쓰는 것을 삼갔지만, 툼할라드 전투에 참전했을 때는 이를 썼다고 한다(『실마릴리온』 341쪽에서는 그가 나르고스론드의 병기고에서 발견한 난쟁이탈을 썼다고 기술된다). 이 단문의 내용은 다음과 같이 이어진다.

> 적들은 모두 그 투구가 두려워 투린을 피했고, 그 덕에 그는 참혹한 전장에서 몸을 다치지 않고 빠져나올 수 있었다. 그리하여 그는 용투구를 쓴 채 나르고스론드로 돌아왔다. 그러자 글라우룽은 (그 스스로가 용투구를 두려워한 만큼) 투린에게서 투구의 도움과 가호를 떼어놓을 심산으로, 그가 투구 꼭대기에 자신을 닮은 장식을 얹은 것을 보니

실로 자신의 수하이자 가신을 자청하는 것이 아니냐며 그를 도발했다.

하지만 투린이 대답했다. "네놈은 알면서도 거짓말을 하는구나. 이 형상은 네놈을 향한 경멸의 의미로 조각된 것이다. 이 투구를 쓰는 이가 있는 한 네놈은 언제나 이것을 지닌 이가 네 목숨을 앗아가리라는 두려움에 시달릴 것이로다."

글라우룽이 말했다. "그렇다면 다른 이름을 가진 주인을 찾아 주어야겠구나. 나는 후린의 아들 투린은 두렵지 않다. 오히려 정반대지. 네놈이야말로 내 얼굴을 대놓고 쳐다볼 배짱이 없지 않느냐."

사실 용이 주는 공포가 너무나 막심했기에 투린은 절대로 그의 눈을 쳐다볼 엄두를 내지 못했고, 투구의 면갑을 내려 얼굴을 가린 채, 글라우룽과 대치하면서도 시선을 그의 발치 이하에만 고정했다. 하지만 이제 이런 도발에 직면하자, 자만심과 성급함에 사로잡힌 그는 면갑을 치켜올리고는 글라우룽의 눈을 쳐다보았다.

다른 곳에 쓰인 설명에 따르면, 모르웬은 도리아스에서 툼할라드 전투에 용투구가 나타났다는 소식을 듣고 나서야 모르메길이 자기 아들 투린이라는 사실을 알게 되었다고 한다.

마지막으로, 투린은 글라우룽을 처치할 때 이 투구를 쓸 예정이며 죽어가는 용의 앞에서 그가 나르고스론드에서 "다른 이름을 가진 주인" 운운한 것을 두고 조롱할 것이라는 구상이 존재한다. 하지만 그렇게 하기 위해 줄거리를 어떻게 다듬을 것인지에 대한 언급은 없다.

귄도르가 나르고스론드에서 투린의 정책에 반대했던 사건의 실체와 그 내막에 관한 이야기가 있는데, 이는 『실마릴리온』에서는 간략하게만 언급되어 있다(342쪽). 이야기는 제대로 형식을 갖추지는 못했지만, 다음과 같이 풀어 놓을 수 있을 것이다.

귄도르는 왕의 자문회의에서 늘 투린을 반대하면서, 자신이 앙반드에 있어 보았기 때문에 모르고스의 힘도, 그의 계략도 어느 정도 알고 있다고 말했다. "작은 승리는 결국 아무 소용이 없습니다. 이를 통해 모르고스는 최강의 적이 어디 있는지 알게 되고 그들을 제압하기 위해 무력을 보강할 것이기 때문입니다. 요정과 인간의 힘을 모두 연합해도 겨우 모르고스를 제지하는 정도, 곧 포위공격을 통해 평화를 유지하는 것에 불과했습니다. 그것도 모르고스가 포위망을 뚫지 않고 때를 기다리는 동안에만 가능했습니다. 이제 다시 그와 같은 연합은 이루어질 수 없습니다. 이제는 은둔해야만 어떻게든 희망이 있습니다. 발라들이 오기까지는 말입니다."

"발라들이라고요!" 투린이 소리쳤다. "그들은 당신들을 저버렸고 인간을 경멸하고 있소. 끝없는 바다 너머 저쪽 서녘을 바라보았자 무슨 소용이 있겠소? 우리와 상관이 있는 발라는 하나밖에 없소. 바로 모르고스라는 자요. 최종적으로 우리가 그를 이길 수 없다 하더라도 그를 괴롭히고 방해할 수는 있소. 아무리 작은 것이라 하더라도 승리는 승리고, 승리의 가치는 뒷일만 가지고 판단하는 게 아니오. 전략적으로도 이 방법이 낫소. 모르고스의 진군을 막기 위한 행동을 아무것도 취하지 않는다면, 몇 년 지나지 않아 벨레리안드 온 땅은 그의 어둠 속에 떨어질 것이고, 그런 뒤에는 한 사람씩 숨어 있던 은신처에서 쫓겨나고 말 거요. 그다음에는 어떻게 됩니까? 살아남은 불쌍한 자들은 남쪽과 서쪽으로 달아나 모르고스와 옷세 사이에 끼인 형국으로 바닷가에 웅크리고 있게 될 것이오. 아무리 짧은 시간이라 할지라도 영광의 순간을 누리는 것이 더 낫소. 그렇게 해도 결국엔 더 나빠질 일도 없소. 당신은 은둔을 주장하고 유일한 희망은 거기 있다고 말하지만, 모르고스의 모든 첩자와 척후병을 끝까지 지극히 작은 자에 이르기까지 숨어서 기다리다가 잡아낼 수 있다고 해도, 아무도 앙반드에 정보를 갖고 돌아가지 않으면 그것으로부터 그는 당신이 어느 곳에 있는지 짐작할 수 있을 거요. 이 점 또한 말씀드리겠소. 유한한 생명의 인간들은 요정에 비해 무척 짧은 생을 살고 있지만, 그들은 달아나거나 항복하지 않고 싸움으로 저항하고 있소. 후린 살리온의 항거는 위대한 행동이오. 모르고스가 비록 그 행위자를 죽일 수 있을지는 몰라도 이미 일어난 행위는 돌이킬 수 없는 법이오. 서녘의 군주들께서도 이 점은 높이 평가하실 거요. 아르다의 역사에는 모르고스나 만웨도 지울 수 없는 역사가 기록되어 있지 않소?"

귄도르가 대답했다. "높은 분들의 이름을 거론하는 것을 보니 자네가 요정들과 함께 산 적이 있다는 것은 분명하군. 하지만 모르고스와 만웨의 이름을 함께 언급한다거나, 발라들을 요정과 인간의 적인 양 이야기한다면 자네에게 어둠이 찾아온 걸세. 발라들은 아무것도 경멸하지 않는다네. 특히 일루바타르의 자손들에 대해서는 더욱 그러하네. 또한 자네는 엘다르의 희망에 대해서도 모든 것을 알고 있지 못하네. 우리에게 전해 내려오는 예언에 따르면, 언젠가는 가운데땅의 한 사자가 발리노르의 어둠을 뚫고 들어가면 만웨께서 그의 말에 귀를 기울일 것이며, 만도스께서 우리를 측은히 여기실 것이라고 하네. 그때를 위하여 우리는 놀도르의 씨앗을 지키도록 노력해야 하지 않겠는가? 에다인의 씨앗도 마찬가지지. 그래서 키르단이 지금 남쪽에 머무르며 배를 만들고 있네. 자네가 배와 바다에 대해 무엇을 알겠는가? 자넨 자신과 자신의 영광만 생각하고 우리 모두에게도 그렇게 하자고 요구하고 있네. 하지만 우린 우리 말고 다른 이들도 생각을 해야 하네. 모두가 다 싸우다 죽을 수는 없기 때문이야. 우리는 있는 힘을 다해 전쟁과 멸망으로부터 그들을 지켜야 하네."

"그렇다면 아직 시간이 있을 때 그들을 배가 있는 데로 보내는 게 어떻소?"

"키르단이 그들을 부양할 수 있다고 해도 그들이 우리와 떨어져 지내게 해서는 안 되네. 우리는 가능한 한 오랫동안 함께 지내야지, 죽음을 자초해서는 안 되네."

투린이 대답했다. "이 모든 것에 대해 나는 답을 했소. 적의 세력이 커지기 전에 변경에 강력한 방어선을 치고 타격을 가해야 하오. 그렇게 해야만 당신이 말하는 최선의 방책, 곧 오랫동안 함께 견디는 것도 가능하오. 당신이 말한 백성들은 늑대처럼 항상 사냥이나 하면서 숲 속에 몰래 숨어다니는 그런 자들을 좋아한단 말이오? 적이 우리 군대 전체보다 더 강하다 하더라도 투구를 쓰고 화려한 방패를 들고 그들을 쫓아내는 것이 더 훌륭하지 않소? 적어도 에다인 여인들은 그렇게 생각하고 있소. 그들은 니르나에스 아르노에디아드에서 남자들을 불러들이지 않았단 말이오."

"하지만 그 전쟁을 벌이지 않았더라면 그들의 고통은 훨씬 덜했을 것이오." 귄도르가 대답했다.

핀두일라스가 투린을 연모하게 된 것도 더 자세하게 다뤄진다.

오로드레스의 딸 핀두일라스는 피나르핀 가문의 내림에 따라 금발이었는데, 투린은 그녀를 바라볼 때나 그녀와 함께 있으면 즐거웠다. 그녀가 도르로민의 아버지의 집에 살고 있는 여인들과 가족들을 떠올리게 했기 때문이었다. 그는 처음에는 귄도르가 옆에 있을 때만 그녀를 만났다. 하지만 얼마 후 그녀가 그를 찾아왔고, 일견 우연인 듯했지만 종종 따로 만났다. 그녀는 자신이 거의 본 적이 없는 에다인에 대해서, 또 투린이 살던 고장과 그의 가문에 대해 그에게 물었다.

투린은 자신이 어디서 태어났는지, 자신의 친척들이 어떤 사람들인지 밝히지 않았지만, 다른 질문에 대해서는 그녀에게 거리낌 없이 이야기해 주었다. 그는 한번은 이런 얘기를 했다. "내게는 랄라이스라는 여동생이 있어요. 아니 내가 이름을 그렇게 붙였소. 당신을 보니 그 아이 생각이 나는군요. 하지만 랄라이스는 어린아이였고, 봄날의 푸른 풀밭에 피어나는 한 송이 노란 꽃과 같았소. 살아 있었다면, 아마도 지금쯤 깊은 슬픔에 잠겨 있었을 것이오. 하지만 당신은 여왕의 풍모에 황금빛 나무를 닮았소. 내게 이렇게 아름다운 누이가 있었으면 좋겠소."

그녀가 말했다. "당신은 제왕의 풍모를 갖추고 있고, 핑골핀 가문의 영주들을 닮았군요. 내게 당신처럼 용맹스런 오라버니가 있었으면 해요. 아다네델, 난 아가르와엔이 당신의 진짜 이름이라고 생각지 않아요. 그건 당신한테 어울리지도 않지요. 난 당신을 수린 곧 '비밀'이라고 부르겠어요."

이 말에 투린은 몸을 움찔하고는 대답했다. "그것은 내 이름이 아니오. 우리의 왕은 엘다르에서 나오고, 나는 엘다르가 아니기 때문에 왕도 아니지요."

이때쯤 투린은 자신에 대한 귄도르의 우정이 점점 식어가는 것을 알아차렸다. 투린은 귄도르가 처음에는 앙반드의 고통과 공포에서 벗어나기 시작했지만, 이제는 다시 근심과 걱정 속으로 끌려 들어가는 것 같아서 불안했다. 그래서 그는 귄도르가 슬픔에 잠긴 것이 자기가 그의 생각에 반대하고 또 그보다 뛰어났기 때문일 것이라고 짐작하고, 제발 그것이 사실이 아니기를 기원했다. 왜냐하면 그는 귄도르를 자신의 안내자이자 치유자로서 사랑했고, 그에 대한 연민의 정이 가득했기 때문이었다. 하지만 그때쯤 핀두일라스의 광채 또한 어두워지고, 그녀의 발걸음이 느려졌으며, 얼굴 또한 수심이 가득해져 갔다. 이를 감지한 투린은 귄도르의 이야기 때문에 그녀의 마음속에 앞으로 일어날 사건에 대한 공포심이 생겨나서 그런 것이라고 추측했다.

사실 핀두일라스는 가슴이 찢어질 듯 괴로워하고 있었다. 그녀는 귄도르에 대한 존경과 연민의 정이 있었고, 그래서 그의 고통에 또 하나의 생채기를 더하고 싶지 않았다. 하지만 자신의 의지와는 달리 투린에 대한 그녀의 사랑은 날이 갈수록 더 커졌고, 그녀는 베렌과 루시엔을 생각했다. 하지만 투린은 베렌과 같지 않았다! 그는 그녀를 멸시하지 않았고 그녀와 함께 있는 것을 기뻐했다. 그렇지만 그녀는 투린이 자신이 바라는 식의 사랑을 원치 않는다는 것을 알고 있었다. 그의 생각과 마음은 다른 곳, 즉 오래전에 지나간 봄날의 어느 강변에 머물러 있었다.

그때 투린이 핀두일라스에게 말했다. "귄도르가 하는 말에 놀라지 마시오. 그는 앙반드의 어둠 속에서 고통을 받았소. 그토록 용맹스러운 이가 이렇게 장애가 생겨 어쩔 수 없이 뒤로 물러나야만 한다는 것은 참으로 힘든 일이오. 그에게는 많은 위로가 필요하고, 치유에 오랜 시간이 걸릴 거요."

"잘 알고 있어요." 그녀가 대답했다.

"우린 그를 위해 시간을 벌어 주어야 하오. 나르고스론드는 견뎌낼 거요! '겁쟁이' 모르고스는 다시는 앙반드에서 나오지 않을 것이고, 그가 의지하는 것이라고는 오로지 부하들밖에 없소. 도리아스의 멜리안이 그렇게 말했지요. 그의 부하들은 모르고스의 손에 달린 손가락이나 마찬가지요. 모르고스가 마수를 뒤로 뺄 때까지 그 손가락을 쳐부수고 잘라내야 하오. 나르고스론드는 살아남을 것이오!"

"당신이 할 수 있다면 아마도 그렇게 살아남겠지요. 하지만 조심하세요, 아다네델. 당신이 싸움터로 나갈 때면, 나르고스론드가 당신을 잃게 될까 두려워 내 가슴은 무겁답니다."

투린은 나중에 귄도르를 찾아 말했다. "사랑하는 친구 귄도르, 당신은 다시 슬픔 속에 빠져들고 있소. 그러지 마시오! 당신의 병은 가족들과 함께 하는 당신의 집에서, 또 핀두일라스의 빛 속에서 치유될 것이오."

그러자 귄도르는 투린을 노려보며 아무 말도 하지 않았고, 얼굴이

어두워졌다.

투린이 물었다. "왜 그런 얼굴로 나를 보오? 최근 들어 당신은 나를 이상한 눈으로 볼 때가 많소. 내가 잘못한 게 뭐요? 당신의 의견에 반대하긴 했지만, 사람은 자기가 보는 대로 말해야 하오. 아무리 개인적인 이유가 있다 하더라도 자신이 믿고 있는 진실을 감추는 게 아니지요. 나는 우리 생각이 같으면 좋겠소. 난 당신한테 큰 빚을 졌고, 그것을 잊을 수 없기 때문이오."

"잊을 수 없다고? 하지만 자네의 행동과 조언이 내 고향과 내 동족의 삶을 바꾸어 버렸네. 자네의 어두운 그림자가 그들의 머리 위에 머물러 있단 말일세. 모든 것을 자네에게 잃어버린 내가 어떻게 편한 마음으로 자넬 만날 수 있겠는가?"

투린은 이 말뜻을 이해하지 못했고, 다만 왕의 심중과 자문회의에서 자신이 차지하는 자리를 그가 시기하고 있는 게 아닌가 추측할 뿐이었다.

직후 귄도르가 핀두일라스에게 투린을 사랑하는 것에 대해 경고하며 투린의 정체를 알려주는 대목이 뒤따르는데, 이 부분은 『실마릴리온』(341쪽)에 실린 텍스트와 거의 유사한 내용이다. 다만 귄도르의 말이 끝날 때 핀두일라스가 하는 대답이 훨씬 긴 분량으로 주어진다.

"귄도르, 당신의 눈이 흐려졌군요. 당신은 지금까지 이곳에서 벌어진 일들을 보지도 못하고 이해하지도 못하고 있어요. 지금 당신에게 진실을 고백하여 한 번 더 부끄러움을 느껴야 할까요? 귄도르, 난 당신을 사랑하고 있고 또 더 많이 사랑하지 못해서 미안해요. 하지만 난 더 큰 사랑에 사로잡혀 있고 거기서 빠져나갈 수가 없어요. 내가 원한 것이 아니었기에 난 그것을 오랫동안 외면하고 있었어요. 하지만 내가 당신의 상처를 동정하듯이 내 상처에도 연민을 보여 주세요. 투린은 나를 사랑하지 않아요. 앞으로도 그럴 거예요."

권도르가 말했다. "당신이 이렇게 말하는 것은 당신이 사랑하는 그 사람의 책임을 면해 주기 위한 것이오. 왜 그가 당신을 찾아와서 오랫동안 함께 앉아 있고 늘 더욱 기쁜 얼굴로 돌아가는 거요?"

"그 역시 위로가 필요하기 때문이에요. 자기 가족을 잃었거든요. 당신들 두 분 모두 결핍을 느끼고 있어요. 그런데 핀두일라스의 결핍은요? 내가 사랑받지 못하고 있다고 털어놓은 것으로 충분하지 않나요? 그런데도 당신은 내가 거짓으로 그런 말을 한다고 하는군요."

"아니오. 여자는 그런 경우에 쉽게 속지 않소. 게다가 사랑받는 것이 사실이라면 그것을 부인할 수 있는 사람은 많지 않을 것이오."

"우리 셋 중에서 정직하지 못한 이가 있다면 그건 나예요. 하지만 일부러 그런 건 아니지요. 그런데 당신의 운명과 앙반드의 소문은 어떡하지요? 죽음과 멸망의 이야기는요? 세상 사람들은 아다네델을 대단한 인물이라고 얘기하고 있고, 먼 훗날 언젠가 그는 모르고스에 대적할 만큼 장성할지도 몰라요."

"그는 오만한 자요." 권도르가 말했다.

"하지만 자비롭기도 하지요. 그는 아직 깨어나지 않은 상태지만 언젠가는 동정심이 그의 가슴을 뚫고 들어갈 수 있을 거예요. 그 사람도 그걸 부인하지 않을 겁니다. 아마 동정심만이 그 속에 들어갈 수 있을 거예요. 하지만 그는 나를 동정하지 않아요. 마치 어머니나 여왕처럼 나를 경외하고 있어요!"

엘다르의 예리한 눈으로 바라보는 핀두일라스의 이야기가 어쩌면 진실에 가까웠을 것이다. 권도르와 핀두일라스 사이에 어떤 이야기가 오갔는지 알지 못하는 투린은 그녀가 슬퍼 보일수록 더욱더 다정한 태도로 그녀에게 다가갔다. 하지만 어느 날 핀두일라스가 말했다. "수린 아다네델, 왜 당신의 이름을 내게서 감추었지요? 당신이 누군지 알았다고 해도 당신에 대한 존경심은 덜하지 않았을 것이고, 오히려 당신의 슬픔을 더 잘 이해했을 거예요."

"그게 무슨 말입니까? 나를 다른 사람으로 바꿔 놓으려는 건가요?"

"투린, 북부의 대장 후린 살리온의 아들."

그러자 『실마릴리온』(342쪽)에 기술된 대로 투린은 자신의 진짜 이름을 밝힌 것에 대해 귄도르를 질책한다.

이 부분의 이야기에서 어떤 대목은 『실마릴리온』에 비해 더 완전한 형식으로 존재한다(툼할라드 전투와 나르고스론드의 약탈에 관해선 더 이상의 이야기가 없다. 다만 투린과 용의 대화의 경우는 『실마릴리온』에 상당히 완전하게 기록된 터라 더 이상 확장의 여지가 없어 보인다). 이 대목은 나르고스론드가 무너지는 해에 겔미르와 아르미나스라는 요정이 찾아온 이야기(『실마릴리온』 343쪽)를 더 자세하게 풀어놓은 것이다. 이 이야기에 언급되는 내용으로, 그들이 이보다 앞선 시점에 도르로민에서 투오르를 마주친 것에 대해서는 서문 23~25쪽 참조.

봄이 되자, 겔미르와 아르미나스라고 하는 피나르핀 가문 출신의 요정 두 명이 그곳을 찾아왔다. 그들은 나르고스론드의 왕께 심부름을 왔다고 했다. 투린 앞으로 인도된 두 요정 가운데 겔미르가 말했다. "이 말씀은 피나르핀의 아들 오로드레스 왕께 드려야 하는 전갈입니다."

오로드레스가 나타나자 겔미르가 말했다. "전하, 우리는 앙그로드의 백성이었고 다고르 브라골라크 이후 먼 곳을 방랑하며 지냈습니다. 그러다가 최근에는 시리온강 하구에서 키르단 공을 따르는 무리들 속에 있었습니다. 어느 날 키르단 공께서 우리를 부르시더니 왕께 심부름을 보내셨습니다. 키르단 공 앞에 '물의 군주' 울모가 직접 나타나 나르고스론드에 커다란 위험이 닥쳐올 것이라는 경고를 했다고 하셨습니다."

하지만 신중한 오로드레스는 이렇게 대답했다. "그런데 어째서 너희들은 북부에서 이쪽으로 온 것이냐? 다른 심부름도 있었던 것이냐?"

그러자 아르미나스가 대답했다. "그렇습니다. 니르나에스 이후 저는 투르곤의 '숨은왕국'을 찾아다녔지만 발견하지 못했습니다. 그렇게 찾아다니는 동안에도 이곳에 전해야 할 전갈이 너무 늦어지는 것 같아 걱정이 되었습니다. 키르단 공께서는 비밀리에 신속하게 우리를 배에 태워 해안선을 따라가게 했고, 그 배는 드렝기스트 해안에 닿았습니다. 그곳의 주민 가운데 옛날 투르곤의 사자로 남쪽에 왔던 이들이 있었는데, 그들의 조심스러운 이야기로 짐작해 보건대 투르곤은 많은 이들이 생각하는 대로 남쪽에 있는 것이 아니라 여전히 북쪽에 머물고 있다는 것을 알 수 있었습니다. 하지만 우리가 찾고 있던 것에 대한 어떤 표시나 소문도 발견하지 못했습니다."

"투르곤을 왜 찾는가?" 오로드레스가 물었다.

"그의 왕국이 모르고스와 맞서 가장 오래 지탱할 수 있을 거라는 얘기가 있기 때문입니다." 아르미나스가 대답했다. 오로드레스는 이 말이 불길한 예감으로 들려 기분이 불쾌해졌다.

"그렇다면 나르고스론드에서 지체하지 말게. 여기선 투르곤의 소식을 전혀 들을 수 없을 테니까. 그리고 나는 나르고스론드가 위험에 처해 있다고 가르쳐 줄 사람은 필요치 않네."

겔미르가 말했다. "전하의 질문에 사실 그대로 답한다 하더라도 노여워하지 마십시오. 우리가 곧바로 이곳에 오지 않고 이리저리 돌아다닌 것이 무익했던 것은 아니었습니다. 우리는 전하의 최전방 척후병보다 훨씬 바깥 지역을 지나왔습니다. 도르로민과 에레드 웨스린 기슭에 있는 모든 땅의 구석구석을 살펴보았고, 적의 동태를 살피기 위해 시리온 통로도 답사했습니다. 그곳에는 엄청난 규모의 오르크와 사악한 짐승들이 모여 있었으며 사우론의 섬 주변에도 군대가 소집되고 있었습니다."

투린이 말했다. "그건 알고 있소. 당신들이 전한 소식은 새로울 게 없소. 키르단 공의 전언이 효력이 있으려면 좀 더 일찍 왔어야 했소."

"전하, 적어도 이젠 그 전언을 들으셔야 합니다!" 겔미르가 오로드레스에게 말했다. "'물의 군주'의 말씀을 전하겠습니다. 그분은 조선공 키르단 공께 이렇게 말했습니다. '북부의 악이 시리온의 샘물들을 더럽혔고, 나의 힘은 흐르는 강물의 손가락들로부터 떠나고 있노라. 하지만 더 끔찍한 일이 기다리고 있도다. 그러니 나르고스론드의 왕을 찾아가서, 요새의 문을 걸어 잠그고 밖으로 나가지 말라고 전하라. 오만으로 세운 돌다리를 요란한 강물 속에 집어 던지고, 은밀히 다가오는 악의 무리가 입구를 발견하지 못하게 하라.'"

그들의 전언에 오로드레스는 음산한 기분을 느껴, 그가 여느 때 그랬듯이 투린에게 조언을 구했다. 하지만 투린은 사자들을 믿지 않았으므로 냉소적인 어조로 말했다. "키르단이 우리 전쟁에 대해서 무엇을 알며, 누가 더 적과 가까이 있는가? 조선공께서는 배나 돌보도록 하시게! 다만 물의 군주께서 정말로 우리에게 조언을 하시겠다면, 좀 더 알아듣게 말씀하셨으면 하오. 그게 아니라면, 우리의 경우에는 적이 너무 가까이 다가오기 전에 힘을 모아 용감하게 맞서는 것이 더 나은 방책일 듯하니 말이오."

그러자 겔미르는 오로드레스 앞에 고개를 숙이고 말했다. "전하, 저는 지시받은 사항을 그대로 전해 드렸습니다." 그리고 그는 돌아섰다. 하지만 아르미나스는 투린을 향해 말했다. "당신이 하도르가 사람이란 말을 들었는데, 그게 사실이오?"

"이곳에서 나는 나르고스론드의 검은검, 아가르와엔이라고 불리고 있소. 친구 아르미나스, 당신은 비밀 이야기를 너무 많이 하는군. 그러니 당신이 투르곤의 비밀을 모르고 있는 것이 다행이오. 안 그랬다면 벌써 앙반드에 알려졌을 테니까. 사람의 이름은 각각 나름대로 소중한 것이오. 후린의 아들은 스스로 몸을 숨기고 싶어 하는데 당신이 그의 비밀을 폭로했다는 것을 알게 되면, 모르고스가 당신을 잡아가 혀를 불태워 버리기를 바랄 것이오!"

아르미나스는 투린의 불같은 분노에 당황했다. 하지만 겔미르가 말했다. "아가르와엔, 우리 때문에 그의 정체가 드러나지는 않을 것이오. 우린 지금 터놓고 얘기할 수 있는 비공개 회의를 하고 있지 않소? 그리고 아르미나스가 이를 여쭌 것은 해안 지방에 사는 주민들 모두 울모가 하도르가를 무척 사랑한다는 사실을 알고 있고, 어떤 이들은 후린과 그의 동생 후오르가 '숨은왕국'에 들어간 적이 있다고 말했기 때문이라고 보오."

투린이 대답했다. "그게 사실이라면, 후린은 지위 고하를 막론하고 아무에게도 그 이야기를 하지 않을 것이오. 특히 어린 아들에게는 더욱 그럴 것이오. 따라서 아르미나스가 투르곤에 대해 무언가를 알아낼 기대를 갖고 내게 이 질문을 했다고 믿지 않소. 나는 해악을 가져오는 사자는 불신하오."

"불신은 아껴두시오!" 아르미나스가 화가 나서 소리쳤다. "겔미르가 나를 오해한 거요. 내가 그 질문을 했던 것은 이곳에서 모두들 믿고 있는 듯한 사실이 의심스럽기 때문이오. 즉 당신 이름이 무엇이든 간에 당신은 사실 하도르가 사람들과는 닮은 데가 거의 없소."

"당신이 그들을 어떻게 아시오?" 투린이 물었다.

"후린을 만난 적이 있소." 아르미나스가 대답했다. "그전에는 그의 선대도 만났고, 도르로민의 폐허에서는 후린의 동생인 후오르의 아들 투오르도 만났소. 그는 당신과 달리 선대를 닮았더구려."

"투오르에 대해서는 한마디도 들은 적이 없지만 그럴 수도 있겠소.

하지만 내 머리카락이 황금색이 아니고 검은색이라고 해서 부끄러워하지는 않소. 나 말고도 어머니를 닮은 아들들은 많기 때문이오. 나의 어머니는 베오르가의 모르웬 엘레드웬으로, 베렌 캄로스트의 친척되는 분이오."

아르미나스가 말했다. "내가 말하는 것은 머리색이 황금색이냐 검은색이냐 하는 문제가 아니오. 투오르도 그렇지만 하도르가의 다른 사람들은 처신하는 법이 다르오. 그들은 예의를 알고, 좋은 충고에 귀를 기울이며, 서녘의 군주들을 외경심으로 대하는 사람들이오. 하지만 당신은 자신의 지혜만 믿거나 자신의 칼만 믿는 사람인 듯하오. 말투 또한 오만하구려. 아가르와엔 모르메길, 분명히 말해 두는데, 당신이 그렇게 행동한다면 당신의 운명은 하도르가와 베오르가 사람들이 기대하는 것과는 다른 모습이 될 것이오."

"이미 다른 모습이었소." 투린이 대답했다. "내가 부친의 기개 때문에 모르고스의 증오를 참고 견뎌야 하는 것 같긴 하오만, 그렇다고 도망친 자의 조롱과 불길한 예언까지 참아야 하오? 그가 아무리 제왕의 친족이라고 하더라도 말이오. 당신에게 조언하건대, 당신네들의 그 안락한 바닷가로 돌아가시오."

그리하여 겔미르와 아르미나스는 그곳을 떠나 남부로 돌아갔다. 그들은 투린의 조롱에도 불구하고 옆에서 기꺼이 함께 전쟁을 기다려 줄 수 있었지만, 키르단이 울모의 명에 따라 나르고스론드의 소식과 그들이 전한 전언이 신속하게 처리되었는지를 보고하라고 했기 때문에 돌아갈 수밖에 없었다. 오로드레스는 사자들의 전언에 무척 당혹스러워했다. 그럴수록 투린의 심사는 더욱더 사나워져 그들의 충고를 도무지 받아들일 생각조차 하지 않았고 적어도 펠라군드 문 앞의 큰 다리를 허문다는 것은 용납할 수 없었다. 어쨌거나, 최소한 울모의 조언만큼은 제대로 이해한 셈이었다.

겔미르와 아르미나스를 나르고스론드에 시급한 용무로 파견한 키르단이 어째서 그들을 해안가를 따라 멀리 이동시켜 드렝기스트하구로 보냈는지는 그 어디에도 설명되어 있지 않다. 아르미나스는 비밀리에 신속하게 가기 위해서라고 하지만, 그들이 남쪽에서 나로그강을 따라 북진했더라면 무척이나 더 신속하게 도착할 수 있었을 것이다. 어쩌면 키르단이 울모의 명을 따르기 위해 (그들이 도르로민에서 투오르를 만나 그를 '놀도르의 관문'으로 안내할 수 있도록) 이렇게 했을 것이라고 추측할 수도 있겠지만, 그렇다는 암시는 어디에도 없다.

PART TWO

제2시대

I

누메노르섬에 대한 기술記述

앞으로 나올 누메노르섬에 대한 이야기는 곤도르 왕실 문서 보관소에 오랫동안 소장되어 있던 기록물과 간단한 지도 몇 장에 바탕을 두고 있다. 그 내용은 누메노르의 지식인들이 남긴 방대한 자연사와 지리학적 기록에 비하면 일부에 지나지 않는데, 이는 안타깝게도 누메노르의 몰락과 함께 이들 대부분이 누메노르 전성기의 예술과 과학에 관한 다른 기록들과 함께 사라졌기 때문이다.

곤도르나 임라드리스(북부 누메노르인 왕들의 잔존 보물들이 엘론드의 보호 아래 보관되던 곳)에 보존된 문서들 역시 관리 부실로 소실되고 훼손되었다. 가운데땅에 머물던 생존자들은 아칼라베스, 즉 '가라앉은 자들'을 (그들의 표현에 따르자면) '연모하였고', 심지어 오랜 세월이 흐른 후에도 자신들을 망명자 신세에 빗대곤 하였다. '선물의 땅'을 빼앗기고 누메노르가 영영 사라진 것이 명확해진 이후로는 극소수를 제외한 많은 이들이 누메노르의 남은 역사 기록에 대한 연구는 허망한 일이며, 쓸데없이 후회하게 될 뿐이라고 여겼다. 훗날에도 여전히 널리 알려진 것이라고는 아르파라존과 그의 불경한 대함대에 관한 이야기밖에 없었다.

* * *

누메노르 땅의 윤곽은 오각별, 혹은 오망성을 연상케 하는 형태로 되어 있다. 중앙부의 너비는 남북 방향으로나 동서 방향으로 400여 킬로미터 정도이며, 여기서 5개의 거대한 반도형 곶 지대가 뻗어 나온 모습이다. 이 곶 지대는 각자 다른 지방으로 취급되었는데, 각각 포로스타르(북부 지역), 안두스타르(서부 지역), 햐르누스타르(서남부 지역), 햐로스타르(동남부 지역), 오로스타르(동부 지역)로 불렸다. 중앙 지대는 밋탈마르(내륙 지역)라 불렸으며, 여기에는 로멘나 인근 지대와 그곳에 있는 하구의 끝단을 제외하면 바다와 맞닿은 부분이 없었다. 밋탈마르의 일부분은 다른 지역과 구분되었는데, 아란도르 즉 '왕의 지역'이라 불렸다. 아란도르는 로멘나 항구, 메넬타르마, '왕도王都' 아르메넬로스를 포함했고, 언제나 누메노르에서 가장 인구가 많은 지역이었다.

밋탈마르는 다섯 곶 지대보다 고도가 높은 지역이었다. (각 곶에 존재하는 산과 언덕들의 높이를 빼고 논한다면 그러했다.) 이곳은 풀밭과 낮은 구릉들로 이루어진 지역으로, 나무가 많지 않았다. 밋탈마르 정중앙 근처에 메넬타르마 즉 하늘의 기둥이라고 부르는 높은 산이 있었는데, 이곳은 에루 일루바타르를 섬기는 성소였다. 산의 아래쪽은 경사가 완만하고 잔디로 뒤덮여 있었지만, 올라갈수록 가팔라져 꼭대기에 가까워지면 도저히 오를 수가 없었다. 다만 산을 감아 오르는 나선형 길이 남쪽 기슭에서 시작해 북쪽에서 산 정상의 턱밑까지 이어지도록 나 있었다. 산 정상은 다소 움푹 들어간 채 평평하여 많은 사람들이 모일 수 있었지만, 누메노르의 역사 내내 그 누구도 이곳에 손을 대지 않았다. 이곳에는 어떤 건물도, 높게 솟은 제단도, 심지어 다듬어지지 않은 채 쌓아 올린 돌무더기조차 없었다. 사우론이 오기 전, 찬란한 영광의 시절에도 누메노르인들은 사원이나 그와 비슷한 무엇도 이곳에 짓지 않았던 것이다. 이곳에서는 그 어떤 연장이나 무기도 지참할 수 없었으며, 왕을 제외하면 그 누구도 말을 할 수 없었다. 왕은 매년 오직 세 차례만 이곳에서 말을 했다. 봄의 첫째 날 에루케르메에 신년 기도를 하며 한 번, 하짓날 에룰라이탈레에 에루를 찬송하며 한 번, 가을 막바지 에루한탈레에 에루에게 추수감사를 드리며 한 번이었다. 각 날마다 왕은 흰색 옷과 화환으로 치장한 거대한 무리를 거느리고 침묵을 지키며 두 발로 걸어 산을 올랐다. 다른 때에는 누메노르의 백성들도 혼자서 혹은 여럿이서 산 정상에 자유로이 올라갈 수 있었는데, 다만 이곳에 흐르는 침묵이 너무나 엄숙해서 설령 누메노르와 그 역사에 대해 무지한 외부인이라도 이곳에 데려다 놓으면 감히 소리를 내어 말할 엄두를 내지 못할 정도였다고 한다. 독수리를 제외하면 새들도 이곳을 찾아오지 않았다. 혹시 누군가가 정상에 접근할 때면 곧 독수리 세 마리가 나타나 서쪽 가장자리 근처의 세 바위에 내려앉고는 했다. 그런데 기도가 이뤄지는 사흘만큼은 이 독수리들도 땅에 내려오지 않고 상공에 머무르며 사람들의 머리 위를 맴돌았다. 사람들은 이들을 '만웨의 증인'으로 불렀으며 만웨가 성산과 온 세상을 지켜보고자 아만에서 보낸 독수리라고 믿었다.

메넬타르마의 하부는 완만한 경사를 이루며 주위의 평원과 어우러지며, 마치 나무뿌리처럼 다섯 개의 낮은 산등성이를 따라 다섯 곳 지대를 향해 뻗어 나왔다. 이 산등성이들은 "기둥의 뿌리들"이라는 뜻의 타르마순다르로 불렸다. 서남쪽 산등성이 꼭대기를 따라서는 오르막길이 메넬타르마로 이어졌다. 또 이 산등성이와 동남쪽 능선 사이의 땅은 얕은 협곡을 이루었다. 이 협곡은 노이리난, 즉 "능묘의 협곡"으로 불렸는데, 협곡의 입구 쪽에 메넬타르마 하부의 바위를 깎아 만든 누메노르의 왕들과 여왕들의 능묘가 만들어져 있었기 때문이었다.

다만 밋탈마르의 대부분은 목초지였다. 서남부에는 잔디가 빼곡히 자라난 완만한 구릉지대가 있었으며, 그곳 에메리에는 양치기들의 중요한 생활 터전이었다.

포로스타르는 그중 가장 황폐한 곳으로, 전나무와 낙엽송이 자라고 있고 야생화가 무성한 서쪽 비탈을 제외하면 돌투성이에다가 나무 또한 보이지 않았다. '북곶北串' 방면은 지대가 높아지면서 바위가 무성한 고원이 나오고, 여기서 거대한 산 소론틸이 바다로부터 가파르게 솟아올라 거대한 절벽을 형성했다. 수많은 독수리가 이곳에 거주했으며, 타르메넬두르 엘렌티르모가 별들의 움직임을 관측할 수 있도록 높은 탑을 세운 곳도 바로 이 지역이었다.

안두스타르의 북쪽도 마찬가지로 바위가 많았으며, 바다 쪽으로 높게 자라난 전나무들이 많았다. 이 지역에는 서쪽을 향하는 작은 만 세 개가 산악지대로 이어졌다. 해안이 아닌 산악지대 여러 곳에 높은 절벽이 있었고, 그 절벽의 기슭부터는 아래로 완만한 경사를 이루는 땅이 자리했다. 이들 중 최북단을 안두니에만이라 불렀는데, 이곳에 거대한 안두니에(일몰) 항이 있었기 때문이다. 해안가에는 항구도시가 있었으며 항구도시와 그 뒤편 가파른 산비탈 오르막에도 여러 촌락들이 자리를 잡고 있었다. 안두스타르의 남부는 대부분 비옥한 땅이었으며 거대한 숲도 자리했다. 숲의 높은 곳에는 자작나무와 너도밤나무가, 낮은 계곡에는 참나무와 느릅나무가 무수히 자라고 있었다. 안두스타르와 햐르누스타르 두 곶 지대 사이에 엘단나라는 이름의 큰 만이 위치했는데, 에렛세아 방면을 바라보고 있었기에 지어진 이름이었다. 엘단나 주변의 땅은 북쪽으로는 가로막히고 서쪽 바다로는 열려 있었는데, 기후가 온화할 뿐만 아니라 인근 지역에 내리는 대부분의 비가 집중되는 곳이었다. 엘단나만 중심에는 누메노르의 모든 항구 가운데 가장 아름다운 초록항 엘달론데가 자리했다. 옛날에 에렛세아에서 온 엘다르의 날쌘 흰 배들이 가장 자주 들른 장소가 바로 이곳이었다.

바다를 향한 비탈진 땅을 비롯해 내륙 깊숙한 곳까지, 그곳 주변 전역에 서쪽에서 들여온 사시사철 푸르고 향긋한 나무들이 자랐다. 이 나무들이 무성하게 자라나자 엘다르는 이곳을 에렛세아의 항구만큼이나 아름답다고 예찬하기도 했다. 오이올라이레와 라이렐롯세, 넷사멜다, 바르다리안나, 타니퀠랏세, 둥근 진홍색 열매를 맺는 야반나미레가 그 나무들이었고 이것들은 누메노르 제일의 즐거움이었으며, 영원히 사라진 이후에도 오랫동안 수많은 노래를 통해 기억되었다. 선물의 땅 동쪽에서 꽃을 피워낸 나무는 극히 드물었던 것이다. 이 나무들의 꽃과 잎, 그리고 껍질에서는 달콤한 향이 물씬 풍겨 나온 까닭에 그 고장 전역에 이것들이 뒤섞인 향기가 가득했고, 그래서 이곳은 "향긋한 나무"라는 뜻의 니시말다르로 불렸다. 비록 그 숫자는 니시말다르에 못 미칠지언정, 누메노르의 다른 지방에도 이 나무들을 많이 심어 키웠다. 다만 위세가 드높은 금색의 말리노르네 나무만은 오직 이곳 니시말다르에서만 자랐다. 500년이 지나자 말리노르네는 에렛세아에서 자라던 것에 비해 크게 뒤지지 않는 높이까지 성장했다. 그 껍질은 은빛을 띠고 부드러웠으며 가지는 너도밤나무처럼 다소 위로 휘었지만, 몸통은 오직 하나만이 자라났다. 그 잎은 너도밤나무와 닮았지만 크기는 더 컸고, 잎의 윗면은 창백한 녹색에 아랫면은 햇빛에 광채를 내는 은색이었는데 가을이 되면 지지 않고 창백한 금색으로 바뀌었다. 또 봄이 되면 여름에 열리는 체리처럼 황금빛 꽃 뭉치를 피워냈다. 꽃이 피고나면 바로 잎들이 떨어졌는데, 이렇게 해서 봄과 여름 동안 말리노르네들의 숲은 온통 황금빛으로 뒤덮였고, 다만 그 꽃과 잎을 키워낸 나무의 몸통만은 변함없이 은백색을 띠었다.[1] 그리고 그 열매는 이판암 같은 은색의 견과였는데, 누메노르의 제6대 왕 타르알다리온이 린돈의 길갈라드에게 이 열매들을 선물로 주기도 했다. 이 열매는 린돈 땅에서는 뿌리를 내리지 않았다. 대신 길갈라드가 그 일부를 친척인 갈라드리엘에게 주었는데, 이 열매들은 높은요정들이 마침내 가운데땅을 떠나는 날까지 안두인강 변의 보호된 땅 로슬로리엔에서 갈라드리엘의 권능 아래 잘 자라났다. 다만 누메노르에서 자라던 거목들처럼 높고 우람하지는 못했다.

눈두이네강은 엘달론데에서 바다로 흘러들었고, 도중에 니시넨이라는 작은 호수를 만들어 놓았다. 이는 호수 가장자리에 달콤한 냄새를 풍기는 관목과 꽃이 즐비했기에 붙여진 이름이었다.

햐르누스타르의 서부는 산악지대로 서쪽과 남쪽 해안가에는 커다란 절벽들이 있었던 반면, 동쪽으로는 따스하고 비옥한 토지 한가운데 큰 포도밭들이 있었다. 햐르누스타르와 햐로스타르 두 곳은 멀리 떨어져 있었으며, 그 사이의 긴 해안선을 따라 바다와 육지가 완만하게 만나 하나로 어우러졌는데 이는 누메노르의 다른 곳에서는 볼 수 없는 풍경이었다. 누메노르 최대의 강인 시릴강이 그 위를 흘러갔다(서쪽의 눈두이네강을 제외하면 누메노르의 다른 강들은 전부 바다로 흘러가는 짧은 급류뿐이었던 것이다). 이 강은 메넬타르마 아래의 노이리난 계곡에 있는 샘에서 발원하여 남쪽으로 밋탈마르를 관통하였고 하류에 들어서면 느리고 구불구불한 물길이 되었다. 마지막에는 넓은 습지와 갈대가 무성한 땅을 가로질러 바다로 흘러 들어가는데, 강의 작은 하구들 다수는 넓은 모래사장을 지나면서 여러 갈래 다양한 모습의 물길로 바뀌었다. 강 양쪽 편으로는 수 킬로미터에 걸쳐 넓은 백사장과 회색의 조약밭이 길게 늘어져 있었고, 이곳에 어부들이 주로 거주하였다. 그들은 습지와 호수 사이사이에 있는 마른 땅 위에 세워진 마을에 살았으며, 그 중 가장 큰 마을은 닌다모스였다.

햐로스타르에서는 다양한 종의 나무들이 풍부하게 자라고 있었는데 그 가운데에는 라우링퀘도 있었다. 사람들은 이 나무의 꽃을 무척 좋아했지만, 꽃 외에는 쓸모가 없었다. 라우링퀘라는 이름은 특유의 길게 매달린 노란색 꽃 뭉치 때문에 붙은 것이었다. 엘다르에게서 발리노르의 금빛성수 라우렐린의 이야기를 전해들은 몇몇 사람들은 사실 이 나무가 라우렐린에서 유래한 것이며, 엘다르가 라우렐린의 씨앗을 가져다준 것이라고 믿었지만 이는 사실이 아니었다. 타르알다리온의 치세 때부터 햐로스타르에는 배를 건조할 목재를 공급하기 위한 대규모 농장이 들어섰다.

오로스타르는 비교적 추운 곳으로, 곶의 끝부분으로 갈수록 높아지는 산악 지형이 동북쪽으로부터 불어오는 추운 바람을 막아주고 있었다. 덕분에 오로스타르 내륙 지방에서는 수많은 곡물을 재배할 수 있었다. 특히 아란도르와의 경계 지역에서 많은 작물이 재배되었다.

누메노르섬 전체는 남쪽으로 기울어진 채 마치 바다를 뚫고 솟아난 듯한 형상이었는데, 동쪽으로도 살짝 기울어졌으며 남쪽을 제외한 거의 모든 지역이 바다로 떨어질 것 같은 가파른 절벽에 둘러싸여 있었다. 누메노르에는 바닷가에 서식하며 멱을 감거나 바다 속에 뛰어드는 새들이 셀 수 없을 정도로 많이 있었다. 뱃사람들은 눈이 멀어 앞을 보지 못한다 하더라도 해안가 새들의 요란한 지저귐을 듣고 누메노르 땅에 가까워졌음을 알 수 있다고 말할 정도로, 새들의 울음소리가 대단했다. 배가 육지에 가까이 갈 때면 거대한 바닷새 무리가 하늘로 날아올라 배 위를 날아다니며 반기기도 했다고 한다. 사람들이 고의로 새를 죽이거나 해친 일이 전혀 없었기 때문이었다. 일부는 항해하는 배들을 따라나서기도 했는데, 심지어 가운데땅으로 가는 배와 함께하기도 했다. 바닷새뿐만 아니라, 굴뚝새와 비슷한 크기에 온몸이 붉고 인간이 들을 수 있는 가장 높은 소리를 내는 키링키부터, 만웨가 신성하게 여겨 악의 시대와 발라에 대한 증오가 시작되기 전까지는 한 번도 박해 받은 적이 없던 독수리까지, 수많은 새들이 누메노르 내륙에 서식했다. 타르미냐투르의 시대부터 타르아타나미르의 아들 타르앙칼리몬의 시대까지 2000

년 동안은 아르메넬로스에 있는 왕궁의 탑 꼭대기에 둥지가 하나 있었는데, 여기서 독수리 한 쌍이 왕의 가호 아래 살기도 했다.

누메노르에서는 이동할 때에 모두 말을 타고 다녔다. 누메노르인들은 남녀 모두 말을 타는 것을 즐겼기 때문인데, 온 나라의 사람들이 말을 사랑했으며, 말을 귀하게 여기고 정성으로 돌보았다. 멀리서도 말을 부르면 달려올 수 있도록 훈련을 시켰다고 하는데, 전해지는 옛이야기에 따르면 누메노르의 남자나 여자가 자신이 아끼는 말과 깊은 사랑으로 연결되어 있다면 단지 생각만으로도 말을 부를 수 있었다고 한다. 따라서 누메노르의 도로는 대부분 말들이 다닐 것을 고려하여 돌로 포장하지 않았다. 누메노르 초기에 마차나 수레의 사용이 일반적이지 않았던 것은 물론, 무거운 물건은 해상으로 운반했기 때문이다. 누메노르에서 바퀴를 이용할 수 있는 주요 도로이자 가장 오래 된 도로는 최대 항구인 동쪽의 로멘나에서부터 왕도 아르메넬로스로 향하는 도로로, 이 도로는 이후 '능묘의 협곡'과 메넬타르마로 이어졌다. 또한 이 도로는 일찍이 포로스타르 변경의 온도스토까지 확장되어 있었고, 다시 거기서 서쪽의 안두니에까지 이어졌다. 이 도로를 통하여 건축 재료로서는 가치가 제일 높았던 북부 지역의 암석들, 그리고 서부 지역의 풍부하게 자라던 목재들이 운송되었다.

에다인은 누메노르로 이주해 올 때 자신들의 문화와 전통을 보전했음은 물론이고, 엘다르의 가르침을 받은 장인들과 그들의 기술 관련 지식을 함께 들여왔다. 하지만 공예용 연장들을 제외하면 들여올 수 있는 자재의 양이 많지 않아, 한동안 누메노르에서 모든 금속은 귀금속과 대등한 취급을 받았다. 그들은 또한 온갖 금은보화를 가져오기도 했는데, 정작 누메노르에서는 이런 보화를 발견하지는 못했다. 그들은 보화의 아름다움을 사랑했는데, 훗날 그들이 어둠에 빠져 가운데땅의 하등한 종족들을 오만하고 부당하게 대하게 되었을 때, 그들에게 처음으로 탐욕을 일깨운 것이 바로 이러한 보화에 대한 사랑이었다. 에렛세아의 요정들과 우정이 유지되던 시기에는 이들로부터 때때로 금은이나 보석 따위로 된 선물을 받는 요정들도 있었다. 왕들의 힘이 동쪽의 해안선까지 미치기 전에는 이런 보물들이 귀했거니와 만인이 이를 소중히 대했던 것이다.

누메노르에서도 몇몇 금속이 발견되기는 하였다. 누메노르인들의 채광과 제련, 그리고 단조 기술이 빠르게 향상되어 철과 구리로 된 물건이 보편적으로 쓰이게 되었다. 에다인 기술자 중에는 무기공들도 있었는데, 이들은 놀도르의 가르침을 받아 길이가 다양한 검이나 도끼날과 창촉 등을 만드는 데 있어 뛰어난 기술을 습득한 자들이었다. '무기공 조합'에서도 여전히 검을 만들곤 했는데, 다만 이는 기술의 보전을 위한 것이었고 대개는 평화롭게 쓸 도구를 빚어내는 일을 했다. 왕은 물론, 대부분의 위대한 족장들이 검을 대대로 물려받아 가보로 보관했으며[2] 그들 스스로도 때때로 후계자들에게 검을 선물했다. 왕위계승자에게 칭호를 수여하는 날에 함께 주어질 새로운 검이 만들어지기도 했다. 그러나 누메노르에서 검을 차고 다니는 자는 없었거니와, 오랜 세월 동안 누메노르에서 만든 무기들 가운데 전쟁을 수행할 용도로 제작된 것은 극히 일부였다. 누메노르인들은 도끼와 창, 활을 소유하고 있었고, 두 발로 서서 혹은 말을 타면서 활쏘기를 하는 것은 그들의 대표적인 운동이자 취미였다. 훗날 가운데땅에 전쟁이 벌어졌을 때 누메노르인들의 적들이 가장 두려워했던 것이 바로 그들의 활이었다. 전해지는 바로는 "바다에서 온 민족이 그들 앞에 거대한 구름을 보내더니, 그 구름이 이내 뱀이나 쇠촉이 달린 우박과 같이 변하여 흡사 비처럼 쏟아져 내렸다"라고 할 정도였다. 그 시기에 왕실 궁병대에 속하는 대부대들은 속이 빈 강철로 된 활과, 머리부터 꼬리까지의 길이가 115센티미터에 달하는 검은 깃이 달린 화살을 사용했다.

긴 세월 동안 누메노르 거선의 선원들은 가운데땅의 인간들을 찾아갈 때에 무기를 들고 가지 않았다. 주인 없는 해안가에서 벌목하고 사냥을 통해 식량을 구할 요량으로 도끼와 활을 싣고 가기는 했지만, 현지인들과 만날 때에는 이것들을 가지고 다니지 않았다. 어둠의 그림자가 해안으로 살금살금 숨어 들어와 한때 친구로 지내던 인간들이 그들을 두려워하고 적대하게 되어, 인간들에게 소개한 쇠붙이가 도리어 자신들을 겨누게 된 것은 실로 누메노르인들에게는 크게 통탄할 일이었다.

강인한 누메노르인들은 많은 소일거리 중에서도 수영이나 잠수, 혹은 작은 배로 노를 젓거나 돛을 펼치며 속도를 겨루는 것처럼 바다에서 할 수 있는 일들로 가장 큰 즐거움을 얻었다. 이런 누메노르인들 중 가장 강인한 이들은 어부들이었는데, 모든 해안가에 물고기가 풍부했기에 생선은 항상 누메노르의 주요 먹거리였다. 또한 사람들이 많이 모여드는 도시가 모두 해안가에 자리하기도 했다. 누메노르의 뱃사람들은 대부분 어부 출신이었는데, 시간이 지나며 그들의 역할은 점차 더 중요해졌고 명성과 평판 또한 높아졌다. 전하는 바로는 에다인이 바닷길을 안내하는 별을 따라 누메노르를 향해 대해로 처음으로 나섰을 때, 그들이 탄 요정의 배들의 키를 잡아 이끈 것은 키르단의 명을 받은 엘다르 선원들이었다고 한다. 요정 조타수들이 그들을 떠나면서 배의 대부분을 가지고 돌아간 이후로, 누메노르인들이 직접 머나먼 바다로 모험을 떠나게 되기까지는 한참의 세월이 걸렸다고 한다. 다만 그들 중에도 엘다르에게 교육을 받은 조선공들이 있었고, 머나먼 깊은 바다를 항해할 마음을 품게 되기까지 그들은 직접 연구하고 개발하며 기술을 발전시켜 갔다. 제2시대가 시작된 지 600년이 흘렀을 때 타르엘렌딜 왕의 함대 지휘관이었던 베안투르가 처음으로 가운데땅으로의 항해에 성공했다. 그는 서쪽에서 불어오는 춘풍을 타고 자신의 배인 엔툴렛세('귀환'

을 의미한다)를 미슬론드까지 이끌었으며, 이듬해 가을에 누메노르로 돌아왔다. 그날 이후로 항해는 누메노르인들에게 그들의 대담함과 강인함을 증명할 수 있는 가장 중요한 사업이 되었다. 그리고 베안투르의 딸과 혼인한 메넬두르의 아들인 알다리온이 누메노르의 모든 노련한 뱃사람들을 모아 '모험가 조합'을 결성하였다. 이는 지금부터 이어질 이야기에 소개된다.

| 주석 |

1 말로른에 대한 이 묘사는 레골라스가 로슬로리엔에 가까워질 때(『반지 원정대』 BOOK2 chapter 6) 동료들에게 한 설명과 무척 흡사하다.

2 사실 왕이 가진 검은 벨레리안드에서 도리아스의 엘루 싱골이 사용했으며, 엘로스가 모친인 엘윙에게서 물려받은 아란루스였다. 바라히르의 반지, 에아렌딜의 부친인 투오르가 사용한 거대한 도끼, 베오르 가문의 브레고르의 활을 비롯한 다른 가보들도 있었다. 이 중 누메노르의 몰락에서 살아남은 것은 오직 외손잡이 베렌의 아버지인 바라히르의 반지였다. 타르엘렌딜이 딸 실마리엔에게 이를 물려주었고, 이후 안두니에 영주 가문이 대대로 보관하다가 마지막 안두니에 영주였던 '충직한' 엘렌딜이 이를 지니고 누메노르의 멸망을 피해 가운데땅으로 피신한 덕분이었다. [원저자 주]

- 바라히르의 반지에 대한 이야기는 『실마릴리온』 19장과, 그 이후의 역사를 다루는 『반지의 제왕』 해설 A(I)에서 언급된 바 있다. "투오르가 사용한 거대한 도끼"에 대해서는 『실마릴리온』에는 관련 언급이 없지만 '곤돌린의 몰락' 원본(1916~1917년 작성, 21쪽 참조)에서는 에서는 그 이름과 묘사가 등장한다. 여기에 따르면 곤돌린에서 투오르는 검보다는 도끼를 애용했고, 그의 도끼에 곤돌린 사람들의 언어로 드람보를레그라는 이름을 붙였다고 서술된다. 이야기에 딸린 명칭 목록에서는 드람보를레그라는 이름이 "육중하며 날카로운"으로 풀이되었다. "투오르의 도끼로, 곤봉과 같이 무겁게 타격함과 동시에 검과 같이 벨 수 있었다"라고 한다.

II

알다리온과 에렌디스

뱃사람의 아내

메넬두르는 누메노르의 제4대 왕 타르엘렌딜의 아들이었다. 그는 손위로 실마리엔과 이실메라고 하는 두 누이가 있고 셋째였다. 장녀는 안두니에의 엘라탄과 혼인하였고 후일 안두니에의 영주가 되는 발란딜을 낳았는데, 먼 훗날 가운데땅의 왕국인 곤도르와 아르노르 왕가의 핏줄이 그에게서 비롯된다.

메넬두르는 성격이 점잖고 자만하는 법이 없었으며, 육체적 활동보다는 정신적인 수양을 즐기는 사내였다. 그는 누메노르 땅과 그 땅에서 나는 모든 것들을 무척이나 사랑했지만 사방을 에워싸고 있는 대해에는 관심을 기울이지 않았다. 가운데땅이 아니라 그보다 더 먼 곳을 바라보고 있었기 때문인데, 그는 별과 천상에 마음을 빼앗긴 터였다. 메넬두르는 엘다르와 에다인의 지식들 중에서도 아르다 왕국을 둘러싸고 있는 에아와 심연에 관한 것이면 무엇이든지 탐구하였으며 하늘의 별들을 구경하는 일을 그 무엇보다 즐거워했다. 그는 포로스타르(누메노르섬의 최북단 지역)에서 가장 공기가 맑은 곳에 탑을 하나 세웠는데, 밤이 되면 거기서 하늘을 측량하고 창공의 빛들이 움직이는 모습을 관측하고는 했다.[1]

왕권을 물려 받은 메넬두르는 포로스타르를 떠나야 했고, 아르메넬로스에 있는 왕실의 대저택에서 지내게 되었다. 그는 훌륭하고 지혜로운 왕으로 인정받았지만, 천문에 대한 지식을 키우고 싶어 하는 열망을 굽히지는 않았다. 그의 부인은 무척 아름다운 여인 알마리안으로, 타르엘렌딜 왕의 함대 지휘관이었던 베안투르의 딸이었다. 알마리안 자신은 배나 바다에 대해 누메노르의 평범한 여인과 다를 바 없는 정도의 관심을 갖고 있었으나, 그녀의 아들은 메넬두르보다 외조부 베안투르를 더 따랐다.

메넬두르와 알마리안의 아들은 아나르딜로, 후일 누메노르의 왕 타르알다리온으로 널리 알려진 인물이다. 아나르딜에게는 여동생이 둘 있었는데 아일리넬과 알미엘이 바로 그들이다. 그중 언니는 하도르 가문의 후손이자 메넬두르와 돈독한 우정을 나누었던 인물인 하솔디르의 아들 오르칼도르와 혼인했다. 또한 오르칼도르와 아일리넬의 아들은 소론토인데, 그는 나중에 이 이야기에 등장하게 된다.[2]

알다리온(앞으로 모든 이야기에서 이렇게 불릴 것이다)은 금세 건장한 체구의 사내로 자라났다. 그의 심신은 활발하고 강인했다. 모친을 닮아 머리는 금발이었고 성격은 쾌활하며 관대했지만, 부친보다 자존심이 강했기에 자신이 뜻한 바를 좀처럼 굽히지 않았다. 그는 줄곧 바다를 사랑해 왔고, 이내 배를 짓는 일에 관심을 쏟기 시작했다. 그는 북쪽 지방에는 큰 관심이 없었으며, 부친이 허락하는 시간은 항상 바닷가에서 보냈는데, 특히 누메노르의 주요 항구가 위치해 있고 거대한 조선소와 숙련된 조선공들이 모인 로멘나 근처를 선호했다. 알다리온의 부친은 그가 스스로 육체를 단련하고 머리와 손을 쓰는 일을 하는 모습이 무척 대견스러워 여러 해가 지날 동안 그가 하는 일을 거의 간섭하지 않았다.

알다리온은 외조부인 베안투르에게서 극진한 총애를 받았다. 그는 로멘나하구의 남쪽에 위치한 베안투르의 거처에서 많은 시간을 보내곤 했다. 베안투르의 저택에는 선착장이 갖춰져 있어 항상 작은 배들이 여럿 정박해 있었다. 베안투르는 배로 가지 못하는 곳이 아닌 한 절대 육로를 이용하지 않았다. 알다리온은 어린 시절 이곳에서 노 젓는 법을 배웠고, 후일 항해하는 법까지 배웠다. 그는 성년이 되기도 전에 이미 많은 선원을 이끌고 선장 노릇을 해내며 배로 항구와 항구 사이를 오갈 수 있었다.

어느 날 베안투르는 외손자에게 이렇게 말했다. "아나르딜랴(알다리온의 애칭—역자 주)여, 봄이 멀지 않았으니 네가 성년이 될 날 또한 얼마 남지 않았구나. (그해 4월에 알다리온은 25세가 될 예정이었다.) 내가 이를 기념할 아주 좋은 방법을 생각해 두었다. 이제 나는 나이를 너무 많이 먹었고, 내 아름다운 집과 누메노르의 축복받은 해안을 떠날 마음이 예전처럼 자주 생길 것 같진 않다. 그렇지만 적어도 한 번 정도는 다시 대해를 달리며 북풍과 동풍을 맞아보고 싶구나. 내 올해에는 너를 데려갈 생각이다. 너에게 직접 미슬론드와 가운데땅의 푸르고 높은 산맥, 그리고 엘다르의 녹색 대지를 보여주마. 조선공 키르단과 길갈라드 대왕도 너를 기꺼이 반겨줄 게다. 네 아버지와 상의해 보거라."[3]

알다리온이 부친에게 이를 고하며 봄이 되어 바람이 괜찮아지면 떠나겠다고 허락을 청했을 때, 메넬두르는 승낙을 주저했다. 그가 짐작하기에, 이 모험의 이면에는 그가 내다볼 수 있는 것보다 깊은 사정이 있다는 생각이 들며 오싹한 느낌이 엄습했던 것이다. 하지만 열망으로 가득한 아들의 얼굴 앞에서 이런 마음을 내보이지는 못했다. 그가 말했다. "가슴이 시키는 대로 하거라, 오냐(내 아들—역자 주)여. 네가 몹시 그리울 것이다. 너의 외조부께서는 당대 최고의 선장이시고, 발라의 축복이 함께할 것이니 필히 무사히 귀환하게 될 것이다. 하지만 너는 언젠가 이 섬의 왕이자 아버지가 되어야 할 몸이니, '큰땅'에 너무 빠져들지는 말거라!"

마침내 때가 되었다. 밝게 빛나는 태양 아래 알맞게 바람이 부는 제2시대 725년의 어느 날, 누메노르 왕위계승자의 아들[4]은 육지를 떠나 바다로 나아가 항해를 시작했다. 날이 다 가기도 전에 그는 누메노르 땅이 바닷속으로 꺼지듯 아른거리더니 급기야는 메넬타르마의 봉우리들이 마치 저무는 태양을 받치는 검은 손가락과 같은 모습이 된 광경을 보았다.

전하는 바에 의하면 알다리온은 가운데땅을 여행하며 보고 들은 모든 것을 손수 기록으로 남겼고, 이 기록은 로멘나에 오랫동안 보관되어 있었으나 결국 전부 유실되었다고 한다. 그의 첫 번째 여정에 대하여 알려진 바는 극히 미미한데, 그가 키르단 및 길갈라드와 우정을 쌓았으며, 머나먼 린돈과 에리아도르의 서부까지도 다녀왔고, 자신이 본 모든 것에 놀라움을 금치 못했다고 한다. 그는 2년이 넘도록 돌아오지 않았고 이에 메넬두르는 무척이나 노심초사했다. 알다리온의 귀환이 지체된 것은 그가 키르단에게서 선박의 건조와 관리, 그리고 성난 바다를 견뎌낼 방파제를 쌓는 법을 하나부터 열까지 빼놓지 않고 배우려 했기 때문이라고 알려져 있다.

먼 바다에서 거선 누메라마르('서녘의 날개'라는 뜻)가 황금빛 돛을 저녁노을에 붉게 물들이며 돌아오는 것이 목격되자 로멘나와 아르메넬로스 일대에 기쁨의 환호가 일었다. 여름이 다 지나가고 에루한탈레가 코앞까지 다가오고 있을 때였다.[5] 메넬두르가 베안투르의 집에서 아들을 맞이했을 때, 알다리온은 키가 더욱 커지고 눈빛도 밝아졌지만, 그 시선은 더 먼 곳을 향하고 있는 것 같았다.

"오냐여, 아직은 기억이 생생할 터이니 말해 보아라. 긴 여행에서 무엇을 보았느냐?"

하지만 알다리온은 동쪽 밤하늘을 바라보며 그저 침묵할 뿐이었다. 마침내 그는 부드러운 어조로, 스스로에게 독백하듯 대답하였다. "아름다운 요정들? 푸른 바닷가? 구름을 머리에 두른 산들?

안개와 어둠이 자욱한 미지의 땅들? 도무지 모르겠나이다." 그는 말을 거뒀고, 메넬두르는 그가 진심을 말하고 있지 않다는 것을 알아차렸다. 알다리온은 육지가 보이지 않는 대해에서 바람에 모든 걸 맡긴 채, 뱃머리에 거친 하얀 물결을 일으키며 홀로 바다를 가르고 미지의 해안과 항구로 항해를 멈추지 않는 배에 매료되고 만 것이었다. 그의 이러한 갈망과 바람은 죽는 날까지 그의 머릿속을 떠나지 않았다.

베안투르는 이후 다시 누메노르를 떠나 바다를 항해하지는 않았으며, 누메라마르는 알다리온에게 선물로 주었다. 이후 3년도 지나지 않아 알다리온은 다시 항해를 떠날 수 있도록 허락해줄 것을 청했고, 곧 린돈으로 출항하게 되었다. 그는 3년 후에 돌아왔고, 그 후로도 오래 지나지 않아 재차 항해에 나섰는데 이번에는 4년이 걸렸다. 더 이상 미슬론드에 가는 것만으로는 성에 차지 않았기에, 남쪽 해안가를 탐사하고 바란두인강 어귀와 과슬로강, 앙그렌강까지도 지나 어두컴컴한 라스 모르실곶을 일주하고 거대한 벨팔라스만을 보았으며, 여전히 난도르 요정들이 머무르던 암로스 지역의 산맥에까지 다녀왔던 것이다.[6]

알다리온은 서른아홉이 되던 해에 길갈라드가 메넬두르에게 보내는 선물들을 싣고 누메노르로 돌아왔다. 오래전부터 예고되었던 대로, 그 이듬해에 타르엘렌딜이 아들에게 왕위를 양위하고 타르메넬두르가 즉위할 예정이었기 때문이다. 그리하여 알다리온은 자신의 바람은 잠시 접어 두고 아버지의 마음을 편안하게 하고자 한동안 고향에 머물렀다. 이 시기에 알다리온은 키르단에게서 전수받은 선박 건조 기술을 활용하여 독자적인 구상을 새로 내놓았다. 그는 또한 규모가 더 큰 함선들을 짓는 데에 항상 열정을 보였던 터라, 항구와 선창을 개수하는 데에도 인력을 투입하기 시작했다. 그러나 바다에 대한 갈망이 다시금 그에게 찾아왔고, 그는 누메노르를 떠나 다시 항해를 시작했다. 이제 알다리온은 배 한 척만으로 떠나는 모험에는 성이 차지 않았다. 이에 그는 '모험가 조합'을 결성했으며 이는 후일 큰 명성을 얻었다. 이 조직에는 담대하고 야심에 찬 선원들이 죄다 모인 것은 물론이고, 심지어는 누메노르 내륙의 젊은이들도 가입을 희망하고 찾아왔으며, 그들은 알다리온을 "대선장"으로 불렀다. 알다리온은 더 이상 아르메넬로스의 육지에 사는 것에 관심이 없었기에 거처로 삼을 수 있을 만한 배를 만들었다. 그는 이 배에 에암바르라는 이름을 지어 주고 때때로 배를 몰아 누메노르의 항구들 사이를 오가곤 했지만 대개는 톨 우이넨의 항구 바깥에 닻을 내려 정박시켜두고 있었다. 톨 우이넨은 바다의 귀부인 우이넨이 로멘나만에 만들어 놓은 작은 섬이었다.[7] 에암바르 선상에는 '모험가 조합' 본부가 있었으며 이들의 대항해에 대한 기록들이 이곳에 보관되었다.[8] 이는 타르메넬두르가 아들의 진취적 계획들을 냉소적인 눈길로 바라보고 그의 모험담도 귀담아들으려 하지 않았기 때문이었다. 메넬두르는 그의 아들이 이국의 대지를 향한 소유욕과 불안의 씨앗을 퍼뜨렸다고 믿고 있었던 것이다.

이 시기에 아버지와 아들의 관계는 소원해졌고, 알다리온은 그의 계획과 바람을 공개적으로 이야기하는 것을 그만두었다. 그러나 왕비 알마리안은 아들이 하는 모든 일을 지원해주었고, 메넬두르도 별수 없이 상황이 흘러가는 대로 내버려 두었다. 모험가들의 숫자와 명성은 나날이 높아져 '우이넨을 사랑하는 이들'이라는 뜻인 우이넨딜리로 불리기 시작했고, 그들의 '대선장'을 꾸짖거나 제지하는 것 또한 쉽지 않아진 것이다. 이때에 누메노르인들의 함선은 더욱 커지고 적재량도 많아져 더 많은 인원과 더 무거운 화물을 실은 채 장거리 항해를 할 수 있게 되었으며, 또한 알다리온도 누메노르를 장기간 떠나있을 때가 많아졌다. 결국 타르메넬두르는 아들이 하는 일을 사사건건 반대하게 되고 함선의 건조를 목적으로 하는 벌목을 금지시켰는데, 이에 알다리온은 가운데땅에서 목재를 구하고 배를 보수할 만한 항구도 찾아 보기로 결심하게 되었다. 해안선을 따라 항해를 하며 알다리온은 울창한 삼림들을 보고 탄복했고, 누메노르인들이 과시르, 즉 어둠강이라고 부르던 강의 어귀에 비냘론데, 즉 '새 항구'를 건설하였다.[9]

그러나 제2시대가 시작된 지 800년이 다 되어가자 타르메넬두르는 아들에게 이제는 누메노르에 머물며 당분간 동쪽으로의 항해는 그만둘 것을 명하였다. 메넬두르는 선대들이 지금의 알다리온의 나이쯤에 행한 전례대로 이제 그를 왕위계승자로 선포하고자 했던 것이다. 메넬두르와 아들은 서로 화해했고, 그 당시 둘 사이의 관계는 평화로웠다. 알다리온은 일백 살이 되는 해에 기쁨과 축제 속에 후계자로 선포되었고, 부친에게서 누메노르의 선박 및 항구 통제사의 직함과 권한을 하사받았다. 아르메넬로스에서 열린 연회에 섬의 서쪽 지방에 사는 베레가르라는 이와, 그의 딸인 에렌디스가 참석했다. 그리고 그 연회에서 왕비 알마리안은 에렌디스에게서 누메노르에서는 찾아보기 힘든 아름다움을 보았다. 베레가르는 엘로스 왕가 혈통이 아니라 베오르 가문의 먼 후손이었고, 에렌디스는 검은 머리색과 날씬하면서도 우아한 자태에 일족을 닮아 맑은 회색 눈동자를 갖고 있었다.[10] 하지만 에렌디스는 말을 타고 달리는 알다리온의 모습을 눈여겨보았고, 그의 준수한 외모와 기품에 사로잡혀 다른 것에는 눈길도 주지 않았다. 그 후 에렌디스는 왕비의 사람이 되었으며, 왕에게도 총애를 받았다. 하지만 알다리온은 훗날 누메노르에 목재가 부족해지는 일이 벌어지지 않도록 숲을 가꾸는 일에 분주했기 때문에, 정작 에렌디스는 그를 자주 보지 못했다. 모험가 조합의 선원들은 곧 항해가 갈수록 짧아지고 뜸해지는 데다 하급 지휘관들이 그들을 이끄는 것에 불만을 품으면서 들썩이기 시작했고, 이에 왕위계승자가 선포된 지 6년째가 되는 해에 알다리온은 다시 한 번 가운데땅으로 항해를 떠나기로 뜻을 정했다. 누메노르에 남아 아내가 될 사람을 찾으라는 아버지의 충고를 거부한 탓에 그는 왕에게서 겨우 승낙을 받았고 그해 봄에 출항하려던 차였다. 그러나 어머니에게 작별인사를 하러 간 알다리온은 왕비의 일행 한가운데서 에렌디스를 발견했고, 그녀의 아름다움을 보며 이내 그 내면에 숨겨진 강인함을 직감적으로 알아차렸다.

이윽고 알마리안이 물었다. "또 떠나야만 하겠느냐, 내 아들 알다리온? 유한한 생명의 땅을 통틀어 최고의 아름다움 속에도 너를 붙잡을 만한 것이 없는 것이냐?"

그가 답했다. "아직은 아닙니다. 그렇지만 아르메넬로스에는 다른 모든 곳은 물론이요, 심지어 엘다르의 땅에서도 찾을 수 없는 아름다움이 있습니다. 그러나 모름지기 뱃사람이란 두 가지 상념이 마음 속에서 갈등하는 자이고, 저는 아직 바다를 향한 갈망에 사로잡혀 있습니다."

에렌디스는 이 말이 또한 자신을 향한 것이라고 믿었으며, 이때부터 그녀의 마음은 오로지 그만 향하게 되었다. 비록 그와의 관계가 진전되리라는 기대를 품은 것은 아니었지만 말이다. 그 당시의 어떠한 법도나 전통을 살펴보아도 왕위계승자를 비롯한 왕실의 사람들이 오직 엘로스 타르미냐투르의 후손들과만 혼인해야 하는 것은 아니었다. 그러나 여전히 에렌디스에게 알다리온은 너무나 범접하기 힘든 존재였다. 그럼에도 에렌디스는 그날 이후 어떤 사내에게도 호감을 품는 일이 없었고, 청혼해 오는 이들은 모두 거절했다.

7년의 세월이 지나고서야 알다리온은 배에 금과 은을 가득 싣고 돌아와 부친 메넬두르에게 자신의 항해와 그간 겪은 일들을 고하였다. 하지만 메넬두르가 말했다. "나는 '어둠의 대륙'에서 온 소식이나 선물 따위를 받기보다는 너를 내 곁에 두고 싶구나. 이건 장사

꾼이나 탐험가의 일이지 왕위계승자가 할 일은 아니다. 우리가 금과 은을 더 가져봐야, 이미 다른 것으로도 충분히 뽐내고도 남을 자존심을 더 세워보자고 자랑하는 일 말고 무엇에 더 소용이 있겠느냐? 왕실에 필요한 인물은 자신이 다스릴 땅과 사람들을 알며 사랑하는 자이다."

알다리온이 말했다. "아버지, 저 또한 항상 사람들을 눈여겨 살펴보고 있지 않습니까? 저는 원하는 대로 사람들을 이끌고 다스릴 수 있습니다."

왕이 대답했다. "너와 마음이 맞는 남자들이나 그런 것이 아니냐. 누메노르에는 장정들만큼이나 많은 여인이 있다. 언제나 너의 편을 들어주는 네 어머니를 빼고 나면, 과연 너는 누메노르의 여인들에 대해 아는 게 무엇이냐? 너도 언젠가는 아내를 맞이해야 할 것 아니더냐."

알다리온이 말했다. "언젠가는 그렇게 되겠지요! 하지만 꼭 해야 하는 것이 아니라면 아니지요. 훗날 어쩔 수 없이 결혼을 해야 하는 일이 벌어지지 않는 한 그런 일은 없을 겁니다. 제게는 더 신경이 쓰이고 중요한 일들이 있습니다. '뱃사람의 아내는 사는 것이 춥다'라고 하지 않습니까. 또 모름지기 분명한 목적 의식을 가지고 뭍에 얽매이지 않는 뱃사람이라야 더 멀리 나아가 바다를 다루는 방법을 터득하기 마련입니다."

메넬두르가 말했다. "더 멀리 간다 한들 그게 다 무슨 소용이겠느냐? 그리고 알다리온 내 아들아, '바다를 다룬다'는 너의 생각은 사실이 아니다. 에다인이 이곳에 살고 있는 것은 '서녘의 군주들'의 은총 덕분이며, 그 덕에 우이넨이 우리에게 친절을 베풀고 옷세가 분노를 자제하고 있는 것임을 잊었느냐? 우리들의 배는 보호를 받고 있고, 우리를 이끄는 것은 우리 자신의 손이 아니라 다른 누군가의 손이다. 지나친 자만은 우리에게서 은총을 걷어갈 뿐이다. 낯선 해안가의 바위와 암흑의 인간들의 땅을 위해 불필요한 위험을 감수하려는 무모한 자들에게도 그 은총이 닿아 있으리라고는 기대하지 말거라."

알다리온이 말했다. "다른 땅을 향해 항해하지도 않고 이전에는 보지도 못한 것들을 찾지 않는다면, 배를 축복하는 이유가 무엇입니까?"

그는 더 이상 그의 부친과 이와 같은 주제로 대화를 나누지 않았고, 대신 에암바르 갑판에서 모험가 조합 동료들과 함께 지내거나 이전의 그 어느 배보다 큰 선박을 건조하는 일로 세월을 보냈다. 그는 이 배를 팔라란, 곧 '멀리 방랑하는 자'라 이름 지었다. 그러나 어느새 알다리온은 에렌디스와 자주 만나고는 했고(이것은 왕비가 꾸민 일이었다), 왕은 이 사실을 알고서 근심하면서도 못마땅해하지는 않았다. "알다리온이 어느 여인의 마음이라도 얻기 전에, 그녀가 그의 가만 있지 못하는 병을 고쳐준다면 참으로 좋을 것이오." 왕이 말했다. "사랑이 아니라면 어떻게 우리 아들을 치유할 수 있겠어요?" 왕비가 반문했다. "에렌디스는 아직 젊지 않소." 메넬두르가 이렇게 말하자, 알마리안이 답했다. "엘로스의 자손들이 선물 받은 만큼의 긴 수명이 에렌디스의 친족들에게는 없지요. 그럼에도 에렌디스는 이미 마음을 빼앗겼답니다."[11]

이제 알다리온은 거함 팔라란이 다 건조되고 나면 다시 바다로 나설 생각을 하고 있었다. 이 때문에 메넬두르는 크게 노하였으나, 왕비의 만류 때문에 왕의 권력을 이용해 알다리온의 출항을 막는 일은 없었다. 그런데 당시 누메노르에는 여기서 꼭 언급해 두어야 하는 전통 한 가지가 있었다. 배 한 척이 가운데땅을 향해 대해로 출항할 때면, 대개 선장의 친척이 되는 한 여인이 그 뱃머리에 '귀환의 푸른 나뭇가지'를 얹어 놓아야 했다. 이 나뭇가지는 엘다르가 누메노르인들에게 선물한 나무로 '영원한 여름'을 뜻하는 오이올라이레에서 꺾어와[12] 옷세와 우이넨의 우정의 증표로서 배에 두는 것이었다. 이 나무의 이파리들은 사시사철 푸르고 윤기와 향기가 났으며 바닷바람에도 시들지 않았다. 하지만 메넬두르는 자신의 뜻을 거스르고 다시 모험에 나서는 아들 알다리온을 축복하지 않겠다며, 왕비와 알다리온의 누이들이 오이올라이레를 들고 팔라란이 정박한 로멘나에 가는 것을 금했다. 이를 듣고 알다리온은 이렇게 말했다. "내가 축복도 받지 못하고 나뭇가지도 없이 떠나야 한다면, 그렇게 떠나리다."

그러자 왕비는 비탄에 빠졌다. 하지만 에렌디스가 말했다. "'타리냐'시여. 만약 왕비께서 요정나무의 가지를 잘라주시고, 허락해주신다면 제가 그것을 가지고 항구로 가겠나이다. 왕께서 제게는 이 일을 금하신 바가 없지 않사옵니까."

선원들은 이대로 출항을 강행하고자 하는 선장의 결정에 불길한 예감이 들었다. 모든 채비를 갖추고 닻을 올릴 준비가 되었을 때 에렌디스가 찾아왔다. 비록 그녀가 큰 항구의 시끄럽고 분주한 모습과 갈매기들이 지저귀는 소리를 좋아하지 않았을지라도 말이다. 알다리온은 놀라워하며 기쁜 마음으로 에렌디스를 맞이했고, 그녀는 이렇게 말했다. "귀환의 나뭇가지를 가져왔습니다. 왕비께서 보내신 것입니다." "왕비께서?" 태도를 바꾸며 알다리온이 말했다. "그렇습니다, 전하. 제가 그분의 허락을 구했습니다. 전하께서 빨리 돌아오신다면 전하의 혈육뿐만 아니라 누메노르의 모든 이들이 진심으로 기뻐할 것입니다." 그녀가 말했다.

알다리온은 이때 처음으로 에렌디스를 애정 가득한 눈빛으로 바라보았다. 팔라란이 바다를 향해 나아가는 와중에도 그는 항구 쪽을 바라보느라 선미에 오랫동안 머물러 있었다. 전하는 바로는 그는 귀환을 서둘렀고 팔라란의 항해는 원래의 계획보다도 짧았다고 한다. 귀항하는 길에 알다리온은 왕비와 왕비의 사람들을 위한 선물들을 챙겨 왔는데, 가장 값비싼 선물인 다이아몬드를 다름 아닌 에렌디스에게 주었다. 왕과 아들 사이에 오간 인사는 이제 더욱 싸늘해졌다. 메넬두르는 그런 값비싼 선물은 약혼의 정표로서 준 것이 아니라면, 왕위계승자로서 부적절한 처신이라며 알다리온을 꾸짖었고, 그의 아들에게 의중을 밝힐 것을 요구했다.

"고마운 마음에 준 선물입니다. 모두가 냉랭할 때 따뜻한 마음씨를 보여 주었기 때문입니다." 알다리온이 말했다.

"네가 차갑게 행동하거늘 다른 이들이 너에게 따뜻하게 대하겠느냐." 메넬두르는 그렇게 말하며, 비록 에렌디스의 이름을 입에 올리지는 않았지만 다시 한 번 알다리온에게 결혼을 고려해볼 것을 권고했다. 그러나 알다리온은 이를 받아들일 생각이 전혀 없었다. 그는 주위에서 강권할수록 더욱 반발하는 사람이었던 것이다. 그는 이제 에렌디스까지도 더욱 냉랭하게 대했고, 누메노르를 떠나 비냘론데에서 그의 계획을 이어나가리라고 결심했다. 그에게 있어 뭍에서의 삶은 성가신 일이었다. 배에 타고 있는 동안에는 타인의 뜻에 따르지 않아도 되었고, 함께하는 모험가들도 오직 대선장인 자신만을 사랑하고 존경해 왔던 것이다. 그러자 이제 메넬두르는 그의 출항을 금하고 나섰다. 그래서 알다리온은 겨울이 채 가기도 전에 왕의 뜻을 거역하고 대다수의 모험가 조합원들과 함께 7척의 배로 구성된 선단을 꾸리고 항해를 감행하였다. 왕비는 감히 메넬두르의 분노를 자극할 엄두를 내지 못했다. 하지만 한밤중에 망토를 온몸에 뒤집어쓴 한 여인이 나뭇가지를 들고 항구에 찾아와 이를 알다리온의 손에 쥐어주며 "'서부 지역의 귀부인'(에렌디스의 별명이었다)이 보내는 것입니다."라고 하고는 어둠 속으로 사라졌다.

알다리온이 드러내놓고 자신의 뜻을 거스르자 왕은 그에게서 누메노르의 선박 및 항구 통제사의 권한을 박탈하고 에암바르 갑판의 모험가 조합본부를 폐쇄했으며, 로멘나에 있는 조선소의 문을 닫는 것은 물론이요, 배를 짓기 위해 이루어지는 모든 벌목도 금지하였다. 5년의 세월이 흘렀고, 알다리온은 배 9척을 이끌고 돌아왔다. 두 척의 배는 비냘론데에서 새로이 건조한 것으로 가운데땅 해안의 숲에서 얻은 질 좋은 목재로 만들어져 있었다. 알다리온은 자신이 없는 동안에 벌어진 일들을 확인하고는 극도로 분노하여 부친에게 이렇게 말하였다. "제가 누메노르에서 환영을 받지 못하고, 제 손으로 할 일도 없고, 항구에서 배를 수리조차 하지 못한다면, 저는 곧 다시 떠날 수밖에 없습니다. 바람도 거세졌거니와[13] 저 또한 제 선단을 재정비해야만 합니다. 왕자가 해야 할 일이 아내가 될 여자를 고르기 위해 여인들의 용모를 관찰하는 것만 있는 것은 아니지 않습니까? 전 삼림을 관리하는 일을 도맡아 빈틈없이 진행해 왔습니다. 제 시대가 다 지나기도 전에 누메노르의 수목은 폐하가 다스리던 때보다 훨씬 많이 늘어나 있을 겁니다." 그러고는 알다리온은 자신이 말한 대로 그해에 모험가 조합원 중 제일 강인한 자들을 모아 배 3척을 이끌고 출항하였다. 이번에는 어떤 축복도 나뭇가지도 없이 떠나게 되었는데, 메넬두르가 왕가와 모험가 조합원의 집안 여인들 모두에게 금령을 내리고 로멘나에는 경비병까지 배치하여 막은 까닭이었다.

항해를 떠난 알다리온이 오랫동안 돌아오지 않자 사람들이 그를 걱정하기 시작했다. 이제껏 발라들의 축복이 누메노르의 선박들을 보호하고 있었음에도, 메넬두르 스스로도 불안해 했다.[14] 알다리온이 출항하고 10년이 지나자, 에렌디스마저도 그가 큰 재난을 당했거나 혹은 가운데땅에 영원히 머무르기로 결심했다고 생각해 절망에 빠졌다. 여기에 끊임없이 구혼자들까지 그녀를 찾아와 성가시게 하자, 그녀는 왕비의 허락을 얻어 아르메넬로스를 떠나 서부 지역의 친지들에게로 돌아갔다. 그리고 다시 4년이 흘러 마침내 알다리온이 돌아왔다. 그의 선단은 바다의 풍파에 이곳저곳이 부서지고 엉망이 되어 있었다. 알다리온은 먼저 비냐론데 항구로 배를 몰았고, 거기서 해안선을 따라 남쪽으로 멀리까지 항해를 하였다. 여태까지 그 어떤 누메노르의 선박도 가 보지 못한 곳이었다. 하지만 북쪽으로 돌아오는 길에 역풍과 태풍을 만났고, 하라드에서 간신히 배가 난파되는 위기를 넘기고 살아 나왔지만 비냐론데는 이미 해일과 적대적인 인간들의 약탈에 아수라장이 된 지 오래였다. 그는 세 차례나 대해를 건너려 했으나 서쪽에서 불어오는 강풍 때문에 번번이 실패했고, 그의 기함마저도 번개를 맞아 돛대를 잃었다. 깊은 바다에서 상상도 못 한 악전고투를 거듭한 끝에 그는 비로소 누메노르의 항구로 귀환할 수 있었던 것이다. 메넬두르는 알다리온의 귀환에 깊은 시름에서 벗어났지만, 그가 아버지이자 왕인 자신에게 반기를 들고 발라들의 가호까지 잃어버림으로써 자기 자신만이 아니라 그를 믿고 따르던 이들까지 옷세의 진노를 사게 만든 데 대해 호되게 꾸짖었다. 그러자 알다리온은 마음속 깊이 뉘우쳤고, 메넬두르의 용서를 받은 후에 누메노르의 선박 및 항구 통제사의 권한도 되돌려 받았으며 삼림통제사의 직함도 얻게 되었다.

알다리온은 에렌디스가 아르메넬로스를 떠난 사실을 알고 슬퍼했지만, 그녀를 직접 찾으러 가기에는 그의 자존심이 허락하지 않았다. 더욱이 청혼할 것이 아니라면 그녀를 찾아갈 이유 또한 없었던 것이, 그는 아직 결혼을 생각하고 있지 않았던 것이다. 20년 가까운 세월 동안 자리를 떠나 있었던 까닭에, 알다리온은 그간 방치되어 있던 일들을 챙기기 위해 애쓰기 시작했다. 이 시기에 대규모의 항구 공사들이 진행되었고, 특히 로멘나를 중심으로 이루어졌다. 그는 그동안 여러 가지 물건을 만들고 건축물을 세우기 위해 수많은 나무들을 마구잡이로 베어내는 바람에 베어낸 것에 비해 심은 나무가 턱없이 적었음을 알게 되었고, 아직 성한 삼림들을 둘러보기 위해 누메노르 방방곡곡을 돌아다니게 되었다.

하루는 알다리온이 서부 지역의 숲속을 달리던 중에 한 여인을 보게 되었는데, 검은색 머리칼을 바람에 휘날리던 그녀는 빛나는 보석 하나로 동여맨 녹색 망토를 두르고 있었다. 당시 알다리온은 그녀를 누메노르섬의 서부를 이따금 방문하던 엘다르 중 한 명으로 여겼다. 하지만 그녀가 가까이 왔을 때 그는 눈앞의 여인이 다름 아닌 에렌디스이며, 그녀의 목에 걸린 보석은 그가 선물로 주었던 보석인 것을 알아챌 수 있었다. 이내 알다리온은 자신이 그녀에게 연정을 품어왔고 자신의 지난 과거가 얼마나 부질없던 것이었는지를 깨달았다. 에렌디스는 그를 보고는 안색이 새파래지며 황급히 자리를 뜨려 했지만, 알다리온 역시 재빨리 그녀를 따라잡고는 이렇게 말했다. "당신이 내게서 도망치는 것도 내가 그렇게나 숱하게 멀리 도망갔던 것을 감안하면 천 번 마땅한 일이오! 하지만 부디 이 나를 용서하고, 내 곁에 남아주오." 그들은 곧 에렌디스의 아버지 베레가르의 집으로 함께 말을 달렸고, 그곳에서 알다리온은 에렌디스와 혼인하고 싶다는 자신의 생각을 분명히 밝혔다. 하지만 에렌디스는 속으로는 망설이고 있었다. 비록 고향 사람들의 전통에 비추어 보더라도 이제 혼기가 다 찬 몸이었음에도 말이다. 그녀의 사랑이 식은 것도 아니고 교묘하게 혼인을 피하려는 것도 아니었지만, 앞으로 알다리온을 두고 바다와 벌일 싸움에서 자신이 이기지 못하리라는 불안이 마음속으로 엄습해온 것이었다. 에렌디스는 그 무엇 하나도 잃기 싫었기에 조금도 양보하고 싶지 않았다. 본래 대해를 두려워했고, 자신이 사랑하는 수목을 베어 배를 만드는 일을 못마땅해 했던 그녀는 자신이 바다와 배에게 밀려나지 않기 위해서는 이들을 알다리온의 머릿속에서 지워버려야만 한다고 생각하였다.

하지만 알다리온은 그녀에게 정성을 다해 구애하였고, 에렌디스가 가는 곳은 어디나 따라다녔다. 심지어 그는 항구와 조선소는 물론 모험가 조합의 모든 일도 내팽개쳤고 나무를 베는 대신 심는 일에 집중하였는데, 그 스스로가 노년에 들어서고 나서야 깨달은 사실이지만, 이때가 그의 생애에서 제일 만족스러웠던 시기였다. 그는 에렌디스를 설득해 한동안 에암바르를 타고 함께 누메노르 주변을 돌아다녔는데, 알다리온이 모험가 조합을 창설한 지 100년이 되었기에 누메노르 전역의 항구에서 잔치가 벌어질 예정이었기 때문이었다. 에렌디스는 불편함과 두려움을 숨긴 채 이를 승낙했고, 그들은 로멘나를 떠나 누메노르 서쪽의 안두니에로 갔다. 그곳에서 안두니에의 영주이자 알다리온의 가까운 친척인 발란딜[15]이 큰 연회를 열었다. 연회 자리에서 그는 에렌디스를 위해 건배를 하며 그녀에게 우이넨의 딸이라는 뜻이자, 새로운 바다의 귀부인이라는 의미로 우이네니엘이란 이름을 붙여주었다. 하지만 발란딜의 아내 옆에 앉아있던 에렌디스는 역정을 내었다. "나를 그렇게 부르지 마세요! 나는 우이넨의 딸이 아니고, 우이넨은 오히려 내 원수란 말입니다."

그 후 한동안 에렌디스에게 다시 알다리온에 대한 의심이 생겼다. 알다리온이 다시 로멘나의 작업에 마음을 쏟고, 거대한 방파제를 축조하는 일과 톨 우이넨에 높은 탑을 쌓는 일에 열중하였기 때문이다. 그 탑은 칼민돈 곧 빛의 탑이라는 이름의 등대였다. 모든 일이 마무리되자 알다리온은 다시 에렌디스를 찾아가 약혼을 청했는데, 에렌디스는 또 한 번 망설이며 이렇게 말했다. "저와 전하가 같이 배를 타고 여행을 해보았으니, 제 답을 듣기 전에 먼저 뭍에서 제가 사랑하는 곳을 방문해 보지 않으시렵니까? 전하는 이 땅을 다스릴 몸이신데도 이 땅을 너무 모르시옵니다." 그리하여 그들은 함께 여행을 떠나 에메리에로 갔는데, 이곳은 구릉형의 풀밭으로 누메노르의 양을 기르는 대표적 목초지였다. 농부와 양치기들이 사는 흰 가옥들이 보이고 양떼의 울음소리가 들렸다.

이제 에렌디스가 입을 열어 알다리온에게 말하였다. "이곳에 있을 때면 마음이 놓인답니다!"

"당신은 왕위계승자의 아내로서 당신이 있어야 할 곳에 머무르게 될 것이며, 왕비로서 당신이 원하는 화려한 궁전 어느 곳에서나 머무를 수 있을 것이오." 알다리온이 말했다.

"전하가 왕이 될 때면 저는 늙어 있겠지요. 그렇다면 그동안 왕위계승자께서는 어디에 머무르실 생각입니까?"

"만일 내 일을 함께 나누지 못하겠다면, 시간이 허락될 때는 언제나 아내의 곁에 머물겠소."

"저는 저의 남편을 우이넨 부인과 나눌 수는 없습니다."

"그건 너무나 꼬인 말이오. 그렇다면 그대가 야생의 나무들을 아낀다는 것을 빗대어 나 또한 당신을 오로메 폐하와 나누진 못하겠다고 할 수 있지 않겠소?"

"전하는 그렇게 하지 않으시겠지요. 전하께서는 마음만 먹으면 제가 아끼는 아무 나무나 베어다가 우이넨에게 바칠 테니 말입니다."

"그대가 아끼는 나무 한 그루를 고르시오. 그렇다면 그 나무는 죽는 날까지 무사하도록 해주겠소."

"저는 이 섬에 자라는 모든 수목을 아낀답니다."

그러고 나서 그들은 긴 시간 동안 한마디 말도 없이 달렸다. 그날 이후 그들은 헤어졌고 에렌디스는 집으로 돌아갔다. 에렌디스는 부친에게는 하무 말도 하지 않았으나, 모친인 누네스에게는 알다리온과 나누었던 이야기들을 털어놓았다.

누네스가 말했다. "'모 아니면 도'로구나, 에렌디스, 너는 어릴 적에도 그런 성격이었지. 하지만 너는 그 사람을 사랑하고 있고, 그의 지체는 제쳐 놓고라도 그는 훌륭한 사람이 아니더냐. 너의 사랑하는 마음도 쉽게 버릴 수 있는 것이 아니거니와 설사 버리더라도 큰 아픔이 따를 것이다. 아내라면 남편이 사랑하는 일과 마음속에 품은 열정을 함께 사랑할 수 있어야 하고, 그렇지 않다면 남편은 사랑할 수 없는 존재가 된다. 그러나 네가 이런 조언을 이해할 수 있을지 모르겠다. 지금 나는 마음이 무척 아프구나. 이제 너의 혼기도 다 찼고, 고운 자식을 낳았던 만큼 어여쁜 손주들을 보기를 바랐단다. 설령 그 아이들이 왕궁에서 나고 자란다 하여도 난 속상하지 않을 것이다."

물론 이 조언도 에렌디스의 마음을 움직이지는 못했다. 그럼에도 그녀는 자신의 마음을 의지대로 움직일 수 없음을 느꼈고, 알다리온이 바다로 떠나 있던 시절보다도 더 공허한 일상을 보내야만 했다. 알다리온은 여전히 누메노르에 머물고 있었지만, 시간이 흘러도 그가 서부로는 발걸음을 하지 않은 탓이었다.

왕비인 알마리안은 누네스로부터 두 남녀의 자초지종을 전해 듣고는 알다리온이 (한동안 육지에 오래 있었던 만큼) 또다시 바다로 나가 스스로를 위로하고자 할 것을 걱정하였다. 결국 왕비는 에렌디스에게 전갈을 보내 아르메넬로스로 돌아오기를 청했고, 에렌디스는 누네스의 설득에 마음이 움직여 왕비의 청을 수락했다. 아르메넬로스로 돌아온 에렌디스는 알다리온과 화해했고, 그해 봄, 에루케르메의 절기가 돌아오자 두 사람은 왕을 수행하여 '누메노르인들의 성산聖山', 메넬타르마의 정상에 함께 올랐다.[16] 모두가 하산한 후에도 알다리온과 에렌디스는 그대로 정상에 머물렀다. 이내 주위를 둘러보니, 먼발치에서 서쪽나라의 섬 모두가 춘절에 푸르게 물든 모습과, 아발로네가 있는 머나먼 서녘에서 희미하게 비치는 불빛,[17] 그리고 대해의 동쪽에 드리운 어둠이 보였다. 머리 위의 메넬은 더없이 푸르렀다. 메넬타르마의 정상에서는 왕을 제외한 누구도 말을 할 수 없었으므로 둘은 단 한마디의 말도 하지 않았다. 그런데 산을 내려오던 에렌디스가 잠깐 멈추어 서더니 에메리에와 그 너머 고향의 초목들을 응시했다.

그녀가 "'요자얀(누메노르 땅—역자 주)'이 사랑스럽지 않습니까?"

라고 묻자 그가 답했다. "물론 사랑한다오, 당신은 믿지 않는 것 같지만 말이오. 이 땅의 미래와 백성들의 희망과 영광도 머릿속에 담아두고 있소. 그러면서도 또한 선물을 차곡차곡 쌓아두기만 해서는 안 된다고 믿는 것일 뿐이오."

하지만 에렌디스는 이를 반박하고 나섰다. "발라들, 그리고 그들을 통해 유일자께서 주시는 선물은 지금 있는 그대로, 바로 지금 모습 그대로 사랑을 받아야 하는 것입니다. 더 많은 것이나 더 나은 것을 얻기 위해 맞바꿀 것이 아닙니다. 알다리온, 에다인이 아무리 위대하다 해도 유한한 생명의 인간입니다. 더욱이 미래를 살아갈 수는 없는 노릇 아니겠습니까? 계획의 허상에 사로잡혀서는 현재를 올바르게 누리지 못하지요." 그러고는 불쑥 목에 걸어둔 보석을 들어 올리며 이렇게 말했다. "가령 전하라면 제가 바라는 다른 선물을 사줄 요량으로 이것을 팔아치우시렵니까?"

알다리온이 말했다. "안 될 말이오! 하지만 그것은 당신이 품속에 숨겨두는 것이 아니잖소. 사실 나는 당신이 그 보석의 값어치를 너무 과하게 매기는 것은 아닌가 하는 생각이 드오. 그 보석도 당신의 눈빛 앞에서는 빛이 바래질 뿐인데 말이오." 이윽고 그는 에렌디스의 눈가에 입맞춤을 했고, 바로 그 순간에 그녀는 두려움을 떨치고 그를 받아들였다. 메넬타르마의 경사진 산길에서 두 사람의 혼약이 성사된 것이다.

두 사람은 아르메넬로스로 돌아갔고, 알다리온은 타르메넬두르에게 에렌디스를 왕위계승자의 약혼자로 소개했다. 왕은 흡족해했으며 도성과 온 섬에 축제 분위기가 가득했다. 메넬두르는 에렌디스에게 약혼 선물로 에메리에의 드넓고 아름다운 영지를 내어주고 그곳에 흰색 집 한 채를 지어주었다. 하지만 알다리온이 말했다. "내가 간직하고 있는 다른 보화들이 있소. 누메노르 함대의 도움을 받았던 먼 나라의 왕들이 보낸 선물들이오. 그대가 아끼는 수목들의 이파리 틈새로 드나드는 햇살과 같이 푸른색을 뽐내는 보석도 있다오."

에렌디스가 말했다. "안 될 말씀입니다! 비록 오래전의 일일지언정 저는 이미 약혼 선물을 받았습니다. 이것이야말로 제가 지금이나 앞으로도 유일하게 간직하고 있을 보석이고, 저는 이것을 무엇보다도 귀하게 여길 겁니다." 그리고 알다리온의 눈앞에서 에렌디스는 오래전에 받은 그 흰 보석을 은색 띠에 마치 별처럼 매달았고, 그녀의 부탁으로 알다리온은 이것을 그녀의 이마에 묶어주었다. 이후 그녀는 한 맺히는 시절이 오기 전까지 여러 해 동안 이를 쓰고 다녔으며, 이로 말미암아 타르엘레스티르네, 이른바 '별 이마의 여인'으로 널리 알려지게 되었다.[18] 이에 아르메넬로스의 왕의 집안과 온 섬에 한동안 평화와 희락이 가득했다. 고서에서 이때를 기록하기를 그해 황금빛 여름에 대풍작을 이루었다고 하였으며, 이때가 바야흐로 제2시대의 858년이 되는 해였다.

하지만 이런 풍요로운 시기에도 모험가 조합의 선원들만은 심기가 편하지 않았다. 알다리온이 15년 동안이나 누메노르 땅에 상주하며 원정을 떠나지 않았기 때문이었다. 비록 그가 양성한 용감한 선장들이 있기는 하였으나, 왕자의 부와 권한이 뒷받침해주지 않자 항해는 뜸해지고 짧아졌으며, 길갈라드의 영토 너머로 뱃길을 나서는 일도 매우 드물어졌던 것이다. 더욱이 알다리온이 삼림을 돌보지 않아 조선소에는 목재가 부족해졌으며, 이에 모험가 조합원들은 그에게 모험가 조합의 일을 다시 돌보아 달라고 간청했다. 알다리온은 이 청을 들어주었고 에렌디스 또한 처음에는 그와 함께 숲으로 가보았지만, 곧 한창 왕성하게 자라고 있는 나무들을 베어낸 다음 자르고 톱질하는 광경을 보고는 슬픔에 잠겼다. 이 일 이후에 알다리온은 곧 혼자 일에 나서게 되었고, 두 사람이 함께하는 시간은 줄어들었다.

마침내 모든 이들이 왕위계승자가 혼인하기를 바라는 해가 되었다. 누메노르의 관습상 약혼 기간은 3년 이상 계속될 수 없기 때문이었다. 그해 봄 어느 날 아침, 알다리온은 안두니에 항구를 떠나 베레가르의 저택으로 가기 위해 말을 달리고 있었다. 그는 그 집에 손님으로 초대받아 가는 중이었는데, 에렌디스는 그보다 앞서 아르메넬로스를 떠나 내륙의 도로를 따라 가고 있었다. 그는 육지에서 뻗어 나와 항구 북쪽의 방파제 역할을 하던 바닷가 절벽 꼭대기에 이르렀을 때, 몸을 돌려 바다를 바라보았다. 그맘때쯤에 흔히 그렇듯이 서풍이 불고 있었다. 가운데땅으로 항해를 떠나려는 이들에게는 더없이 반가운 바람이었다. 하얗게 부서지는 파도가 해안가로 밀려들고 있었다. 그 순간, 마치 커다란 손이 알다리온의 목을 낚아채기라도 한 듯 그는 속절없이 바다에 대한 갈망에 휩싸였고 이내 가슴을 한 대 맞은 것처럼 숨을 쉴 수 없었다. 그는 마음을 다잡으려 안간힘을 쓰다가 한참이 지난 후에야 등을 돌리고 계속 말을 달렸고, 이때 일부러 15년 전 에렌디스가 흡사 엘다르 요정처럼 말을 타고 있던 숲속을 경유하였다. 그는 그날처럼 에렌디스를 한 번 더 마주치고자 주의를 둘러봤지만, 그녀는 거기에 없었다. 그녀의 얼굴을 다시 보고 싶은 간절한 마음에 알다리온은 길을 재촉했고, 날이 저물기 전에 베레가르의 집에 당도했다.

에렌디스는 알다리온을 반가이 맞이했고 알다리온도 기뻐했다. 비록 모두들 그가 그 목적만으로 서부 지역을 방문한 것은 아니라고 생각하기는 했지만, 그는 그들의 혼사에 대해서는 단 한마디도 언급하지 않았다. 며칠이 지나자 에렌디스는 모임의 다른 이들이 흥에 겨운 동안에도 알다리온은 자주 침묵을 지키고 있는 것을 눈치챘고, 그녀의 눈길이 불현듯 그를 향할 때면 그는 그녀를 빤히 쳐다보고 있고는 했다. 순간 그녀는 심장이 철렁했다. 알다리온의 파란 눈동자가 잿빛을 띠고 차가워 보였지만, 그의 시선 속에 갈망이 담겨 있는 것을 알아차렸던 것이다. 그녀는 이러한 눈빛을 이전에도 여러 차례 본 적이 있고, 그 눈빛이 암시하는 바가 두려웠지만, 아무 말도 입 밖으로 내지 않았다. 이 모든 것을 지켜보던 누네스는 안도하였다. 그녀의 말에 따르면 "말이 상처를 덧나게 하는 법"이기 때문이었다. 오래지 않아 알다리온과 에렌디스는 길을 떠나 아르메넬로스로 되돌아갔는데, 바다에서 멀어질수록 알다리온의 얼굴은 점점 더 밝아졌다. 그는 속으로 결정을 내리지 못한 채 고민하고 있었고, 여전히 이를 그녀에게 털어놓지 않았다.

그렇게 그해가 흘러갔고, 알다리온은 바다에 관해서도 혼사에 관해서도 한마디 하지 않았지만, 대신 로멘나와 모험가 조합에 가는 일이 잦아졌다. 시간이 한참 지나고 이듬해가 되자 왕은 알다리온을 자신의 방으로 불렀고, 부자는 편안히 마주 앉았다. 부자간의 사랑은 예전과 달리 돈독했던 것이다.

타르메넬두르가 물었다. "아들아, 언제쯤이면 내게 고대하던 딸아이를 안겨다 줄 생각이냐? 3년이 넘게 지났다. 이 정도면 충분히 오래 지나지 않았느냐. 네가 이렇게나 오래 인내할 수 있다는 게 놀랍구나."

이윽고 알다리온은 침묵에 잠기더니, 한참 후에 대답했다. "'아타리냐(나의 아버지—역자 주)'시여, 병이 다시 도지고야 말았습니다. 18년은 참으로 긴 금단의 시간이었습니다. 누우면 잠을 설치기 일쑤고, 말을 타면 몸을 똑바로 세우기가 힘들고, 돌투성이의 땅바닥을 밟을 때마다 발이 아프옵니다."

그러자 메넬두르는 탄식하며 아들을 측은히 여겼지만, 그 스스로가 배를 사랑한 적이 없었기에 아들의 고통을 이해하지 못했다. 그가 말했다. "오호통재라! 그러나 너는 약혼한 몸이 아니더냐. 누메노르의 법도와 엘다르와 에다인의 도리 어디에도 아내를 둘이나 가질 수 있다는 말은 없다. 너는 에렌디스와 혼약을 했으니 바다와 혼인할 수는 없는 것이다."

그러자 알다리온의 마음이 딱딱하게 굳어졌다. 메넬두르의 말은 그가 에렌디스와 함께 에메리에를 거닐며 나누었던 대화를 상기시켰고, 그로 하여금 (비록 잘못 생각한 것이지만) 에렌디스가 부친에게 간언을 했다고 여기게 만든 것이다. 다른 이들이 합세하여 그들이 원하는 무언가를 종용한다고 여길수록 이에 반발하는 것이 알다리온의 심성이었다. 그가 말했다. "약혼을 하더라도 대장장이는 대장간을 지키고, 기수는 말을 타고, 광부 또한 곡괭이질을 할진대, 어찌하여 뱃사람은 바다로 가면 아니 됩니까?"

"대장장이가 5년 동안 망치질만 하며 모루 곁에 머문다면 대장장이의 아내가 될 이는 많지 않을 게다. 그리고 뱃사람의 아내는 많지 않거니와, 그들은 이것이 생업이고 피할 수 없는 일이기에 감내할 따름이다. 그러나 바다로 가는 일이 왕위계승자의 생업이고, 꼭 필요한 일이더냐?"

"비단 생계가 아니라도 사내를 움직이는 힘은 많습니다. 그리고 아직 시간 여유가 충분합니다."

"가당치 않다. 너는 은총을 당연한 것으로 아는구나. 에렌디스에게 주어진 희망은 너보다 짧고, 너보다 빨리 세월이 저문다. 그 아이는 엘로스의 혈통이 아니란 말이다. 에렌디스가 얼마나 오랫동안 너를 연모해 왔느냐."

"제가 한창 여념이 없었을 때에도 그녀는 열두 해를 기다려주었습니다. 그런 일을 세 번 시키지는 않습니다."

"그때는 약혼을 하기 전이지 않느냐. 허나 이제는 너희 둘 다 자유로운 몸이 아니다. 만약 에렌디스가 순순히 널 기다려준다면, 이는 네가 스스로를 다스리지 못했을 때 필경 닥쳐올 일을 두려워한 탓이 분명하다. 보아하니 네가 무슨 수로든 그 아이의 두려움을 잠재운 것 같구나. 쉬운 말을 한 건 아니겠지만, 내가 보기에 너는 에렌디스에게 큰 신세를 졌다."

그러자 알다리온이 잔뜩 화가 난 목소리로 말했다. "에렌디스 편을 드는 아버지와 이렇게 말싸움을 하느니 차라리 제 약혼자와 직접 얘기하는 편이 낫겠습니다." 그리고 그는 부친이 있는 자리를 떴다. 그는 주저하지 않고 에렌디스에게 자신이 밤잠을 설치고 안식을 잃었다며 다시금 대양을 항해하고자 하는 자신의 마음을 털어놓았다. 그러자 그녀는 안색이 창백해지더니 말이 없어졌다. 시간이 흐르고 그녀가 말했다. "혼사를 의논하러 온 것이 아니었습니까?"

알다리온이 말했다. "물론이오. 돌아오는 즉시 의논할 것이니 기다려 주시오." 하지만 그녀의 얼굴에 슬픔이 드리운 것을 목격하자 그의 심경에 변화가 생겼다. "지금 하도록 합시다. 올해가 저물기 전에 혼인하는 거요. 그런 다음에 모험가 조합 사상 유례가 없는, 그야말로 물 위에 세운 왕비의 궁과 같은 배를 한 척 만들겠소. 그리고 당신과 내가 함께 발라의 축복을 받고 항해하는 거요. 바로 당신이 경애하는 야반나와 오로메의 축복 말이오. 당신이 여태껏 보지 못한 수목과 아직도 노래하는 엘다르가 있는 땅, 그리고 누메노르 온 땅보다 넓고 태고의 자유와 자연이 있으며 지금도 오로메 폐하의 뿔피리 소리를 들을 수도 있는 숲으로 데려다주겠소."

하지만 에렌디스는 흐느껴 울었다. "아닙니다, 알다리온이시여. 이 세상에 전하가 말씀하시는 것들이 있다는 사실은 기쁘오나, 저는 누메노르의 수목에 마음을 바쳤으니 그러한 것에 뜻을 두지 않습니다. 만약에 제가 전하를 사랑하여 배에 오른다면 다시는 돌아오지 못할 것입니다. 그것은 제 힘으로는 견딜 수 없는 일로서, 육지가 보이지 않는 곳에 이른다면 저는 죽음을 피할 수 없습니다. 대해가 저를 저주하여, 제가 전하를 바다와 갈라놓고서 전하의 곁에서 달아난 죗값을 이렇게 치르게 하는군요. 가십시오, 전하! 하지만 부디 저를 측은히 여기시고, 제가 여태껏 잃어버린 세월만큼이나 많은 시간을 떠나 계시진 마소서."

알다리온은 부끄러웠다. 그가 부친에게 분별없이 역정을 낸 것과 달리, 에렌디스는 그에게 사랑을 담아 간청한 것이다. 그는 그해 항해에 나서지 않았다. 하지만 마음의 평화와 즐거움도 누리지 못하였다. 알다리온이 말했다. "육지가 보이지 않는 곳에 이르면 에렌디스는 죽는다고 하는구나! 그러나 육지만 보고 있다가는 내가 죽음을 피할 수 없을 것이다. 그러니 우리가 함께 지내기 위해서는 내가 홀로 떠나야 하겠구나. 그것도 서둘러서." 그렇게 그는 봄이 되면 바다로 나설 요량으로 준비를 했고, 이에 모험가 조합원들은 자신들만이 이 사실을 아는 양 기뻐했다. 세 척의 배가 만반의 준비를 갖추었고, 이들은 비렛세 월에 출항했다. 에렌디스가 오이올라이레의 가지를 직접 팔라란의 선수에 장식했고, 배가 새로 지은 거대한 방파제 너머로 사라질 때까지 그녀는 눈물을 감추었다.

알다리온이 누메노르에 돌아오기까지 6년이 넘는 세월이 흘렀다. 이제 왕비 알마리안마저도 그를 차갑게 맞이했고, 백성들은 그가 에렌디스에게 못 할 짓을 했다고 여겼으며. 모험가 조합원들도 더는 동경의 대상이 아니었다. 알다리온은 사실 원래 계획했던 기간보다 더 오래 누메노르를 떠나 있었는데, 그가 찾아간 비냘론데 항구는 아수라장이 되어있었을 뿐만 아니라, 이를 복구하는 데 전력을 다했지만 바다가 이를 다시 허사로 만들었기 때문이다. 해안 근방의 인간들도 갈수록 누메노르인들을 두려워하거나 공연히 적대시하기 일쑤였다. 배를 타고 가운데땅을 찾아오는 민족을 증오하는 어떤 군주가 있다는 소문들 또한 알다리온에게 들려오고 있었다. 이윽고 그가 고향 땅으로 돌아가기로 하자, 공교롭게도 남쪽에서 엄청난 바람이 불어오는 통에 배가 한참을 북쪽으로 밀려가 버리기도 했다. 그는 한동안 미슬론드에서 지체하게 되었는데, 다시 배를 띄워 바다로 나서자 또 한차례 북쪽으로 밀려났고, 얼음 투성이의 위험천만한 황무지에 다다라 추위에 몸서리를 쳐야만 했다. 마침내 바람과 파도가 잠잠해졌다. 하지만 알다리온은 팔라란의 뱃머리에서 그리움에 잠겨 머나먼 메넬타르마를 바라보았고, 문뜩 눈길을 돌려 푸른 나뭇가지를 바라보다가 가지가 시든 것을 알아차렸다. 오이올라이레의 가지는 항상 물보라에 적셔지므로 이와 같은 일이 일찍이 없었기에, 알다리온은 당황하였고 깊은 근심에 빠졌다. 그의 옆에 있던 한 선원이 말했다. "선장님, 가지가 얼어붙었습니다. 그간 추위가 너무나 심했어요. '기둥(하늘의 기둥, 메넬타르마—역자 주)'이 보이는 것이 위안일 따름입니다."

알다리온이 에렌디스를 찾아갔을 때 에렌디스는 그를 싸늘한 눈으로 보기만 할 뿐, 앞으로 나서 그를 맞이하지 않았다. 이에 그는 평소답지 않게 말문이 막혀 그 자리에 서 있을 수밖에 없었다. 에렌디스가 말했다. "앉으십시오, 전하. 우선 그간 있었던 모든 일을 들려주소서. 필시 수년 동안 많은 것을 보고 또 이루셨겠지요!"

알다리온은 머뭇거리며 운을 뗐고, 그가 여태까지 겪은 시련과 늦어진 사정 등을 털어놓는 동안 그녀는 조용히 이를 경청했다. 이야기를 마치자 그녀가 말했다. "전하가 무사 귀환하시도록 은총을 베풀어 주신 발라들께 감사드립니다. 하지만 제가 전하와 동행하지 않은 것 또한 발라들께 감사드리는 바입니다. 저라면 그 어떤 푸른 가지보다도 단명했을 겁니다."

알다리온이 답했다. "그대가 준 푸른 나뭇가지는 스스로 원해서 혹한으로 들어간 게 아니오. 그러나 이제 그대가 나에게 실망하여 날 내친다 하여도, 그대가 뭇사람들의 지탄을 받지는 않을 것이오. 하지만 정녕 그대의 사랑이 아름다운 오이올라이레보다 굳세리라는 희망을 품을 수는 없는 것이오?"

"당연히 가능한 일이지요. 전하, 그 사랑은 아직 싸늘하게 식지 않왔습니다. 아아! 이렇게 겨울이 지난 후의 태양처럼 멋지게 돌아온 전하를 뵙고 어찌 내칠 수 있겠습니까!"

"그렇다면 이제 봄과 여름을 맞이합시다!"

"그리고 겨울이 오지 못하도록 하는 거예요."

그리하여 메넬두르와 알마리안이 기뻐하는 가운데 왕위계승자의 혼례가 이듬해 봄으로 반포되었고, 또 그렇게 거행되었다. 제2시대의 870년째 해에 알다리온과 에렌디스가 아르메넬로스에서 혼인하자 집집마다 음악이 넘쳐흘렀고, 거리마다 사람들은 노래를 불렀다. 이후 왕위계승자와 그의 신부는 말을 타며 섬 전역으로 여유롭게 나들이를 다녔고, 하지가 되어 안두니에에 도착하는데, 그곳의 영주 발란딜이 마지막으로 잔치를 준비 중이었다. 에렌디스에 대한 애정과 누메노르의 왕비가 그들 가운데에서 나온다는 자부심으로, 서부 지역의 모든 사람이 그 잔치의 자리에 함께 모여들었다.

잔칫날 아침이 되자 알다리온은 서쪽 바다를 향해 난 침실 창문 밖을 내다보다가 이렇게 외쳤다. "에렌디스, 보시오! 항구를 향해 서둘러 다가오는 배가 한 척 있소. 저것은 누메노르의 배가 아니라, 우리 둘 모두가 평생 발을 디뎌보지 못할 땅에서 오는 배라오." 에렌디스가 창밖을 바라보자 눈앞에 흰색의 커다란 배 한 척이 보였고, 배 이곳저곳에서는 흰 새들이 햇볕을 쬐고 있었다. 배의 돛은 은빛으로 반짝이고 항구를 향하는 뱃머리에는 하얀 거품이 일고 있었다. 일찍이 서부 지역의 인간들과 돈독한 우정을 나누며 그들을 총애해왔던 엘다르 요정들이[19] 이렇게 에렌디스의 혼인을 축복하러 찾아온 것이다. 그들은 잔치를 빛낼 꽃을 배에 가득 싣고 왔고, 덕분에 밤이 되어 잔치에 참석한 사람들 모두가 엘라노르 꽃[20]과 마음의 안정을 선사하는 향기로운 릿수인 꽃을 머리에 매달게 되었다. 그들은 또한 음유시인들을 데려왔는데, 이들은 먼 옛날 나르고스론드와 곤돌린의 시대를 살던 요정과 인간들의 노래를 기억하는 가수들이었다. 그렇게 지체 높고 아름다운 엘다르 여럿이 식탁 앞에 인간들과 나란히 자리를 함께했다. 그러나 안두니에 사람들은 이 행복에 겨운 무리를 둘러보고는 여기서 으뜸으로 아름다운 것은 에렌디스라고 말하였다. 그녀의 눈동자에서 나는 광채는 옛날의 모르웬 엘레드웬이나,[21] 심지어 아발로네 요정들에 견줄 만하다는 것이었다.

엘다르는 또한 선물도 많이 가져왔다. 알다리온에게는 묘목 한 그루를 주었다. 껍질은 순백색이요, 줄기는 곧고 강하면서도 잘 휘는 것이 마치 강철과 같았지만, 아직 잎이 나지는 않은 나무였다. 알다리온이 요정들에게 말했다. "감사합니다. 이런 나무라면 틀림없이 귀한 목재가 만들어지겠군요."

그들이 말했다. "그럴지도 모르죠, 우리는 아직 그 나무를 베어본 적이 없으니 알 도리가 없습니다. 이 나무는 여름에는 서늘한 이파리를 피우고 겨울에는 꽃을 피워내니, 이것이 우리가 이를 선물하는 까닭입니다."

에렌디스에게 준 선물은 한 쌍의 새였다. 몸은 회색이요, 부리와 다리는 금색이었다. 새들은 서로를 향해 달콤한 설렘의 노래를 길고 다채롭게 지저귀었다. 누군가 둘을 떼어놓으려 하면 일시에 날아올랐고, 짝과 동떨어져서는 노래하려 들지 않았다.

에렌디스가 말했다. "이들을 어찌 간수하면 좋겠습니까?"

엘다르가 답했다. "훨훨 날아다니도록 놔두십시오. 새들에게 당신이 주인임을 알려 주었으니, 당신이 어딜 가든 항상 따라갈 것입니다. 이들은 긴 세월을 살며 평생을 짝과 함께하지요. 당신 후손들의 정원에서도 이 새들을 여럿 보게 될지도 모르겠군요."

그날 밤 에렌디스가 잠에서 깨었을 때 격자창 너머로 감미로운 향기가 넘어왔다. 보름달이 서편으로 넘어가고 있어서 밤하늘이 밝았다. 에렌디스가 침대에서 일어나 은빛으로 고이 잠든 대지를 살펴보니, 두 마리의 새는 창틀에 나란히 앉아 있었다.

연회가 끝나자 알다리온과 에렌디스는 에렌디스의 집으로 가 잠시 머물렀다. 새들은 어김없이 에렌디스의 창틀에 터를 잡았다. 한참이 지난 후 둘은 베레가르와 누네스에게 작별을 고하고는 마침내 아르메넬로스로 귀환했다. 왕이 왕위계승자가 정착하기를 바랐기 때문인데, 이를 위해 알다리온과 에렌디스를 위한 집 한 채가 나무가 가득한 뜰 한가운데에 지어졌다. 요정이 선물한 나무가 이곳에 뿌리를 내렸고, 요정의 새들 또한 그 나뭇가지에서 지저귀었다.

두 해가 지난 후 에렌디스는 아이를 잉태했고, 이듬해 봄에 알다리온에게 딸을 안겨 주었다. 아이는 태어날 때부터 용모가 수려했고 날이 갈수록 아름다움이 더하여, 옛이야기에는 엘로스 왕가의 마지막 공주인 아르짐라펠 다음으로 아름다운 여인이었다고 전해진다. 이름을 짓는 날이 되었을 때, 아이는 앙칼리메라는 이름을 선사 받았다. '이제 알다리온은 후계자로 삼을 아들을 원할 것이 분명하니, 당분간은 내 곁에 더 머물겠구나.' 에렌디스는 이와 같은 생각에 내심 흡족해했다. 그녀는 여전히 속으로는 바다를 두려워하였고, 바다가 남편의 마음까지 흔들어 놓을까 우려하였던 것이다. 그녀는 이러한 마음을 숨기려 몹시 애썼고 남편과 과거의 모험이나 그의 희망과 계획 등에 관하여 대화를 나누어 보기도 했다. 하지만 남편이 그의 선상가옥에 가거나 모험가 조합원들과 긴 시간을 함께할 때마다 이를 시기하며 지켜보았다. 한번은 알다리온이 아내를 에암바르에 초대했는데, 그녀의 시선에서 주저하는 마음을 읽고 난 후로 다시는 이를 강요하지 않았다. 에렌디스의 불안은 절대 근거 없는 것이 아니었다. 5년간 육지에 머무르고 있는 동안 알다리온은 다시금 삼림통제사의 직무를 수행하며 분주해진 데다, 며칠씩 집을 떠나 있는 일도 부지기수였던 것이다. 물론 이제 누메노르에는 실로 충분한 양의 목재가 있었지만(대체로 알다리온이 아낀 덕택이었다), 그럼에도 불구하고 인구가 불어남에 따라 건축과 더불어 여러 물품을 제작하기 위한 목재가 끊임없이 필요했다. (에다인이 과거에 놀도르로부터 많은 지식을 전수받은 까닭에) 당대에도 엄연히 석공과 금속 세공의 대가들이 있기는 했으나, 누메노르인들은 일상생활을 위한 사용이나 세공의 멋을 위하여 목재를 선호했던 것이다. 이 시기에 알다리온은 미래를 대비하는 데에 가장 큰 관심을 쏟고 있었다. 나무를 베어낸 자리는 항상 다시 파종을 했고, 다른 나무를 심기에 쓸 만한 빈 땅이 있으면 그 터에 새로운 나무를 심고 가꾸었다. 그가 알다리온이라는 이름으로 널리 알려지게 된 것이 이 무렵으로, 훗날 그는 누메노르의 왕위를 이은 자들의 명단에서도 이 이름으로 기억되었다. 하지만 에렌디스를 제외한 많은 사람들이 보기에 알다리온은 수목을 자신이 계획한 일에 쓸 목재로 생각할 뿐, 나무 그 자체에 대한 사랑이 큰 것은 아니었다.

그 계획이란 것은 물론 바다와 무관하지 않았다. 누네스는 오래전 에렌디스에게 이와 같이 이른 바 있었다. "딸아, 그가 선박에 애정을 가질 수도 있느니라. 선박이라는 것이 모름지기 사내들의 정신과 손길에서 비롯되는 것이 아니더냐. 다만 내 생각에 그를 열정적으로 만드는 것은 바람도, 대양도 아니고, 이국의 대지도 아니다. 오히려 그의 마음속에 있는 뜨거움과 그가 좇는 어떤 꿈이다." 어쩌면 모친의 말이 진실이었을 지도 모른다. 알다리온은 선견지명을 가진 사내로, 언젠가 백성들에게 더욱 넓은 땅과 더욱 막대한 자원이 필요한 날이 오리라고 생각하고 있었다. 알다리온이 이를 확실히 염두에 두고 있었는지는 알 수 없으나, 그는 누메노르의 영광과 강력한 왕권을 꿈꾸었으며, 누메노르인들이 더 넓은 영토로 진출할 수 있는 발판을 마련하고자 했다. 그리고 얼마 지나지 않아 그는 삼림을 관리하는 일을 미루어 두고 다시 배를 건조하는 일에 집중하기 시작했다. 그에게 이내 한 가지 생각이 떠올랐는데, 바로 하늘을 찌를 듯 높이 솟은 돛대와 구름 떼와 같이 넓고 큰 돛이 있어 마을 하나 만큼의 사람과 물자들을 실어 나를 수 있는 성채와 같은 배를 만드는 것이었다. 곧 로멘나의 부지는 톱질과 망치질을 해대는 손길들로 몹시 분주해졌고, 이윽고 작은 선박들 사이에서 웅장한 늑골을 갖춘 선체가 그 모습을 드러냈다. 이를 본 많은 이들이 그 모습과 쓰임을 몹시 궁금해했고, 이것을 투루판토 즉 '나무 고래'라고 불렀지만, 그것이 이 배의 정식 이름은 아니었다.

알다리온이 말해 주지는 않았지만, 에렌디스도 이 일을 곧 알게 되어 심기가 불편해졌다. 어느 날 그녀가 남편에게 말했다. "항구 통제사시여, 항구로부터 들려오는 이 부산하고 분주한 일에 관한 이야기들은 다 무엇입니까? 배는 이미 충분히 많지 않습니까? 올 한 해에도 이미 미처 자라지 못한 아름다운 수목들이 수없이 베여 나갔잖아요?" 그녀는 웃는 얼굴로 가볍게 말을 건넸다.

알다리온이 답했다. "모름지기 사내에게는 육지에서 해야 할 일이 있어야 하오. 설사 어여쁜 아내가 있다 할지라도 말이오. 나무는 자라고 또 쓰러지는 법이오, 나는 벤 것보다 더 많은 수의 나무를 심었다오." 그 역시 대수롭지 않다는 듯 말하였으나 정작 아내와 눈을 마주치지는 못했다. 이후 둘은 이 문제에 대해 이야기를 나누지 않았다.

그러나 앙칼리메가 네 살이 되어갈 무렵 알다리온은 마침내 에렌디스에게 다시 누메노르를 떠나 항해하고자 하는 자신의 바람을 숨기지 않고 밝혔다. 에렌디스는 이미 짐작하고 있었고 또 말을 해 보았자 소용이 없기 때문에 아무 말도 하지 않았다. 알다리온은 앙칼리메의 생일날까지 출항을 연기했고, 그 하루 동안은 딸아이에게 온 정성을 다했다. 아이는 웃으며 즐거워했지만 집안의 다른 사람들은 그럴 수가 없었다. 앙칼리메가 잠자리에 들며 아버지에게 말했다. "'타타냐'시여, 올여름에는 저를 어디로 데려가 주시옵니까? '마밀'께서 말씀하신 양의 땅에 있는 하얀 집이 보고 싶사옵니다." 알다리온은 아무 대답도 하지 않았다. 이튿날 그는 길을 나서 며칠 동안 집을 비웠고, 모든 준비를 마치고 나서야 돌아와 에렌디스에게 작별 인사를 했다. 그러자 에렌디스의 눈에서 참고 있던 눈물이 쏟아졌다. 그녀의 눈물이 알다리온의 가슴을 슬프게 했지만, 그는 이미 결심을 단단히 굳힌 터였기에 이를 성가시게 여기며 언짢아했다. "에렌디스! 나는 8년 동안이나 당신 곁에 함께 머물러 있었소. 투오르와 에아렌딜의 피를 이은 왕의 아들을 부부의 연을 이유로 영원히 당신 곁에 구속해 놓을 수는 없는 법이오. 그리고 이 몸은 죽으러 가는 것이 아니오. 곧 돌아오리다."

에렌디스가 말했다, "곧이라고 하셨습니까? 세월은 쉼 없이 흘러갑니다. 전하라도 이미 지나간 세월을 되돌리실 수는 없지요. 게다가 제게 주어진 시간은 전하보다 짧습니다. 제 젊음은 거침없이 달아나고 있는데, 제 자식들은 어디 있으며 전하의 후계자는 어디에 있습니까? 요즘 어렵사리 늦게 든 잠자리마저도 종종 춥고 외롭습니다."[22]

알다리온이 말했다. "요즘 들어 그대가 늦게 잠들고 싶어 할 때가 많아진 줄 알았소. 하지만 우리의 생각이 같지 않다 하여도 여기서 얼굴을 붉히지는 맙시다. 거울을 보시오, 에렌디스. 그대는 아름답고, 세월의 그림자도 아직 드리우지 않았다오. 아직은 내 가슴 속 깊은 소망을 눈감아줄 시간 정도는 있지 않겠소. 단 2년이오! 딱 2년만 부탁하오."

에렌디스가 대답했다. "차라리 '그대가 뭐라 하든 나는 2년간 떠나리다'라고 하소서. 좋습니다, 2년 다녀오세요! 하지만 그 이상은 아니 됩니다. 에아렌딜의 피를 이은 왕의 아들이라면 약속한 바를 마땅히 지켜야 할 것입니다."

이튿날 아침 알다리온은 발걸음을 재촉했다. 그는 앙칼리메를 들어 올려 이마에 입맞춤을 해주었는데, 앙칼리메가 안기려 들었지만 그는 딸을 황급히 내려놓고 말을 타고 떠나갔다. 곧 로멘나에서 거대한 함선 한 척이 출항했다. 알다리온이 이름 붙이길 히릴론데, 즉 '탐항선探港船'이었는데, 이 배는 누메노르를 떠나면서 타르메넬두르의 축복도 받지 못했고, 에렌디스 또한 귀환의 푸른 나뭇가지를 얹으러 항구에 오기는커녕 나뭇가지를 보내주지도 않았다. 히릴론데의 뱃머리에 올라선 알다리온의 얼굴은 어둡고 근심스러운 표정이었고, 뱃머리에는 선장의 아내가 얹어다 준 큰 오이올라이레 가지가 있었다. 그러나 알다리온은 메넬타르마가 황혼 속에서 아득히 멀어지기 전까지는 뒤를 돌아보지 않았다.

에렌디스는 그날 온종일 슬퍼하며 방 안에 머물렀다. 하지만 마음 깊은 곳에서 차디찬 분노가 치밀며 새로이 고통을 느꼈고, 알다리온에 대한 사랑도 바닥까지 식어버렸다. 그녀는 대해가 증오스러웠고, 한때 사랑했던 수목마저 이제는 보기 싫어졌다. 나무들이 거선의 돛대를 연상하게 했던 것이다. 이로 인해 에렌디스는 얼마 가지 않아 아르메넬로스를 떠났고, 이후 섬의 중부로 가서 양 떼 울음소리가 사시사철 바람에 실려 오는 에메리에로 처소를 옮겼다. "내게는 저 소리가 갈매기 울음보다 감미롭게 들리는구나." 그녀가 왕에게 하사받은 하얀 집의 문 앞에 서서 한 말이었다. 그 집은 서향으로 언덕 기슭에 터를 잡고 있었고, 사방에 펼쳐진 푸른 잔디밭이 담이나 산울타리 없이 자연스럽게 목장과 어우러진 곳이었다. 그녀는 앙칼리메를 그곳에 데려왔고, 두 사람은 서로에게 동반자였다. 그리고 에렌디스는 집 안에 하인만 데리고 살려 했고, 하인들도 모두 여자들이었다. 딸아이를 자기 뜻에 맞게 키우고, 자신이 사내들에게 품은 한을 딸에게 주입하고자 한 것이다. 그런 이유로 앙칼리메는 좀처럼 사내들을 볼 기회가 없었다. 에렌디스는 체통을 중하게 생각하지 않았고, 그나마 딸린 머슴이나 양치기들도 집에서 어느 정도 떨어져 지내게 한 것이다. 남자라고는 뜸하게 오는 왕의 전령 정도가 있었는데, 그나마도 금방 떠나버리고는 했다. 집 안의 냉랭한 분위기가 사내들을 서둘러 떠나게 했고, 말을 할 때도 반쯤 기어들어 가는 목소리로 할 수밖에 없도록 만든 것이다.

에메리에로 거처를 옮긴 지 얼마 안 된 어느 아침에 에렌디스는 새들의 노랫소리를 듣고 잠에서 깼다. 창턱을 보니 그녀가 오래전 깜빡하고는 아르메넬로스의 정원에 두고 온 요정 새 한 쌍이 와 있었다. 에렌디스가 말했다. "앙증맞은 바보들아, 물렀거라! 여긴 네놈들이 희희낙락할 데가 아니란 말이다."

그러자 노랫소리가 멈췄고, 새들은 나무 꼭대기로 날아갔다가 지붕 위를 세 차례 돌고는 서쪽으로 사라졌다. 그날 저녁에 새들은 에렌디스의 친정 어느 방 창턱에 자리를 잡고 앉았는데, 안두니에에서 잔치가 열리던 날 에렌디스가 알다리온과 잠자리를 같이했던 바로 그 방이었다. 다음 날 아침, 누네스와 베레가르가 그 새들을 발견했다. 그러나 누네스가 손을 내밀자, 새들은 가파르게 날아오르더니 달아나 버렸다. 누네스는 새들이 햇빛 속에 두 개의 점이 될 때까지 지켜보았고, 새들은 바다를 향해 날갯짓을 서두르며 그들의 고향으로 돌아갔다.

"알다리온이 다시 에렌디스를 두고 떠났나 보군요." 누네스가 말하자 베레가르가 물어왔다. "그러면 어째서 그 아이가 소식도 없고 집에 돌아오지도 않는단 말이오?"

누네스가 답했다. "소식은 충분히 보냈군요. 요정의 새들이 내쳐진 것이 그 증거 아니겠습니까. 불길한 조짐입니다. 왜, 왜 그랬느냐,

내 딸아. 무슨 일을 겪게 될지 잘 알고 있었지 않느냐. 그렇지만 베레가르, 우리 딸이 어디 살든 그냥 내버려 둡시다. 이제 이 집도 그 아이의 집이 아니고, 그렇다고 상한 마음을 달랠 만한 곳도 못 됩니다. 알다리온도 언젠가는 돌아올 테지요. 그때가 되면 부디 발라들께서 에렌디스에게 지혜를, 아니면 최소한 영악한 꾀라도 내려주시기를!"

알다리온이 출항한 지 2년째에 접어들자, 에렌디스는 왕이 원하는 대로 아르메넬로스의 저택을 정돈하고 왕위계승자를 맞을 준비를 하도록 명을 내렸다. 하지만 정작 본인은 돌아갈 채비를 하지 않았다. 그리고 그녀는 왕에게 이리 답신하였다. "분부하신다면 가겠나이다, '아타르 아라냐(대왕님 아버지―역자 주)'시여. 그런데 제가 당장 서둘러야 할 이유가 있습니까? 동쪽에 알다리온의 돛대가 보일 때쯤이면 충분하지 않겠습니까?" 그러고는 스스로에게 말했다. "왕께서는 나를 뱃사람의 아내처럼 부두에서 마냥 기다리게 하실 셈인가? 그럴 수 있다면 좋겠지만, 이제는 그렇게 하지 않을 것이다. 나는 할 만큼 했으니까."

그러나 그 해는 그대로 지나갔고, 돛대는 보이지 않았다. 그리고 다음 해가 왔고, 계절은 가을로 넘어갔다. 그러자 에렌디스의 가슴은 더욱 차갑게 식어갔고 말수도 적어졌다. 그녀는 아르메넬로스 저택의 문을 닫도록 명했고, 이제는 에메리에의 집에서 두세 시간 거리 이상의 길을 나서는 일도 없어졌다. 그녀는 자신에게 남은 애정을 모두 딸아이에게 쏟아부으며 딸에게 집착하였고, 딸이 자기 옆을 떠나지 못하게 하여 심지어 누네스나 서부 지역에 있는 친척들을 만나는 것도 허락하지 않았다. 앙칼리메는 모든 가르침을 모친에게서 받았다. 글쓰기와 읽기를 제법 잘 깨우쳤으며, 누메노르 상류층의 어법을 따라 에렌디스와 요정어로 대화하는 법도 익혔다.

이는 베레가르의 가문을 비롯하여 서부 지역에서는 요정어가 일상어였고, 에렌디스가 알다리온이 선호했던 누메노르어를 좀처럼 쓰지 않았기 때문이기도 했다. 또한 앙칼리메는 집안에 있는 책과 두루마리들 중 자신이 이해할 수 있는 것들을 읽으면서 누메노르에 대해 배우고, 옛날 역사를 공부했다. 그 외에도 에렌디스는 잘 모르는 누메노르의 사람과 지리를 포함한 다른 지식들을 집안의 여인들을 통해 듣기도 했다. 그러나 집안의 여인들은 여주인을 무서워하며 아이에게 말을 거는 것을 조심하였다. 그렇기에 에메리에의 하얀 집에 사는 동안 앙칼리메가 웃을 일은 많지 않았다. 집안은 마치 얼마 전에 누군가가 죽기라도 한 듯 적막했으며 음악도 없었다. 당시 누메노르에서 악기를 연주하는 것은 주로 남자들의 몫이었기 때문이다. 따라서 앙칼리메가 유년기에 들은 음악이라고는 에메리에의 백색 숙녀의 귀에 닿지 않도록 집 바깥에서 부르는 아낙네들의 노동요 정도가 전부였다. 그러나 일곱 살이 되자 앙칼리메는 허락을 구할 수 있을 때마다 툭하면 집 밖으로 나와 자유롭게 뛰놀 수 있는 넓은 구릉으로 향했으며, 이따금 양치기 소녀들과 벗하며 양들을 돌보고 야외에서 식사를 하기도 했다.

그해 여름 어느 날, 아직 앳되지만 앙칼리메보다는 나이가 많은 한 소년이 먼 농가에서 심부름 때문에 찾아왔다. 앙칼리메는 집 뒤편의 농장 안뜰에서 빵을 베어 물고 우유를 마시던 소년과 마주쳤다. 그는 예도 표하지 않고 앙칼리메를 쳐다보더니 계속 우유를 마셨다. 이윽고 그가 잔을 내려놓았다.

소년이 말했다. "멋진 눈이군! 정 쳐다보겠다면 마음껏 보도록 해. 너 예쁘장하지만 너무 말랐구나. 이거 먹을래?" 그러더니 소년은 가방에서 빵 한 조각을 꺼냈다.

나이가 지긋한 아낙네가 착유장 문을 나오며 소리를 쳤다. "썩 꺼지거라, 이발! 서둘러 가거라! 안 그러면 네 어미에게 전하라고 알려 준 전갈도 집에 돌아가기 전에 다 까먹고 말게야!"

"자민 아줌마 때문에 집 지키는 개가 따로 필요 없겠네요!" 소년은 이렇게 소리치고는, 개 짖는 소리를 내고 고함을 지르며 출입문을 뛰어넘어 언덕을 뛰어 내려갔다. 자민은 나이가 지긋한 시골 아낙네로, 말에 가식이 없었으며 백색 숙녀 앞에서도 쉽게 기죽지 않았다.

앙칼리메가 말했다. "저 시끄러운 건 뭐죠?"

자민이 대답했다. "저건 사내아이랍니다. 사내아이가 뭔지 모르시겠지요. 아실 턱이 있겠습니까? 대개 사고뭉치에다 먹보랍니다. 저놈으로 말하자면 툭하면 먹는 게 일입죠. 그래도 이유 없이 저러는 건 아니에요. 제 아비가 돌아올 때쯤에는 근사한 사내가 되어 있을 게지요. 하지만 빨리 돌아오지 않는다면 제 아이를 알아보지도 못하게 될 겁니다. 다른 아이들도 마찬가지예요."

"그럼 저 아이한테도 아버지가 있나요?"

"물론이죠. 울바르라는 사람인데, 먼 남쪽에 있는 대단한 영주의 양치기랍니다. 저희는 그 영주를 양의 왕이라고 부르는데, 대왕님의 친척 되시지요."

"그런데 아이 아버지는 왜 집에 없어요?"

"왜냐면 말입니다, '헤링케(꼬마 아가씨—역자 주)'시여, 그 양반이 모험가 조합의 풍문을 듣고는 아가씨의 부친인 알다리온 전하와 함께 덜컥 떠난 탓이랍니다. 어디를 무슨 이유로 갔는지는 발라들만이 아실 겁니다."

그날 저녁 앙칼리메는 대뜸 어머니에게 이렇게 물었다. "제 아버지를 알다리온 전하라고도 하나요?" 에렌디스가 말했다. "그랬단다. 그런데 어찌하여 물어보느냐?" 그녀의 목소리는 조용하고 차분했지만, 마음속으로는 궁금증과 동요가 일었다. 이전에는 두 모녀 사이에 알다리온에 대한 대화가 오간 바가 없었던 것이다.

앙칼리메는 어머니의 물음에는 답하지 않았다. "아버지는 언제 돌아오시나요?"

에렌디스가 말했다. "묻지 말거라! 난 모른다. 아마 영원히 모를 게야. 하지만 이런 일로 마음 쓰지 말려무나. 너에게는 어머니가 있지 않느냐. 네가 계속 사랑해주기만 한다면 결코 달아나지 않을 어머니 말이다."

앙칼리메는 다시는 부친의 이야기를 꺼내지 않았다.

세월이 흘러 해가 두 번 바뀌었다. 그해 봄에 앙칼리메는 아홉 살이 되었다. 양들이 태어나 자라고, 털 깎는 철이 다가왔다 지나가고, 여름철의 더위가 풀밭을 불살랐다. 가을이 되자 비가 내리기 시작했다. 그때 구름이 잔뜩 낀 바람을 타고 알다리온을 실은 히릴론데가 회색빛 바다를 넘어 로멘나로 돌아왔다. 에메리에에도 이 소식이 전해졌지만 에렌디스는 아무 말도 하지 않았다. 부두에는 알다리온을 반기러 나온 이가 아무도 없었다. 알다리온은 빗줄기를 헤치며 아르메넬로스로 말을 달렸지만, 그의 집 문은 굳게 닫혀 있었다. 그는 당혹스러웠지만, 아무에게나 사정을 물어볼 수는 없는 노릇이었다. 알다리온은 먼저 왕을 찾아가 보기로 했다. 아버지는 자신에게 무언가 할 이야기가 있을 것이라고 생각했기 때문이었다.

알다리온을 맞이하는 왕의 태도는 싸늘하기 그지없었다. 메넬두르는 흡사 행동에 문제가 있는 선장을 심문하는 왕처럼 그를 대했다. 그가 냉랭한 어조로 말했다. "참으로 오랫동안 네 자리를 비워 두었구나. 네가 약속했던 두 해에서 벌써 삼 년이 넘는 시간이 지났노라."

알다리온이 말했다. "아닙니다! 저도 그동안 바다에 싫증이 나게 되었고, 오랫동안 제 마음은 서쪽을 바라보고 있었습니다. 다만 해야 할 일이 너무나도 많았던 탓에 제 뜻과 달리 지체하게 되었습니다. 제가 없는 동안 모든 것들이 망가져 있었습니다."

"확실히 그렇다. 바로 네 소유의 이 땅에서의 일 역시도 그러할까 봐 염려되는구나."

"제가 그것을 바로잡고자 합니다. 그러나 세상이 다시 변하고 있습니다. 바깥세상에서는 서녘의 군주들이 앙반드에 대항하여 힘을 행사한 지 천 년 가까이 지났고, 가운데땅의 인간들에게 그 시절은 잊히거나 희미하게 남은 전설에 불과하게 되었습니다. 이제 그들에게 다시 우환이 닥치고 공포가 엄습했습니다. 폐하께 그동안 제가 행한 일들을 말씀드리고 앞으로 해야 할 일들에 대한 제 생각을 의논드릴 수 있기를 간절히 바라옵니다."

"그렇게 하도록 하라. 그것이 바로 내가 원하는 바이기도 하다. 하지만 내가 보기에 지금은 그보다도 더 급한 문제가 있노라. 자고로 '왕은 다른 이들을 고치려 하기 이전에, 자신의 가정부터 잘 돌보아야 한다' 했고, 이는 모든 사내에게 해당하는 말이기도 하다. 메넬두르의 아들아, 이제 네게 조언을 하노라. 네게는 너만의 생활이 있는데도, 너는 너의 반쪽을 항상 등한시했지. 명하노니, 집으로 가거라!"

순간 알다리온은 선 채로 온몸이 뻣뻣이 굳어졌고, 심각한 표정을 지으며 말했다. "알고 계시거든 부디 알려 주십시오. 제 집은 어디에 있나이까?"

"네 아내가 있는 곳이다. 이유 여하를 막론하고 너는 아내와의 약속을 어겼다. 그녀는 지금 바다로부터 멀리 있는 에메리에의 자신의 집에서 지내고 있노라. 너는 즉시 그리로 가야 할 것이다."

"어디로 가야 할지 언질이라도 있었더라면 항구에서 바로 그쪽으로 갔을 겁니다. 그래도 이제는 아무나 붙잡고 소식을 물어볼 필요는 없어졌군요." 그는 돌아서 가려다 이내 멈칫하고는 입을 열었다. "알다리온 선장이 다른 반쪽에 속하는 일을 잠시 잊고 있었습니다.

원체 제멋대로인 성격이긴 합니다만, 제 딴에는 시급하다 여기는 일입니다. 선장이 아르메넬로스에 계신 왕께 전달하도록 분부받은 서신을 가져왔나이다." 메넬두르에게 서신을 바친 그는 절을 하고 방을 나왔다. 그러고는 한 시간도 되지 않아 밤이 깊어감에도 불구하고 말에 올라 길을 나섰다. 그의 곁에는 단 두 명의 동행자가 있었는데, 하나는 서부 지역 출신의 헨데르크이고 하나는 에메리에 출신의 울바르로, 두 명 모두 그의 선원이었다.

쉬지 않고 말을 달린 덕에 그들은 이튿날 해 질 녘에 에메리에에 도달할 수 있었다. 사람도 말도 모두 기진맥진해 있었다. 구름 아래로 지고 있는 태양의 마지막 미광微光에 비친 언덕 위 저택의 풍경은 한기가 느껴질 만큼 새하얗게 보였다. 알다리온은 저택이 시야에 들어오자 멀리서부터 뿔나팔을 불었다.

그는 집 앞마당에서 말에서 뛰어내리던 중에 에렌디스와 마주쳤는데, 그녀는 하얀 옷을 입은 채 문간의 기둥으로 이어지는 계단에 서 있었다. 꼿꼿이 도도한 모습이었지만, 알다리온이 가까이서 살펴보니 얼굴은 창백했고 눈빛은 날이 서 있었다.

그녀가 말했다. "늦으셨군요, 전하. 다시 보리라는 기대는 오래전에 접었습니다. 전하가 약속한 그 날에 준비했던 것과 같은 대접은 해 드릴 수 없어 안타깝습니다."

그가 말했다. "뱃사람은 그리 까다로운 사람이 아니오."

그녀는 "그렇군요."라고 대답하고는 알다리온에게 등을 돌리고 집 안으로 들어가 버렸다. 곧이어 두 아낙네가 나왔고, 한 노파가 계단을 내려왔다. 알다리온이 다가가자 노파는 그에게도 들릴 정도로 사내들에게 큰 소리로 말했다. "이곳에 당신들이 잠잘 자리는 없소. 저 산비탈 밑에 있는 농가로 내려가시구려!"

울바르가 말했다. "아니오, 자민. 난 여기 머물지 않을 거요. 알다리온 전하의 승낙을 받고 집으로 가려던 참이오. 내 가족들은 모두 잘 있소?"

그녀가 답하니, "퍽이나 잘 있겠소. 당신 아들놈은 이미 기억 속의 그 애가 아니오. 가서 직접 보시오! 당신의 선장 나리보다는 가족들에게 따뜻한 대접을 받을 게요."

에렌디스는 알다리온의 늦은 저녁 식사에 함께하지 않았고, 알다리온은 다른 방에서 따로 아낙네들의 시중을 받으며 식사했다. 그런데 그가 식사를 마치기 전에 에렌디스가 들어오더니 곧 아낙네들이 듣는 앞에서 이렇게 말했다, "그렇게나 서두르셨으니 피로하시겠군요. 전하를 위해 손님방을 마련해두었으니 식사를 마치시거든 아낙네들을 부르십시오. 혹시 춥다면 불을 때어 달라 하소서."

알다리온은 아무 대답도 하지 않았다. 그는 일찍 침실에 들어가 피곤한 몸을 침대에 맡겼고, 이내 가운데땅과 누메노르의 어둠에 대해서는 잊고 깊은 잠에 빠졌다. 그러나 새벽닭이 울 무렵, 그는 뒤숭숭한 마음과 역정을 이기지 못해 잠에서 깼다. 그는 금방 자리에서 일어났고 조용히 저택을 떠나기로 마음먹었다. 알다리온은 자신의 측근 헨데르크와 말들을 데리고 햐라스토르니에 있는 친척인 '양의 왕' 할라탄을 찾아가려 했다. 그 후에 에렌디스를 아르메넬로스로 불러 딸을 데려오게 하고, 그녀의 영지가 아닌 곳에서 담판을 지을 심산이었다. 그런데 그가 문밖으로 나서자 에렌디스가 나타났다. 에렌디스는 전날 밤에 잠자리에 들지 않았던 것이다. 그녀가 문간에 서서 그의 앞을 가로막았다.

그녀가 말했다. "올 때는 몰라도 떠날 때는 지체하는 법이 없으시군요. 혹여나 이 여인네들의 집이 (뱃사람 되시는 몸인) 전하를 언짢게 하여 용무도 내팽개치시고 떠나는 건 아니기를 바랍니다. 그래서, 이번에는 어떤 용무로 걸음하셨는지요? 떠나시기 전에 감히 여쭈어도 되겠습니까?"

그가 대꾸했다. "아르메넬로스에서 내 아내가 딸을 데리고 이리로 이사했다고 들었소. 아내를 되찾을 수 있으리라는 생각은 오산이었던 듯하오만, 내게도 딸은 있지 않소?"

"몇 년 전에는 있었지요. 그런데 저의 딸이라면 아직 자는 중이옵니다."

"그렇다면 내가 말을 데리러 가는 동안에 깨우시구려."

에렌디스는 앙칼리메가 알다리온과 상봉하는 것을 도저히 용인할 수 없었다. 그러나 한편으로는 언동이 지나쳤다가는 왕의 미움을 살 우려가 있었고, 또 왕실 자문회[23]가 오래전부터 앙칼리메를 시골에서 양육하는 것에 불만을 보여왔던 것이다. 그리하여 알다리온이 헨데르크를 대동하고 돌아왔을 때 앙칼리메도 문간으로 불려나와 모친의 곁에 서 있었다. 앙칼리메도 그녀의 어머니처럼 허리를 꼿꼿이 펴고 서 있었으며, 알다리온이 말에서 내려 계단을 올라오는데도 그에게 어떠한 예도 표하지 않았다. "누구시죠? 아직 일과가 시작되기도 전인데 어떤 이유로 저를 이렇게 일찍 깨우셨나요?"

알다리온은 앙칼리메를 자세히 살폈다. 비록 그의 표정은 엄격해 보였지만 속으로는 환하게 미소 짓고 있었다. 앙칼리메가 에렌디스의 가르침을 받고 자랐을지언정 알다리온이 지금 보고 있는 아이는 에렌디스의 자식이기보다는 그의 혈육이었던 것이다.

알다리온이 말했다. "앙칼리메 아가씨, 아가씨는 한때 소인과 아는 사이였습니다만, 그건 중요한 게 아니지요. 오늘 소인은 단지 아르메넬로스에서 온 전령에 불과하옵니다. 아가씨는 왕위계승자의 딸이고, (소인이 짐작하기로는) 장차 그의 후계자가 되실 몸이라는 점을 일깨워드리러 왔답니다. 언제까지나 이곳에 머무르실 수는 없지요. 일단은 원하시는 대로 침소로 돌아가셔서 하녀가 깨울 때까지 잠을 청하십시오. 소인은 급히 대왕님을 뵈러 가야만 한답니다. 안

녕히 계십시오!" 그는 앙칼리메의 손에 입을 맞추고는 계단을 내려갔다. 그리고 말에 올라타고는 손을 흔들며 떠나갔다.

에렌디스는 창가에 홀로 서서 알다리온이 말을 달려 내려가는 모습을 지켜보다가, 곧 그가 아르메넬로스가 아닌 하라스토르느니 쪽으로 향하는 것을 알아차렸다. 이내 그녀는 슬픔을 참지 못하고 울음을 터뜨렸다. 그러나 분노가 더 컸다. 에렌디스는 알다리온이 참회하기를 기대했고, 만일 그가 용서를 구해 오면 심하게 나무란 뒤 용서를 미뤄둘 심산이었다. 그러나 거꾸로 알다리온은 그녀를 가해자 취급하고, 딸의 면전에서 그녀를 무시해 버렸다. 에렌디스는 그제야 오래전에 누네스가 해주었던 조언을 떠올렸다. 이제 그녀에게 알다리온은 길들일 수 없는 거대한 존재이자, 맹렬한 의지로 움직이고 냉정할 때에는 더욱 위험천만한 존재가 되어 버린 것이다. 에렌디스는 몸을 일으켜 자신이 무슨 실수를 저질렀는지를 생각하며 창가에서 돌아섰다. 그녀가 말했다. "위험천만이구나! 나는 강철처럼 굳센 사람! 알다리온이 설령 누메노르의 왕이라도 나를 꺾을 수는 없을 터."

알다리온은 잠시 휴식을 취하며 생각을 정리하기 위해 친척인 할라탄의 집이 있는 하라스토르니로 말을 달렸다. 그가 할라탄의 집 근처에 가까이 가자 음악 소리가 들려왔고, 곧 양치기들이 여러 가지 놀라운 이야기와 선물들을 갖고 무사히 돌아온 울바르를 즐겁게 맞이하는 광경이 보였다. 그리고 화환을 쓴 울바르의 부인이 피리 소리에 맞춰 남편과 춤을 추고 있었다. 처음에는 누구도 알다리온이 왔다는 것을 알아채지 못했고, 그는 그저 말에 탄 채 미소를 지으며 이들을 지켜보기만 했다. 그러다 갑자기 울바르가 "대선장님!"이라며 소리를 쳤고, 이에 울바르의 아들 이발이 알다리온의 발치로 달려 나왔다. 이발이 기대에 부푼 목소리로 말했다. "선장 전하!"

"왜 그러느냐? 난 바쁘단다." 알다리온이 말했다. 그는 이제 기분이 바뀌어 노여움과 비통함을 느끼고 있었던 것이다.

"이것만 여쭙고 싶어요. 얼마나 나이를 먹으면 아버지처럼 배를 타고 바다에 나갈 수 있나요?"

"저 언덕만큼이나 나이를 먹고 삶에 다른 희망이 없을 때가 되어야지."라고 알다리온은 대답하였다. "아니면, 언제든 갈 생각이 있으면 되지! 그런데 울바르의 아들아. 네 어머니께서는 나를 반겨 줄 생각이 없는 것이냐?"

울바르의 아내가 나오자 알다리온은 그녀의 손을 잡고 말했다. "이것을 받아주시겠소? 6년 동안 훌륭한 사내가 나를 돕도록 허락해 준 것에 대한 작은 보답이오." 그는 웃옷 속의 주머니에서 황금 띠에 달린 불같이 빨간 보석을 꺼내어 그녀의 손에 꼭 쥐어 주었다. "요정의 왕께서 주신 선물이오. 그분께도 이 일을 말씀드리면 좋은 주인을 찾았다며 기뻐하실 것이오." 그리고 알다리온은 그곳에 있던 사람들에게 작별을 고했고, 더는 그 집에 머물 생각이 없었기에 바로 말을 달려 떠나갔다. 할라탄은 알다리온의 기이한 행적을 전해 듣고 기막혀했으며, 이내 시골 곳곳에는 더 많은 소문이 나돌았다.

알다리온은 햐라스토르니를 출발한 지 얼마 되지 않아 말을 멈추고는 동행하고 있던 헨데르크에게 말을 했다. "친구여, 서부에 가서 어떤 대접을 받더라도 내게 의지할 생각은 하지 마시게. 내 감사의 인사와 함께 집으로 달려가게나. 난 홀로 떠날 생각일세."

헨데르크가 말했다. "도리에 맞지 않습니다, 선장 전하."

"물론일세. 하지만 이것이 순리야. 잘 가게!"

이윽고 그는 홀로 아르메넬로스로 말을 달렸고, 에메리에에는 영영 발을 들이지 않았다.

알다리온이 알현실을 나섰을 때, 메넬두르는 의아한 마음으로 아들에게 건네받은 서신을 살펴보았다. 곧 이것이 린돈의 대왕 길갈라드가 보낸 것임을 알 수 있었다. 서신은 흰 별이 파란 원에 걸린 길갈라드의 인장[24]으로 봉해져 있었다. 바깥의 접힌 부분에 다음과 같이 적혀 있었다.

> 아르메넬로스에 있는 대왕께 직접 서신을 전하고자, 미슬론드에서 누메노레의 왕위계승자 알다리온에게 맡깁니다.

메넬두르는 곧바로 봉인을 풀고 서신을 읽었다.

> 핑곤의 아들 에레이니온 길갈라드가 에아렌딜의 후예 타르메넬두르께 안부를 전합니다. 부디 발라들의 가호가 함께하며 왕들의 섬에 어둠이 깃들지 않기를.
>
> 귀하의 아드님인 아나르딜 알다리온 공을 여러 차례 보내주신 것에 대해 감사가 늦었습니다. 알다리온 공은 이제 인간 가운데서 가장 믿을 만한 요정의 친구입니다. 혹시 제가 그를 저의 곁에 너무 오랜 세월 동안 붙잡아 두었다면 부디 용서하여 주십시오. 저는 알다리온 공만이 갖고 있는 인간과 인간의 언어에 대한 지식과 그런 그의 도움이 너무나 절실했습니다. 알다리온 공은 제게 도움을 주고자 기꺼이 많은 위험을 감수하였습니다. 이쪽의 사정에 대해서는 그가 자세히 잘 전하리라 생각합니다. 하오나 알다리온 공은 아직 젊고 모든 일에 낙관적이라 상황의 심각성을 모르기에, 이런 연유로 이 서신은 오로지 누메노르의 대왕께만 전하는 바입니다.
>
> 동쪽에서 새로운 어둠의 세력이 발호하고 있습니다. 이는 대왕의 아드님이 생각하는 것과 같이 사악한 인간들의 폭정

따위가 아니라, 모르고스의 수하가 준동하며 악한 세력들이 다시 움직이기 시작한 것입니다. 대부분의 인간들이 그들의 목적에 알맞게 타락할 대로 타락한바, 악한 세력의 위세가 매년 강력해지고 있습니다. 저들이 엘다르가 홀로 감당하기 버거울 정도로 강성해지는 날이 머지않았다고 사료됩니다. 형편이 이러하기에 인간의 왕들의 거대한 선박이 보일 때마다 항상 마음속으로 위안을 얻습니다. 이제 제가 감히 대왕께 도움을 청하노니, 원군을 보낼 여력이 있으시다면 부디 도움을 베풀어 주십시오.

원하신다면 대왕의 아들 알다리온 공이 저희에게 필요한 방도를 모두 아뢸 것입니다. 하지만 결국 그의 조언은 (그의 조언은 항상 현명하답니다) 언젠가 악한 세력은 반드시 공격해 올 것이며, 그때에 우리는 엘다르와 아직 어둠의 세력에 물들지 않은 귀하와 같은 인간들이 사는 서부 지역을 반드시 지켜야 한다는 것입니다. 적어도 에리아도르는 지켜내야만 합니다. 우리가 히사에글리르라고 부르며, 우리의 주요 방어선이 되어주는 산맥의 서쪽에 있는 긴 강들로 둘러싸인 땅입니다. 하지만 이 산의 장벽 남쪽으로 칼레나르돈 땅이 있는 쪽에 큰 틈이 있어, 동쪽으로부터의 공격은 분명 그곳을 통해 이루어질 것입니다. 이미 적들은 그곳을 노리고 해안을 따라 슬금슬금 몰려들고 있습니다. 우리가 해안선 가까이에 강력한 방어선을 구축해 놓는다면, 이곳을 지켜내고 적의 공격도 격퇴할 수 있을 것입니다.

알다리온 공도 오래전부터 이를 알고 우려하고 있었습니다. 그는 과슬로강 하구의 비냘론데에서 바다와 육지 양면으로 안전한 항구를 구축하고자 오랫동안 힘을 기울였습니다만, 그가 이루어 놓은 놀라운 일들마저 헛수고가 되고 말았습니다.

알다리온 공은 키르단에게서 많은 것을 배운 만큼 이러한 문제들에 대한 지식을 많이 갖고 있으며, 대왕의 거대한 선박들이 필요함도 그 누구보다 잘 이해하고 있습니다. 하지만 키르단에게 충분한 목수들과 석공들이 없었기에, 알다리온 공은 항상 일손의 부족을 겪어야만 했습니다.

대왕께서도 스스로 무엇이 필요한지 아시리라 생각합니다. 다만 대왕께서 알다리온 공의 말을 경청하시고, 그에게 가능한 한 지원을 베푸신다면, 이 세상에 더 큰 희망이 있을 것입니다. 제1시대의 기억은 아득해지고 가운데땅에 사는 모든 것들은 이 일에 냉랭해졌습니다. 부디 엘다르와 두네다인의 옛 우정까지 퇴색하도록 내버려 두지는 마십시오.

보십시오! 이제 곧 찾아올 어둠에는 우리를 향한 증오가 가득하고, 대왕을 향한 증오도 못지않습니다. 어둠의 세력이 완전히 자라나도록 놔둔다면, 그들이 마수를 뻗쳐 대해 너머로 가는 것도 시간문제일 것입니다.

만웨께서 대왕을 유일자의 보호 아래에 두시고, 당신의 배를 위하여 순풍의 은혜를 베푸시기를.

메넬두르는 양피지로 된 편지를 무릎에 떨어뜨렸다. 동쪽으로부터 바람에 실려 온 커다란 구름이 여느 때보다 일찍 어둠을 드리웠고, 알현실 안이 캄캄해지자 그의 곁에 있는 키 큰 촛불마저 빛을 잃은 것 같았다.

그는 큰소리로 외쳤다. "그때가 닥치기 전에 에루께서 나를 부르시기를!" 그러고는 혼잣소리를 하였다. "아뿔싸! 그의 오만함과 나의 냉정함이 우리 둘의 마음을 너무 오랫동안 멀리 떼어 두었구나. 그러나 이제는 결심했던 일을 앞당겨 알다리온에게 왕위를 넘기는 것이 현명하리라. 이 모든 일들이 내 힘으로는 감당이 어렵구나.

발라들께서 우리에게 '선물의 땅'을 선사하신 것은 우리를 그분들의 대리인으로 삼고자 함이 아니었다. 우리는 단지 누메노르 왕국을 선사받은 것이지 세상을 선사받은 것이 아니지 않은가. 그분들이 주인이다. 전쟁은 끝났고 모르고스도 아르다에서 추방되었기에, 우리는 여기서 증오와 전쟁을 멀리 쫓아내고자 했었다. 나는 그렇게 생각하고, 또 그렇게 배워 왔었다.

하지만 세상이 다시금 어두워진다면 우리의 주인들께서도 이를 알았을 것이거늘, 그분들께서는 어떤 징조도 보여주시지 않았구나. 혹 이것이 그 징조가 아니라면 몰라도 말이다. 이제 어찌할 것인가? 우리 선조들은 거대한 악을 물리치는 데 힘을 더한 대가로 선물을 받으셨다. 악이 새 두령을 찾고 있는데, 자식된 우리는 무심하게 지켜보기만 할 텐가?

깊은 의심에 빠졌기에 다스리는 일이 내게는 버겁구나. 대비를 할 것인가, 내버려 둘 것인가? 아직은 추측에 불과한 전쟁을 준비해야 할까? 평화롭게 사는 장인과 농부를 살육과 전투를 위해 훈련시키고, 오직 정복만을 탐하여 자신의 손에 죽어간 시체들을 영광으로 치부하는 탐욕스러운 지휘관들의 손에 기어이 무쇠를 쥐여 주어야만 하는가? 그들은 에루께 '어쨌든 당신의 적들 또한 처단했나이다'라고 고하지 않겠는가? 아니면 친구가 부당한 죽음을 당하는데 팔짱 끼고 지켜보기만 할 것인가? 침탈자들이 문 앞에 들이닥칠 때까지 사람들이 눈먼 평화 속에 살도록 내버려 두어야겠는가? 그러면 어떻게 되는가? 남자들은 맨손으로 무쇠에 맞서 싸우다가 허망하게 죽음을 맞거나, 통곡하는 여인들을 뒤로 하고 달아나야 되겠지. 그래도 그들은 에루께 '그래도 저는 손에 피를 묻히지는 않았나이다'라고 아뢸 것인가?

어느 쪽이든 그 결과가 나쁠 것이라면, 선택이라는 것이 과연 무슨 소용이 있겠는가? 에루의 보살핌 아래 발라들이 우리를 다스리게 하소서! 나는 알다리온에게 왕위를 넘기겠다. 하지만 그가 어떤 길을 택할지 또한 알고 있으니, 이것 또한 하나의 선택이 될 것이다. 하지만 에렌디스가……."

이제 메넬두르는 근심 속에 에메리에의 에렌디스를 떠올렸다. "하지만 그곳에는 큰 희망이 없다(이것을 희망이라고 불러야만 한다면 말이다). 아들은 이런 중요한 문제에는 자신의 뜻을 굽히지 않을 것이야. 설령 에렌디스가 충분히 길게 이야기를 듣는다 하더라도 에렌디스가 어떤 결정을 내릴지는 알고 있다. 그녀는 누메노르의 바깥세상 일에 신경을 써 본 일이 없기에, 어떠한 대가가 따를지조차 모르고 있으니 말이다. 자신의 선택이 죽음으로 이어진다면, 분명히 용감하게 죽음을 맞겠지. 하지만 과연 자신의 삶과 뜻했던 다른 것들은 어떻게 하려고 할까? 나뿐만 아니라 발라들께서도 기다리며 지켜보는 수밖에는 없겠구나."

알다리온은 히릴론데가 귀항한 후 나흘 만에 로멘나에 돌아왔다. 그는 길을 오가며 더러워진 데다 지쳐 있었지만, 즉시 앞으로의 거처로 정한 에암바르로 향했다. 그로서는 분통이 터질 일이었지만, 그 당시 로멘나에 여러 소문이 떠돌고 있었던 것이다. 이튿날 그는 로멘나의 남자들을 모아 아르메넬로스로 데려갔다. 아르메넬로스에서 그는 동행한 사람들을 나누어 한 무리는 정원의 나무들을 한 그루만 남기고 모조리 베어 조선소로 보내도록 했고, 다른 무리는 그의 집을 모두 헐어 버리도록 했다. 그가 유일하게 남긴 나무 한 그루는 바로 요정들이 준 흰색 나무였는데, 나무꾼들이 전부 물러간 후 황량해진 집터 한가운데 홀로 서 있는 나무를 보던 그는 처음으로 이 나무가 그 자체만으로도 아름답다고 느끼게 되었다. 나무는 요정과 같이 생장 속도가 느림에도 이미 약 3.6미터에 달해 있었고, 곧고 호리호리하고 생기가 넘쳤으며, 하늘을 향해 솟아오른 가지들에서 겨울꽃의 싹이 트는 중이었다. 그 모습이 알다리온에게 딸아이를 연상시켰고, 이제 그가 말했다. "너 또한 앙칼리메라고 불러야 하겠구나. 너와 그 아이가 바람이나 타의에 굴하지 않고 꺾이지도 않고 장수하길 기원하마!"

알다리온은 에메리에에서 돌아온 후 사흘째 되는 날에 대왕을 찾아갔다. 타르메넬두르는 의자에 앉아 조용히 아들을 기다리고 있었다. 아들의 모습을 본 그는 두려움에 빠졌다. 알다리온의 얼굴이 갑자기 태양이 흐릿한 구름에 가려진 순간의 바다처럼 회색빛으로 차가웠고 또 적대적인 기색으로 가득했던 것이다. 그는 부친의 눈앞에 서서 분노라기보다는 오히려 경멸을 드러내는 목소리로 조용히 입을 열었다.

"이번 일에 폐하가 어떤 역할을 하셨는지는 폐하께서 잘 아실 겁니다. 하지만 왕이라면 한 사람이 견딜 수 있는 인내의 한계가 어디까지인지는 알고 있어야 하지요. 설령 그 사람이 폐하의 신하이거나, 심지어 아들일지라도 말입니다. 저를 이 섬에 구속할 셈이셨다면, 질 나쁜 사슬을 쓰셨습니다. 제게는 이제 아내도, 이 땅에 대한 애정도 남지 않았습니다. 이제는 여인들의 오만이 사내들을 비참하게 만드는 이런 저주 같은 몽상에 빠진 섬을 떠나렵니다. 제가 멸시받지 않고 더 영예로운 대접을 받는 다른 곳에서 목적 있는 삶을 보내겠습니다. 가문의 일을 하기에 더 적합한 후계자는 따로 찾으실 수 있을 것입니다. 제 몫으로는 단지 히릴론데와 그 배를 가득 채울 만큼의 사람들만 허락해 주십시오. 제 딸이 나이가 좀 더 들었다면 그 아이도 데려가겠지만, 지금은 제 어머니께 맡기고자 합니다. 폐하께서 양 떼에 미치시지 않은 한은 제 뜻을 가로막으셔도 안 되고, 그 아이가 말수도 적으며 친족에게 차디찬 오만과 경멸을 드러내는 여인네들 틈에서 올바르지 못하게 자라나도록 하셔도 안 됩니다. 그 아이는 엘로스의 가계에 속하는 아이입니다. 그리고 폐하의 아들은 그 아이 외의 다른 자손을 안겨다 드리지는 않을 겁니다. 저는 할 바를 다 했습니다. 이제 좀 더 유익한 일을 하러 가렵니다."

메넬두르는 내내 시선을 밑으로 향하고는 아무 내색도 하지 않고 침묵을 지켰다. 그러나 곧 한숨을 쉬더니 위를 올려다 보고는 슬픈 목소리로 말했다. "알다리온, 내 아들아. 왕으로서는 너 역시 친족에게 차디찬 오만과 경멸을 드러내고, 들어보지도 않고 다른 이들을 비방하고 있다고 말해야겠구나. 하지만 너를 사랑하며 너를 위해 가슴 아파하는 아버지는 그마저도 용서하도록 하마. 내가 여태껏 네 뜻을 이해하지 못했던 것이 내 탓만은 아니다. 네가 지금까지 겪었던 고통(아, 이젠 너무 많은 이들이 그 이야기를 하는구나!), 그것은 내 잘못이 아니다. 나는 에렌디스를 총애했거니와, 그 아이와 나의 생각이 같았기에 그녀가 앞으로 힘든 일을 많이 견뎌내야 할 것을 걱정했었다. 네가 어떤 뜻을 품고 있었는지 이제는 명확하게 보이는구나. 하지만 네가 칭찬 말고 다른 소리도 들을 생각이 있다면, 나는 먼저 너 역시 자신의 즐거움을 따랐을 뿐이라는 것을 말해두어야겠구나. 그리고 네가 오래전에 좀 더 솔직히 얘기를 해주었더라면, 모든 사정이 지금보다는 나았을 것이야."

알다리온이 이제는 더욱 격앙된 목소리로 소리쳤다. "대왕께서는 저에게 불만이 있으실 수 있겠죠. 그렇지만 그 부분을 성토하셔서는 아니 됩니다! 적어도 에렌디스에게는 오래전부터 자주 이야기를 해왔습니다만, 차갑게 식어버린 그녀의 귀는 전혀 이해하려 들지 않았습니다. 태만한 아이가 옷이 상하거나 식사 시간에 늦는 걸 걱정하는 보모에게 나무 타는 이야기를 하는 셈이나 마찬가지였다는 말입니다! 저도 에렌디스를 사랑합니다. 그렇지 않으면 더 무심하게 굴었겠지요. 과거는 제 가슴속에 간직할 것입니다만, 미래는 이미 죽고 없습니다. 그녀는 저를 사랑하지 않습니다. 그렇다고 달리 사랑하는 것도 없습니다. 그녀는 자기만 사랑하고 있어서 그녀에게 누메노르는 잘 차려진 무대여야 하고, 저는 그녀가 앞마당을 산책할 생각이 없을 때면 벽난로 앞에서 얌전히 잠자는 길들여진 사냥개여야 합니다. 그런데 이제는 개가 너무 징그럽게 보이니 앙칼리메를 데려다가 새장 안에서 노래를 시킬 모양입니다. 이 정도면 충분합니다. 대왕께서는 제가 떠나는 것을 허락하시렵니까? 아니면 다른 분부라도 있으신지요?"

타르메넬두르가 답했다. "짐은 네가 아르메넬로스를 떠난 이후로 실로 오랜 시간 동안 이 문제를 깊이 고민하였다. 길갈라드의 서신도 읽어보았는데, 그 어투가 몹시 다급하고 심각하더구나. 안타깝도다! 누메노르의 왕은 그의 간청과 너의 바람 모두를 거절할 수밖에 없구나. 전쟁을 준비하느냐, 준비하지 않느냐, 두 가지 선택 모두에 도사린 위험에 관하여 짐이 알고 있는 한에서는, 이 결정 말고는 선택의 여지가 없다."

알다리온은 어깨를 으쓱하고, 이제 그만 떠나려는 듯 발을 내디뎠다. 그러자 메넬두르는 손을 들어 그를 멈춰 세우고 말을 이었다. "그렇지만 짐이 누메노르 땅을 지금까지 142년간이나 통치해 왔음에도 불구하고, 이렇게 중요하고 위험천만한 문제에 대해 옳은 결정을 내릴 만큼 충분히 이해했다고 확신할 수가 없구나." 그는 잠시 말을 멈추었다. 그러고는 양피지 한 장을 꺼내 들고 자신이 직접 쓴 글을 읽었다.

> 그러므로, 첫째 짐의 사랑하는 아들을 위하여, 그리고 둘째 작금의 상황을 더욱 명확하게 이해하고 있는 짐의 아들이 왕국을 더 나은 방향으로 인도하도록 하기 위하여, 다음과 같은 결정을 내리노라. 짐은 지금 즉시 누메노르의 왕위를 짐의 아들에게 넘길 것이며, 그는 이제 왕 타르알다리온이 될 것이다.

메넬두르가 말했다. "이것이 선포되고 나면 지금의 상황에 대한 나의 생각을 모두가 알게 될 것이다. 이로써 누구도 너를 경멸할 수 없을 것이고, 네가 자유롭게 권한을 행사하게 되면 여태까지 겪은 상실감도 한결 견디기 쉬워질 것이다. 왕위에 오른 후에는 길갈라드의 서신에도 왕권의 소유자에 걸맞게 직접 답하도록 하여라."

알다리온은 놀라움에 잠시 꼼짝도 못하고 서 있었다. 대놓고 왕의 화를 자극했기에 이제 왕의 분노를 마주할 각오를 하고 있었기 때문이었다. 그는 당황스러웠다. 그러고는 마치 예상치 못한 쪽에서 불어온 바람에 쓰러지는 것처럼 부친의 앞에 무릎을 꿇었다. 그러나 잠시 후 그는 숙였던 고개를 일으켜 세우고는 웃음을 터뜨렸다. 극히 자비로움이 넘치는 행동에 대해 전해 들을 때면 그는 항상 그런 반응을 보였다. 그렇게 하는 것이 편했기 때문이다.

"아버지시여, 제가 대왕께 보인 무례를 용서하소서. 대왕께서는 위대하시고, 대왕의 겸손이 제 오만함을 한없이 부끄럽게 하나이다. 제가 졌습니다. 제가 온전히 복종하겠나이다. 이같이 강건하며 지혜가 넘치는 왕이 왕위를 넘기는 일은 도저히 생각조차 할 수 없습니다."

메넬두르가 답했다. "그렇더라도 결론은 나왔다. 자문회를 곧 소집할 것이다."

7일이 지난 후 자문회가 열렸을 때 타르메넬두르는 자신의 결정을 알리고는 그들 앞에 두루마리를 펼쳐 보였다. 그들은 아직 왕이 어떤 계획에서 그런 말을 하는지 몰랐기에 대경실색하고 있을 뿐이었다. 이내 그들은 전부 이의를 제기하며 왕에게 결정을 보류해달라고 간청했는데, 다만 햐라스토르니의 할라탄은 그렇지 않았다. 그는 친척인 알다리온과는 비록 생활 방식이나 관심사가 전혀 달랐음에도 오래전부터 그를 존경해 오고 있었고, 따라서 메넬두르가 정말 고귀한 결정을 내린 것이며, 피할 수 없는 일이라면 신속하게 잘 판단한 것이라고 생각했던 것이다.

메넬두르는 자신의 결정에 대해 이런저런 반대 의견을 펼치던 이들에게 이렇게 답했다. "짐 또한 생각 없이 결정한 것이 아니며, 현명한 그대들이 반대할 만한 이유들도 이미 모두 숙고해 보았소. 지금이야말로 바로 내 뜻을 실행하기에 적기이며, 그 이유는 당신들이 비록 입 밖으로 내지는 않았더라도 전부 짐작하고 있을 것이오. 그러면 지금 바로 이 칙령을 선포하겠소. 하지만 정 내키지 않는다면 다가오는 봄 에루케르메 날 이후부터 효력이 생기도록 할 것이오. 그때까지는 내가 왕위를 지키겠소."

왕의 칙령이 선포되었다는 소식이 에메리에에 전해지자 에렌디스는 당황했다. 왕은 자신의 편을 들어주리라 믿었건만, 왕의 칙령에는 에렌디스에 대한 책망도 담겨 있었던 것이다. 하지만 그녀는 그 이면에 다른 중요한 일이 있다는 것을 이해하지 못했다. 이후 얼마 지나지 않아 타르메넬두르로부터 전언이 도착했는데, 전언은 자애로운 말로 쓰여 있었으나 사실상 명령과 다름없었다. 앙칼리메 아가씨와 함께 아르메넬로스로 올 것과, 적어도 다음 에루케르메 날이 되고 새 왕의 즉위가 선포될 때까지는 아르메넬로스에서 머물도록 하라는 것이었다.

그녀는 생각했다. "그도 지체하지 않고 대응해 오는구나. 진즉에 이를 예상해야만 했거늘. 이제 내게서 모든 것을 앗아가겠지. 하지만 그가 설령 부왕의 입을 빌려 말하더라도 나 자신까지 지배할 수는 없을 것이야."

에렌디스는 타르메넬두르에게 답신을 보냈다. "대왕님 아버지시여, 폐하께서 명하신다면 제 딸 앙칼리메는 따라가야 하겠지요. 하지만 부탁드리옵건대 딸아이의 나이를 고려하여 조용하게 살 수 있도록 허락해 주시기를 바랍니다. 그리고 저 자신에 대해서는 부디 용서해 주시기를 간청드리는 바입니다. 아르메넬로스에 있는 저의 집이 철거되었다고 하더군요. 그리고 지금으로서는, 특히나 선상가옥으로 손님처럼 들어가 뱃사람들에게 둘러싸이는 것은 극구 사양하겠습니다. 그러니 대왕님께서 이 가옥까지 앗아가실 요량이 아니시라면 부디 저 홀로 이곳에 머무는 것을 허락해 주소서."

타르메넬두르는 걱정에 가득 차 이 편지를 읽었지만, 그렇다고 편지가 소기의 목적을 달성한 것은 아니었다. 에렌디스의 편지가 알다리온을 겨냥해 쓰인 것 같았기에, 왕은 편지를 알다리온에게 보여주었다. 알다리온이 편지를 읽었고, 왕은 그의 표정을 보고는 말했다. "네가 상심하였음이 틀림없구나. 하지만 이것 말고 무엇을 더 기대했느냐?"

알다리온이 말했다. "적어도 이런 것을 기대하지는 않았나이다. 제가 걸었던 기대를 한참 밑돈다는 말입니다. 에렌디스가 많이 왜소해졌어요. 이 일이 저 혼자 초래한 것이라면, 저의 허물을 용서받을 길이나 있겠습니까? 하지만 그릇이 큰 자가 역경을 겪는다고 위축되던가요? 설령 증오나 복수 때문이라고 하더라도 이런 방식은 도리가 아닙니다! 자신을 위해 거창한 처소를 준비할 것을 요구하고, 왕비에게 걸맞은 호위 행렬을 요청하고, 이마에 별을 달고 수려하게 꾸민 아름다움을 뽐내며 아르메넬로스로 돌아왔어야지요. 그러면 누메노르섬 거의 대부분을 그녀의 편으로 돌릴 수 있었을 터이고, 저를 막돼먹은 미치광이로 만들 수 있었을 것입니다. 발라들께서 저의 증인이 되어 주실진대, 저라면 차라리 이렇게 했을 겁니다. 왕을 가로막고 무시하는 아름다운 왕비가 되는 것이 황혼 속으로 어슴푸레 사라져가는 자유를 누리는 엘레스티르네 부인으로 남는 것보다 낫지 않겠습니까."

그리고 그는 쓴웃음을 짓고 왕에게 서신을 돌려주며 이렇게 말했다. "그래요. 결국 이렇게 되었군요. 하지만 누군가가 뱃사람에게 둘러싸인 채 배에서 사는 것을 혐오한다면, 또 다른 누군가는 양 떼 목장에서 하녀들에게 둘러싸여 사는 것을 혐오한다고 한들 문제는 없겠지요. 그렇지만 제 딸이 그런 곳에서 교육을 받는 것은 용납할 수 없습니다. 적어도 그 아이가 자신의 판단에 따라 스스로 택할 수 있어야 할 겁니다." 그는 자리에서 일어나 그만 물러가게 해줄 것을 청했다.

향후 줄거리의 전개

알다리온이 아르메넬로스로 돌아가지 않겠다는 에렌디스의 편지를 받아 본 이후의 이야기는 메모나 비망록에서 나오는 짧은 언급이나 단편적인 글로만 추적해 볼 수 있다. 더군다나 이들마저도 제각기 다른 시기에 집필되어 서로 상충하는 부분들이 더러 있는지라, 한데 모여 일관성 있는 이야기를 구성한다고 할 수가 없다.

883년에 누메노르의 왕으로 등극한 알다리온은 즉시 가운데땅을 다시 방문하기로 결정했고, 그해나 그 이듬해에 미슬론드를 향해 떠났던 것으로 보인다. 그리고 그는 자신의 배인 히릴론데의 선수에 오이올라이레 가지를 얹는 대신에, 키르단에게 선물 받은 보석으로 장식된 눈을 가진 황금 부리의 독수리상을 얹어 놓았다고 기록되어 있다.

> 독수리상은 제작자가 기술 좋게 그 자리에 올려놓았는데, 마치 멀리 있는 어떤 목표물도 놓치지 않고 정확히 날아가려는 듯한 모습을 하고 있었다. 알다리온이 말했다. "이 독수리상이 우리를 목적지까지 이끌어 줄 것이다. 우리의 귀환은 발라들께 맡기도록 하자. 우리가 그분

들의 눈 밖에 나는 일을 하는 게 아니라면 말이다."

또한 '알다리온이 나섰던 이후의 항해들에 관한 기록은 현재 남아 있는 것이 없다'라고 나와 있으며, 단지 '그는 바다뿐만 아니라 육지로도 자주 길을 나섰으며, 과슬로강을 거슬러 올라가 사르바드에 이르러 그곳에서 갈라드리엘을 만났다'는 기록만이 남아 있다. 이 만남에 관해서 다른 곳에는 언급된 바가 없다. 다만 당시에 갈라드리엘과 켈레보른은 에레기온에 살았고, 사르바드에서 그리 멀지 않았다고 한다(414쪽 참조).

하지만 알다리온의 피땀 흘린 모든 수고가 물거품이 되고 말았다. 그가 비냘론데에서 다시 시작한 공역工役은 결국 마무리되지 못하였고, 바다가 이들을 흔적도 없이 집어삼켰다.[25] 그럼에도 훗날 타르미나스티르가 사우론과의 첫 전쟁에서 눈부신 위업을 이룩할 수 있는 기반을 마련한 인물이 바로 알다리온이었으며, 그런 그의 노력이 없었더라면 누메노르의 함대는 알다리온이 예견했던 대로 때에 맞춰 정확한 위치에서 그 힘을 발휘할 수 없었을 것이다. 이미 누메노르인들을 향한 적개심이 커지고 산맥에서 내려온 암흑의 세력들이 에네드와이스로 밀려 들어오고 있던 시기였다. 하지만 알다리온의 시대에 누메노르인들은 아직 영토를 더 확장하고자 하지는 않았으며, 모험가 조합원들도 아직 소규모인 데다 존경 받았던 것에 비해 그들의 뒤를 따르고자 하는 이들이 많지는 않았다.

이후 길갈라드와의 동맹관계에 어떤 더 발전적인 변화가 있었는지 그리고 그가 타르메넬두르에게 보낸 서신에서 요청한 지원이 이루어졌는지에 대한 언급은 없다. 다만 다음과 같은 내용이 전해진다.

알다리온은 너무 늦었거나, 너무 성급했다. 너무 늦었다 함은 누메노

> 르를 증오하는 세력이 이미 커져가고 있었기 때문이며, 너무 성급했다 함은 누메노르가 자신의 힘을 드러내 보이거나 세상의 운명을 두고 벌이는 전쟁에 뛰어들기에는 아직 때가 무르익지 않았기 때문이다.

883년 혹은 884년에 알다리온이 가운데땅에 되돌아가기로 마음을 먹자 누메노르에는 한 차례 동요가 일었다. 이제껏 왕이 누메노르섬을 떠나는 일은 없었던 데다 자문회로서도 그런 선례가 없었기 때문이다. 이때 메넬두르가 섭정의 자리를 제안받았으나 이를 거절했고, 이후 하라스토르니의 할라탄이 자문회의 선출이나 타르알다리온의 임명으로 섭정을 맡게 되었던 것으로 보인다.

앙칼리메가 성장하던 시기에 대해서는 어떤 일정한 형태를 갖춘 이야기가 전해지지 않는다. 그녀의 성격이 분명하게 규정되지 않는다는 것과 모친의 영향을 받았다는 점은 좀 더 확실하다. 그녀는 에렌디스보다는 덜 까다로웠으며 선천적으로 보석과 음악을 좋아하고 자신을 과시하고 감탄과 경의의 대상이 되는 것 또한 즐겼다. 하지만 항상 욕망하고 탐닉했던 것은 아니고 자신이 원하는 경우에만 그런 것들을 즐겼다. 또한 그녀는 모친 에렌디스와 에메리에의 흰 저택을 자신의 도피처로 이용했다. 이를테면 앙칼리메는 에렌디스가 뒤늦게 돌아온 알다리온을 대하는 태도에도 공감했지만, 동시에 알다리온의 분노와 후회하지 않는 태도 그리고 이후 그의 가슴과 머릿속에서 에렌디스를 단숨에 지워버린 일도 이해했다. 앙칼리메는 강제적인 혼사와 어떤 형태로든 자신의 의지를 제한하는 결혼을 마음속 깊이 혐오했다. 앙칼리메의 모친은 끊임없이 남자들에 대한 비난을 늘어 놓았고, 실제로 에렌디스의 이러한 훈육을 보여 주는 생생한 사례가 하나 남아 있다.

> (에렌디스가 말하기를) "누메노르의 사내들은 반요정이고, 특히 지체 높은 자들일수록 그 핏줄이 짙지만, 사실 그들은 반요정도 아니고 지

체가 높지도 않단다. 그들이 선물 받은 긴 수명은 오로지 제 눈을 가릴 뿐이고, 이 세상에서 빈둥거리며 늙을 때까지 어린애 같은 모습으로 지내지. 그때가 되면 많은 남자들은 바깥에서 하던 놀이를 이제 집안에서 하는 놀이로 바꿀 뿐이란다. 사내들이란 놀이를 큰일로 만들고, 큰일을 놀이로 만들어 버리는 족속이지. 그들은 동시에 장인이자 학자이자 영웅이 되고자 하지. 그들에게 여자란 놀다가 지쳐 날이 저물면 곁에 앉아서 쉴 벽난로의 불꽃 같은 존재에 불과하고, 정작 그 불을 돌보는 건 다른 이들에게 맡긴단다. 사내들은 세상 만물이 자기들을 위해 있다고 생각하지. 언덕은 돌을 캐내는 곳이고, 강은 물을 대거나 물레방아를 돌리기 위해 필요하고, 나무는 판자를 만들기 위해 있는 것이고, 여자란 그들의 육체를 만족시키기 위해, 그리고 만약 예쁜 여자라면 그들의 식탁과 벽난로를 장식하기 위해 있는 것이라고 생각해. 자기 아이들조차 할 일이 없을 때 장난을 치기 위해 있다고 생각하지. 그런데 그러다가도 곧 어린 사냥개들을 데리고 놀러 나가는 게 사내들이란다. 그들은 햇살이 비치는 아침의 종달새같이 모두에게 점잖고 친절하면서 명랑하게 굴지만, 그것도 다 피할 수만 있다면 화를 내지 않기 때문이야. 사내들은 유쾌해야 한다는 믿음을 가지고, 필요 없는 건 전부 남에게 주면서 부자처럼 후하다고 하지. 그들은 이 세상에 자신들의 의지 말고도 다른 의지가 있다는 걸 문득 알게 되었을 때 비로소 화를 낸단다. 그렇게 되면 자신들의 앞을 막아선 모든 것에 마치 바닷바람처럼 무자비해지지.

결국 그렇단다, 앙칼리메. 우리는 그걸 바꿀 수 없어. 누메노르는 사내들이 빚어 놓은 나라야. 그들이 부르는 노래에나 나오는 옛날 영웅 같은 사내들. 그러나 여자들은, 그들의 사내가 전사했을 때 슬피 울었다는 것 외에는 들어본 이야기가 없구나. 누메노르는 전쟁이 끝난 후의 쉼터와 같은 곳이야. 만약에 사내들이 휴식과 평화놀음에 질리기라도 하는 날에는, 곧바로 다시 더 큰 놀잇거리를 찾아 살인을 하고 전쟁을 벌일 게다. 결국 그렇지. 그리고 우린 그 한복판에 놓인 거란다. 하지만 우리가 그들과 뜻을 같이해야 한다는 법은 없어. 우리도 누메노르를 사랑하지 않느냐. 사내들이 망치기 전에 누리도록 하자꾸나. 우리도 위대한 선조들의 딸이고, 우리에게도 우리 나름의 의지와 용기가 있단다. 그러니 절대로 굽히지 말거라, 앙칼리메. 조금이라도 굽히는 순간 그들은 네가 무릎을 꿇을 때까지 계속해서 압박할 게다. 바위 속에 뿌리를 박고, 바람에 맞서거라. 바람에 잎이 모두 날아가 버리더라도 말이야."

게다가 에렌디스는 더 엄격하게 앙칼리메를 여인들의 사회, 즉 외부의 개입이나 공포가 없는 에메리에의 차분하고 조용하며 평온한 삶에 익숙해지도록 했다. 이발 같은 소년들이 소리를 질러댔고, 남자들은 엉뚱한 시각에 뿔나팔을 불고 말을 달리며 크게 소란을 피웠다. 그들은 자식을 얻고 나서, 귀찮아지면 여자들의 손에 아이를 맡겨 버렸다. 비록 누메노르가 아이를 낳을 때 문제나 위험이 덜하기는 해도 '지상의 낙원'은 아니었고, 또 산고나 뭐든 만들어낼 때의 괴로움이 없어지는 것은 아니었다.

앙칼리메도 부친과 마찬가지로 자신의 뜻을 관철하는데 완강하고 고집이 있어 누가 충고를 하면 그와 반대로 행동했다. 그녀는 모친에게서 냉담한 성격과 피해 의식을 물려받기도 했다. 또한 앙칼리메의 마음속 깊은 곳에는 알다리온이 그녀의 손을 놓고 황급히 떠났을 당시의 단호함도 결코 잊히지 않은 채 희미하게 남아 있었다. 그녀는 고향의 목초지를 무척이나 사랑했으며 평생 (본인의 말에 의하면) 양들의 소리와 멀리 떨어져서는 절대로 편히 잘 수 없었다고 한다. 하지만 그녀는 왕위계승을 거절하지는 않았고, 대신 자신의 시대가 오면 강력한 여왕이 되리라고, 또한 그때는 자신의 마음이 내키는 곳에서 원하는 대로 살리라고 다짐했다.

알다리온은 왕위에 오른 후 약 18년 동안은 누메노르를 자주 떠나 있었던 듯하다. 이 시기에 앙칼리메는 에메리에와 아르메넬로스 양쪽에서 지내며 살았는데, 할머니 알마리안이 그녀를 무척 총애하여 알다리온이 어렸을 때와 같은 애정을 그녀에게 쏟았기 때문이다. 아르메넬로스에서는 모두가 앙칼리메에게 경의를 표했고, 알다리온 역시 흡족한 대우를 했다. 앙칼리메는 처음에는 편히 지내지 못하며 고향의 드넓은 공기를 그리워했지만, 시간이 지나면서 자신감을 회복했고, 사람들이 활짝 피어난 그녀의 미모를 경이로운 시선으로 바라보고 있음을 알아차리게 되었다. 그녀는 나이를 먹음에 따라 점차 고집이 강해졌고, 여전히 왕비 노릇을 하지 않고 미망인처럼 행세하는 에렌디스와 함께 하는 일에 짜증을 냈다. 그렇지만 에메리에로 돌아가는 일은 계속 했는데, 이는 아르메넬로스에서 도망치기 위함이자 동시에 알다리온의 심기를 거스르고자 했기 때문이었다. 그녀는 영리하면서 심술궂었고, 자신이 장난처럼 내거는 약속을 부친과 모친이 손에 넣으려 다투는 목표물로 여겼다.

앙칼리메는 892년에 19세가 되면서 왕위계승자로 선포된다(전대 계승자들의 사례에 비해 상당히 이른 나이에 이루어진 것이다. 313쪽 참조). 또한 이 시기에 타르알다리온은 누메노르의 상속법을 개정한다. 타르알다리온이 이렇게 한 것은 "정책상의 이유라기보다는 개인적인 고민 때문"이며, "에렌디스를 꺾어야 되겠다는 오랜 결심" 때문이라고 구체적으로 명시되어 있다. 이 법 개정은 『반지의 제왕』 해설 A(I)에도 언급되어 있다.

> 6대 왕(타르알다리온)은 후사가 딸 하나밖에 없었기에 그녀가 첫 번째 여왕이 (즉 왕비가 아닌 여왕이) 되었다. 이를 계기로 남녀를 구분하지 않고 왕의 맏이가 왕권을 물려받는 것이 왕가의 법도로 정해졌다.

다만 다른 출처에서는 새 법이 이와는 다른 형태로 서술된다. 가장 완전하고 명확한 서술에서는 다음과 같이 나와 있는데, 우선 훗날에 '옛 법'이라고 일컬어졌던 것은 사실 누메노르의 '법령'이 아니라 특별히 문제가 제기

엘로스의 가계의 초기 세대

: 표시는 상속법 개정이 이루어질 당시 엘로스의 혈통을 간직하고 있던 남성 승계자를 나타냄.
d.는 딸을 표시함.

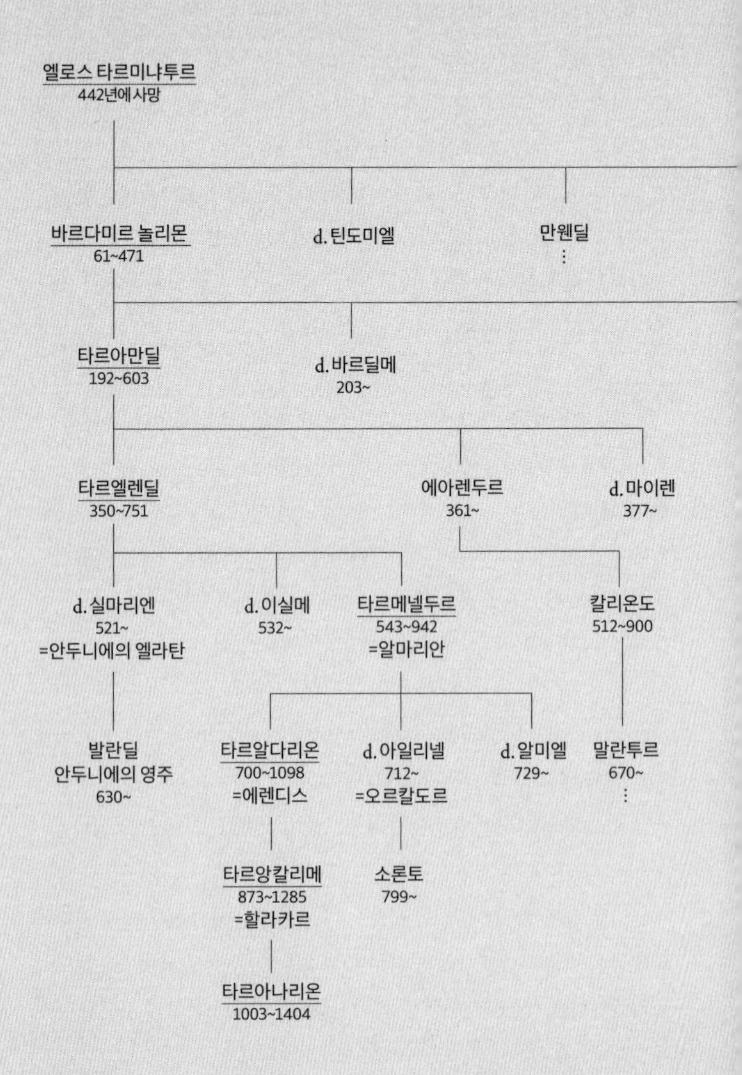

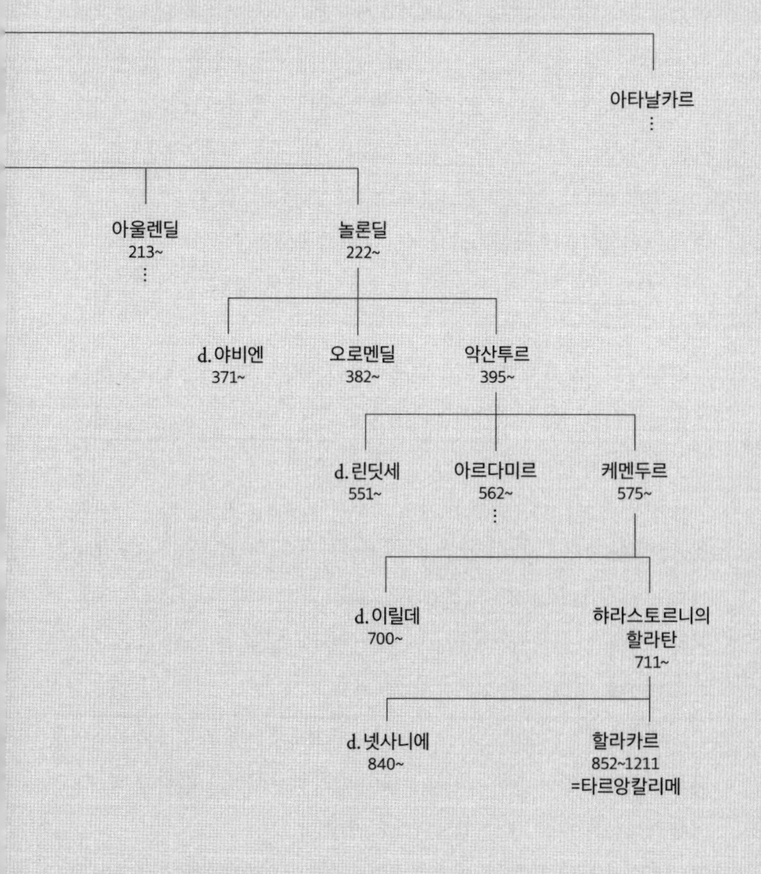

아타날카르
아울렌딜
213~
놀론딜
222~
d. 야비엔
371~
오로멘딜
382~
악산투르
395~
d. 린딧세
551~
아르다미르
562~
케멘두르
575~
d. 이릴데
700~
하라스토르니의
할라탄
711~
d. 넷사니에
840~
할라카르
852~1211
=타르앙칼리메

되지 않아 대대로 전해져 내려온 관습에 불과했으며, 이 관습에 따라 통치자의 장남이 왕위를 이어왔다고 한다. 만약 아들이 없다면 엘로스 타르미냐투르의 가계에서 가장 가까운 '남성 쪽 가계'의 남성 친척이 계승자가 되었다. 따라서 타르메넬두르에게 아들이 없었더라면 그의 조카인 발란딜(메넬두르의 누이 실마리엔의 아들이다)이 아니라 5촌 친척인 말란투르(타르엘렌딜의 남동생 에아렌두르의 손자이다)가 계승자가 되었을 것이다. 하지만 '새 법'에 의하면 왕에게 아들이 없을 경우 통치자의 딸(장녀)이 왕위를 이어받게 된다(물론 이 대목은 『반지의 제왕』에서 언급된 내용과 상충한다). 자문회의 조언에 따라 통치자의 딸은 자유롭게 왕위 계승을 거부할 수 있다는 조건도 추가되었다.[26] '새 법'에 따르면 이런 상황이 생길 경우 남성 쪽 가계나 여성 쪽 가계를 구분하지 않고 가장 가까운 남성 친척이 계승자가 된다. 따라서 앙칼리메가 왕위 계승을 거부한다면 타르알다리온의 계승자는 그의 누이 아일리넬의 아들인 소론토가 되는 것이다. 또한 앙칼리메가 후사 없이 양위하거나 사망할 경우에도 마찬가지로 소론토가 그녀의 계승자가 된다.

더불어 자문회의 요청에 따라 여성 계승자가 일정한 기간을 넘어서도 혼인을 하지 않을 경우 퇴위해야 한다는 조항도 추가되었는데, 타르알다리온은 여기에 더해 왕위계승자는 반드시 엘로스의 가계에 속하는 인물과만 혼인해야 하며, 이를 따르지 않은 자는 계승권자 자격을 박탈한다는 내용을 추가했다. 이러한 결정은 알다리온과 에렌디스 둘의 혼인 관계의 파탄과 이에 대한 그의 생각이 직접적으로 반영된 것이라고 한다. 에렌디스는 엘로스의 가계에 속하지 않아 수명이 상대적으로 짧았는데, 알다리온은 이것이 모든 분란의 원인이 되었다고 생각했던 것이다.

물론 이렇게 '새 법'의 조항들이 세세하게 기록된 까닭은 이것이 이후의 왕실 역사와 밀접한 관계가 있을 수밖에 없기 때문이었다. 다만 불행히도 이에 관해서는 이야기할 수 있는 바가 많지 않다.

나중에 타르알다리온은 여왕이 혼인을 하지 않으면 퇴위해야 한다는 법을 폐지하는데(이는 앙칼리메가 두 대안 중 어느 것도 받아들이고 싶어 하지 않았기 때문이었음이 확실하다), 다만 그 후로도 왕위계승자는 엘로스의 가계의 다른 후손과 혼인해야만 한다는 것은 끝까지 관습으로 유지되었다.[27]

어쨌건 간에, 얼마 지나지 않아 에메리에에 앙칼리메를 향한 구혼자들이 찾아오기 시작하는데, 이는 그녀의 지위가 변한 탓이기도 했지만, 동시에 그녀의 미모와 냉담하고 업신여기는 태도, 독특한 양육 과정에 대한 소문이 그 땅 전역에 자자해졌기 때문이기도 했다. 이 시기에 사람들은 그녀를 에메르웬 아라넬, 즉 "양치기 공주"라고 부르기 시작했다. 남자들의 끈질긴 청혼에서 벗어나기 위해 앙칼리메는 노부인 자민의 도움을 받아, 햐라스토르니의 할라탄의 영지 외곽에 위치한 한 농가에 숨어들었고 잠시 동안 양치기의 삶을 살았다. 이에 대한 이야기들은 (사실 급하게 휘갈겨 쓴 메모들에 지나지 않지만) 앙칼리메의 이와 같은 행태에 대해 그녀의 부모가 서로 다르게 대처하는 것을 보여준다. 한 이야기에서는 에렌디스가 앙칼리메의 소재를 알고 있었으며 그녀가 도피한 이유에도 공감했고, 알다리온의 경우 예전부터 자신의 딸이 이처럼 자주적으로 행동해야 한다는 생각을 가져왔기에 자문회가 그녀를 찾아 나서는 것을 막았다. 반면 또 다른 이야기에서는 에렌디스는 앙칼리메의 도피로 근심에 빠지고 왕도 몹시 노하는데, 이 때 에렌디스는 적어도 앙칼리메를 위해 알다리온과 일종의 화해를 시도한다. 하지만 알다리온은 왕에게는 아내가 없고 오직 후계자인 딸만이 있다며 냉담한 반응을 보였고, 에렌디스가 앙칼리메의 은신처를 모른다는 것도 믿지 않았다.

확실한 것은, 이 때 앙칼리메가 같은 지방에서 양떼를 보살피던 한 양치기를 만났고, 그가 앙칼리메에게 자신을 마만딜이라고 소개했다는 것이다. 앙칼리메는 그와 같은 친구는 처음이었고, 그의 장기인 노래에 무척 빠져들게 된다. 또 그는 앙칼리메에게 에다인이 엘다르를 만나기도 전 아득히 먼 옛날 에리아도르에서 가축들을 방목하던 시절의 노래를 불러준다. 그렇게 그들은 목장에서 점점 더 자주 만나게 되고, 그는 옛적의 사랑 노래를 고쳐 에메르웬과 마만딜이라는 이름을 끼워 넣었는데, 앙칼리메는 여기에 담긴 저의를 알아듣지 못하는 척한다. 그러나 마침내 그는 앙칼리메를 향한 연심을 드러냈는데, 그녀는 한 발짝 물러나 자신은 왕위계승자이며 자신의 그런 운명이 그들 사이를 가로막고 있다는 말로 이를 거절한다. 하지만 마만딜은 이에 당황하지 않고 웃더니 자신의 진짜 이름은 할라카르이며, 엘로스 타르미냐투르 가계의 후손이자 햐라스토르니의 할라탄의 아들임을 밝히고 말한다. "이같이 아니하면 어떤 구혼자가 당신을 찾아올 수 있겠습니까?"

그러자 앙칼리메는 그가 처음부터 자신의 정체를 알고 자신을 기만했다는 사실에 분노한다. 그러나 할라카르는 답한다. "어느 정도는 사실이지요. 행적이 무척 희한한 숙녀가 있기에 그녀를 더 알고 싶다는 호기심이 생겼고, 그 때문에 그 숙녀를 만나기 위해 방법을 궁리해 낸 것은 맞습니다. 하지만 그 후 저는 에메르웬을 사랑하게 되었고, 그녀가 누구인지는 지금 그렇게 중요하지 않습니다. 제가 당신의 고귀한 신분을 탐낸다고 생각하지는 않았으면 좋겠군요. 오히려 당신이 그냥 에메르웬일 뿐이었다면 더 좋았을 것 같습니다. 이 상황에서 제가 기뻐할 수 있는 것은 단지 저 또한 엘로스 가계의 후손이라는 것뿐입니다. 그렇지 않다면 우리의 혼인이 불가능하다고 생각했을 테니까요."

앙칼리메는 이렇게 말한다. "가능하겠지요. 내가 그런 조건들을 중요하게 여긴다면요. 나는 왕족의 자격을 포기하고 자유의 몸이 될 수도 있습니다. 하지만 그때에는 내게 원하는 이와 혼인할 자유가 생길 것이고, 그렇다면 내가 가장 선호할 혼인상대는 우네르('아무도 아님'이라는 뜻)일 겁니다."

그럼에도 결국 앙칼리메가 혼인을 한 사람은 할라카르였다. 어느 한 판본에서는 할라카르가 거절을 당하면서도 끈질기게 구애를 했고, 자문회에서도 왕국의 안정을 위해 앙칼리메가 배우자를 선택해야 한다고 독촉한 것이 그녀가 에메리에의 양떼 사이에서 할라카르와 처음 만난 지 여러 해가 지나기 전에 그와의 혼인을 결심한 이유였다고 기술된다. 그러나 또 다른 판본에서는 그녀가 오랫동안 독신을 고수하자 그녀의 사촌 소론토가 새 법의 규정을 믿고는 그녀에게 왕위 계승권자의 자격을 넘길 것을 요구했고, 이에 소론토의 요구를 묵살할 요량으로 할라카르와 혼인했다고 한다. 여기에 또 다른 단편에서는 앙칼리메가 알다리온이 문제의 조항을 폐지한 이후, 만약 그녀가 후사 없이 죽을 경우 왕이 될 수 있으리라는 소론토의 작은 희망까지도 불식시키기 위해 할라카르와 혼인했음이 암시되어 있기도 하다.

어떤 설명이 더 설득력 있어 보이건 간에, 앙칼리메는 사랑을 원하지도, 아들을 갖기를 바라지도 않았다는 점은 명확하다. 그녀는 이렇게 말했다. "내가 알마리안 왕비처럼 아들을 미친 듯이 사랑해야만 하는가?" 앙칼리메와 할라카르의 삶은 불행했으며, 그녀는 아들 아나리온을 그에게 넘기기 싫어했고, 이후 그들 사이에는 불화가 생겨난다. 그녀는 할라카르의 영지에 대해 소유권을 주장하고 그를 그 땅에 살지 못하게 하면서 그를 굴복시키려 하는데, 그녀의 말에 따르면 남편이 농장 관리인인 것은 용납할 수 없기 때문이었다고 한다. 이 모든 불행의 마지막 이야기가 바로 이때부터 시작된다. 앙칼리메는 자신의 하녀들 모두에게 혼인을 금지하였고, 이에 하녀들 대부분이 그녀를 두려워하여 혼사를 삼갔다. 그러나 인근 지방의 출신인 그들에게는 이미 각각 혼인하고 싶은 연인들이 있었으며, 할라카르가 비밀리에 그들의 혼인을 주선한다. 그는 자신이 집을 떠나기 전에 마지막 연회를 열겠다고 선언한다. 앙칼리메에게 이 집이 자신의 일가가 소유한 집이었으니, 관례를 따라 작별 인사를 해야겠다며 그녀를 이 연회에 초대한다.

앙칼리메는 남자들의 시중을 받는 것을 개의치 않았기에 자신의 하녀 모두를 데리고 연회에 참석한다. 그녀는 온 집 안이 환한 불빛 속에 큰 연회에 걸맞게 꾸며져 있으며, 집안의 남자들이 꼭 혼인을 하는 것처럼 화관을 쓰고, 신부에게 줄 또 다른 화관을 손에 들고 있는 모습을 보게 된다. 할라카르가 말한다. "오시지요! 모두의 결혼식도 준비되었고, 신부의 방도 꾸려졌답니다. 하지만 왕위계승자 되시는 앙칼리메 귀부인께 농장 관리인과 한 자리에 들라는 권유는 차마 할 수 없는 일이니, 유감입니다! 귀부인께서는 오늘 밤 홀로 주무셔야 하겠습니다." 그러자 앙칼리메는 이미 되돌아가기엔 너무 멀리 온 데다, 시중 없이 돌아갈 의향도 없었기에 부득이하게 그 자리에 남기로 했다. 남녀 모두 미소를 감추지 않았지만, 앙칼리메는 연회 자리에 함께하지 않고 그저 침대에 머무르면서 멀리서 들려오는 웃음소리가 자신을 겨냥한 것이라고 생각했다. 다음날 그녀는 격분하여 말에 올라 떠나버렸고, 할라카르는 하인 셋을 보내 그녀를 호위케 했다. 이후 앙칼리메는 양들조차도 자신을 조롱하는 것 같은 에메리에에 다시는 돌아오지 않았고, 할라카르는 이렇게 복수에 성공한 셈이 되었다. 하지만 이후 그녀는 증오심에 할라카르를 지독히도 괴롭혔다.

타르알다리온의 말년에 대해서는 그가 가운데땅으로의 항해를 계속했으며 한 차례 이상 앙칼리메를 섭정으로 앉힌 듯하다는 것 외에는 말할 수 있는 것이 없다. 그의 마지막 항해는 제2시대의 첫 천년기 말 즈음에 이뤄졌고, 1075년에 앙칼리메가 누메노르의 첫 여왕으로 즉위한다. 1098년에 타르알다리온이 사망하자 타르앙칼리메는 부왕의 모든 정책을 철회하고 린돈의 길갈라드에 대한 지원을 중단했다. 훗날 누메노르의 여덟 번째 통치자가 되는 그녀의 아들 아나리온은 위로 두 딸을 얻는다. 이들은 여왕이 복수심 때문에 그들의 혼인을 불허하려 했던 까닭에 여왕을 싫어하고 두려워하였으며, 스스로 왕위계승권자의 자격을 거절하고 독신을 고수했다.[28] 아나리온의 아들 수리온은 막내로 태어났는데, 그가 누메노르의 아홉 번째 통치자가 된다.

에렌디스는 노년에 접어들면서 앙칼리메로부터도 버림받고 쓰디쓴 외로움 속에 살게 되자, 다시 알다리온을 그리워하게 되었다고 한다. 그녀는 그가 훗날 마지막 항해를 위해 누메노르를 떠났지만 곧 돌아오리라는 것을 알게 되자, 결국 에메리에를 떠나 누구의 눈에도 띄지 않고 아무도 모르게 로멘나 항구로 향했다. 그리고 그곳에서 마지막 운명을 맞았던 것으로 보인다. 지금은 "에렌디스는 985년에 물속에서 최후를 맞았다"라는 문구만이 남아 어떤 일이 일어났는지 짐작하게 해줄 뿐이다.

| 주석 |

연대기

아나르딜(알다리온)은 제2시대 700년에 출생했고, 그의 가운데땅으로의 첫 출항은 725년에서 727년 사이에 이루어졌다. 그의 부친 메넬두르는 740년에 누메노르의 왕이 되었다. 모험가 조합은 750년에 설립되었고, 알다리온은 800년에 왕위계승자로 선포되었다. 에렌디스는 771년에 출생했다. 알다리온의 7년간의 항해(314쪽)는 806~813년에 걸쳐 이뤄졌고, 팔라란의 첫 항해(316쪽)는 816~820년에 걸쳐서, 타르메넬두르의 뜻을 거역한 후 7척의 배를 거느리고 나선 항해(318쪽)는 824~829년에 걸쳐서, 그 직후에 곧바로 개시된 14년간의 항해(319~320쪽)는 829~843년에 걸쳐 이루어졌다.

알다리온과 에렌디스의 약혼은 858년에 성사되었고, 약혼 이후 알다리온이 항해를 나간 기간(331쪽)은 863~869년이며, 그들의 혼인은 870년에 치러졌다. 앙칼리메는 873년 봄에 출생했다. 히릴론데는 877년 봄에 출항하며 알다리온의 귀환과 함께 에렌디스와의 파경이 이어진 것은 882년이다. 그가 누메노르의 왕위를 물려받은 것은 883년이다.

---

1 「누메노르에 대한 기술」(298쪽) 장에 따르면 그는 타르메넬두르 엘렌티르모(별을 보는 자)라고 불리었다고 한다. 「엘로스의 가계」의 메넬두르 항목(387쪽) 참조.

2 소론토가 이 이야기에서 맡는 역할은 이제는 단편적으로만 확인할

수 있다. 372~374쪽 참조.

3 「누메노르에 대한 기술」 장에 언급된 대로(304~305쪽) 베안투르는 제2시대 600년에 최초로 가운데땅으로의 항해를 성공시킨 인물이다(그는 451년에 출생했다). 『반지의 제왕』 해설 B의 연대기에서 600년도에 대한 기록에서도 "누메노르인들의 배가 처음으로 연안에 나타나다"라고 언급된다.

후기에 작성된 한 문헌학적 산문에 그 당시 누메노르인과 에리아도르 인간들의 첫 대면에 대한 서술이 등장한다. 내용은 다음과 같다.

"아타니[에다인]의 생존자들이 바다 너머의 누메노르로 떠나간 후 600년째가 되던 해에 서쪽에서부터 처음으로 가운데땅에 배 한 척이 나타나 룬만灣으로 올라왔다. 배의 선장과 선원들은 길갈라드의 환대를 받았고, 그리하여 누메노르와 린돈의 엘다르 사이에 우정과 동맹이 시작되었다. 소식은 삽시간에 퍼져 나갔고 에리아도르의 인간들은 놀라움을 감추지 못했다. 비록 제1시대 당시 그들은 동부에 머물고 있었지만, '서쪽산맥[곧 에레드 루인] 너머'에서 일어난 끔찍한 전쟁에 대한 소문은 그들에게도 전해지고 있었던 것이다. 그러나 그들 사이에 전해 내려오는 구비口碑에 이에 대한 내용은 하나도 남아 있지 않았고, 그들은 저 너머 땅에 살고 있던 인간들은 모두 대화재나 바다가 육지로 밀고 들어오는 엄청난 소용돌이 속에 타죽거나 수장되었다고 믿고 있었다. 하지만 그들이 까마득히 먼 옛날에는 자신들과 동족이었다는 이야기가 있었고, 이에 그들은 길갈라드에게 전갈을 보내 '바다 깊은 곳에서 되살아나온' 뱃사람들과 만나는 것을 허락해 줄 것을 청했다. 그리하여 탑언덕에서 그들의 만남이 주선되었다. 그 자리에 에리아도르 사람 12명이 나왔고, 이들은 모두 높은 기상과 용기를 지닌 자들이었는데, 에리아도르 사람들 대부분이 누메노르인들을 죽음에서 돌아온 무시무시한 유령이라며 두려워했기 때문이었다. 하지만 막상 뱃사람들을 보게 되자 이들은 경외감에 잠시 넋을 잃었을지언정 두려움은 전혀 느끼지 않았다. 이들이 고향 사람들의 평판과 같이 실로 대단한 인물들이기도 했거니와, 뱃사람들의 몸가짐이나 옷차림은 유한한 생명의 인간들보다는 오히려 요정 군주들과 흡사했던 까닭이었다. 어찌 되었건 그들은 일말의 의심도 없이 서로가 오랜 옛날부터 친족이었음을 느낄 수 있었다. 뱃사람들도 마찬가지로 가운데땅 인간들을 보며 탄복했다. 이유인즉슨 그간 누메노르인들은 가운데땅에 남은 인간들은 전부 모르고스와의 대전쟁 당시 동쪽에서 모르고스에게 이끌려온 사악한 인간들의 후손이라고 철석같이 믿고 있었던 것이다. 그런데 이제 그들이 보고 있는 것은 '어둠'에서 완전히 자유로운 이들의 면면이요, 누메노르를 거닐었을 수도 있었으며 옷차림과 무장을 제외하면 자신들과 다를 바 없는 인간들이었다. 약간의 침묵이 흐른 후, 누메노르인들과 에리아도르의 인간들은 마치 오랫동안 보지 못했던 동무나 혈족을 맞이하기라도 하듯이 각자의 언어로 환영과 인사말을 건넸다. 처음엔 두 무리 모두 서로의 말을 이해할 수 없어 실망스러워했지만, 이후 친밀한 교류가 오가자 서로의 언어에 아직도 공통된 어휘가 상당히 많은 데다 여전히 이를 분명하게 알아들을 수 있으며, 이외의 단어들도 주의 깊게 들어보면 충분히 이해할 수 있다는 것을 알게 되었다. 곧 간단한 주제에 관해서는 좀 뜸을 들여가면서 얘기를 나눌 수 있게 되었다."

이 산문의 다른 부분에 설명된 바에 따르면, 에리아도르 사람들은 저녁어스름호수 근방과 북구릉, 바람산맥, 그리고 멀리 브랜디와인강에 이르기까지 그 사이의 지역에 살았으며, 브랜디와인강의 서쪽에도 자주 드나들었으나 거주하지는 않았다고 한다. 이들은 요정들에게 우호적임과 동시에 경외심을 가졌고, 대해를 두려워하여 그곳을 쳐다보지도 않았다고 한다. 이들은 제1시대 당시 베오르 가문과

하도르 가문 중 청색산맥을 넘어 벨레리안드로 가지 않은 사람들과 동일한 혈통에서 비롯된 것으로 보인다.

4 왕위계승자의 아들이란 메넬두르의 아들 알다리온을 가리키는 것이다. 타르엘렌딜은 이때부터 15년이 지난 후에야 메넬두르에게 왕위를 넘겼다.

5 에루한탈레는 "에루 추수감사제"라는 뜻으로 누메노르의 가을 명절이다. 「누메노르에 대한 기술」 장 297쪽 참조.

6 (시르) 앙그렌은 아이센강의 요정어 명칭이다. 라스 모르실은 다른 곳에서는 찾을 수 없는 지명인데, 벨팔라스만에서 북쪽으로 뻗어 나온 지형에 위치한 안드라스트(긴곶)라고도 불리는 거대한 곶 지형을 지칭하는 것임이 유력하다.

"여전히 난도르 요정들이 머무르던 암로스 지역"이라는 언급은 이 알다리온과 에렌디스 이야기가 제3시대 1981년에 돌 암로스 근방의 항구에서 숲요정들의 마지막 배가 가운데땅을 떠나기 이전에 곤도르에서 집필되었음을 암시하는 것으로 볼 수 있을 것이다. 432쪽 이후 참조.

7 옷세의 배우자 우이넨(바다의 마이아)에 대해선 『실마릴리온』 65쪽 참조. 여기에 따르면 "누메노르인들은 그녀의 보호 속에 오랫동안 살았고, 그녀를 발라와 동등하게 섬겼다"라고 한다.

8 모험가 조합본부는 "왕들에 의해 몰수당하고 서쪽의 항구인 안두니에로 옮겨지는데, 그 기록은 (섬이 침몰할 때) 모두 유실되었다."라고 서술되어 있는데, 그중에는 누메노르의 정밀한 해도들도 포함되어

있었다고 한다. 하지만 에암바르가 몰수된 것이 언제인지는 밝혀지지 않았다.

9 훗날 이 강은 과슬로 혹은 회색강으로, 항구는 론드 다에르라고 불리게 된다. 460쪽 이후 참조.

10 『실마릴리온』 245쪽과 비교. "베오르가의 사람들은 검은색이나 갈색 머리에 회색 눈동자를 지녔는데 ……." 베오르 가문의 가계도에 따르면, 에렌디스의 조상은 바라군드와 벨레군드의 누이인 베레스로, 그녀는 투린 투람바르의 모친 모르웬과 투오르의 모친 리안에게는 고모가 된다.

11 누메노르인들의 특별한 수명에 대해선 396쪽의 「엘로스의 가계」 장 주석 1번 참조.

12 오이올라이레에 대해선 「누메노르에 대한 기술」 장 299쪽 참조.

13 이 부분은 모종의 암시로 보면 된다.

14 「아칼라베스」(『실마릴리온』 440쪽)의 내용과 비교. 여기선 아르파라존의 시대에 "이따금 누메노르인들의 큰 배가 좌초하여 항구로 돌아오지 못하곤 했는데, 에아렌딜의 별이 떠오른 뒤로 그때까지 그 같은 불행이 닥친 적은 한 번도 없었다"라고 서술되어 있다.

15 발란딜은 타르엘렌딜의 딸이자 타르메넬두르의 누이인 실마리엔의 아들이었으므로, 알다리온의 사촌이 된다. 안두니에의 초대 영주인 그는 이실두르와 아나리온의 아버지인 장신의 엘렌딜의 조상이었다.

16 에루케르메는 "에루 기도제"라는 뜻으로 누메노르의 봄철 명절이다. 「누메노르에 대한 기술」 장 297쪽 참조.

17 「아칼라베스」(『실마릴리온』 418쪽)에서는 "그들은 이따금 사방의 대기가 청명하고 태양이 동쪽에 있는 동안 멀리 서쪽 끝을 바라보다가 아득한 해안선 위로 하얗게 빛나는 도시와 거대한 항구, 탑을 목격하곤 하였다. 그 시절의 누메노르인들은 멀리까지 볼 수 있는 시력을 가지고 있었다. 하지만 그들 가운데서도 눈이 아주 좋은 사람만이 메넬타르마 위나 혹은 그들에게 허용된 한계 내에서 서쪽으로 항해를 한 높은 배 위에서 그 광경을 볼 수 있었다. …… 그들 중에서 똑똑한 자들은 멀리 보이는 그 땅이 사실 축복의 땅 발리노르가 아니라 불사의 땅 동쪽 끝 에렛세아에 있는 엘다르의 항구 아발로네라는 것을 알고 있었다고 한다."라고 언급되어 있다.

18 여기서 훗날 누메노르의 왕과 여왕들이 왕관 대신에 별과 같은 하얀 보석을 이마에 매는 전통이 유래되었다고 한다. [원저자 주]

19 서부 지역과 안두니에에서는 지위고하를 막론하고 모든 곳에서 요정의 언어[신다린]이 사용되었다. 에렌디스도 날 때부터 요정어를 쓰며 자랐다. 반면에 알다리온은 누메노르의 언어를 썼지만, 다른 누메노르의 고관대작들과 마찬가지로 벨레리안드의 토착 언어도 물론 알고 있었다. [원저자 주]

- 누메노르에서 사용된 언어를 다루는 또 다른 주석에 따르면, 누메노르섬 서북부에서 신다린이 주로 사용된 것은 해당 지역의 주민들이 대체로 '베오르계'의 후손들이었다는 사실에 기인하며, 이는 베오르 가문 사람들이 일찍이 벨레리안드에서 자신들의 모어를 버리고 신다린을 채택했기 때문이라고 한다(『실마릴리온』에는 이에 관한

언급은 나오지 않지만, 그 책의 244쪽에서 펑골핀의 시대에 도르로민에 정착한 하도르 가문 사람들이 스스로의 언어를 잊지 않았고, "그 언어에서 누메노르의 공용어가 비롯되었다"라고 되어 있다). 누메노르의 여타 지방에서는 아둔어가 토착 언어로 사용되었는데 다만 거의 모든 사람들이 신다린을 일정 수준까지는 알고 있었다. 또한 타르아타나미르의 시대 이후까지 왕실의 일원이나 대부분의 귀족, 그리고 지식인들은 신다린을 모어로 사용했다고 한다(이 책의 342쪽에 따르면 알다리온은 사실 누메노르어를 선호했다고 하는데, 그가 이례적인 경우였던 것으로 보인다). 해당 주석은 나아가 다음과 같은 사항들도 언급하고 있다. 유한한 생명의 인간들이 오랜 세월 신다린을 사용하면서 그들의 신다린은 점점 분화되고 방언으로 변형되는 경향을 보였는데, 이러한 변화는 특히 누메노르에서, 적어도 귀족이나 지식인들 사이에서는 그들이 에렛세아 및 린돈의 엘다르와의 교류하는 과정을 통해 주로 확인되었다고 한다. 퀘냐는 누메노르에서 구어로 쓰이지는 않았다. 오직 지식인들과 높은 혈통의 가문들만이 퀘냐를 알았는데, 이들은 유소년기에 퀘냐를 교육받았다고 한다. 퀘냐는 주로 법전, 왕들의 두루마리나 왕가의 연대기(「아칼라베스」 426쪽의 "'왕들의 두루마리'에는 그의 이름이 과거의 관례를 따라 높은요정어로 헤루누멘이라고 기록되어 있는데 ……"라는 서술과 비교.) 등 보존을 목적으로 하는 공식 문서들에 쓰였으며, 심오한 학문적 저술에도 자주 사용되었다. 퀘냐는 명명용으로도 광범위하게 이용되었는데, 각종 장소, 지역, 지리적 요소들의 공식적인 명칭은 전부 퀘냐로 되어 있었다(다만 신다린과 아둔어로 된 현지식 명칭도 존재하는 경우가 많았다. 이들은 대체로 퀘냐식 이름과 동일한 의미였다). 엘로스의 혈통을 비롯해 모든 왕가 구성원의 인명도 마찬가지였으며, 특히 공적으로나 대외적으로 사용하는 이름은 퀘냐로 되어 있었다.

『반지의 제왕』 해설 F(I)의 '인간' 부분에도 위의 주제와 관련된 언급이 나오는데, 누메노르의 언어 중 신다린의 위상에 대해 앞서 언급된 바와는 다소 다르게 묘사되고 있다. "인간의 모든 민족들 가운데 두네다인만이 요정어를 이해하고 말할 줄 알았다. 그들의 조상이 신다린을 배웠고, 그들은 그 언어를 자식들에게 전승했으며, 오랜 세월이 지나도 그 언어를 변화시키지 않았기 때문이다."

20 엘라노르는 황금색의 작은 별 모양 꽃으로, 로슬로리엔의 케린 암로스 언덕에서도 자생한다(『반지 원정대』 BOOK2 chapter 6). 후일 감지네 샘이 프로도의 조언으로 딸의 이름을 엘라노르에서 따 짓는다(『왕의 귀환』 BOOK6 chapter 9).

21 에렌디스가 모르웬의 고모 베레스의 후손이라는 점에 관해서는 앞의 10번 주석 참조.

22 누메노르인들은 엘다르처럼 자식을 잉태하여 유년기를 채 보내기도 전에 부부가 떨어져 살게 될 것이 예상되는 경우 자식을 갖는 것을 피했다는 서술이 있다. 알다리온은 딸이 태어난 후 집안을 짧은 기간 돌보았는데, 누메노르인들이 생각하는 도리를 따른 것이다.

23 '왕실 자문회'에 관한 설명에 따르면, 누메노르의 역사상 이 시기의 왕실 자문회는 왕에게 조언 이상의 영향력을 행사할 수는 없었다고 한다. 그들은 그 이상의 권력이 필요하다고 욕심을 내거나 꿈을 꾸었던 적도 없었다. 자문회는 누메노르의 각 지방 출신의 대표들로 구성되었으며 왕위계승자가 선포되면 그 또한 자문회의 일원이 되었다. 이로써 왕위계승자는 왕국의 국정을 익힐 기회를 얻는 것이었다. 자문회의 일원이 아닌 외부자라도 논의의 대상이 되는 문제에 대한 특별한 식견이 있는 자라면 왕은 언제라도 소환하거나, 자문회의 일원

으로 선발할 것을 요청할 수 있었다. 이 시기에 자문회에서 엘로스의 가계에 속한 구성원은 (알다리온을 제외하면) 단 두 명이었는데, 안두스타르를 대표하는 안두니에의 발란딜과 밋탈마르를 대표하는 하라스토르니의 할라탄이 그들이었다. 다만 이들은 세습이나 재산에 근거하여 이 자리를 얻은 것은 아니며, 오히려 이들이 각자의 지역에서 명망 높고 존경받는 인물이었기 때문이다(「아칼라베스」 427쪽. "안두니에 영주는 언제나 주요 왕실 자문관에 포함되어 있었다"라고 언급된다).

24 에레이니온이 길갈라드, 즉 "빛나는 별"이라는 별칭을 얻은 이유는 다음과 같이 기록되어 있다. "그의 투구와 사슬갑옷과 방패는 은으로 도금되고 흰색 별 모양 인장이 달렸는데, 이것이 햇살이나 달빛을 받으면 멀리서 별처럼 빛을 내었고, 그가 높은 곳에 자리를 잡으면 요정의 눈으로는 까마득히 먼 곳에서도 이를 볼 수 있었던 것이다."

25 466쪽 참조.

26 반면에 정통성 있는 남성 왕위계승자에게는 거부권이 없었다. 다만 왕은 언제든지 왕위를 양위할 수 있었으므로, 남성 왕위계승자가 즉위하는 즉시 자신의 적자에게 왕위를 양위할 수도 있었다. 이 경우 그 또한 최소 1년간은 재위했던 것으로 간주되었다. 왕좌에 오르지 않고 아들 아만딜에게 왕위를 넘긴 엘로스의 아들 바르다미르가 유일한 사례였다.

27 다른 출처에 따르면 이런 "왕실의 혼인"과 관련된 규칙이 결코 법으로 규정되어 있던 것은 아니었고, 단지 자존심을 지키기 위해 관습으로 굳어진 것일 뿐이라고 한다. "(이 자존심은) 수명이나 활기, 혹은 능력에 있어서 엘로스의 가계와 다른 가계 사이의 구분이 희미해지거

나 완전히 사라지게 되었을 때 오히려 엄격하게 지켜지기 시작했다는 점에서 '어둠'이 자라나는 징후였다고 할 것이다."

28 아나리온은 앙칼리메 생전에 왕위계승자였기 때문에, 이 대목은 좀 이상하다. 「엘로스의 가계」(389쪽)에서는 아나리온의 딸들이 "왕위를 이어받기를 거부"했다고만 언급되어 있다.

III

엘로스의 가계: 누메노르의 왕들

아르메넬로스시의 건설에서 몰락까지

누메노르 왕국은 제2시대 32년 에아렌딜의 아들 엘로스가 아르메넬로스시에서 왕위에 올랐을 때 시작된 것으로 보는데, 당시 그의 나이가 90세였다. 이때부터 엘로스는 '왕들의 두루마리'에 타르미냐투르라는 이름으로 기록되는데, 왕의 칭호를 세상에서 가장 고귀한 언어인 퀘냐 혹은 높은요정어로 짓는 것이 관습이었기 때문이다. 이러한 관습은 아르아두나코르(타르헤루누멘)의 시기까지 이어졌다. 엘로스 타르미냐투르는 410년간 누메노르인들을 통치했다. 누메노르인들은 긴 수명을 타고 났고 또 가운데땅 인간들의 세 배에 달하는 기간 동안 생기를 유지했던 것이다. 그러나 에아렌딜의 아들에게는 모든 인간들 중에서도 가장 긴 수명이 허락되었고, 그의 후손들도 비록 선조에 비해서는 짧을지라도 다른 누메노르인들에 비하면 여전히 긴 수명을 누렸다. 어둠이 닥쳐와 누메노르의 시대가 저물 때까지는 그러했다.[1]

제1대 엘로스 타르미냐투르

제2시대가 시작되기 58년 전에 출생하여 500세가 될 때까지도 노쇠할 기미 없이 410년을 통치하다가 442년에 삶을 마감했다.

제2대 바르다미르 놀리몬

제2시대 61년에 출생하여 471년에 영면했다. 그는 요정과 인간에게서 수집한 고대의 전승에 모든 열정을 쏟았기에 '놀리몬'이라 불렸다. 엘로스가 운명했을 당시 381세였던 그는 왕위에 오르지 않고 아들에게 왕위를 넘겼지만, 그럼에도 불구하고 누메노르의 제2대 왕으로서 1년간 통치한 것으로 간주되었다.[2] 이로 말미암아 타르아타나미르의 시대 이전까지 왕이 죽기 전에 후계자에게 왕위를 양위하는 것이 관례가 되었고, 이 당시 왕들은 아직 정신적으로 기력이 있을 때 자신의 자유의지에 따라 생을 마감하였다.

제3대 타르아만딜

바르다미르 놀리몬의 아들로 192년에 출생하였다. 148년간 통치하다가[3] 590년에 왕위를 넘기고 603년에 영면했다.

제4대 타르엘렌딜

타르아만딜의 아들로 350년에 출생하였다. 그는 150년간 통치하다 740년에 왕위를 넘기고 751년에 영면했다. 그는 파르마이테라고도 불리었는데, 그의 조부가 수집한 고대의 전승들을 기반으로 수많은 책과 신화를 손수 저술한 까닭이었다. 그는 늦게 혼인하였으며 그의 맏이는 521년에 출생한 딸 실마리엔이었다.[4] 실마리엔의 아들은 발란딜로 그로부터 안두니에 영주 가문이 비롯되었으며, 마지막 안두니에 영주인 아만딜의 아들이 바로 누메노르의 몰락 이후 가운데땅으로 탈출한 '장신의 엘렌딜'이었다. 타르엘렌딜의 치세 중에 누메노르인들의 배가 처음으로 가운데땅에 돌아왔다.

제5대 타르메넬두르

타르엘렌딜의 셋째 자녀이자 유일한 아들로 543년에 출생했다.

그는 143년간 통치했고 883년에 왕위를 이양하고 942년에 운명했다. 그의 본명은 이리몬이었으며, 메넬두르라는 호칭은 그가 천문학을 사랑하여 스스로 붙인 이름이다. 그는 타르엘렌딜 왕의 함대 지휘관이었던 베안투르의 딸 알마리안과 혼인했다. 그는 지혜롭지만 점잖고 참을성 있는 인물이었다. 그는 적절한 때가 이르기 한참 전에 갑자기 아들에게 왕위를 넘겨 주는데, 이는 전략적으로 절묘한 한 수였다. 엘다르와 두네다인에게 적대적인 악령이 가운데땅에서 준동하면서 린돈의 길갈라드는 불안을 느끼기 시작했고, 이 시련이 메넬두르에게도 찾아왔던 것이다.

제6대 타르알다리온

타르메넬두르의 맏이이자 외아들로, 700년에 출생했다. 그는 192년간 통치하고 1075년에 딸에게 왕위를 넘기고 1098년에 영면했다. 그의 본명은 아나르딜이지만, 일찍부터 알다리온이라는 이름으로 알려졌다. 이는 그가 나무에 지대한 관심을 보이고, 조선소에서 쓸 목재를 공급하기 위해 수많은 거목을 심은 까닭이었다. 그는 훌륭한 뱃사람이자 조선공이었으며, 가운데땅으로 여러 차례 직접 항해하면서 길갈라드의 친구이자 조언자가 되기도 했다. 그가 장기간 외지로 떠나 체류했던 것에 부인인 에렌디스는 분노했으며, 결국 882년에 그들은 파경을 맞았다. 그의 자녀로는 미모의 딸 앙칼리메가 유일했다. 그녀를 위해 알다리온은 상속법을 개정하여 왕에게 아들이 없다면 (가장 손위의) 딸이 왕위를 물려받게끔 하였다. 엘로스의 후손들은 이러한 변화를 탐탁지 않아했으며 특히 기존 법상 왕위 계승권자였던 알다리온의 조카 소론토(알다리온의 큰누이인 아일리넬의 아들)가 불만을 드러냈다.[5]

제7대 타르앙칼리메

타르알다리온의 외동딸이자 누메노르 최초의 여왕이다. 873년에 출생하여 엘로스 다음으로 긴 기간인 205년간 통치했다. 그녀는 1280년에 왕위를 넘기고 1285년에 영면했다. 그녀는 오랫동안 독신을 고수했으나, 소론토에게 퇴위를 강요받자 그 요구를 묵살하기 위해 1000년에 바르다미르의 후손인 할라탄의 아들 할라카르와 혼인했다.[6] 아들 아나리온이 출생한 뒤 앙칼리메와 할라카르 사이에는 갈등이 빚어졌다. 그녀는 자존심과 의지가 강한 인물이었다. 알다리온이 죽은 뒤 그녀는 부왕의 모든 정책을 철회하고 길갈라드에 대한 지원을 중단했다.

제8대 타르아나리온

타르앙칼리메의 아들로 1003년에 출생했다. 114년간 통치했으며 1394년에 왕위를 넘기고 1404년에 영면했다.

제9대 타르수리온

타르아나리온의 셋째 자녀였는데, 누이들이 왕위를 이어받기를 거부한 관계로 그가 왕위를 계승하게 되었다.[7] 1174년에 출생하여 162년간 통치했고, 1556년에 왕위를 넘기고 1574년에 영면했다.

제10대 타르텔페리엔

누메노르의 두 번째 여왕이다. 그녀는 장수하였으며(누메노르의 여성들은 수명이 더 길었으며 쉽사리 생을 마감하지 않았기 때문이다) 누구와도 혼인하지 않았다. 이에 따라 타르텔페리엔의 재위가 끝난 이후 타르수리온의 둘째 자식인 이실모의 아들 미나스티르에게 왕위가 계승되었다.[8] 1320년에 출생하여 1731년까지 175년간 통치했고, 같은 해에 숨을 거뒀다.[9]

제11대 타르미나스티르

그가 미나스티르란 이름을 얻은 것은 안두니에와 서부 해안지대에 인접한 오로멧 언덕에 높은 탑을 세우고 그곳에서 서쪽을 바라보며 생애의 대부분을 보낸 까닭이었다. 이는 누메노르인들의 가슴속에 자리 잡은 갈망이 커지는 것에 따른 결과였다. 그는 엘다르를 사랑했으나 동시에 시기했다. 사우론과의 전쟁이 처음 발발했을 때, 대규모 함대를 파견하여 길갈라드를 지원한 것이 바로 그였다. 그는 1474년에 출생하여 138년간 통치했다. 1869년에 왕위를 넘기고 1873년에 영면했다.

제12대 타르키랴탄

1634년에 출생하여 160년간 통치했다. 2029년에 왕위를 넘기고 2035년에 영면했다. 그는 강력한 왕이었으나 재물에 욕심이 많았다. 대규모의 왕실 선단을 건조했는데 그의 수하들은 가운데땅의 인간들을 탄압하며 막대한 양의 금속과 보석을 가져왔다. 그는 부왕이 품었던 열망을 경멸했으며 왕위를 넘겨받기 전까지 마음속 초조함을 동쪽, 북쪽, 남쪽으로 항해하는 것으로 달랬다. 전하는 바로는 그는 부왕이 스스로 퇴위하기 이전부터 자신에게 왕위를 넘길 것을 강요했다고 한다. 이로써 누메노르의 축복 속에 어둠이 처음으로 그 모습을 드러낸 것일지도 모른다고 여겨진다.

제13대 타르아타나미르 대왕

1800년에 출생하여 세상을 떠나는 2221년까지 192년간 통치했다. 소실을 면한 기록에 언급된 바가 많은 왕이다. 부왕을 닮아 오만하고 부에 욕심이 많았으며, 그를 섬기던 누메노르인들은 가운데땅 해안의 인간들에게서 막대한 공물을 징수해갔다. 그의 치세에 누메노르에 어둠이 드리웠는데, 왕 본인은 물론 그의 가르침을 따르는 자들도 공공연히 발라들의 금제에 반하는 언사를 내뱉기 일쑤였고, 발라들과 엘다르를 마음속으로부터 적대시하게 되었다. 하지만 그들에게는 아직 지혜가 남아 있었고, 서녘의 군주들을 두려워한 까닭에 그들을 거역하지는 못했다. 아타나미르는 누메노르의 왕 가운데 최초로 삶을 내려놓지도 않고 왕위를 양보하지도 않은 인물이었기에 "거부한 자"라고도 불렸다. 그는 노망이 들어 죽음이 목숨을 강제로 거둬가는 날까지 살았다.[10]

제14대 타르앙칼리몬

1986년에 출생하여 2386년에 영면할 때까지 165년간 통치했다. 그의 시대에 (다수파인) '왕의 사람들'과 엘다르와의 오랜 우정을 고수하던 이들의 사이가 더욱 멀어졌다. 왕의 사람들 상당수가 요정어의 사용을 중단하고 자녀들에게도 이를 가르치지 않기 시작했다. 하지만 왕호는 여전히 퀘냐로 지어졌는데, 이는 퀘냐에 애착을 가져서라기보다는 옛 관습을 존중하는 차원에서였다. 관례를 어겼다가는 불길한 일이 있을지도 모른다는 두려움이 있었던 것이다.

제15대 타르텔렘마이테

2136년에 출생하여 2526년에 숨을 거둘 때까지 140년간 통치했다. 이때부터 왕들은 부왕이 서거한 시점부터 본인이 죽는 때까지 왕위를 유지하게 되었지만, 실제 권력은 아들이나 고문들이 이어받는 경우가 잦았다. 그렇게 엘로스의 후손들의 시대는 어둠의 영향 속에 저물어갔다. 그의 왕호가 이와 같이 지어진 것은 그가 은을 사랑했으며, 시종들에게 항상 미스릴을 구해올 것을 명했기 때문이었다.

제16대 타르바니멜데

누메노르의 세 번째 여왕으로, 2277년에 출생하여 2637년에 영면할 때까지 111년간 통치했다. 그녀는 국정에는 관심이 별로 없이 가무에 애정을 쏟았고, 실권은 그녀보다 나이는 어리지만 타르아타나미르의 후손이자 그녀와 항렬이 같았던 남편 헤루칼모가 휘둘렀다. 헤루칼모는 아내가 죽은 뒤 스스로를 타르안두칼이라 칭하며 왕위에 올랐고, 아들 알카린에게 왕위를 넘기지 않았다. 다만 일각에서는 그를 왕가의 열일곱 번째 왕으로 인정하지 않으며 알카린을 차기 왕으로 간주한다. 타르안두칼은 2286년에 출생했으며 2657년에 사망했다.

제17대 타르알카린

2406년에 출생하여 2737년에 숨을 거둘 때까지 80년간 통치했다. 적법한 왕으로 재위한 기간을 따지면 100년이다.

제18대 타르칼마킬

2516년에 출생하여 2825년에 운명할 때까지 88년간 통치했다. 젊은 시절에 훌륭한 선장으로서 가운데땅 해안가의 많은 땅을 정복했기에 이와 같은 이름이 주어졌다. 이로써 그는 사우론의 증오를 사게 되는데, 사우론으로서는 당장은 후퇴해 해안에서 먼 동부로 가서 힘을 기르며 때를 기다려야만 했던 것이다. 타르칼마킬의 시대에 처음으로 왕의 이름이 아둔어로 불리기 시작했는데, 왕의 사람들이 그를 부른 이름은 아르벨자가르였다.

제19대 타르아르다민

2618년에 출생하여 2899년에 운명할 때까지 74년간 통치했다. 그의 아둔어 이름은 아르아밧타릭이었다.[11]

제20대 아르아두나코르(타르헤루누멘)

2709년에 출생하여 2962년에 영면할 때까지 63년간 통치했다. 그는 처음으로 아둔어로 된 왕호를 내걸고 통치한 왕이었다. 하지만 (상술한 바와 같이) 두려움은 남아 있었기에 왕들의 두루마리에는 퀘냐식 이름으로 기록되었다. 그러나 충직한자들은 그의 칭호가 불경하다고 보았다. 이유는 그 뜻이 '서녘의 군주'였는데, 이 호칭은 주로 위대한 발라들 중 하나, 특히 만웨를 가리키는 데 쓰이고는 했기 때문이다. 그의 치세에 요정어는 더 이상 쓰이지 않았고 이를 가르치는 것도 금지되었으며, 충직한자들만 몰래 사용하였다. 이때부터 에렛세아의 배가 누메노르의 서쪽 해안에 찾아오는 것도 드물어졌고 그 방식 또한 은밀해졌다.

제21대 아르짐라손(타르호스타미르)

2798년에 출생하여 3033년에 영면할 때까지 71년간 통치했다.

제22대 아르사칼소르(타르팔랏시온)

2876년에 출생하여 3102년에 숨을 거둘 때까지 69년간 통치했다.

제23대 아르기밀조르(타르텔렘나르)

2960년에 출생하여 3177년에 숨을 거둘 때까지 75년간 통치했다. 그는 그 이전의 누구보다 충직한자들의 가장 큰 적이었다. 엘다르 언어의 사용을 완전히 금지하고 엘다르가 누메노르 땅에 발을 들이는 것을 절대로 허용하지 않았고, 엘다르를 환영하는 자들을 벌했다. 그는 그 무엇도 숭배하지 않았기에 에루의 성소를 단 한 번도 방문하지 않았다. 그는 타르칼마킬의 후손인 인질베스라는 여인과 혼인했다.[12] 하지만 그녀는 비밀리에 충직한자들에 몸담고 있었는데, 그녀의 모친이 안두니에의 영주 가문 출신인 린도리에였기 때문이다. 부부 사이에는 애정이 거의 없었으며 아들들 사이에도 반목이 있었다. 형인 인질라둔[13]은 어머니의 총애를 받고 그녀와 사고방식이 닮았지만, 동생인 기밀카드는 아버지의 기질을 물려받았는데, 아르기밀조르는 법도에서 허용하기만 했더라면 기꺼이 기밀카드를 자신의 계승자로 임명했을 것이다. 기밀카드는 3044년에 출생했으며 3243년에 숨을 거두었다.[14]

제24대 타르팔란티르(아르인질라둔)

3035년에 출생하여 3255년에 숨을 거둘 때까지 78년간 통치했다. 타르팔란티르는 선왕들의 행적을 유감스럽게 생각하면서 엘다르 및 서녘의 군주들과 우호적인 관계를 회복하고자 했다. 인질라둔이 이 이름을 택한 것은 그가 눈과 마음 모두 멀리 내다보는 안목이 있었기 때문이었으며, 그를 싫어하는 자들조차도 진실을 꿰뚫어보는 그의 말을 두려워했다. 또한 그는 생애의 상당 부분을 안두니에에서 보냈다. 그의 외조모인 린도리에가 에아렌두르(제15대 안두니에 영주로, 타르팔란티르의 사촌이자 인질라둔의 시대에 안두니에의 영주였던 누멘딜의 조부였다)와 남매 사이였으므로 안두니에 영주 가문의 혈통이 되는 까닭이었다. 더욱이 타르팔란티르는 미나스티르 왕이 예전에 세운 탑에 자주 올라 갈망이 가득한 시선으로 서쪽을 바라보고는 했는데, 에렛세아에서 배편이 오길 기대했을지도 모른다. 그러나 그동안 왕들이 보인 건방진 태도는 물론이요, 대부분의 누메노르인들의 마음이 여전히 딱딱하게 굳어 있었기 때문에 서녘에서 배가 찾아오는 일은 다시는 없었다. 기밀카드가 아르기밀조르의 뒤를 이어 왕의 사람들의 우두머리가 되어 왕의 뜻에 공공연히 반기를 들었고, 은밀하게 더 많은 일을 저질렀던 것이다. 그렇지만 충직한자들은 잠시 동안 평화를 누릴 수 있었다. 왕도 때가 되면 항상 메넬타르마 꼭대기의 성소를 방문했으며 백색성수도 다시금 보살피고 명예를 회복시켰다. 타르팔란티르는 나무가 죽는 날에는 왕들의 가계도 끊어지리라는 예언도 남겼다.

타르팔란티르는 늦게 혼인을 하여 아들이 없었고, 딸을 요정의 언어로 미리엘이라고 이름 지었다. 하지만 왕이 죽자 기밀카드(마찬가지로 그 역시 죽은 뒤였다)의 아들인 파라존이 그녀를 강제로 아내로 취하는데, 이는 그녀의 의사를 거스른 것임은 물론이고, 그녀가 파라존의 큰아버지의 딸이었기에 누메노르의 법도에도 어긋나는 일이었다. 파라존은 이후 아르파라존(타르칼리온)이라는 칭호를 달고는 스스로 왕위에 올랐으며 미리엘에게는 아르짐라펠이라는 이름이 주어졌다.[15]

제25대 아르파라존(타르칼리온)

누메노르 최후의 왕이자 가장 강력했던 왕이다. 3118년에 출생하여 64년간 통치했고, 3319년에 누메노르의 몰락과 함께 죽었다. 그는 타르미리엘(아르짐라펠)의 왕위를 찬탈하고 즉위했다.

타르미리엘(아르짐라펠)

타르미리엘은 3117년에 출생하여 누메노르의 몰락 때 유명을 달리했다.

아르파라존의 행적과 영광의 날들, 그리고 어리석음에 관해서는 엘렌딜이 집필해 곤도르에서 보전된 누메노르의 몰락 이야기에 더 자세히 기술되어 있다.[16]

| 주석 |

1 엘로스의 후손들이 여타 누메노르인보다 수명이 길었다는 내용에 관해서는 알다리온과 에렌디스 이야기 외에도 여러 곳에서 언급된다. 「아칼라베스」(『실마릴리온』 417쪽)에서도 엘로스의 후손들이 "누메노르인들의 기준에 따르더라도 긴 수명을 누렸다"라고 이야기한다. 또 다른 기록에서는 이들의 수명 차이가 구체적으로 제시된다. 엘로스의 후예들에게 있어서 (그들의 수명이 줄어들기 시작하기 전에는) "생명력이 다하는" 시점이 대략 400세거나 그보다 약간 일렀던 반면에, 왕의 가계에 속하지 않는 이들은 200세거나 그보다 약간 늦었다. 바르다미르부터 타르앙칼리몬까지 왕들은 거의 모두 400세나 그보다 조금 더 살았으며, 400세를 넘기지 못한 세 명의 왕도 한두 해를 앞두고 생을 마감했다는 점을 기억해 두면 좋을 것이다.

그런데 이 주제를 다루는 가장 나중에 쓰인 글(하지만 알다리온과 에렌디스 이야기를 다룬 후기작과 같은 시기의 글)에서는 이 수명의 차이가 대폭 줄어들었다. 여기서는 누메노르 사람들 모두에게 다른 인간들의 다섯 배 정도의 수명이 주어졌다(하지만 이 설명은 『반지의 제왕』 해설 A(I)에서 누메노르인들이 "처음에는 하등한 인간들의 세 배에 이르는 긴 수명"을 선사받았다고 했던 서술과 배치된다. 이 서술은 이 본문의 서두에서도 다시 사용되었다). 이런 점에서 엘로스의 가계와 다른 누메노르인들과의 차이점은 특별한 특징이나 속성이라기보다 그저 더 오래 사는 편이었다고 하는 정도면 될 것이다. 비록 여기서도 에렌디스의 사례와 서부 지역에 있는 '베오르계'의 다소 짧은 수명에 관한 언급은 있지만, 알다리온과 에렌디스의 이야기에서처럼 그들의 기대수명의 차이가 크고 이 차이는 본질적으로 그들의 운명에 따른 것이었으며, 실제로 그렇게 인식되었다는 식의 암시까지는 등장하지 않는다.

이 글에서는 오직 엘로스만이 특별히 긴 수명을 부여받는다. 또한 그는 육체적으로 잠재적 생명력에 있어서 형인 엘론드와 다르게 타고나지 않았지만, 인간의 길을 선택한 만큼 퀜디와는 반대되는 인간의 주요한 특성을 지니고 있었다고 한다. 그것은 엘다르의 표현을 빌리자면 "다른 장소를 좇는 것"이며, 세상에 "권태"를 느끼거나 세상을 떠나고자 하는 욕망을 가리킨다. 추가적인 설명도 등장한다. 누메노르인의 수명이 연장된 것은 엘다르의 삶의 방식에 동화되면서 생긴 변화로, 다만 그들이 엘다르가 아니라 유한한 생명의 인간이며, 정신과 육체의 활력이 유지되는 기간이 늘어난 것일 뿐이라는 확실한 경고를 받았다고 한다. 따라서 그들은 (엘다르와 같이) 다른 인간들과 비슷한 속도로 성장하지만 일단 '완전한 성장'에 이르고 난 후에는 노화하거나 '쇠잔해지는' 속도가 매우 느려진다. 처음으로 '세상에 권태를 느끼는' 상태에 가까워지기 시작하는 것은 그들에게 있어 활력기가 끝나간다는 징후였다. 활력기가 끝난 후에도 삶을 이어 나간다면 성장할 때와 마찬가지로 노쇠가 시작되는데, 이 노쇠는 여타 인간들과 다를 바 없는 속도로 진행된다. 따라서 누메노르인은 대략 10년 이내에 건강과 정신적 활력의 시기에서 노령과 노망의 시기로 급격히 접어들게 된다. 초기 세대들은 '삶에 집착'하지 않고 자발적으로 삶을 내려놓았다. '삶에 집착'하다가 결국 강제로 원치 않는 죽음을 맞는 경우는 어둠이 드리우고 누메노르인들의 반역이 시작되면서 생겨난 현상이었다. 이 과정에는 그들의 태생적인 수명 감소 또한 동반되었다고 한다.

2 384쪽의 26번 주석 참조.

3 (147이 아니라) 148이라는 수치는 타르아만딜이 실질적으로 통치한 기간을 가리키는데, 바르다미르가 통치한 것으로 보는 명목상의 1

년은 계산하지 않은 것이다.

4 다른 부분은 몰라도 실마리엔이 타르엘렌딜의 맏이라는 것에는 의문점이 존재한다. 그녀의 출생일은 여러 차례 제2시대 521년으로 언급되고 그녀의 동생인 타르메넬두르는 543년에 출생한 것으로 변경되었지만, '연대기'(『반지의 제왕』 해설 B)에서는 이와 달리 실마리엔의 출생이 548년으로 등장한다. 이는 해당 글의 초기 구상에 따른 설정으로, 수정하는 것이 맞지만 실수로 놓친 듯하다(60주년 개정판을 기준으로 한 아르테판 『반지의 제왕』에는 521년으로 바르게 수정되어 있음—아르테 편집자 주).

5 이 부분은 초기와 후기의 왕위계승법을 다루는 367쪽의 설명과 맞지 않다. 해당 단락에서는 법이 개정됨에 따라 여성 쪽 가계 출신인 소론토는 앙칼리메의 후계에 불과하게 되었다(그것도 그녀가 후사 없이 죽을 때의 이야기이다)고 언급된다. 또한 여기서 "큰누이"라 함은 '두 누이 중 언니'라는 뜻이다.

6 372쪽 참조.

7 374쪽과 385쪽 28번 주석 참조.

8 타르수리온에게 이실모라는 아들이 있었는데 어째서 타르텔페리엔이 왕위를 이어받았는가는 의문이다. 아마 여기서 적용된 상속법은 통치자에게 아들이 없을 때 딸이 상속하는 것이 아니라, 『반지의 제왕』에 서술된 새로운 법대로 성별과 관계없는 단순 장자상속제(367쪽 참조)인 듯하다.

9 타르텔페리엔의 퇴위와 타르미나스티르의 즉위가 여기서는 1731년으로 되어 있는데, 여러 자료를 참고하여 따져보면 사우론과의 첫 전쟁이 벌어지는 시기와 이상하게 상충된다. 타르미나스티르가 파견한 누메노르의 대함대가 가운데땅에 도달한 것이 1700년이었기 때문이다. 이 모순은 설명하기가 쉽지 않다.

10 '연대기'(『반지의 제왕』 해설 B)에서는 "2251년 타르아타나미르의 즉위. 누메노르인들 사이에 모반과 분열이 시작되다"라고 되어 있다. 그런데 본문에는 타르아타나미르가 2221년에 사망했다고 나와 있기 때문에 완전히 상충한다. 다만 여기서 2221년이라고 한 것 자체가 2251년이라고 명시된 것을 고친 결과물이며, 또한 다른 글에서는 그의 사망 연도가 2251년으로 명시되기도 한다. 즉 서로 다른 텍스트에서 동일한 연도가 그가 즉위한 해가 되기도 하고, 그가 사망한 해가 되기도 하는 것인데, '연대기'의 구조를 보았을 때 전자가 틀린 것임이 확실하다. 더군다나 「아칼라베스」(『실마릴리온』 423~424쪽)를 보면 아타나미르의 아들 앙칼리몬의 시대에 누메노르인들이 분열되었다고 한다. 따라서 '연대기'에 적힌 바가 틀린 것이며 "2251년 타르아타나미르의 서거. 타르앙칼리몬의 즉위. 누메노르인들 사이에 모반과 분열이 시작되다"로 고쳐야 하는 게 아닌가 싶다(60주년 개정판을 기준으로 한 아르테판 『반지의 제왕』에는 바르게 수정되어 있음—아르테 편집자 주). 다만 그렇다고 해도, '연대기'에서 확실하게 명시된 바가 있는데 어째서 「엘로스의 가계」에서 아타나미르의 사망 연도를 고쳤는가는 여전히 수수께끼이다.

11 『반지의 제왕』 해설 A(I)에 제시된 누메노르의 왕과 여왕 명단에서 타르칼마킬(제18대) 다음의 통치자는 아르아두나코르(제19대)였다. 해설 B의 연대기에서는 아르아두나코르가 2899년에 즉위했다고

서술하며, 여기에 근거해 로버트 포스터 씨는 『가운데땅으로의 완전한 안내서The Complete Guide to Middle-earth』(국내 미출간)에서 타르칼마킬의 사망 연도를 2899년으로 명시했다. 한편으로는, 해설 A에서 이 이후에 등장하는 누메노르의 통치자들에 관한 서술을 보면 아르아두나코르가 제20대 왕으로 일컬어지는데, 부친께서는 1964년에 이와 관련된 질문을 한 이에게 이러한 내용의 편지를 보내셨다. "계보대로라면 그는 16번째 왕이자 제19대 통치자라고 해야겠지요. 제20대라고 한 것을 제19대로 고쳐 읽는 것이 맞을 수도 있겠지만, 사실 이름 하나가 누락된 것일 수도 있습니다." 부친께서 설명하시길 이 편지를 작성할 당시에는 해당 주제를 적어둔 문서가 수중에 없어서 확답을 할 수 없었다고 한다.

나는 「아칼라베스」를 편집할 때 "제20대 왕이 왕위를 물려받았고, 그는 아두나코르, 곧 '서녘의 왕'이란 이름으로 권좌에 오르면서……"라는 대목을 "제19대 왕이 ……"로 편집했고(『실마릴리온』 426쪽), "스물네명의 왕과 여왕"은 "스물세명의 왕과 여왕"으로 편집했다(같은 책의 429쪽). 이 당시 나는 「엘로스의 가계」에서 타르칼마킬 다음의 통치자가 아르아두나코르가 아니라 타르아르다민으로 명시되어 있다는 점을 몰랐다. 하지만 이제는 타르아르다민의 사망 연도가 여기서 2899년으로 기록된 것만 보아도, 『반지의 제왕』의 명단에서 그가 실수로 누락된 것임이 분명해 보인다(60주년 개정판을 기준으로 한 아르테판 『반지의 제왕』에는 바르게 수정되어 있음—아르테 편집자 주).

한편 (해설 A, 「아칼라베스」, 「엘로스의 가계」에 서술된) 문제의 전통에 관해서는, 아둔어로 된 왕호를 달고 즉위한 최초의 왕이 아르아두나코르인 것은 확실하다. 타르아르다민이 단지 실수로 해설 A의 명단에서 빠졌다고 가정하고 본다면, 왕가의 명명 방식을 바꾼 것이 타르칼마킬 바로 직후의 왕으로 설정되었다는 점은 이상하다. 어쩌면 이 대목에는 단순 누락으로 인한 오류 이상으로 복잡한 사정이 있을지도 모르겠다.

12 두 개의 가계도에서 그녀의 아버지는 타르칼마킬의 차남(2630년에 출생했다)인 기밀자가르로 보이나, 이는 명백히 있을 수 없는 일이다. 따라서 인질베스는 타르칼마킬의 방계 후손임이 틀림없다.

13 부친께서 상당히 구체적인 꽃 도안을 하나 남겨두신 것이 있는데, 1979년에 출간된 『J.R.R. 톨킨의 그림들Pictures by J. R. R. Tolkien』(국내 미출간)의 45번 우측 하단에 「인질라둔」이라는 표제로 수록된 그림과 화풍이 유사하다. 그림 아랫부분에는 누멜로테(서녘의 꽃)라는 이름이 페아노르식 표기 체계와 음역 표기의 두 가지로 적혀 있다.

14 「아칼라베스」(『실마릴리온』 429쪽)에는 기밀카드가 "이백 세를 2년 앞둔 나이에 죽음을 죽음을 맞는데(쇠퇴기임을 감안하더라도 엘로스의 혈통으로서는 때 이른 죽음이었다.)"라고 언급된다.

15 미리엘은 『반지의 제왕』 해설 A에서 언급된 대로 원래 네 번째 여왕이 되어야 했다.

「엘로스의 가계」와 '연대기' 사이에 마지막으로 상충되는 부분이 바로 타르팔란티르와 관련된 것이다. 「아칼라베스」에서는 (428쪽) "인질라둔은 왕위에 오른 뒤에 다시 옛날에 쓰던 요정어로 칭호를 바꾸어 자신을 타르팔란티르라고 했다"라고 언급되며, '연대기'에서는 "3175년 타르팔란티르의 회한. 누메노르에 내전이 발발하다"라고 되어 있다. 이 두 서술로 미루어 보면 타르팔란티르가 즉위한 연도는 3175년임이 거의 확실해 보이며, 「엘로스의 가계」상에서도 부왕인 아르기밀조르의 사망 연도가 3177년으로 고쳐지기 전 초안에서는 3175년으로 적혀 있었다는 점이 이를 뒷받침한다. 반면 타르아타나미르의 사망 연도의 경우 (위의 10번 주석 참조) 어째서 '연대기'와 상충되는 변경점이 생겼는지 이해하기 어렵다.

16 엘렌딜이 「아칼라베스」의 저자라는 언급은 오직 여기서만 등장한다. 또 다른 출처에서는 알다리온과 에렌디스 이야기가 "누메노르에서 보전된 몇 안되는 자세한 기록"이며, 엘렌딜이 이 이야기에 관심을 가졌던 덕에 보전될 수 있었다고 언급된다.

Ⅳ

갈라드리엘과 켈레보른의 이야기 그리고 로리엔의 왕 암로스에 대하여

가운데땅의 역사에서 갈라드리엘과 켈레보른의 이야기보다 더 문제가 많은 것은 찾아보기 힘들다. '전승 자체에 내재한' 심각한 모순점들도 문제이지만, 다른 시각에서 본다면 갈라드리엘의 역할과 그 중요성이 서서히 부각되면서 그녀에 대한 이야기가 계속 재구성되었다는 점을 인정할 수밖에 없다.

따라서 초기의 구상은 애당초 제1시대가 끝나기 전에 갈라드리엘이 홀로 벨레리안드에서 산맥을 넘어 동쪽으로 가고, 그곳에서 로리엔의 영지를 다스리던 켈레보른을 만나는 것이었음이 확실하다. 이 내용은 미출간 원고에 명확히 기술되어 있으며, 또한 『반지 원정대』 BOOK2 chapter 7에서 갈라드리엘이 프로도에게 켈레보른에 대해 "세상 첫날부터 서부에 살아 오셨으며 나 또한 셀 수 없이 오랜 세월을 영주와 함께 살아 왔습니다. 나는 나르고스론드와 곤돌린이 함락되기 전에 산맥을 넘어왔고, 그 후로 오랜 세월 동안 함께 길고 긴 패배와 맞서 싸워 왔습니다"라고 말하는 부분에도 동일한 구상이 내재되어 있다. 이 구상에 따르면 켈레보른은 아마도 난도르 요정(텔레리의 한 분파로 쿠이비에넨에서 장정이 시작되었을 때 안개산맥을 넘기를 거부한 이들을 가리킨다)이었을 가능성이 높다.

반면에 『반지의 제왕』 해설 B에서는 비교적 후기의 판본에 해당하는 이야기가 등장한다. 해당 대목에서는 제2시대가 막 시작되었을 때 "룬만 남쪽 린돈에는 싱골의 친족 켈레보른이 한동안 자리 잡았다. 그의 아내가 요정 여인들 가운데 가장 위대한 갈라드리엘이었다."라고 언급된다. 또한 『길은 끝없이 이어진다오The Road Goes Ever On』(국내 미출간)의 주석에서도 갈라드리엘이 "남편 켈레보른(신다르에 속한다)과 함께 에레들루인 산맥을 넘어 에레기온으로 갔다"라고 되어 있다.

『실마릴리온』에는 갈라드리엘이 도리아스에서 켈레보른을 만났을 때와, 켈레보른과 싱골의 친족 관계에 대한 언급이 등장한다(193쪽). 또한 제1시대가 막을 내린 후 가운데땅에 잔류한 엘다르 중에 그들도 있었다는 언급도 등장한다(408쪽).

갈라드리엘이 가운데땅에 잔류한 이유와 동기는 다양하게 설명된다. 상단에 인용한 『길은 끝없이 이어진다오』의 한 대목에서는 구체적으로 다음과 같이 서술되어 있다. "제1시대의 말에 모르고스를 굴복시킨 후 갈라드리엘에게는 서녘으로 귀환할 수 없다는 금제가 내려졌고, 이에 그녀도 그럴 의사 따위는 없다며 오만한 답을 했다." 『반지의 제왕』에는 이 같은 서술이 구체적으로 나타나지 않았지만, 부친께서는 1967년에 보낸 편지에서 다음과 같이 밝히셨다.

> 망명자들의 귀환이 허가되었습니다만, 반역의 주역을 맡은 몇몇 인물은 제외되었습니다. 그중 『반지의 제왕』의 시대까지 살아남은 이는 갈라드리엘뿐이죠. 로리엔에서 '애가'를 부르던 무렵에 그녀는 이 금제가 세상이 무너지지 않는 한 영원하리라고 믿었습니다. 그렇기에 그녀는 애가를 마칠 때 비록 자신에게는 길이 막혀 있지만, 프로도라면 특별히 은총을 받아 아만이 보이는 외로운섬 에렛세아에 정화(벌을 받는다는 의미는 아닙니다)의 의미로 체류를 허가받을지도 모른다는 염원 혹

은 기도를 넣은 것입니다. 갈라드리엘의 기도는 받아들여졌습니다. 그뿐만 아니라 그녀 자신에게 씌워진 금제도 사면받게 되는데, 그것은 사우론과 맞서 싸운 데 대한 보상이자, 무엇보다도 그녀 앞에 놓인 절대반지의 유혹을 거절한 것에 대한 보상이기도 했습니다. 그렇기에 그녀가 마침내 배에 오르는 모습을 볼 수 있는 것이지요.

여기에 기술된 내용은 갈라드리엘에게 서녘으로의 귀환이 금지되었다는 구상이 여러 해 전 「로리엔이여 안녕」이 집필될 당시에도 존재했는지에 대해서 대체로 긍정적인 것으로 보이지만, 확실하다고 할 수는 없다. 나는 그렇지 않았다고 생각한다(411~412쪽 참조).

『길은 끝없이 이어진다오』가 출간된 이후임은 물론, 상당히 뒤늦게 작성되었으며 문헌학적 주제를 주로 다룬 글에서는 이야기가 사뭇 다르다.

갈라드리엘과 오빠 핀로드는 인디스의 차남인 피나르핀의 자식들이었다. 피나르핀은 몸과 마음 모두 어머니의 피를 물려받아 바냐르의 금발과 고귀하고 온화한 성정, 그리고 발라들에 대한 사랑을 품고 있었다. 그는 형제들 사이에 불화가 생기고 그들이 발라들과 소원해질 때에는 가능한 한 형제들과 거리를 두었으며, 대신 텔레리 요정들과 자주 함께하며 안정을 찾았고 그들의 언어도 익혔다. 그는 알콸론데의 왕 올웨의 딸인 에아르웬과 혼인했는데, 벨레리안드에 있는 도리아스의 왕 엘루 싱골이 올웨와 형제였으므로, 둘의 자식들은 그와도 친척이 되었다. 피나르핀의 자식들이 망명에 함께하기로 결정한 데에도 이 혈연이 작용했으며, 이는 훗날 벨레리안드에서 매우 중요한 결과를 낳았다. 핀로드는 아버지를 닮아 수려한 용모와 금발 머리를 가졌고, 역시 마찬가지로 심성이 고귀하고 관대했다. 한편으로는 놀도르의 드높은 용기도 지니고 있었으며 젊은 시절에는 놀도르와 같은 열망과 불안을 품기도 했다. 또한 텔레리인 어머니를 닮아 바다를 향한 사랑과 여태껏 보지 못한 먼 대지에 대한 꿈도 갖고 있었다. 갈라드리엘은 페아노르를 제외한다면 놀도르 가운데 가장 위대한 인물이라 할 수 있을 터인데, 하지만 그녀는 페아노르보다도 지혜로웠으며 그 지혜는 수많은 세월을 거치며 더욱 커져갔다.

갈라드리엘의 모계명은 네르웬('사내다운 여인')이었으며[1] 놀도르의 여인들 기준으로도 대단히 큰 키로 성장했다. 그녀는 강인한 육체와 정신, 의지의 소유자로, 현자와 비기거나 한창 때의 엘다르 운동선수들과 견줄 만했다. 뿐만 아니라 그녀는 엘다르 중에서도 특히 아름다웠으며, 그녀의 머리칼은 무엇과도 비교할 수 없을 만큼 경이로웠다. 아버지나 할머니 인디스와 같은 황금빛이었지만, 어머니의 별빛 같은 은발 또한 섞여 든 듯 더욱 풍성하고 광채도 풍부했다. 엘다르는 그녀의 땋은 머리 안에 두 나무 라우렐린과 텔페리온의 빛이 깃들어 있노라고 일컬었다. 많은 사람들은 페아노르가 처음 두 나무의 빛을 가두어 한데 섞으려는 발상을 떠올리고 마침내 실마릴을 만들어낸 계기도 바로 갈라드리엘의 머리 때문이라고 생각했다. 페아노르가 갈라드리엘의 머리칼에서 경탄과 기쁨을 느꼈기 때문이다. 그는 세 차례나 그녀에게 땋은 머리를 달라고 간청했지만, 갈라드리엘은 단 한 올도 넘겨주지 않았다. 발리노르의 엘다르 가운데 가장 위대한 이들이었던 이 두 친척은 끝까지 친구가 되지 못했다.

갈라드리엘은 발리노르의 축복 속에서 태어났다. 그러나 축복의 땅 셈법으로 보자면 그로부터 얼마 지나지 않아 축복이 사그라지고 말았고, 그 후로 그녀는 마음의 평화를 누리지 못했다. 힘겨운 시기에 놀도르의 불화 속에서 이리저리 치이고 만 것이다. 그녀는 피나르핀을 제외한 핀웨의 자손 모두가 그러했듯이 당당하고 강인하고 고집이 셌다. 모든 친족을 통틀어 그녀와 가장 친밀했던 오빠 핀로드와 마찬가지로 머나먼 대지와 다른 이의 간섭 없이 자신이 직접 다스릴 수 있는 영토를 꿈꿨다. 다만 여전히 그녀의 마음속 깊은 곳에는 바냐르의 고귀하고 온화한 정신이 깃들어 있었으며 절대로 잊을 수 없는 발라들을 향한 공경심도 있었다. 그녀는 아주 어렸을 때부터 남들의 마음을 꿰뚫어 보는 놀랄 만한 통찰력이 있었지만, 자비심과 이해심으로 타인을 바라보았으며 페아노르를 제외한 모든 이들에게 선의를 베풀었다. 페아노르의 마음속에는 그녀가 싫어하고 두려워하던 어둠이 보였기 때문이다. 그러나 그녀는 이 같은 악의 그림자가 모든 놀도르의 마음속에, 심지어 자신의 마음속에도 드리워 있다는 것은 간파하지 못했다.

놀도르가 영원히 지속되리라 믿었던 발리노르의 빛이 사라졌을 때, 그녀 또한 가만히 있으라는 발라들의 뜻을 거역하고 반역에 동참했다. 망명의 길에 발을 들인 이후로 그녀는 멈추지 않았고, 발라들의 마지막 전언마저 거부하여 만도스의 심판 아래에 놓이게 되었다. 심지어 텔레리에 대한 무자비한 살상과 놀도르의 선박 강탈이 벌어진 뒤에도, 그녀는 비록 어머니의 일족을 지키기 위해 페아노르에게 맞서 맹렬히 싸우긴 했지만 여전히 돌아가지는 않았다. 돌아가 패배자로 용서를 구하고 애원하는 일은 그녀의 자존심이 허락하지 않았던 것이다. 갈라드리엘은 분노에 가득 차 페아노르가 어느 땅으로 가든 그를 따라가서 수단과 방법을 가리지 않고 억눌러 버리겠다는 다짐으로 불타올랐다. 모르고스가 마침내 거꾸러지고 난 상고대 말에, 그와 맞서 싸운 모든 이에게 발라들이 베푼 용

> 서를 그녀가 거부하고 가운데땅에 남기로 했던 것도 바로 그녀의 자존심 때문이었다. 기나긴 두 시대가 흘러 갈라드리엘이 젊은 시절부터 염원하던 힘의 반지와 그토록 꿈꿔 왔던 가운데땅의 영토가 마침내 수중에 놓이게 되자, 비로소 그녀는 온전한 지혜를 깨우쳤고 이를 거부했다. 그렇게 갈라드리엘은 마지막 시험을 통과하고 가운데땅을 영원히 떠났다.

여기서 마지막 문장은 로슬로리엔에서 프로도가 갈라드리엘에게 절대 반지를 주겠다고 하는 장면(『반지 원정대』 BOOK2 chapter 7)과 밀접한 연관이 있다. "……드디어 반지가 여기 있습니다. 당신은 스스로 반지를 내놓겠다고 합니다! 그렇게 되면 당신은 암흑의 군주 대신에 여왕을 세우는 셈이 됩니다."

『실마릴리온』의 내용에 따르면(146쪽), 놀도르가 발리노르에서 반역을 일으켰을 때 갈라드리엘은

> ……떠나는 것을 원했다. 그녀는 아무 맹세도 하지 않았지만, 한없이 드넓은 대지를 찾아가 그곳에서 자신의 뜻대로 나라를 다스리고 싶은 욕망이 간절했고, 그 때문에 가운데땅에 대한 페아노르의 웅변은 그녀의 가슴에 불을 붙였다.

다만 위의 이야기에는 『실마릴리온』에서는 언급되지 않은 요소도 몇 가지가 존재한다. 피나르핀의 자식들과 싱골 사이의 혈연관계가 그들이 페아노르의 반역에 가담하는 데 영향을 미치는 요인이었다는 점, 갈라드리엘이 처음부터 페아노르에게 유별난 반감과 불신을 품었고 그녀가 페아노르에게 영향을 끼쳤다는 점, 그리고 알콸론데에서 놀도르 요정들이 자신들끼리도 싸웠다는 점이 그렇다. 앙그로드는 메네그로스에서 싱골에게 피나르핀의 친족은 텔레리 요정들의 살해와는 무관하다고만 주장했기 때문이다

(『실마릴리온』 215쪽). 무엇보다도 위의 인용문에서 가장 주목할 만한 것은 제1시대 말에 갈라드리엘이 "발라들이 베푼 용서를 거부"했다고 구체적으로 언급되었다는 점이다.

이 글의 뒷부분에 가면 그녀가 비록 어머니에게는 네르웬으로 불리고 아버지에게는 아르타니스('고귀한 여인')로 불렸지만, 그녀 자신은 신다린 이름인 갈라드리엘을 선택했다고 한다. "이는 이 이름이 가장 아름다운 이름이기도 했거니와, 이것이 그녀의 연인이자 훗날 벨레리안드에서 그녀와 혼인하는 인물인 텔레리 요정 텔레포르노가 지어준 이름인 까닭에서였다." 텔레포르노는 켈레보른을 가리키는데, 여기서는 다른 내력으로 소개된 것이다. 이는 뒤에 이야기하도록 하겠다(411쪽). 텔레포르노라는 이름에 대해서는 해설 E 중 468쪽 참조.

상당히 후기에 쓰인 일부 판독이 어려운 어느 이야기에는 놀도르가 반역을 일으킨 시기의 갈라드리엘의 행동에 대한 개괄적이고도 전혀 알려진 적이 없는 완전히 다른 이야기가 등장한다. 이는 부친께서 마지막에 쓰신 갈라드리엘과 켈레보른을 주제로 하는 글인데, 돌아가시기 전 한 달 동안에 쓰셨으니 아마 가운데땅과 발리노르에 관한 모든 글을 통틀어 가장 마지막에 작성되었을 것이다. 부친께서는 이 글에서 발리노르에서 갈라드리엘이 이미 페아노르와는 다르지만 대등한 정도의 지도자의 자질을 갖추고 있었음을 강조하셨다. 또한 여기서 그녀가 페아노르의 반역에 가담하기는커녕 모든 면에서 그와 대립했다고 언급했다. 사실 그녀는 자신의 재능을 펼치기 위해 발리노르를 떠나 가운데땅이라는 넓은 세상으로 가기를 원했다. 이는 그녀가 "머리가 총명하고 행동이 민첩했기에 발라들이 엘다르에게 알려주기 적합하다고 여겨 베푼 가르침 중 그녀가 배울 수 있는 것은 이미 모두 습득한 것"은 물론, 아만의 보호를 갑갑하게 여긴 까닭이었다고 한다. 갈라드리엘의 이런 욕망을 만웨도 알고 있었지만, 그녀를 막지는 않은 듯하다. 그러나 그는 갈라드리엘이 떠나도 괜찮다고 공식적으로 허락하지도 않은 것으로 보인다. 자신이 무엇을 할지를 곰곰이 생각하던 갈라드리엘은 이내 텔레리의 배들을 떠올리고, 알콸론데로 가서 한동안 어머니의 친족들과 함께 머무른다. 여기서 그녀는 켈레보른을 만나는데, 그는 여기서 알콸론데의 올웨의 손자인 텔레리 왕자로 다시 등장하고 있어서 갈라드리엘과는 가까운 친척이 된다. 둘은 함께 배를 만들어 가운데땅으로 떠나려는 계획을 세운다. 멜코르가 발마르에서 도망쳤다가 웅골리안트를 데리고 돌아와 두 나무의 빛을 파괴했을 때, 그들은 막 발라들에게 허락을 구하려던 참이었다. 발리노르가 어두워진 뒤 페아노르가 반역을 일으킬 때 갈라드리엘은 이에 협조하지 않았고, 사실 그녀와 켈레보른은 놀도르의 습격으로부터 알콸론데를 지키기 위해 그야말로 영웅적으로 싸웠으며, 결국 켈레보른의 배도 지켜낸다. 갈라드리엘은 발리노르에 절망함과 동시에 페아노르의 폭력성과 잔혹함에 큰 충격을 받아, 만웨의 허락을 기다리지도 않은 채 어둠 속으로 출항하게 된다. 물론 그녀의 열망 자체는 정당한 것이었지만, 이를 만웨가 알았다면 의심할 여지없이 즉각 그녀가 떠나는 것을 허락하지 않았을 것이다. 이렇게 그녀는 발리노르를 떠난 모든 이들에게 부과된 금제의 대상이 되어 발리노르로의 귀환이 가로막히고 만다. 하지만 갈라드리엘은 켈레보른과 힘을 합쳐 가운데땅에 페아노르보다 좀 더 빨리 도착하였고, 이후 키르단이 다스리던 항구로 배를 몬다. 그들은 엘웨(싱골)의 친척이라는 연유로 이곳에서 성대한 환영을 받는다. 몇 년 후, 둘은 대對 앙반드 전쟁이 발라들의 금제가 유지되고 그들의 지원을 받을 수 없는 한 희망이 없다고 보고 이에 동참하지 않는다. 대신 이들이 택한 길은 벨레리안드에서 물러나 동쪽(이들은 모르고스가 증원군을 끌어올 것을 염려했다)으로 가서 힘을 기르고, 그 지방에 사는 어둠의 요정들과 인간들을 가르치며 친구가 되는 것이었다. 하지만 이런 계획은 벨레리안드 요정들의 지지를 얻을 가능성이 없었기에, 갈라드리엘과 켈레보른은 제1시대가 막을 내리기 전에 에레드 린돈을 넘어 떠나간다. 그리고 발라들에게 서녘으로 귀환해도 좋다는 허락을 받았을 때, 둘은 이를 거절한다.

이 이야기는 갈라드리엘이 아만을 (켈레보른과 함께) 따로 떠나게 만들 만큼 그녀와 페아노르의 반역 사이의 모든 연결고리를 없애는데, 이로 인해 다른 곳에서 등장하는 이야기들과는 완전하게 모순된다. 이 문제는 ('역사적'이기보다는) '철학적인' 고찰에서 비롯된 것인데, 한편으로 갈라드리엘이 발리노르에서 명령을 거역한 행위의 정확한 성격에 관한 것이며, 또 다른 한편으로 가운데땅에서 그녀가 지니는 위상 및 힘과 관련된 것이다. 이 이야기대로라면 『실마릴리온』의 줄거리에도 상당한 양의 수정이 필요했을 터인데, 그렇게 하는 것이 틀림없이 부친의 의도였을 것이다. 놀도르의 반역과 탈출에 관한 이야기는 갈라드리엘이라는 인물이 만들어지기 전부터 존재했기에, 그 이야기의 원본에는 그녀가 등장하지 않는다는 점을 여기서 언급하고 넘어가야 할 듯하다. 또한 그녀가 처음 제1시대의 이야기에 등장했을 때에는 『실마릴리온』의 출간이 이뤄지지 않았던 만큼, 그 행보 역시 얼마든지 급격하게 뒤바뀔 수 있었다는 점도 말이다. 다만 해당 도서는 완결성을 갖춘 줄거리들로 구성되었기 때문에, 단지 추측의 영역에 지나지 않는 설정의 변화까지 고려 대상에 넣을 수는 없었다.

다른 한편 켈레보른을 아만의 텔레리 요정으로 만든 것은 비단 『실마릴리온』의 서술과 상충할 뿐 아니라, 이미 앞에서(404쪽) 인용한 『길은 끝없이 이어진다오』의 이야기 및 켈레보른이 벨레리안드의 신다르 요정으로 등장하는 『반지의 제왕』 해설 B와도 모순된다. 그의 일대기가 이토록 근본적으로 수정된 이유가 무엇인지를 따져 보자면, 갈라드리엘이 반역자 놀도르 무리와는 '따로' 아만을 떠난다고 새롭게 줄거리를 설정한 것에서 비롯되었다고 대답할 수 있을지도 모르겠다. 문제는 408쪽에 인용된 바와 같이, 갈라드리엘이 페아노르의 반역에 실제로 가담하며 발리노르를 떠나는 것으로 되어 있고, 켈레보른이 가운데땅에 도착한 경위가 드러나지 않는 텍스트에서도 켈레보른은 이미 텔레리 요정으로 바뀌어 있다는 것이다.

『실마릴리온』, 『길은 끝없이 이어진다오』, 『반지의 제왕』 해설 B의 서술의 바탕이 되는 초기 판본의 이야기는 (금제와 사면에 대한 의문점들은 차치하고서라도) 그 내용이 매우 확실하다. 갈라드리엘은 놀도르의 두 번째 무리의 우두머리 중 하나로서 가운데땅에 도착하고, 도리아스에서 켈레보른을 만나 후일 그와 혼인하게 되며, 켈레보른은 싱골의 동생인 엘모의 손자라는 것이 그 내용이다. 여기서 엘모는 명확히 드러나지 않는 인물로, 엘웨(싱골)와 올웨의 남동생이며 "엘웨와 함께 남았으며 그의 사랑을 받았다"라는 점 외에는 알려진 바가 전혀 없다. (엘모의 아들은 갈라돈이라는 이름을 얻었고, 그의 아들들이 각각 켈레보른과 갈라실이다. 갈라실은 훗날 싱골의 후계자 디오르와 혼인하며 엘윙의 어머니가 되는 님로스의 아버지이다. 이 계보에 따르면 켈레보른은 알콸론데의 올웨의 손녀인 갈라드리엘과 친척이 되지만, 그가 올웨의 손자일 경우보다는 덜 가깝다.) 켈레보른과 갈라드리엘이 폐허가 된 도리아스에 있었으며(한 출처에 켈레보른이 '도리아스의 약탈을 피해 탈출했다'고 명시된다), 어쩌면 엘윙이 실마릴을 가지고 시리온의 항구로 탈출하는 데에도 도움을 주었다고 자연스럽게 가정할 수 있겠지만, 실제로 그렇다고 기록된 바는 없다. 『반지의 제왕』 해설 B에서 켈레보른은 한동안 룬만 남쪽의 린돈에 거주했다고 언급되지만,[2] 제2시대 초기에 그들은 산맥을 넘어 에리아도르에 진입한다. 이후 두 인물의 행보는 부친이 쓰신 글 중 이와 같은 단계(표현하자면 이렇다)에 속하는, 지금부터 소개할 한 짤막한 줄거리에서 설명된다.

갈라드리엘과 켈레보른에 대하여

이 제목을 달고 있는 이 글은 길이도 짧고 급하게 작성된 요약 글로, 매우 개괄적으로 쓰였지만 어쨌든 제2시대 1701년에 사우론이 패배하고 에리아도르에서 축출되기 전까지 가운데땅 서부에서 벌어진 사건들에 관한 거의 유일한 출처라고 볼 수 있다. 이 외에 존재하는 저술들은 '연대기'에 드문드문 등장하는 짤막한 내용이나, 「힘의 반지와 제3시대」(『실마릴리온』에 포함되어 출간되었다)에 주어진 훨씬 더 개괄적이고 선별된 내용 이상의 수준을 보여주지 못한다. 이 글이 『반지의 제왕』이 출간된 후에 집필되었음은 분명하다. 글에서 해당 책이 언급된다는 점이나, 갈라드리엘이 피나르핀의 딸이자 핀로드 펠라군드의 여동생으로 소개된다는 점(이 이름은 각각의 두 군주에게 나중에 주어진 이름이자, 개정판에서 소개된 이름이기 때문이다. 450쪽의 20번 주석 참조)으로 미루어 알 수 있다. 글에는 상당 부분 수정이 가해졌거니와, 원고가 언제 집필되었으며 어떤 판본이 더 최근에 쓰인 것인지를 명확히 구분할 수 없는 경우도 있다. 이 글은 암로스를 갈라드리엘과 켈레보른의 아들로 언급하는 자료에 속한다. 다만 이러한 관계가 언제 설정된 것이든, 이러한 구상은 『반지의 제왕』이 집필된 이후에 새롭게 세워진 내용임이 사실상 확실하다고 본다. 『반지의 제왕』이 쓰였을 시기에 암로스가 둘의 아들로 의도되었다면 틀림없이 이 사실에 관한 언급이 존재했을 것이기 때문이다.

주목할 부분은 비단 이 텍스트에 갈라드리엘이 서녘으로 귀환하지 못하는 금제에 관한 언급이 존재하지 않는다는 것뿐만 아니라, 이 이야기의 도입부로 미루어 보건대 당시에는 이러한 구상 자체가 없었던 것으로 보인다는 점이다. 또한 뒷부분에서는 갈라드리엘이 에리아도르에서 사우론을 물리친 뒤에도 가운데땅에 잔류한 것은 사우론을 완전히 물리치지 못하는 한 떠나서는 안 된다는 그녀의 의무감 때문이었다고 서술된다. 이는 앞에서 밝힌(404쪽) 갈라드리엘의 금제에 관한 이야기가 『반지의 제왕』의 집필 이후에 구성된 것이라는 (확실하지는 않은) 견해에 주요한 근거가 된다. 439쪽에 이어지는 엘렛사르의 이야기도 참조.

아래 내용은 이 텍스트를 재구성한 것이며, 중간에 대괄호로 표시한 해설을 삽입했다.

갈라드리엘은 피나르핀의 딸이자 핀로드 펠라군드의 여동생이었다. 그녀의 어머니 에아르웬이 올웨의 딸로 텔레리 요정이자 싱골의 조카였을 뿐만 아니라, 피나르핀의 백성들은 알콸론데의 동족살해에 가담하지 않았기 때문에 그녀는 도리아스에서 환영을 받았으며 이내 멜리안과 친구가 되었다. 그곳에서 그녀는 싱골의 동생 엘모의 손자인 켈레보른을 만났다. 그녀는 가운데땅을 떠나지 않으려 했던 켈레보른을 사랑했기에 (여기에 가운데땅을 모험하려는 열망으로 가득했던 본인의 자존심 또한 어느 정도 작용해서) 멜코르가 몰락한 후에도 서녘으로 가지 않았고, 그 대신 켈레보른과 함께 에레드 린돈을 넘어 에리아도르로 떠났다. 그들이 에리아도르로 향했을 때 수많은 놀도르 요정들이 회색요정, 초록요정들과 함께 뒤따랐으며, 이후 그들은 한동안 네누이알호수(샤이어 북쪽에 있는 저녁어스름호수) 인근의 땅에 거주했다. 이 시기에 켈레보른과 갈라드리엘은 에리아도르에 머무르는 엘다르의 영주와 여주인으로 불리었는데, 이 무리에는 에레드 린돈을 넘어 서쪽의 옷시리안드에 정착한 적이 없었던 난도르 요정들[『실마릴리온』 101쪽 참조]에서 기원한 유랑 집단들도 포함된다. 그들이 네누이알 인근에 체류하는 동안, 350년과 400년 사이의 어느 시점에 그들의 아들 암로스가 출생했다. [켈레브리안이 출생한 시기와 장소는 이곳인지, 훗날의 에레기온인지, 혹은 그보다도 훗날의 로리엔인지 명확히 언급되지 않는다.]

하지만 마침내 갈라드리엘은 예전에 멜코르가 구금되었을 시절처럼 [『실마릴리온』 97쪽 참조] 사우론이 또 한 번 살아남았음을 알아차렸다. 사실 정확하게 말하자면, 이 시기에는 아직 사우론에게는 단일한 이름이 없었고, 멜코르의 심복인 한 명의 악령이 수작을 부리고 있다는 것을 알아차린 이들도 없었다. 그래서 갈라드리엘은 악을 통제하는 어떤 목적이 세상에 횡행하고 있으며, 그 악은 에리아도르와 안개산맥 너머 저 동쪽의 원천에서부터 다가오고 있다고 파악했다.

이에 켈레보른과 갈라드리엘은 제2시대 700년쯤에 동쪽으로 이주해 놀도르의 왕국(대체로 그랬다는 것이지 오롯이 놀도르로만 구성된 국가는 아니었다) 에레기온을 세웠다. 어쩌면 갈라드리엘이 크하잣둠(모리아)의 난쟁이들에 대해 이미 알고 있었기에 이 방법을 택한 것일 수도 있다. 에레드 린돈 동쪽에는 언제나 일정 수 이상의 난쟁이들이 머물고 있었던 것이다.[3] 이 산맥이 바로 고대의 저택인 노그로드와 벨레고스트가 자리 잡았던 곳으로, 이 저택들은 네누이알과 멀지 않은 위치에 있었다. 다만 그들의 병력 대부분은 크하잣둠으로 옮겨졌다. 켈레보른은 종족을 불문하고 난쟁이들을 좋아하지 않았으며(이는 로슬로리엔에서 김리에게 보인 태도에서도 드러난다), 난쟁이들이 도리아스의 파멸에 일조한 것을 절대로 용서하지 않았다. 그러나 도리아스를 습격한 것은 오로지 노그로드의 무리들뿐이었으며, 그마저도 사른 아스라드 전투에서 괴멸되었다[『실마릴리온』 379~380쪽]. 벨레고스트의 난쟁이들은 이 참극에 큰 충격을 받은 것은 물론 후환을 두려워했고, 이로 인해 서둘러 동쪽의 크하잣둠으로 떠나갔다.[4] 그러므로 모리아의 난쟁이들은 도리아스의 멸망에 책임이 없을뿐더러 요정들에게 적대적이지도 않았다고 볼 수 있을 것이다. 어떻든 이 점에 있어서 갈라드리엘의 선견지명은 켈레보른을 능가했다. 갈라드리엘은 가운데땅을 모르고스가 남기고 간 '악의 잔재'에서 구원하기 위해서는 각자의 방식으로 그에게 저항했던 민족들이 연대하는 수밖에 없음을 처음부터 직감하고 있었던 것이다. 그녀는 또한 지휘관의 눈으로 난쟁이들을 살펴보기도 했는데, 그들에게서 오르크들에게 대항할 수 있는 훌륭한 전사의 면모를 발견했다. 더욱이 갈라드리엘은 놀도르 요정이었기에 그들의 사고방식이나 손수 제작한 것을 열정적으로 사랑하는 마음에 자연스럽게 공감할 수 있었다. 수많은 엘다르 그 누구보다 그녀는 난쟁이들에게 특히 크게 공감했는데, 난쟁이들이 '아울레의 자손'이라면, 갈라드리엘은 다른 놀도르 요정들과 마찬가지로 발리노르에서 지내던 시절 아울레와 야반나의 제자였던 것이다.

갈라드리엘과 켈레보른의 일행에는 켈레브림보르라는 이름의 놀도르 장인이 있었다. [켈레브림보르는 이 글에서 곤돌린의 생존자이자 한때 투르곤이 거느린 최고의 공예장인 중의 하나로 나온다. 하지만 그가 페아노르의 후손으로 설정된 후기의 이야기들, 가령 『반지의 제왕』 해설 B의 언급(개정판 한정)이나 더 상세하게 쓰인 『실마릴리온』(287쪽과 453쪽)의 이야기에 맞추기 위해 텍스트에 수정을 가했다. 후자에서는 그가 페아노르의 다

셋째 아들인 쿠루핀의 아들이며, 켈레고름과 쿠루핀이 나르고스론드에서 추방되었을 때 왕국에 잔류하면서 아버지와 멀어졌다고 서술된다.] 켈레브림보르는 "공예에 관해서는 거의 '난쟁이 수준'의 집착을 가졌다"라고 하며, 이내 에레기온에서 제일가는 공예장인이 되어 크하잣둠의 난쟁이들과 깊은 교류를 갖기 시작했다고 한다. 난쟁이들 중 그와 가장 절친했던 인물은 나르비였다. [간달프가 모리아의 서문에 새겨진 글을 읽을 때 다음과 같은 문구가 있었다. "임 나르비 하인 에칸트: 켈레브림보르 오 에레기온 테이산트 이 시우 힌:" "나, 나르비가 만들고 호랑가시나무땅의 켈레브림보르가 그리다." 『반지 원정대』 BOOK2 chapter 4] 이 유대관계를 통해 요정과 난쟁이 양쪽은 큰 이익을 얻었다. 이로써 에레기온의 힘은 훨씬 강성해졌고, 크하잣둠도 훨씬 아름다워졌는데, 양측이 서로 돕지 않았다면 이룩하기 어려운 일이었다.

[여기서 에레기온의 유래를 설명하는 내용은 「힘의 반지와 제3시대」의 내용(『실마릴리온』 452쪽)과 모순되지 않는다. 하지만 두 글 모두에서와 마찬가지로 『반지의 제왕』 해설 B에 나오는 간략한 서술 역시 갈라드리엘과 켈레보른의 존재에 대한 언급은 존재하지 않는다. 사실 후자에서는 (이번에도 개정판 한정이지만) 켈레브림보르가 에레기온의 영주로 소개된다.]

에레기온의 수도인 오스트인에딜의 건설은 제2시대 750년 즈음부터 시작되었다[이 해는 '연대기'에서는 놀도르가 에레기온을 창건한 해로 기술된다]. 이 소식은 사우론의 귀에도 들어갔고, 이는 누메노르인들이 린돈과 그 남쪽의 해안지대에 찾아와 길갈라드와 우정을 나누는 것에 대해 사우론이 품고 있던 두려움을 부채질했다. 여기에 누메노르의 왕 타르메넬두르의 왕자인 알다리온이 위대한 조선공이 되어 먼 남쪽의 하라드까지 배를 댔다는 소식까지 전해졌다. 그러자 사우론은 잠시 홀로 에리아도르를 떠났고, 훗날 모르도르로 불리게 되는 땅을 골라 누메노르인들의 상륙으로 인한 위협을 저지할 요새로 만들었다. [이 때가 '연대기'에는 1000년경으로 기술된다.] 사우론은 스스로가 안전하다고 느껴졌을 때 에리아도르에 밀사들을 파견했고, 이윽고 제2시대 1200년이 되자 그가 만들어낼 수 있는 가장 아름다운 모습으로 직접 나섰다.

하지만 그동안 갈라드리엘과 켈레보른은 힘을 키웠고, 갈라드리엘은 그간 친분을 유지해온 모리아의 난쟁이들의 도움을 받아 안개산맥 반대편의 난도르 왕국 로리난드와 접촉하게 된다.[5] 이 지역에는 쿠이비에넨에서부터 시작된 엘다르의 서부대장정을 포기하고 안두인계곡 근방의 숲에 정착한 요정들[『실마릴리온』 101쪽]이 살고 있었다. 이 지역은 안두인대하 양쪽의 숲들로 이어지며, 훗날 돌 굴두르로 불리는 지역까지도 여기에 포함되어 있었다. 이 요정들은 군주도 통치자도 없이 모르고스의 세력이 가운데땅 서북부에 집중될 동안 걱정 없이 자유로운 삶을 살았다.[6] "하지만 다수의 신다르와 놀도르가 유입되어 그들과 섞여 살기 시작했고, 이에 그들도 벨레리안드식 문화의 영향을 받으며 '신다르화'하기 시작했다." [로리난드로의 이주가 언제 시작되었는지는 명확히 기술되지 않았지만, 이주해 온 요정들이 에레기온에서 크하잣둠의 통로를 따라서 갈라드리엘의 후원을 받으며 온 것일 수 있다.] 사우론의 술책에 대응하기 위해 고군분투하던 갈라드리엘은 로리난드에서 성공을 거두었다. 한편 린돈에서는 길갈라드가 사우론의 밀사들은 물론 사우론까지도 내쫓고 있었다. [이 부분은 「힘의 반지와 제3시대」에서 (『실마릴리온』 454쪽) 훨씬 상세하게 기록되어 있다.] 하지만 사우론은 에레기온의 놀도르, 그중에서도 특히 솜씨와 명성에 있어 페아노르와 맞먹고자 하는 욕망이 있었던 켈레브림보르를 상대로는 더 나은 성과를 거두었다. [사우론이 에레기온의 대장장이들을 기만하고, 스스로 '선물의 군주' 안나타르라는 이름을 취한 이야기는 「힘의 반지」에 등장한다. 다만 그 이야기에는 갈라드리엘에 관한 언급이 없다.]

에레기온에서 사우론은 발라들에 의해 가운데땅에 파견되었거나("이로써 이스타리보다 선수를 쳤다") 혹은 가운데땅에 남아 요정들을 원조하라는 발라들의 명을 받은 특사 행세를 했다. 그는 곧바로 갈라드리엘이 자신의 최대 적수이자 방해물이 되리라는 것을 간파했고, 이에 갈라드리엘이 그를 멸시해도 겉으로는 참을성 있고 정중하게 행동하며 그녀를 달래고자 갖은 애를 썼다. [이 급하게 쓰인 개요에는 갈라드리엘이 만약 사우론의 가면을 꿰뚫어 본 게 아니라면 어째서 그를 멸시했는지, 혹은 만약 그녀가 사우론의 본색을 간파했다면 어째서 그의 에레기온 체류를 허용했는지에 대한 설명은 없다.][7] 사우론은 켈레브림보르를 포함하여 에레기온에서 큰 영향력을 떨치는 조합 혹은 조직을 이룬 그의 동료 장인들 곧 과이스이미르다인에게 자신이 가진 모든 술수를 쏟아부었다. 하지만 그는 이를 갈라드리엘과 켈레보른이 알지 못하게 은밀히 행동했다. 사우론이 먼저 그들의 기술과 관련된 기밀 사항에 대해 가르침을 주자 과이스이미르다인은 큰 이익을 얻게 되었고, 머지않아 사우론은 이들에게 상당한 영향력을 행사할 수 있었다.[8] 미르다인에 대한 사우론의 장악력은 대단했고, 마침내 그는 이들에게 갈라드리엘과 켈레보른을 상대로 반란을 일으켜 에레기온의 권력을 거머쥘 것을 종용하였다. 이 일은 제2시대 1350년에서 1400년 사이에 일어났다. 그러자 갈라드리엘은 암로스와 켈레브리안을 데리고 에레기온을 떠나 크하잣둠을 통과해 로리난드로 향했다. 하지만 켈레보른은 난쟁이들의 저택에 발을 들여놓을 의사가 없었기에 에레기온에 남았고, 곧 켈레브림보르에게 외면당하였다. 로리난드에서 갈라드리엘은 통치자가 되어 사우론을 대적하게 되었다.

사우론은 미르다인이 힘의 반지 제작에 착수한 이후 1500년쯤에 에레기온을 떠났다. 이때 켈레브림보르는 마음이 타락한 것도 믿음을 잃은 것도 아니었다. 단지 그는 사우론의 가장한 모습을 용인했을 뿐이다. 그렇기에 한참이 흘러 절대반지의 존재를 알아차렸을 때, 그는 사우론에게 맞서 봉기를 일으켰으며, 다시 한번 갈라드리엘의 조언을 구하고자 로리난드로 갔다. 그들은 이때 힘의 반지를 모두 파괴했어야 하지만, "이를 이뤄낼 힘을 찾지 못했다." 갈라드리엘은 그에게 요정의 세 반지를 숨기고 절대로 사용하지 말 것과, 사우론이 반지가 있다고 믿는 에레기온으로부터 그것들을 멀리 흩어놓을 것을 조언했다. 갈라드리엘은 이때 켈레브림보르에게 백색 반지 네냐를 전달받았으며, 이 반지의 힘으로 로리난드 왕국은 더욱 강하고 아름다워졌다. 하지만 이 반지는 그녀에게도 예상치 못한 강력한 힘을 행사하게 되는데, 바다와 서녘으로의 귀환에 대한 그녀의 뒤늦은 갈망을 부채질해 그녀가 가운데땅에서 누리는 즐거움이 퇴색되도록 한 것이다.[9] 켈레브림보르는 공기의 반지와 불의 반지를 에레기온에서 내보내라는 갈라드리엘의 조언을 이행해 이를 린돈의 길갈라드에게 맡겼다. (여기서 길갈라드가 붉은 반지 나랴를 '항구의 군주' 키르단에게 맡겼다고 한다. 다만 이야기 뒤의 방주旁註에서는 그가 '최후의 동맹 전쟁'에 출정하기 전까지는 이를 자신의 수중에 간직했다고 되어 있다.)

켈레브림보르의 후회와 봉기를 알게 되자 사우론은 가면 뒤에 숨겨둔 본색을 드러내고 분노를 감추지 않았다. 그는 대군을 소집한 후 칼레나르돈(로한) 땅을 가로질러 1695년에 에리아도르 침공을 개시했다. 이 소식이 길갈라드에게 전해지자 그는 반요정 엘론드를 앞세워 병력을 파견하였다. 하지만 엘론드가 가야 할 길은 멀었고, 사우론은 북쪽으로 진로를 바꿔 일거에 에레기온으로 진격했다. 켈레보른이 돌격대를 꾸려 돌아왔을 때는 이미 사우론의 정찰대와 선봉대가 거의 가까이 들어와 있었다. 켈레보른의 돌격대는 엘론드의 군대와 합류할 수는 있었지만 에레기온으로 귀환할 수는 없었다. 사우론의 군세가 그들의 병력을 한참 압도했기에 그들의 진입을 막는 동시에 에레기온을 빈틈없이 포위할 수 있었기 때문이었다. 마침내 사우론의 공격 부대는 에레기온으로 쳐들어가 쑥대밭을 만들었고, 이번 공격의 핵심 목표 곧 에레기온의 대장간과 보물이 있는 미르다인 건물을 점령하였다. 켈레브림보르는 절망적인 상황에서 직접 건물의 대문 앞 계단에 서서 사우론과 맞섰다. 하지만 그는 결국 제압당해 포로로 붙잡혔고, 건물은 샅샅이 약탈당했다. 여기서 사우론은 아홉 반지와 그보다는 수준이 못한 미르다인의 작품들을 여럿 차지했으나 일곱 반지와 세 반지는 찾지 못했다. 그러자 사우론은 켈레브림보르를 고문해 일곱 반지가 어디에 맡겨졌는지 알아냈다. 켈레브림보르가 이를 실토한 것은 일곱 반지나 아홉 반지가 세 반지만큼의 가치는 없었기 때문이었다. 일곱 반지와 아홉 반지는 사우론의 조력 하에 만들어진 반면에 세 반지는 오롯이 켈레브림보르의 손을 통해 다른 힘과 목적을 위해 만들어졌던 것이다. [사우론이 이때 일곱 반지를 손에 넣었다는 암시는 분명하지만, 실제도 그랬다는 직접적인 언급은 존재하지 않는다. 『반지의 제왕』 해설 A(Ⅲ)에서는, 두린 일족의 난쟁이들은 사우론이 아닌 보석세공요정들이 직접 크하잣둠의 왕인 두린 3세의 반지를 그에게 넘겨준 것으로 생각했다고 기술된다. 하지만 이 글에서는 일곱 반지가 난쟁이들의 손에 넘어간 경위는 설명되지 않는다.] 사우론은 켈레브림보르에게서 세 반지에 관한 정보는 얻을 수 없었고, 결국 그를 처형했다. 다만 그는 세 반지가 요정 수호자들의 손에 맡겨졌을 것이며 그 수호자들이란 필시 갈라드리엘과 길갈라드일 것으로 추측했고, 이 추측은 옳았다.

사우론은 사악한 분노를 느끼며 다시 전장으로 돌아갔다. 이때 그는 오르크들의 화살로 가득한 켈레브림보르의 시신을 장대에 깃발처럼 매달고, 엘론드의 군대를 공격했다. 엘론드는 에레기온에서 탈출한 소수의 요정들을 규합하기는 했지만, 적의 공격을 막아내기에는 역부족이었다. 그가 몰살당하지 않을 수 있었던 것은 마침 사우론의 군대가 후방에서 공격을 받은 덕이었는데, 두린이 크하잣둠에서 난쟁이 군대를 이끌고 나온 것에 더해 암로스가 이끄는 로리난드의 요정들이 이에 가세했던 것이다. 엘론드는 탈출에 성공했지만 북쪽으로 속절없이 밀려났다. 그가 임라드리스(깊은골)에 피난처이자 요새를 건립한 시기가 바로 이때['연대기'에 따르면 1697년]였다. 사우론은 엘론드에 대한 추격을 멈추고 난쟁이들과 로리난드 요정들에게 예봉을 돌려 그들을 몰아냈다. 하지만 모리아의 관문은 굳게 닫혀 진입할 수가 없었다. 이 사건 이후 모리아는 사우론의 증오를 샀고, 모든 오르크에게 때를 가리지 말고 난쟁이들을 습격하라는 명령이 내려졌다.

이제 사우론은 에리아도르 장악을 시도했고, 로리난드는 잠시 미뤄둘 수 있었다. 하지만 그가 대지를 황폐하게 만들고, 소규모의 인간 무리를 모두 죽이거나 쫓아내며 남은 요정들을 추격하자, 많은 수가 북쪽으로 달아나

엘론드의 군대에 가담했다. 사우론의 당장의 목표는 린돈을 치는 것이었는데, 린돈을 점령한다면 세 반지 중 한두 개 정도는 손에 넣을 수 있으리라고 믿었기 때문이다. 이를 위해 그는 흩어진 군대들을 다시 규합해 서쪽의 길갈라드의 땅으로 진군했으며, 그 길목에서 마주친 모든 것을 짓밟았다. 하지만 엘론드의 발을 묶어 그가 자신의 원정군 후미를 치는 것을 방지하기 위해 군대의 일부분을 남겨 둘 필요가 있었고, 이로 인해 사우론의 전력 또한 축소되었다.

누메노르인들은 오랜 세월 동안 회색항구에 배를 보내왔으며, 그곳에서 환영을 받았다. 길갈라드는 사우론이 에리아도르로 전면전을 벌여 오리라는 염려가 들자마자 누메노르에 서한을 보냈고, 누메노르인들은 린돈의 해안가에 전쟁을 치를 병력과 물자를 집결시키기 시작했다. 1695년에 사우론이 에리아도르를 침공하자 길갈라드는 누메노르에 지원을 요청했다. 이에 누메노르의 왕 타르미나스티르는 대함대를 파견했으나, 그 과정이 지체되어 함대는 1700년이 되어서야 비로소 가운데땅에 도달하게 되었다. 이때 사우론은 포위하고 있던 임라드리스를 제외한 에리아도르 전역을 손에 넣은 상태였고, 그의 병력은 룬강까지 진출해 있었다. 그는 동남쪽으로부터 진군해 오고 있던 병력을 추가로 동원했으며, 이 병력은 사실상 에네드와이스에 들어와 방어 수준이 뛰어나지 않던 사르바드 건널목에 다다른 터였다. 길갈라드와 누메노르인들이 회색항구를 보호하기 위해 룬강을 결사적으로 사수하고 있었고, 매우 아슬아슬한 순간에 타르미나스티르의 대군大軍이 도달했다. 이에 사우론의 군대는 크게 패배하여 밀려났다. 누메노르의 제독이었던 키랴투르는 병력을 더 남쪽으로 상륙시키기 위해 함대의 일부를 보냈다.

사우론은 사른여울(바란두인강의 건널목)에서 일대 살육에 휘말린 후 동남쪽으로 밀려났다. 사르바드에 있던 병력으로 보강을 하기는 했지만, 사우론의 후미에 갑자기 누메노르의 군대가 다시 나타났다. 키랴투르가 "누메노르인들의 소규모 항만이 있던" 과슬로강(회색강) 하구에 강력한 병력을 준비시켜 둔 것이다. [이 항구는 타르알다리온이 세운 비냘론데로, 후일 론드 다에르로 불리게 된다. 해설 D의 466쪽 참조] '과슬로 전투'에서 사우론은 완전히 궤멸을 당하고 자신의 몸만 가까스로 건사했다. 얼마 남지 않은 그의 병력은 칼레나르돈 동부에서 습격을 받았고, 그는 오직 호위병 하나만을 거느린 채 훗날 다고를라드(전투평원)로 불리게 되는 땅으로 달아났다. 참패와 수모를 당한 그는 그대로 모르도르로 돌아갔고, 누메노르에 대한 복수를 맹세했다. 임라드리스를 포위하고 있던 사우론의 군대는 엘론드와 길갈라드 사이에 끼여 완전히 섬멸당했다. 에리아도르에서 적들은 소탕되었지만, 지역의 상당 부분이 파괴되고 말았다.

이 시기에 최초의 '회의'가 열렸고,[10] 이를 통해 에리아도르 동부의 요정 요새는 에레기온보다 임라드리스에 위치해야 한다는 결정이 내려졌다. 길갈라드가 푸른 반지 빌랴를 엘론드에게 넘기고, 에리아도르에서 그를 자신의 부섭정으로 임명한 것도 이때였다. 다만 붉은 반지는 자신이 간직했으며, 최후의 동맹이 결성되고 린돈을 떠날 때가 되어서야 이를 키르단에게 주었다.[11] 서부에는 오랫동안 평화가 있었으며 그 기간 동안 그들은 상처를 치료했다. 하지만 누메노르인들은 가운데땅에서의 권세를 맛본 참이었고, 이때부터 서부 해안지대에 영구적인 정착지를 만들기 시작하여 ['연대기'에는 "1800년경"으로 기록되었다] 사우론이 한동안 모르도르에서 서쪽으로 나올 엄두를 내지 못할 정도로 강성해졌다.

글의 말미에 다다르면 이야기의 초점이 다시 갈라드리엘에게로 돌아오는데, 그녀는 마음속에서 바다를 향한 갈망이 너무나 커진 나머지 (사우론을 완전히 물리칠 때까지는 자신에게 가운데땅에 남아 있을 의무가 있다고 생각하기는 했지만) 로리난드를 떠나 바다 인근에 거하기로 결심했다고 전해진다. 그녀는 로리난드를 암로스에게 맡겼고, 켈레브리안과 함께 다시 모리아를 거쳐 임라드리스로 가서 켈레보른의 행방을 수소문했다고 한다. (짐작건대) 그녀는 켈레보른을 찾아내고, 그곳에서 오랫동안 함께 머문다. 엘론드가 처음으로 켈레브리안을 보고 사랑에 빠진 것도 이즈음이었는데, 그는 이를 밝히지는 않는다. 갈라드리엘이 임라드리스에 체류하고 있었을 때 앞에서 언급했던 '회의'가 개최되었다. 다만 얼마 후 [구체적인 일시는 명시되지 않았다] 갈라드리엘과 켈레보른은 켈레브리안과 함께 임라드리스를 떠나 과슬로강과 에시르 안두인 사이의 인적이 드문 땅으로 간다. 그들은 그곳 벨팔라스에 정착했는데, 그곳은 훗날 돌 암로스로 불리게 된다. 그들의 아들 암로스가 때때로 이곳에 찾아왔으며, 로리난드 출신 난도르 요정들이 무리에 합류하면서 그 수가 는다. 유구한 세월이 흘러 제3시대가 찾아오고, 암로스가 실종되어 로리난드에 우환이 닥치자, 갈라드리엘은 1981년에 비로소 로리난드로 귀환한다. '갈라드리엘과 켈레보른에 대하여'는 여기서 끝이 난다.

이제껏 『반지의 제왕』의 내용과 상반되는 서술이 없었던 관계로, 평자들은 자연히 갈라드리엘과 켈레보른이 제2시대 후반과 제3시대 전체를 로슬로리엔에서 보냈다고 추정하게 되었지만, 실제로는 그렇지 않았다는 점을 여기서 짚고 넘어가야 할 듯하다. 사실 '갈라드리엘과 켈레보른에 대하여'에서 개괄적으로 주어진 이야기가 이후 상당한 변화를 거치게 되는데, 이는 아래의 내용에서 확인할 수 있을 것이다.

암로스와 님로델

앞에서(413쪽) 정말로 『반지의 제왕』이 집필될 당시 암로스가 갈라드리엘과 켈레보른의 아들로 계획되었다면 이렇게 중요한 관계를 언급하지 않았을 리가 없다고 이야기한 바 있다. 다만 이것이 사실이든 아니든, 그의 부모가 갈라드리엘과 켈레보른이라는 설정은 이후에 폐기되었다. 이제 '간략하게 재구성한 암로스와 님로델 전설의 일부'라는 제목이 붙은 짤막한 이야기(1969년 이후에 작성되었다)를 다루어 보겠다.

암로스는 로리엔의 왕으로, 부왕 암디르가 다고를라드 전투에서 전사한 후[제2시대 3434년의 일이다] 그의 뒤를 이었다. 사우론을 물리친 후 그의 영토엔 오랫동안 평화가 있었다. 그의 혈통은 신다르계였지만 숲요정들의 생활 양식을 따랐으며, 거대한 녹색 언덕에 자라난 고목들 위에 집을 짓고 살았고 이후로 그 언덕은 케린 암로스라 불렸다. 그가 이렇게 한 까닭은 님로델을 향한 사랑 때문이었다. 그는 오랜 세월 님로델을 연모했고, 그녀가 자신과 혼인하지 않자 아내를 얻지 않았다. 암로스는 엘다르의 기준으로도 아름다웠으며, 용맹하고 현명했기에 님로델 역시 그를 사랑했다. 하지만 그녀는 숲요정이었고, (그녀의 말에 따르면) 서녘의 요정들이 전쟁을 불러와 옛날의 평화를 깨뜨렸다고 생각했기에 이들의 유입을 달가워하지 않았다. 그녀는 숲요정들의 언어가 로리엔 백성들 사이에서 점차 쓰이지 않게 되는 와중에도 오직 이 언어만을 사용했으며,[12] 자신의 이름을 붙인 님로델강의 폭포 인근에서 홀로 살았다. 모리아에서 끔찍한 일이 벌어져 일어나 난쟁이들이 쫓겨나고 그 자리를 오르크들이 차지하자, 님로델은 괴로워하다가 홀로 남쪽의 주인 없는 땅으로 도망쳤다[제3시대 1981년의 일이었다]. 암로스는 그녀를 뒤따라가다 마침내 팡고른숲의 언저리에서 그녀를 발견했는데, 그 시절의 팡고른숲은 로리엔에 훨씬 더 가까운 곳까지 뻗어 있었다.[13] 님로델은 숲속에 들어갈 엄두를 내지 못했다. 그녀의 말에 따르면 나무들이 그녀를 위협하고, 몇몇 그루는 움직이면서 그녀를 가로막기도 했다는 것이다.

여기서 암로스와 님로델은 오랜 시간 이야기를 나눈 끝에 마침내 혼인을 약속했다. 님로델이 말했다. "나는 이 약속을 진실로 지킬 것이니, 나에게 평화로운 땅을 안겨 준다면 당신과 혼인하겠어요." 암로스는 그녀를 위해 백성들을 떠날 것이며, 백성들에게 다급한 때가 오더라도 그녀와 함께 평화로운 땅을 찾는 일을 우선시하겠다고 약속했다. 그는 말했다. "하지만 이제 가운데땅에는 그런 곳이 없을뿐더러, 요정들에게 평화로운 땅이란 영영 존재하지 않을 것이오. 우리는 대해를 건너 먼 옛날의 서녘으로 건너갈 길을 찾아야 하오." 이내 그는 한때 수많은 그의 백성들이 찾아갔던 남쪽의 항구 이야기를 했다. "이제 많은 이들이 서녘으로 떠나 그 수도 줄어들었지만, 아직 남은 이들은 여전히 배를 만들며 가운데땅에 지쳐 그들을 찾아온 친족들에게 길을 내어 주고 있소. 이제는 발라들께서 장정에 참여한 자라면 누구나, 심지어는 먼 옛날 해안가에 찾아온 적이 없거나 축복의 땅을 목격하지 않은 이들에게도 축복을 베풀어 대양을 건너갈 수 있게 해주신다고 하오."

그들이 곤도르 땅에 도달하기까지 치른 여정에 대해서는 나중에 따로 다루어야 할 것이다. 때는 남왕국의 마지막에서 두 번째 왕이었던 에아르닐 2세가 다스리고 있던 시기였고, 그의 왕국은 환란을 겪고 있었다. [에아르닐 2세는 1945년부터 2043년까지 곤도르를 통치했다.] 그들이 어떻게 헤어졌는지, 그리고 암로스가 그녀를 찾아다니던 수고가 물거품이 되고 나서 어떻게 몇몇 요정만 남아 있는 요정 항구에 다다랐는지는 다른 곳에 설명되어 있다[다만 실제로 이를 다루고 있는 작품은 없다]. 그들의 수는 배 한 척을 채우지도 못할 정도였으며, 항해가 가능한 배도 한 척밖에 없었다. 이런 상황 속에서 그들은 가운데땅을 떠나기 위한 준비를 하고 있었다. 그들은 암로스가 자신들의 적은 머릿수에 보탬이 되리라 생각해 그를 반겼지만, 님로델이 찾아올 가능성은 없어 보였기에 그녀를 기다릴 생각은 없었다. 그들은 말했다. "혹시 그분이 곤도르의 정착지를 통해 오신다면 큰 고생하지 않고 도움을 받을 수 있을 겁니다. 곤도르의 인간들은 호의적이고, 지금도 우리말을 그럭저럭 구사할 줄 아는 옛 요정의 친구들의 후예가 통치하고 있으니까요. 하지만 산맥 속에는 적대적인 인간과 사악한 존재가 많답니다."

계절은 가을로 접어들었고, 머지않아 가운데땅 가까이 있는 요정들의 배조차도 위태롭고 위협을 느낄 만한 강풍이 불어올 시기였다. 하지만 암로스의 사무친 슬픔으로, 그들은 몇 주 동안 출항을 늦췄다. 해안가에 있는 그들의 집은 낡고 부서진 채 비어 있었기에, 그들은 배 위에서 생활하고 있었다. 그러던 어느 가을밤, 곤도르의 연대기에 기록된 가장 모질었던 폭풍 중 하나가 불어닥쳤다. 이 폭풍은 차디찬 북녘의 황야에서 시작하여 에리아도르를 휩쓸며 곤도르까지 내려와 엄청난 피해를 입혔다. 백색산맥조차도 이를 막아줄 수 없었고, 인간들의 배는 상당수가 벨팔라스만으로 휩쓸려가 침몰하고 말았다. 정박지에서 떨어져 나온 가벼운 요정 선박은 거친 파도에 휩쓸려 움바르 해안 쪽으로 밀려갔다. 가운데땅 어디에도 그 배 소식은 다시 들을 수 없었다. 이렇게 여정을 준비한 요정의 배들은 침몰하는 법이 없었고, 의심의 여지 없이 세상의 영역을 벗어나 에렛세아에 당도할 수 있었다. 하지만 그 배는 암로스를 그곳에 데려가지는 못했다. 새벽하늘이 떠도는 구름 틈을 비집고 비춰오기 시작했을 때 폭풍이 곤도르 해안을 덮쳤고, 암로스가 깨어났을 때는 이미 그를 태운 배가 육지와 한참 멀어져 가고 있었다. 그는 절망 속에 "님로델!"이라고 소리치고는 바다로 뛰어들어 가물가물한 뭍을 향해 헤엄쳤다. 요정의 눈을 가진 뱃사람들은 오랫동안 그가 파도와 사투를 벌이는 모습을 볼 수 있었는데, 구름 사이로 떠오르는 태양이 암로스의 밝은 머리카락을 멀리서 비추었고, 그의 머리는 마치 황금빛 불꽃처럼 빛을 발했다. 가운데땅의 요정이나 인간들은 다시는 그를 보지 못했다. 님로델이 어떻게 되었는지는 알려지지 않았지만, 그녀의 운명을 전하는 설화는 많았다.

위의 이야기는 사실 가운데땅의 몇몇 강 이름의 어원을 다루는 논의 가운데 일부분으로 작성된 것이다. 이 경우는 길라인강과 관련된 것인데, 이 강은 곤도르의 레벤닌에 있는 강으로 에시르 안두인 서쪽의 벨팔라스만으로 들어간다. 님로델 전설의 또 다른 측면이 '라인rain'이라는 이 강의 구성 요소를 설명하는 과정에서 나온다. 이 요소는 "방랑하다, 방황하다, 불분명한 길을 가다"라는 뜻의 어간 '란-ran-'('미스란디르Mithrandir'나, 달을 뜻하는 '라나Rána'에서 찾아볼 수 있다)에서 파생되었을 가능성이 높다.

이런 이름은 곤도르의 그 어떤 강에도 어울리지 않을 것처럼 보이지만, 강의 이름이란 자주 그 강줄기의 일부나, 원천이나, 하류 유역이나, 혹은 그 강을 명명한 탐험가들이 발견한 특징에 적용되기도 한다. 다만 이 강의 경우에는 암로스와 님로델 전설의 일부분에서 그 유래를 찾을 수 있다. 길라인강은 이 지역의 다른 강들과 마찬가지로 산맥에서부터 빠르게 흘러내려 오지만, 에레드 님라이스 바깥 지역의 끝부분에 다다르면 켈로스강과 분리되면서[『반지의 제왕』 PART 3에 첨부된 지도 참조] 넓고 얕고 오목한 지대를 따라 흘렀다. 이 부분에서 강은 잠시간 구불구불해지면서 남쪽 끝자락에 작은 호수를 형성하고, 그 후 산등성이 하나를 통과해 다시 급격히 흘러가다 세르니강과 합류한다. 님로델은 로리엔에서 도망쳐 나왔을 때 바다를 찾던 중 백색산맥에서 길을 잃었다가, 마침내 (어떤 도로나 고개인지는 언급이 없다) 로리엔에 있던 자신의 강을 연상케 하는 물가에 다다랐다고 한다. 그녀의 마음은 한결 가벼워졌고, 이후 연못가에 앉아 흐릿한 물웅덩이에 비치는 별들을 바라보며 강물이 바다로 다시 쏟아져 내리며 만들어낸 폭포 소리에 귀를 기울였다. 이곳에서 그녀는 피곤한 나머지 깊은 잠에 빠져들었는데, 너무나 오래 잠들어 버린 까닭에 그녀가 벨팔라스로 내려왔을 때에는 이미 암로스의 배가 바다로 밀려 나가고 암로스는 벨팔라스로 헤엄쳐 돌아가려다 실종된 후였다. 이 전설은 도르엔에르닐(대공의 땅)[14]에 널리 알려진 것으로, 이 땅의 이름 또한 그를 기리는 의미에서 지어졌음이 틀림없다.

위의 글에서 로리엔의 왕인 암로스가 켈레보른과 갈라드리엘의 로리엔 통치와 어떤 관계가 있는지를 설명하는 내용이 이어진다.

로리엔의 백성들은 그 당시에도 [즉 암로스가 실종된 시기에도] 제3시대 말엽과 비교하여 크게 다를 바가 없었다. 그들은 본래 숲요정이지만 신다르계 군주들의 통치를 받고 있었다. (어둠숲 북부에 자리 잡은 스란두일의 왕국도 이와 마찬가지였는데, 다만 스란두일과 암로스 사이에 혈연관계가 있었는지는 불분명하다.)[15] 다만 그들은 제2시대 1697년에 사우론이 에레기온을 멸망시킨 후 모리아를 거쳐 들어온 (신다린을 사용하던) 놀도르 요정들과 많이 동화되었다. 그 시기에 엘론드는 서쪽으로 가서 [원문 그대로임. 단순히 그가 안개산맥을 넘지 않았다는 의미인 듯하다] 임라드리스에 피난처를 건설했다. 반면에 켈레보른은 먼저 로리엔으로 갔고, 추후에 사우론이 안두인대하를

> 건너려 할 때 이를 막아낼 수 있도록 그곳을 요새화했다. 하지만 사우론이 모르도르로 후퇴하고는 (소문에 전해진 대로) 동부 정복에 온 신경을 쏟자, 켈레보른도 린돈으로 가서 갈라드리엘과 재회했다.
>
> 로리엔은 이후 누메노르가 몰락하고 사우론이 가운데땅에 갑자기 귀환하기 전까지는 오랜 세월 암디르 왕의 통치하에 평화를 누렸으며, 세간의 관심에서 멀어졌다. 암디르는 길갈라드의 요청에 따라 동원 가능한 최대 규모의 군세를 소집해 최후의 동맹에 가담했지만, 다고를라드 전투에서 그의 병력 대부분과 함께 전사하고 만다. 그의 아들인 암로스가 왕이 되었다.

물론 이 이야기는 '갈라드리엘과 켈레보른에 대하여'의 줄거리와 상당한 차이가 있다. 암로스는 여기서 갈라드리엘과 켈레보른의 아들이 아니라 신다르 혈통의 왕인 암디르의 아들이 되었다. 갈라드리엘과 켈레보른이 에레기온 및 로리엔과 맺은 인연과 관련된 이전의 이야기는 여러 중요한 지점에서 수정이 이루어진 것으로 보인다. 그리고 완성된 어느 이야기에서 이 수정된 부분들이 얼마만큼이나 유지되었는지는 확인할 수가 없다. 여기서는 켈레보른이 로리엔과 인연을 맺는 시기가 훨씬 앞당겨졌으며('갈라드리엘과 켈레보른에 대하여'에서는 켈레보른이 제2시대 내내 로리엔에 발을 딛지 않았다고 기술된다), 또한 수많은 놀도르 요정이 에레기온이 파괴된 '이후'에 모리아를 거쳐 로리엔에 갔다는 언급이 등장한다. 그보다 앞서 작성된 글에서는 이런 점이 다루어지지 않았으며, 또한 '벨레리안드계' 요정들이 로리엔으로 이주한 것은 그보다 수년 전 평화로운 시절이었다고 묘사된다(417쪽 참조). 방금 발췌한 글에서는 에레기온이 몰락한 후 켈레보른이 로리엔으로의 이주를 이끌었고 갈라드리엘은 린돈의 길갈라드와 합류했다고 암시되어 있다. 그러나 정작 이 글과 동일한 시기에 쓰인 또 다른 글에서는 그 당시에 둘 모두가 "꽤 많은 놀도르 망명자들을 데리고 모리아를 통과해 로리엔에서 여러 해 동안 머물렀다"라고 분명하게 기술되어 있다. 갈라드리엘(혹은 켈레보른)이 1697년 이전에 로리엔과 연이 있었는가에 관해서는 후기에 작성된 일련의 글 어디에도 긍정하거나 부정하는 내용을 찾아볼 수 없다. 또한 켈레브림보르가 이들의 통치에 반발해 (1350년이나 1400년 사이의 어느 시점에) 일으킨 반란에 관한 내용과 그 당시에 갈라드리엘은 로리엔으로 가서 통치자가 되었고 켈레보른은 에레기온에 잔류했다는 내용은 '갈라드리엘과 켈레보른에 대하여'를 제외하면 그 어떤 자료에서도 언급되지 않는다. 후기에 작성된 이야기들에는 제2시대에 에리아도르에서 사우론이 패퇴한 이후 갈라드리엘과 켈레보른이 긴 세월을 어디에서 보냈는지가 명시되지 않았다. 그들이 까마득히 긴 세월 동안 벨팔라스에서 체류한 일(423쪽)에 관해서 어쨌든 이 이상 언급된 바가 없다.

암로스에 대한 이야기는 계속 이어진다.

> 하지만 제3시대에 갈라드리엘은 엄습하는 불길한 예감에 켈레보른과 함께 로리엔으로 가서 그곳에서 오랫동안 암로스와 함께 머무는데, 이때 특히 어둠숲에 번지는 어둠, 그리고 돌굴두르의 암흑의 성채와 관련된 모든 소식과 소문을 수집하는 데 열중했다. 하지만 암로스의 백성들은 그에게 만족하고 있었는데, 그들의 왕이 용맹하고 지혜로웠음은 물론이고 그의 작은 왕국이 여전히 아름답고 번성하고 있었던 까닭이었다. 이에 켈레보른과 갈라드리엘은 곤도르와 모르도르의 국경지대에서부터 북쪽의 스란두일의 땅까지 로바니온을 돌아다니며 조사를 한 이후, 산맥을 넘어 임라드리스로 가서 그곳에 오래 머물렀다. 엘론드가 제3시대 초에 ['연대기'에 따르면 109년] 그들의 딸 켈레브리안과 혼인했기에, 그들은 서로 한 집안이었던 것이다.

모리아에 재앙이 벌어지고 [1980년] 통치자가 없어진 로리엔에 슬픔이 드리운 이후 (암로스가 벨팔라스만의 바다에서 후사를 남기지 않은 채로 익사한 탓이다) 켈레보른과 갈라드리엘이 로리엔에 돌아왔는데, 로리엔 백성들은 이들을 환영했다. 그들은 제3시대 내내 이곳에서 머물렀지만, 왕이나 여왕이라고 불리기를 거부했다. 그들은 자신들이 단지 이 작지만 아름다운 나라, 요정들이 동쪽에 세운 마지막 전초기지의 수호자일 뿐이라고 말했다.

다른 자료에는 이 무렵 그들의 행적에 대한 또 하나의 언급이 존재한다.

최후의 동맹이 결성되고 제2시대가 막을 내리기 전에 켈레보른과 갈라드리엘은 두 번 로리엔으로 돌아왔다. 또 제3시대에 사우론이 회복하여 어둠이 발흥하자, 그들은 또 한 번 로리엔에서 긴 시간을 머물렀다. 갈라드리엘은 (가능한 일인지 알 수 없으나) 어둠의 세력을 무너뜨리기 위해서는 전쟁은 피할 수 없는 일이고, 그러자면 그들이 안두인대하를 넘어오지 못하도록 저지할 요새이자 거점으로 로리엔을 활용해야 한다는 것을 지혜롭게 간파해 냈다. 하지만 이를 위해서는 숲요정들을 능가하는 힘과 지혜를 가진 통치자가 필요했다. 그렇지만 갈라드리엘과 켈레보른이 로리엔에 영구적으로 정착하고 통치권을 획득한 것은 훗날 모리아에서 재앙이 일어났을 때, 즉 사우론의 병력이 갈라드리엘의 예상마저 뛰어넘는 방법으로 안두인대하를 건너면서 로리엔에 큰 환란이 닥치고, 왕을 잃은 백성들이 피난을 떠나면서 오르크들이 버려진 땅을 차지하려고 나서면서부터였다. 다만 갈라드리엘과 켈레보른은 왕이나 여왕이라고 불리기를 거부했고, 반지전쟁 시기를 거칠 동안 로리엔을 적의 손아귀에서 지켜낸 수호자로 남았다.

어원을 다루는 같은 시기의 또 다른 논의에서는 암로스라는 이름은 그가 로슬로리엔의 나무들 위에 높이 지어진 나무판자, 즉 갈라드림의 주거장소였던 '탈란' 내지는 '시렁'(『반지 원정대』 BOOK2 chapter 6 참조)에 살았던 것에서 유래한 별명이었다고 설명한다. 즉 암로스라는 이름의 뜻은 "등반가, 높이 오르는 이"였던 것이다.[16] 나무 위에서 사는 것은 숲요정들의 일반적인 습관은 아니었고, 서쪽의 산맥에서 돌을 채취해 은물길강을 따라 힘들게 수송하지 않는 한, 질 좋은 석재를 찾기 힘든 평원이었던 로리엔 특유의 자연환경과 지형에 따라 생겨난 것이라고 한다. 로리엔에 가장 풍부한 것은 나무들이었는데, 이들은 상고대에 자생했던 거대한 숲의 흔적이었다. 하지만 나무 위에서 거주하는 것은 로리엔에서도 널리 퍼진 방식은 아니었으며, '텔라인('탈란'의 복수형—역자 주)'이나 '시렁'은 본래 적이 습격해왔을 때 대피소로 쓰거나, 대부분의 경우 (특히 키 큰 나무에 높이 설치된 경우는) 요정들의 눈으로 영토와 변경을 감시하는 전망대로 쓰였다고 한다. 이렇게 된 것은 제3시대의 첫 천 년이 막을 내린 이후 로리엔이 불안한 감시 지대가 되었거니와, 암로스도 어둠숲에 돌 굴두르가 세워지면서 점점 더 뒤숭숭한 시절을 겪었기 때문이다.

북부 변경의 감시병들이 활용한 전망대가 바로 프로도가 밤을 보낸 '시렁'이었다. 카라스 갈라돈에 있는 켈레보른의 처소 또한 시렁에서 유래했다. 반지 원정대는 눈치채지 못했지만, 그의 집은 사실 로리엔을 통틀어 가장 높은 시렁에 지어졌다. 큰 둔덕 혹은 언덕이라고 불러도 될 케린 암로스 꼭대기에 일찍이 여러 사람이 힘들여 세운 암로스의 시렁은 로리엔에서 가장 높은 지점에 있었고, 이 시렁의 주된 용도는 안두인대하 너머 돌 굴두르를 감시하는 것이었다. 이러한 '텔라인'이 영구

> 적인 주거 장소로 전환된 것은 후대의 일이었으며, 이런 주거 방식이 널리 퍼진 것도 카라스 갈라돈뿐이었다. 다만 카라스 갈라돈은 본래 요새였거니와 그 안에 거했던 이들은 갈라드림 전체로 보면 작은 일부에 불과했다. 그렇게 높은 집에서 산다는 것은 분명 처음에는 놀라운 일이었을 것이고, 이런 생활양식을 처음 받아들인 이는 암로스였던 것으로 보인다. 암로스가 이렇게 높은 탈란에서 거주한 것에서 그의 이름(이후 전설 속에서 그는 이 이름으로만 기억되었다)이 유래했을 가능성이 크다.

"이런 생활양식을 처음 받아들인 이는 암로스였던 것으로 보인다."라는 문장에는 주석이 하나 달려 있다.

> 님로델이 아니었다면 어떨까. 그녀의 동기는 이와 달랐다. 그녀는 님로델강의 물과 폭포를 사랑했으며 이 강과 멀리 떨어지고 싶지 않아 했다. 하지만 시대가 혼란스러워지자 님로델강은 북부 변경과 너무 가까워졌고, 이제는 그 지역에 거주하는 갈라드림의 수도 줄어든 터였다. 어쩌면 암로스가 높은 시렁에 산 것은 그녀에게 영감을 받아서였을 수도 있다.[17]

위의 암로스와 님로델 전설로 돌아가서, 과연 암로스가 님로델을 기다렸다는 "한때 수많은 그의 백성들이 찾아갔던 남쪽의 항구"(425쪽)는 무엇을 가리키는 것일까? 『반지의 제왕』에서 이 질문과 연관된 대목 두 가지를 찾을 수 있다. 하나는 『반지 원정대』 BOOK2 chapter 6의 일부로, 레골라스가 암로스와 님로델의 노래를 부른 뒤 "로리엔의 요정들이 배를 타고 떠난 벨팔라스만"의 이야기를 하는 대목이다. 다른 하나는 『왕의 귀환』 BOOK5 chapter9의 일부로, 레골라스가 돌 암로스의 임라힐 대공을 보고는 그가

"요정의 피가 흐르는 인간"임을 알고, 이내 그에게 "님로델의 주민들이 로리엔의 숲을 떠난 것은 아주 오래전 일인데, 아직 암로스의 부두에서 바다 건너 서쪽으로 떠나지 않은 분을 뵙게 되었습니다"라고 말하는 대목이다. 여기서 임라힐 대공은 레골라스에게 "우리 고향 전설도 그렇게 전하고 있소"라고 대답한다.

후기에 쓰인 단편적인 글에 여기 참조 사항에 대한 약간의 설명이 있다. 가운데땅의 언어적 정치적 상호 관계를 다룬 한 논의(1969년 이후에 쓰였다)에서 잠깐 언급하는 바로는, 누메노르의 정착지가 세워질 초기에 벨팔라스만의 해안지대는 "모르손드강과 링글로강이 합류하는 지점 남쪽에 있던 요정들의 항구와 소규모의 정착지 하나"(즉 돌 암로스 바로 북쪽 지역)를 제외하면 아직은 대체로 황량한 땅이었다고 한다.

> 돌 암로스의 전승에 따르면, 이곳은 모르고스의 힘이 엘다르와 아타니를 능가했을 시절에 벨레리안드 서부의 항구 지대에서 작은 배 세 척을 타고 도망쳐 온 바닷일을 하는 신다르 요정들이 세웠다고 한다. 이후 이곳은 바다를 찾아서 안두인대하를 따라 내려온 숲요정 모험가들이 합류하며 규모가 커졌다.

숲요정들은 (여기서 말하길) "불안과 바다를 향한 갈망을 결코 완전히 떨쳐내지 못했으며, 이따금 그들 중 몇몇은 이를 이기지 못하고 집을 떠나 방랑했다". 이 "작은 배 세 척"에 관한 이야기와 『실마릴리온』에 기록된 전승을 결부시키자면 아마 다음과 같이 추측하는 것이 마땅할 것이다. 이 세 척의 배는 브리솜바르와 에글라레스트(벨레리안드 서해안의 팔라스에 자리 잡았던 항구들)에서 왔으며, 니르나에스 아르노에디아드가 벌어진 이듬해 이 항구들이 파괴되었을 때(『실마릴리온』 318쪽) 빠져나왔으나, 키르단과 길갈라드가 발라르섬에 피난했을 때 이 세 척의 선단은 남쪽의 해안가로 더 멀리 항해해 벨팔라스에 이르렀던 것이다.

그런데 벨팔라스라는 명칭의 유래를 다루는 한 미완의 단편에서는, 이 요정 항구의 건립 시기를 더 이후로 잡으면서 상당히 다른 이야기를 제시한다. 여기서는 '벨-Bel-'이라는 구성 요소는 누메노르 시대 이전의 명칭에 바탕을 두지만, 기원 자체는 사실 신다린이었다고 한다. 이 글은 '벨-'에 대해 추가적인 정보를 제공하기도 전에 끝나버리지만, 이 요소가 신다린에 기원한다고 하는 이유를 "곤도르에는 다분히 예외적으로 취급되는 작지만 중요한 구성 요소 하나가 있었는데, 바로 엘다르 정착지였다"라고 설명한다. 상고로드림의 붕괴 이후, 벨레리안드의 요정들 중 배를 타고 대해를 건너가거나 린돈에 남지 않은 자들은 청색산맥을 넘어 동쪽을 떠돌다 에리아도르로 흘러 들어갔다. 그러나 제2시대가 시작될 무렵에 남쪽으로 간 신다르 무리 또한 존재하는 것으로 보인다. 그들은 도리아스의 유민으로 여전히 놀도르에게 적개심을 품고 있었는데, 그들은 회색항구에 잠시 머무는 동안 배를 만드는 기술을 익혔다. "그 후 수년간 자신들이 살 만한 땅을 찾아 여정을 떠났고, 모르손드의 하구에 정착했다. 그곳은 이미 어부들이 살고 있던 아주 오래된 항구였지만, 이곳의 주민들은 엘다르를 두려워해 산속으로 도망쳤다."[18]

1972년 12월 이후에 작성된 것으로 부친께서 가운데땅을 주제로 남긴 마지막 저작에 속하는 원고를 보면 요정의 혈통을 지닌 인간 남성에게는 수염이 나지 않는 점을 통해 이를 확인할 수 있다는(수염이 없는 것은 모든 요정의 공통된 특성이었다) 내용이 있다. 이 내용 중에 돌 암로스의 대공 가문과 연관해 "그들의 전설에 따르면, 그 가계에는 특별한 요정의 혈통이 섞여 있다"라고 서술된다(상단에 발췌한 『왕의 귀환』 BOOK5 chapter 9의 레골라스와 임라힐의 대화와 관련된 것이다).

> 님로델에 관한 레골라스의 언급에서 드러나듯이, 돌 암로스 인근에는 고대의 요정 항구와 로리엔에서 온 숲요정들의

> 소규모 정착지가 있었다. 대공의 가계와 관련된 전설의 내용은 바로 그 혈통의 시조가 요정 여인과 혼인했다는 것인데, 몇몇 판본에서는 사실 (당연히 가능성은 낮은데) 그 여인이 님로델 본인이었다고 주장한다. 좀 더 믿을 만한 다른 이야기들에서는, 그 여인이 산 위쪽 협곡에서 길을 잃은 님로델의 일행이었다고 밝힌다.

후자와 같은 전설은 미출간된 돌 암로스 가문의 족보에 붙은 한 주석에서 더 상세하게 기술된다. 반지전쟁 시기에 돌 암로스의 대공이었던 임라힐의 아버지인 아드라힐의 아버지가 되는 제20대 대공 앙겔리마르에 대한 주석이다.

> 가문의 전승에 의하면, 앙겔리마르는 초대 돌 암로스의 영주인 갈라도르(제3시대 2004~2129년)로부터 끊어지지 않고 이어져 온 혈통의 제20대 후손이었다. 동일한 전승에서 갈라도르는 벨팔라스에 거했던 누메노르인 임라조르와 요정 여인 미스렐라스의 아들이었다. 그녀는 님로델의 일행으로, 모리아에서 악이 발흥하자 제3시대 1980년에 해안지대로 피난 왔던 요정 중 하나였다. 님로델과 그녀의 시녀들은 나무가 무성한 산속을 헤매다가 길을 잃고 말았다. 하지만 이 이야기에 의하면 임라조르가 미스렐라스에게 은신처를 제공해주었고, 이후 그녀를 아내로 맞았다고 한다. 하지만 미스렐라스는 임라조르에게 아들 갈라도르와 딸 길미스를 안긴 뒤 밤중에 자취를 감춰 버렸고, 그는 다시는 그녀를 보지 못했다. 미스렐라스가 비록 급이 비교적 낮은 숲의 종족(높은요정이나 회색요정이 아니었다)이었을지언정, 돌 암로스 대공의 가문과 그 친척들은 용모와 정신 모두가 빼어났기에 항상 고귀한 혈통으로 여겨졌다.

엘렛사르

미출간된 원고들을 통틀어도 갈라드리엘과 켈레보른의 역사와 관련해서는 '엘렛사르'라는 제목의 다듬어지지 않은 4쪽짜리 원고 하나를 제외하고는 찾아볼 수 있는 것이 거의 없다. 이 원고는 집필 초기 단계에 있었으며, 몇 가지 수정 사항이 연필로 적혀 있다. 다만 다른 판본은 존재하지 않는다. 편집상의 교정을 극히 조금 추가해 원문의 내용을 전하자면 다음과 같다.

> 곤돌린에 에네르딜이라는 이름의 보석세공장이 있었는데, 페아노르가 죽고 난 후로는 놀도르에서 가장 솜씨가 뛰어난 자였다. 에네르딜은 자라나는 모든 푸른 것을 사랑했으며 그가 가장 즐거워한 것은 나뭇잎들 사이로 비치는 햇살을 바라보는 일이었다. 그는 문득 청명한 햇살을 담아 넣은 보석을 만들어야겠다는 생각이 들었다. 그 색깔은 당연히 나뭇잎과 같은 초록색이어야만 했다. 이내 그는 그러한 보석을 만들어 냈고, 놀도르조차도 이를 보고 경탄했다. 이 보석을 통해서 바라보면 시들거나 불에 탄 것도 회복되거나 한창때의 우아함을 되찾은 것처럼 보였고, 보석을 쥔 사람의 손길이 닿는 모든 것은 상처가 치유되었다고 한다. 에네르딜은 이 보석을 왕녀 이드릴에게 바쳤고, 그녀는 가슴께에 이를 매달았다. 이로써 이 보석은 곤돌린이 불살라질 때에도 무사할 수 있었다. 이후 이드릴은 출항하기 전에 아들 에아렌딜에게 이렇게 말했다. "엘렛사르를 네게 맡기마. 가운데땅에 남은 통탄의 상처들을 네가 치유할 수 있을 것이야. 하지만 너 외에 다른 이에게는 넘기지 말거라." 실제로 시리온의 항구에서는 인간이나 요정은 물론, 북부의 공포를 피해 그곳으로 도망 온 짐승들까지도 치유가 필요한 많은 상처를 안고 있었다. 에아렌딜이 그곳에 머무

는 동안 그들은 치유를 받고 번성했으며, 잠시나마 모든 것이 푸르고 아름다웠다. 하지만 에아렌딜이 위대한 항해를 시작하여 대양으로 향했을 때, 그는 엘렛사르도 가슴에 달고 있었다. 그가 지닌 가운데땅에서의 첫 번째 기억은 곤돌린이 아직 영화를 누리던 시절, 그의 요람을 안고 노래하는 이드릴의 가슴께에 놓인 초록색 보석이었고, 이에 수색을 떠나는 내내 어쩌면 이드릴을 다시 찾을 수 있을지 모른다는 생각이 그의 앞에 아른거렸다. 그렇게 에아렌딜이 다시는 가운데땅에 돌아오지 않자, 엘렛사르도 영영 자취를 감추었다.

많은 세월이 흐르고 엘렛사르가 다시 한 번 등장하는데, 이에 대해서는 두 이야기가 전해진다. 둘 중 어느 이야기가 진실인지는 이제는 사라져 버린 현자들만이 답할 수 있을 것이다. 일부에서는 두 번째 엘렛사르는 사실 발라들의 축복을 통해 첫 번째 엘렛사르가 돌아온 것일 뿐이며, 올로린(훗날 가운데땅에서 미스란디르로 알려진다)이 이를 서녘에서 갖고 온 것이라 말한다. 어느 날 올로린이 당시 초록큰숲의 삼림 속에 머무르던 갈라드리엘을 찾아가 긴 대화를 나누었다고 한다. 짧지 않은 도피 생활이 놀도르의 귀부인을 무겁게 짓누르고 있었기에, 그녀 또한 친족들과 그녀가 태어난 축복받은 땅에 대한 소식을 간절히 듣고자 했지만, 아직 가운데땅을 저버릴 수 없다는 마음 또한 갖고 있었다. [이 문장은 "다만 아직은 가운데땅을 저버려도 좋다는 승낙을 받지 못했다"로 변경되었다.] 올로린이 그녀에게 여러 소식을 전해주자 그녀는 한숨을 쉬더니 말했다. "나는 가운데땅에서 깊은 시름에 시달리고 있습니다. 나뭇잎은 떨어지고 꽃은 시들기 때문이죠. 나는 그리움이 있어요. 죽지 않는 나무와 풀이 기억나거든요. 그것들을 우리 집에 가져다 두고 싶을 뿐이지요." 그러자 올로린이 말했다. "그렇다면 엘렛사르를 받으시겠습니까?"

이에 갈라드리엘이 말했다. "에아렌딜의 돌이 지금 어디에 있을까요? 그걸 만든 에네르딜은 떠나고 없습니다." 올로린이 말했다. "누가 알겠습니까?" 갈라드리엘이 말했다. "뻔한 일이 아닌가요? 옆에 있던 어여쁜 것들은 모두 그랬듯 그들도 대양 너머로 사라져 버렸어요. 그럼, 가운데땅도 시들어 영원히 사라져야 하나요?" "그것이 이 땅의 운명이지요. 하지만 만약 엘렛사르가 돌아온다면 잠시 동안 조금은 나아질 수 있을지도 모르죠. 인간의 시대가 오기 전에 아주 잠깐은요." "그럴지도 모르죠. 하지만 그게 어떻게 가능할까요? 발라들도 떠났고, 가운데땅은 그들 뇌리에서 잊혀 버렸고, 가운데땅을 붙잡고 있는 이들은 모두 어둠 속에 갇히지 않았습니까?"

올로린이 말했다. "그렇지 않습니다. 발라들의 눈이 멀지도 않았거니와, 그분들의 마음이 굳어진 것도 아닙니다. 그 증표로, 이걸 보십시오!" 그러곤 그는 갈라드리엘의 앞에 엘렛사르를 꺼내 보였고, 그녀는 이를 보고 경이로워했다. 올로린이 말했다. "야반나께서 보내신 것을 전해 드리는 겁니다. 원하시는 대로 이것을 쓰십시오. 잠시 동안은 그대가 머무는 땅을 가운데땅에서 제일 아름다운 곳으로 가꿀 수 있을 겁니다. 다만 이것이 그대의 소유물이 되는 건 아닙니다. 때가 오면 다른 이에게 넘겨주어야 한답니다. 그대가 가운데땅에 지쳐 마침내 이곳을 포기하기 전에, 누군가가 이것을 받으러 올 것입니다. 그의 이름은 이 보석과 같을 것이니, 곧 엘렛사르가 그의 이름입니다."[19]

반면 다른 이야기는 이러하다. 오래전, 사우론이 에레기온의 대장장이들을 기만하기 전에, 갈라드리엘이 그곳을 찾아가 보석세공요정들의 수장인 켈레브림보르에게 이렇게 말했다고 한다. "나는 가운데땅 한가운데에서 깊은 시름에 빠져 있습니다. 내가 사랑했던 나뭇잎은 떨어지고 꽃은 시들어, 내가 사는 땅은 봄이 찾아와도 되돌릴 수 없다는 슬픔만이 가득합니다."

켈레브림보르가 말했다. "엘다르가 가운데땅에 매달린다고 해도 달리 무슨 일을 할 수 있겠습니까? 그럼, 이제 당신도 대양 너머로 가실 건가요?"

그녀가 말했다. "아니요. 앙그로드도 떠나고, 아에그노르도 떠나고, 이제는 펠라군드도 없습니다. 피나르핀의 자식은 이제 내가 마지막입니다.[20] 하지만 내 마음은 여전히 당당합니다. 피나르핀의 황금 가문이 어떤 잘못을 했기에 내가 발라들의 용서를 구해야 되고, 아니면 축복받은땅 나의 고향 아만에서 떨어져 나온 바다 한가운데의 섬 하나에 만족해야 할까요? 나는 여기에 있을 때 더 강하답니다."

켈레브림보르가 말했다. "그럼 어떻게 하실 셈인가요?"

갈라드리엘이 답했다. "내 곁에 죽지 않는 나무와 풀들을 두고 싶습니다. 이 땅, 나의 영지에요. 엘다르의 기술은 어떻게 되었습니까?" 그러자 켈레브림보르가 말했다. "에아렌딜의 돌은 지금 어디에 있습니까? 그걸 만든 에네르딜은 이제 떠나고 없잖습니까." "거의 모든 아름다운 것들과 함께 대양 너머로 사라져 버렸지요. 그렇다면 가운데땅 역시 시들어 영원히 사라져야만 하나요?"

켈레브림보르가 말했다. "그것이 이 땅의 운명이라고 봅니다. 하지만 제가 당신을 사랑한다는 것을 아시지 않습니까(비록 당신은 숲속의 켈레보른에게로 돌아섰을지라도요). 제 손재주로 당신의 슬픔을 덜어낼 수 있다면, 이 사랑을 위해 제가 할 수 있는 일이라면 무엇이든 할 겁니다." 다만 그는 자신도 먼 옛날 곤돌린에 살았다는 것과, 비록 대부분의 일에서 에네르딜에게 뒤처졌을지언정 실은 그와 친구였다는 사실도 밝히지 않았다. 만약 그 시절에 에네르딜이 없었다면 켈레브림보르는 더욱 명성을 떨쳤을 터였다. 그렇기에 그는 잠시 고민하다가 이내 길고도 섬세한 작업을 시작했고, 그렇게 갈라드리엘을 위해 (세 반지만 제외한다면) 자기 일생 최고의 역작이 되는 작품을 만들어 냈다. 그가 만든 초록색 보석은 에네르딜의 것보다 더욱 세련되고 청명했으되, 안에 담긴 빛의 힘은 덜했다고 전해진다. 에네르딜이 만든 보석은 한창 빛나던 태양의 빛을 받았던 반면, 켈레브림보르가 작업을 개시한 것은 이미 긴 세월이 흐른 뒤였기에, 더 이상 가운데땅에서 그 시절과 같은 밝은 빛을 찾아볼 수 없게 된 까닭이었다. 비록 모르고스를 공허로 쫓아내 다시는 돌아오지 못하게 했더라도, 길게 늘어진 그의 그림자가 가운데땅에 드리워 있었던 것이다. 설령 그렇다 하더라도 켈레브림보르의 엘렛사르에서는 광채가 났는데, 그는 이것을 날개를 펼친 독수리 형상을 한 은색의 브로치에 박아 두었다.[21] 갈라드리엘이 엘렛사르를 다루자, 어둠이 숲속으로 찾아오는 때가 닥쳐기 전까지는 그녀 주변의 모든 것들이 아름다워졌다. 하지만 그 이후 켈레브림보르가 세 반지 중 으뜸인 네냐[22]를 그녀에게 전달하자 그녀는 (본인이 생각하기에) 더 이상은 엘렛사르가 필요하지 않게 되었다. 그리하여 그녀는 이 보석을 딸 켈레브리안에게 넘겨주었고, 이후 그것은 아르웬을 거쳐 후일 엘렛사르로 불리게 되는 아라고른의 손에 전해졌다.

말미에는 이렇게 쓰여 있다.

> 엘렛사르는 곤돌린에서 켈레브림보르가 만든 것인데, 이드릴의 손에 들어갔다가 다시 에아렌딜에게 넘겨졌다. 하지만 이 보석은 자취를 감추고 말았다. 그렇지만 켈레브림보르는 에레기온에서 (그가 연모했던) 갈라드리엘 부인을 위해 두 번째 엘렛사르를 만들었는데, 이것은 사우론이 다시 일어나기 이전에 만들어진 만큼 절대반지에 종속된 것이 아니었다.

이 이야기는 '갈라드리엘과 켈레보른에 대하여'와 여러 부분에서 맞아떨어지는데, 아마 그 이야기와 같은 시기에 작성되었거나 조금 일찍 쓰였을 것이다. 켈레브림보르는 여기서 또다시 페아노르 일가의 일원이 아니라 곤돌린의 보석 세공사로 등장하며(415쪽의 서술을 참조하라) 또한 갈라드리엘은 가운데땅을 포기하지 "않았고"라고 언급된다(414쪽 참조). 다만 이후에 글이 편집되면서 금제에 대한 구상이 등장하며, 이 줄거리의 뒷부분에서도 그녀가 발라들의 용서에 대해 이야기한다.

에네르딜은 다른 글에서는 등장하지 않는다. 본문의 마지막에도 켈레브림보르가 곤돌린에서 엘렛사르를 만든 장인으로 에네르딜의 역할을 대체할 예정이었다는 것을 시사한다. 켈레브림보르가 갈라드리엘을 연모했다는 것에 관해서는 다른 출처에서 그 흔적을 찾을 수 없다. '갈라드리엘과 켈레보른에 대하여'에서는 그가 갈라드리엘과 켈레보른을 따라 에레기온에 왔다고 기술되지만(415쪽), 해당 글에서는 『실마릴리온』과 마찬가지로 갈라드리엘이 켈레보른을 도리아스에서 만난 것으로 등장하고, 여기서 켈레브림보르의 "비록 당신은 숲속의 켈레보른에게로 돌아섰을지라도요"라는 대사는 무슨 의미인지 이해하기 어렵다. 갈라드리엘이 "초록큰숲의 삼림 속에" 머무르고 있다고 언급한 것 역시 의미가 모호하기는 마찬가지다. 어쩌면 이 부분은 (다른 곳에서는 근거가 제시되지 않지만) 안두인대하 반대편의 로리엔 숲도 초록큰숲에 포함되었다는 의미를 애매하게 표현한 것으로 보아야 할지도 모른다. 다만 "어둠이 숲속으로 찾아오는 때"라고 한 것은 사우론이 돌 굴두르에서 발흥한 것을 가리키는 것이 확실하며, 『반지의 제왕』 해설 A(Ⅲ)에서는 이를 "숲에 깔린 어둠"으로 기술하고 있다. 어쩌면 갈라드리엘의 세력이 한때는 초록큰숲 남부까지 미쳤다는 것을 암시하는 것일 수도 있다. '갈라드리엘과 켈레보른에 대하여' 417쪽에서 이를 뒷받침하는 듯한 대목을 찾을 수 있는데, 로리난드(로리엔)의 영토가 "안두인대하 양쪽의 숲들로 이어지며, 훗날 돌 굴두르로 불리는 지역까지도 포함되어 있었다"라고 서술되는 부분이 바로 그것이다. 『반지의 제왕』 해설 B의 초판본 '연대기'의 제2시대의 서두에 있었던 "다수의 신다르가 동쪽으로 이동했고 일부는 멀리 떨어진, 숲요정들이 사는 삼림에 터전을 잡았다. 그중 가장 세력이 컸던 이들은 초록큰숲 북부의 스란두일과, 남부의 켈레보른이었다"라는 문구에 이와 동일한 구상이 담겨 있을 수도 있다. 개정판에서는 켈레보른의 이야기가 삭제되고, 대신 그가 린돈에 머물렀다고 언급된다(404쪽에서 발췌).

마지막으로, 여기서 엘렛사르에게 부여되어 있는 시리온 항구에서 나타난 치유의 힘은 『실마릴리온』에서는(396쪽) 실마릴에게로 넘어갔다는 점을 짚고 가야 할 듯하다.

| 주석 |

1 해설 E 468쪽 참조.

2 출간되지 않은 자료에 실린 한 주석에 따르면 하를린돈, 즉 룬만 남쪽의 린돈에 살던 요정들은 대체로 신다르에 기원을 두며 이 지방은 켈레보른이 통치하는 봉토였다고 한다. 이를 해설 B의 서술과 결부시키는 것이 자연스럽겠지만, 어쩌면 여기서 언급된 내용은 이후의 시기에 해당하는 설명일 수도 있다. 여기서는 1697년에 에레기온이 멸망한 이후 켈레보른과 갈라드리엘의 행적이나 그들의 거주지가 극히 모호하게 서술되기 때문이다.

3 『반지 원정대』 BOOK1 chapter 2의 내용 참조. "난쟁이들은 청색산맥에 있는 자신들의 광산에 갈 때면 항상 샤이어를 통과해 서쪽 회색항구에서 끝나는 고대의 동서대로를 이용했다."

4 『반지의 제왕』 해설 A(Ⅲ)에서는 노그로드와 벨레고스트에 있던 고대 도시들이 상고로드림이 붕괴하면서 폐허가 되었다고 하는데, 해설 B의 '연대기'에서는 "40년경 많은 난쟁이들이 에레드 루인의 옛 도시들을 떠나 모리아로 이주하고 인구가 불어나다"라고 언급된다.

5 이 글의 주석에 따르면 '로리난드Lórinand'는 난도린(난도르어—역자 주)으로 된 이 지역의 명칭으로(후일 로리엔이나 로슬로리엔으로 불리게 된다), "황금빛"을 뜻하는 요정어 어휘를 포함하기 때문에 "황금 계곡"이라는 뜻이 된다. 퀘냐 형태는 '라우레난데Laurenandë'가 될 것이고, 신다린으로는 '글로르난Glornan'이나 '난 라우르Nan Laur'가 될 것이다. 이와 다른 자료에서도 이곳의 지명을 설명할 때는 로

슬로리엔의 황금색 말로른 나무들에 관한 언급이 등장한다. 그런데 이 나무는 갈라드리엘이 들여온 것이고(이 나무의 유래에 관해서는 299~300쪽 참조), 이후에 쓰인 또 다른 논의에서는 로리난드라는 이름 자체가 한 차례 변형을 거친 것이며, 더 과거에는 '린도리난드 Lindórinand', 즉 "가수들의 땅의 계곡"이었다가 말로른이 수입된 이후 바뀌었다고 설명한다. 이 땅에 사는 요정들이 텔레리에서 기원했으니, 텔레리가 스스로를 칭하는 이름인 린다르, 즉 "가수"가 여기에 포함된 것은 의심의 여지가 없다. 이 외에도 로슬로리엔의 명칭들을 다루는 데에 있어 서로 많은 부분이 모순되는 여러 논의를 분석해보면, 후기에 지어진 이름들은 모두 갈라드리엘 본인에게서 기인한 것이며, '라우레laurë(황금)', '난(드)nan(d)(계곡)', '-ㄴ도르ndor(땅)', '린-lin-(노래하다)' 등의 서로 다른 요소들을 조합해 만들어졌다는 결론이 나온다. 더불어 '라우렐린도리난Laurelindórinan', 즉 "노래하는 황금계곡"(나무수염은 호빗들에게 더 옛날에는 이 이름이었다고 설명한다)이라는 이름은 의도적으로 발리노르에 있었던 '금빛성수'를 연상시킨다. 이에 관해서는 "갈라드리엘의 그리움이 세월이 흐르면서 점점 더 커졌고, 급기야 극심한 후회로 변모했음이 확실하다"라고 기술된다.

'로리엔' 자체는 원래 발리노르의 특정 지역을 가리키는 퀘냐 명칭이었는데, 그 지역을 다스리는 발라(이르모)의 이름으로도 종종 쓰이곤 했다. 그곳은 "휴식과 그늘진 나무들, 그리고 샘이 있는 곳으로, 근심과 슬픔에서 도피할 수 있는 곳이었다"라고 묘사된다. '로리난드', 즉 "황금 계곡"이 '로리엔'으로 바뀐 것에 대해서는 다음과 같이 설명한다. "이는 바로 갈라드리엘 때문일 것이다. 이런 유사성이 우연일 리가 없다. 그녀는 로리엔을 평화롭고 아름다운 섬이자 피난처로, 옛 시대를 추억할 장소로 만들기 위해 최선을 다했지만, 황금빛 꿈이 잿빛의 현실을 자각하는 일을 더욱 재촉하고 있다는 것을 깨닫자 로리엔 전체가 후회와 불안으로 가득 차고 말았다. 나무수염이 '로슬로리엔'의 뜻을 '꿈속의 꽃'으로 옮겼다는 점을 짚고 넘어가는 것이 좋겠다."

나는 '갈라드리엘과 켈레보른에 대하여'에서는 내내 '로리난드'라는 명칭을 그대로 유지했다. 다만 이 글이 쓰였을 시기에 로리난드는 이 지역의 고대 난도린으로 된 고유한 지명으로 계획되었고, 갈라드리엘이 말로른을 들여오는 이야기는 아직 구상에 없었다.

6 이는 나중에 수정된 내용이다. 초고에는 로리난드가 토착 군주들이 다스리는 땅이었다고 명시되어 있다.

7 집필 시기가 확실하지 않은 별도의 원고에 따르면, '연대기'상으로 사우론이라는 명칭은 더 이른 시기부터 쓰이긴 했으나, 그가 『실마릴리온』에 등장하는 모르고스 수하의 실력자와 같은 자임을 시사하는 이 이름은 사실 제2시대 1600년 즈음에 절대반지가 만들어지기 전까지는 알려지지 않았다고 한다. 요정들과 에다인을 적대하는 알 수 없는 세력 자체는 제2시대 500년 이후 얼마 지나지 않아서, 누메노르인들에게는 알다리온을 통해 8세기 말엽(그가 비냘론데 항구를 세운 시기이다. 313쪽)에 처음으로 그 존재가 알려졌다. 그렇지만 이 세력의 중심에 대해서는 누구도 알지 못했다. 사우론은 적이자 유혹하는 자라는 자신의 두 얼굴을 숨기기 위해 노력했다. 그는 놀도르를 찾아가면서 그럴듯한 아름다운 외형(훗날의 이스타리를 미리 흉내낸 것이다)과 멋진 이름을 취했다. 그가 지은 이름은 "고위 대장장이"라는 뜻의 아르타노, 혹은 발라 아울레의 헌신적인 종이라는 뜻을 가진 아울렌딜이었다(「힘의 반지」 454쪽에서는 사우론이 스스로 '선물의 군주' 안나타르라는 이름을 취했다고 서술되나, 이 주석에서는 그 이름이 언급되지 않는다). 주석은 또한 갈라드리엘은 아울렌딜이라는 자가 발리

노르의 아울레에 속한 자가 아니라고 주장하며 속아 넘어가지 않았다고 전한다. “하지만 이는 꼭 그렇다고 할 수는 없었는데, 아울레는 ‘아르다의 건설’ 이전부터 존재했거니와, 사우론은 사실 ‘아르다가 시작되기 전’ 멜코르에게 타락한 아울레 파에 속하는 마이아였을 가능성이 크기 때문이다.” 이와 함께 「힘의 반지」를 여는 문구를 대조해 보라. “옛날에 마이아 사우론이 있었고 …… 아르다 초기에 멜코르는 그를 유혹하여 자신에게 충성을 바치도록 만들었고 ……”

8 부친께서는 1954년 9월에 보낸 편지에서 다음과 같이 말씀하셨다. “제2시대 초기에 그[사우론]는 여전히 보기에 아름다운 모습이었습니다. 혹은 여전히 아름다운 외양을 가장했다고 할 수 있겠군요. 그리고 뼛속까지 사악한 것도 아니었습니다. 세상을 ‘다시 세우고’ ‘재정비’하고자 서두르는 ‘개혁가’들이 오만과 탐욕에 사로잡히기 전부터 완전히 악하다고 할 게 아니라면, 그가 뼛속까지 악했다고 할 수는 없습니다. 높은요정들 중에서 특히 관련이 있는 일부, 곧 놀도르와 전승학자들은 우리가 말하는 ‘과학과 기술’의 측면에서 언제나 취약점을 안고 있었습니다. 그들은 사우론이 실제로 소유하고 있는 지식을 얻고자 했고, 에레기온의 놀도르 요정들은 길갈라드와 엘론드의 경고를 내팽개쳤지요. 에레기온 요정들이 모리아의 난쟁이들과 나눈 특별한 우정 또한 그들의 이런 특정한 ‘욕망’(‘알레고리’라면 알레고리겠군요. 기술과 기계 장치 등을 사랑하는 것에 대한 알레고리 말입니다.)을 상징합니다.”

9 갈라드리엘은 시간이 한참 더 지나 ‘지배의 반지’가 소실되기 전까지는 네냐의 힘을 이용할 수 없었을 것이다. 다만 작품상에는 이러한 점이 전혀 시사되지 않는다는 것은 사실이다(하지만 바로 위에서 본 대로 그녀는 켈레브림보르에게 ‘요정의 반지’를 절대로 사용해서는 안 된다는

조언을 한 것으로 되어 있다).

10 “최초의 백색회의”라는 의미를 전달하기 위해 수정되었다. ‘연대기’에는 백색회의가 구성된 것이 제3시대 2463년으로 기록되어 있다. 다만 제3시대의 회의는 오래전에 열렸던 이 회의에서 그대로 이름을 따와 만들어진 것일 수 있다. 특히 구성원 몇몇은 양쪽 회의 모두에 참여하였다.

11 이 줄거리 앞부분에서는 (419쪽) 길갈라드가 켈레브림보르로부터 붉은 반지 나랴를 받자마자 곧바로 키르단에게 넘겼다고 기술되어 있다. 이는 『반지의 제왕』 해설 B와 「힘의 반지와 제3시대」에서 키르단이 처음부터 이를 갖고 있었다고 소개한 내용과 일치한다. 본문에 등장한 이 다른 글들과는 상충되는 서술은 글의 여백에 끼워 넣어진 것이다.

12 숲요정들과 그들의 언어에 대해서는 해설 A 451쪽 참조.

13 해설 C 458쪽을 보면 로리엔의 변경에 대한 설명이 있다.

14 도르엔에르닐이라는 지명의 유래는 어디에도 나와 있지 않다. 이 지명은 『반지의 제왕』에 첨부된 로한과 곤도르 그리고 모르도르의 확대된 지도에만 다시 등장한다. 해당 지도에서 도르엔에르닐은 돌 암로스와는 서로 산맥 반대편에 위치한 것으로 나온다. 그런데 본문에서는 정황상 ‘에르닐’이 돌 암로스의 대공을 가리키는 것으로 암시된다(물론 이는 쉽게 추측할 수 있는 바이다).

15 해설 B 454쪽 중에 숲요정들을 다스린 신다르 군주들에 관한 대목

참조.

16 이 설명에서 추측한 바에 의하면 '암로스Amroth'라는 이름의 첫 번째 구성요소는 퀘냐 '암바amba'(위)와 같으며, 신다린으로 언덕이나 가파른 경사면이 있는 산을 뜻하는 '아몬amon'에서도 찾아볼 수 있는 요정어 어휘이다. 또한 두 번째 구성요소는 "오르다"라는 뜻의 어간 '라스-rath-'에서 파생된 것이라고 추측한다(명사 '라스rath'도 동일한 기원을 가진다. 이 단어는 곤도르에서 지명이나 인명을 짓는 데 사용된 누메노르식 신다린 단어로, 미나스 티리스의 모든 긴 도로나 거리에 이 단어가 쓰였다. 미나스 티리스의 거의 모든 길이 경사져 있었기 때문이다. 성채에서 왕들의 무덤까지 내려오는 길인 '라스 디넨Rath Dínen', 즉 '적막의 거리'도 마찬가지였다).

17 암로스와 님로델 전설의 "간략한 진술"에서는 암로스가 케린 암로스의 나무들 위에 살았던 것에 대해 "님로델을 향한 사랑 때문이었다."라고 되어 있다(424쪽 참조).

18 장식이 들어간 폴린 베인스의 가운데땅 지도에서 벨팔라스의 요정 항구가 있는 위치는 에델론드Edhellond("요정항구"라는 뜻이다. 『실마릴리온』 부록의 '에델edhel'과 '론데londë' 표제어 참조)라는 이름으로 표시되어 있다. 그러나 이 이름은 다른 자료에서는 전혀 찾아보지 못했다. 해설 D 460쪽 참조. 『톰 봄바딜의 모험The Adventures of Tom Bombadil』(1962년) 8쪽의 내용을 참조할 것. "긴해안과 돌 암로스에는 고대 요정들의 거주지와, 제2시대에 에레기온이 몰락했을 때부터 '서쪽으로 가는 배들'이 출항했던 모르손드 하구의 항구에 관한 전승이 많다."

19 이 부분은 『반지 원정대』 BOOK2 chapter 8의 한 대목과 일치한다. 해당 부분에서 갈라드리엘이 아라고른에게 초록색 보석을 넘기면서 이렇게 말한다. "이제부터 당신은 당신을 위해 예언되어 있던 이름을 사용하세요. 엘렌딜 가문의 요정석 엘렛사르!"

20 여기와 바로 뒤에 이어지는 글은 원래 '핀로드'라고 적혀 있었으나, 나는 혼동을 피하기 위해 이를 '피나르핀'으로 수정했다. 『반지의 제왕』의 개정판이 1966년에 출간되기 이전에 부친께서는 핀로드를 피나르핀으로 변경하셨고, 본래 잉글로르 펠라군드로 불렸던 그의 아들 펠라군드를 핀로드 펠라군드로 바꾸셨다. 이에 따라 개정판에서 해설 B와 F에 있는 두 단락도 수정되었다. 주목할 만한 점은 여기서 갈라드리엘이 자신의 형제들을 나열할 때 핀로드 펠라군드에 이어 나르고스론드의 왕이 된 인물인 오로드레스를 언급하지 않는다는 것이다. 나로서는 이유를 알 수 없으나, 부친께서는 이후 나르고스론드의 제2대 왕을 피나르핀 가문의 다음 세대로 옮겨 놓으셨다. 다만 『실마릴리온』의 줄거리에는 이러한 변경사항은 물론 이와 관련한 족보상의 어떤 변경도 반영하지 않았다.

21 『반지 원정대』 BOOK2 chapter 8에 등장한 요정석의 묘사와 비교. "그녀[갈라드리엘]는 선명한 초록빛의 큰 보석을 무릎 위에 올려놓았다. 그것은 날개를 펼친 독수리 모양의 은빛 브로치에 박혀 있었다. 부인이 그것을 높이 치켜들자 보석은 마치 봄날의 나뭇잎 사이로 스며드는 햇빛처럼 눈부시게 반짝거렸다."

22 그런데 『왕의 귀환』 BOOK6 chapter 9에서 엘론드의 손가락에 끼워진 푸른 반지가 드러나는 대목에서는 "요정의 세 반지 중에서 가장 강력한 빌랴"라고 되어 있다.

해설 A

숲요정과 그들의 언어

『실마릴리온』에 따르면(163쪽) 안개산맥 동쪽에서 엘다르의 장정을 포기한 텔레리 요정들인 난도르 일부가 "안두인대하 유역의 숲속에 오랜 세월 동안 은거하였다"라고 한다(또 일부는 안두인대하를 내려가 하구에 정착했고, 나머지 일부는 에리아도르에 진입하는데, 그들이 옷시리안드의 초록요정들의 모태가 되었다고 한다).

갈라드리엘, 켈레보른, 로리엔이라는 이름의 어원을 다루는 후기의 어떤 논의에는, 어둠숲과 로리엔의 숲요정들은 안두인계곡에 머물던 텔레리 요정들의 후손이라고 구체적으로 명시된다.

> 숲요정(타와르와이스)은 본래 텔레리에서 유래했으며, 따라서 신다르와는 먼 친척이었다. 물론 발리노르의 텔레리보다 더 옛날에 신다르와 갈라졌다. 대장정 당시 안개산맥에 겁을 먹어 안두인계곡에 머물다가 벨레리안드나 대양에는 발을 들이지 못한 텔레리 분파가 그들의 조상이었다. 따라서 그들은 결국 산맥을 넘어 벨레리안드에 당도했던 옷시리안드의 난도르 분파(혹은 초록요정)와는 근연관계였다.

숲요정들은 안개산맥 건너편의 삼림 속 은둔처에 몸을 숨기고 소규모로 흩어져 사는 민족이 되었고, 아바리와 구분하기 힘들어졌다.

> 하지만 그들은 자신들의 뿌리가 엘다르의 세 번째 종족임을 여전히 기억하고 있었으며, 놀도르 요정들은 물론, 대양 너머로 떠나가지 않고 동쪽으로 [즉 제2시대 초기에] 이주한 신다르 요정들을 특히 환영했다. 그들은 이주해온 이들의 지도를 따르면서 다시금 질서 잡

힌 종족이 되었거니와 그들의 지혜 또한 더욱 깊어졌다. 아홉 원정대원 중 하나였던 레골라스의 아버지인 스란두일은 신다르였고, 비록 그의 백성 모두가 사용하지는 않았으나 그의 궁전에서는 신다린이 쓰였다.

로리엔의 경우는 백성 대부분이 신다르 출신이거나 에레기온을 빠져나온 놀도르였는데[428쪽 참조], 이들은 모두 신다린을 사용하였다. 그들이 사용한 신다린이 벨레리안드식의 신다린과 어떻게 달랐는가(『반지 원정대』 BOOK2 chapter 6 중 프로도가 숲요정들이 자신들끼리 사용한 언어가 서부의 언어와는 달랐다고 기록한 부분 참조)는 물론 지금은 알 수 없다. 아마도 우리가 흔히 "어투"라고 부르는 것이 다른 정도에 지나지 않았을 것이다. 주로 모음의 소리나 억양이 바뀌었는데, 이 정도만으로도 프로도처럼 보다 순수한 형태의 신다린을 알지 못하는 이들은 이해하기 어려웠을 만하다. 물론 이외에도 현지에서만 쓰인 방언들이나, 이전 숲요정들의 언어에 영향을 받아 발생한 여타 특성들이 존재했을 것이다. 로리엔은 오랫동안 바깥세상으로부터 상당히 고립되어 있었다. 확실히 '암로스Amroth'나 '님로델Nimrodel'처럼 예로부터 보존되어 온 몇몇 이름들의 경우 비록 신다린의 형태에 부합하긴 하더라도 신다린으로는 그 뜻을 완전히 설명할 수 없다. '카라스Caras'는 해자가 있는 요새를 지칭하는 옛 어휘인데, 신다린에서는 발견되지 않는다. '로리엔Lórien'은 지금은 소실된 옛 이름이 변형된 것이다[다만 앞부분에서는 숲요정어나 난도린으로 된 본래 명칭이 '로리난드Lórinand'였다고 기술된 바 있다. 444쪽의 5번 주석 참조].

이러한 숲요정들의 이름과 관련된 언급에 대해서는 『반지의 제왕』 해설 F(I)에서 '요정' 부분에 들어간 각주(개정판에만 등장)와 비교.

방금 발췌한 글과 같이 후기에 작성된 한 언어역사학적 논의에서 숲요정어에 관한 또 다른 서술을 찾아볼 수 있다.

숲요정들이 오랫동안 헤어졌던 동족들을 다시 만났을 때, 그들의 방언은 이미 신다린으로부터 한참 멀어져 좀처럼 이해되지 않을 정도였지만, 연구를 별로 하지 않아도 이것들이 엘다린 언어로서 유사한 언어임을 밝히는 데는 문제가 없었다. 전승가들, 특히 놀도르 출신들은 숲요정들의 방언과 그들의 언어 사이의 비교연구에 크나큰 흥미를 가졌으나, 이제는 숲요정어에 관해 알려진 사항은 거의 없다. 숲요정들은 어떠한 문자 체계도 만든 적이 없었고, 신다르에게서 신다린을 적는 법을 배운 이들은 신다린으로 글도 쓸 줄 알게 되었다. 제3시대 말엽에 이르면 반지전쟁 때 중요한 역할을 했던 로리엔과 어둠숲 북부의 스란두일의 왕국 두 지역에서는 숲요정들의 언어가 더 이상 쓰이지 않게 되었던 듯하다. 이에 관해 남아 있는 기록이라곤 몇 안 되는 단어와 인명과 지명 몇 가지가 전부이다.

해설 B

숲요정을 이끈 신다르 군주들

『반지의 제왕』 해설 B의 '연대기' 제2시대의 글머리 주석을 보면 "바랏두르가 구축되기 전에 다수의 신다르가 동쪽으로 이동했고 일부는 멀리 숲요정들이 사는 삼림에 터전을 잡았다. 초록큰숲 북부의 스란두일 왕도 그중 하나였다"라는 언급이 있다.

부친께서 후기에 작성하신 문헌학적 저술에서 숲요정들을 이끈 신다르 군주들의 역사를 좀 더 자세히 찾아볼 수 있다. 가령 한 원고에 보면 스란두일의 왕국은

> ……모리아에서 망명한 난쟁이들이 찾아오고 용의 침략이 벌어지기 전까지는, 외로운산을 둘러싸면서 긴호수의 서안을 따라 형성되어 있는 숲에까지 이르렀다. 이 지역의 요정은 남쪽에서 이주해왔으며 로리엔의 요정들과는 일족이자 이웃이었지만, 안두인대하 동쪽의 초록큰숲에 거주하고 있었다. 제2시대에 그들의 왕 오로페르[레골라스의 아버지인 스란두일의 부친]가 창포벌판 너머 북쪽으로 물러났는데, 그가 이런 행동을 취한 것은 모리아 난쟁이들의 위세와 침탈에서 벗어나기 위함이었다. 당시 모리아는 역사상 가장 거대한 난쟁이들의 저택으로 성장해 있는 데다 그는 또 켈레보른과 갈라드리엘이 로리엔을 잠식한 것에 화가 났기 때문이기도 했다. 하지만 최후의 동맹 전쟁이 발발하기 전까지는 초록숲과 산맥 사이에는 두려워할 것이 없었으며, 그의 백성들과 대하 건너편에 사는 일족들 사이에서도 꾸준한 교류가 있었다.
>
> 숲요정들은 놀도르나 신다르, 혹은 난쟁이나 인간 또는 오르크 같은 다른 종족들의 일에 얽히지 않기를 바라고 있었지만, 지혜로운 오

로페르는 사우론을 제거하지 않고는 평화가 돌아오지 않으리라는 것을 알고 있었다. 이에 그는 수가 제법 많아진 백성들을 불러 모아 대군을 결집했고, 비교적 수효가 적었던 로리엔의 말갈라드 군단과 합세한 후 숲요정들의 부대를 이끌고 전투에 나섰다. 숲요정들은 대담하고 용맹했지만, 서녘의 엘다르와 비교하면 갑주나 무기는 조악했다. 뿐만 아니라 그들은 독립적으로 움직였으며, 길갈라드의 최고사령부의 명령을 따를 생각도 없었다. 그리하여 비록 끔찍한 전쟁이기는 했으나 그들은 필요 이상으로 막심한 피해를 입고 말았다. 말갈라드와 그의 부하들 절반 이상이 다고를라드에서 벌어진 대전투에서 목숨을 잃었는데, 그들은 본진에서 분리되어 죽음늪까지 밀려나고 만 것이다. 오로페르는 모르도르를 향해 개시된 첫 공세에서, 길갈라드가 공격 신호를 전달하기도 전에 용감무쌍한 전사들을 이끌고 선두에서 성급히 돌격하다 전사하고 말았다. 그의 아들 스란두일은 살아남았지만, 전쟁이 끝나고 사우론이 (겉보기에는) 제거된 이후 그는 처음 출병했던 병력의 3분의 1에도 못 미치는 병사들만을 이끌고 귀환했다.

로리엔의 말갈라드는 다른 곳에서는 등장하지 않으며, 여기서 암로스의 부친이라고 명시되지도 않는다. 한편 암로스의 부친 암디르는 다고를라드 전투에서 전사했다고 두 차례나 (위의 424쪽과 429쪽) 언급된다. 이로 미루어 보건대 말갈라드를 무리 없이 암디르와 동일인으로 볼 수 있을 듯하다. 하지만 어느 이름이 다른 이름을 대체한 것인가는 말하기 어렵다. 이 글은 아래에 계속 이어진다.

뒤이어 기나긴 평화가 찾아와 숲요정들의 수가 다시 늘어났지만, 그들은 제3시대가 불러올 세상의 변화를 느끼며 동요하고 불안해했다. 인간 역시 수가 많이 늘었고 세력 또한 커지고 있었다. 누메노르인

> 왕들이 다스리는 곤도르의 강역도 북쪽까지 뻗어 로리엔과 초록숲의 경계에 이르렀다. 북부의 자유인들(요정들이 그렇게 불렀는데, 그것은 그들이 두네다인의 통치를 받지도 않았고 또 사우론이나 그 수하의 밑으로 들어간 적이 없었기 때문이다.)은 남쪽으로 퍼지고 있었는데, 일부는 초록숲의 가장자리나 안두인강 유역의 초원지대에 자리 잡았고, 대개는 초록숲 동쪽으로 갔다. 더 멀리 동부에서 전해오는 소문은 더 흉흉했다. 야인들이 들썩이고 있었던 것이다. 그들은 사우론의 수하이자 추종자였던 자들로, 사우론의 압제에서는 해방된 참이었지만 마음속에 심어진 악과 어둠으로부터 결코 벗어나지 못하고 있었다. 그들은 서로 간에 잔혹한 전쟁을 이어 갔고, 일부는 서쪽으로 후퇴하기도 했는데, 이들의 마음속에는 증오가 가득하여 서부에 살던 모든 것들을 죽이고 약탈해야 할 적으로 간주했다. 하지만 스란두일의 마음속에는 이보다도 깊은 어둠이 여전히 자리하고 있었다. 그가 목격한 모르도르의 공포를 잊을 수 없었던 것이다. 스란두일이 남쪽을 바라볼 때면 언제나 그때의 기억이 태양의 밝은 빛마저 가려버렸고, 모르도르가 파멸을 맞고 버려진 땅이 되었으며 인간의 왕들이 눈에 불을 켜고 그곳을 감시한다는 사실을 알고는 있었으나, 그 땅은 영원히 정복된 것이 아니며 언젠가는 다시 발흥하리라는 두려움이 그의 마음 한편에 남았다.

앞의 이야기와 동일한 시기에 작성된 또 다른 원고에 의하면, 제3시대가 천년이 흘렀을 때 초록큰숲에 어둠이 드리우자, 스란두일이 이끌던 숲요정들은

> ……끊임없이 북쪽으로 세를 넓히는 어둠을 피해 후퇴했고, 마침내 스란두일은 숲의 동북쪽에 왕국을 세운 후 지하에 요새와 거대한 궁전을 지었다. 오로페르는 신다르 혈통을 이은 인물이었으며, 그의 아

들 스란두일은 당연히 오래전 도리아스의 싱골 왕의 선례를 따랐다. 하지만 그의 궁전은 메네그로스에 비할 바는 되지 못했다. 스란두일에게는 기술도 재력도 난쟁이들의 원조도 없었거니와, 도리아스의 요정들에 비하면 그가 이끄는 숲요정들은 투박하고 촌스러운 편이었다. 오로페르는 극히 소수의 신다르 요정들만 데리고 이들을 찾아왔으며, 금세 숲요정어를 흡수하고 그들의 양식과 특색을 따른 이름을 쓰면서 숲요정들과 동화되었다. 이는 의도적으로 받아들인 변화였는데, 그들(그리고 전설에서 잊혔거나 간략하게 이름만 전해질 뿐인 모험가들)은 도리아스가 멸망한 후 도망쳐 나왔기에 가운데땅을 떠날 의사도 없었으며, 도리아스의 백성들은 그다지 좋아하지 않는 놀도르계 망명자들의 다스림을 받던 벨레리안드의 다른 신다르와 어울리고 싶지도 않았던 것이다. 그들의 말에 따르면, 그들은 진정으로 다시 숲요정이 되어 발라들의 초대로 대혼란을 겪기 이전에 요정들이 당연하게 누렸던 소박한 삶으로 돌아가기를 소망했다.

여기서 어둠숲의 숲요정들을 다스린 신다르 통치자들이 숲요정어를 받아들였다는 서술과, 위의 453쪽에서 인용된 글에서 제3시대의 말기에 이르자 스란두일의 왕국에서는 숲요정어가 쓰이지 않게 되었다고 하는 서술을 어떻게 결부시켜야 할지에 대해 (내가 보기에는) 어느 곳에서도 명확한 단서를 찾을 수 없다.

「창포벌판의 재앙」 장 490쪽에 있는 14번 주석을 추가로 참조.

해설 C

로리엔의 변경

『반지의 제왕』 해설 A(I) 518쪽에서는 하르멘다킬 1세 왕(제3시대 1015~1149년)의 시대에 위세가 절정에 달하던 곤도르 왕국은 북쪽으로 "켈레브란트평원과 어둠숲의 남단"까지 확장했다고 한다. 부친께서는 여러 차례 이것이 오류이며, 정확히 정정하자면 "켈레브란트평원"이라 해야 한다고 하셨다. 부친께서 후기에 남기신 가운데땅 언어들 간의 상관관계에 대한 원고에 따르면

> 켈레브란트강(은물길강)은 로리엔의 영토 내에 있었으며, 북쪽으로(안두인대하 서쪽에서) 곤도르 왕국의 실질적인 지배력이 미치는 영역은 맑은림강까지였다. 한때 로리엔의 숲이 남쪽으로 넓게 펼쳐졌던 은물길강과 맑은림강 사이의 초원 전역은 로리엔에서 파르스 켈레브란트(즉 은물길강평원, 혹은 은물길강에 에워싸인 초원)로 알려졌었다. 비록 숲의 언저리 너머에 요정이 거주한 바는 없었지만, 이 땅 역시 로리엔의 영토로 여겨졌다. 후대에 곤도르는 맑은림강 상류에 다리를 건설했으며, 동부 방어를 위해 맑은림강 하류와 안두인대하 사이의 좁은 지대를 여러 차례 점령했다. 안두인대하의 거대한 만곡부들(로리엔을 쏜살같이 통과한 강물이 이곳에서 평탄한 저지대에 접어들다가 나중에 에뮌 무일의 작은 협곡으로 재차 쏟아져 내렸다)에는 얕고 넓은 모래톱이 여럿 있었는데, 장비를 잘 갖춘 적이 마음만 먹으면 뗏목이나 부교를 통해 대하를 건널 수 있는 곳이었다. 특히 북여울과 남여울로 알려진 서쪽으로 굽이진 두 만곡부가 제일 취약했다. 곤도르에서 파르스 켈레브란트라고 하면 바로 이 지역을 가리켰으며, 옛 북쪽 국경을 정의할 때 파르스 켈레브란트라는 이름이 등장하는 것도 이 때문이었다.

(아노리엔을 제외한) 백색산맥 이북의 땅 전체가 맑은림강까지 모두 로한 왕국의 영토가 되었던 반지전쟁 시기에 들어서면, 파르스('~의 평원') 켈레브란트라는 명칭은 청년왕 에오를이 곤도르를 침략한 적들을 물리친 대전투를 서술할 때만 쓰이게 되었다[522~523쪽 참조].

부친께서 또 다른 산문을 통해 언급하신 바에 따르면, 로리엔 땅의 동쪽과 서쪽 변경은 안두인대하와 산맥으로 경계를 이루었지만(안두인대하를 가로지르는 로리엔의 영토 확장에 대해서는 일말의 언급도 하지 않으셨다. 443쪽 참조), 북쪽이나 남쪽으로는 명확히 규정된 변경이 없었다고 한다.

오래전 갈라드림은 프로도가 물속에 들어간 은물길강의 폭포에 이르기까지의 숲을 자신들의 영토로 주장했으며, 그 숲은 남쪽으로 은물길강을 한참 넘어 팡고른숲과 어우러지는 작은 수목들로 이뤄진 삼림에까지 이어졌다. 하지만 로리엔의 심장부는 언제나 카라스 갈라돈이 자리 잡은 은물길강과 안두인대하 사이의 두물머리에 있었다. 로리엔과 팡고른 사이에는 가시적인 경계선은 없었지만, 엔트들도 갈라드림도 서로의 영역을 침범하지 않았다. 전설에 전하기를 옛 시절에 팡고른 본인이 직접 갈라드림의 왕을 만나 이렇게 말했다고 한다. "나도 내 영역을 알고, 당신도 당신의 영역을 아니, 어느 쪽도 서로의 땅을 침범하지 않도록 합시다. 하지만 어떤 요정이 기쁨을 찾아 내 땅으로 걸어 들어온다면 우린 그를 환영할 것이오. 그러니 설령 엔트가 그대 땅에 나타나더라도 그대들도 해코지 당할 염려는 마시구려." 하지만 오랜 세월 동안 엔트나 요정은 서로의 땅에 발을 들이지 않았다.

해설 D

론드 다에르 항구

'갈라드리엘과 켈레보른에 대하여'에는 제2시대 17세기 말에 에리아도르에서 사우론을 상대로 펼쳐졌던 전쟁에서 누메노르의 제독 키랴투르가 "누메노르인들의 소규모 항만이 있던" 과슬로강(회색강) 하구에 강력한 병력을 준비시켜 둔 것으로 기록되어 있다(421쪽 참조). 후기의 원고들에서 이 항구에 관한 언급이 상당히 많이 등장하는데, 처음으로 언급된 것은 여기인 것으로 보인다.

가장 상세한 이야기는 앞에서 이미 암로스와 님로델 전설과 관련하여 인용한 바 있는(427쪽 이후) 강들의 명칭에 대한 문헌학적 산문에 포함되어 있다. 이 글에서는 과슬로강의 이름과 관련해 다음과 같이 주장한다.

> 과슬로강은 "회색강"으로 풀이되지만, 여기서 '과스gwath'는 신다린으로 '어둠', 즉 구름이나 안개, 혹은 깊은 골짜기로 인해 생겨나는 흐릿한 빛을 가리키는 어휘이다. 지리를 따져 보면 이 이름이 어울리지 않아 보인다. 과슬로강은 넓은 지대를 가로지르며 이를 누메노르인들이 각각 민히리아스('강들 사이', 여기서의 강들은 바란두인강과 과슬로강을 일컫는다)와 에네드와이스('가운데 족속')로 불렀던 두 영역으로 분리하는데, 이 일대는 주로 탁 트인 평원이었으며 산도 없었다. 글란두인강과 미세이셀강[흰샘강]의 합류점 부근의 땅은 사실상 평평했고, 유속도 느린 데다 강물이 늪지대로 퍼져 나가는 모습도 보였다.[1]

1 글란두인강('경계선강')은 안개산맥의 모리아 이남에서 발원한 후 사르바드에서 미세이셀과 합류한다. 『반지의 제왕』의 초기 지도에서는 이 이름이 표시되지 않았다. (오직 해설 A(Ⅰ)에서 딱 한 번 그 이름이 등장할 뿐이다) 부친께서는 1969년에 폴린 베인스 양과 접촉해 그녀가 그린 가운데땅 지도에 추가될 명칭들을 전달했던 듯하다. '에델론드(앞의 449쪽 18번 주석에서 언급됐다)', '안드라스트', '드루와이스 야우르(옛 푸켈땅)', '론드 다에르(폐허)', '에륀 보른', '아도른

하지만 사르바드 아래로 수백 킬로미터에 걸쳐 경사로가 늘어났다. 그럼에도 과슬로의 강물은 절대로 빨라지는 법이 없었으며, 흘수가 얕은 선박들은 별 어려움 없이 돛이나 노를 이용해 사르바드까지 올라갈 수 있었다.

과슬로강의 어원에 대해서는 역사적인 측면을 보아야 한다. 반지전쟁 시기에 이 땅은 여전히 곳곳에 나무가 우거져 있었고 특히 민히리아스와 에네드와이스의 동남부가 그러했으나, 정작 평원 대부분은 초원지대였다. 제3시대 1636년에 대역병이 창궐한 이후로 민히리아스는 거의 완전히 황폐해져 몇몇 비밀스러운 사냥꾼 부족들만이 숲속에 살고 있을 뿐이었다. 에네드와이스의 경우 동쪽에서는 안개산맥의 고원지대에 살아남은 던랜드인이 거주했고, 또한 적당히 수가 많았지만 야만적이었던 어부 부족이 과슬로강 하구와 앙그렌(아이센)강 사이에 거주했다.

그렇지만 누메노르인들이 처음으로 탐험을 떠나던 옛 시절에는 상황이 많이 달랐다. 민히리아스와 에네드와이스는 큰늪으로 된 중앙부를 제외하면 거의 끝없이 이어지는 광활한 삼림으로 뒤덮여 있었다. 이후에 벌어진 변화는 대체로 길갈라드와 친교를 맺고 동맹 관계를 구축했던 '수부왕水夫王' 타르알다리온 때문이었다. 알다리온은 누메노르를 강성한 해군 국가로 만들기를 원했기 때문에 목재에 대한 욕심이 대단했지만, 누메노르에서 벌인 벌목이 큰 분란을 일으키고 말았던 것이다. 해안을 따라 항해하던 그는 이 거대한 숲을 보고 경이로워했으며, 이내 완전하게 누메노르인들의 손으로 운영될 새 항구를 건설할 장소로 과슬로강 어귀를 택했다(당연히 그 시점엔 곤도르는 존재하지 않았다). 이곳에서 그는 대규모 공사를 시작했고, 이는 그

강', '백조늪', '글란두인강' 등이다. 마지막 세 개는 당시 책에 동봉된 초기 지도에 기재되었는데, 왜 이렇게 했는가는 나로서는 알 수가 없다. 게다가 '아도른강'은 제대로 된 위치에 표시되었지만, '백조늪'과 '글란딘강'[원문 그대로임]은 실수로 아이센강 상류에 표시되어 있다. 글란두인강과 백조늪의 이름의 관계에 대한 정확한 해설을 위해서는 461~467쪽 참조.

의 시대가 끝난 후로도 계속되었다. 이렇게 에리아도르에 진입한 것이 훗날 사우론을 상대로 한 전쟁(제2시대 1693~1701년)에서 대단히 중요한 결과를 낳게 되지만, 애초에는 그저 목재를 수급하고 배를 건조할 항만으로 시작했을 뿐이었다. 현지의 원주민들은 그 수도 많고 호전적이었으나, 중앙의 통치자도 없이 숲속에 흩어져 사는 부락들에 지나지 않았었다. 이들은 누메노르인들을 경외의 눈으로 바라보았으나, 그들의 벌목이 심각한 해악을 끼칠 정도에 이르게 되자 적개심을 드러내기 시작했다. 그 후로 이들은 가능할 때마다 누메노르인들을 덮치거나 기습했으며, 누메노르인들도 이들을 적으로 대하면서 더욱 가혹하게 나무를 베어냈으며, 나무를 아끼거나 다시 심는 것에는 관심을 두지 않게 되었다. 초기에 벌목은 과슬로강의 양쪽 강변에서 행해졌으며 목재는 강물에 띄워 항구(론드 다에르)까지 내려보내곤 했다. 하지만 이제 누메노르인들이 과슬로강 남쪽과 북쪽 모두에 숲속까지 이어지는 넓은 도로와 연결로를 만들자, 살아남은 현지 주민들은 민히리아스를 버리고는 바란두인강 하구 이남의 거대한 에륀보른 곶에 자리 잡은 어두운 숲속으로 달아났다. 그들은 요정들을 두려워해 형편이 되더라도 차마 바란두인강을 건널 엄두를 내지 못했다. 에네드와이스 원주민들의 경우 동쪽의 산맥에 은신처를 마련했는데 이곳이 훗날 던랜드가 되었다. 그들은 아이센강을 건너지도 않았고, 벨팔라스만의 북쪽 갈래[라스 모르실 혹은 안드라스트로 불린다. 379쪽의 6번 주석 참조]를 이루는 아이센강과 레브누이강 사이의 대규모 곶 지대에 은신처를 세우지도 않았다. 이는 '푸켈맨'들 때문이었는데 ……. [이후 이어지는 내용은 666쪽 참조.]

누메노르인들로 인한 황폐화는 도저히 가늠조차 할 수 없는 정도였다. 오랫동안 이 지역은 론드 다에르나 다른 곳에 있는 조선소의 선재뿐만 아니라, 누메노르 본토에서 쓸 선재까지 공급하였던 것이다. 엄청난 양의 화물이 바다를 건너 서쪽으로 갔다. 일대에 이루어진 삼림의 파괴는 에리아도르에 전쟁이 벌어지면서 더욱 심화되었다. 쫓겨난 원주민들이 사우론이 '바다에서 온 민족'을 물리칠 것이라고 기대하면서 그를 환영했던 것이다. 사우론은 자신의 적들에게 '큰항구'와 그곳의 조선소가 막중한 역할을 하고 있다는 것을 알았으며, 자신이 보낸 습격대를 도울 첩자이자 안내자로 누메노르인을 증오하던 이들을 이용했다. 그는 항구나 과슬로강 강변을 따라 지어진 요새들을 치는 데 할애할 만큼 병력이 많지 않았지만, 그가 보낸 기습부대가 숲에 불을 지르고 누메노르인들의 거대한 목재창고를 상당수 불태우면서 숲 가장자리에는 대혼란이 일어났다.

마침내 사우론이 패퇴하고 에리아도르에서 쫓겨나 동쪽으로 밀려났을 때는 이미 옛날 숲들이 대부분 파괴된 후였다. 과슬로강은 이제 나무도 없고 경작도 하지 않는 황무지가 양편으로 드넓게 펼쳐진 땅을 가로지르게 되었다. 타르알다리온의 배에 오른 용감한 탐험가들이 작은 배로 강을 거슬러 올라가면서 이 강에 처음 이름을 붙였을 시절에는 그렇지 않았다. 소금기가 배어 있는 대기와 거센 바람이 맴도는 해역을 지나고 나면 우거진 삼림이 강둑까지 이어져 있었고, 강폭이 넓은데도 거대한 나무들이 그 위에 그림자를 넓게 드리우고 있었으며, 탐험가들은 그 그림자 아래에서 미지의 땅으로 조심스럽게 나아갔다. 그래서 그들이 이 강에 처음 붙인 이름이 "어둠강"이라는 뜻의 '과스히르Gwath-hîr', 곧 '과시르Gwathir'였다. 하지만 이후 그들은 북쪽으로 뚫고 올라가다가 큰 늪지대의 첫머리까지 다다랐다. 그들이 이곳에서 배수 작업과 제방 건설을 시작해 훗날 두 왕국의 시대에 사르바드가 자리 잡게 되는 터에 큰 부두를 지을 필요를 느끼고 이를 위한 충분한 인력을 갖추는 것은 먼 훗날의 일이다. 그들이 이 늪지대를 일컬을 때 쓴 신다린 어휘는 '로ló'로, 초기형은 '로가loga'였다['젖은, 축축한, 질퍽한'이라는 뜻의 어간 '로그-log-'에서 파생되었다]. 이 당시 그들은 북쪽의 산맥에서 흘러나오던 미세이셀강과 더불어 브루이넨강[큰물소리강]과 글란두인강의 강물이 합쳐져 평원에 큰물을 쏟아붓는다는 사실을 몰랐기에, 처음에는 이 늪지대가 곧 숲속을 흐르는 강의 근원이라고 여기게 되었다. 이런 연유로 '과시르'라는 명칭은 '과슬로Gwathló', 즉 늪에서 발원한 그늘진 강으로 변경되었다.

과슬로강은 뱃사람들 이외의 누메노르인들에게도 널리 알려지면서 아둔어로 번역된 몇 안 되는 지리적 명칭 중 하나였다. 이 강의 아둔어 명칭은 '아가수루쉬'였다.

론드 다에르와 사르바드의 내력은 동일한 글에서 글란두인강의 명칭을 다룰 때 다시 언급된다.

'글란두인'은 "경계선강"이라는 뜻으로, 이 강에 (제2시대에) 처음 붙은 이름이었다. 그 이유는 강이 에레기온의 남쪽 경계였으며, 그 너머로는 던랜드인의 조상들과 같이 누메노르인 도래 이전의 선주민이자 대체로 비우호적이었던 민족이 살고 있었기 때문이다. 후대에 들어서면 글란두인강은 미세이셀강과 합류해 형성된 과슬로강과 함께 북왕국의 남쪽 경계를 이루게 된다. 건너편의 과슬로강과 아이센강(시르 앙그렌) 사이에 위치한 땅은 에네드와이스('가운데 족속')로 불렸는데, 이곳은 어느 왕국에도 속하지 않았으며 그 어떤 누메노르인들도 이곳에 영구히 정착한 바가 없었다. 다만 두 왕국 사이에서 바닷길을 제외하면 가장 주요한 교류의 경로였던 남북대로가 사르바드부터 아이센여울목(에스라이드 엥그린)까지 에네드와이스를 통과하였다. 북왕국이 쇠락하고 곤도르에 재앙이 닥치기 이전, 즉 제3시대 1636년에 대역병이 도래하기 전까지 두 왕국은 이 지역에 관한 이해를 공유하고 있었으며, 사르바드 대교는 물론 민히리아스와 에네드와이스 평원의 늪지대를 가로질러 대교로 이어지는 긴 방죽길을 과슬로강과 미세이셀강 양쪽에 함께 만들고 관리했다.[2] 상당수의 병사와 뱃사람, 기술자들로 구성된 수비대가 제3시대 17세기까지 그곳에 주둔했다. 그러나 그 이후로 이 지역은 빠르게 쇠락했고, 『반지의 제왕』의 시기가 오기 한참 전에 이미 야생 상태의 늪지대로 되돌아가고 말았다. 보로미르가 곤도르에서 깊은골까지 장대한 여정을 떠났을 시기에 (이 여정에 필요했던 용기와 담대함은 이야기에서 충분한 주목을 받지 못했다) 남북대로는 허물어진 방죽길의 잔해를 빼면 더 이상 남아 있지 않았다. 이 길을 통해 사르바드로의 위험천만한 여정을 마칠 수 있는 방법은 다 사라져 가는 흙무더기들, 그리고 강물의 유속이 느리고 야트막하지 않았다면(그 와중에도 폭이 넓긴 했지만) 필시 건널 수 없었을 다리의 잔해로 이뤄진 위험천만한 여울목을 찾아 나서는 길뿐이었다.

'글란두인'이라는 이름을 조금이라도 떠올릴 수 있는 곳이 있다면, 이는 분명 깊은골이었을 것이다. 여기서도 아마 물이 아직 쏜살같이 흐르는 상류 부분을 일컫는 데만 쓰였을 듯하다. 강물은 이후 평원에서 그 종적이 희미해지다가 늪지대에서 완전히 사라지고 만다. 이 늪지대는 습지, 웅덩이, 그리고 작은 섬이라고 불릴 만한 조그마한 마른 땅들이 거미줄처럼 얽힌 곳인데, 여기서 서식하던 것이라곤 오로지 '백조' 떼와 그 외의 물새들뿐이었다. 이 강에 이름이 주어졌다면 그것은 던랜드인의 언어로 된 이름이었을 것이다. 『왕의 귀환』 BOOK6 chapter 6에서는 이 강이 "백조강"(대문자 River가 아닌 소문자 river가 쓰였다.)으로 지칭되는데, 단순히 이 강이 닌인에일프, 즉 "백조들의 물

2 왕국 역사 초기에 정립된 양국 사이의 가장 효율적인 (대규모의 군사력을 보낼 게 아니라면) 이동 경로는 바다를 통해 과슬로강 어귀에 있는 옛 항구를 거쳐 사르바드의 강항까지 간 다음 여기서 대로를 통하는 것이었다. 옛 해항과 그곳에 자리한 큰 선착장은 폐허가 된 상태였지만, 오랫동안 힘쓴 끝에 사르바드에 원양 선박을 수용할 수 있는 항구가 만들어졌으며, 한때는 명성이 자자했던 사르바드 대교를 수호하기 위해 강 양편의 큰 토루 위에 요새가 세워졌다. 이 옛 항구는 누메노르인들의 가장 오래된 항구 중 하나로, 명망 높은 수부왕 타르알다리온이 건설한 것이며 후일 증축과 요새화가 이루어졌다. 이곳은 론드 다에르 에네드, 즉 가운데큰항구로 불렸다(북쪽의 린돈과 안두인대하 방면의 펠라르기르 사이에 위치한 까닭이었다). [원저자 주]

터"[3]로 흘러가는 강이기 때문이었다.

부친께서 의도하셨던 것은 『반지의 제왕』의 개정된 지도에서 강 상류를 글란두인으로 표시하고, 여기서 말했듯이 늪지대는 닌인에일프(혹은 백조늪)로 표시하는 것이었다. 실제 당시에는 의도가 잘못 전달되어 폴린 베인스의 지도에서 하류가 "백조강"으로 표기되었는데, 앞의 주석에서 언급했듯이(460~461쪽) 책에 실린 지도에는 이 이름들이 잘못된 강에 표기되었다.

사르바드는 『반지 원정대』 BOOK2 chapter 3에서 "폐허가 된 마을"로 묘사되었으며, 로슬로리엔에서 보로미르가 회색강을 건너다가 사르바드에서 말을 잃어버렸다고 말한 바 있다는(『반지 원정대』 BOOK2 chapter 8) 점을 언급해야 하겠다. '연대기'에서는 사르바드가 폐허가 되어 버려진 것이 제3시대 2912년 대홍수가 에네드와이스와 민히리아스를 휩쓸었던 때로 기술되었다.

이 논의들을 종합해보면 과슬로강 하구에 자리 잡은 누메노르인들의 항만에 대한 구상은 '갈라드리엘과 켈레보른에 대하여'가 집필될 시기에는 "누메노르인들의 소규모 항만"으로 설정되어 있었다가 이제는 론드 다에르, 즉 큰항구로 확장되었음을 알 수 있다. 이 항구가 곧 「알다리온과 에렌디스」 장에 등장하는(313쪽) 비냘론데 혹은 신항구인데, 다만 위의 논의에서는 이 이름이 등장하지는 않는다. 「알다리온과 에렌디스」 장에서는(363쪽) 알다리온이 왕위에 오른 이후 비냘론데에서 다시금 착수했던 작업은 "결국 마무리되지 못하였다"라고 언급되었다. 이 부분은 단지 이 작업이 알

3 신다린으로 '알프alph'는 백조를 뜻하며 그 복수형이 '에일프eilph'이다. 퀘냐형은 '알콰alqua'로, '알콸론데Alqualondë'에서 찾아볼 수 있다. 엘다린의 텔레린 분파에서는 본래 kw였던 소리가 p로 교체되었으며(본래 p였던 소리는 교체되지 않고 유지되었다). 변화가 많이 이뤄졌던 가운데땅의 신다린에서는 l과 r 뒤에 오는 파열음이 마찰음으로 바뀌었다. 이렇게 해서 본래의 단어 '알콰alkwa'가 텔레린에서는 '알파alpa'로 바뀌고, 신다린에서는 '알프alf(표기할 때는 alph)'가 된 것이다.

다리온 자신에 의해 마무리되지 못했다는 의미일 것이다. 이후의 론드 다에르의 역사는 이 항구가 한참이 지난 후 복구되었으며 해상으로부터의 공격에서 안전해졌다는 전제 아래 기술된다. 더 나아가 「알다리온과 에렌디스」 장의 동일한 대목에서도 "훗날 타르미나스티르가 사우론과의 첫 전쟁에서 눈부신 위업을 이룩할 수 있는 기반을 마련한 인물이 바로 알다리온이었으며, 그런 그의 노력이 없었더라면 누메노르의 함대는 그 힘을 알다리온이 예견했던 대로 때에 맞춰 정확한 위치에서 발휘할 수 없었을 것이다"라고 설명하고 있다.

상단의 글란두인강에 관한 논의에서 이 항구가 북쪽의 린돈과 안두인대하의 펠라르기르 사이에 위치했기에 론드 다에르 에네드, 즉 가운데큰항구로 불렸다고 한 것은, 누메노르인들이 에리아도르에서 있었던 사우론을 상대로 한 전쟁에 참전하고 난 한참 후에 대한 언급임이 확실하다. '연대기'에 따르면 펠라르기르는 제2시대 2350년에서야 비로소 건설되면서 충직한 누메노르인들의 주요 항구가 되었다고 명시되기 때문이다.

해설 E

갈라드리엘과 켈레보른의 이름들

발리노르 엘다르의 작명법에 대한 어느 글에 따르면 이들은 두 가지 '이름'(엣시)을 가졌다고 한다. 첫 번째는 태어날 때 아버지가 지어주는 것으로, 주로 아버지의 이름을 연상케 하는 형태로 지어졌다. 아버지의 본명과 뜻과 형식에 있어서 유사하거나, 아니면 실제로 똑같은 이름을 물려받기도 했는데, 이 경우 후일에 자식이 완전히 성장하게 되면 구분을 위해 접두사가 붙을 때도 있었다. 두 번째 이름은 이보다 후에 어머니가 지어주는 것으로, 한참 후에 지어질 때도 있지만 태어난 지 얼마 되지 않아 지어질 때도 있었다. 이러한 모계명에는 큰 의미가 담겨 있었는데, 엘다르의 어머니들은 자식의 성격과 재능에 대한 통찰력을 가지고 있었으며, 개중에는 예언적 선견지명을 가진 이들도 많았기 때문이다. 여기에 더해 엘다르는 누구나 에펫세('후명後名')라고 해서, 무조건 혈육이 지어주는 것만은 아닌 별도의 별명을 가질 수 있었다. 대개는 감탄이나 경의의 의미로 주어지는 호칭이었는데, 훗날의 노래와 역사에서 주로 에펫세로 불리고 전해질 수도 있었다(가령 에레이니온의 경우가 그러했는데, 그는 언제나 에펫세인 길갈라드로 알려졌다).

따라서 갈라드리엘과 켈레보른의 관계에 대한 후기의 수정 원고(409쪽)에 의하면 아만에서 켈레보른이 갈라드리엘에게 지어준 이름이라고 하는 알라타리엘은 에펫세에 속했다(그 어원에 대해서는 『실마릴리온』 부록의 '칼-kal-' 표제어 참조). 그녀는 가운데땅에서 사용할 이름으로 '부계명'인 아르타니스나 '모계명'인 네르웬 대신에 이것을 골랐으며, 이것이 신다린으로 번역되면서 갈라드리엘이 되었다.

켈레보른이 신다린 대신에 높은요정어로 된 이름인 텔레포르노로 등장하는 것은 당연히 후기 원고에 한정된 이야기이다. 이는 사실상 형식에 있어서는 텔레린을 취한 이름이라 설명되어 있다. 고대의 요정어에서 "은색"

에 해당하는 어간은 '켈렙-kyelep-'이었는데, 이것이 신다린에선 '켈레브 celeb'가 되고, 텔레린에선 '텔렙-telep-'이나 '텔페telpe'가 되고, 퀘냐에선 '텔렙-tyelep'나 '텔페tyelpe'가 된 것이다. 다만 퀘냐에서는 텔레린의 영향을 받아 '텔페telpe'라는 형식으로 쓰는 것이 보편적이게 되었는데, 텔레리 요정들은 금보다 은을 높게 쳤으며 그들의 은세공 솜씨는 놀도르 요정들 사이에서도 명성이 높았기 때문이었다. 따라서 발리노르의 백색성수의 이름은 '텔페리온Tyelperion'보다는 '텔페리온Telperion'으로 쓰이는 경우가 더 흔해졌다(알라타리엘Alatáriel 역시 텔레린이었고, 퀘냐 형태로는 알타리엘Altáriel이 된다).

켈레보른이라는 이름은 처음 만들어졌을 때만 해도 "은색 나무"라는 의미였다. 이 이름은 톨 에렛세아의 나무 이름이기도 하다(『실마릴리온』 110쪽). 켈레보른의 가까운 친척들은 '나무 이름'을 가지고 있었는데(412쪽), 예컨대 부친인 갈라돈, 형제인 갈라실, 그리고 누메노르의 백색성수와 이름이 같았던 조카 님로스가 그렇다. 그런데 부친께서 가장 나중에 남기신 언어학적 원고들에서는 "은색 나무"라는 의미는 폐기되었다. 요컨대 (나무 이름이 아닌 인명) 켈레보른의 두 번째 구성요소는 명사 '오르네ornē'(나무)에서 파생된 것이 아니라, 이와 연관이 있는 고대의 형용사형 '오르나ornā(일어선, 키가 큰)'에서 파생된 것이 되었다. ('오르네Ornē'는 본래 자작나무와 같이 곧으며 비교적 호리호리한 나무를 지칭했으며, 반면에 참나무나 너도밤나무와 같이 비교적 굵고 풍성한 나무들은 고대의 말로 '갈라다galadā'(크나큰 성장)로 지칭되었다. 하지만 이런 구분이 퀘냐에서 항상 적용되는 것은 아니었으며, 신다린에서는 사라지고 없었다. 신다린에서는 모든 나무가 '갈라드galadh'로 불리게 되었으며, '오른orn'은 일상적 용법에서는 사라지고 오직 시와 노래들, 혹은 여러 인명이나 나무 이름에만 사용되었다.) 켈레보른의 키가 컸다는 것은 501쪽의 '누메노르의 길이 단위'에 관한 논의에서 첨언해두었다.

가끔씩 갈라드리엘의 이름과 '갈라드galadh'라는 단어 사이에서 빚어진 혼동에 관해서는 부친께서 다음과 같이 남기셨다.

> 켈레보른과 갈라드리엘이 로리엔의 요정들(대부분 숲요정 혈통을 이어받았으며 스스로를 갈라드림Galadhrim으로 칭했다)의 통치자가 되었을 때 갈라드리엘의 이름이 나무와 연관되기 시작했는데, 남편의 이름이 마침 나무와 관련된 단어를 포함하고 있는 것처럼 보였기에 이런 연상이 가능해진 것이었다. 이런 이유로 옛 시절과 갈라드리엘의 내력을 잊어가고 있던 로리엔 밖의 요정들 사이에서는 그녀의 이름이 갈라드리엘Galadhriel로 바꿔 표기되는 일이 잦았다. 로리엔 안에서는 그러지 않았다.

로리엔의 요정들을 가리키는 말은 Galadhrim으로 표기하는 것이 옳으며, 마찬가지로 카라스 갈라돈도 Caras Galadhon이 옳다는 점을 여기서 언급할 만하다. 부친께서는 처음엔 (당신의 말에 따르면) dh는 영어에서 쓰이지 않거니와 낯설게 보인다는 이유로 요정어 명칭들에 등장하는 th의 유성음 형태(현대 영어의 then에서 나타난다)를 d로 수정하셨다. 이후 부친께선 이 부분에 관해 생각을 바꾸셨지만, 갈라드림과 카라스 갈라돈이 Galadrim과 Caras Galadon으로 표기된 것은 『반지의 제왕』의 개정판에서 나타날 때까지도 정정되지 않은 채로 남아 있었다(최근 재판된 판본에서는 표기법이 수정되었다). 이 이름들은 『실마릴리온』 부록의 '알다alda' 표제어에서도 잘못 표기되었다(개정판을 기준으로 한 아르테판에는 바르게 수정되어 있음—아르테 편집자 주).

PART THREE

제3시대

I

창포벌판의 재앙

사우론이 몰락하고, 엘렌딜의 아들이자 후계자인 이실두르는 곤도르로 돌아왔다. 그는 아르노르의 왕으로서 엘렌딜미르[1]를 물려받고, 남과 북에 머물고 있는 모든 두네다인 인간들의 군주로서 자신의 왕권을 선포했다. 사실 그는 엄청난 자부심과 원대한 야망을 가진 인물이었다. 이실두르는 일 년간 곤도르에 머무르며 왕국의 질서를 회복하고 국경의 경계를 공고히 했다.[2] 그러나 대다수의 아르노르 병력은 아이센여울목으로부터 포르노스트까지 이어지는 누메노르인들의 도로를 따라 에리아도르로 되돌아갔다.

이윽고 자신의 왕국으로 돌아갈 때가 되었다는 생각이 들자, 이실두르는 마음이 급해지기 시작했다. 그는 무엇보다도 임라드리스를 가장 먼저 방문하기를 원했다. 사랑하는 아내와 막내아들이 그곳에 있었거니와,[3] 무엇보다도 엘론드의 조언을 구하는 것이 급선무였기 때문이었다. 이에 이실두르는 오스길리아스에서 출발해 안두인강 유역으로 올라가, 북부의 높고 험준한 산길인 키리스 포른 엔안드라스를 따라 임라드리스로 내려가기로 결정했다.[4] 그는 '대동맹 전쟁' 이전에도 그 길을 자주 오갔으며, 엘론드와 연합하여 동부 아르노르인들과 함께 그 길을 따라 진군했던 경험이 있었기에 그곳의 지리를 훤하게 꿰고 있었던 것이다.[5]

이 길은 긴 여정이었지만 유일한 다른 길, 즉 서쪽으로 갔다가 북쪽으로 방향을 돌려 아르노르의 교차로를 거친 다음 동쪽으로 임라드리스에 가는 길은 그보다 더 멀었다.[6] 말을 타고 간다면 어쩌면 그쪽 길이 더욱 빨랐겠으나, 타고 가기에 알맞은 말이 많지 않았다.[7] 예전이라면 그 길이 더 안전했을 테지만, 이제 사우론은 궤멸되었고 안두인강 유역의 사람들은 그와 연합해 사우론을 무너뜨렸던 자들이었다. 그는 아무것도 두렵지 않았다. 날씨와 피로가 염려되기는 하였으나, 이는 가운데땅에서 긴 여정을 나서는 자라면 의당 견뎌내야만 하는 것이었다.[8]

훗날의 설화 속에 기록된 바와 같이 그렇게, 제3시대의 두 번째 해가 저물 무렵, 이반네스 초에[9] 이실두르가 오스길리아스에서 길을 나섰다. 그는 40일 뒤 북부 지역에 겨울이 들이닥치기 전인 나르벨레스 중순쯤에 임라드리스에 도착할 수 있을 것으로 예상했다. 날이 밝자 다리의 동문東門에서 메넬딜[10]이 이실두르에게 작별을 고했다. "이제 서둘러 떠나십시오. 떠나는 날의 태양이 변함없이 폐하의 앞길을 비추기를 기원하옵니다!"

이실두르의 여정에는 그의 세 아들 엘렌두르, 아라탄, 그리고 키룐도 함께 하고 있었다.[11] 또한 이백 명의 기사와 병사를 호위대로 대동했는데, 모두 전장에서 잔뼈가 굵은 강인한 아르노르인들이었다. 이들이 다고를라드를 지나 북쪽으로 가서 초록큰숲의 남쪽에 있는 넓고 비어 있는 대지에 들어서기까지의 행적에 대해서는 알려진 바가 없다. 떠난 지 이십일 째 되는 날에 비로소 산악지대를 뒤덮고 있는 숲과 이반네스의 울긋불긋한 빛이 멀리서 시야에 들어오기 시작했다. 그리고 이때 하늘이 흐려지더니 어두운 바람이 룬해에서부터 비를 가득 머금고 불어왔다. 비는 나흘 동안 계속되었고, 이실두르와 그의 일행이 로리엔과 아몬 랑크[12] 사이의 강 유역 입구에 다다랐을 때, 폭우로 물이 불어난 안두인강은 급류가 흐르고 있어서 이실두르는 강변에서 멀어질 수밖에 없었다. 그리고 그들은 숲

언저리에 살던 숲요정들의 옛길을 찾기 위해 동쪽 방면의 가파른 산비탈을 올라갔다.

그들의 여정에서 삼십 일째 되는 날 늦은 오후, 그들은 창포벌판[13]의 북쪽 경계를 지나 그 당시 스란두일의 영토[14]로 이어졌던 도로를 따라 행군하고 있었다. 화창했던 낮은 저물고 있었고, 멀리 보이는 산들의 꼭대기에는 구름이 짙게 깔리고 있었다. 흐릿한 태양은 구름 사이로 내려와 구름을 온통 붉게 물들이기 시작했다. 계곡의 깊은 바닥은 이미 회색빛 그림자가 자욱했다. 두네다인 인간들은 그날 하루의 행진이 끝나가고 있음에 노래를 흥얼거렸다. 임라드리스로 향해 가는 긴 여정 중 세 구역을 지나온 터였다. 오른쪽으로 그들의 도로까지 이어지는 가파른 비탈 위로 초록큰숲이 희미하게 모습을 드러냈고, 도로 밑으로 계곡 바닥까지는 그나마 경사가 완만해 보였다.

태양이 구름 속으로 완전히 자취를 감춘 바로 그때, 갑작스럽게 오르크들의 흉측한 고함 소리가 들려왔다. 두네다인 인간들은 곧 돌격 함성을 지르며 숲속에서 뛰쳐나와 비탈을 타고 뛰어 내려오는 오르크들을 보게 되었다.[15] 흐릿한 어둠 때문에 오르크들의 숫자는 추측할 수밖에 없었으나, 오르크인들은 두네다인보다 몇 배, 심지어는 열 배나 많았다. 이실두르는 상가일 진형[16]을 펼칠 것을 명령했다. 상가일 진형은 두 열의 촘촘한 방패벽으로, 어느 방향으로든 휘어질 수 있었고 측면에서 공격받을 경우 고리를 형성할 수도 있었다. 만일 지형이 그에게 유리한 평지나 경사지였다면, 그는 부대를 디르나이스 진형[16]으로 만들어 오르크들을 공격할 수도 있었을 것이다. 그렇게 하면 두네다인의 엄청난 힘과 뛰어난 무기로 오르크 무리를 돌파하고 당황한 오르크들을 흩어지게 할 가능성이 있었기 때문이다. 하지만 지금은 여의치 않은 일이었다. 이실두르는 불길한 예감에 사로잡혔다.

"사우론은 죽었지만 놈의 복수는 지금도 진행중이구나." 이실두르가 그의 곁을 지키던 엘렌두르에게 말했다. "이곳에는 간계와 책략이 가득하구나! 도움의 손길이 올 가능성도 없다. 모리아와 로리엔은 까마득히 먼 곳에 있고, 스란두일에게 닿으려면 나흘을 더 가야 한단 말이다." 그러자 엘렌두르가 말했다, "게다가 우리는 헤아릴 수 없이 귀중한 물건을 지켜야 하는 짐도 있지요." 그는 부친과 비밀을 공유하고 있던 터였다.

오르크 무리가 점점 가까이 다가왔다. 이실두르는 그의 곁을 지키고 있는 시종을 돌아보며 말했다. "오흐타르,[17] 이제 이것을 자네의 손에 맡기노라." 그리고 그에게 엘렌딜의 검인 나르실의 커다란 칼집과 조각들을 넘겼다. "그 어떤 대가를 치르더라도 가능한 모든 수를 써서 이것을 놈들에게서 지키게. 왕을 버리고 비겁하게 도망쳤다는 오명을 쓰더라도 말이다. 동료를 데리고 도망쳐라! 어서! 왕의 명령이다!" 그러자 오흐타르는 무릎을 꿇고 그의 손에 입을 맞추었고, 이내 젊은이 두 명이 캄캄한 계곡으로 도망쳐 내려갔다.[18]

눈치 빠른 오르크들은 오흐타르와 동료의 도주를 눈치챘음에도 이를 신경 쓰지 않았다. 그들은 잠깐 공격을 멈추고 또 다른 돌격을 준비했다. 먼저, 오르크들은 화살을 소나기처럼 퍼붓기 시작했다. 그러고는 이실두르나 질렀을 법한 커다란 고함을 지르며 최강의 전사들이 큰 무리를 지어 두네다인과 대치하고 있는 마지막 비탈 위로 쏟아져 내려왔다. 두네다인의 방패벽을 깨부술 심산이었던 것이다. 하지만 두네다인은 굳건했다. 오르크의 화살은 누메노르의 갑옷에 전혀 피해를 입히지 못했다. 두네다인의 거한들은 가장 큰 오르크보다도 거대했으며, 그들의 검과 창 역시 적들의 무기보다 훨씬 더 길었던 것이다. 거의 피해를 입지 않고 흔들림 없이 오르크들의 시체 더미 앞에 버티고 선 두네다인의 모습에 오르크들은 동요했고, 공격은 기세가 꺾여 잦아들었다.

이실두르가 보기에는 오르크들이 숲속으로 퇴각하는 것 같았다. 그는 뒤돌아보았다. 산맥 뒤편으로 지고 있는 태양의 붉은 햇무리가 구름 너머로 희미하게 빛나고 있었다. 머지않아 밤이 올 터였다. 이실두르는 행군을 재개하되 방향을 돌려 오르크들에게 덜 유리한 저지대의 평지 쪽으로 내려갈 것을 명령했다.[19] 아마도 그는 적의 정찰병이 밤새 그들을 따라와 야영지를 감시하기는 하겠지만, 호된 반격을 당한 뒤라 물러나 있을 것이라 믿었던 것 같다. 오르크들은 그런 식이었는데, 먹잇감이 돌변하여 자신들을 물어뜯으면 당황해서 포기할 때가 많았다.

하지만 이는 오판이었다. 오르크들의 공격은 영리할 뿐만 아니라 맹렬하고 가차 없는 증오가 가득 차 있었다. 산맥의 오르크들은 바랏두르의 무자비한 부하들에게 훈련을 받고 이미 오래전 이 길을 감시하기 위해 파견된 상태였다.[20] 또 비록 그들이 2년 전 사우론의 검은 손에서 잘려 나온 반지에 대해 알지는 못했지만, 반지는 여전히 그의 사악한 의지로 가득했으며 여전히 사우론의 모든 부하들에게 도움을 청하고 있었던 것이다. 두네다인이 겨우 1킬로미터 남짓 이동했을 때 오르크들이 다시 움직이기 시작했다. 이번에 오르크들은 맹공을 퍼붓는 대신 전력을 최대한으로 활용했다. 그들은 넓은 대열을 갖추어 내려오더니, 곧 초승달 모양으로 대형을 바꾸어 고리 형태로 두네다인의 주위를 둘러쌌다. 오르크들은 침묵을 유지한 채 그들이 두려워하는 누메노르 강철궁[21]의 사거리 밖에 진을 쳤다. 어느덧 해는 저물고 있었고, 두네다인 궁수는 이실두르가 전투를 치르기에는 턱없이 모자랐다.[22] 이실두르는 자리를 지키고 섰다.

모든 것이 멈춘 듯했으나, 눈이 아주 밝은 두네다인 몇은 오르크들이 눈에 안 띌 정도로 은밀히 한 걸음 한 걸음씩 안쪽으로 들어오고 있다고 말했다. 엘렌두르는 아버지 이실두르를 찾아갔다. 이실두르는 깊은 생각에 잠겨 어둠 속에 어슴푸레 홀로 서있었다. “아타리냐(나의 아버지라는 뜻—역자 주)시여.” 그가 말했다. “그 힘이라면 저 흉측한 괴물들을 두려움에 떨게 하며 아버지 앞에 굴복시킬 수 있지 않습니까? 그렇다면 그것이 우리에게 쓸모가 있지 않겠습니까?”

“아아, 그렇지 아니하도다, 세냐여. 나는 그것을 사용할 수 없다. 감히 그것에 손을 대는 고통이 너무나 두렵구나.[23] 하지만 그 무엇보다도, 나는 아직 그것을 내 의지에 복종시킬 방법을 찾지 못하였다. 그러자면 나는 지금의 나 자신보다도 더 강한 자가 되어야만 한다. 나의 긍지는 몰락하고 말았다. 그것은 ‘세 반지의 소유자들’에게 가야 한다.”

그 순간 갑작스레 뿔나팔 소리가 요란하게 울리며, 오르크들이 사방에서 두네다인을 향해 거리를 좁혀 오더니 저돌적으로 맹렬하게 덤벼들었다. 시간은 이미 밤이었고 희망은 사그라들었다. 인간들이 쓰러지고 있었다. 몇몇 덩치 큰 오르크들은 한 번에 둘씩 공중으로 뛰어올라, 육중한 무게로 한 명의 두네다인을 죽든 살든 짓뭉개고 있었고, 또 다른 억세고 날카로운 발톱들이 그를 끌어내어 갈기갈기 찢어 놓았다. 한 명을 해치우는 데에 다섯 오르크가 덤벼든 셈이지만, 목숨값치고는 터무니없는 것이었다. 이 수법으로 키룐이 희생되었으며, 아라탄 역시 그를 구하려다 치명상을 입고 말았다.

아직은 부상을 입지 않았던 엘렌두르가 이실두르를 눈으로 좇았다. 이실두르는 공격이 가장 드센 동쪽 방면에 병력을 집결시키고 있었다. 오르크들이 여전히 이실두르의 이마에 걸린 엘렌딜미르를 두려워해 그를 피하고 있었던 것이다. 엘렌두르가 이실두르의 어깨에 손을 대자 그는 오르크가 그의 뒤로 다가온 줄 알고 사납게 돌아섰다.

“왕이시여!”, 엘렌두르가 소리쳤다. “키룐은 죽었고 아라탄은 죽어가고 있나이다. 왕의 마지막 남은 조언자가 충고를, 아니, 왕께서 오흐타르에게 명하신 것과 같이 명령을 하오니, 떠나소서! 부디 그 짐을 들고 '소유자들'에게 가시옵소서. 왕의 백성들과 소인을 저버리는 한이 있을지라도!"

"왕의 아들아. 나 또한 그리해야 함을 알지만 그 고통이 두려웠노라. 또한 너의 허락 없이는 떠날 수 없었다. 너희를 이 끔찍한 죽음으로 끌어들인 나의 오만을 용서해다오."[24] 이실두르의 말에 엘렌두르가 그에게 입을 맞추고 소리쳤다. "가십시오! 어서!"

이실두르는 서쪽으로 돌아선 후, 목에 걸고 있던 정교한 사슬에 달린 주머니에서 반지를 꺼냈다. 그가 고통스런 비명과 함께 그 반지를 자신의 손가락에 끼우자 이제 가운데땅 그 누구도 다시는 이실두르를 볼 수 없게 되었다. 하지만 '서녘의 엘렌딜미르'만은 꺼트릴 수 없었고 엘렌딜미르는 갑자기 불타는 별처럼 붉은빛을 내며 맹렬하게 타오르기 시작했다. 인간과 오르크들이 공포에 사로잡혀 물러섰고, 이실두르는 두건을 머리에 뒤집어쓰고 밤의 어둠 속으로 사라졌다.[25]

그 후 두네다인에게 무슨 일이 닥쳤는지 전해지는 이야기는 오직 하나뿐인데, 이실두르가 떠난 후, 전장에 있던 인간들은 모두 오르크들에 의해 살육을 당하고, 단 한 명, 기절한 채 시체 더미 밑에 깔려 있던 젊은 종자 한 사람만 살아남았다는 것이었다. 자신의 할아버지를 가장 많이 닮았고, 엘렌딜의 자손들 가운데 가장 뛰어나고 준수했으며, 힘과 지혜, 오만하지 않은 위엄을 갖추어 그를 아는 모두가 입을 모아 왕이 되리라고 믿었던 엘렌두르는 그렇게 목숨을 잃었다.[26]

이실두르는 반지를 끼고 난 후 극심한 마음의 고통과 고뇌에 시달렸으나, 일단은 사냥개에게 쫓기는 수사슴처럼 빠르게 달아나 골짜기의 바닥에 이르렀다고 전해진다. 거기서 그는 추격자가 있는지 확인하기 위해 멈춰 섰다. 오르크들은 어둠 속의 도망자를 눈으로 보지 않더라도 냄새로 추적할 수 있었기 때문이다. 그의 앞에 펼쳐진 어둠 속의 대지는 길이 없을 뿐 아니라 험난했으며, 길을 잃고 헤매는 발길에는 덫이 될 만한 것들이 많았기에 이실두르는 더욱 조심스럽게 움직여야만 했다.

마침내 이실두르는 한밤중이 되어서야 비로소 안두인강 기슭에 다다르게 되었다. 그는 지쳐 있었다. 그런 지형에서는 어떤 두네다인도 한낮에 쉬지 않고 달린다 해도 이실두르보다 더 빨리 올 수는 없었을 것이다.[27] 눈앞에 시커먼 강이 거세게 소용돌이치고 있었다. 이실두르는 잠시 홀로 절망에 잠겨 서 있었다. 그러더니 이내 급히 갑옷과 무기를 벗어던지고, 허리띠에 단검 한 자루만을 남긴 채[28] 물속으로 뛰어들었다. 이실두르의 힘과 인내심은 당대의 두네다인 중에 비교할 자가 거의 없는 수준이었으나, 그가 과연 건너편 물가로 건너갈 수 있을지는 가늠하기 어려웠다. 그는 앞으로 얼마 나아가지도 못하고 물살을 거슬러 거의 북쪽으로 방향을 잡아야 했고, 애를 쓰면 쓸수록 점점 뒤엉킨 창포벌판 사이로 떠밀려 내려갔다. 뒤엉킨 곳이 그가 생각했던 것보다 가까이에 있어,[29] 물살이 완만해지고 강을 거의 다 건너갔다고 느끼는 순간 그는 급류에 허우적대며 수초들에 매달려야 했다. 이실두르는 갑자기 반지가 사라진 것을 알아챘다. 우연이었는지, 절호의 기회를 놓치지 않았던 것인지, 반지는 그의 손을 떠나 다시는 찾을 가망이 없는 곳으로 사라져버렸다. 그 순간 이실두르는 반지를 잃은 상실감을 감당할 수 없어, 몸부림치던 것마저 멈추고 그대로 물속으로 가라앉아 죽고만 싶은 심정이 되었다. 하지만 순식간에 엄습한 절망감은 얼마 되지 않아 곧 사라졌다. 이실두르는 더 이상 고통을 느끼지 않았다. 무거운 짐이 사라진 것이었다. 두 발이 강바닥에 닿자, 그는 스스로 몸을 일으켜 갈대밭을 헤치고 허우적거리며 진창을 빠져나와 서쪽 강변 가까이에 있는 습지형의 작은 섬에 올랐다. 물 밖으로 몸을 일으켜 세웠지만, 그는 초라한 일개의 유한한 생명을 지닌 이였으며, 가운데땅의 광야에서 길을 잃은 미물에 지나지 않았다. 하지만 그곳을 지키기 위해 숨어 있던 오르크 감시병들에게, 갑자기 나타난 그의 모습은 별처럼 날카로운 눈빛을 가진 무시무시한 공포의 그림자로 보였다. 오르크들은 이실두르에게 독화살을 쏘고 달아났다. 그럴 필요도 없었던 것이, 맨몸이었던 이실두르는 심장과 숨통을 관통당했고 비명조차 지르지 못한 채 물속에 쓰러지고 말았기 때문이다. 그 어떤 인간이나 요정도 그의 흔적을 찾아내지 못하였다. 두네다인의 두 번째 왕이자 아르노르와 곤도르의 군주이며, 나아가 당대에 이 모든 칭호를 마지막으로 허락받았던 인간, 이실두르는 그렇게 주인을 잃은 반지의 원념에게 당한 첫 번째 희생자가 되었다.

이실두르의 죽음에 대한 설화의 출처

사건 당시 목격자들이 있었다. 오흐타르와 그의 동료는 나르실의 조각을 지니고 탈출했다. 이 이야기에는 학살에서 생존했던 한 젊은이에 대한 언급이 있는데, 그는 엘렌두르의 종자 에스텔모였으며 가장 마지막으로 쓰러진 자였다. 에스텔모는 곤봉에 맞아 기절하였으나 죽지는 않았고, 엘렌두르의 시신 밑에서 산 채로 발견되었다. 그는 이실두르와 엘렌두르가 작별할 당시 그들의 대화를 들었던 인물이기도 했다. 그리고 그 현장에는 당시 뒤늦게나마 도착한 구조자들이 있었다. 너무 늦은 때이기는 하였으나, 구조대는 오르크들을 위협하여 죽은 두네다인의 시신을 훼손하는 것은 막아냈다. 그들은 숲의 주민들이었는데, 스란두일에게 전령을 보내 소식을 전하고, 힘을 모아 오르크들을 매복 공격할 계획을 세운 자들이었다. 오르크들은 그런 낌새를 눈치채고는 바로 뿔뿔이 흩어졌다. 오르크들은 큰 승리를 거두었지만 손실 또한 막대했던 데다가, 무엇보다도 강력한 오르크 전사 대부분이 전사해버린 탓이었다. 이러한 이유로, 그 전투 후 상당히 오랫동안 오르크들은 그런 전술을 다시 구사하지 않았다.

이실두르의 마지막 순간과 그의 죽음에 관한 이야기는 추측이긴 하되 상당한 근거를 갖고 있었다. 완벽한 형태의 설화는 제4시대 엘렛사르 왕의 치세에 다른 단서들이 발견되기 전까지는 존재하지 않았다. 그때까지 알려진 사실 중 첫 번째는 이실두르가 절대반지를 갖고 있었으며 강으로 도망쳤다는 것이고, 두 번째는 그의 갑옷, 투구, 방패와 대검(이 외의 것은 없었다)이 창포벌판에서 멀지 않은 강기슭에서 발견되었다는 것이다. 세 번째는 오르크들이 전장을 이탈해 강으로 도망치는 자를 사살하기 위해 서쪽 강기슭에 활로 무장한 감시병들을 배치했다는 것이며(창포벌판 경계로부터 멀지 않은 곳에서 그들의 야영 흔적이 발견되었다), 네 번째는 이실두르와 절대반지가 따로든 함께든 틀림없이 강물 속으로 사라졌다는 것이다. 이실두르가 반지를 손에 낀 채 서쪽 강변으로 나갔다면 의심할 바 없이 감시병들의 눈을 피했을 것이었고, 그렇다면 강인하고 인내심이 뛰어난 자가 로리엔이나 모리아에 이르지도 못하고 사라졌을 리 없었기 때문이다. 긴 여정이었던 터라 누메노르의 뛰어난 의술과 여타 기술들을 익혔던 두네다인은 허리띠에 매단 주머니에 엘다르의 미루보르[30]나 렘바스 못지않은 감로주가 담긴 작은 병과 잘게 자른 요깃거리를 지니고 다녔고, 그 덕에 제법 오랫동안 연명할 수 있었다. 그러나 이실두르가 벗어던진 장구 중 그런 허리띠나 주머니는 없었다.

오랜 세월이 지나 요정 세계의 제3시대가 저물어가고 반지전쟁이 닥쳐왔을 때, 엘론드의 회의에서 절대반지가 창포벌판의 끄트머리인 서쪽 강기슭 근처에서 발견되었다는 것이 밝혀졌다. 하지만 이실두르의 주검과 관련해서는 아무런 흔적도 없었다. 그들은 사루만이 비밀리에 그 지역을 수색하고 있었다는 것도 알게 되었다. 사루만이 비록 (이미 오래전에 다른 이가 가져간) 반지를 찾아내지는 못했으나, 그가 그 이외에 다른 어떤 것을 찾아냈는지는 알 도리가 없었다.

하지만 엘렛사르 왕은 곤도르에서 왕위에 오르고 난 후 강역을 재정비하기 시작했고, 그가 처음으로 한 일 중 하나가 오르상크를 수복하고 사루만에게서 되찾은 팔란티르를 다시 설치하는 것이었다. 이후 오르상크의 모든 비밀이 속속 드러났다. 세오덴 왕이 쇠약해지고 뱀혓바닥이 농간을 부릴 당시 에도라스에서 도둑맞은 에오를의 보석과 유물들이 있었을 뿐만 아니라, 여러 곳의 크고 작은 무덤 속에서 꺼내온 그보다도 더 오래되고 아름다운 것들도 있었다. 사루만은 용이 아니라 한낱 갈까마귀로 전락해 있었던 것이다. 마지막으로, 숨겨진 문 하나가 발견되었다. 엘렛사르 왕은 난쟁이 김리의 도움을 받고 나서야 그 문을 찾아 열 수 있었는데, 문 뒤에는 강철 벽장 하나가 숨겨져 있었다. 아마도 그 벽장 안에 절대반지를 보관하고자 했겠지만, 벽장은 거의 비어 있었다. 높은 선반 위에 작은 상자 하나가 있었는데 그 안에는 두 가지 물건이 들어 있었다. 하나는 정교한 사슬에 달린 금으로 된 작은 용기였는데, 어떤 글자나 표시도 없이 비어 있었지만, 의심할 여지 없이 한때 이실두르의 목에 걸려 있던 반지 보관함이었음이 분명했다. 그 옆에 헤아릴 수 없이 고귀한, 오랫동안 영원히 잃어버린 줄로만 알았던 물건이 놓여 있었다. 실마리엔으로부터 대대로 내려와 엘렌딜이 물려받았으며, 북왕국 왕권의 상징으로 사용된, 요정이 만든 흰 별 모양의 수정 엘렌딜미르가 미스릴 머리띠에[31] 장식되어 있던 것이다.[32] 모든 아르노르 왕과 그들의 뒤를 이은 족장들은 엘렌딜미르를 물려받아 왔고 엘렛사르 역시 예외는 아니었다. 하지만 이것은 임라드리스의 요정 장인들이 이실두르의 아들 발란딜을 위해 만든 아름다운 보석이기는 하나, 이실두르가 어둠 속으로 사라져 버린 그날 잃어버린 것과 같은 고풍스러움과 권위는 담고 있지 않았다.

엘렛사르 왕은 깊은 경외심으로 조심스레 엘렌딜미르를 집어 들었다. 그리고 북부로 돌아온 후, 아르노르의 왕권을 다시 온전히 회복했을 때 아르웬이 그것을 엘렛사르의 이마에 걸어주었다. 그 찬란함을 목도한 사람들은 놀라움에 말문을 열지 못하였다. 하지만 엘렛사르 왕은 엘렌딜미르를 다시는 잃고 싶지 않았고, 그래서 오직 북왕국의 성대한 기념일에만 이를 착용했다. 그밖에 왕의 의관을 제대로 다 갖추어 차려 입을 때에는 자신이 물려받은 엘렌딜미르를 착용하였다. "이것 또한 온전히 공경하는 마음으로 대해야 하느니, 이것은 짐보다도 귀하도다. 40명의 머리 위에 놓여있던 물건이지 아니한가." 그는 말했다.[33]

이러한 숨겨져 있던 보물들에 대해 깊이 생각하자, 사람들은 이내 경악을 금치 못하게 되었다. 이유인즉슨 이러한 재보들, 특히나 엘렌딜미르는 이실두르가 강물 속으로 가라앉을 당시 몸에 지니고 있지 않았더라면 절대로 발견되지 못했을 터이고, 설사 몸에 지니고 있었더라도 그가 가라앉은 곳이 깊고 물살이 거센 곳이었다면 시간이 흘러 머나먼 곳으로 떠내려갔을 것이기 때문이었다. 따라서 이실두르는 깊은 물속이 아니라 깊어 봐야 어깨 높이 정도의 얕은 물에 빠졌다는 것이 된다. 그렇다면, 도대체 왜 한 시대가 지난 후이기는 하지만 그의 유해는 흔적조차 없었던 것일까? 혹시 사루만이 이실두르의 유해를 찾아내었고, 불명예스럽게도 그 유해를 자신의 아궁이 속으로 내던져 버림으로써 이실두르를 모욕한 것은 아닐까? 만약 정말로 그랬다면, 실로 괘씸한 일이었으나 그렇다고 해도 그가 저지른 최악의 짓은 아니었다.

| 주석 |

1 엘렌딜미르는 『반지의 제왕』 해설 A(I)의 주석에 언급되어 있다. 아르노르의 왕들은 왕관을 쓰지 않았고 "엘렌딜의 별인 엘렌딜미르라는 하얀 보석이 하나 박힌 은빛 머리띠를 이마에 둘렀다"라고 한다. 이 주석은 향후 등장하는 '엘렌딜의 별'에 대한 또 다른 언급에 참고자료가 된다. 사실 이 이름을 가진 보석은 하나가 아니라 두 개였다. 483쪽 참조.

2 「키리온과 에오를의 이야기」와도 관련이 있으며, 오래전 역사에 따르면 에오를의 서약 및 곤도르와 로히림의 동맹으로 이어지는 일련의 사건들로 인하여 현재는 국경이 거의 소실되었다. [원저자 주]
 - 536쪽 참조.

3 발란딜은 이실두르의 막내아들로, 아르노르의 3대 왕이다. 『실마릴리온』의 「힘의 반지와 제3시대」 467쪽부터 468쪽까지를 참조. 『반지의 제왕』 해설 A(I)에 따르면 그는 임라드리스에서 출생했다고 한다.

4 이 고개의 이름은 요정어로는 여기서만 나온다. 먼 훗날 깊은골에서 난쟁이 글로인이 이곳을 "높은고개"로 지칭한다. "사실 베오른족이 없었다면 너른골에서 깊은골까지의 통행은 일찌감치 불가능했을 겁니다. 그들은 용감하기 때문에 항상 높은고개와 바우바위여울을 무사히 통과할 수 있게 도와줍니다." (『반지 원정대』 BOOK2 chapter 1) 참나무방패 소린과 그의 일행이 오르크들에게 붙잡힌 곳도 바로 이곳이다(『호빗』 chpater 4). '안드라스'는 논란의 여지없이 "긴 오르막"이라는 뜻이다. 449쪽 16번 주석 참조.

5 『실마릴리온』의 「힘의 반지와 제3시대」 466쪽 참조. “[이실두르는] 곤도르를 떠나 엘렌딜이 내려온 길을 따라 북쪽을 향했다.”

6 이는 자그마치 1448킬로미터가 넘는 길이었다(이실두르가 가려고 했던 길을 말한다). 게다가 길의 대부분이 제대로 된 도로가 아니었다. 당대에 존재했던 누메노르인들의 도로는 곤도르와 아르노르를 잇는 길, 즉 칼레나르돈을 거친 후 사르바드의 과슬로강에서 북쪽으로 선회해 포르노스트로 도착하는 길과 회색항구에서 출발해 임라드리스로 가는 동서대로가 전부였던 것이다. 이 두 길은 아몬 술(바람마루) 서쪽에 위치한 한 지점[브리]에서 교차하는데, 이곳은 누메노르식 도로 측량법에 따라 오스길리아스까지는 1892킬로미터, 동쪽의 임라드리스까지는 560킬로미터의 거리가 되어 모두 2452킬로미터이다. [원저자 주]

- 499쪽 해설 ‘누메노르의 길이 단위’ 참조.

7 누메노르인들은 누메노르에서 말을 기르고 또 귀하게 여겼다[「누메노르에 대한 기술」 장 302쪽 참조]. 하지만 그들은 말을 전쟁에 활용하지는 않았는데, 그들이 치르는 전쟁은 전부 바다 건너편에서 벌어졌기 때문이다. 또한 그들은 거구에 엄청난 힘을 가진 자들이었고, 완전무장한 누메노르 병사들은 무거운 갑옷과 무기들을 짊어지는데 익숙했다. 그들은 가운데땅의 해안가에서 교역을 하며 말을 구하여 길렀지만 이들을 직접 타는 일은 적었고, 육체를 단련하고 유희를 즐길 때에 주로 사용하였다. 전시에도 그들은 말을 오로지 수송의 용도나, 경무장한 궁수들(이들은 대체로 누메노르인이 아니었다)을 태울 때에만 활용했다. 대동맹 전쟁 때 이러한 목적으로 동원된 말들의 상당수를 잃었으며, 오스길리아스에서 동원 가능한 말의 숫자는 극히 적었다. [원저자 주]

8 머물 장소가 없는 지역을 지나기 위해서 그들에게는 여러 짐과 식량이 필요했다. 그들은 여정의 막판에 거치게 될 스란두일의 영지에 도달하기 전까지는 요정이나 인간 누구의 거주지도 찾지 못하리라고 보았던 것이다. 행군을 하면서 모든 인원들은 각자 이틀치 식량을 지참했다(원문에 언급된 "필수품 주머니"[482쪽]와는 다른 것이다). 나머지와 여타 짐들은 작지만 튼튼한 말에 실었는데, 이 말들은 초록숲 남쪽과 동쪽의 넓은 평야지대에서 사람의 손길이 닿지 않은 자유로운 야생의 모습으로 처음 발견되었던 품종이었다. 이들은 이후 길들여지기는 하였으나 무거운 짐은 옮길지언정(걷는 수준의 속도로) 사람은 절대 태우려 들지 않았다. 그들은 이 말을 10마리만 데려갔다. [원저자 주]

9 누메노르의 "제왕력"에 따르면 야반니에 5일이었다. 이 제왕력은 약간의 변화를 거쳐 샤이어력으로도 쓰이게 된다. 그래서 야반니에(이반네스)는 할리마스 곧 우리의 9월에 해당하고, 나르벨레스는 10월에 해당한다. 모든 것이 순조로웠다면 (나르벨레스 15일까지) 40일의 기간이면 충분했을 것이다. 최소 1487킬로미터를 거쳐야 했음이 분명하지만, 장신인 데다 뛰어난 기력과 인내력을 지녔던 두네다인 병사들은 완전무장한 상태로 하루에 38킬로미터를 '쉽게' 이동할 수 있었다. 그들은 약 5킬로미터를 8개의 구간으로 나누어 나아갔는데, 약 5킬로미터를 지날 때마다 잠깐의 휴식을 취했고(라르, 신다린으로는 다우르인데, 본래는 멈춤이나 정지를 뜻한다), 정오가 되었을 때는 1시간을 쉬었다. 이렇게 그들은 10시간 반 동안 '행군'을 지속하였고, 그중 8시간 동안을 걸었다. 식량만 충분하면 그들은 이 속도를 장기간 유지할 수 있었다. 서두른다면 훨씬 빠르게 움직여 하루에 58킬로미터쯤은(위급하다면 그보다도 빨리) 이동할 수 있었겠지만, 이러한 속도는 단기간에만 유지될 수 있었다. 재앙이 있었던 당시, (그

들이 향하고 있는 목적지였던)임라드리스의 해당 위도에서는 개활지의 경우 낮이 최소 11시간 동안 지속되었다. 하지만 한겨울에는 낮이 8시간 이내였다. 평화로웠던 세월 동안 북부 땅에선 히수이(히시메, 11월) 초와 니누이(네니메, 2월) 말까지는 이유를 막론하고 긴 여행을 떠나지 않았다. [원저자 주]

- 『반지의 제왕』 해설 D에 가운데땅에서 쓰였던 달력에 대한 세세한 정보가 주어져 있다.

10 메넬딜은 이실두르의 조카로, 바랏두르 공성 당시 숨진 그의 남동생 아나리온의 아들이었다. 이실두르는 메넬딜을 곤도르의 왕위에 앉혔다. 그는 공손한 사람이었으나 앞날을 내다볼 줄 알았고, 타인에게 의중을 드러내지 않았다. 메넬딜은 사실 이실두르와 그의 아들들이 여정을 시작할 때 상당히 기뻐했고, 북부에서의 일 처리가 오래 걸리기를 기대했다. [원저자 주]

- 엘렌딜 왕조를 다룬 미공개 연대기에 따르면 메넬딜은 아나리온의 네 번째 자녀였고, 제2시대 3318년에 출생했으며 누메노르에서 마지막으로 태어난 인간이라고 한다. 이상의 주석이 이 인물을 묘사한 유일한 언급이다.

11 이들 셋은 모두 대동맹 전쟁에 참전했지만 아라탄과 키룐은 이실두르가 그들을 미나스 이실 요새를 방비하도록 보냈기 때문에 모르도르 공격과 바랏두르 공성전에는 참전하지 않았다. 이는 사우론이 패퇴하기 전에 길갈라드와 엘렌딜에게서 도망친 다음 키리스 두아스(후일 키리스 웅골이 된다)로 빠져나와 두네다인 인간들에게 보복 공격을 가할 것을 우려했기 때문이었다. 이실두르의 후계자이며 그에게 총애를 받았던 엘렌두르는 전쟁 내내(오로드루인 꼭대기에서의 마지막 시험은 제외하고서) 부친과 함께했다. 그는 이실두르의 신뢰를 한 몸

에 받고 있었다. [원저자 주]

- 이전 주석에서 언급했던 연대기에 따르면 이실두르의 첫째 아들은 제2시대 3299년 누메노르에서 출생했다고 한다(이실두르 자신은 3209년에 출생했다).

12 '벌거벗은산' 아몬 랑크는 초록큰숲 서남쪽 방면의 고지대에서 가장 높은 지점이었는데, 이러한 이름을 얻은 이유는 산꼭대기에 나무가 단 한 그루도 자라지 않았기 때문이었다. 후일 사우론이 깨어난 뒤 이곳은 그가 세운 최초의 요새 돌 굴두르가 된다. [원저자 주]

13 창포벌판(로에그 닝글로론)은 상고대에 숲요정들이 처음으로 그곳에 터를 잡았을 당시 깊은 저지대에 형성된 호수였는데, 이곳은 북쪽에서 흘러내려오는 안두인 대하가 가장 빠르게 흘러드는 지점이었다. 이는 약 112킬로미터에 달하는 긴 내리막 구간으로, 그곳에서 안개산맥을 빠른 속도로 빠져나오는 창포강(시르 닝글로르)의 급류와 합류하게 된다. 이 호수는 안두인대하 서쪽에서 더 넓어지는데, 계곡 동쪽은 지형이 더 가파르기 때문이었다. 다만 동쪽에서는 호수가 큰숲(당시엔 여전히 무성했다)에서부터 하강하는 산비탈의 끝부분까지 뻗어 있었다. 갈대가 무성한 호수의 경계는 보다 완만한 경사를 이루고 있었는데, 이실두르가 걸어가던 길 바로 아래쪽이었다. 거대한 습지로 변한 이 호수는 여러 개의 작은 섬들 틈바구니와, 갈대와 골풀이 무성한 호수바닥, 그리고 노란 붓꽃들의 군락 사이에 흘렀다. 사람 키보다도 크게 자라는 이 붓꽃들은 '산맥'에서 발원한 강과 주변 모든 지역의 이름을 장식했었고, 저지대에 가장 빼곡히 들어서 있었다. 그러나 이 습지는 동쪽으로 갈수록 점차 사라졌고, 좀 더 완만한 경사지의 맨 아랫부분에 다다르면 이제 넓은 평지가 펼쳐졌다. 이곳에는 잔디와 자그마한 골풀들이 자라났으며 사람이 걸어 다니

는 것이 가능했다. [원저자 주]

14 대동맹 전쟁이 벌어지기 오래전 안두인대하 동편에 살았던 숲요정들의 왕인 오로페르는 사우론의 세력이 일어서고 있다는 소문에 심기가 불편했고, 그래서 그들의 오래된 거주지이며 로리엔의 동족들과 강 하나를 사이에 두고 있던 아몬 랑크를 떠났다. 그는 세 차례나 북쪽으로 터를 옮겨, 제2시대 말에는 에뮌 두이르의 서쪽 골짜기에 살고 있었다. 그의 수많은 백성들은 서쪽으로 안두인강까지 이르는 숲과 계곡들 사이를 돌아다니며 살게 되었고, 이곳은 고대 난쟁이길(멘이나우그림)의 북쪽에 위치해 있었다. 오로페르는 대동맹에 합류했으나 '모르도르의 관문'을 공략하던 도중 전사하고 말았다. 그의 아들 스란두일은 살아남은 숲요정 군대를 이끌고 이실두르의 진군이 있기 1년 전에 귀환하였다.

에뮌 두이르(암흑산맥)는 큰숲의 동북쪽에 있는 고산高山들의 집합으로, 산등성이에 전나무들이 빽빽하게 들어서 이러한 이름을 얻게 되었는데, 당시에는 나쁜 뜻이 아니었다. 후일 사우론의 그림자가 '초록큰숲'까지 세를 넓혔을 때, 이 숲의 이름은 에륀 갈렌에서 타우르누푸인('어둠숲'이라 해석된다)이 되었고, 에뮌 두이르는 사우론의 피조물들 중 가장 사악한 것들이 많이 출몰하는 소굴이 되었다. 이에 비로소 에뮌누푸인, 즉 어둠숲산맥으로 불리게 되었다. [원저자 주]

- 오로페르에 대하여 「갈라드리엘과 켈레보른의 이야기」 해설 B에는, 오로페르가 북쪽으로 물러난 이유는 그가 크하잣둠의 난쟁이들과 로리엔의 켈레보른과 갈라드리엘의 영향권 바깥으로 빠져 나가기를 원했기 때문이라고 서술하는 단락이 존재한다.

어둠숲산맥의 요정어 명칭은 오직 이곳에만 등장한다. 『반지의 제왕』 해설 F(Ⅱ)에서는 어둡숲의 요정어 명칭이 "엄청난 공포의 숲"

타우르엔다에델로스였고, 여기서 등장한 이름인 "밤그늘의 숲" 타우르누푸인은 벨레리안드 북쪽 변경의 숲이 무성한 고원지대 도르소니온의 후기 명칭이었다. 어둠숲과 도르소니온에 모두 타우르누푸인이라는 동일한 명칭이 적용된다는 점은 주목할 만한데, 부친께서 그린 이 장소들의 삽화가 상당한 유사성을 갖고 있기 때문이다. 이에 대해선 1979년 발간된 『J.R.R. 톨킨의 그림들』 37번 그림의 주석 참조. 또한 반지전쟁 이후 스란두일과 켈레보른은 어둠숲에 다시 한 번 새로운 이름을 붙이는데, 에륀 라스갈렌 즉 "초록잎의 숲"이라 불렀다고 한다(『반지의 제왕』 해설 B).

멘이나우그림, 즉 난쟁이길은 『호빗』 7장에 등장한 옛숲길이다. 현재 이야기의 해당 단락 초기 원고에는 주석이 하나 존재하는데 내용은 이러하다. "고대의 숲길은 임라드리스 고개로부터 이어져 내려와 다리 하나를 통해 안두인 대하를 가로지르고(이 다리는 대동맹의 군대가 건너가기 위해 더 크고 튼튼하게 보강되었다), 이후 동쪽 편의 강 유역을 지나 초록숲으로 이어진다. 이 지점보다 더 하류 쪽에는 안두인대하를 건너기 위한 다리를 놓을 수가 없었는데, '숲길'로부터 몇 킬로미터만 내려가면 지형이 가팔라지며 물살도 거세지기 때문이다. 이러한 지형은 창포벌판의 거대한 대분지에 닿을 때까지 계속되었고, 벌판 너머에서는 물살이 다시 거세지고 수많은 다른 강줄기가 합류하여 물길이 대홍수처럼 들이닥쳤다. 이 강줄기들의 이름은 대부분 잊혀 비교적 규모가 큰 것들만이 전해지는데, 창포강(시르 닝글로르), 은물길강(켈레브란트), 맑은림강(림라이스)이 그것이다." 『호빗』에서는 '숲길'이 옛여울을 통해 대하를 건너간다는 설명은 나오지만, 옛날 그곳에 강을 건너는 다리가 있었다는 언급은 나오지 않는다.

15 「힘의 반지와 제3시대」에 실린 간략한 설명에는 이와 상이하게 구전

된 바가 언급된다(『실마릴리온』 466~467쪽). "하지만 그는 안개산맥에서 기다리고 있던 오르크 군대와 맞닥뜨리게 되었다. 초록숲과 대하 사이에 있는 로에그 닝글로른, 곧 창포벌판 근처의 야영지에서 불시에 적의 공격을 받았던 것이다. 적이 모두 궤멸되었다고 생각하여 방심하고 경비병을 세우지 않은 까닭이었다."

16 '상가일Thangail', 즉 '방패울타리'는 엘렌딜의 백성들 사이에서 일상적으로 쓰인 신다린으로서 해당 진형을 일컫는 명칭이다. 이 진형의 '공식적인' 퀘냐 명칭은 '산다스탄sandastan', 즉 '방패장벽'으로 '방패'라는 뜻의 원시 단어 '산다thandā'와 '빗장, 차단하다'라는 뜻의 '스타마-stama-'에서 파생되었다. 신다린 명칭의 두 번째 구성 요소는 퀘냐와 다른데, '카일cail', 즉 울타리나 꼬챙이 같은 날카로운 막대로 만든 차단벽이라는 뜻이다. 이 어휘의 초기 형태는 '케글레keglēe'로, 날카로운 것 혹은 미늘을 의미하는 어간 '케그-keg-'에서 파생되었는데, 이 어간은 '생울타리'라는 뜻의 초기형 어휘인 '케갸kegyāa'에서도 관찰된다. 케갸의 신다린 형태는 '카이cai'이다(예시: 모르도르의 '모르가이morgai'와 비교).

디르나이스는 퀘냐로 '네르네흐타nernehta'인데, '인간창끝'이라는 뜻으로 근접한 적들을 향해 돌진하는 쐐기 형태의 진형이며, 적들이 수는 많으나 대열을 맞추지 못했거나 개활지에서 방어진형을 구축하였을 경우에 운용된다. 퀘냐 '네흐테nehte', 신다린 '나이스naith'는 끝부분이 뾰족한 모든 종류의 형태나 돌출부를 통칭하는 어휘이다. 일례로 창끝, 뿔, 쐐기, 좁은 곶 등이 있다(어근은 '좁은'을 뜻하는 '네크nek'이다). 로리엔의 나이스를 참조. 나이스는 켈레브란트강과 안두인강이 교차하는 모퉁이인데, 두 강물의 실교차점은 작은 지도에서 관측되는 것보다 더 좁고 뾰족하다. [원저자 주]

17 구전된 이야기에서는 오흐타르라는 이름만이 쓰였지만, 이것은 단지 비극적인 상황을 맞닥뜨린 이실두르가 그의 감정을 형식적 의례로써 숨기기 위해 사용한 호칭에 불과할 것이다. '전사, 병사'라는 뜻의 '오흐타르ohtar'는 훈련을 완전히 마쳤고 전투 경험도 있으나, '로퀜roquen' 즉 '기사'의 계급으로 승급하지 못한 자들을 통칭하는 칭호였다. 다만 오흐타르는 이실두르가 총애하는 이였으며 그의 친척이었다. [원저자 주]

18 이전의 원고에서는 이실두르가 오흐타르로 하여금 두 명의 동행자를 데려가도록 하였다고 되어있다. 「힘의 반지와 제3시대」(『실마릴리온』 467쪽)와 『반지 원정대』 BOOK2 chpater 2를 보면 "오직 세 사람만이 오랜 방랑 끝에 산맥을 넘어 돌아갈 수 있었다"라고 한다. 여기 기록된 내용으로 추정하면 세 번째 생존자는 전투에서 살아남은 엘렌두르 휘하의 견습 기사인 에스텔모이다(481쪽 참조).

19 그들은 깊은 저지대인 창포벌판을 지나온 것인데, 이곳을 지나면 안두인강(이곳은 수심이 깊었다) 동쪽은 지형이 바뀌어 땅이 더 단단하고 건조했다. 지형은 북쪽을 향해 상승하기 시작했는데, '숲길'과 스란두일의 영토에 근접하게 될 즈음엔 그 높이가 초록숲의 처마와 거의 맞먹는 수준이 되었다. 이를 이실두르는 잘 알고 있었다. [원저자 주]

20 대동맹에 대하여 잘 알고 있던 사우론이 여유 있는 한도 내에서 '붉은 눈'의 오르크 군대를 이곳에 배치해 두었다는 것은 틀림없는 사실이다. 그는 이 산맥을 넘어감으로써 여정을 줄여보려는 세력에 모든 수단을 동원하여 위해를 가하려고 했던 것이다. 길갈라드의 본진이 이실두르와 아르노르의 인간들 일부와 함께 임라드리스와 카라

드라스의 고개를 통과했을 당시, 오르크들은 당황하여 숨기에 바빴다. 하지만 그들은 경계를 늦추지 않고 감시를 계속하며 그들보다 수적 열세에 있는 요정이나 인간 부대가 있으면 공격할 생각이었다. 그들은 스란두일이 통과하도록 내버려 두기도 했는데, 세력이 약해졌을지언정 스란두일의 군대가 그들보다는 압도적으로 강했기 때문이었다. 하지만 오르크들은 때를 기다렸다. 상당수의 오르크는 숲속에 숨어 있었으며 나머지는 강둑에 도사리고 있었다. 사우론의 패배 소식이 이들에게 전해졌을 가능성은 만무했다. 사우론은 모르도르 땅에서 빈틈없이 포위당해 있었고 그의 모든 전력 또한 궤멸되었기 때문이다. 몇몇의 오르크가 탈출에 성공했다 할지라도, 그들은 반지악령들과 함께 멀리 동부로 도피하였을 것이었다. 북부 지역에 머무르고 있던 이 미약한 오르크 파견대는 잊힌 상태였다. 아마도 그들은 사우론이 승리했으며, 전쟁의 상흔투성이인 스란두일의 부대가 숲속의 요새로 퇴각하고 있었으리라 여겼던 것 같다. 비록 주요 전투에 참가하지는 못했을지라도, 그들은 용맹을 발휘해 주군에게 칭찬받기를 갈망했다. 하지만 설사 그들 중에 사우론의 부활을 지켜볼 정도로 오래 산 오르크가 있었다 한들 원하던 찬사는 듣지 못했을 것이다. 가운데땅 최고의 전리품이 반출되어 나가도록 내버려둔 무능한 멍청이들에 대한 사우론의 분노는 어떠한 고문으로도 해소될 수 없었을 것이기 때문이다. 사우론 자신과 반지의 노예였던 아홉 반지악령들만이 알고 있었던 절대반지에 대해 오르크들이 아무것도 몰랐다는 것도 변명이 될 수 없었을 것이다. 다만 많은 이들은 오르크들이 이실두르를 공격할 당시 보여준 흉포하고 필사적인 전의는 반지가 초래한 것이라고 생각했다. 사우론의 손을 떠난 지 2년이 조금 넘는 시간이 흘렀고 급속도로 식어가고는 있었으나, 반지는 악의로 가득 차 여전히 무거웠으며 그 주인에게로 돌아가기 위해 모든 수단을 강구하고 있었다(사우론이 회복하여 재차 거점을 마련했을 당시 다시금 그러하였듯이). 따라서, 오르크 지휘관들은 자신들도 이유를 모른 채 두네다인을 쳐부수고 그 우두머리를 붙잡으려는 강한 열망에 사로잡힌 것으로 여겨졌다. 그럼에도 불구하고, 결과적으로 창포벌판의 재앙으로 인해 반지전쟁은 패배한 전쟁이 되고 말았다. [원저자 주]

21 누메노르인들이 사용한 활에 대해서는 303쪽 「누메노르에 대한 기술」 장을 참조하라.

22 스무 명 이하였다고 전해진다. 이들이 필요하게 되리라곤 예상치 못했던 것이다. [원저자 주]

23 이실두르가 곤도르를 떠나 그의 마지막 여정을 떠나기 전에 절대반지에 대해 두루마리에 기록한 바와, 이후 간달프가 깊은골의 엘론드의 회의에 보고한 내용을 대조할 것. "내가 처음 만졌을 때 그것은 달아오른 석탄처럼 뜨거웠다. 내 손은 시커멓게 눌렸고, 나는 이 통증이 완쾌될 수 있을지 걱정이 된다. 그러나 이 글을 쓰는 동안 반지는 벌써 식었고, 아름다움이나 모양은 변하지 않았지만 크기는 작아진 듯하다. ……"(『반지 원정대』 BOOK2 chapter 2).

24 엘론드와 키르단이 반지를 오로드루인의 화염 속에 던져 파괴하라고 조언한 것을 무시하고 반지를 간직한 오만을 말하는 것이다(『반지 원정대』 BOOK2 chapter 2와 『실마릴리온』 466쪽 「힘의 반지와 제3시대」를 참조).

25 이 주목할 만한 단락이 암시하는 것은, 혹시나 엘렌딜미르의 빛이 반지를 착용하지 않은 평상시에도 드러나는 것이라면, 아마도 그 빛은 절대반지를 착용할 때 나타나는 투명화에 저항력을 가졌으리라는

의미일 것이다. 그러나 이실두르가 머리를 두건으로 가리자, 그 빛이 꺼뜨려졌다는 것이다.

26 전해진 바로는 후일 (엘론드를 비롯해) 엘렌두르에 대해 회상했던 이들은 그와 엘렛사르 왕에게서 육체와 정신 양면으로 상당한 유사성을 느꼈다고 한다. 엘렛사르 왕은 사우론과 절대반지의 운명에 종지부를 찍은 반지전쟁의 승리자였다. 두네다인의 기록에 따르면 그는 엘렌두르의 동생인 발란딜의 38대 자손이다. 그렇게나 오랜 시간이 지난 후에야 엘렌두르의 복수가 이뤄졌던 것이다. [원저자 주]

27 전투가 벌어진 장소로부터 33킬로미터 이상이나 떨어져 있었다. 그가 도망쳤을 때에 날이 저물어 있었고, 자정에 가까운 시간이 되어서야 그는 안두인대하에 도달했다. [원저자 주]

28 이것은 '에켓'이라고 불리는 무기이다. 짧은 길이의 찌르는 검으로서, 넓고 뾰족한 양면의 날을 지녔고 길이는 30센티미터에서 46센티미터 사이였다. [원저자 주]

29 최후의 저항이 벌어진 장소는 북부 경계선으로부터 1.6킬로미터 혹은 그보다 좀 더 떨어져 있었다. 하지만, 어둠 속에서 경사진 지형이 그의 경로를 어느 정도 남쪽으로 휘어지게 했을 가능성도 있다. [원저자 주]

30 깊은골에서 일행이 출발할 당시 엘론드가 간달프에게 미루보르, 즉 "임라드리스의 감로주" 한 병을 건네준다(『반지 원정대』 BOOK2 chapter 3). 이외에도 『길은 끝없이 이어진다오』 61쪽을 참조.

31 이는 누메노르에서 그 금속이 났기 때문이다. [원저자 주]

- 「엘로스의 가계」 장(391쪽)에 따르면 누메노르의 15대 군주 타르텔렘마이테가 은을 무척 사랑하여 이러한 이름(즉 "은의 손")으로 불렸다고 하며 "수하들에게 항상 미스릴을 구해 올 것을 명했기에 이와 같이 지어졌다"라고 한다. 하지만 간달프는 미스릴이 "세상에서 오직 한 곳" 모리아에서만 발견된다고 말한 바 있다(『반지 원정대』 BOOK2 chapter 4).

32 「알다리온과 에렌디스」 장(326쪽)에 의하면, 알다리온이 가운데땅에서 구해온 다이아몬드를 에렌디스에게 주자, 그녀는 이를 "은색 띠에 마치 별처럼 매달았고, 그녀의 부탁으로 알다리온은 이것을 그녀의 이마에 묶어주었다." 덕분에 그녀는 타르엘레스티르네, 즉 '별이마의 여인'으로 알려지게 되었다. "여기서 훗날 누메노르의 왕과 여왕들이 왕관 대신에 별과 같은 하얀 보석을 이마에 매는 전통이 유래되었다고 한다."(381쪽의 18번 주석). 이 풍조는 아르노르에서 왕족들이 별 모양의 보석 엘렌딜미르를 이마에 차던 전통과 연관성이 있어 보인다. 그러나 원래의 엘렌딜미르는 본디 실마리엔의 소유였던 만큼, 알다리온이 에렌디스에게 가운데땅에서 난 보석을 전해주기 이전에도 누메노르에 존재했을 것이므로 (그 유래가 어찌 되었건) 둘은 같은 물건이 아니라고 할 수 있다.

33 두 번째 엘렌딜미르는 발란딜을 위해 만들어졌으므로 정확한 수는 38명이다(26번 주석 참조). 『반지의 제왕』 해설 B의 연대기에 따르면 제4시대 16년(샤이어력으로 1436년)이 시작될 때, 엘렛사르 왕이 브랜디와인 다리로 친구들을 맞이하러 갔고, 샘와이즈 시장에게 '두네다인의 별'을 수여했다고 한다. 이때가 그의 딸 엘라노르가 아르웬 왕비의 명예로운 시녀가 된 때였다. 이러한 기록에 근거해 로버트 포

스터 씨는 저서 『가운데땅으로의 완전한 안내서』에서, "[엘렌딜의] 별은 북왕국의 왕들이 이마에 쓰는 물건이었다가, 제4시대 16년 엘렛사르가 감지네 샘에게 넘겨주었다"라고 기술했다. 본문에서 명확히 시사되는 내용은 엘렛사르 왕이 발란딜을 위해 제작된 엘렌딜미르를 항구적으로 착용했다는 것인데, 내(크리스토퍼 톨킨—역자 주) 생각엔 그가 샤이어의 시장을 아무리 높이 샀더라도 엘렌딜미르를 선물하지는 않았으리라고 사료된다. 엘렌딜미르는 수많은 이름이 있다. 엘렌딜의 별, 북부의 별, 북왕국의 별 등이 그것인데, 로버트 포스터의 『안내서』와 J. E. A. 타일러의 『톨킨 컴패니언』에서는 두네다인의 별('연대기'의 해당 항목에서만 등장한다) 역시도 여기에 해당되는 것으로 간주하고 있다. 이 이상의 출처는 찾지 못했으나, 다만 나는 두네다인의 별은 엘렌딜미르를 가리키는 것이 아니며, 샘와이즈 시장은 그와는 다른 (그리고 그에게 훨씬 어울리는) 예우를 받았으리라고 확신한다.

해설

누메노르의 길이 단위

「창포벌판의 재앙」에서 오스길리아스에서 임라드리스로 향하는 또 다른 경로를 언급하는 단락(473~474쪽, 486쪽 6번 주석)에 기재된 주석은 다음과 같은 내용을 담고 있다.

> 거리를 나타내는 단위들은 가능한 한 현대에 쓰이는 말들에 가깝게 변환되었다. '리그League'[1]를 사용한 이유는 가장 긴 거리 단위이기 때문인데, 누메노르의 측량법(십진법이었다)에 의거하면 5,000랑가(최대 보폭)가 1라르가 되었는데 이는 4.8킬로미터와 비슷하다. 라르는 '멈춤'이라는 뜻인데 강행군이 아닌 한, 보통 이 정도 거리를 움직이고 난 후 잠깐의 휴식을 취했기 때문이다. [위의 9번 주석 참조.] 누메노르인들의 건장한 체구에 견주어봤을 때, 누메노르의 1랑가는 90센티미터보다 약간 긴, 96센티미터 정도의 길이였을 것이다. 따라서 5,000랑가는 사실상 4.8킬로미터와 동일한 거리일 것이다. 그리고 둘을 정확히 동일한 거리라고 가정할 때, 우리가 쓰는 '리그'는 4.8킬로미터하고도 70센티미터 가량을 더한 거리이다. 그럼에도 이 부분을 확실히 확인할 수 없는 이유는, 역사적 기록에 담긴 가지각색의 물체와 거리를 현대인들이 쓰는 단위에 빗대어 환산한 것이기 때문이다. 누메노르인들의 체구가 매우 건장했다는 사실도 감안해야 하며(단위와 길이를 지칭하는 말들이 대체로 손, 발, 뼘, 보폭에서 유래했기 때문이다), 일상적인 용도나 정밀한 계산을 위해 측정 단위들을 정리하는 과정에서 생긴 표준 및 평균값의 오차 또한 감안해야 한다. 그런고로 2

---

1 원문에서는 3마일에 해당하는 리그가 사용되었으나, 책에서는 독자들에게 익숙한 단위인 미터법을 사용하였음—역자 주

> 랑가는 '사람 키만 한' 길이로 불리기 일쑤였는데, 1랑가를 약 96센티미터로 가정할 시 약 193센티미터에 가까운 수치가 나온다. 다만 이는 두네다인의 신장이 줄어든 후의 기록이고, 누메노르인 남성의 정확한 평균 신장으로 여겨지지도 않았으며, 다만 널리 알려진 단위인 랑가를 이용해 어림잡아 표현한 수치일 뿐이었다. (랑가는 일반 성인 남자가 빠르고 가뿐하게 내딛는 큰 걸음의 뒷발 발꿈치부터 앞발의 발가락까지의 길이로 통칭되고는 했다. 최대 보폭은 '대략 1랑가 반이었을 것이다.') 반면에 과거의 위대한 인물들은 사람 키만 한 높이보다 컸다고 전해진다. 엘렌딜은 "사람 키만 한 높이보다도 반 랑가 정도 더 컸다"라고 하는데, 다만 그는 '몰락'을 면한 누메노르인들 중에서 최장신이라 [불리었으며 그 덕에 흔히 '장신의 엘렌딜'로 알려졌다는] 그 점을 고려해야 한다. 상고대의 엘다르 또한 키가 매우 컸다. "이야기 속에 나오는 엘다르 여인들 중 최장신이었던" 갈라드리엘이 "사람 키만 했다"라고 하는데, 이는 "두네다인과 옛 인간들의 치수에 따른 것"이라고 언급되므로, 그녀의 키는 대략 193센티미터에 달했을 것이다.
>
> 로히림은 대체로 더 작았는데, 그들의 먼 옛날 조상이 펑퍼짐하고 육중한 체구를 가진 인간들과 어울려 함께 지냈기 때문이다. 에오메르는 아라고른과 맞먹을 정도로 키가 컸다고 하는데, 비단 그만이 아니라 셍겔 왕의 후손들은 다들 셍겔의 아내이자 고위 누메노르인의 후예인 곤도르 여인 모르웬의 기질을 물려받아 (간혹 나타나는 어두운 머리색과 함께) 키가 로한인의 평균을 웃돌았다고 한다.

앞선 설명에 대한 주석 하나가 『반지의 제왕』(해설 A(Ⅱ) '마크의 왕들')에서 다루어진 모르웬에 관한 이야기들에 대해 다음과 같이 설명을 더하고 있다.

> 그녀는 롯사르나크에 살았으므로 롯사르나크의 모르웬으로 불

> 리었지만, 그곳의 거주민들과 같은 민족은 아니었다. 룻사르나크의 꽃이 만개한 계곡을 사랑한 그녀의 부친이 벨팔라스에서 그곳으로 이주해 왔던 것이다. 그녀의 부친은 벨팔라스의 선대 영주의 아들로 임라힐 대공의 친족이었다. 그와 로한의 에오메르가 비록 동떨어져 있긴 해도 친척임을 임라힐은 알고 있었고, 이들 사이엔 수많은 친교가 오갔다. 에오메르는 임라힐의 딸[로시리엘]과 혼인했으며, 그들의 아들인 '가인 앨프위네'는 외조부와 눈에 띄게 닮은 외모를 가지고 있었다.

켈레보른에 대해 언급하는 또 다른 주석에서는 그가 "발리노르의 린다"(이는 텔레리에 속하는 요정을 일컫는 말로, 그들은 스스로를 가수라는 뜻의 '린다르'라고 불렀다)였다는 것과 또 다른 한 가지가 더 언급된다.

> 그는 그의 이름의 의미하는 바와 같이('은색장신') 키가 크기로 명성이 자자했다. 다만 텔레리는 놀도르에 비하면 체구와 신장이 대체로 작은 편이었다.

이는 켈레보른의 혈통과 이름의 의미에 관한 후기의 내용이다. 411쪽과 468쪽을 참고.

부친께선 또 다른 이야기들 속에 누메노르인과 호빗의 신장을 비교한 것과, 반인족이라는 명칭의 유래에 대해 적어두셨다.

> 『반지의 제왕』 서문에 있는 [호빗들의 신장에 관한] 언급은 후대 호빗들의 생존에 관한 내용까지 언급하고 있어 지나치게 불명료하고 복잡하다. 그렇다하더라도 『반지의 제왕』에서 다뤄지는 핵심 내용은 다음과 같다. 바로 샤이어의 호빗들은 키가 91센티미터에서 122센티

미터 사이였으며, 이보다 작은 경우는 없었고 그보다 약간 큰 경우도 좀처럼 없었다는 것이다. 당연한 말이겠지만 그들은 스스로를 반인족이라 부르지 않았는데, 반인족이라는 호칭은 누메노르인들이 호빗을 가리켜 부르는 말이었기 때문이다. 반인족이라는 말은 누메노르인과 호빗의 체구의 차이를 나타내는 말이었고, 실제로 둘을 비교해보자면 이는 나름 정확한 표현이었다. 이 이름은 11세기에 아르노르의 통치자들에게 처음 알려졌던 ['연대기'의 1050년대 항목을 참조하라] 털발 혈통에게 처음 쓰였으며, 이후 하얀금발과 풍채 혈통에게도 사용되었다. 당시는 북왕국과 남왕국 사이에 긴밀한 교류가 이루어지던 시기로, 이 둘의 긴밀한 관계는 한참 나중까지도 계속되었다. 양측은 서로의 땅에서 벌어지고 있는 일들에 관한 소식들, 특히 각 민족들의 이동에 대한 정보에 훤했다. 알려진 바에 따르면 적어도 툭 집안 페레그린의 방문 전까지는 곤도르에는 단 한 번도 '반인족'이 나타난 적이 없었다. 그럼에도 곤도르인들은 아르세다인의 영토에서 살던 이 민족을 알고 있었고, 이들을 반인족 혹은 신다린으로는 페리안이라 불렀다고 한다. 보로미르도 프로도를 [「엘론드의 회의」에서] 보자마자, 프로도가 반인족의 일원이라는 것을 알아챘다. 그 전까지는 보로미르도 반인족을 흔히 말하는 동화나 민담 속에서나 등장하는 존재들로 치부했던 듯하다. 곤도르인들이 피핀을 맞이했을 때 보인 반응에서 이들이 '반인족'을 기억하고 있었다는 것이 명확히 드러난다.

이와 관련된 다른 주석에는 반인족과 누메노르인의 신장 감소에 관한 내용이 추가로 실려 있다.

두네다인의 왜소화는 원래 가운데땅에 살던 종족들의 왜소화와는 달리 유한한 생명의 땅 중 가장 '불멸의 땅'에 인접했던 서쪽나라 그들의 옛 땅을 상실한 데서 비롯된 것이다. 한참 후에 일어난 호빗들의 왜소화는 거주지와 생활 방식이 바뀜에 따라 발생한 것이다. 이유인즉 도망 다니며 은둔생활을 하는 신세로 전락하여(인간, 즉 '큰 사람'들의 수가 점차 불어나 비옥하고 거주 가능한 땅들을 계속해서 빼앗아갔기 때문이다), 숲이나 야생의 자연을 전전하는 불우한 떠돌이 민족이 되었기 때문이었다. 그들은 방랑하는 가여운 족속으로, 자신들의 기술을 모두 망각한 채 먹을 것 구하기도 바쁘고 남들에게 들키는 것을 꺼려하는 위태로운 삶을 살았던 것이다.

II

키리온과 에오를, 그리고 곤도르와 로한의 우정

(i)

북부인과 전차몰이족

'키리온과 에오를의 연대기'[1]는 켈레브란트평원의 전투가 끝나고 곤도르를 침략한 적들이 섬멸된 이후에 이루어진, 곤도르의 섭정 키리온과 에오세오드족의 족장 에오를의 첫 만남으로부터 시작된다. 그러나 로한과 곤도르에서는 이미 북방 로히림의 위대한 질주를 다룬 노래와 전설들이 전해져 오고 있었으며, 이후의 연대기들[2]에도 이와 관련된 이야기들이 에오세오드족에 관한 다른 내용들과 함께 기록되어 있다. 이 이야기들을 연대기의 형식을 빌려 여기에 간단히 소개해 보고자 한다.

에오세오드족은 곤도르의 왕 칼리메흐타르(제3시대 1936년에 승하했다)의 시대에 그 이름이 처음 알려졌다. 당시 그들은 바우바위와 창포벌판 사이에 있는 안두인계곡, 그것도 대부분 안두인대하의 서쪽에 거주하고 있던 작은 부족이었다. 본래 에오세오드족은 살아남은 북부인들의 후손이었으며, 이 북부인들은 과거 어둠숲과 달리는강 사이의 평원에 살던 여러 민족들의 동맹체로서 큰 규모의 강력한 집단을 이루고 있었다. 북부인들은 어둠숲의 가장자리, 특히 그들이 손수 나무를 베어 만든 둥근 동쪽공지[3]에 정착하여 살고 있었는데, 말 사육에 뛰어났으며 뛰어난 기교와 강인한 인내력을 갖춘 기수들로 그 명성이 자자했다.

이 북부인들은 제1시대에 가운데땅의 서쪽 지역으로 넘어와 모르고스와 전쟁을 치르던 엘다르의 편에 섰던 인간의 후손들이었다.[4] 따라서 이들은 두네다인 혹은 누메노르인들의 먼 친척이었으며, 이들과 곤도르인들 사이에는 끈끈한 우정이 존재하고 있었다. 북부인들은 기실 외부의 침략으로부터 곤도르의 북쪽과 동쪽 국경을 지켜내는 보루와 마찬가지였음에도, 정작 곤도르의 왕들은 이 보루가 약해지다 못해 끝내 붕괴되기 직전까지도 이를 완전히 깨닫지 못했었다. 로바니온 북부인의 쇠퇴는 '대역병'과 함께 시작되었다. 1635년의 겨울, 로바니온에 모습을 드러낸 대역병은 얼마 후 곧 곤도르에까지 번져 나갔다. 곤도르에서는 엄청난 숫자의 사망자가 발생했으며, 특히 도시에 거주하던 이들의 사망률이 높았다. 로바니온의 피해는 이보다 한층 더 심각했다. 로바니온 주민들 대부분은 들판에 살며 큰 도시가 없었음에도, 하필 추운 겨울이라 쉼터를 찾아 숨어든 말로 마구간이 가득 차고, 지붕이 낮은 목조 가옥들에 사람들이 북적일 때 대역병이 들이닥친 탓이었다. 뿐만 아니라, 누메노르의 지식이 비교적 잘 보존되어 있던 곤도르와는 달리, 로바니온 북부인들의 의술이나 약학의 수준은 형편없다고 해도 과하지 않을 지경이었다. 역병의 유행이 끝나가고 있을 무렵에는, 로바니온 주민들의 절반 이상이 목숨을 잃었으며, 말들도 마찬가지의 큰 피해를 입었던 것으로 전해진다.

북부인들의 회복 속도는 빠르지 않았으나, 약해졌음에도 한동안은 시련을 겪지 않을 수 있었다. 동부인들 역시 역병으로 고통받았기 때문이었는데, 곤도르의 적들이 주로 남쪽이나 바다를 통해 쳐들어오게 된 것도 이러한 까닭에서였다. 그러나 전차몰이족의 침략이 시작되고 곤도르가 약 100년간 전란에 휩싸였을 때, 북부인들은 그 맹렬한 첫 공세를 받아내야 했다. 나르마킬 2세 왕이 어둠숲 이남의 평원으로 대군을 이끌어 오며, 뿔뿔이 흩어져 있던 북부인의 남은 병력을 가능한 한 하나로 모았다. 하지만, 결국 전투에서 패배했으며 왕 자신도 전사하고 말았다. 살아남은 병력들은 다고를라드를 지나 이실리엔으로 후퇴했으며, 이후 곤도르는 이실리엔을 제외한 안두인대하 동쪽 영토를 모조리 포기했다.[5]

북부인들의 경우, 일부는 켈두인(달리는강) 너머로 도망쳐 에레보르 밑의 너른골에 사는 사람들(북부인들의 혈족이었다)과 섞이게 되었다고 하며, 또 다른 일부는 곤도르에 터를 잡았고, 나머지 무리는 ('평원 전투'에서 후방을 엄호하다 전사한) 마르하리의 아들 마르휘니[6]에 의해 규합되었다고 전해진다. 이들은 어둠숲과 안두인대하 사이의 북쪽 지역을 통과해 안두인계곡에 정착했고, 여기서 역시 어둠숲을 거쳐 찾아온 수많은 난민들과 합류했다. 곤도르에서는 오랫동안 알려진 바가 없었지만, 이것이 에오세오드족[7]의 기원이었다. 대부분의 북부인들은 노예로 전락하고 말았으며, 그들이 살던 땅들은 모두 전차몰이족이 점령했다.[8]

그러나 시간이 한참이 흐르고 다른 위협들로부터 자유로워지자,[9] 나르마킬 2세의 아들 칼리메흐타르 왕은 '평원 전투'에서의 패배를 설욕하기로 결심하였다. 마르휘니가 보낸 전령들이 전차몰이족이 두 여울[10]을 건너 칼레나르돈을 습격할 음모를 꾸미고 있다며 경고했던 것이다. 또한 전령들은 노예가 된 북부인들이 반란을 준비하고 있으며, 전차몰이족이 전쟁을 시작한다면 봉기하여 행동할 것이라는 소식도 전하였다. 이에 칼리메흐타르는 곧장 이실리엔에서 군대를 이끌고 출정하였고, 그의 움직임이 적들에게도 잘 알려질 수 있도록 조치했다. 전차몰이족은 그들이 끌어 모을 수 있는 모든 전력을 다해 쳐들어 왔고, 칼리메흐타르는 그들에게 길을 내어주었다. 적을 그들의 근거지로부터 끌어내려는 속셈이었다. 마침내 다고르라드에서 전투가 벌어졌고, 전투의 향방은 한동안 오리무중이었다. 그러나 전투가 절정에 다다른 순간, 칼리메흐타르가 두 여울(적들이 무방비로 방치해두었던 좌측) 너머로 보낸 기마대가 마르휘니가 이끄는 대규모의 에오레드[11]와 합세하여 전차몰이족의 측면과 후방을 급습했다. 비록 전쟁에 결정적으로 작용하지는 않았지만, 곤도르의 승리는 압도적이었다. 무너져 내린 적들이 그들의 본진인 북쪽으로 정신없이 달아났으나, 칼리메흐타르는 현명하게도 도망치는 전차몰이족을 추격하지 않았다. 적은 이미 족히 병력의 삼분의 일을 잃었던 데다가, 과거의 영광스러운 전장인 다고르라드에 버려진 유골들 위에 전우들의 시체가 썩어가도록 둔 채 도망치고 있었기 때문이었다. 그러나 마르휘니의 기마병들은 평원을 누비며 패주하는 전차몰이족을 들쑤셔댔고, 도망치는 적들에게 막대한 손실을 입혔다. 이는 어둠숲이 까마득해질 정도로 멀리 전차몰이족이 도망갈 때까지 계속되었다. 그제서야 마르휘니의 기마병들은 추격을 멈추고서, 이렇게 전차몰이족을 조롱하기 시작했다. "북쪽 말고 동쪽으로 달아나라, 사우론의 족속들아! 보라. 너희가 빼앗은 집들이 불타고 있다!" 때마침 거대한 연기가 피어올랐던 것이다.

마르휘니의 지원 아래에 계획되었던 봉기가 실제로 일어났다. 어둠숲 밖으로 뛰쳐나온 절박한 도망자들이 노예들을 북돋워 함께 전차몰이족의 거주지와 창고, 그리고 요새화되어 있던 전차 주둔지들을 불태우는 데 성공하였다. 그러나 이 과정에서 그들의 대부분이 목숨을 잃었다. 무장 상태도 열악했거니와, 전차몰이족의 집들도 완전히 무방비한 상태는 아니었기 때문이다. 전차몰이족의 젊은 여성들이 어린 아이들과 노인들을 도왔으며, 그 여성들 중에는 전투 훈련을 받은 이들이 있어 자신의 집과 아이들을 지키기 위하여 맹렬히 싸웠던 것이다. 이로 인해 마르휘니로서는 결국 안두인대하 옆에 있는 그의 영지로 물러갈 수밖에 없게 되었고, 그의 종족에 속한 북부인들은 다시는 그들의 옛 고향으로 돌아가지 못했다. 칼리메흐타르는 곤도르로 귀환했으며, 곤도르는 훗날 왕가를 그 혈통이 단절되기 일보 직전까지 몰아붙인 대공세가 닥치기 전까지 한동안 (1899년부터 1944년까지) 평화를 누렸다.

이러한 상황의 변화에도, 칼리메흐타르와 마르휘니의 동맹은 결코 헛된 일이 아니었다. 만약 로바니온에 머물고 있던 전차몰이족의 세력이 꺾이지 않았다면, 전차몰이족은 더욱 빠르고 막강한 병력으로 공격해 왔을 것이며, 곤도르 왕국도 무너지고 말았을 것이다. 그러나 이 동맹의 가장 큰 효과는 당시에는 누구도 예측하지 못했을 먼 미래에야 나타나게 된다. 훗날 곤도르를 구원하는 로히림의 두 번에 걸친 위대한 출정, 즉 켈레브란트평원의 전투에 등장한 에오를, 그리고 펠렌노르평원에 세오덴 왕의 뿔나팔이 울려 퍼짐으로써 왕의 귀환이 허사로 끝나지 않은 일들이 바로 그것이었다.[12]

한편 전차몰이족은 그들의 상처를 핥으며 복수를 계획했다. 곤도르의 영향력이 미치지 않고, 그 어떤 소식도 곤도르의 왕에게 전해지지 않는 룬해 동쪽의 땅에서, 전차몰이족의 일족들이 세를 넓히고 번성하고 있었다. 그들은 땅과 전리품에 굶주려 있었고, 자신들의 앞을 가로막고 있는 곤도르를 향한 증오로 가득 차 있었다. 그러나 정작 그들이 행동에 나서기까지는 오랜 세월이 걸렸다. 그들이 한편으로는 곤도르의 힘을 두려워하고 있었기 때문인데, 그들은 안두인대하의 서쪽에서 무슨 일이 벌어지고 있는지도 모른 채 곤도르를 당시 실제의 영토와 인구에 비하여 과대평가하고 있었던 것이다. 더군다나 동방에 있던 전차몰이족은 모르도르를 넘어 남쪽으로 세력을 확장하느라 칸드, 그리고 칸드 이남 지역의 주민들과 충돌을 빚던 상황이기도 했다. 우여곡절 끝에 결국 곤도르의 적들 사이에 평화와 동맹이 합의되었고, 북쪽과 남쪽 양면에서 동시에 곤도르를 공격하기 위한 준비가 이루어졌다.

당연한 일이었지만, 곤도르에서는 이러한 적의 계획과 움직임에 대해 전혀 알지 못했다. 여기에 기록된 내용들은 시간이 오래 흐른 후 역사가들이 여러 사건으로부터 추론해낸 것으로서, 역사가들에게는 당시 곤도르를 향한 증오는 물론이고 곤도르의 적들이 구사한 단결된 움직임은 (그들 자신에게는 어떠한 의지도 지혜도 없었기 때문에) 사우론의 술책에 의한 것임이 너무나 분명해 보였다. 사실 마르휘니의 아들 포르스위니가 온도헤르 왕(1936년에 부왕 칼리메흐타르를 이어 즉위했다)에게 로바니온의 전차몰이족이 그들의 약점과 두려움을 극복하고 회복되고 있음을 경고한 적이 있었다. 포르스위니는 또한 적에게 동부로부터 새로운 병력들이 보충되고 있는 것 같다는 그의 의심도 빼놓지 않고 전했었다. 그의 의심은 적들이 강을 거슬러 올라오며 '어둠숲의 숲허리'[13]를 통과하여 침입한 후, 그의 영토 남부를 습격하고 있는 것에 대한 고민으로부터 비롯된 것이었다. 그러나 당시의 곤도르로서는 찾아내 동원할 수 있는 최대한의 병력을 모아 훈련시키는 것 말고는 할 수 있는 일이 없었다. 따라서 마침내 예견되었던 적의 공격이 이루어졌을 때, 곤도르의 전력은 필요한 것보다 훨씬 부족했음에도 그들이 준비되어 있지 않다는 사실이 크게 드러나지는 않았다.

온도헤르는 남쪽의 적들이 전쟁을 준비하고 있다는 것을 눈치채고 있었으며, 지혜를 발휘해 군대를 북군과 남군으로 양분했다. 남군의 규모가 더 작았는데, 남쪽 지역으로부터의 위협이 비교적 적은 편이라 여겨졌기 때문이었다.[14] 남군의 지휘관은 에아르닐이었는데, 그는 나르마킬 2세의 아버지인 텔루메흐타르 왕의 후손으로서 왕가에 속해 있었다. 그의 본거지는 펠라르기르에 있었다. 북군은 온도헤르 왕 본인이 직접 지휘했다. 이는 만약 왕이 왕위 계승의 명분이 충분한 후계자를 후방에 남겨두었다는 전제가 있을 경우, 본인이 원한다면 중대한 전투에서 군대를 지휘해야 한다는 곤도르의 변치 않는 전통에 따른 것이었다. 온도헤르는 호전적인 핏줄을 타고 났으며, 병사들의 사랑과 존경을 받았다. 그에게는 군사 업무를 감당할 수 있을 만큼 장성한 두 아들이 있었는데, 장남 아르타미르와 세 살 터울의 차남 파라미르가 그들이었다.

1944년 케르미에 9일, 적들이 다가오고 있다는 소식이 펠라르기르에 전해졌다. 에아르닐은 이미 만반의 태세를 갖춰둔 상태였다. 그는 자신의 병력 절반을 이끌고 안두인대하를 건너갔으며, 포로스 여울목은 의도적으로 무방비 상태로 남겨둔 채 북쪽으로 약 60킬로미터가량 떨어진 남이실리엔에 진을 쳤다. 온도헤르는 그의 군대를 이실리엔을 따라 북쪽으로 진군시킨 후, 곤도르의 적들에게는 몹시 불길한 장소인 다고를라드 평원에 배치할 요량이었다. (당시 나르마킬 1세가 사른 게비르 북쪽 안두인대하를 따라 축조한 요새들은 여전히 관리 유지가 되고 있었으며, 두 여울을 통해 대하를 건너려는 적들의 시도를 일체 저지하기 위해 충분한 수의 칼레나르돈 출신 병사들이 주둔하고 있었다.) 그러나 북부 침공에 대한 소식은 케르미에 12일 아침이 되어서야 온도헤르에게 당도했고, 이때 적들은 이미 근접해오고 있었다. 반면에 곤도르군은 천천히 진군하고 있었으며 아직 선봉대가 모르도르의 관문에 당도하지도 못한 상태였는데, 만약 온도헤르에게 좀 더 일찍 경보가 도착했더라면, 이렇게 여유롭게 움직이지는 않았을 것이다. 주력부대는 왕과 근위대와 함께 선두에 있었으며, 그 뒤를 우군과 좌군이 따르고 있었다. 우군과 좌군은 이실리엔을 지나 다고를라드에 이르면 각각 맡은 위치로 이동할 계획이었다. 그곳에서 그들은 과거 '평원 전투' 때나 칼리메흐타르가 다고를라드에서 승리를 거두었을 때처럼 북쪽 혹은 동북쪽에서 적의 공격을 맞닥뜨리게 되리라 생각하고 있었다.

그러나 현실은 그렇지 않았다. 전차몰이족은 이미 룬 내해의 남쪽 연안지대에서 대군을 끌어모았거니와, 로바니온에 거주하는 혈족들과 칸드의 새로운 동맹으로부터 병력을 증원받은 상태였다. 모든 준비가 끝나자, 그들은 동쪽에서부터 에레드 리수이의 산자락을 따라 최대한의 빠르게 곤도르를 향해 진군했고, 곤도르군이 이를 알아차렸을 때는 이미 너무 뒤늦은 후였다. 동풍을 타고 날아온 거대한 먼지구름이 적의 선봉대가 도착했음을 알렸을 때, 곤도르 군대의 선두는 그제서야 겨우 모르도르의 관문(모란논) 근처에 이르렀을 뿐이었다.[15] 적의 선봉대는 비단 전차몰이족의 전투 마차뿐만이 아니라 그 누구의 예상도 가볍게 능가할 정도의 거대한 기마대로 이루어져 있었다. 적의 마차와 기마대가 정비를 채 갖추지 못한 온도헤르의 행렬과 충돌했을 때, 그에게는 우측을 모란논에 바짝 붙이고 돌아서 적의 공격에 맞서며, 우군 지휘관 미노흐타르에게 최대한 신속히 그의 좌측을 엄호하라고 명령을 전할 정도의 시간밖에는 없었다. 그 직후 이어진 재앙의 혼란 속에서, 당시의 정확한 상황을 곤도르에 알리는 보고는 거의 이루어지지 않았다.

온도헤르는 적의 육중한 전차와 기마대의 돌격에 허를 찔리고 말았다. 그는 황급히 자신의 깃발을 챙겨 근위대와 함께 낮은 둔덕에 자리를 잡았지만, 별다른 도움이 되지는 못했다.[16] 적의 주된 돌격은 깃발을 향해 감행되어 그것을 앗아갔고, 그의 근위대 역시 거의 전멸되다시피 했으며, 온도헤르 자신도 아들 아르타미르와 나란히 전사했다. 그들의 시신은 영영 수습하지 못했다. 적들은 온도헤르와 아르타미르의 시신을 넘어 둔덕의 양쪽을 휘저어 놓았고, 혼란에 빠진 곤도르군 사이로 깊숙이 휩쓸고 들어가 곤도르군의 뒤를 유린하였다. 적은 살아남은 수많은 곤도르의 병사들을 뿔뿔이 흩어 놓으며, 그들을 서쪽의 죽음늪까지 추격하여 몰아갔다.

미노흐타르가 지휘권을 잡았다. 그는 병법에 능한 용맹한 인물이었다. 흉포한 첫 공격으로 적들은 매우 적은 손실로 기대 이상의 큰 성과를 거두었다. 전차몰이족의 주력부대가 진군해 오자 적의 기마대와 전차들은 곧 뒤로 물러났다. 그 상황 속에서, 미노흐타르는 자신의 깃발을 치켜들고는 중앙군 중 살아남은 자들과 동원 가능한 자신 휘하의 병력을 집결시켰다. 그는 즉시 좌군의 지휘관인 돌 암로스의 아드라힐[17]에게 전갈을 보내 그의 휘하 병력과 아직 미처 전투에 투입되지 않은 자신의 우군 후미의 병력들을 데리고 전속력으로 퇴각할 것을 명령했다. 이 병력으로 하여금 카이르 안드로스(병력이 주둔해 있었다)와 에펠 두아스 산맥 사이에서 방어선을 구축하고자 했던 것이다. 이곳은 안두인대하가 동쪽으로 크게 굽어지며 지형이 가장 협소해지는 곳으로, 그는 여기서 미나스 티리스로 향하는 적의 진군을 가능한 한 오랫동안 막아볼 심산이었다. 미노흐타르 자신은 그의 병력이 퇴각할 시간을 벌기 위해 후위부대를 편성해 전차몰이족 주력부대의 진격을 저지해볼 요량이었다. 아드라힐은 즉시 전령을 보내, 가능하다면 에아르닐의 소재를 파악하고, 모란논의 참화와 후퇴하고 있는 북군의 위치를 알려야 했다.

전차몰이족의 주력부대가 공격을 개시했을 때는 정오로부터 두 시간이 지난 무렵이었으며, 미노흐타르는 이실리엔 북부대로의 초입까지 방어선을 물렸다. 그곳은 북부대로가 모란논의 감시탑을 향해 동쪽으로 꺾이는 지점으로부터 약 800미터 떨어져 있는 곳이었다. 이제 전차몰이족이 거둔 첫 승리가 도리어 그들에게 패배의 그림자를 드리우기 시작했다. 전차몰이족은 미노흐타르가 이끄는 방어군의 숫자와 배치에 대해 미처 파악하지 못하고 있었으며, 그들의 주력부대 대부분은 아직 이실리엔의 협소한 지형을 미처 빠져나오지도 못하고 있는 상황이었다. 그럼에도 전차몰이족은 서둘러 1차 공격을 개시했고, 그들의 전차와 기마대의 공격은 예상했던 것보다 훨씬 짧은 시간에 압도적인 성과를 거두었다. 그 후 본격적으로 공격을 시작하기까지 너무 오랜 시간이 지체되었고, 평원에서의 전투에 익숙했던 전차몰이족은 정작 본래 그들이 계획했던 전술에 따라 보다 더 많은 수의 병력을 동원하는 작전을 전면적으로 펼칠 수가 없게 되었다. 추측하건대, 전차몰이족은 왕의 죽음과 저항하던 곤도르 중군의 완패에 매우 고무되어 있었던 것을 보인다. 자신들이 이미 미노흐타르가 이끄는 방어군을 전멸시켰으며, 그들의 주력부대는 이제 곤도르로 침공해 들어가 큰 수고 없이 점령하기만 하면 된다고 생각하고 있었을 수도 있다. 만약 정말 그러하였다면, 그들은 분명 속고 있었던 것이다.

전차몰이족은 여전히 의기양양한 모습으로 승리의 노래를 부르며 무질서하게 진군해왔다. 그들의 앞길을 가로막을 방어군의 흔적이 어디에도 보이지 않았던 것이다. 적어도 그들이 곤도르로 향하는 길이 남쪽으로 꺾이며 에펠 두아스의 어둠이 드리운 협소한 숲으로 바뀐다는 것을 알아차리기 전까지 그랬다. 그곳부터는 부대가 반드시 질서정연한 대열을 이루어야만 걷거나 말을 타고 큰 도로를 따라 내려갈 수 있었다. 길은 그들의 앞에서 깊고도 매서운 ……

돌연 본문은 여기서 끊긴다. 이후에 이어지는 내용을 다루는 주석이나 휘갈겨 쓴 메모들도 상당수가 식별하기가 힘들다. 다만 에오세오드족이 온도헤르와 함께 싸웠다는 내용과, 또 당시의 법에 따라 온도헤르의 두 아들 모두가 동시에 전투에 나설 수는 없었기 때문에 (510쪽에 이미 유사한 언급이 있다) 온도헤르의 차남 파라미르는 왕의 대리인으로서 미나스 티리스에 남아 있어야 했다는 내용 정도를 알 수 있다. 그러나 파라미르는 이를 어기고는 변장을 한 채 전장으로 나갔다가 전사하고 만다. 이 부분부터 글은 사실상 판독 불가능한 수준이 되는데, 정황상 파라미르가 에오세오드족의 군영에 섞여들었다가, 죽음늪 방면으로 퇴각하던 도중 자신의 부대원들과 함께 붙잡혔던 것으로 보인다. 에오세오드족의 족장(이름은 '마르(ㅎ)Marh-'라는 첫 요소를 제외하고는 식별이 불가능하다)이 그들을 구출하러 왔지만, 파라미르는 그의 품속에서 사망했고, 그가 파라미르의 소지품을 확인하던 중에 비로소 그가 곤도르의 왕자라는 징표가 발견되었다. 이내 에오세오드족의 족장은 이실리엔 북부대로의 초입에 있던 미노흐타르를 찾아갔다. 미노흐타르는 마침 이제 왕위에 오르게 된 미나스 티리스의 둘째 왕자에게 전갈을 보내라는 명령을 내리고 있던 참이었고, 에오세오드족의 족장은 왕자가 변장을 하고 전투에 나섰다가 전사했다는 소식을 그에게 전했다.

이 이야기는 표면적으로 곤도르와 로히림의 우정이 시작된 계기에 대한 설명으로 보일 수도 있지만, 에오세오드족의 존재와 여기에서 드러난 에오세오드족의 족장이 맡은 역할 자체가 이들이 곤도르의 군대와 전차몰이족 간에 벌어진 전투에 관한 상세한 서사에 언급되는 이유일지도 모른다.

완전하게 기록된 본문의 마지막 단락은 전차몰이족이 도로를 따라 '깊고도 매서운' 곳으로 진입하면서, 그들의 의기양양함과 환희가 끝을 맞을 것 같은 인상을 준다. 하지만, 말미의 주석에 따르면 미노흐타르의 후위 수비대는 전차몰이족을 그리 오래 붙잡아두지 못했다고 한다. "전차몰이족이 이실리엔으로 가차없이 쏟아져 들어왔다"라고 했음은 물론, "케르미에 13일 날이 저물 때에 그들은 미노흐타르를 압도"했으며 미노흐타르는 화살에 숨을 거두었다고 한다. 여기서 미노흐타르가 온도헤르 왕의 조카였음이 언급된다. "부하들이 그를 데리고 전쟁터를 빠져나왔으며, 후위 부대의 생존자들은 모두 아드라힐을 찾으러 남쪽으로 퇴각했다." 전차몰이족의 총사령관은 진격을 잠시 멈출 것을 지시하고는 연회를 열었다. 이 이상으로는 알아낼 수 있는 바가 없다. 다만 『반지의 제왕』 해설 A에 있는 간략한 설명에 따르면, 에아르닐이 어떻게 남쪽에서 북상해 전차몰이족을 섬멸했는지 확인할 수 있다.

1944년 온도헤르 왕과 그의 두 아들 아르타미르와 파라미르가 모란논 북쪽 전투에서 쓰러지자, 적은 이실리엔으로 쏟아져 들어왔다. 그러나 남부군의 사령관 에아르닐이 남이실리엔에서 대승을 거두고 포로스강을 건너온 하라드군을 궤멸시켰다. 그는 서둘러 기수를 북쪽으로 돌려 퇴각 중이던 북부군을 최대한 규합하여 전차몰이족의 본진을 습격했다. 그들은 곤도르가 전복되어 이제 전리품을 챙기는 일만 남은 줄 알고 연회와 환락에 빠져 있었다. 에아르닐은 적진을 급습하여 전차들에 불을 지르고 적군을 크게 물리쳐 이실리엔에서 몰아냈다. 그의 군대 앞에서 달아나던 자들의 대다수는 죽음늪에서 목숨을 잃었다.

해설의 '연대기'에서는 에아르닐이 거둔 승전을 '진지의 전투'라고 기록하고 있다. 온도헤르와 그의 두 아들이 모두 모란논 앞에서 전사한 이후, 북왕국의 마지막 왕인 아르베두이가 곤도르의 왕권을 주장했다. 하지만, 그의 요구는 거절되었고 '진지의 전투'가 벌어진 이듬해에 에아르닐이 왕위에 올랐다. 에아르닐의 아들 에아르누르는 남왕국의 마지막 왕이었는데, 나즈굴 군주의 도전에 응한 후 미나스 모르굴에서 사망했다.

(ii)
에오를의 질주

에오세오드족이 여전히 그들의 옛 터전[18]에서 머물고 있는 동안, 곤도르인들은 그들에게서 그 지역에 전해지는 모든 소식들을 전해 듣고 있던 터라 에오세오드족을 신의가 깊은 민족이라 평했다. 그들은 몇 시대 전에 두네다인과 같은 혈통이었던 것으로 알려진 북부인의 후손들이었으며, 대왕들의 시대에 곤도르의 우방으로서 곤도르 백성들을 위해 수많은 피를 흘린 이들이었다. 그렇기에 남왕국 최후 직전의 왕인 에아르닐 2세의 시대에 일어난 에오세오드족의 머나먼 북부로의 이주는 곤도르에게 커다란 근심을 안겨주었다.[19]

에오세오드족의 새로운 정착지는 어둠숲 북부에 자리했는데, 안개산맥을 서쪽으로 바라보고 숲강을 동쪽으로 두고 있었다. 남쪽으로는 에오세오드족이 각각 그레일린과 랑웰이라고 부르는 두 개의 짧은 강들이 합류하는 지점까지 뻗어 있었다. 그레일린은 에레드 미스린 즉 회색산맥에서 발원한 반면, 랑웰은 안개산맥에서 뻗어 나왔다. 랑웰은 안두인대하의 근원이었던 까닭에 이와 같은 이름이 갖게 되었다. 그들은 안두인대하를 그레일린와 교차하는 지점부터 랑플러드라고 불렀기 때문이었다.[20]

에오세오드족이 새로운 정착지로 떠난 후에도 그들과 곤도르 사이에는 여전히 전령들이 오갔다. 그러나 그레일린과 랑웰의 합류지점(이곳에 에오세오드족의 유일하게 요새화된 성읍이 있었다)과 맑은림강이 안두인대하로 유입되는 지점 간의 거리는 새가 일직선으로 날아간다고 해도 약 720킬로미터가량이나 되었다. 육지를 통해 가고자 한다면 그보다 훨씬 멀었다. 동일한 계산법으로 미나스 티리스까지는 약 1,290킬로미터 정도였다.

'키리온과 에오를의 연대기'에서는 켈레브란트평원의 전투 이전에 있었던 그 어떤 사건도 다루어지고 있지 않다. 다만 다른 사료들로부터 이렇게 추정을 해 볼 수 있을 것이다.

갈색땅부터 룬해까지 어둠숲 이남의 광활한 지대에는, 동쪽으로부터 쳐들어오는 침략자들이 안두인대하에 도달할 때까지 그들을 저지할 만한 그 어떤 장애물도 존재하지 않았다. 이는 곤도르의 통치자들에게 있어 심각한 근심거리였으며 불안의 주된 원인이었다. 그럼에도 '불안한 평화'[21]의 시대에 안두인대하를 따라 (특히 주로 '두 여울'의 서쪽에) 지어진 요새들은 주둔하고 있는 병력도 없이 방치되고 있었다.[22] 결국 후일에 곤도르는 (오랫동안 방치된 상태였던) 모르도르에서 나온 오르크들과 움바르의 해적들에게 공격을 받게 되었으며, 곤도르에게는 에뮌 무일 북쪽의 안두인대하 방어선을 무장시킬 병력도, 기회도 없었다.

키리온은 2489년에 곤도르의 섭정이 되었다. 그는 항상 북방으로부터의 위협을 염두에 두고 있었으며, 곤도르의 힘이 약해지고 있는 상황에서 북쪽으로부터의 침략 위협에 대응할 방책을 찾기 위해 부단히 고심했다. 그는 두 여울을 계속 감시하기 위해 오래된 요새들에 몇몇 병력을 배치했고, 어둠숲과 다고를라드 사이 지역에 정찰대와 스파이들을 파견했다. 덕분에 키리온은 곧 동쪽에서 위험한 적이 룬해 너머로부터 새로이 다가오고 있음을 알게 되었다.

이들은 전부터 어둠숲 동쪽에 머물고 있던, 곤도르의 동맹인 북부인의 후손들을 해치며 이들을 달리는강 이북과 어둠숲 속으로 몰아가고 있었다.[23] 그럼에도 키리온은 그들에게 아무 도움도 줄 수 없었고, 소식을 모으는 일도 갈수록 위험천만해졌다. 대다수의 정찰대들이 돌아오지 못했던 것이다.

이러한 이유로 키리온은 2509년 겨울이 지나고 나서야 이들이 곤도르에 대항하는 대규모의 움직임을 준비하고 있음을 알아차리게 되었다. 어둠숲 남쪽 끝자락을 따라 무장한 병력의 무리들이 속속 모여들고 있었던 것이다. 그들의 무장은 조악했고, 타고 달릴 말의 수도 많지 않았다. 말들은 주로 무거운 짐을 끄는 데에 사용되고 있었는데, 이는 그들이 왕들의 시대 막바지에 곤도르를 습격했던 전차몰이족(의심의 여지없이 그들은 서로 혈족이었다)처럼 큰 전차를 많이 보유하고 있었기 때문이었다. 더불어 이 곤도르의 적이 무장의 열세를 머릿수로 보강하려 했다는 것이, 지금까지 추측할 수 있는 것의 전부이다.

이러한 위기 속에서 절망한 키리온은 마침내 에오세오드족을 떠올렸고, 이내 그들에게 전령을 파견하기로 마음먹었다. 하지만 전령들이 안두인계곡에 도달하기 위해서는 칼레나르돈을 가로지르고 두 여울을 건넌 후, 이미 발크호스족[24]이 감시하며 배회하고 있는 땅을 통과해야만 했다. 이는 두 여울에 도달하기까지 약 720킬로미터가량을 달린 후에 에오세오드족에게 도달하기까지 다시 말을 달려 약 800킬로미터를 가야한다는 뜻이었다. 두 여울에 다다르고 난 후에도 돌 굴두르의 그림자를 벗어날 때까지는 촉각을 곤두세운 채 주로 밤에 움직여야만 했다. 키리온은 그가 보낸 전령들이 단 한 명이라도 목적지에 닿으리라고 크게 기대하지 않았다. 그는 지원자들을 모았고, 용감무쌍하고 끈기를 지닌 여섯 명을 선발한 후 두 명씩 조를 이뤄 하루씩 간격을 두고 출발하도록 했다. 그들은 전갈을 머릿속에 새겼으며, 혹시라도 에오세오드족의 영토까지 가는 데에 성공한다면 그들의 군주에게 직접 전달하여야 하는 섭정의 인장[25]이 새겨진 작은 돌을 하나씩 지참했다. 전갈은 레오드의 아들 에오를에게 전달하도록 되어 있었다. 키리온은 에오를이 수년 전 불과 열여섯 소년의 몸으로 아버지의 자리를 이어 받았다는 것을 알고 있었다. 이제 겨우 스물다섯밖에 되지 않았음에도, 에오를은 그의 나이에 걸맞지 않는 위대한 용기와 지혜로 곤도르에 명성이 자자하였다. 그러나 키리온은 설사 그의 전갈이 전해진다 하더라도 에오세오드족이 이에 호응하리라는 확신을 갖고 있지는 않았다. 그가 그렇게 먼 곳에 있는 에오세오드족에게 원군의 도움을 청할 수 있는 명분이라고는 곤도르와 에오세오드족이 지난 오래전 과거에 나누었던 우정 말고는 아무것도 없었기 때문이었다. 혹시 에오세오드족이 직접적인 공격에 위협받고 있지 않다면, 남부에 남아 있는 그들의 마지막 동족이 발크호스족으로 인해 멸망의 위기에 처했다는 소식이 그나마 그의 호소에 보탬이 될 법했다. 아직 그들이 이 소식을 모르고 있다면 말이다. 키리온은 더는 말을 하지 않았고,[26] 닥쳐오는 폭풍을 맞이하기 위해 동원 가능한 전력을 불러 모았다. 그는 가능한 한 많은 병력을 규합한 후 이들을 직접 지휘하면서 최대한 신속하게 북쪽의 칼레나르돈으로 진군할 준비를 했다. 그의 아들 할라스는 미나스 티리스에 남겨두어 국사를 지휘하도록 했다.

첫 조의 전령들이 술리메 10일에 길을 나섰으며, 결국 여섯 명의 모든 전령들 중에 단 한 명만이 에오세오드족에게 도달할 수 있었다. 그는 보론디르라는 자로서, 옛 곤도르의 왕들을 섬겼던 북부인들의 대장의 후손이라고 주장하는 가문에서 태어난 훌륭한 기수였다.[27] 다른 전령들에 대해선 소식이 영영 전해지지 않았고, 오직 보론디르와 함께한 전령의 최후만이 전해진다. 그는 돌 굴두르 근처를 통과하던 중 기습을 받아 화살을 맞고 숨졌으며, 보론디르는 행운과 발 빠른 말 덕분에 그 현장을 벗어나 도망칠 수 있었다고 한다. 그는 창포벌판까지 추격에 시달렸으며, 숲속에서 튀어나온 자들에 의해 계속 앞을 가로막혀 길을 우회해야만 했다. 그는 보름 만에 간신히 에오세오드족에게 도달하였으며, 그중 마지막 이틀간은 아무것도 먹지 못한 까닭에 완전히 탈진하여, 에오를에게 키리온의 전언을 전할 수도 없을 정도였다.

이때가 바로 술리메 25일이 되는 날이었다. 에오를은 조용히 홀로 고민에 잠기더니, 얼마 지나지 않아 일어서며 말했다. "가도록 하겠다. 성널오름이 무너지면 과연 우리가 어둠을 피해 어디로 도망칠 수 있겠는가?" 이내 그는 자신의 약속에 대한 징표로 보론디르의 손을 잡았다.

에오를은 그 즉시 원로회를 소집하고는 위대한 질주를 준비하기 시작했다. 하지만 군대를 소집하고 규합해야 했음은 물론, 부대의 편성과 본토의 방어에 대한 고민도 빼놓을 수 없었기에 여러 날의 시간이 걸렸다. 당시 에오세오드족은 평화를 누리고 있었거니와 전쟁에 대한 두려움도 없었다. 그들의 지도자가 먼 남쪽의 전장으로 떠났다는 것이 알려진다면 상황이 변할 수도 있었지만 말이다. 그렇다 할지라도, 에오를은 오직 자신이 가진 모든 것을 다 바쳐야만 이 상황을 이겨낼 수 있다는 것과, 모든 것을 걸고 임하거나, 뒤로 물러나 약속을 저버리는 것 중 하나를 택해야만 한다는 것을 잘 알고 있었다.

마침내 전군이 소집되었다. 수백 명 남짓한 병력만이 남아서 이 필사적인 여정에 참여하기에는 너무 어리거나 나이가 들어 어려운 이들을 도왔다. 이때가 바로 비렛세 6일이 되는 날이었다. 그날 침묵 속에 두려움을 뒤로 한 채 대규모의 에오헤레가 길을 나섰지만, 그들의 표정에서 희망을 찾아보기는 힘들었다. 여정에서 혹은 그 여정의 끝에서 그들이 그 무엇을 맞닥뜨리게 될지 알 수 없었기 때문이었다. 전해지기로는 에오를은 7천 명 가량의 완전무장한 기사와 수백 명 가량의 궁기병을 이끌고 길을 나섰다고 한다. 그의 오른편에는 보론디르가 동행했다. 최근에 그 땅을 지나온 만큼 가능한 멀리까지 에오를의 길잡이 노릇을 하기 위함이었다. 그러나 대군은 안두인계곡을 따라 먼 길을 내려오는 동안 전혀 어떤 위협이나 습격도 받지 않았다. 그들이 진군하는 모습을 본 자들은 선한 이들이나 악한 이들을 막론하고 그 기세와 위엄에 겁을 먹어 달아났기 때문이었다. 에오를의 대군이 점차 남하하여 발크호스족이 우글거리는 어둠숲 남부(넓은 동쪽공지의 아래쪽)를 지날 때에도, 무장병력이나 정찰대를 보내 그들의 앞을 막거나 염탐하려는 기색은 여전히 보이지 않았다. 이는 보론디르가 출발한 이후 일어난 그들이 모르는 어떤 사건 때문이기도 했지만, 그와 동시에 다른 힘도 작용하고 있었던 것이다. 마침내 돌 굴두르 근처에 도달한 에오를은 그곳에서 흘러나오는 어두운 그림자와 탁한 기운이 두려워 서쪽으로 발길을 돌려 안두인대하를 바라보며 행군을 이어갔다. 많은 기사들도 몸을 돌려 대하를 바라보았다. 두려움 때문이기도 하였으나, 반쯤은 봄철이 되면 황금처럼 빛을 낸다고 전해지는 전설 속 드위모르데네의 미광微光을 먼 곳에서나마 볼 수 있을지도 모른다는 기대 때문이었다. 하지만 당시에는 어슴푸레 빛나는 안개에 휩싸인 것처럼 보였다. 때마침 안개가 강을 넘어와 눈앞에 펼쳐진 땅을 뒤덮으니, 그들은 깊은 탄식에 잠겼다.

에오를은 멈추지 않았다. 그가 명했다. "계속 행군하라! 다른 선택은 없다. 이렇게나 먼 길을 왔거늘 한낱 강의 안개 때문에 발목이 묶여서야 되겠는가?"

에오를과 대군의 행렬이 가까이 다가가자 희뿌연 안개가 돌 굴두르의 어둠을 몰아내는 모습이 보였고, 곧 그들은 안개 속으로 들어갔다. 그들이 막 안개 속으로 들어섰을 때에는 바짝 긴장하여 주위를 경계하며 천천히 말을 달렸다. 그러나 안개 속으로 들어서고 보니 맑고 그늘 한 점 드리워지지 않은 광채가 모든 것을 비춰주고 있었으며, 신비로운 백색의 장벽이 그들의 좌우 양편을 지켜주는 듯했다.

보론디르가 말했다. "황금숲의 여주인이 우리를 돕는 듯합니다."

에오를이 말했다. "그럴지도 모르겠군. 어찌 되었건 나는 펠라로프[28]의 지혜를 믿도록 하겠네. 그는 아직 악한 냄새를 맡지 않았어. 가슴이 들뜨고 피로도 가신 것을 보아하니 제 뜻대로 달리고 싶어 안달이 난 모양이야. 원하는 대로 해 줍세! 여태껏 지금같이 은밀하고도 신속해야 했던 적이 없었으니."

그러자 펠라로프가 앞으로 튀어 나갔고 뒤따르는 무리들도 돌풍처럼 뒤를 따랐는데, 기이하게도 말발굽이 땅을 두드리지도 않는 것마냥 고요했다. 그날로부터 이틀간, 그들은 출발하던 날의 아침과 같은 기운과 열정 그대로 앞으로 달려나갔다. 그러나 사흘째 되는 날의 새벽에 그들이 휴식을 끝내고 일어서자 돌연히 안개가 걷혔고, 그들은 머나먼 평야에 다다랐음을 볼 수 있었다. 오른편으로는 안두인대하가 가까웠는데, 이미 안두인대하가 동쪽으로 굽이진 곳[29]을 거의 다 지나쳐와 있었고, 두 여울이 시야에 들어왔다. 바야흐로 비렛세 15일의 아침이 밝고 있었으며, 그들은 기대 이상의 빠른 속도로 이곳에 도착했던 것이다.[30]

이 글은 여기서 종료되고, 앞으로 켈레브란트평원의 전투에 대한 서술이 이어진다는 주석이 말미에 붙어 있다. 『반지의 제왕』 해설 A(Ⅱ)에 이 전쟁에 대한 개괄이 설명되어 있다.

거대한 무리의 야만인들이 동북쪽에서 로바니온을 휩쓸고 갈색평원에서 내려와 뗏목을 타고 안두인대하를 건너온 것이다. 우연인지 계획적인지 모르나 그와 동시에 오르크들(당시는 오르크들이 난쟁이들과 전쟁을 벌이기 전이어서 아주 막강한 세력을 갖추고 있었다)이 산맥에서 밀고 내려왔다. 침략자들이 칼레나르돈을 유린하자 곤도르의 섭정 키리온은 북쪽으로 원군을 요청했다. ……

에오를과 그의 기사들이 켈레브란트평원에 당도한 이후의 상황은 다음과 같다.

……곤도르 북부군이 위험에 처해 있었다. 이미 로한고원에서 패하고 남쪽으로 길이 차단된 상태에서 그들은 쫓겨서 맑은림강을 건넜는데, 그때 갑자기 오르크 무리의 습격을 받아 안두인대하 쪽으로 밀리게 되었다. 모든 희망이 사라졌을 때 뜻밖에도 북쪽에서 기

병들이 달려와 적의 후미를 덮쳤다. 당장 전세가 역전되었고 적군은 대거 살육 당하며 맑은림강 너머로 퇴각했다. 에오를은 병사들을 이끌어 추격에 나섰다. 북부 기병들의 위세가 워낙 살기등등했기에 로한고원의 침략자들은 겁에 질려 우왕좌왕했다. 기병들은 칼레나르돈평원에서 적들을 몰아냈다.

해설 A의 다른 부분(I)에도 비슷하지만 좀 더 간략한 기술이 실려 있다. 어느 쪽에도 전투의 전개가 명확히 기술되어 있지는 않은 듯하지만, 확실한 것은 기사들이 두 여울을 통과한 후 맑은림강을 건너(547쪽의 29번 주석 참조) 켈레브란트평원에서 적들의 후미를 덮쳤다는 것이다. 또한 "적군은 대거 살육 당하며 맑은림강 너머로 퇴각했다"라는 말은 발크호스족이 남쪽의 로한고원으로 밀려났다는 뜻으로 보인다.

(iii)
키리온과 에오를

이 이야기는 에레드 님라이스를 따라 설치된 곤도르의 봉화대 중 가장 서쪽에 위치한 할리피리엔에 대한 기록으로 시작한다.

할리피리엔[31]은 봉화대들 중에서 가장 높은 곳으로, 그 다음으로 높은 에일레나크처럼 거대한 숲속에서 홀로 솟아오른 모습을 하고 있었다. 이는 할리피리엔의 뒤로 캄캄한 피리엔계곡이라 불리는 깊은 골짜기 하나가 에레드 님라이스(할리피리엔은 에레드 님라이스의 최고봉이었다)의 북쪽으로 길게 뻗은 산줄기 한가운데 나 있는 까닭이었다. 할리피리엔은 골짜기로부터 마치 깎아지른 듯 벽처럼 솟아 있었다. 다만 산 바깥쪽의 경사면들, 그 중에서도 특히 북쪽 경사면은 길게 뻗어 있어 가파른 구석이라고는 전혀 없었으며, 이곳에서는 산꼭대기 근처까지도 나무가 자라고 있었다. 산 아래로 내려갈수록 나무들이 더욱 빼곡히 들어차며, 특히 메링 시내(피리엔계곡에서 발원한다) 근처와 메링 시내가 북쪽으로 이어져 엔트개울과 합쳐지기까지 가로질러 흐르는 평원에 나무가 밀집하여 자라고 있었다. 서부대로는 이 숲속을 가로질러 지나가는데, 이는 숲의 북쪽 언저리 바깥에 펼쳐진 축축한 땅을 피하기 위함이었다. 이 도로는 아주 오랜 옛날에 지어진 것이었으며,[32] 이실두르가 떠나간 이후로 피리엔숲에서는 서부대로로부터 할리피리엔의 꼭대기까지 이어지는 길을 꾸준히 확보해둬야 하는 봉화지기들이 베어낸 것을 제외하고는 그 어떤 나무도 베어진 일이 없었다. 산꼭대기까지 난 길은 피리엔숲 입구 근처에서 서부대로로부터 갈라져 나왔고, 나무들 사이를 비집으며 숲이 끝나는 지점까지 올라갔다. 길이 끝나면 옛날에 만들어 놓은 돌계단이 이어지며 봉화소까지 다다르는데, 이 봉화소는 넓은 원형 모양으로, 돌계단을 제작한 이들이 평평하게 만들어둔 곳이었다. 봉화지기들은 야생동물을 제외하면 피리엔숲의 유일한 거주자였다. 그들은 주로 산꼭대기 인근 숲속에 지어진 산장에서 지냈는데, 사실 날씨가 고약하여 발이 묶일 때가 아니라면 산장에 머무는 기간이 길지는 않았다. 주로 근무를 설 차례가 되었을 때에 봉화소를 오고 갔던 것이다. 대부분의 경우 그들은 집에 돌아가는 것을 극히 반겼다. 야생동물들의 위협 탓도 아니고, 암흑의 시대에서 비롯된 악의 그림자가 피리엔숲에 도사리고 있기 때문도 아니었다. 다만 바람 소리나 새와 짐승들의 울음소리, 혹은 때때로 들려오는 황급히 대로를 달려가는 기수들의 소음 아래에 있다 보면 어느 순간 그곳에 정적이 감돌았고, 마치 머나먼 곳에서 오래전 울려 퍼진 거대한 함성의 메아리가 들려오는 것 같아서 그들은 자신도 모르는 사이 속삭이는 목소리로 동료와 대화를 하게 되더라는 것이었다.

할리피리엔이라는 이름은 로히림의 언어로 "성산聖山"을 뜻한다.[33] 그들이 도래하기 이전에 이곳은 신다린으로 아몬 안와르, 즉 "경외의 산"으로 불리었는데, 곤도르인의 대다수는 그 이유를 몰랐으며 오직 (나중에 드러나듯이) 왕이나 섭정들만이 그 이유를 알았다. 도로를 벗어나 숲의 나무들 아래를 거닐어보는 모험을 해본 적 있는 몇몇 사람들은 숲 자체만으로도 충분히 그런 이름이 붙을 만하다고 여겼다. 이에 공용어로 이 숲은 "속삭이는 숲"으로 불렸다. 곤도르의 전성기에는 팔란티르들 덕분에 전령이나 봉수대 없이도 오스길리아스와 곤도르의 세 탑[34] 간에 연락이 가능했기 때문에 경외의 산에 봉화대가 지어지지 않았다. 이후에는 칼레나르돈의 백성들이 감소하여 북부로부터의 원조를 크게 기대할 수 없게 되었고, 미나스 티리스 또한 점차 안두인대하의 방어선을 사수하고 남쪽 해안선을 지켜내는 일만으로도 벅차게 되어 무장병력의 파견이 요원해졌다. 아노리엔에는 여전히 많은 백성들이 살고 있었고, 그들은 칼레나르돈 방면이든 카이르 안드로스에서 안두인대하를 통과해오는 것이든 북방의 침공이라면 가리지 않고 막아내는 역할을 맡고 있었다. 가장 오래된 봉화대 세 곳(아몬 딘, 에일레나크, 민림몬)은 이들과 연락을 주고받기 위해 지어져 유지되어 온 곳들이었다.[35] 다만 비록 메링 시내가 강줄기를 따라 요새화되어 있었음에도(시내와 엔트개울이 합류하는 지점에 있는 통행이 불가한 늪지대와, 대로가 피리엔숲을 지나 서쪽으로 통과하면서 지어진 교량 사이의 일대가 요새화되었다) 여전히 아몬 안와르 꼭대기에는 그 어떤 요새나 봉화대를 짓는 것도 허락되지 않았다.

섭정 키리온 시대에 발크호스족이 대규모로 습격을 해왔다. 그들은 오르크들과 한편이 되어 안두인대하를 건너 로한고원에 진입하였고, 칼레나르돈 공략을 개시했다. 젊은 왕 에오를과 로히림의 출정은 하마터면 왕국을 멸망으로 몰아넣을 뻔했던 이 무시무시한 재앙으로부터 곤도르를 구원해 냈다.

전쟁이 끝나자 사람들은 섭정이 에오를을 과연 어떻게 대우하며 보답할 것인지 몹시 궁금해 했다. 그들은 섭정이 미나스 티리스에서 성대한 연회를 열 것이며, 그 자리에서 에오를을 향한 답례가 밝혀질 것이라 예상했다. 그러나 키리온은 자신의 생각을 쉽게 드러내지 않는 인물이었다. 쇠약해진 곤도르군이 남쪽으로 이동하는 길에도 에오를과 그의 북부 기사들로 이루어진 에오레드[36] 한 부대가 키리온과 동행했다. 그들이 메링 시내에 다다르자 키리온은 에오를에게 돌아서고는 호기심에 찬 군중이 듣도록 이렇게 말하였다.

"이제 작별할 때요, 레오드의 아들 에오를이여. 나는 내 거처로 돌아가 수습해야 할 일들을 마무리할 것이오. 혹시 그대가 본국으로 급히 돌아가야 할 처지가 아니라면, 내 잠시 칼레나르돈을 그대의 보호 하에 맡기겠소. 세 달이 지난 후에 이곳에서 다시 만납시다. 그리고 같이 논의를 하는 거요."

"그때 뵙겠습니다." 에오를이 답했고, 그렇게 그들은 헤어졌다.

키리온은 미나스 티리스로 돌아온 직후 가장 신임하는 측근들 몇몇을 불러 모았다. 그리고 말했다. "지금 바로 '속삭이는 숲'으로 가게나. 가서 아몬 안와르로 통하는 오래된 길목을 다시 확보하도록 하게. 수풀이 무성해진 지 오래인 곳이지만, 숲의 북쪽이 길목의 입구와 가까워지는 지점으로 가면 대로 옆에 비석이 놓여 있으니 입구는 알아볼 수 있을 걸세. 길목이 이리저리 꺾이기는 하지만 모퉁이마다 항상 비석이 있을 것이네. 그것들을 따라가다 보면 끝내 숲이 끝나고 위로 이어지는 돌계단이 보일 터. 그 이상으로는 가지 말 것을 명하네. 가능한 한 빨리 일을 끝내고 내게 돌아오게. 나무는 베지 말고, 소수의 인원이 도보로 무리 없이 통과할 수 있을 정도로만 청소해 두게. 내가 친히 그 길목으로 가기 전에 도로를 통과하는 이들이 그곳으로 이끌리는 일이 없도록 길가의 입구는 가려두도록 하게나. 자네들이 무슨 임무를 받고 어디로 가는지는 그 누구에게도 알리지 말게. 혹 누가 묻거든 섭정 공께서 기사들의 지도자와 회담을 가질 장소를 갖춰 둘 것을 원하셨다고만 답하게."

기약한 때가 되자 키리온은 자신의 아들 할라스와 돌 암로스의 영주, 그리고 각의의 일원 두 명을 대동한 채 길을 나섰고, 메링 시내의 건널목에서 에오를과 만났다. 에오를은 핵심 지휘관 세 명을 대동하고 있었다. 키리온이 말했다. "이제 내가 준비한 장소로 갑시다." 그들은 다리에 기사들을 보초로 세워둔 후 기수를 돌려 나무 그림자가 우거진 도로로 향했고, 비석에 도달했다. 그들은 그 자리에서 말에서 내린 후 다시 한 번 곤도르의 굳건한 보초들을 대기시켰다. 비석 앞에 서 있던 키리온은 이내 일행에게로 돌아서며 말했다. "난 이제부터 '경외의 산'으로 갈 것이오. 따라오시겠다면 따라오시구려. 내 곁에는 종자 한명이 따를 것이고, 에오를 공에게도 종자를 동행시켜 우리의 무기를 운반하게 할 것이오. 나머지는 모두 우리가 저 위에서 나눌 말과 행동의 증인으로서 무기 없이 가도록 합시다. 길이 준비되었소. 비록 내가 부친과 함께 방문한 이후로 그 누구도 발을 디딘 적 없었던 길이지만 말이오."

그렇게 키리온이 에오를을 이끌고 숲속으로 들어갔고, 나머지도 그 뒤를 따랐다. 그들은 숲속의 첫 번째 비석을 지나친 이후로 아무 말도 꺼내지 않았으며, 마치 조금이라도 소리를 내어선 안 되는 것처럼 극도로 조심스럽게 걷기 시작했다. 그렇게 그들은 산의 비탈에 이르렀고, 한 줄로 늘어선 흰 자작나무들을 지나치자 산꼭대기로 이어지는 돌계단이 그들 앞에 드러났다. 숲의 그림자에서 빠져 나오자 태양이 뜨겁고 찬란하게 느껴졌으니, 그날이 마침 우리메였던 까닭이었다. 그럼에도 경외의 산 정상은 녹색이 가득한 것이, 마치 아직 로텟세가 한창인 듯했다.

계단 아래쪽의 낮은 잔디 둑이 있는 산비탈에는 작은 크기의 돌바닥 같은 움푹 팬 자리가 있었다. 일행은 그곳에서 잠시 앉아 쉬었다. 그러던 중 키리온이 자리에서 일어나 자신의 종자에게서 곤도르 섭정의 흰 망토와 섭정권을 상징하는 흰색 지팡이를 넘겨받았다. 그러고는 계단의 첫 번째 층계에 올라서더니, 낮지만 분명한 목소리로 침묵을 깨며 말했다.

"내 이제 마음먹은 바를 밝히겠소. 에오를 공의 백성들이 발휘한 무공과 곤도르가 도움이 절실하던 시기에 그들이 베푼 기대 이상의 도움을 기리기 위하여, 왕을 섬기는 섭정의 권한으로 에오세오드족의 족장인 레오드의 아들 에오를 공에게 답례를 하리다. 안두인대하부터 아이센강에 이르는 칼레나르돈 평야를 에오를 공에게 무상으로 할양하겠소. 그와 그의 후손들은 원한다면 그 땅에서 얼마든지 왕위를 이어갈 수 있을 것이며, 그의 백성들은 섭정의 권한이 존속하는 한 우리의 대왕께서 귀환하는 날까지[37] 자유민으로서 그 땅을 향유할 것이오. 그들은 스스로의 법도나 의지 이외의 그 어떤 것에도 속박 받지 않을 것이나, 오직 한 가지 의무만은 남을 것이오. 그들이 곤도르와 영원히 변하지 않는 우정을 지켜갈 것이며, 두 왕국의 명맥이 이어지는 동안 곤도르의 적은 곧 그들의 적이 되리라는 것이 바로 그것이오. 곤도르의 백성들 또한 동일한 의무를 지게 될 것이오."

이에 에오를이 일어서더니, 얼마간 침묵에 잠겼다. 키리온의 선물에 담긴 대단한 아량과 그의 고귀한 다짐에 적잖이 감복한 것이었다. 이와 동시에 에오를은 키리온이 자국의 남은 영토를 수호하고자 하는 곤도르의 통치자로서, 그리고 에오세오드족의 필요를 이해하고 있던 에오세오드족의 동지로서 어떠한 지혜를 발휘했는지 꿰뚫어보았다. 당시 에오세오드족은 그 수가 너무 불어나 북방의 땅이 그들을 수용하기에 버거운 상황이었고, 다시 남쪽의 옛 고향으로 귀환하기를 바라고 있었지만 돌 굴두르가 두려워 선불리 움직이지 못하고 있었다. 그러나 칼레나르돈에서라면 기대하던 것 이상의 땅을 얻을 수 있었음은 물론, 동시에 어둠숲의 그림자도 멀리할 수 있었던 것이다.

그럼에도 키리온과 에오를의 마음이 움직인 데에는 지혜와 정치적 결단을 뛰어넘는 또 다른 이유가 있었다. 그것은 그들의 백성을 하나로 묶어준 위대한 우정과, 진실된 사람들로서 둘 사이에 오간 사랑이 바로 그것이었다. 키리온은 마치 세상의 온갖 풍파를 겪은 아버지가 원기왕성한 젊은 아들에게 기대를 걸며 품는 부성애를 느꼈다. 에오를 또한 그가 여태껏 알아온 이들 중 으뜸으로 지체가 높고 고귀한 현자이자, 먼 옛날 인간의 왕들이 지녔을 위엄을 키리온에게서 보았던 것이다.

에오를의 뇌리에서 이 모든 것이 스쳐 지나간 후 그는 마침내 입을 열었다. "대왕을 섬기는 섭정 공이시여, 저와 저의 백성들을 위하여 당신께서 주신 선물을 받아들이겠습니다. 이것이 정녕 우정에서 비롯되어 대가 없이 주어진 선물이 아니었다면, 우리의 행동에 걸맞지 않게 과분하고도 넘치는 보상일 겁니다. 하지만 이제는 잊히지 않을 맹세로써 이 우정이 변함없도록 하리이다."

키리온이 답했다. "그렇다면 이제 높은 장소로 옮겨서, 우리의 증인들이 보는 앞에서 그에 걸맞은 맹세를 하도록 합시다."

키리온이 계단을 올라가자 에오를과 다른 일행들도 뒤를 따랐다. 산 정상에 오르자 그들의 눈에 키 작은 잔디가 무성한 울타리 없는 타원형의 넓은 평지가 눈에 들어왔다. 동쪽의 끝자락에 알피린 꽃들[38]이 하얗게 자라난 낮은 흙무덤 하나가 있었으며, 서쪽으로 저무는 태양이 그들을 황금빛으로 물들이고 있었다. 키리온의 동행자

가운데 우두머리였던 돌 암로스의 영주가 그 흙무덤 앞으로 다가가니, 잔디밭 위에 잡초나 날씨에 의해 상한 흔적이 없는 검은 돌 하나가 그의 눈에 들어왔다. 돌에는 세 글자가 새겨져 있었다. 그가 키리온에게 물었다.

"이것이 진정 묘란 말입니까? 그런데 어떤 고대의 위인이 이곳에 잠든 것입니까?"

키리온이 답했다. "글씨를 보지 못했소?"

그러자 대공[39]이 말했다. "물론 보았습니다. 그렇기에 더더욱 의구심이 듭니다. 여기 새겨진 글씨는 각각 람베, 안도, 람베입니다, 그러나 엘렌딜의 묘는 존재하지 않을뿐더러 그분 이후로 감히 그 이름을 사용한 이도 여태껏 없었잖습니까?"[40]

키리온이 말했다. "그럼에도 이것이 바로 그분의 묘요. 이 산과 저 아래의 숲에 깃든 경외감의 근원이 바로 이것이올시다. 이 묘를 세운 이실두르로부터 그분의 뒤를 이은 메넬딜, 그 이하 모든 왕들은 물론이고, 모든 섭정들을 비롯해 나에게까지, 이 묘는 이실두르의 명에 따라 비밀로 전해져 왔소. 그분은 이렇게 말하셨소. '이 자리가 바로 남쪽 왕국의 정중앙이며,[41] 왕국이 존속하는 한 이곳에서 '충직한 엘렌딜'의 기념물이 발라들의 가호 아래 머무르리라. 이 산은 성소가 될 것이니, 엘렌딜의 후예를 제외한 그 누구도 이곳의 평화와 고요를 깨뜨리지 못하도록 하라.' 내가 이곳으로 그대들을 이끈 것은, 지금 여기에서 맺어질 맹세에 우리들 자신은 물론, 곤도르와 에오세오드족의 후예들도 깊은 엄숙함을 느낄 수 있도록 하기 위함이오."

그러자 그 자리에 있던 모두가 잠시 고개를 숙인 채 침묵에 잠겼다. 이윽고 키리온이 에오를에게 말을 건네며 침묵을 깼다. "준비가 되었거든 당신들의 관습에 따라 예를 갖추어 맹세하시오."

에오를은 이내 앞으로 나와 종자에게서 창을 건네받은 후 땅바닥에 수직으로 세웠다. 그리고 검을 뽑아 햇빛을 받도록 높이 치켜 들었고, 곧이어 검을 고쳐 잡은 후 앞으로 걸어가더니, 손잡이를 쥔 채 무덤 위에 검을 얹었다. 이내 그는 큰 목소리로 '에오를의 맹세'를 했다. 이 선서는 에오세오드족의 말로 이루어졌는데, 공용어로 해석하자면 다음과 같았다.[42]

> 동쪽의 어둠에 굴종하지 않는 이들은 모두 들으라. 성널오름의 지배자께서 허락하신 선물로 말미암아 우리는 그분이 칼레나르돈이라 부르는 이 땅에서 살아가게 될 것이며, 내 자신의 이름을 걸고 북방의 에오세오드족을 대표하여 맹세하건대 우리들과 서부의 위대한 민족 사이에는 영원한 우정이 있을 것이다. 그들의 적은 곧 우리의 적이 될 것이요, 그들의 필요는 곧 우리의 필요가 될 것이며, 그들이 그 어떤 악, 위협, 침략의 위기를 맞더라도 우리는 온 힘을 다하여 그들과 함께 하리라. 이 맹세는 내 뒤를 이어 우리의 새로운 땅에 머무를 나의 후손들에게도 이어질 것이니, 그들이 이를 변함없는 믿음으로써 지켜내지 아니한다면 그들에게 어둠이 드리우고 저주를 받게 되리로다.

맹세를 마친 에오를은 그의 검을 칼집에 넣은 후 허리를 굽혀 절을 했고, 그와 함께 온 휘하의 지휘관들 곁으로 돌아갔다.

그러자 키리온이 그에 화답하였다. 온몸을 곧게 일으킨 그는 한 손은 무덤에 얹고 오른손에는 섭정의 흰 지팡이를 쥔 채, 그 자리에 있는 모두의 가슴을 경외심으로 가득 채워놓는 선서를 했다. 그가 일어섰을 때 태양은 서쪽으로 지며 붉게 타오르고 있었고, 이에 그의 흰 망토는 마치 불붙어 타는 듯 보였다. 이제 곤도르도 마치 친구와 같이 에오세오드족과 결속되었음은 물론이요, 그들의 모든 부름에 도움을 아끼지 않겠노라는 맹세를 마친 후, 그는 목소리를 한층 더 높여 다음과 같이 퀘냐로 말했다.

반다 시나 테르마루바 엘렌나노레오 알카르 에냘리엔 아르 엘렌딜 보론도 보론웨. 나이 티루반테스 이 하라르 마할맛센 미 누멘 아르 이 에루 이 오르 일레 마할마르 에아 텐노이오.[43]

그리고 이를 공용어로 풀어 말하기를,

이 맹세는 별의 땅의 영광과 충직한 엘렌딜의 신의를 기리는 의미에서 존속하리라. 부디 서녘의 옥좌 위에 앉은 이들과, 모든 옥좌를 초월한 곳에 영원히 기거하시는 유일자께서 가호하시기를.

가운데땅에서 이에 비견될 만한 맹세는 일찍이 엘렌딜 본인이 엘다르의 왕 길갈라드와 동맹을 선언한 이후로는 알려진 것이 없었다.[44]

모든 일이 마무리되고 저녁의 어둠이 드리울 무렵이 되자 키리온과 에오를, 그리고 그들의 일행은 침묵 속에 다시 어둑해지는 숲을 지나 하산하였다. 일행이 메링 시내 근처의 야영지에 다다랐을 때, 이미 그들을 위한 천막이 준비되어 있었다. 식사를 마친 이후 키리온과 에오를은 돌 암로스의 대공 및 에오세오드족 군단의 지휘관인 에오문드와 함께 모여 앉아 에오세오드족의 왕과 곤도르 섭정의 권한의 경계를 정하였다.

에오를이 다스릴 왕국의 경계는 다음과 같았다. 서쪽으로는 앙그렌강과 아도른강이 만나는 곳부터 앙그렌강까지, 그리고 그곳부터 북쪽으로 앙그레노스트의 외부 울타리까지, 그리고 거기부터 동북쪽으로 팡고른숲의 언저리를 따라 맑은림강까지를 국경으로 삼았다. 맑은림강이 그들의 북쪽 국경이 되었는데, 그 강 너머의 땅은 곤도르의 영토였던 적이 없기 때문이었다.[45] 동쪽으로는 안두인대하로 시작해 에뮌 무일의 서쪽 절벽들을 거쳐 오노들로강 하구들 일대의 습지까지, 그리고 그 강 너머로 안와르의 숲속을 흘러 오노들로에 합류하는 글란히르 시내까지를 국경으로 삼았다. 남쪽으로는 에레드 님라이스의 북쪽으로 뻗는 산줄기 끝부분까지를 국경으로 삼았는데, 북쪽으로 통하는 모든 계곡과 개울들은 물론 히사에글리르 남쪽에 위치한 앙그렌강과 아도른강 사이의 지대 또한 에오세오드족에게 주어졌다.[46]

이 모든 영토에서 다만 앙그레노스트의 요새만은 곤도르의 관할로 유지되었다. 그곳에 곤도르의 세 번째 탑인 난공불락의 오르상크가 있었으며, 그 내부에는 남쪽 왕국의 팔란티르들 중 네 번째 신석이 보관되어 있었다. 키리온의 시대에 앙그레노스트에 배치된 곤도르인들로 구성된 수비대는 그 지역의 세습 족장이 다스리는 소수의 정착민 집단으로 바뀌었는데, 오르상크의 열쇠는 곤도르 섭정의 수중에 머무르고 있었다. 앞서 에오를의 왕국의 국경을 기술할 때 언급한 "외부 울타리"란 앙그레노스트 정문으로부터 약 3킬로미터 이남에 늘어선 담과 제방을 일컫는 것으로, 안개산맥이 끝나는 지점의 산맥 사이에 위치했다. 이 울타리 너머에 요새 거주민들의 경작지가 있었다.

이와 더불어 기존에 아노리엔과 칼레나르돈을 통과해 아스라드 앙그렌(아이센여울목)[47]을 거쳐 북쪽으로 아르노르까지 이어지는 대로는 평화의 시기에 양국의 여행자들에게 아무런 제약 없이 개방될 것이며, 또한 대로의 메링 시내부터 아이센여울목까지의 구간은 에오세오드족의 관리 하에 두기로 합의하였다.

이 약조에 따라 안와르의 숲은 메링 시내의 서쪽에 위치한 작은 부분만 에오를의 영토에 포함되었다. 다만 키리온은 안와르 산은 양국의 백성들 모두에게 신성한 성지가 될 것이며, 에오를의 후예와 섭정이 함께 산을 수호하고 관리해 나가야 할 것이라고 선언했다. 그러나 후대에 이르러 로히림은 그 세력과 숫자가 증가한 반면 곤도르는 쇠퇴하여 동쪽과 해상으로부터 꾸준히 위협을 받게 되었다. 이에 따라 아몬 안와르의 경비대는 온전히 이스트폴드 출신들로만 꾸려지게 되었으며, 그곳의 숲은 관습에 따라 마크 왕가의 영지에 속하게 되었다. 그들은 산에 할리피리엔이라는 이름을 붙였고, 그곳의 숲은 피리엔홀트[48]라 불렀다.

후일 에오를이 '기사들의 마크의 왕'이라는 칭호를 취했을 때, 맹세가 이뤄진 그날이 새 왕국의 첫 번째 날로 간주되었다. 다만 실제로는 맹세를 치른 후로도 로히림이 칼레나르돈을 차지하기까지는 다소 시간이 걸렸으며, 에오를은 생전에 '에오세오드족의 지도자' 이자 '칼레나르돈의 왕'으로 알려져 있었다. '마크'라는 이름은 국경지대, 그것도 주로 왕국의 내륙 방어가 이루어지는 군사적 접경지대를 지칭했다. 신다린으로 마크를 일컫는 말인 로한, 그리고 그 백성들을 일컫는 로히림이라는 명칭은 키리온의 아들이자 후계자인 할라스가 처음 고안한 것이었는데, 이후 비단 곤도르만이 아니라 에오세오드족 스스로도 이 이름을 자주 쓰게 되었다.[49]

맹세가 이뤄진 다음날, 키리온과 에오를은 한 차례 포옹을 한 다음 마지못해 이별했다. 에오를이 이렇게 말한 까닭이었다. "섭정 공이시여, 저에게는 서둘러 해야 할 일이 많이 남았습니다. 비록 이 땅의 적들을 소탕하기는 했으나 아직 그 뿌리까지 도륙해 뽑아내지는 못했으며, 안두인대하 너머와 어둠숲의 경계선 아래에는 어떤 위험이 도사리고 있는지 파악하지도 못했습니다. 저는 지난밤 혹 한 명이라도 저보다 먼저 고향에 도착하기를 바라며, 용감하고 노련한 기수 셋을 북쪽에 전령으로서 보냈나이다. 이제는 제 자신이 군사를 이끌고 고향에 돌아가야 할 때가 되었습니다. 본토에는 너무 어리거나 너무 늙은 자들만을 남겨두었거니와, 앞으로의 대규모 이주를 위해서 아녀자들과 우리의 내줄 수 없는 재산을 지켜내야 하는데, 저의 백성들은 오직 에오세오드족의 지도자인 저만을 따를 겁니다. 지금 칼레나르돈에 머무는 저의 군사의 절반가량을 만약을 위해 이곳에 남겨두겠습니다. 몇몇 궁기병 부대도 함께 남을 것이니, 혹여나 적들의 잔당들이 이 땅을 어슬렁거리며 기회를 보고 있다면 필요한 곳 어디라도 출정할 수 있을 것입니다. 다만 주력부대는 동북쪽에 남겨두어, 발크호스족이 갈색땅으로부터 안두인대하를 건너 왔던 지점을 그 어느 곳보다 우선적으로 지키도록 할 것입니다. 그곳은 여전히 가장 위험한 곳이기도 하거니와, 제가 돌아올 때에 새로운 땅으로 들어서는 저의 백성들에게 닥칠지 모르는 만약의 희생과 피해를 최소화하기에는 그 장소가 가장 적합하다고 생각하기 때문입니다. '제가 돌아올 때에'라고 했습니다만, 제가 백성들을 이끌고 먼 길을 오는 와중에 재앙을 만나 목숨을 잃기라도 하지 않는 한은 맹세를 지키기 위해 반드시 돌아올 것이라고 믿어 주십시오. 재앙을 운운한 이유는 제가 택할 길이 안두인대하의 동쪽이므로 줄곧 어둠숲의 위협에 노출될 것이고, 마지막에는 그대들이 돌굴두르라 부르는 언덕의 어둠이 드리운 계곡을 통과해야만 하기 때문입니다. 대하 서쪽으로는 설령 안개산맥이 오르크들로 들끓지 않는다 하더라도, 기마대는 물론이고 수많은 사람과 마차가 지나다닐 수 있는 길이 없습니다. 더군다나 일행의 규모는 차치하고서라도, 드위모르데네에서는 순백의 부인이 유한한 생명의 인간은 빠져나갈 수 없는 거미줄을 짜고 있어 지나갈 수 없습니다.[50] 켈레브란트에 당도했을 때와 마찬가지로 동쪽 길을 따라 오겠습니다. 우리가 맹세의 증인으로 지명했던 이들이 부디 우리를 가호하시기를. 지금은 희망차게 작별하도록 합시다! 이제 떠나도 되겠습니까?"

키리온이 답했다. "지당한 말씀이오. 나로서도 다른 도리가 없다는 것을 이해했소. 내 그간 곤도르에 닥친 위험만을 생각하느라 그대가 겪은 위험은 물론이고, 그대가 어떻게 까마득히 먼 북부에서 우리의 바람 이상으로 빨리 도착할 수 있었는가는 살펴보지 못했다는 걸 깨달았소이다. 한때 우리가 구원받았다는 사실에 가슴이 벅차고 기뻐 그대에게 제공했던 답례가 이제 보니 하찮은 것은 아닌가 싶소. 하지만 나는 내가 말하기 전에 미리 생각하지 못한 맹세의 말들이 헛되이 내 입에 들어가지 않았음을 믿소. 그럼 이제 우리 희망을 간직한 채 작별하도록 합시다."

'연대기'의 특성을 감안하면, 여기서 에오를과 키리온이 작별 인사를 나누며 언급했다는 내용의 상당수는 실제로는 전날 밤의 논의에서 이야기되고 고민된 것들임이 분명하다. 다만 키리온이 자신의 맹세의 계기에 관해 한 말만큼은 에오를과 작별하면서 한 것이 틀림없다. 그는 오만하지 않으며 용기와 아량이 대단한 인물이었고, 곤도르의 섭정들 가운데 가장 고귀한 자였던 것이다.

(iv)
이실두르의 전통

이실두르는 최후의 동맹 전쟁에서 귀환한 후 얼마간 곤도르에 체류하면서, 아르노르의 왕위를 이어받으러 떠나기 전까지 곤도르의 체제를 정비하고 조카인 메넬딜을 가르쳤다고 전해진다. 그는 메넬딜과 신뢰하는 친구들을 데리고 곤도르가 영유권을 지닌 모든 지역의 국경선을 순시하였다. 이후 북쪽 국경으로부터 돌아오던 그들은 아노리엔으로 향하여 당대에는 에일레나에르로, 후대에는 아몬 안와르, 즉 "경외의 산"으로 불리는 산에 들렀다.[51] 이곳은 곤도르 국토의 정중앙에 인접한 장소였다. 그들은 산의 북쪽 경사면에 빼곡히 들어찬 나무들을 헤쳐 올라가며 마침내 나무 없이 초록 풀로 뒤덮인 정상에 이르렀다. 그들은 땅을 고르게 하고는, 동쪽 끝에 무덤 하나를 만들어 그 안에 이실두르가 소지하고 있던 장식함을 묻었다. 이내 이실두르가 말했다. "이것은 충직한 엘렌딜의 묘이자 기념비이다. 왕국이 계속되는 한 이 묘는 남쪽 왕국의 정중앙인 이곳에서 발라들의 가호 아래 존속될 것이며, 이 장소는 그 누구도 더럽힐 수 없는 성소가 되리라. 엘렌딜의 후예를 제외한 그 누구도 이곳의 고요와 평화를 깨뜨리지 못하도록 하라."

그들은 숲의 가장자리에서부터 산의 꼭대기까지 이어지는 돌계단을 만들었다. 이실두르가 말했다. "이 계단은 곤도르의 왕과 왕이 동행을 청한 일행들 외에 그 누구도 오르지 못하게 하라." 그러자 그 자리에 있던 이들 모두가 비밀을 엄수할 것을 맹세했다. 다만 이실두르는 메넬딜에게 다음과 같은 조언을 남겼다. 왕은 이따금씩, 특히 위기와 곤경의 시기에 지혜를 얻기를 간절히 원할 때 이 성소를 방문해야 한다는 것, 또한 왕은 후계자가 완전히 장성하거든 그를 이곳에 데려와야 하며, 그에게 성소의 유래를 가르치고 왕국의 모든 비밀과 후계자가 알아야 할 여타의 문제들을 알려줘야 한다는 것이 그것이었다.

메넬딜은 이실두르의 조언을 따랐고, 로멘다킬 1세(메넬딜 이후 5번째 왕)의 시대가 오기 전까지 메넬딜의 뒤를 이은 모든 왕들이 그러했다. 로멘다킬 1세의 시대에 곤도르가 동부인들의 첫 습격을 받았는데,[52] 이후 그는 전쟁이나 왕의 갑작스러운 죽음, 혹은 그 외의 불운으로 인해 전통을 잃어버리는 일이 없도록 '이실두르의 전통'은 물론 새로운 왕이 알아야 할 여러 내용들을 두루마리에 기록하여 봉하였다. 이 두루마리는 왕의 대관식 전에 섭정이 그에게 전달하도록 했다.[53] 그때부터 이러한 전달 의식은 빠짐없이 계속 행해졌다. 물론 곤도르의 거의 모든 왕들이 자신의 후계자와 함께 아몬 안와르의 성소를 방문하는 전통을 지켜왔지만 말이다.

열왕들의 시대가 막을 내리고 미나르딜 왕의 섭정 후린에게서 유래한 섭정 가문이 곤도르를 다스리게 되었을 때, 왕들의 모든 권한과 의무는 '대왕께서 귀환하는 날까지' 그들이 넘겨받는 것으로 간주되었다. 그러나 '이실두르의 전통'과 관련된 사안은 오직 그들만이 판단할 수 있게 되었는데, 그들이 유일하게 그 전통을 알고 있는 자들이기 때문이었다. 그들은 이실두르가 "엘렌딜의 후예"라고 말한 것은 엘렌딜의 피를 물려받은 왕실의 혈통 중 왕위를 계승받은 자들을 가리키는 것이라는 결론을 내렸다. 이실두르로서는 섭정들의 통치가 있으리라고는 생각지도 못했을 것이었으므로 마르딜이 왕의 부재 동안 그의 권한을 행사했다면,[54] 섭정직을 계승하는 마르딜의 후예들에게도 왕이 돌아올 때까지는 동일한 권한과 의무가 부여된다는 것이다. 따라서 모든 섭정들은 언제든지 동행해도 좋겠다고 판단한 자들과 함께 성소를 방문할 권리를 갖게 되었다. "왕국이 계속되는 한"이라는 말에 관해서는, 그들은 곤도르가 아직까지 대리 통치자가 다스리는 '왕국'으로 기능하고 있으므로 이 말도 '곤도르라는 국가가 존속하는 한'으로 해석해야 한다고 말했다.

그러나 섭정들은 한편으로는 경외심 때문에, 또 한편으로는 왕국을 통치하느라 바빴던 탓에, 왕들의 전통에 따라 후계자를 산 정상으로 데려갈 때를 제외하곤 안와르 산에 방문하는 일이 극히 드물었다. 때때로 성소에 수년간 발길이 끊기기도 했지만, 이실두르가 바란 대로 발라들의 가호가 그곳을 보호했다. 나무들이 자라 뒤엉키고 산에 드리운 적막함으로 인해 사람들이 접근을 기피하게 되면서, 산 정상으로 가는 길이 유실될 법도 했지만, 길을 다시 정리하여 확인해보면 성소는 상하지도, 더럽혀지지도 않은 채 여전히 푸르름을 잃지 않고 하늘 아래 평화로웠던 것이다. 곤도르 왕국이 변화하기 전까지는 그러하였다.

왕국의 변화는 12대 통치 섭정 키리온이 새롭게 맞닥뜨린 중대한 위기로 인해 찾아왔다. 침략자들이 곤도르의 백색산맥 이북 영토를 모조리 정복하려는 야욕을 드러냈던 것이다. 만약 그것이 실현된다면 왕국 전체의 몰락과 멸망이 뒤따를 것임은 극명했다. 이미 역사에 드러난 대로, 곤도르는 순전히 로히림의 원군 덕분에 이 재앙을 피할 수 있었다. 그러자 놀라운 지혜의 소유자였던 키리온은 아노리엔을 제외한 북부 영토 전체를 로히림의 왕이 직접 통치할 수 있도록 내어주었고, 대신 그들이 곤도르와 항구적인 동맹을 유지하도록 하였다. 곤도르에는 더 이상 북부 지방에 이주시킬 사람들도, 심지어는 안두인대하를 따라 지어진 동쪽 국경을 방어하는 요새들을 무장시킬 병력도 남아 있지 않았던 것이다. 키리온은 북방의 기사들에게 칼레나르돈을 할양하기 이전에 이미 이 문제를 충분히 심사숙고 하였으며, 이에 따라 아몬 안와르와 관련된 '이실두르의 전통'도 전부 바뀌어야 하리라는 결론을 내렸다. 그는 로히림의 지도자를 성소로 데려갔고, 로히림의 지도자가 엘렌딜의 묘에서 지극히 엄숙하게 에오를의 맹세를 마치자 그도 키리온의 맹세로 답하며 로히림의 왕국과 곤도르 왕국은 영원한 동맹이 될 것임을 천명했다. 하지만 모든 것이 끝나고 에오를이 고향의 백성들을 새 보금자리로 이주시키기 위해 북부로 귀환하자, 키리온은 엘렌딜의 묘를 이장했다. '이실두르의 전통'은 이제 유명무실해졌다고 본 것이었다. 이는 성소가 이제 '남쪽 왕국의 정중앙'이 아니라 타국과의 접경지대에 위치하게 되었으며, 더욱이 이실두르가 "왕국이 계속되는 한"이라고 한 것은 그가 국경을 측량하고 확정했을 시절 그대로의 모습으로 왕국이 존속하는 경우를 말하는 것이었기 때문이었다. 물론 이실두르가 왕국의 영토와 경계를 확정했던 그날 이후로 영토를 잃은 때가 아예 없었던 것은 아니었다. 미나스 이실은 나즈굴의 손아귀에 넘어간 상태였으며, 이실리엔도 사람이 살지 않는 황폐한 곳이 되었다. 그러나 곤도르는 이곳들의 영유권을 포기하지 않고 있었다. 반면 칼레나르돈은 맹세에 따라 영구히 곤도르의 손을 떠나게 되었다. 따라서 이실두르가 매장했던 관은 키리온에 의해 미나스 티리스의 성소로 옮겨졌다. 다만 녹색 능 자체는 기념물의 기념물로서 남겨두었다. 어찌 되었든, 안와르 산은 봉화대가 설치된 이후로도 여전히 곤도르와 로히림 모두에게 경외의 대상으로 남았다. 로히림은 이 산에 그들의 언어로 할리피리엔, 즉 성산이라는 이름을 붙였다.

| 주석 |

1 이러한 제목을 가진 저작은 존재하지 않는다. 다만 본문의 세 번째 부분('키리온과 에오를', 523쪽부터 시작됨)에 실린 내용이 본래는 '연대기'의 일부분이었음은 분명하다.

2 일례로 「왕들의 책」이 있다. [원저자 주]

- 「왕들의 책」은 『반지의 제왕』 해설 A의 서두에서 엘렛사르 왕이 프로도와 페레그린에게 공개했다고 하는 곤도르의 기록물들 중 하나로 「섭정들의 책」 및 「아칼라베스」와 함께 언급되었다. 다만 개정판에서는 이러한 내용이 삭제되었다.

3 동쪽공지는 다른 곳에서는 등장하지 않는 명칭인데, 어둠숲의 동쪽 경계선 중에서 크게 움푹 들어간 자리를 가리킨다. 『반지의 제왕』의 지도에서 확인할 수 있다.

4 북부인과 가장 가까운 조상은 아무래도 요정의 친구에 속하는 민족 중 셋째이자 가장 규모가 큰 집단인 하도르 가문이 다스린 사람들이었던 것으로 보인다. [원저자 주]

5 곤도르 군대가 완전한 전멸을 면한 채 빠져 나올 수 있었던 것은 후위를 맡은 마르하리('로바니온의 왕' 비두가비아의 후손이다) 휘하 북부인 기병대의 용기와 충성심 덕분이었다. 다만 곤도르의 병력이 전차몰이족에게 입힌 손실도 만만치 않아서 그들도 동부로부터 증원을 받지 않는 이상은 더 이상 침공을 지속할 여력이 없었고, 당장은 로바니온 정복을 완수한 것으로 만족하였다. [원저자 주]

- 『반지의 제왕』 해설 A(Ⅰ)에 따르면 비두가비아는 스스로를 로바

니온의 왕이라 칭한 인물로 북부인 영주들 가운데 가장 강력한 자였다고 언급된다. 비두가비아는 곤도르 왕 로멘다킬 2세(1366년에 승하했다)가 동부인과 전쟁을 벌일 때 도움을 줌으로써 그의 호의를 얻었는데, 로멘다킬의 아들 발라카르와 비두가비아의 딸 비두마비의 혼인은 훗날 15세기에 곤도르에 파멸적인 결과를 불러온 '친족분쟁'의 단초가 되었다.

6 흥미로운 점은 (비록 부친께서 남긴 글 어디에도 이와 관련된 언급은 없는 것 같지만) 북부인과 에오세오드족의 초기 왕과 군주들의 이름이 레오드, 에오를을 비롯한 후기 로히림의 이름과는 달리 고대 영어(앵글로색슨어)가 아니라 고트어의 형태를 띤다는 것이다. '비두가비아 Vidugavia'는 기록상에 존재하는 고트어 인명인 'Widugauja(숲에 사는 자)'를 나타내며, 다만 철자를 라틴화한 것이다. 마찬가지로 '비두마비Vidumavi'도 고트어 'Widumawi(숲의 처녀)'를 나타낸다. '마르휘니'와 '마르하리'에는 고트어 어휘 'marh(말)'가 포함되었는데, 이는 『반지의 제왕』에서 로한의 말들에게 사용된 단어인 고대 영어 '메아르mearh', 복수형 'mearas'와 상응한다. 'wini(친구)'는 마크의 몇몇 왕들의 이름에 포함된 고대 영어 어휘 'winë'와 상응한다. 해설 F(Ⅱ)에서 "로한어를 고대 영어와 흡사한 것으로 바꾸었다"라고 서술하고 있는 만큼, 로히림의 조상의 이름은 기록상에 남아 있는 가장 오래된 게르만어의 형태로 설정되었다.

7 이 명칭은 후기에 사용된 형태였다. [원저자 주]

- 에오세오드는 고대 영어로 "말의 민족"이라는 뜻이다. 36번 주석 참조.

8 서술된 내용은 『반지의 제왕』 해설 A(Ⅰ) 및 A(Ⅱ)의 서술과 비교하면

간략한 편이지만, 서로 모순되는 점은 없다. 여기서는 13세기에 미날카르(로멘다킬 2세의 칭호를 얻은 인물이다)가 동부인을 상대로 벌인 전쟁이나, 그의 재위 기간에 수많은 북부인이 곤도르의 군대에 편입되었다는 점이나, 혹은 그의 아들 발라카르가 북부인 왕녀와 혼인했으며 이것이 곤도르의 '친족 분쟁'의 발단이 되었다는 점은 다뤄지지 않으나, 대신에 다음과 같이 『반지의 제왕』에서 언급된 바 없는 요소들 몇 가지가 추가로 등장한다. 요컨대 로바니온 북부인의 쇠락이 대역병으로 인한 것이었다는 점, 해설 A에서 "안두인대하 건너"에서 벌어졌다고 서술된 1856년 당시 나르마킬 2세가 전사한 전투가 어둠숲 이남의 넓은 땅에서 벌어졌으며 '평원 전투'로 알려졌다는 점, 그리고 나르마킬 2세의 대군이 비두가비의 후손인 마르하리가 이끈 후위 부대의 활약 덕분에 전차몰이족에게 전멸당하지 않을 수 있었다는 점이다. 더불어 잔존한 북부인이었던 에오세오드족이 바우바위와 창포벌판 사이의 안두인계곡에서 거주하면서 독립적인 민족으로 거듭난 것이 '평원 전투' 이후라는 것도 확실하게 밝혀진다.

9 그의 조부인 텔루메흐타르가 움바르를 점령하고 해적들의 힘을 꺾어두었으며, 하라드도 당대에는 자신들끼리 내전과 갈등에 휩싸여 있었다. [원저자 주]

- 텔루메흐타르 움바르다킬이 움바르를 점령한 시기는 1810년이다.

10 안두인대하가 팡고른숲의 동쪽에서 서쪽으로 꺾이는 두 개의 큰 만곡부를 가리킨다. 「갈라드리엘과 켈레보른의 이야기」 장의 해설 C에서 첫 번째로 등장하는 인용문 참조. (458쪽)

11 "에오레드"라는 단어와 관련해서는 36번 주석 참조.

12 이 이야기는 『반지의 제왕』 해설 A(I)에 간략히 소개된 내용 "나르마킬 2세의 아들 칼리메흐타르는 로바니온에서의 봉기에 힘입어 1899년 다고를라드에서 동부인들에게 큰 승리를 거둠으로써 아버지의 원수를 갚았다. 그래서 그 후 한동안 위험에서 벗어났다."와 비교하면 훨씬 온전하게 서술된 편이다.

13 '어둠숲의 숲허리'란 어둠숲 남부에 동쪽공지(3번 주석 참조)가 만들어지면서 형성된 가는 '허리' 부분을 일컫는 것임이 분명하다.

14 당연한 일이었다. 근하라드에서 이루어지고 있던 공격은 (당시로서는 불가능한 일이었던 움바르로부터의 조력이 없는 한) 손쉽게 저지하고 봉쇄할 수 있었다. 적들은 안두인대하를 건널 수도 없었으며 북쪽으로 가면 갈수록 대하와 산맥 틈으로 점차 좁아지는 지대를 통과해야 했다. [원저자 주]

15 본문과 별도로 존재하는 주석에 언급된 바에 따르면, 이 시기에 모란논은 여전히 곤도르의 수중에 놓여 있었으며, 관문 동서쪽에 있는 두 개의 감시탑(이빨탑)에도 군대가 주둔하고 있었다고 한다. 이실리엔을 통과하는 도로는 여전히 모란논까지 잘 보수되고 있었으며, 모란논 앞에서 북쪽의 다고를라드로 향하는 도로 및 에레드 리수이의 산자락을 따라 동쪽으로 통하는 도로와 만났다고 한다. [이 도로들 모두 『반지의 제왕』의 지도에는 표시되지 않았다.] 동쪽으로 통하는 도로는 바랏두르 이북의 지점까지 이어지는데, 그 너머부터는 완공된 바가 없었으며 방치된 지 오래였다. 어찌 되었건 한때는 온전히 건설되었던 그 도로의 첫 80킬로미터 구간에서 전차몰이족의 접근 속도가 상당히 빨라졌다.

16 역사가들은 이 둔덕이 엘렛사르 왕이 제3시대의 종막을 알린 사우론과의 마지막 전투에서 올라선 그 언덕과 같은 것이라고 추측한 바 있다. 만약 그렇다면, 이 언덕은 당시에는 그저 땅이 자연적으로 솟아오른 것에 불과하여 기마대에게 큰 장애가 되지는 못하였을 것이며, 아직 오르크들의 노역으로 그 크기가 커지지도 않았을 때였다. [원저자 주]

-『왕의 귀환』 BOOK5 chapter 10의 한 단락에 관한 언급이다. "아라고른은 이제 생각할 수 있는 최선의 진형으로 병사들을 배치하여 오르크들이 여러 해의 노역으로 발파된 돌과 흙을 쌓아 만든 거대한 두 개의 구릉에 자리 잡게 했다." 이와 더불어 아라고른은 간달프와 함께 한쪽 언덕에 올라서 있었으며, 로한과 돌 암로스의 깃발은 다른 한쪽에 세워져 있었다고 언급된다.

17 돌 암로스의 아드라힐의 존재에 관해서는 39번 주석 참조.

18 옛 터전이란 바우바위와 창포벌판 사이의 안두인계곡을 가리킨다. 506쪽 참조.

19 에오세오드족이 북쪽으로 터를 옮긴 이유는 『반지의 제왕』 해설 A(Ⅱ)에서 설명된다. "[에오를의 조상들은] 무엇보다 평원을 사랑했고 말타기와 온갖 마상무용을 즐겼다. 그러나 그 시절 안두인계곡 중부에는 많은 인간들이 살았고, 돌 굴두르의 어둠이 점점 확산되고 있었다. 그들은 [1975년에] 마술사왕이 패배했다는 소식을 접하자 북방에서 더 넓은 영토를 확보하기 위해 산맥 동쪽에 있던 앙마르의 잔당들을 축출했다. 그러나 에오를의 아버지인 레오드의 시대에 이르러 인구가 크게 불어나 그 영토만으로는 옹색함을 면할 수 없었다." 에오세오드족의 이주를 이끈 지도자의 이름은 프룸가르였으며,

'연대기'에 따르면 그 시기는 1977년이었다.

20 이상으로 언급된 강들은 『반지의 제왕』의 지도에 이름 없이 표시되어 있다. 여기서 그레일린은 두 개의 지류가 있는 것으로 나타난다.

21 불안한 평화는 사우론이 돌 굴두르를 비웠던 2063년부터 2460년까지 지속되었다.

22 안두인대하를 따라 축조된 요새들에 대해서는 510쪽을, 두 여울에 대해선 458쪽 참조.

23 본문의 앞부분(508쪽)을 보면 마치 1899년에 칼리메흐타르가 전차몰이족을 상대로 다고를라드에서 승전을 거둔 후로는 어둠숲 동쪽 지대에는 북부인이 더 이상 남아있지 않았다는 듯한 인상을 준다.

24 곤도르에선 그들을 이렇게 불렀다. 이 명칭은 널리 퍼진 두 언어를 혼합한 것으로 서부어 '발크balc'(끔찍한)와 신다린 '호스hoth'(무리)에서 유래하였으며, 오르크와 같은 민족을 일컫는 데 쓰였다. [원저자 주]
- 『실마릴리온』 부록의 '호스hoth' 표제어 참조.

25 R· ND ·R의 세 글자 위에 세 개의 별이 뜬 문양이었다. 이는 '아란두르arandur'(왕의 수하), 즉 섭정을 뜻했다. [원저자 주]

26 그는 내심 또 다른 생각을 품고 있었으나 이를 입 밖으로 내지는 않았다. 그가 알고 있었던 대로 에오세오드족의 북쪽 땅이 너무 협소하고 토양도 좋지 않아 그들의 급속히 늘어난 인구를 감당할 수 없어 근심하고 있다는 것이었다. [원저자 주]

27 그의 이름은 「로콘 메세스텔」(마지막 희망의 기수)이라는 노래에서 보론디르 우달라프(등자 없는 이, 보론디르)로 오래도록 기억되었다. 그가 에오를의 오른편에서 그들의 에오헤레와 함께했으며, 최초로 맑은림강을 건너 키리온의 원병이 당도할 길을 개척한 인물이었기 때문이다. 그는 켈레브란트평원에서 주군을 지키려다 끝내 전사했는데, 이는 곤도르와 에오세오드족 모두에게 큰 슬픔을 안겨주었다. 후일 그는 미나스 티리스의 성소 내부에 있는 묘지에 안치되었다. [원저자 주]

28 에오를이 탄 말이다. 『반지의 제왕』 해설 A(Ⅱ)에 의하면 야생마 조련사였던 에오를의 아버지 레오드는 이 말에 올라타려다 내팽개쳐져 죽음을 맞이했다. 이후 에오를은 이 말에게 아버지의 죽음에 대한 빚으로 평생 그를 섬길 것을 요구했다. 펠라로프는 이에 순종했는데, 다만 에오를 외에는 그 누구도 태우지 않았다. 이 말은 인간의 언어를 모두 이해했으며 인간만큼이나 오래 살았고, 그의 후손들인 메아르종에 속하는 말들도 마찬가지였다. 그들은 "샤두팍스의 시대가 올 때까지 마크의 왕과 그 아들들을 빼고는 누구도 태우려 하지 않았다"라고 한다. 펠라로프Felaróf는 앵글로색슨어로 일종의 시적 어휘인데, 현존하는 시가들에 실제로 기록된 바는 없으나 "매우 용맹한, 매우 강한"이라는 뜻이다.

29 맑은림강이 안두인대하로 유입되는 지점과 두 여울의 사이에 위치했다. [원저자 주]

- 이 대목은 분명 「갈라드리엘과 켈레보른의 이야기」 장 해설 C의 첫 번째 인용문(458쪽)과 모순된다. 문제의 글에 따르면 "북여울과 남여울"은 안두인대하의 "서쪽으로 굽이진 두 만곡부"로, 맑은림강이 흘러들어오는 곳의 최북단으로 향한다.

30 9일 동안에 그들은 일직선으로만 해도 800킬로미터가 넘는 거리를 달렸고, 실제로는 960킬로미터가 넘는 거리를 주파했다. 안두인대하 동쪽 편에는 그렇게 큰 자연적 장애물은 없었지만, 상당수의 땅이 폐허가 된 것은 물론, 남쪽으로 통하는 도로나 말 달릴 길도 소실되거나 거의 사용되고 있지 않았다. 이 때문에 그들이 빠른 속력을 낼 수 있는 구간은 길지 않았고, 더군다나 두 여울에 도착하자마자 전투가 벌어질 것이라 예상하고 있었으므로 말과 사람들의 체력을 아껴야 할 필요가 있었다. [원저자 주]

31 할리피리엔은 『반지의 제왕』에서 두 차례 언급된다. 한번은 『왕의 귀환』 BOOK5 chapter 1에서 피핀이 간달프와 함께 샤두팍스를 타고 미나스 티리스로 향하던 중 불꽃을 보았다고 소리치자 간달프가 대답하는 대목이다. "곤도르의 봉화가 타오르며 도움을 청하는구나. 전쟁의 불이 붙은 거야. 저기, 아몬 딘의 봉화! 에일레나크의 봉화! 점점 더 빨리 서쪽으로 전달되고 있군. 나르돌, 에렐라스, 민림몬, 칼렌하드, 그리고 로한의 국경 할리피리엔으로!" BOOK5 chapter 3에서의 또 다른 대목에서는 로한의 기사들이 미나스 티리스로 향하던 중 펜마크를 지나칠 때, "그들의 오른쪽으로는 곤도르 국경 옆의 할리피리엔의 어두운 그림자 아래 산기슭을 따라 울창하게 우거진 참나무숲이 있었다"라고 서술된다. 곤도르와 로한의 확대 지도 참조.

32 이 대로는 누메노르인들이 건설한 것으로, 두 왕국을 잇는 도로였다. 아이센여울목을 통해 아이센강을 통과하며 사르바드를 통해 회색강을 건너고, 이후로는 북쪽으로 이어지며 포르노스트까지 닿는다. 다른 출처에서는 이 도로를 남북대로로 칭한다. 464쪽 참조.

33 할리피리엔Halifirien이라는 이름은 앵글로색슨어 ‘hálig-firgen’의 철자를 현대화한 것이다. 마찬가지로 피리엔계곡Firien-dale은 ‘firgen-dæl’의 철자를, 피리엔숲Firien Wood은 ‘firgenwudu’의 철자를 현대화한 것이다. [원저자 주]

- 앵글로색슨어로 산을 뜻하는 ‘firgen’에서 g는 현대 영어의 y처럼 발음된다.

34 미나스 이실, 미나스 아노르, 오르상크.

35 이 밖에도 봉화대들의 명칭과 관련한 또 다른 기록에는 이런 기술이 있다. “반지전쟁 시기까지 운영되어온 전체 봉수 체계는 약 500년 전 로히림이 칼레나르돈에 정착한 이후 만들어졌을 것으로 추정된다. 그 주된 역할은 로히림에게 곤도르가 위험에 처했음을 알리는 것이었으며, (전자보다는 드문 일이었지만) 그 반대의 경우도 있었다.”

36 로히림의 체계와 관련된 한 기록에서는 ‘에오레드’에 대해 다음과 같이 기술한다. “에오레드의 구체적인 인원수가 정해진 바는 없으며, 또한 로한에서 이 명칭은 일정 기간 혹은 영구적으로 왕의 부대에 복무하는 기사들을 지칭하는 데에 쓰였다. 부대 단위로 훈련이나 병역을 수행하는 일련의 기사들의 집단을 에오레드라고 불렀다. 다만 반지전쟁이 벌어지기 100년 전 폴크위네 왕의 시대에 로히림이 세력을 회복하고 체계의 개편이 이뤄진 이후로는, 군사적으로 ‘완전한 에오레드’란 (대장을 포함하여) 최소 120명의 인원으로 구성되며, ‘왕실 근위대’를 제외한 마크의 기사들 전체 소집 인원의 100분의 1을 지칭하는 개념이 되었다. [『두 개의 탑』 BOOK3 chapter 2에서 에오메르의 지휘하에 오르크들을 추격한 에오레드의 인원이 120명이었다. 레골라스가 멀리서 그들을 발견했을 때 105명이 남아 있었고,

에오메르 본인이 오르크들과의 전투에서 부대원 15명을 잃었다고 언급했다.] 물론 그런 대규모 군대가 마크의 국경을 넘어 출정한 예는 단 한 번도 없었지만, 세오덴이 당시 큰 위기를 목전에 두고 1만 명의 기사들을 파병하고자 하는 의사를 밝혔을 때(『왕의 귀환』 BOOK5 chapter 3) 그의 주장은 의심의 여지가 없이 정당한 것으로 받아들여졌다. 폴크위네의 시대부터 로히림의 규모가 커졌으므로, 사루만의 공격이 개시되기 이전 전체 소집 인원은 틀림없이 1만 2천 명을 훨씬 뛰어넘었을 것으로 추정된다. 따라서 로한에 숙달된 방어군이 부족한 일은 없었을 것이다. 실제로는 서부 지역에서 벌어진 전쟁으로 인한 손실과 급하게 이루어진 소집, 그리고 동북부 지역으로부터의 위협으로 인해 세오덴은 오직 6천 명 정도의 창기병만을 동원할 수 있었다. 물론 이마저도 에오를의 등장 이후 기록된 로히림의 출정 중에서 최대의 규모였다."

전체 소집된 기마대는 '에오헤레'(49번 주석 참조)라고 불렸다. 상기한 어휘들 및 '에오세오드'라는 이름도 물론 전부 앵글로색슨어의 형태를 취한 것들이다. 진정한 로한어는 모든 곳에서 앵글로색슨어로 번역되었기 때문이다(6번 주석 참조). 위의 세 단어는 모두 앞부분에 '말'을 뜻하는 'eoh'를 포함한다. 에오레드éored, 에오로드éorod의 경우 기록상에 존재하는 앵글로색슨어 어휘이며, 이들의 두 번째 구성요소는 앵글로색슨어 'rád(말을 타다)'에서 유래한 것이다. 에오헤레éoherë의 두 번째 구성요소는 'herë(군대, 군단)'이다. 에오세오드Éothéod에는 'théod(백성 혹은 땅)'가 들어가며, 이 어휘는 기사들과 그들의 나라를 지칭할 때 모두 사용되었다. (청년왕 에오를Eorl the Young의 이름에 들어간 앵글로색슨어 'eorl'은 일절 무관하다.)

37 섭정들은 엄중한 선언을 할 때마다 이 말을 했다. 다만 (12대 통치 섭정인) 키리온의 시대에 들어서는 실제로 왕이 귀환하리라고 믿는 이

들은 소수밖에 남지 않았으며, 이 말도 형식적인 문구로서만 사용되었다. [원저자 주]

38 알피린은 에도라스 밑에 있는 왕들의 능에 자라난 심벨뮈네 꽃, 그리고 상고대에 투오르가 곤돌린의 거대한 협곡에서 목격한 우일로스 꽃과 동일한 것을 가리킨다. 107쪽의 27번 주석 참조. 다만 레골라스가 미나스 티리스에서 부른 노래에 나오는 알피린은 명백히 다른 꽃을 가리킨다(『왕의 귀환』 BOOK5 chapter 9). "말로스, 알피린의 금종이 울린다, / 레벤닌의 푸른 초원에서,"

39 돌 암로스의 영주에게 주어진 직함이다. 이 직함은 엘렌딜과 혈연관계에 있던 그의 조상들이 엘렌딜로부터 부여받은 것이었다. 그들은 '충직한자들'로 구성된 가문이었는데, 누메노르가 몰락하기 이전에 이미 가운데땅으로 건너와 링글로강과 길라인강의 하구들 사이 벨팔라스에 정착했으며 돌 암로스의 매우 높은 곳 지대에 요새를 건설했다. [원저자 주]

- 다른 곳에 기록된 바로는(436쪽 참조), 그들 가문의 전승에 따르면 초대 돌 암로스의 영주는 벨팔라스에 거주한 누메노르인 임라조르와 님로델의 일행에 속했던 요정 여인 미스렐라스의 아들인 갈라도르(제3시대 2004년~2129년경)였다고 한다. 이 기록들의 요지는 충직한자들의 가문이 돌 암로스에 요새를 짓고 벨팔라스에 정착한 것이 누메노르가 몰락하기 이전이라는 것으로 보인다. 그런데 이를 사실로 받아들일 경우, 두 서술 사이에 모순이 없기 위해서는 대공의 혈통은 물론이고 그들의 거주지도 갈라도르가 통치하기 2,000년 이상은 앞선 시기부터 존재했으며, 갈라도르가 초대 돌 암로스의 영주로 불리는 것은 갈라도르 이전에는 (암로스가 1981년에 익사한 이후로) 그런 직함이 없었기 때문이라고 가정해야만 한다. 여기에 1944

년 전차몰이족과의 전투에서 곤도르군의 지휘관이었다는 돌 암로스의 아드라힐(반지전쟁 시기에 돌 암로스의 영주였던 임라힐의 아버지인 아드라힐의 조상이라는 것은 명백한 사실이다)의 존재는 더한 문제를 낳는다. 다만 이에 대해선 당대에 아드라힐에게는 '돌 암로스의'라는 칭호가 붙지 않았던 것으로 추측할 수 있을지 모른다.

위와 같은 가정이 불가능한 건 아니지만, 필자가 보기에는 일관성을 유지하기 위해 이와 같은 해명을 덧붙이는 것보다는 차라리 돌 암로스의 영주의 유래에 대해 두 개의 서로 다른 '전래담'이 각각 독자적으로 존재한다고 하는 편이 더 설득력이 있을 듯하다.

40 해당 문자들은 [Tengwar](L·ND·L)이었다. 이는 엘렌딜의 이름에서 모음 부호를 뺀 것으로, 엘렌딜이 그의 휘장 혹은 인장의 무늬로 이용했다. [원저자 주]

41 아몬 안와르는 실제로 맑은림강이 안두인대하로 유입되는 지점과 톨 팔라스의 남부 곶 사이를 잇는 선의 정중앙에 가까운 고지대였다. 또한 아몬 안와르에서 아이센여울목까지의 거리는 아몬 안와르에서 미나스 티리스까지의 거리와 같았다. [원저자 주]

42 이는 불완전한 번역이다. 실제 선서에는 고어 어휘가 사용되었으며, 운문의 형식을 띤 것은 물론 에오를이 능숙하게 사용할 수 있었던 로히림의 고급 언어가 쓰였기 때문이다. [원저자 주]

- 에오를의 맹세는 본문에 공용어로 주어진 것 외에 달리 존재하는 판본은 없는 듯하다.

43 반다Vanda: 맹세, 서약, 엄숙한 약속. 테르마루바ter-maruva: ter(~를 통해), mar-(머무르다, 정착하다 혹은 고정되다), 미래 시제. 엘렌나노레

오Elenna·nóreo: '엘렌나노레Elenna·nóre'('별빛 쪽으로'라는 이름의 땅)가 속격을 취한 형태로 '알카르alcar'에 종속됨. 알카르alcar: 영광. 에냘리엔enyalien: en-(다시금), yal-(소환하다). 부정사형(혹은 동명사형)은 en-yalië이며, 여기서는 여격으로 쓰여 '기억하기 위해'라는 뜻으로 쓰였는데, 직접목적어 '알카르alcar'를 지배하고 있으므로 구체적인 의미는 '영광을 기억 또는 기념하기 위해'가 된다. 보론도Vorondo: '보론다voronda'(충성심이 굳건한, 맹세나 약속을 지키는, 충직한)가 속격을 취한 형태. '칭호'로 쓰이거나 특정 명사의 한정사로 자주 쓰이는 형용사는 이름의 뒤에 온다. 또한 퀘냐에서는 흔하게 있는 경우인데, 격변화가 가능한 동격의 명칭 두 개가 나란히 이어지면 오직 뒤에 오는 것만이 격변화를 거친다. [또 다른 글에서는 이 부분에서 형용사 보리마vórima의 여격 보리모vórimo가 사용되었는데, 보론다voronda와 의미 자체는 같다.] 보론웨voronwë: 강직함, 충성심, 충직함. '에냘리엔enyalien'의 목적어로 쓰였다.

나이Nai: 부디, 아무쪼록. 나이 티루반테스Nai tiruvantes: 부디 그들이 그것을 수호하기를('-nte'는 주어가 앞서 언급되지 않았을 때 쓰이는 3인칭 복수형 어미이다). 이 하라르i hárar: 그 위에 앉은 이들. 마할맛센mahalmassen: '마할마mahalma'(왕좌)의 처소격 복수형. 미mi: '~의 안에'. 누멘Númen: 서녘. 이 에루 이i Eru i: '~한 유일자'. 에아eä: '있다'. 텐노이오tennoio: '텐나tenna'(~까지, ~만큼), '오이오oio'(영원). 따라서 '텐노이오tennoio'는 '영원히'라는 뜻이 된다. [원저자 주]

44 또한 엘렛사르 왕이 귀환하여, 동일한 장소에서 에오를의 뒤를 이은 로히림의 제18대 왕인 에오메르와 함께 그들의 유대 관계를 재확인하기 전까지는 재차 사용된 적이 없었다. 에루를 증인으로 청하는 것은 오직 누메노르의 왕만이 합법적으로 할 수 있는 일이라고 여겨졌는데, 그마저도 매우 엄중한 경우에 한해서만 행해졌다. 누메노르 왕

의 계보는 아르파라존이 누메노르의 멸망 과정에서 최후를 맞으면서 끊어졌다. 그러나 엘렌딜 보론다는 제4대 왕 타르엘렌딜의 후손이었으며, 또한 그는 왕들의 반역에 동조하지 않아 파멸로부터 목숨을 구한 '충직한자들'의 정당한 지도자로 추대된 인물이었다. 키리온은 엘렌딜에게서 유래한 왕가를 섬기는 섭정이었기에, 곤도르의 안위를 위해서라면 왕이 돌아올 때까지 그들의 대리인으로서 전권을 행사할 수 있었다. 여하튼 키리온의 맹세는 그 자리에 참석한 이들 모두를 매우 놀라게 하였으며, 그들에게 경외감을 안겨다 주었다. 이 맹세가 이루어졌다는 것 하나만으로도 (그 거룩한 묘를 뛰어넘어) 그곳을 성소로 만들기에 충분했을 정도였다. [원저자 주]

- 키리온의 맹세에 등장한 엘렌딜의 '충직한'이라는 뜻의 이명 보론다는 이 주석이 처음 작성되었을 때 보론웨(맹세에서는 '강직함, 충직함'을 뜻하는 명사로 등장한다)로 사용되었다. 그런데 『반지의 제왕』 해설 A(Ⅰ)에서는 곤도르의 초대 통치 섭정인 마르딜이 "'확고부동'의 마르딜 보론웨"라는 이름으로 언급된다. 또한 제1시대에 투오르를 비냐마르로부터 인도한 곤돌린 요정의 이름도 보론웨였으며, 나는 그의 이름을 『실마릴리온』의 찾아보기에서 전자와 비슷하게 '변함없는'으로 풀이한 바 있다.

45 「갈라드리엘과 켈레보른의 이야기」 장 해설 C의 첫 번째 인용문을 보라. (458쪽)

46 이상의 이름들은 곤도르의 용법에 따른 신다린으로 주어진 것이다. 그러나 이들 대부분은 에오세오드족이 그들의 언어에 맞게 구 명칭을 변형하거나, 번역하거나, 혹은 직접 만들어낸 새 이름을 갖게 되었다. 『반지의 제왕』에서는 로히림의 언어로 된 명칭들이 주로 사용되었다. 이에 따라 앙그렌강은 아이센강으로, 앙그레노스트는 아이센

가드로, 팡고른(이 이름은 후자와 함께 쓰였다)은 엔트숲으로, 오노들로는 엔트개울로, 글란히르는 메링 시내로(둘 모두 '경계선의 강'이라는 뜻이다) 등장한다. [원저자 주]

- 맑은림강의 이름은 상당히 난해한 경우이다. 본문과 이 주석은 이 단락에서 두 판본이 존재하는데, 둘 중 한 판본에서는 신다린 명칭이 림리크Limlich였으며, 로한어 방식으로 차용된 이름은 림리흐트Limliht('현대화'를 거쳐 맑은림강Limlight이 되었다)였던 것으로 보인다. 이와 다른(뒤에 작성된) 판본의 경우, 당황스럽게도 본문에서 림리크가 림리흐트로 수정되었고, 림리흐트가 곧 신다린 형태의 이름이 되었다. 다른 곳(491쪽 참조)에서는 이 강의 신다린 명칭이 림라이스Limlaith로 주어진다. 이렇게 설정이 불확실한 것을 고려하여, 본문에는 맑은림강이라는 명칭으로 표기했다. 본래의 신다린 명칭이 무엇이었든 간에, 로한어 명칭은 구 명칭의 번역이 아니라 변형이며, 그 뜻은 불명이라는 점만은 확실하다(다만 상기한 모든 판본들보다 시간적으로 훨씬 앞서는 한 주석에서는 맑은림강이라는 이름이 요정어 림린트Limlint('빠르고 맑은')를 일부만 번역한 것이라고 한다). 엔트워시강과 메링 시내의 신다린 명칭은 오직 여기서만 찾아볼 수 있다. '오노들로'라는 명칭에 관해서는 엔트들을 가리키는 말인 '오노드림', '에뉘드'와 대조하라(『반지의 제왕』 해설 F '다른 종족들').

47 '아스라드 앙그렌'과 관련해서는 464쪽 참조. 그곳에서는 아이센여울목의 신다린 명칭이 에스라이드 엥그린이라고 서술되어 있다. 이로 미루어보건대 여울목(들)의 단수형 명칭과 복수형 명칭이 공존했던 것 같다.

48 이 외의 다른 곳에서는 항상 피리엔숲('할리피리엔의 숲'을 축약한 것이다)이라고만 불린다. 피리엔홀트는 앵글로색슨어 시에 기록된 단어

(firgenholt)로, 의미 자체는 '산의 숲'으로 동일하다. 33번 주석 참조.

49 올바른 형태는 로칸드Rochand와 로키르림Rochir-rim이었으며, 곤도르의 기록물들에는 로칸드Rochand 혹은 로칸Rochan, 그리고 로키림Rochirrim과 같이 표기되었다. 이들은 신다린 로크roch '말馬'을 포함했는데, 이는 '에오세오드'라는 이름과 로히림의 여러 인명에 포함된 요소인 에오éo-를 번역한 것이다[36번 주석 참조]. 로칸드에는 신다린 어미 -(ㄴ)드-nd(-안드-and, -엔드-end, -온드-ond)가 붙었다. 이 어미는 지역이나 지방의 이름에 주로 사용되던 것인데, 마지막의 -드-d는 주로 회화에서 생략되기 일쑤였다. 특히 칼레나르돈, 이실리엔, 라메돈 등의 긴 이름에서 이런 경향이 강하게 나타났다. 로키림이라는 이름은 에오-헤레éo-herë를 본뜬 것인데, 이는 에오세오드족이 전시에 전체 소집한 기병대를 부를 때 쓰는 표현이었다. 로키림은 로크roch + 신다린으로 '군주, 주인'을 뜻하는 히르hír(앵글로색슨어 단어인 헤레herë와는 완전히 무관하다)에서 유래한 명칭이다. 민족을 지칭하는 이름들에는 주로 신다린으로 '많은 수, 무리'를 뜻하는 림rim(퀘냐로는 림베rimbë)이 붙어 복수형 집합명사를 형성했다. 예시로 '요정 전체'를 뜻하는 엘레드림Eledhrim(에델림Edhelrim), '엔트족'을 뜻하는 오노드림Onodrim, '난쟁이 전체, 난쟁이족'을 뜻하는 노고스림Nogothrim이 있다. 로히림의 언어는 여기에서 ch(웨일스어의 ch와 같은 후성 마찰음)로 표현된 음성을 포함하고 있었고, 비록 이 소리가 모음과 모음 사이의 단어 중간에 오는 경우는 많지 않았지만, 그럼에도 그들은 이를 어렵지 않게 발음할 수 있었다. 하지만 공용어에는 이 소리가 없었으며, 곤도르의 백성들은 (ch 소리가 상당히 자주 쓰였던 언어인) 신다린을 발음할 때, 특별히 배우지 않은 한 이 소리를 단어의 중간에서는 h로, 단어의 끝에서는 k로(올바른 신다린에서는 가장 힘을 줘서 발음해야 했다) 발음하기 일쑤였다. 『반지의 제왕』에 등장하는

로한Rohan과 로히림Rohhirim이라는 이름은 이렇게 탄생한 것이다. [원저자 주]

50 에오를은 순백의 부인이 호의로 보낸 신호를 잘 믿지 못하는 모습을 보여준 바 있다. 521쪽 참조.

51 에일레나에르는 누메노르인의 시대 이전에 기원을 둔 이름인데, 에일레나크와 관련성이 있음이 확실하다. [원저자 주]

- 봉화들과 관련된 주석에서 다음과 같은 내용을 확인할 수 있다. "에일레나크는 신다린도, 누메노르어도, 심지어 공용어도 아니며, 아마 이질적인 기원을 가진 이름일 것이다. …… 에일레나크와 에일레나에르 모두 주목할 만한 요소들이다. 에일레나크는 드루아단숲에서 가장 높은 곳이었다. 멀리 서부에서도 보일 정도였는데, 봉화대의 이용이 빈번했던 시절에 에일레나크의 역할은 아몬 딘에서 발신된 경고를 전달하는 것이었다. 다만 이곳은 정상이 협소하여 큰 봉화를 피우기에는 적합하지 않았다. 서쪽에 있는 다음 봉화대에 나르돌, 즉 '불꽃 산꼭대기'라는 이름이 붙은 것도 이 때문이었다. 그곳은 한때 드루아단숲의 일부분에 속했던 높은 산등성이의 끝 지점이었는데, 돌수레골짜기를 올라온 석공과 채석공들에 의해 나무가 거의 다 벌목되어 없어진 지 오래였다. 나르돌에는 경비대가 주둔했는데 이들은 채석장도 보호했다. 나르돌에는 연료가 많이 쌓여 있었고, 공기가 맑은 밤에는 필요하다면 언제든지 약 190킬로미터가량 떨어져 있는 마지막 봉화대(할리피리엔)에서도 보일 정도의 불길을 피워 낼 수 있었다."

동일한 주석에 다음과 같은 서술도 주어진다. "아몬 딘, 즉 '침묵의 산'은 아마도 가장 오래된 봉화대일 것이다. 본래 미나스 티리스의 무장 전초기지였으며(미나스 티리스에서는 아몬 딘의 봉화가 보였다) 다고를라드에서 북이실리엔으로 진입하는 통로를 예의주시하거나, 카이르 안드로스나 그 인근을 통해 안두인대하를 도하하려는 적들의 모든 시도를 감시하는 기능을 했다. 이 산에 이러한 이름이 붙은 이유는 기록되지 않았으나, 아마도 이 산이 바위가 많고 척박하거니와 드루아단숲(타와르인드루에다인)에서 외따로 고립된 자리에 위치한 독특한 장소였고, 사람도, 짐승이나 새도 좀처럼 발길을 들이지 않았기 때문인 듯하다."

52 『반지의 제왕』의 해설 A(I)에 따르면 곤도르가 동부의 야만인들에게 첫 공격을 받은 것은 메넬딜 이후 4번째 왕인 오스토헤르의 시대였다고 한다. "그러나 그의 아들 타로스타르가 그들을 격퇴해 '동부의 승리자'라는 로멘다킬의 칭호를 얻었다."

53 섭정(아란두르Arandur, '왕의 수하')직을 창시한 것 역시 로멘다킬 1세였다. 다만 섭정은 왕이 신뢰가 높고 뛰어난 지혜를 지닌 인물을 고르는 방식으로 선택되었으며, 전쟁에 참여하거나 왕국을 떠나는 것이 허락되지 않았으므로 보통 왕보다 연장자인 경우가 많았다. 섭정은 항상 왕가의 일원이 아니었다. [원저자 주]

54 마르딜은 곤도르의 초대 통치 섭정이었다. 그는 마지막 왕 에아르누르의 섭정이었는데, 에아르누르는 2050년에 미나스 모르굴에서 실종되었다. "곤도르에서는 그 사악한, 수없는 적이 왕을 함정에 빠뜨렸고, 왕이 미나스 모르굴에서 고통스러운 최후를 맞았을 것이라고 믿었다. 그러나 왕의 죽음을 목격한 이가 아무도 없었기에 훌륭한 섭정 마르딜은 오랜 세월 동안 왕을 대신하여 곤도르를 다스렸다." (『반지의 제왕』 해설 A(I))

III

에레보르 원정

이 이야기를 온전히 이해하기 위해서는 『반지의 제왕』 해설 A(III, '두린 일족')에 주어진 내용을 알고 있어야 한다. 그 주요 내용은 다음과 같다.

용 스마우그가 도래하자 난쟁이 스로르와 그의 아들 스라인은 (여기에 훗날 '참나무방패'로 불리는 스라인의 아들 소린도 함께) 비밀 문을 통해 외로운산(에레보르)을 탈출했다. 스로르는 스라인에게 난쟁이의 일곱 반지 중 마지막 반지를 넘기고 모리아로 귀환했다가 그곳에서 오르크 아조그에게 살해당했고, 아조그는 스로르의 이마에 자신의 이름을 새겼다. 이것이 화근이 되어 난쟁이와 오르크들 사이에 전쟁이 발발했는데, 이 전쟁은 2799년에 모리아의 동문 앞에서 벌어진 대규모의 아자눌비자르(난두히리온) 전투로 종식되었다. 이후 스라인과 참나무방패 소린은 에레드 루인에 머물렀는데, 스라인은 2841년에 외로운산으로 돌아가기 위해 그곳을 떠났다. 그는 안두인대하 동쪽의 지대에서 방황하다 붙잡혀 돌 굴두르의 포로가 되었고, 그곳에서 반지를 빼앗겼다. 2850년에 간달프가 돌 굴두르에 들어와 그곳의 주인이 사우론이 맞았음을 확인했고, 생전의 스라인과 만나게 되었다.

뒤에 이어지는 해설에서 설명하고 있는 바와 같이 「에레보르 원정」은 여러 가지 판본이 존재한다. 이어지는 해설에는 더 오래된 판본들로부터 발췌된 상당한 양의 내용들도 함께 실려 있다.

> 본문의 말머리 "그날 그는 더는 이야기를 하고 싶어 하지 않았다"라는 문구 앞에 선행하는 어떤 글귀도 찾지 못했다. 첫머리에서 '그'는 간달프를 가리키고, '우리'는 프로도, 페레그린, 메리아독, 김리를 가리키며, '나'는 이 이야기를 기록한 인물인 프로도이다. 장소는 엘렛사르 왕의 대관식 이후 미나스 티리스의 한 가옥이다(574쪽 참조).

그날 그는 더는 이야기를 하고 싶어 하지 않았다. 하지만 얼마 후 우리가 그 주제를 다시 꺼내자 그는 기이한 이야기 전부를 들려주었다. 그가 어떻게 에레보르로의 여정을 계획하게 되었는지, 어떻게 빌보를 떠올렸는지, 어떻게 자존심 높은 참나무방패 소린을 설득하여 끌어들였는지 등의 이야기들이었다. 이제 와 모든 것을 기억할 수는 없지만, 우리는 간달프가 오로지 어둠에 맞서 서부를 지켜낼 방법을 고민하던 이야기들부터 모아보았다. 그는 이렇게 말했다.

"난 그때 무척 심란했다네. 사루만이 내 계획을 모조리 망치고 있었거든. 난 사우론이 다시 일어나 곧 스스로의 본성을 드러내리라는 것도, 그가 거대한 전쟁을 준비하고 있다는 것도 알고 있었어. 그가 과연 어떻게 첫 단추를 꿸 것인가? 먼저 모르도르를 탈환하려고 들까? 아니면 적들의 주요 거점을 먼저 치려 들까? 그때 나는 사우론은 분명 힘을 충분히 모으는 즉시 로리엔과 깊은골을 공격할 것이고, 그게 그의 진짜 계획일 거라고 생각했지. 그리고 이제는 확신한다네. 그 계획은 그에게 무척이나 유리한 계획이었을 게야. 우리에게는 무척이나 절망적이었을 테고.

자네들은 깊은골이 그의 영향력 밖에 있었다고 여길 법도 하겠지만, 난 그렇게 생각하지 않았어. 그때 북부의 형세는 너무나 좋지 않았다네. 산아래왕국과 너른골의 강인한 인간들이 사라지고 없었거든. 사우론이 산맥의 북쪽 고개들과 앙반드의 땅을 되찾고자 군대를 보내면 이를 저지할 수 있는 것은 철산의 난쟁이들 뿐이었던 것일세. 그리고 철산 너머에는 황무지와 용이 있었다네. 사우론이 용을 무시무시한 용도로 쓸 수 있을 것이었단 말이지. 난 스스로에게 종종 이렇게 말을 했다네. '스마우그를 해결할 방법을 찾아야만 한다. 하지만 돌 굴두르를 직접 쳐야 할 필요성이 더 커졌어. 사우론의 계획을 훼방 놓아야 하니. 백색회의가 이를 깨닫도록 해줘야 해.'

길을 재촉하며 난 그런 어둡고 우울한 생각들을 하고 있었다네. 지친 마음에 잠깐의 휴식을 취하고자 20년 넘도록 찾지 않았던 샤이어를 찾아가고 있을 때였어. 고민거리들을 잠시 접어두고 있다 보면 우연히 해답을 찾을 수 있을지도 모르겠다는 생각이 들더군. 결국 고민을 접어 두지는 못했지만, 어쨌든 내가 바라던 대로 되기는 했다네.

브리에 다 도착할 즈음에 참나무방패 소린이 날 따라잡은 게야.[1] 그는 샤이어 서북부 국경선 너머에 망명해 살고 있었다네. 놀랍게도 그가 나에게 말을 걸었지. 그때부터 형세가 뒤바뀌기 시작했다네.

소린 역시 심란한 상태였어. 어찌나 심란했는지 내게 정말로 조언을 구하더군. 그래서 난 청색산맥에 있는 그의 궁전으로 따라가서 그의 긴 이야기를 들어 주었네. 그가 여태껏 마주한 시련들, 조상들의 보물을 잃은 것, 부친의 뒤를 이어 스마우그에게 복수해야 할 의무를 물려받은 것에 대한 근심으로 가슴속이 불타고 있음을 금방 알아차렸지. 난쟁이들이란 그런 일들을 심각하게 받아들이는 법이니 말일세.

난 가능하면 그를 도와주겠노라고 약속했네. 나 역시도 그만큼이나 스마우그의 종말을 보고 싶어 안달이 나 있었거든. 그런데 소린은 자신이 정말 왕 소린 2세라도 되는 양 온통 전투와 전쟁에 대한 생각들로만 가득 차 있었어. 나는 그런 방법으로는 가망이 없으리라고 생각했지. 그래서 자리를 일어나 떠난 다음에, 샤이어로 가서 소식들을 한 가닥 한 가닥 주워 모았네. 참으로 이상한 일이었지. 난 그저 '우연'이 이끄는 대로 움직였을 뿐이었고, 그 과정에서 실수도 많이 범했어.

어쨌든 나는 오래전 어린 호빗이었던 빌보에게 매료되어 있었다네. 그때 내가 마지막으로 빌보를 보았던 것이 아직 나이가 다 차지 않았을 때였는데, 그의 열정과 똘망똘망한 눈빛 하며, 이야기를 좋아하던 성격과 샤이어 바깥의 넓은 세상에 관해 질문해대던 것. 그 이후로 빌보는 항상 내 머릿속을 떠나가지 않았어. 샤이어에 들어서자마자 그의 소식이 들렸다네. 주민들의 입방아에 오르고 있는 듯했지. 양친 모두가 여든 즈음에 샤이어족으로 치면 이른 나이로 세상을 떠난 데다, 정작 본인은 독신을 고수하고 있다고 말이야. 그들이 이렇게 말하더군. 빌보가 벌써부터 이상해지고 있다고, 홀로 며칠 동안 자취를 감추질 않나, 이방인들과 대화하는 모습이 목격되기도 하고, 심지어는 난쟁이들과도 말을 나누더라고 말일세.

'난쟁이들과도!' 그 순간 내 머릿속에서 세 가지의 생각이 동시에 떠올랐지. 욕심 가득하고 청각과 후각이 뛰어난 덩치 큰 용과, 해묵은 원한을 불태우고 있는 완고하고 둔한 난쟁이들과, 넓은 세상을 보고 싶어서 (내 짐작하기에) 안달이 난 발이 보드라운 호빗이 말이야. 난 혼자서 웃음을 짓고는, 20년의 세월이 그를 어떻게 했는지, 정말 뜬소문대로 싹수가 보이는 친구가 되었는지 알아보기 위해 곧바로 빌보를 보러 갔다네. 그런데 그가 집에 없었지. 호빗골에서 그의 행방을 수소문 해보니 다들 고개를 젓더군. '또 사라졌어요'라고 한 호빗이 말했지. 분명 정원사 홀만이었을 거야.[2] '또 사라졌어요. 정신을 못 차렸는지, 으레 종적을 감춰버리곤 한다니까요. 왜, 어딜 가는 건지, 언제쯤 돌아올 셈인지 물어봤습죠. 그러니까 '나도 모릅디다' 라고 하더이다. 그러고는 기이한 눈빛으로 날 쳐다보더니 말하기를

'내가 누구라도 만날 수 있을지에 따라 다르겠죠, 홀만 씨. 내일이 요정들의 새해란 말이오!'[3] 딱한 일입죠. 그렇게 친절한 사람이 말입니다. 구릉지대에서 강까지를 죄다 뒤져봐도 그보다 나은 인물은 없을 게요.'

난 이렇게 생각했지. '점점 더 좋아지는군! 기대를 걸어볼 만하겠어.' 시간이 촉박해지고 있었어. 난 늦어도 8월까지는 백색회의에 합류해야 했다네. 안 그랬다간 사루만이 자신의 뜻을 밀어붙여서 아무것도 이뤄내지 못할 테니까. 다른 중대사들을 제쳐놓더라도, 만약 그렇게 된다면 원정에도 차질이 생기고 말았겠지. 돌 굴두르의 세력은 별다른 일이 생기지 않는 한 어떻게든 에레보르와 접촉하려는 시도에 훼방을 놓았을 거란 말이야.

그래서 난 황급히 소린에게 돌아갔지. 그의 야심 찬 계획은 제쳐두고 은밀하게 움직이자고, 그리고 빌보를 함께 데려가라고 힘든 설득을 시작할 요량이었어. 난 빌보를 먼저 만나보지도 않은 채 움직였어. 참담할 정도의 실수를 저지른 셈이지. 당연한 일이지만 실은 빌보도 변해 있었으니 말이야. 적어도 아니 도리어 욕심도 많아지고 살까지 찐 건 물론이고, 한때 갖고 있던 그의 오랜 열망들도 이제는 개인적인 바람 정도로 전락해 있지 뭔가. 우려가 현실이 될 위기에 처해 있다는 걸 깨닫는 것만큼이나 낙심천만한 일은 없을 게야! 그는 완전히 어리둥절해져서는 아주 바보가 되어 있었거든. 또 다른 오묘한 우연이 없었더라면 소린은 필경 내게 역정을 내며 떠나버렸을 거야. 그것에 대해선 조금 뒤에 이야기하겠네.

하지만 자네들은 좌우간 빌보가 목격한 대로 모든 일의 전말은 알고 있을 걸세. 만약 내가 썼다면 많이 다른 느낌의 이야기가 되었겠지. 그가 한 가지 알아채지 못한 게 있다면 요컨대 난쟁이들이 그를 얼마나 얼뜨기 취급을 했는지, 더불어 그들이 나에게 얼마나 화가 나 있었는가 하는 거야. 소린은 빌보가 본 것보다 훨씬 많이 노여움과 경멸감을 느끼고 있었네. 사실 그는 처음부터 노여워했지. 내가 자기를 웃음거리 삼을 심산으로 이 모든 일을 계획한 거라고 여겼어. 순전히 지도와 열쇠가 있었던 덕에 상황을 수습할 수 있었지.

하지만 난 몇 년 동안 그것들에 대해서 생각도 해본 적이 없었네. 샤이어에 도착하고 나서 소린의 이야기를 곱씹어 보다가, 불현듯 내 손에 그것들을 안겨준 기이한 기회를 기억해 냈네. 그러고 나자 이 모든 게 우연이 아닌 것처럼 보이기 시작했다네. 아흔한 해 전에 떠났던 한 위험한 여정이 생각났다네. 그때 나는 변장을 하고 돌 굴두르에 들어갔다가 구덩이 안에서 죽어가는 불쌍한 난쟁이 하나를 만났지. 그때는 그가 누군지 몰랐어. 그는 모리아의 두린 일족 소유의 지도 하나랑, 거기에 딸린 것으로 보이는 열쇠 하나를 갖고 있었네. 그의 상태가 너무 안 좋아서 그것들이 무엇인지 설명하지는 못했지만 말이야. 거기다가 자기가 위대한 반지 하나를 가졌었다고 했다네.

그가 횡설수설해 대는 듯 보인 말의 대부분이 이 이야기였는데, '일곱 개 중 마지막'이라는 말을 계속 되풀이했지. 다만 그가 그 물건들을 습득한 경위는 제각각이었을지도 몰라. 그가 실은 달아나던 도중에 붙잡힌 전령이었을지도 모르고, 어쩌면 큰 도둑의 덫에 걸린 작은 도둑이었을지도 모르지. 그런데 그는 내게 지도와 열쇠를 넘기면서 '내 아들에게'라고 말했어. 그러고는 숨을 거뒀지. 나도 곧 그곳을 빠져나왔고, 그에게서 받은 물건들을 아무도 모르게 은밀히 간직했다네. 가슴속에서 어떤 경고가 들려오는 까닭에 항상 내 품속에 안전하게 감춰뒀는데, 그러다가 거의 잊어버릴 뻔했지. 당장은 에레보르의 그 많은 보물들보다는 돌 굴두르와 관련된 일이 더 위중했거든.

이제야 모두 다 기억이 나는군. 그가 비록 본인의 이름이나 아들의 이름을 말하지는 않았지만, 내가 들은 것은 분명 스라인 2세[4]의 유언이었을 거야. 물론 소린은 자신의 아버지가 어떻게 되었는지도 몰랐고, '일곱 반지 중 마지막'이라는 말을 꺼낸 적도 역시 없었어. 내게는 계획이 있었고, 소린의 이야기에 따르면 스로르와 스라인이 탈출에 이용했다고 하는 에레보르의 비밀 입구의 열쇠도 있었네. 스스로 무언가를 해보려는 구상은 없었지만, 난 그것들을 계속 간직해 두었지. 그것들이 가장 큰 쓸모를 발휘할 때까지 말이야.

다행스럽게도 난 그것들을 이용하면서 어떤 실수도 하지 않았어. 샤이어식으로 말하자면, 어지간히 가망이 없어 보이기 전까지는 소매 안에 감춰둔 셈이지. 소린은 그 물건들을 보자마자 정말로 나의 계획을 따르기로 했지. 어찌 되었건 비밀원정대가 꾸려질 수 있다면 말이야. 그가 빌보를 어떻게 생각했건 간에 그는 자기 마음대로 원정을 개시하고도 남았을 거니까. 오직 난쟁이만이 찾을 수 있는 비밀 문이 있었으니, 적어도 용의 동태를 어느 정도 알아낼 수도, 나아가 황금 일부를 되찾거나 그의 가슴속 열망을 해소해줄 가보 몇 개쯤은 건져낼 수도 있을 거라 생각했던 게지.

하지만 나는 그것만으로는 충분하지 않았어. 난 마음속으로 빌보가 반드시 그들과 동행하지 않으면 원정 전체가 실패하리라는 걸, 아니면 이제 와서 밝히건대, 원정 도중에 훨씬 더 중요한 사건들이 일어나지 못했으리라는 걸 알고 있었지. 그래서 여전히 나는 빌보를 데려가야 한다고 소린을 설득해야 했다네. 길을 떠난 이후로 여러 장애물을 맞닥뜨리긴 했지만, 나에게 있어서는 이 모든 일 가운데 그를 설득하는 게 가장 힘들었어. 빌보가 침소에 들고 나서도 밤새 그와 논쟁을 했는데, 이튿날 아침 날이 밝을 때가 되고서야 간신히 합의에 이르렀다네.

소린은 경멸과 의심에 차 있었어. 코웃음을 치며 이렇게 말하더군. '빌보는 나약합니다. 그는 그가 사는 샤이어 땅의 진흙처럼 물러터진 데다 어리석기까지 하지요. 어머니를 너무 일찍 여의었어요. 당신 나름의 수작질을 하고 있는 것 아닙니까, 간달프? 당신이 나를 돕는 데에는 다른 이유가 있다는 것을 압니다.'

난 말했지. '자네 말이 맞네. 내게 다른 목적이 없었다면 애당초 자네를 도울 이유가 없네. 자네에게는 자네 사정이 가장 중요하고 대단해 보일 테지만, 그것도 결국 거대한 거미줄의 한 가닥에 불과하다는 말일세. 난 여러 가닥을 다루어야 하는 사람이야. 그렇다고 해서 자네가 내 충고를 가볍게 여기면 안 되네. 더 무겁게 여겨야지.' 난 결국 대단히 열이 올라 이렇게 말해 버리고 말았지. '내 말을 듣게나, 참나무방패 소린! 이 호빗을 데려간다면 자네는 성공할 테지만 그렇지 않다면 실패할 걸세. 난 앞날을 내다볼 수 있는 사람이고, 그런 내가 경고하는 거란 말일세!'

소린이 대답하더군. '당신의 명성은 압니다. 부디 그 명성이 헛되지 않았기를 빌죠. 하지만 이 호빗을 데리고 바보 같은 일을 종용하고 계시니 당신에게 과연 선견지명이라는 것이 있는지, 선견지명이라기보다는 오히려 정신이 나간 것은 아닌지 의심이 듭니다. 근심거리가 너무 많다 보니 혹시 총기를 잃으신 것은 아닌가요.'

그래서 내가 말했지. '물론 그렇게 생각할 만도 해. 그런데 말일세, 그 많은 근심거리 중에서도 나를 가장 화나게 만드는 것은 내게 조언을 해달라더니 (그것도 내가 알 만한 도와줘야 할 이유는 대지 못하면서) 이제 와서 무례함으로 보답하는 그 어떤 오만한 난쟁이라네. 정 그렇다면 자네 마음대로 하게나, 참나무방패 소린. 하지만 내 충고를 무시한다면 자네는 재앙 속으로 걸어 들어가게 될 테고, 어둠이 닥치기 전까진 다시는 내게서 조언도 도움도 구할 수 없을 것이야. 자네가 오만과 탐욕을 굽히지 않는다면 두 손 가득 황금을 쥘 수 있을지언정, 어떤 길을 택하더라도 자네는 결국 몰락하고 말 것이네.'

그러자 그가 조금 움츠러들더군. 비록 그의 눈에 불꽃이 있었지만 말이야. 그가 말했어. '날 협박하지 마십시오! 이번 일도 언제나

처럼 내 판단대로 하겠습니다.'

내가 대답했지. '그럼 그리하시게! 이제 내가 할 말은 이것밖에 없군. 난 내 사랑이나 신뢰를 쉽게 내어주지 않는다네. 소린. 그럼에도 난 이 호빗을 아끼고, 이 친구의 행복을 기원한단 말이야. 자네가 그를 잘 대우한다면, 자네는 평생토록 나와 우정을 나눌 수 있을 걸세.'

그를 설득할 기대를 갖고 그리 말한 건 아니었지만, 이보다 나은 말이 떠오르지 않았다네. 난쟁이들은 친구에 대한 헌신과 도움을 주는 이에게 감사하는 것을 이해하는 종족이니 말일세. 소린이 침묵하다 입을 열었지. '좋습니다. 그 녀석을 일행에 포함시키지요. (비록 그럴 가능성은 낮다고 보지만) 그에게 그럴 만한 용기가 있다면 말입니다. 하지만 그렇게나 그 녀석을 일행에 끼워 넣어서 내게 짐을 지울 생각이라면, 당신도 반드시 우리와 동행해서 당신이 그토록 애지중지하는 당신의 친구를 돌봐야 할 겁니다.'

내가 대답했지. '좋네! 나도 따라가서 가능한 한 오랫동안 자네와 함께 머물도록 하지. 적어도 자네가 그의 진가를 발견할 때까지는 함께 하겠네.' 결국 그것이 좋은 결과를 가져 오기는 했지만, 그때의 난 마음이 편치 못했어. 당시 나는 백색회의와 관련해서 처리해야만 하는 급한 일이 있었으니 말이야.

에레보르 원정은 그렇게 시작된 걸세. 소린이 진짜로 스마우그를 처단할 수 있으리라는 희망을 품고 출발했다고는 생각지 않네. 희망이 없었어. 그런데도 그런 일이 벌어졌지. 하지만 안타깝게도 소린은 승리의 기쁨과 그의 값비싼 보물들을 손에 쥐고 즐겨 보기도 전에 죽고 말았어. 내가 경고를 했음에도 불구하고 오만과 탐욕에 사로잡히고 만 게야."

내가 말했다. "하지만 어찌 되었건 그는 싸우다 쓰러졌을 테지요? 그가 그 많은 보물 중 많은 것을 내어줬더라도 오르크들은 쳐들어왔을 테니 말입니다."

간달프가 말했다. "그래 그랬지, 그건 사실이야. 가엾은 소린! 어떤 과오가 있었든 간에 그는 위대한 가문의 위대한 난쟁이였어. 비록 그 자신은 여정의 끝에서 죽고 말았지만, 내가 바라던 대로 산아래 왕국이 회복된 것도 대부분 그의 덕이었지. 그리고 무쇠발 다인도 그의 후계자로서 손색이 없는 인물이었어. 그런데 이제 우리가 여기서 싸우고 있는 사이에 에레보르에서도 다시 전투가 벌어져 다인이 쓰러졌다는 소식을 듣게 되는군. 이건 정말 막대한 손실이 아닐 수 없지. 그렇게 나이를 먹고도[5] 어둠이 닥칠 때까지 여전히 에레보르의 성문 앞에서 브란드 왕의 시신을 지키고 선 채 그처럼 힘차게 도끼를 휘두를 수 있었다니 말이야.

상황이 완전히 다르게 흘러갔을 수도 있었음은 물론이야. 대부분의 공세가 남쪽으로 방향을 틀었다는 건 엄연한 사실이지. 하지만 브란드 왕과 다인 왕이 그의 앞길을 가로막지 않았다면, 우리가 곤도르를 방어하고 있는 사이 사우론의 길게 뻗은 오른손이 북방을 참화 속에 밀어 넣을 수도 있었네. 펠렌노르평원의 대전투를 생각할 때 너른골 전투를 잊어선 안 돼. 그들이 없었다면 일이 어떻게 됐을지 생각해 보게. 용의 화염과 야만적인 칼날들이 에리아도르에 들어오는 모습을! 그랬더라면 곤도르에 왕비도 없었을 걸세. 우린 여기서 승리를 거두긴 했지만 돌아갈 곳은 폐허와 잿더미밖에 없었을 것이고 말이야. 그러나 실제로는 그런 사태를 면했지. 내가 어느 봄날, 브리와 그리 멀지 않은 장소에서 참나무방패 소린을 만났기 때문이지. 그건 가운데땅에서 흔히 말하듯 우연한 만남이었다네."

| 주석 |

1 간달프와 소린의 만남은 『반지의 제왕』 해설 A(Ⅲ)에도 서술되며, 그 날짜는 2941년 3월 15일로 등장한다. 두 글 사이에는 사소한 차이가 존재하는데, 해설 A에서는 둘의 만남이 노상에서가 아니라 브리의 여관 안에서 이뤄진 것으로 기술된다. 간달프는 20년 전, 즉 2921년 당시 빌보가 31세였을 때 샤이어를 마지막으로 찾아갔다고 한다. 훗날 간달프는 마지막으로 빌보를 보았을 때 아직 나이가 다 차지 않았다[33세가 되지 않았다는 뜻이다]고 말한다.

2 정원사 홀만. 감지네 햄패스트(샘의 아버지로, '영감'으로 불림)가 보조했다고 하는 인물인 푸른손 홀만을 가리킨다. 『반지 원정대』 BOOK1 chapter 1 및 해설 C를 참조하라.

3 요정식 태양년(로아)은 투일레(봄) 첫날로부터 하루 전인 예스타레라는 날로 시작된다. 또한 임라드리스 책력에서 예스타레는 "샤이어 책력으로 4월 6일경에 해당된다"라고 한다(『반지의 제왕』 해설 D).

4 스라인 2세가 맞다. 스라인 1세는 소린의 먼 조상으로 1981년에 모리아를 탈출해 산아래왕국의 초대 왕이 된 인물이다(『반지의 제왕』 해설 A(Ⅲ)).

5 무쇠발 다인 2세는 2767년에 출생했다. 그는 2799년 아자눌비자르(난두히리온) 전투 당시 모리아의 동문 앞에서 거대한 오르크 아조그를 처치해 소린의 조부인 스로르의 원수를 갚았다. 3019년에 너른골 전투에서 전사했다(『반지의 제왕 해설 A(Ⅲ)와 B). 프로도는 깊은골에서 글로인에게 "다인이 여전히 산아래왕국의 왕좌에 있고, 이

제는 늙었지만(이백쉰 살이 넘었으니) 모든 이의 존경을 받고 있으며, 대단한 부자가 되었다"라는 것을 전해 듣는다(『반지 원정대』 BOOK2 chapter 1).

해설

「에레보르 원정」의 문서에 관한 주석

이 부분의 원문 상태는 복잡하여 풀어내기가 쉽지 않다. 가장 초기의 판본은 완전하기는 하지만 간략하고 수정된 부분이 많은 수기 원고로, 여기서는 A로 칭하도록 하겠다. A는 '간달프가 스라인 및 참나무방패 소린과 맺은 협의의 내력'이라는 제목을 갖고 있다. B는 A를 타자로 작성한 원고로, 여기에는 비록 큰 변화는 아니지만 추가적으로 변경된 내용들이 상당히 많이 포함되었다. B에는 '에레보르 원정'과 '간달프가 어떻게 에레보르 원정을 주선하고 빌보를 난쟁이들과 동행하게 했는가에 관해 직접 기술하다'라는 제목이 달려 있다. 상술한 타자 원고로부터 상당한 양의 내용을 발췌하여 아래에 실어 두었다.

A와 B('이전 판본') 외에도 제목이 붙지 않은 수기 원고 C가 존재한다. C에서는 이 이야기가 좀 더 효율적이고 짜임새 있는 형식으로 주어진다. 첫 번째 판본에서 많은 부분이 빠지고 새로운 요소들이 일부 추가되었지만, 여전히 원문 내용의 상당 부분(특히 후반부)은 동일하게 유지되고 있다. C가 B보다 이후에 만들어졌음은 확실해 보이며, 앞에 실려 있는 글이 바로 C이다. 비록 미나스 티리스를 간달프의 지난 일에 대한 회상을 위한 배경으로 설정함으로써 글의 시작에서부터 일부의 내용이 소실된 것은 사실이지만 말이다.

(아래에 이어지는) B를 여는 단락은 『반지의 제왕』 해설 A(Ⅲ) '두린 일족'에 존재하는 한 단락과 거의 동일하게 작성되었으며, 해설 A에서 문제의 구절 앞에 서술되는 스로르와 스라인에 관한 줄거리와 상당 부분 관련이 있는 것으로 보인다. 또한 「에레보르 원정」의 말미에 해당하는 단락도 해설 A(Ⅲ)와 거의 똑같이 실려 있으며, 여기서도 마찬가지로 간달프가 미나스 티리스에서 프로도와 김리에게 이야기를 전하는 형태로 등장한다. 서문(32쪽)에

인용된 편지를 보건대 부친께서는 「에레보르 원정」을 해설 A에 수록된 '두린 일족' 줄거리의 일부로 넣고자 했음이 확실하다.

이전 판본의 발췌문들

이전 판본의 타자 원고 B는 다음과 같이 시작한다.

이렇게 하여 참나무방패 소린이 두린의 후계자가 되었지만, 그에겐 아무 희망도 없었다. 에레보르가 약탈당할 때 그는 너무나 어렸기에 무기를 들 수 없었으나, 아자눌비자르 때는 선봉에 서서 싸울 수 있었다. 그리고 스라인이 실종되었을 때 소린은 95세로, 위풍당당하고 위대한 난쟁이였다. 그는 반지를 갖고 있지 않았고, (아마 그 덕분에) 에리아도르에 머무는 데 만족한 것처럼 보였다. 그는 그곳에서 오랫동안 힘들여 일했고, 웬만큼 부를 이루었다. 그가 터전을 마련했다는 소식을 듣고 방랑하던 두린 일족이 찾아와 백성의 수도 크게 늘었다. 이제 그들은 산중에 거대한 궁전을 짓고 많은 재화를 모았다. 그들의 삶은 그리 고달파 보이지 않았지만, 노래 속에서는 내내 저 멀리 있는 외로운산과 보물들, 그리고 아르켄스톤이 밝게 빛나는 대궁전의 영광을 그리워했다.

많은 세월이 흘렀다. 가문에 가해진 악행들과 이제 그가 감당해야 할 용에 대한 복수에 대해 고민하면서, 소린의 가슴 한편에 숨겨두었던 불씨가 다시 뜨겁게 달아오르기 시작했다. 그는 대장간에서 커다란 망치를 두드리며 무기와 군대, 동맹에 대해 생각했다. 그러나 군대는 흩어져 버렸고 동맹은 깨졌으며, 백성들의 무기도 얼마 되지 않았다. 모루 위에 벌겋게 단 쇠를 내려치는 그의 가슴속에는 아무 희망도 없이 거대한 분노만이 이글거렸다.

간달프는 아직 두린 가문의 운명에 영향을 미칠 어떤 역할도 한 것이 없었다. 그가 비록 선의를 가진 자들의 친구이며 서부로 피난 온 두린 일족들에 호의를 품고 있기는 했으나 난쟁이를 상대해본 적이 그리 많지 않았던 것이다. 그러던 어느 날, 우연히도 그는 에리아도르를 통과하던 도중 (몇 년간 찾지 않았던 샤이어를 찾아가고 있었다) 참나무방패 소린과 마주치게 되었고, 그들은 길 위에서 대화를 나눈 후 브리에서 하룻밤을 묵었다.

이튿날 아침, 소린이 간달프에게 말했다. "제 마음이 많이 복잡합니다. 마음속에 담아둔 생각들이 저를 일깨우기를, 당신은 지혜롭기도 하거니와 세상에서 벌어지고 있는 일들보다도 더 많은 것들을 알고 있다고 하더군요. 함께 저의 집으로 가서 제 고민을 듣고, 조언을 주시지 않겠습니까?"

간달프도 이에 응했고, 소린의 궁전에 간 후 그는 오랫동안 소린의 옆에 앉아 그의 지난 고난과 고민을 모두 들어주었다.

이 만남 이후로 여러 가지 놀라운 업적과 위대한 사건들이 뒤따랐는데, 예를 들자면 절대반지가 발견된 것, 그것이 샤이어로 운반된 것, 그리고 반지의 사자를 선정한 일이 그것이었다. 이런 일련의 상황들 때문에 많은 이들이 간달프가 이미 모든 일을 내다보고는 소린과 만날 시기를 직접 선택한 것이라고 믿었다. 그러나 우리는 그렇게 생각하지 않는다. 반지의 사자 프로도가 반지전쟁에 관련된 그의 이야기를 기록하면서 이때 간달프가 한 말을 기록으로 남겨두었기 때문이다. 그가 전하는 이야기는 다음과 같았다.

첫 판본인 A에서는 "그가 전하는 이야기는 다음과 같았다"가 들어갈 자리에 다음의 내용이 들어가 있다. "그 대목은 너무 길다고 판단되어 이야기에서는 생략했지만, 그 내용의 대부분을 지금 여기에 정리해 놓도록 하겠다."

대관식 이후 우리는 미나스 티리스의 대저택에서 간달프와 함께 머물렀다. 그는 굉장히 기쁜 마음이었기에 우리가 머릿속에 떠오른 것을 죄다 캐물었는데도 그의 지식만큼이나 깊은 인내심을 보여주었다. 그가 해준 이야기에는 우리가 이해할 수 없는 부분이 많았던 탓에 이제는 상당수가 기억나지 않는다. 다만 이 대화만은 매우 선명하게 기억난다. 김리도 그 자리에 있었는데, 그가 페레그린에게 말했다.

"내가 언젠가 해야 할 일이 하나 생겼군. 자네들의 그 샤이어를 방문하는 것 말이야.[1] 더 많은 호빗들을 보고 싶어서 그런 건 아닐세! 내가 아직 호빗들에 대해 더 배워야 할 것들이 있는지조차 모르겠거든. 두린 가문의 난쟁이라면 그 땅에 대한 호기심이 안 생길 수가 없지. 산아래왕국의 왕권이 복원된 것도, 스마우그의 몰락도, 전부 그곳에서 시작되지 않았나? 바랏두르의 최후는 말할 것도 없고 말이야. 둘 다 요상하게도 한데 엮인 일이었지. 요상하지. 정말 요상해." 그는 여기서 말을 멈췄다.

그러고서 그는 간달프를 빤히 쳐다보다가 계속 말을 이어갔다. "하지만 이 모든 일을 이렇게 엮은 것은 누구입니까? 그 생각을 한 번도 해본 적이 없었던 것 같군요. 혹시 당신이 모두 계획했습니까, 간달프? 그게 아니라면 어째서 참나무방패 소린을 그렇게 얼토당토않은 길로 이끌어 간 거지요? 반지를 찾아서 머나먼 서쪽으로 가져와 숨기고, 반지의 사자를 고르는 것, 그리고 그 과정에서 산아래왕국의 수복은 부차적으로 달성되는 것. 이것이 당신의 계획이었던 게 아닌가요?"

---

1 김리는 청색산맥의 고향을 떠나 여행하면서 샤이어를 들른 적이 있었음이 틀림없다(587쪽 참조).

간달프는 바로 대답하지 않았다. 그는 일어나서 창밖을, 바다가 있는 서쪽을 바라보았다. 태양이 저물고 있었고 그의 얼굴에 일광이 비쳤다. 그는 오랫동안 말없이 서 있다가 마침내 김리를 돌아보고는 말했다. "나도 답을 모르네. 나도 그 시절 이후로 달라졌고, 더 이상은 그때처럼 가운데땅의 짐에 얽매여 있는 몸이 아니거든. 그 시기였더라면 내가 불과 작년 봄에 프로도에게 설명했을 때처럼 대답을 해줄 수 있었을 거야. 불과 작년 봄 말일세! 하지만 그런 방법으로 말해서야 의미가 없지. 아득한 그 시절에 난 겁을 먹은 작은 호빗에게 이렇게 말했다네. 빌보가 반지를 찾아내기로 '정해졌고', 그건 반지를 만든 자의 뜻이 아니었으며, 그러니 자네도 이 일을 짊어지기로 '정해진' 것뿐이라고. 그리고 나는 자네 둘이 그렇게 되도록 인도하기로 '정해져' 있었다고 말일세.

나는 예정되어 있던 일을 수행하기 위해서 경계를 늦추지 않고 내게 허용되는 방법만을 동원했고, 주어진 명분들에 따라 내가 해야만 하는 일들을 했네. 하지만 내가 가슴속으로 알고 있던 지식들, 혹은 이 회색의 해안가에 발을 딛기 이전부터 알았던 것들, 그건 또 다른 차원의 일이지. 잊힌 서녘에서 내 이름은 올로린이었고, 난 오직 서녘에 있는 이들에게만 자세한 내막을 털어놓을 것일세."

A에서는 이 대목이 "난 오직 서녘에 있는 이들(혹은 어쩌면 나와 함께 서녘으로 돌아갈지도 모르는 이들)에게만 자세한 내막을 털어놓을 것일세"라고 되어있다.

그러자 나는 말했다. "이제는 전보다 당신을 조금 더 이해할 수 있어요, 간달프. 비록 '그렇게 정해졌든' 아니든, 빌보는 집을 떠나는 것을 거부했을 수 있었을 테고, 저도 마찬가지였으리라고 생각하지만요. 당신은 우리에게 강요는 할 수 없었지요. 강요를 하는 게 허용되지도 않았죠. 그런데 당신이 그저 회색의 노인으로만 보이던 그 당시에 왜 그런 행동을 하셨는지가 아직도 궁금합니다."

이후 간달프는 사우론의 첫 번째 움직임에 관한 의혹들, 로리엔과 깊은골에 대한 염려(560쪽을 참고하라)를 품었던 일을 이들에게 설명한다. 이 판본에서는 스마우그에 대한 문제보다도 사우론을 직접 치는 것이 더 시급했다는 이야기 후에 다음과 같은 내용이 이어진다.

"이야기를 잠시 건너뛰자면, 스마우그에 맞설 탐사대가 순조롭게 출발한 것을 확인하자마자 곧장 일행을 이탈해서 사우론이 로리엔을 치기 전에 먼저 돌 굴두르를 쳐야 한다며 백색회의를 설득하러 간 것도 그 때문이었어. 실제로 그렇게 했고, 사우론은 달아났지. 하지만 그는 언제나 계획에서 우리를 앞서 있었어. 솔직하게 고백하건대 난 사우론이 진정 다시 물러갔고 잠시나마 우리에게 '불안한 평화'가 거듭 찾아오리라고 생각했어. 하지만 그게 오래 가지 않더군. 사우론은 다음 계획을 진행하기로 결심한 거야. 그는 즉시 모르도르로 돌아가서는 10년 뒤에 스스로를 드러냈지.

그러자 모든 것이 암흑 속에 잠겼어. 하지만 그게 사우론의 원래 계획은 아니었고, 마지막에 가서는 그의 실수가 되었지. 저항 세력에게는 아직 어둠을 피해 지혜를 구할 수 있는 장소가 있었거든. 만약 로리엔이나 깊은골이 없었더라면 어떻게 반지의 사자가 몸을 숨길 수 있었을까? 나는 만일 사우론이 힘의 절반 이상을 곤도르를 치는 데 소모하지 않고 로리엔과 깊은골에 먼저 모든 전력을 투입했다면, 그곳들도 무너질 수 있었을 거라고 생각한다네.

그래, 이게 내 답일세. 그게 내 행동의 가장 큰 이유였어. 하지만 무엇을 해야 하는지를 아는 것과 이를 어떻게 실행할지를 알아내는 건 완전히 다른 일이지. 내가 어느 날 참나무방패 소린을 만나기 전까지만 해도 난 북부의 형세를 대단히 근심하고 있었다네. 그를 만난 날이 아마 2941년 3월 중순이었을 거야. 난 그의 이야기를 모두 듣고는 이렇게 생각했지. '그래, 어쨌든 여기에도 스마우그의 적이 있었군! 게다가 도울 가치가 있는 자야. 내가 할 수 있는 일을 해 봐야지. 진즉에 난쟁이 생각을 해볼 것을 그랬어.'

그때 그곳에 샤이어족도 있었다는 걸세. 비록 자네들 아무도 기억 못하는 사건이지만, '긴겨울' 이후로부터 내 가슴속 한편에는 그들에 대한 연민이 있었다네.[2] 당시 그들은 상당한 고난을 겪는 중이었네. 추위에 죽어가고, 그 후로는 무서운 흉년이 들어 굶주리기까지 했으니, 그들이 겪었던 최악의 시련 중 하나에 드는 시기였지. 하지만 그들의 용기와 서로에 대한 긍휼이 비로소 드러난 때이기도 했다네. 그들은 서로를 딱하게 여김은 물론, 불평불만 없이 굳센 용기를 발휘한 덕에 살아남을 수 있었어. 나도 샤이어족이 굳건히 생존하길 바랐어. 하지만 곧 서부에서 종류가 사뭇 다른 또 하나의 악재가 찾아오고 있음을 알게 되었지. 피도 눈물도 없는 전쟁 말일세. 난 그들이 이 시기를 견디기 위해서는 당시의 상황보다 더 발전할 필요가 있다고 느꼈네. 구체적으로는 말하기 힘들어. 어쩌면, 지식을 키워야 했을 거야. 지금까지 세상이 돌아간 바를 더욱 잘 이해하고, 자신들의 처지도 더욱 잘 알아야 했지.

그들은 망각하기 시작했어. 스스로의 기원과 전설을 잊고, 이 거대한 세상에서 자신들이 얼마나 무지했는지를 잊기 시작한 거야. 자신들의 흥망성쇠에 대한 기억들, 그 세월들이 완전히 잊히지는 않았더라도 희미해지기 시작했지. 하지만 모든 사람에게 그런 지식을 단숨에 가르칠 수는 없는 것 아닌가. 그럴 시간이 없었지. 그래도 어쨌든 한 사람이라도 골라서 언젠가 시작해야 했던 일이지. 나는 감히 그가

---

2 『반지의 제왕』 해설 A(II)에 2758~2759년 동안 긴겨울이 로한에 입힌 영향이 서술된다. 또한 '연대기'의 2758년 항목에도 '간달프, 샤이어 주민들을 도우러 오다.'라는 언급이 존재한다.

'선택받았고', 난 단지 그를 선택하도록 선택받은 것뿐이라고 생각하네만, 어쨌든 난 빌보를 택했네."

페레그린이 말했다. "딱 제가 알고 싶었던 이야기가 나오는군요. 왜 그분을 고르셨나요?"

간달프가 말했다. "어떻게 그런 일을 위해 아무 호빗이나 고르겠는가? 내게 모든 호빗들을 다 선별하고 나눌 시간은 없었지만, 그래도 그때의 난 샤이어에 대해서는 해박했지. 비록 내가 소린과 만났을 때는 썩 기분 좋지는 않은 일들 때문에 20년 넘게 샤이어를 밟지도 못했지만 말이야. 그래서 자연히 내가 알고 있는 호빗들을 떠올렸는데, 난 이렇게 혼잣말을 했다네. '툭 집안의 심성을 가졌으면 좋겠고, (지나치진 않을 정도로 말일세, 페레그린 군) 그리고 좀 무뚝뚝한 부류에 근본이 좋았으면 좋겠군. 가령 골목쟁이네처럼.' 그러자 모든 조건이 빌보를 가리키더군. 나는 그의 나이가 거의 차기 전에는 빌보를 잘 알았거든. 그 친구가 나를 아는 것보다도 더 말이야. 난 그 시절의 빌보를 좋아했네. 거기다 이제는 그가 '자유로운 몸'이라는 것도 알게 되었지. 또 이야기를 건너뛰자면, 이 모든 사실은 물론 샤이어에 되돌아가고 나서야 안 것이지만 말이야. 난 그가 독신을 고수했다는 걸 알게 되었어. 이상하다고 여기긴 했지만, 적어도 그 이유는 짐작이 가더군. 다만 대부분의 호빗들은 그게 빌보가 소싯적부터 물려받은 게 많은 데다 남들 말에 구애받지 않았기 때문일 거라고 말했지만, 내가 생각한 이유는 그와는 '다른' 것이었어. 나는 그가 '자유로운 몸'을 고수했던 것이 마음속 깊은 곳에 자리 잡은 본인도 이해할 수 없는, 혹은 생각하자니 불안해져서 애써 무시해왔던 어떤 감정 때문이리라고 봤지. 이러나저러나 그는 언제든 기회가 왔거나 자신이 용기를 다잡았을 때면 자유롭게 떠날 수 있기를 바랐어. 난 빌보가 샤이어식으로 말하자면 이따금씩 '자취를 감춰버리곤 하는' 어린 호빗이었을 시절에 내게 질문 공세를 해대고는 하던 걸 떠올렸지. 그의 툭 집안 쪽 삼촌들 중에도 행동거지가 그와 똑같았던 자들이 적어도 두 명은 있었어."

여기서 언급하는 삼촌들은 각각 "여행을 떠나 돌아오지 않았음"이라 전해지는 툭 집안 힐디폰즈와 "젊었을 때 바다로 갔다고 전해짐"이라 기록된 툭 집안 아이센가(툭 노인의 열두 자식들 중 막내)이다(『반지의 제왕』 해설 C, '큰 스미알의 툭 집안').

다음은 간달프가 소린의 초대에 응해 그와 함께 청색산맥에 있는 그의 궁전으로 가기로 했을 때의 이야기이다.

"우린 사실 샤이어를 경유해서 갔다네. 비록 소린은 훌륭한 선택이었다고 느낄 만큼 충분히 머물지 않았지만 말이야. 사실 애초에 그와 호빗을 하나로 묶어 보겠다는 발상을 떠올린 것 자체가 그가 호빗들을 오만한 태도로 깔보던 것에 심기가 불편했기 때문인 것 같네. 소린이 호빗들에 대해 갖고 있는 인상이라고는 난쟁이들의 선조가 산맥까지 이어둔 도로의 양쪽 땅에서 어쩌다 보니 작물을 재배하기 시작한 족속이라는 게 다였으니 말이야."

이 초기 판본에서는 간달프가 샤이어를 방문한 후에 소린을 다시 찾아가 "그의 야심 찬 계획들은 제쳐두고 은밀하게 움직이자고, 그리고 빌보를 함께 데려가라고" 설득한 과정을 길게 설명한다. 후기 판본은 이 한 문장으로 모든 것을 간략하게 요약하여 서술한다(563쪽).

"마침내 나는 뜻을 정하고는 소린을 다시 찾아갔어. 그는 친족들이랑 은밀하게 회의를 나누고 있더군. 그 자리에 발린과 글로인을 비롯해서 몇 명이 더 있었지.

내가 들어가자마자 소린이 물었어. '그래요, 무슨 말을 하러 오셨습니까?'

나는 이렇게 답했네. '우선 이것부터. 자네가 품고 있는 생각은 일국의 왕이나 할 법한 생각일세, 참나무방패 소린. 하지만 자네 왕국은 사라졌어. 비록 가능성은 낮다고 보지만, 혹여나 왕국을 재건하려거든, 아주 작은 것부터 시작해야 하네. 자네가 여기서 머나먼 곳에 있는 거대한 용의 힘을 제대로 알기나 하는지 모르겠네. 게다가 이게 다가 아니야. 이 세상에서는 훨씬 더 무시무시한 어둠이 빠르게 성장하고 있네. 그들은 서로 도울 것일세.' 이건 확실하게 일어났을 일이야. 내가 그때 돌 굴두르를 치지 않았다면 말이네. '전면전을 벌이는 건 쓸데없는 일이고, 자네들이 그런 전쟁을 수행하는 것도 불가능한 일일세. 좀 더 단순하면서도 대담하고, 결사적인 방법을 써 볼 필요가 있어.'

소린이 말했지. '모호한 데다 불안감만 키우는 말을 하시는군요. 좀 더 확실하게 말하시지요!'

내가 말했어. '그래, 먼저 한 가지. 이 원정은 자네들 스스로 직접 헤쳐 나가야만 하고, 아주 '은밀하게' 움직여야만 할 걸세. 자네에게는 사신도, 전령도, 도전장도 없네, 참나무방패 소린. 자네는 친척이나 충직한 수하 몇몇만 데려갈 수 있네. 다만 여기에 무언가가 더 있어야 하네, 뜻밖의 무언가가.'

'이름을 대십시오!'라고 소린이 말했지.

난 이렇게 답했어. '잠깐만 기다리게! 자네들은 지금 용과 승부를 볼 작정이지 않나. 단순히 덩치만 큰 걸 넘어서 이제는 연륜과 교활함까지 갖춘 용을 말이야. 자네들은 모험을 시작하기 전에 우선 그의 기억과 후각을 반드시 감안해야 한단 말일세.'

소린이 말하더군. '당연한 말씀을. 용과 싸움을 해본 경험이라면 난쟁이들이 제일 많았지요. 당신은 지금 문외한을 가르치는 게 아니란 말입니다.'

그래서 내가 말했지. '훌륭해. 하지만 자네들이 계획하면서 빠뜨리고 있는 부분이 하나 있는 듯하군. 내 계획은 은밀한 계획이야. '은밀한' 계획.[3] 스마우그도 그 금화방석에서 자는 동안 꿈을 꾼다네, 참나 무방패 소린. 그것도 난쟁이 꿈을! 그가 잠에 들기 전에 주변에 난쟁이의 인기척이 조금도 없다는 게 확실해질 때까지 궁전 안을 매일 밤낮으로 뒤진다는 건 틀림이 없네. 게다가 그 잠이라는 것도 난쟁이 발소리에 귀를 잔뜩 곤두세운 반쪽짜리 잠이란 말이지.'

그러자 발린이 말했어. '듣자 하니 그 은밀한 계획이라는 것도 전면적인 공격만큼이나 어렵고 가망 없어 보이는데요. 불가능한 수준으로 어려운 일이에요!'

내가 답했지. '그래, 어려운 일이지. 하지만 '불가능할 정도로' 어려운 일이었다면 내가 여기서 시간을 낭비하고 있을 리가 없네. 난 차라리 '터무니없이' 어려운 일이라고 하겠네. 그러니 터무니없는 일에 터무니없는 해결책을 제시하도록 하지. 호빗을 데려가게! 스마우그는 분명 호빗은 들어본 적이 없을 테고, 틀림없이 냄새를 맡아본 적도 없을 거야.'

글로인이 소리쳤어. '뭐라고요? 저 밑에 샤이어에 사는 얼간이 족속을 말입니까? 도대체 온 세상 깊은 땅속 바닥까지 죄다 통틀어서 그런 녀석의 쓸모가 어디에 있다는 겁니까? 냄새라면 실컷 맡으라고 해요. 호빗이라면 막 알을 깨고 나온 나약한 새끼 용을 상대로도 차마 냄새를 맡을 수 있을 만큼 가까이 접근할 엄두조차 못 낼 겁니다!'

내가 말했어. '자, 자! 그건 턱없이 부당한 말일세. 자네는 샤이어족에 대해 잘 알지도 못하잖나, 글로인. 자네는 그들이 인심 좋고 좀처럼 실랑이도 벌이지 않는다는 이유로 단순한 종족이라고 여기는 것 같구먼. 한 번도 그들에게 무기를 팔아본 적이 없다는 이유로 그들을 소

---

3 수기 원고 A에서는 이 지점에서 문장 하나가 더 등장하는데, 타자 원고에서 누락된 것은 아무래도 의도치 않은 실수인 듯하다. 이 뒤에 간달프가 스마우그가 호빗의 냄새를 맡아본 적 없다는 바를 보충 언급하기 때문이다. 그 문장은 다음과 같다. "거기다가 적어도 난쟁이의 적인 스마우그에게는 익숙하지 않을 냄새가 필요하네."

심하다고 여기고 말이야. 그건 오산이야. 아무튼. 내가 이미 자네에게 걸맞은 동료로 낙점해둔 녀석이 있다네, 소린. 손재주도 좋고 영리한 데다, 상황 판단이 빠르지만 성급함과는 거리가 먼 녀석이야. 그리고 난 그가 용기를 가졌다고 믿네. 샤이어족의 관습으로 미루어 보건대 아마도 큰 용기일 게야. 그들이 '궁지에 몰리면 용감해진다'고 할 수도 있겠지. 이 호빗들은 힘든 상황에 놓이지 않고서는 절대로 진가를 드러내지 않네.'

소린이 말했지. '그런 시험을 해볼 수는 없습니다. 적어도 제가 보아온 한 그들이 하는 일이라고는 힘든 상황을 회피하려고 발버둥치는 것뿐이었어요.'

내가 말했지. '그렇긴 하지. 꽤나 합리적인 종족이거든. 하지만 이 호빗은 별난 구석이 있어. 아마도 설득한다면 힘든 상황에도 뛰어들 거야. 내 생각에 그는 내심으로는, 그가 쓸 법한 표현을 빌리자면, 모험을 떠나길 갈구하는 것 같다네.'

소린이 일어서더니 화난 표정으로 걸어 다니면서 말했어. '제가 손해를 보면서 그럴 수는 없습니다! 이건 조언이 아니라 헛소리에 불과해요! 설령 설득이 가능한 녀석이라고 해도, 좋은 놈이든 나쁜 놈이든 호빗에게 단 하루라도 숙식을 대줘서 뭘 얻으리라는 가능성은 도저히 보이지 않는단 말입니다.'

내 대답은 이랬지. '도저히 보이지 않는다라! 아니지, 듣지도 못할 거라고 말하는 편이 옳겠지. 호빗은 목숨이 걸린 일에도 이 세상의 그 어떤 난쟁이보다 고요하게 움직일 수 있단 말일세. 내가 보기에 그들은 유한한 생명을 가진 이들 중에서 제일 조용히 걷는 자들이야. 참나 무방패 소린, 자네는 샤이어를 주민들이 1.6킬로미터 밖에서도 들을 정도의 소음(굳이 말하자면 그렇지)을 내며 지나다녀 놓고도 단 한 번도 그런 부분은 보지 못한 것 같구먼. 내가 은밀하게 가야 한다고 한 것은 정말 능수능란하게 은밀해야 한다는 뜻이란 말일세.'

발린이 내 말을 엉뚱하게 알아듣고는 큰 소리로 말하더군. '전문적으로 은밀해요? 훈련된 보물 탐색꾼 말씀입니까? 그런 인물이 아직도 있어요?'

난 여기서 머뭇거렸네. 이야기가 전혀 다른 곳으로 흘러서 어떻게 반응해야 할지 몰랐거든. 내가 마침내 말했지. '그런 것 같네. 제값만 쳐준다면 자네들이 엄두도 못 내고 실제로도 못 가는 곳을 얼마든지 들어가서 원하는 걸 가져올 수 있는 자들이지.'

소린이 마음속에 잃어버린 보물들을 떠올렸는지 순간 그의 눈빛이 번쩍였지. 하지만 곧 경멸조로 말하더군. '도둑을 고용하라 말하는 것이었군요. 보수가 너무 높지만 않다면 고려해볼 만은 하겠습니다. 하지만 그 시골 족속들 중 하나와 이 일이 무슨 상관이 있다는 말입니까? 진흙 잔으로 술을 마시고, 유리알과 보석도 분간하지 못하는 자들이 아닙니까.'

내가 쏘아붙였어. '자네가 잘 알지도 못하면서 언제나 그렇게 자신만만하게 말하지 않았으면 좋겠군. 이 시골 족속은 샤이어에서 1400년가량을 살아왔네. 스마우그가 에레보르로 오기 1000년 전에 요정과 난쟁이 모두를 상대해본 자들이야. 자네 조상들의 셈법으로 따지자면 단 한 명도 부자 축에 들지는 못하겠지만, 몇몇 호빗들은 자네가 여기서 뽐낼 수 있는 보물보다 훨씬 멋진 물건들을 집에 두고 있단 말일세. 내가 마음에 두고 있는 이 호빗은 황금 장신구를 끼고, 은 식기로 식사를 하고, 근사한 수정 잔으로 포도주를 마신다네.'

발린이 말했어. '아하! 이제야 당신의 의중을 알겠군요. 도둑이라 이거지요? 그래서 그를 추천하는 것 아닙니까?'

난 그 순간 내가 평정심이나 주의력을 잃어버릴까 봐 겁이 났다네. 오직 난쟁이만이 '가치 있는' 것을 만들거나 향유할 수 있고, 다른 종족이 멋진 물건을 가졌다면 필시 난쟁이에게서 받은 것이거나, 아니면 훔친 것이리라고 여기는 난쟁이 특유의 자만이 심히 거슬렸거든.

난 웃으면서 말했네. '아무렴, 전문적인 도둑이 아니라면 뭐겠나! 일개 호빗이 어떻게 은수저를 물 수 있겠어? 내 그의 집 문에다 도둑이라는 표시를 새겨 둘 테니 찾아보도록 하게.' 그리고는 화가 나서 자리를 박찼는데, 곧 내 자신도 놀랄 정도로 온화하게 말이 나왔어. '반드시 그 문을 찾아봐야 하네, 참나무방패 소린! 난 '진지하게' 말하는 걸세.' 문득 내가 열을 낼 정도로 진심이 되었다는 걸 깨달았네. 내 괴상한 생각이 농담이 아니라 정답이었던 게야. 반드시 내가 말한 대로 해야 할 절실한 필요가 있었지. 난쟁이들은 그 뻣뻣한 콧대를 좀 꺾어야만 했어.

내가 큰 소리로 말했지. '내 말을 듣게, 두린 일족이여! 이 호빗을 자네들과 함께 가도록 설득한다면 성공할 테지만, 그렇지 않으면 실패할 걸세. 설득해볼 시도조차 않는다면, 우리의 관계는 그날로 끝이네. 어둠이 닥치기 전까진 다시는 내게서 충고도 도움도 얻을 수 없을 걸세!'

소린이 경악하는 표정으로 날 돌아보더군. 그다운 일이었지. 그가 말했어. '그렇게까지 말씀하시다니! 좋습니다. 함께하지요. 당신에게는 선견지명이 있으니까요. 당신이 그냥 정신이 나간 게 아니라면 말입니다.'

내가 말했어. '좋네! 하지만 내가 바보였단 걸 증명하겠단 속셈으로 가지 말고, 반드시 호의를 품고 가야만 하네. 내가 말한 용기와 모험을 갈구하는 마음이 첫인상에 드러나지 않는다 해도 참을성을 가지고, 그 자리를 쉽사리 파투 내지는 말아야 하네. 녀석은 그런 수식어를 부정할 거야. 아마 발을 빼려 들겠지만, 절대로 그리 하도록 놔두어선 안 돼.'

소린이 말했어. '실랑이를 해 봐야 도움이 안 될 것이다, 그 말을 하려는 게 아닙니까? 녀석이 무엇이든 되찾아 온다면 두둑이 사례하기로 하지요. 그 이상은 안 됩니다.'

내 말은 그 뜻이 아니었지만, 그렇다고 말해 봐야 소용없을 것 같았네. 난 말을 이어갔지. '한 가지 더, 반드시 사전에 모든 계획과 준비를 마쳐 놔야 하네. 채비를 모조리 마쳐 놓도록! 한번 설득된 이후로는 절대 다른 생각을 할 틈을 주어서는 안 되네. 샤이어에서 바로 동쪽으로 원정을 나서도록 하라고.'

필리라는 젊은 난쟁이(나중에 소린의 조카임을 알게 되었지)가 이렇게 말하더군. '당신의 도둑이라는 녀석은 참 기묘한 놈인 것 같네요. 이름이 뭐지요? 아니, 무슨 이름을 쓰나요?'

내가 말했지. '호빗들은 본명을 그대로 쓴다네. 그의 이름은 하나뿐이고, 그건 바로 골목쟁이네 빌보야.'

필리가 웃으면서 말했지. '무슨 이름이 그렇답니까!'

난 이렇게 말했어. '그는 꽤나 존경스러운 이름이라고 여긴다네. 잘 어울리는 이름이기도 하지. 중년에 독신이고, 좀 무기력해 보이는 데다가 살도 찌고 있는 녀석이거든. 아마 지금도 머릿속에 먹을 것 생각 외에는 다른 생각은 없을지도 모르겠군. 집안에 꽤 근사한 식료품 저장실을 뒀다고 하던데, 그것도 하나가 아니라 여러 개일지도 모르지. 어쨌든 그가 있으면 꽤나 즐거워질 걸세.'

소린이 말했어. '그 정도면 충분합니다. 제가 당신에게 한 약속이 없었다면, 여기까지 오지도 않았을 겁니다. 전 바보 취급당할 기분이 전혀 아닙니다. 저도 심각하게 생각 중이란 말입니다. 아주 심각하게요. 제 가슴속에는 불길이 타오르고 있단 말이에요.'

난 그 말을 그냥 넘겨버리고는 말했지. '이보게, 소린. 4월도 다 지나가고 이제 봄일세. 되도록 빨리 모든 채비를 마치게. 이제 나는 해야 할 일을 하러 가지만, 일주일 안에는 반드시 돌아올 걸세. 내가 돌아오고 나서 모든 게 순조롭게 갖춰졌다면 먼저 출발해서 준비를 해 두겠네. 그런 다음 이튿날에 다 함께 그의 집을 방문하도록 하지.'

그렇게 말한 다음 그 자리를 떠났어. 소린에게도 빌보 못지않게 생각할 틈을 주지 않고자 했거든. 그 뒤의 이야기는 자네들도 빌보의 관점으로 들어서 잘 알 거야. 내가 기록했다면, 많이 다른 느낌의 이야기가 되었을 테지. 그는 모든 일의 전말을 몰랐거든. 가령 다수의 난쟁이 무리가 대로를 벗어나 심상치 않은 발걸음으로 강변마을에 찾아오고 있다는 소식이 그의 귀에 너무 빨리 전해지지 않도록 내가 각별히 주의를 기울인 일 같은 것 말일세.

내가 빌보를 찾아가 본 것은 2941년 4월 25일 화요일 아침이었어. 그가 어떤 상태가 되었을지 예상을 못 한 건 아니었지만, 솔직히 말하자면 내 확신이 무너지려고 했다네. 생각보다 일이 훨씬 어려워지리라는 걸 알게 된 거야. 하지만 뜻을 굽히진 않았지. 이튿날인 4월 26일 수요일에 난 소린과 일행을 골목쟁이집으로 데려갔네. 소린이 엮인 한 결코 쉬운 일이 아니었지. 그도 막상 때가 오니 머뭇거리더란 말이야. 물론 빌보도 완전히 당황한 데다 우스꽝스럽게 행동했지. 사실 내 입장에서는 처음부터 모든 게 크게 틀어진 셈이었어. 불행하게도 난쟁이들은 '전문적인 도둑'에 대한 생각이 머릿속에 굳게 박혀 있어서 상황을 악화시키기만 했지. 소린에게 그날 밤은 우리 모두가 골목쟁이집에서 묵어야 한다고 했던 게 참으로 행운이었어. 앞으로 원정의 방향과 수단을 논의할 시간이 필요했으니 말이야. 내게는 그것이 마지막 기회였어. 소린과 둘이서 대화할 시간을 갖기도 전에 그가 골목쟁이집을 뛰쳐나가 버렸다면 내 계획도 헝클어졌을 테니까."

이 대화문의 몇몇 부분들이 후기 판본의 골목쟁이집에서 간달프와 소린이 나눈 대사에 그대로 옮겨졌음을 확인할 수 있다.

이 부분부터 후기 판본의 줄거리가 이전 판본의 내용과 매우 유사하게 진행되므로 이전 판본의 내용은 끝부분에 나오는 단락들을 제외하고는 더 이상 발췌하지 않겠다. 이전 판본에서 프로도는 간달프가 말을 멈추었을 때 김리가 웃으며 이렇게 말했다고 기록했다.

그가 말했다. "여전히 터무니없게 들리는 이야기로군요. 결과적으로는 모두 더없이 좋은 결과를 낳았다는 걸 아는데도 말입니다. 물론 저도 소린 님을 잘 알죠. 저도 그 자리에 있었다면 좋았을 텐데, 당신이 저희 고향에 처음 오셨을 때 저는 타지에 가 있었답니다. 게다가 너무 어리다는 이유로 원정에도 참여하질 못했지요. 예순두 살이 됐으니 저는 뭐든 할 수 있다고 생각했는데도요. 뭐, 이제라도 이야기를 전부 듣게 되니 기쁩니다. 전부 말씀하신 것이 맞다면 말이죠. 지금도 당신이 알고 있는 모든 걸 말해주셨다는 생각은 들지 않는군요."

간달프가 말했다. "물론 다 말하지는 않았네."

또 이 대화 이후 메리아독이 간달프에게 스라인의 지도와 열쇠에 관한 것을 자세히 질문하는데, 여기서 간달프는 대답(대부분은 후기 판본에도 그대로 포함된 내용이며 이야기의 전개상 위치만 다르다)하는 중에 다음과 같이 말했다.

"내가 스라인을 발견한 것은 그가 백성들을 떠난 지 9년이 지난 후였는데, 돌 굴두르의 구덩이에 있은 지 최소 5년 이상이 지났더군. 그가 어떻게 그리 오래 견뎌냈는지, 그리고 어떻게 그 모든 고문을 겪으면서도 그 물건들을 지켜냈는지는 모르겠네. 내 생각엔 어둠의 힘이 원한 건 그의 반지뿐이었고, 반지를 강탈한 뒤로는 거들떠보지도 않았던 것 같아. 그냥 죽을 때까지 미친 듯이 악이나 쓰라고 만신창이가 된 죄수를 구덩이에 던져 넣은 게야. 사소한 실수였을 뿐이지만, 그것이 치명적인 결과를 낳고 말았지. 사소한 실수라는 것이 으레 그런 법이라네."

IV

절대반지 수색

(i)
간달프가 프로도에게 들려준 이야기에 따른 암흑의 기사들의 행보

골룸은 3017년에 모르도르에서 붙잡혔고, 바랏두르로 끌려가 심문과 고문을 받았다. 사우론은 그에게서 얻을 수 있는 만큼의 정보를 얻어낸 다음 그를 풀어주었다. 사우론은 골룸을 죽이지 않는 이상 공포의 그림자로도 꺾을 수 없는 무엇인가가 그의 내면에 뿌리 깊게 자리 잡고 있음을 느꼈고, 이에 그를 신뢰하지 않았다. 하지만 동시에 사우론은 골룸이 자신의 물건을 '도둑질'해 간 이들을 향해 참을 수 없는 적개심을 품고 있음도 알아차렸고, 골룸이 자신의 복수를 위해 그들을 찾아 나서리라고 생각했다. 골룸이 자신의 첩자들을 반지가 있는 곳으로 인도하기를 기대했던 것이다.

그러나 골룸은 얼마 지나지 않아 아라고른에게 생포당한 후 어둠숲 북부로 끌려갔다. 비록 사우론의 부하들이 그 뒤를 좇았지만, 그가 갇히기 전에 구출되는 일은 일어나지 않았다. 사우론은 '반인족'에 관한 이야기를 듣긴 했지만 이들에게 어떠한 관심도 갖고 있지 않았으며 그들의 터전이 어디쯤인지조차도 알지 못했다. 골룸을 고문하고도, 사우론은 명확한 대답을 얻어낸 것이 없었다. 골룸 자신도 확실히 아는 바가 없었거니와, 이미 알고 있는 사실들도 거짓으로 꾸며낸 까닭이었다. 사우론의 짐작대로 골룸은 죽이지 않고서는 결코 굴복시킬 수 없는 존재였다. 이는 반인족인 골룸의 타고난 본성 때문이었다. 또 다른 한편으로는 그가 반지를 향한 욕망에 완전히 사로잡혀 있었기 때문이었는데, 사우론도 이 점은 미처 눈치채지 못했다. 이내 골룸은 사우론을 향한 두려움을 넘어서는 증오심에 들끓어 오르게 되었다. 사우론을 그의 일생일대의 숙적이자 경쟁자로 바라보게 되었기 때문이었다. 골룸이 반인족들의 땅이 한때 자신이 살았던 창포강 강가와 가까이에 있는 것 같다며, 감히 사우론을 속이기로 작정을 하게 된 것도 이런 까닭이었다.

사우론은 자신의 적들이 골룸을 생포했다는 것을 알게 되자 대단히 조급해졌고 큰 위협을 느꼈다. 그러나 이런 상황에도 불구하고 그의 첩자들과 밀정들은 그에게 어떠한 정보도 가져다주지 못했다. 이렇게 된 첫 번째 주된 이유는 두네다인이 철저하게 경계했기 때문이었고, 두 번째는 사루만의 배신 때문이었다. 사루만이 자신의 수하들을 통해 사우론의 수하들을 습격하거나 잘못된 길로 이끌었던 것이었다. 사우론도 이를 알게 되었지만 아직은 아이센가드의 사루만에게 손을 쓸 수 있을 정도로 세력이 크지 못했다. 이에 사우론은 자신이 사루만의 기만행위를 알고 있음을 숨긴 채 분노를 감추었고, 적당한 때를 기다리며 자신의 모든 적을 서쪽 바다로 쓸어 넣기 위한 대전쟁을 준비했다. 한참 후 그는 이 임무를 수행할 수 있는 것은 자신의 가장 강력한 하수인, 즉 반지악령들밖에 없다는 결론을 내렸다. 이들에게는 어떠한 의지도 없었으며, 사우론의 뜻만을 따랐다. 반지악령 한명 한명이 자신들을 노예로 만들어버린 사우론의 반지에 완벽하게 굴종하는 수하들이었다.

이 무시무시한 존재가 단 하나만 있더라도 그에 맞설 수 있는 이는 많지 않았다. 그들 모두가 그들의 끔찍한 우두머리, 즉 모르굴의 군주 아래에 뭉친다면 (사우론이 생각한 대로) 그 무엇도 결코 그들의 적수가 될 수 없었다. 다만 그들에게는 사우론의 목표를 방해하는 약점이 하나 있었는데, 그들이 몰고 다니는 공포의 기운이 너무나 커서 (그들이 보이지 않고 옷을 입지 않은 상태라도 마찬가지였다) 그들의 출현이 곧바로 발각될 수 있었으며, 특히 현자들에게 그 목적이 탄로날 수 있었다.

따라서 사우론은 두 가지 공격을 준비했는데, 후일 많은 이들이 이것이 바로 반지전쟁의 시작이 되었다고 여겼다. 이 공격들은 한데 엮여 있었다. 하나는 오르크들이 골룸을 재차 생포하라는 명령을 받아 스란두일의 왕국을 습격한 것이고, 다른 하나는 모르굴의 군주가 곤도르와 전면전을 치르기 위해 공개적으로 출정한 것이었다. 이 두 공격은 모두 3018년 6월 말에 이루어졌다. 이로써 사우론은 데네소르의 힘과 준비성을 시험해 보았는데, 데네소르의 전력이 사우론이 바라던 것보다 더욱 컸다. 하지만 사우론은 크게 개의치 않았다. 이번 공격에 적은 병력만을 투입했을뿐더러, 나즈굴의 등장이 오로지 곤도르와 치를 전쟁 속 전략의 하나로만 비치도록 하는 것이 그의 주된 목적이었기 때문이었다.

따라서 오스길리아스가 점령되고 그곳의 다리가 파괴되자 사우론은 공격을 멈추었고, 나즈굴들도 반지 수색에 나서라는 명을 받게 되었다. 하지만 사우론은 현자들의 힘과 경계심을 얕보지 않았기에 나즈굴들에게 가능한 한 은밀하게 움직일 것을 지시했다. 이 시기에 반지악령들의 두목은 6명의 동료들과 함께 미나스 모르굴에 거주했으며, 그들의 2인자였던 '동부의 어둠' 카물은 사우론의 부관으로서 돌 굴두르에 머물렀고, 다른 반지악령 하나가 전령으로서 카물과 함께 있었다.[1]

모르굴의 군주는 이내 동료들을 이끌고 안두인대하로 갔는데, 이들은 옷과 말도 없이 눈에 보이지 않는 상태로 움직였음에도 여전히 스쳐 지나가는 모든 생물에게 두려움을 심어주었다. 추측건대 그들이 움직이기 시작한 시기는 7월 1일이었을 것이다. 그들은 천천히, 그리고 은밀하게 아노리엔을 횡단하여 엔트여울을 건너 로한고원으로 진입했고, 어둠에 대한 소문과 사람들이 느낀 공포 때문에 그들은 앞에 무엇이 지나갔는지 몰랐다. 그들은 미리 비밀리에 계획해 둔 대로 사른 게비르에서 약간 북쪽에 자리한 안두인대하 서쪽 강가에 도착했고, 이곳에서 아무도 모르게 대하에 배를 띄워 나루 너머로 실어온 말과 의복을 전달받았다. 이때가 (여겨지는 바로는) 7월 17일경이었다. 그리고 그들은 반인족들의 땅 샤이어를 찾아 북쪽으로 향했다.

7월 22일경에 그들은 켈레브란트평원에서 돌 굴두르에 머무르던 동료 나즈굴들과 합류했다. 이곳에서 그들은 골룸이 그를 다시 생포한 오르크들, 그리고 그들을 추격하던 요정 무리를 전부 따돌리고 자취를 감췄다는 이야기를 들었다.[2] 또한 카물에게 안두인계곡 근처에서 반인족들의 거주지를 찾지 못했으며, 창포강 인근에 있는 풍채 혈통의 마을들은 이미 버려진 지 오래였다는 보고를 받았다. 하지만 더 나은 방도가 없다고 판단한 모르굴의 군주는 혹시라도 골룸을 붙잡거나 샤이어를 발견할 수도 있다는 생각에 계속해서 북쪽으로 수색하기로 결정했다. 그는 샤이어가 갈라드리엘의 경계 안에 있는 것이 아니라면, 그래도 증오스러운 로리엔 땅과 멀지 않은 곳에 있으리라고 여겼다. 그러나 그는 백색 반지의 힘을 거스를 생각도, 당장 로리엔에 진입할 생각도 없었다. 이에 아홉 나즈굴은 말을 타고 로리엔과 산맥 사이를 통과한 후 계속해서 북진을 거듭했다. 그럼에도 그들은 목표물을 찾지 못했고 도움이 될 만한 소식도 얻지 못하였다. 그들의 앞길과 떠나온 길에는 지독한 공포만이 맴돌 뿐이었다.

결국 그들은 돌아왔으나, 여름이 저물어가고 있었고 사우론의 분노와 두려움도 커져만 갔다. 그들이 로한고원으로 되돌아왔을 때는 막 9월이 된 참이었다. 로한고원에서 그들은 바랏두르에서 보낸 전령들을 만나게 되었는데, 그들의 전갈에 주군의 위협이 가득 담겨 있어 모르굴의 군주마저도 경악하고 말았다. 사우론은 곤도르에 퍼져 있던 예언과 보로미르의 파견, 그리고 사루만이 저지른 짓들과 간달프가 구금되었다는 소식까지 알게 된 것이었다. 이 모든 정황을 통해 그는 사루만이나 그 외의 어떤 현자들도 아직 반지를 손에 넣지는 못했으며, 다만 사루만이라면 적어도 반지가 있을 법한 장소를 알고 있으리라는 결론을 내렸다. 이제는 발 빠르게 움직이는 것만이 도리였고, 은밀함은 버려야 했다.

그는 반지악령들에게 곧장 아이센가드로 가라는 명령을 내렸다. 그들은 서둘러 로한을 횡단했는데, 이들이 지나가며 남긴 공포가 너무나 거대했던 나머지, 사람들은 검은 말들의 발굽이 동부의 전쟁을 싣고 온다고 믿어 고향을 등진 채 미친 듯이 북쪽과 서쪽으로 달아났다.

간달프가 오르상크를 빠져 나온 지 이틀이 지나고 모르굴의 군주가 아이센가드의 정문에 당도했다. 이미 간달프의 탈출에 분노와 공포를 느끼고 있던 사루만은 이내 자신이 양쪽을 모두 배반해 적들 사이에 둘러싸인 위태로운 처지임을 깨달았다. 사우론을 배신하고자 했던 것도, 혹은 적어도 승리를 거머쥐어 그의 호의를 사고자 했던 것도 모두 수포로 돌아갔기에 사루만은 몹시 두려웠다. 그가 직접 반지를 손에 넣지 못한다면 파멸과 고통을 피할 수 없는 형편이었던 것이다. 하지만 사루만은 여전히 신중하면서도 사악한 자였고, 이와 같은 악재를 피하고자 아이센가드의 태세를 정비해 둔 참이었다. 아이센가드의 원형 성벽은 너무나 강력해서, 제아무리 모르굴의 군주와 그의 동료들이라 해도 대규모의 군단을 동원하지 않고서는 이를 공격하는 것이 불가능했다. 그렇기에 모르굴의 군주의 도발과 추궁에 돌아온 대답은 마법을 통해 성문이 직접 말하듯 울려 퍼진 사루만의 목소리가 전부였다.

그 목소리는 이렇게 말했다. "당신들이 찾는 것은 땅이 아니오. 비록 당신들이 말은 하지 않았지만 무엇을 찾아 헤매는가는 익히 알고 있소. 내 손에는 그것이 없소. 당신들도 그것의 수하인만큼 말하지 않아도 잘 알고 있을 거요. 내가 만약 그것을 갖고 있었다면, 당신들은 내게 머리를 조아리고 충성을 바쳐야만 했을 테니 말이오. 또 만약 내가 그것이 숨겨진 장소를 알았다면, 그대들보다 한발 앞서 찾으러 갔을 테니, 지금 이 자리에 있을 이유도 만무하오. 내가 짐작하기론 그 행방을 알고 있는 자는 오직 사우론의 적인 미스란디르가 유일하오. 그가 아이센가드를 빠져 나간 지 이틀밖에 되지 않았으니 서둘러 인근 지역을 찾아보시구려."

사루만의 목소리에는 여전히 당당한 힘이 담겨 있었기에, 그의 말이 거짓이건 일부라도 진실을 포함하고 있건, 나즈굴의 군주조차도 이에 토를 달지 못했다. 대신 그는 정문 앞을 곧장 떠나 로한에 있을 간달프를 찾기 시작했다. 그러던 중 그 이튿날 저녁에 암흑의 기사들은 뱀혓바닥 그리마를 붙잡았는데, 그는 간달프가 에도라스에 찾아와 세오덴 왕에게 아이센가드의 흉계를 알렸다는 소식을 사루만에게 전하러 가고 있는 길이었다. 암흑의 기사들 손에 잡히는 순간 뱀혓바닥은 극심한 공포로 죽기 일보 직전까지 갔다. 하지만 그는 이미 배반에 익숙했던 탓에 그 정도까지 위협을 가하지 않았어도 스스로 알고 있는 모든 것을 털어놓았을 것이다.

그리마가 말했다. "예, 예, 정말로 다 말할게요, 나리! 아이센가드에서 두 사람이 하는 대화를 엿들은 적이 있습니다. 반인족의 땅은 간달프가 떠나 온 곳이었는데, 다시 돌아가겠다고 하더랍니다. 지금 간달프는 말 한 필만 얻으려 하고 있어요.

살려주세요! 가능한 빨리 말하고 있습니다. 저기 서쪽에 있는 로한관문을 통과한 다음에, 북쪽으로 가다가 약간 서쪽으로 꺾으면 회색강이라고 하는 큰 강이 길을 가로막는데, 거기서 사르바드의 건널목을 통과한 다음 오래된 길로 가면 그 땅 가장자리에 닿을 수 있어요. '샤이어'라고 한다더군요.

네, 정말이에요. 사루만님도 다 알고 계십니다. 도로를 따라서 그 땅 특산물들을 공급받고 있는걸요. 살려만 주십시오, 나리! 오늘 나리를 만났다는 이야기는 앞으로 살아 있는 것들한테는 절대로 안 할 테니까요!"

나즈굴의 군주는 뱀혓바닥의 목숨을 살려주었는데, 이는 그를 동정했기 때문이 아니라, 오히려 그가 읽은 뱀혓바닥의 마음속 공포가 너무나 크고 무거웠기에 그가 이 만남을 아무에게도 알리지 않으리라고 판단했거니와(실제로도 그랬다), 이 사악한 존재는 살아 있기만 하다면 장차 사루만에게도 큰 해악을 가져다주리라고 확신했기 때문이었다. 그렇게 나즈굴의 군주는 길바닥에 엎드려 있는 그리마를 내버려둔 채 말을 달렸고, 굳이 아이센가드로 돌아가는 수고는 들이지 않았다. 사우론의 복수야 아직 좀 더 미뤄두어도 될 일이었다.

이제 그는 동료들을 둘씩 짝지어 네 개의 조로 나누어 독자적으로 움직이게 했으며, 자신은 가장 빠른 조와 함께 선두로 움직였다. 이후 이들은 서쪽으로 로한을 빠져나가 에네드와이스의 폐허를 탐사했고, 이윽고 사르바드에 도착했다. 곧이어 이들은 민히리아스로 향했는데, 일부만이 모여 있었음에도 그들에 대한 무시무시한 소문이 퍼져 나가 야생의 생물들이 몸을 숨기고 외딴 벽지에 사는 인간들도 달아났다. 그 와중에도 이들은 길에서 도망자 몇몇을 사로잡는 데에 성공했고, 암흑의 대장으로서는 매우 다행스럽게도 그중에는 사루만의 첩자이자 수하인 자들이 두 명 있었다. 둘 중 한 명은 아이센가드와 샤이어를 잇는 교통로를 자주 이용한 자였는데, 비록 남둘레 너머에 가본 적은 없었으나, 사루만이 건네 준 샤이어에 관한 세세한 삽화와 묘사가 실린 기록을 소지하고 있었다. 나즈굴들은 이 기록을 차지한 후 그를 브리로 보내 첩자 노릇을 계속하게 했다. 다만 그가 이제는 모르도르를 섬겨야 하며, 혹여나 아이센가드로 돌아가려고 한다면 고문을 가해 목숨을 앗아갈 것이라 경고했다.

그들이 다시 집결한 후 사른여울을 지나 샤이어의 최남단 경계에 다다른 것은 9월 22일 밤이 막 저물어갈 무렵이었다. 나즈굴들은 그곳이 방비되고 있었다는 것을 깨달았고, 곧 순찰자들이 나즈굴의 앞을 가로막았다. 그러나 그들을 막는 것은 두네다인의 힘을 뛰어넘는 일이었다. 그들의 대장인 아라고른이 그 자리에 함께 있었더라도 결과는 똑같았을 것이다. 하필 아라고른은 북쪽으로 떠나 브리 주변의 동부대로에 있었고, 강인한 심장의 두네다인마저도 결국 공포에 사로잡히고 말았다. 일부가 아라고른에게 급보를 전하고자 북쪽으로 달아났지만, 나즈굴들이 그들을 뒤쫓아 죽이거나 오지로 몰아냈다. 일부는 여전히 여울을 방어하고자 했는데, 낮 동안에는 버틸 수 있었지만 밤이 되자 모르굴의 군주가 그들을 쓸어버렸고, 결국 암흑의 기사들이 샤이어에 들어섰다. 수탉이 울기도 전인 9월 23일의 이른 아침에 나즈굴 몇몇은 이미 샤이어 땅을 밟으며 북쪽으로 내달리고 있었고, 간달프도 그 순간에 먼 로한 땅에서 샤두팍스를 타고 급히 달려오고 있었다.

(ii)
이야기의 다른 판본들

앞에 인쇄된 판본을 소개한 이유는 이것이 한 편의 이야기로서는 가장 완성도가 높은 판본이었기 때문이다. 하지만 이 외에도 동일한 사건을 다루는 여러 글들이 있고, 각자 몇몇 중요한 지점에서 이야기가 추가되거나 달라지는 것을 확인할 수 있다. 이 원고들은 같은 시기에 쓰인 것은 확실하나, 혼란스러울뿐더러 서로 간의 연관성도 모호하다. 또한 이미 앞에 소개된 판본(여기선 편의상 A로 부르겠다) 이외에도 초기에 작성된 또 다른 판본 두 개가 존재함을 짚고 넘어가야 할 것이다. 두 번째 판본 B는 A와 이야기 전개의 구조상 많은 부분이 일치하지만, 세 번째 판본 C는 이야기의 뒷부분에서 시작되는 줄거리 개요로, 몇 가지 중대한 차이점을 보인다. 내 생각에는 집필 순서상 C가 가장 마지막으로 작성된 듯하다. 여기에 추가로 몇 가지 자료(D)가 존재하는데, 여기에서는 특히 문제의 사건에서 골룸이 맡은 역할이 다뤄지는 것은 물론 이 시기의 역사에 관한 여러 주석들이 포함되어 있다.

D에 따르면, 골룸이 반지와 그 발견 장소에 대해 밝힌 것은 사우론으로 하여금 그것이 절대반지임을 확신케 하기에 충분했지만, 반지의 행방에 관해 캐낼 수 있었던 정보는 안개산맥에서 "골목쟁이"라는 존재가 이것을 훔쳐갔다는 것과, "골목쟁이"가 소위 "샤이어"라는 땅에서 왔다는 것까지가 전부였다고 한다. 골룸의 이야기를 통해 "골목쟁이"가 골룸과 같은 종족이라는 사실을 눈치 챈 사우론은 두려움을 한결 누그러트릴 수 있었다.

골룸은 "호빗"이라는 표현을 몰랐을 것이다. 이 말은 널리 쓰이던 것이 아니라 샤이어에 국한해 쓰인 서부어 단어였기 때문이다. 그는 "반인족"이라는 표현도 쓰지 않았는데, 자기 자신이 반인족이었고, 호빗들은 이 호칭을 싫어했기 때문이다. 암흑의 기사들이 가지고 있었을 단서가 '샤이어'와 '골목쟁이'라는 두 가지밖에 없었던 까닭이 바로 이것이다.

모든 이야기를 종합해 보면, 골룸이 최소한 어느 방향으로 가야 샤이어를 찾을 수 있는지 알고 있었다는 사실만은 분명하다. 다만 골룸을 고문하면 틀림없이 더 많은 정보를 얻을 수 있었을 텐데도 사우론은 "골목쟁이"가 안개산맥과는 완전히 동떨어진 지역에서 왔다는 점이나, 골룸이 "골목쟁이"의 위치를 알고 있다는 것을 눈치채지 못했다. 그 대신 한때 골룸의 거주지였던 안두인계곡으로 가면 그를 찾을 수 있을 것이라고 여긴 것으로 보인다.

이는 극히 사소하고 충분히 일어날 만한 실수였지만, 아마도 사우론의 행적을 통틀어 가장 중대한 착오였을 것이다. 만약 이 실수만 없었더라면 암흑의 기사들은 몇 주는 더 일찍 샤이어에 도달했을 것이다.

판본 B에서는 골룸을 붙잡은 아라고른이 북쪽에 있는 스란두일의 왕국으로 향하는 여정과, 사우론이 반지악령들에게 반지의 탐색을 선불리 맡기지 못했다는 것을 좀 더 상세하게 다루고 있다.

[모르도르에서 풀려난 후] 골룸은 곧바로 사우론의 밀정들이 따라오기는커녕 뒤쫓을 엄두도 못 낼 죽음늪 쪽으로 자취를 감췄다. 사우론의 다른 첩자들은 아무런 소식도 전하지 못하고 있었다. (사우론은 아직 에리아도르에 영향력이 미미했거니와 그곳에 파견된 첩자의 수도 적었고, 그나마 심어 놓았던 첩자들은 사루만의 수하들에게 방해를 받거나 잘못된 길로 이끌리는 일이 잦았다.) 이에 마침내 그는 반지악령을 보내기로 결심했다. 그는 그동안 반지의 정확한 위치를 알아내기 전까지는 반지악령들을 내보내길 꺼렸는데, 여기에는 몇 가지 이유가 있었다. 이들은 사우론의 가장 강력한 수하이자, 사우론이 현재 쥐고 있는 아홉 반지에 완전히 종속된 만큼 이런 임무를 맡기기에 가장 적합한 이들이었다. 그들이 사우론의 의지를 거스르는 것은

거의 불가능한 일이었거니와, 그들의 대장인 마술사왕을 비롯해 그 누구라도 반지를 손에 넣거든 이를 주군에게 되돌려주러 왔을 것이었다. 하지만 전면전(사우론은 아직 이를 벌일 준비가 되지 않은 상태였다)을 치르기 전 그들에게는 몇 가지 단점이 있었다. 마술사왕을 제외한 나머지는 홀로 햇빛 아래 놓일 경우 길을 잃기 십상이었으며, 역시나 마술사왕을 제외하면 모두 물을 두려워했기에 정말 중요한 이유가 아니라면 다리가 놓이지 않은 강은 발을 담그기도 건너기도 꺼렸다.[3] 더욱이 그들의 주요한 무기는 공포였다. 이것은 사실 그들이 옷을 입지 않고 눈에 보이지 않을 때 더 강력해졌고, 그들이 한데 모일 때 극대화되었다. 따라서 그들은 맡은 임무를 비밀리에 수행하기가 극히 힘들었으며, 여기에 더해 안두인대하를 비롯해 다른 강들 또한 큰 장애물이 되었다. 이러한 이유로 사우론은 오랫동안 주저했다. 그는 부하들이 하는 일이 자신의 주적들에게 발각되는 것을 바라지 않았기 때문이었다. 또한 애당초 사우론은 골룸과 "도둑놈 골목쟁이" 이외에는 반지에 대해 아는 이가 없었다는 점을 모르고 있었던 듯하다. 간달프가 골룸을 찾아가 심문하기 전까지[4] 골룸은 간달프와 빌보가 어떤 관계인지도 몰랐으며, 간달프에 대해서는 그 존재조차도 아예 모르고 있었다.

그러나 골룸이 그의 적에게 생포되었다는 것을 사우론이 알게 되자 상황이 송두리째 뒤바뀌었다. 이런 상황이 언제, 어떻게 일어난 것인지 확실하게 알 방법은 물론 없다. 아마도 골룸이 붙잡힌 지 한참이 지난 후였을 것이다. 아라고른의 말에 따르면 골룸을 붙잡은 것은 2월 1일의 해질녘이었다고 한다. 사우론이 보낸 첩자들의 감시망을 철저히 피하기 위해 그는 골룸을 에뮌 무일의 북쪽 끝자락까지 데려간 후 사른 게비르보다 조금 위에 있는 지점에서 안두인대하를 건넜다. 물에 떠내려 오는 나무들이 종종 동쪽 강가의 모래톱에 떠올랐는데, 그는 골룸을 그 통나무들 중 하나에 묶고는 강을 헤엄쳐 건너편으로 데려갔고, 이후 가능한 한 서쪽으로 길을 찾아 다니며 북상했다. 팡고른숲의 변두리를 따라가며 맑은림강을 건너고, 또 로리엔의 가장자리를 따라가며 님로델강과 은물길강을 건넌 후,[5] 모리아와 어둔내계곡을 피하며 전진하다 창포강을 건너 바우바위 근처까지 도달했다. 여기서 그는 베오른족의 도움을 받아 안두인대하를 재차 건너고는 어둠숲 속으로 들어갔다. 무려 1,448킬로미터에 이르는 거리를 도보로 이동하는 긴 여정을 50일 만에 끝낸 아라고른은 기진맥진하여 쓰러질 지경이었지만, 마침내 3월 21일에 스란두일에게 도달했다.[6]

따라서 골룸에 대한 첫 소식은 아라고른이 어둠숲에 진입한 후 돌 굴두르의 수하들이 알아낸 것일 가능성이 크다. 돌 굴두르의 세력권은 옛숲길에서 끝나는 것으로 간주되기는 했지만, 그 첩자들은 숲 곳곳에 있었기 때문이다. 이 소식은 분명히 돌 굴두르의 나즈굴 지휘관에게 전달되지 못했고, 나즈굴 지휘관 또한 아마도 골룸의 행방을 좀 더 조사해보기 전까지는 바랏두르에 이를 보고하지 않았을 것이다. 그러므로 골룸이 인간의 손에 붙잡힌 채로 다시 목격되었음을 사우론이 알게 된 것은 4월 말엽임이 틀림없을 것이다. 이것이 큰 의미는 없었을 수도 있다. 당시에는 사우론과 그의 수하들 모두가 아라고른의 존재나 정체를 모르고 있었기 때문이다. 하지만 확실한 것은 그 이후로, (이제 그들은 스란두일의 영토를 엄중히 감시했을 것이므로) 아마도 한 달 뒤에 사우론이 현자들이 골룸의 존재를 알아차렸으며, 간달프가 스란두일의 왕국에 도착했다는 불길한 소식을 듣게 되었다는 것이다.

그때 사우론은 분명히 극도의 분노와 불안함을 느꼈을 것이다. 이제는 은밀함보다는 신속함이 필요했기에, 그는 가능한 한 빨리 반지악령들을 이용하기로 결단했다. 그는 전쟁에 대한 공포(사우론은 한동안 이를 조장하지 않으려 했었다)로 적들을 놀라게 하고 동요하게 만들기 위해, 스란두일과 곤도르를 거의 동시에 공격했다.[7] 그에겐 두 가지 목표가 더 있었는데, 하나는 골룸을 생포하거나 처치하여, 최소한 적들에게서는 떼어 놓는 것이었고, 또 다른 하나는 오스길리아스의 다리를 무력으로 돌파해 나즈굴이 지나갈 길을 확보함과 동시에 곤도르의 힘을 시험해보는 것이었다.

결국 골룸은 도망쳐 사라졌다. 하지만 나즈굴들이 다리를 건너는 것은 성공하였다. 전투에 동원된 병력의 수는 곤도르인들이 예상했던 것보다 훨씬 적었을 것이다. 마술사왕은 첫 번째 전투에서 자신의 공포스러운 모습을 잠시나마 전면에 드러낼 수 있었는데,[8] 나즈굴들은 그 공포가 전장을 뒤덮은 틈을 타 밤중에 다리를 건너갔고, 이내 북쪽으로 흩어졌다. 곤도르의 용맹함은 사우론이 예상했던 것보다 훨씬 대단했으며 결코 얕볼 만한 수준이 아니었지만, 그럼에도 보로미르와 파라미르가 적군을 몰아내고 다리를 파괴할 수 있었던 것은 순전히 사우론이 주된 목적을 달성한 참이기 때문이었다.

부친께서는 반지악령들이 물을 두려워하는 이유에 대한 설명을 남기지 않았다. 방금 인용된 글에서 사우론이 오스길리아스를 친 행동의 주요한 동기가 드러나는데, 암흑의 기사들의 샤이어에서의 행적에 대한 상세한 묘사에서도 이 동기가 다시 한 번 언급된다. 해당 묘사에서는 호빗들이 노루말 나루터를 건넌 직후(『반지 원정대』 BOOK1 chapter 5)에 먼 반대편에서 포착된 기사(사실 돌 굴두르의 카물이었다. 1번 주석 참조)에 관하여 "그는 반지가 강을 건넜음을 확실하게 알았지만, 그에게 있어 강은 이동을 가로막는 장벽이었다"라는 언급과 함께 나즈굴들은 바란두인강의 '요정 같은' 강물을 건드릴 엄두도 내지 못했다는 서술이 등장한다. 다만 그들이 샤이어까지 오는 동안 "다리의 잔해로 이뤄진 위험천만한 여울목"(465쪽)밖에 없었다고 하는 회색강을 비롯하여, 다른 강들을 어떻게 건넜는지는 명확히 밝히지 않았다. 부친께서는 사실 이 구상은 유지하기 힘들었다고 적어 두셨다.

판본 B에서 나즈굴들이 안두인대하로 소득 없는 여정을 떠나는 이야기는 대부분 위에 실린 판본 A의 내용과 동일하다. 차이점이라면 B에서는 풍채 혈통의 주거지가 당시 완전히 버려진 상태는 아니었고, 아직 그곳에 거주하고 있던 풍채 혈통들이 나즈굴들에 의해 살해당하거나 쫓겨났다고 서술되었다는 것이다.[9] 두 판본과 『반지의 제왕』 해설의 '연대기' 모두 언급되는 상세한 날짜에 조금씩 차이가 있는데, 여기에서는 손보지 않고 남겨 두었다.

D에서는 골룸이 돌 굴두르의 오르크들에게서 벗어난 이후 반지 원정대가 모리아를 서문을 통과하기 전까지 어떻게 연명했는가에 관한 이야기를 찾아볼 수 있다. 이야기가 개략적이어서, 편집자의 재량을 다소 발휘해야 했다.

골룸은 요정과 오르크 양쪽 모두에게 쫓기면서 아마도 안두인대하를 헤엄쳐 건너갔고, 그렇게 사우론의 추격을 따돌렸음이 분명하다. 하지만 요정들이 여전히 그를 추적하고 있었고 골룸은 로리엔 근처를 지나칠 엄두를 내지 못했기에(후일 로리엔 근처를 지나갔던 것은 오로지 반지의 유혹에 이끌렸기 때문이다), 모리아에 가서 몸을 숨겼다.[10] 그것이 아마도 그해 가을쯤이었을 것이며, 가을이 지난 이후 그의 흔적은 모조리 사라졌다.

물론 그 이후 골룸에게 어떤 일이 있었는가를 확실하게 알 방도는 없다. 대단한 역경을 감수해야 했다는 점만 빼면 골룸은 그런 좁은 공간에서 살아가기에 딱 제격이었다. 다만 그에게는 모리아에 들어와 숨어 있던 사우론의 수하들에게 발각될 수 있다는 위험이 따라다니고 있었다.[11] 특히나 골룸이 먹고 살 최소한의 음식을 조달하기 위해서는 위험을 무릅쓰고 도둑질을 하는 것 외에는 방법이 없었기 때문에 더욱 그러했다. 골룸의 목적은 오로지 '샤이어'를 가능한 한 빨리 찾아내는 것이었으므로, 모리아도 본래는 서쪽으로 건너갈 비밀 통로에 지나지 않았을 것이다. 하지만 그는 길을 잃고 말았고, 모리아를 빠져나갈 길을 찾기까지에는 상당한 시간이 걸렸다. 따라서 아홉 원정대원이 나타났을 때, 골룸은 오래 지체하지 않고 모리아의 서문을 향해 갔을 가능성이 크다. 물론 골룸은 그 관문을 여는 방법을 몰랐다. 그에게는 요지부동의 거대한 문으로만 보였을 테지만, 자물쇠나 빗장도 없는 그 문은 바깥으로 밀치기만 하면 열리는 문이었다. 비록 골룸이 이를 알아내지는 못했지만 말이다. 어쨌든, 오르크들은 주로 모리아의 동쪽 끝부분에 있었기 때문에 골룸은 식량을 얻을 곳과 너무 멀리 떨어져 있었음은 물론이고, 그동안 쇠약해지고 절박해져 있던 탓에, 이 문의 비밀을 알고 있었다고 해도 문을 밀어 볼 힘조차 없었을 것이다.[12] 따라서 아홉 원정대원이 나타난 것은 골룸에게 일어난 아주 드물고 귀한 행운이었다고 할 수 있다.

3018년 9월에 암흑의 기사들이 아이센가드에 당도한 것과 뱀혓바닥 그리마를 붙잡는 부분의 이야기는 판본 A, B의 서술과 이들이 맑은림강을 건너 남쪽으로 귀환하는 시점부터 시작되는 판본 C의 서술 사이에 상당한 차이가 있다. A와 B에서는 나즈굴들이 아이센가드에 당도한 것이 간달프가 탈출하고 이틀 후였으며, 사루만은 간달프가 떠났다고 전하고 샤이어에 관해 알고 있음을 일절 부정하지만[13], 이튿날 간달프가 에도라스에 찾아왔다는 소식을 급히 아이센가드에 전하러 가던 도중 나즈굴들에게 붙잡힌 그리마가 정보를 불고 말았다. 반면에 C에서는 간달프가 아직 탑에 구금되어 있는 와중에 암흑의 기사들이 아이센가드의 정문에 나타났다. 이 이야기에서 사루만은 두려움과 절망에 사로잡혀 모르도르를 섬긴다는 것이 얼마나 무시무시한 일인지 깨닫고, 간달프에게 양보하여 그에게 용서와 도움을 구걸하기로 불현듯 결정했다. 성문에서 확답을 미루던 사루만은 끝내 간달프가 억류되어 있음을 시인하고, 그에게서 정보를 캐내 보겠으며, 만약 별 소득을 얻지 못하거든 간달프의 신병을 그들에게 넘기겠노라고 말했다. 그렇게 말한 후 사루만은 서둘러 오르상크의 꼭대기로 향했지만, 곧 간달프가 사라졌음을 알게 되었다. 그는 달이 저무는 머나먼 남쪽으로 거대한 독수리가 에도라스를 향해 날아가는 모습을 보았다.

여기서 사루만의 처지는 더욱 나빠졌다. 만약 간달프가 탈출했다면 사우론이 반지를 얻지 못하고 패배할 수도 있는 일이었다. 사루만은 직감적으로 거대한 힘과 기이한 행운이 간달프를 돕고 있음을 감지했다. 하지만 이제는 홀로 남겨져 아홉 기사들을 상대해야만 하는 처지가 된 참이었다. 그의 심경에 변화가 일었고, 간달프가 난공불락의 아이센가드를 탈출했다는 사실에 불같은 분노와 질투심이 그의 자존심을 건드렸다. 그는 정문으로 되돌아가 간달프의 자백을 얻어냈노라고 거짓말을 했다. 사루만은 그 자백이 자신의 머릿속에서 나온 것이라는 사실을 부인했다. 사우론이 자신의 속셈과 본성을 얼마나 훤히 꿰뚫어 보고 있는지는 전혀 알지 못한 채 말이다.[14]

그는 거만한 목소리로 이렇게 말했다. "이 사실은 내가 직접 바랏두르의 군주께 보고할 거요. 난 언제나 멀리서 그분께 중대사들을 고해왔소. 당신들의 임무는 그분을 위해 '샤이어'의 위치를 알아내는 것뿐이오. 미스란디르가 말하기를, 샤이어는 여기서 서북쪽으로 965킬로미터쯤 떨어진 요정들의 해안가 도시 가장자리에 있다고 하오." 이때 사루만은 속으로 내심 기뻐했는데, 마술사왕조차도 당시의 이 상황을 달가워하지 않았기 때문이었다. "당신들은 여울목을 통해 아이센강을 건넌 다음, 산맥 끝자락을 돌아 회색강 위의 사르바드로 가야 하오. 신속하게 가도록 하시오. 내가 당신들의 주인에게 당신들이 떠났다는 소식을 전하겠소."

사루만의 능숙한 언변은 그 순간 마술사왕마저도 그가 사우론에게 큰 신임를 얻고 있는 신뢰할 만한 동지라고 믿도록 만들었다. 기사들은 단숨에 정문을 떠나 아이센여울목으로 길을 서둘렀다. 사루만은 그들이 떠난 뒤에 늑대와 오르크들을 풀어 뒤늦게 간달프를 추적하는데, 여기에는 나즈굴들에게 자신의 힘을 과시하고 혹시라도 이들이 자신의 주변에 머물러 어슬렁거리지 못하게 하려는 또 다른 목적이 있었다. 또한 분노에 들끓고 있던 그는 이로써 로한에 조금이라도 피해를 입히는 것은 물론, 그의 밀정인 뱀혓바닥이 세오덴의 가슴속에 심어두었던 그에 대한 두려움을 더 키워놓기를 원했다. 뱀혓바닥은 아이센가드에 길게 머무르지 않았으며 다시 에도라스로 되돌아가던 중이었는데, 사루만이 보낸 추격대가 뱀혓바닥에게 전할 전갈을 지니고 있었다.

사우론의 기사들로부터 자유로워진 사루만은 오르상크로 돌아가 진중하고도 무시무시한 생각에 잠겼다. 계속 시간을 끌면서 자신이 반지를 차지할 수 있기를 바랐던 것으로 보인다. 그는 사우론의 기사들이 샤이어로 향한 것이 그들에게는 도움이 되기는커녕 오히려 걸림돌이 되리라고 생각했는데, 사루만은 순찰자들이 그곳을 지키고 있는 것을 알고 있었음은 물론이고, (꿈속에서 들린 계시와 같은 음성과 보로미르의 임무에 대해서도 알고 있었기에) 반지가 이미 샤이어를 떠나 깊은골로 가는 중이라고 믿었기 때문이다. 그는 즉시 모을 수 있는 모든 첩자, 정탐꾼 새들, 밀정들을 소환하여 에리아도르에 보냈다.

이 판본에서 그리마가 반지악령들에게 붙잡히고 정보를 넘기며 사루만을 배신하는 내용은 생략되었다. 여기서 이야기한 바에 따르면 암흑의 기사들이 로한을 떠나가기 이전에 간달프가 에도라스에 도착해 세오덴 왕에게 경고를 전하고, 그리마도 사루만에게 경고를 전하러 아이센가드로 떠났다고 하기에는 시간이 맞지 않기 때문이다.[15] 여기서는 사루만의 거짓말이 들통 나는 것이 기사들이 샤이어의 지도를 소지한 인물을 붙잡았을 때(594쪽)인 것으로 다뤄지고, 이 인물과 관련된 사항과, 사루만과 샤이어 사이의 거래도 더욱 세세하게 기술된다.

암흑의 기사들이 에네드와이스를 한참 지나 마침내 사르바드 근처에 이르렀을 때, 그들에게는 크나큰 행운이었으나, 사루만에게는 큰 재앙과 같았음은 물론이고,[16] 프로도에게 있어서도 아주 치명적이었던 일이 발생한다.

사루만은 오랫동안 샤이어에 관심을 가져 왔는데, 이는 그가 간달프가 샤이어에 관심을 기울이고 있던 것을 수상하게 여긴 까닭이었다. 그는 또한 (역시나 몰래 간달프를 따라해 볼 요량으로) '반인족의 담배'에도 맛을 들이게 되어 더 많은 양이 필요해졌으나, 자존심 때문에 (그는 한때 간달프가 연초를 피우는 것을 비웃은 적이 있었다) 가능한 한 은밀하게 거래를 이어갔다. 그리고 이후 여기에 또 다른 동기들이 추가되었다. 세력의 확장을 바라던 사루만은 특히 간달프의 영역을 눈독 들였는데, 그러던 중 그가 '담배'를 얻기 위해 쓰는 돈이 자신의 영향력을 키워주고 있으며, 일부 호빗들, 가령 농장을 많이 보유하고 있던 조임띠네나 혹은 자룻골골목쟁이 집안[17]의 마음을 악하게 물들이고 있었다는 사실을 알게 된다. 동시에 사루만은 간달프가 샤이어와 반지 사이에 무언가가 있다고 여기고 있음을 느끼기 시작했다. 어째서 그곳을 그렇게까지 지키려 드는가? 이에 그는 샤이어의 주요 인물들과 집안, 도로, 그리고 그 외의 여러 가지 세세한 정보들을 수집하기 시작했다. 이 과정에서 그는 조임띠네와 자룻골골목쟁이네에 고용된 샤이어 호빗들을 이용했는데, 다만 그가 대리인으로 보낸 이들은 던랜드 혈통의 인간들이었다. 간달프가 사루만과 손을 잡을 것을 거절한 이후에는 여기에 배의 공을 들였다. 순찰자들도 어렴풋이 뭔가 수상하다고 여기기는 했으나 실제로 사루만의 수하들을 제지하지는 않았다. 간달프가 그들에게 경고를 전할 사정이 되지 못했거니와, 그가 아이센가드를 방문했을 당시만 해도 아직 사루만을 동지라고 생각하고 있었기 때문이다.

일전에 사루만의 심복 중 한 명(악당이라기보다는 그들과 어울려 다니는 녀석에 지나지 않았고, 오르크의 피가 섞였다고들 하던, 던랜드에서 쫓겨난 무법자였다)이 샤이어 국경에서 담배와 다른 물건들의 흥정을 마친 후 돌아왔다. 사루만이 전쟁을 대비해 아이센가드로 물자를 사들이고 있던 참이었다. 샤이어에서 돌아온 사루만의 수하는 거래를 재개하고 가을이 끝나기 전에 많은 상품들의 운송을 준비하고자[18] 샤이어로 돌아가는 중이었다. 그에게는 또 다른 임무도 주어졌는데, 가능하다면 샤이어에 돌아가 혹시 최근에 어떤 유명한 자가 샤이어를 떠난 적이 있는지 알아보라는 것이었다. 그는 샤이어의 지도와 확인해봐야 할 인물들의 명단, 그리고 샤이어와 관련된 기록 여러 개를 지원받았다.

이 던랜드인은 사르바드의 건널목으로 오던 암흑의 기사들 몇몇에게 붙잡히고 말았다. 그는 극도의 공포 속에서 마술사왕에게 끌려가 심문을 받고, 사루만을 배신함으로써 목숨을 구할 수 있었다. 이로써 마술사왕은 사루만이 그동안 샤이어의 위치를 알고 있었을 뿐만 아니라, 이에 대해 많은 정보들을 갖고 있었음을 알게 되었다. 사루만이 사우론의 진실한 동맹이었더라면 사우론의 수하인 자신들에게 진작 이를 밝혔을 것이고, 마땅히 밝혀야만 했던 일이었다. 마술사왕은 이 던랜드인에게서 여러 정보들을 손에 넣게 되는데, 그중에는 유일하게 그의 흥미를 끈 이름, '골목쟁이'에 관한 것도 있었다. 이것이 여러 장소 가운데에서도 호빗골이 당장이라도 방문해 조사를 해봐야 할 곳이 된 이유였다.

마술사왕은 바야흐로 모든 상황을 더욱 명확하게 이해하게 되었다. 그는 오래전 두네다인과 전쟁을 벌이던 시절부터 이 고장을 어렴풋이 알고 있었다. 특히 본인이 직접 악령들을 풀어 고분구릉으로 만든 카르돌란의 튀른 고르사드는 훤히 꿰고 있던 터였다.[19] 그는 그의 주인이 샤이어와 깊은골 사이에 모종의 움직임이 오가는 중이라고 의심하고 있었음을 떠올리고, 브리(그가 이미 알고 있는 장소였다)가 적어도 정보 수집에 있어서는 중요한 거점이 되리라는 것을 간파했다.[20] 그는 이후 이 던랜드인의 마음속에 공포의 그림자를 심고는 브리로 보내 정보를 모으게 했다. 이자가 바로 여관에 있었던 사팔뜨기 남부인이다.[21]

판본 B에 쓰여 있는 바로는 암흑의 대장은 반지가 아직 샤이어에 있는지 확실히 알지 못했고, 그것부터 밝혀내야만 했다. 그러나 샤이어는 너무 넓었기에 풍채 혈통을 습격했을 때처럼 난폭하게 휩쓸기는 어려웠다. 그는 가능한 한 공포를 잠재우며 들키지 않게 행동하되, 동쪽 변경에 대한 감시는 여전히 유지해야 했다. 따라서 그는 기사들 몇몇을 샤이어에 잠입시킨 다음 흩어져 샤이어를 구석구석 샅샅이 뒤지도록 했는데, 이 중 사루만의 문건에서 '골목쟁이'의 거주지로 지목된 호빗골을 발견한 자는 카물이었다(1번 주석 참조). 다만 암흑의 대장 자신은 고분구릉과 남구릉 사이의 좁은 길목으로 초록길이 통과하는 장소인 안드라스에 야영지를 꾸리는데,[22] 여기서 그는 다른 기사들에게 동쪽 경계를 감시하고 순찰할 것을 명한 다음 자신은 고분구릉으로 향했다. 당시 암흑의 기사들의 행적을 서술한 주석의 내용에 따르면, 암흑의 대장은 이때 고분구릉에 며칠간 머무르며 고분악령들을 깨웠고, 이후 요정과 인간을 적대하던 온갖 사악한 영들이 악의가 가득한 시선으로 묵은숲과 고분구릉을 예의주시했다고 한다.

(iii)
간달프, 사루만, 샤이어에 대하여

동일한 시기에 쓰인 또 다른 문서들이 있는데, 이들은 사루만이 일찍이 샤이어와 이어 왔던 거래들, 그중에서도 "사팔뜨기 남부인"(607쪽 참조)과 연관된 "반인족의 담배"에 대해 서술하는 대량의 미완성된 이야기들로 구성되어 있다. 지금부터 소개할 이야기는 여러 판본 중 하나를 선택한 것이며, 몇몇 판본에 비하면 간략하되 완성도는 가장 높다.

사루만은 곧 간달프를 시기하게 되었고, 그의 경쟁심은 이윽고 증오로 바뀌었다. 감춰진 만큼 더욱 깊은 증오였다. 회색의 순례자의 힘이 더 강했고, 그가 스스로의 힘을 숨기고 두려움이나 경외의 대상이 되길 바라지 않았는데도 가운데땅의 주민들에게 더 큰 영향력을 갖고 있었다는 사실을 마음속으로는 알고 있었기에 더 쓰라린 고통을 느꼈다. 사루만은 그를 향한 경외심은 조금도 갖고 있지 않았으나, 점점 그를 두려워하기 시작했다. 간달프가 그의 의중을 얼마나 꿰뚫어 보았는지 알 수 없었으며, 그가 말을 하지 않고 침묵할 때에는 더욱 겁을 먹게 된 것이다. 이에 그는 공공연히 간달프를 다른 현자들에 비해 푸대접했으며, 그의 주장을 사사건건 반대하거나 그의 조언을 폄하하는 태도를 고수했다. 그러면서도 남들 몰래 간달프가 하는 모든 말에 신경을 곤두세우며 깊은 고민을 했고, 힘이 닿는 한 항상 간달프에게 감시를 붙여 그의 일거수일투족을 지켜봤다.

사루만이 반인족과 샤이어에 대한 생각을 하게 된 계기도 바로 이것이었다. 간달프가 아니었다면 그는 이들을 거들떠도 보지 않았을 것이다. 애초에 그는 자신의 경쟁자가 반인족에 관심을 가진 것이 백색회의가 엄중히 고민하고 있는 사안들, 그중에서도 힘의 반지와 관련이 있으리라고는 생각도 하지 못했다. 실제로도 처음에는 아무 연관성이 없었으며, 단지 간달프가 작은사람들을 총애했던 것일 뿐이기 때문이었다. 혹 간달프가 깨어있는 정신으로도 알 수 없는 마음속 깊이 무엇인가를 예감하고 있었던 게 아니라면 말이다. 간달프는 여러 해 동안 공공연히 샤이어를 방문했으며, 듣기 귀찮아하지 않는 이들에게는 언제나 그곳 사람들의 이야기를 하고 다녔고, 사루만은 이에 마치 나이든 방랑객의 실없는 이야기를 들어주는 양 미소를 지어보이기 일쑤였지만, 어쨌든 그의 말을 경청하기는 했다.

간달프가 샤이어를 방문할 가치가 있는 곳으로 여기고 있음이 확실해지자 사루만도 몸소 이곳을 방문했는데, 다만 변장을 한 채 최대한 숨어 다녔다. 그는 알아야 할 건 전부 알아냈다 싶을 때까지 샤이어의 모든 도로와 땅을 답사했고, 더는 샤이어를 돌아다녀 봐야 현명하지도 않을뿐더러 아무 이득도 없다는 판단이 선 이후에도 여전히 국경지대에 첩자와 수하들을 남겨둔 채 그 땅을 예의주시했다. 여전히 의심하는 바가 있었던 것이다. 그는 스스로 너무나 타락한 나머지, 다른 백색회의 일원들도 모두 그들의 영달을 위해 깊고도 원대한 계획을 세워두고 있으며, 그들의 행동 하나하나가 전부 그런 계획의 일환이라고 믿게 되었다. 그렇기에 반인족이 골룸의 반지를 찾았다는 소식을 사루만이 알게 되었을 때, 그로서는 간달프가 처음부터 이를 알고 있었을 것이라고 생각할 수밖에 없었다. 사루만은 반지들과 관련된 모든 일을 자신의 특별한 영역으로 여겼기 때문에, 이 일은 그에게 있어서 가장 큰 불만이었다. 그를 향한 간달프의 불신이 자연스럽고 정당했더라도, 그것이 사루만의 분노를 누그러뜨리기에는 역부족이었다.

그런데 사실은 사루만의 정탐과 은밀한 행보도 처음에는 사악한 목적에서 비롯된 것이 아니었고, 단지 오만한 마음에 쓸데없는 짓을 하던 것에 불과했다. 굳이 언급할 가치가 없어 보이는 사소한 일이 끝에 가서는 아주 결정적인 순간으로 바뀔 수도 있는 법이다. 이제 사실을 밝히자면, 사루만은 간달프가 "연초"라고 부르는 (그가 이 표현을 쓴 것은 별다른 의도가 없는 한 작은사람들에 대한 존경의 표시였

다) 식물을 애용하는 모습을 겉으로는 경멸했지만, 아무도 모르게 연초에 손을 대었다가 이윽고 즐겨 피우게 되었다. 샤이어가 그에게 중요한 장소가 된 것도 이러한 이유에서였다. 그런 와중에도 사루만은 연초를 피우는 게 들통 나 자신이 해온 조롱이 되돌아오거나 간달프를 흉내 낸다며 비웃음거리가 되고 남들 몰래 이런 짓을 한다며 경멸받을 것을 두려워했다. 사루만이 거래의 초기부터 샤이어와 관련된 일을 철저히 비밀에 부쳐 왔던 이유가 바로 이것이었다. 샤이어에 의심의 그림자가 드리우기도 전이며 주민들의 경계심도 크지 않았고, 모든 여행객이 자유롭게 드나들던 때였음에도 말이다. 그가 샤이어를 직접 방문하는 것을 그만둔 데에는 다음의 이유도 있었다. 눈이 날카로운 반인족들이 종종 그의 존재를 알아챘으며, 그중 일부는 회색 혹은 적갈색 옷을 입은 노인이 숲속을 슬며시 지나가거나 해질녘 황혼 속을 배회하는 것을 보고는 그를 간달프로 오인했다는 사실을 알게 된 것이다.

그 이후 사루만은 이런 소문들이 퍼지고 혹여나 간달프의 귀에 들어가기라도 할까 두려워져 다시는 샤이어를 찾아가지 않았다. 하지만 간달프는 그가 샤이어를 방문했다는 걸 전부 알고 있었고, 심지어는 이것을 사루만이 간직한 비밀 중에 가장 무해한 것이라 여기며 웃어넘기기도 했다. 단지 그 누구라도 창피하게 하고 싶지 않았기에 이를 주위에 말하지 않았을 뿐이었다. 어찌 되었든 막상 사루만의 샤이어 방문이 뜸해졌을 때에는 간달프도 그를 의심하고 있었던 만큼 이를 그다지 안타깝게 여기지 않았다. 그는 사루만이 샤이어에 관해 알게 된 사실들이 언젠가 화를 초래하고, 적이 승리를 거머쥐도록 몰고 가는 최악의 이적행위가 될 수 있다고는 아직 생각지 못했다.

또 다른 판본에는 사루만이 공공연히 간달프가 연초를 피우는 것을 조롱한 일에 관한 설명이 실려 있다.

결국 사루만은 후일 증오와 두려움에 간달프를 기피하게 되었다. 둘의 만남은 백색회의가 소집되었을 때를 제외하면 매우 뜸했다. 그들 사이에서 "반인족의 담배"가 처음으로 언급된 것은 2851년에 대회의가 소집되었을 때였다. 당시에만 해도 그저 재미있는 이야기로 치부되었지만, 훗날에는 모두가 이를 다른 시각에서 보게 되었다. 회의는 깊은골에서 열렸고, 사루만이 간달프의 의견에 반대하며 아직은 돌 굴두르를 쳐서는 안 된다는 주장을 피력하는 와중에, 간달프는 말없이 외따로 앉아서는 유난스럽게 연초를 피우고 있었다(전에는 그가 이런 자리에서 이러한 행동을 한 예가 없었다). 간달프의 침묵과 연초 연기 모두가 사루만의 심기를 극도로 건드렸고, 결국 그는 회의를 해산하기 전에 간달프에게 이런 말을 건넸다. "미스란디르. 지금 중대한 사항을 논의하고 있는데, 남들이 열변을 토하는 중에도 꼭 그렇게 장난감으로 불과 연기를 피워대야겠소?"

하지만 간달프는 웃으며 이렇게 답했다. "당신도 이걸 피워봤더라면 그런 말은 못 할 거요. 연기가 날 때마다 마음속에 쌓인 그림자를 걷어내 준다오. 어쨌든, 실수를 화내지 않고 받아들일 수 있게 하는 그런 차분함을 선사하는 물건이라고 할 수 있겠지요. 다만 이건 내 장난감이 아니고, 저 멀리 서쪽에 있는 작은사람들이 만들어 낸 것이오. 유쾌하고 훌륭한 종족이올시다. 비록 당신의 그 숭고한 계획들에 비하면 하찮아 보일지라도 말이오."

(정중한 방식이든 무례한 방식이든 조롱당하는 일을 끔찍이도 싫어했던) 사루만이 이 대답에 마음이 풀릴 리가 만무했다. 그는 냉랭하게 말했다. "늘 그렇듯 농담으로 응수하시는구려, 미스란디르 선생. 당신이 잡초나 야생의 사물들이나 어린애 같은 종족 따위의 사소한 것에 관심을 쏟는 사람이 되었다는 건 잘 알겠소. 달리 가치 있는 일

을 할 용의가 없다면야 당신의 시간은 당신 몫이고 친구 역시 좋을 대로 사귀어도 되겠소만, 내가 보기에 지금은 방랑자의 이야기 따위를 들어주기에는 시절이 하 수상한 것 같소. 나로서는 촌에 사는 단순한 족속에게 쓸 시간은 없소이다."

간달프는 웃음을 멈추었고, 더 이상 말을 하지 않았다. 단지 사루만을 날선 눈빛으로 바라보다가, 담뱃대를 꺼내 들어서는 큰 연기 고리를 만들더니 뒤이어 작은 고리들을 잇달아 만들어 내뿜을 뿐이었다. 이내 마치 그 고리들을 붙잡기라도 할 것인 양 손을 뻗자, 고리들은 사라져 버렸다. 그 후 간달프는 아무 말도 없이 자리에서 일어나 사루만을 떠났고, 사루만은 말문이 막혀 잠시 서 있다가 이내 의심과 불쾌함에 얼굴이 일그러졌다.

이 이야기는 대여섯 개 이상이나 되는 원고들에 등장한다. 그중 하나는 사루만이 이때 다음과 같이 의심을 품었다고 서술한다.

그는 스스로가 간달프가 연기로 만든 고리에 대고 한 몸짓의 의도를 정확히 짚은 게 맞는지(무엇보다도 특히 이것이 반인족과 힘의 반지 사이의 어떤 연관성을 보여주는 것인지가 가장 신경이 쓰였다. 비록 겉으로는 그렇게 보이지 않았을지라도 말이다), 그리고 간달프와 같이 대단한 인물이 정말로 반인족 같은 자들의 안위를 위해 그들에게 관심을 보이고 염려하는 것인지 의심에 잠겼다.

또 다른 원고(글에 선을 그어 지워 놓았다)에서는 간달프의 의도가 명확하게 기술된다.

사루만의 무례한 태도에 화가 난 간달프가 사루만이 모종의 계획들을 실행에 옮기고 반지에 대한 전설을 연구하는 일들이 혹시 반지들을 손에 넣겠다는 욕망에서 시작된 것이 아닌가 하는 의심을 표현하고, 그랬다가는 원하는 바를 이루지 못하리라는 경고를 전하기 위해 택한 방법이 하필 이런 것이었다는 점은 참 기이한 우연이었다. 당시로서는 간달프가 반인족이 (그리고 더더군다나 그들의 흡연 문화가) 반지들과 연관이 있으리라는 생각을 하지 못했다는 것은 의심할 바가 없었기 때문이다.[23] 만약에 그가 진정 이런 생각을 가지고 있었더라면 절대로 이런 행동은 하지 않았을 것이다. 다만 훗날에 실제로 반인족들이 이러한 중대사에 엮이게 되자, 사루만으로서는 간달프가 진작에 이를 알고 있었거나 예견했고, 그와 백색회의에게는 이를 감춘 것이었다고 생각할 수밖에 없었다. 그것도 간달프가 사실 반지를 손에 넣고 그의 앞을 가로막을 심산이었던 것이라는, 딱 사루만이 생각할 법한 이유로 말이다.

'연대기'의 2851년 항목에서는 간달프가 돌 굴두르를 공격할 것을 강력하게 주장했지만 사루만이 그 주장을 무시했다고 기술되며, 같은 항목에 붙은 각주에서는 '나중에 밝혀진 대로 사루만은 이때쯤 절대반지를 소유하고 싶은 욕망을 갖기 시작했고, 한동안 사우론을 그냥 내버려 두면 반지가 주인을 찾아 모습을 드러낼 것이라고 기대했다'라고 밝히고 있다. 앞선 이야기에서는 간달프가 2851년 회의가 열렸을 때 이미 사루만을 의심하고 있었던 것으로 드러난다. 하지만 부친께서 이후에 남기신 내용을 살펴보면, 간달프가 엘론드의 회의에서 라다가스트와의 만남에 대해 이야기한 것으로 미루어 보건대, 그는 오르상크에 구금되기 전까지는 사루만의 배신(혹은 그가 반지를 차지하고자 했다는 것)을 진지하게 의심하지는 않은 듯하다.

| 주석 |

1 '연대기'의 2951년 항목에 따르면 사우론이 돌 굴두르를 장악하기 위해 보낸 나즈굴은 둘이 아니라 셋이었다. 돌 굴두르에 있었던 세 반지악령 중 한 명이 이후 미나스 모르굴로 돌아간 것이라고 가정한다면, 두 서술 사이의 모순을 피할 수도 있을 것이다. 그렇지만 내 생각에는 '연대기'의 편찬이 완료될 당시에 본문이 아직 다 다듬어지지 않았다고 보는 것이 더욱 그럴듯하다. 또한 이 대목에서 한 폐기된 판본에서는 한 명의 나즈굴이 그의 수석 전령으로 사우론의 곁에 남아 있는 동안, 돌 굴두르에 나즈굴이 단 한 명(카물이라는 이름은 없고, 다만 '부두목(암흑의 동부인)'으로 지칭된다)만 있었다고 서술되었다는 점을 짚고 넘어가야 할 것 같다. 이외에도 암흑의 기사들이 샤이어에서 벌인 행적을 자세히 기술하는 주석들에서 밝힌 바에 따르면, 호빗골에 찾아와 감지 영감에게 말을 걸고, 이후 가녘말로 가는 길 내내 호빗들을 미행하다가 노루말 나루터에서 이들을 아슬아슬하게 놓친 기사가 바로 카물이라고 한다(600쪽 참조). 카물이 끝숲마을의 능선에서 소리를 치며 호출하자 그에게 합세하고는 그와 함께 농부 매곳을 찾아간 기사는 "돌 굴두르에서 온 그의 동료"였다고 한다. 카물은 '암흑의 대장' 다음으로 반지의 존재를 가장 잘 감지할 수 있는 인물이었으나, 동시에 햇빛에 힘이 교란되고 약해지는 정도가 가장 심했던 인물이었다고 기술된다.

2 그는 실제로 나즈굴을 두려워한 나머지 모리아에 숨어들어 간 것이었다. [원저자 주]

3 브루이넨여울에서 대치했을 때, 오직 마술사왕과 그 외 두 명만이 바로 눈앞에 있는 반지에 이끌려 제 발로 강물에 들어갔다. 나머지

는 글로르핀델과 아라고른에게 밀려나 억지로 강에 들어갔다. [원저자 주]

4 이후 엘론드의 회의에서도 밝힌 바와 같이, 간달프는 골룸이 스란두일 휘하의 요정들에게 붙잡혔을 때 그를 심문했다.

5 간달프는 엘론드의 회의에서 미나스 티리스를 떠난 이후 "로리엔으로부터 아라고른이 그곳을 지나갔고 골룸이라는 녀석을 잡았다는 전갈을 받았습니다"라고 밝힌다.

6 간달프는 이틀 뒤에 어둠숲에 왔고, 3월 29일 아침 일찍 떠났다. 바우바위를 지나친 이후로는 말을 타고 갔지만, 중간에 안개산맥을 건너기 위해 높은고개를 경유해야 했다. 깊은골에서 그는 새 말을 얻었고, 이후 최대한으로 속력을 내 4월 12일의 늦은 시각에 호빗골에 도달했다. 약 1287킬로미터 가량을 달린 결과였다. [원저자 주]

7 본문과 '연대기' 양쪽에 모두 오스길리아스 공격이 6월 20일에 이뤄졌다고 기술된다.

8 이 서술은 분명 보로미르가 엘론드의 회의에서 오스길리아스에서 벌어진 전투의 이야기를 하는 대목("그들에게는 예전에 전에 느껴보지 못한 어떤 힘이 있었습니다. 사람들은 달빛 아래서 거대한 암흑의 기사처럼 보이는 어두운 그림자를 보았다고 합니다.")을 두고 말하는 것이다.

9 부친께서 1959년에 쓰신 편지에 다음과 같은 내용이 있다. "2463년 [연대기에 따르면 풍채 혈통의 데아골이 절대반지를 찾아낸 해이다]과 간달프가 (근 500년 이후에) 반지를 특별히 수색하기 시작한 시기

사이에, 그들[풍채 혈통]은 실로 전멸했거나(물론 스메아골은 제외하고) 돌 굴두르의 어둠을 피해 달아난 듯합니다."

10 위 2번 주석의 원저자 주에 따르면 골룸이 나즈굴에 대한 두려움으로 모리아로 피신했다고 명시된다. 591쪽에서 모르굴의 군주가 창포강 너머 북쪽으로 말을 달린 것이 골룸을 찾을 수 있으리라는 기대 때문이었다고 명시된 것과도 대조하라.

11 이들은 사실 그 수가 많아 보이지 않을 수도 있지만, 적어도 발린의 일행 이상의 무장을 갖추지 않았고 숫자가 대단히 많지 않은 침입자들이라면 얼마든지 쫓아낼 수 있었다. [원저자 주]

12 난쟁이들의 기준으로 이 관문은 두 명이 힘을 써야 열 수 있었고, 힘이 상당히 센 난쟁이만이 이를 홀로 밀어젖힐 수 있었다. 모리아가 버려지기 이전에는 문지기들이 서문 안쪽에 대기했으며, 적어도 한 명은 상주했다. 이런 이유로 혼자인 사람이라면 (더불어 그 어떤 침입자나 도망자도) 허가를 받지 않은 한 서문으로 빠져나갈 수 없었다. [원저자 주]

13 A에서 사루만이 반지가 숨겨진 장소를 알고 있음을 부정했다면, B에서는 "그들이 찾아 헤매던 땅에 대해 알고 있음을 부정했다"라고 하는데, 이는 아마도 표현의 차이에 불과한 것으로 보인다.

14 이 판본의 앞부분에서는 사우론이 팔란티르를 이용하여 마침내 사루만을 겁먹게 하고, 사루만이 정보를 감추더라도 언제든지 그의 생각을 읽을 수 있게 되었다는 내용이 등장한다. 이로써 사우론은 사루만이 반지의 행방에 대해 짐작하고 있는 바가 있음을 알아냈고,

실제로 사루만 또한 이에 대해 가장 많은 것을 알고 있는 인물인 간달프를 포로로 붙잡아두었음을 드러냈다.

15 '연대기'에서 3018년 9월 18일 항목에 서술된 내용은 다음과 같다. "간달프, 이른 시간에 오르상크를 탈출하다. 암흑의 기사들이 아이센강의 여울목을 건너다." 간결하게 서술된 만큼 기사들이 아이센가드를 방문했다는 암시도 주어지지 않기는 하지만, 판본 C의 내용에 기초해서 만들어진 것으로 사료된다.

16 사루만의 속셈이 드러난 후 그와 사우론 사이에 무슨 일이 있었는가는 관련된 그 어떤 문서에서도 밝혀지지 않는다.

17 조임띠네 로벨리아는 자룻골골목쟁이네 오소와 혼인했으며, 그들의 아들인 로소는 반지전쟁의 시기에 샤이어를 장악하고는 "대장"이란 이름으로 불리게 된다. 농부 초막골이 프로도와 대화를 나누던 도중 로소가 남둘레의 연초 농장들을 차지했다는 것을 언급한다(『왕의 귀환』 BOOK6 chapter 8).

18 주로 사용된 경로는 사르바드를 건넌 후 (아이센가드로 직행하기보다는) 던랜드로 가서, 사루만에게 비밀리에 상품을 전달하는 것이었다. [원저자 주]

19 『반지의 제왕』 해설 A(I) '북왕국과 두네다인'에 주어진 서술과 대조하라. "카르돌란의 두네다인이 종말을 맞았고 앙마르와 루다우르의 악령들이 인적 없는 흙무덤들로 들어와 살게 된 것이 그때[1636년에 곤도르에 대역병이 퍼졌을 시기를 말한다]였다."

20 암흑의 대장이 이렇게 많은 것을 알고 있었는데도 반인족의 땅 샤이어의 위치에 그토록 무지했다는 서술은 다소 이상하게 들린다. '연대기'에 따르면 제3시대 14세기 초에 마술사왕이 북쪽의 앙마르로 갔을 때, 이미 호빗들이 브리에 정착하여 살고 있었다.

21 『반지 원정대』 BOOK1 chapter 9 참조. 성큼걸이와 호빗들이 브리를 떠날 때(『반지 원정대』 BOOK1 chapter 11), 프로도는 브리 외곽에 있는 고사리꾼 빌의 집에서 이 던랜드인("교활한 눈빛을 한 창백한 얼굴")을 잠깐 포착하고는 "꼭 고블린같이 생긴 녀석이군."이라는 생각을 한다.

22 간달프가 엘론드의 회의에서 했던 말과 대조하라. "그들의 대장은 브리 남쪽 은밀한 곳에 숨어 있었고 ……"

23 이 인용문의 마지막 두 문장을 감안하면 이 대목은 "당시 간달프는 반인족이 앞으로 어떤 식으로든 반지들과 얽히게 될 것이라고는 생각하지 못했다"라는 뜻이 된다. 2851년의 백색회의의 소집은 빌보가 반지를 발견하기 90년 전에 벌어진 일이었다.

V

아이센여울목의 전투

사루만이 로한을 손쉽게 정복하는 데 가장 큰 걸림돌이 된 존재는 세오드레드와 에오메르였다. 그들은 원기왕성하고 왕에게 헌신적이었으며, 각각 왕의 외아들과 조카로서 대단한 총애를 받았다. 왕이 쇠약해지자, 세오드레드와 에오메르는 그리마의 영향력을 끊어 놓기 위해 있는 힘을 다했다. 세오덴은 그가 66세가 되던 3014년 초부터 건강이 악화되기 시작했다. 로히림은 보통 80세, 혹은 그보다 좀 더 오래 사는 것이 일반적이었으므로 왕의 병세는 지극히 자연스러운 일이었을 수도 있다. 그러나 그리마가 왕에게 교묘하게 독을 먹여 노화를 유발하거나 악화시켰을 가능성도 있다. 어찌되었든, 세오덴은 자신의 사악한 신하 그리마의 간계와 술수 때문에 점점 나약해졌고 동시에 그에게 더 의지하게 되었다. 그리마의 계획은 두 방해꾼 세오드레드와 에오메르가 세오덴의 신임을 잃게 하는 것이었고, 가능하다면 아예 제거하고 싶어 했다. '병마'에 시달리기 전의 세오덴은 모든 백성과 친족의 존경과 사랑을 한 몸에 받던 왕이었다. 심지어 세오드레드와 에오메르는 세오덴이 노망이 들어 그 증상이 예사롭지 않았을 때에도 변함없이 충성을 다 한 자들이었다. 그러기에 이들 사이를 이간질한다는 것은 불가능한 일이었다. 특히나 에오메르는 야망이 큰 인물이 아니었거니와, (13살 터울로 연상이었던) 세오드레드를 향한 그의 사랑은 그가 양아버지[1]를 사랑하는 것에 버금갔다. 이에 그리마는 우선 세오덴의 마음속에서 이 둘 사이를 갈라놓기로 하였다. 그는 에오메르를 항상 더 큰 권력을 탐하며 왕이나 왕자와의 상의도 없이 행동하는 인물로 모함하기 시작했다. 그리마의 이런 계략은 나름 성공적이었고, 사루만이 끝내는 세오드레드를 죽여 없애면서 결실을 맺었다.

여울목에서 벌어진 전투에 대한 상세한 전말이 밝혀진 이후로 사루만이 어떤 대가를 치르더라도 세오드레드를 반드시 처치하라는 특별 지시를 내린 사실이 로한에 밝혀졌다. 첫 전투부터 사루만의 가장 흉포한 전사들이 전투의 다른 사건들은 신경쓰지도 않고 벌떼같이 세오드레드와 그의 호위대에게 달려들어 무시무시한 맹공을 퍼부었다. 오히려 다른 방식이었다면 로히림에게 훨씬 더 치명적인 피해를 입히고 패퇴시킬 수 있었을 것이다. 마침내 세오드레드가 죽임을 당하자, (틀림없이 사루만의 명령을 받은) 사루만군의 사령관은 한동안은 만족한 듯 보였다. 하지만 여기서 사루만은 돌이킬 수 없는 치명적인 실수를 범하였다. 즉시 병력을 충원한 후 바로 웨스트폴드로 물밀 듯 쳐들어가야 했는데, 그렇게 하지 않았던 것이다.[2] 물론 그림볼드와 엘프헬름의 용맹함이 사루만군의 움직임을 지연시킨 것은 사실이다. 그러나 사루만의 웨스트폴드 침공이 닷새만 일찍 개시되었다면, 에도라스에서 출발한 지원군은 분명 헬름협곡 근처에 도달하지도 못한 채 개활지에서 사루만의 군에 포위당해 전멸했을 것이었다. 그마저도 간달프가 도착하기 이전에 에도라스가 공격을 받고 함락되지 않았다면 말이다.[3]

전해지는 바에 따르면, 그림볼드와 엘프헬름의 무용武勇이 사루만 부대의 이동을 지연시킨 것은 사루만에게 큰 악재가 되었다고 한다. 어쩌면 위의 서술은 그들의 헌신을 과소평가하는 것일지도 모른다.

아이센강은 아이센가드 위쪽에 있는 수원으로부터 빠르게 흘러와 로한관문이 있는 평야 지대에 다다르면서부터 유속이 느려진다. 하지만 강은 서쪽으로 꺾이고 나면 길게 경사진 지대를 흘러 내려가고, 곤도르 변방과 에네드와이스의 해안가 저지대까지 깊고 거센 물살이 이어진다. 이렇게 강이 서쪽으로 휘감아 흐르는 곳 바로 위쪽에 아이센여울목이 있다. 이곳에 이르러서야 강은 넓고 얕아지면서 두 줄기로 갈라져 한가운데에 위치한 제법 큰 작은 섬 주위를 둘러 안으며 흘러간다. 작은 섬의 모래톱은 북쪽에서 쓸려 내려온 돌과 자갈들로 수북이 뒤덮여 있었다. 오직 아이센가드 남쪽에 있는 이 여울목에서만 대규모 병력이 아이센강을 도하하는 것이 가능했다. 특히 중무장한 보병이나 기병이라면 더더욱 선택의 여지가 없었다. 그런고로, 사루만은 다음과 같은 전략적 이점을 누린 터였다. 만약 적이 여울목에 진을 치고 있다면, 그는 아이센강의 양 측면으로 군대를 보내어 여울목을 포위하고 공격할 수 있었다. 또한 아이센강 서쪽 방면에 주둔하고 있던 사루만의 병력은 여차하면 아이센가드로 후퇴할 수 있었다. 반면 세오드레드의 군은 대등한 전력으로 사루만의 군대와 전투를 벌이거나 서쪽 교두보를 지켜내기 위해서는 여울목을 건너는 것 외에 다른 방법이 없었을뿐더러 전세가 불리해졌을 때 후퇴할 수 있는 퇴로조차도 여울목뿐이었다. 이 경우 등 뒤의 적에게 쫓기며 여울목으로 퇴각했더니, 동쪽 강변에서도 적들을 맞닥트리는 상황이 벌어질 수도 있는 것이었다. 아이센강의 남쪽과 서쪽을 따라서는 세오드레드의 군이 고국으로 돌아갈 수 있는 길도 없었다.[4] 그들이 서곤도르로 향하는 먼 길을 떠날 준비가 되어 있지 않다면 말이다.

사루만의 공격은 예견된 일이긴 하였으나, 예상보다 빨리 닥쳐왔다. 세오드레드의 척후병들은 아이센가드의 정문 앞에 사루만의 군이 속속 모여들고 있으며, (그들이 보아하니) 병력의 대부분이 아이센강 서쪽 방면에 집결하고 있는 것 같다는 급보를 전해 왔다. 이에 그는 웨스트폴드로부터 동원된 건장한 보병들을 여울목의 동쪽과 서쪽에 배치했다. 말을 잘 다루는 기수들과 여분의 기병들을 기사들 세 부대와 함께 동쪽 강변에 남겨둔 채, 세오드레드는 직접 기병대의 주력을 이끌고 여울목을 건너갔다. 기병 여덟 부대와 궁수 부대 하나가 그를 따랐는데, 사루만의 병력이 모든 전투준비를 마치기 전에 타도하기 위함이었다.

하지만 사루만은 자신의 계략과 전력을 고스란히 내보인 것이 아니었다. 세오드레드가 출병했을 때에는 사루만의 병력 역시 이미 진군하던 차였다. 여울로부터 북쪽으로 약 32킬로미터가량 떨어진 곳에서 사루만의 선봉대를 마주친 세오드레드는 적에게 적지 않은 타격을 입히며 이들을 격퇴했다. 그러나 세오드레드가 이들의 뒤를 쫓아 적의 주력을 공격하기 위해 쳐들어가자, 적의 방어는 굳세졌다. 그들은 장창병들을 배치한 참호 뒤에 진을 치고 만반의 태세를 갖추고 있었다. 선두의 에오레드를 이끌던 세오드레드는 적들의 극렬한 저항에 맞닥뜨렸을 뿐만 아니라, 아이센가드에서 급히 달려온 사루만의 지원군이 서쪽에서 그들의 측면을 공격해 들어오자 급기야 적에게 거의 포위를 당하고 말았다.

그의 뒤를 따른 후속 부대가 도착하여 세오드레드는 가까스로 포위망에서 벗어날 수 있었으나, 고개를 들어 동쪽을 바라보고는 이내 절망하고 말았다. 안개가 자욱하여 어둑어둑한 아침이었으나, 마침 서쪽에서 불어온 미풍이 로한관문의 짙은 안개를 걷어내고 있었다. 그러자 세오드레드는 강 건너 동쪽에서 전력을 가늠할 수 없는 또 다른 군대가 여울목으로 서둘러 진군하는 광경을 보게 된 것이다. 그는 즉시 후퇴할 것을 명령했다. 로한의 기사들은 숙련된 기동으로 피해를 최소화하며 순조롭게 후퇴할 수 있었다. 그러나 적들을 떨쳐 내거나 거리를 벌리지는 못하였다. 그림볼드 휘하의 후위 부대가 궁지에 몰릴 때마다 기수를 돌려 적의 집요하기 그지없는 추격자들을 물리쳐야만 했고, 이 때문에 퇴각이 계속 지체되었기 때문이다.

세오드레드가 여울목에 되돌아왔을 때 날이 저물고 있었다. 그는 기사 오십 명을 말에서 내리게 한 뒤 서쪽 강변에 배치해 수비를 강화했고, 그림볼드에게 수비대의 지휘를 맡겼다. 또 세오드레드 자신의 부대를 제외한 나머지 기사들과 모든 말은 즉시 강 너머로 보냈다. 그리고 자신은 그림볼드가 적에게 밀릴 경우 그의 후퇴를 돕기 위해, 부대원들과 함께 말에서 내려 여울목의 작은 섬에 진을 쳤다. 그러나 이렇게 전열을 다듬고 재정비하기도 전에 그들에게 재앙이 들이닥치고 말았다. 사루만의 동쪽 병력이 예상하지 못한 속도로 남하해 밀고 들어오기 시작한 것이다. 서쪽의 병력보다 수는 훨씬 적었으나 더 위험한 적들이었다. 몇몇의 던랜드인 기마병과 셀 수 없을 만큼 많은 맹렬한 오르크 늑대 기수들이 앞장서고 있었다. 특히 오르크 늑대 기수들은 세오드레드의 기마대에게는 두렵기 짝이 없는 존재였다.[5] 이들의 뒤로는 2개 대대의 흉악한 우루크들이 오고 있었는데, 이들은 중무장을 했지만 수 킬로미터의 먼 거리도 엄청난 속도로 돌파할 수 있도록 훈련을 받은 병력이었다. 던랜드인 기마병들과 늑대 기수들은 기수들에게 달려들어 말 떼를 둘러쌌고, 그들을 죽이거나 와해시켰다. 동쪽 강둑의 수비대는 떼로 몰려온 우루크들에게 기습을 받고 혼비백산한 채 궤멸하였으며, 서쪽에서 막 강을 건너온 기사들 역시 전열을 정비하기도 전에 적들과 맞닥뜨렸고, 필사적으로 분투했으나 결국 여울목에서 격퇴당해 우루크들에게 쫓기며 아이센강을 따라 밀려났다.

사루만의 군이 여울목의 동쪽 편을 장악하고 얼마 지나지 않아, 미늘갑옷과 도끼로 무장한 흉포한 (분명히 무언가 특별한 목적이 있어 보이는) 인간, 혹은 오르크인간들의 무리가 나타났다. 이들은 작은 섬을 향해 돌진하여, 여울목의 양쪽에서 맹공을 가하였다. 같은 시각, 서쪽 강변의 그림볼드는 사루만의 아이센강 서쪽 병력에게 공격받고 있었다. 그림볼드는 전투의 요란한 소음과 승리에 취한 오르크들의 흉측한 함성을 듣고는 깜짝 놀라 고개를 돌려 동쪽을 쳐다보았다. 도끼를 든 사루만의 병사들이 세오드레드의 부대를 작은 섬의 가장자리에서 중앙에 있는 낮은 둔덕까지 몰아붙이고 있었고, 세오드레드가 "내게로 오라, 에오를의 후예들이여!"라며 고함치는 소리가 들렸다. 그림볼드는 즉시 곁에 있던 병사 몇몇을 이끌고 작은 섬으로 달려갔다. 그림볼드는 세오드레드를 공격하고 있던 적군의 후미를 폭풍이 몰아치듯 맹렬하게 기습하였고, 큰 체구와 어마어마한 힘을 이용해 적들 사이를 쪼개듯 가르며 나아가 마침내 두 명의 부하들과 함께 세오드레드에게 도달했다. 하지만 너무 늦었다. 그가 세오드레드의 곁에 도착한 순간, 세오드레드는 한 덩치 큰 오르크인간이 내려친 도끼에 쓰러지고 말았다. 그림볼드는 그 오르크인간을 처치한 후, 세오드레드가 죽었다고 여기고는 그의 시신을 지키고 섰다. 그림볼드의 목숨 역시 경각을 다투고 있었으나, 때맞춰 도착한 엘프헬름이 그를 살렸다.

엘프헬름은 세오드레드의 부름에 호응하여 4개 부대를 이끌고 에도라스로부터 우마도牛馬道를 따라 서둘러 진군하고 있었다. 그는 전투가 벌어질 것을 예상하고는 있었으나, 당장 며칠간은 잠잠하리라고 생각했다. 그러나 협곡골[6]의 내리막길과 우마도가 만나는 곳 부근에 다다랐을 때, 그의 우측 척후병들로부터 늑대 기수 둘이 평원을 서성이는 것이 관찰되었다는 보고를 받았다. 엘프헬름은 상황이 잘못되었음을 직감하고는, 방향을 돌려 헬름협곡에서 밤을 보내려던 당초의 계획을 취소하고 여울목 쪽으로 박차를 가했다. 우마도는 협곡길과 교차한 이후 서북쪽을 향해 가다가, 여울목과 고도가 같아지는 지점에서 급격히 서쪽으로 휘어지고는, 약 3.2킬로미터가량의 곧은길로 이어졌다. 이런 지형의 방해 때문에 엘프헬름은 여울목 남쪽에서 일어난 후퇴 중인 수비대와 우루크들 사이의 전투에 대해서는 어떤 것도 확인할 수 없었다. 그는 태양이 이미 저물어 깜깜해졌을 때쯤 길의 마지막 모퉁이에 이르렀다. 그리고 이곳에 도착해서야 정신없이 달아나는 말 몇 필과 몇 명 안 되는 탈주자들을 맞닥뜨려 여울목에서 벌어진 참사에 대해 전해 들을 수 있었다. 엘프헬름의 말과 병사들은 이미 지칠 대로 지쳐 있었으나 곧게 뻗은 길을 따라 최대한 빨리 말을 달려갔고, 동쪽 강변이 시야에 들어오기 시작하자 그는 부하들에게 돌격을 명하였다.

아이센가드족은 아연실색하였다. 갑자기 천둥 번개가 몰려드는 것 같은 말발굽 소리가 들려온 것이다. 어둠이 내려앉는 동쪽 하늘을 등지고 앞장서 돌진해오는 엘프헬름을 필두로 그 옆에 내걸린 백색의 군기를 뒤따르는 (그들의 눈으로 보기에) 거대한 군세는 그들에게 마치 암흑의 그림자가 들이닥치는 것처럼 보였다. 제자리를 지킨 자들은 손에 꼽을 정도였다. 대부분의 적은 엘프헬름의 2개 부대에 쫓기며 북쪽으로 달아났다. 그의 나머지 병력들은 말에서 내려 동쪽 강변을 방어하다가, 그의 직속 부대와 함께 한꺼번에 작은 섬으로 진격해 들어갔다. 로히림이 여전히 양쪽 강변을 사수하고 있는 상황에서, 도끼병들은 이제 살아남은 수비 병력과 엘프헬름의 맹공격 사이에 갇혀버린 형국에 놓이게 되었다. 도끼병들은 끝까지 싸움을 이어나갔지만, 전투가 채 끝나기도 전에 한 명도 남김없이 죽임을 당했다. 이내 엘프헬름은 혼자 작은 섬의 둔덕 위로 뛰어 올라갔다. 그곳에서는 그림볼드가 세오드레드의 시신을 지키기 위해 덩치 큰 도끼병 둘과 맞서고 있었다. 하나는 엘프헬름이 곧바로 처치했으며, 다른 하나는 그림볼드에 의해 쓰러졌다.

세오드레드의 주검을 옮기기 위해 몸을 숙인 엘프헬름과 그림볼드는, 그가 아직 숨이 완전히 끊어지지는 않았음을 알게 되었다. 하지만 그것도 마지막 유언을 남길 수 있을 만큼의 잠시였다. "나를 여기에 누여주게. 에오메르가 올 때까지 여울목을 지키겠노라!" 밤이 저물었다. 매몰찬 뿔 나팔 소리가 울려 퍼지고, 모두 침묵에 잠겼다. 서쪽 강변에 가해진 공세는 잦아들었고, 적들은 어둠 속으로 모습을 감췄다. 로히림은 아이센여울목을 지켜냈으나, 그 피해가 막심했다. 전투로 잃은 말의 손실도 적지 않았을뿐더러 왕의 아들은 죽었고, 살아남은 자들을 이끌 지휘관도 없었다. 앞으로 무슨 일이 일어날지 누구도 가늠할 수 없었다.

잠 못 드는 냉혹한 밤이 지나고, 하늘이 다시 회색빛으로 밝아오기 시작했다. 땅 위에 널려 있는 시체들을 제외하고는 어디에도 아이센가드족의 흔적이 보이지 않았다. 멀리서 늑대들이 살아남은 자들이 어서 물러가기를 기다리며 울부짖고 있었다. 아이센가드족의 기습에 뿔뿔이 흩어졌던 수많은 이들도 돌아오기 시작했다. 어떤 이는 말을 탄 채 돌아왔으며 어떤 이는 잃어버렸던 말을 이끌고 오기도 했다. 아침이 환히 밝아 해가 중천을 향해 달리기 시작할 무렵에는, 검은 우루크들에게 쫓겨 강 이남까지 밀려난 세오드레드의 기사들 대부분이 돌아왔다. 비록 전투로 몹시 지쳐 보였지만, 그들의 대열은 여전히 흐트러지지 않고 질서정연했다. 기사들은 일관된 이야기를 들려주었다. 그들은 언덕에 모여들어 방어 준비를 하고 있었다. 그들이 아이센가드의 공격 부대 일부를 몰아내기는 했지만, 준비 없이 이뤄진 남쪽으로의 퇴각은 결국 절망적인 결과를 낳았다. 우루크들은 동쪽을 돌파하려는 그들의 시도를 모조리 차단하면서, 그들을 로한에게 적대적인 던랜드인의 '서쪽 변경'으로 밀어넣으려 했다. 하지만 기사들은 밤이 깊었음에도 불구하고 적과 항전을 치를 준비를 했다. 그때 뿔 나팔 소리가 들려왔고, 기사들은 곧 적들이 사라진 것을 알아차렸다. 남은 말의 수가 너무나 적었기에 적을 추격하는 것은 불가능했다. 어두운 밤이라는 점을 살려 적진을 정찰하거나 정탐해 보는 일도 어려웠다. 얼마간 시간이 지난 후,

그들은 조심스럽게 북쪽으로 전진해 나아갔으나 어떠한 반격도 없었다. 기사들은 우루크들이 여울목의 방어를 강화하기 위해 철수했다고 짐작하고, 여울목에서 다시 전투를 치르게 되리라 예상하고 있었다. 그런 까닭에 그들은 로히림이 아직 건재한 것을 보고 몹시 의아해하였다. 그들이 우루크들이 어디로 사라졌는지 알아내는 것은 오래 걸리지 않았다.

그렇게 제1차 아이센여울목의 전투가 끝났다. 2차 전투는 그 직후에 더 큰 사건들이 잇따른 탓에 1차 전투와는 달리 명확한 설명이 전해지지 못했다. 이튿날 세오드레드의 부고가 나팔산성에 전해진 이후, 웨스트폴드의 에르켄브란드가 서마크의 지휘권을 이어받았다. 그는 에도라스에 전령을 보내 이를 보고하면서 세오덴에게 아들의 유언을 전하는 한편, 에오메르를 즉시 파견하고 가능한 모든 지원을 해줄 것을 요청했다.[7] 에르켄브란드는 다음과 같이 자신의 주장을 전했다. "에도라스가 적에게 포위되지 않도록, 여기 서쪽에서 적의 공격을 막아내야 합니다." 하지만 그리마는 이 주장의 퉁명스러움을 문제 삼으며 지원을 계속해서 미루었다. 간달프가 그리마를 물리치고 나서야 비로소 필요한 조치를 취할 수 있었다. 3월 2일 오후, 에오메르와 왕이 직접 원군을 이끌고 출정했다. 그러나 그날 밤 제2차 아이센여울목의 전투는 참패로 끝났고, 로한 침공이 개시되었다.

에르켄브란드는 곧바로 전장으로 이동하지 않았다. 모든 것이 혼란스럽기만 했다. 그가 서둘러 모을 수 있는 병력이 어떻게 되는지, 세오드레드의 군대가 입은 피해는 실제로 어느 정도인지도 가늠할 수 없었던 것이다. 사루만의 침공이 임박했으리라는 그의 생각도, 그리고 헬름협곡의 병력과 보급품이 충분히 유지되는 한 사루만이 섣불리 동쪽으로 나아가 에도라스를 공격할 엄두를 내지 못하리라는 그의 판단도 모두 옳았다. 이런 골치 아픈 상황 가운데 웨스트폴드로부터 동원 가능한 병력들을 소집하면서 그는 3일 동안 발이 묶이고 말았다. 그는 자신이 도착하기 전까지 전장의 지휘를 그림볼드에게 맡겼다. 다만 엘프헬름과 그 휘하의 기사들은 '에도라스 소집대' 소속이었기 때문에 에르켄브란드의 통제를 받지는 않았다. 그림볼드와 엘프헬름, 두 지휘관은 서로 친우이자 지혜롭고 충성스런 이들이었기에 둘 사이에 불화는 없었다. 그들의 병력 배치는 각자의 의견을 조율하여 이루어졌다. 엘프헬름은 여울목은 더 이상 중요한 거점이라고 할 수 없으며, 적재적소가 따로 있는 병사들을 그곳에 배치하는 것은 스스로 함정에 빠지는 행위라 주장했다. 사루만이 자신의 목적에 따라 병력을 아이센강의 어느 방향으로라도 이동시킬 수 있게 되었음은 분명한 사실이었다. 사루만의 최우선 목표는 에도라스로부터 상당한 병력과 보급품이 도착하기 전에 웨스트폴드를 점령한 후 나팔산성에 전력을 집중시키는 것임이 분명했다. 따라서 사루만의 군단은, 전부는 아니더라도 대부분은 비록 지형이 험하고 길이 없어 행군의 속도가 느려질지언정, 여울목을 통과할 필요가 없는 아이센강의 동쪽 방면으로 내려올 것이 자명해 보였다. 이에 엘프헬름은 여울목을 포기할 것을 제안했다. 동원 가능한 모든 보병을 강 동쪽에 집결시킨 후, 적의 진격을 저지할 수 있는 지점인 여울목으로부터 수 킬로미터 북쪽에 있는 동서 방향으로 뻗은 긴 능선에 배치하고자 했다. 또 기병대는 동쪽으로 후진 배치하여, 쳐들어오는 적과 아군이 맞닥뜨렸을 때 적의 측면을 돌격해 들어가 최대의 타격을 입히며 강 쪽으로 적을 몰아낼 수 있도록 하자는 것이었다. "아이센강이 우리가 아니라 적을 붙잡을 덫이 되도록 합시다!"

반면에 그림볼드는 여울목을 포기할 생각이 없었다. 부분적으로는 그와 에르켄브란드가 나고 자란 곳인 웨스트폴드의 전통 때문이기도 했지만, 그렇다고 그가 이유 없이 여울목의 사수를 고집하는 것은 아니었다. 그림볼드가 말했다. "우리는 사루만이 현재 어떤 병력을 거느리고 있는지 모르오. 허나 그의 목표가 정말로 웨스트폴드를 유린하고 우리의 방어병력을 헬름협곡으로 몰아넣어 발을 묶으려는 것이라면, 그의 군세는 거대할 것이오. 사루만이 단번에 그의 모든 힘을 드러내지는 않을 터. 그렇지만 우리가 방어선을 어떤 식으로 구축했는지 추측하거나 알아내는 날에는 곧장 아이센가드에서 전속력으로 병력을 출진시킬 테고, 만약 우리가 전부 북쪽에 모여 있다면 무방비 상태의 여울목을 통과한 적들이 후미로 들이닥칠 수 있소."

결국 그림볼드는 휘하 보병 대부분을 여울목의 서쪽 끝부분에 배치하였다. 그들은 진입로를 방비하기 위해 흙으로 만든 보루에 자리를 잡고 위력적인 형세를 구축했다. 그림볼드 본인은 세오드레드의 기병대 중 그에게 주어진 병력을 포함한 나머지 보병들과 함께 동쪽 강변에 남았다. 작은 섬은 비워 두었다.[8] 반면 엘프헬름은 휘하 기사들을 뒤로 물린 후 그가 주력 방어선이 구축되기를 바랐던 능선에 자리 잡았다. 이는 강의 동쪽 방면에서 적의 병력이 공격해오는 순간 즉시 이를 포착하여 여울목까지 도달하기 전에 궤멸시키기 위함이었다.

그러나 모든 것이 틀어졌다. 사루만의 전력이 너무나 강대했기에, 그들이 어떤 행동을 취하더라도 일이 잘못될 수밖에 없었던 것이다. 사루만은 낮에 공격을 개시했고, 3월 2일 정오가 되기 전에 최고의 투사들로 이뤄진 강력한 부대가 아이센가드에서 출발하는 길을 따라 내려와 여울목 서쪽에 있는 진지를 공격했다. 이들은 사루만이 가진 패의 일부분에 불과했으며, 약해진 방어선을 처리하기에 적당하리라고 판단한 정도의 병력일 뿐이었다. 여울목의 수비대는 상당한 수적 열세에도 불구하고 완강히 저항하였다. 그럼에도 불구하고 한참의 시간이 흐르자, 양쪽 진지가 모두 분투 중인 와중에 우루크 군단이 두 진지 사이를 강제로 뚫고 들어가 여울목을 건너기 시작했다. 그림볼드는 동쪽 방면의 공격은 엘프헬름이 물리쳐 주리라고 믿었기에, 남은 모든 병사를 이끌고 여울목으로 진입하여 이들을 잠시나마 패퇴시켰다. 하지만 이내 적군의 지휘관이 전투에 내보내지 않았던 새로운 부대를 투입하여 방어선을 무너뜨렸다. 그림볼드는 아이센강을 넘어 후퇴할 수밖에 없었다. 어느새 일몰이 임박한 시각이었다. 그림볼드는 제법 피해를 입긴 했으나 적군에게는 더 큰 피해를 (주로 오르크들에게) 입혔고, 여전히 동쪽 강변을 굳세게 사수했다. 적은 그림볼드를 몰아낼 요량으로 여울목을 건너 가파르게 솟아오르는 경사면을 헤치며 진격할 시도는 하지 않았다. 당장은 그러했다.

엘프헬름은 이 교전에 힘을 보태지는 못했다. 땅거미가 지자 그는 부대를 물려 그림볼드의 야영지가 있는 곳으로 철수했다. 그리고 북쪽과 동쪽에 닥쳐올지도 모르는 적의 공격을 차단할 심산으로, 그림볼드의 야영지와 다소 떨어진 위치에 자신의 병사들을 무리 지어 배치해 두었다. 그들은 남쪽에서 적이 나타나리라고는 생각조차 못한 채 오히려 지원군이 오기만을 기다리고 있었다. 여울목을 건너 후퇴한 이후 그림볼드는 즉시 에르켄브란드와 에도라스에 전갈을 보내 자신들의 위기를 알렸다. 수비대는 가망 없는 원군이 신속하게 도착하지 않는다면 머잖아 더욱 큰 재앙이 닥치리라는 것을 직감했다. 두려움에 떨며 그들은 사루만의 전진을 막을 수 있도록 할 수 있는 모든 준비를 했다. 그것이 적에게 당하기 전에 그들이 할 수 있는 최선이었다.[9] 수비대의 대부분은 전투대형을 유지하였고, 소수의 병사들만이 그때그때 잠깐의 휴식을 취하거나 상황이 허락하는 만큼만 잠을 청했다. 그림볼드와 엘프헬름은 잠을 이루지 못한 채 어떤 무시무시한 일이 벌어질지 불안해하며 새벽이 오기를 기다렸다.

그러나 오래 기다릴 필요는 없었다. 자정이 되기도 전에 붉게 빛나는 점들이 북쪽에서 남하하기 시작했고, 어느새 강의 서쪽 방면에 근접해 오고 있었다. 사루만은 휘하의 모든 병력을 웨스트폴드 정복을 위해 출정시켰고, 이들이 그 선봉대였던 것이다.[10] 적들은 무서운 속도로 빠르게 접근해 왔고, 일순간 모든 적군이 화염을 내뿜는 듯했다. 수백 개에 달하는 횃불들이 그들의 지휘관들이 가져온 횃불에 옮겨 붙으며 점화되더니, 이내 이미 서쪽 강변에 대기하고 있던 적의 병력들이 그들의 선봉대에 합세하였다. 큰 무리를 이룬 적들은 증오로 가득 찬 함성을 내지르며 마치 강에 불을 지르듯 여울목을 휩쓸었다. 대규모 궁수 부대가 있었더라면 적들이 불을 피운 것을 후회하도록 만들어줄 수 있었겠지만, 그림볼드에게는 궁수가 많지 않았다. 동쪽 강변을 사수할 수 없었던 그는 후퇴하여 야영지 주변에 넓은 방어벽을 형성했다. 곧이어 그의 야영지는 포위되었고, 적들은 그들에게 횃불을 던져댔다. 적들의 일부는 그림볼드의 보급창고에 불을 지르고 말들을 겁주기 위해 방어벽 너머로 횃불을 던져댔다. 하지만 방어벽은 그렇게 호락호락 무너지지 않았다. 오르크들의 신체적 조건이 이런 전술에는 적합하지 않았으므로, 이내 사나운 던랜드계 고지인들로 이루어진 부대가 투입되었다. 그러나 그들에게 있어서 로히림은 증오스러우면서도 여전히 맞서 싸우기에 두려움을 주는 존재였다. 뿐만 아니라, 이들은 전투에 서툴렀으며 무장 상태도 빈약했다.[11] 방어벽은 여전히 건재했다.

그림볼드는 절망적으로 엘프헬름의 도움을 기다렸지만 소용없는 일이었다. 마침내 그는 상황이 허락한다면 궁지에 몰릴 것을 대비하여 세워둔 계획을 실행하겠노라고 결단을 내렸다. 그림볼드는 비로소 엘프헬름의 혜안을 깨달을 수 있었다. 물론 자신이 명령만 내린다면, 그의 병사들은 모두가 기꺼이 죽음을 맞이하는 순간까지 항전할 것이 분명했다. 그러나 그런 만용이 에르켄브란드에게 도움이 되지 않으리라는 것은 이해하기 어려운 일이 아니었다. 비록 명예롭지 않게 비춰질 수는 있을지언정, 병사들이 적의 포위를 뚫고 남쪽으로 탈출할 수만 있다면 더욱 유용하게 쓰일 수 있었기 때문이다.

그날 밤은 흐리고 캄캄했으나, 바야흐로 떠도는 구름들 사이에서 상현달의 희미한 빛이 새어 나오고 있었다. 동쪽에서 바람이 불고 있는 것으로 보아, 날이 밝으면 거대한 폭풍이 로한을 통과한 후 이튿날 밤이 되면 헬름협곡으로 불어 닥칠 징조였다. 불현듯 그림볼드는 적의 횃불 대부분이 꺼져 있으며 공격의 강도도 시들해졌음을 알아챘다.[12] 이에 그는 아직 말이 남아있는 반 에오레드 남짓의 기사들을 말에 오르게 하고는, 둔헤레[13]가 그들을 이끌도록 하였다. 방어벽이 동쪽으로 열렸고, 말을 탄 기사들이 동쪽에 있는 적들을 물리치며 길을 터 나갔다. 그러고는 둘로 나뉘어 방향을 바꾸어 선회하더니, 야영지의 북쪽과 남쪽을 둘러싸고 있던 적들에게 돌진하였다. 이 기습적인 기동 작전은 일시적으로나마 성공을 거두었다. 처음에는 적들 대부분이 동쪽에서 대규모의 기병대가 왔다고 생각했고, 적군은 혼란과 경악에 빠졌다. 그림볼드 자신은 말에 타지 않고 사전에 미리 선발해 놓은 병력들과 후위를 맡았으며, 그들이 둔헤레 휘하의 기사들과 함께 아군을 잠시 엄호하는 동안 나머지 병력들은 최대한 빠른 속도로 퇴각했다. 하지만 사루만의 지휘관은 곧 방어벽이 해체되었고 수비대가 도주하고 있음을 간파하였다. 다행히도 구름이 달을 집어삼키듯 가둬두면서 세상이 다시 캄캄해졌고, 사루만의 지휘관은 조급해졌다. 이제 여울목을 손아귀에 넣었으니, 그는 자신의 군대가 어둠 속으로 도망치는 그림볼드의 군을 뒤쫓게 하지는 않았다. 대신 곧 가능한 한 많은 병력을 규합하여 남쪽의 길로 향했다. 그렇게 그림볼드의 병사들 대부분이 살아남았다. 그들은 그 밤에 뿔뿔이 흩어져 나아가, 그림볼드가 지시한 대로 길에서 멀리 떨어져 움직이며 아이센강이 서쪽으로 크게 휘어지는 지점의 동쪽으로 향했다. 그들은 적과 마주치지 않은 것에 안도하면서도 의아해 했다. 불과 몇 시간 전에 이미 사루만의 대규모 군단이 남쪽으로 내려갔으며, 굳게 버티고 서있는 성벽과 성문을 제외하면 아이센가드는 거의 무방비 상태와 다름없다는 사실은 모르고 있었다.[14]

엘프헬름이 그림볼드를 돕지 못한 이유는 이러했다. 실제로는 사루만 병력의 절반 이상이 아이센강의 동쪽 방면으로 보내졌다. 지형이 험한 데다 마땅한 길도 없었기에, 그리고 앞을 밝혀 줄 불도 켜지 않은 까닭에 그들의 행군 속도는 서쪽의 군단보다 늦어졌다. 그래도 그들의 선두에는 무시무시한 늑대 기수 부대들이 신속하고 은밀하게 달려가고 있었다. 적군이 접근해 오고 있다는 급보가 엘프헬름에게 당도하기도 전에, 늑대 기수들이 그와 그림볼드의 야영지 사이를 막아섰다. 사루만의 늑대 기수들은 엘프헬름의 기사들을 뿔뿔이 나누어 포위하려 하고 있었다. 주위는 캄캄했고, 엘프헬름의 병력은 모두 혼란에 빠져 있었다. 그는 불러 모을 수 있는 모든 병사들을 한데 모아 하나의 커다란 기마 대형을 만들었지만, 동쪽으로 후퇴할 수밖에 없었다. 엘프헬름은 늑대 기수들에게 공격받았을 때 그림볼드가 위험에 처했다는 사실을 알고 있었고 그를 도우려 가려던 참이었지만, 그림볼드에게 닿을 방도가 보이지 않았다. 엘프헬름은 곧 이 늑대 기수들은 단지 남쪽으로 통하는 길로 향하는 거대한 군세의 선두에 불과하며, 그 본진은 자신이 감당하기엔 너무나 거대하리라는 사실을 깨달았다. 밤은 더 깊어졌고, 그는 새벽이 밝아오기만 기다릴 수밖에 없었다.

이후 이어진 상황들은 그다지 명료하게 알려진 것이 없다. 오직 간달프만이 모든 내막을 알고 있을 뿐이다. 그는 3월 3일의 늦은 오후가 되고서야 비로소 여울목의 재앙에 관한 소식을 전해 들었다.[15] 그때 왕은 나팔산성 방면으로 갈라지는 길과 큰 길이 교차하는 지점에서 동쪽으로 그리 멀지 않은 곳에 있었다. 그곳에서 아이센가드까지의 거리는 직선으로 145킬로미터가량이었고, 간달프는 틀림없이 샤두팍스를 전속력으로 몰아 다급히 아이센가드로 달려갔을 것이다. 그는 날이 어두워지기 시작할 즈음에 아이센가드에 당도했다가,[16] 20분도 채 머무르지 않고 그곳을 다시 떠났다. 로한의 영토를 여울목 근처를 지나치는 직선 경로를 따라 벗어나면서, 그리고 에르켄브란드를 찾아 남쪽으로 귀환하면서, 간달프는 분명히 그림볼드와 엘프헬름을 만났을 것이다. 그림볼드와 엘프헬름은 간달프를 왕의 대리자라고 확신했는데, 이는 그가 샤두팍스를 타고 있었기 때문이기도 했지만, 전령기사였던 체오를의 이름과 그가 가져온 전갈의 내용을 알고 있기 때문이었다. 그들은 간달프의 조언을 마치 명령인 듯 따랐다.[17] 간달프는 그림볼드의 병사들을 남쪽으로 보내 에르켄브란드와 합세하게끔 했으며 ……

| 주석 |

1 에오메르는 세오덴의 누이 세오드윈과 마크의 대원수인 이스트폴드의 에오문드 사이에서 난 아들이다. 에오문드는 3002년에 오르크들에게 살해당했으며 세오드윈도 얼마 안 있어 사망했다. 그들의 자식인 에오메르와 에오윈은 이후 세오덴 왕이 거둬 데려왔으며, 왕의 외아들인 세오드레드와 함께 살았다(『반지의 제왕』 해설 A(Ⅱ)).

2 여기서 엔트들의 존재는 고려의 대상이 되지 않았는데, 사실 간달프를 빼면 모두가 그들을 염두에 두지 않고 있었다. 그러나 간달프가 엔트들의 봉기를 며칠 더 일찍 앞당기지 못했더라면, (이야기의 전개상 명백히 불가능한 일인 것처럼) 로한을 구할 수는 없었을 것이다. 어쩌면 엔트들이 아이센가드를 파괴하고, (만약 사루만이 승리 후에 그의 군대와 함께하지 않았다면) 사루만마저도 붙잡았을지 모른다. 엔트와 후오른들, 그리고 아직 전투를 겪지 않은 동마크의 기사들이 합세하였다면 로한에 머무는 사루만의 군세를 격멸할 수 있었을지도 모른다. 그랬더라도 마크는 폐허가 되고 지도자가 없어진 다음이었을 것이다. 설령 '붉은 화살'이 그 지휘권이 남아있는 자에게 전해진다 해도, 곤도르의 지원 요청은 받아들여지지 않았을 것이다. 혹은, 소수의 지친 병력만이 뒤늦게 미나스 티리스로 향했다가 함께 괴멸하는 수밖에는 없었을 것이다. [원저자 주]

- '붉은 화살'에 대해서는 『왕의 귀환』 BOOK5 chapter 3을 참조. 곤도르에서 온 전령이 미나스 티리스의 요청을 상징하는 징표로서 세오덴에게 전달하였다.

3 세오드레드가 전사한 제1차 아이센여울목 전투는 2월 25일에 발발했다. 간달프가 에도라스에 당도한 것은 7일 후인 3월 2일이다(『반

지의 제왕』 해설 B 3019년 항목). 7번 주석 참조.

4 로한관문 너머 아이센강과 아도른강 사이의 땅은 명목상으로는 로한의 영역에 속해 있었다. 다만 폴크위네가 이 지역을 점유하던 던랜드인들을 축출하고 이 땅을 탈환하였음에도, 이곳의 거주민은 대개 혼혈인들이었으며, 에도라스를 향한 충성심도 약한 편이었다. 이 지역 거주민들은 그들의 영주인 프레카가 헬름 왕에게 살해당한 것을 아직 기억하고 있었기 때문이다. 이 시기에 그들은 두말할 것도 없이 사루만의 편을 들려는 성향이 강했고, 다수의 전사들이 사루만의 병력에 합류했다. 어쨌든, 서쪽으로부터 그들이 사는 땅으로 접근하는 방법은 수영을 해 들어가는 것뿐이었다. 대담하게 그럴 용기가 있는 자들이 아니라면 불가능한 일이었다. [원저자 주]

- 아이센강과 아도른강 사이의 지역은 키리온과 에오를의 맹세가 이뤄질 당시에 에오를의 영토로 선포되었다. 532쪽 참조.

2754년 마크의 왕 무쇠주먹 헬름이 아도른강 양쪽 땅의 영주인 오만방자한 신하 프레카를 주먹으로 쳐 살해했다. 『반지의 제왕』 해설 A(Ⅱ) 참조.

5 이들은 매우 민첩했으며 밀집하여 질서정연하게 대열을 이루고 있는 무리를 피하는 데 능숙하였다. 주로 고립된 무리를 섬멸하거나 도주하는 이들을 사냥하는 데에 능했다. 하지만 필요하다면 그들은 언제든 맹렬한 흉포함을 발휘하여 기병들의 사이에 뛰어들어 말의 배를 가를 수도 있었다. [원저자 주]

6 원문은 Deeping이다. 이것은 오류가 아니며 이렇게 쓰인 것이 맞다. 이후에도 똑같은 명칭이 등장하기 때문이다. 부친께서 다른 곳에 남기신 주석에 따르면 협곡분지Deeping-coomb(협류Deeping-stream도 포

함)는 'Deeping Coomb'가 아니라 'Deeping-coomb'와 같이 표기해야 하며, 이는 Deeping은 동사의 활용형이 아니라 관계성을 나타내는 표지로서, 헬름협곡Helm's Deep에 속하며 그곳으로 곧장 이어지는 골짜기, 혹은 깊은 계곡을 가리키는 것이기 때문이라고 한다. (해당 주석은 번역자들을 돕기 위한 「명명법Nomenclature」에 있으며, 자레드 롭델이 편집해 1975년에 출간한 『톨킨 나침반A Tolkien Compass』(국내 미출간)의 181쪽에 등장한다.)

7 이 전갈은 2월 27일 정오가 되어서야 비로소 에도라스에 도달했다. 간달프는 3월 2일 이른 아침에 에도라스에 도착했으므로, (2월은 30일까지 있었다!) 그리마의 말대로 세오드레드의 부고가 전해진 지 닷새도 채 되지 않았던 것이다. [원저자 주]

- 『두개의 탑』 BOOK3 chapter 6의 내용과 관련된 언급이다.

8 전해지기를, 그림볼드는 이전의 전투에서 죽은 도끼병들의 목을 말뚝에 매달아 작은 섬 곳곳에 세워두었고, 작은 섬 중앙에 급하게 만들어둔 세오드레드의 봉분에는 그의 깃발을 꽂아두었다고 한다. 그는 말했다. "이것만으로도 방비는 충분할 것이다." [원저자 주]

9 이는 그림볼드의 결정에 따른 것이었다고 전해진다. 엘프헬름은 그림볼드를 버리고 가진 않았겠으나, 만약 그에게 지휘권이 있었다면, 그는 야간을 틈타 여울목을 버리고 남쪽으로 철수한 후 에르켄브란드를 만나 협곡분지와 나팔산성의 방어를 위해 병력을 보탰을 것이다. [원저자 주]

10 후일 메리아독이 아라고른, 레골라스, 김리에게 자신의 이야기를 들려줄 때, 아이센가드를 떠나는 모습을 목격했다는 적군이 바로 이들

을 가리킨다(『두 개의 탑』 BOOK3 chapter 9). "적이 나가는 광경을 보니 행진하는 오르크들의 행렬이 끝이 없었고, 여러 무리들은 거대한 늑대에 올라탔어요. 인간들도 무척 많았어요. 대부분이 횃불을 들고 있어 난 그들의 얼굴을 볼 수 있었죠. …… 그들이 성문을 빠져나가는 데만 한 시간이 걸렸어요. 일부는 큰길을 따라 그 여울로 갔고, 일부는 방향을 틀어 동쪽으로 갔어요. 저 아래 1.5킬로미터쯤 떨어진 곳에 다리 하나가 세워져 있는데, 강이 거기선 매우 깊은 수로 속을 흐르죠."

11 이들은 몸을 덮는 갑옷이 없었으며 단지 일부만이 약탈이나 노획으로 얻은 사슬 갑옷을 입고 있었다. 반면 로히림은 곤도르의 금속 장인들의 원조를 받는다는 이점이 있었다. 당시 아이센가드에서 만들어진 것은 오르크들이 스스로 사용하기 위해 제작한 무겁고 조악한 미늘 갑옷밖에는 없었다. [원저자 주]

12 추측건대 그림볼드의 용맹한 수비가 완전히 무의미하지는 않았던 듯하다. 이는 적들에겐 의외의 상황이었으며, 결국 사루만의 지휘관은 시간을 지체하게 되었다. 본래 그의 의도는 여울목을 휩쓸고 빈약한 수비대를 뿔뿔이 흩어지게 한 다음, 그들을 뒤쫓지 않고 곧장 도로로 진입한 후, 남쪽으로 전진하여 협곡골에서의 공세를 이어나가는 것이었으나, 이곳에서 수 시간을 허비하고 만 것이다. 그는 이제 움직임을 주저하게 되었다. 어쩌면 아이센강 동쪽 방면에 파견된 다른 군단이 그에게 모종의 신호를 보내길 기다리고 있었을는지도 모른다. [원저자 주]

13 용맹한 장수이자 에르켄브란드의 조카였다. 그는 용기와 무예를 발휘하여 여울목의 재앙에서 살아남았지만, 펠렌노르평원의 전투에

서 목숨을 잃었다. 이는 웨스트폴드에 큰 슬픔을 안겨다 주었다. [원저자 주]

- 둔헤레는 검산계곡의 영주였다. (『왕의 귀환』 BOOK5 chapter 3)

14 이 문장이 무엇을 의미하는지 애매하다. 다만 뒤에 이어지는 서술을 참고한다면, 아마도 아이센가드에서 내려온 병력 중에서 아이센강 동쪽 방면으로 향한 거대한 군세를 가리키는 것으로 보인다.

15 이 소식은 체오를이라는 기사가 전한 것이다. 그는 여울목에서 퇴각하는 도중에 에도라스에서 출정한 원군을 이끌고 서쪽으로 향하던 간달프, 세오덴, 에오메르 일행과 마주친다. 『두 개의 탑』 BOOK3 chapter 7을 참조하라.

16 이야기가 암시하고 있는 바는, 간달프는 틀림없이 나무수염과 이미 접촉했을 것이며 엔트들의 인내심이 한계에 다다랐다는 사실도 알고 있었다는 것이다. 그는 아이센가드가 꿰뚫어볼 수 없는 그림자에 덮여 있다는 레골라스의 말(『두 개의 탑』 BOOK3 chapter 7 초반부에 등장한다)이 엔트들이 이미 그곳을 포위했다는 사실을 의미한다는 것도 이미 읽어낸 듯하다. [원저자 주]

17 나팔산성 전투가 종료된 후 간달프가 세오덴과 에오메르와 함께 여울목에 다다랐을 때, 그는 다음과 같이 설명한다. "일부는 에르켄브란드와 합세하게끔 웨스트폴드의 그림볼드와 함께 보냈고, 또 일부에게는 이 매장 작업을 맡겼소. 이제 그들은 당신의 원수 엘프헬름을 따라갔소. 난 그를 많은 기사들과 함께 에도라스로 보냈소." (『두 개의 탑』 BOOK3 chapter 8) 본문은 다음 문장의 중간에서 그대로 끝이 난다.

해설

(i)

본문과 관련된 글에서 3019년과 반지전쟁 종전 이후의 마크의 원수元帥들에 관한 세부적인 사항들이 언급된다.

마크(혹은 리더마크)의 원수란 군대의 최고 계급이자 왕의 부관(본래 세 명뿐이다)에게 주어지는 직함으로서, 완전한 무장과 훈련으로 준비된 충성스런 기사들을 이끄는 직책이었다. 제1원수의 관할은 수도인 에도라스와 인근의 '왕의 직할령'(검산계곡도 포함된다)이었다. 제1원수는 에도라스 소집대에 소속된 기사들을 지휘했다. 이들은 왕의 직할령에 속하는 땅은 물론이요 서마크와 동마크[1] 일부에서도 모집되었는데 이는 에도라스가 이들을 집결시키기에 가장 용이한 장소인 까닭이었다. 제2원수와 제3원수는 필요에 따라 그때그때 배정되는 직책이었다. 3019년 초, 사루만의 위협이 촌각을 다투고 있었고, 왕자였던 세오드레드는 제2원수로서 헬름협곡에 주둔하여 서마크를 지키고 있었다. 제3원수이자 왕의 조카였던 에오메르는 동마크의 방어를 도맡았으며 본거지는 자신의 본가인 폴드의 옛성읍[2]에 두었다.

세오덴의 재위기에는 누구도 제1원수로 임명되지 않았다. 그는 젊은 청년의 몸으로 (32세의 나이에) 왕위에 올랐으며, 당시의 그는 건강하며 사기충천한 솜씨 좋은 기수였다. 만약 전쟁이 닥친다면 그 자신

1 이 두 명칭은 군사 체계 관련 용어로만 쓰였다. 둘 사이의 경계선은 경계선은 눈내에서 시작되며 눈내와 엔트개울이 교차하는 지점부터는 엔트개울을 따라 북쪽까지 이어진다. [원저자 주]

2 에오를의 집이 있던 곳이다. 에오를의 아들 브레고가 에도라스로 도읍을 옮긴 이후 이곳은 그의 삼남인 에오포르가 물려받았으며, 훗날 에오메르의 부친인 에오문드에게까지 이어진다. 폴드는 왕의 직할령에 속하는 땅이었지만, 옛성읍은 동마크 소집대가 머물기에 가장 용이한 장소로 계속해서 쓰였다. [원저자 주]

이 직접 에도라스 소집대를 지휘했을 것이다. 하지만 그의 왕국은 수년 동안 평화를 누렸고, 그가 자신 휘하의 기마병 그리고 소집대와 함께 행군한 것은 오직 훈련이나 열병식을 거행할 때뿐이었다. 비록 다시 일어난 모르도르의 어두운 그림자가 그의 유년 시절부터 노년기까지 계속해서 커져가고 있었지만 말이다. 이러한 평화의 시기에 기사들이나 에도라스 방위군에 속하는 병력들은 대장의 계급을 가진 장교가 통솔했다(3012~3019년의 기간에 이 직위에 있었던 이는 엘프헬름이었다). 세오덴이 조로早老의 기미를 보이기 시작했을 때에도 이러한 상태가 지속되었고, 이 시기에는 실질적인 중앙 사령부가 존재하지 않았다. 이러한 사정은 세오덴의 고문인 그리마가 조장한 것이었다. 세오덴 왕은 노쇠해졌고 거처를 좀처럼 떠나지 않게 되면서 왕실 경비대장인 하마에게도, 엘프헬름에게도, 심지어는 마크의 원수들에게도 뱀혓바닥 그리마의 입을 빌려 명령을 전하는 버릇이 생겼다. 많은 이들이 반발했으나, 그래도 에도라스에서 그의 명령은 지켜졌다. 사루만과의 전쟁이 발발하자, 전쟁에 있어서만큼은 세오드레드가 별다른 명령 없이 직접 총사령관을 맡았다. 그는 에도라스에서 병력을 소집한 후 웨스트폴드 소집대의 전력을 증강하고 적의 침략을 물리치는 데에 힘을 보태기 위해, 엘프헬름 휘하 기사들의 상당수를 징발했다.

전쟁과 혼돈의 시대에 마크의 각 원수들은 자신의 명령에 즉시 동원될 수 있는 에오레드 하나를 자신의 집안에 대기시킨 후 (숙식을 제공받으며 무장한 채 원수 본인의 거처에 머무르는 것을 말한다) 긴급한 상황에 재량껏 활용할 수 있었다. 실제로 에오메르는 이를 실행에 옮겼다.[3] 그러나 그리마는 이후 에오메르에게 다음의 죄목들을 적용하는데,

3 이는 에오메르가 메리아독과 페레그린을 붙잡고 에뮌 무일에서 로한까지 내려온 오르크들을 추격했을 때를 말하는 것이다. 에오메르는 아라고른에게 다음과 같이 말했다. "제 집안의 에오레드를 이끌고 나갔습니다." (『두 개의 탑』 BOOK3 chapter 2.)

에도라스의 방어가 아직 미비했던 만큼 왕이 특정한 소속이 없는 동마크의 병력들을 동원하는 것을 불허했다는 것, 그리고 그가 아이센여울목의 재앙과 세오드레드의 부고를 알았음에도 변방의 로한고원까지 오르크들을 쫓아갔다는 것, 그리고 그가 군령을 어기고 이방인들이 자유롭게 떠나도록 허락한 것도 모자라 그들에게 말까지 빌려주었다는 것이 그것이었다.

세오드레드가 전사한 이후 서마크의 지휘권은 (이번에도 에도라스로부터의 명령 없이) 협곡분지와 웨스트폴드 여타 지방의 통치자였던 에르켄브란드에게 넘겨졌다. 그는 젊은 시절에는 여느 영주들과 마찬가지로 '왕의 기마대'에 속하는 장교였는데, 이제는 과거의 일이었다. 이제 그는 서마크의 최고 지도자였으며, 자신의 백성들에게 위기가 닥친 만큼 무장이 가능한 자들을 모아 외침에 맞서는 것이 그의 권한이자 의무였다. 이런 연유로 서부소집군 기마대의 지휘 또한 그가 담당했는데, 다만 세오드레드의 지원 요청에 응한 에도라스 소집대 소속 기사들은 엘프헬름이 독자적으로 지휘하였다.

간달프가 세오덴을 치유한 이후로 상황은 바뀌었다. 세오덴 왕이 다시 군대를 직접 지휘했고, 에오메르도 복권되었다. 에오메르는 실질적인 제1원수가 되었으며 왕의 전사나 유고 시에 지휘권을 위임받을 준비가 되어 있었다. 다만 실제로 제1원수라는 직함이 부여되지는 않았고, 무구를 갖춘 왕이 있는 자리에서 참모의 역할만을 할 수 있었으며 명령을 하달할 권한은 주어지지 않았다. 따라서 에오메르가 실제로 맡은 역할은 아라고른과 대동소이한 역할, 즉 왕의 일행에 속하는 가장 막강한 심복에 가까웠다.[4]

검산계곡에 모든 병력이 집결하고 '행군의 대열'과 전투서열에 대

4 왕궁에서 벌어진 사건을 모르는 이들은 자연스럽게 에오메르가 서쪽으로 지원군을 보냈다고 여겼는데, 이는 에오메르가 당시 마크에 남은 유일한 원수였기 때문이었다. [원저자 주]
- 체오를의 대사에서 이 점이 드러난다. 그는 에도라스에서 출발한 지원군과 만난 기사로, 그들에게 제2차 아이센여울목의 전투의 전황을 알린다(『두 개의 탑』 BOOK3 chapter 7).

해서도 심사숙고한 끝에 가능한 한 모든 결정이 내려졌을 때에도[5] 에오메르의 지위에는 변함이 없었고, 에오메르는 왕과 함께 말을 달리며 (선두의 에오레드, 즉 '왕의 부대'의 지휘관으로서 움직이면서) 왕의 최고 참모로 활동하였다. 엘프헬름은 마크의 원수로 임명되어 동마크 소집대의 제1에오레드를 이끌었다. (이야기상에서 이전에 언급된 적 없던) 그림볼드는 직함은 없었으나 사실상 제3원수 노릇을 하며 서마크 소집대를 통솔했다.[6] 그림볼드는 펠렌노르평원의 전투에서 전사했으며, 이후 왕으로 즉위한 에오메르의 부관 자리는 엘프헬름이 맡게 되었다. 엘프헬름은 에오메르가 '암흑의 성문'을 향해 출정한 이후 곤도르에 남은 로히림을 통솔했으며, 아노리엔을 침공한 적의 병력을 궤멸시켰다(『왕의 귀환』 BOOK5 chapter 9 말미와 chapter 10 초반부). 그는 아라고른의 대관식을 목도한 주요 인사 중 하나로 일컬어진다(『왕의 귀환』 BOOK6 chapter 5).

기록에 따르면 세오덴의 장례식이 치러진 후 에오메르가 왕국을 재정비하면서 에르켄브란드는 서마크의 원수로, 엘프헬름은 동마크의 원수로 임명되었다. 이후 제2원수와 제3원수라는 직함 대신에 이러한 직함이 유지되었으며 둘 사이에 서열은 존재하지 않았다. 전시에는 특별히 부국왕副國王이라는 직위에 임명했는데, 이 직책을 맡은 자는 왕이 출병한 동안에 국정을 다스리거나, 혹은 왕이 모종의 이유로 본국에 머물 때 대신 야전 지휘를 맡았다. 평화의 시기에 부국왕의

5 세오덴은 식사를 하기도 전에 곧바로 '원수와 지휘관들'의 회의를 소집하는데, 그 내용은 기술되지 않는다. 메리아독이 회의 현장에 없었기 때문이다("사람들이 무슨 의논을 하고 있을까?"). [원저자 주]

- 『왕의 귀환』 BOOK5 chapter 3의 내용과 관련된 언급이다

6 그림볼드는 한 단계 낮은 원수로서 세오드레드 휘하 서마크의 기사들을 통솔했다. 그는 두 차례의 여울목 전투에서 보인 용맹으로 이 지위를 부여받았는데, 이는 에르켄브란드는 나이가 많은데다, 왕이 품위와 권한을 갖춘 인물을 후방에 대기시켜 로한의 방위를 위해 남겨둔 병력을 지휘하게 할 필요성을 느낀 까닭이었다. [원저자 주]

- 그림볼드는 미나스 티리스 앞에서 로히림이 마지막으로 전열을 정비하기 전까지는 『반지의 제왕』에서 언급되지 않는다(『왕의 귀환』 BOOK5 chapter 5).

자리는 왕이 병환이나 노령으로 자신의 권한을 위임했을 때를 빼면 공석으로 유지되었으며, 부국왕이 적령기라면 자연스럽게 왕의 후계자가 되었다. 다만 자문단은 왕에게 최소한 또 다른 아들이 있는 게 아니면, 전란 중에 나이 든 왕이 후계자를 국토 바깥으로 출정시키는 일을 꺼려했다.

(ii)

본문과 연관된 장문의 주석(628~629쪽에 등장한, 아이센여울목의 중요성에 대한 두 지휘관의 견해 차이가 거론되는 대목에 있다)을 이곳에 소개한다. 이 주석의 전반부는 대체로 이 책의 다른 부분에서 이미 언급된 내용을 반복하는 것에 불과하나, 그럼에도 전문을 싣는 것이 최선이라고 판단했다.

옛 시절에 북왕국의 동남쪽 국경은 회색강이었고, 남왕국의 서쪽 국경은 아이센강이었다. 이 둘 사이에 위치한 지대(에네드와이스 혹은 "중부지대"로 일컫는다)에 찾아온 누메노르인들은 소수였으며, 그마저도 이곳에 정착하지는 않았다. 열왕들의 시대에 이곳은 곤도르에 속한 땅이었으나,[7] '왕의 대로'를 순찰하거나 유지하는 일이 아니라면 곤도르에게 큰 관심사가 되지 못하는 곳이었다. 왕의 대로는 오스길리아스와 미나스 티리스에서 출발해 먼 북쪽에 있는 포르노스트까지 이어진다. 아이센여울목을 건너면 에네드와이스를 통과하고, 이후 에네드와이스 중부와 동북부에 있는 고지대를 따라 이어지다 회색강 하류 서쪽의 땅으로 내려간다. 이곳에서 왕의 대로는 높게 지어

7 열왕들의 시대에 에네드와이스가 곤도르 영토의 일부였다는 이 진술은 바로 앞의 '남왕국의 서쪽 국경은 아이센강이었다'라는 서술과 모순된다. 다른 곳에서는 (464쪽 참조) 에네드와이스가 "어느 왕국에도 속하지 않았으며 ……"라고 언급된다.

진 방죽길을 통해 회색강을 건넌 후, 사르바드의 대교大橋로 이어진다. 당시 이 지역에 거주하는 이들은 얼마 되지 않았다. 회색강과 아이센강 하구의 습지대에 어업이나 새잡이를 하던 소수의 '야인' 부족들이 거주했는데, 이들은 혈통과 언어에 있어서는 아노리엔 숲의 드루에다인과 흡사했다.[8] 안개산맥 서쪽 사면의 고원들에는 로히림이 훗날 던랜드인이라 칭하는 민족의 잔류민이 거주하고 있었다. 이들은 음침한 족속으로, 오랜 세월 전에 이실두르의 저주를 받았던 백색산맥 계곡의 고대 거주민들과 근연 관계였다.[9] 그들은 곤도르에 우호적이지 않았고, 충분히 강인하고 담대했으나 그 수가 너무 적었다. 동시에 곤도르의 왕들을 경외하여 그들과 문제를 일으키거나 곤도르 왕들이 그들을 주로 위협하던 동부로부터 시선을 돌리게 하기에는 역부족이었다. 던랜드인도 아르노르와 곤도르의 모든 백성들과 마찬가지로 제3시대 1636~1637년에 유행한 대역병으로 큰 피해를 입었다. 다만 그들은 서로 떨어져 살고 외부와의 교류도 적었던 까닭에 남들보다는 피해가 덜했다. 열왕들의 시대가 막을 내리고 (1975~2050년) 곤도르가 쇠락하기 시작했을 때, 던랜드인들은 사실상 곤도르의 영향력에서 벗어나게 되었다. 에네드와이스의 왕의 대로가 방치되고 사르바드 대교는 폐허가 되어, 위태로운 여울목 한 군데만이 그 역할을 대신하게 되었던 것이다. 곤도르의 국경에는 아이센강과 칼레나르

8 461쪽의 "적당히 수가 많았지만 야만적이었던 어부 부족이 과슬로강 하구와 앙그렌(아이센)강 사이에 거주했다"라는 서술 참조. 문제의 글에서는 언급된 민족과 드루에다인 간의 상관관계에 대한 언급이 없다. 다만 드루에다인의 경우 이들이 아이센강 하구 남쪽의 안드라스트곶에 거주했으며, 제3시대가 될 때까지 이곳에서 생존했다고 서술된 곳이 있다(666쪽 및 13번 주석).

9 『반지의 제왕』 해설 F('인간')의 서술 참조. "던랜드인들은 과거에 백색산맥의 계곡에 살던 민족의 잔류민이었다. 검산오름의 사자死者들이 바로 그들의 혈족이다. 그러나 암흑의 시대에 나머지 사람들은 안개산맥의 남쪽 계곡으로 이주했으며, 이후 그중 일부가 고분구릉이 있는 먼 북쪽의 아무도 살지 않는 지역으로 옮겨 갔다. 브리 사람들은 그들에게서 유래했다. 그러나 이들은 오래전 북왕국 아르노르의 백성이 되면서 서부어를 받아들였다. 오직 던랜드의 이 부족만이 자신의 고대 언어와 풍습을 고수했는데, 이들은 두네다인에 대해 비우호적이었고 로한인을 증오하는 비밀스러운 부족이었다."

돈관문(당시에는 이런 이름으로 불렸다)이 자리했다. 이 관문은 아글라론드(나팔산성)와 앙그레노스트(아이센가드)의 두 요새가 감시하고 있었으며, 곤도르에 손쉽게 입성할 수 있는 유일한 길인 아이센여울목은 '야생지대'로부터의 모든 침략에 대비할 수 있도록 경비가 이루어지고 있었다.

그러나 '불안한 평화'의 시기에(2063년부터 2460년까지) 칼레나르돈의 거주민 수가 점차 감소했다. 해마다 안두인대하의 방어선을 사수하기 위해 동쪽으로 가는 건장한 이들이 늘었으며, 남아 있는 백성들은 점차 촌사람으로 전락하여 미나스 티리스의 관심에서 벗어난 까닭이었다. 요새는 수비 병력이 충원되지 못한 채 지방의 세습 족장들의 휘하로 들어갔는데, 갈수록 이들의 백성들 중 혼혈의 비중이 높아져 가고 있었다. 던랜드인들이 아무런 제재 없이 꾸준히 아이센강을 건너 흘러들어 왔기 때문이었다. 동쪽으로부터 곤도르에 대한 침략이 재개되고, 오르크와 동부인들이 칼레나르돈을 유린하고 요새들을 포위했을 때, 오래 버틸 가망이 없었던 것에는 이러한 배경이 있었다. 이때 로히림이 도래하였고, 에오를이 2510년 켈레브란트평원에서 승전을 거둔 이후로부터 호전적인 그의 백성들이 대단히 많은 수의 말을 몰고 대규모로 칼레나르돈으로 밀고 들어오면서 동쪽의 침략자들을 축출하거나 섬멸하기 시작했다. 섭정 키리온이 그들에게 칼레나르돈을 할양했는데, 이로 말미암아 이 땅을 리더마크로, 혹은 곤도르에서 부르기를 로칸드(후일 로한)로 칭하게 되었다. 비록 에오를의 치세에 에뮌 무일과 안두인대하를 위시한 칼레나르돈의 동쪽 변경이 여전히 공격을 받기는 했지만, 로히림은 빠르게 이 땅에 정착지를 꾸리기 시작했다. 브레고와 알도르의 통치하에 던랜드인은 재차 축출되어 아이센강 너머로 쫓겨났으며, 아이센여울목 또한 로히림에 의해 방비되었다. 이에 로히림은 던랜드인의 증오를 샀으며, 이는 먼 훗날 왕의 귀환이 이뤄질 때까지 식는 일이 없었다. 로히림의 세력이 약해지거나 곤란에 처할 때마다 던랜드인은 그들을 향한 공격을 재개했다.

역사상 키리온과 에오를의 맹세 하에 이뤄진 곤도르와 로한의 동맹만큼이나 신실하게 유지된 두 민족 사이의 동맹은 없었으며, 로한의 드넓은 초원을 수호하기에 마크의 기사들 이상의 적임자도 없었다. 그럼에도 불구하고 그들은 한 가지 치명적인 약점에 노출되어 있었는데, 이는 반지전쟁 시기에 로한과 곤도르가 몰락하기 직전까지 몰리면서 매우 분명하게 드러난다. 그 원인은 다양했지만 가장 중요한 것은 곤도르의 시선이 항상 모든 위험의 발원지라 여겨지던 동쪽에만 집중되어 있었다는 점이다. 야만적인 던랜드인들의 적개심 따위는 섭정들에게 작고 사소한 문제로 치부되었던 것이다. 또 다른 문제는 섭정들이 오르상크 탑과 아이센가드의 원형 요새(앙그레노스트)를 계속해서 자신들의 통제 아래에 두었다는 점이었다. 오르상크는 열쇠가 미나스 티리스에 보관된 채 폐쇄되었으며, 아이센가드의 원형 요새를 지키던 이들은 곤도르인 세습 족장들과 얼마 안 되는 그들의 백성, 여기에 대대로 아글라론드를 경비해오던 이들이 전부였다. 아글라론드에 자리한 요새는 곤도르 석공들의 지원으로 보수된 이후 로히림에게 인도되었다.[10] 여울목 수비대의 병참 기지가 바로 이곳이었다. 로히림이 정착한 거주지는 대개는 백색산맥 기슭 및 남쪽의 협곡이나 골짜기에 있었다. 로히림은 팡고른(엔트숲)의 가장자리와 아이센가드의 흉측한 성벽을 두렵게 여긴 까닭에 웨스트폴드의 북쪽 경계에는 간혹 필요한 때를 제외하고는 발을 들이지 않았다. 또한, '아이센가드의 영주'와 그의 수수께끼 같은 백성들을 흑마술을 부리는 족속이라고 믿었기에 이들에게 좀처럼 간섭을 하지 않았다. 더군다나

---

10 로히림은 그곳을 글램슈라푸라고 칭했다. 그곳의 요새는 남산성이라고 불렸는데, 헬름왕의 치세 이후로는 나팔산성으로 칭해졌다. [원저자 주]

- 글램슈라푸Glæmscrafu(여기서 sc는 sh처럼 발음한다)는 앵글로색슨어로 '광채의 동굴'이라는 뜻이며, 아글라론드와 그 의미가 같다.

미나스 티리스의 전령도 아이센가드에 발길이 차츰 뜸해지다 종래는 끊어지고 말았는데, 섭정들이 온갖 근심거리들 틈에서 오르상크를 잊어버린 것으로 보인다. 하지만 열쇠는 여전히 그들이 갖고 있었다.

그럼에도 서쪽 국경지대와 아이센강 방어선의 지휘는 당연히 아이센가드의 몫이었으며, 곤도르의 왕들도 이런 형편을 분명 잘 이해하고 있었다. 아이센강은 발원지에서부터 원형 요새의 동쪽 성벽을 따라 흘러내리는데, 이렇게 강물이 남하하는 동안에는 유년기 하천에 불과하여 그다지 대단하지 못했다. 비록 그 유속이 빠르고 수온도 기이할 정도로 차갑기는 하였으나 적의 침공에 지장을 줄 만한 큰 장애물은 아니었던 것이다. 그러나 앙그레노스트의 대관문이 서쪽으로 열려 있었기에 요새에 충분한 병력이 주둔하고 있다면, 웨스트폴드로 넘어 들어오려는 서쪽의 적들은 거대한 병력을 동원해야만 했다. 더욱이 여울목에서 앙그레노스트까지의 거리는 여울목과 아글라론드의 거리의 절반 이하였으며, 앙그레노스트의 관문으로부터 넓은 우마도가 나 있고 대체로 평탄한 지대를 이루며 여울목과 이어졌다. 이 거대한 탑에 서린 공포와 그 뒤편에 펼쳐진 팡고른숲의 어둠에 대한 두려움이 요새를 적들로부터 일시적으로 보호할 수 있겠지만, 만일 이 요새가 주둔 병력 없이 방치되었다면 (실제로 섭정들의 시대 후기에 이렇게 되었는데) 이러한 방어의 효험도 오래 가지 못할 것이었다.

결국, 이러한 우려는 현실이 되고 말았다. 데오르 왕의 치세(2699~2718년)가 되어서 로히림은 여울목을 꾸준히 감시하는 것만으로는 역부족이었다는 사실을 깨닫게 되었다. 로한도 곤도르도 변방에는 관심을 기울이지 않았기에, 그곳에서 무슨 일이 일어나고 있었는지 누구도 알지 못했던 것이다. 곤도르계 앙그레노스트 족장들의 혈통이 끊어져 요새의 통수권이 그 친족들에게 넘어갔는데, 언급되었다시피 이들은 이미 혼혈이 된 지 오래였으며 땅을 찬탈한 '북부의 야만인들'보다는 던랜드인에게 더욱 우호적이었다. 그리고 미나스 티리스가 멀리 떨어진 곳에 있는 이상 그들에게 더는 걱정거리도 남아 있지 않았다. 던랜드인을 남김없이 축출하고 나아가 보복을 위해 에네드와이스에 있는 그들의 땅을 습격하기까지 했던 알도르 왕이 승하하자, 로한의 감시를 벗어난 던랜드인들은 아이센가드의 묵인 하에 웨스트폴드 북부로 다시 이주했다. 그렇게 그들은 아이센가드 동서 양면의 산골짜기는 물론 팡고른숲 남쪽 언저리에까지 정착했다. 데오르 왕의 치세가 되자 그들은 아예 공공연히 적개심을 드러내며 웨스트폴드의 로히림 목자들과 그들이 부리는 동물들을 습격할 정도가 되었다. 이제야 로히림은 침입자들이 여울목이나 아이센가드에서 남쪽으로 멀리 떨어진 지점을 통해서 아이센강을 건너온 것이 아님을 알아차렸다. 여울목은 여전히 경비되고 있었기 때문이다.[11] 그리하여 데오르 왕은 북쪽으로 원정대를 이끌고 나섰는데, 도중에 큰 무리의 던랜드인들과 마주쳤다. 적군은 물리칠 수 있었지만 곧 아이센가드마저 그들의 적이 되었다는 사실에 그는 통탄을 금치 못했다. 자신이 아이센가드를 던랜드인들의 포위에서 구원했다고 여겨 아이센가드의 관문으로 사신을 보내 호의를 전했는데, 정작 관문은 그들 앞에 굳게 닫혔고 돌아온 답변이라고는 화살뿐이었던 것이다. 후일 밝혀지기를, 던랜드인들은 동지로 받아들여지면서 아이센가드의 원형 요새를 장악했으며, (대부분의 주민과 마찬가지로) 던랜드 족속과 동화될 의사가 없었던 소수의 옛 수비대원들을 살해했다고 한다. 데오르는 곧바로 미나스 티리스의 섭정(2710년 당시에는 에갈모스였다)에게 전언을 보냈지만, 섭정도 도움을 줄 수 있는 형편이 못 되었다. 던랜드인들은 긴겨울(2758~2759년) 뒤에 이어진 대규모의 기근으로 인해 쇠락한 이후 굶주림을 버티지 못하고 프레알라프(후일 로한 제2왕가의 시조가 되

11 이미 서쪽 강변 수비대에 자주 공격이 가해지고 있었다. 다만 공격의 강도가 그리 거세지 않았는데, 이는 오로지 로히림의 주의를 북쪽으로부터 돌리기 위한 눈속임에 불과했기 때문이다. [원저자 주]

었다)에게 항복하기 전까지 계속해서 아이센가드를 점거했다. 데오르본인에게는 아이센가드를 공격하거나 포위할 역량이 없었고, 결국 긴 세월동안 로히림으로서는 웨스트폴드 북부에 강력한 기병대를 주둔시키는 수밖에 없었다. 이러한 상황은 2758년에 일련의 대규모 침공이 개시되기 전까지 지속되었다.[12]

사정이 이러했으니, 사루만이 아이센가드의 통수권을 자신이 이어받고 보수를 거쳐 서부 방어선의 일환으로 재구축하겠다는 제안을 했을 때에, 프레알라프 왕과 섭정 베렌 모두가 이를 환영했으리라고 어렵지 않게 짐작할 수 있다. 그렇게 사루만이 아이센가드에 머물기 시작하고 베렌이 그에게 오르상크의 열쇠를 넘겼을 때, 로히림은 서쪽 국경지대에서 제일 취약한 지점인 아이센여울목 방어에 주력하는 본래의 체제로 되돌아갔다.

사루만이 몸소 서부 방위의 핵심 일원이자 평의회의 수장으로 활동한 만큼, 당시 그가 선의를 갖고, 아니면 적어도 서부 방위에 이바지할 생각을 갖고 이러한 제안을 건넸다는 것에 대해서는 의심할 여지가 없을 것이다. 그는 지혜로운 자였기에 아이센가드가 입지는 물론이요, 자연적 요인으로도 기술적 요인으로도 막강한 힘을 갖고 있어 대단히 중요하다는 것을 꿰뚫어 보고 있었다. 아이센가드와 나팔산성을 양옆에 끼고 구축된 아이센강 방어선은 동쪽에서의 침공(사우론이 부추기고 지도한 것이든 그 이외의 경우이든)을 막아낼 보루였으며, 곤도르를 둘러싸려는 시도와 에리아도르를 침공하려는 시도 모두를 막아낼 수 있었다. 그러나 사루만은 결국 악으로 돌아서 적이 되고 말았고, 그럼에도 로히림은 (이미 사루만이 그들에게 품은 적의가 커지고 있다는 경고를 받았음에도) 계속해서 그들의 주력을 여울목 서쪽에 투입했다. 결국 사루만이 전면전을 개시했을 때, 그들은 여울목의 방어력

12 곤도르와 로한에 가해진 이 침공에 대해서는 『반지의 제왕』 해설 A(I)와 A(II)에 서술되어 있다.

은 아이센가드 없이는 나약한 수준에 불과하며, 아이센가드를 상대로는 더더욱 보잘것없었음을 깨닫게 되었다.

PART FOUR

제4부

I

드루에다인

할레스 일족은 이질적인 언어를 사용하는 등 다른 아타니에겐 낯선 이들이었으며, 비록 엘다르와 동맹으로 함께 하기는 했지만 결국 남들과는 동떨어져 살았다. 그들은 자신들만의 언어를 고집했으며, 엘다르나 여타 아타니와 소통할 필요성이 있었기에 신다린을 배우긴 했지만 이마저도 더듬더듬 말하는 이들이 태반이었다. 그나마도 자신들의 숲 경계 바깥으로 좀처럼 나가지 않는 이들은 아예 신다린을 쓰지 않았다. 그들은 새로운 문물을 받아들이는 것을 그다지 내켜 하지도 않았고, 전쟁에 참여할 때 이외에는 그들과 교류가 많지 않았던 엘다르나 다른 아타니가 보기엔 기이하게 보이는 관습을 유지했다. 어쨌건 그들은 충성스런 동맹이자 가공할 놀라운 전사로 존경받았다. 비록 국경 밖으로 파견한 부대의 규모는 작았지만 말이다. 할레스 일족은 처음부터 끝까지 인구가 적었고, 그들의 주 관심사는 자신들의 숲을 지키는 일이었으며 숲에서의 전투만큼은 그들을 따라올 자가 없었다. 심지어 숲속 전투에 특별히 단련된 오르크들조차도 오랜 세월 동안 그들의 국경 근처에 발을 들이지 않으려 했던 것도 이 때문이었다. 그들의 독특한 관습 중 하나로 일컬어지는 것은 바로 그들의 전사 다수가 여자들이라는 것이었다. 다만 큰 전투에 참전하러 영토 밖으로 나간 여자들은 많지 않았다. 이는 무척 오래된 전통이었음이 분명한데,[1] 그들의 족장이었던

할레스가 엄선된 여자 호위대를 거느리던 명성 높은 여전사였기 때문이다.[2]

할레스 일족의 모든 풍습을 통틀어 가장 독특했던 것은 그들이 완전히 다른 부류의 민족과 더불어 살았다는 것이다.[3] 벨레리안드의 엘다르도 다른 아타니도 이들 같은 민족은 일찍이 본 적이 없었다. 이들은 머릿수가 대강 수백 명쯤으로 그리 많지 않았고, 가족이나 작은 부족 단위로 따로따로 살았지만 공동체의 일원으로서의 유대감을 갖고 있었다.[4] 할레스 일족은 이들을 "드루그"라고 불렀는데, 이는 그들의 언어에서 따온 단어였다. 요정이나 다른 인간들의 눈에 이들의 외모는 보기 흉했다. 그들은 땅딸막한 키(약 120센티미터)에 펑퍼짐했으며, 큰 엉덩이에 다리는 짧고 굵었다. 넓적한 얼굴에 움푹 들어간 눈, 굵은 눈썹, 납작한 코를 가졌고, 눈썹 밑으로는 털이 자라지 않았다. 턱 가운데에 짧고 검은 털 줄기를 가진 몇몇 남성(이들은 자신들이 남과 다르다는 것을 자랑스러워했다)을 빼면 말이다. 그들의 표정은 늘 무뚝뚝하기 일쑤였으며, 그나마 커다란 입은 곧잘 움직이곤 했다. 그들의 경계심 가득한 눈은 아주 가까이 다가가지 않는 한 움직임을 관찰할 수가 없었는데, 눈동자를 구별해낼 수 없을 정도로 눈이 검었기 때문이었다. 다만 분노를 느끼면 그들의 눈동자는 붉게 달아올라 빛났다. 그들의 목소리는 깊은 후두음이었던 반면 웃음소리는 상당히 의외였다. 풍성하고 잘 울려 모든 이가 들을 수 있었던 데다가, 경멸이나 악의에 오염되지 않은 순수한 명랑함이 요정과 인간 가릴 것 없이 듣는 이를 덩달아 웃게 했다.[5] 평화로운 시기에, 그들은 일을 하거나 놀면서 다른 인간들이 노래를 부를 때에 웃고는 하였다. 하지만 그들은 불굴의 적이 될 수도 있었는데, 그들의 화염 같은 분노는 한 번 불타오르면 쉽사리 수그러들지 않았기 때문이다. 오직 눈빛만이 그 분노를 알아차릴 수 있는 방법이었다. 그들은 은밀하게 싸웠으며, 승리를 거둬도 의기양양 크게 기뻐하지 않았는데, 이는 그들이 확고하게 증오한 유일한 존재인 오르크들을 상대하였을 때에도 마찬가지였다.

엘다르는 그들을 아타니와 동격으로 인정하며 드루에다인으로 불렀다.[6] 이들은 명맥을 이어가는 동안 무척이나 사랑을 받았던 것이다. 유감스럽게도, 그들은 오래 살지 못했고 그 수는 언제나 적었다. 더불어 증오를 되갚기 위해 그들을 붙잡아 고문하기를 낙으로 삼았던 오르크들과의 불화로 큰 피해를 입기도 했다. 모르고스가 승리를 거두면서 벨레리안드의 요정과 인간들이 세운 모든 왕국과 요새들이 무너졌을 때, 그들은 대부분 아녀자들만 살아남은 몇몇 가구 정도로 그 수가 줄었으며 일부는 시리온하구의 마지막 피난처로 찾아오기도 했다고 전해진다.[7]

초기에 드루에다인은 더불어 사는 이들에게 큰 도움이 되었으며, 그들을 찾는 사람들도 많았다. 비록 그들 중 할레스 일족의 땅을 떠나려는 이는 극히 적었지만 말이다.[8] 그들은 모든 종류의 생물을 추적하는 데에 경이로운 솜씨가 있었으며, 친구들에게 자신들의 능력을 활용한 기술을 가르치기도 했다. 하지만 아무리 그들의 기술을 배우고 익혔다고 해도 그들만큼 뛰어나지는 못했는데, 드루에다인은 시력이 좋았을뿐더러 마치 사냥개처럼 후각을 이용했기 때문이다. 그들은 바람이 부는 방향에 있는 오르크의 냄새를 인간들이 보지 못할 정도로 멀리 떨어져 있더라도 맡을 수 있고, 흐르는 물살만 지나지 않았다면 수 주일이 지난 오르크의 냄새도 추적할 수 있다는 것을 자랑스럽게 여겼다. 자라나는 모든 것에 대해 요정들 못지않게 많은 지식을 갖고 있었으며(요정들에게 배운 것은 아니다), 만약 새로운 땅으로 이주한다면 짧은 시간 안에 그곳에 서식하는 크고 작은 모든 것들을 가리지 않고 알아냈고, 생소한 것은 독이 있는 것과 음식으로 유용한 것으로 구별하여 이름을 지어 주었다고 한다.[9]

드루에다인은 다른 아타니와 마찬가지로 엘다르를 만나기 이전까지는 글이라 할 만한 것을 가지고 있지 않았다. 그러나 그들은 엘다르의 룬 문자나 글자를 결코 배우려 하지 않았다. 그들이 스스로 고안해 낸 글자 체계라곤 그저 발자취를 표시하거나, 정보나 경고를 전할 때 쓰던 대체로 단순한 형태의 기호들뿐이었다. 그들에게는 까마득한 과거부터 긁거나 자르는 용도로 쓰는 작은 부싯돌 정도의 도구들이 있었던 것으로 보인다. 아타니가 벨레리안드에 입성하기 이전부터 금속과 그 가공 기술에 관한 지식을 갖고 있었던 것과 달리[10] 그들은 이러한 도구를 여전히 사용했다. 금속을 구하기도 힘든 일이었거니와, 제련한 무기나 도구를 쓰기에는 비용이 무척이나 많이 들었던 까닭이었다. 하지만 엘다르와의 유대와 에레드 린돈에서 온 난쟁이들과의 교류가 활발해진 덕에 벨레리안드에 금속이 흔해지자, 드루에다인은 나무나 돌을 조각하는 데에 두각을 드러내게 되었다. 그들은 이미 주로 식물에서 유래한 안료들에 대한 지식을 갖고 있었으며, 나무나 평평한 돌 표면에 그림과 문양을 그렸다. 가끔은 나무옹이를 깎아내 그림을 그릴 수 있는 표면을 만들기도 했다. 그러나 더 예리하고 튼튼한 도구를 얻은 후로 그들은 장난감이나 장신구, 혹은 큰 형상의 사람이나 짐승을 조각하는 것을 즐겼다. 그중 솜씨가 가장 좋은 이들은 마치 살아 있는 것 같은 생생함을 불어 넣기도 했다. 이러한 조각상들은 종종 기이하고 환상적인 느낌을 주었으며, 심지어 무시무시하게 보일 때도 있었다. 그들이 재주를 뽐내며 저지른 으스스한 장난 중 하나가 바로 두려움에 소리를 지르며 달아나는 모양의 오르크 형상들을 만들어 그들의 땅 경계에 세워두는 것이었다. 여기에 더해 그들은 자신들을 표현한 조각상을 만들어 오솔길의 입구나 숲길의 모퉁이에다 설치하였고, 이를 '경비석'이라고 불렀다. 그중 가장 주목할 만한 것은 테이글린 건널목 근처에 세워진 것들로, 오르크의 시체 위에 육중하게 쪼그려 앉은 실제의 모습보다 큰 드루아단의 형태를 취하고 있었다. 이 조각상들은 단순히 적을 모욕하기 위한 용도만이 아니었다. 오르크들은 이 조각상들을 두려워했는데 이들이 오고르하이(그들은 드루에다인을 이렇게 불렀다)의 원한으로 가득 찬 것은 물론, 오고르하이와 조각상들이 서로 소통할 수 있다고 믿었던 것이다. 그리하여 오르크들은 조각상에 손을 대거나 부수려 들 엄두를 좀처럼 내지 못했으며, 머릿수가 상당히 많을 때가 아니라면 '경비석' 너머로는 가지 못하고 뒤돌아가기 일쑤였다.

하지만 이 기이한 민족의 여러 능력 가운데서도 가장 눈여겨볼 만한 점은 어쩌면 극도의 침묵과 정적을 유지할 수 있다는 것일지도 모른다. 그들은 때때로 두 다리를 꼬고, 손은 무릎이나 허벅지 위에 얹고, 눈은 감거나 바닥을 바라보는 자세로 여러 날 동안을 버틸 수 있었다. 이와 관련하여 할레스 일족 사이에 전해지던 한 이야기가 있다.

> 먼 옛날에, 드루그들 가운데 돌을 조각하는 실력이 최고였던 이가 죽은 아버지 형상의 석상을 만들었다. 그는 이 석상을 거주지 근처에 있는 한 오솔길 옆에 놔두었다. 그러고는 그 옆에 앉아 깊이 침묵한 채 옛 시절의 회상에 젖어 있었다. 얼마 지나지 않아 먼 마을로 여행을 가던 숲 사람 한 명이 우연히 근처를 지나쳤는데, 그는 드루그가 둘 있는 것을 보고는 허리를 굽혀 인사하며 좋은 하루를 빌어주었다. 하지만 대답이 돌아오지 않자, 그는 잠시간 놀란 마음에 이들을 눈여겨보았다. 그러더니 그는 가던 길을 계속 가며 이렇게 혼잣말을 했다. "돌을 다루는 솜씨가 뛰어난 족속이라지만, 이렇게나 살아있는 것 같은 작품은 본 적이 없군." 사흘이 지나 그가 돌아왔는데, 그는 무척 지친 나머지 길가에 앉아서 두 석상 중 하나에 등을 기댔다. 그는 망토를 석상의 어깨에 걸어 말렸다. 얼마 전까지 계

> 속 비가 내렸지만 이제는 태양이 뜨겁게 내리쬐고 있었던 것이다. 그는 이내 잠에 빠져들었는데, 잠시 시간이 흐른 후 그의 등 뒤에 있던 석상에서 들려오는 목소리에 잠을 깨고 말았다. 석상이 말했다. "충분히 휴식했기를 바라오. 하지만 더 자고 싶으시거든 부디 저쪽에 기대시구려. 저분은 다리를 다시 펴고 싶어질 일이 없을 테니 말이오. 그리고 당신의 망토가 햇살을 받아 너무 뜨겁다오."

드루에다인은 슬픔이나 상실감을 느낄 때 자주 이런 식으로 앉아 있곤 했는데, 사색의 즐거움을 누리거나 계획을 짤 때도 종종 이렇게 했다고 한다. 그들은 이런 고요함을 경비를 설 때도 활용할 수 있었다. 그들이 어둠 속에 몸을 숨기고 서 있거나 앉아 있으면, 비록 눈을 감고 있거나 초점이 없는 것처럼 보일지언정 그들의 눈에 띄어 인식되지 않고서는 무엇도 그들 근처를 지나거나 가까이 오지 못했다. 보이지 않는 경계가 너무나 삼엄한 나머지, 침입자들로서는 이것이 적개심 가득한 위협으로 느껴져 일말의 경고가 있기도 전에 두려움에 달아났던 것이다. 악한 무언가가 돌아다닐 때면 그들은 근처든 먼 곳이든 어디에서 들어도 고통스러운 새된 휘파람을 불어 신호했다. 흉흉한 시절에 할레스 일족은 드루에다인을 경비대로서 높이 샀고, 만약 드루에다인과 같은 경비대를 둘 수 없다면 그들을 본떠 조각된 형상들을 집 근처에 놓아두곤 했다. 이 조각상에 살아 있는 드루에다인의 위협을 담을 수 있으리라고 믿었던 것(드루에다인 자신들도 이러한 목적으로 형상들을 제작하기도 했다)이다.

할레스 일족은 기실 드루에다인을 사랑하고 신뢰했지만, 상당수는 그들이 기묘한 마법의 힘을 부린다고 믿었다. 또 그들의 놀라운 이야기 중 몇 가지가 이를 다루고 있다. 그중 하나를 아래에 기록해 놓았다.

충직한 돌

옛날에 의술로 이름난 아간이라는 드루그가 있었다. 그는 할레스 일족에 속하는 숲 사람인 바라크와 끈끈한 우정을 나누었는데, 바라크는 가장 가까운 마을로부터 약 3킬로미터 혹은 그보다 더 먼 숲속에 있는 집에서 살았다. 아간의 가족이 사는 곳은 마을보다는 좀 더 가까운 곳에 있었다. 그는 대부분의 시간을 바라크 부부와 함께 보냈으며, 바라크의 자녀들 또한 그를 사랑했다. 어느 날 곤경이 닥쳐왔는데, 대담한 오르크들 다수가 몰래 근처의 숲속으로 들어와서는 삼삼오오 찢어져 밖을 홀로 다니는 이들을 노상에서 덮쳤으며, 밤이 되면 이웃과 멀리 떨어져 사는 집들을 습격하기까지 했다. 바라크의 가족은 아간이 밤마다 그들 곁을 지키며 집 밖을 감시해왔기에 그다지 두려워하지 않았다. 하지만 어느 날 아침 그가 바라크에게 와서 말했다. "친구여. 내 일가친척이 좋지 않은 소식을 전해왔는데, 아무래도 잠시 자네 곁을 떠나야 할 것 같네. 내 형제가 부상을 입고 고통스러워하고 있다네. 나에게 오르크들이 입힌 부상을 치료하는 기술이 있어서 날 애타게 부르더군. 되도록 빠른 시일에 돌아오겠네." 바라크는 크게 근심하게 되었고, 그의 아내와 자식들도 흐느껴 울었지만, 아간은 이렇게 말했다. "내 할 수 있는 조치를 하겠네. 경비석 하나를 가져와서 자네의 집 근처에 놔두었다네." 바라크는 아간과 함께 나와 경비석을 바라보았다. 그것은 크고 무거운 돌이었는데, 문간에서 그리 멀지 않은 덤불 안에 있었다. 아간은 그것에 손을 얹고는 잠시 침묵하더니 말했다. "보게나. 내 힘 일부를 여기에 남겨 두었네. 부디 이것이 자네들을 해로운 것으로부터 지켜주기를!"

이틀간은 곤란한 일이 생기지 않았지만, 셋째 날 밤이 되자 바라크는 드루그의 새된 경보음을 듣게 되었다(아무도 깨어나지 않았던 것을 보면 꿈을 꿨는지도 모른다). 그는 침대에서 내려와 벽에 걸린 활을 집어 들고 좁은 창가로 갔는데, 이내 두 마리의 오르크가 그의 집에 땔감을 놓고는 불을 붙이려 하는 것이 보였다. 바라크는 두려움에 몸을 떨었다. 습격한 오르크들은 유황과 그 밖의 끔찍한 것들을 들고 있었는데, 금방 불을 붙이면서도 물로 꺼뜨리지 못하게 하는 것들이었다. 그는 정신을 다잡고 활을 당겼는데, 불꽃이 솟아오른 바로 그 순간에, 한 드루그가 오르크들의 등 뒤로 달려오는 것이 보였다. 둘 중 하나는 그 드루그의 주먹에 가격당해 쓰러졌고 다른 하나는 달아났다. 그러자 그는 맨발로 불길에 뛰어들고는, 불붙은 땔감을 흩어 놓고 땅에 붙은 오르크의 불꽃을 발로 밟았다. 바라크는 문으로 달려갔지만, 그가 잠긴 문을 열고 뛰쳐나갔을 땐 그 드루그는 사라져 있었고, 쓰러진 오르크의 자취도 보이지 않았다. 단지 연기와 악취만이 남아 있을 뿐이었다.

바라크는 소음과 불로 인한 악취 때문에 잠에서 깬 가족들을 안심시키러 집 안으로 돌아갔다. 하지만 동이 트자 그는 다시 집 밖으로 나가 주위를 둘러보았다. 경비석이 사라져 있었지만, 그는 이를 비밀로 했다. '오늘 밤은 내가 경비를 봐야겠군.' 그는 생각했다. 하지만 그날 늦은 시각 아간이 돌아왔고, 이에 그들은 아간을 반갑게 맞이했다. 그는 드루그들이 가끔씩 가시나 돌이 즐비한 거친 땅을 다닐 때 신는 반장화를 신고 있었는데 지친 모습이었다. 하지만 미소를 짓고 있었고, 기분이 좋아 보였다. 그가 말했다. "희소식을 가져왔다네. 내가 독을 처치하기에 적절한 때에 도착해서 내 형제는 이제 앓지도 않고 죽을 일도 없다네. 게다가 이젠 습격자들이 죽거나 달아났다고 들었다네. 자네는 그동안 어떻게 지냈나?"

바라크가 말했다. "우린 무사하네. 그렇지만 날 따라오게, 보여 줄 것이 있다네. 나머지 이야기는 보면서 하지." 그러고는 그는 불이 피워졌던 자리로 아간을 데려가 밤중의 습격에 대해 말해주었다. "경비석이 사라졌다네. 필시 오르크의 짓인 것 같네. 자네가 보기에는 어떤가?"

"조금 더 살펴보고 짐작 가는 것이 있으면 말하도록 하겠네." 아간이 말했다. 그는 이곳저곳 다니며 땅바닥을 훑어보았고, 바라크는 그를 뒤따라갔다. 한참이 지난 후 아간은 바라크의 집이 위치한 공터의 외곽에 있는 한 수풀로 그를 데려갔다. 경비석은 그곳에서 오르크의 시체 위에 앉아 있었다. 하지만 그것의 다리는 온통 그을리고 갈라져 있었으며, 한쪽 발은 떨어져 나가 발치에서 굴러다니고 있었다. 아간은 슬퍼 보였지만, 이내 이렇게 말했다. "훌륭해! 제 몫을 다했군. 오르크의 불꽃을 내 발이 아니라 이 친구의 발로 밟아 껐으니 다행이지 뭔가."

그리고 그는 제자리에 앉아 반장화를 벗었다. 곧 바라크는 그의 반장화를 신었던 다리에 붕대가 감겨 있는 것을 보았다. 아간이 붕대를 풀고는 말했다. "이미 낫고 있네. 난 이틀 밤 동안 내 형제를 간호하다가 어젯밤이 되어서야 잠을 잤다네. 아침이 오기도 전에 잠에서 깼는데, 아픔이 느껴져서 보니 내 다리에 물집이 생겨 있더군. 그때 비로소 무슨 일이 생겼다는 걸 알 수 있었지. 아아! 만든 물건에 힘을 나눠 주었다면, 그 상처 또한 함께 나눠 가져야 하는 법이라네."[11]

드루에다인에 관한 또 다른 이야기들

부친께서는 드루에다인과 호빗의 근본적인 차이를 강조하는 데 상당히 공을 들이셨다. 이들은 체형도 외양도 사뭇 달랐다. 드루에다인이 비교적 키가 컸고, 몸무게도 더 나가거니와 체격도 더 강인했다. 그들의 이목구비는 (일반적인 인간의 잣대로 따질 때) 보기 좋은 편은 아니었으며, 호빗들의 머리털은 풍성했던 반면 (다만 짧은 곱슬머리였다) 드루에다인은 곧고 듬성듬성한 머리털을 가졌고, 다리와 발에는 전혀 털이 없었다. 그들은 때에 따라선 호빗들처럼 명랑하고 쾌활했지만, 천성에 음침한 면이 있어 냉소적이고 잔혹해지기도 했다. 또한 그들은 기이하고 불가사의한 힘을 지녔거나 그렇다고 여겨졌다. 드루에다인은 소박한 민족으로, 풍족한 시절에도 음식을 아껴 먹었고, 물 이외에 다른 것은 마시지 않았다. 어떤 면에 있어선 오히려 난쟁이를 연상케 하기도 했는데 체격과 신장, 인내력뿐만 아니라 돌을 조각하는 솜씨나 음침한 면이 있는 성격, 그리고 기이한 힘을 가진 점이 그러했다. 다만 난쟁이들이 가졌다고 일컬어지는 '신비한' 솜씨는 드루에다인의 기이한 힘과는 상당히 달랐고, 난쟁이들의 성격이 훨씬 더 음침했거니와, 난쟁이들은 장수했던 반면 드루에다인은 다른 인간들과 비교해도 그 수명이 길지 않았다.

단 한 군데, 별도의 메모에 제1시대 벨레리안드의 드루에다인 사이의 관계에 대해 명시되어 있다. 이는 브레실숲에서 할레스 일족의 집들을 지켰던 자와 돌수레골짜기를 통해 로히림을 미나스 티리스로 인도한 인물인 간부리간(『왕의 귀환』 BOOK5 chapter 5)의 머나먼 조상, 혹은 검산오름으로 가는 길의 석상들을 만든 사람에 관한 이야기이다(『왕의 귀환』 BOOK5 chapter 3).[12] 해당 내용은 다음과 같다.

고향을 떠난 한 드루에다인 분파가 제1시대 말기에 할레스 일족과 동행했으며, 이후 [브레실]숲에서 그들과 함께 살았다. 하지만 대부분의 드루에다인은 백색산맥에 남았다. 어둠의 세력에 재차 가담했던 인간들이 후일 그 지역에 발을 들여놓고, 자신들을 박해했음에도 말이다.

덧붙여 이 메모에는 검산오름의 조각상들과 드루아스 생존자들 간의 유사성(강노루네 메리아독이 처음 간부리간을 목격했을 때 알아차렸다)은 곤도르에서 처음으로 확인되었다고 쓰여 있다. 비록 이실두르에 의해 누메노르인들의 왕국이 정비되던 시기에 드루아스는 드루아단숲과 드루와이스 야우르(아래를 참조)에서만 생존했다고 하지만 말이다.

따라서 우리는 원한다면 『실마릴리온』에 등장하는(236~246쪽) 에다인의 도래에 대한 옛 전승에, 드루에다인이 할라딘 가(할레스 일족)와 함께 에레드 린돈을 내려와 옷시리안드에 들어갔다고 덧붙여 설명할 수 있을 것이다. 또 다른 메모는 곤도르의 역사가들은 안두인대하를 건넌 최초의 인간이 사실 드루에다인이라 믿었다고 밝힌다. 그들은 (추정되기로는) 모르도르 이남의 땅에서 왔는데, 하라드와이스의 해안지대에 다다르기 이전에 북쪽으로 진로를 돌려 이실리엔에 진입했고, 끝내는 안두인대하를 건널 길을 찾아내어 (카이르 안드로스 근처였을 것이다) 백색산맥의 협곡이나 북쪽 산기슭의 나무가 울창한 지대에 정착했다는 것이다. "그들은 비밀스런 민족으로, 기억하는 오랜 세월 동안 그들을 괴롭히고 박해해 왔던 다른 인간들을 불신했으며, 몸을 숨기고 평화를 누릴 수 있는 땅을 찾아 서쪽으로 유랑했다." 하지만 그들과 할레스 일족 사이의 유대에 관한 역사는 여기나 다른 어느 곳에서도 더 이상의 언급이 없다.

이전에 인용한 바 있는 가운데땅 강들의 명칭에 대한 글에서 제2시대의 드루에다인에 대한 약간의 언급을 확인할 수 있다. 여기서

(462쪽 참조) 기술하길, 과슬로의 강줄기를 따라 누메노르인들로 인한 황폐화를 피해 달아났던 에네드와이스의 원주민들은

……아이센강을 건너지도 않았고, 벨팔라스만의 북쪽 갈래를 이루는 아이센강과 레브누이강 사이의 대규모 곶 지대에 은신처를 세우지도 않았다. 이는 '푸켈맨'들 때문이었는데, 이들로 말하자면 비밀스럽고 사나운 민족으로, 독화살을 사용하는 지칠 줄 모르며 은밀한 사냥꾼들이었다. 그들은 자신들은 항상 이곳에 살았으며, 이전에는 백색산맥에서도 살았노라고 했다. 예부터 그들은 거대한 암흑의 존재(모르고스)에게 일절 관심을 두지 않았으며, 훗날 사우론과 한편에 서지도 않았다. 동부로부터 온 모든 침략자들을 혐오했던 것이다. 그들의 말에 의하면 동부에서 키가 큰 인간들이 찾아와서는 그들을 백색산맥에서 몰아냈는데, 뼛속까지 음흉한 작자들이었다고 한다. 어쩌면 반지전쟁이 벌어질 시기에도 드루족 일부가 백색산맥의 서쪽 외곽인 안드라스트 산맥에 머물고 있었을지 모르나, 곤도르 백성들에게 알려진 것은 아노리엔 숲에 거주하던 자들뿐이었다.

아이센강과 레브누이강 사이의 영역이 바로 드루와이스 야우르였다. 다만 같은 주제를 다룬 아래의 또 다른 토막글에서는 이 명칭에서 '야우르'(옛)라는 어휘가 '기존의'라는 의미가 아닌 '과거의'라는 의미라고 기술되어 있다.

'푸켈맨'들은 제1시대에 백색산맥(양쪽 면 전부)에서 살고 있었다. 제2시대에 누메노르인들이 해안지대를 점유하기 시작했을 때, 그들은 아직 누메노르인들이 단 한 번도 점유하지 않은 [안드라스트의] 곶에 있는 산맥에서 명을 이었다. 또 다른 생존자들은 [아노리엔

의] 산줄기 동쪽 끝부분에 자리를 잡았다. 제3시대 말에 다다르면 수가 상당히 줄었던 후자의 분파가 유일한 생존자들로 여겨졌고, 이에 따라 전자가 살던 지역은 "옛 푸켈황야(드루와이스 야우르)"로 불리게 되었다. 이 땅은 끝내 '황야'로 남았으며 곤도르나 로한의 백성들이 머물지 않았고, 그들이 발을 들이는 경우도 뜸했다. 다만 안팔라스의 인간들은 옛 '야인들' 몇몇이 여전히 비밀리에 그곳에 살고 있다고 믿었다.[13]

하지만 로한에서는 "푸켈맨"이라고 불리던 검산오름의 조각상과 드루아단숲의 '야인들' 사이의 유사성도, 그리고 그들이 '인간에 속한다는 사실'도 인정되지 않았다. 간부리간이 과거에 '야인들'이 로히림에게 박해받았다는 언급을 한 것["숲의 우리를 우리끼리 내버려 두고 더는 짐승처럼 사냥하지 말라."]이 이러한 연유에서였다. 간부리간은 이때 공용어로 말하는 것을 시도하고 있었으므로 자신의 백성들을 '야인'으로 지칭했는데 역설적인 구석이 있긴 하다. 물론 그들이 스스로를 이런 이름으로 부른 것은 아니었다.[14]

| 주석 |

1 벨레리안드에서 그들이 놓인 특수한 상황 탓은 아니며, 그들의 수가 적어진 결과라기보다는 수가 적어진 원인에 가까울 듯하다. 그들은 다른 아타니에 비해 인구가 느는 속도가 훨씬 느렸기에 전쟁으로 인한 인명손실을 회복하기 힘든 상황이었다. 그럼에도 할레스 일족의 여자들(남자보다 수가 적었다) 다수가 미혼을 고수했던 것이다. [원저자 주]

2 『실마릴리온』에서는 베오르가 펠라군드에게 할라딘 가(후일 할레스 사람들 혹은 할레스 일족으로 불리게 된다)를 "우리와 말이 갈라진 할라딘 사람들"(235쪽)이라고 설명한다. 또한 "그들은 계속 그들끼리만 따로 모여 살았고"(242쪽)라고도 기술되며, 베오르 가문의 인간들보다 체격이 작았다고도 한다. "할레스 사람들은 말을 거의 하지 않았고, 인간들의 거대한 집회도 좋아하지 않았다. 그들 중의 많은 이들은 고독을 즐기면서, 엘다르의 경이로운 대지가 그들 앞에 새롭게 펼쳐져 있는 동안 푸른 숲을 자유로이 방랑하였다."(245쪽) 『실마릴리온』에서는 여장부 할레스가 전사이자 일족의 지도자였다는 점 외에는 그들의 여전사 문화에 대한 언급이 없으며, 벨레리안드에서 자신들만의 언어를 고수했다는 언급도 없다.

3 그들은 할레스 사람들과 같은 언어를 (그들 나름대로의 방식을 따라) 사용했지만, 그들만이 사용하는 다수의 어휘들을 계속 사용하고 있었다. [원저자 주]

4 제3시대에 브리의 인간과 호빗이 함께 살았던 방식이 이와 같았다. 다만 드루그족과 호빗이 동족 관계는 아니었다. [원저자 주]

5 불손한 이들이 잘 알지 못하면서 모르고스가 이런 종족을 근원 삼아 오르크를 만들었음이 틀림없다고 단언하면, 엘다르는 다음과 같이 답했다. "모르고스는 생명을 만들어내지 못하는 만큼 그가 여러 종류의 인간들을 이용해 오르크를 만들었음은 분명하나, 드루에다인만큼은 그의 어둠에 속하지 않을 것이오. 그들의 웃음과 오르크들의 웃음 사이에는 아만의 빛과 앙반드의 어둠만큼의 상상도 못할 차이가 있으니 말이오." 하지만 그럼에도 일부는 두 종족 사이에 먼 혈연의 관계가 있으며, 그들의 특이한 원한도 여기서 기인한다고 보았다. 오르크와 드루그는 서로를 변절자로 여겼다. [원저자 주]

- 『실마릴리온』에서는 요정의 시대 초창기에, 멜코르가 사로잡은 요정들을 이용해 오르크를 만들었다고 기술되어 있다(95쪽, 165~166쪽을 참조하라). 다만 이는 오르크의 기원에 대한 각기 다른 추측들 중 하나에 지나지 않는다. 『왕의 귀환』 BOOK5 chapter 5에서 간부리간의 웃음소리에 대해 "이 말을 하며 늙은 간은 꿀룩꿀룩 희한한 소리를 냈다. 웃고 있는 것 같았다."라고 묘사되었음을 주목해야 하겠다. 그의 듬성듬성한 수염이 "마른 이끼처럼 제멋대로 퍼져 있었다."라고 하며, 아무런 표정도 읽을 수 없는 검은 눈을 가졌다고 묘사된다.

6 어느 한 메모에 따르면 그들이 스스로를 지칭한 말은 '드루구Drughu'(여기서 gh는 마찰음을 나타낸다)였다고 한다. 이 이름이 벨레리안드에서 신다린에 차용되면서 '드루Drû'(복수형으로는 '드루인Drúin'이나 '드루아스Drúath')가 되었다. 하지만 이후 엘다르가 드루족이 모르고스의, 그것도 특히 오르크의 숙적임을 알게 되자, 이 이름에 '아단adan'이라는 칭호를 붙여 그들을 '드루에다인Drúedain'(단수형으로는 '드루아단Drúadan')으로 불렀다고 한다. 이는 그들이 인간에 속하는 것은 물론, 요정과 친구임을 나타내면서도 에다인 세 가문과는 다른

종족이라는 것 또한 드러내기 위함이었다. 이후 '드루'는 '드루노스 Drúnos'(드루족의 일가), '드루와이스Drúwaith'(드루족의 황야) 따위의 합성어를 통해서만 쓰이게 되었다. 퀘냐에서는 '드루구'가 '루Rú'로 옮겨졌으며, 곧 '루아탄Rúatan', 복수형으로는 '루아타니Rúatani'가 되었다. 후기에 그들을 지칭한 여타 이름들(야인들, 우오즈, 푸켈맨)에 관해서는 667쪽과 14번 주석 참조.

7 누메노르의 연대기에 따르면 이 살아남은 드루에다인은 아타니와 함께 바다 너머로 항해를 떠날 수 있도록 허가를 받았다. 새로운 평화의 땅에서 번창하면서 그 수가 늘어났지만, 다만 바다를 두려워한 탓에 더 이상 전쟁에 참여하지는 않았다고 한다. 훗날 그들이 어떻게 되었는가는 누메노르의 몰락에서도 전해져 온 몇몇 전설 중 오직 한 군데에만 기록되어 있다. 이는 누메노르인들이 처음 가운데땅에 항해해 왔을 때에 대한 이야기로, '뱃사람의 아내'라는 제목으로 전해진다. 곤도르에서 보전된 그 필사본에는, 뱃사람 알다리온 왕의 집안에 속한 드루에다인이 언급되는 대목에서 필사한 자가 남겨 둔 주석이 하나 존재한다. 여기서 말하길 드루에다인은 기이한 선구안을 가진 것으로 유명했는데, 알다리온의 항해가 나쁜 결과를 낳게 될 것을 예감하고 불안해지자, 그에게 더는 항해하지 말 것을 간청했다고 한다. 하지만 알다리온의 부친도 아내도 그의 뜻을 꺾지 못했던 만큼 그들 역시 알다리온을 막지 못하고, 이에 그들은 괴로워하며 떠났다. 그날로부터 누메노르의 드루에다인은 동요하게 되었으며, 바다를 두려워했음에도 불구하고 그들은 하나둘씩 혹은 삼삼오오 가운데땅의 서북쪽 해안으로 향하는 큰 배들에 몸을 실을 자리를 구하기 시작했다. 사람들이 그들에게 "어째서 떠나려는 거요? 어디로 갈 생각이오?"라고 물어보면 그들은 이렇게 답했다. "더 이상 발밑의 '위대한 섬'이 안전하게 느껴지지 않으니, 우리의 고향 땅으로 다시

돌아가려 하오." 그렇게 그들의 수는 오랜 세월을 거치며 점차 줄어들게 되었고, 엘렌딜이 누메노르의 몰락에서 도망쳐 나올 당시에는 남아 있는 자가 아무도 없었다. 사우론이 누메노르에 들어왔을 때 마지막 드루에다인마저 도망쳤던 것이다. [원저자 주]

- 이상의 주석 이외에는 알다리온과 에렌디스 이야기나 다른 출처에도 드루에다인이 누메노르에 살았다는 흔적은 찾아볼 수 없다. 다만 다른 한 메모에서 다음과 같이 기술할 뿐이다. "보석전쟁이 끝나갈 무렵, 바다를 건너 누메노르로 향하는 에다인 무리에 할레스 일족의 소수 생존자들이 섞여 있었다. 그들과 동행했던 극히 적은 수의 드루에다인은 누메노르의 몰락이 벌어지기 한참 전에 자취를 감춰 버렸다."

8 몇몇은 하도르 가문의 후린의 집안에서 살았다. 후린이 어릴 시절 할레스 일족과 함께 살았거니와, 그들의 지도자와는 혈족 관계이기도 했던 것이다. [원저자 주]

- 후린과 할레스 일족의 관계에 대해선 『실마릴리온』 259쪽을 보라. 부친께서는 궁극적으로 도르로민의 후린의 집에 살았던 늙은 하인인 사도르를 드루그로 변경하려고 의도하셨다.

9 그들에게는 모든 종류의 독을 살아 있는 생물을 해칠 요량으로 사용하는 것을 금하는 법도가 있었다. 설령 자신을 해코지한 생물이라고 해도 말이다. 다만 오르크는 예외였는데, 오르크가 독화살을 날려오면 그들은 더욱 치명적인 다른 독으로 역습하고는 했다. [원저자 주]

- 엘프헬름은 강노루네 메리아독에게 야인들이 독화살을 쓴다고 말한 바 있고(『왕의 귀환』 BOOK5 chapter 5), 제2시대 에네드와이스의 주민들도 그와 같이 믿었다(666쪽). 이 글의 뒷부분에 드루에다인의

거주 방식이 기술되어 있는데, 여기에 인용하는 것이 도움이 될 것이라 생각한다. 삼림 민족이었던 할레스 일족과 어울려 살던 그들은, "본디 담대한 종족인 만큼, 거대한 나무의 밑동 주변에 간단하게 쳐진 천막이나 바람막이에서 사는 데에 만족했다. 그들 자신의 이야기에 의하면, 그들이 예전에 살던 곳에선 산속에 있던 동굴들을 이용했는데, 대체로는 창고의 용도였고, 오직 날씨가 혹독할 때만 주거지이자 취침 장소로 활용했다. 벨레리안드에서도 그들은 비슷한 피난처를 마련했으며, 폭풍이나 혹한이 찾아올 시기에는 가장 담대한 이들을 제외하면 모두가 그리로 피신하곤 했다. 다만 이 장소들은 경비들이 지키고 있었고, 설령 할레스 일족 중에 가장 가까운 친구들이라도 이곳에는 들어오지 못하게 했다."

10 그들의 전설에 따르면 난쟁이들에게서 습득했다고 한다. [원저자 주]

11 부친께서는 이 이야기에 대해 이런 논평을 남기셨다. "'충직한 돌' 같은 이야기는 자신이 빚은 물건에 '힘'을 일부 옮기는 것을 주제로 삼고 있는데, 이는 사우론이 바랏두르의 토대나 '지배의 반지'에 힘을 옮긴 것의 축소판을 연상케 한다."

12 "길이 꺾이는 곳마다 사람 모습으로 깎아 놓은 거대한 선돌이 있었다. 이 석상들은 책상다리를 하고 쪼그리고 앉아 투박한 팔로 커다란 배를 감싼 자세였으며, 팔다리는 매우 크고 투박해 보였다. 오랜 세월을 지나면서 석상들의 얼굴은 지나가는 사람들을 서글프게 응시하는 듯한 검은 눈구멍을 제외하고는 거의 다 침식되어 있었다."

13 '드루와이스 야우르(옛 푸켈땅)'이라는 이름은 폴린 베인스 씨가 장식

한 가운데땅 지도(460쪽 참조)에 등장하는데, 안드라스트의 곶 지대 산맥 북부에 위치해 있다. 그러나 부친께서는 사실, 이 이름은 당신께서 집어넣은 것이며 올바른 자리에 놓은 것이라고 밝히셨다. (한 메모에 따르면, 아이센여울목의 전투 이후 다수의 드루에다인이 정말로 드루와이스 야우르에 생존하고 있었음이 밝혀졌는데, 그들이 남쪽으로 쫓겨났던 사루만의 나머지 병력을 공격하고자 그동안 거주하던 동굴 밖으로 나왔기 때문이라고 한다.) 645쪽에 인용된 한 단락에 어업이나 새잡이를 하던 소수의 야만인 부족들이 에네드와이스 해안지대에 살았으며 이들은 혈통과 언어에 있어서 아노리엔의 드루에다인과 흡사했다는 언급이 등장한다.

14 『반지의 제왕』에서 단 한 번, 엘프헬름이 강노루네 메리아독에게 건네는 말에서 '우오즈Woses'라는 표현이 등장한다. "그대는 숲의 야인들인 우오즈의 소리를 들은 거야." '우오즈wose'란 앵글로색슨어 어휘 'wása'를 현대화한 것(이 경우에는, 만약 이 단어가 현대어에도 남아 있었다면 취했을 법한 형태를 표현한 것)인데, 이 어휘는 사실 '숲속의 야생인'이라는 뜻의 합성어 'wudu-wása'에서만 찾아볼 수 있는 단어이다. (도리아스의 요정 사에로스가 투린을 "야생인woodwose"이라고 부른 바 있다. 앞의 149쪽 참조. 이 단어는 오랫동안 영어에서 살아남았지만, 지금은 '나무집wood-house'이라는 뜻으로 의미가 변질되었다.) 로히림이 실제로 그들을 지칭하는 데 썼던 어휘('우오즈'는 이를 여태껏 적용되어 온 방법을 따라 번역한 결과물이다)가 한 번 명시된 적이 있는데, '로그róg', 복수형으로는 '로긴rógin'이 바로 그것이다.

'푸켈맨'이라는 표현은(역시나 번역된 결과물이다. 이 명칭은 앵글로색슨어 'púcel'(마귀, 귀신)을 표현한 것이다. 'púcel'은 '퍽Puck'이 유래된 어휘인 'púca'와 근연 관계이다) 로한에서 검산오름의 석상들을 일컫는 데에만 쓰인 듯하다.

Ⅱ

이스타리

이스타리에 관한 완전한 이야기는 1954년에 집필된 것으로 확인된다(그 기원에 대해선 서문 34~35쪽 참조). 지금부터 그 이야기의 전문을 실을 것이며, 앞으로는 이를 '이스타리에 관한 글'로 지칭하겠다.

'마법사wizard'라 함은 퀘냐 '이스타르'(신다린으로는 '이스론')를 번역한 것이다. 마법사는 일종의 (그들의 표현에 따르면) '마법사단'의 구성원으로, 세상의 역사와 본질에 대해 탁월한 지식을 가졌다고 주장하고 또 이를 드러내는 자들이었다. 이 번역은 (비록 '마법사wizard'라는 단어가 퀘냐 '이스타르'와 유사하게 '현명한wise'이라는 말 혹은 지식을 뜻하는 다른 옛 어휘들과 관련이 있다는 점에선 어울리는 번역이지만) 그다지 만족스럽지 않게 느껴진다. 왜냐하면 '헤렌 이스타리온', 즉 '마법사단'은 후기의 전설에 등장하는 '마법사wizard' 내지는 '마술사magician' 등과 사뭇 다른 성격을 띠었기 때문이다. 그들은 오직 제3시대에만 활동했으며, 아마도 엘론드, 키르단, 갈라드리엘 이외에는 그들이 어떤 부류였는지 혹은 그들이 어디서 왔는가를 알아낸 이들도 없었을 것이다.

마법사들이 인간들과 함께 있을 때 연을 맺었던 사람들은 (처음에) 그들을 오랜 비밀스러운 탐구를 통해 전승과 기술을 습득한 인간이라 생각했다. 제3시대 1,000년경에 가운데땅에 처음 나타난 그들은 오랫동안 나이는 많되 신체는 건장한 인간 행세를 하고는 여행자이자 방랑자로서 가운데땅 자체와 가운데땅에 서식하는 모든 것에 대한 지식을 얻으러 다녔다. 그 누구에게도 자신들의 힘과 목적을 드러내지는 않았다. 그 시기에 인간들은 그들을 자주 보지도 못하였을뿐더러 관심을 보이지도 않았다. 하지만 사우론의 그림자가 몸집을 불리면서 다시 그 모습을 갖추기 시작하자, 마법사들은 더욱 활동적으로 움직이면서 내내 어둠의 성장을 저지하려 들었으며 요정과 인간들이 자신들에게 처한 위기를 인식하게 하고자 했다. 그러자 그들의 행적은 물론이요, 그들이 여러 문제에 간섭하더라는 소문이 인간들 사이에서 널리 퍼지기 시작했다. 이내 인간들은 마법사들이 죽지 않으며, 몇 대에 걸친 인간들이 세상을 떠나는 와중에도 (외양상으로 다소 나이를 먹는다는 점을 제외하면) 모습이 변치 않는다는 것을 알아차리게 되었다. 그러자 인간들은 그들을 사랑함과 동시에 두려워하게 되었고, 그들을 요정처럼 여기게 되었다 (물론 그들이 요정들과 어울리는 일이 잦았던 것은 사실이었다).

하지만 실상은 그게 아니었다. 마법사들은 아득한 서쪽 끝에서 대양을 건너온 자들이었다. 비록 긴 시간 동안 이를 알고 있던 자는 그들이 서쪽 해안가에 발을 내딛는 모습을 보았던 회색항구의 주인이자 세 번째 반지의 수호자 키르단뿐이었지만 말이다. 마법사들은 가운데땅을 다스리고자 계속 고심하던 서녘의 군주 발라들이 파견한 특사로, 사우론의 악한 세력이 다시 꿈틀대기 시작했을 때 그를 저지하고자 온 것이었다. 에루의 허락 아래 발라들은 그들 드높은 종족의 일원을 파견했는데, 이들은 인간을 흉내 낸 것이 아닌 진짜 육신을 입어 세속적인 두려움과 고통과 피로를 느낄 수 있었으며, 굶주리거나 목마르거나 심지어는 살해당할 수도 있었다. 다만 고귀한 혼을 가져 죽음을 맞지는 않았거니와 오직 근심이나 긴 세월의 고역만이 그들을 노화하게 했다. 발라들이 이런 조치를 취한 것은 옛날의 과오들, 특히나 자신들의 권능을 완전히 드러내어 엘다르를 보호하고 격리하려 했던 것을 바로잡기 위함이었다. 발라들의 특사는 이제 자신들의 위엄 있는 모습이나 힘을 공공연히 드러내어 인간이나 요정의 의지에 개입할 수 없었다. 대신 연약하고 겸손한 모습으로 인간과 요정들이 올바른 길을 걷도록 조언할 것, 그리고 사랑을 통한 결속을 추구하며 사우론이 귀환한다면 지배하고 타락시키려 할 자유민 모두를 이해할 것을 분부받았다.

마법사단이 몇 명이었는지는 불분명하나, 가장 희망적이었던 가운데땅 북부(잔존한 두네다인과 엘다르가 그곳에 머무르고 있었기 때문이다)에 온 이들의 경우에는, 그 우두머리가 다섯이었다. 첫 번째로 도착한 이는 고귀한 품행과 차림새, 검은 머리칼과 아름다운 목소리를 가졌으며, 백색의 옷을 입고 있었다. 그는 손으로 하는 작업에 대단한 솜씨가 있었으며, 엘다르까지도 포함해 거의 모든 이들이 그를 마법사단의 수장으로 여겼다.[1] 다른 이들도 있었다. 바다처럼 푸른 옷을 입은 이가 두 명, 땅과 같은 갈색 옷을 입은 이가 하나 있었으며 마지막으로 찾아온 가장 지위가 낮아 보이는 이가 있었는데, 그는 다른 이들보다 키도 작고 외양도 더 나이 들어 보였으며, 회색 머리칼과 회색 옷을 두르고, 지팡이를 짚고 있었다. 하지만 키르단은 회색항구에서 그와 처음 만난 순간 그에게 가장 고귀하고도 지혜로운 혼이 깃들어 있음을 직감했다. 키르단은 예우를 갖춰 그를 환대하고는 자신이 지키고 있던 세 번째 반지인 붉은색의 나랴를 건넸다.

그가 말했다. "당신의 앞길에 대단한 노고와 고난이 기다리고 있으니, 이 반지를 받고 조력과 위안을 얻어 그 과업의 무게와 근심을 더십시오. 이 반지는 오직 비밀리에 숨기기 위해 제게 맡겨진 것이고, 여기 서부 해안에 있는 한 그 무엇에도 쓸모가 없답니다. 하지만 머지않은 시기에 이 반지가 저보다 더 고귀한 이의 손에서 사람들의 마음속에 용기를 돋우는 데에 쓰여야 한다는 예감이 듭니다."[2] 이내 회색의 전령은 반지를 넘겨받았으며, 이를 항상 비밀로 간직했다. 하지만 얼마 후 백색의 전령(그는 모든 비밀을 파헤치는 데 솜씨가 뛰어났다)이 그가 반지를 선물받았음을 알아냈고, 곧 그를 시샘하게 되었다. 이것이 그가 회색의 전령에게 품었고, 훗날 공공연하게 드러난 은밀한 악의의 단초였다.

이제 후대에 들어 백색의 전령은 요정들 사이에서 쿠루니르, 즉 '기술자'로 알려졌으며 북부인들의 언어로는 '사루만'이 되었다. 다만 그가 사루만으로 알려지게 된 것은 수많은 여정을 마치고 돌아와 곤도르 왕국에 머무르게 되었을 때의 이야기이다. 청색의 전령들은 서부에 알려진 바가 많지 않거니와, '이스륀 루인', 즉 '청색의 마법사들' 외에는 그들에게 주어진 이름도 없었다. 그들은 쿠루니르와 함께 동부로 넘어갔다가 영영 돌아오지 않았고, 그들이 본래 그들에게 주어진 임무를 다하며 동부에 머물렀는지, 목숨을 잃었는지, 혹은 혹자들이 믿는 바와 같이 사우론의 덫에 빠져 그의 종복이 되었는지는 알려지지 않았다.[3] 다만 이들 모두 가능성이 없는 것은 아니다. 이상하게 들릴 수도 있겠지만, 이스타리는 가운데땅에 거하는 육신을 입은 이상 인간과 요정처럼 선을 실현할 힘을 모색하다가 이를 망각하고, 스스로의 목적에서 벗어나 되레 악을 행할 수도 있었던 것이다.

여백에 따로 쓰인 한 대목이 있는데 의심의 여지없이 이 자리에 와야할 듯하다.

그 이유는 육신을 얻음에 따라 이스타리는 많은 것들을 경험을 통해 천천히 익혀야 했으며, 비록 자신의 출신은 알고 있었으나, 그들에게 있어서 축복의 땅에 대한 기억이란 (자신의 소임에 정직하게 임하는 한) 열렬한 갈망이 느껴지는 머나먼 환상 정도였기 때문이라고 한다. 이렇게 그들은 자유의지로 망명의 아픔과 사우론의 속임수를 감내하고서야 당대의 악을 바로잡을 수 있었던 것이다.

모든 이스타리를 통틀어 끝까지 충직했던 이는 실로 단 하나뿐이었고, 그는 바로 마지막으로 온 이였다. 넷째로 온 라다가스트는 가운데땅에 거하던 여러 짐승과 새들에게 마음을 빼앗긴 나머지 요정과 인간들을 저버렸고, 야생의 생물들과 노니면서 세월을 보냈던 것이다. 그가 이 이름(옛적 누메노르의 말로 된 것으로, '짐승을 보살피는 이'라는 뜻을 나타낸다고 한다)을 얻게 된 까닭이 바로 이것이었다.[4] 또한 쿠루니르 란, 즉 백색의 사루만은 자신의 드높은 책무를 저버리고 오만하고 조급해졌으며, 자신의 의지를 강요하며 사우론을 내몰기 위해 추구하던 힘에 매료되었다. 결국, 그는 그보다 강력했던 어둠의 영의 덫에 빠져들고 말았다.

하지만 마지막으로 온 이는 요정들 사이에서 미스란디르, 즉 회색의 순례자라는 이름을 얻었다. 이는 그가 어느 곳에도 안주하지 않고, 스스로 부나 추종자를 모으지도 않았으며, 단지 곤도르에서 앙마르까지, 그리고 린돈에서 로리엔까지 서부 곳곳을 유랑하며 도움이 필요한 이들을 벗 삼은 까닭이었다. 그의 혼은 따뜻하고 열정적이었는데(나랴를 가지면서 더욱 강해졌다) 그가 사우론의 적이자, 모든 것을 집어삼키고 파괴하는 화염에 절망과 고난 속에서 구원을 선사하는 불을 피워냄으로써 맞서 싸운 존재였기 때문이다. 그러나 그의 기쁨이나 욱하는 성질은 잿빛 의복에 가려져 있었기에, 오직 그를 잘 아는 이들만이 그가 지닌 좀처럼 드러나지 않는 불꽃을 어렴풋이 느낄 뿐이었다. 어리고 단순한 이들을 쾌활하고 친절하게 상대할 수도 있었겠으나, 때에 따라서 주저 없이 매몰차게 말하거나 어리석음을 질타하기도 했다. 그래도 그는 오만하지 않았을뿐더러 권력이나 갈채를 좇지 않았고, 그렇기에 겸손한 이들이라면 모두 그를 사랑하게 되었다. 대개 그는 지팡이를 짚고 걸으며 지치지도 않고 여정을 떠나곤 했는데, 그렇게 해서 북부의 인간들에게 '간달프', 즉 '지팡이의 요정'이라 불리게 되었다. 북부인은 그를 (앞서 말했듯 틀린 관점이지만) 요정으로 여겼기 때문이었다. 그는 때때로 인간들 사이에서 놀라운 일을 행했으며 특히 불의 아름다움을 좋아했기 때문이었다. 그러나 그가 빚어낸 경이로운 것들은 대개 유희와 오락을 위한 것일 뿐, 그는 누구도 자신을 경외하거나 두려움에 못 이겨 자신의 말을 따르기를 바라지 않았다.

사우론이 다시 발흥하자, 그 또한 일어나 힘을 드러냈고 마침내 사우론에 맞서는 저항 세력의 지도자로서 승리를 거머쥐었는데, 그가 어떻게 빈틈없는 경계와 부단한 노력으로 유일자 휘하의 발라들이 구상했던 결말을 가져다주었는지는 다른 곳에서 이야기되었다. 다만 그 이야기에 따르면, 그도 부여받았던 임무의 막바지에 큰 시련을 겪고 끝내는 죽임을 당했다. 그러나 잠깐 동안의 죽음에서 곧 부활하였고, 백색의 옷으로 탈바꿈하여 환하게 빛나는 불꽃(다만 여전히 절실히 필요한 때가 아니면 감춰 두었다)이 되었다고 한다. 그리고 모든 것이 끝나고 사우론의 그림자가 사라졌을 때 그는 대양 너머로 영영 떠나갔다. 반면 쿠루니르는 끌어내려져 극도로 누추한 존재가 되었고, 끝내는 억압받던 노예의 손에 최후를 맞았다. 그의 혼은 운명 지어진 어딘가로 향했고, 가운데땅으로는 벌거벗은 상태로든 육신을 얻어서든 다시는 돌아오지 못했다.

『반지의 제왕』에서는 해설 B의 「연대기」 제3시대 부분의 서두에서 유일하게 아래와 같은 이스타리에 관한 전반적인 설명을 찾아볼 수 있다.

거의 천 년의 세월이 지나고 초록큰숲에 첫 어둠이 드리웠을 때 이스타리 또는 마법사들이 가운데땅에 나타났다. 후에 알려지기로는 그들은 사우론의 힘을 견제하고 그에게 저항하려는 모든 세력을 규합하도록 먼 서녘에서 파견된 사자使者들이었다고 한다. 그러나 그들은 사우론의 힘에 힘으로 맞서거나 강제와 위협으로 요정들과 인간들을 지배하는 것은 금지되어 있었다.

따라서 그들은 인간의 형체를 띠고 왔다. 하지만 그들은 결코 젊지 않고 아주 천천히 늙어 가며 정신과 육체적으로 많은 권능을 지니고 있었다. 그들이 본명을 밝히는 경우는 아주 드물었으며 그냥 다른 이들이 붙여준 이름을 썼다. 엘다르 요정들은 마법사단(모두 다섯 명으로 이루어졌다고 한다)에서 가장 서열이 높은 두 마법사를 '장인匠人' 쿠루니르와 '회색 순례자' 미스란디르라 불렀지만 북부인들은 이들을 각각 사루만과 간달프라 불렀다. 쿠루니르는 자주 동쪽으로 여행했지만 결국에는 아이센가드에 자리를 잡았다. 미스란디르는 엘다르와 깊은 친분을 맺고 주로 서부를 방랑할 뿐 결코 영구적인 거처를 마련하지는 않았다.

그 직후 요정들의 세 반지를 지켜 온 이들에 대한 서술이 이어지면서, 간달프가 대양을 건너 처음 회색항구에 당도했을 때 키르단이 그에게 붉은 반지를 건넸다고 서술된다("키르단은 가운데땅의 어느 누구보다도 더 멀고 깊게 사태를 내다보았던 것이다").

이상으로 인용된 이스타리에 관한 글에는 이렇게 『반지의 제왕』에 등장하지 않는 그들의 인적 사항과 기원이 여럿 기술되어 있다(발라들에 대해서도 그들이 가운데땅에 지속적인 관심을 가졌다는 것과 여기서는 논할 수 없는 주제이지만 그들이 지난날의 과오를 의식했다는 것 등 부수적인 내용이 주어진다). 가장 눈에 띄는 것은 이스타리가 '고귀한 단체의 일원'(발라들의 단체)으로 묘사되었다는 것과 그들의 육체적 현현에 관한 서술이다.[5] 그 외에 주목할 점으로는 그들이 가운데땅에 각자 다른 시점에 도착했다는 것과 키르단이 간달프가 가장 위대한 인물임을 꿰뚫어보았다는 것, 그리고 사루만이 간달프가 붉은 반지를 건네받았음을 알고는 이를 질시했다는 것이 있다. 또한 라다가스트가 그의 임무에 충실하지 않았다고 평가하는 관점과 이름 없는 두 명의 '청색의 마법사들'이 사루만과 함께 동부로 넘어갔지만 그와는 달리 다시는 서부로 돌아오지 않았다는 것, 그 외에 이스타리 결사단의 인원수(여기서는 가운데땅 북부에 찾아온 이들의 '우두머리'가 다섯이었다는 점을 빼면 불명이라고 기술된다), 간달프와 라다가스트라는 이름의 뜻풀이, 그리고 신다린 어휘 '이스론'과 그 복수형인 '이스륀'에 대한 기술 등도 눈여겨볼 만하다.

「힘의 반지」(『실마릴리온』 473쪽)에 실린 이스타리에 관한 대목은 물론 상단에 인용한 『반지의 제왕』 해설 B의 서술과 상당 부분 유사하며, 심지어 표현도 대부분 같다. 다만 「힘의 반지」에서는, 다음과 같이 이스타리에 관한 글과 맥락을 같이하는 문장도 포함되어 있다.

쿠루니르가 이들 중의 연장자로 가장 먼저 건너왔고, 뒤를 이어 미스란디르와 라다가스트가 나타났다. 그리고 다른 이스타리도 있었는데 그들은 가운데땅 동부로 들어가 이 이야기에는 나오지 않는다.

(하나의 단체로서의) 이스타리를 다룬 현존하는 저술들은 안타깝게도 대부분 성급하게 쓰인 메모 수준에 지나지 않으며, 개중에는 알아볼 수 없는 것들도 많다. 그중 가장 눈길을 끄는 것은 간략한 데다 상당히 급하게 작성된 어떤 줄거리의 개요이다. 만웨가 소집한 것으로 보이는 발라들의 회의에 대한 내용인데("그리고 어쩌면 에루에게 조

언을 청한 것일까?"), 여기서 가운데땅에 세 명의 특사를 보내자는 결정이 내려진다. "누가 갈 것이오? 우리의 특사는 사우론과 겨룰 수 있을 만큼 강력하여야 하나, 힘을 포기하고 육체의 옷을 입음으로써 요정과 인간을 같은 눈높이로 대하고 그들의 신뢰를 사야 하오. 하지만 이로써 그들의 지혜와 지식이 흐려지고, 육체에서 비롯되는 공포, 근심, 고달픔에 혼란을 겪는 등의 위험을 감내해야만 할 것이오." 그러나 오직 둘만이 앞으로 나오는데, 아울레가 선택한 쿠루모와 오로메가 보낸 알라타르가 그들이다. 그러자 만웨가 "올로린은 어디 있소?" 하고 묻는다. 이내 회색 옷을 입고, 여행으로부터 방금 돌아와 회의의 구석 자리에 앉아 있었던 올로린이 만웨에게 무슨 영문인지를 묻는다. 만웨는 올로린이 가운데땅으로 갈 세 번째 전령이 되길 소망하노라고 대답한다(여기에 "올로린은 아직까지 남아 있는 엘다르를 사랑하던 이 중 하나였다"라고 밝히는 별도의 문구가 삽입되어 만웨의 선택에 부연 설명을 제공한다). 하지만 올로린은 자신은 그런 임무를 맡기엔 너무나 약하며, 자신은 사우론이 두렵노라고 고백한다. 그러자 만웨는 그것이야말로 그가 가야 하는 이유라고 말하고는 올로린에게 ("셋째"라는 단어가 포함된 듯한 알아볼 수 없는 말이 이어진다) 명령을 내린다. 그때 바르다가 고개를 들고는 "셋째가 아니라오"라고 말하는데, 쿠루모는 이를 마음속에 깊이 새긴다.

이 글은 쿠루모[사루만]가 야반나의 간청 때문에 아이웬딜[라다가스트]을 데려갔으며, 알라타르는 친구로서 팔란도를 데려갔다는 이야기로 끝난다.[6]

동일한 시기에 작성되었음이 확실한 다른 짤막한 메모에서는 "쿠루모는 아울레의 아내 야반나의 환심을 사기 위해 아이웬딜을 데려가야 했다"라고 밝힌다. 여기에도 이스타리들의 이름과 발라들의 이름을 짝지어 놓은 개략적인 도표가 실려 있다. 올로린은 만웨와 바르다에게 속하며, 쿠루모는 아울레에게, 아이웬딜은 야반나에게, 알라타르는 오로메에게, 팔란도 또한 오로메에게 속한다(다만 이 부분은 팔란도가 만도스와 니엔나에게 속하는 것으로 대체된다).

이런 이스타리와 발라 사이에 주어진 관계성이 뜻하는 바는, 위에 인용한 간략한 줄거리를 고려해 보았을 때, 이스타리의 각 구성원이 그들이 타고난 기질에 따라 각 발라에게 선택받은 것임이 분명하다. 혹은 더 나아가서, 「발라퀜타」(『실마릴리온』 67쪽)에서 사우론에 대해 "원래 그는 아울레를 섬기던 마이아였고, 그쪽 전승에서는 대단한 존재로 남아 있다"라고 기술된 것과 동일한 맥락으로 그들이 각 발라를 섬기는 '백성'의 일원이었다는 것을 뜻하는 것일 수도 있다. 따라서 쿠루모(사루만)가 아울레에 의해 선택되었다는 점은 상당히 주목할 만하다. 이스타리의 구성원에 야반나가 창조한 것을 특별히 사랑하는 이가 포함되어야 한다는 야반나의 분명한 바람을 이루는 방법이 어째서 라다가스트를 사루만과 강제로 동행시키는 것이었는지에 대해선 어떤 단서나 부연 설명도 제공되지 않는다. 정작 이스타리에 관한 글(678쪽)에서 가운데땅 야생의 생물들에게 마음을 빼앗긴 라다가스트가 자신이 파견된 소임을 저버렸다고 진술된 바는 야반나가 그를 특별히 선정했던 목적에 비춰 볼 때 온전히 부합하지 않을 수도 있는데 말이다. 더군다나 이스타리에 관한 글과 「힘의 반지」 모두에서 사루만은 가장 먼저 온 것은 물론, 홀로 도착했다고 되어 있다. 한편으로는 간달프가 엘론드의 회의에서 밝혔듯 사루만이 라다가스트에게 극도의 경멸을 내비쳤다는 점에서 그가 라다가스트의 동행을 내키지 않아 했다는 단서를 얻을 수 있다.

사루만은 이제 조롱을 감추지도 않고 웃어댔습니다. "갈색의 라다가스트라! 새 조련사 라다가스트! 저능아 라다가스트! 멍청이 라다가스트! 그 멍청이는 내가 맡긴 임무만은 썩 잘 해냈단 말이야."

이스타리에 관한 글에서 동부로 넘어간 두 명에게는 '청색의 마법사들'이라는 뜻의 '이스륀 루인' 외에 어떤 이름도 없었다고 서술된 반면(물론 가운데땅 서부에 국한해서 주어진 이름이 없다는 뜻이다), 여기서는 이들에게 알라타르와 팔란도라는 이름이 주어졌으며 그들이 오로메에게 속한 자들이었다고 밝힌다. 비록 이 관계에 대한 아무 단서도 없지만 말이다. 어쩌면 (단지 추측에 불과하나) 오로메가 모든 발라들을 통틀어 가운데땅의 먼 지방들을 가장 잘 알고 있었으며, 청색의 마법사들은 그 지역으로 여정을 떠나 터를 잡는 것이 운명이었던 것일지도 모르겠다.

이 이스타리의 선정에 관한 글이 『반지의 제왕』의 집필이 완료된 이후에 작성되었음이 확실하다는 것 말고는 이 글과 이스타리에 관한 글 사이의 집필 시기에 따른 연관성을 추측할 만한 단서는 찾지 못했다.[7]

내가 아는 한 이것 외의 이스타리에 대한 저술은 개략적일뿐더러 일부분은 해독조차 불가능하다. 이들은 위에 실린 글보다 분명 한참 이후에 쓰인 것인데, 아마 1972년에 작성된 것으로 보인다. 아래 문단을 참조하라.

우리로서는 그들[이스타리]이 모두 마이아이며, 같은 계급은 아니더라도 '천사'의 무리에 속하는 자들이었다고 상정할 수밖에 없다. 마이아는 '영'이었으되, 스스로 현현하며 '사람다운'(특히 요정을 닮은) 형상을 갖출 수 있었다. 사루만은 일컬어지기를 (가령 간달프 본인을 통해서 말이다) 이스타리의 우두머리였다고 한다. 즉 발리노르식 서열에서 다른 이들보다 높은 위치에 있었다는 것이다. 간달프의 서열은 그 다음이었음이 명백하다. 라다가스트는 힘과 지혜가 훨씬 덜한 것으로 묘사되었다. 나머지 둘에 대해서는 출간된 자료들을 통틀어 간달프가 사루만과 언쟁을 벌일 때[『두 개의 탑』 BOOK3 chapter 10] 다섯 마법사의 존재가 넌지시 언급된 것을 빼면 아무것도 밝혀지지 않았다. 이 마이아들은 세력이 약해졌던 서부의 요정들과, 동부와 남부에 비해 수적으로 대단히 열세였던 타락하지 않은 서부의 인간들의 저항을 돕기 위해 가운데땅 역사상 가장 중요한 순간에 발라들이 파견한 이들이었다. 그들은 임무의 수행에 있어서 각자 할 일을 자유롭게 했던 것으로 보이는데, 힘과 지혜를 지닌 소규모 중심 결합체로서 '함께' 행동하도록 명을 받거나 그리하도록 의도되지는 않았다. 각자가 다른 힘과 성향을 가지고 있어 발라들이 이를 염두에 두고 그들을 선정했기 때문이다.

나머지 저술들은 간달프(올로린, 미스란디르)를 주로 다룬 것들뿐이다. 발라들이 이스타리를 선정하는 내용이 담긴 별도의 지면 뒷면에 상당히 주목할 만한 글이 등장하는데, 그 내용은 아래와 같다.

엘렌딜과 길갈라드는 서로 동지였는데, 이는 요정과 인간의 '마지막 동맹'이었다. 마침내 사우론을 타도할 때, 요정들은 큰 몫을 하지는 않았다. 레골라스도 아마 아홉 원정대원 중 공을 가장 적게 세운 이일 것이다. 가운데땅에 생존한 엘다르 중 가장 위대한 이였던 갈라드리엘의 힘도 주로 지혜나 선함의 차원에 머물렀고, 그녀의 역할 또한 투쟁의 방향을 이끌거나 조언을 하는 것에 그쳤다. 무적의 '저항'(특히 정신과 혼에 있어서)을 보여주긴 하였으나 징벌적인 '행동'을 취할 힘을 갖지는 않았던 것이다. 갈라드리엘의 입장을 보면 총체적으로는 그 행보가 만웨와 유사하다. 그러나 만웨가 누메노르가 몰락하여 이전의 세상이 파괴되고, 축복의 땅이 '세상의 영역'에서 사라진 제3시대에 들어서서까지 관망하기만 한 것은 아니다. 이스타리(혹은 마법사들)라고 불린 특사들은 분명 발리노르에서 보내온 것이고, 그들 중에 훗날 공격과 방어 전반을 감독하고 조율하게 되는 인물인 간달프가 있기 때문이다.

'간달프'는 누구인가? 전해지기를 후일에 들어서 (즉 왕국에서 악의 그림자가 다시 발흥했을 때) 당대의 여러 '충직한자들'은 간달프가 곧 만웨가 타니퀘틸의 망루로 물러나기 전에 마지막으로 직접 나타난 모습이라 믿었다. (이 관점에 따르면 간달프가 서녘에서 자신을 불렀던 이름이 올로린이라고 한 것은 신분을 감추기 위해 선택한 이름이요, 단순히 가명에 불과한 것이었다.) 나로서는 (당연한 말이지만) 진실이 무엇인지 모르고, 설령 안다 하더라도 간달프 본인보다 더 확실한 어조로 이야기하는 것은 분명 실수가 될 것이다. 다만 나는 이것은 사실이 아니라고 생각한다. 만웨는 멜코르가 귀환해 다고르 다고라스가 벌어지고 종말이 닥치기 전까지는[8] 거룩한 산에서 내려오지 않을 터이니 말이다. 모르고스를 타도할 때 만웨는 전령인 에온웨를 보냈다. 그렇다면 사우론을 무찌를 때에는 에온웨보다는 급이 낮은 (그렇더라도 강력한) 천사 무리의 영 가운데, 태초부터 사우론과 나이와 지위에 있어 의심할 바 없이 동격이면서도 그를 능가하지는 않는 자를 보내지 않았을까? 올로린이 바로 그의 이름이었다. 그러나 우리는 올로린에 대해 그가 간달프로서 밝힌 것 이상은 알 수 없을 것이다.

이 직후에 두운을 맞춘 16행짜리 시구가 이어진다.

오래도록 비밀이던 이야기를 배워 보겠소?
머나먼 땅으로부터 마법사 다섯이 왔다오.
하나 홀로 돌아갔고 하나 외엔 훨 떠났으니

다고르 다고라스와　닥쳐올 최후의 날까지
인간들이 다스리는　이쪽땅서 다시 못 볼 터.
서녘 땅에 거하시는　서녘의 군주들이 내린
은밀한 그 조언들을　어떻게 해서 접하셨소?
그곳으로 이어지던　기나긴 길은 사라졌고
노쇠하는 인간에게　노왕은 침묵하시거늘.
수년의 바다를 건너　소문을 좇는 마음에게
잊혀진 대지로부터　잃어버린 시대로부터
소식이 전해졌을 때　서녘 옛 땅에서 불어온
바람에 실린 조언이　밤그늘 드리운 동안에
고요 속에 잠든 이의　귓가에 속삭여 졌다오.
만웨 노왕님께서도　모두 다 잊진 않았으며
사우론은 그분 눈에　서서히 크는 위협이라……

누메노르의 몰락 이후 만웨와 발라들이 가운데땅의 운명에 관해 어떤 관심을 갖고 있었는가에 대한 더 많은 의문점이 있지만, 이는 이 책이 다루고 있는 내용의 범위를 한참 벗어나는 듯하다.

부친께서는 후일 "그러나 우리는 올로린에 대해 그가 간달프로서 밝힌 것 이상은 알 수 없을 것이다"라는 문장 뒤에 다음의 내용을 추가하셨다.

올로린이란 이름이 높은요정어로 된 명칭이기에, 발리노르에서 엘다르가 그에게 지어준 이름이거나, 엘다르에게 그 의미가 충분히 전달될 수 있도록 '번역'된 것임이 분명할 것이라는 점을 제외하면 말이다. 어찌 되었건, 이 이름에 실제로 담긴 의미나 추측할 수 있는 의미는 과연 무엇일까? '올로르'는 흔히 '꿈'으로 풀이되는 단어이지만, (대부분의) 인간이 갖는 '꿈'과는 의미하는 바가 다르다. 확실한 것은, 자면서 꾸는 꿈을 뜻하지는 않는다는 점이다. 엘다르에게 있어 이것은 마치 '상상하듯' 내용이 생생하게 떠오르는 '기억'을 포함하는 개념이다. 물리적으로는 존재하지 않는 것을 마음속으로 보는 '명료한 환상'을 의미하기도 한다. 비단 그러한 발상 자체만을 뜻하는 것이 아니라, 그것에 특정한 형태와 세부 요소들이 입혀지는 모든 과정까지도 포괄하는 개념이다.

아래의 어원에 관한 별도의 주석에서 이 이름의 의미가 비슷하게 해설된다.

'올로-스olo-s': 환상, 공상의 산물. 공통 요정어로 '정신의 구성물'을 가리키는 말인데, 이는 구성과 별개로 에아에 (이전부터) 실존하던 것이 아니며, '예술'(카르메)을 행할 수 있는 엘다르의 손길을 거쳐 보고 느낄 수 있게 만들어진 것을 말한다. '올로스'란 대체로 순전히 예술적 목적을 띠고 만들어진 (남을 기만하거나 힘을 획득할 목적을 띠지 않은) '선한' 구성물을 일컫는 데 쓰였다.

여기에 다음과 같이 해당 어근에서 파생된 단어들도 인용되어 있다. 퀘냐 '올로스olos'(꿈, 환상), 복수형 '올로지olozi/올로리olori'. '올라-ōla-'(비인칭 동사, 꿈꾸다), '올로스타olosta'(꿈꾸는 듯한). 이 직후 '계시와 꿈의 주재자'인 발라 로리엔의 본명이었던 '올로판투르Olofantur'가 참고용으로 언급된다. 로리엔의 본명은 이후 『실마릴리온』에서 '이르모Irmo'로 변경되었다('누루판투르Nurufantur'가 '나모Námo'(만도스)로 변경되었듯이 말이다. 다만 이 두 '형제'를 지칭하는 복수형 명칭인 '페안투리Fëanturi'는 「발라퀜타」에서도 존속했다).

'올로스, 올로르'에 관한 이러한 논의들은 명백하게 「발라퀜타」에(『실마릴리온』 66쪽) 등장하는 특정한 단락과 관련이 있다. 문제의 단

락에서 말하길, 올로린은 발리노르에서 로리엔에 살았으며

…… 요정들을 사랑하기는 하지만 그들 사이에 보이지 않게 혹은 그들 중의 하나의 모습으로 걸어 다니면서, 누가 보낸 것인지 알 수 없는 아름다운 환상과 지혜로운 격려를 그들의 마음속에 불어넣어 주었다.

해당 대목의 이전 판본에선 올로린이 '이르모의 고문顧問'이었으며, 그의 이야기를 들은 이들의 가슴속에는 '당장은 만들어지지 않았으나 언젠가 만들어져 아르다를 풍성케 할지도 모를 아름다운 것들'에 대한 생각이 피어올랐다고 서술한다.

『두 개의 탑』 BOOK4 chapter 5에 등장하는 한 대목에 부연 설명을 제공하는 매우 긴 주석이 하나 있다. 헨네스 안눈에서 파라미르가 간달프가 다음과 같이 말했노라고 하는 대목이다.

내 이름은 나라의 수만큼이나 많지. 요정들 사이에선 미스란디르, 난쟁이들에겐 트하르쿤, 잊힌 서녘에서 젊을 적의 나는 올로린이었고,[9] 남쪽에선 잉카누스, 북쪽에선 간달프라네. 동쪽으로는 가질 않고.

이 주석은 1966년에 『반지의 제왕』 제2판이 출간되기 이전에 쓰였으며, 그 내용은 다음과 같다.

간달프가 당도한 날짜는 불분명하다. 그는 대양 너머에서 왔는데, 그 시기는 악한 것들이 다시 나타나고 널리 퍼지면서 '어둠'이 재차 일어나고 있음을 알리는 첫 징조가 포착되었을 즈음이 분명하

다. 하지만 제3시대의 두 번째 천 년 동안, 어떤 연대기나 기록에서도 그에 대한 언급은 좀처럼 보이지 않는다. 아마도 그는 오랫동안(여러 모습으로 변장하면서) 유랑했고, 세상사에는 관여하지 않았던 듯하다. 다만 요정들, 그리고 여태껏 사우론에 맞서왔으며 앞으로도 그럴 것으로 보이는 인간들의 마음을 탐구하고 다녔을 것이다. 그가 직접 했던 진술(혹은 그 진술의 변형, 어느 쪽이든 완전히 이해되지는 않았다)이 지금까지 남아 있는데, 그는 젊은 시절 서녘에서는 올로린이었지만, 요정들에게는 미스란디르로 불렸고(회색의 방랑자), 난쟁이들에겐 트하르쿤으로('지팡이 사람'을 뜻했다고 한다), 남쪽에선 잉카누스로, 북쪽에선 간달프로 불렸지만, "동쪽에는 가질 않고"라고 한다.

"서녘"이라 함은 가운데땅의 일부분이 아니라 대양 너머에 있는 '먼 서녘'을 의미하는 것이 명백하다. 올로린이라는 이름이 높은요정어의 형식으로 되어 있기 때문이다. "북쪽"이라 함은 거주하는, 혹은 거주했다고 전해지는 주민 대부분이 모르고스나 사우론에 의해 타락하지 않은 채 살고 있었던 가운데땅 서북부를 일컫는 것이 틀림없다. 대적이 남기고 간 악을 상대로, 혹은 그의 수하인 사우론이 다시 나타난다면 그를 상대로 가장 완강히 저항할 만한 곳이 바로 서북쪽 지방이었다. 이 지방의 경계는 자연적으로 모호했다. 그 동쪽 경계선은 대략 카르넨강부터 그 강이 켈두인(달리는강)과 만나는 곳, 그리고 거기서부터 누르넨 내해까지였고, 그 이후 남쪽으로는 고대 남곤도르의 경계선까지였다. (본래 여기에는 모르도르도 포함되어 있었다. 모르도르는 사우론이 점령한 땅이었으나, 서부와 누메노르인들에게 직접적인 위협이었던 "동쪽"에 있는 그의 본래 영토에는 속하지 않았다.) 이렇게 해서 "북쪽"이라는 것은 동과 서로는 룬만에서 누르넨까지를 아우르고, 남과 북으로는 카른 둠으로부터 곤도르와 근하라드 사이에 있는 먼 옛날 곤도르의 남쪽 국경까지 이르는 광대한 영역 전부를 포함했던 것이다. 누르넨 너머로는 간달프의 발길이 닿은 바가 없었다.

이 단락은 그의 여정이 머나먼 남쪽까지도 미쳤다는 것에 대한 유일한 근거이다. 아라고른은 "별빛마저 낯선 하라드와 룬의 오지"까지 침투해본 적 있다고 말한 바 있다(『반지 원정대』 BOOK2 chapter 2).[10] 그러나 간달프도 그리했으리라고 가정할 필요는 없다. 이러한 전설들은 주로 북부를 다루는데, 역사적으로 모르고스와 그의 수하들에 맞선 투쟁이 주로 가운데땅의 북부, 그것도 특히 서북부에서 벌어졌다는 사실을 대변하기 때문이다. 이는 요정들과 모르고스의 손아귀를 탈출한 인간들의 움직임이 불가피하게 축복의 땅이 있는 '서쪽'으로 향하는 동시에 가운데땅의 해안에서 아만에 제일 가까운 지점이 있는 '서북쪽'으로 진행되었기 때문이다. 따라서 '하라드', 즉 '남부'란 모호한 표현이 된다. 또한 누메노르인들이 왕국이 몰락하기 이전에 머나먼 남쪽까지 가운데땅의 해안지대를 탐험했다고 하여도, 움바르 너머의 정착지들은 이미 사우론에게 포섭된 누메노르인들에게 장악되었거나, 애당초 그들의 손으로 지어진 곳들이기에 이내 적대적으로 돌변하여 사우론의 영토가 된 터였다. 다만 남쪽 지방 중 곤도르와 접하고 있던 곳(곤도르의 백성들은 이를 근하라드든 원하라드든 간단하게 하라드(남쪽)로 불렀다)은 아마도 좀 더 쉽게 저항 세력에 합세할 수 있었을 것이다. 한편 이곳은 곤도르를 치기 위한 인력을 가장 손쉽게 조달할 수 있는 곳이었기에, 사우론이 제3시대에 가장 바삐 움직인 곳이기도 했다. 간달프의 경우, 그가 힘쓰던 시기 초창기에 이 지방들을 다녀갔을 것이다.

다만 그가 활동한 주 무대는 '북쪽'이었고, 모든 서북부 지방 중에서도 린돈, 에리아도르, 안두인계곡 위주였다. 본디 그의 동맹은 엘론드 및 북부 두네다인(순찰자들)이었다. 그의 특이한 점은 '반인족'에 대한 사랑과 지식을 가졌다는 것인데, 이것은 그의 혜안이 반인족이 궁극적으로 중요한 일을 할 것이라는 사실을 예견한 동시에 그들에게 잠재된 가치를 알아보았기 때문이었다. 반면 간달프는 곤도르에 대해서는 큰 흥미를 갖지 않았다. 이는 곤도르가 지식과 힘의 중심지였기 때문인데, 같은 이유로 사루만은 곤도르에 더더욱 관심을 가지기도 했다. 곤도르의 통치자들은 조상 대대로, 곤도르의 모든 전통을 따라 한결같이 사우론을 적대해 왔으며, 이는 정치적으로도 확연히 드러나는 사실이었다. 곤도르는 사우론에게 위협적인 존재로 성장하였고, 사우론이 가해 오는 위협을 무력으로 막아낼 수 있는 한에서 지금에 이르도록 존속할 수 있었던 것이다. 간달프로서는 그 자존심 높은 통치자들을 이끌거나 가르칠 여지가 많지 않았고, 힘이 쇠하여 그들을 고귀하게 했던 용기와 강직함이 도리어 그들의 발목을 잡을 때가 되어서야 비로소 그들을 깊이 염려하기 시작했다.

'잉카누스Incánus'라는 이름은 명백히 이질적인 명칭인데, 서부어도 아니고 요정어(신다린이나 퀘냐)도 아니거니와 북부인들의 잔존 언어로도 그 뜻을 풀이할 수가 없다. 『사인의 책』에 존재하는 주석에서 밝히기를, 이 이름은 하라드림의 말로 단순하게 '북부의 첩자(잉카Inkā + 누쉬nūs)'[11]를 뜻하는 단어를 퀘냐로 차용한 형태라고 한다.

'간달프Gandalf'는 호빗들과 난쟁이들의 이름을 다룬 것과 같은 방법으로 영문으로 된 글에 대체해 넣은 명칭이다. 간달프는 실제로 노르드어 이름인데(볼루스파[12]에서 한 난쟁이의 이름으로 쓰였다), 내가 이 명칭을 채택한 이유는, 이 이름이 지팡이, 그것도 특히 '마법용' 지팡이를 의미하는 'gandr'를 포함하는 것으로 보이므로 '(마법) 지팡이를 가진 요정 같은 존재'라고 해석될 여지가 있기 때문이다. 간달프는 요정이 아니었지만, 그가 요정들의 동맹이자 친구였다는 것은 널리 알려진 사실이었던 만큼 인간들의 관점에선 요정과 접점이 있는 것으로 비춰질 법했다. '간달프'는 대체로 '북쪽'에서 사용된 이름이라 했으므로, 서부어이기는 하되 요정어에서 파생된 것이 아닌 요소들로 구성된 이름에 대응한다고 봄이 타당하다.

> 1967년에 집필된 한 글에서는 간달프가 "남쪽에서는 잉카누스"라고 말한 것에 대해, 그리고 이 이름의 어원에 대해 완전히 다른 관점이 소개된다.

그가 "남쪽에서는"이라 한 것이 무슨 의미인지는 불분명하다. 간달프는 한사코 "동쪽"에는 간 적이 없노라고 했고, 그의 여정과 후견인 역할도 실제로 요정들, 그리고 대체로 사우론에게 적대적인 민족이 살던 서쪽 땅에 국한되었던 것으로 보인다. 어찌 되었든, 잘 알려지지도 않은 지역의 이질적인 언어로 된 별칭을 얻을 정도로 긴 시간 동안 하라드(혹은 원하라드)에 머물거나 여행했을 가능성은 낮아 보인다. 따라서 남쪽이라고 함은 곤도르(넓게 보자면 전성기의 곤도르가 종주권을 행사하던 지역들까지)를 가리키는 것이 분명하다. 그러나 이 이야기가 다루는 시기에는 간달프가 곤도르에서(지위 높은 이들 혹은 데네소르나 파라미르 등 누메노르의 혈통을 가진 이들에게) 항상 미스란디르로 불리는 모습을 볼 수 있다. 이 이름은 신다린으로, 요정들이 부르던 명칭대로 옮겨진 것이다. 곤도르에서 지위가 높은 이들 또한 신다린을 배우고 사용했다. 서부어 혹은 공용어로 된 보편적으로 쓰이던 명칭은 '회색 외투'라는 의미를 가진 것이었음이 분명하나, 오래전에 창안된 까닭에 지금은 고어 형태가 되었을 것이다. 어쩌면 로한의 에오메르가 그를 "회색망토"라고 부른 것이 이 명칭을 표현한 것일 수도 있다.

> 부친께서는 여기서 "남쪽에서는"이라고 한 것이 곤도르를 가리키

는 것이며, 잉카누스는 (올로린처럼) 퀘냐로 된 이름이라는 결론을 내리셨다. 다만 잉카누스는 퀘냐가 아직 곤도르의 식자층에서 흔하게 쓰였으며 과거의 누메노르처럼 여러 역사 기록물들이 퀘냐로 되어 있었던 곤도르의 초창기 시절에 창안된 이름이라고 하셨다.

간달프는 '연대기'에 기술되기를 제3시대의 11세기 초에 서부에 나타났다고 한다. 만약 그가 곤도르를 먼저 방문했고, 한 개 이상의 이름을 얻을 정도로 그곳을 자주 방문하여 긴 시간을 보냈다고 가정한다면 (아마도 반지전쟁으로부터 1800년쯤 이전, 아타나타르 알카린이 다스리던 시절이었으리라) 잉카누스는 그를 위해 고안된 퀘냐 이름이며, 후일에 들어 구식 표현이 되면서 오직 식자층들만 이를 기억하게 된 것이라고 받아들일 수도 있을 듯하다.

위와 같은 추정에 따르면 그 어원은 퀘냐의 요소인 '인(이드)in(id)-'(정신)과 '칸kan-'(통치자)로 제시된다. 두 번째 요소의 경우 특히 '카노cáno, 카누cánu'(통치자, 총독, 족장)(후에 투르곤Turgon과 핑곤Fingon 이름의 두 번째 구성 요소를 이루게 된다)에서 찾아볼 수 있다. 이 글에서 부친께서는 라틴어 어휘 '잉카누스incánus'(회색 머리를 한)를 언급하면서 마치 『반지의 제왕』을 집필할 당시 이 이름을 실제로 여기서 따왔다는 것을 암시하듯 말씀하셨는데, 만약 이것이 사실이라면 대단히 놀라운 일이라 하겠다. 이러한 주장의 말미에서 부친께서는 퀘냐로 된 이름과 라틴어 어휘의 형태가 일치하는 것은 단순한 우연으로 보아야 하며, 신다린 단어 '오르상크Orthanc'(갈라진 고지高地)가 실제 로히림의 언어를 번역하는 데 쓰인 앵글로색슨어 어휘 '오르상크orþanc'(교활한 계략)와 어쩌다 보니 일치하게 된 것과 마찬가지의 이치일 뿐이라고 언급하셨다.

| 주석 |

1 『두 개의 탑』 BOOK3 chapter 8에서 사루만에 대해 "많은 이들로부터 마법사의 우두머리로 꼽혔던"이라는 서술이 등장하며, 엘론드의 회의(『반지 원정대』 BOOK2 chapter 2)에서도 간달프가 "백색의 사루만은 우리 마법사들 중에서도 가장 뛰어난 존재이기 때문입니다."라고 구체적으로 언급한다.

2 키르단이 회색항구에서 간달프에게 불의 반지를 건네며 했던 말의 또 다른 형태를 「힘의 반지와 제3시대」(『실마릴리온』 480쪽)에서 찾을 수 있는데, 이는 『반지의 제왕』 해설 B(「연대기」의 제3시대 부분 서두)에 주어진 내용과 상당 부분 유사하게 쓰였다.

3 부친께서는 1958년에 쓰신 편지에서 "다른 두 마법사"에 관해서는 그들이 가운데땅 서북부의 역사와 관계가 없었기 때문에 명확히 아는 바가 없다고 진술하셨다. "제 생각에, 그들은 특사 된 몸으로 누메노르인들의 손이 닿는 범위를 한참 벗어나 동쪽과 남쪽에 있는 머나먼 지방으로 갔으리라고 사료됩니다. 이를테면 '적지'를 방문한 사절단이었던 셈이지요. 저로서는 그들이 어떤 성과를 거뒀는지 모릅니다만, 어쩌면 사루만과 마찬가지로 실패하고 만 것은 아닐까 우려되는군요. 물론 실패한 방식은 틀림없이 다르겠지요. 또 저는 사우론의 패망 이후로도 존속했던 은밀한 의식 및 '마술적' 전통의 토대나 시초를 제공한 것이 그들이 아닐지 의심한답니다."

4 이스타리의 이름에 관해 한참 후에 작성된 한 주석에서는 라다가스트가 안두인계곡의 인간들에게서 파생된 이름이며, "이제는 명확히 해석할 수가 없다"라고 한다. 『반지 원정대』 BOOK2 chapter 3에서

"라다가스트의 옛 집"으로 불린 곳인 로스고벨에 대해서는 "바우바위와 옛숲길 사이의 숲 가장자리에 있었다."라고 서술된다.

5 「발라퀜타」에서(『실마릴리온』 66쪽) 올로린에 대해 주어지는 언급을 보더라도 이스타리가 마이아라는 점을 알 수 있다. 올로린이 곧 간달프이기 때문이다.

6 '쿠루모Curumo'는 사루만의 퀘냐 이름인 듯하지만, 다른 출처에는 이 이름이 기록된 바가 없다. '쿠루니르Curunír'는 신다린 형태로 된 것이다. 북부의 사람들이 그를 부른 이름인 '사루만Saruman'은 앵글로색슨어로 '솜씨, 교활함, 기술'을 뜻하는 'searu, saru'를 포함한다. '아이웬딜Aiwendil'은 '새를 총애하는 이'라는 뜻이 확실하다. 네브라스트에 있는 호수의 이름인 '리나에웬Linaewen'(새들의 호수)과 대조하라(『실마릴리온』 부록의 '린lin(1)' 표제어를 참조). '라다가스트Radagast'의 의미에 대해선 678쪽과 4번 주석 참조. '팔란도Pallando'는 비록 철자는 다르지만, '팔란palan'(머나먼)을 포함하는지도 모른다. 이는 '팔란티르palantír' 및 알다리온의 배 이름인 '팔라란Palarran'(멀리 방랑하는 자)에서 찾아볼 수 있는 요소이다.

7 부친께서는 1956년에 쓰신 편지에서 이렇게 말씀하셨다. "『반지의 제왕』에서, 작품 내적인 차원(이차적, 혹은 하위적으로 창조된 현실 속에서 말입니다)에 실제로 '존재하지' 않는 것이 언급된 적은 거의 없다시피합니다." 여기에 추가로 주석을 통해 "그나마 떠오르는 것이라면 베루시엘 여왕의 고양이들이나, 나머지 두 마법사(다섯 명 중 사루만, 간달프, 라다가스트를 뺀 나머지 말이지요)의 이름에 대한 이야기 정도가 다군요."라고 하셨다. (모리아에서 아라고른이 간달프에 대해 "칠흑 같은 어둠에서 길을 찾는 데는 베루시엘 왕비의 고양이들보다 낫

거든"이라고 말한 바 있다(『반지 원정대』 BOOK2 chapter 4).)

다만 베루시엘 여왕에 관한 이야기도, '기초적인' 개괄에 불과한 데다 어떤 부분은 알아볼 수도 없는 것을 이야기라고 할 수 있다면, 존재한다고 할 수는 있다. 그녀는 곤도르의 제12대 왕(제3시대 830~913년)이자 '해안의 영주' 팔라스투르라는 칭호로 왕위에 오른 최초의 '선박왕'이며, 처음으로 후사가 없었던 왕인 타란논(『반지의 제왕』 해설 A(I))의 왕비로, 부도덕하고 고독하였으며, 애정 없는 자였다. 바다의 소리와 내음은 물론, 펠라르기르 아래 "에시르 안두인의 바닷물 속에 깊게 뿌리내린 아치의 꼭대기"에 지은 타란논의 저택도 싫어했던 베루시엘은 오스길리아스에 자리 잡은 왕궁에서 살았다. 그녀는 모든 인위적인 것, 모든 색채, 모든 거추장스러운 치장을 혐오하였기에 텅 빈 방에 지내면서 오로지 흑색과 은색으로 된 옷만 입었다. 그리고 오스길리아스의 가옥에 있는 정원에는 뒤틀린 조각상들이 사이프러스 나무와 주목나무 아래 가득 놓였다. 베루시엘 여왕은 검은 고양이 아홉 마리와 흰 고양이 한 마리를 노예로 부렸으며, 이들과 대화를 나누거나 기억을 읽고, 또 이들로 하여금 곤도르의 모든 어두운 비밀들을 파헤치며 "사람들이 가장 숨기고 싶어 했던" 것들을 알아냈고, 그 과정에서 흰 고양이가 검은 고양이들을 염탐하고 고문하게 했다. 곤도르의 그 누구도 이 고양이들을 건드리지 못했는데, 모두가 이들을 두려워하며 이들이 지나가는 모습을 볼 때마다 저주를 퍼부었다. 그 뒤에 이어지는 내용은 독특한 원고라 거의 모든 부분을 알아볼 수 없지만, 맺는 부분만은 해독이 가능하다. 그녀의 이름이 「왕들의 책」에서 지워졌으며, ("하지만 책으로도 사람들의 기억을 막을 수는 없었고, 베루시엘 여왕의 고양이들은 언제나 사람들의 입방아에 오르내렸다") 타란논 왕은 그녀를 고양이들과 함께 홀로 배에 태우고는 북풍을 따라 바다로 떠내려 보냈다고 한다. 그 배가 마지막으로 목격되었을 때 초승달이 뜬 움바르를 쏜살같이 지나치고 있었으며,

고양이 한 마리가 돛대 꼭대기에 있었고 또 한 마리가 선수에 조각상의 머리처럼 자리 잡고 있었다고 한다.

8 『실마릴리온』에는 등장하지 않는 "만도스의 두 번째 예언"에 대한 언급이다. 지금 이를 설명하려면 출간된 판본과 관련해 이 신화의 내력을 어느 정도 논할 필요가 있으므로 여기서는 다루지 못한다.

9 간달프는 엘렛사르 왕의 대관식 이후 미나스 티리스에서 호빗들과 김리에게 이야기를 하면서 또 한 차례 "잊힌 서녘에서 내 이름은 올로린이었고"라고 말한다. 「에레보르 원정」 장 중 575쪽 참조.

10 "별빛마저 낯선"이라는 표현은 엄밀히 말해 하라드 지방에만 국한된 표현이며, 아라고른이 노상으로든 해상으로든 남반구 저 멀리까지도 가 보았다는 암시임이 분명하다. [원저자 주]

11 '잉카-누쉬Inkā-nūs'에서 마지막 철자 위에 적힌 부호를 통해 맨 마지막 자음이 sh였다고 암시된다.

12 「운문 에다」 혹은 「고古 에다」로 알려진 고대 노르드어 운문집에 포함된 시이다.

III

팔란티르

'팔란티르들'은 분명 공개적으로 쓰이거나 알려진 적이 없었으며, 이는 누메노르에서도 마찬가지였다. 팔란티르들은 가운데땅에 있는 동안 견고한 탑들 높은 곳에 자리 잡은 경비가 삼엄한 방에 보관되어 있었고, 오직 왕과 통치자들 혹은 그들이 임명한 관리인만이 이에 접근할 수 있었으며, 공공연하게 논의의 대상이 되거나 공개된 적은 일절 없었다. 다만 왕들의 시대가 저물기 전까지 팔란티르들은 사악한 비밀이 아니었다. 그것들을 사용한다고 해서 화를 입지도 않았거니와, 왕 혹은 팔란티르 관측을 허가받은 이들이 돌들을 이용해 먼 땅의 통치자들의 행위나 견해를 알게 되었을 때는 이 지식을 어디서 습득했는지 거리낌 없이 밝히곤 했다.[1]

열왕들의 시대가 끝나고 미나스 이실을 잃고 난 이후로는 팔란티르들을 공개적, 공식적으로 사용했다는 추가적인 언급이 없다. 북방에는 최후의 왕 아르베두이가 1975년에 난파당한 이후로 더 이상 응답할 돌이 남아 있지 않았다.[2] 2002년에는 이실석이 상실되었다. 이로써 오직 미나스 티리스의 아노르석과, 오르상크석만이 남게 되었다.[3]

이후 돌들이 등한시되면서 보편적인 사람들의 기억 속을 떠나게 된 데에는 두 가지 요인이 작용했다. 첫째는 이실석이 어떻게 되었는지 몰랐던 데에 있었다. 미나스 이실이 점령되고 약탈당하기 이전에 수호자들이 돌을 파괴했다는 설이 타당하게 받아들여졌으나,[4] 한편으로는 돌이 적들에게 약탈당해 사우론의 수중으로 넘어가고 말았을 가능성도 분명 있었는데, 더 지혜로우며 멀리 내다보았던 이들 일부가 이러한 경우를 고려했던 듯하다. 실제로 적들이 돌을 손에 넣었지만, 연계된 또 다른 돌과 접촉하지 않는 이상 곤도르에 해를 끼치는 데에 별 소용이 없다는 걸 깨달았다고 볼 수도 있다.[5] 추측하자면, 반지전쟁이 발발하기 전까지는 섭정들의 기록에서 일절 언급되지 않는 아노르석이, 데네소르 2세 이전까지 통치섭정들만 접근 가능하도록 비밀리에 다루어지고 (겉으로 보기에는) 통치섭정들조차도 사용하지 않았던 것이 바로 이 때문이었을 것이다.

두 번째는, 곤도르의 쇠락과 함께 소수의 지체 높은 이들을 제외한 모든 이들이 자신들의 가문과 혈통에 관한 가계도와 관련된 것 말고는 오래된 고대의 역사에 대한 관심을 잃었고 배움을 게을리 했다는 것이다. 왕의 시대가 끝난 후, 곤도르는 점차 위축되어 지식은 흐릿해지고, 기술 역시 단순해지는 '중세'로 접어들었다. 연락 체계도 전령이나 파발꾼에게 의존했으며, 비상시에는 봉화를 이용했다. 비록 아노르와 오르상크의 돌들이 과거로부터 내려온 보물로서 보호를 받긴 했지만, 극히 일부만이 이들의 존재를 알고 있었다. 그 옛날의 일곱 개 돌도 사람들의 기억에서 대부분 잊혔으며, 이들에 대해 노래하던 구전된 시가들 몇 편이 여전히 전해지기는 했지만 이를 알아듣는 이가 더 이상 없었다. 돌들이 해오던 기능은 고대의 왕들이 날카로운 눈빛으로 요정 같은 힘을 부리던 전설이나, 정령들이 쏜살같이 나는 새처럼 왕들에게 소식을 가져다주고 그들의 전갈을 전하는 것 따위로 변모되었다.

오르상크석은 이 시기에 섭정들의 관심 밖에 있었던 것으로 보인다. 그것은 더 이상 그들에게 쓸모가 없었고, 난공불락의 탑 속에 안전하게 보관되어 있었다. 이실석과 관련된 의심에서 자유로웠음에도, 돌은 곤도르의 직접적인 관심이 점점 줄어들던 지역에 놓여 있었다. 한 번도 사람들이 북적거릴 만큼 인구가 많았던 적이 없는 칼레나르돈은 1636년에 암흑의 역병으로 인해 황폐화되고 말았으며, 이후 누메노르 혈통의 주민들이 이실리엔이나 안두인대하 근방의 땅으로 이주하면서 인구가 꾸준히 줄어들었다. 아이센가드는 섭정의 사유지로 남았으나 오르상크는 방치되어 결국 폐쇄되었고, 그 열쇠들은 미나스 티리스로 옮겨졌다. 만약에 섭정 베렌이 이 열쇠들을 사루만에게 넘길 당시 그곳에 있는 돌을 한 번이라도 고려했다면, 아마 사우론에게 반기를 드는 백색회의의 수장보다 돌을 맡기기에 더 안전한 인물은 없으리라는 생각을 했을지도 모를 일이었다.

사루만은 틀림없이 나름의 조사[6]를 통해 그의 이목을 끈 돌들에 대한 특별한 지식을 습득하고, 이를 통해 오르상크석이 탑 내부에 오롯이 남아 있으리라고 확신했을 것이다. 그는 탑의 관리인이자 곤도르 섭정의 대리인이라는 명목으로 2759년에 오르상크의 열쇠를 손에 넣었다. 그 시기에 백색회의는 오르상크석에 전혀 관심을 보이지 않았다. 오직 섭정들의 환심을 얻어낸 사루만만이 곤도르의 기록을 연구하며 팔란티르들의 이점들과 여전히 남아 있는 돌들의 유용한 쓰임새를 간파하였으나, 그는 이를 동료들에게는 일절 이야기하지 않았다. 사루만은 간달프를 향한 질투와 증오로 말미암아 백색회의에 협조하지 않게 되었다. 그들의 회합은 2953년에 이뤄진 것이 마지막이었다. 이내 사루만은 그 어떤 공식적인 선포도 없이 아이센가드를 장악해 자신의 영지로 삼았으며, 곤도르에 대해서는 조금도 신경 쓰지 않았다. 백색회의는 결코 이런 사루만의 행동을 달가워하지 않았으나, 사루만은 어느 곳에도 얽매이지 않은 자였고, 사우론에게 저항하는 과정에서 원한다면 자신의 뜻에 따라 독

자적으로 행동할 권리가 있었다.[7]

백색회의 구성원들은 돌들에 관해서는 물론이고 옛적에 돌들이 놓인 장소도 대체로 알고 있었지만, 당장 크게 중요한 문제로 여기지는 않았음이 확실하다. 그들에게 돌들은 두네다인 왕국 역사의 일부일 뿐이었으며, 경이롭고 감탄스럽기는 하나, 이제는 대부분 유실되거나 별 쓰임새가 없는 물건에 지나지 않았다. 돌들이 본디 '순결'하였으며 악한 목적으로 만들어진 것이 아니었다는 점을 상기할 필요가 있다. 돌들을 사악하게 만들고 지배와 기만의 수단으로 탈바꿈한 이는 다름 아닌 사우론이었던 것이다.

백색회의는 (간달프의 경고를 받아들여) 반지들을 향한 사루만의 계획을 의심하기 시작했던 듯하나, 간달프마저도 그가 사우론의 동맹 내지는 수하가 되었다는 것까지 알지는 못했다. 간달프는 이를 3018년 7월이 되어서야 알게 되었다. 간달프는 훗날 문헌들을 연구하면서 그 자신과 백색회의의 곤도르 역사에 대한 지식을 확장시키기는 했지만, 그는 물론, 백색회의 역시 여전히 절대반지에 주된 관심을 쏟았다. 돌들에 잠재된 가능성은 여전히 깨닫지 못했던 것이다. 반지전쟁 당시, 백색회의는 이실석의 운명에 대한 의혹을 알게 된지 오래되지 않았고, 그 의혹이 시사하는 바를 알아채지 못했다 (엘론드, 갈라드리엘, 간달프 같은 인물들조차도 막중한 근심을 떠안고 있었으니만큼 당연한 일이다). 더불어 혹시라도 사우론이 돌들 중 하나를 소유하고 있는 상태에서 누군가가 다른 돌을 사용한다면 어떤 결과가 닥칠지 알지 못했음이 분명하다. 돌 바란에서 페레그린이 돌연히 오르상크석의 영향력을 몸소 시험한 이후에야 비로소 아이센가드와 바랏두르 사이의 연결 고리(아이센가드의 병력이 파르스 갈렌에서 원정대를 습격할 당시 사우론의 지시를 받은 다른 병력과 합세했다는 것이 밝혀진 이래로 줄곧 둘 사이의 연계가 의심되어 왔다)가 오르상크석과 또 다른 팔란티르였음이 밝혀질 수 있었다.

간달프가 돌 바란에서 샤두팍스를 타고 떠나면서(『두 개의 탑』 BOOK3 chapter 11) 피핀에게 이야기할 때, 그의 의도는 이 호빗에게 팔란티르들의 역사를 대략적으로 소개함으로써 그가 감히 마주하고자 했던 물건에 얼마나 큰 세월과 무게와 힘이 담겨 있었는지를 실감하게 해주는 것이었다. 간달프는 자신이 그것을 알게 되고 추론했던 과정까지 드러낼 심산은 아니었지만, 이야기의 마지막 부분만은 털어놓았다. 사우론이 어떤 경위로 돌을 통제할 수 있게 되었고, 이에 따라 돌을 사용하는 것이 지위를 막론하고 모든 이들에게 얼마나 위험해진 것인지를 설명한 것이다. 그와 동시에 간달프는 그가 지켜보고 고민해 왔던 일들과 돌 바란에서 드러난 사실의 연관성을 고려했고, 돌과 관련된 생각으로 마음속이 쉴 새 없이 분주해졌다. 가령 데네소르가 머나먼 곳에서 벌어진 사건들을 알고 있는 것이나, 그가 다른 인간보다 오래 사는 혈통과 집안에 속함에도 불구하고 예순 살을 갓 넘겼을 때부터 조로早老의 징후를 보이던 것 등이 어떤 관련이 있는지를 고심하게 된 것이었다. 간달프가 서둘러 미나스 티리스에 도달하고자 한 데에는 급박했던 당시 사정과 전쟁의 위급함 말고도, 데네소르 역시도 팔란티르, 즉 아노르석을 사용한 것이 아닌가 하는 갑작스러운 두려움과 이것이 데네소르에게 어떤 영향을 미쳤는가를 판가름하고자 하는 바람도 작용했음이 틀림없다. 절박한 전쟁의 결정적인 시험 속에서 데네소르 역시 (사루만과 마찬가지로) 더는 신뢰할 수 없으며 모르도르에 굴복했을 가능성이 있는지를 밝혀내고자 했던 것이다. 간달프가 미나스 티리스에 당도한 날부터 며칠간 데네소르와 치른 담판들, 그리고 그들이 서로 주고받았다고 기록된 말들 전부는 간달프의 마음속에 이 같은 의혹이 있었음을 감안하며 보아야 한다.[8]

그의 생각 속에서 미나스 티리스에 존재하는 팔란티르의 중요성이 대두된 것은 고작 해 봐야 페레그린이 돌 바란에서 이를 체험한 그날부터였다. 그러나 그는 물론 훨씬 오래전부터 돌의 존재에 대해 알았거나 추측해온 터였다. 불안한 평화가 막을 내리고(2460년) 백색회의가 구성되기(2463년) 이전까지, 간달프의 행적은 알려진 바가 많지 않거니와, 그가 곤도르에 특별한 관심을 보이기 시작한 것도 기껏 해봐야 빌보가 절대반지를 발견하고(2941년) 사우론이 모르도르에 공개적으로 귀환(2951년)한 이후였던 것으로 보인다.[9] 당시 그는 (사루만과 마찬가지로) 이실두르의 반지에 모든 관심을 쏟고 있었다. 그렇지만 이때 미나스 티리스에 보관된 자료를 뒤져 보면서 곤도르의 팔란티르들에 대해서도 많은 지식을 얻었다고 추정해 볼 수 있을 것이다. 비록 그와 정반대로 사람보다는 유물이나 힘을 행사할 도구에 항상 마음이 끌렸던 사루만과 달리, 간달프로서는 그것의 숨겨진 가치를 즉각 알아보지는 못했겠지만 말이다. 어쨌든 그 당시 간달프는 이미 팔란티르들의 특성과 그 근본적인 기원에 대해 사루만보다 더 많이 알고 있었을 공산이 크다. 옛 아르노르 왕국에 관한 지식이나 그 지역의 이후의 역사 전반은 간달프가 특히 잘 알고 있던 분야였을뿐더러, 그는 엘론드와도 긴밀한 동맹 관계를 유지했기 때문이다.

하지만 아노르석에 관한 내용은 기밀이 되었고, 미나스 이실의 몰락 이후로 그 운명에 대해서는 섭정들의 연대기나 기록 그 어디에도 일말의 언급조차 없었다. 역사적으로 오르상크도, 미나스 티리스의 백색탑도 적에게 점령당하거나 약탈당한 예가 없었음은 확실하고, 이로 미루어 짐작하건대 돌들은 아마 예로부터 보관되어왔던 장소에 온전하게 남아 있었던 것으로 보였다. 다만 섭정들이 돌을 옮겼을지, 혹은 어떤 비밀스러운 보물 저장고에, 심지어는 검산오름과 비견할 만한 산맥 속의 비밀 피난처 중 하나에 '파묻어 두었을지'[10] 확실히 알 수는 없었다.

간달프로서는 데네소르의 총기가 쇠하기 전까지는 그가 돌을 사용하려고 하지 않았을 것이라 '생각한다'고 말할 수밖에 없었다.[11] 이를 기정사실처럼 말할 수는 없었던 것이다. 데네소르가 언제, 무슨 연유로 돌을 감히 사용한 것인지는 예나 지금이나 추측에 지나지 않기 때문이다. 간달프로서는 이와 같이 여기는 것이 당연하겠지만, 데네소르가 어떤 인물이었고 어떻게 평가되었는지를 감안한다면, 그는 3019년이 되기 한참 전부터, 그리고 사루만이 오르상크의 돌을 사용하는 모험을 감행하거나, 그것이 유용하게 쓰이리라고 생각하기도 전에 이미 아노르석을 사용하기 시작했을 수도 있다. 데네소르는 2984년에 섭정권을 이어받았는데, 당시 그는 54세로 지혜롭고 당대의 척도를 넘어서는 지식을 지녔으며, 강한 의지력과 자신의 힘에 대한 확신을 가진, 뜻을 굽힐 줄을 몰랐던 능수능란한 인물이었다. 그의 '음울한' 면모는 2988년에 부인인 핀두일라스가 죽은 후로부터 외부에 드러나기 시작했지만, 그가 돌에 주의를 쏟기 시작한 것은 사실 그가 권좌에 오른 '직후'였음이 꽤 역력하다. 그는 이미 오랫동안 팔란티르들에 관한 사안들은 물론, 그와 관련된 전통, 통치섭정 이외에 오직 그 후계자만이 열람할 수 있는 섭정들의 특별 기록보관소에 보전된 팔란티르들의 쓰임새 등을 연구해 왔던 것이다. 그의 부친인 엑셀리온 2세의 통치가 막바지에 접어들 당시, 곤도르의 불안은 높아 가는 데다 '소롱길'[12]의 명성과 그의 부친이 소롱길에게 보인 총애 탓에 그의 입지도 줄어들고 있었기에, 그는 틀림없이 돌을 들여다보기를 강력히 원하고 있었을 것이다. 최소한 그의 동기 중 하나는 소롱길을 향한 시기심과, 소롱길이 득세하고 있을 당시 그의 부친이 무척이나 귀를 기울이던 대상인 간달프를 향한 적개심이었을 것이 분명하다. 데네소르는 이런 '강탈자'들을 지식과 정보력에서 넘어서고, 또한 가능하다면 그들이 다른 곳에 있을 때에도 자신의 감시하에 두길 바랐던 것이다.

데네소르가 사우론과 대립하면서 느꼈던 고통스러운 중압감은 돌을 사용할 때 가해지는 일반적인 부담과는 구분할 필요가 있다.[13] 후자의 경우, 데네소르는 스스로 버텨낼 수 있다고 여겼다(근거 없는 생각은 아니었다). 반면 사우론과의 대결은 확실히 수년간 벌어지지 않았던 일이었으며, 애초에 데네소르가 염두에 두고 있던 일도 아니었을 것이다. 팔란티르들의 쓰임새, 그리고 '감시'를 위해 팔란티르를 단독으로 사용하는 것과 응답하는 다른 돌 및 그 '관측자'와 의사소통을 하기 위해 사용하는 것 사이의 차이에 대해서는 711~712쪽을 참조하라. 데네소르는 사용법을 터득한 이후로는 오롯이 아노르석 하나만 사용하여 먼 곳에서 벌어지는 사건들을 제법 알아낼 수 있었다. 심지어 데네소르가 돌을 다루고 있음을 알아챈 사우론이 아노르석이 언제나 자신을 바라보도록 '비틀려는' 시도에 맞서, 그는 돌을 스스로의 목적에 맞게 통제할 힘을 유지해 가며 하던 바를 이어갈 수 있었다. 물론 사우론의 거대한 구상과 작전에서 돌들이란 기껏해야 작은 소품 하나에 불과했다는 점도 생각해야 한다. 돌이 그의 적 가운데 둘을 지배하고 현혹할 수단이었음에도, 그는 이실석을 영원히 감시하지는 않았다(그렇게 할 수도 없었다). 이런 도구를 지배의 용도로만 사용하는 것은 그의 방식에 맞지 않았거니와, 사루만이나 하다못해 데네소르를 능가할 수준의 정신력을 가진 수하도 없었던 것이다.

데네소르의 경우에는, 돌이 적법한 사용자의 손에 있을 때 훨씬 다루기 쉬웠다는 점에서 더욱 강력한 힘을 발휘했다. 심지어 사우론을 상대할 때조차 말이다. 적법한 사용자라 함은 대부분의 경우 (아라고른과 같은) 진정한 '엘렌딜의 후예'를 가리켰지만 (데네소르처럼) 사루만이나 사우론과는 다르게 권한을 물려받은 이들도 포함되었다. 돌의 영향력이 각자에게 다르게 나타났음을 짚고 넘어가는 것이 좋겠다. 사루만은 사우론의 지배 아래 놓이게 되자 사우론의 승리를 바라게 되었고 혹은 이에 반기를 들지 못하게 되었다. 데네소르는 변함없이 확고부동하게 사우론에게 저항했지만, 사우론의 승리가 필연적인 일이라고 믿게 되어 곧 절망에 빠져들었다. 이러한 차이가 나타난 까닭은, 첫째로 데네소르가 틀림없이 강인한 정신적 힘을 가진 인물이었으며, 유일하게 살아남은 아들이 (겉으로 보기에) 치명상을 입기 전까지는 품성을 온전히 유지할 수 있었다는 데에 있었다. 그는 자존심이 강했지만, 이는 절대로 개인적인 배경에서 비롯된 것이 아니었다. 그는 곤도르와 백성을 사랑했고, 자신이 이와 같은 절망적인 시기에 곤도르를 이끌 운명을 부여받은 자라고 여겼던 것이다. 둘째는 그가 아노르석을 손에 넣게 된 것은 '정당한 권리'에 따른 것이었으며, 무거운 근심 속에 돌을 사용하는 일에 그의 편의주의 이외에는 걸림돌이 없었다는 점이다. 그는 분명 이실석이 악의 수중으로 넘어갔다고 생각했으며, 이에 스스로의 힘을 믿으며 위험을 무릅쓰고 돌과 접촉하려 했을 것이다. 이러한 믿음은 결코 당치 않은 것이 아니었다. 사우론은 그를 지배하는 데에 실패했으며, 단지 속임수로 그의 심경에 영향을 주는 것 말고는 할 수 있는 일이 없었다. 데네소르가 처음부터 모르도르를 눈여겨보지는 않았겠지만, 돌을 통해 꽤나 '멀리까지' 볼 수 있음에 흡족했을 것이다. 그가 머나먼 곳에서 벌어진 사건을 놀라울 정도로 잘 알았던 것도 이 때문이었을 것이다. 그가 이런 식으로 오르상크석, 그리고 사루만과도 접촉을 시도했는지는 알려지지 않았지만, 아마 접촉이 이루어지긴 했을 테고, 이를 통해 이득을 챙겼으리라고 짐작된다. 오직 오스길리아스에 있는 지배의 돌을 사용하는 관측자만이 '엿듣기'를 할 수 있었기에, 사우론은 그들 사이의 회담에 끼어들 수 없었을 것이다. 다른 돌 두 개가 서로 소통하고 있다면, 제3자는 그 두 돌 모두로부터 아무것도 볼 수 없었기 때문이다.[14]

곤도르에는 돌들이 더는 쓰이지 않게 되었을 때에도 왕들과 섭정에 의해 보전되고 계속 전해져 내려온 팔란티르들에 관한 전승이 상당히 많이 있었음이 분명하다. 돌들은 엘렌딜과 후예들에게 있어 포기할 수 없는 선물이었고, 오직 그들에게만 정당한 소유권이 주어졌다. 하지만 오직 이 '후예'들만이 돌을 정당하게 다룰 수 있었다는 뜻은 아니었다. '아나리온의 후예' 혹은 '이실두르의 후예', 즉 곤도르와 아르노르의 적법한 왕들로부터 권한을 부여받은 이들도 돌을 적법하게 다룰 수 있었다. 실제로 돌은 일반적으로 이러한 대리자들이 다루었음이 확실하다. 각 돌들에는 고유의 관리자가 있었고, 주기적으로, 혹은 명을 받거나 필요할 때 '돌을 관찰'하는 것이 그들의 임무 중 하나였다. 그 외의 다른 이들도 돌을 살피도록 임명받곤 했으며, 정보 수집과 관련된 왕의 각료들은 정기적으로 돌을 특별히 조사하고, 이를 통해 얻은 정보를 왕과 각의에, 혹은 사안에 따라서는 남몰래 왕에게만 보고할 의무가 있었다. 곤도르의 후대에 들어서는, 섭정의 중요성이 커지면서 자리가 세습되기 시작하고, 마치 왕 휘하의 영구적인 '대리직'이나 때로는 직속 총독처럼 여겨지게 되면서, 돌을 통솔하고 사용하는 역할이 주로 섭정들의 손으로 넘어간 것은 물론, 그 성질과 쓰임새에 관한 전승들도 섭정 가문에서 보전하게 된 것으로 보인다. 1998년 이래로 섭정권이 세습되기 시작했기 때문에[15] 돌을 쓰거나, 다시 타인에게 위임할 권한 역시도 섭정 가문의 혈통이 적법하게 이어받았으며, 따라서 데네소르도 전권을 물려받았던 것이다.[16]

다만 『반지의 제왕』의 줄거리와 연관해서 보았을 때, '엘렌딜의 후예'(말하자면, 혈통에 의거해 누메노르계 왕국에서 왕좌 혹은 통치권을 점유한 것으로 인정된 후손)는 누구든지 모든 팔란티르를 사용하는 데에 있어서 위임 혹은 상속받은 권한들보다 우위의 권리를 부여받았다는 점은 밝혀 두어야 하겠다. 이에 따라 아라고른은 잠깐 동안 주인도 관리자도 없던 오르상크석에 대해 자신의 소유권을 주장했던 것이다. 또한 그는 '법도에 따라' 곤도르와 아르노르 양국의 정당한 왕이었기에, 뜻만 있다면 이전에 이양된 모든 권리를 정당하게 몰수할 수도 있었다.

'돌들에 관한 전승'은 지금은 잊혔고, 오직 추측이나 남겨진 기록을 통해서만 부분적으로 재구성할 수 있다. 돌은 완전한 구형이었고, 사용되지 않을 때에는 짙은 검은색을 띤 단단한 유리나 수정으로 이루어진 듯한 모습이었다. 가장 작은 것의 직경이 30센티미터가량 되었지만, 다른 몇몇 개, 특히 오스길리아스와 아몬 술에 있는 돌의 경우에는 크기가 훨씬 커서 한 사람의 힘으로는 들 수도 없을 정도였다. 본래 이들은 그 크기와 의도된 쓰임새에 걸맞은 장소에 보관되었으며, 검은 대리석으로 된 낮고 둥근 탁자 한가운데에 마련된 잔 모양 받침대나 움푹 들어간 부분에 얹어 언제든 필요할 때 손으로 돌릴 수 있도록 했다. 돌들은 몹시 무거웠지만 더할 나위 없이 유려한 모양이었고, 실수로든 고의로든 떨어져 탁자 밑으로 굴러가더라도 전혀 훼손되지 않았다. 사실 이들은 사람이 가할 수 있는 어떤 물리력으로도 파괴할 수 없었다. 혹자는 오로드루인의 것과 같은 엄청난 열기라면 돌을 산산조각 낼 수 있다고 믿었고, 이실석이 바랏두르가 무너질 때 이러한 운명을 맞았으리라고 추측하기도 했다.

돌들의 표면에는 그 어떤 종류의 표시도 없었지만, 영구적인 '극점'이 있어 본래 비치된 장소에 '똑바로 세워' 놓을 수 있었다. 양 극점을 잇는 직경이 지면 한가운데를 가리키되, 영구적인 하부 극점은 밑을 향하도록 해둔 자세가 바로 그것이었다. 이때 둘레의 표면들이 풍경을 보는 면으로, 바깥의 상을 받아들여 이를 반대쪽 면을 바라보는 '관측자'의 눈으로 전달했다. 따라서 관측자가 서쪽을 바라보고 싶으면 돌의 동쪽에 자리를 잡아야 했으며, 북쪽으로 시선을 돌리고 싶으면 왼쪽으로 움직여 남쪽에 자리 잡아야 했다. 다만 오르상크, 이실, 아노르와 어쩌면 안누미나스에 있는 것까지 작은 돌들은 본래의 위치에서 고정된 방향이 있었고, 따라서 (예를 들건대) 서쪽 면으로는 오로지 서쪽만 바라볼 수 있었으며 여기서 다른 방향으로 회전시키면 빈 광경만이 보였다. 만약 돌이 떨어지거나 자세가 흐트러진다면 관측을 통해 다시 맞춰놓을 수 있었으며, 이 경우에 돌을 회전시키는 방법이 유용했다. 그러나 오르상크석처럼 자리를 이탈하거나 떨어진 경우에는 제대로 맞추기가 쉽지 않았다. 그렇기에 페레그린이 돌을 이리저리 만지작거리다가 땅바닥에 이를 거의 '똑바로 세워' 둔 것과 그가 돌의 서쪽에 앉음과 동시에 동쪽을 비추도록 고정된 면이 적절한 방향으로 오도록 맞춘 것은, 인간들이 (간달프가 했을 법한 표현으로) 일컫는 바와 같이 '우연의 산물'이라 할 수 있었다. 큰 돌들은 이같이 고정되지 않았으며, 회전시키는 중에도 그 표면은 어느 방향이든 '바라볼' 수 있었다.[17]

팔란티르들은 단독으로는 오직 '보는 것'만 할 수 있었고, 소리를 전달할 수는 없었다. 지시하는 자가 제어해주지 않으면 돌은 제멋대로였으며, 보여주는 '상'도 (적어도 겉보기에는) 중구난방이기 일쑤였다. 예를 들자면, 높은 곳에서 서쪽을 비추는 면으로 광활한 원경을 볼 때, 상의 상하좌우가 흐릿해짐은 물론이거니와 중앙을 보려 해도 뒤편의 사물들이 선명도가 갈수록 떨어져 희미해지는 바람에 분간하기가 힘들어지곤 했던 것이다. 더욱이 돌들을 통해 '보는' 것도 명도나 '가리기'(아래를 참조)의 여부 등 경우에 따라 잘 보이기도, 그렇지 않기도 했다. 팔란티르들이 보여주는 상은 물리적인 장애물로는 '보이지 않게' 하거나 '가로막는' 것이 불가능했으며, 오직 어둠만이 이를 가능케 했다. 따라서 한 조각의 어둠이나 그림자를 '통과해' 보는 것처럼 산을 '통과해' 볼 수는 있었지만, 빛을 받지 못하는 것은 아무것도 볼 수 없었다. 벽을 통과해서 볼 수는 있었지만, 빛이 조금이라도 들지 않는 한 방 안, 동굴 속, 지하창고 내부는 일절 볼 수 없었던 것이다. 그렇다고 돌이 그 자체로 빛나거나 빛을 비출 수도 없었다. '가리기'를 통해 돌의 시선을 피할 수 있었는데, 이를 특정한 사물이나 영역에 행하면 돌을 통해서는 단지 그림자나 짙은 안개로만 보이게 되었다. 이를 (돌의 존재와 돌의 감시를 받을 가능성을 염두에 둔 이들이) 어떻게 수행했는가는 팔란티르들의 잃어버린 수수께끼 중 하나이다.[18]

돌을 보는 이는 스스로의 의지에 따라 돌의 상이 시선이 곧바로 닿는 곳, 또는 그 주변의 특정한 지점에 '집중'되도록 할 수 있었다.[19] 제어 받지 않고 맺힌 '상'은 그 크기가 작은 편이었는데, 특히나 작은 돌들의 경우 더욱 그러했다. 비록 팔란티르의 표면으로부터 다소 거리를 두고 (약 1미터가 채 안 되는 정도로) 앉아 지켜보는 이의 눈에는 그보다 훨씬 커 보였지만 말이다. 그러나 능숙하고 강력한 관측자가 의지로 돌을 제어한다면 더 멀리 있는 사물들조차도 뒷배경을 거의 쪼그라들게 만들면서 코앞에서 보듯 선명하고 크게 보이게 할 수 있었다. 따라서 상당히 먼 거리에 있는 사람을 본다면 신장이 1센티미터 남짓 되는 조그마한 형상으로 보여 풍경이나 인파로부터 골라내기 힘들겠으나, 집중하여 상을 확대하고 더욱 명확해지도록 하면 비록 그림 같이 세세한 면모들은 묻힐지언정 신장이 30센티미터가 넘는 선명한 모습으로 관찰할 수 있었고, 혹시 관측자가 아는 인물이라면 그를 알아보는 것도 가능했다. 정말 엄청나게 집중한다면 관측자가 관심을 갖고 있는 몇몇 세부적인 부분들도 확대할 수 있었는데, (예를 들건대) 그 사람이 손에 반지를 꼈는가도 확인할 수 있을 정도였다.

하지만 이렇게 '집중'하는 일은 상당히 피곤한 일이었으며, 심할 경우에는 기진맥진 쓰러질 법한 일이기도 하였다. 결과적으로 이 정도의 집중이 이루어지는 경우는 정보가 황급히 필요했을 때나, 우연한 계기로 (아마도 다른 정보가 보탬이 되어서) 관측자가 돌에 우후죽순으로 맺힌 상들 가운데 (관측자에게 의미가 큰 것이자 당장의 관심사인) 특정 대상들을 골라낼 수 있었을 때가 전부였다. 예를 들어, 아노르석 앞에 앉은 데네소르가 로한의 상황을 우려해 당장 봉화를 피우고 '화살'을 보낼 것을 명할지 결정을 내리고자 한다면, 그는 에도라스 근처를 지나 아이센여울목으로 향하면서 로한 땅을 서쪽으로 통과하는, 서북쪽으로 뻗은 일직선상에 자리 잡고 앉았을 것이다. 당시에는 그 직선상에서 사람들의 움직임이 보일 가능성이 있었다. 만약 이를 발견했다면 그는 (가령) 어느 한 무리에 집중하고, 그들이 기사들임을 알아본 다음, 마침내 자신이 아는 몇몇 형상들을 포착했을 것이다. 예를 들어 헬름협곡으로 이동하는 지원군과 동행하다가 갑자기 무리에서 이탈해 북쪽으로 달려가는 간달프의 모습 따위를 말이다.[20]

팔란티르들은 우연으로나 본의 아니게라도 사람의 생각을 읽는 일은 할 수가 없었다. 생각의 전달은 이를 사용하는 양자 모두의 '의지'에 달린 일이었고, 한쪽 돌에서 연결된 다른 쪽으로는 (말의 형태로 수신된) 생각만을[21] 전달할 수 있었기 때문이다.

| 주석 |

1 1944년에 아르노르와 곤도르 사이에서 왕위 계승에 대한 협의가 오갈 당시에도 팔란티르들이 쓰였음이 분명하다. 1973년에 곤도르에 북왕국이 크나큰 곤경에 처했다는 "전갈"이 전해졌을 때가 아마 반지전쟁이 도래하기 전에 마지막으로 돌을 사용한 사례였을 것이다. [원저자 주]

2 아르베두이와 함께 안누미나스와 아몬 술(바람마루)에 있던 돌들도 유실되었다. 북방의 세 번째 팔란티르는 에뮌 베라이드에 있는 엘로스티리온 탑에 있었는데, 이 돌은 특이한 기능을 갖고 있었다(16번 주석 참조).

3 오스길리아스의 돌은 1437년에 친족분쟁으로 인한 내전 도중 안두인대하의 강물에 빠져 유실되었다.

4 팔란티르들의 파괴 가능성에 대해서는 709쪽 참조. 「연대기」의 2002년 표제어와 해설 A(I)에는 미나스 이실이 함락되면서 팔란티르도 빼앗겼음이 기정사실인 것으로 다뤄지나, 부친께서는 이러한 연대기는 반지전쟁 이후로 만들어진 것이며 문제의 서술도 신빙성이 얼마나 있는지는 모르지만 추론으로 작성된 것이라고 기록하셨다. 이실석은 다시는 발견되지 않았고, 바랏두르가 폐허가 될 때 최후를 맞았을 것으로 보인다. 709쪽 참조.

5 돌들은 그 자체로는 오직 먼 곳에 있거나 과거에 있었던 풍경, 혹은 형상 따위를 '보는' 것만 가능했다. 여기에 대해 아무런 설명도 주어지지 않았고, 관측자의 의지나 바람으로 어떤 상을 비춰볼지를 결정

하는 것은 이러나저러나 후대의 인간들에게 힘든 일이었다. 하지만 다른 관측자가 연계된 돌을 사용하는 경우, 서로 생각을 '옮기는' 것이 가능했으며('말'의 형태로 수신된다), 한쪽 돌을 사용하고 있는 이의 머릿속에 있는 상을 반대편 관측자에게 보여줄 수 있었다. [더 알아보려면 710~712쪽과 21번 주석 참조.] 이런 힘은 주로 상의를 하면서 통치에 있어 필수적인 소식을 전하거나 조언 혹은 의견을 교환하는 용도로 쓰였으며, 단순하게 친목을 다지고 즐거움을 나누거나 안부나 애도의 뜻을 전하는 용도로도 간혹 쓰였다. 오직 사우론만이 자신의 우세한 의지를 전이시키고 비교적 힘이 약한 관측자를 지배하여 숨겨진 생각을 강제로 발설케 하거나 자신의 명에 굴종시키기 위해 돌을 사용했다. [원저자 주]

6 간달프가 엘론드의 회의에서 사루만이 미나스 티리스의 두루마리와 서적들을 오랫동안 연구했다는 것에 관해 언급하는 대목을 참조하라.

7 '속세'의 권력 및 전쟁을 목적으로 하는 무력을 추구하고자 한다면, 로한관문으로 통하는 핵심적인 위치에 자리했던 아이센가드보다 적격인 곳은 없었다. 이 지점은 서부 방어에 있어 취약점으로 작용했고, 곤도르가 쇠락한 이후로는 더욱 그러했다. 적대적인 첩자나 밀사들이 비밀리에 이곳으로 드나들 수 있었으며, 이전 시대에는 전쟁을 위한 병력도 끝끝내 진입하고는 했다. 백색회의는 아이센가드가 수년 동안 엄중히 방비되고 있었던 만큼 그 원형 성벽 내부에서 어떤 일이 벌어지고 있는지 몰랐던 듯하다. 오르크들을 부리고, 어쩌면 이들을 특수하게 번식시키기 시작한 것은 아무리 빨라도 2990년으로부터 먼 시점은 아니었을 것이다. 오르크 군단들은 로한을 공격하기 전까지는 단 한 차례도 아이센가드의 영역 바깥에서 쓰인 바가 없었

던 것으로 보인다. 만약 백색회의가 이를 알았더라면, 사루만이 악하게 변했음을 즉시 알아챘으리라는 것은 당연한 일이다. [원저자 주]

8 데네소르는 간달프가 이러한 추측과 의혹을 품었음을 인지했으며, 이에 분노하면서도 한편으론 이를 가소로워하며 우습게 여겼음이 역력하다. 그가 미나스 티리스에서 간달프와 마주했을 때 한 말을 주목하라(『왕의 귀환』 BOOK5 chapter 1). "동쪽의 위협에 대해서는 나 스스로 계획을 세울 만큼 이미 충분히 알고 있소." 뒤이어 조소하듯 한 말도 물론이다. "그렇소. 팔란티르가 사라졌다고들 말하지만, 곤도르의 영주는 보통 사람들보다 예리한 눈을 갖고 있고 또 많은 소식을 접하고 있소." 팔란티르들과 상관없이 데네소르는 대단한 정신력을 지닌 인물로서 표정과 말 뒤에 감춰진 생각을 읽는 데에 명수이긴 했지만, 그가 정말로 아노르석을 통해 로한과 아이센가드에서 벌어진 사건들을 보았을 가능성도 있다. [원저자 주]

- 더 알아보기 위해서는 712쪽 참조.

9 『두 개의 탑』 BOOK4 chapter 5에서 파라미르(2983년에 출생했다)가 어렸을 때 미나스 티리스에서 간달프를 보았으며 이후로도 그가 두세 차례 찾아온 적이 있었다고 회상하고, 또한 간달프는 기록물들을 보기 위해 찾아온 것이었다고 말하는 대목을 주목하라. 그가 마지막으로 찾아왔을 때가 바로 이실두르의 두루마리를 발견한 해인 3017년이었을 것이다. [원저자 주]

10 간달프가 페레그린에게 "없어진 아르노르와 곤도르의 돌들이 지금 어디에 있는지, 땅속에 파묻혔는지 물속 깊이 가라앉았는지 누가 알겠어?"라고 말한 것(『두 개의 탑』 BOOK3 chapter 11)에 대한 언급이다.

11 『왕의 귀환』 BOOK5 chapter 7 말미에서 간달프가 데네소르가 죽은 후 하는 말에 대한 언급이다. 부친께서는 (본문에 등장한 논의에 의거해) "데네소르가 …… 주제넘게 그 팔란티르를 사용해서 …… 도전하지는 않았지"를 "데네소르가 …… 주제넘게 그 팔란티르를 사용해서 …… 도전하려고 하지 않았겠지"로 정정하셨지만, 이는 개정판에 적용되지 않았다(단순 누락으로 인한 것 같다). 서문 중 35쪽 참조. (60주년 개정판을 기준으로 한 아르테판에는 수정본이 반영되어 있다—아르테 편집자 주)

12 소롱길('별의 독수리')은 아라고른이 정체를 숨기고 곤도르의 엑셀리온 2세를 섬겼을 당시 그에게 주어졌던 이름이다. 『반지의 제왕』 해설 A(I)의 '섭정들' 참조.

13 팔란티르들의 사용은 정신적으로 부담이 되는 일이었다. 특히나 이를 다루는 데에 훈련되지 않았던 후대의 사람들에게 더욱 그러했고, 데네소르의 '음울함'에도 스스로의 근심에 더해 이와 같은 부담감이 일조했음이 분명하다. 틀림없이 그의 부인은 다른 이들보다 한참 앞서 이를 감지했을 터이고, 이것이 그녀의 불행을 키워 그녀의 죽음을 앞당겼을 것이다. [원저자 주]

14 별도의 위치가 매겨지지 않은 채 여백에 남겨진 한 주석에서 말하기를, 사루만의 진정성은 "순전히 개인적인 오만과 자신의 뜻대로 지배하겠다는 욕망 때문에 약화되었다. 반지들에 대한 연구가 원인이었는데, 오만하게도 자신이 다른 의지들을 이겨내고 반지들, 혹은 절대반지를 이용할 수 있으리라고 믿었던 것이다. 그는 타인이나 다른 명분을 위해서는 헌신할 수 없게 되었고, 더 우세한 의지의 지배와 그에 따른 위협, 그리고 힘의 시위에 노출되고 말았다." 더군다나 그 자

신은 오르상크석을 사용할 '정당한 권리'도 없었다.

15 1998년은 곤도르의 섭정 펠렌두르가 운명한 해이다. "펠렌두르의 시대 이후로 섭정권 또한 왕권과 마찬가지로 아버지에게서 아들로, 또는 가장 가까운 친족에게로 세습되었다." 『반지의 제왕』 해설 A(I)의 '섭정들' 참조.

16 아르노르에서는 경우가 달랐다. 돌들의 적법한 소유권은 왕(일반적으로 안누미나스의 돌을 사용했다)에게 있었지만, 후일 왕국이 분열되면서 대왕의 자리도 분쟁에 휩싸이게 되었다. 정당한 소유권이 있었음이 자명했던 아르세다인들의 왕들은 북방의 팔란티르들 중 으뜸이자 가장 크고 강력했으며, 곤도르와의 주된 연락을 담당했던 돌이 있는 아몬 술에 특별 관리인을 배치했다. 1409년에 앙마르의 공격으로 아몬 술이 무너졌을 때, 두 돌은 모두 아르세다인 왕이 있는 포르노스트로 옮겨졌다. 이들은 아르베두이가 난파됐을 때 유실되었을 뿐 아니라, 직접적으로든 세습을 통해서든 돌을 사용할 권한이 있는 대리인도 없었다. 북부에는 단 하나, 에뮌 베라이드에 있는 엘렌딜석만이 남았는데, 이 돌은 특수한 속성을 가졌기에 연락에 이용할 수가 없었다. 세습에 따라 그 돌을 사용할 권한은 의심할 바 없이 '이실두르의 후예', 즉 정당한 두네다인 족장과 아르베두이의 후손들에게 남아 있었다. 하지만 아라고른을 포함해서, 그들 중 단 한 명이라도 잃어버린 서녘을 바라보기 위해 엘렌딜석을 들여다 본 적이 있는지는 알려지지 않았다. 이 돌과 돌이 놓인 탑은 키르단과 린돈의 요정들이 관리하며 지키고 있었다. [원저자 주]

- 『반지의 제왕』 해설 A(I)에 따르면 에뮌 베라이드의 팔란티르는 "다른 것들과 다르며, 그것들과 연결되어 있지 않고 오로지 바다만 보였다고 한다. 돌을 그곳에 둠으로써 엘렌딜은 사라진 서녘의 에렛

세아를 '곧은 방향으로' 되돌아보려 한 것이다. 그러나 누메노르는 저 아래 '굽은 바다'에 영원히 잠겨 있었다"라고 한다. 에뮌 베라이드의 팔란티르에 담긴 에렛세아를 바라보는 엘렌딜의 시선은 「힘의 반지」에도(『실마릴리온』 462쪽) 기술되어 있다. "그렇게 하여 그는 이따금 아득히 멀리 에렛세아에 있는 아발로네 탑까지 바라보곤 했던 것으로 여겨진다. 그곳은 천리안의 돌 모두를 지배하는 돌이 옛날 거기에 있었고 지금도 있는 곳이다." 본문의 이야기에는 아발로네에 있는 지배의 돌에 관한 언급이 없다는 점이 주목할 만하다.

17 이후에 작성된 별도의 한 주석에서는 팔란티르들에 극점이 있었다는 것이나 방향이 잡혀 있었다는 것이 부정되나, 그 이상의 세부적인 내용이 설명되진 않는다.

18 17번 주석에서 언급된 후기에 쓰인 또 다른 주석은 팔란티르들의 이런 특성들을 조금 다르게 조명한다. 특히 '가리기'의 개념이 약간 다르게 적용된 듯하다. 이 주석은 상당히 휘갈겨 쓰여 다소 알아보기 힘든데, 그 내용 일부는 다음과 같다. "돌들은 전달받은 영상을 담아두었다. 이로써 돌 하나하나가 다양한 영상과 장면을 내부에 저장했고, 몇몇 돌은 머나먼 과거의 풍경도 보관할 수 있었다. 돌들은 어두운 곳을 '보는 것'은 불가능했는데, 즉 어두운 곳에 있는 것들은 기록되지 않았다는 뜻이다. 돌 자체도 어두운 장소에 비치해 둘 수 있었으며 대개의 경우는 그렇게 했는데, 이는 그렇게 해야 돌이 제공하는 장면을 더 쉽게 볼 수 있었을뿐더러, 오랜 시간이 지나면서 돌이 '과잉 수용 상태'가 되지 않도록 방지하기 위함이었다. 이들을 이와 같이 '가려 두는' 방법은 비밀로 전해진 관계로 지금은 불분명하다. 돌들은 멀리 있는 물체가 직접 빛을 받고 있는 한 벽, 언덕, 나무와 같은 물리적 장애물로 '시야를 차단할' 수 없었다. 후대의 해설가들이 이

르거나 추측하기를, 돌들은 기존의 보관소에 있을 때 허가받지 않은 자가 잘못 사용하는 것을 방지하기 위해 구형의 덮개로 잠가 두었다고 한다. 이 덮개는 돌을 가려 두어 작동을 방지하는 기능도 수행했다고 한다. 그렇다면 이 덮개는 지금은 알 수 없는 일종의 금속이나 여타 재료로 만들어졌음이 확실하다." 이 주석과 관련된 여백에 적힌 메모들은 부분적으로 알아볼 수 없는 상태이나, 그럼에도 많은 정보를 얻을 수 있다. 요컨대 먼 과거일수록 더 선명하게 볼 수 있었으며, 원경을 바라볼 때에는 멀리 있는 물체를 더 선명히 볼 수 있는 '적정 거리'가 있었고 이는 돌마다 각자 달랐다는 내용이 그것이다. 큰 팔란티르들일수록 작은 팔란티르들보다 훨씬 멀리 내다볼 수 있었다. 작은 것의 '적정 거리'는 약 800킬로미터와 비슷한 정도였고, 이는 오르상크석과 아노르석 사이의 거리와 같았다고 한다. "이실은 지나치게 가까이 놓였지만, 미나스 티리스와의 개인적인 연락이 아니라 [알아볼 수 없는 말]에 광범위하게 쓰였다."

19 당연하게도, 그 방향은 '사방위'로 분리되어 나눠진 것이 아니라 연속적으로 이어져 있었다. 따라서 동남쪽에 앉은 관측자의 시야가 '직선적으로' 가리키는 선은 서북쪽으로 향할 것이었고, 그 외에도 마찬가지였다. [원저자 주]

20 『두 개의 탑』 BOOK3 chapter 7 참조.

21 별도의 다른 한 주석에서 이에 대해 더 상세히 기술된다. "두 사람이 서로 '연계된' 돌들을 각각 사용할 때 그들은 대화를 나눌 수 있었으나, 돌은 소리는 전달하지 못하므로 소리로 대화하는 것은 아니었다. 이들은 서로를 바라보며 '생각'을 교환할 수 있었다. 이는 다만 완전한 생각이나 진심, 혹은 의도를 말하는 것이 아니라 '속으로 하는 말'

을 일컫는데, 그들이 전하고자 하는 (이미 언어의 형식을 갖추어 머릿속으로 외고 있거나 실제로 소리 내어 말하는 중인) 생각을 보내면 응답자가 이를 수신하는 것이다. 물론 이 생각은 즉각적으로 '말'의 형태로 변환되었으며, 오직 말의 형태로만 보고될 수 있었다."

INDEX

찾아보기

APPENDIX

서문에서 일러두었듯이, 이 찾아보기가 다루는 범위에는 본문뿐만 아니라 주석 및 해설도 포함된다. 주석과 해설에서 새로운 자료들이 대거 등장하기 때문이다. 결과적으로 사소한 주제들이 참고 목록의 상당수를 차지하게 되었지만, 그렇더라도 역시 목록의 완전성을 지향하는 것이 더 간단하고 훨씬 요긴하리라고 판단했다. 의도적으로 예외를 둔 경우는 극소수 항목들(가령 모르고스, 누메노르 등)에서 이 책의 특정한 대목 전체를 다룰 요량으로 '곳곳에 나옴(passim)'이라고 적어둔 것과(이 역본에서는 '곳곳에 나옴'을 사용하지 않았음—역자 주), 요정, 인간, 오르크, 가운데땅 항목을 누락시킨 것이 전부이다. 대개의 경우 직접적이지 않더라도 간접적으로 언급된 경우도 참조 표시에 포함시켰다(따라서 410쪽의 "키르단이 다스리던 항구"라는 문구도 '미슬론드Mithlond' 표제어에 기재했다). 찾아보기 목록 전체의 4분의 1가량 되는 항목에 별표(*)가 붙어 있는데, 이제까지 출간된 부친의 자료에서는 볼 수 없는 명칭이라는 표시이다(따라서 460쪽의 각주에 언급했던 폴린 베인스 씨의 가운데땅 지도에 실린 명칭들에도 역시 별표를 붙였다). 간략한 설명에서 다루는 내용은 이 책에 소개된 주제들로만 국한하지 않았다. 또한 여태껏 번역이 제시되지 않은 명칭들의 경우 간간이 뜻풀이를 추가했다.

이 찾아보기는 일관성에 있어서는 그다지 귀감이 못 되나, 여러 형태로 자유분방하게 등장하는 고유명사들(조금씩 달라지는 번역어나, 부분적으로만 번역된 명칭이나, 동일한 대상을 지칭하긴 하되 말뜻은 다른 명칭 등)을 한데 엮고자 할 때는 이런 일관성을 달성하기가 극도로 어렵고 불가능에 가깝다는 점을 감안하면 이런 측면이 부실한 것에 대해선 참작의 여지가 있을 듯하다. 가령 에일레나에르, 할리피리엔, 아몬 안와르, 안와르, 안와르산, 경외의 산, 안와르의 숲, 피리엔홀트, 피리엔숲, 속삭이는 숲과 같은 일련의 고유명사들에서 이런 고충을 엿볼 수 있을 것이다. 요정어 명칭의 번역어 항목은 요정어 명칭 표제어에 포함시킨 다음(일례로 긴해안은 안팔라스 표제어에 포함했다) 상호 참조 표시를 넣는 것을 일반적인 규칙으로 삼았지만, '번역된' 명칭이 보편적으로 쓰이고 더 친숙하게 느껴지는 특정한 경우들(가령 어둠숲, 아이센가드 등)에는 이를 지키지 않았다.

[아르테 편집자 주]

1. 해외 최신판 원서(2020년판)의 알파벳 순서 A~Z 순서에 따라 한국어 명칭을 먼저 표기하고 원어를 표기했다.
2. 각 표제어 별로 쪽수를 표기하였고, 표제어에 해당되는 쪽수는 모두 표기하는 것을 원칙으로 하였다.
3. 『반지의 제왕』의 쪽수 표시는 권(BOOK) 수 및 장(chapter) 순서로 수록했다.

A

아다네델Adanedhel '요정인간'. 나르고스론드에서 투린에게 주어진 별명. 283~284 286

아도른Adorn 아이센강의 지류로, 아이센강과 함께 로한의 서부 국경을 형성함. (이 이름은 "신다린에 알맞은 형식이나, 신다린으로 뜻을 풀이할 수는 없다. 누메노르인들의 도래 이전에 지어진 이름이 신다린에서 차용된 것이라고 보는 게 타당하다"라고 한다.) 460~461 532~533 636

***아드라힐Adrahil(1)** 제3시대 1944년 전차몰이족에 맞서 싸운 곤도르 군단의 지휘관. '돌 암로스의 아드라힐'이라 불리며, 아드라힐(2)의 조상(552)으로 짐작됨. 512 514 545 552

아드라힐Adrahil(2) 돌 암로스의 대공이자 임라힐의 부친. 436 552

아둔어Adûnaic 누메노르의 언어. 382 392~393 400 464 누메노르어Númenórean tongue, 누메노르의 언어Númenórean speech 342 381~382 557

***아에글로스aeglos(1)** '눈가시덤불'. 아몬 루드에 자라는 식물. 182 266

아에글로스Aeglos(2) 길갈라드의 창(단어의 조성은 상단의 아에글로스와 동일함). 266

아에그노르Aegnor 놀도르의 왕자. 피나르핀의 넷째 아들. 다고르 브라골라크에서 전사했음. 440

아엘린우이알Aelin-uial 아로스강이 시리온강으로 흘러드는 곳에 형성된 습지 및 늪지대. 265 →황혼의 호수Twilit Meres

아에린Aerin 도르로민의 후린의 친척. 동부인 브롯다의 아내가 되었고, 니르나에스 아르노에디아드 이후 모르웬을 도와주었음. 130~131 191~192 194~198

아가르와엔Agarwaen '피투성이'. 투린이 나르고스론드에 왔을 때 스스

로 붙인 이명. 283 289~291

***아가수루쉬Agathurush** 과슬로강의 아둔어 번역. 464

***아간Aghan** '충직한 돌' 이야기에 등장하는 드루그(드루에다인). 661~663

아글라론드Aglarond 에레드 님라이스의 헬름협곡에 있는 '찬란한 동굴'. 헬름협곡 입구에 지어진 (엄밀히 말하자면 '나팔산성'으로 불리는) 요새 자체를 가리키기도 함. 646~648 →글램슈라푸Glaêmscrafu

***아일리넬Ailinel** 타르알다리온의 두 누이 중 손위. 308 370 388

***아이웬딜Aiwendil** '새를 총애하는 이'. 마법사 라다가스트의 퀘냐 이름. 682 696

아칼라베스Akallabêth '가라앉은 자들'. 누메노르. 295 「아칼라베스」(누메노르의 몰락)라는 작품은 여기에 표기하지 않음.

***알라타르Alatar** 청색의 마법사들(이스륀 루인) 중 한 명. 682~684

알(라)타리엘Al(a)táriel '빛나는 화환을 쓴 여인'(『실마릴리온』 부록의 '칼-kal-' 표제어 참조), 갈라드리엘이라는 이름의 퀘냐 및 텔레린 형태. 468~469

알다리온Aldarion 305 308~353 355~359 361~364 366~367 370~371 373~374 376 379~383 388~389 396 402 416 446 461 466~467 497 670~671 696 →타르알다리온Tar-Aldarion

***옛성읍Aldburg** (로한에 있는) 폴드에 위치한 에오메르의 거처로, 청년왕 에오를의 가옥이 있었음. 640

알도르Aldor 로한의 제3대 왕. 청년왕 에오를의 아들 브레고의 아들임. 646 649

알피린alfirin 작은 흰색 꽃으로, 우일로스 또는 심벨뮈네(영념화)로도 불림. 107 529 551 다른 꽃에 붙여진 이름의 경우 551

***알군드Algund** 도르로민의 인간. 투린이 합류한 무법자 무리(가우르와이스)의 일원. 158 165 170 264

***알마리안Almarian** 누메노르의 뱃사람인 베안투르의 딸로, 타르메넬두르의 왕비이자 타르알다리온의 모친. 308 312~314 316 324 331 333 367 373 388

***알미엘Almiel** 타르알다리온의 두 누이 중 손아래. 308

알콸론데Alqualondë ‘백조의 항구’. 아만 해안에 있는 주요 텔레리 도시이자 항구. 405 408 410 412~413 466

아만Aman ‘축복받은, 악에서 자유로운’. 아득한 서녘에 있는 발라들의 땅. 297 404 409 411 440 468 669 691 →축복의 땅The Blessed Realm, 축복받은 땅Blessed Land, 불사의 땅Undying Lands

아만딜Amandil(1) 384 →타르아만딜Tar-Amandil

아만딜Amandil(2) 최후의 안두니에의 영주. 장신의 엘렌딜의 부친. 387

***암디르Amdir** 로리엔의 왕. 다고를라드 전투에서 전사했음. 암로스의 부친. 424 429 455 →말갈라드Malgalad

***아몬 안와르Amon Anwar** 할리피리엔의 신다린 이름. 에레드 님라이스의 곤도르 봉화대 중 일곱 번째. 525~526 534 536~539 552 경외의 산Hill of Awe으로 번역되었음, 혹은 일부만 번역하여 안와르산Hill of Anwar 간략한 형태로 안와르Anwar라고도 함. →안와르Anwar, 에일레나에르Eilenaer, 할리피리엔Halifirien, 경외의 산Hill of Awe, 안와르산Hill of Anwa, 안와르의 숲Wood of Anwar

***아몬 다르시르Amon Darthir** 도르로민 남쪽에 있는 에레드 웨스린산맥의 최고봉. 129~130 267

아몬 딘Amon Dîn ‘소리 없는 언덕’. 에레드 님라이스의 곤도르 봉화대 중 첫 번째. 525 548 557

아몬 에레브Amon Ereb 동벨레리안드에 있는 ‘외로운 언덕’. 144

아몬 에시르Amon Ethir 나르고스론드 정문 동쪽 방향에 핀로드 펠라군드가 축조한 거대한 토루. 첩자들의 언덕the Spyhill으로 번역됨. 211 213 216

***아몬 랑크Amon Lanc** 초록큰숲의 남부에 있는 ‘벌거벗은산’. 후일 돌굴두르로 불리게 됨. 474 489~490

아몬 오벨Amon Obel 브레실숲에 있는 언덕으로, 그 위에 에펠 브란디르가 세워졌음. 190 200 222 226 244~245

아몬 루드Amon Rûdh ‘대머리산’. 브레실 남쪽 땅에 외따로이 떨어져

있는 고지로 밈의 주거지이자 투린의 무법자 무리의 소굴. 181~3 265 271~275 277~278 →샤르브훈드Sharbhund

아몬 술Amon Sûl '바람의 산'. 에리아도르의 바람산맥의 남쪽 끄트머리에 있는 둥근 민둥산. 486 709 713 717 브리에서는 바람마루Weathertop로 불림.

아몬 우일로스Amon Uilos 오이올롯세의 신다린 이름. 107

암로스Amroth 신다르 요정으로, 로리엔의 왕이자 님로델의 연인. 벨팔라스만에서 익사함. 413~414 418 420 422~434 449 452 455 460 551 암로스 지역The country of Amroth (돌 암로스 가까이 있는 벨팔라스의 해안) 311 379 암로스의 부두Amroth's Haven 433 →에델론드Edhellond

아나크Anach 타우르누푸인(도르소니온)으로부터 에레드 고르고로스의 서쪽 끝부분 방면으로 뻗어 나오는 고개. 104 175

아나르Anar 태양을 가리키는 퀘냐 이름. 50 60 63

***아나르딜Anardil** 타르알다리온의 본명. 308 351 376 388 애정을 표현하는 접미사가 붙은 형태로는 아나르딜랴Anardilya 309 [곤도르의 제6대 왕의 이름 또한 아나르딜이었다.]

아나리온Anárion(1) 373~374 385 389 →타르아나리온Tar-Anárion

아나리온Anárion(2) 엘렌딜의 차남. 부친과 형인 이실두르와 함께 누메노르의 침몰에서 탈출하여 가운데땅에 누메노르인의 망명 왕국을 세웠음. 미나스 아노르의 영주. 바랏두르 공성 중에 전사함. 380 488 아나리온의 후예Heir of Anárion 708

앙칼리메Ancalimë 335 337~344 348~349 358 360 364~367 370~374 376 385 388~389 398 →타르앙칼리메Tar-Ancalimë 알다리온은 에렛세아에서 나서 아르메넬로스에 심은 나무에도 이 이름을 붙여주었음. 356

***안드라스트Andrast** '긴곶'. 아이센강과 레브누이강 사이의 산이 무성한 곶 지대. 379 460 462 645 666 673 →라스 모르실Ras Morthil, 드루와이스 야우르Drúwaith Iaur

***안드라스Andrath** '긴 오르막'. 고분구릉과 남구릉 사이의 골짜기로, 남북대로(초록길)가 이곳을 통과함. 607

***안드로그Andróg** 도르로민의 인간. 투린이 합류한 무법자 무리(가우르와이스)의 우두머리. 158~159 161~165 168~172 174 177~179 181~182 184~186 188 266 273 277

안드로스Androth 미스림 산맥에 있는 동굴들로, 투오르가 회색요정들과 함께 살다가 이후 홀로 무법자의 삶을 영위한 곳. 42~43 45

안두인Anduin 안개산맥 동쪽에서 흘러가는 '기나긴 강'. 강the River 또는 대하the Great River로도 불림. 안두인강 유역 Vale(s) of Anduin을 통해 자주 언급됨. →에시르 안두인Ethir Anduin, 랑플러드Langflood

안두니에Andúnië '일몰'. 누메노르 서쪽 해안에 자리 잡은 도시이자 항구. 298 302 307 322 327 333~334 340 379 381 384 390 394 안두니에만 Bay of Andúnië 298 안두니에(의) 영주Lord(s) of Andúnië 306~307 322 380 384 387 393~394

***안두스타르Andustar** 누메노르의 서쪽 곶 지대. 296 298 384 →서부 지역the Westlands 서부 지역의 귀부인Lady of the Westlands은 에렌디스를 가리킴 318

안팔라스Anfalas 곤도르의 영지. 레브누이강과 모르손드강의 두 하구 사이에 놓인 해안지대임. 667 서부어로는 긴해안Langstrand으로 번역됨.

안파우글리스Anfauglith 아르드갈렌 평야가 다고르 브라골라크에서 모르고스에 의해 황폐화된 이후 붙은 이름. 42 112

앙반드Angband 가운데땅 북서부에 위치한 모르고스의 거대한 요새. 42 74~75 99 106 111~112 125 128 141 146~147 150 164~165 172 231 268 275~276 278 280 283~284 286 290 345 410 561 669 앙반드의 포위망 Siege of Angband 69

***앙겔리마르Angelimar** 돌 암로스의 제 20대 대공. 임라힐의 조부. 436

앙글라켈Anglachel 벨레그의 검. 265 →구르상Gurthang

앙마르Angmar 안개산맥의 북쪽 끝단의 나즈굴의 군주가 지배했던 마魔의 땅. 545 617~618 678 717

***앙그렌Angren** 아이센의 신다린 이름(→시르 앙그렌Sîr Angren, 아이센강River Isen). 311 379 461 532~533 554 645 →아스라드 앙그렌Athrad

Angren
앙그레노스트Angrenost 아이센가드의 신다린 이름. 533 554 646~648
앙그로드Angrod 놀도르 왕자. 피나르핀의 셋째 아들. 다고르 브라골라크에서 전사함. 100 287 408 440
안나엘Annael 미스림의 회색요정. 투오르의 양부. 41~43 45 48 55 109
안나타르Annatar '선물의 군주'. 제2시대에 사우론이 스스로 붙인 이름. 417 446 →아르타노Artano, 아울렌딜Aulendil
안논인겔뤼드Annon-in-Gelydh 도르로민 서부의 산맥에 있는 지하 수로에 진입하는 입구로, 키리스 닌니아크로 이어짐. 43 →놀도르의 문Gate of the Noldor
안누미나스Annúminas '서부의 탑'. 네누이알호수 옆에 있는 아르노르 왕들의 고대 거처로, 후일 엘렛사르 왕에 의해 복구됨. 710 713 717
아노리엔Anórien 에레드 님라이스 이북에 있는 곤도르의 지역. 459 525 533 536 539 591 643 645 666 673
아노르석Anor-stone, 아노르의 돌Stone of Anor 미나스 아노르에 비치된 팔란티르. 699 700 703~707 710 712 715 719
***안와르Anwar** 533~534 538 540 →아몬 안와르Amon Anwar
***아르아밧타릭Ar-Abattârik** 타르아르다민의 아둔어 이름. 392
아르아두나코르Ar-Adûnakhôr 누메노르의 제20대 통치자. 퀘냐 이름은 타르헤루누멘. 386 393 399~400
아라고른Aragorn 이실두르의 직계 39대 후계자. 반지전쟁 이후 아르노르와 곤도르 재통합왕국의 왕으로 엘론드의 딸 아르웬과 혼인함. 441 450 500 545 588 595 597~599 615 637 641~643 691 696 698 706 708 716~717 →엘렛사르Elessar, 요정석Elfstone, 성큼걸이Strider, 소롱길Thorongil
***아란도르Arandor** 누메노르의 '왕의 지역'. 296 301
***아란두르Arandur** '왕의 수하, 각료'. 퀘냐로 곤도르의 섭정을 일컫는 표현. 546 558
아란루스Aranrúth '왕의 분노'. 싱골의 칼. 306

***아르타니스Artanis** 갈라드리엘이 부친으로부터 물려받은 이름. 409 468

***아르타노Artano** '고위 대장장이'. 사우론이 제2시대에 스스로 붙인 이름. 446 →안나타르Annatar, 아울렌딜Aulendil

아르세다인Arthedain 제3시대 9세기에 아르노르가 분열되어 생겨난 세 왕국들 중 하나. 바란두인강과 룬강을 경계로 삼았음. 동쪽으로는 바람산맥까지가 강역이었으며, 포르노스트에 수도를 두었음. 502 717

***아르소리엔Arthórien** 도리아스 동쪽에 있는 아로스강과 켈론강 사이 영역. 144

아르베두이Arvedui 아르세다인의 '최후의 왕'. 포로켈만에서 익사했음. 515 699 713 717

아르웬Arwen 엘론드와 켈레브리안의 딸. 아라고른과 혼인했으며 곤도르의 왕비가 됨. 441 484 497

아르짐라펠Ar-Zimraphel 타르미리엘의 아둔어 이름. 335 395

아르짐라손Ar-Zimrathôn 누메노르의 제21대 통치자. 퀘냐 이름은 타르호스타미르. 393

***아스곤Asgon** 도르로민의 인간, 투린이 브롯다를 살해한 이후 그의 탈출을 도움. 198~199

아타나미르Atanamir 391 399 →타르아타나미르Tar-Atanamir

아타나타르 알카린Atanatar Alcarin ('영화대왕'), 곤도르의 제16대 왕. 694

아타니Atani 요정의 친구 세 가문에 속하는 인간들(신다린으로는 에다인Edain임). 377 434 655~658 668 670

***아스라드 앙그렌Athrad Angren** 아이센여울목의 신다린 이름(복수형으로 에스라이드 엥그린Ethraid Engrin이라고도 함). 533 555

아울레Aulë 위대한 발라들의 일원. 대장장이이자 장인으로 야반나의 배우자임. 415 446~447 682~683 형용사형 아울레 파Auleän 447 아울레의 자손Children of Aulë은 난쟁이를 가리킴. 415

***아울렌딜Aulendil** '아울레의 수하'. 사우론이 제2시대에 스스로 붙인 이름. 446 →안나타르Annatar, 아르타노Artano

아발로네Avallónë 톨 에렛세아에 있는 엘다르의 항구. 324 334 381 718
아바리Avari 서부로의 대장정을 거부하고 쿠이비에넨에 남은 요정들. 451 어둠의 요정Dark Elves 410 →야생 요정Wild Elves
아자그할Azaghâl 벨레고스트 난쟁이들의 지도자. 니르나에스 아르노에디아드에서 글라우룽에게 부상을 입혔으며, 글라우룽에게 살해당했음. 141 231 263
아자눌비자르Azanulbizar 모리아의 동문 아래에 있는 계곡으로 제3시대 2799년에 난쟁이와 오르크의 전쟁을 종결지은 대전투가 펼쳐짐. 559 569 572 →난두히리온Nanduhirion
아조그Azog 모리아의 오르크. 스로르를 살해한 장본인이며, 아자눌비자르 전투에서 무쇠발 다인에 의해 살해당함. 559 569

B

골목쟁이집Bag-End 샤이어의 호빗골에 자리 잡은 골목쟁이네 빌보의 집. 후일 골목쟁이네 프로도와 감지네 샘와이즈가 살게 됨. 586
골목쟁이네Baggins 샤이어의 호빗 집안. 578 골목쟁이네 빌보를 언급한 경우 585 596~598 606~607
발라르만Balar, Bay of 벨레리안드 남부에 있는 거대한 만으로, 시리온강의 강물이 바다로 흘러들어가는 곳. 69 107
발라르섬Balar, Isle of 발라르만에 위치한 섬으로 키르단과 길갈라드가 니르나에스 아르노에디아드 이후 이곳에 머물렀음. 69 94 99 102~103 434 발라르Balar 96 103
발크호스Balchoth 전차몰이족과 친척 관계인 동부인 일족으로, 제3시대 2510년 칼레나르돈을 침공했다가 켈레브란트평원의 전투에서 분쇄됨. 518~520 523 525 535
발린Balin 두린 가문의 난쟁이. 참나무방패 소린의 일행이자, 훗날 짧은 기간 동안 모리아의 영주가 됨. 579 581 583 616
발로그Balrogs 107 →고스모그Gothmog

***바라크Barach** '충직한 돌' 이야기에 등장하는 할레스 일족에 속하는 숲속 사람. 661~663

바랏두르Barad-dûr 모르도르에 있는 사우론의 '암흑의 탑'. 454 477 488 544 574 588 592 599 672 702 709 713 바랏두르의 군주Lord of Barad-dûr는 사우론을 가리킴. 603

바라드 에이셀Barad Eithel '수원지의 탑'. 에이셀 시리온에 있는 놀도르의 요새. 124

바라군드Baragund 후린의 아내인 모르웬의 부친. 바라히르의 조카인 동시에 도르소니온에서 그를 따르던 열두 명의 동료 중의 한 사람. 111 380

바라히르Barahir 베렌의 부친. 다고르 브라골라크에서 핀로드 펠라군드의 목숨을 구해 주고 그에게서 반지를 받았음. 도르소니온에서 살해됨. 121 바라히르의 반지The Ring of Barahir 306

바란두인Baranduin 에리아도르에 흐르는 '기나긴 금갈색의 강'. 샤이어에서는 브랜디와인으로 불림. 311 421 460 462 600 →브랜디와인Brandywine 브랜디와인 다리Brandywine Bridge

바르엔단웨드Bar-en-Danwedh '몸값의 집'. 밈이 아몬 루드에 있는 자신의 거처를 투린에게 내어주며 붙인 이름. 184 186 190 267 271 273 →에카드 이 세드륀Echad i Sedryn

***바르엔니빈노에그Bar-en-Nibin-noeg** '작은난쟁이들의 집'. 아몬 루드에 있는 밈의 집. 183

***바르에리브Bar-Erib** 도르쿠아르솔의 요새. 아몬 루드로부터 남쪽으로 멀지 않은 곳에 있음. 275

고분구릉Barrow-downs 묵은숲 동쪽에 있는 구릉지대로, 제1시대에 에다인의 조상들이 벨레리안드에 진입하기 이전 지은 거대한 무덤이 있었다고 함. 606~607 645 →튀른 고르사드Tyrn Gorthad

고분악령Barrow-wights 고분구릉의 무덤에서 사는 악한 영들. 607

아자눌비자르 전투Battle of Azanulbizar 559 →아자눌비자르Azanulbizar

다고를라드 전투Battle of Dagorlad →다고를라드Dagorlad

살리온Cúthalion이라는 칭호로 불림. 쿠살리온을 번역한 말 →센활 Strongbow

벨레가에르Belegaer 서녘에 펼쳐진 '대해'. 가운데땅과 아만 사이에 있음. 53 69 →대해the Sea, the Great sea

벨레고스트Belegost 청색산맥에 자리 잡은 두 난쟁이 도시 중 하나. 107 141 231 263 415 444

벨레군드Belegund 후오르의 아내인 리안의 부친. 바라히르의 조카인 동시에 도르소니온에서 그를 따르던 열두 명의 동료 중의 한 사람. 111 380

벨레리안드Beleriand 상고대에 청색산맥 서쪽에 존재했던 대지. 42 45 49 55~56 68 112 120 128 130 137 157 226 261~262 280 306 379 381 403 405 409~411 434~435 451 457 491 656~658 664 668~669 672 동벨레리안드East Beleriand(서벨레리안드와는 시리온강을 통해 구분됨) 141 263 벨레리안드의 언어Tongue of Beleriand 87 →신다린Sindarin 벨레리안드의 첫 번째 전투First Battle of Beleriand 144 형용사형 벨레리안드식, 벨레리안드계Beleriandic 417 429 452

벨팔라스Belfalas 곤도르의 영지. 해안 지방으로, 동명의 거대한 만을 마주보는 형상임. 423 428 430 435~436 449 501 551 →벨팔라스만Bay of Belfalas

베오르Bëor 벨레리안드에 처음으로 들어온 인간 무리의 지도자이자, 최초의 에다인 가문의 시조. 121 668 베오르가, 베오르 가문House of Bëor, 베오르의 백성People of Bëor 111 120~121 264 291 306 313 378 380~381 668 베오르계Bëorian(s) 381 396

베오른족Beornings 안두인 계곡 상류에 거주하는 인간 일파. 485 599

***베레가르Beregar** 누메노르의 서부 지역의 인간. 베오르 가의 후예이자 에렌디스의 부친. 313 321 327 335 340 342

베렌Beren(1) 베오르 가의 인간으로, 모르고스의 왕관에서 실마릴을 떼어 냈으며 유한한 삶의 인간 중에선 유일하게 사자死者의 세계에서 돌아왔음. 111 121 139 144 146 155 211 284 291 306 앙반드에서 귀환한

105 168

브리솜바르Brithombar 벨레리안드 해안 팔라스의 항구도시 중 최북단의 도시. 68 99 103 105 434

브리손Brithon 브리솜바르에서 대해로 흘러들어가는 강. 105

브롯다Brodda 니르나에스 아르노에디아드 이후, 후린의 친척인 아에린을 아내로 취한 히슬룸의 동부인. 투린에게 살해당했음. 130~131 191~192 194~198 이주민the Incomer으로 불림. 191

갈색평원Brown Lands 어둠숲과 에뮌 무일 사이에 놓인 황량한 땅. 522

브루이넨Bruinen 에리아도르의 강으로, (미세이셀강과 함께) 과슬로강의 지류임. 큰물소리강Loudwater으로 번역됨. 깊은골 밑에 있는 브루이넨여울Ford of Bruinen 463~464 614

노루말 나루터Bucklebury Ferry 노루말과 구렛들 사이에서 브랜디와인강을 건너는 나루터. 600 614

강변마을Bywater 샤이어의 마을로, 호빗골로부터 수 킬로미터 남동쪽에 위치했음. 586

C

카베드엔아라스Cabed-en-Aras 테이글린강 가의 깊은 협곡. 투린이 글라우룽을 처치한 곳이자 니에노르가 투신한 곳. 235 237~238 246 248 255 259~260 268~270 사슴이 뛰어넘던 벼랑(Deer's Leap)으로 번역됨 →카베드 나에라마르스Cabed Naeramarth

카베드 나에라마르스Cabed Naeramarth '끔찍스런 운명의 추락'. 니에노르가 카베드엔아라스의 절벽에서 뛰어내린 후 그곳에 붙은 이름. 248 260 269

카이르 안드로스Cair Andros 미나스 티리스 북쪽에 있는 안두인강의 섬으로, 곤도르에서 아노리엔 방위를 위해 요새화했음. 512 525 558 665

칼레나르돈Calenardhon '푸른 땅'. 곤도르 북부에 속해 있었을 당시 로한의 명칭. 352 419 422 486 506 510 518~519 522~523 525~526 528~529

D

다고를라드Dagorlad '전투평원'. 에뮌 무일로부터 동쪽에 있으며 죽음늪과 가까움. 제2시대 말 사우론과 요정과 인간의 최후의 동맹 사이에 대전투가 벌어진 곳. 422 474 506~507 510 517 544 557~558 다고를라드 전투Battle of Dagorlad 424 429 455 이후 다고를라드에서 벌어진 전투로는 제3시대 1899년 칼리메흐타르 왕이 전차몰이족을 상대로 거둔 승전 507 544 546 제3시대 1944년 온도헤르 왕이 패배한 후 전사한 전투가 있음. 510~513

무쇠발 다인Dáin Ironfoot 철산의 난쟁이들의 군주이자 후일 산아래왕국의 왕이 됨. 너른골 전투에서 전사했음. 568~569

너른골Dale 에레보르의 기슭에 세워진 바르드족의 나라. 산아래의 난쟁이 왕국과 동맹 관계임. 485 506 560 →너른골 전투Battle of Dale

어둠의 요정Dark Elves 410 →아바리Avari

***어둠의 대륙Dark Lands** 누메노르에서 가운데땅을 일컫는 표현. 314

암흑의 군주Dark Lord 모르고스 146 사우론 408

암흑의 역병Dark Plague 701 →대역병Great Plague

어둠의 힘Dark Power 587 →사우론Sauron

암흑의 시대Dark Years 제2시대에 사우론이 패권을 차지한 시기. 645

죽음늪Dead Marshes 에뮌 무일 남동쪽의 넓게 고인 늪지대로, 늪 안에서 다고를라드 전투의 전사자들을 볼 수 있음. 455 511 514~515 597

검산오름의 사자死者들Dead Men of Dunharrow 645→검산오름Dunharrow

데아골Déagol 안두인계곡의 풍채 혈통 호빗. 절대반지를 발견했음. 615

***협곡골Deeping, The** 명백히 협곡분지와 유의어임. 624 638

협곡분지Deeping-coomb 헬름협곡으로 이어지는 계곡. 636~637 642

***협곡길Deeping-road** 협곡분지로부터 북쪽으로 뻗어 아이센여울목 동쪽에서 '대로'와 만나는 도로. 625 ("나팔산성 방면으로 갈라지는 길" 참조. 634)

협류Deeping-stream 헬름협곡에서 웨스트폴드로 흘러내리는 시내. 636

***사슴이 뛰어넘던 벼랑Deer's Leap** 251 270 →카베드엔아라스Cabed-en-

Aras
데네소르Denethor(1) 청색산맥을 넘어 옷시리안드에 머문 난도르 요정들의 지도자. 벨레리안드의 첫 번째 전투 당시 아몬 에레브에서 전사함. 144
데네소르Denethor(2) 곤도르의 제26대이자 마지막 통치섭정. 데네소르 2세라 불림. 반지전쟁 당시 미나스 티리스의 영주였으며 보로미르와 파라미르의 부친. 590 693 700 703~708 712 715~716
데오르Déor 로한의 제7대 왕. 648~650
딤바르Dimbar 시리온과 민데브 두 강 사이에 있는 땅. 81 85~86 104 166 175 265
어둔내계곡Dimril Dale 599 →난두히리온Nanduhirion
딤로스트Dimrost 브레실숲에 있는 켈레브로스강의 폭포. 후일 넨 기리스로 불리게 됨. 비 내리는 층계Rainy Stair로도 번역됨. 222 268
싱골의 후계자 디오르Dior Thingol's Heir 베렌과 루시엔의 아들. 싱골 이후 도리아스의 왕위를 이었음. 실마릴을 물려받은 인물이며, 페아노르의 아들들의 손에 살해됨. 412
디르하벨Dírhavel 도르로민의 인간. 「나른 이 힌 후린」의 창작자. 262
***디르나이스dírnaith** 두네다인이 운용한 쐐기 형태의 진형. 475 492
돌 암로스Dol Amroth 벨팔라스 곶에 세워진 요새로, 로리엔의 왕 암로스의 이름을 따서 지어짐. 379 423 433~436 448~449 512 527 530 532 545 551~552 돌 암로스의 영주Lords of Dol Amroth 혹은 대공Princes이 언급된 곳은 다음과 같음. 433 435~436 448 527 530 532 551~552 →앙겔리마르Angelimar, 아드라힐Adrahil, 임라힐Imrahil
돌 바란Dol Baran '금갈색 산'. 안개산맥 최남단에 자리 잡은 산으로, 툭집안 페레그린이 오르상크의 팔란티르를 보았던 곳임. 702~703
돌 굴두르Dol Guldur '마법의 산'. 어둠숲 남서쪽에 있는 나무가 없는 고지대로, 강령술사가 사우론으로서의 정체를 밝히고 귀환하기 전에 머물던 요새. 417 430 432 442~443 489 518~519 521 529 535 545~546 559 561 563~564 576 580 587 590~591 599~601 611 613~614 616 →아몬

구릉지대Downs, The 샤이어의 서둘레의 한 지역인 흰구릉을 가리킴. 563

도르로민의 용투구Dragon-helm of Dor-lómin 투린이 썼던 하도르 가문의 가보. 147 278 도르로민의 용Dragon of Dor-lómin 141 북부의 용머리Dragonhead of the North 142 하도르의 투구Helm of Hador.

용Dragon, The →글라우룽Glaurung, 스마우그Smaug

***드람보를레그Dramborleg** 누메노르에서 보전된 투오르의 커다란 도끼. 306

드렝기스트Drengist, 드렝기스트하구Firth of Drengist 람모스와 네브라스트 사이에서 에레드 로민을 관통하는 기다란 하구. 54 288

드루아단숲Drúadan Forest 아노리엔의 숲으로, 에레드 님라이스의 동쪽 끝단에 위치했음. 잔존한 드루에다인 혹은 '야인'들이 제3시대까지 존속한 곳. 557~558 665 667 →타와르인드루에다인Tawar-in-Drúedain

***드루아스Drúath** 드루에다인. (단수형은 드루Drû, 복수형은 드루인Drúin으로, 현지 언어로 된 이름 드루구Drughu에서 파생된 신다린 명칭임) 665 669 →로그Róg, 루Rú

***드루에다인Drúedain** 에레드 님라이스에서 (또한 제1시대에는 브레실숲에서) 사는 '야인'들의 신다린 이름. (드루Drú + 아단adan, 복수형 에다인edain의 형태임. 669 참조.) 645 657~660 664~665 669~673 야인Wild Men으로도 불렸음 667 670~671 673 →우오즈Woses ,푸켈맨Púkel-men

***드루그Drûg(s), 드루(그)족Drû(g)-folk** 드루에다인. 656 659 661~662 666 668~671

***드루와이스 야우르Drúwaith Iaur** 안드라스트의 산이 무성한 곶 지대에 있는 '드루족의 옛 황야'. 461 665~667 672~673 옛 푸켈황야Old Pûkel-wilderness 또는 옛 푸켈땅Old Púkel-land 등으로 불림.

마른강Dry River 한때 에워두른산맥으로부터 흘러나와 시리온과 합류했던 강물의 터. 곤돌린의 입구를 형성함. 83 85~86 105

두네다인Dúnedain (단수형 두나단Dúnadan) '서부의 에다인'. 누메노르인을 가리킴. 353 383 388 456 473 475~482 487~488 495~496 500 502 505 516 589 595 606 617 645 676 691 702 717 두네다인의 별Star of the Dúnedain 497~498

둥고르세브Dungortheb 난 둥고르세브Nan Dungortheb('끔찍한 죽음의 골짜기')를 가리킴. 에레드 고르고로스의 절벽과 멜리안의 장막 사이의 골짜기. 81

검산오름Dunharrow 에레드 님라이스의 검산계곡 위에 위치한 피난용 요새. 오르막길을 통해 접근할 수 있으며, 오르막길에는 꺾이는 지점마다 푸켈맨이라고 불리는 조각상이 있음. 664~665 667 673 704 검산오름의 사자死者들Dead Men of Dunharrow은 이실두르에게 충성하겠다는 맹세를 깨뜨려 그의 저주를 받은 에레드 님라이스의 인간들을 가리킴.

둔헤레Dúnhere 로한의 기사. 검산계곡의 수장. 아이센여울목과 펠렌노르평원에서 분전했으며, 펠렌노르평원에서 전사했음. 632 639

던랜드Dunland 안개산맥 최남단의 서쪽 기슭과 맞닿은 지방으로, 던랜드인들이 살고 있음. 462 606 617 645

던랜드인Dunlendings 던랜드의 거주민. 한때 에레드 님라이스의 계곡에 거주한 옛 인간들의 후손으로, 검산계곡의 사자들 및 브리 사람들과 친척 관계임. 623 626 636 645~649 이 던랜드인The Dunlending은 사루만의 밀정으로, 브리의 여관에 있던 '사팔뜨기 남부인'을 가리킴. 606~607 618 던랜드 혈통, 던랜드계, 던랜드 족속Dunlendish 605 631 649

두린 1세Durin I 난쟁이들의 일곱 선조 중 최연장자. 두린의 후계자Heir of Durin는 참나무방패 소린을 가리킴. 572 두린 일족Durin's Folk 420 564 572~573 584 두린 가문Durin's House, House of Durin 573~574

두린 3세Durin III 사우론이 에레기온을 공격했을 당시 크하잣둠 두린 일족의 왕. 420

난쟁이길Dwarf-road (1) 노그로드와 벨레고스트로부터 벨레리안드로부터 내려와 사른 아스라드에서 겔리온강을 넘는 도로. 141 (2) 옛숲길

(→도로Roads)의 한 이름인 멘이나우그림Men-i-Naugrim을 번역한 것. 490~491

난쟁이Dwarves 107 140~141 176~181 183~189 231 263 266~267 272 414~418 420 424 444 447 454 457 483 485 490 522 556 559 561~568 571~574 577 579~586 616 658 664 672 689~690 692 →작은난쟁이 Petty-dwarves

***심층에 거하는 이Dweller in the Deep, of the Deep** 50 59 →울모Ulmo

드위모르데네Dwimordene '유령의 골짜기'. 로히림이 로리엔을 일컫는 이름. 521 535

E

에아Eä 세상. 물질 세계. 에아는 요정어로 '있는' 혹은 '있으라'라는 뜻으로, 세상이 존재하기 시작했을 때 에루가 한 말이었음. 307 532 553 688

독수리Eagles 크릿사에그림의 독수리. 82~84 93~94 106 누메노르의 독수리 297~298 301~302 (→만웨의 증인Witnesses of Manwë). 간달프를 오르상크에서 구출한 과이히르를 가리키는 '독수리' 603

***에암바르Eämbar** 타르알다리온이 거처로 삼기 위해 지은 배로, 모험가 조합본부가 이 배에 세워졌음. (이름은 '바다 집'을 뜻하는 것이 확실함.) 312 316 318 322 335 355 380

에아렌딜Eärendil 투오르와 투르곤의 딸 이드릴 사이에서 난 아들. 곤돌린에서 출생했으며, 싱골의 후계자 디오르의 딸 엘윙과 혼인했음. 엘론드와 엘로스의 부친. 엘윙과 함께 아만으로 항해했으며 모르고스와의 싸움을 도와줄 것을 간청하였음. (281 참조) 루시엔의 실마릴(별the Star 62 304 380)을 가지고 자신의 배 빙길롯에 타 하늘을 항해함. 101 106 262 306 338~339 351 386 437~438 442 에아렌딜의 돌The Stone of Eärendil은 엘렛사르를 가리킴 439~440

***에아렌두르Eärendur(1)** 타르엘렌딜의 남동생. 제2시대 361년에 출생했

음. 370

에아렌두르Eärendur(2) 제15대 안두니에 영주. 타르팔란티르의 조모祖母인 린도리에의 오빠. 394

에아르닐 2세Eärnil II 곤도르의 제32대 왕. 제3시대 1944년에 하라드림과 전차몰이족을 무찌른 승리자. 425 509~510 512 515~516

에아르누르Eärnur 곤도르의 제33대이자 마지막 왕. 미나스 모르굴에서 목숨을 잃음. 515 558

에아르웬Eärwen 알콸론데의 왕 올웨의 딸. 피나르핀의 아내이자, 핀로드, 오로드레스, 앙그로드, 아에그노르, 갈라드리엘의 모친. 405 413

***동쪽공지East Bight** 어둠숲의 동쪽 경계에서 크게 움푹 들어간 부분. 505 520 541 544 →어둠숲의 숲허리Narrows of the Forest

동부인Easterlings (1) 제1시대에 다고르 브라골라크 이후 벨레리안드에 진입한 인간들. 니르나에스 아르노에디아드에서 양쪽 편으로 갈라져 싸웠으며, 전후 모르고스에게 히슬룸을 거주지로 하사받아 남아 있는 하도르 가문의 사람들을 핍박했음. 42 44~45 109 129~133 136 191 193~194 197~198 히슬룸에서는 이곳으로 들어온 자들, 이민자들Incomers이라고 불렀음. 196 198 (2) 제3시대에 가운데땅의 동부에서 곤도르로 대거 몰려든 인간들을 보편적으로 일컬은 표현(→전차몰이족Wainriders, 발크호스Balchoth) 505 537 542~544 646

이스트폴드Eastfold 에도라스로부터 동쪽으로, 에레드 님라이스의 북쪽 산등성이에 자리 잡은 로한의 영역. (폴드fold라는 구성요소는 앵글로색슨어로 '땅, 대지, 지면, 지역'을 뜻하는 'folde'에서 파생되었음. 폴드The Folde도 이와 마찬가지임.) 534 635

동마크East-mark 로히림의 군사 편제에서 로한 땅의 동쪽 절반을 가리킴. 서마크와는 눈내강과 엔트개울을 경계로 구분됨. 635 640~642 동마크의 원수Marshal of the East-mark 640 643 동마크 소집대Muster of the East-mark 640 643

동부대로, 동서대로East Road, East-West Road →도로Roads

***에카드 이 세드륀Echad i Sedryn** '충성스런 자들의 야영지'. 아몬 루드

위에 있는 투린과 벨레그의 은신처에 붙은 이름. 275~276

메아리산맥Echoing Mountains 52 100 →에레드 로민Ered Lómin

에코리아스Echoriath 곤돌린의 평원 툼라덴 주위를 둘러싼 산맥. 83 86 94 104 에레드 엔 에코리아스Ered en Echoriath 80 에워두른산맥the Encircling Mountains 80 104 106 투르곤의 산맥Mountains of Turgon 84

엑셀리온Ecthelion(1) 곤돌린의 요정. 샘물의 주인Lord of the Fountains이나 대문의 수문장Warden of the Great Gate으로 불림. 96~98 107~108

엑셀리온Ecthelion(2) 곤도르의 제25대 통치섭정. 엑셀리온 2세라 불림, 데네소르 2세의 부친. 705 716

에다인Edain (단수형 아단Adan) 요정의 친구 세 가문에 속하는 인간(퀘냐로는 아타니Atani). 42 47 62 110 112~113 118~119 124 131 144 158 281~282 303~304 307 315 325 328 371 446 665 669 671 →아다네델Adanedhel, 드루에다인Drúedain, 두네다인Dúnedain.

***에델론드Edhellond** 벨팔라스에 있는 '요정항구'로, 돌 암로스의 북쪽, 모르손드강과 링글로강이 합류하는 지점 근처에 있음. 449 460 암로스의 부두로 불림. 433 그 외에 언급된 곳은 다음과 같음 425 433~435

***에델림, 엘레드림Edhelrim, Eledhrim** '요정 전체'. 신다린 에델edhel, 엘레드eledh와 집합복수형 어미인 림rim이 합쳐짐(『실마릴리온』 부록의 '엘êl', '엘렌elen' 표제어 참조). 556

에도라스Edoras '궁정'. 마크의 언어로 에레드 님라이스 북쪽 끄트머리에 지어진 로한의 왕도王都를 부르는 이름. 107 483 551 593 602~604 620 624 627~628 630 635~637 639~642 712 에도라스 소집대Muster of Edoras 628 640~642

에갈모스Egalmoth 곤도르의 제18대 통치섭정. 649

에글라레스트Eglarest 벨레리안드 해안 팔라스의 항구도시 중 최남단의 도시. 68 99 103 434

에일레나크Eilenach 에레드 님라이스의 곤도르 봉화대 중 두 번째. 드루아단숲에서 가장 높은 곳임. 523 525 548 557

***에일레나에르Eilenaer** 아몬 안와르(할리피리엔)에 누메노르인들의 도래 이전에 지어진 이름(에일레나크와 관련이 있음). 536 557

에이셀 시리온Eithel Sirion '시리온의 샘'. 에레드 웨스린의 동쪽 사면에 있음. 같은 곳에 있는 놀도르의 요새(바라드 에이셀)를 가리키는 데에도 쓰임. 115 141

***에켓eket** 날이 넓적한 소검. 496

엘라노르elanor(1) 톨 에렛세아와 로슬로리엔 두 군데에서 자라는 작은 별 모양의 황금색 꽃. 333 383

엘라노르Elanor(2) 감지네 샘와이즈의 딸. 동명의 꽃에서 이름을 땄음. 383 497

***안두니에의 엘라탄Elatan of Andúnië** 누메노르인으로, 실마리엔의 남편이자 초대 안두니에의 영주인 발란딜의 부친. 307

***엘달론데Eldalondë** '엘다르의 항구'. 누메노르의 눈두이네강 하구 인근의 엘단나만에 지어짐. '초록항'으로 불림. 298 300

***엘단나Eldanna** 누메노르 서쪽에 있는 거대한 만. '에렛세아 방면을 바라보고 있었기에' 이런 이름이 붙여졌음('엘다(르)Elda(r)' + 진행 방향을 의미하는 접미사 '-(ㄴ)나-(n)na'. 엘렌나Elenna, 로멘나Rómenna를 참조하라). 298

엘다르Eldar 세 종족(바냐르, 놀도르, 텔레리)의 요정들. 54 61 69~70 77 81 105 110 112~113 117 119 125 128~129 150 262~263 273~274 281 283 286 298~299 301~302 304 307 309 314 316 321 327~328 333~334 330 352~353 371 377 381~383 388 390~391 393~394 397 404 406 409 414~415 417 424 434~435 440 451 455 468 482 500 505 532 655~658 668~669 676 680 682 685 687~688 엘다린(엘다르 언어)Eldarin 393 453 466 벨레리안드(의) 요정들Elves of Beleriand 410 435 에렛세아의 요정들Elves of Eressëa 303 그 외에도 수많은 대목에서 요정Elves이 단독으로 쓰였을 경우 엘다르를 가리킴.

첫째자손Elder Children 119 →일루바타르의 자손들Childeren of Ilúvatar

노왕Elder King 127 687 →만웨Manwë(모르고스도 이 칭호를 자처했음. 127)

***엘레드림Eledhrim** 556 → 에델림Edhelrim

엘레드웬Eledhwen 모르웬의 이명. 111 119 129 291 334

***엘렘마킬Elemmakil** 곤돌린의 요정. 외부 성문 수비대의 대장. 88~92 94~96

엘렌딜Elendil 최후의 안두니에의 영주인 아만딜의 아들. 에아렌딜과 엘윙의 후손이나 누메노르의 왕들의 직계 혈통은 아님. 두 아들 이실두르와 아나리온과 함께 누메노르의 침몰에서 탈출했으며 가운데땅에 누메노르인들의 왕국을 세움. 제2시대 말에 사우론을 타도하다 길갈라드와 함께 전사했음. 장신의 엘렌딜the Tall 또는 충직한 엘렌딜the Faithful(보론다Voronda, 532, 553~554)로 불렸음. 306 380 387 395 402 473 476 479 483 485~486 488 492 497 500 530 532 537~539 551~552 554 671 685 708 717~718 엘렌딜의 후예Heir(s) of Elendil, 엘렌딜 가문House of Elendil 450 530 537~538 706 708 엘렌딜의 별Star of Elendil → 엘렌딜미르Elendilmir. 엘렌딜석Elendil Stone은 에뮌 베라이드에 비치된 팔란티르를 가리킴 717

엘렌딜미르Elendilmir 아르노르의 왕들이 왕권의 상징으로서 이마에 매달았던 하얀 보석. (같은 이름의 두 보석에 대해서는 483~484) 473 478~479 483~485 495 497~498 → 엘렌딜의 별Star of Elendil 북부의 별Star of the North, 북왕국의 별Star of the North-kingdom

엘렌두르Elendur 이실두르의 첫째 아들. 창포벌판에서 전사했음. 474 476~479 481 488 493 496

***엘렌나노레Elenna·nórë** '별빛 쪽으로'라고 이름 붙여진 땅. 누메노르를 가리킴. 『실마릴리온』과 『반지의 제왕』에 등장한 엘렌나Elenna라는 이름의 완전한 형태임. 532 552~553

***엘렌티르모Elentirmo** '별을 보는 자'. 타르메넬두르의 이명. 298 376

엘렌웨Elenwë 투르곤의 아내. 헬카락세 횡단 도중 목숨을 잃음. 109

엘렛사르Elessar(1) 곤돌린에서 투르곤의 딸 이드릴을 위해 만들어진 치유의 힘이 담긴 위대한 녹색 보석. 이드릴은 이를 아들 에아렌딜에게 주었음. 아르웬이 아라고른에게 준 엘렛사르는 에아렌딜의 보석이 되돌아온 것이거나, 다른 물건임. 413 437~439 441~443 에아렌딜의 돌The Stone of Eärendil 439~440 요정석The Elfstone 450

엘렛사르Elessar(2) 올로린이 아라고른의 앞날을 예견해 지어준 이명이자, 그가 재통합 왕국의 왕이 되었을 때 사용한 왕호. 439 441 450 482~484 496~498 541 545 553 560 698 요정석The Elfstone 450

***엘레스티르네Elestirnë** 361 →타르엘레스티르네Tar-Elestirnë

요정의 친구Elf-friends 192 351 426 541 →아타니Atani, 에다인Edain.

엘프헬름Elfhelm 로한의 기사로, 그림볼드와 함께 제2차 아이센여울목의 전투에서 로히림의 지휘를 맡았음. 아노리엔을 침공한 적들을 궤멸시켰으며, 에오메르 왕의 휘하에서 동마크의 원수가 되었음. 620 624~626 628~634 637 639 641~643 671 673

요정석Elfstone →엘렛사르Elessar(1), 엘렛사르Elessar(2)

가인 앨프위네Elfwine the Fair 로한의 왕 에오메르와 돌 암로스의 대공 임라힐의 딸 로시리엘 사이에서 난 아들. 501

***엘모Elmo** 도리아스의 요정. 엘웨(싱골)와 알콰론데의 올웨의 남동생임. 어느 한 이야기에서는 켈레보른의 조부가 됨. 412 414

엘로스티리온Elostirion 에뮌 베라이드의 백색탑 중 가장 높은 탑으로, 이곳에 엘렌딜석으로 불리는 팔란티르가 비치됨. 713

엘론드Elrond 에아렌딜과 엘윙의 아들로, 엘로스 타르미냐투르와는 형제임. 제1시대 말에 첫째자손의 삶을 택했으며 제3시대가 끝날 때까지 가운데땅에 남았음. 임라드리스의 주인이자, 길갈라드에게서 공기의 반지 빌랴를 넘겨받은 후 그 반지의 수호자가 됨. 반요정Half-elven으로 불림. 295 397 419~422 428 430 447 450 473 495~496 674 691 702 704 →엘론드의 회의Council of Elrond

엘로스Elros 에아렌딜과 엘윙의 아들로, 엘론드와는 형제임. 제1시대 말에 인간의 일원으로 살기를 택했으며, 누메노르의 초대 왕이 되었음. 왕호는 타르미냐투르임. 101 306 314 329 370 382 384 386~387 389 397 401 엘로스의 가계Line of Elros, 엘로스의 후손들descendants of Elros 316 370~372 383~384 388 391 396

엘루 싱골Elu Thingol 엘웨 싱골로Elwë Singollo의 신다린 형태. 306 405 →싱골Thingol

요정들의 새해Elves' New Year 563, 569

엘웨Elwë 410 412 →싱골Thingol

엘윙Elwing 싱골의 후계자 디오르의 딸로, 실마릴을 가지고 도리아스를 탈출했으며 시리온하구에서 에아렌딜과 혼인하고 그와 함께 아만으로 갔음. 엘론드와 엘로스의 모친. 306 412

***에메리에Emerië** 누메노르의 밋탈마르(내륙 지역)에 있는 지방으로, 양목장의 고장임. 297 322 324~325 329 339~342 344~346 350 355~356 360 364 366~367 371~372 374 에메리에의 백색 숙녀The White Lady of Emerië는 에렌디스를 가리킴. 342

***에메르웬(아라넬)Emerwen(Aranel)** '양치기 (공주)'. 타르앙칼리메가 젊은 시절에 얻은 별명. 371~372

에뮌 베라이드Emyn Beraid 에리아도르 서쪽에 있는 산맥으로, 그 위에 백색탑들이 세워졌음. 713 718 →탑언덕Tower Hills, 엘로스티리온Elostirion

***에뮌 두이르Emyn Duir** '암흑산맥'. 어둠숲산맥. 490 →에뮌누푸인Emyn-nu-Fuin

에뮌 무일Emyn Muil '음울한 산맥'. 넨 히소엘(추운안갯물) 주변과 라우로스 폭포 위에 형성된 주름지고 바위가 무성하며 (특히 동쪽 사면이) 척박한 산지. 458 517 533 598 641 646

***에뮌누푸인Emyn-nu-Fuin** 밤그늘의 산맥. 어둠숲산맥에 후대에 붙은 이름. 490 →에뮌 두이르Emyn Duir

마법의 열도Enchanted Isles 발리노르의 은폐 때 톨 에렛세아 동쪽의 대해에 발라들이 만든 열도列島. 101 →그늘의 열도Shadowy Isles

에워두른산맥Encircling Mountains →에코리아스Echoriath

에네드와이스Enedwaith 회색강(과슬로)과 아이센강 사이에 펼쳐진 '가운데 족속'(특히 460~467 참조). 363 421 460~462 464 466 594 605 621 644~645 649 666 671 673

대적Enemy, The 모르고스에게 주어진 이명. 사우론에게 붙기도 함. 60~61 76 82 114 119 174

***에네르딜Enerdhill** 곤돌린의 보석세공장. 437 439~442

엔트Ents 459 555~556 635 639 →에뉘드Enyd, 오노드림Onodrim

엔툴렛세Entulessë '귀환'. 누메노르인 베안투르가 가운데땅으로의 첫 항해를 달성했을 때 탄 배. 305

엔트여울Entwade 엔트개울을 넘는 여울목. 591

엔트개울Entwash 팡고른숲에서 로한을 거쳐 닌달브로 흘러가는 강. 524~525 535 640 →오노들로Onodló

엔트숲Entwood 로한에서 팡고른숲에 붙인 이름. 555 647

에뉘드Enyd 신다린으로 엔트를 일컫는 이름(오노드의 복수형임. 555 →오노들로Onodló, 오노드림Onodrim)

***에오포르Eofor** 로한의 제2대 왕 브레고의 셋째 아들. 에오메르의 조상임. 640

***에오헤레éoherë** 로히림이 그들의 완전 소집된 기병대를 일컬어 쓴 표현(단어의 뜻에 대해서는 550 참조). 520 547 550

에올Eöl 난 엘모스에 살던 '검은요정'. 마에글린의 부친. 104

에오메르Éomer 세오덴 왕의 조카이자 양자. 반지전쟁 시기에 마크의 제3원수였으며, 세오덴 사후 로한의 제18대 왕이 되었음. 엘렛사르 왕의 친구. 500~501 549~550 553 619~620 626~627 635 639~643 693

에오문드Éomund(1) 에오를의 질주 당시 에오세오드족 군단의 지휘관. 532

***에오문드Éomund(2)** 로한의 마크의 대원수. 세오덴의 누이 세오드윈과 혼인했음. 에오메르와 에오윈의 부친. 635 640

에온웨Eönwë 최고위급의 마이아 중 하나로, 만웨의 전령으로 불림. 제1시대 말에 모르고스를 칠 때 발라들의 군세를 이끌었음. 686

에오레드éored 에오세오드족 기사들의 한 묶음. (로한에서 이 단어가 뜻한 바에 대한 자세한 기술은 549~550 참조) 507 526 543 549~550 622 632 641 643

청년왕 에오를Eorl the Young 에오세오드족의 족장. 곤도르를 도와 발크호스의 침공을 막기 위해 먼 북부에 있는 자신의 땅으로부터 달려왔음. 곤도르의 섭정 키리온으로부터 답례로 칼레나르돈을 할양받았으며, 로한의 초대 왕이 됨. 459 483 485 504 508 518~523 526~534 536 539 542 545 547 550 552~553 557 636 640 646 에오세오드족의 족장, 에오세오드족의 왕Lord of the Éothéod, 기사들의 지도자Lord of the Riders, 로히림의 지도자Lord of the Rohirrim, 칼레나르돈의 왕King of Calenardhon, '기사들의 마크'의 왕King of the Mark of the Riders 등으로 불림. 504 528 532 534 키리온과 에오를의 연대기Chronicle of Cirion and Eorl, 키리온과 에오를의 이야기Tale of Cirion and Eorl 485 504 516 에오를의 맹세Oath of Eorl 531 539 552 636 647 맹세의 내용은 531~532에 등장함.

에오를의 후예Eorlings 에오를의 백성. 로히림. 534 앵글로색슨어의 복수형 어미가 붙은 형태로는 에오를의 후예들Eorlingas. 624

에오세오드Éothéod 후일 로히림이라고 불리게 되는 민족의 이름. 그들의 땅을 지칭하는 데에도 쓰임(550 참조). 504 506 513~516 518~520 528 530~535 542~543 545~547 550 554 556 북부 기사들Riders of the North, 북방의 기사들Horsemen of the North 526 539

에오윈Éowyn 에오메르의 누이이자 파라미르의 아내. 펠렌노르평원의 전투에서 나즈굴의 군주를 처치한 장본인. 635

***에펫세epessë** 엘다르가 본명(엣시essi) 이외에 부여받는 '후명後名'. 468

에펠 브란디르Ephel Brandir '브란디르의 에워두른 방벽'. 아몬 오벨 위 브레실 사람들의 거주지. 200 203 222~223 227 229~230 243 에펠The Ephel 237~238 253

에펠 두아스Ephel Dúath '어둠의 방벽'. 곤도르와 모르도르를 가르는 산줄기. 512~513

에르카미온Erchamion →베렌Beren(1)

에레보르Erebor 어둠숲 최북단 지역으로부터 동쪽에 있는 외딴 산으로, 산아래의 난쟁이 왕국과 스마우그의 둥지가 있었음. 506 559~560

563~565 567~568 571~572 583 →외로운산The Lonely Mountain

에레드 린돈Ered Lindon '린돈산맥'. 에레드 루인의 또 다른 이름. 410 414 658 665

에레드 리수이Ered Lithui '잿빛산맥'. 모르도르의 북쪽 국경을 이룸. 511 544

에레드 로민Ered Lómin '메아리산맥'. 히슬룸의 서쪽 장벽을 이룸. 46 100 람모스의 메아리산맥The Echoing Mountains of Lammoth 52 100

에레드 루인Ered Luin 장대하게 연결된 일련의 산들(에레드 린돈으로도 불림)로 상고대에 벨레리안드를 에리아도르와 분리하는 역할을 했으며, 제1시대 말의 대파괴 이후로는 가운데땅 서북부의 해안산맥이 됨. 377 404 444 559 청색산맥the Blue Mountains으로 번역됨. 208 379 435 444 561 574 579 서쪽산맥the Western Mountains으로도 불림. 377

에레드 미스린Ered Mithrin '회색산맥'. 어둠숲의 북쪽에서 동서 방향으로 늘어섬. 516

에레드 님라이스Ered Nimrais '흰뿔산맥'. 안개산맥의 남쪽에서 동서 방향으로 늘어선 산줄기. 427 523 533 백색산맥The White Mountains 426 428 459 539 645 647 665~666

에레드 웨스린Ered Wethrin 서쪽으로는 안파우글리스(아르드갈렌)의 경계를 이루고, 남쪽으로는 히슬룸과 서벨레리안드 사이의 장벽 역할을 하는 거대한 곡선의 산맥. 56 68 130 200 219 230 288 →어둠산맥Mountains of Shadow, Shadowy Mountains

에레기온Eregion '호랑가시나무의 땅'. 인간에겐 호랑가시나무땅으로 불림. 제2시대에 갈라드리엘과 켈레보른이 건립한 놀도르 왕국. 크하잣둠과 긴밀한 연이 있었으나, 사우론에 의해 파괴되었음. 363 404 414 416~420 422 428~430 439 442 444 447 449 452 464 →호랑가시나무땅Hollin

에레이니온Ereinion '왕들의 자손'. 길갈라드의 본명. 381 384 468

에렐라스Erelas 에레드 님라이스의 곤도르 봉화대 중 네 번째. (누메노르인의 도래 이전에 지어진 이름일 공산이 크다. 신다린의 형식을 띈 이름이나 신다린으로는 적절한 뜻을 찾을 수 없다. "나무가 없는 푸른 산이라, '단일한'이라는 뜻의 '에르-er-'를 포함한다고 하기에도, '나뭇잎'이라는 뜻의 '라스las(s)'를 포함한다고 하기에도 부적절하다.") 548

***에렌디스Erendis** 타르알다리온의 아내('뱃사람의 아내'). 그들 사이에는 깊은 애정이 있었으나 이것이 증오로 바뀌고 말았음. 타르앙칼리메의 모친. 313~314 316~344 346~349 355 357 360~362 364 366~367 370~371 374~376 379~381 383 388 396 402 497 671 서부 지역의 귀부인the Lady of the Westlands 또는 에메리에의 백색 숙녀The White Lady of Emerië로 불렸음 →타르엘레스티르네Tar-Elestirnë, 우이네니엘Uinéniel

에렛세아Eressëa 엘다마르만에 자리 잡은 '외로운섬'. 298~299 303 381~382 393~394 404 426 717~718 →톨 에렛세아Tol Eressëa

에리아도르Eriador 안개산맥과 청색산맥 사이에 펼쳐진 땅. 310 352 371 377~378 412~414 416 419~422 426 430 435 451 460 462~463 467 473 568 572~573 597 604 650 691

에르켄브란드Erkenbrand 로한의 기사. 웨스트폴드와 나팔산성의 영주. 에오메르 왕의 휘하에서 서마크의 원수가 되었음. 627~630 632 634 637~639 642~643

에루Eru '유일자', '홀로 존재하는 자'. 일루바타르. 297 353~354 379 381 393 532 553 675 681 에루 일루바타르Eru Ilúvatar 296 유일자The One 325 353 532 553 679 메넬타르마 정상에 있는 에루의 성소The Hallow of Eru. 393

***에루한탈레Eruhantalë** '에루 추수감사제'. 누메노르의 가을철 축제일. 297 310 379

***에루케르메Erukyermë** '에루 기도제'. 누메노르의 봄철 축제일. 297 324 360 381

***에룰라이탈레Erulaitalë** '에루 찬송제'. 누메노르의 한여름 축제일. 297

***에륀 갈렌Eryn Galen** 거대한 숲으로, 대개는 번역된 말인 초록큰숲으로 불림. 490

F

펠라로프Felaróf 청년왕 에오를의 말. 521 547

혹한의 겨울Fell Winter 나르고스론드가 멸망한 이후 달이 뜨지 495년째 되는 해의 겨울. 76 83 101 204

펜마크Fenmarch 메링시내로부터 서쪽에 있는 로한의 지방. 548

고사리꾼Ferny 브리의 인간 가문. 고사리꾼 빌Bill Ferny 618

켈레브란트평원Field of Celebrant 파르스 켈레브란트를 일부 번역한 것. 파르스 켈레브란트는 은물길강(켈레브란트)과 맑은림강 사이에 놓인 초원. 곤도르의 제한적 관점으로는 맑은림강 하류와 안두인강 사이의 영역. 켈레브란트평원이라는 이름은 종종 제3시대 2510년에 키리온과 에오를이 발크호스를 상대로 거둔 승전인 켈레브란트평원의 전투Battle of the Field of Celebrant를 지칭하면서 쓰였음. 458 523 547 591 646

필리Fili 두린 가문의 난쟁이. 참나무방패 소린의 조카이자 일행이었음. 다섯군대 전투에서 전사함. 585

피나르핀Finarfin 핀웨의 셋째 아들. 페아노르의 두 이복동생 중 둘째. 놀도르의 탈출 이후에 아만에 남았으며 티리온에서 그의 남은 백성들을 다스렸음. 핀로드, 오로드레스, 앙그로드, 아에그노르, 갈라드리엘의 부친. 405 407 450 그 외의 언급들은 피나르핀의 가문, 친족, 백성, 혹은 자식들에 대한 것임. 47 100 282 287 405 408 413 440 450

핀두일라스Finduilas(1) 오로드레스의 딸. 귄도르의 사랑을 받았음. 나르고스론드가 약탈당할 때 붙잡혔으며, 테이글린 건널목에서 오르크들에게 살해당하고 하우드엔엘레스에 묻혔음. 75 103 196 200~202 204 221 234 257 270 282~286

핀두일라스Finduilas(2) 돌 암로스의 대공 아드라힐의 딸. 곤도르의 섭정 데네소르 2세의 아내이며, 보로미르와 파라미르의 모친. 705 716

핑골핀Fingolfin 핀웨의 둘째 아들로, 페아노르의 두 이복동생 중 첫째. 벨레리안드의 놀도르의 대왕이었으며 히슬룸에 머물렀음. 모르고스와 단독으로 결투를 벌이다 전사했음. 핑곤, 투르곤, 아레델의 부친. 84 106 108~111 114~115 382 핑골핀 가문House of Fingolfin, 핑골핀 가

이 큼. 485

아이센여울목Fords of Isen 곤도르와 아르노르를 잇는 누메노르인들의 거대한 도로가 아이센강을 넘는 지점. 신다린으로는 아스라드 앙그렌Athrad Angren이나 에스라이드 엥그린Ethraid Engrin으로 불렸음. 464 473 533 548 552 555 604 621 626 642 644 646 650 712 →아이센여울목의 전투Battles of the Fords of Isen.

포로스여울목Fords of the Poros 하라드길이 포로스강을 넘는 건널목. 510

숲강Forest River 에레스 미스린에서 나온 후 어둠숲 북부를 통과해 긴 호수로 흘러드는 강. 516

숲길Forest Road 491 493 →도로Roads.

포르노스트Fornost '북쪽 요새'. 완전한 이름은 '왕들의 북성'이라는 뜻의 포르노스트 에라인임. 북구릉에 있으며, 안누미나스가 버려진 후 후대 아르노르의 왕들이 거처로 삼은 곳임. 473 486 548 644 717

***포로스타르Forostar** 누메노르의 북쪽 곶 지대. 296 298 302 307 북부 지역the Northlands으로 번역됨. 혹은 북쪽 지방the north country 308

***포르스위니Forthwini** 마르휘니의 아들. 곤도르에 온도헤르 왕이 있었을 당시 에오세오드족의 지도자였음. 509

***포르웨그Forweg** 도르로민의 인간. 투린이 합류한 무법자 무리(가우르와이스)의 두령. 투린에게 살해당했음. 158~159 161~164 264~265

프레알라프Fréaláf 로한의 제10대 왕이자 무쇠주먹 헬름 왕의 조카. 649~650

프레카Freca 무쇠주먹 헬름 왕의 봉신으로, 헬름의 손에 살해당했음. 636

***북부의 자유인들Free Men of the North** 456→북부인Northmen.

프로도Frodo 골목쟁이네 프로도. 샤이어의 호빗. 반지전쟁 당시 반지의 사자였음. 266 383 403~404 408 432 452 459 502 541 560 569 571 573 575 586 605 617~618

프룸가르Frumgar 에오세오드족이 안두인계곡을 떠나 북쪽으로 이주할 당시 그들의 지도자. 545

G

창포강Gladden 안개산맥으로부터 흘러나와 창포벌판에서 안두인강과 합류하는 강. 신다린 시르 닝글로르Sîr Ninglor이 번역된 말임. 489 491 589 591 599 616

창포벌판Gladden Fields 신다린 로에그 닝글로론Loeg Ningloron이 부분적으로 번역된 말. 갈대와 붓꽃(창포)이 넓게 펼쳐진 땅으로, 여기서 창포강이 안두인강과 만남. 454 475 480 482 489 491~493 504 519 543 545

***글램슈라푸Glaêmscrafu** '광채의 동굴'. 로한에서 아글라론드를 부른 이름. 647

글람드링Glamdring 간달프의 칼. 78 104

글람호스Glamhoth 신다린으로 오르크를 일컫는 말. 104

글란두인Glanduin '경계선강'. 안개산맥으로부터 서쪽으로 흘러감. 제2시대에는 에레기온의 남쪽 경계를, 제3시대에는 아르노르 남쪽 경계의 일부였음. 460~461 464~467 →닌인에일프Nîn-in-Eilph

***글란히르Glanhír** '국경개울'. 메링시내의 신다린 이름. 533 555

글라우룽Glaurung 모르고스의 최초의 용. 다고르 브라골라크, 니르나에스 아르노에디아드, 나르고스론드의 약탈에 참전했음. 투린과 니에노르에게 마법을 씌웠으나 카베드엔아라스에서 투린에 의해 죽임을 당함. 여러 군데에서 용the Dragon으로 불렸음. 141 196 205 212~217 224 226~232 234 237 239~244 246~247 252 255~258 260~261 268~269 278~279 (거대한) 파충류The (Great) Worm, 모르고스의 파충류Worm of Morgoth 243 앙반드의 거대한 파충류Great Worm of Angband 75 앙반드의 황금벌레Gold-worm of Angband 141

***글리수이Glithui** 에레드 웨스린에서 흘러나오는 강으로, 테이글린강의 지류임. 76 103 130

글로인Glóin 두린 가문의 난쟁이. 참나무방패 소린의 일행이자, 김리의 부친. 485 569 579 581

글로레델Glóredhel 도르로민의 황금머리 하도르의 딸이자 갈도르의 동생. 110 129

690 →미스란디르Mithrandir

그리마Gríma 세오덴 왕의 고문이자 사루만의 첩자. 593~594 602 604 619~620 627 637 641 뱀혓바닥Wormtongue으로 불렸음.

그림볼드Grimbold 웨스트폴드 출신의 로한의 기사로, 엘프헬름과 함께 제2차 아이센여울목의 전투에서 로히림의 지휘를 맡았음. 펠렌노르 평원에서 목숨을 잃음. 620 622~625 628~634 637~639 643

살을에는얼음Grinding Ice 67 →헬카락세Helcaraxë

***그리스니르Grithnir** 후린 집안의 사람으로, 투린이 도리아스로 갈 때 게스론과 함께 동행했다가 도리아스에서 생을 마침. 133 137 139

파수평원Guarded Plain 169 →탈라스 디르넨Talath Dirnen

은둔의 왕국Guarded Realm 139 157 162 193 196 255 257~258 288 290 → 도리아스Doriath

***모험가 조합Guild of Venturers** 305 312~313 316 318~319 322 326 328 330~331 335 343 363 376 379 →모험가Venturers

***무기공 조합Guild of Weaponsmiths** (누메노르에 있는 단체). 303

룬만Gulf of Lhûn 377 403 412 444 690 →룬Lhûn

구르상Gurthang '죽음의 쇠'. 벨레그의 검 앙글라켈이 나르고스론드에서 투린을 위해 다시 벼려진 후 불린 이름. 이로 말미암아 투린은 모르메길, 검은검으로 불렸음. 201 227 231 242~243 252 256 260~261 브레실의 검은 가시the Black Thorn of Brethil로도 불림. 231

과에론Gwaeron '에다인의 책력으로는' 세 번째 달의 신다린 이름(과에론이라는 이름에 관해선 독수리 과이히르Gwaihir '바람의 왕'의 이름과 대조하라). 118 →술리메Súlimë

과이스이미르다인Gwaith-i-Mírdain '보석세공장인들'. 에레기온의 장인들의 무리로, 켈레브림보르가 그들 중 으뜸이었음. 간략하게 미르다인Mírdain이라고도 불림. 418 미르다인 건물House of the Mírdain 419

***과시르Gwathir** '그늘강'. 과슬로의 초기 이름. 313 463~464

과슬로Gwathló 미세이셀과 글란두인이 합쳐져 생겨난 강으로, 민히리아스와 에네드와이스를 나누는 경계선 역할을 함. 서부어로는 회색강Greyflood으로 불림. 311 352 363 380 421 423 460~466 486 645 666 →과슬로 전투Battle of the Gwathló, 과시르Gwathir, 아가수루쉬 Agathurush

귄도르Gwindor 나르고스론드의 요정. 앙반드에서 노예 신세가 되었다가 탈출한 후 벨레그의 투린 구출을 도왔음. 투린을 나르고스론드로 데려온 장본인이며, 오로드레스의 딸 핀두일라스를 사랑했음. 툼할라드 전투에서 전사함. 75 99 103 278~287

H

하도르Hador '황금머리Goldenhead'로 불림. 110 도르로민의 군주이자 핑골핀의 봉신이며, 후린의 부친인 갈도르의 부친. 다고르 브라골라크 때 에이셀 시리온에서 전사함. 110 115 129 137 141 147 192 하도르가, 하도르 가문House of Hador, 하도르 사람people of Hador, 하도르의 핏줄kindred of Hador 41~42 44~45 47 59 89 119~120 129 131 136 145 158 164~165 203~204 209 225 262 264 289~291 308 379 382 541 671 하도르의 아들son of Hador은 갈도르를 가리킴. 47 하도르 가의 후계자heir of (the House of) Hador는 투린을 가리킴 122 124 133 136~137 하도르의 투구Helm of Hador →도르로민의 용투구Dragon-helm of Dor-lómin

할라딘Haladin 벨레리안드에 두 번째로 들어온 인간 무리. 이후 할레스 사람들People of Haleth로 불리게 됨(→할레스Haleth). 665 668

할디르Haldir 브레실의 할미르의 아들. 도르로민의 하도르의 딸인 글로레델과 혼인했음. 니르나에스 아르노에디아드에서 전사함. 110 129

할레스Haleth 여장부 할레스라 불림. 할라딘 가문을 이끌고 사르겔리온에서 시리온강 서쪽의 땅까지 움직였음. 235 656 668 할레스가, 할레스 가문House of Haleth, 할레스 사람들People of Haleth, 할레스 일족 Folk of Haleth, 할레스 사람들Men of Haleth 120 157 160 200 203 232 241 655~657 660~661 664~665 668 671~672 →브레실Brethil, 할레스

림Halethrim

***할레스림Halethrim** 할레스 사람들. 251

반인족Halflings 호빗. 신다린 페리안나스Periannath의 번역임. 501~502 588~589 591 596 608~610 612~613 618 691 반인족들의 땅Land of the Halflings 589 591 593 618 반인족의 담배Halflings' Leaf 605 608 611 → 페리안Perian

할리피리엔Halifirien '성산'. 로한에서 아몬 안와르를 부르는 이름. 523~525 534 540 548~549 557 할리피리엔의 숲Halifirien Wood 555 → 에일레나에르Eilenaer

할리마스Halimath 샤이어력의 아홉 번째 달. 487 →야반니에Yavannië, 이반네스Ivanneth

***할라카르Hallacar** 햐라스토르니의 할라탄의 아들. 누메노르의 첫 여왕인 타르앙칼리메와 혼인했으나, 그녀와 반목하게 되었음. 372~374 389 →마만딜Mámandil

할라스Hallas 키리온의 아들. 곤도르의 제13대 통치섭정이자, 로한과 로히림이라는 이름의 창시자임. 519 527 534

***할라탄Hallatan** 누메노르의 밋탈마르(내륙 지역)에 있는 지방 햐라스토르니의 영주. 타르알다리온의 친척. 347 349~350 359 364 371~372 384 389 양의 왕the Sheep-lord으로 불림. 347

할미르Halmir 할라딘 일족의 왕. 할디르의 부친. 110

하마Háma 세오덴 왕의 왕실 경비대장. 641

햄패스트Hamfast 감지네 샘의 부친. (햄패스트라는 이름은 앵글로색슨어 'hām-fæst'로, 단어 그대로는 '집에 고정된', '집에 못박힌' 이라는 의미임). 569 감지 영감Gaffer Gamgee 혹은 영감the Gaffer으로 불림. 569 614

한디르Handir 할라딘 일족의 왕. 할디르와 글로레델의 아들. 168 한디르의 아들Son of Handir는 절름발이 브란디르를 가리킴. 200 212 248 253

하라드Harad '남쪽'. 곤도르와 모르도르로부터 먼 남쪽 지방을 모호하게 일컫는 표현. 320 416 543 691 693 698 →근하라드Near Harad, 원하

라드Far Harad
하라드림Haradrim 하라드의 인간들. 692
하라드와이스Haradwaith '남쪽 민족'. 하라드. 665
하레스Hareth 브레실의 할미르의 딸. 도르로민의 갈도르와 혼인했으며, 후린과 후오르의 모친. 110
털발 혈통Harfoots 호빗들이 갈라져 생겨난 세 분파 중 하나(→하얀금발 혈통Fallohides). 502
하를린돈Harlindon 룬만 남쪽의 린돈. 444
검산계곡Harrowdale 검산오름의 절벽 아래 눈내강의 상부 끄트머리에 위치한 협곡. 639~640 642
***하솔디르Hatholdir** 누메노르의 인간. 타르메넬두르의 친구이자 오르칼도르의 부친. 308
하우드엔엘레스Haudh-en-Elleth 테이글린 건널목 근처 나르고스론드의 핀두일라스가 묻힌 무덤. ('엘레스Elleth'는 '요정처녀'를 뜻하는 말로 항상 이 철자로 쓰였는데, 모르웬의 이명 엘레드웬Eledhwen에서 찾아볼 수 있는 '엘다르의 일원'이라는 뜻의 '엘레드Eledh'와 어떤 연관성이 있는 것인지는 불확실하다.) 204 220 224 234 246~247 257 번역어 요정처녀의 무덤 Mound of the Elfmaid.
하우드엔은뎅긴Haudh-en-Ndengin 안파우글리스 사막의 '사자의 무덤'. 니르나에스 아르노에디아드 때 전사한 요정과 인간의 시신들이 쌓여 있음. 42 위대한 무덤The Great Mound 193
하우드엔니르나에스Haudh-en-Nirnaeth '눈물의 언덕'. 하우드엔은뎅긴의 또 다른 이름. 126 129 263
항구Havens, The (1) 벨레리안드 해안가의 브리솜바르와 에글라레스트. 키르단의 항구Havens of Círdan 65 67 조선공들의 항구Havens of the Shipwrights 69 팔라스의 항구들Havens of the Falas 434 벨레리안드 서부의 항구 지대West Havens of Beleriand 434 (2) 제1시대 말에 시리온하구에 지어진 항구들. 남쪽에 있는 항구, 남쪽의 항구들Havens of (in) the South 43 48 시리온 항구Havens of Sirion, 시리온의 항구Sirion's

Haven 262 412 437 443

헬카락세Helcaraxë 아라만과 가운데땅 사이의 해협. 109 살을에는얼음 the Grinding Ice으로 불림.

헬름Helm 무쇠주먹 헬름 왕. 로한의 제9대 왕. 636 647 →헬름협곡 Helm's Deep

하도르의 투구Helm of Hador 140 142 263 →도르로민의 용투구Dragon-helm of Dor-lómin

헬름협곡Helm's Deep 에레드 님라이스의 북서쪽 끄트머리 가까이에 생긴 깊은 협곡으로, 입구 부분에 나팔산성이 지어졌음. (『J.R.R. 톨킨의 그림들』(1979, 국내 미출간)의 26번 참조) 제3시대 2758~2759년의 긴겨울에 적들을 피해 이곳에 피신한 헬름 왕의 이름을 땄음. 620 624 627 629 632 637 640 712

***헨데르크Henderch** 누메노르의 서부 지역 출신 인간. 타르알다리온의 선원. 346~348 350

헨네스 안눈Henneth Annûn '일몰의 창'. 이실리엔의 폭포 뒤편에 있는 동굴의 이름. 689

***헤렌 이스타리온Heren Istarion** '마법사 결사단'. 674

***헤루칼모Herucalmo** 누메노르의 세 번째 여왕인 타르바니멜데의 남편. 그녀가 죽은 후 타르안두칼이라는 이름으로 왕위를 찬탈했음. 392

헤루누멘Herunúmen 382 →타르헤루누멘Tar-Herunúmen

숨은도시Hidden City 108 →곤돌린Gondolin

숨은왕국, 은둔의 왕국Hidden Kingdom 곤돌린과 도리아스에 각각 붙은 이름. 곤돌린Gondolin과 도리아스Doriath 표제어들을 참조할 것. 숨은 왕Hidden King →투르곤Turgon

숨은 백성들Hidden People, 숨은 왕국Hidden Realm 43 65~66 84 89 91 96 →곤돌린드림Gondolindrim, 곤돌린Gondolin

높은요정어High-elven 382 386 468 687 690 →퀘냐Quenya

높은요정High Elves 아만의 요정들 및 아만에 산 적이 있는 모든 요정. 299 436 447 서녘의 고귀한 민족High Folk of the West으로 불림. 61

나팔산성Hornburg 헬름협곡 입구에 지어진 로한의 요새. 627~628 634 637 646~647 650 →나팔산성 전투Battle of the Hornburg, 아글라론드 Aglarond, 남산성Súthburg

훈소르Hunthor 브레실의 인간. 투린이 카베드엔아라스에서 글라우룽을 치려 할 때 동행했음. 232~233 239~241 249 훈소르의 아내Wife of Hunthor 237

후오르Huor 도르로민의 갈도르의 아들. 리안의 남편이자 투오르의 부친. 형인 후린과 함께 곤돌린에 갔음. 니르나에스 아르노에디아드에서 전사함. 41~43 47 110~111 124 129 262 290 후오르의 아들Son of Huor은 투오르를 가리킴. 42 47 58~61 66 72 89 98 290

후오른Huorns 나팔산성 전투에 찾아와 오르크들을 함정에 빠뜨린 '나무들'. (이 이름은 틀림없이 신다린으로 된 명칭으로, '나무'를 뜻하는 오른orn을 포함하고 있다. 『두 개의 탑』 BOOK3 chapter 9 메리아독의 말을 참조하라. "그들은 아직 목소리를 갖고 있어 엔트들과 말을 할 수 있어요—나무수염의 말로는, 그게 바로 그들이 후오른이라고 불리는 이유래요.") 635

후린Húrin(1) '살리온Thalion'으로 불림. 119 124 281 287 번역어 '불굴의Steadfast'. 125 138 도르로민의 갈도르의 아들로, 모르웬의 남편이자 투린과 니에노르의 부친. 도르로민의 군주. 핑곤의 봉신. 니르나에스 아르노에디아드에서 모르고스에게 붙잡혔으나 그를 거역했고, 여러 해 동안 상고로드림에 붙들려 있게 됨. 풀려난 이후 나르고스론드에서 밈을 살해하고 나우글라미르를 싱골 왕에게 전했음. (대개의 경우 후린을 아버지나 친척의 이름으로 대는 형태로만 언급됨). 후린의 아이들 이야기Tale of the Children of Húrin 177 261

후린Húrin(2) 미나르딜 왕의 섭정인 에뮌 아르넨의 후린. 그에게서 곤도르의 섭정 가문이 비롯되었음. 538

***햐라스토르니Hyarastorni** 누메노르의 밋탈마르(내륙 지역)에 있는 할라탄이 다스리는 땅. 347 349~350 359 364 371~372 384

햐르멘다킬 1세Hyarmendacil I '남부의 승리자'. 곤도르의 제15대 왕. 458

I

로서의 인질라둔은 401 →누멜로테Númellótë
인질베스Inzilbêth 아르기밀조르의 왕비. 안두니에의 영주 가문 출신임. 인질라둔(타르팔란티르)의 모친. 393 401
***이리몬Írimon** 타르메넬두르의 본명. 388
이르모Irmo 발라. '계시와 꿈의 주재자'. 일반적으로는 발리노르에 있는 그의 거처의 이름을 따서 로리엔으로 불림. 445 688~689 →페안투리Fëanturi, 올로판투르Olofantur
철산Iron Hills 외로운산으로부터 동쪽, 룬해로부터 북쪽에 위치한 산맥. 561
아이센Isen 안개산맥에서 발원해 난 쿠루니르(마법사의 계곡)를 따라 흐르다 로한 관문을 거치는 강. 신다린 앙그렌Angren의 번역어(로한어 표기를 위한 것임). 379 461~462 464 528 548 554 603 617 621~624 628~630 633 636 638~639 644~646 648~650 666 →아이센여울목Fords of Isen
툭 집안 아이센가Isengar Took 골목쟁이네 빌보의 삼촌들 중 한 명. 579
아이센가드Isengard 누메노르인들의 요새로, 마법사 쿠루니르(사루만)가 머물기 시작한 이후로 난 쿠루니르로 불린 안개산맥 최남단의 협곡에 있음. 신다린 앙그레노스트Angrenost의 번역어(로한어 표기를 위한 것임). 554~555 589 592~595 602~606 617 621~622 626 629 633~635 637~639 646~650 680 701~702 714~715 아이센가드의 원형 요새Ring of Isengard 647~649 아이센가드의 원형 성벽Circle of Isengard 592 647~649 내부의 공터를 둘러싸는 거대한 원형의 장벽을 가리킴. 이 공터 중앙에 오르상크가 있음. 아이센가드족Isengarders 625~626
이실두르Isildur 엘렌딜의 장남. 부친과 동생인 아나리온과 함께 누메노르의 침몰에서 탈출하여 가운데땅에 망명 누메노르인들의 왕국을 세움. 미나스 이실의 영주. 사우론의 손에서 지배의 반지를 잘라냄. 안두인강에서 반지가 손가락을 빠져 나가 오르크들에게 살해당함. 380 473~486 488~490 493~496 524 530 536~540 645 665 이실두르의 후예Heir of Isildur 708 717 이실두르의 반지Ring of Isildur 704 이실두르의 두루마리Scroll of Isildur 715 '이실두르의 전통Tradition of Isildur'

536~539

***이실메Isilmë** 타르엘렌딜의 딸이자 실마리엔의 동생. 307

***이실모Isilmo** 타르수리온의 아들이자 타르미나스티르의 부친. 389 398

발라르섬Isle of Balar →발라르Balar

왕들의 섬Isle of Kings, 서쪽나라의 섬Isle of Westernesse 324 351 →누메노르Númenor

이스타리Istari 제3시대에 사우론에 저항하기 위해 아만에서 파견된 마이아들. 신다린으로는 이스륀Ithryn이다(→이스륀 루인Ithryn Luin). 417 446 674 677~686 695~696 번역어 마법사Wizards 674~675 680 685~686 695~696 →헤렌 이스타리온Heren Istarion

***이실보르Ithilbor** 난도르 요정. 사에로스의 부친. 144 150

이실리엔Ithilien 안두인강 동쪽에 있는 곤도르의 영토. 초창기에는 이실두르의 소유였으며 미나스 이실의 통치를 받았음. 266 506 510 512 514~515 540 544 556 665 701 북이실리엔North Ithilien 558 남이실리엔South Ithilien 510 515

이실석Ithil-stone, 이실의 돌Stone of Ithil 미나스 이실의 팔란티르. 699~700 702 706~707 709 713

***이스륀 루인Ithryn Luin** 가운데땅의 동쪽으로 가서 다시 돌아오지 않은 두 명의 이스타리(단수형은 이스론ithron임. 674). 677 684 번역어 청색의 마법사들Blue Wizards 677 681 684 →알라타르Alatar, 팔란도Pallando

이반네스Ivanneth 아홉 번째 달의 신다린 이름. 474 487 →야반니에Yavannië

이브린Ivrin 에레드 웨스린 아래에 있는, 나로그강이 샘솟는 호수 및 폭포. 74~76 103 190 268

K

***카물Khamûl** 나즈굴. 나즈굴 대장 다음의 2인자임. 제3시대 2951년

에 돌 굴두르를 다시 점령한 이후 그곳에 머물렀음. 590~591 600 607 614 동부의 어둠the Shadow of the East 590 암흑의 동부인the Black Easterling 등으로 불림. 614

칸드Khand 모르도르의 남동쪽에 펼쳐진 땅. 508 511

크하잣둠Khazad-dûm 난쟁이들이 모리아를 부르는 이름. 414~418 420 490

크힘Khîm 작은난쟁이 밈의 두 아들 중 한 명. 안드로그에 의해 목숨을 잃었음. 185

남쪽 왕국Kingdom of the South →곤도르Gondor

두네다인 왕국Kingdoms of the Dúnedain 아르노르와 곤도르를 가리킴. 702

(누메노르의) 왕위계승자King's Heir (of Númenor) 303 310 313~315 318 323 325 327 329 333 335 341 348 351 367 370~373 376 379 383~385

왕의 직할령King's Lands (1) 로한의 땅. 640 (2) 누메노르의 왕의 지역 Kingsland 296 →아란도르Arandor

왕의 사람들King's Men 엘다르에 적대적인 누메노르인들. 391~2 394

인간의 왕들Kings of Men 58 352 456 529 →누메노르인Númenóreans

산아래왕국의 왕King under the Mountain, 에레보르 난쟁이들의 통치자. 569 산아래왕국Kingdom under the Mountain, 산아래왕국의 왕권Kingship under the Mountain 560 568 574 산아래왕국Mountain Kingdom 574

***키링키kirinki** 덩치가 작고 홍색 깃털을 가진 누메노르의 새. 301

L

***라바달Labadal** 투린이 어린 시절 사도르에게 지어준 이름. 깨금발이 Hopafoot로 번역됨. 115~118 122 133 135~136 193

라드로스Ladros 도르소니온의 북동쪽에 있는 땅으로, 놀도르 왕들이 베오르가의 인간들에게 하사했음. 132

라우렐린Laurelin '금빛 노래'. 발리노르의 두 나무 중 손아래 나무. 95 301 406 태양의 나무the Tree of the Sun 95 발리노르의 금빛성수the Golden Tree of Valinor로 불림 301 445

라우렐린도리난Laurelindórinan '노래하는 황금계곡'. 445 →로리엔Lórien(2)

라우레난데Laurenandë 444 →로리엔Lórien(2)

***라우링퀘laurinquë** 누메노르의 햐로스타르에서 자라는, 노란 꽃을 피우는 나무. 300

레벤닌Lebennin '다섯 강'(에루이, 시리스, 켈로스, 세르니, 길라인을 의미함). 에레드 님라이스와 에시르 안두인 사이의 땅으로, 곤도르의 '충실한 영지'에 속함. 427 551

레브누이Lefnui 에레드 님라이스의 서쪽 끝단에서부터 바다로 흘러가는 강. (이름은 '다섯 번째'라는 뜻으로, 안두인이나 벨팔라스 만으로 흘러가는 강들 중 에루이, 시리스, 세르니, 모르손드에 이어서 다섯째임을 의미한다.) 462 666

레골라스Legolas 어둠숲 북부의 신다르 요정으로, 스란두일의 아들. 반지 원정대의 일원이었음. 306 433~435 549 551 637 639 685

렘바스lembas 엘다르의 여행식을 일컫는 신다린 이름. 265 274 482 (요정의) 여행식Waybread (of the Elves) 68 76 274

레오드Léod 에오세오드족의 족장. 청년왕 에오를의 부친. 518 526 528 542 545 547

룬Lhûn 룬만으로 쇄도하는 에리아도르 서부의 강. 421 →룬만Gulf of Lhûn 각색된 철자인 Lune(찾아보기에 있음)으로 자주 등장함.

맑은림강Limlight 팡고른숲에서 안두인강까지 흘러가며 로한의 최북단 국경을 형성하는 강. (이 이름의 난해한 기원과 림라이스Limlaith, 림리크Limlich, 림리흐트Limliht, 림린트Limlint 등의 다른 형태들에 관해선 491 555 참조) 458~459 491 516 522~523 533 547 552 555 599 602

리나에웬Linaewen '새들의 호수'. 네브라스트에 있는 큰 호수. 54 696

린다르Lindar 가수. 텔레리가 자기 자신들을 일컬은 이름. 445 501

the Ringwraiths 590 (암흑의) 대장the (Black) Captain 598 607 614 618 모르굴의 군주Lord of Morgul, 마술사왕the Witch-king 등으로도 불렸음.
물의 군주Lord of Waters 50 59 62 65 71 79 85 89 97 287 289 →울모Ulmo
안두니에의 영주Lords of Andúnië 307 322 394 →안두니에Andúnië
서녘의 군주들Lords of the West 61 70 119 281 291 315 345 391 394 687 →발라들Valar
로르간Lorgan 니르나에스 아르노에디아드 이후 히슬룸의 동부인들의 우두머리였던 자로, 투오르를 노예로 삼았음. 44
로리엔Lórien(1) 원래는 이르모라고 하나 대개는 로리엔으로 불리는 발라가 발리노르에서 머무는 장소의 이름. 445 688
로리엔Lórien(2) 켈레브란트강과 안두인강 사이에 놓인 갈라드림의 땅. 여러 가지 다른 형태의 이름들이 기록되었음. 403~404 414 424 427~435 442~446 448 451~456 458~459 470 474 476 482 490 492 560 576 591 599 601 615 678 난도린으로 로리난드Lórinand(퀘냐로는 라우레난데Laurenandë, 신다린으로는 글로르난Glornan, 난 라우르Nan Laur) 이며 이는 앞선 시기의 이름인 '가수들의 땅의 계곡'이라는 뜻의 린도리난드Lindórinand에서 파생됨. 라우렐린도리난Laurelindórinan, '노래하는 황금계곡', 황금숲Golden Wood으로 불림. →드위모르데네Dwimordene, 로슬로리엔Lothlórien
***로리난드Lórinand** 417~420 422~423 443~446 452 →로리엔Lórien(2)
롯사르나크Lossarnach 레벤닌 북동쪽의 땅으로 에루이강의 발원지 부근에 있음. (이 이름은 '꽃이 무성한 아르나크'라는 뜻이며, 아르나크Arnach는 누메노르인들의 도래 이전에 지어진 이름이라고 명시되었다.) 500~501
로텟세Lótessë 누메노르의 역법에서 다섯 번째 달의 퀘냐 이름. 5월에 대응됨. 528 →로스론Lothron
로시리엘Lothíriel 돌 암로스의 임라힐의 딸. 로한의 에오메르 왕의 아내이자 가인 앨프위네의 모친. 501
로슬로리엔Lothlórien 로리엔이라는 이름에 신다린으로 '꽃'을 뜻하는 '로스loth'가 접두사로 붙은 이름. 109 300 306 383 408 415 423 432

M

노르니malinorni.
말로스mallos 레벤닌의 황금색 꽃. 551
***마만딜Mámandil** 할라카르가 앙칼리메와 처음 마주쳤을 때 스스로 붙인 이명. 371~372
만도스Mandos 원래는 나모라고 하나 대개는 만도스로 불리는 발라가 아만에서 머무는 장소의 이름. 62 151~152 281 683 688 만도스의 저주Curse of Mandos 61 만도스의 심판Doom of Mandos 61 407 만도스의 두 번째 예언Second Prophecy of Mandos 698
만웨Manwë 최고의 발라. 106 126~127 281 297 301 353 393 409~410 681~682 685~687 노왕the Elder King으로 불림. 127 687 →만웨의 증인Witness of Manwë
마르딜Mardil 곤도르의 초대 통치섭정. 538 554 558 '확고부동의'라는 뜻의 보론웨Voronwë 554 또는 훌륭한 섭정the Good Steward 등으로 불림. 558
***마르하리Marhari** 평원 전투에 참전한 북부인들의 지도자로, 같은 전투에서 전사했음. 마르휘니의 부친. 506 541~543
***마르휘니Marhwini** '말의 친구'. 평원의 전투 이후 안두인계곡에 정착했으며 전차몰이족에 맞서 곤도르의 우방이 된 북부인(에오세오드족)의 지도자. 506~509 542
마크Mark, The 로히림이 그들의 모국을 일컫는 이름. 534 542 547 549~550 635~636 642 647 리더마크Riddermark, 기병들의 마크Mark of the Riders로도 불림. 534 마크의 원수Marshals of the Mark 635 640~641 643 →동마크East-mark, 서마크West-mark
운명의 주인Master of Doom 203 236 241 248 →투람바르Turambar
메아르종mearas 로한의 말들. 542 547
멜리안Melian 마이아로, 도리아스 싱골 왕의 왕비이며 도리아스에 마법의 장막을 친 장본인. 루시엔의 모친이자 엘론드와 엘로스의 조상. 138~140 142 145~148 153 156 200 205~206 209 218 265 274 276 284 414 멜리안의 장막Girdle of Melian 81~82 121 145~146 199 206 208

미리엘Míriel 395 401 →타르미리엘Tar-Miriel

어둠숲Mirkwood 안개산맥 동쪽에 있는 거대한 숲. 초기에는 에륀 갈렌Eryn Galen, 초록큰숲Greenwood the Great 등으로 불렸음. 428 430 432 451 453 457~458 490~491 504 506~507 516~517 520 529 534~535 541 543~544 546 588 599 615 →타우르누푸인Taur-nu-Fuin, 타우르엔다에델로스Taur-e-Ndaedelos, 에륀 라스갈렌Eryn Lasgalen, 어둠숲산맥Mountains of Mirkwood

미루보르miruvor 엘다르의 감로주. 482 496

안개산맥Misty Mountains 가운데땅의 남북으로 난 거대한 산등성이로, 에리아도르의 동쪽 경계를 형성함. 신다린으로는 히사에글리르Hithaeglir로 불림. 403 414 417 428 451 460~461 489 492 516 533 535 596~597 615 645

미세이셀Mitheithel 에튼계곡에서 발원해 브루이넨(큰물소리강)과 합류하는 에리아도르의 강. 460 463~465 번역어 흰샘강Hoarwell

미슬론드Mithlond 룬만에 있는 엘다르의 항구로, 키르단이 다스림. 305 309 311 331 351 362 번역어 회색항구Grey Havens.

미스란디르Mithrandir 가운데땅의 요정들 사이에서 간달프에게 붙은 이름. 427 438 593 603 611 678 680~681 685 689~690 693 번역어 회색의 순례자the Grey Pilgrim, 회색의 방랑자the Grey Wanderer, 회색의 전령the Grey Messenger도 참조.

***미스렐라스Mithrellas** 로리엔의 요정이자 님로델의 일행. 누메노르인 임라조르의 아내가 되었음. 초대 돌 암로스의 영주인 갈라도르의 모친 436 551

미스릴mithril '모리아 은'으로 알려진 금속. 누메노르에서도 발견됨. 391 483 497

미스림Mithrim 히슬룸 동쪽에 있는 거대한 호수의 이름. 그 주변의 땅, 그리고 미스림과 도르로민을 나눠 놓는 서쪽의 산맥의 이름이기도 함. 41~42 46~47 55 109 129

***밋탈마르Mittalmar** 누메노르의 중부 지방. 내륙 지역Inlands으로 번역

됨. 296

모란논Morannon 모르도르의 정문(북문). 511~512 515 544 암흑의 성문 the Black Gate으로 번역됨. 모르도르의 관문the Gates of Mordor으로도 불림. 모란논의 감시탑Watch-towers of the Morannon 512 →이빨탑 Towers of the Teeth

모르도르Mordor 사우론이 직접적으로 통치하는 땅으로, 에펠 두아스의 동쪽에 펼쳐져 있음. 416 422 429~430 448 488 455~456 492 494 508 510 517 560 576 588 595 597 603 641 665 690 703~704 707

모르가이Morgai '검은 울타리'. 에펠 두아스보다는 훨씬 낮으며 에펠 두아스와 사이에 있는 협곡으로 구분되는 내부 산등성이. 모르도르의 내벽임. 492

모르고스Morgoth 멜코르의 나중 이름. 암흑의 왕the Black King 115 암흑의 군주the Dark Lord 146 대적the Enemy 60~61 76 82 114 119 174 바우글리르Bauglir 125 등의 이름으로 불리며, 드루에다인에게는 거대한 암흑의 존재the Great Dark One로 불림. 666

모리아Moria '어둠의 틈'. 두린 종족 난쟁이들이 안개산맥 지하에 이룩한 업적을 후대에 부른 이름. 414~415 417 420 422 424 428~431 436 444 447 454 460 476 482 497 559 564 569 599 601~602 614 616 696 모리아의 동문East-gate of Moria 559 569 서문West-gate 416 602 →크하잣둠Khazad-dûm

모르메길Mormegil 투린이 나르고스론드 군대의 대장으로 활동할 당시 그의 검(→구르상Gurthang)에서 따서 지어진 이름이며, 이후 브레실에서도 쓰였음. 202~205 251 279 291 검은검Blacksword으로 번역됨. 75~76 80 196 199 203~205 228 237 244~245 249 254 258 267 289 검은검 자체를 가리킨 경우 242

모르손드Morthond '검은뿌리'. 에도라스로부터 정남쪽에 있는 산맥 속 어두컴컴한 협곡에서 솟아나는 강. *모르난Mornan으로 불렸는데, 비단 강의 양편을 이루는 두 개의 큰 산 때문만이 아니라, 이 강이 사자死者들의 관문에서 뻗어 나온 길을 거쳐 가는 까닭에 살아있는 사람들

은 이리로 오지 않았기 때문이다. 434~435 449

모르웬Morwen 바라군드(베렌의 부친인 바라히르의 조카)의 딸. 후린의 아내로 투린과 니에노르의 모친. 111 113~114 117~124 126 129~134 137 139~140 142~143 145~146 148 150 191~192 195~199 205~214 219 248 258 263 279 291 334 380 383 →엘레드웬Eledhwen, 도르로민의 여주인Lady of Dor-lómin(도르로민Dor-lómin 표제어에 있음)

롯사르나크의 모르웬Morwen of Lossarnach 곤도르의 여인으로, 임라힐 대공의 친척임. 로한의 셍겔 왕의 아내. 500

요정 처녀의 무덤Mound of the Elf-maid 204 →하우드엔엘레스Haudh-en-Elleth

산아래왕국Mountain Kingdom 574 →산아래왕국의 왕King under the Mountain

도르로민의 산맥Mountains of Dor-lómin 77 →도르로민Dor-lómin

어둠숲산맥Mountains of Mirkwood 490 →에뮌 두이르Emyn Duir, 에뮌 누푸인Emyn-nu-Fuin

어둠산맥Mountains of Shadow 138 145 160 165 190 →에레드 웨스린 Ered Wethrin

***투르곤의 산맥Mountains of Turgon** 84 →에코리아스Echoriath

애도Mourning 137 →니에노르Nienor

성널오름Mundburg '수호 성채'. 로한에서 미나스 티리스에 붙인 이름. 519 531

N

로리엔의 나이스Naith of Lórien 로리엔의 '삼각형' 혹은 '세모벌'. 켈레브란트강과 안두인강의 두물머리 부근에 있는 땅. 492

나모Námo 발라. 일반적으로는 발리노르에 있는 그의 거처의 이름을 따서 만도스로 불림. 688 →페안투리Fëanturi, 누루판투르Nurufantur

난도르Nandor 쿠이비에넨을 떠나 서부대장정에 오른 텔레리 무리 중 안개산맥을 건너길 포기한 요정들. 다만 그들 중 데네소르가 이끄는 일부는 한참 이후 청색산맥을 건너 옷시리안드에 살았음(→초록요정). 144 311 379 403 414 417 423 451 안개산맥 동쪽에 잔류한 이들에 대해서는 →숲요정Silvan Elves. 형용사형 난도린Nandorin 444 446 452

난두히리온Nanduhirion 안개산맥의 분지들 사이에 펼쳐진 거울호수 주변의 협곡으로, 모리아의 정문은 이 협곡 방면으로 열려 있음. 어둔내계곡Dimril Dale으로 번역됨. 난두히리온 전투The Battle of Nanduhirion 559 569 →아자눌비자르Azanulbizar

***난 라우르Nan Laur** 444 →로리엔Lórien(2)

난타스렌Nan-tathren '버드나무 골짜기'. 나로그강이 시리온으로 흘러 들어가는 곳. 67 70 버드나무땅Land of Willows으로 번역됨.

나르벨레스Narbeleth 열 번째 달의 신다린 이름. →나르퀠리에Narquelië. 474 487

나르돌Nardol '불꽃봉'. 에레드 님라이스의 곤도르 봉화대 중 세 번째. 548 557

나르고스론드Nargothrond 나로그 강변에 있는 거대한 땅속 요새. 핀로드 펠라군드가 세우고 글라우룽이 파괴함. 나로그강의 동서쪽으로 뻗어 있는 나르고스론드 왕국을 가리키기도 함. 55 69 75 77 80~81 83 99~101 104~105 160 169 183 190 199 201~205 208 210~213 216~217 225~226 228~229 231~232 242~243 258 262~263 266~268 271 275 277~279 284 287~289 291~292 333 403 416 450 →나로그

나르마킬 1세Narmacil I 곤도르의 제17대 왕. 510

나르마킬 2세Narmacil II 곤도르의 제29대 왕. 평원의 전투에서 전사했음. 506 509 543~544

나로그Narog 서벨레리안드의 큰 강으로, 에레드 웨스린 아래의 이브린에서 솟아나며 난타스렌에서 시리온강으로 흘러듦. 70 101 103 145 181 211~213 216~217 230 266 268 292 나로그강의 발원지Sources of Narog 74 145 나로그강 유역Vale of Narog 190 나로그 요정들People of Narog 211 나로그의 군주Lord of Narog 275

스Lalaith

넨닝Nenning 서벨레리안드의 강으로, 이 강의 어귀에 에글라레스트 항구가 지어졌음. 103

네누이알Nenuial '황혼의 호수'. 샤이어의 북쪽에 있는 저녁어스름산맥(*에뮌 우이알)의 분지들 사이에 있으며, 호숫가에 누메노르인들의 가장 오래된 거처인 안누미나스가 지어졌음. 414~415 번역어 저녁어스름Evendim.

네냐Nenya 요정의 세 반지 중 하나로, 갈라드리엘이 간직했음. 419 441 447 백색 반지the White Ring로 불림.

***네르웬Nerwen** 갈라드리엘이 모친으로부터 물려받은 이름. 406 409 468

***넷사멜다nessamelda** 에렛세아의 엘다르가 누메노르에 선물한 향긋하고 늘 푸른 나무. (이 이름은 발리에들 중 하나인 넷사와 관련해 '넷사의 총애를 받는'이라는 뜻일 가능성도 있음. 바르다리안나, 야반나미레 참조). 299

네브라스트Nevrast 도르로민 남서쪽의 지방으로, 투르곤이 곤돌린으로 떠나기 전 이곳에 머물렀음. 53~55 63 66 68 70 89 93~94 98 101~102 130 267 696

***니빈노에그Nibin-noeg, 니빈노그림Nibin-nogrim** 작은난쟁이. 266 니빈노에그의 황야Moors of the Nibin-noeg 266 →바르엔니빈노에그Bar-en-Nibin-noeg, 노에귀스 니빈Noegyth Nibin

니엔나Nienna 발리에('발라 여왕')들 중 하나. 연민과 애도의 발리에. 683

니에노르Nienor 후린과 모르웬의 딸이자 투린의 누이동생. 나르고스론드에서 글라우룽의 마법에 걸려 과거를 망각한 채 브레실에서 니니엘이라는 이름으로 투린과 혼인했음. 번역어 애도Mourning

님로스Nimloth(1) '흰꽃'. 누메노르의 나무. 469 →백색성수The White Tree

님로스Nimloth(2) 도리아스의 요정으로, 싱골의 후계자 디오르와 혼인했음. 엘윙의 모친. 412 469

님로델Nimrodel(1) '흰 동굴의 숙녀'. 로리엔의 요정으로 암로스와 사랑

숲. 74 103
*누멜로테Númellótë '서녘의 꽃' = 인질라둔Inziladûn. 401
*누멘딜Númendil 제17대 안두니에의 영주. 394
누메노르Númenor (완전한 퀘냐 형태는 누메노레Númenórë 351) '서쪽나라'. '서쪽땅'. 제1시대가 끝난 뒤, 에다인의 거주지로 발라들이 마련해 준 큰 섬. 위대한 섬Great Isle, 왕들의 섬Isle of Kings, 서쪽나라의 섬들Isle of Westernesse, 선물의 땅Land of Gift, 별의 땅Land of the Star 등으로 불림. →아칼라베스Akallabêth, 엘렌나노레Elenna·nórë, 요자얀Yôzâyan. 누메노르의 몰락Downfall of Númenor이 언급된 곳은 독립된 표제어로 수록했음.
누메노르인Númenóreans 누메노르의 인간들. 특히 364~366 396~397 참조), →인간의 왕들Kings of Men, 바다에서 온 민족Men of the Sea. 두네다인Dúnedain. 누메노르어Númenórean tongue, 누메노르의 언어Númenórean speech →아둔어Adûnaic
*누메라마르Númerrámar '서녘의 날개'. 베안투르의 기함으로, 알다리온은 이 배에 타 가운데땅으로의 첫 항해를 했음. 310~311
*눈두이네Nunduinë 누메노르 서부의 강으로, 엘달론데에서 바다로 흘러듬. 300
*누네스Núneth 에렌디스의 모친. 323~324 328 335~336 340~341 349
누르넨Núrnen '슬픈 물'. 모르도르 남부의 내해. 690~691
*누루판투르Nurufantur 페안투리의 일원. 만도스의 '본명'은 나모Námo로 변경되기 이전엔 이것이었음. 688 →올로판투르Olofantur

O

오흐타르Ohtar 이실두르의 종자로, 나르실의 파편을 임라드리스에 전했음(오흐타르 '전사'라는 이름에 대해선 493). 476 479 481 493
*오고르하이Oghor-hai 오르크들이 드루에다인을 일컫는 이름. 659
*오이올라이레oiolairë '영원한 여름'. 에렛세아의 엘다르가 누메노르

에 선물한 늘푸른나무로. 누메노르의 배에 얹는 귀환의 나뭇가지는 여기서 꺾어 오는 것임(발리노르의 나무들이 있는 푸른 둔덕 코롤라이레 Corollairë도 코론 오이올라이레Coron Oiolairë로 불렸음. 『실마릴리온』 부록의 '코론coron' 표제어 참조). 299 317 331~332 339 362 380 →귀환의 나뭇가지Bough of Return

오이올롯세Oiolossë '만년설산'. 아만에 있는 만웨의 산. 107 →아몬 우일로스Amon Uilos, 타니퀘틸Taniquetil

***예전부터 무리에 속해 있던 자들Old Company** 도르쿠아르솔에서 투린의 무리의 초창기 구성원들에게 붙은 별명. 275

옛여울Old Ford 옛숲길이 안두인대하를 넘어가는 여울. 491 →바우바위 여울Ford of Carrock

묵은숲Old Forest 노릇골의 경계선으로부터 동쪽으로 뻗은 오래된 숲. 607

옛숲길Old Forest Road →도로Roads

***옛 푸켈땅Old Púkel-land, 옛 푸켈황야Old Púkel-wilderness** 460 667 672 →드루와이스 야우르Drúwaith Iaur

툭 노인Old Took 툭 집안 제론티우스. 샤이어의 호빗으로, 골목쟁이네 빌보의 조부이자 툭 집안 페레그린의 고조부임. 579

***올로판투르Olofantur** 페안투리의 일원. 로리엔의 '본명'은 이르모Irmo로 변경되기 이전엔 이것이었음. 688 →누루판투르Nurufantur

올로린Olórin 발리노르에서 간달프를 부른 이름(특히 686~689 참조). 438~439 575 682 685~687 689~690 694 696 698

올웨Olwë 아만 해안가에 살던 알콸론데 텔레리의 왕. 405 410 412~413

온도헤르Ondoher 곤도르의 제31대 왕. 제3시대 1944년 전차몰이족과의 전투에서 전사했음. 509~511 513~515

***온도스토Ondosto** 누메노르 포로스타르(북부 지역)의 한 장소. 이름은 이 지방의 채석장과 특히 큰 관련이 있는 것으로 짐작됨(퀘냐로 '온도ondo'는 '돌'이라는 뜻임). 302

***오노들로Onodló** 엔트개울의 신다린 이름. 533 555

옷세Ossë 대해의 마이아. 울모의 봉신. 62~63 65 102 280 315 317 320 379
옷시리안드Ossiriand 상고대에 겔리온강과 청색산맥 사이에 펼쳐져 있었던 '일곱 강의 땅'. 144 414 451 665 →린돈Lindon
오스트인에딜Ost-in-Edhil 에레기온의 요정 도시. 416
오스토헤르Ostoher 곤도르의 제7대 왕. 558

P

팔란티르palantír (복수형 팔란티리palantíri). 엘렌딜과 그의 아들들이 누메노르에서 가져 온 일곱 개의 돌. 아만에서 페아노르가 제작했음. 483 525 533 616 696 699 701~706 708 710~712 713 715~719 (4부 3장에서 돌(들)the Stone(s)으로 자주 언급되었음.)
***팔라란Palarran** 멀리 방랑하는 자. 타르알다리온이 축조한 거선. 316~317 331~332 376 696
***팔란도Pallando** 청색의 마법사들(이스륀 루인) 중 한 명. 682~684 696
***파르마이테Parmaitë** 타르엘렌딜에게 붙은 이명. (퀘냐로 '파르마parma'는 책을 뜻하며, 두 번째 구성 요소는 '~의 손을 가진'이라는 뜻의 '-마이테-maitë'임이 확실함. 타르텔렘마이테 Tar-Telemmaitë를 참조.) 387
파르스 켈레브란트Parth Celebrant '은물길강의 평원(초원)'. 신다린 이름으로 대개 켈레브란트평원으로 번역됨. 458
파르스 갈렌Parth Galen '푸른 잔디'. 넨 히소엘 물가 인근 아몬 헨의 북쪽 사면에 펼쳐진 잔디가 무성한 지대. 702
카라드라스 고개Pass of Caradhras →카라드라스Caradhras
임라드리스 고개Pass of Imladris →키리스 포른 엔 안드라스Cirith Forn en Andrath
펠라르기르Pelargir 안두인강의 삼각주에 지어진 도시이자 항구. 465 467 509~510 697
펠렌두르Pelendur 곤도르의 섭정. 717
펠렌노르(평원)Pelennor (Fields) '울타리 쳐진 땅'. 람마스 에코르 장벽으로 보호받고 있는 미나스 티리스의 '지구地區'로, 이곳에서 반지전쟁 최대의 격전이 벌어졌음. 508 568 638 643

펠로리Pelóri 아만의 해안가에 있는 산맥. 73

툭 집안 페레그린Peregrin Took 샤이어의 호빗. 반지 원정대의 일원이었음. 502 541 560 574 578 641 702~703 710 715 →피핀Pippin

페리안Perian 신다린 단어로, 반인족Halfling으로 번역됨. 복수형 페리안나스Periannath 502

작은난쟁이Petty-dwarves 벨레리안드의 한 난쟁이족. 『실마릴리온』에 기술되었음. 184 266 271 →니빈노에그Nibin-noeg, 노에귀스 니빈Noegyth Nibin

기둥Pillar, The →메넬타르마Meneltarma

피핀Pippin 502 548 703 →툭 집안 페레그린Peregrin Took

포로스Poros 에펠 두아스에서 흘러나와 안두인대하의 삼각주 언저리에서 대하와 합류하는 강. 515 →포로스여울목Fords of the Poros

푸켈맨Púkel-men 로한에서 검산오름으로 가는 길에 놓인 조각상을 일컫는 이름. 다만 보편적으로 드루에다인과 동의어로 쓰이기도 했음. 462 666~667 670 673 →옛 푸켈땅Old Púkel-land

Q

퀜디Quendi 모든 요정을 일컫는 본래의 요정어 이름. 397

퀘냐Quenya 모든 요정이 공유한 고대어로 발리노르에서 사용한 형태. 놀도르 망명자들이 가운데땅으로 가져왔으나 일상생활에서는 곤돌린을 제외하면 사용되지 않았음(106 참조). 누메노르에서 퀘냐를 사용한 방식은 382~383 참조. 106~107 382 386 391 393 444~445 449 466 469 492 532 553 556 670 674 688 692 694 696 놀도르의 높은요정들의 언어High Speech of the Noldor 87, 서녘의 높은언어 107 →높은요정어High-elven

R

아로스강을 건너며, 어쩌면 힘링이 종착점일 동부대로. 81 104 (3) → 난쟁이길Dwarf-road(1)

(II) 청색산맥 동쪽에서 (1) 사르바드와 아이센여울목 사이에서 '두 왕국'을 잇는 누메노르인들의 거대한 도로. 남북대로the North-South Road 464~465 548 또는 (아이센여울목으로부터 서쪽 부분에 한해) 서부대로the West Road 524 등으로 불림. 그 외에도 대로the Great Road 524~526 왕의 대로the Royal road 644~645 우마도the horse-road 624~625 648 초록길the Greenway 607 등으로도 불림. (2) (1)에서 도중에 갈라져 나팔산성으로 향하는 길(→협곡길Deeping-road). (3) 아이센가드에서 시작해 아이센여울목으로 향하는 길. 629 633 648 (4) 회색항구에서 출발해 샤이어를 횡단하며 깊은골에 닿는 누메노르인들의 도로. 동서대로the East-West Road 444 486 동부대로the East Road 595 등으로 불림. (5) 임라드리스 고개에서 내려와 옛여울에서 안두인강을 건넌 후 어둠숲을 횡단하는 길. 옛숲길the Old Forest Road 491 599 696 숲길the Forest Road 491 493 →멘이나우그림Men-i-Naugrim, 난쟁이길 the Dwarf-road. (6) 안두인강 동쪽에 있는 누메노르인들의 도로. 이실리엔을 지나는 길. 513~514 544 북부대로the North Road로 불림. 512 514 모란논으로부터 동쪽과 북쪽으로 향하는 길 544

***로칸(드)Rochan(d)** 556 646 →로한Rohan

***로콘 메세스텔Rochon Methestel** '마지막 희망의 기수'. 보론디르 우달라프에 대해 지어진 노래의 제목. 547

***로그Róg** 실제 로히림의 언어에서 드루에다인을 부르는 이름. (복수형 로긴Rógin) 우오즈Woses라는 번역어로 표현되었음. 673

로한Rohan 신다린 이름 로칸(드)Rochan(d)가 곤도르에서 쓰이던 형태. '말의 나라'. 한때 곤도르의 북부에 속했으며 그 당시에는 칼레나르돈으로 불렸던 광대한 초원. (이 명칭에 관해서는 556~557 참조.) 107 419 448 459 500~501 504 534 542 545 548~550 555 557 577 592~595 604 619~620 622 626~627 632 635~636 641 643 645~650 667 673 693 712 714~715 →마크Mark, The 로한관문Gap of Rohan, 로히림Rohirrim

로히림Rohirrim 로한의 '말의 명인들'. 로한의 기사들Riders of Rohan → 에오를족Eorlings, 에오세오드Éothéod. 485 500 504 508 514 525~526 534 539~540 542 549~550 552~554 556~557 619~620 625~627 631 638 643 645~650 664 667 673 694

로멘다킬 1세Rómendacil I 곤도르의 제8대 왕 타로스타르. 동부인들이 곤도르에 벌인 최초의 공세를 격퇴한 이후 '동부의 승리자'라는 뜻의 로멘다킬이란 칭호를 얻었음. 537 558

로멘다킬 2세Rómendacil II 미날카르. 여러 해 동안 왕의 대리자였다가 이후 곤도르의 제19대 왕이 되었음. 제3시대 1248년 동부인들을 크게 물리친 후 로멘다킬의 칭호를 얻음. 542~543

로멘나Rómenna '동쪽을 향해'. 누메노르 동부에 세워진 거대한 항구. 296 302 308 310 317 319~320 322 328 337 339 344 355 374 로멘나하구 Firth of Rómenna 296 308 로멘나만Bay of Rómenna 312

***왕의 대로Royal Roads** →도로Roads

***루Rú, 루아탄Rúatan** 드루구Drughu라는 말에서 파생된 퀘냐 단어로, 신다린의 드루Drû, 드루아단Drûadan에 대응됨. 670

달리는강Running, River 504 506 517 690 →켈두인Celduin

S

자룻골골목쟁이네Sackville-Baggins 샤이어의 호빗 가문. 605 자룻골골목쟁이네 오소Otho Sackville-Baggins 617 로소Lotho 617

***사도르Sador** 도르로민의 후린의 하인이자 투린의 어린 시절 친구. 114~118 122~123 130 133~136 193 197 671 투린에게 외발이Onefoot로 불림. 193 →라바달Labadal

사에로스Saeros 난도르 요정으로, 싱골 왕의 자문관이었음. 메네그로스에서 투린을 모욕했으며, 이후 투린에게 쫓기다 죽음을 맞음. 144 148~151 153 155~156 173 264 673

감지네 샘(와이즈)Sam(wise) Gamgee 샤이어의 호빗. 반지 원정대의 일

원이었으며, 모르도르까지 프로도와 함께했음. 266 383 498 569 샘와이즈 시장Master Samwise 497~498

***사르크 니아 힌 후린Sarch nia Hîn Húrin** '후린의 아이들의 무덤'(브레실). 251

사른 아스라드Sarn Athrad '돌여울'. 노그로드와 벨레고스트에서 시작된 난쟁이길이 겔리온강을 넘어가는 지점. 415

사른여울Sarn Ford 사른 아스라드('돌여울')을 부분적으로 번역한 이름. 샤이어의 최남단에서 바란두인강을 넘는 여울임. 421 595

사른 게비르Sarn Gebir '돌말뚝'. 아르고나스 상류에 있는 안두인대하의 급류를 일컫는 이름으로, 급류가 시작되는 곳에 있는 위로 솟은 말뚝 같은 바위에서 유래한 이름임. 510 591 598

사루만Saruman '장인'. 쿠루니르(사루만은 쿠루니르의 번역어임)가 인간들 사이에서 불린 이름. 이스타리(마법사) 중 하나이자 그들 결사단의 수장. 483~484 550 560 563 589 592~595 597 602~613 616~617 619~624 628~633 635~636 638 640~641 650 673 677~678 680~684 692 695~696 701~707 714~716 →쿠루모Curumo, 쿠루니르Curunír, 백색의 전령White Messenger

사우론Sauron '혐오스러운 자'. 멜코르의 가장 뛰어난 하수인으로, 본래는 아울레의 마이아였음. 암흑의 군주the Dark Lord, 암흑의 권능the Dark Power 등으로 불림. 그 외에도 →안나타르Annatar, 아르타노Artano, 아울렌딜Aulendil. 사우론의 섬Sauron's Isle 289 →톨인가우르호스Tol-in-Gaurhoth

세레크Serech 시리온 통로 북쪽의 거대한 습지. 도르소니온에서 내려온 리빌강이 흘러드는 곳. 130 267

세레곤seregon '돌의 피'. 아몬 루드에서 자라는, 진홍색 꽃이 피는 식물. 182 266

세르니Serni 곤도르의 레벤닌에 흐르는 강들 중 하나. (이 이름은 퀘냐 '사르니에sarniё'(조약돌, 자갈 강변)의 신다린 동의어인 '세른sern'(작은 돌, 자갈)의 파생어이다. "세르니가 더 짧은 강이었으나 세르니라는 이름은

448 451~454 456~457 →회색요정Grey-elves

신다린Sindarin 신다르의. 신다르의 언어를 가리킨 경우 104 106~107 266 381~383 409 428 435 444 449 452~453 460 463 466 468~469 487 492 502 525 534 546 554~557 655 669 674 681 692~694 696 벨레리안드의 언어Tongue of Beleriand →벨레리안드Beleriand, 회색요정들의 언어Grey-elven tongue →회색요정Grey-elves

***시르 앙그렌Sîr Angren** 464 →앙그렌Angren

***시릴Siril** 누메노르의 큰 강으로, 메넬타르마에서부터 남쪽으로 흘러 감. 300

시리온Sirion 벨레리안드의 큰 강. 69~71 77 80 83 104~107 145 181 199 207~208 211 218 264 266 287 시리온습지Fens of Sirion 265 시리온 항구Havens of Sirion, 시리온의 항구Sirion's Haven →항구Havens. 시리온 하구Mouths of Sirion 45 69 99 102 219 262 657 시리온의 통로Pass(es) of Sirion 43 200 289 시리온의 샘물Springs of Sirion 289 시리온골짜기(계곡)Vale (Valley) of Sirion 60 77 85 138 176 265

***시르 닝글로르Sîr Ninglor** 창포강의 신다린 이름. 489 491

스마우그Smaug 에레보르의 거대한 용. 대부분의 경우 용the Dragon으로 지칭되었음. 559 561~562 565 567~568 572 574 576~577 580~581 583

스메아골Sméagol 골룸. 616

눈내Snowbourn 스타크혼산 아래에서 솟아나 검산계곡을 따라 흐르며 에도라스를 지나치는 강. 640

***소론틸Sorontil** '독수리뿔'. 누메노르의 북부 곶 지대의 해안에 자리 잡은 높은 산. 298

***소론토Soronto** 누메노르인으로, 타르알다리온의 누이인 아일리넬의 아들이자 타르앙칼리메의 사촌. 308 370 373 376 388~389 398

남구릉South Donws 브리 남쪽에 있는 에리아도르의 산지. 607

남왕국The Southern Realm, South Kingdom →곤도르Gondor

남둘레Southfarthing 샤이어의 구획 중 하나. 594~595 617

T

대로, 갈라드림이 이 위에서 거주했음. 432~433 →시렁

탈라스 디르넨Talath Dirnen 나르고스론드의 북쪽에 있는 평원으로, 파수평원the Guarded Plain으로 불림. 169

***타니퀠랏세taniquelassë** 에렛세아의 엘다르가 누메노르에 선물한 향긋한 늘푸른나무. 299

타니퀘틸Taniquetil 아만에 있는 만웨의 산. 686 →아몬 우일로스Amon Uilos, 오이올롯세Oiolossë

타르알카린Tar-Alcarin 누메노르의 제17대 통치자. 392

타르알다리온Tar-Aldarion 누메노르의 제6대 통치자. 수부왕水夫王. 모험가 조합에서는 (대)선장(Great) Captain으로 불렸음. 299 301 308 358 364 367 370 374 388~389 422 461 463 465 →아나르딜Anardil

타르아만딜Tar-Amandil 누메노르의 제3대 통치자. 엘로스 타르미냐투르의 손자임. 387 397

타르아나리온Tar-Anárion 누메노르의 제8대 통치자. 타르앙칼리메와 햐라스토르니의 할라카르 사이에서 난 아들임. 389 타르아나리온의 딸들Daughters of Tar-Anárion 385

타르앙칼리메Tar-Ancalimë 누메노르의 제7대 통치자이자 최초의 여왕. 타르알다리온과 에렌디스의 딸. 374 389 →에메르웬Emerwen

타르앙칼리몬Tar-Ancalimon 누메노르의 제14대 통치자. 301 391 396 399

***타르안두칼Tar-Anducal** 헤루칼모가 아내인 타르바니멜데가 죽자 왕위를 찬탈하면서 누메노르의 통치자로서 사용한 이름. 392

타란논Tarannon 곤도르의 제12대 왕. 697 →팔라스투르Falastur

***타르아르다민Tar-Ardamin** 누메노르의 제19대 통치자. 아둔어로는 아르아밧타릭으로 불렸음. 392 400

타라스Taras 네브라스트곶 위의 산. 그 아래에 투르곤의 옛 거처인 비냐마르가 있음. 56 58 68 72 81 105

***타라스곶Taras-ness** 위에 타라스산이 솟아난 갑岬. 59

타르아타나미르Tar-Atanamir 누메노르의 제13대 통치자. 대왕the Great

텔페리온Telperion 두 나무 중 손위 나무. 발리노르의 백색성수. 퀘냐로는 텔페리온Tyelperion이었음. 94 406 469

텔루메흐타르Telumehtar 곤도르의 제28대 왕. 제3시대 1810년에 해적들을 상대로 승리를 거둔 이후로 '움바르의 정복자'라는 뜻의 움바르다킬로 불리게 됨. 509 543

사인의 책Thain's Book 서끝말의 붉은책의 한 사본으로, 엘렛사르 왕의 요청으로 지어졌으며 사인인 툭 집안 페레그린이 은퇴 후 곤도르로 가서 아라고른에게 전해주었음. 후에 미나스 티리스에서 상당한 양의 주석이 달리게 됨. 692

살리온Thalion →후린Húrin

***상가일thangail** '방패울타리'. 두네다인의 전투 대형. 475 492

상고로드림Thangorodrim '압제의 산'. 모르고스가 앙반드 위에 일으켜 세운 산으로, 제1시대 말의 대전투에서 무너짐. 43 84 106 128 435 444

사르바드Tharbad 남북대로가 과슬로강을 건너는 지점에 세워진 강가 항구 및 마을. 반지전쟁 시기에는 버려져 황폐화된 상태였음. 363 421 460~461 463~466 486 548 594 603 605~606 617 사르바드 대교Bridge of Tharbad 464~465 645

트하르쿤Tharkûn '지팡이 사람'. 난쟁이들이 간달프에게 붙인 이름. 689~690

셍겔Thengel 로한의 제16대 왕. 세오덴의 부친. 500

세오덴Théoden 로한의 제17대 왕. 펠렌노르평원의 전투에서 전사함. 483 508 550 593 604 619~620 627 635 639~643

세오드레드Théodred 로한의 왕 세오덴의 아들. 제1차 아이센여울목의 전투에서 전사했음. 619~629 635 637 640~643

세오드윈Théodwyn 로한의 왕 셍겔의 딸. 에오메르와 에오윈의 모친. 635

싱골Thingol '회색망토'(퀘냐로는 싱골로Singollo). 벨레리안드에서 엘웨(신다린으로는 엘루Elu)를 부르는 이름. 그는 동생 올웨와 함께 텔레리를 이끌고 쿠이비에넨을 떠났으며 나중에 도리아스의 왕이 됨.

린Peregrin, 힐디폰스Hildifons, 아이센가Isengar, 툭 노인Old Took
탑언덕Tower Hills 377 →에뮌 베라이드Emyn Beraid
이빨탑Towers of the Teech 모란논의 동쪽과 서쪽에 있는 감시탑. 544
나무수염Treebeard 445~446 639 →팡고른Fangorn
톨 에렛세아의 나무Tree of Tol Eressëa →켈레보른Celeborn(1)
투일레tuilë 로아loa의 첫 번째 계절('봄'). 569
툼할라드Tumhalad 깅글리스강과 나로그강 사이에 형성된 서벨레리안드의 계곡으로, 나르고스론드의 군대가 패배한 곳. 278~279 287
투오르Tuor 후오르와 리안의 아들. 보론웨와 함께 울모의 전언을 지고 곤돌린으로 갔음. 투르곤의 딸 이드릴과 혼인했으며, 그녀와 아들인 에아렌딜을 데리고 도시가 파괴될 때 탈출했음. 41~69 72~83 85~102 105 108~110 129 287 290~292 306 338 380 551 554 투오르의 도끼The Axe of Tuor →드람보를레그Dramborleg
투람바르Turambar 투린이 브레실숲에 살던 시기에 취한 이름. 운명의 주인Master of Doom으로 번역됨. 203~204 220~235 237~243 246~251 254 260~261 268 380 투린 스스로는 어두운 그림자의 주인Master of the Dark Shadow으로 풀이하기도 했음. 223
투르곤Turgon 핑골핀의 둘째 아들. 네브라스트의 비냐마르에 살다가 비밀리에 곤돌린으로 떠났으며, 도시의 약탈 와중에 최후를 맞이할 때까지 그곳을 다스렸음. 에아렌딜의 모친인 이드릴의 부친. 43 49~50 53 56~58 60~62 64 66 68~71 73 75 77~78 80 84 86 91 95~96 98 101~103 105~109 120~121 125~126 263 288 290 415 694 은둔의 왕the Hidden King으로 불림.
투린Túrin 후린과 모르웬의 아들. 「나른 이 힌 후린」이라는 시가의 주인공. 그의 이명들 →네이산Neithan, 아가르와엔Agarwaen, 수린Thurin, 모르메길Mormegil, 숲속의 야생인Wildman of the Woods, 투람바르Turambar
***투루판토Turuphanto** 나무 고래the Wooden Whale로 번역됨. 알다리온의 배 히릴론데가 축조될 당시 붙은 이름. 337

V

가 갖게 됨. 422 450 공기의 반지the Ring of Air 419 푸른 반지the Blue Ring 422 450 등으로 불림.
***비냘론데Vinyalondë** '새 항구'. 타르알다리온이 과슬로강 어귀에 건립한 누메노르인들의 항구. 후일 론드 다에르로 불리게 됨. 313 318~320 331 352 363 422 446 466
비냐마르Vinyamar '새로운 집'. 네브라스트에 있는 투르곤의 집. 56 59 89 98 101 105 554
비렛세Víressë 누메노르의 역법에서 네 번째 달의 퀘냐 이름. 4월에 대응됨. 331 520 522
보론웨Voronwë(1) 곤돌린의 요정. 니르나에스 아르노에디아드 이후 서녘으로 파견된 일곱 배에서 유일하게 생존한 선원임. 비냐마르에서 투오르를 만났으며 그를 곤돌린으로 인도했음. 65~69 71 73~91 94 96~97 102 105 554
보론웨Voronwë(2) 곤도르의 섭정 마르딜의 이명. 554

W

전차몰이족Wainriders 제3시대의 19, 20세기에 곤도르를 침공한 동부인 일파. 504~509 511~515 517 541 543~544 546 552
난쟁이와 오르크의 전쟁War of the Dwarves and the Orcs 559
보석전쟁War of the Jewels 놀도르가 실마릴을 되찾기 위해 벨레리안드에서 벌인 전쟁. 671
(최후의) 동맹 전쟁War of the (Last) Alliance →최후의 동맹Last Alliance
반지전쟁War of the ring →힘의 반지Rings of Power
불안한 평화Watchful Peace 제3시대 2063년에 사우론이 돌 굴두르를 떠났을 때부터 2460년에 그가 돌아오기까지 지속된 시기. 517 546 576 704
바람산맥Weather Hills 에리아도르의 산맥으로, 최남단이 바로 아몬 술(바람마루)임. 378

바람마루Weathertop 486 713 →아몬 술Amon Sûl

서쪽나라Westernesse 누메노르의 번역어. 502 →서쪽나라의 섬들Isle of Westernesse

웨스트폴드Westfold 로한의 지방. 스리휘르네(나팔산성 위의 봉우리들)와 에도라스 사이의 산비탈과 평야들을 가리킴. 620 622 627~629 631 639 642 647~650 웨스트폴드 소집대Muster of Westfold 641

서부 지역Westlands (1) 누메노르의 지역. 296 302 319 321 327 333 341~342 346 381 396 →안두스타르Andustar. (2) 가운데땅의 지역. 넓게는 안두인대하 서쪽의 땅을 일반화하여 일컫는 표현. 352

***서마크West-mark** 로히림의 군사 편제에서 로한 땅의 서쪽 절반을 가리킴(→동마크East-mark). 627 640 642~643 서마크 소집대Muster of the West-mark 643 서마크의 원수Marshal of the West-mark 643

서부대로West Road →도로Roads

서부어Westron 가운데땅 북서부의 공용어. 『반지의 제왕』 해설 F에 기술되었으며, 현대 영어로 표현되었음. 546 596 645 692~693 →공용어Common Speech

***속삭이는 숲the Whispering Wood** 525~526 →피리엔숲Firien Wood

백색회의White Council 제3시대 2463년부터 2953년에 간격을 두고 모인 현자들의 심도 깊은 회의. 대개의 경우 회의the Council로 언급되었음. 448 561 563 567 576 608~609 611 613 618 701~702 704 714~715 마찬가지로 백색회의the White Council로 불린 훨씬 이른 시기의 회의에 관해서는 422 448 참조.

순백의 부인White Lady (1) →갈라드리엘Galadriel (2) 에메리에의 백색숙녀White Lady of Emerië →에렌디스Erendis

***백색의 전령White Messenger** 사루만. 677

백색산맥White Mountains 426 428 459 539 645 647 665~666 →에레드님라이스Ered Nimrais

백색 반지White Ring 418~419 591 →네냐Nenya

백색성수White Tree (1) 발리노르의 백색성수. →텔페리온Telperion (2)

톨 에렛세아의 백색성수 →켈레보른Celeborn(1) (3) 누메노르의 백색성수. 395 469 →님로스Nimloth(1)
***야생 요정Wild Elves** 밈이 어둠의 요정(아바리)들을 일컬어 쓴 표현. 188
***야생지대Wild Lands** 로한에서 '관문' 서쪽의 땅을 일컬어 쓴 표현. 646
숲속의 야생인Wildman of the Woods 투린이 브레실 사람들을 처음 만났을 때 스스로 취한 이름. 201
야인Wild Men (1) →드루에다인Drúedain (2) 안두인대하 너머에서 온 동부인들을 보편적으로 일컬어 쓴 표현. 456
현자Wise, The 이스타리 및 가운데땅에서 가장 위대한 엘다르들. 406 438 590 592 599 608 →백색회의White Council
마술사왕Witch-king 545 598 600 603~604 606 614 618 →나즈굴의 군주Lord of the Nazgûl, 앙마르Angmar
***만웨의 증인Witnesses of Manwë** 메넬타르마의 독수리들. 297
마법사Wizards →이스타리Istari, 헤렌 이스타리온Heren Istarion, 마법사 결사단Order of Wizards
로한고원Wold 로한의 지방. 이스템넷Eastemnet(앵글로색슨어로 'emnet'은 '평원'이라는 뜻이다)의 북쪽 부분. 522~523 525 591~592 642
늑대Wolf, The 앙반드의 늑대 카르카로스. 210
***늑대 같은 놈들Wolf-folk** 도르로민의 동부인들에게 붙은 이명. 191~192 199
***늑대사람Wolf-men** →가우르와이스
늑대 기수Woldriders 늑대를 타고 다니는 오르크 내지는 오르크와 비슷한 존재. 623~624 633
끝숲마을Woodhall 샤이어의 마을로, 끝숲 언덕의 기슭에 자리 잡았음. 614
***안와르의 숲Wood of Anwar** 533~534 →피리엔숲Firien Wood, 아몬 안와르Amon Anwar
숲속 사람들, 숲의 주민들Woodmen (1) 테이글린강 이남에 거주한, 가우르와이스에게 시달리던 사람들. 161 166~168 (2) 브레실 사람들.

Y

Z

옮긴이 소개

김보원

서울대학교 인문대학 영어영문학과를 졸업하고 동 대학원에서 문학 박사 학위를 받았으며, 현재 한국방송통신대학교 영어영문학과 교수로 재직 중이다. 역서로 톨킨의 작품 『반지의 제왕』 『실마릴리온』 『후린의 아이들』과 데이빗 데이의 연구서 『톨킨 백과사전』, 토머스 하디의 장편소설 『더버빌가의 테스』가 있고, 저서로 『번역 문장 만들기』 『영국소설의 이해』 『영어권 국가의 이해』 『영미단편소설』 등이 있다.

박현묵

톨킨 팬카페 '중간계로의 여행'에서 '팩맨'이라는 닉네임으로 활동 중이다. 2016년 '중간계로의 여행'에서 시작된 『끝나지 않은 이야기』 번역 프로젝트에 초창기부터 참여하여 「투오르의 곤돌린 도달에 대하여」 장과 「창포벌판의 재앙」 장을 완역했다. 현재 서울대학교 인문대학에 재학 중이다.

끝나지 않은 이야기
1판 1쇄 인쇄 2022년 3월 10일
1판 1쇄 발행 2022년 4월 20일

지은이 | J.R.R. Tolkien
옮긴이 | 김보원 박현묵
펴낸이 | 김영곤
펴낸곳 | (주)북이십일 아르테

책임편집 | 정민철
편집지원 | 김지혁 권구훈 조우용
교정교열 | 잼이LAP 박상준
표지 및 본문 디자인 | (주)여백커뮤니케이션

웹콘텐츠팀 | 장현주 김가람 최은아 정민철 강혜인
출판마케팅영업본부장 | 민안기
마케팅2팀 | 나은경 정유진 이다솔 김경은 박보미
해외기획실 | 최연순 이윤경
영업팀 | 김수현 이광호 최명열

제작팀 | 이영민 권경민
출판등록 | 2000년 5월 6일 제406-2003-061호
주소 | (우10881) 경기도 파주시 회동길 201(문발동)
대표전화 | 031-955-2100 **팩스** | 031-955-2151
이메일 | book21@book21.co.kr

ISBN 978-89-509-9993-3 04840
978-89-509-9994-0 (실마릴리온+끝나지 않은 이야기 세트)

책값은 뒤표지에 있습니다.

잘못 만들어진 책은 구입하신 서점에서 교환해 드립니다.